Nino Haratischwili

HET ACHTSTE LEVEN (VOOR BRILKA)

Vertaald door Elly Schippers en Jantsje Post

Uitgeverij Atlas Contact
Amsterdam/Antwerpen

Deze vertaling kwam mede tot stand dankzij een subsidie van het Goethe-Institut München.

Voor deze vertaling is een projectsubsidie toegekend door het Nederlands Letterenfonds

Eerste druk, januari 2017
Zeventiende druk, maart 2021

op basis van de achtste druk van de Duitse versie
Oorspronkelijke titel *Das achte Leben (für Brilka)*
Omslagontwerp Wil Immink Design naar een ontwerp van
Laura J. Gerlach en Julia Bührle-Nowikowa

Typografie binnenwerk Wim ten Brinke
Drukkerij GGP Media GmbH, Pößneck

ISBN 978 90 254 5912 3
D/2017/0108/512
NUR 302

www.atlascontact.nl

MIX
Papier van verantwoorde herkomst
FSC® C014496

Inhoud

Het zijn de tijden die heersen, niet de koningen.
Georgisch spreekwoord

Voor mijn grootmoeder,
die me duizend verhalen en een gedicht schonk.

Voor mijn vader,
die me een tas vol vragen naliet.

En voor mijn moeder,
die me vertelde waar ik de antwoorden zoeken moest.

PROLOOG
of
DE PARTITUUR VAN HET VERGETEN

2006

Eigenlijk heeft dit verhaal meer dan één begin. Ik vind het moeilijk om er een te kiezen. Omdat ze allemaal het begin vormen.

Je zou dit verhaal kunnen beginnen in een oud huis in Berlijn – niet bepaald opvallend en met twee naakte lichamen in bed. Met een man van zevenentwintig, een ongelofelijk getalenteerd musicus, die volop bezig is zijn talent te vergooien aan zijn grillen, het onstilbare verlangen naar intimiteit en de drank. Maar je kunt het verhaal ook beginnen met een meisje van twaalf, dat besluit de wereld waarin ze leeft een nee in het gezicht te slingeren en op zoek te gaan naar een ander begin voor zichzelf en haar verhaal.

Of je kunt helemaal teruggaan naar de wortels en daar beginnen.

Of je begint met alle drie de mogelijkheden tegelijk.

Op het moment dat Aman Baron, die meestal 'de baron' of ook alleen 'baron' werd genoemd, me bekende dat hij hartverscheurend veel, ondraaglijk licht, schreeuwend luid en sprakeloos stil van me hield – en dat met een enigszins ziekelijke, verzwakte, illusieloze en bewust harde liefde –, verliet mijn twaalfjarige nichtje Brilka haar hotel in Amsterdam en liep naar het station. Ze had alleen een rugzak bij zich, bezat nauwelijks contant geld en hield een broodje tonijn in haar hand. Ze wilde naar Wenen en kocht een voordelig weekendkaartje, dat alleen geldig was voor regionale treinen. Bij de receptie had ze een met de hand geschreven briefje achtergelaten, waarop stond dat ze niet van plan was om met de dansgroep naar haar vaderland terug te keren en dat het geen zin had om haar te zoeken.

Precies op dat moment stak ik een sigaret op en kreeg ik een hoestbui – deels omdat het me te veel werd wat ik te horen kreeg, deels omdat ik me had verslikt in de rook. Aman, die ik zelf nooit 'de baron' noemde, kwam meteen naar me toe, klopte me zo hard op mijn rug dat ik geen lucht meer kreeg en keek me sprakeloos aan. Ook al was hij maar vier jaar jonger dan ik, toch voelde ik me tientallen jaren ouder en bovendien was ik hard op weg een tragische figuur te worden, zonder dat het echt iemand opviel, want ik was inmiddels een eersteklas huichelaar.

Aan zijn gezicht zag ik hoe teleurgesteld hij was – zo'n reactie had hij na zijn bekentenis niet van me verwacht. Vooral niet nadat hij me had voorgesteld hem te vergezellen op de tournee waar hij over twee weken aan zou beginnen.

Buiten begon het zachtjes te regenen, het was juni, een warme avond met gewichtloze wolken, die de hemel sierden als kleine dotjes watten.

Toen ik mijn hoestbui te boven was en Brilka in de eerste trein van haar odyssee was gestapt, gooide ik de balkondeur open en plofte ik neer op de bank. Ik had het gevoel dat ik stikte.

Ik woonde in een vreemd land, had het contact met de meeste mensen van wie ik ooit had gehouden en die vroeger iets voor me betekenden, verbroken en een gasthoogleraarschap aangenomen, dat me weliswaar zekerheid verschafte, maar niets met mij te maken had.

Op de avond dat Aman zei dat hij met mij 'normaal wilde worden', ging Brilka, de dochter van mijn dode zus en mijn enige nichtje, naar Wenen, naar een plaats die ze zich had voorgesteld als haar tweede thuis, als haar persoonlijke utopie, en dat allemaal uit een gevoel van verbondenheid met een dode vrouw. Van die dode vrouw, mijn oudtante en dus Brilka's overoudtante, had ze in haar fantasie haar heldin gemaakt. Ze wilde in Wenen de rechten op de liederen van haar overoudtante zien te krijgen.

En door de sporen van die geest te volgen hoopte ze verlossing te vinden en een definitief antwoord op de gapende leegte in zichzelf. Maar daar had ik toen nog geen idee van.

Nadat ik op de bank was gaan zitten en mijn gezicht in mijn handen had verborgen, nadat ik mijn ogen had uitgewreven en Amans blik zo lang mogelijk had ontweken, wist ik dat ik weer zou moeten huilen, maar niet nu, niet op het moment dat Brilka door het raam van de trein het oude, nieuwe Europa voorbij zag glijden en voor het eerst sinds haar aankomst op het continent van de onverschilligheid glimlachte. Ik weet niet waar ze bij het verlaten van de stad met die kleine bruggetjes om moest glimlachen, maar dat doet er niet meer toe. Het belangrijkste is dat ze glimlachte.

Ik zou moeten huilen, dacht ik precies op dat moment. Om het niet te doen draaide ik me om, liep naar de slaapkamer en ging op bed liggen. Lang hoefde ik niet op Aman te wachten; een verdriet als het zijne is heel snel te genezen als je ter genezing je lichaam aanbiedt – vooral als de zieke zevenentwintig is.

Ik kuste mezelf wakker uit mijn doornroosjesslaap.

En toen Aman zijn hoofd op mijn buik legde, verliet mijn twaalfjarige nichtje Nederland en passeerde ze in haar naar blikbier en eenzaamheid stinkende coupé de Duitse grens, terwijl haar nietsvermoedende tante honderden kilometers verderop liefde veinsde voor een zevenentwintigjarige schim. Ze doorkruiste Duitsland in de hoop verder te komen.

Nadat Aman in slaap was gevallen stond ik op, liep naar de badkamer, ging op de rand van het bad zitten en begon te huilen. Met de tranen van een hele eeuw huilde ik om die geveinsde liefde, om het verlangen naar geloof in de woorden die mijn leven ooit zo sterk hadden gevormd. Ik ging naar de keuken, rookte een sigaret en staarde uit het raam. Het was opgehouden met regenen en om de een of andere reden wist ik dat er iets gebeurde, dat er iets in gang was gezet, iets buiten dit huis met de hoge plafonds en de eenzame boeken. Met de vele lampen die ik naarstig had verzameld als vervanging voor de hemel, als een illusie van het ware licht. De verlichting van mijn eigen tunnel. Maar de tunnel was gebleven, de lichten hadden me maar even, maar kortstondig kunnen troosten.

Misschien moet ik nog vertellen dat Brilka een heel lang meisje was, bijna twee koppen groter dan ik, wat met mijn lengte niet zo moeilijk is, dat ze stekeltjeshaar had en een John Lennon-brilletje droeg, gekleed ging in een afgeknipte spijkerbroek en een houthakkershemd, volmaakt ronde cacaoboonogen had die altijd naar sterren zochten, en een oneindig hoog voorhoofd – waarachter veel verdriet schuilging. Ze was net weggelopen bij haar dansgroep die in Amsterdam een gastoptreden gaf, ze danste de mannenrollen, want voor de folkloristische, lieflijke vrouwendansen uit ons vaderland was ze een beetje te apart, te lang en te somber. Na lang soebatten had ze eindelijk toestemming gekregen om verkleed als man op te treden en met wilde gebaren te dansen; haar lange vlecht was als gevolg van die toestemming het afgelopen jaar gesneuveld.

Ze mocht kniesprongen en degengevechten uitvoeren, die haar altijd al beter waren afgegaan dan de golvende, dromerige bewegingen van de vrouwen. Dansen was haar lust en haar leven en nadat ze haar voor het Nederlandse publiek ook een solopartij hadden gegeven omdat ze zo goed was, zoveel beter dan de jongemannen die in het begin om haar hadden geglimlacht, verliet ze het gezelschap, op weg naar haar antwoorden die ook het dansen haar niet kon geven.

De volgende avond werd ik gebeld door mijn moeder, die telkens dreigde dat ze zou sterven als ik niet gauw terugkwam naar mijn vaderland, waaruit ik jaren geleden was weggevlucht. Ze deelde me met trillende stem mee dat 'het kind' was verdwenen. Het duurde even voor ik begreep welk kind ze bedoelde en wat dat allemaal met mij te maken had.

'Nog een keer, waar zat ze precies?'

'In Amsterdam, wat heb je toch, verdorie? Luister je eigenlijk wel? Ze is er gisteren vandoor gegaan en heeft een berichtje achtergelaten. Ik ben gebeld door de groepsleidster. Ze hebben alles overhoopgehaald en...'

'Wacht even, wacht even. Hoe kan een meisje van elf uit een hotel verdwijnen, vooral als ze...'

'Ze is twaalf. Ze is in november twaalf geworden. Dat ben jij natuurlijk vergeten. Hoe kan het ook anders?'

Ik nam een flinke trek van mijn sigaret en zette me schrap voor het naderende onheil. Want afgaand op de stem van mijn moeder zou ik me er niet zomaar van af kunnen maken door te verdwijnen – mijn favoriete bezigheid de afgelopen jaren. Ik wapende me tegen de onvermijdelijke verwijten, die me allemaal duidelijk moesten maken wat voor slechte dochter en mislukkeling ik was. Dingen die ik ook zonder mijn moeder maar al te goed wist.

'Oké, ze is twaalf geworden, dat was ik vergeten, maar dat doet er nu even niet toe. Is de politie ingeschakeld?'

'Ja, wat dacht jij dan? Ze wordt gezocht.'

'Dan zullen ze haar ook wel vinden. Het is een klein, ver-

wend meisje met een toeristenvisum, vermoed ik, en ze...'
'Heb jij eigenlijk nog een greintje menselijkheid in je?'
'Sorry. Ik probeer alleen hardop te denken.'
'Des te erger als dat je gedachten zijn.'
'Mama!'
'Ze zullen me terugbellen. Over hooguit een uur, hebben ze gezegd, en ik bid dat ze haar vinden, en gauw ook. En dan wil ik dat jij naar haar toe gaat, waar ze ook is, erg ver zal ze niet gekomen zijn, en ik wil dat je haar ophaalt.'
'Ik...'
'Ze is de dochter van je zus. En jij haalt haar op. Beloof het me!'
'Maar...'
'Doe het!'
'O god. Nou goed dan.'
'En neem de naam van God niet in je mond.'
'Mag ik soms niet eens meer "O god" zeggen?'
'Je gaat haar ophalen. En dan zet je haar op het vliegtuig.'

Diezelfde nacht werd ze gevonden in een Oostenrijks stadje vlak voor Wenen. Waar ze op haar aansluiting zat te wachten en door de Oostenrijkse politie werd opgepakt en meegenomen naar het bureau. Mijn moeder belde me uit bed met de mededeling dat ik naar Mödling moest.
'Waarheen?'
'Mödling heet het daar. Schrijf het op.'
'Oké.'
'Jij weet niet eens wat voor dag het is.'
'Ik schrijf het op! Waar ligt dat in vredesnaam?'
'In de buurt van Wenen.'
'En wat heeft ze daar te zoeken?'
'Ze wilde waarschijnlijk naar Wenen.'
'Wenen?'
'Ja, Wenen. Dat moet jou toch bekend voorkomen.'
'Ik heb het begrepen.'

'En neem je pas mee. Ze weten dat het kind wordt opgehaald door haar tante. En ze hebben je naam genoteerd.'

'Kunnen ze haar niet gewoon op het vliegtuig zetten?'

'Nitsa!'

'Oké, ik kleed me al aan. Stil maar.'

'En bel me zodra je haar hebt.'

Ze smeet de hoorn op de haak.

Zo begint dit verhaal.

Waarom Wenen? Waarom dit alles na de nacht dat ik wegvluchtte voor mijn tranen? Dat heeft allemaal zijn reden, maar dan zou ik heel ergens anders met vertellen moeten beginnen.

Ik heet Nitsa. In mijn naam ligt een woord besloten, een woord dat in onze moedertaal 'hemel' betekent. *Tsa.* Misschien was mijn leven tot nog toe een zoektocht naar die ene hemel die ze me al bij mijn geboorte als belofte hebben meegegeven. Mijn zus heette Daria. In haar naam ligt het woord 'chaos' besloten. *Aria.* Het omwoelen en loswoelen, het overhoopgooien en niet-meer-rechtzetten. Ik ben haar iets verschuldigd. Ik ben haar chaos iets verschuldigd. Ik was haar altijd al verschuldigd in haar chaos mijn hemel te zoeken. Maar misschien gaat het gewoon om Brilka. Om Brilka, van wie de naam in de taal van mijn kinderjaren niets betekent. Van wie de naam onbeschreven en ongestigmatiseerd is. Om Brilka, die zich die naam zelf heeft gegeven en er net zo lang op heeft gestaan dat ze zo werd genoemd tot de anderen haar echte naam vergaten.

En al heb ik het je nooit gezegd: ik zou je zo graag helpen bij het herschrijven van je verhaal, Brilka, zo ongelofelijk graag. Om dat niet alleen te zeggen, maar ook te bewijzen schrijf ik het hier op. Alleen daarom.

Ik heb deze regels te danken aan een eeuw die iedereen heeft bedrogen en misleid, iedereen die hoop koesterde.

Ik heb deze regels te danken aan een langdurig verraad, dat als een vloek op mijn familie rustte. Ik heb deze regels te danken aan mijn zus, die ik nooit heb kunnen vergeven dat ze die nacht zonder vleugels is weggevlogen, aan mijn grootvader, bij wie mijn zus zijn hart uit zijn lijf heeft gerukt, aan mijn overgrootmoeder, die op haar drieëntachtigste een pas de deux met me danste, aan mijn moeder, die God zocht... Ik heb deze regels te danken aan Miro, die me met liefde besmette als met een gif, ik heb deze regels te danken aan mijn vader, die ik nooit echt heb mogen leren kennen, ik heb deze regels te danken aan een chocoladefabrikant en een wit-rode eerste luitenant, aan een gevangeniscel, maar ook aan een operatietafel midden in een klaslokaal, aan een boek dat ik nooit had geschreven als... Ik heb deze regels te danken aan oneindig veel vergoten tranen, ik heb deze regels te danken aan mezelf, omdat ik mijn vaderland verliet om mezelf te vinden en mezelf toch meer en meer verloor, maar ik heb deze regels vooral te danken aan jou, Brilka.

Ik heb ze te danken aan jou, omdat jij het achtste leven verdient. Omdat ze zeggen dat het getal acht voor de eeuwigheid staat, voor de terugkerende rivier. Ik schenk je mijn acht.

Wat ons verbindt is een eeuw. Een rode eeuw. Voor altijd en acht. De beurt is aan jou, Brilka. Ik heb jouw hart geadopteerd. Ik heb het mijne weggeslingerd. Neem mijn acht aan.

Jij bent het toverkind. Jij bent het. Overwin de hemel en de chaos, overwin ons allemaal, overwin deze regels, overwin de wereld van de geesten en de werkelijke wereld, overwin de omkering van de liefde, van het geloof, verkort de centimeters die ons altijd hebben gescheiden van het geluk, overwin het noodlot, dat geen noodlot was.

Overwin mij en jou.

Doorleef alle oorlogen. Passeer alle grenzen. Ik draag alle goden en rozenkransen, alle verbrandingen, alle gesmoorde hoop, alle verhalen op aan jou. Overwin ze. Want jij hebt de mogelijkheden, Brilka. De acht, denk daaraan. In dat getal zullen wij allen voor altijd met elkaar verbonden zijn en naar elkaar kunnen luisteren, door de eeuwen heen.

Jij kunt het.

Wees alles wat wij wel en niet waren. Wees een luitenant, een koorddanseres, een marinier, een toneelspeelster, een filmmaker, een pianiste, een minnares, een moeder, een verpleegster, een schrijfster, wees rood en wit of blauw, wees chaos en hemel, wees hen en mij en wees dat alles ook niet, dans vooral ontelbare pas de deux.

Overwin dit verhaal en laat het achter je.

Ik ben geboren op 8 november 1973, in een verder niet noemenswaardige dorpskliniek, in de buurt van Tbilisi in Georgië.

Het is een klein land. Het is ook mooi, daar kan ik niets tegen inbrengen, zelfs jij zult het met me eens zijn, Brilka. Met bergen en een rotsachtige kust aan de Zwarte Zee. Die kust is in de loop van de vorige eeuw wel wat gekrompen, met dank aan het grote aantal burgeroorlogen, stomme politieke beslissingen en van haat vervulde conflicten, maar er is nog een flink stuk van over.

Ook al ken jij de legende maar al te goed, Brilka, toch wil ik hem hier even vermelden om je duidelijk te maken waar ik heen wil, de legende over hoe ons land is ontstaan.

Op een mooie, zonnige dag verdeelde God de door hem geschapen aardbol in landen (dat moet nog lang voor de torenbouw van Babel zijn geweest) en organiseerde hij een jaarmarkt, waar alle mensen luidkeels tegen elkaar opboden en naar de gunst van God dongen in de hoop zo het beste stukje aarde te bemachtigen (ik vermoed dat de Italianen het meest bedreven waren in de kunst van het imponeren en dat de Tsjoektsjen er niet veel kaas van hadden gegeten). Na een lange dag was de wereld in vele landen verdeeld en was God moe. Maar God – wijs als altijd – had voor zichzelf natuurlijk een soort vakantieoord achtergehouden, het mooiste stukje aarde: rijk aan rivieren, watervallen, sappige vruchten en met – dat moet hij hebben vermoed – de beste wijn van de wereld. En toen de opgewonden mensen naar hun nieuwe vaderland waren vertrokken, wilde de goede God uitrusten onder een schaduwrijke boom, waar hij een snurkende man ontdekte (vast met een snor en een gezellig buikje, zo heb ik me hem tenminste altijd voorgesteld). Hij was bij de verdeling niet aanwezig geweest en God was verbaasd. Hij maakte hem wakker en vroeg wat hij hier deed en waarom hij niet geïnteresseerd was in een eigen vaderland. De man glimlachte mild (misschien had hij al een of twee glaasjes rode wijn verschalkt) en zei (hier lopen de versies van de legende uiteen, maar laten we het op deze houden) dat hij zo ook tevreden was, de zon scheen, het was een heerlijke dag en hij zou genoegen nemen met wat God voor hem over had. En de goede God, welwillend als altijd, onder de indruk van de nonchalance en het ontbreken van eerzucht bij de man, schonk hem zijn eigen vakantieparadijs, Georgië dus, het land waar jij, Brilka, ik en de meeste mensen over wie ik in ons verhaal ga vertellen, vandaan komen.

Wat ik daarmee wil zeggen: bedenk dat die nonchalance (ofwel luiheid) en die afwezige eerzucht (het ontbreken van argumenten) in ons land doorgaan voor waarlijk hoogstaande eigenschappen. Bedenk ook dat een verregaande identificatie met de goede God (uiteraard de orthodoxe God en geen andere) de mensen in dit land er niet van weerhoudt in alles te geloven wat ook maar enigszins sprookjesachtig, geheimzinnig of legendarisch aandoct – en dat hoeft beslist niet alleen de Bijbel te zijn.

Het kunnen de reuzen in de bergen zijn, de huisspoken, het boze oog dat een mens in het ongeluk kan storten, een zwarte kat die onheil brengt, de macht van koffiedik of de waarheid die alleen door kaarten wordt onthuld (tegenwoordig, vertelde jij, laten de mensen zelfs hun nieuwe auto met wijwater besprenkelen om zo min mogelijk ongelukken te krijgen).

Het land, ooit het gouden Colchis, dat het geheim van de liefde in de vorm van het Gulden Vlies moest meegeven aan de Grieken, omdat de weerspannige en uitzinnig verliefde koningsdochter Medea dat beval.

Het land dat bij zijn bewoners beminnelijke eigenschappen als de heilig verklaarde gastvrijheid, en minder beminnelijke eigenschappen als luiheid, opportunisme en conformisme in de hand werkt (dat wordt door de meerderheid zeker niet zo gezien, ook daar zijn wij tweeën het over eens).

Het land waarvan de taal geen geslacht kent (beslist niet gelijk te stellen met gelijkgerechtigdheid).

Een land dat er de afgelopen eeuw na 135 jaar tsaristisch en Russisch patronaat precies drie jaar lang in slaagde een democratie overeind te houden, totdat die uiteindelijk opnieuw door de grotendeels Russische, maar ook Georgische bolsjewieken omver werd geworpen en de Socialistische Republiek Georgië werd uitgeroepen, waardoor het een deelrepubliek van de Sovjet-Unie werd.

In die unie bleef het land de volgende zeventig jaar. Er volgden meerdere omwentelingen, bloedig neergeslagen demonstraties, ettelijke burgeroorlogen en ten slotte de langverwachte democratie, hoewel die benaming een kwestie van perspectief en interpretatie is gebleven.

Ik vind dat ons land beslist heel komisch kan zijn (niet alleen tragisch, wil ik daarmee zeggen), dat in ons land ook vergeten heel goed mogelijk is, in combinatie met verdringen. Verdringen van eigen wonden, van eigen fouten, maar ook van ten onrechte berokkend leed, van onderdrukking, van verlies. Desondanks heft men het glas en lacht. Dat vind ik indrukwekkend, echt, gelet op de weinig verheugende dingen die de afgelopen eeuw met zich heeft meegebracht en de gevolgen die de mensen daar tot op heden van ondervinden (ook al hoor ik je nu al tegenspreken!).

Het is een land waar behalve de grote beulen van de twintigste eeuw ook veel fantastische mensen vandaan komen, van wie ik persoonlijk veel hield en houd. Sommigen van hen zijn gevlucht, sommigen zijn op hun zoektocht verdwaald, sommigen leven niet meer, sommigen zijn teruggekeerd, sommigen hebben hun hoogtijdagen al achter de rug of hopen er nog op, maar de meesten kent niemand.

Een land dat nog altijd treurt om zijn gouden tijdperk tussen de tiende en de dertiende eeuw en hoopt op een dag de glans van weleer terug te winnen (ja, progressie betekent in ons land ook altijd regressie).

Tradities lijken een flauwe afspiegeling van wat ze ooit waren. Het streven naar vrijheid lijkt op een zinloze zoektocht naar onbekende kusten, want vooral de laatste achttien jaar is men het er zelfs niet over eens kunnen worden wat men precies onder vrijheid verstaat.

En zo heeft het land waar ik tweeëndertig jaar geleden ter wereld kwam, nu veel weg van een koning die nog altijd met een glanzende kroon en een prachtige mantel op de troon zit, bevelen uitdeelt en heer en meester is – zonder in de gaten te hebben dat zijn hele hofhouding allang is gevlucht en hij alleen is.

Bezorg geen last – zo luidt het hoogste gebod in dit land. Dat heb je tijdens onze tocht een keer tegen me gezegd en ik heb het onthouden (ik heb alles onthouden wat je tijdens onze tocht tegen me hebt gezegd, Brilka). En ik voeg er nog aan toe: Leef vooral zoals je ouders leefden, wees zelden, of liever nooit alleen. Alleen-zijn is gevaarlijk en nergens goed voor. Het land verafgoodt de gemeenschap en wantrouwt de eenling. Vertoon je in clubjes, met vrienden, in familieverband en belangengroepen – alleen ben je weinig waard.

Plant je voort, we zijn een klein land en moeten voortbestaan – dit gebod is gelijk aan het eerste gebod. Wees altijd trots op je land, verleer nooit je taal, vind andere landen, welke dan ook, mooi, spannend en interessant, maar nooit ofte nimmer beter dan je vaderland.

Vind bij de mensen van andere volken altijd eigenaardigheden en karaktertrekken die in Georgië op z'n minst schandalig zouden zijn en wind je erover op: gierigheid in het algemeen, dus de afwezige wil om al je geld uit te geven voor de gemeenschap; gebrek aan gastvrijheid, dus de ontbrekende wil om bij elk bezoek je hele leven om te gooien; geringe bereidheid om te drinken en te eten, dus onvermogen om te zuipen tot je erbij neervalt; de afwezigheid van muzikaal talent – om een paar van die karaktertrekken te noemen.

Gedraag je over het algemeen open, tolerant, begripvol en geïnteresseerd in andere culturen, zolang die het bijzondere en unieke van je vaderland respecteren en steeds bevestigen.

Wees (de laatste achttien jaar weer) gelovig, ga naar de kerk, stel niets ter discussie wat met de orthodoxe kerk te maken heeft, denk niet zelfstandig, sla elke keer als je een kerk ziet een kruis (dat is helemaal en vogue, vertelde je!), dus zo'n tienduizend keer per dag als je in de hoofdstad bent. Bekritiseer niets wat heilig is – dat wil zeggen zo'n beetje alles wat met dit land te maken heeft.

Wees vrolijk en opgewekt, want dat is de mentaliteit in dit land, van zwaarmoedige mensen houden ze niet in ons zonnige Georgië. Ook dat zul jij maar al te goed weten.

Bedrieg nooit je man en als je man jou bedriegt – vergeef het hem, want hij is een man. Leef vooral voor anderen. Want anderen weten toch altijd beter wat goed voor je is.

Als laatste wil ik er nog aan toevoegen dat het me ondanks mijn jarenlange strijd om en met dit land niet gelukt is het te vervangen, het uit te bannen als een boze geest die bezit van je heeft genomen. Geen reinigingsritueel, geen verdringingsmechanisme heeft me tot dusver kunnen helpen. Want terwijl ik me steeds verder van dit land verwijderde, zocht ik overal waar ik kwam die verspilde, om me heen gestrooide, verkwiste, ongebruikte liefde die ik daar heb achtergelaten.

Ja, het is een land dat geen enkele eerzucht aan de dag wil leggen, het liefst alles cadeau zou krijgen, omdat men er zo liefdevol, aardig, vrolijk en opgewekt is en (op goede dagen) een glimlach op ieders lippen kan toveren.

In dit land kwam ik dus op 8 november 1973 ter wereld. Een wereld die het zo druk had met andere dingen dat mijn komst nauwelijks opviel. Het Watergateschandaal, de anti-Vietnamdemonstraties, de militaire coup in Griekenland, de oliecrisis en Elvis hielden de westerse wereld bezig, terwijl het oostelijk deel onder Brezjnev en de Sovjetnomenklatoera wegzakte in doffe stagnatie. Een stagnatie die inhield dat men op alle mogelijke manieren volhardde in handhaving van de macht en daarmee in afwijzing van elke vorm van hervorming en steeds meer de ogen sloot voor de opkomende corruptie en de zwarte markt.

Hoe dan ook, in beide delen van de wereld luisterde men voor het eerst naar 'The Great Gig in the Sky' van Pink Floyd. In het Westen openlijk, in het Oosten heimelijk.

En Vysotski zou over die tijd nog zingen:

Het eeuwige circus,
waar ze als tere glazen
beloften breken,
juich, wie kan.
Grote veranderingen?
Holle frasen.
Dat bevalt me niet,
ik kots ervan.

Behalve mijn geboorte en de val van mijn zus gebeurde er die dag niets bijzonders. Afgezien misschien van het feit dat mijn moeder die dag in haar eeuwige strijd met haar vader en in de eeuwige hoop op begrip van haar vrouwelijke familieleden haar geduld verloor en begon te schreeuwen.

'Ben je soms een hoer?' moet mijn grootvader tegen haar hebben gebruld en mijn moeder moet huilend hebben teruggeschreeuwd: 'Hooguit een hoerenkind!'

Twee uur later begonnen de weeën.

Betrokken bij de ruzie: mijn heerszuchtige grootvader, mijn infantiele grootmoeder en mijn moeder, die in toenemende mate de controle over haar leven verloor.

De andere uitzonderlijke gebeurtenis die dag, vlak voordat de weeën begonnen, was de hersenschudding van mijn tweeënhalf jaar oudere zus.

Ze was een paar dagen daarvoor met onze grootvader naar de nabijgelegen paardenfokkerij geweest en daar verliefd geworden op de arabieren en de Dagestaanse pony's, zodat mijn grootvader haar op de dag van mijn geboorte op een pony zette en haar maar losjes om haar middel vasthield, toen de pony zich plotseling losrukte en het kind afwierp. Het ging zo vlug dat mijn grootvader er niet in slaagde haar op te vangen.

Ze viel en sloeg als een zware pompoen tegen de grond, die weliswaar met stro was bedekt, maar voor mijn zachte, blozende zus toch behoorlijk hard was.

Terwijl mijn grootvader zich wanhopig op zijn kleindochter stortte, de paardenfokkers verwijten maakte en dreigde 'de hele tent' te zullen sluiten, begon mijn moeder te kreunen, overstuur van de ruzie en de kwetsende woorden, die in het 'Groene Huis', het huis van mijn kinderjaren, nog lang naklonken. Mijn grootmoeder, die zich bij zulke – en het waren er echt veel – luidruchtige woordenwisselingen tussen haar man en haar dochter als een soort scheidsrechter opwierp en, doordat ze geen partij koos, de woede van de twee alleen nog maar aanwakkerde, rende meteen naar de keuken waar mijn moeder zat, en greep zonder iets te zeggen naar de logge telefoon aan de muur. De weeën duurden precies acht uur.

Op hetzelfde moment dat mijn moeder in gezelschap van haar corpulente moeder naar het dorpsziekenhuis ging, werd mijn zus Daria, meestal Daro, Dari of Dariko genoemd, ook naar een ziekenhuis gebracht.

'Au!' schreeuwde Daria. En 'Aaaa!' schreeuwde haar moeder. 'Mamaaaa!' huilde Daria en haar moeder kreunde: 'Mamaaaaa!'

Mijn grootvader stapte in de witte Lada van zijn dochter (zijn geliefde, door hem als een kind vertroetelde verzamelaarsauto Tsjaika – de 'Meeuw', officieel GAZ 13 genoemd en alleen voorbehouden aan de Sovjetelite – was te langzaam voor de grote weg) en stoof naar het beste ziekenhuis van Tbilisi, waar bij Daria een lichte hersenschudding werd geconstateerd. En bij mij, een paar kilometer verderop en een paar uur later, dat ik ter wereld was gekomen.

Mijn luide geschreeuw dwong mijn uitgeputte moeder haar hoofd op te tillen, naar mij te kijken en vast te stellen dat ik op niemand leek, om daarna weer op de provisorisch aandoende baarstoel terug te vallen.

Mijn grootmoeder was de eerste die me bij volledig bewustzijn doorgrondde. Ik was een 'baby met een bovennatuurlijk ontwikkelde behoefte aan harmonie', luidde haar oordeel, tenslotte was ik midden in een ruzie ter wereld gekomen.

Wat die behoefte aan harmonie betreft, zou ze zich schromelijk vergissen.

Mijn grootvader, die mijn zus van het ziekenhuis weer naar huis had gebracht – ze hadden haar bedrust voorgeschreven –, kreeg telefonisch bericht dat ik, 'tenger en donkerharig', er nu was en een 'stabiele gezondheid' genoot. Hij ging op de veranda zitten, hulde zich in zijn oude marinejas, waar mijn zus en ik zo vaak ruzie om zouden maken, en schudde alleen telkens zijn hoofd.

Terwijl zijn moeder een welkomsttaart bakte, haar bijzonder geliefde vruchtenlikeur (deze keer van morellen) uit de kelder haalde en voorbereidingen trof voor een kraamfeest, zat mijn grootvader, verbijsterd over de nieuwe schanddaad van zijn dochter, nog steeds roerloos op de veranda en kon niets anders doen dan zijn hoofd schudden. Mijn geboorte dwong hem opnieuw een kleindochter zijn eigen achternaam te geven, Jasji dus, want ik was buitenechtelijk verwekt. Deze keer niet door een deserteur en landverrader, zoals in het geval van mijn zus, maar door een ronduit criminele man die bij mijn geboorte in de gevangenis zat.

'Dit kind is een product van Elenes schaamteloosheid en verdorvenheid en bezegelt mijn definitieve nederlaag in de strijd om haar eer, ik heb dus geen enkele reden om blij te zijn of iets te vieren. Het meisje, ook al kan ze er niets aan doen, is de vleesgeworden belichaming van al het kwaad dat haar moeder over ons heeft afgeroepen.' Zo luidde ten slotte zijn eerste zin, nadat zijn moeder, mijn overgrootmoeder, hem herhaaldelijk had gevraagd toch alsjeblieft een reactie te geven op de komst van zijn tweede kleinkind.

Ja, op dat punt had hij niet eens ongelijk en gelet op de omstandigheden waaronder ik ben geboren, kan ik hem die woorden niet kwalijk nemen.

De vijf dagen dat ik met mijn moeder in het ziekenhuis bleef, waar mijn grootmoeder elke dag met kippenbouillon en ingemaakte groenten bij haar dochter op kraamvisite kwam, bleef mijn grootvader thuis en waakte aan het bed van Daria, die maar niet kon begrijpen waarom ze niet mocht opstaan, en daarom vermaakte hij haar met allerlei verhalen, spelletjes en tekenfilms (hij had speciaal een tv in haar kamer gezet), zodat Daria niets wist van mijn bestaan en mijn moeder niets wist van de hersenschudding van haar eerstgeborene.

Daria was het verafgode en bewonderde kind in het rijk van onze machtige grootvader, voorbestemd om aanbeden en aangegaapt te worden. Tot ze... maar ik loop op de feiten vooruit; eer het zover was, zouden er nog vele jaren verstrijken, waarin ze de rol van het door iedereen aanbeden juweel met bravoure speelde.

Maar ondanks deze omstandigheden, de totaal verschillende rollen die onze grootvader en het hoofd van onze familie ons van meet af aan toewees, was ik vanaf de dag dat ik van het dorpsziekenhuis naar huis werd gebracht, voorgoed verzekerd van één voordeel: ik kreeg de onbeperkte, idolate liefde van mijn overgrootmoeder Stasia. Die was voor mij, voor mij alleen. Mijn overgrootmoeder schonk mij de liefde die ze alle anderen tientallen jaren had geweigerd, die ze maar mondjesmaat, verpakt, verholen en bijna aarzelend gaf, vooral niet aan haar eigen zoon. Maar mij schonk ze die nu offensief, luid, haast obsessief, kinderlijk, overdadig. Alsof ze al die jaren alleen op mijn komst had gewacht, alsof ze zichzelf voor mij had bewaard.

De dag dat ik, tenger, verfrommeld en verre van schattig, naar huis werd gebracht, was de dag dat Anastasia, zoals ze voluit heette, haar geluiddichte burcht verliet en aan het daglicht trad om mijn lelijke persoontje te begroeten. Ze was niet meer zo halfhartig en wereldvreemd als ze jaren was geweest, want er veranderde op slag iets toen ze mij in haar armen nam en haar ogen dichtdeed.

En toen ze uit haar somnambule toestand ontwaakte en eindelijk naar haar achterkleinkind keek, zei ze: 'Dit is een ander kind. Een bijzonder kind. Het heeft veel bescherming en veel ruimte voor zichzelf nodig.'

En iedereen sloeg met zijn vlakke hand tegen zijn voorhoofd en begon te kreunen. Die dwaze oude vrouw was tot leven gewekt en men wist niet precies of dat nu goed of rampzalig was.

Voorlopig zou het ook mij vergund zijn mijn oudere zus te verafgoden.

In mijn vroegere leven is me vaak gevraagd of ik onder haar schoonheid, haar populariteit en de bewondering die ze altijd oogstte heb geleden. Maar dat is niet zo. Ondanks alle moeilijkheden die Daria en ik in onze kinder- en tienerjaren ondervonden, en hoewel we elkaar gekweld, haast gepijnigd en alleen met veel moeite onze fouten vergeven hebben, gebeurde dat alles uitsluitend omdat we vurig van elkaar hielden.

Ja, als kleuter verstomde ik altijd zodra Daria in mijn buurt kwam, zodra ze overwoog mijn hoofd vast te pakken of aan mijn neus te kietelen. Ik kon gewoon niet anders dan Daria verafgoden, net als alle anderen om ons heen.

Misschien moet ik hier proberen haar wrede, vanzelfsprekende bekoring te verklaren door te vertellen dat Daria gouden haar had. En ik bedoel echt van goud. Of dat ze twee verschillende ogen had, onvoorstelbaar verschillend en onvoorstelbaar fascinerend, het ene kristalblauw en het andere hazelnootbruin. Of dat ze een betoverend lachje had en voor zo'n schattig kind een ongewoon diepe, rauwe stem, als van een verongelijkt, mollig jongetje. Maar dat zou het allemaal te simpel maken, dat zou niet voldoende zijn.

Al hield mijn grootvader nog zoveel van Daria en ervoer hij mijn geboorte als een soort onbeschaamdheid, omdat die Daria's alleenheerschappij bedreigde, en al voelde ik dat van het begin af aan, het veranderde niets aan het feit dat ik Daria's nabijheid zocht en nodig had.

Ik was een lelijk kind (dan leer je algauw om schoonheid te vechten).

Stasia, zoals Anastasia altijd werd genoemd, was een knappe vrouw geweest, weliswaar niet zo buitengewoon en duizelingwekkend mooi als haar jongste zus Christine, maar op het moment van mijn geboorte was de schoonheid van mijn overgrootmoeder veranderd in iets surreëels, iets somnambuuls. Ze had het ballet herontdekt, wat haar weer jong maakte.

We vormden echt een geweldig paar.

Ja, ik heb heel veel aan Stasia te danken, al waren er beslist momenten in mijn kinderjaren dat ik die wedergeboorte van haar graag ongedaan had gemaakt. Dat ik haar liefde als een vloek ervoer en wenste die niet als een wonderlijke schadeloosstelling voor de vele ontberingen van mijn kinderjaren te ontvangen. Maar over het geheel genomen heb ik door haar geleerd te leven, op een koord te dansen als alles om me heen in vlammen opging, op een koord, hoger gespannen dan de hoogste bomen, hoger dan alle torens, zwevend en onbevreesd – want als je valt, spreid je gewoon je armen uit en dan vlieg je al. Dankzij haar heb ik leren vloeken (een veel te weinig gewaardeerde eigenschap: goed kunnen vloeken, in tijden dat de wereld om je heen begint te wankelen). Dankzij haar heb ik geleerd uitwegen in de uitwegloosheid te zoeken, tegen de muren op te klimmen als de bruggen instorten, en te lachen als een soldaat. Vooral als er niets te lachen viel.

Dankzij haar heb ik veel vloeken als lastige kleren van me af kunnen schudden en dankzij haar heb ik leugenachtige aureolen kunnen overwinnen. Dat alles en nog veel meer heb ik te danken aan Stasia, met wie eigenlijk alles begon...

Iets wat Stasia me heeft meegegeven en wat me misschien het sterkst heeft gevormd, is het verhaal van het wandtapijt.

Op een regenachtige ochtend (ik zat in de tweede of derde klas), toen ik thuis, in het Groene Huis, was gebleven omdat ik kou had gevat, ontdekte ik Stasia op de zolder, die nooit was afgebouwd. Daar was een balkon, zo breed als een terras, maar zonder balustrade, waar wij kinderen absoluut niet mochten komen, maar waar we het liefst zaten en dat ook vaak stiekem deden. Nu stond Stasia op dat balkon een door motten aangevreten tapijt uit te kloppen, met prachtige patronen en purperrode tinten. Ik had dat tapijt nog nooit gezien.

'Daar blijven. Niet dichterbij komen!' zei ze toen ze me zag staan.

'Wat doe je daar?'

'Ik heb besloten dit tapijt te laten restaureren.'

'Wat betekent restaureren?' vroeg ik, terwijl ik gefascineerd voor haar bleef staan.

'Ik ga dit oude tapijt weer nieuw maken en dan ophangen. Het was van onze grootmoeder en Christine heeft het geërfd. Zij heeft het nooit mooi gevonden en daarom aan mij gegeven, maar ik heb het ook nooit op waarde weten te schatten, tot ik zelf oud werd. Het is een oeroud, heel kostbaar wandtapijt.'

'Dat kan toch niet, iets ouds nieuw maken.'

'Natuurlijk kan dat. Het oude zal nieuw, dus anders zijn, niet meer precies zoals het was, dat is ook niet de bedoeling. Het is beter en interessanter als iets verandert. We maken het nieuw, hangen het op en kijken wat er gebeurt.'

'Maar waarom?' wilde ik weten.

'Een tapijt is een verhaal. Daarin gaan weer talloze andere verhalen schuil. Kom hier, heel voorzichtig, pak mijn hand, ja, goed zo, kijk, zie je die patronen?'

Ik staarde naar de kleurige versieringen op de rode ondergrond.

'Dat zijn allemaal aparte draden. Elke aparte draad is weer een apart verhaal, begrijp je?'

Ik knikte aandachtig, al wist ik niet zeker of ik haar begreep.

'Jij bent een draad, ik ben een draad, samen vormen we een kleine versiering, met veel andere draden samen vormen we een patroon. De draden zijn allemaal verschillend, verschillend van dikte, verschillend van kleur. De patronen zijn op zichzelf moeilijk te herkennen, maar als je ze in hun samenhang bekijkt, ontdek je prachtige dingen. Hier bijvoorbeeld. Is dit niet schitterend? Deze versiering, gewoon fantastisch! Het gaat om het aantal knopen, om de dichtheid ervan en om de verschillende kleurstructuren – dat alles bij elkaar vormt dan de textuur. Ik vind dat een heel mooi beeld. Ik denk er de laatste tijd veel over na. Tapijten zijn geweven van verhalen. Dus moet je ze bewaren en onderhouden. Ook al heeft dit tapijt jarenlang ergens ingepakt gelegen en als voer voor de motten gediend, het moet nu herleven en ons zijn verhalen vertellen. Ik weet zeker dat wij er ook in verweven zijn, al hadden we daar geen idee van.'

En Stasia klopte uit alle macht op het zware tapijt.

Ik ben die les nooit vergeten.

Ik weet niet of ik Stasia hier moet bedanken, want met dit inzicht heeft ze me min of meer verslaafd gemaakt aan verhalen en me ertoe veroordeeld jarenlang als een bezetene de verhalen achter de verhalen te zoeken, als de verschillende lagen in een kostbaar tapijt.

Zo begin ik hier en zoek wat troost bij mezelf, als een kind dat bang is en zijn geliefde speelgoed stijf tegen zich aan drukt. Want ik ben bang. Ik weet niet of ik mezelf recht kan doen met wat ik je wil vertellen, of ik jou recht kan doen, Brilka.

En ik ben bang voor die verhalen. Die verhalen, die voortdurend parallel lopen, op de voorgrond treden, zich verstoppen en elkaar in de rede vallen. Want ze zijn met elkaar verweven en maken zich los van elkaar, ze ontwijken, overlappen en bespieden elkaar, ze verraden en misleiden je, ze laten sporen achter, wissen ze weer uit en bovenal bevatten ze nog duizenden andere verhalen.

Ik weet niet of ik zelf alles heb begrepen en het verband heb gezien, maar ik moet hopen en in geval van nood, als alle koorden knappen en alle bruggen instorten, weer mijn armen uitspreiden, ik moet hopen dat ik in het geval van een val toch op de een of andere manier zal vliegen.

Ik begin met Stasia om uit te komen bij jou, Brilka.

In de koudste winter van het begin van de twintigste eeuw, zo is me verteld, werd ze geboren. Ze had veel haar op haar hoofd, je had het in staartjes kunnen vlechten. En bij haar eerste schreeuw danste ze eigenlijk al. Ze lachte terwijl ze schreeuwde, alsof ze schreeuwde ter geruststelling van de volwassenen, van haar ouders, de vroedvrouwen, de plattelandsdokter, en niet omdat ze moest schreeuwen.

En haar eerste stapjes waren al een soort pas de deux. En ze hield van chocola, altijd. En voor ze 'vader' kon zeggen, brabbelde ze 'Madame Butterfly'. En ze ontdekte al vroeg de grammofoon en had de nieuwste platen voor ze goed en wel kon lezen en schrijven, maar ze zong en danste mee. En Eleonora Duse was haar favoriet. En ze was vlugger en welbespraakter dan haar beide zussen. En de vrolijkste en slimste.

Maar bij zulke verhalen wordt er meestal zoveel verteld.

Ze hield van boeken en de schone kunsten, maar ze ging vooral dansend door het leven. En dansend bracht ze de eerste luitenant van de Witte Garde het hoofd op hol, op het nieuwjaarsbal van de burgemeester, haar eerste bal, brutaal en jongensachtig kwam ze toen over, bijna provocerend, had je kunnen denken. En haar vlechten, haar lange vlechten, had ze om haar hoofd gedraaid, als een aureool straalden ze om haar smalle hoofd, om haar porseleinen voorhoofd. Ze straalde zo dat hij verliefd op haar werd. Natuurlijk onsterfelijk, natuurlijk voor altijd.

En ze was de beste amazone die in herenzit reed en dat maakte indruk op de luitenant. Heel veel zelfs. En ze interesseerde zich voor blauwkousen en wilde een dansopleiding volgen in Parijs, bij de Ballets Russes. Ze was toen zeventien en hij vroeg om haar hand, daarna kwam de revolutie, die hen uit elkaar dreigde te rukken. Vlak voor zijn vertrek naar Rusland werd ze bang en vergat ze de Ballets Russes en de blauwkousen en trouwde ze met hem. In het kleine kerkje, in aanwezigheid van haar zussen en priester Serafim. De huwelijksnacht brachten ze door in een herberg niet ver van de steppe, in de buurt van het grotklooster, alleen zij tweeën, de nacht, de grotten, de stenen. Zo was het.

Natuurlijk had ze meteen zwanger moeten worden, dat gebeurt in zulke verhalen meestal, maar deze keer niet.

Eerst had ze haar vader, de chocoladefabrikant, steeds weer gevraagd of ze naar Parijs mocht om daar de schone kunst van het dansen te leren, hij had steevast geantwoord dat het geen pas gaf om in herenzit te rijden en al helemaal niet om je in een vreemde stad in vulgaire bochten te wringen.

Dus ging ze naar Petrograd, naar haar man, en niet naar Parijs.

En pas veel later, na veel dwalingen en veel leed, keerde ze terug naar haar warme vaderland.

Waar tientallen jaren later ook ik geboren zou worden en jij, Brilka. Hier eindigt vooralsnog de legende en beginnen de feiten. Het kind, het oudste van de twee die ze baarde, werd een man, en hij verwekte een dochter. Die dochter werd een vrouw en baarde Daria en mij. En Daria kreeg jou, Brilka. De vrouwen, de luitenants, de dochters en de zonen zijn dood, en de legende, jij en ik leven. Dus moeten we er wat van zien te maken.

EERSTE BOEK

STASIA

Nee, geen vleugels van een onbekende
En geen vreemde hemel hoedden mij,
Want mijn eigen volk, ook in ellende,
In zijn ongeluk, bleef ik nabij.
Achmatova

De bel ging en geen van haar zussen deed open. Steeds weer werd er aan het belkoord getrokken, maar ze bleef roerloos de tuin in staren. De hele ochtend regende het al en dat maakte haar stemming voor iedereen toegankelijk en zichtbaar. De regen, de grauwe lucht, de vochtige aarde legden haar innerlijk bloot en gaven iedereen inzicht in haar wonden.

Haar vader was nog niet terug en haar stiefmoeder was met de kleine stoffen gaan kopen, met het prachtige, nieuwe rijtuig van papa. Ze riep om haar zussen, niemand reageerde. Toen stond ze langzaam op en dwong zichzelf de treetjes af te lopen om de deur open te doen.

Op de stoep stond een jongeman in een wit uniform. Ze had hem nog nooit gezien en deed ietwat verward een stap bij de zware eiken deur vandaan.

'Goedendag, u moet Anastasia zijn. Mag ik me voorstellen? Simon Jasji, eerste luitenant van de Witte Garde en een vriend van uw vader. We hebben een afspraak, mag ik binnenkomen?'

Dus geen gewone officier, maar een luitenant, een eerste luitenant nog wel. Ze knikte zwijgend en gaf hem een hand. Hij was imposant, groot en breedgeschouderd, met slanke ledematen en knokige handen, die nogal behaard waren en niet erg pasten bij deze mooi uitgedoste heer, het leek of de natuur door zijn uniform heen drong.

Hij nam zijn perfect zittende hoofddeksel af, dat ze een beetje belachelijk vond, en kwam binnen. Ze vroeg zich af waar alle anderen zaten, het hele huis leek uitgestorven, dat merkte ze nu pas.

Uit de keuken kwam de geur van koffie en taart, maar er was niemand, ze ging de gast voor naar de salon, waar de deur naar de tuin openstond. Het regende naar binnen en de witte vitrage wapperde in de vochtige wind. Ze rende naar de deur en deed hem vlug dicht. De regen was voor haar een bedreiging, bij het zien ervan moest ze bijna weer huilen, wat ondenkbaar was in aanwezigheid van die vreemde man.

Opeens bedacht ze dat hij haar had herkend en met haar naam had aangesproken, hoewel ze met vier zussen waren. Terwijl hij nog nooit bij hen thuis was geweest, dat merkte ze aan zijn ronddwalende, nieuwsgierige blikken. Het was een valstrik. Ja, dat was het. Nu begreep ze waarom het plotseling zo leeg was in huis. Hij was het dus. Het ging om hem. Hij was de toornige god door wie ze haar straf zou krijgen. Hij was de borg voor de toekomst. Hij was de slachter, hij was de beul. Ze verbleekte en wankelde de kamer uit.

'Alles in orde?' riep hij haar na.

'O, ja, ja. Ik haal alleen even koffie en taart. U wilt toch wel koffie?' riep ze vanuit de keuken, waar ze tegen de muur leunde en met haar mouw haar tranen afveegde. Niets zou meer worden zoals het was. Dat had ze in één klap begrepen, in één klap was het tot haar doorgedrongen dat haar jeugd voorbij was. Dat ze opeens een ander leven zou krijgen, dat alles, al haar dromen, wensen en visioenen zich zouden beperken tot die man, tot het witte Russische uniform, waarschijnlijk een ondergeschikte van de dikke, onbeschaafde gouverneur van Koetaisi, wat verschrikkelijk!

Ze moest bijna overgeven, maar de koffie dampte in de pot en de symmetrisch gesneden chocoladetaart uit papa's banketbakkerij stond te wachten om te worden aangeboden aan de gast.

En zo werd de chocoladetaart de eerste offergave die ze haar beul aanbood. Om op te eten. Zoals ze alle toekomstbeloften die het leven haar nacht na nacht in het oor had gefluisterd, aan deze voltrekker zou moeten aanbieden om te doden, zodra ze zijn leven begon te leven, waarin ze geen plaats zou vinden, waarin ze een vreemde zou zijn, waarin ze nergens zou aankomen. Ze beet op haar lippen en onderdrukte de pijn die ze daarbij voelde.

Ze bracht het zilveren dienblad met de dampende koffie en het porseleinen servies naar de salon. De man zat met zijn benen over elkaar in papa's stoel naar de groene tuin te staren, die door de hevige regen werd verdronken en begraven, samen met de kleine voorjaarsbloemen die hunkerend naar leven en warmte uit de aarde drongen.

'O, wat heerlijk. Uw vader is echt een genie. En zo'n goed mens. Zo terughoudend, een man van nederigheid. Tegenwoordig vind je zulke mannen nauwelijks meer. Iemand plant een boom en de hele goegemeente moet het weten. Niemand verricht nog goede daden tegenwoordig, althans niet zonder ze aan de grote klok te hangen. Uw vader is niet zo. Ik ben heel trots dat ik me tot zijn kennissenkring mag rekenen. En uw *maman*. Die is betoverend.'

'Ze is mijn stiefmoeder.'

'O.'

'Neemt u gerust. We hebben nog genoeg van die taart. Aan zoetigheid is hier nooit gebrek.'

'Ja, ik ken de creaties van uw vader. Die heerlijke amandeltaartjes, en wat is zijn pruimenmousse geweldig! Dat is echt een droom.'

'En waar kent u papa van, als ik vragen mag?'

'Ik... ik heb hem ooit een plezier gedaan, als ik het zo mag zeggen.'

'U zei net dat je er niet over moet praten als je iets goeds hebt gedaan. Dat is ware grootheid, heb ik van u begrepen.'

'U bent wel heel precies.'

'Dat ben ik ook.'

'De taart is fantastisch. Waarom probeert u hem niet?'

'Ik eet er elke dag genoeg van. Dank u.'

'Ik heb hem alleen een plezier gedaan. Ik heb niet gezegd dat ik daarmee een goede daad heb verricht.'

'Een plezier is van nature iets goeds.'

'Het hangt er maar van af hoe je het bekijkt, vindt u ook niet? Ieder mens bekijkt de dingen vanuit zijn eigen perspectief, dat hij niet per se met anderen hoeft te delen.'

'Dat bedoelde ik niet. Er zijn dingen, daar zou iedereen het over eens moeten zijn. En ook hetzelfde over moeten denken.'

'Zoals?'

'Bijvoorbeeld dat de zon prachtig is en de lente wonderen kan doen, dat de zee diep is en het water zacht. Dat muziek magisch is als ze goed wordt gespeeld. Dat kiespijn iets vreselijks is en ballet het mooiste van de wereld.'

'Ik snap het. Dansen is uw lust en uw leven, nietwaar?'

'Ja, dat is het.'

'En u mag mij niet omdat u gelooft dat ik er niet net zo over denk?'

'Hoe moet ik dat nu weten?'

'U gelooft het. U vermoedt het.'

'Ik vermoed helemaal niets.'

'Dat geloof ik niet.'

'Luister, ik geef toe dat ik geloof dat u over veel dingen niet hetzelfde denkt als ik, alleen al omdat u in het leger zit en ik niet van het leger hou. Wat valt er te lachen?'

'Het spijt me. U amuseert me.'

'Dat is dan fijn. Dan heeft tenminste een van ons een goede bui.'

'Rijdt u paard?'

'Wat?'

'Of u paardrijdt?'

'Ja, natuurlijk rij ik paard.'

'In amazonezit, neem ik aan?'

'Liever in herenzit.'

'Kostelijk! Wilt u morgen een ritje met mij over de steppe wagen?'

'Ik heb morgen balletles.'

'Ik kan op u wachten.'

'Ik weet het niet.'

'Of bent u soms bang?'

'Waar zou ik bang voor moeten zijn? Voor u in elk geval niet.'

'Dat is dan afgesproken?'

'Hoor eens, ik weet niet wat mijn vader u over mij heeft verteld. Maar het klopt vast niet. Ik weet niet wat hij u heeft beloofd, maar ook dat kan ik zeker niet nakomen. Ik neem met alle plezier het risico dat u en mijn vader woedend worden, maar ik ben niet van plan u iets wijs te maken. Ik zal niet van u houden. Waarom lacht u alweer?'

'U bent nog beter dan uw vader u heeft beschreven.'

'Wat heeft hij u beloofd?'

'Niets. Hij heeft alleen gezegd dat ik u af en toe mag komen opzoeken.'

'Zodat ik later met u trouw en niet meer mag dansen?'

'Zodat we elkaar leren kennen.'

'U bent veel ouder. Dat geeft geen pas.'

'Ik ben achtentwintig.'

'Toch bent u veel ouder. Elf jaar is een groot verschil.'

'Ik kom heel jong over.'

'U hebt geen verstand van ballet.'

'Ik heb u zien dansen tijdens het privéconcert bij de Mikeladzes.'

'Echt waar?'

'Ja.'

'En?'

'U was tamelijk goed.'

'Tamelijk goed? Ik was heel goed.'

'Misschien. U denkt toch dat ik er geen verstand van heb.'

'Nou ja, iedere leek heeft recht op een mening.'

'O, wat genereus van u.'

'U draagt geen snor.'

'En wat wilt u daarmee zeggen?'

'Dat hoort niet.'

'Volgens de laatste mode wel.'

'Ik ben conservatief.'

'Daar lijkt het anders niet op.'

'U kent mij niet.'

'Ik heb u gezien toen u veertien was en naar het vioolconcert van de Maksim-broeders luisterde. We zaten naast elkaar en u was zo ontroerd dat u moest huilen en uw tranen met de mouw van uw jurk afveegde. U gebruikte geen zijden zakdoek. Dat beviel me wel. En daarna stormde u de zaal uit. Maanden later zag ik u in het circus dat toen zijn grote tent op de heuvels had opgeslagen. U at een gepofte appel en likte uw vingers af. U gebruikte geen zijden zakdoek, zoals het hoort. En later zag ik u op het nieuwjaarsbal, het was uw eerste bal, bij de burgemeester. Bij uw eerste dans was u betoverend, alleen uw partner was een sukkel en leidde u niet goed. Hij trapte constant op uw tenen en u vertrok telkens uw gezicht. U kwam naar buiten en veegde met de punt van uw jurk de zweetdruppeltjes van uw voorhoofd. Geen zijden zakdoek. Daarna ging u op de stenen trap zitten en keek omhoog naar de lucht. Toen besloot ik dat het tijd werd om u te leren kennen.'

'En waarom zou ík u willen leren kennen?'

'Omdat ik iemand ben die ook nooit een zakdoek gebruikt.'

'Wat houdt dat in?'

'Iemand die een sluier nodig heeft, een voorwerp, ook al is het van zijde, tussen zichzelf en de wereld, is bang voor het leven. Hij is bang om dingen te beleven, ze echt te voelen. En ik vind het leven veel te kort en veel te mooi om het niet echt in de ogen te zien, het niet echt aan te gaan, het niet echt te leven.'

'Wilt u daarmee zeggen dat we op elkaar lijken?'

'Nee, ik bedoel alleen dat we een soortgelijke instelling hebben.'

'Toch ben ik niet van plan om met u te trouwen en mee naar Moskou te gaan.'

'Ik ben toch helemaal niet in Moskou. Ik ben hier.'

'U dient onder de Russen, ik hou niet van Russen. Ze zeggen dat er binnenkort opstanden komen. Dat het onrustig is in Rusland. Er gaan geruchten. Bovendien is papa zijn tweede vrouw ook in Rusland gaan halen. Ik weet hoe het in de wereld toegaat.'

'En hoe gaat het er toe?'

'Nou, voor ons dames niet bepaald gunstig.'

'Een echte blauwkous dus.'

'Wat is dat nu weer?'

'In Europa heb je vrouwen die vinden dat vrouwen en mannen gelijk zijn. En voor die rechten vechten ze. Blauwkousen heten ze.'

'Ze hebben gelijk dat ze vechten. Maar ik vind het een ontzettend stomme naam.'

'Als dat zo is, kunnen we eens een echte rit over de steppe maken. Dan kunnen we zien hoe gelijk mannen en vrouwen zijn.'

'Ik vind niet dat ze gelijk zijn, ik vind dat vrouwen beter zijn.'

'Des te beter. Tot morgen dan.'

'Wacht even... u weet helemaal niet waar ik balletles heb.'

'Daar kom ik wel achter. En doe de hartelijke groeten

aan uw vader. U hoeft me niet uit te laten. Een echte geemancipeerde dame moet altijd blijven zitten.'

'Een wat voor dame?'

'Een die voor haar rechten vecht.'

Hij liep met lichte, snelle passen en een schalkse grijns de deur uit. Stasia bleef verstijfd zitten en kon zelf niet geloven wat er net was gebeurd. Je mocht je eigen beul niet aardig vinden, je mocht niet met hem flirten. Je mocht hem niet meer offergaven aanbieden dan nodig was. Je mocht niet met hem in herenzit rijden. En toen barstte ze in lachen uit. Het was opgehouden met regenen en de bloemen schoten uit de aarde. Overal brak weer leven door, samen met de vele en zoete beloften. Stasia deed de tuindeur open en liep naar buiten. De aarde was vochtig en haar voeten bleven in de modder steken. Maar dat weerhield haar er niet van in de drassige tuin een pas de deux te dansen.

Ze ontmoetten elkaar en reden over de steppe, beiden in herenzit. Zij zag er vast ongelofelijk lieftallig en zelfverzekerd uit. Ze had al jong leren paardrijden en nam het liefst een pittige kabardin, waar ze zonder zadel op reed. Ze was graag in het schrale steppelandschap. De oude grottenstad kende ze als haar broekzak. Ook al raakten er constant mensen zoek in dat geheimzinnige labyrint van stenen trappen, gangen en kamers, Stasia vond altijd de weg terug. De weg uit de grottenstad, die eeuwen geleden op bevel van de machtige koningin van het land in de reusachtige berg was uitgehouwen en inmiddels een verlaten oord was, waar geesten zongen. Je kon ze zelfs horen als je je ogen maar stijf genoeg dichtkneep en je eigen gedachten in je hoofd tot zwijgen bracht. En de luitenant raakte vast nog meer onder de indruk van haar kunnen. En ze praatten vast over van alles en nog wat en Stasia daagde hem vaak tot een wedren uit.

Van nu af aan spraken ze elke dag af om samen te gaan rijden. Stasia was algauw zo enthousiast over die gezamenlijke uren in de steppe dat ze op sommige dagen zelfs het dansen vergat.

Natuurlijk kon het niet anders of onze zeventienjarige Stasia werd verliefd. De witte luitenant genoot van Stasia's vertrouwen, dat van dag tot dag, van rit tot rit groeide. En hij geloofde vast dat ze goed voor elkaar zouden zijn, dat hij precies zo'n eigenzinnige vrouw nodig had, en dat vaste geloof moest wel indruk op Stasia maken.

Ook bewonderde Simon Jasji het gezin van de chocoladefabrikant en die sympathie werd door de vader van de aanbedene beantwoord. Anastasia zou bij de keuze van haar aanstaande geen tegenstand ondervinden, zoals haar op één na oudste zus, die altijd als ze een oogje op een man had, op vaders ongenoegen kon rekenen. De witte luitenant daarentegen leek vaders eerste keuze.

En omdat het roerige tijden waren en je niet wist hoe het tij zou keren, moest je snel handelen. Ook in liefdesaangelegenheden.

De witte luitenant had inderdaad een cadettenschool in Sint-Petersburg bezocht, toen het Sint-Petersburg met de mooie bals en het charmante Franse accent nog bestond, en hij had maar kort in de Russisch-Japanse oorlog gevochten, waaruit hij gewond en benoemd tot eerste luitenant naar zijn vaderland was teruggestuurd. Die verwonding voorkwam dat hij werd ingezet in de Eerste Wereldoorlog. Na zijn herstel hadden ze hem in zijn slaperige geboortestadje ingedeeld bij de ondersteuningsdienst, waar hij de oorlogscorrespondentie afhandelde.

Simon maakte geen haast met een verzoek om overplaatsing. De politieke situatie was ondoorzichtig en hij te besluiteloos, hij had in zijn leven nog geen ideologie gevonden waarbij hij zich thuis voelde en die zijn verdere weg zou bepalen.

In die tijd waren er talloze ideologieën en politieke groeperingen, die elke dag in zolderkamertjes, schaftkelders en donkere achterhuizen als paddenstoelen uit de grond schoten en stuk voor stuk de oplossing van alle problemen ontdekt meenden te hebben of heel precies wisten hoe je het geknechte Russische volk een rooskleurige toekomst kon garanderen.

Simon kwam uit een degelijke familie: zijn vader, een gerenommeerd arts, had zijn enige zoon een goede opvoeding gegeven. Al vroeg gevormd door democratisch-liberaal gedachtegoed had Simon in de militaire kringen van de cadettenschool betrekkingen aangeknoopt met liberalen en deelgenomen aan enkele vergaderingen. Maar tegelijk zag hij dat de liberalen te zwak en veel te weinig doelgericht waren om, als het erop aankwam, tegen een ernstige bedreiging als het socialisme stand te houden. En dat de socialisten steeds luidruchtiger, steeds dwingender en onverschrokkener optraden, zag Simon eveneens.

Er deden allerlei complottheorieën en verhalen de ronde over de leiders, die voor het merendeel al waren gearresteerd of de wijk hadden genomen naar het buitenland.

Simon had weinig sympathie voor de socialisten, die te grof, te weinig geraffineerd en te luidruchtig waren voor zijn burgerlijke oren, maar tegelijk wilde hij uiteindelijk niet aan de verkeerde kant staan. Hij moest handelen. Hij moest kiezen, maar hij aarzelde nog te veel, de gebeurtenissen waren te weinig transparant, er leek nog te veel mogelijk.

Aan het front was hij al met een paar ideeën in aanraking gekomen en toen hij na zijn verwonding naar zijn vaderland was teruggestuurd, richtte hij een kring op voor de 'Studie der filosofische geschriften van de oude Grieken' om samen met andere dolenden en zoekenden tot een inzicht te komen dat hem verder zou brengen. Simon

Jasji voelde zich geen vernieuwer en ook geen revolutionair. Als aan de overheid getrouw soldaat diende hij zonder tegenspraak in het leger met zijn duidelijke hiërarchie, zijn discipline en zijn taakverdeling. Hij hield van duidelijke structuren en ordelijke verhoudingen, waarin iedereen precies zijn plaats kende. Simon was een rationeel mens. Hij was galant, meegaand, van nature nogal nors en nadenkend, geen man van vurige ideeën en daden. Hij had ook niets tegen de tsaar, misschien wel wat medelijden met de boeren, zoals het de overheid destijds paste.

Maar één eigenaardigheid van Simon Jasji beviel de chocoladefabrikant waarschijnlijk zo goed dat hij hem een uitstekende partij voor zijn dochter vond: Simon was een sentimenteel type en een groot aanhanger van alles wat voorbij was. Hij hield van het Rusland van Poesjkin, hij droomde van de grote napoleontische bals en was echt tot tranen toe bewogen bij *Het Zwanenmeer*. In de ogen van mijn betovergrootvader liep hij dus warm voor alles wat te maken had met de door God gezonden koning, de tsaar dus, en zodoende met een helder gestructureerde wereld.

Hoe eigenaardig en verwonderlijk dit voor zo'n jonge man ook geweest mag zijn, het beantwoordde in hoge mate aan het wereldbeeld van mijn betovergrootvader. Simons hart behoorde toe aan het oude Rusland, de Europese elite, het mooie en luisterrijke leven van de goede oude tijd – of liever wat hij zich daarbij voorstelde.

Hechten aan de traditie betekende voor mijn betovergrootvader leven volgens de waarden van de elite, bescheidenheid en uitstekende manieren bezitten, niet al te genotzuchtig en toch niet puriteins zijn. En precies weten welke maatschappelijke klasse voor welke doeleinden was geschapen, wie welke plaats in de maatschappij diende in te nemen. Want mijn betovergrootvader stamde uit de verarmde Georgische lage adel, had een banketbakkersopleiding gevolgd in een chic kuurhotel op de Krim, was daar heel snel van leerling opgeklommen tot hoofd van de chocolaterie en had door zijn kunst veel rijke edellieden als vaste klant weten te verwerven, bij wie hij in de gunst stond en aan wie hij het ook te danken had dat hij ten slotte voor twee jaar in Boedapest in de leer kwam bij een meester-chocolatier, die voorheen aan het Weense hof had gewerkt.

In heel Europa deed mijn betovergrootvader ervaring op, hij reisde langs enkele voortreffelijke banketbakkerijen in West-Europa en besloot, tegen de verwachtingen van zijn superieuren in, toch terug te keren naar zijn vaderland om daar een eigen zaak te beginnen.

Hij had (en helaas beschik ik niet over betrouwbare informatie omtrent de plek waar hij de receptuur van zijn ongeëvenaarde chocola precies ontwikkelde) een magische geheime formule ontdekt: hij had een recept op zak dat een revolutie zou ontketenen in de smaak van warme chocola.

Dat recept, of liever gezegd de warme chocola die eruit voortkwam, moet ik hier introduceren als een van de hoofdfiguren van ons verhaal, Brilka.

Omdat ik de ingrediënten van die drank helaas niet mag prijsgeven (onder geen beding, in geen geval, nooit ofte nimmer), moet ik woorden zien te vinden om het onbeschrijflijke te beschrijven. Helaas is mij ook niet bekend of mijn betovergrootvader dat recept van een ander recept heeft afgeleid of het zelf heeft ontwikkeld, hij heeft het als een oorlogsgeheim bewaard. Maar één ding staat vast: bij zijn terugkeer in zijn vaderland had hij de garantie voor zijn latere succes al op zak (van de bijwerkingen van zijn magische chocola was toen nog niets bekend).

Voorlopig was het een recept voor eenvoudige warme

chocola op z'n Weens, dus niet op cacao- maar op chocoladebasis. Eerst werd de chocola gemaakt, dan gesmolten en met andere ingrediënten vermengd.

Maar iets in de samenstelling en bereiding maakte die chocola zo bijzonder, uniek, onweerstaanbaar, overweldigend. Alleen al de geur was zo verleidelijk en intens dat je er wel op af moest rennen als je hem rook.

De chocola was taai en stroperig, zo zwart als de nacht voor een zwaar onweer, en werd in kleine porties warm, maar niet te warm, uit een klein kopje en – idealiter – met een zilveren lepeltje genuttigd.

De smaak was ongeëvenaard, het genot leek op een geestelijke extase, een bovenaardse ervaring. Je versmolt met de zoete massa, je werd één met die kostelijke ontdekking, je vergat de wereld om je heen en bespeurde een uniek geluksgevoel. Alles was zoals het moest zijn wanneer je die chocola proefde.

Het was precies rond de eeuwwisseling toen hij met zijn geheime recept op zak uit Boedapest terugkeerde naar zijn vaderland. Mijn betovergrootvader was trots op wat hij had bereikt en dacht dat je het galante en exquise karakter van Parijs of Wenen ook kon overbrengen op de Georgische provincie en de smaak van de mensen kon beïnvloeden en veranderen.

Na zijn terugkeer trouwde hij met een leerlinge van de kloosterschool van de Heilige Moeder Gods, een vrome en zwijgzame, je zou kunnen zeggen tot zwaarmoedigheid neigende vrouw, die Ketevan heette. Zij moest niets hebben van het Russische Rijk, vond de Russische annexatie van Georgië de noodlottigste fout in de hele Georgische geschiedenis en weigerde haar leven lang Russisch te spreken. Hij was verliefd op haar, het was geen gearrangeerd, maar helaas ook geen gelukkig huwelijk. Zij hing andere waarden aan, ze zag in Rusland de bron van alle kwaad, terwijl mijn betovergrootvader in Rusland een kans voor Georgië zag en vond dat de Russen de Kaukasus toegang tot de wereldcultuur hadden verschaft en het analfabetisme onder het volk en de hebzucht van de Georgische lage adel hadden bestreden. Hij was voor de tsaar en genoot alle privileges die zijn collaborerende levenswijze hem bood. Maar zijn vrouw bleef erbij dat Georgië niet meer dan een kolonie was en dat de Slavische cultuur de ondergang van de Kaukasische betekende.

'We hebben onze grote buurman zelf geroepen, we hebben hem uitgenodigd,' probeerde mijn betovergrootvader zijn vrouw in de eerste maanden van zijn huwelijk tot andere gedachten te brengen.

'We hebben hem als helper uitgenodigd, niet als bezetter,' antwoordde Ketevan. 'Onze koning was moe van alle bezettingen en strooptochten van onze islamitische buren, hij zag geen andere uitweg meer en koos van twee kwaden in zijn ogen het minste toen hij de tsaar vroeg een beschermingsverdrag te tekenen. Een beschermingsverdrag met nadruk op bescherming. Als ik je eraan mag herinneren.'

'Ja maar, lieve, in feite betekende het toch dat we vanaf dat moment ondergeschikt zouden zijn aan het grote tsarenrijk, dat wist onze koning toen hij de Russen het land binnenhaalde.'

'Zeker, mijn beste, maar hij heeft waarschijnlijk niet geweten dat onze noordelijke buren het niet zouden opvatten als een uitnodiging voor een paar jaar, maar voor een paar eeuwen.'

Ketevan gaf zich niet gewonnen.

'Ik denk dat het verkeerd is, lieve, om er constant het beeld van David en Goliath bij te halen en dat als parabel voor ons land te zien, ik denk dat we het ons wel heel gemakkelijk maken als we daarvan uitgaan. Want heel veel Georgiërs hebben er profijt van gehad, Ketevan, dat zul je toch moeten toegeven?!'

'De aanpassing is in dit land steeds gehuicheld en in de kern van die aanpassing vind je altijd een verlangen naar het oereigene. Ik heb het over de ware Georgiërs en niet over verraders,' antwoordde Ketevan, terwijl ze haar man een verachtelijke blik toewierp.

Ketevan bemoeide zich nauwelijks met de zaken van mijn betovergrootvader, ze was een goede huisvrouw en wist zich ook in het openbaar te presenteren, ze schonk hem twee dochters, maar de liefde en de genegenheid van de echtelieden was op z'n laatst na de geboorte van de tweede dochter uitgedoofd. Ketevan wijdde zich aan het geloof, bad en onderhield goede betrekkingen met de kerk en de priesters, terwijl haar man zijn zaak De Chocolaterie opende, die sindsdien overal bekendstond als de 'chocoladefabriek', zoals mijn betovergrootvader alleen nog 'de chocoladefabrikant' werd genoemd. De zaak floreerde, de omzet steeg van jaar tot jaar en de reputatie van de chocoladefabrikant groeide.

Hij was teleurgesteld dat zijn vrouw zijn succes niet naar waarde schatte, niet profiteerde van de financiële en sociale privileges van het gezin en niet van de groeiende welvaart leek te genieten. Hij had van haar net zoveel steun en bijval verwacht als hij van anderen kreeg. Vijf jaar na zijn terugkeer runde hij een in de hele stad bekende banketbakkerij en plande hij vestigingen in het hele land; later, op het toppunt van zijn succes, hoopte hij het hele tsarenrijk van de beste chocoladewaren te kunnen voorzien.

Hij produceerde allerlei verrukkelijke taarten en gebakjes. Truffelchocola, bittere chocola, vollemelkchocola met abrikozengelei, walnoten en verschillende soorten druiven, maar ook exotische dingen zoals chocoladetaart met zwarte peper, kersenlikeurbonbons in een jasje van muntchocola, chocoladekoekjes met een vulling van vijgencrème en nogachocola met gelei van watermeloen. De Chocolaterie wist de Franse patisserie en de Oostenrijkse baktraditie te verenigen met Oost-Europese overdaad.

Elke ochtend om zes uur ging hij naar de bakkerij en voegde hij aan de reusachtige, door zijn medewerkers bereide chocolademengsels voor de verschillende soorten van het assortiment zijn eigen ingrediëntenmix toe, waardoor de bijzondere smaak ontstond. Niemand wist de formule te ontraadselen en juist dat maakte zijn producten zo onweerstaanbaar.

Tot dusver had hij zijn speciale ingrediëntenmix maar in heel kleine hoeveelheden aan al zijn chocoladeproducten toegevoegd, in zekere zin alleen als extra smaaknoot, maar de grootste betovering van zijn recept openbaarde zich in de warme chocola.

Omdat het grote succes van zijn magische formule hem sterkte en maakte dat hij met ambitieuze uitbreidingsplannen speelde, was hij van plan het meesterstuk van zijn creaties – de warme chocola – pas op het toppunt van zijn roem en zijn succes in Tbilisi, Moskou of Sint-Petersburg uit zijn hoed te toveren, zodat alles en iedereen zowat in zwijm zou vallen. Ondanks of vanwege zijn succes had de chocoladefabrikant, in de hoop op een opvolger, bij zichzelf gezworen zijn recept in de familie te houden en voorlopig niet prijs te geven.

Volgens Stasia redde die beslissing onze familie, zo niet ons hele land van de definitieve ondergang.

Naast zijn werk nam mijn betovergrootvader als ereburger deel aan het maatschappelijk en cultureel leven van de stad. Hij verkeerde in de hogere regionen van de lokale politiek, was oprichter van de enige herenclub in de stad (geheel naar Europees voorbeeld), beschermheer van enkele literatuur-, toneel- en filosofiekringen, zat in het bestuur van het 'Genootschap voor traditie en eer' en was bovendien een van de rijkste burgers van het stadje, dat hij, waar Tbilisi al werd beschouwd als het Parijs van de Kaukasus, tot het 'Nice van de Kaukasus' wilde maken.

Zijn vrouw bekommerde zich weinig om zulke uiterlijkheden, zij hield zich liever bezig met Bijbelstudies en de strenge opvoeding van de beide dochters. Ze moest elke keer worden overgehaald om deel te nemen aan een of andere maatschappelijke gebeurtenis en was ook niet bepaald reislustig, wat de chocoladefabrikant helemaal niet beviel. Ook haar overdreven godsdienstigheid ergerde hem. Hij voelde dat hij daardoor het contact met zijn kinderen was kwijtgeraakt, die onder het strenge toezicht van hun moeder en de gelovige gouvernantes eveneens opgroeiden tot vrome, schuchtere en allesbehalve Europese meisjes.

Hij leek de strijd aan het vrouwelijk front in zijn eigen huis te gaan verliezen, met verstrekkende gevolgen.

Er moest een zoon komen! De vrouwelijke overmacht in zijn huis was gewoon te bedreigend geworden. Hij had een opvolger nodig, een man die de strijd tegen het andere geslacht samen met hem zou kunnen voeren. Omdat de echtelieden het huwelijksbed allang niet meer deelden, wist hij dat hem dat veel overredingskunst en tijd zou kosten. Bovendien waren de twee bevallingen heel zwaar voor Ketevan geweest en had ze geen al te goede gezondheid, ze zou dus niet zo makkelijk over te halen zijn om nog eens aan een zwangerschap te beginnen.

Hoewel hij zijn vrouw meer dan eens uitlegde dat het uitsluitend om een erfgenaam ging – de chocoladefabriek had tenslotte een mannelijke opvolger nodig –, was ze niet onder de indruk en troostte ze hem met het vooruitzicht dat zijn twee dochters zouden trouwen en dat het probleem met een zakelijk ingestelde schoonzoon ook goed op te lossen was.

Hij moest dus andere middelen gebruiken om zijn vrouw over te halen hem een opvolger te schenken. Zodoende besloot hij zijn beste creatie, de warme chocola, voor haar te maken, want hoe geconcentreerder de ingrediënten, hoe groter het effect van het recept.

In aanwezigheid van een klein strijkkwartet, dat hij speciaal voor haar in de voor bezoekers al gesloten chocoladefabriek liet optreden, bij kaarslicht en gehuld in de bedwelmende geur van zijn eigen creatie, zette hij het mooiste porseleinen kopje dat hij kon vinden voor haar neer en liet haar de chocola oplepelen, intussen pratend als Brugman om haar ervan te overtuigen hoe onmisbaar een mannelijke opvolger voor hem was.

Zoals in velen na haar ontwaakte ook in Ketevan de ongebreidelde begeerte naar meer en dus smeekte ze haar man de dagen daarna opnieuw warme chocola voor haar te maken. En zo kon mijn betovergrootvader eindelijk een ultimatum in zijn voordeel stellen: als ze nog eens aan een zwangerschap begon, zou hij gedurende de komende negen maanden elke dag warme chocola maken. Haar verzet was gebroken en het verlangen naar de heerlijkste smaak van de wereld liet haar geen andere keus dan zijn aanbod aan te nemen en met tegenzin akkoord te gaan.

En zo kwam het dat ze negen maanden later, met zorgen omringd door een plattelandsdokter en twee vroedvrouwen, opnieuw met barensweeën in haar slaapkamer lag. Het duurde verscheidene uren voor ze een gezond, welgevormd meisje uit haar haalden (de moeder zuchtte alleen teleurgesteld). Ze dacht alles goed te hebben doorstaan toen de dokter bezorgd riep dat ze er nog niet waren. Er was een tweede onderweg. Na opnieuw persen en schreeuwen kwam er ten slotte nog een meisje voor de dag.

Maar het tweede kind wilde absoluut niet schreeuwen.

Er was iets mis met de longen, bevestigde de dokter, het kind was blauw aangelopen en kreeg geen lucht, hij klopte het hard op de rug. Een paar minuten na de geboorte moest hij de dood van het als tweede geboren meisje vaststellen (het was een eeneiige tweeling geweest).

Maar het eerste, dat Anastasia werd gedoopt, leek gezond en monter en schreeuwde luidkeels om moedermelk.

Niet lang daarna stierf Ketevan aan een longontsteking, die ze in het kraambed had opgelopen; vlug, zonder veel pijn, nadat ze Anastasia voor het laatst de borst had gegeven.

Die twee tragedies waren de eerste in het leven van mijn betovergrootvader en ze volgden elkaar zo snel op, ze waren zo onherroepelijk en hevig dat hij al zijn zaken maandenlang aan zijn eerste secretaris overdroeg en niet in staat was de deur uit te gaan. Hij liep alleen 's morgens met trage, slepende pas naar de bakkerij om zijn mengsel klaar te maken, dat in elke chocolademassa moest.

Al was de liefde voor zijn vrouw de afgelopen jaren niet meer zo fris en stralend geweest als in het begin van hun huwelijk, ze was altijd een belangrijk deel van zijn leven gebleven; het verlies van de moeder van zijn kinderen woog zwaar en hij wist niet wat hij met de drie meisjes moest beginnen nu hij alleen was.

In die tijd bekropen hem merkwaardige gedachten. Het gevoel dat hij verantwoordelijk was voor de dood van zijn vrouw, liet hem niet los. Als hij haar niet tot een nieuwe zwangerschap had gedwongen, was ze misschien nog in leven geweest en was ook de tragedie van de kinderdood hem bespaard gebleven.

Was er met zijn betoverende creatie soms iets noodlottigs aan de hand? Had de warme chocola die hij al die maanden zo enthousiast voor haar had gemaakt, het ongeluk in gang gezet? Was de drank soms zo lekker dat hij niet genuttigd kon worden zonder er een hoge prijs voor te betalen? Schonk hij de mensen die ervan proefden zoveel geluk en zelfvergetelheid dat de realiteit zich vervolgens des te ongeremder op hen moest wreken? Rustte er soms zelfs een vloek op? Zou het kunnen dat hij iets had ontdekt wat te goed was voor de mensen? Was het soms helemaal geen berekening, zoals hij aanvankelijk had aangenomen, om de warme chocola pas op het toppunt van zijn succes te koop aan te willen bieden, maar een voorgevoel waardoor hij het recept slechts in kleine hoeveelheden aan zijn producten toevoegde?

Tegelijk bekroop hem twijfel, hij vond het kinderachtig om in zoiets irrationeels te geloven. Hij was niet eens vroom, zelfs de kerk trok hij in twijfel, om nog maar te zwijgen van het bijgeloof, dat hij als een religie voor de armen beschouwde.

Hij besloot zijn verstand weer te gebruiken en het kostbaarste wat hij bezat aan Anastasia te vermaken: Anastasia zou het recept voor de warme chocola van hem erven. En hij zwoer bij zichzelf haar het recept op haar bruiloft toe te vertrouwen als de kostbaarste bruidsschat die hij haar kon geven.

Gaandeweg ontwaakte de chocoladefabrikant weer uit zijn verlamming en hij nam een boerin in dienst die, zelf net bevallen, Anastasia voedde. Ten slotte stuurde hij de strenge, religieuze gouvernante de laan uit en vond hij een jonge kinderjuffrouw, die zich met veel warmte en geduld over de meisjes ontfermde.

Lida, de oudste van de drie, was al zes en had waarschijnlijk het meest geleden onder de dood van haar moeder. Ze was altijd al een moederskindje geweest en had steeds geprobeerd het haar naar de zin te maken. Ze was dan ook extreem bedeesd, zwijgzaam en vroom, alsof ze geen kind was, maar al een volwassen vrouw. Haar vader was zelfs een beetje bang voor haar, voor haar strenge blik, haar uitgesproken moraal en haar sombere aard.

De tweede, de vijfjarige Meri, vertoonde weliswaar nog geen veelzeggende karaktertrekken, maar was ziekelijk en van een ontevredenheid waartegen haar vader geen remedie vond.

De twee misten hun moeder en hun vader was een vreemde voor hen. Want tot aan de dood van hun moeder had hij het altijd druk gehad met zijn werk of met zijn maatschappelijke verplichtingen; hij rookte pijp, was luidruchtig, dronk in zijn werkkamer graag cognac met zijn vrienden en praatte over dingen die de meisjes niet interesseerden.

Maar de jongste, Anastasia, die algauw door iedereen alleen Stasia werd genoemd, was nog niet door dat alles beïnvloed. Ze was veel te jong om het verlies van haar moeder te beseffen, ze had geen herinneringen aan haar; ondanks de moeilijke omstandigheden waaronder ze was geboren, was ze een vrolijk kind met een indrukwekkende haardos; toen ze nog een baby was, had je er al staartjes in kunnen vlechten – dat vertelde ik al –, en al vroeg openbaarde zich bij haar een dominant temperament.

De chocoladefabrikant nam zich voor bij haar alles goed te doen en niet toe te laten dat ze net als haar beide zussen van hem vervreemdde en ver van zijn levensfilosofie opgroeide.

Toen het eerste en zwaarste jaar van rouw om de vrouw des huizes en moeder voorbij was, vatte de chocoladefabrikant moed en besloot hij zijn gezin een nieuw begin te geven.

En zo deed mijn betovergrootvader de volgende vier jaar erg zijn best om de gunst van zijn meisjes te winnen. Hij verwende hen en liet hen kennismaken met de mooie kanten van het leven, die hun moeder hun had ontzegd: ze mochten snoepen en lang opblijven, ze mochten naar de bazaar en het rondreizend circus, ze mochten met de boerenmeisjes spelen, ze mochten 's zondags wegblijven uit de kerk, ze mochten zich vuilmaken en in huis ravotten, ze mochten mee naar de bakkerij en zoveel chocola eten als ze konden, ze mochten hun huiswerk ook na het spelen maken en om mooie kleren en speelgoed vragen als hij op zakenreis ging.

Er heerste in die jaren een zorgeloze, vrije sfeer in het huis van de chocoladefabrikant en zelfs de vele kleine ongerechtigheden die zich in het eens zo kraakheldere huis begonnen af te tekenen, leken niemand te storen, integendeel, ze droegen bij aan de gezellige stemming.

Stasia dacht altijd met veel plezier terug aan haar vroege kinderjaren en de tijd van de 'meisjesheerschappij' in huis. Toen hun vader op een dag van een zakenreis naar Kiev thuiskwam in gezelschap van een grote vrouw met een enigszins koel, maar zeer indrukwekkend Slavisch uiterlijk, die geen woord Georgisch verstond, en hij haar voorstelde als zijn nieuwe vrouw, zou alles op slag veranderen. Een huis zonder vrouw was geen huis, zei hun vader, ook had hij er genoeg van om alleen door het leven te gaan. Het was niet zijn bedoeling de meisjes een nieuwe moeder te geven, maar hij verzocht hun dringend Larissa of Lara Michajlovna met respect en een open hart als nieuw gezinslid op te nemen.

Maar Lara Michajlovna, die van Moskouse adel was en getrouwd was geweest met een intussen overleden Oekraïense koopman met een voorliefde voor alcohol, bleek iemand te zijn die je niet zo makkelijk kon accepteren. Ze was een bazige vrouw, gewend om met alle egards te worden behandeld, ze had een hang naar luxe en beschouwde haar verhuizing naar de Georgische provincie als beneden haar waardigheid. In tegenstelling tot de meisjes leek hun vader zich niet te storen aan Lara's moeilijke karakter. Of ze schonk haar nieuwe man 's nachts haar ongelofelijke gaven, die het waard waren de hardheid van de dagen aan haar zijde op de koop toe te nemen, of ze bezat andere geestelijke kwaliteiten, die alleen aan haar man werden geopenbaard. Want anders was het niet te verklaren dat de chocoladefabrikant zijn nieuwe vrouw overlaadde met de duurste cadeaus, alles ondergeschikt maakte aan haar wensen en zich door haar liet behandelen als een lijfeigene.

De opgewekte, kalme stemming van de jaren daarvoor maakte plaats voor een beklemmende hiërarchische orde, waarin Lara de toon aangaf.

Ze vond de meisjes te brutaal en begon ze onmiddellijk opnieuw op te voeden. Eerst werden de twee oudsten, Lida en Meri, naar een strenge middelbare meisjesschool gestuurd, vervolgens werd er een pianolerares aangesteld, die om de twee dagen onvermoeibaar met hen oefende, gevolgd door een huisleraar die aan hun Russisch moest werken, want hun accent was volgens Lara afschuwelijk.

Maar zelf genoot ze de voordelen van het leven aan de zijde van haar echtgenoot en die van zijn stand. Er werden reizen naar kuuroorden gemaakt, feestelijke diners gegeven, bals bezocht, stoffen uit Frankrijk besteld, hoeden genaaid, twee nieuwe dienstmeisjes aangenomen, sieraden en verscheidene Chinese porseleinen vazen gekocht, waar Lara bijzonder veel van hield.

Ook mijn betovergrootvader bloeide op, Lara leek de vrouw te zijn die hij altijd al aan zijn zijde had gewenst. Dat zijn kinderen steeds minder lachten, steeds stiller werden en zodra Lara hun de rug toekeerde, prompt hun tong tegen haar uitstaken, zag hij graag over het hoofd, want Lara was meer dan salonfähig, wist de voordelen van het geld te benutten, hield van aandacht, reizen en juwelen, hield van roddel en achterklap, ging alleen met Pasen en Kerstmis naar de kerk en wist hoe je mensen moest imponeren, vooral het mannelijk geslacht.

Twee jaar na de bruiloft kwam Christine, het nakomertje, ter wereld. Zeven jaar na Stasia.

De chocoladefabrikant wilde nog altijd een zoon en gaf de hoop op een opvolger niet op. Maar zowel hij als Lara was niet meer van de jongsten en een nieuwe zwangerschap zat er niet in. En zo bleef – na de nodige kuren en inspanningen – Christine de laatste poging van mijn betovergrootvader om een mannelijke opvolger te verwekken.

Christine zou de klassieke benjamin worden: vertroeteld, verwend en arrogant. Door haar moeder met de grootste vanzelfsprekendheid uitgeroepen tot de enige prinses in huis en door haar vader gewoonweg verafgood. Toegegeven: Christine was een bijna bovenaards mooi kind. Iedereen die bij de familie op bezoek kwam, raakte – tot trots van de ouders – niet over de lieftalligheid van het meisje uitgepraat. Wat een madonnagezichtje, wat een bevalligheid, wat een volmaakte gelaatstrekken, wat een fijne ledematen!

Inderdaad belichaamde het meisje het ideaal van de Slavisch-Kaukasische collaboratie. Vooral omdat Christine van jongs af aan haar bevoorrechte positie wist uit te buiten en ook heel goed wist hoe ze haar zin moest krijgen. Voor de oudste meisjes werd het leven er bepaald niet eenvoudiger op.

Misschien heeft Stasia door die veranderingen in haar ouderlijk huis een soort protesthouding ontwikkeld. Want in tegenstelling tot de zwijgzame en met het klooster flirtende Lida en de wat oppervlakkige en springerige Meri had Stasia al heel vroeg in de gaten dat ze zich in dit gezin moest laten gelden, anders zou ze waarschijnlijk onopgemerkt blijven, in de schaduw van een kleuter die alleen toevallig dezelfde vader had als zij.

Zo leerde ze algauw voor haar eigen mening uit te komen, zich op haar wensen en dromen te concentreren, dingen te doen die Lara en dus ook Christine nooit zouden doen, zoals in herenzit op een kabardin rijden, interesse tonen voor de rechten van de vrouw, geen sieraden dragen, niet veel om luxe geven en vooral balletles volgen, van een balletcarrière dromen en plannen maken voor haar vertrek naar Parijs.

De tijd vloog voorbij en de politieke stemming in het hele tsarenrijk werd met de dag gespannener. De chocoladefabrikant begon zich al zorgen te maken over zijn eigen toekomst en die van zijn kinderen, want de communisten, waar het de laatste acht jaar gewoon van leek te wemelen, beloofden niet veel goeds. En zoals alle vertegenwoordigers van de Georgische elite was mijn betovergrootvader bang voor het proletariaat, dat hij weliswaar graag aalmoezen gaf, maar dat hij verder zo min mogelijk in zijn buurt wilde hebben.

Mijn betovergrootvader geloofde niet in de socialisten, hij geloofde niet in revolutie, niet in radicale hervormingen, en al volgde hij de berichten uit Rusland met bezorgdheid, toch moet hij steeds gezegd hebben dat de bolsjewieken in zijn land nooit voet aan de grond zouden krijgen (de eerste kiemcel van de 'Derde Groep' draaide toen in de Georgische hoofdstad al op volle toeren en zou een klein jaar na de Oktoberrevolutie de onafhankelijkheid van Georgië uitroepen).

Simon Jasji's welafgewogen mix van goede oude waarden, verlangen naar stabiliteit en engagement met een gematigd liberalisme betekende voor mijn betovergrootvader een soort garantie voor het voortbestaan van zijn bedrijf. Bovendien was Simon een man van het leger en mocht het hard tegen hard gaan, dan zou Simon ook voor de Roden nuttig zijn en zo de toekomst van zijn gezin veilig kunnen stellen. Als hij dan geen mannelijke erfgenaam had, wilde de chocoladefabrikant in elk geval een man naast zich, want de toekomst kon elk moment op de deur kloppen en niemand wist hoe die eruit zou zien.

Zijn oudste dochter zou nooit een man vinden, die was te stil, te vroom en te enthousiast voor de kerk. En gaandeweg berustte hij erin dat hij Lida zou moeten toevertrouwen aan de goede God, die ze van alle mannelijke wezens het meest scheen lief te hebben – heeft God eigenlijk een geslacht, vroeg de chocoladefabrikant zich weleens af, als hij 's avonds in zijn werkkamer bij een goed glas cognac zijn gedachten en zorgen de vrije loop liet.

De op één na oudste, toen al eenentwintig, dus op een geschikte, huwbare leeftijd, bleek ook bepaald geen gemakkelijk geval te zijn. Ze had zich op haar negentiende verloofd met een ijverige bankierszoon en niets leek de nieuwe, veelbelovende familieverbintenis dan ook in de weg te staan, totdat ze op een dag meedeelde dat ze toch niet met hem wilde trouwen, want hij was een rokkenjager en dat zou ook na het huwelijk wel niet veranderen.

'Maar Meriko, mijn lieve schat, gun die arme jongen toch een pleziertje. Wij mannen zijn zwakke wezens, we hebben meer aandacht nodig dan jullie vrouwen, laat hem toch een beetje om zich heen kijken, wie heeft daar nou last van? Een man vindt veel verleidingen op zijn weg en het valt niet mee om daar weerstand aan te bieden. Hij houdt van je en respecteert je, dat is toch het belangrijkste voor een vrouw.'

Zo had de chocoladefabrikant toen op zijn op één na oudste in gepraat. En zij had alleen minachtend gesnoven en gezegd dat ze daar niet stom genoeg voor was. Ze zou haar leven niet zomaar vergooien zodat hij haar eindelijk het huis uit had. Natuurlijk was de bankierszoon een in de hele stad bekende vrouwenversierder en Meri niet dominant genoeg om de man onder haar vleugels te nemen en zijn hoofd stevig genoeg haar kant op te draaien. En ja, mijn betovergrootvader had haar graag onder de pannen gehad, hij zocht tenslotte bondgenoten in de roerige tijden die hem te wachten stonden, was dat zo verwerpelijk? Maar tegelijk had hij Meri's zelfstandige houding bewonderd en zich erbij neergelegd.

Drie jaren waren er sindsdien verstreken en niemand leek bij Meri in de smaak te vallen. De een was te saai, de ander te oud, de derde had een vreselijke moeder enzovoorts.

Maar Stasia was degene die echt de meeste last bezorgde. En toch kon mijn betovergrootvader niet anders dan van zijn op één na jongste houden met de oprechtste en respectvolste liefde die hij voor zijn dochters wist op te brengen. Stasia was de slimste, vlugste en koppigste van hen, degene over wie hij zich het meest opwond en zich het vaakst kwaad maakte. Maar hij hield van haar kwajongensachtige manier van doen, zelfs van haar dwaze dromen en haar dansmanie. Ze wist wat ze wilde en anders dan bij de kleine Christine kwam het haar allemaal niet zomaar aanwaaien. Ze deed alleen dingen die ze belangrijk vond. Misschien herkende mijn betovergrootvader zichzelf het meest in haar, misschien was hij zijn slechte geweten tegenover zijn dode vrouw en Stasia's dode tweelingzusje nooit te boven gekomen, maar misschien was Stasia ook gewoon toegankelijker, niet zo vreemd en zonderling als zijn twee oudste dochters.

Zijn diepe liefde voor haar hield zijn hart in een stevige greep, zo stevig dat het hem soms zelfs pijn deed, en dat terwijl Stasia en hij het meest en het luidruchtigst ruzie konden maken en Stasia brutaal en af en toe respectloos leek. Maar hij wilde per se dat ze gelukkig werd, dat ze een leven leidde waarin ook altijd plaats was voor haar dromen – al overwoog hij ook geen seconde om zijn kind naar Parijs, het Sodom en Gomorra van het Westen te sturen om daar een frivole danseres te worden.

Des te verheugder was de chocoladefabrikant toen Stasia inging op de toenaderingspogingen van Simon Jasji en beslist niet afwijzend leek te staan tegenover de jongeman.

Tot dusver had Stasia niets van mannen moeten hebben, ze had geweigerd zondagse kleren naar de kerk te dragen, vrijdags met haar stiefmoeder en haar zussen door de hoofdstraat te flaneren – een soort huwelijksmarkt – en ook bij diverse school- en stadsfeesten de flirtende mannen de rug toegekeerd.

Simon leek echt een anker in de onpeilbare wateren van Stasia's karakter te kunnen worden.

Maar op dat punt zou mijn betovergrootvader zich vergissen.

Revoluties kenmerkten zich altijd door onbeleefdheid, waarschijnlijk omdat de heersende klassen niet tijdig de moeite namen het volk goede manieren bij te brengen.

Trotski

De zorgen van mijn betovergrootvader zijn begrijpelijk, Brilka, want het waren werkelijk roerige tijden. Uiterst roerig.

Op het moment dat onze zeventienjarige Stasia haar Witte Gardist leerde kennen, woedde de Eerste Wereldoorlog al drie jaar. Aan het eind van die in totaal vier jaar durende nachtmerrie, die de halve wereld in zijn greep hield, had hij meer dan zeventien miljoen mensenlevens geëist en bijna veertig landen mee de afgrond in getrokken.

In ons kleine land en ons slaperige stadje vernamen we

de verschrikkelijke gevolgen hoofdzakelijk via onze grote noordelijke buurman en 'beschermheer': de economische, politieke en sociale problemen leken daar hun hoogtepunt te hebben bereikt. Duizenden soldaten en boeren deserteerden gedesillusioneerd van het front en keerden, aangestoken door een nieuwe ideologie, het socialisme, terug naar huis.

De witte luitenant Simon Jasji doceerde in die dagen in zijn filosofiekring, bedachtzaam aan zijn pijp trekkend.

'Zoals elk totalitair land lijdt ook Rusland al eeuwen aan minderwaardigheidscomplexen – het allerpijnlijkste en tegelijk verraderlijkste is waarschijnlijk het eigen imperialisme; daarom was en is de ontvankelijkheid voor socialistische geschriften en ideeën in Rusland bijzonder groot. Zelfs de schoonheid van Sint-Petersburg is gebaseerd op uitgehongerde, afgebeulde lijfeigenen en gevangenen, die gedwongen werden zo'n prachtige, in niets voor Parijs of Wenen onderdoende stad te bouwen.

Ik ken dat land. Ik heb het gediend. Maar de Russische bovenlaag heeft nu eenmaal dat complex. De Georgische bovenlaag heeft dat complex ook, geloof me. Het leven zoals het daar in de hogere klassen wordt geleid, is te mooi om het te veranderen, maar de aanblik van de merendeels analfabete en onderdrukte boeren is verschrikkelijk. Persoonlijk geloof ik niet dat revoluties een roep zijn van het volk, ik geloof eerder dat ze voortkomen uit het slechte geweten van de bevoorrechten,' voegde hij er bijzonder bedachtzaam aan toe.

'Jij gelooft dus dat onze bevrijder tsaar Alexander II, toen hij destijds de lijfeigenschap bij wet afschafte, vanuit een dergelijk complex handelde, maar er niet aan dacht dat die stap economisch en vooral ideologisch op een catastrofe kon uitdraaien?' vroeg een bijzonder geëngageerde leerling.

'Ja, dat geloof ik. Want doordat hij de boeren de vrijheid

schonk, werden de sociale verschillen in de maatschappij alleen nog maar scherper zichtbaar. En we mogen ook niet vergeten dat duizenden jonge mensen de afgelopen jaren uit de grote steden naar het platteland zijn getrokken om de boeren voor te lichten en daar alleen op desinteresse, berusting en onbegrip zijn gestuit.'

'En jij denkt dat als dank daarvoor de dodelijke aanslag op onze bevrijder de tsaar werd gepleegd?'

'Daar heb ik geen duidelijk antwoord op, dat zouden gissingen van mijn kant zijn,' vervolgde Simon op docerende toon en hij had zichtbaar plezier in die rol toen hij de geïmponeerde blikken van zijn leerlingen op zich voelde rusten.

'En geloof jij dat die Oeljanov uit persoonlijke motieven handelt?' vroeg een roodharige anarchist op de achterste rij.

'Hoe bedoel je? En ga alsjeblieft staan, ik kan je niet zien.'

'Nou ja, zijn broer was tenslotte een van de vijf samenzweerders die na de mislukte aanslag op Alexander III terechtgesteld zijn.'

Een paar jongemannen op de voorste rijen snoven demonstratief, kennelijk geïrriteerd door het opschepperige gedrag van de roodharige.

'Dat kan ik ook niet met zekerheid beantwoorden, vriend, ik kan er alleen maar naar gissen.'

'En hoe zit het met Nicolaas II?' vroeg de geëngageerde leerling opgewonden (met voorbijgaan aan de psychologische motieven voor Lenins handelen).

'Nicolaas II heeft nooit kunnen kiezen tussen zijn door God gegeven alleenheerschappij en het westerse liberalisme en dat is hem noodlottig geworden. Vooral na onze nederlaag tegen Japan verviel hij in een wereldvreemde apathie, waardoor de agressie bij de boerenopstanden overal op het platteland drie keer zo sterk werd. En op dat punt weet ik waar ik het over heb, hij had niet mogen toelaten dat er in 1905 in Sint-Petersburg bij die bijeenkomsten op ongewapende demonstranten werd geschoten, hij is ontwikkeld genoeg om dat te weten, want uitgerekend die tweehonderd doden hebben ertoe geleid dat de eerste "sovjet" van arbeiders kon worden gevormd. Het was een regelrechte legitimatie. Als je het mij vraagt, heeft hij hun die troef zelf in handen gespeeld.'

De geëngageerde leerling knikte veelzeggend en schreef iets op. Dat beviel Simon wel, ze zouden hem al citeren. En om nog meer indruk op ze te maken voegde hij eraan toe: 'En een tweede ernstige fout maakte Nicolaas toen hij bij gebrek aan soldaten de boeren naar het front stuurde. Want hij dacht er niet aan dat die boeren daar in contact zouden komen met de soldaten en hun ideologieën en aangestoken zouden worden door het socialistische gedachtegoed, om na terugkeer in hun dorpen die antitsaristische ideologie verder te verspreiden.'

Opvallend langzaam blies Simon de rook uit en liet zijn blik over de hoofden van zijn toehoorders glijden.

Vaststaat in elk geval, Brilka, dat de niet meer controleerbare massademonstraties, het aanhoudende geweld en de gevolgen van de al drie jaar durende oorlog in de koude winter van hetzelfde jaar dat Stasia de liefde gevonden meende te hebben, ten slotte leidden tot afzetting van de tsaar. En Boenin registreerde de woorden van een koetsier uit die dagen: 'Het volk is nu als vee zonder herder, het maakt alles vuil en richt zichzelf te gronde.'

Zo waren in het jaar van de liefde van mijn overgrootmoeder de Romanovs na driehonderd jaar heerschappij vervangen door de arbeiders- en soldatenraden en een provisorische overgangsregering.

En dat alles, Brilka, gebeurde precies tien jaar na een van de spectaculairste roofovervallen uit de tsarentijd. Een roofoverval die op een warme dag in juni op het mooie Jerevan- (en later Lenin- en nog later Vrijheids-) plein in Tbilisi had plaatsgevonden.

10.30 uur, een mooie, zonnige, naar kardemom, koffie, stof en kruidnagels ruikende ochtend zoals die alleen in Tbilisi kan voorkomen. Twee rijtuigen met twee kozakken, cavaleristen van de tsaar, beladen met een kwart miljoen roebel, het persoonlijke jaarbudget van de tsaar, komen aan op het Jerevanplein.

Het rijtuig wil rechts afslaan, naar het grote classicistische gebouw van de centrale bank, dan rollen er kleine ronde voorwerpen tussen de benen van de paarden, gevolgd door een oorverdovend lawaai, geschreeuw, rondspattend bloed. Boerenjongens, opgedoken uit het niets, beginnen met geweren te schieten op de wachten die aan komen snellen. Te midden van alle rook, lawaai en bloed komt er een man op een paard aangalopperen, die de geldzakken meegrist en wegrijdt.

En hoewel het hele tsarenrijk naar het geld zoekt, de hele stad ondersteboven wordt gekeerd en er huiszoekingen worden gedaan, blijft het geld onvindbaar en komt het, ingenaaid in een matras, later in Finland terecht. In handen van kameraad Oeljanov, die het daar laat witwassen en weer terugstuurt naar het tsarenrijk, naar de partijkas.

De aanvoerder van die roversbende is de zoon van een Georgische schoenmaker, een schrander kind uit de lagere klassen, op tweeëntwintigjarige leeftijd van het priesterseminarie verwijderd; Oeljanov heeft veel met hem op en dat wil wat zeggen. Hij heeft veel schuilnamen, want hij wordt door de tsaristische geheime politie al een tijd gezocht wegens roofovervallen, brandstichting en agitatie, de lijst van zijn vergrijpen tegen de overheid is lang – maar hij draagt nog niet de pregnantste van zijn bijnamen, waarmee hij de geschiedenis in zal gaan; hij heet nog niet de 'stalen man'.

In de winter vormden de bolsjewieken met hun circa vijfduizend aanhangers een minderheid in de zee van politieke stromingen. Maar eind oktober, toen Stasia nog vrolijk over de steppe reed, hield het bolsjewistische Militair Comité al alle postkantoren, bruggen en stations van Petrograd bezet. Op 25 oktober vergaderde de overgangsregering in het Winterpaleis, dat slechts werd beveiligd door een paar honderd jonkers, honderddertig vrouwen uit het vrouwenbataljon van het leger en een paar honderd man van de invalidencavalerie.

De bolsjewieken, bestaande uit zo'n tweeduizend soldaten van het Rode Leger, liepen de hele dag voor het Winterpaleis heen en weer. 's Avonds arriveerden er nog drieduizend matrozen om de soldaten bij te staan. Het plein voor het Winterpaleis stroomde vol.

Vanaf de Aurora en de Petrus-en-Paulusvesting werden plechtige schoten gelost. De jonkers begonnen op de matrozen te schieten, maar een deel van de matrozen was intussen door de onbewaakte zijingangen het paleis binnengedrongen en arresteerde de overgangsregering. Dat gebeurde op 26 oktober 1917 om twee uur 's morgens.

Daarmee was de zo vaak gememoreerde en in Russische propagandafilms graag uitgebeelde 'Bestorming van het Winterpaleis' beëindigd.

Het aantal doden bedroeg zes.

'De overgangsregering verliest steeds meer vertrouwen. De inflatie in Rusland stijgt. De economie stagneert. Overvallen, conflicten in het leger, plunderingen, landonteigening en allerlei vormen van criminaliteit zijn volgens de verhalen aan de orde van de dag. De levensmiddelen worden schaars, het land staat waarschijnlijk aan de rand van een faillissement. En die opportunist Kerenski, die de overgangsregering moet leiden, probeert zijn positie te versterken met symbolen en verliest met de dag meer beslissingsmacht en vertrouwen. Wat kunnen de Roden nog meer wensen?'

Gebogen over zijn krant zat mijn betovergrootvader zich op te winden, terwijl hij zijn ochtendkoffie dronk in de chocoladefabriek, waar hij ook Simon had uitgenodigd.

'Bij de verkiezingen zullen de bolsjewieken zich vast concentreren op de twee grote steden Petrograd en Moskou en bijna alle geldmiddelen besteden aan de bewapening en oprichting van een leger. En als ze winnen, gaan ze de Petrogradse sovjet leiden; daarvoor schijnen ze die rare Trotski op het oog te hebben, die ik voor geen cent vertrouw. Zoals altijd lopen wij achter de feiten aan. Terwijl de Russen die verdomde revolutie hebben uitgevoerd, zitten wij er nog over te piekeren hoe de toekomst van ons land eruit moet zien, en dat is niet goed, Simon, dat is helemaal niet goed.'

Ze dronken allebei zwarte koffie, aten amandelhoorntjes met chocoladevulling en praatten, zoals de laatste weken bijna dagelijks, alleen nog over politiek.

Het Georgische politieke leven
is precies op het moment verzopen
dat Georgië zich aansloot bij Rusland.
Na die aansluiting en nadat er
een tamelijk vaag akkoord was gesloten
over het behoud van de eigen nationale identiteit,
hebben de Georgiërs alle politieke ideeën
aan de kant geschoven en zijn ze volledig opgegaan
in de maalstroom van het Russische leven.
De Kaukasische Bode

Al die Witte Gardisten, nationalisten, liberalen, zelfs een paar mensjewieken, die elkaar dagelijks in hun lokalen ontmoetten en op fluistertoon, maar toch opgewonden pratend in drommen langs Stasia's meisjesgymnasium trokken, leken één doel te hebben: profiteren van het gunstige moment en Georgië onafhankelijk verklaren. Het balkon van Europa, een ironisch-poëtische benaming voor ons vaderland, moest eindelijk uit het knechtschap worden verlost en naar de langverwachte vrijheid worden geleid.

Maar Stasia had geen belangstelling voor hen. Ze haalde alleen onverschillig haar schouders op en droomde verder van haar balletcarrière. Ze moest niets hebben van al die discussies, er was zoveel moois, zoveel verrukkelijks op de wereld – vooral als je de eerste tekenen van verliefdheid voelde, als je je toekomst in Parijs bij de Ballets Russes voorstelde. Wat haar vader, haar verloofde, het hele land ook wilden – Stasia wilde enkel en alleen vrijheid en Parijs, maar vooral: dansen, dansen en nog eens dansen. Die somber kijkende lui mochten elkaar gerust de kop inslaan, zij zou intussen al dromend doordansen en als een Ida Rubinstein in het Théâtre du Châtelet optreden als Scheherazade.

Elke dag wachtte ze tot haar witte luitenant haar 's middags na school kwam halen en ze vol competitiedrang de steppe op kon rijden. Want dan verstomde al het gepraat over politiek. Dan verstomde alles en was er alleen nog haar kloppende hart, de bries, de echo, het geluid van de paardenhoeven op de rode aarde.

Onze zeventienjarige Stasia, die voor het eerst verliefd was en op school liever Latijn en astronomie dan breien en haken wilde leren – ze reed paard, was vrij en vol dadendrang, en het socialisme noch de democratie kon daar iets aan veranderen. Ze smeedde al plannen om haar uitverkorene over te halen mee naar Parijs te gaan en een nieuw, heel ander leven te beginnen.

En toen de officier op een avond, zittend op een boomstam, aan Stasia vroeg of ze zich kon voorstellen als zijn vrouw met hem naar het koude land in het noorden te gaan waar hem een carrière wachtte, wist Stasia niet wat haar overkwam.

Ze huilde inwendig om het andere leven, welk leven ook, dat ze door een beslissing, welke beslissing ook, zou moeten opgeven. Zou je niet twee, drie, vier, zelfs talloze malen op de wereld moeten komen om aan je wensen te kunnen voldoen? Aan de mogelijkheden van deze wereld? En zoals altijd op zulke momenten dacht ze aan haar dode tweelingzusje, dat ze in gedachten Kitty noemde – naar de Kitty uit *Anna Karenina*, die na veel liefdesverwikkelingen toch een thuishaven vindt bij Levin –, en ze werd nog neerslachtiger.

De witte luitenant piekerde over heel andere dingen en zocht een oplossing. Zowel ideologisch als financieel voelde hij zich al een tijd in het nauw gedreven en zijn hoop dat de liberalen zijn land tegen het communisme zouden verdedigen werd met de dag kleiner. Hij vond het te riskant om in Georgië te blijven, hij vertrouwde al die unies en coalities in dit land niet.

Hij moest handelen, partij kiezen. In de bekrompenheid van zijn kleine geboortestad wilde hij in geen geval blijven. Ver weg waren mensen hele landen aan het hervormen, hij wilde erbij zijn en niet langer met een stel gymnasiasten in rokerige kamers in de provinciestad discussiëren over wat anderen, ver van hem vandaan, verwezenlijkten.

Het was de grote tijd, waarin je net zo snel carrière kon maken als tot vijand worden verklaard. Het laatste wilde hij in geen geval.

Maar als de democratie in zijn vaderland zou mislukken, als de bolsjewieken een definitieve overwinning zouden behalen, dan had hij hier geen kans.

Aan de andere kant hadden de Roden helpende handen nodig, zoveel als ze konden vinden.

Zo zat hij daar, naast dat meisje op wie hij zo gek was, en hij durfde haar niet te bekennen dat hij op het punt stond om toe te treden tot het Boerenleger, het RKKA, dat op bevel van Trotski zelf net werd uitgebreid.

Hoe dan ook – Stasia huilde inwendig onder een eik, het was vast een eik en hij was vast heel oud. Vast en zeker. Simon pakte Stasia's schokkende schouders onder het voorwendsel haar te willen troosten. Natuurlijk was de eerste kus heel mooi, vast en zeker, Brilka, want de eerste kus van ons verhaal moet gewoon mooi zijn!

Ik weet niet of Stasia op die vroege avond meteen haar jawoord gaf, wel is zeker dat ze drie avonden later de altijd naar chocola en lavendel ruikende werkkamer van haar vader binnenging, tegenover hem in de zware leren fauteuil ging zitten en hem meedeelde dat ze de volgende dag met Simon Jasji zou trouwen.

De chocoladefabrikant keek op van zijn papieren, zette zijn leesbril af, keek zijn dochter aan en lachte.

Maar daar bleef het niet bij, want Stasia vervolgde: 'Ik wil geen bruiloft. Het geld daarvoor en voor mijn bruidsschat wil ik voor mezelf gebruiken en er mijn dansopleiding van betalen. Voor zover ik weet, is dit huwelijk naar je zin, vader, en ik verwacht nu gewoon dat je ja zegt.'

Haar vader, die nog steeds lachte, sloeg nu echter een strenge toon aan, zei dat ze dat wel op haar buik kon schrijven (of een bij die tijd passende uitdrukking van dezelfde strekking) en dat hij zich niet voor de hele stad belachelijk wilde maken, alleen omdat zijn dochter er van die dwaze ideeën op na hield. Alles diende volgens de regels te verlopen: de verloving, de wachttijd en dan een bruiloft overeenkomstig hun stand. Tenslotte was het de eerste keer dat er een dochter van hem trouwde – en dat moest groots worden gevierd.

En verder moest hij een hartig woordje met zijn aanstaande schoonzoon spreken, want het kon toch niet dat zo'n respectabele jongeman als Simon naar de pijpen van zijn dwaze vrouw danste.

Stasia hoorde het allemaal rustig aan, bedankte zelfs voor de heerlijk geurende Turkse koffie die hij haar aanbood, stond ten slotte op en zei dat ze op die manier zou trouwen of helemaal niet, bovendien zou Simon binnenkort naar Petrograd vertrekken. Ze moet dat met zoveel stelligheid in haar stem hebben gezegd dat haar vader weliswaar geen toestemming gaf, maar ook niets meer deed om te voorkomen dat zijn dochter de volgende ochtend in een eenvoudige witte jurk, die haar oudste zus Lida voor haar eerste bal had laten maken, voor het altaar stond.

De chocoladefabrikant moet lang in tweestrijd hebben gestaan voor hij besloot zijn belofte te houden en Stasia als bruidsschat zijn recept mee te geven. Misschien had hij in de jaren na de dood van zijn eerste vrouw toch besloten meer op zijn zakelijk instinct dan op zijn bijgeloof te vertrouwen. Tenslotte had dat recept hem en zijn gezin al die jaren in staat gesteld een goed leven te leiden, al was de uitbreiding naar de grote steden achterwege gebleven en had hij de warme chocola verder niet te koop aangeboden. Maar de kleine dosis van die ingrediëntenmix leek niet gevaarlijk, integendeel, die schonk de mensen vreugde en deed hen alle zorgen even vergeten zonder er een fatale prijs voor terug te verlangen. Hij had er beslist goed aan gedaan, dacht de chocoladefabrikant in de nacht voor Stasia's huwelijk, de warme chocola geheim te houden, al wist hij intussen zelf niet meer of de reden daarvoor dezelfde was als toen hij met het geheime recept op zak uit Europa terugkeerde en zich stiekem voorstelde hoe hij in Tbilisi, Sint-Petersburg of Moskou de beste van zijn creaties uit zijn hoed zou toveren om iedereen te verbluffen en zo de gunstigste voorwaarden voor zijn zaken te bereiken.

Zijn besluit om de warme chocola niet op de markt te brengen gaf hem een goed en veilig gevoel, alsof hij daarmee verder onheil had afgewend, dat zich zou hebben voltrokken als hij tegen zijn intuïtie in was gegaan. Dat wist hij heel zeker. Ook al zou hij het nooit openlijk uitspreken, zeker niet in bijzijn van zijn bedienden of zijn vrouw; al vond hij zijn eigen vermoedens soms zelf belachelijk, dat sombere voorgevoel zat sinds de dood van Ketevan en Stasia's tweelingzusje in zijn hoofd. Tegen de verwachting in verdween het niet, integendeel, het werd mettertijd sterker en veranderde in een overtuiging.

Alleen was Stasia niet een van zijn bedienden en al helemaal niet Lara Michajlovna. Stasia was misschien de enige aan wie hij zijn geheim kon toevertrouwen zonder uitgelachen te worden.

Dus raapte hij in de nacht voor haar trouwen al zijn moed bijeen en klopte op de deur van Stasia's slaapkamer (ze was wakker, ze kon van opwinding de hele nacht niet slapen), hij vroeg haar zich aan te kleden en hem te volgen. Stasia kleedde zich aan, haar vader nam haar bij de hand en zo liepen ze zwijgend naar de chocoladefabriek.

Hij maakte de deur open, deed het elektrisch licht aan (in die tijd nog een zeldzaamheid in het stadje), nam haar mee naar de productieruimte en vroeg haar te gaan zitten. Toen begon hij met de bereiding. Ze moest heel goed kijken en de ingrediënten van de specerijenmix onthouden en hardop herhalen terwijl hij ze mengde. Stasia, verbaasd over het geheimzinnige gedoe en de eerbied die haar vader daarbij aan de dag legde, vergat op slag al haar reserves toen de betoverendste geur die ze ooit had geroken, zich begon te verspreiden.

Ze was het kind van een in het hele land beroemde banketbakker en gewend aan allerlei lekkernijen, maar zoiets verleidelijks had ze nog nooit geroken, laat staan geproefd. Als gehypnotiseerd somde ze een voor een de ingrediënten op, herhaalde telkens aandachtig de hoeveelheid en voelde het water in haar mond lopen. Vervolgens verzocht haar vader haar alles wat ze had gehoord zorgvuldig op te schrijven, de ingrediënten, de bereidingstijd en – heel belangrijk – de exacte dosering. Ze kreeg een potlood en een papiertje en noteerde keurig netjes in haar beste schoonschrift het geheim van haar vader; ze moest zich daarbij heel erg concentreren vanwege de bedwelmende geur die het vertrek vulde.

Toen kreeg ze een klein, dun kopje, zo licht als een veertje, met een dikke zwarte vloeistof, die ze met een zilveren lepeltje begon op te smikkelen. Haar gehemelte: gewekt voor ongelofelijke geneugten, haar hoofd: bedwelmd door de smaak, haar tong: verdoofd. Ze proefde lepeltje voor lepeltje en vergat een paar minuten de wereld om zich heen.

'Wat was dat in godsnaam?' vroeg ze, nadat ze als een hongerige kat het kopje had schoongelikt en toen voorzichtig had neergezet. 'En waarom heb je ons daar nog nooit iets van laten zien?'

'Omdat het een geheim recept is. Een kleine dosis van mijn geheim meng ik door al onze chocoladeproducten, maar het recept is oorspronkelijk bedacht voor deze warme chocola, die jij nu hebt mogen proeven. Maar...' Hij zweeg en keek zijn dochter strak aan. 'Maar die chocola is gevaarlijk.' Hij stokte weer, alsof hij de juiste woorden zocht om iets te beschrijven wat niet met woorden te beschrijven viel.

'Wat bedoel je met gevaarlijk?' vroeg Stasia nog steeds met het roesachtige gevoel in haar borst dat de smaak van de chocola had achtergelaten.

'Je moet geloven wat ik zeg, Stasia, meisje van me, ook al lijkt het misschien vreemd wat ik vertel, maar je moet mijn woorden geloven, beloof het me!'

'Maar vader...'

'Beloof het me!'

'Ja, goed, ik beloof het. Natuurlijk beloof ik het.'

'Te veel van het goede kan veel slechts teweegbrengen. En ik heb nog niemand gezien die deze chocola proefde en daarna niet verlangde naar meer, zelfs begerig was naar meer. Maar begerigheid in combinatie met genot kan een mens noodlottig worden. Onthoud dat alsjeblieft!'

'Natuurlijk wil je meer, het is ook zo verschrikkelijk lekker!'

'Nee, je begrijpt het niet. Deze chocola kan alleen in kleine hoeveelheden worden genuttigd, een heel kleine hoeveelheid van de ingrediënten kan elk chocoladeproduct tot een waar genot maken, maar in pure vorm, in deze vorm, kan de chocola onheil brengen, Stasia.'

Stasia, die zulke woorden van haar vader niet gewend was, laat staan de eerbiedige manier waarop hij ze uitsprak, stond versteld, maar ze probeerde niets te laten merken en trok een zo ernstig mogelijk gezicht.

'Je moet me beloven, bij alles wat heilig is, dat je dit kostbare geheim als je oogappel zult bewaren. Nooit mag dit recept de familie verlaten. Nooit mag het door een vreemde worden gebruikt. Nooit mag je het lichtzinnig bereiden voor een of ander vrolijk feestmaal. Het moet iets bijzonders, iets zeldzaams blijven. Ik had al die jaren veel winst kunnen maken als ik deze chocola hier had aangeboden, maar ik heb besloten het niet te doen.'

'Maar waarom ik? Waarom geef je dit recept aan mij?'

'Omdat ik na je geboorte uit piëteit met je moeder gezworen heb dat jij dit geheim eens zult erven en...'

'En...?'

'Omdat jij het onheil hebt overleefd en ik de indruk heb...' Hij maakte de zin niet af. Stasia begreep het niet helemaal, maar durfde niet door te vragen. Ze was in gedachten met andere dingen bezig dan met een imaginair onheil dat deze zalige chocola volgens haar vader zou veroorzaken.

'Maar soms...'

'Ja, soms. Maar zorg dat die keren zeldzaam en de aanleidingen bijzonder zijn.'

Die nacht legde Stasia een eed af en zwoer dat ze het recept uit haar hoofd zou leren en het briefje zou vernietigen. En toen ze weer in bed lag en zich met al haar zintuigen de smaak weer voor de geest haalde, wist ze zeker dat je met dit geheim wonden kon helen, catastrofen kon afwenden en geluk kon schenken.

Maar daar zou ze zich in vergissen.

Op de dag van het huwelijk was Meri, de op één na oudste, bij een zieke tante op het platteland, de stiefmoeder wendde migraine voor en alleen de schuchtere Lida en de tienjarige Christine, die er als enige met al haar aandacht bij was en grote bossen bloemen droeg, begeleidden hun zus naar het altaar. De monnik Serafim, Lida's biechtvader en een vertrouweling van de familie, voltrok het huwelijk in de kleine Sint-Joriskerk.

Simon paaide zijn schoonvader met de belofte dat er later een bruiloft overeenkomstig hun stand zou komen en dat hij er in goede en in slechte tijden voor zijn vrouw zou zijn en voor haar zou zorgen. In een herberg niet ver van de grottenstad brachten ze de huwelijksnacht door en de volgende morgen glimlachte Stasia de tederste glimlach waartoe ze in staat was. De glimlach van een getrouwde dame beheerste ze nog niet en de glimlach van het vrijheidslievende meisje dat in herenzit reed, was al vervlogen.

Een kleine twee weken na de trouwdag verliet Simon de stad – eerst met het rijtuig naar het station en dan verder met de trein naar het noorden, en Stasia keerde als getrouwde vrouw terug naar huis.

Dat alles gebeurde in het begin van het roerige jaar 1918, het jaar dat onze landgenoot, die toen gewoon alleen Jozef, Koba of liefdevol Soso werd genoemd, als bevelhebber van het door Trotski opgerichte Rode Leger werd aangesteld.

Het jaar dat de bolsjewieken een decreet uitvaardigden met de titel *Het socialistische vaderland in gevaar*, waarin onder paragraaf 8 stond: 'Vijandelijke agenten, profiteurs, vandalen, contrarevolutionaire oproerkraaiers en Duitse spionnen dienen op de plaats van de misdaad terstond te worden gefusilleerd.' Een jaar voor het geboorteuur van de Tsjeka. De Tsjeka, die later tot NKVD werd omgedoopt en ten slotte KGB zou heten.

De Russische massa moet men iets heel simpels tonen, iets wat gemakkelijk te bevatten is, en het communisme – is simpel.
Lenin

WAT ZOU MIJN AMAZONE OP HET MOMENT DOEN – WANNEER KAN IK HAAR EINDELIJK WEER IN MIJN ARMEN SLUITEN of: MIJN DUIFJE MIS JE ME IK HEB EEN HEEL MOOI ONDERKOMEN VOOR ONS UITGEZOCHT NIET VER VAN DE NEVA HET ZAL ERG NAAR JE ZIN ZIJN – ER IS HIER OOK EEN GOEDE BALLETMEESTER deelde Simon per telegram vanuit Petrograd mee. Over zulke futiliteiten wonden de postbeambten in de stad zich op en ze wierpen Stasia verontwaardigde blikken toe – zoiets hoorde gewoon niet.

Later veranderden de zinnen en klonken ze bezorgder: MIJN DUIFJE HET IS HIER ONRUSTIG IK WEET NIET WAT ONS ALLEMAAL TE WACHTEN STAAT PAS GOED OP JE-

ZELF of: MIJN DUIFJE ER GEBEUREN ERGE DINGEN IN DIT LAND MAAR IK KAN NIET ANDERS DAN... (de rest ontbrak).

Pas na herhaalde verzoeken was Stasia erachter gekomen wat haar man precies deed: hij zat bij het RKKA en was verantwoordelijk voor de broodvoorziening.

Sinds januari 1918 heerste er in Rusland grote hongersnood. Het RKKA had tot taak graan te confisqueren, waarvan de boeren niet genoeg produceerden, terwijl ze ook nog waren blootgesteld aan plunderingen en overvallen.

In april van datzelfde jaar werd de eerste Democratische Republiek Georgië uitgeroepen. De chocoladefabrikant haalde opgelucht adem en had in mei in Tbilisi een ontmoeting met de eerste minister van Economische Zaken om de uitbreidingsplannen van zijn bedrijf te bespreken. Een grote banketbakkerij in de hoofdstad – niets leek dat plan nog in de weg te staan. Daarop organiseerde de chocoladefabrikant thuis een feestmaal en nodigde hij de haute volée van het provinciestadje uit om de toekomst te vieren, die voor hem zo gunstig leek uit te pakken.

Volgens de afspraak had Stasia haar echtgenoot al in februari moeten volgen. Na maanden van wachten hield ze het bij het aanbreken van de zomer niet meer uit en deelde ze haar vader mee dat ze naar haar man wilde om hem te helpen, wat er ook gebeurde; haar dansopleiding kon wel even wachten. Haar vader, onthutst over zoveel offervaardigheid van zijn zelfstandige dochter, probeerde haar te troosten. Onder andere omstandigheden had hij gewild dat zijn dochter aan de zijde van haar man vertoefde, zoals het een echtgenote betaamde.

Maar met het oog op de situatie verzette mijn betovergrootvader zich tegen haar plannen. De lange strijd om het vertrek die nu volgde, maakte Stasia zo murw dat ze uren in de tuin in de oude schommelstoel die van haar moeder was geweest, voor zich uit zat te staren – in de hoop dat haar tragische aanblik haar vader mild zou stemmen.

'Altijd zijn het mannen die over me willen beslissen. Wat is dat voor een leven? Dan had ik net zo goed als hond geboren kunnen worden, zelfs als hond zou ik vrijer zijn,' klaagde ze tegen Lida, die alleen ontzet haar hoofd schudde en haar jongere zus van godslastering betichtte.

Toen in juli de telegrammen uitbleven, maakte de bezorgdheid om haar man definitief een einde aan Stasia's libertijnse idealen en ging ze naar de Sint-Joriskerk, zocht priester Serafim op en vroeg hem om hulp. Daarna moet ze in het kerkje twee uur hardop op haar knieën hebben gebeden: 'Alstublieft, God, alstublieft, als het uw wil is, dan dans ik gewoon niet of gewoon later, maar maak dat Simon bij me terugkomt, of maak dat mijn koppige vader medelijden met me krijgt en me naar mijn man laat gaan. Ik geloof dat ik echt van hem hou, echt, en het is zo onrechtvaardig, God, u kunt me toch niet op de wereld hebben laten komen met al die gedachten en wensen, en tegelijk willen dat ik altijd maar gehoorzaam, maak alstublieft dat mijn vrije wil geschiedt, gelijk uw wil geschiede. Ja, ik weet het, ik zou tien onzevaders moeten bidden en de doden op paasmaandag rode eieren moeten brengen en wijn op de graven moeten gieten. Ik heb mijn christelijke plichten verwaarloosd, ik zal alles met plezier inhalen, maar heb een beetje consideratie met me. Ik bedoel, als u alles hebt bedacht, dan toch ook het dansen, of niet soms?'

Op dat moment rukte een harde windvlaag de kerkdeur open en sprong Stasia geschrokken op (zo heb ik het me tenminste altijd voorgesteld, want in mijn voorstelling werden Stasia's gebeden ter plekke verhoord).

In de deuropening stond Serafim in zijn zwarte pij met

een papier in zijn hand. Hij liep op Stasia af en fluisterde haar in het oor dat een tapijthandelaar zich bereid had verklaard haar met zijn rijtuig naar het station te brengen. De Georgische militaire weg kon hij niet met haar nemen, maar als ze het aandurfde in deze onrustige tijden in haar eentje het lange treintraject af te leggen, zou hij haar daartoe in staat stellen. En omdat de liefde het goddelijkste was wat er bestond, en het samenbrengen van voor God gehuwde geliefden de mooiste taak die er was, zou Serafim dat met zijn gebeden steunen.

Stasia viel Serafim om de hals zonder eraan te denken dat het om een priester ging, en sprak toen op fluistertoon het precieze vluchtplan met hem door.

Drie dagen voor haar vertrek had Stasia alles al voorbereid en haar spullen gepakt. Ze had vooral een paar bankbiljetten uit haar vaders broekzakken gehaald en zich wat sieraden toegeëigend die ze tot haar bruidsschat mocht rekenen, en die in haar jurk genaaid.

In de ochtendschemering ontvluchtte ze in het rijtuig van een tapijthandelaar haar ouderlijk huis. Voor haar zussen en haar vader liet ze brieven achter waarin ze om begrip vroeg voor haar daad.

Over de lange tocht die haar door een verwoest landschap voerde, is mij weinig bekend. Ik weet alleen dat haar vader er een paar mannen op uitstuurde om Stasia in te halen en dat Serafim zich in het grotklooster terugtrok onder het voorwendsel van de zwijggelofte die in de vastentijd gold. En ik weet dat Stasia aankwam. Drie weken later.

Het ooit zo machtige Russische imperium zakte intussen steeds verder weg in chaos: de onteigening en nationalisatie van eigendom, banken en onroerend goed, de ondergang van de vrijemarkteconomie hadden rampzalige gevolgen. Evenals de vervanging van de rechtbank door een zogenaamd volkstribunaal.

In het hele land heerste onrust, want het ontbrak aan professionele organisatoren om die radicale hervormingen door te voeren. De in juli afgekondigde Sovjetgrondwet ontzegde hele sociale klassen hun rechten. Acht maanden na de revolutie had zich al een bestuursprofiel ontwikkeld dat onherroepelijk tot een burgeroorlog moest leiden: concentratie van de macht bij enkele leidinggevende functionarissen, het streven naar een informatie- en handelsmonopolie en discriminatie van bepaalde bevolkingsgroepen.

En toen Stasia in Petrograd aankwam, leefden Nicolaas II en zijn familie met het blauwe bloed niet meer. Anoniem, met schoten in een kelder in Jekaterinenburg, was er aan die geschiedenis een eind gekomen.

Maar daar wist Stasia toen nog niets van. Ze wist ook niet waar Simon Jasji zat. Want op zijn officiële adres, dat hun gezamenlijke 'mooie onderkomen niet ver van de Neva' had moeten worden, vond Stasia alleen dronken soldaten van het Rode Leger, een hoofdkwartier en geen woning, en kameraad Jasji hoorde niet bij die bende. Ze dwaalde door de koude straten van Petrograd en deed in haar accentloze Russisch, zoals het toen iedere dame aan de andere kant van de eindeloze zijderoute betaamde, navraag naar haar man.

Ten slotte zag ze zich genoodzaakt een telegram naar huis te sturen en haar vader om hulp te vragen, al stierf ze daar duizend doden bij.

Nog geen uur later kreeg ze antwoord van haar vader: WE ZIJN BIJNA GESTORVEN VAN BEZORGDHEID – HOE HEB JE DAT KUNNEN DOEN MAAR GODDANK BEN JE GEZOND – GA NAAR THEKLA ZE IS DE NICHT VAN MIJN NEEF DAVID UIT KOETAISI – ZE WOONT AAN DE OEVER VAN DE FONTANKA – ZEG DAT JE MIJN DOCHTER BENT – HUISNUMMER WEET IK NIET – HET IS EEN GROOT HUIS EN IEDEREEN IN DE STAD KENT HAAR – VRAAG NAAR

HAAR – LAAT IETS HOREN ZODRA JE IN VEILIGHEID BENT.

Stasia had nog nooit van een iedereen-in-de-stad-kent-haar-Thekla gehoord. Wat niet veel wilde zeggen, want ze kende de helft van haar familieleden niet goed en ontdekte steeds weer nieuwe op verjaardagen, bruiloften en begrafenissen waar ze op last van haar vader naartoe moest.

Drie uur dwaalde Stasia verward en angstig door een gek geworden stad, tot ze een aangeschoten kozak vond die zich bereid verklaarde haar samen met haar schaarse bagage op zijn kar naar de Fontanka te brengen.

Stasia, die van bezorgdheid en angst niet ontvankelijk was voor de schoonheid van de stad, zat op de kar met open mond te kijken naar de straten waar ze doorheen denderden.

Op talloze bruggen patrouilleerden mannen in uniform. Boeren duwden handkarren met meubelstukken voor zich uit, voor de winkels stonden eindeloze rijen, mensen renden met een bezorgd gezicht ergens heen. Ook de rivier leek gelijke tred te houden met die vreemde sfeer, want hij maakte een sombere, boze, luidruchtige indruk.

Voor de imposante Izaäkkathedraal vond net een massabijeenkomst plaats; betogers stonden met spandoeken bijeen en riepen constant schreeuwerige leuzen.

Aan de Fontanka – de boulevard met de lichtgroene en bleekgele villa's en binnenplaatsen – verdrongen de mensen elkaar rond de stookplaatsen waar eten werd klaargemaakt. Het verzorgde decor van de tsarenstad vormde een absurd contrast met die drukte.

Nadat de kozak drie keer had moeten stoppen om naar een zekere Thekla te vragen, deelde hij de sprakeloze Stasia ten slotte mee dat hij geen tijd had om naar een grondbezitster te zoeken, maar precies op dat moment riep een van de meisjes die zich om het vuur schaarden dat het dat mooie gele huis links vooraan moest zijn. Stasia wist niet wat ze gedaan zou hebben als het meisje haar niet te hulp was geschoten.

Ze betaalde de kozak, pakte haar bagage en klopte op de monumentale ijzeren deur van de classicistische villa, nee, ze hamerde er echt met de deurklopper op, want over de boulevard kwam een stoet schreeuwende mensen op haar af en als ze zichzelf niet gauw in veiligheid bracht, zou ze door de mensenmenigte worden meegesleurd. Ten slotte opende een angstig meisje met een typisch Russische hoofddoek de deur en loodste Stasia zonder een woord te zeggen haastig naar binnen. Daarna sloot ze de deur met verschillende grendels af en barricadeerde hem met meubelstukken.

Behoedzaam keek Stasia om zich heen: ze bevond zich in een van de mooiste huizen die ze ooit had gezien. Van de uitnodigende ruime entree liep een brede marmeren trap naar boven. De vloer was belegd met prachtige zwart-witte tegels. Stasia mocht plaatsnemen in een lichte, grote ontvangkamer, waar behalve een eindeloos lange eiken tafel en twee stoelen tot haar verbazing verder geen meubels stonden. Het meisje had haar daar alleen gelaten. Ze moest wachten en mocht niet van haar plaats komen.

Na een poosje hoorde ze voetstappen, boven aan de trap verscheen een vrouw, misschien midden vijftig, misschien ook ouder of jonger, haar biologische leeftijd werd verhuld door een dikke laag make-up. Ze droeg een zachtroze peignoir die versierd was met een veren kraag, zoals die van een danseres in een van de frivole danslokalen waarvoor Stasia's vader zo vaak had gewaarschuwd. De vrouw stormde op haar af en sloot haar in haar armen.

'Lieve hemel, wat een grote meid, ik heb mijn liefste nichtje op het oudejaarsbal in Koetaisi voor het laatst gezien, ik kan het niet geloven, wat een mooi meisje, en dan die ernstige blik, zo serieus!'

Het boerenmeisje, dat als enige bediende in huis was achtergebleven, gaf ze opdracht om een pot sterke thee te zetten en wat gebak uit de provisiekast te halen.

'Maar het gebak is toch voor noodgevallen,' mompelde het meisje, dat door een strenge blik van de vrouw des huizes tot zwijgen werd gebracht.

'En wat is dit dan volgens jou? Mijn eigen vlees en bloed, in tijden als deze uit mijn vaderland hier aangekomen... Wat is er nou?' riep ze haar nog na.

Thekla had niet veel tijd nodig om bij een kop hete thee en kurkdroog gebak, dat Stasia echter het achtste wereldwonder leek, haar hele leven te vertellen. Stasia concludeerde daaruit waarom ze waarschijnlijk nooit eerder iets over die iedereen-in-de-stad-kent-haar-Thekla had gehoord.

Thekla, afkomstig uit een familie van lage adel in de dalen van Midden-Georgië, wist al vroeg wat ze van het leven wilde en ook hoe ze het moest krijgen. Aangezien haar geboortestad, het roddelzieke Koetaisi, haar niet genoeg ruimte bood om zich te ontplooien, trouwde ze jong met een rijke koopman uit Tbilisi, die een reeks wijngaarden beheerde en Georgische wijn naar Rusland verkocht. Het moet voor Thekla niet al te moeilijk geweest zijn om een bereidwillige kandidaat te vinden, want als je goed keek – als je aan de lagen make-up gewend was – zag je dat ze een heel fijn, zacht gezicht had, een zachtheid die uitnodigde tot dagdromen, en bovendien een heel weelderig en appetijtelijk lichaam, met als blikvanger een enorm hoge boezem. Maar het was een huwelijk zonder hartstocht en haar man hield meer van zijn wijnstokken dan van haar, vertelde Thekla, zodoende was ze op een van de zakenreizen naar Petrograd, toen nog Sint-Petersburg, verliefd geworden op Alexander: onherroepelijk, ontstellend, gigantisch. Alexander Olenin, een telg uit de rijke Petersburgse Olenin-dynastie, die mecenassen, kunstverzamelaars en de oprichter van de bibliotheek in Sint-Petersburg had voortgebracht, was een ontwikkelde, elegante, vrijdenkende man, 'bovendien van een schaamteloze schoonheid', en hij maakte deel uit van het leger van de tsaar.

Na haar terugkeer in Tbilisi deelde Thekla haar echtgenoot mee dat ze afzag van alle privileges en zonder één gouden ring zijn huis zou verlaten als hij haar liet gaan, want ze hield onherroepelijk, ontstellend, gigantisch veel van een andere man.

Uiteraard kwam het tot een schandaal. Haar man pleegde regelrecht karaktermoord en weigerde jarenlang in te stemmen met de scheiding. Omdat het huwelijk kinderloos was, kon Thekla, hoewel officieel nog getrouwd, zonder één gouden ring naar Sint-Petersburg reizen en in de tsarenstad voor Anna Karenina spelen.

Olenin moet een eerzaam man zijn geweest, want anders dan bijvoorbeeld graaf Vronski bleef hij bij zijn geliefde en introduceerde hij haar als zijn rechtmatige echtgenote in de hogere kringen van Sint-Petersburg. Ondanks de aanvankelijke afwijzing door die kringen vond Thekla snel aansluiting, zelfs vrienden, en ten slotte verzamelde ze een echte groep om zich heen, wat te danken geweest moet zijn aan haar zeer onconventionele en temperamentvolle karakter. Haar 'schaamteloos mooie' Alexander kocht dit prachtige huis voor zijn geliefde en begon samen met zijn levenshongerige Thekla te genieten van de aangename kanten van het leven. Aan middelen en mogelijkheden geen gebrek, ze nodigden kunstenaars en 'allerlei malloten' uit, die allemaal 'krankzinnig interessant' waren, en hielden zo de traditie van de Olenins als beschermers van de kunst en beoefenaars van liefdadigheid in stand. Ze reisden door Europa en genoten van de pijnlijke schoonheid die de wereld te bieden heeft als je zo 'uitzinnig liefhebt en liefgehad wordt'.

'Alexander en ik zijn amper twee jaar man en vrouw geweest,' gaf Thekla bedroefd toe. De Georgiër had pas na lange tijd ingestemd met een scheiding, maar toen konden Thekla en haar Alexander dan ook trouwen en hun liefde bezegelen.

'We waren zo gelukkig als een kind. Het leven was ons welgezind. Ik weet dat ik in mijn leven heel veel geluk heb gehad.'

Alleen in haar vaderland was ze sindsdien nooit meer geweest.

In het vervloekte jaar 1904 was Alexander als een held in Japan gesneuveld. Door zijn dood was er voorgoed iets in haar gebroken. Ze had jaren nodig gehad om eroverheen te komen, maar om zijn naam in ere te houden had ze daarna met de overvloedige erfenis geholpen waar ze maar kon. Ze had de salon, de literatuur- en muziekkring bij haar thuis, voortgezet, kuurreizen gemaakt, nieuwe vriendschappen gesloten en vooral het geld nuttig besteed.

'Maar Alexander en ik hebben toch een hoge prijs voor ons geluk moeten betalen: hij is heengegaan zonder dat God ons met kinderen heeft gezegend.'

Zo besloot Thekla haar verhaal, terwijl ze nipte aan haar kostbare porseleinen kopje dat door het dienstmeisje uit de keuken tevoorschijn was getoverd.

Uitgeput en licht huiverend vertelde Stasia daarna in een paar zinnen over haar reis naar Petrograd, over haar kersverse echtgenoot, zijn onverklaarbare verdwijning en haar wanhopige situatie.

'Als ik hier een paar dagen kan blijven, weet u, tot ik Simon heb teruggevonden. Ik zal u absoluut geen last bezorgen. En ik wil met alle liefde in het huishouden helpen,' mompelde Stasia schuchter, maar ze werd door Thekla's schaterlach tot zwijgen gebracht.

'Wat voor huishouden, lieve kind? Natuurlijk kun je blijven. Het huis is groot genoeg. Weliswaar hebben die schoften alles meegenomen wat ze konden vinden, maar ik mag hier blijven. Twee bedden zijn er nog over. En ik denk dat het toch maar een tijdelijke zaak is. Die idioten kunnen niet eeuwig aan de macht blijven, het verzet is te groot en daarna... Daarna is alles gewoon weer zoals vroeger. Ik ben blij dat je er bent, Anastasia. Sinds die gekken hier tekeergaan, zijn veel van mijn vrienden naar het buitenland gevlucht of houden zich schuil in hun huis, het is nogal stil om me heen geworden. Maar wij tweeën kunnen weer plezier hebben, heerlijk!' riep Thekla triomfantelijk.

Slechts wat doodloopt bepaalt nu
het blikveld van onze tijd.
Niet de boom van de kennis wordt
hierdoor met esprit verblijd
maar een muur met een fluim.
En geen prins wordt gewekt, een dinosaurus.
Brodsky

Het huis was echt schandalig groot. Maar door het ontbrekende meubilair kwam het over als een vreemd paleis zonder functie. Als de vertekende herinnering aan een plaats van vroeger.

De oude wandkleden, de paar kostbare gordijnen die nog voor de hoge ramen hingen en de sporadische meubels die gespaard waren gebleven, gaven een idee van de vroegere pracht. Ook had Thekla een grote, geheime voorraadkelder, waarvan de bolsjewieken de ingang niet hadden kunnen vinden en die vol lag met heerlijke dingen: ingemaakte peperoni op z'n Venetiaans, artisjokken uit Griekenland, chocoladebonbons uit Moskou, jam van de Krim, Spaanse ham, Engelse koekjes en ettelijke flessen dure wijn, cognac en zelfs champagne.

Masja, het boerenmeisje, dat meer uit uitzichtloosheid dan uit loyaliteit bij de vrouw des huizes was gebleven, toverde elke dag een kleine portie delicatessen op tafel, naast het dagelijkse broodrantsoen en de twee, drie eieren die ze op haar strooptochten door de stad wist te bemachtigen. Want zij was de enige die het huis verliet.

Thekla bracht het grootste deel van de tijd door in haar halflege slaapkamer op de tweede verdieping, je hoorde haar af en toe zingen of een van haar grammofoonplaten draaien, altijd Franse chansons of Russische liefdesliederen. Of ze zat in een deken gehuld in de grote ontvangkamer een van de liefdesromans te lezen, waar ze er tientallen van had en waar de bolsjewieken kennelijk geen belangstelling voor hadden getoond.

Thee was er genoeg in huis en op speciale dagen – en Thekla bepaalde welke daaronder vielen – ook koffie.

Als het boerenmeisje naar de stad ging, merkte Stasia dat Thekla haar weleens een ketting of een ring toestopte en haar iets toefluisterde. Dan bracht Masja meestal meer mee dan alleen eieren en brood.

Stasia logeerde in Thekla's vroegere boudoir, dat zo groot was als de eetkamer bij hen thuis in Georgië. Ze kreeg verschillende jurken, geurige stukken zeep en een paar prachtige leren laarzen. Het werd steeds kouder en Stasia was dankbaar voor zo'n geschenk.

Net als het huis had ook de vrouw des huizes zich afgesloten voor de burgeroorlog die om haar heen woedde. Thekla kleedde zich en maakte zich op, alsof er bij haar elke avond een galadiner was, alsof het elk moment naar heerlijke gerechten zou gaan ruiken, de grote voordeur open zou gaan, de elite binnen zou stromen en er dadelijk een orkest zou gaan spelen en de chique dames en heren de foxtrot zouden dansen, net als vroeger.

Het huis was al maanden geleden geplunderd, maar Thekla had de bolsjewieken weten om te kopen, zodat ze mocht blijven; dat moest haar heel veel geld of goederen hebben gekost, want ze zaten midden in de wreedste onteigenings- en woningenoorlog.

Via Masja, het dienstmeisje, hield ze een beetje contact met de buitenwereld. Maar zodra Masja ook maar aanstalten maakte om over een of andere gebeurtenis op straat te vertellen, bracht Thekla haar met een gebaar van haar blanke, verzorgde hand tot zwijgen.

Want Thekla koesterde de illusie dat je maar hoefde af te wachten en te overwinteren tot ook die idiote putsch voorbij was en alles ongedaan gemaakt zou zijn. Thekla wilde niet weg uit haar mooie Sint-Petersburg (in geen geval Petrograd!). Hoewel talloze vrienden het land al hadden verlaten of gewoon waren verdwenen, weigerde zij die mogelijkheid zelfs maar in overweging te nemen. Ze hoopte en had die hoop nodig als lucht om adem te halen.

Omdat Thekla haar salon, het drukke gezelschap, het gitaar- en pianospel, de zigeunerliederen en de losbandige nachten met de beau monde van de stad miste, bleek het jonge nichtje met de reeënogen een dankbare afleiding te zijn. Ze zaten 's avonds samen te kaarten en negeerden het lawaai van buiten, de kreten, de voetstappen, de leuzen, de dreigementen, het gebonk en ook de schoten af en toe. Op de lange, stille avonden vol duistere eenzaamheid in huis kwamen ze stap voor stap nader tot elkaar: de zwijgzame Stasia en de spraakzame Thekla, het meisje met de eindeloze vlechten en de eenvoudige kleren en de opgedofte dame met de veren boa's. Het wachten verbond hen en maakte hen tot stille medeplichtigen in een gemeenschappelijk spektakel met een onzekere afloop. Terwijl buiten honderdduizenden arbeiders staakten tegen de 'dictatuur van de communisten', bedrijven werden lamgelegd, de honger steeds meer criminelen naar de stad dreef, pogroms aan de orde van de dag waren en het broodrantsoen werd verlaagd tot 100 gram, terwijl de al succesvol opererende Tsjeka arresterend en schietend rondging, zaten die twee, in de waan dat de gruwelen aan hun huis voorbij zouden gaan, thee te drinken en patience te spelen.

Na een tijdje hield Stasia het niet meer uit en sloop ze geregeld naar buiten, ondanks het strikte verbod van Thekla. Ze zocht de verschillende steunpunten van de Roden af naar Simon Jasji, maar niemand scheen hem te kennen, niemand scheen enige informatie over hem te hebben.

De herfst deed plotseling zijn intrede in de witte stad. Hij was niet mild en zachtaardig zoals Stasia hem van thuis kende, en het wachten op een bericht van Simon was zwaar. Het verlamde alles, maakte haar lichaam traag en haar geest angstig. Stasia haatte dat wachten. Uren zat ze voor het raam van haar kamer door het gaatje te staren dat ze in het laken had geknipt waarmee het raam bedekt was, en ze koesterde hoop zonder te weten waarop. Het enige regelmatige contact dat Stasia met de buitenwereld onderhield, waren de telegrammen naar en van thuis.

Op sommige dagen maakte zich een bijna hysterische euforie van haar meester, dan holde ze de brede trap af naar de keuken, stak kaarsen of petroleumlampen aan, rende rond, maakte lawaai, probeerde geluiden te produceren om zichzelf ervan te overtuigen dat ze nog leefde, dat ze er nog was, dat ze niet ook allang een geest was geworden. Ze rende naar de ontvangkamer, door de slaap- en badkamer voor gasten, dan de trap weer op en af en daarna, opgevrolijkt door haar eigen energie en gedreven door een merkwaardige lust, begon ze te dansen. Ze zwierde rond, sprong, vloog en vergat even de wereld om zich heen. De wereld voor het huis en de wereld in huis.

De invallende kou leek de mensen tot meer verbittering en wreedheid aan te zetten. Nu stonden er in de buurt ook huizen en regeringsgebouwen in brand. En het schieten was aan de orde van de dag.

In het grote huis aan de Fontanka heersten de onheilspellende rust van het isolement, een ijzige vrede en een geconserveerd verleden, maar buiten, in de straten, op de prachtige boulevards en kaden regeerde het heden en dat was wreed, bloedig, gevaarlijk en vol honger en gebrek.

Toen oktober ten einde liep, werd Thekla overvallen door een merkwaardige apathie. Ze sloot zich op in haar slaapkamer en bleef daar dagenlang zitten. Masja en Stasia probeerden haar op alle mogelijke manieren naar buiten te lokken, maar meer dan het beetje eten dat Masja voor haar deur zette, nam ze niet aan. Stasia dacht er lang over na hoe ze de vrouw des huizes kon opvrolijken en er weer bovenop kon helpen, en toen schoot haar de alles veranderende, gelukbrengende warme chocola van haar vader te binnen, waarvan ze het recept goed in haar geheugen had geprent. Voor het eerst sinds ze hier logeerde, vroeg ze Masja dus om de sleutel van de voorraadkelder. Masja haalde op haar typische wat-kan-het-mij-schelen-manier alleen haar schouders op en gaf hem haar. Stasia vond daar alles. Op suiker en boter na was alles aanwezig wat ze voor de bereiding nodig had en ze vroeg Masja de rest op de zwarte markt te kopen – in ruil daarvoor beloofde ze haar een van haar zijden sjaals waar Masja haar oog op had laten vallen.

Die nacht werd Thekla wakker van een hemelse geur en ze haastte zich naar de keuken, waar ze eigenlijk nauwelijks meer kwam.

Daar trof ze Stasia aan, die bij het fornuis in een zwarte massa stond te roeren, en vanaf dat moment was Thekla overgeleverd aan het meisje met de lange vlechten. Ze was overgeleverd aan die aanblik en die geur, aan de hoop op iets wat al het andere deed vergeten. Juist in de ondergaande wereld waarin die twee zich bevonden, moet die betovering een bijna onweerstaanbare uitwerking hebben gehad. En toen ze eindelijk de warme chocola voorgezet kreeg, was het onherroepelijk met Thekla gedaan.

Van nu af aan bedelde ze vaak als een hond, ze schreeuwde en stampte met haar puntige laarsjes op de marmeren vloer van haar huis, huilde als een kind en wilde dat Stasia de chocola voor haar maakte.

Oud en nieuw vierden ze met een dennentakje, een fles champagne, drie plakken ham en de rest van de koekjes en de aardbeienjam achter de met tafelbladen gebarricadeerde ramen. De vorst die het huis binnendrong, maakte de sfeer gespannen en geprikkeld, waar nog bij kwam dat Masja meteen op de eerste dag van het nieuwe jaar meedeelde dat ze naar haar verloofde in Tsarytsin ging. Daar vocht hij en ze had er genoeg van in deze 'goddeloze' stad 'onmenselijk' veel moeite te doen zonder daar enige waardering van de vrouw des huizes voor te krijgen.

Stasia en Thekla wisten niet hoe je in die ellendig lange rijen aan brood kwam en ook niet waar de zwarte markt was. Zonder Masja zouden ze verhongeren, ze zouden ten onder gaan en beslist gek worden, daar waren ze van overtuigd.

Maar toen was er even een korte opluchting, die tegelijk grote woede bij Stasia wekte. Ze kreeg een brief van Simon.

Mijn duifje,

Ik vind het zo ellendig dat ik jou dit verdriet heb aangedaan en ik maak me zulke zorgen sinds ik weet dat je hier bent. Wat is mijn vrouw toch een geweldige amazone dat ze zo moedig aan die lange weg naar mij is begonnen! Ik neem mijn pet voor je af, liefje. Ik wil dat je goed op jezelf past. Je vader heeft me geschreven dat je onderdak hebt gevonden bij een familielid. Wij vorderen moeizaam, het verzet heeft veel sympathisanten en dus helpende handen, maar we geloven in de uiteindelijke en rechtvaardige overwinning! Ik wil dat je de eerste de beste gelegenheid aangrijpt om naar huis te gaan. Ga via Odessa, dat is nog altijd het minst gevaarlijk, in Petrograd ben je niet veilig. Ik kom je zo snel mogelijk opzoeken, ik hou van je en ben in mijn dromen bij je.

Simon

Stasia kon wel schreeuwen toen ze de brief las. Hij moest niet in zijn dromen bij haar zijn, maar in werkelijkheid. Het minste wat hij had kunnen schrijven was dat hij de boel de boel liet en spoorslags naar haar toe kwam, dat zou een passende schadeloosstelling zijn. Met trillende hand schreef ze hem terug, ze vertelde over de kwelling van de afgelopen maanden en verzocht hem dringend minstens een paar dagen te komen. Ze ondertekende met 'je vrouw', wat ze nog nooit had gedaan.

Onmiddellijk voelde ze hoe een enorme opluchting haar ledematen losmaakte, haar borstkas verruimde, haar luchtwegen opende, en toen ze uit Thekla's kamer een mooie, onbekende en voor de verandering niet suikerzoete melodie hoorde, begon ze te dansen.

Haar ledematen kwamen weer tot leven, in haar borst steeg warmte op, ze vergat de voortdurende honger en die verdomde kou, die ze nog slechter verdroeg dan de honger, en ze wervelde rond, sprong in de lucht, draaide, zwierde, rekte zich uit, werd soepel en lenig en lachte luidkeels.

Thekla, die net uit de keuken kwam, begon hard te klappen. Stasia staakte haar dans en zeeg verward onder aan de trap neer. Ook al wilde Thekla niet veel van dit leven weten, één ding wist ze wel: wat mooi was.

'Vergeet die man, die denkt alleen aan die zieke politiek van hem. Jou hier laten zitten, hoe durft hij, moet je jezelf zien, wat een aanblik! Uit wachten komt zelden iets moois voort – je moet dansen, lieve kind!'

En als een volleerde actrice zweefde ze in haar lila peignoir de trap op.

Het einddoel is niets, de beweging is alles.
Bernstein

Drie dagen later kreeg Stasia bezoek van Peter Vasiljev. Een man van de oude stempel, voormalig solist van het Koninklijk Ballet. Hij gaf haar een hand en zei: 'In zulke tijden een dansleraar laten komen, dat kan alleen Thekla bedenken, maar ze dacht dat het mij ook een beetje zou afleiden.'

De grote lege kamers van het huis waren ideale oefenruimten en Peter Vasiljev bracht nieuwe grammofoonplaten mee.

Vasiljev had grijs haar, hij was groot, geaffecteerd, vlot in de omgang en autoritair. Stasia dweepte met hem vanaf het eerste moment en telde de uren voor hij kwam.

Ze had weliswaar een basisopleiding in klassiek ballet gehad, maar Vasiljev was heel anders, gebiedend, veeleisend.

Hij kende alleen de besten in zijn kunst en had al in verschillende prachtige zalen gedanst. Als de revolutie er niet tussen was gekomen, stond Peter Vasiljev nu waarschijnlijk aan het hoofd van de beste balletschool in de stad, dacht Stasia.

Met zijn onvermoeibare discipline, zijn talent, zijn respect afdwingende optreden en Stasia's enorme wil om ondanks de beestachtige kou urenlang te oefenen was de hoop op Parijs teruggekeerd. Alles leek weer mogelijk. Met of zonder Simon.

Zo danste Stasia door de winter, de sneeuwstormen, de ijzige winden, de koude dagen en nachten, door de demonstraties, de gevechten, de opstanden, de stakingen en steeds weer – door de honger. Simon kwam niet.

In maart 1919 gingen de arbeiders in bijna alle belangrijke fabrieken van Petrograd in staking. En Masja nam definitief ontslag. Van tevoren had ze Stasia wegwijs gemaakt, ze had haar twee keer meegenomen om brood te kopen, haar aan een Siberisch meisje voorgesteld dat figuren van de zwarte markt kende en haar in geval van nood zou helpen; ze had haar de regels uitgelegd van voordringen, schreeuwen en aandacht trekken, die je in die tijd nodig had om te overleven, en daarna had ze koel, bijna zonder enige emotie, afscheid genomen van de huilende Thekla en was ze met een klein rugzakje op haar rug vertrokken door de deur, die Stasia met veel grendels achter haar afsloot.

In april deelde Simon in zijn volgende brief mee dat zijn bezoek aan Petrograd weer zou worden uitgesteld. Hij kon nog steeds niet met verlof, omdat er een aanval op Moskou werd verwacht en hij daarheen werd gestuurd. Hij troostte haar met de belofte dat hij in de zomer zou komen.

Op de een of andere manier was de chocoladefabrikant er intussen in geslaagd zijn dochter een grote kist met levensmiddelen te sturen. God weet wie hij daar allemaal voor had moeten omkopen. Die levensmiddelen samen met het voorjaarsweer, dat eindelijk de strijd met de onbarmhartige winterkou aanbond, gaven de beide vrouwen een paar weken rust en verlosten hen van de dagelijkse zorg hoe ze de volgende dag moesten doorkomen.

En steeds weer hielp het dansen. De uitputtende, eentonige oefeningen en de kleine succesjes. Na elke les voelde Stasia zich een stuk gelukkiger, vrijer en zorgelozer. Zonder de eenzame Thekla, die zich bij geen enkele nederlaag neerlegde, en de ijverige Peter Vasiljev, die steevast drie keer per week het huis aan de Fontanka bezocht, had Stasia het bijltje er allang bij neergegooid en de eerste de beste trein naar het zuiden genomen, of ze was gewoon in bed gaan liggen en niet meer opgestaan.

Als Stasia in de eindeloze rijen op brood stond te wachten, luisterde ze naar het volk, dat opgewonden over de toekomst van het land discussieerde. Het front aan de Don, het front rond Charkov, het front in Novgorod, het front bij Minsk, het front bij Irkoetsk – alleen al van het woord 'front' werd ze onpasselijk. De boeren wilden gewoon met rust worden gelaten. De kozakken wilden hun onafhankelijkheid en hun have en goed verdedigen, de monarchisten wilden niet samenwerken met de mensjewieken, want dat waren collaborateurs van de Roden, en de mensjewieken zochten steeds meer toenadering tot de bolsjewieken om te ontkomen aan de chaos van de monarchisten en de liberalen, terwijl de partijlozen, anarchisten en criminelen profiteerden van het gunstige moment: ze bekommerden zich om hun eigen welvaart en verdienden aan de zwarte markt.

'Misschien moeten we samen naar Georgië gaan, Thekla. Onlusten of geen onlusten, daar zouden we veiliger zijn en geen gebrek aan eten hebben,' zei Stasia op een ochtend bij de slappe thee in de keuken tegen Thekla. (De goede, sterke thee kon ze in tegenstelling tot Masja nooit te pakken krijgen, zij werd altijd afgezet.)

'Ach lieve kind, ik ben definitief te oud voor zo'n nieuw begin,' antwoordde Thekla.

'Onzin. Zo oud ben je niet, Thekla. Bovendien heeft niemand het over een nieuw begin, het gaat eerder om overwinteren, zoals jij dat noemt. Tot het allemaal voorbij is.'

'Zal het ooit voorbij zijn?' vroeg Thekla met een ontstellende treurigheid in haar stem. En Stasia wist dat Thekla deze stad en dit huis nooit zou verlaten en ze wist ook dat ze haar hier onmogelijk alleen achter kon laten.

En zo woonden Stasia en Thekla nog maanden samen in de afzondering van het schaduwrijke en vochtige grote huis, waar ze drie keer per week door het bezoek en de dansles van Peter Vasiljev tot leven werden gewekt. Maar de constante angst en het voortdurende verweer tegen mensen die bij hen op de voordeur bonsden, onderdak zochten of gewoon alleen wilden plunderen, vergden veel van Stasia's krachten en op zulke momenten had ze Thekla het liefst een draai om de oren gegeven, omdat zij de verdediging van het huis alleen aan Stasia overliet, alsof het niet om haar geliefde huis ging.

In de zomer zat Stasia al twee jaar in Petrograd gevangen. Een paar dagen waren twee volle jaren geworden, sinds ze haar vaderland en haar familie had verlaten om samen te zijn met een man voor wie ze maar enkele dagen echtgenote was geweest. Op sommige dagen leek Stasia al vergeten te zijn waarom ze naar deze stad was gekomen.

Op een van de warme, van muskieten wemelende juliavonden stond Peter Vasiljev onaangekondigd voor hun deur. Hij had een in krantenpapier gewikkelde fles onder zijn overhemd en straalde van oor tot oor.

'Kom, dames. Ik wil met u klinken en afscheid van u nemen!' riep hij, terwijl hij triomfantelijk naar de keuken liep. Daar werden drie glazen met krimsekt volgeschonken, waarna hij Stasia en Thekla meedeelde dat hij het land overmorgen zou verlaten en dat de lessen dus afgelopen waren.

‘Ik heb een nicht in Baden-Baden. Die is getrouwd met een bekwame bankier en heeft aangeboden me te helpen, mijn twee zussen zijn daar ook al. Ik houd het hier niet meer uit. Ze hebben me geld voor de reis gestuurd en voor papieren gezorgd. Voor één keer ben ik blij dat ik niet helemaal aan mijn Joodse familie ben ontsnapt.’

Jaren later, toen Stasia van Auschwitz en Birkenau hoorde, moest ze vaak aan Peter Vasiljev denken, aan zijn klinkende Russische naam die een pseudoniem was, en dan hoopte ze vurig dat Isaak Eibinder, zoals Peter Vasiljev heette, niet tot die miljoenen gerekend hoefde te worden.

Na Peter Vasiljevs vertrek leek alles ineens zinloos en saai. Thekla kwam bijna haar slaapkamer niet uit en Stasia dwaalde door het huis. In het begin oefende en danste ze ook zonder de strenge aanwijzingen van Peter Vasiljev, zoals hij het haar had geleerd, maar het kostte haar steeds meer moeite, haar droom leek weer te verbleken, alsof ze voortdurend bondgenoten nodig had om hem overeind te houden. Op de zwarte markt begon ze zware zeemanstabak te kopen, waar ze dunne sigaretten van draaide die ze oprookte (een slechte gewoonte, die ze haar leven lang zou houden; ook toen ze het zich kon permitteren om betere sigaretten te roken, zwoer ze de goedkope zware tabak niet af).

Op een ochtend, een paar weken na Peter Vasiljevs afscheid, liep Stasia na een slapeloze nacht Thekla’s kamer binnen en ging op de rand van haar bed zitten. Thekla lag met haar rug naar haar toe te slapen of deed alsof. Stasia maakte haar wakker.

‘Zo kan het niet langer. Ze pakken je hoe dan ook je huis af, of er dringen hier gewoon mensen binnen die blijven. Gisteren heb ik weer met het vleesmes moeten dreigen toen er twee via de kelder naar binnen wilden. Had ik maar een geweer, daar zijn ze banger voor dan voor mijn mes... Ik heb niet meer de kracht om uren in die rijen te staan en altijd maar bang te zijn dat er iemand inbreekt en ons de keel afsnijdt. In je juwelenkistje zitten alleen nog een zilveren ring en een ketting. De waardepapieren die je nog bezit, zijn niets meer waard en de tsaar is dood. Al die tijd heb je me niet willen geloven. Maar het is zo. Je hebt altijd gezegd dat Nicolaas terug zal komen en zijn land niet aan die erbarmelijke zuiplappen over zal laten, maar zo is het niet. Bijna twee jaar geleden hebben ze de tsaar doodgeschoten. In Jekaterinenburg. Zijn kinderen, zijn vrouw – allemaal zijn ze dood. Het is oorlog. Overal is het oorlog. Het zal nooit meer worden zoals vroeger. Nooit meer. Het spijt me. Maar we moeten iets doen, Thekla. Ik ga naar huis.'

De burgeroorlog heeft zoals bekend zijn wetten
en die hebben nog nooit gegolden
als wetten van de menselijkheid.
Trotski

Begin september 1920 begon Stasia met de voorbereidingen voor de reis. Ze schreef via het hoofdkwartier in Moskou een brief aan haar man en deelde hem op koele toon mee dat ze van plan was naar huis terug te keren, ze eindigde ook niet meer met de woorden 'in liefde'. De laatste sieraden werden verkocht, evenals Thekla's mantel van lamsvacht. Met smeergeld lukte het na wekenlang wachten om voor eind oktober treinkaartjes naar Odessa te kopen, vanwaar ze per schip naar Georgië wilden. Nadat ze een zware koffer op de kop had getikt – Thekla's dure, met de hand gemaakte koffers waren allang verkocht –, kwam Stasia natgeregend en verkleumd, maar blij met haar succes terug in het poederachtig gele huis aan de Fontanka.

'Het is gelukt, we hebben kaartjes, we kunnen aanstaande maandag vertrekken!' riep ze en ze verstomde plotseling bij de ongewone, ijzige stilte die er hing. Ze liep behoedzaam naar de keuken. Daar kwam haar een verleidelijke geur tegemoet. Ze vond niets, maar de geur was bekend, zelfs vertrouwd.

Ze liep zachtjes naar boven. De geur leidde haar naar Thekla's kamer. Ze klopte, maar er kwam geen antwoord, ze duwde de klink naar beneden en gluurde naar binnen. Thekla lag met haar rug naar de deur en leek te slapen. Naast het bed stond een tinnen kopje met kleverige chocoladeresten. Hoeveel weken was het al geleden – het leek een eeuwigheid – dat Stasia voor het laatst warme chocola voor Thekla had gemaakt. Ze herkende het kopje waarin ze haar de laatste keer de chocola had gebracht. Thekla moest de restjes bewaard en opgewarmd hebben. Stasia pakte het kopje en rook eraan, het geurde heerlijk, magisch, bedwelmend, maar met de zoete geur vermengde zich nog iets anders, iets metaalachtigs.

Langzaam zette Stasia het kopje op de grond, haar knieën knikten. Thekla lag roerloos op het bed. Aan de chocola was iets toegevoegd, iets definitiefs. Er liep een koude rilling over haar rug, ze zag het ernstige gezicht van haar vader die zich in de nacht voor haar trouwen in de chocoladefabriek over haar heen boog, ze hoorde hem over onheil praten, wat ze toen had afgedaan als hersenspinsels van een bezorgde, gespannen man. Dat woord onheil, waar ze zich toen niets bij kon voorstellen, galmde nu door haar hoofd. Had haar vader die omschrijving gekozen voor zoiets definitiefs als de dood? Had hij het gehad over de schrik, de pijn, de angst die haar bij het zien van Thekla's rug bekropen? Had ze dit onheil opgeroepen doordat ze Thekla een beetje vreugde dacht te kunnen schenken en had Thekla geweten welke prijs dat zwarte geluk van haar zou vragen, of was ze het zelf die de chocola had gebruikt voor zoiets noodlottigs als haar einde?

Het duurde een eeuwigheid voor Stasia om het bed heen durfde te lopen om naar Thekla's gezicht te kijken. Ze had iets vreselijks verwacht, maar Thekla lag erbij alsof ze vredig sliep. Naast haar lag een wit vel papier.

Lieve kind, ik zal altijd bij je zijn. Dat jij in mijn leven bent gekomen, in zo'n onbeschrijfelijke tijd, was een geschenk van God. Voor dit leven, het leven dat ons nu te wachten staat, ben ik niet geschapen, daar is geen plaats meer voor mij. Ik wist dat de tsaar dood was. Ik wist het van het begin af aan, maar ik ben je dankbaar dat je het zo lang voor mij geheim hebt gehouden. Ik ben oneindig moe. Wees niet boos op me. Ik heb wat geld voor je achtergelaten, in de suikerpot in de keuken. Dat moet genoeg zijn voor mijn begrafenis en hopelijk ook voor jouw terugreis. Pas goed op jezelf en als er iets is aan gene zijde van de eeuwige slaap, weet dan dat ik vandaar over je waak. Vergeef me en neem dit laatste geschenk van me aan.

Onder het papier lag een horloge. Een ongelofelijk mooi polshorloge van goud. Pas na een paar minuten drong het tot Stasia door dat de brief in Thekla's en haar moedertaal was geschreven, in het krullerige schrift dat voor alle buitenstaanders een soort geheimschrift lijkt, het schrift dat Stasia bijna was vergeten, het schrift waarop ze op de meisjesschool haar tanden stuk had gebeten, omdat het maar niet wilde lukken om mooi, als een dame te schrijven. Thekla en zij hadden bijna altijd Russisch gesproken en deze laatste brief herinnerde haar er op pijnlijke wijze aan dat ze nooit meer met Thekla in de bij dit schrift horende taal zou kunnen praten.

Hoeveel uren Stasia tegen Thekla's dode lichaam aan had gelegen, wist ze zelf niet meer. Op een gegeven moment had ze om hulp geroepen en waren er mensen het huis binnengestormd. Vreemde mensen.

Drie dagen later werd Thekla zonder rouwdienst, zonder priester begraven. Uit angst voor pogroms hadden de kerken hun deuren gesloten. Stasia bleef een hele tijd bij het graf staan en huilde lang en onbeheerst. Eerder kon ze het niet. Ook niet toen ze naast Thekla's dode lichaam lag. Maar nu, bij het graf, met Thekla's afscheidsbrief en het gouden horloge in haar zak, kwamen de tranen toch.

Toen ze de volgende dag met haar koffer de trap afkwam, waren er al mensen het huis binnengedrongen, die als wilden rondrenden, in hun zakken propten wat er nog mee te nemen viel en ruziemaakten om de kamers.

Op het station kreeg ze te horen dat ze voor Odessa een uitreisvergunning nodig had. Doodop en trillend liet Stasia alle papieren zien die ze had, ook een afschrift van Simons RKKA-bewijs, dat hij haar een paar maanden geleden voor de zekerheid had gestuurd. Ze smeekte met tranen in haar ogen, maar niets hielp. Ten slotte kreeg de kaartjesverkoopster toch medelijden – ze mocht dan wel niet naar Odessa, maar als echtgenote van een rode eerste luitenant kon ze hem wel nareizen naar zijn standplaats, dat was toegestaan. Waar hij gestationeerd was, vroeg ze haar.

'In Moskou,' antwoordde de uitgeputte Stasia en ze ging moedeloos op haar koffer zitten.

'Morgenochtend om zes uur gaat er een trein naar Moskou, ik zal uw kaartje omruilen, in Moskou kan uw echtgenoot dan een uitreisvergunning voor u regelen. Geef me uw kaartje maar.'

Afwezig gaf Stasia haar de twee treinkaartjes.

'Dat zijn er twee. Wie reist er met u mee?' vroeg de vrouw in uniform.

'Die komt niet meer.'

In de trein zat ze stil te luisteren naar het monotone

spoorgeluid. Ze moest de hele tijd denken aan Thekla's stijve lichaam en aan het eenvoudige nachthemd dat ze op het laatst had gedragen, een eenvoudig wit katoenen nachthemd, een simpel nachthemd, alsof ze zich daarmee had opgemaakt voor een reis naar een droom over vroeger.

In Moskou hingen overal propaganda-affiches met een soldaat in een wit uniform, die met zijn vinger naar je wees, en eronder stond: WAAROM ZIT U NIET IN HET LEGER? En op de andere, de affiches van de Roden, stond een soldaat in een rood uniform, die met zijn vinger naar de toeschouwer wees, en daaronder stond: ZIT JIJ AL BIJ DE VRIJWILLIGERS?

Stasia had geluk. Op het aangegeven adres kende iedereen Simon Jasji. Het was trouwens een kazerne, ergens aan de rand van de stad. Nadat ze er met een huurrijtuig eindelijk was aangekomen, bleef ze uitgeput en verkleumd (haar laarzen waren volgestopt met krantenpapier, want er zaten gaten in), in de gang van de kazerne zitten. Twee jonge soldaten brachten haar een mok thee en een beetje brandewijn, dat zou haar goeddoen. Ze dronk de brandewijn met dichtgeknepen neus en voelde inderdaad verlichting. Simon was op een vakbondsvergadering in een of andere fabriek en zou 's avonds terugkomen. Ze brachten haar zolang naar zijn kamer, die hij met twee andere soldaten deelde, en dekten haar toe met alle dekens die ze konden vinden.

Ze sliep diep en lang.

Een man maakte haar wakker. Hij zat snikkend aan haar voeten, hield haar heupen vast en had zijn hoofd op haar buik gelegd. Stasia, uitgeput en leeg als ze was, kon geen enkele emotie tonen. Ze bleef maar afwezig met haar hand door zijn haar strijken. Het was een vreemde situatie. Al die tijd had ze hierop gewacht, ze had zich de scène honderden keren tot in de details voorgesteld, ze had in gedachten elke dag gesprekken met Simon gevoerd, ze had een eindeloze, barre, koude, hongerige reis achter de rug en nu voelde ze zo weinig. Alsof ze alle gevoelens en woorden had opgebruikt. Alsof de jaren in Petrograd, Peter Vasiljev en vooral Thekla alles in beslag hadden genomen wat Stasia voor haar man had willen bewaren. Ze hielden elkaar in de armen en zeiden niet veel, hij warmde haar voeten, bracht haar warme borsjtsj en een heel brood, iets wat Stasia al twee jaar niet meer in haar hand had gehad. Ze at gulzig en viel later in een diepe slaap.

Toen ze 's morgens wakker werd, waren ze alleen in de kamer, hij lag aangekleed naast haar te slapen. Ze ging rechtop zitten en keek lang naar hem. Ze wilde hem zoveel vertellen, zoveel vragen, zoveel uitleggen, maar ze wist niet waar ze moest beginnen. Hij sliep vredig, zijn grijze lakense jas met de opgenaaide rode ster hing netjes aan een haak aan de muur. Zijn laarzen, oud en versleten, maar schoon, stonden op de grond.

Hoewel hij de dertig was gepasseerd, vond Stasia zijn gezicht heel jongensachtig: het dikke bruine haar, de vriendelijke bruine ogen, de volle wimpers, de borstelige wenkbrauwen, de lange, rechte neus, de fraai gevormde lippen en vooral de snor die hij had laten staan. Ze keek naar hem en voelde dat het heel moeilijk zou worden om die scheiding, die jaren ooit te vergeten, ze ooit te overwinnen, ze besefte dat het heel moeilijk voor haar zou zijn om weer de oude Stasia te worden, vol dwaze ideeën en onrustige dromen. Ze voelde zich leeg en droomloos, uitgeput. Al ontlokte zijn slapende gezicht haar dan een glimlach, ze voelde tegelijk een oneindige treurigheid.

Buiten hoorde ze voetstappen, geroep van soldaten die kennelijk net aantraden.

'Simon, wakker worden, ik geloof dat je ervandoor

moet,' zei ze tegen haar man. Hij ging rechtop zitten, keek haar ongelovig aan en schudde zijn hoofd.

'Ze kunnen het wel zonder mij af,' zei hij en hij kuste Stasia op de mond. Die zin maakte Stasia razend. Plotseling had de treurigheid plaatsgemaakt voor woede. Hoezo, hoezo was hij dan niet één keer gekomen? Als ze hem hier konden missen, als hij even geen mensenlevens hoefde te redden, wat voor excuus kon hij dan hebben om haar zo lang alleen te laten, erger nog, om haar daar in onzekerheid te laten?

Stasia voelde hoe haar ogen vol tranen schoten die naar teleurstelling smaakten, maar ze kon weer geen woord uitbrengen, ze maakte hem geen verwijten, ze begon niet tegen hem te schreeuwen, ze slikte haar woede in en liet zich door hem uitkleden. Stasia kon zich eerst maar moeilijk laten gaan, ze luisterde naar de voetstappen op de gang, naar het geroep en de gesprekken op de binnenplaats, ze leek vergeten te zijn hoe het was om toe te geven, die bijzondere vreugde te voelen, niet gespannen en angstig meer te zijn. Slechts met heel veel moeite lukte het haar met haar man naar bed te gaan. Alleen was het niet zoals in de huwelijksnacht, in de herberg waar ze die euforie had gevoeld, die vreugdevolle opwinding. Ze lag daar maar, geduldig en stil en met haar ogen dicht. Maar ook zo vond ze geen verlichting, ze zag steeds weer Thekla's stijve rug in het eenvoudige katoenen nachthemd, het aan haar gerichte, witte vel papier en het horloge, dat ze in haar onderjurk had genaaid.

'Ik wil naar huis. Ik heb een uitreisvergunning nodig. Vanaf Odessa gaat er een schip,' zei Stasia ten slotte toen ze naakt naast elkaar lagen en in hetzelfde ritme ademhaalden. Heel even had Stasia gehoopt dat hij zou zeggen dat hij dat niet wilde, dat ze moest blijven, dat hij al het mogelijke zou doen om haar bij zich te houden, maar toen antwoordde hij: 'Ja, het wordt tijd dat je naar huis gaat.'

'Hoelang moet jij hier nog blijven?'

'Hoe bedoel je?'

'Hoelang moet dit zo doorgaan? Waarom zijn we getrouwd?'

'Stasia, het is oorlog en ook bij ons is de toestand niet beter, geloof me. Ik word geregeld op de hoogte gehouden en...' Hij praatte nog een hele tijd door over de noodzaak van de bolsjewistische overwinning, over verschillende fronten die nog verdedigd, respectievelijk op de Witten veroverd dienden te worden, over een paar avonturen die hij en zijn manschappen in Moskou moesten doorstaan en over problemen in het partijbestuur. Stasia luisterde nauwelijks, het kostte haar moeite om hem te volgen, ze wist niet waarom hij haar dat allemaal vertelde, ook twijfelde ze aan zijn socialistische gezindheid. Alles wat hij zei, klonk als een uit het hoofd geleerd gedicht. Iets in zijn stem klonk heel moe, leeg, lusteloos – een toestand die Stasia bekend voorkwam. Maar hij gaf het niet toe, hij wilde in haar ogen de eerste luitenant blijven die zeker was van zichzelf en zijn zaak. Terwijl het zoveel eenvoudiger zou zijn, dacht Stasia, als hij of zij de waarheid zei, dan was er misschien een mogelijkheid om dichter bij elkaar te komen. Al zouden ze het maar proberen.

Eind 1920 zag Stasia na een afwezigheid van een kleine drie jaar eindelijk haar geboortestad terug. Ze werd begroet door haar oudste zus Lida, die de tijd grotendeels in de Sint-Joriskerk had doorgebracht, door haar grijs geworden en treurig ogende vader, door haar opgemaakte en uitgedijde stiefmoeder en een bijna griezelig mooie Christine, die kort daarvoor haar dertiende verjaardag had gevierd. Meri, de op één na oudste, had uiteindelijk toch een geschikte bruidegom gevonden, een notaris uit Koetaisi, en was hem daarheen gevolgd. Bij haar aankomst in haar vaderland wist Stasia nog niet dat er zich buiten de genoemde personen nog iemand in de familiekring bevond – in haar buik.

Want op dat tijdstip was ze al zwanger van haar eerste kind, mijn grootvader.

De banketbakkerij liep nog goed, maar vanwege de dreigende onteigening leefde de familie dagelijks in angst om het gezamenlijke bezit. De democratie in Georgië wankelde. Elke dag waren er arbeiders- en boerenopstanden en fabrieksstakingen en de regering werd door de socialisten geboycot. Niemand wist wat de volgende dag zou brengen en er heerste onzekerheid over de onduidelijke politieke beleidslijnen van de verschillende partijen en groeperingen, niemand wist wie en waarvoor hij moest kiezen. Want de wetten, eisen en beloften veranderden met de dag.

Stasia's terugkeer in de schoot van de familie werd op gepaste wijze gevierd. Men huilde en viel elkaar voortdurend om de hals, zelfs de anders zo koele Lara plengde een paar tranen, en anders dan bij haar man, bij wie ze geen mond kon opendoen, vertelde Stasia haar familie gedetailleerd en uitvoerig over haar nood en strijd in Petrograd. Alleen het slot verzweeg ze voorlopig, tot ze het haar vader op een avond in zijn werkkamer opbiechtte, nadat ze eerst een slok van zijn cognac had genomen. Haar vader keek de hele tijd naar de grond, terwijl zij met trillende stem verslag deed, maar over de warme chocola en het gif vertelde ze niets. Ze wilde haar vader niet teleurstellen, hem niet het gevoel geven dat ze lichtzinnig had gehandeld, dat ze haar kennis had misbruikt, en vooral dat ze zich niet had gehouden aan de belofte die ze hem had gedaan. Maar in de eerste plaats vertelde ze er niets over, omdat ze nog steeds geen antwoord had gevonden op de vraag of de chocola en het gif in dit geval misschien een en hetzelfde waren geweest, en omdat ze dat antwoord vreesde.

Ze was weer thuis. Ze had het overleefd. Ook al leek Parijs nu weer heel ver weg en had Thekla haar in de steek gelaten – of was het andersom? –, ook al was ze uiteindelijk toch niet bij haar man, ze was nog in leven en het was goed zo.

Een week later zou Stasia er eindelijk achter komen waarom ze zo sentimenteel en overgevoelig was: ze was zwanger.

Die ontdekking bracht een merkwaardige mengeling van verwarring en opwinding bij haar teweeg. Gezien de omstandigheden wist ze niet goed of ze blij moest zijn met dit nieuws. Maar dankzij de goede zorgen van Lida en haar vader werden de pijn, het verlangen en de duistere herinneringen gedempt. Lida was uitgegroeid tot een soort vredesduif van de familie. Met haar kromme rug bewoog ze zich door het huis, verrichtte allerlei werkzaamheden, hielp in de bakkerij, maakte huiswerk met Christine, droeg zorg voor het wel en wee van het hele gezin en was innerlijk al een bruid van Christus, ook al werd haar intrede in het klooster door het verzet van haar vader voortdurend uitgesteld.

's Avonds ging Stasia in de werkkamer van haar vader zitten, soms met een krant of een boek, terwijl hij zich in zijn papieren verdiepte. Zijn aanwezigheid gaf haar een veilig gevoel.

'Vroeger dacht ik altijd dat je te dromerig was om serieus van iemand te houden, maar waarschijnlijk heb ik me vergist. Toch zou geen enkele vrouw zo ver voor een man moeten reizen en zou geen enkele man zijn vrouw zo lang alleen moeten laten,' zei hij op een avond tegen zijn dochter en daarna vroeg hij of ze warme chocola wilde, bij wijze van uitzondering zou hij een kopje voor haar maken – en Stasia rende de kamer uit omdat ze moest overgeven.

Het Rode Front verplaatste zich naar Azerbeidzjan. Toen de bolsjewieken ervan uit dachten te kunnen gaan dat Engeland de race om de toegang tot de Oriënt, en dus tot de olie, zou opgeven, bonden ze officieel de strijd aan. De oorlog eindigde ten slotte met een overwinning van de Roden en de sovjetisering van het land, terwijl Stasia's buik gestaag groeide. Ook het buurland Armenië, dat verzwakt was door de oorlog tegen de Turken, kon geen verzet meer bieden. De Krim was nu bezet, Kiev was sinds de zomer vast in handen van de bolsjewieken. De vraag was hoelang Georgië, dat tot dan toe door de bolsjewieken als soevereine staat was erkend, zich als onafhankelijk land zou kunnen handhaven.

Maar al in februari 1921 was het gedaan. Onder leiding van de Georgische bolsjewiek Filipp Macharadze werd de Sovjetrepubliek Georgië uitgeroepen en werd het Russische Centraal Comité om militaire steun gevraagd tegen de 'Derde Groep' en de mensjewieken.

Het 11e Leger had maar negen dagen nodig om de hoofdstad in te nemen, zodat het verzet al op 25 februari was gebroken en het land van de Roden was. De regering van de 'Derde Groep' was naar Koetaisi gevlucht om niet lang daarna het land helemaal te verlaten.

Tijdens Stasia's zwangerschap hadden de Roden alle graan- en wapenvoorraden in het land en het hele spoorwegnet in handen gekregen, terwijl de mensen in zevenendertig Russische gouvernementen aan het verhongeren waren en er in de westerse pers al berichten verschenen over kannibalisme en duizenden kinderen met rachitis. Een mensenleven dat met executie werd bedreigd, kon je vrijkopen voor ongeveer vier liter zonnebloemolie en drie liter wodka.

Ja, dat gebeurde allemaal terwijl mijn grootvader in de buik van zijn moeder groeide, en toen hij in de hete augustusmaand ter wereld kwam, droeg zijn land al de naam

Georgische Socialistische Sovjetrepubliek. Twee weken later werd hij in de Sint-Joriskerk, een van de weinige heel gebleven kerken in de stad, Konstantin gedoopt, maar ze noemden hem voortaan Kostja.

Een klein jaar na de geboorte van Kostja, vlak voordat zijn vader hem voor het eerst zag, ging zoals werd gevreesd het grondbezit van de chocoladefabrikant over in handen van de staat en werd het grote huis in het centrum van het stadje in tweeën gedeeld; op de bovenste verdieping en de grote zolderkamer werden twee arbeiders van de timmerwerkplaats met hun gezin ingekwartierd.

De Chocolaterie bleef als een in het hele land bekende instelling bestaan, maar was eigendom van de staat en mijn betovergrootvader was nu bij de staat in dienst.

Vanaf dat moment voegde mijn betovergrootvader uit innerlijk protest zijn geheime mix niet meer aan de chocolademassa toe, wat snel tot verlies van klanten leidde. Hij werd gedwongen de decadente, kapitalistische inrichting van de zaak te veranderen en de stijl van de partij in acht te nemen, wat bij de meeste klanten ook niet in de smaak gevallen zal zijn, want men ging naar de Chocolaterie om een beetje van de Parijse of Weense sfeer te genieten en niet van de troosteloze realiteit van een bezet Sovjetstadje. Het huispersoneel werd uiteraard ontslagen, voor een kindermeisje was in het proletarische nieuwe leven geen plaats, zodat Stasia en Lida hun tijd besteedden aan de opvoeding. Stasia slaagde er maar zelden in de dagelijkse sleur te ontvluchten en op een van de paardenfokkerij gehuurde kabardin de steppe op te rijden.

Het levensmiddelenaanbod slonk met de dag, de kleren van de mensen verloren hun kleurigheid en de enige dansschool in de stad – en de hoop van Stasia – werd gesloten. In plaats daarvan werd de Komsomol opgericht, de Communistische Lenin-jeugdbond voor de gehele

Sovjet-Unie, een jeugdorganisatie van de partij, waar voortdurend het vaderland en de Oktoberrevolutie werden bezongen en die tot doel had de jeugd op te voeden tot 'partijgetrouwe communisten'.

Aangetreden, voorwaarts mars!
Hier geen plaats voor fraaie clausen.
Stil nu, sprekers, hoort!
Aan u het woord, kameraad Mauser!
Majakovski

Simon Jasji leerde zijn zoon pas kennen toen hij al *deda* kon zeggen. Voor het eerst was er een verlofaanvraag van hem goedgekeurd. Hij was ergens aan de Don gestationeerd, waar de boeren steeds weer opriepen tot verzet en waar zijn brigade voor heropvoeding moest zorgen. Stasia en Simon gingen wandelen, ze aten de chocoladetaart van haar vader, die niet meer smaakte zoals vroeger, ze speelden met hun zoontje, bezochten de eerste bioscoop van de stad en gingen zelfs rijden in de steppe, maar Stasia had constant het gevoel dat ze zich in een ander leven bevond, dat deze man gewoon niet aanvoelde als haar eigen man, en toen hij vertrok was ze waarachtig opgelucht. Als ze alleen was, kon ze tenminste weer dromen van het leven dat ze ooit had willen leiden en dat niets gemeen had met het leven dat ze nu leidde.

Toen Kostja naar de eerste staatskleuterschool van de stad werd gestuurd, dook Simon Jasji op een ochtend in maart plotseling onaangekondigd weer op – een vermagerde luitenant, inmiddels met een volle baard, stond voor het huis om zijn vrouw te roepen. Als gevolg van drie gebroken, niet goed genezen ribben had hij een longembolie opgelopen en overleefd, nu liep hij mank en zijn handen trilden. Hij was door een boer met een schop mishandeld en wegens lichamelijk letsel door het leger een paar maanden met verlof gestuurd.

Stasia, die net de pap voor haar zoontje aan het proeven was en met de lepel in haar hand naar de deur was gerend, keek haar veranderde en plotseling ouder geworden man onderzoekend aan en sloeg steeds weer met de lepel tegen haar dij, want iets beters wist ze niet te doen. De man, de vader van haar zoontje, van wie ze altijd had gewild dat hij meer van haar hield dan van zijn plichten, stond in al zijn deerniswekkendheid voor haar, maar zij noch hij kreeg een woord over de lippen. Ze stonden tegenover elkaar en wisten niet meer waar ze moesten beginnen.

Mijn betovergrootvader stelde voor dat de pasgehuwden – want hoe moest je anders praten over een echtpaar dat in ruim vijf jaar maar een paar keer het bed met elkaar had gedeeld – naar het platteland zouden gaan, naar een van de omliggende dorpen, en daar de tijd voor elkaar en het kind zouden nemen. Hij had een vriend met een zomerverblijf dat niet was onteigend, een eenvoudig, traditioneel Georgisch landhuis, maar een paar kilometer van de stad en ver genoeg van de wereldse drukte. Daar konden ze elkaar weer vinden en kon Simon genezen. De eigenaar van het huis zou hen niet storen, ze hoefden alleen voor een paar kippen, twee koeien en de moestuin te zorgen.

De eenvoud van het huis, de vredige natuur, de afstand van de politiek, de dagelijkse bezigheden, de vriendelijke boeren in de buurt – dat alles deed het paar heel goed. Zelfs in het werk op het land en met het vee had Stasia aanvankelijk plezier, het bracht in elk geval afwisseling en ze wilde per se een nieuwe start met haar gezin maken. Ze konden een ander leven beginnen, ergens moest nog een restje van de eerste, dwaze, uitzinnige, uitdagende verliefdheid over zijn. Er waren in het dorp ook paarden die je kon huren en berijden. Een goed begin, dacht Stasia, paardrijden was tenslotte hun gemeenschappelijke passie geweest. Maar Simon was zo zwak, zo moe dat hij niet eens kon opstijgen. Het grootste deel van de tijd zweeg hij, hij staarde lusteloos in de verte, glimlachte af en toe tegen zijn zoontje en at alleen als Stasia hem eraan herinnerde. Dat er iets in hem onherroepelijk was uitgedoofd, wilde en kon Stasia nog niet geloven.

Intussen stapelden zich in Rusland de forensische verslagen op: 'Lijk nr. 1: de schedel volledig verbrijzeld, de onderkaak gebroken. Lijk nr. 2: de schedel met twee schoten vernietigd. Lijk nr. 3: de schedel en het hele hoofd met een metalen voorwerp verbrijzeld. Lijk nr. 4: naar de kleding te oordelen een militair, heeft drie schotwonden in de schedelpartij. De doodsoorzaak van lijk nr. 5, met zekerheid de bisschop, valt nog moeilijk vast te stellen, omdat hij waarschijnlijk levend begraven is.'

Simon Jasji wist er genoeg van. Meer dan genoeg. De mooie paarden noch de energie van zijn vrouw of de liefde van zijn zoontje konden hem dat alles doen vergeten.

Stasia's pogingen om elke dag een blij en stralend gezicht te zetten, of ze nu de was deed of de stal uitmestte, een taak die ze even serieus nam als het redden van haar huwelijk, of ze nu aardappelen schilde of de kleine Kostja een verhaaltje vertelde – ze waren vergeefs. Alles leek volledig aan Simon voorbij te gaan. Hij stond laat op, zat uren achter zijn sterke koffie, die zijn schoonvader om de drie weken vanuit de stad liet sturen, las de krant, die altijd met twee dagen vertraging in het dorp aankwam, at wat er op zijn bord werd gelegd, alsof hij helemaal geen wensen of behoeften meer had, ging daarna wandelen en keerde pas laat in de middag naar huis terug. Na het avondeten ging hij kaarten bij de boer die naast hen woonde en als hij 's nachts terugkwam, lag Stasia meestal nog wakker, maar met haar ogen dicht in bed en hoopte ze dat hij haar aan zou stoten, haar over zijn gedachten en zorgen zou vertellen, naar de hare zou vragen, plannen zou maken voor de volgende dag, maar niets van dat alles gebeurde. Afgestompt als hij was, leeg en zonder wensen, ging hij zwijgend bij zijn vrouw in bed liggen, keerde haar de rug toe en viel meteen in slaap.

De enige die in die tijd leek te leven was Kostja. Hij groeide en genoot van elke nieuwe ontdekking, hij leerde lopen en praten, hij lachte en huilde, het kleine dorp verving voor hem moeiteloos de hele wereld. En als zijn in zichzelf gekeerde ouders een keer lachten, was dat meestal te danken aan Kostja, die iets grappigs had gedaan of iets had gezegd wat niet paste bij een peuter.

Hoewel het aanvankelijk de bedoeling was dat het echtpaar maar een paar maanden op het platteland bleef en er in het begin van uit werd gegaan dat Simon op zijn spoedige overplaatsing wachtte, gebeurde er niets. Om de een of andere reden leek Simon geen haast te hebben met zijn aangekondigde overplaatsing en ook zijn superieuren leken hem niet erg te missen. Zodoende had Stasia het gevoel dat het verlof eindeloos duurde. Hij kreeg regelmatig een kleine soldij uitbetaald en dankzij de steun van haar vader en het feit dat ze nauwelijks eisen stelden, konden ze zich goed redden. De tijd die het echtpaar Jasji op het platteland doorbracht, verstreek langzaam en traag en vooral zwijgzaam.

Stasia ging zelden met Kostja naar haar familie in de stad en stond dan telkens op het punt nooit meer naar het dorp en het slaperige houten huis terug te keren. Maar in het huis van de chocoladefabrikant was het allang niet meer zoals vroeger. Er was op geen stukken na genoeg geld. De inflatie had Georgië bereikt. De partij was begonnen met collectivisering van de landbouw en industrialisering. De arbeiders uit de timmerwerkplaats en hun gezinnen konden niet goed overweg met het gezin van de chocoladefabrikant, er was te weinig ruimte en Lara, die van ergernis steeds meer leek uit te dijen, maakte voortdurend ruzie met de vrouwen van de arbeiders.

De gezondheid van Stasia's vader had onder de politieke situatie en zijn sociale degradatie sterk geleden en zijn karakter was veranderd. Hij was driftiger, knorriger en ongeduldiger geworden. Lida probeerde weliswaar nog steeds de vrede in huis te bewaren, maar dat lukte niet meer zo goed. Meri's man was zijn baan kwijt en Meri vluchtte steeds weer van Koetaisi naar haar geboortestad en sliep dan in de oude kamer van Lida en Stasia.

Alleen Christine, de jongste, leek in deze uitzichtloze tijd echt op te bloeien. Ze was intussen zestien en haar schoonheid leek met de dag bovenaardser te worden, zodat ze nauwelijks meer zonder begeleiding de deur uit mocht. Of het nu gymnasiasten waren of getrouwde mannen, oude mannen of jonge leden van de Komsomol – ze bleven allemaal staan, sommigen floten haar na of schreven haar anonieme brieven, die dan door het raam van haar klaslokaal naar binnen dwarrelden en waar Christine met haar klasgenootjes om lachte.

Na bijna een jaar op het platteland bereikte Stasia's zwaarmoedigheid het hoogtepunt. Elk bord dat ze afwaste, elk ei dat ze uit het kippenhok moest halen, leek haar een onrechtvaardige straf. Ze voelde haar wrok tegen Simon groeien, zijn zwijgen was een soort hoon, zijn teruggetrokkenheid je reinste provocatie. Niet zelden ging ze in de stal in het hooi liggen huilen tot ze niet meer kon. Op sommige dagen sloeg haar agressie ook over op de kleine Kostja, die zich niets van de ijzige stemming tussen zijn ouders aantrok en onbeperkt hun liefde en aandacht bleef opeisen.

'Ik hou dit niet meer uit. Ik weet niet meer wie je bent.

Ik wil hier weg, ik stik hier, je helpt me niet en als er niet gauw iets verandert, ga ik je haten.'

Stasia had weer eens niet kunnen slapen en toen Simon aangeschoten terugkwam van het kaarten met de buurman en stinkend naar brandewijn naast haar ging liggen en haar de rug wilde toekeren, zei ze het rustig, zacht en bedachtzaam.

'Wat wil je precies veranderen?' kwam het al even rustige, zachte en bedachtzame antwoord.

'Ik ben geen boerin, ik ben niet voor dit leven geschapen, ik heb nooit zo willen leven. Nooit!' antwoordde ze nu harder en sneller.

'Ik heb een man gedood,' zei hij opeens.

'Het was toch oorlog.'

'Nee, niet in de oorlog, het was geen zelfverdediging.'

'Wat bedoel je precies?' vroeg Stasia, terwijl het langzaam tot haar doordrong wat haar van haar vervreemde man net had gezegd.

'Het was op de Krim, ze hadden ons daarheen gestuurd, naar een mooi stadje niet ver van Taganrog. In die omgeving bleven de opstanden maar doorgaan. Zoveel, telkens opnieuw. Ik bedoel, ik begrijp dat wel. Ze willen de koelakken als klasse uitroeien. Ze willen de landbouw helemaal nationaliseren. Economische hervorming betekent voor hen dat de boeren hun graan onder de prijs verkopen, de partij koopt het op en verkoopt het boven de prijs, de winst gaat naar de wapenindustrie en de bouw van fabrieken, maar ze bedenken niet dat een boer er geen belang bij heeft om zijn producten onder de prijs te verkopen. Dan oogst hij liever niets. Want voor hem draait het hoe dan ook op armoede uit. Hij is liever arm zonder ervoor te hoeven ploeteren. Ze hebben er al eerder troepen heen gestuurd, maar de boeren willen hun land houden en hun producten weer voor een redelijke prijs verkopen, waarom zouden ze hun eigen producten goedkoper aan de staat verkopen, enkel en alleen omdat het de staat is? Dus ging het er steeds om hen te onderdrukken, te onteigenen, naar elders over te brengen. We waren er net twee dagen toen we naar dat dorp werden gestuurd, diep in het binnenland. De dorpelingen hielden daar het bestuursgebouw bezet en beletten de commissarissen hun werk te doen. De aanvoerder was een boer die vroeger de grootste maïs- en tarwevelden had gehad. Wij waren met twee man in burger, we moesten eerst poolshoogte nemen voordat het leger zou volgen. Een brigadier en ik. Het moest allemaal zonder veel ophef gebeuren, er waren al genoeg onlusten in de omgeving. We probeerden rustig met die man te praten, een beer van een vent, een kolos, het levenslange veldwerk zat in al zijn poriën. Maar hij hield voet bij stuk. Ik praatte op hem in, zei dat het zinloos was om zich te verzetten, dat al zijn land al was geconfisqueerd, dat hij zijn goederen toch nergens anders zou kunnen verkopen en dat hij met zijn verzet alleen het hele dorp in gevaar bracht. Maar hij herhaalde alleen maar dat hij schijt had aan die vervloekte communisten en niet van plan was om zijn werk van jaren aan dat stelletje smeerlappen af te staan.

De brigadier die bij me was – het was een vrijwilliger –, verloor zienderogen zijn geduld. We hadden geen wapens bij ons, anders waren we het dorp niet in gekomen, ik had me voorgesteld als commissaris en over het leger werd niet gerept, maar die schoft trok een klein pistool en plotseling bevonden we ons midden op een slagveld. In een mum van tijd werden er schoppen en sikkels gegrepen en ik wist dat er binnen een paar seconden bloed zou vloeien, dus rukte ik de brigadier het pistool uit zijn hand, god mag weten waar hij het vandaan had, en richtte het op hem met het dringende verzoek te kalmeren. Ik dacht dat het gevaar was geweken en ging verder met onderhandelen. Maar de brigadier begon te schelden en te tieren en noemde mij een verrader, en toen hij op me afstormde, haalde ik de trekker over. Ik weet niet hoezo, ik weet niet waarom, hij was niet gewapend, hij stormde op me af en ik haalde de trekker over.

Nog diezelfde nacht ben ik naar Taganrog gegaan en heb ik mijn commandant alles verteld. Ik was op alles voorbereid, alleen niet op zijn reactie. Het leek wel of het bericht hem plezier deed, hij schudde me de hand en feliciteerde me. Stel je voor, Stasia. Hij feliciteerde me. Pas de volgende dag begreep ik het: ze trokken het dorp binnen en sabelden iedereen neer, want er werd gezegd dat de boeren een soldaat van het Rode Leger hadden doodgeschoten. Nu hadden ze het recht om zo op te treden. Degenen die zich verzetten en hun gezin verdedigden, hebben ze doodgeschoten, degenen die overbleven, zijn naar elders overgebracht. Daarom kon ik terug naar jou. Daarom kan ik zo lang hier blijven, bij jou, omdat ik een mens heb gedood, Stasia.'

Ze sloeg haar arm om zijn middel en drukte haar hoofd tegen zijn schouder, ze drukte zich stevig tegen hem aan en rolde ten slotte over hem heen. Ze had medelijden met hem, al was haar voorraad medelijden het afgelopen jaar flink geslonken. Al die tijd had ze gewacht tot hij ging praten, zoals ze bij haar zoontje op zijn eerste woordjes had gewacht, op zijn eerste 'deda', maar nu hij praatte, voelde ze vooral woede.

Nee, nee, ik wil dat allemaal niet horen, waarom vertel je me dat allemaal? Wat moet ik met dat verhaal, waar moet ik het laten? Het komt door die vervloekte oorlog, je had ook hier kunnen blijven, bij mij, je had die oorlog kunnen vermijden, je had ook een andere baan kunnen zoeken, je had me er niet toe hoeven veroordelen je achterna te reizen en in die hel te belanden en de zelfmoord mee te maken van iemand die me dierbaar was geworden. Jij was het die dat wilde. Je had me niet in die situatie hier hoeven brengen om vervolgens de hele tijd tegen me te zwijgen. Ik vind het erg wat jou is overkomen, jou en die boeren, en ik vind het erg dat de hele wereld zijn verstand heeft verloren, maar hoe zit het met mij? Zo had ik het me niet voorgesteld. Ik ben getrouwd met een charmante, rustige, zelfverzekerde jongeman en nu heb ik een zwijgende, treurige, lege, oude man vol wonden, die ik ook nog moet verzorgen tot hij beter is, maar ik weet niet meer hoe het verder moet, ik kan gewoon niet meer. Je hebt me niet naar Moskou gehaald en je bent niet naar mij in Petrograd gekomen. En toen je terugkwam, heb je me niet gevraagd of het misschien al te laat was?!

Dat wilde ze allemaal tegen hem zeggen, maar in plaats daarvan kuste ze hem op zijn slapen, streelde zijn borst en begon hem uit te kleden. En hij liet zich troosten. Maandenlang hadden ze elkaar niet aangeraakt en hij was opgelucht dat zijn woorden tenminste de lichamelijke barrière hadden doorbroken.

Simons biecht had voor de echtelieden een verandering in hun relatie tot gevolg en voor Stasia een tweede zwangerschap. De standpunten waren wat verzacht en het zwijgen was iets minder star geworden. Maar de zwijgende, treurige gewonde was helaas niet in een gewiekste, charmante, rustige en zelfverzekerde jongeman veranderd. En toen in het jaar van Lenins dood hun dochter Kitty ter wereld kwam, wist het echtpaar nog steeds geen raad met de wederzijdse krenkingen, teleurstellingen en het alleen-zijn.

In 1924, het jaar dat Kitty werd geboren, waren er alleen al in Moskou twaalf werkkampen en nog zesenvijftig andere gevangenissen. Boecharin had verkondigd: 'Ja, wij zullen de intelligentsia bewerken, net als in de fabriek.' En de als Lenins opvolger beschouwde Leo Trotski was nog te veel met de 'idee van de permanente revolutie' bezig om te merken dat de vroegere bankrover uit ons vaderland de macht naar zich toe begon te trekken. In diezelfde tijd won onze landgenoot Jozef, Soso of Koba, die twee jaar daarvoor – tegen de waarschuwingen van de toen al ernstig zieke Lenin in – tot secretaris-generaal van de partij was benoemd, terrein op de door Trotski aangevoerde interne oppositie en verstevigde hij op de 13e partijdag zijn macht.

Maar Kitty, die de naam van het dode tweelingzusje van haar moeder droeg, was het vergund om te leven. Gretig en luidruchtig, alsof ze voor twee mensen tegelijk leefde. Simons wandelingen werden korter en hij schonk ook zijn vrouw in het voorbijgaan weleens een dankbare blik. En toen Stasia dacht dat er verbetering in zicht was, verschenen er eerst een paar officiële brieven en toen op een winteravond een commissaris, die over Simon Jasji's toekomst wilde praten. De man zat in zijn iets te krappe, bruine lakense pak in de kleine woonkamer en dronk de wijn die Stasia hem had aangeboden.

'Het is bijna een jaar geleden dat kameraad Lenin is gestorven. Ons aller vader en de helderste ster aan de Sovjethemel. Op Lenin!' zei hij en hij hief zijn glas. De eerste luitenant moest met hem klinken.

'U hebt altijd uw plicht vervuld. Wij zijn daarvan op de hoogte. U moet rekening houden met een bevordering, kameraad Jasji. U wilt het vaderland toch blijven dienen? Natuurlijk wilt u dat. Ik zie het aan uw ogen.'

De man stak een sigaret op.

'Waarheen u precies wordt overgeplaatst, dat krijgt u pas in Moskou te horen, waar u op de eerste van de volgende maand wordt verwacht.'

Stasia deed haar ogen dicht en werd duizelig. De paar seconden die voorbijgingen voordat haar man antwoord gaf, koesterde ze hoop. Maar toen hoorde ze Simon al zeggen: 'Jazeker, ja.'

'En wij dan?'

Stasia kon zich niet inhouden.

'Hoe bedoelt u?'

'Ik bedoel: wordt hij weer god weet waar naartoe gestuurd en moet ik hier dan met twee kleine kinderen opnieuw jaren op hem wachten? In de hoop dat mijn kinderen hun vader ooit een keer te zien krijgen?'

Simon keek haar kwaad aan, maar dat kon haar niets schelen.

'Als echtgenote van een man die zijn vaderland en de opbouw van ons socialistische land zo eervol dient, zou u, kameraad, hem moeten steunen en het hem niet moeilijker moeten maken.'

'Het is zijn vaderland niet,' flapte Stasia eruit en ze draaide haar gezicht naar de muur om de aanblik van Simon niet langer te hoeven verdragen.

'U lijkt nog erg in de war, kameraad. Begrijpelijk gezien de zware bevalling in de regenachtige nacht van...'

Stasia's adem stokte. Hij wist alles; ook al hadden ze zich al die tijd alleen gewaand, ze waren het nooit geweest. Simon zou nooit aan hen ontkomen, waar ze ook heen gingen. Haar man had gedood en moest het blijven doen, besefte Stasia opeens met huiveringwekkende duidelijkheid. Hij had één keer – zij het door een ongelukkig toeval – zijn talent bewezen en nu zaten ze achter dat talent aan. Ze keek naar Simon, die een beetje bleker dan anders aan tafel zat en zich niet verzette, niet in opstand kwam, geen enkele emotie toonde.

Ze knipperde met haar ogen, haar hoofd deed pijn, ze probeerde een oplossing te vinden. Voor zichzelf. Voor de kinderen. Ze probeerde zich haar toekomst voor te stellen, een toekomst die van nu af aan een verlenging van dit heden zou zijn, van dit treurige leven van alledag, van een minimum aan liefde en toewijding, van deze stilte, deze vanzelfsprekendheid en banaliteit van het huwelijk.

Ze keek om zich heen en zag de armoedige kamer met de oude meubels. Ze zag de opgehangen was op het erf wapperen, als witte vlaggen in de duisternis van de nacht, ze zag het verstelde tafelkleed, haar kapotte pantoffels, het treurig rondslingerende speelgoed van haar zoontje en ze zag zichzelf over tien jaar, waarschijnlijk precies op de plek waar ze nu stond, met pantoffels die nog verder afgetrapt waren, met iets meer spek op haar heupen, met nog meer grijze haren in haar kastanjebruine vlecht.

Repressies zijn opvoedende maatregelen.

Leus op een affiche

Stasia pakte Simons spullen in en voelde een soort eigenzinnige tevredenheid. Bijna terloops zei ze: 'Ik kom je niet opzoeken in Moskou of waar je ook zult zijn. Deze keer moet jij ons komen opzoeken als je mij of de kinderen wilt zien. Ik blijf ook niet langer hier. Ik trek met de kinderen bij mijn vader in, tot ze me op een woninglijst zetten. Ik heb gehoord dat woonruimte niet meer privé verhuurd mag worden, maar omdat jij nu zo'n "eervolle kameraad" bent, heb ik misschien betere kansen. Ik moet hier weg. Ik haat deze boerderij, deze koeien, mijn naar de stal stinkende handen en de modderige grond onder mijn voeten.'

'Stasia, ik had geen andere keus. Ik vrees dat er geen andere weg meer is. De weg die anderen hebben genomen, voert naar de Solovetski-eilanden, waar tot nog toe niemand van is teruggekeerd. Ik had je dit alles graag bespaard, geloof me, ook al ben ik niet meer in staat het te bewijzen.'

Vier dagen later reisde de wit-rode luitenant met de nachttrein naar de hoofdstad en vandaar verder naar de hoofdstad van het socialisme. Hij werd overgeplaatst naar een opleidingskamp, waar hij jonge, overtuigde en eervolle mannen van de Tsjeka – een instelling die op het punt stond de machtigste en meest gevreesde organisatie van het hele Sovjetrijk te worden – moest opleiden voor het 'opsporen en bestrijden van contrarevolutionairen en saboteurs'.

Stasia verhuisde met haar twee kinderen naar het gehalveerde huis van haar vader. De kamer van Christine was vrijgekomen. Ze was kort voor Kitty's geboorte getrouwd met een man, genaamd Ramas Iosebidze: twintig jaar ouder dan zij, met een uitgelezen smaak, in de betere kringen bekend als een van de beste ceremoniemeesters, *tamada's*, een kunstkenner, levensgenieter en een van de rijkste en machtigste vrijgezellen van de hoofdstad.

Iosebidze was ook een man van de Tsjeka en hij was medewerker en vertrouweling van een andere landgenoot, die een opvallende knijpbril droeg en meestal gekleed was in het typische Tsjeka-uniform: rijbroek en lakens jasje. Een kleine, kale man, die jaren daarvoor in heel Transkaukasië en in Rusland alles had gedaan om naam te maken in de bolsjewistische partij en nu weer naar Georgië was teruggekeerd, die op dat tijdstip nog een bescheiden woning in de Gribojedovstraat had, maar alleen om niet lang daarna twee straten verder een prachtige villa te laten bouwen. Geheel in tegenstelling tot zijn chef was Ramas een forse man. Met een zeer imposante buik, een kale kruin, grote vriendelijke donkerbruine ogen, reusachtige handen en een indrukwekkend postuur van één meter drieënnegentig. Naast zijn politieke overtuiging en politieke ambitie had Ramas echter nog een eigenschap met zijn vriend gemeen: ze hadden allebei oog voor vrouwelijk schoon.

TWEEDE BOEK

CHRISTINE

Laten we niet vergeten dat we alles wat we hierbeneden hadden kunnen zijn, elders zijn.
Blanqui

Ramas had een werkbezoek aan hun stadje gebracht. Er was een ontvangst voor hem georganiseerd en een rondleiding langs de meest representatieve ondernemingen in de stad. Vervolgens werd hij – met de hele delegatie – in de chocoladefabriek uitgenodigd voor een stuk taart en een kopje Georgische thee (de nationale productie genoot inmiddels prioriteit). De chocoladefabrikant moest de delegatie ontvangen en de heren persoonlijk bedienen, wat hij, zij het met matig enthousiasme, ook deed. Toen de gasten zich na ettelijke lofzangen op de producten van de Chocolaterie stortten en zich daarna met een volle buik klaarmaakten voor vertrek (hun trein zou 's avonds laat naar Tbilisi gaan) en het grote handen schudden was begonnen, kwam de zeventienjarige Christine de zaak van haar vader binnen.

Ze was van plan om naar de paardenrennen te gaan en wilde haar vader om toestemming vragen. Ze droeg een gele zomerjurk en een zwart alpinopetje, dat ze op z'n Frans scheef op haar hoofd had gezet. Na school verkleedde ze zich altijd, het trieste schooluniform was een belediging voor haar schoonheid. Licht en zwevend, zonder ook maar een van de vele gasten te zien, liep ze recht op haar vader af en zette haar meest verleidelijke glimlach op (want paardenrennen bezoeken mocht ze niet). De gasten draaiden als één man hun hoofd om. Sommigen met open mond, midden in hun gesprek, anderen begonnen zelfs ongewild te lachen, een reactie die de chocolafabrikant maar al te goed kende, want de door God gegeven schoonheid van zijn dochter verbluftte de mensen telkens opnieuw. Hij keek haar aan en kon een glimlach niet onderdrukken, ze was echt verdraaid knap, dat moest hij steeds weer vaststellen.

Ze had een tere, blanke huid, gaaf en glad als porselein (niemand in de familie was zo licht, de andere meisjes hadden net als hijzelf eerder een olijfkleurige teint), een rank, elegant figuur en soepele ledematen. Haar gelaatstrekken waren bijna volmaakt symmetrisch: een kleine, rechte neus, hoge jukbeenderen, een fraai gevormde, wijnrode mond, een lange zwanenhals en niet in de laatste plaats amandelvormige, moerasgroene ogen met volle wimpers. In die ogen leken zich talloze kleine duiveltjes te hebben verzameld die vuurtjes stookten.

Maar één reactie viel mijn betovergrootvader vooral op: die van de grote man en leider van de delegatie, voor wie iedereen zich zo had uitgesloofd. Hij leek haar echt met zijn ogen te verslinden, er was zelfs een blosje op zijn norse gezicht verschenen, hij wilde iets zeggen en deed toen zijn mond meteen weer dicht.

Christine, die zulke reacties gewend was, negeerde hem met haar typische geraffineerde onverschilligheid en gaf haar vader een arm.

'Mijn dochter Christine,' stelde de chocoladefabrikant haar voor.

'U bent toch geen actrice, hè?' fluisterde een van de heren. Ze begon te lachen en schudde haar hoofd.

'Ze is pas over een paar maanden klaar met het meisjesgymnasium,' legde haar vader uit.

Er volgden een paar complimenten over haar schoonheid; ze nam ze met de grootste vanzelfsprekendheid in ontvangst en wachtte tot het gezelschap de chocoladefabriek verliet.

Als laatste nam Ramas Iosebidze afscheid van Christine met een handkus.

Drie dagen later kreeg Christine een reusachtig boeket rode rozen, waarin een geurende kaart zat:

> Deze bloemen zijn uw schoonheid niet waardig, Christine. Maar een poging om u eer te betonen zijn ze volgens mij wel waard. Reken mij tot uw bewonderaars, van wie er, naar ik aanneem, tallozen zijn. Ik zal trachten manieren te vinden om aan mijn huldeblijken op gepaste wijze uiting te geven.
>
> Ramas Iosebidze uit Tbilisi.

Eigenlijk liet Christine de vele kaarten en brieven die ze de laatste jaren toegestuurd kreeg nooit aan haar ouders zien. Ze lachte om de jongemannen uit de buurt, maakte zich met haar schoolvriendinnen vrolijk over hun onbeholpen liefdesverklaringen en verscheurde de brieven ten slotte allemaal.

Maar dit boeket, dat bovendien op het adres van haar vader werd bezorgd, viel niet te negeren. Dus was Christine gedwongen de kaart als eerste aan haar vader te laten zien. Hij glimlachte alleen – dat was wel de laatste reactie die Christine had verwacht, ze had eerder gedacht dat hij de kaart vloekend en geërgerd weg zou gooien, maar nee, hij gaf haar zelfs een kus op haar voorhoofd.

In de maanden daarna nam het aantal boeketten en andere geschenken toe. Christine, die zich op haar eindexamen voorbereidde, werd steeds vaker gestoord door een koerier die bossen seringen bracht of flessen Franse champagne, exotische geurtjes, een Italiaanse verenboa, sjaals uit Kasjmir, een collier van zwarte parels of zijde voor onderjurken.

Christine kon zich de man amper herinneren. Ze wist alleen dat hij oud en groot was. Net als haar moeder gaf ze veel om luxe, ze miste de bescheidenheid van haar oudere zussen. Ze hield van feesten en uitgaan, ze hield ervan als ze de nodige aandacht kreeg. Ze hield van alles wat plezierig en luchtig was, was kieskeurig en maakte zich niet veel zorgen om haar toekomst. Ze had geen grote dromen en was ook niet rebels van aard. Ze was opgevoed als een door de zon gekust, alom geliefd, bewonderd en aanbeden kind en wilde niets anders dan dat dit zo bleef. Ze hield het meest van aquareltekeningen, had een hekel aan appeltaart en kaneelbroodjes, baadde urenlang in rozenwater of perzikbadschuim, smeerde haar handen in met honing en stond eindeloos voor de spiegel. Ze verdiepte zich in modebladen, die steeds schaarser en onmodieuzer werden, en dacht na over al die mooie kleren die ze zou kunnen aantrekken.

En ze had nog een passie: ze hield boven alles van kinderen, vooral van haar neefje Kostja. En hij leek haar liefde te beantwoorden. Altijd als hij haar zag, werd hij stil en staarde hij haar lang en onafgebroken aan. Ze konden urenlang samen spelen, lachen en gekheid maken. Christine vond het vreselijk dat er zo weinig ruimte in huis was sinds die grove, onbehouwen arbeiders met hun gezin bij hen waren ingetrokken; ze ergerde zich aan Lida's vroomheid en haar aansporingen om zich minder opvallend te kleden, aan de overdreven zorg en waakzaamheid van haar moeder en vooral aan haar benepen provinciaalse beperktheid, maar wanneer ze tijdschriften als *De modieuze vrouw* doorbladerde of in de zeer geliefde bioscoop naar buitenlandse films keek, waarin de vrouwen zo elegant, goed gekleed en trots waren – dan voelde Christine zich in haar element.

Toen ze in juni haar einddiploma op zak had, kwam de beslissende post: een uitnodiging voor het hele gezin om naar Tbilisi te komen. Naar Ramas, die van plan was ter gelegenheid van zijn zesendertigste verjaardag een groot feest te geven. Na lange discussies gingen Christine, haar vader, haar moeder en Lida naar Tbilisi. Ze werden vorstelijk ondergebracht in een mooi gastenverblijf vlak bij de 'Heilige Berg' Mtatsminda.

De volgende avond vond het feest plaats in het huis van Ramas. Op de rechteroever van de rivier in de oude wijk Vera. De prachtige villa uit de vorige eeuw, begroeid met klimop en omgeven door een weelderige bloementuin, de illustere gasten, Ramas' gastvrijheid, zijn elan, zijn humor en zijn kennelijke populariteit, de rijkdom en het grandioze feest maakten de nodige indruk op de familie, zodat niets Ramas meer belette naar de hand van de jongste dochter te dingen.

Zo'n 'hoge piet' garandeerde zijn dochter een zorgeloze toekomst, dacht de chocoladefabrikant. Na de teleurstellende ervaring met Simon en Stasia en hun overhaaste huwelijk en na het mislukte huwelijk van Meri zou het een geweldige kans zijn voor Christine en de hele familie. (Meri, inmiddels lang genoeg vernederd en verbitterd door haar ongelukkige huwelijk, schreef haar vader steeds weer wanhopige brieven vanuit Koetaisi, waarin ze hem vroeg haar te helpen en in te stemmen met een scheiding.) Zulke echtgenoten had de chocoladefabrikant niet voor zijn dochters gewenst. Vooral Stasia's uitgebluste ogen, haar door de landarbeid vereelte handen en haar zwijgzaamheid deden hem verdriet.

Christine was dan ook zijn laatste hoop en hij wilde en kon zich deze keer geen fout permitteren.

En Christine – ik denk niet dat ze tijd had om te bedenken wat dit allemaal voor haar betekende, ze had niet eens tijd om verliefd op iemand te worden, laat staan op de veel oudere Ramas Iosebidze. Aan de andere kant was ze onder de indruk van zijn imposante cadeaus, zijn royale uitnodigingen, zijn smachtende blikken, zijn omvang en de omvang van zijn bezittingen. En aangemoedigd door haar ouders, die haar wezen op het vooruitzicht van een verhuizing naar de hoofdstad, gaf ze haar jawoord toen hij in het hartje van de zomer om haar hand vroeg.

De bruiloft was schitterend, eindelijk een feest volgens hun stand met een eindeloze sleep en duizend witte rozen, talloze gasten en vrienden uit dorpen en steden in het noorden en het zuiden, een lange tafel met allerlei lekkernijen en natuurlijk de beste chocoladetaart van de wereld. Op de taart moet een in chocola gegoten evenbeeld van het echtpaar zijn neergezet – al kwam de bruidegom met zijn volle baard, zijn indrukwekkende buikomvang en zijn kale kruin niet helemaal overeen met de chocoladebruidegom. Men had gegeten, gedronken en gedanst, men had gelachen, elkaar omhelsd en gelukgewenst. De muziekkapel speelde vrolijke muziek. Het werd laat en benauwd.

Stasia verliet de feestzaal en liep de donkere tuin in, ze wilde een luchtje scheppen en de gebeurtenissen van de dag de revue laten passeren. Ze maakte het zich gemakkelijk op een bankje en legde haar handen op haar ronde buik.

Het was al koud en de grond was bedekt met bonte bladeren. Ze voelde hoe iemand haar rug aanraakte en zag Christine in stralend wit naast zich staan.

'Ik moest ook even naar buiten. Het is zo vermoeiend om te trouwen!' zei ze op haar vroegwijze manier en ze ging zuchtend naast Stasia zitten.

'Je houdt niet van hem, hè?' liet Stasia zich opeens ontvallen en ze had al spijt van haar vraag terwijl ze hem stelde.

Christine schoot overeind en wierp een misprijzende blik op haar zus, die er vergeleken met haar uitzag als een iets te groot uitgevallen jongen. Haar lange vlecht bungelde op haar rug, ze was ondanks de feestelijke gelegenheid niet opgemaakt en droeg een eenvoudige katoenen jurk, blauw met witte stippen.

'Het is toch genoeg als hij voor twee van mij houdt. Bovendien hou ik nu al van het leven dat ik ga leiden,' antwoordde Christine ontwapenend eerlijk.

'Je bent te jong om zo te praten.'

'Ach, Stasia, jij bent nog altijd even romantisch. En ik wil ook gauw kinderen, het liefst eerst een jongen, net zo knap als jouw Kostja.'

Christine legde haar hand op Stasia's buik.

'Ik wens je in elk geval heel veel geluk, zusje,' zei Stasia glimlachend.

'Wat heeft je mooie liefde jou dan voor geluk gebracht, zusjelief?'

Stasia schrok van die vraag en schoof een paar centimeter bij Christine vandaan. Maar op dat moment werd Christine geroepen en toen het orkest het hardste akkoord van de avond inzette, haastte ze zich in haar droomjurk terug naar de feestzaal en naar haar nieuwe leven, terwijl Stasia alleen achterbleef. Ze keek bedroefd omhoog naar de sterren en vroeg zich af wat Peter Vasiljev op het moment deed, welke meisjes hij lesgaf en wat er van haar geworden zou zijn als ze zich niet het hoofd op hol had laten brengen door Simon Jasji's zoete verlokkingen. Zelfs haar kleine zusje leek slimmer en berekenender dan zij, die spoedig moeder van twee kinderen zou zijn.

En zo verhuisde Christine naar haar invloedrijke man in de hoofdstad en Stasia met haar kinderen naar Christines oude lichtgroene kamer, terwijl in haar geboortestad steeds meer affiches verschenen met leuzen als DE SPION AAST OP HET PARTIJBOEKJE of: DE VIJAND ONDER HET MASKER VAN DE DIRECTEUR.

Nog drie jaar woonde ze in haar ouderlijk huis. En altijd wachtte ze op het verlof van haar man, die telkens begin juni vrij kreeg en dan vier weken naar huis mocht; hij was weliswaar opgewekter en spraakzamer dan eerst, maar de oude Simon, van wie Stasia nog altijd hield en die ze bleef zoeken, kwam niet meer terug.

Haar vader ging steeds minder naar de chocoladefabriek sinds hij tot onderdirecteur was gedegradeerd. Christine schreef naar rozenwater geurende brieven, waarin ze haar heerlijke leventje en haar droomreizen bezong of over het dienstmeisje klaagde. Af en toe stuurde ze een pakje met schaarse en dure spullen: een fles Armeense cognac voor haar vader, kostbare wol voor Lida, ulevellen en mooie stoffen voor broeken voor Kostja, mooie oorbellen voor haar moeder enzovoorts.

Stasia stopte sokken, je zag haar vaak in het ongewisse zitten staren op het houten balkonnetje van hun gekrompen huis, dat uitkeek op de nu door het stadsbestuur beheerde fruitmarkt en de stoffenwinkeltjes. Soms schreef ze, meer uit gewoonte, brieven aan haar rode luitenant, die echter meestal over de kinderen en over geldzaken gingen. Om het halfjaar ging ze naar de fotograaf om de kinderen te laten kieken; de bruinige, op hard karton geplakte foto's deed ze bij de brieven aan haar man.

Nu moet ik de kleine man met de knijpbril, die hard op weg was 'groot' te worden, iets uitgebreider voorstellen, Brilka.

Die kleine man uit het Abchazisch-Georgische dorpje Mercheoeli kwam uit een armoedig milieu, was niet bijster ontwikkeld en had na zijn opleiding tot technisch ingenieur in Bakoe aan de Kaspische Zee een baan gevonden in de olie-industrie, die toen nog in ontwikkeling was en werd beheerst door de Zweedse familie Nobel (ja, ja, dé Nobel!)

Volgens de geruchten had hij dat te danken aan de geheime dienst van de Azerbeidzjaanse regering, die weer ressorteerde onder de Britse geheime dienst en het oog had laten vallen op Transkaukasië. Op twintigjarige leeftijd, dus in 1919, was hij lid van de partij geworden – ook al beweerde hij steeds communist van het eerste uur en al in 1917 lid geweest te zijn. Maar hij had altijd al een nogal eigenzinnige opvatting over de waarheid. Anders dan zijn bekende landgenoot had hij geen aantoonbaar crimineel verleden en – wat het verbazingwekkendst was – nauwelijks politieke ambities. Mensen die hem van vroeger kenden, vertelden dat hij er altijd op uit was 'iets te bereiken', zijn gebrekkige ontwikkeling en zijn lage afkomst te compenseren, zijn in armoede levende moeder en doofstomme zus behoorlijk te onderhouden en mooie vrouwen uit de betere kringen te imponeren. Wat achteraf gezien tamelijk banale ambities zijn.

Toch ontwikkelde hij een haast ziekelijke drang om door te dringen in de hogere regionen, wat aanvankelijk mislukte omdat hij nooit beschaafd, fijngevoelig en charmant genoeg leek om in de betere kringen voet aan de grond te krijgen. Maar op een dag had die kleine man met een zwak voor opera en vrouwelijk schoon iets bereikt: als hoofd van een geheime operationele eenheid van de Georgische Tsjeka kwam hij in 1922 naar Tbilisi om uiterst efficiënt op te treden tegen contrarevolutionair gespuis. Na een jaar had hij zulk grondig werk geleverd dat hem de Orde van de Rode Banier werd toegekend. In het jaar dat Kostja voor het eerst naar school ging, had de man al een leidende positie in zijn organisatie en stuurde hij aan op een persoonlijke ontmoeting met zijn toen al niet meer Jozef, Soso of Koba genoemde landgenoot, die na een duizelingwekkende carrière het triumviraat in de partij had verslagen en op weg was zich alleen aan het hoofd van het reusachtige rijk te plaatsen: de 'stalen man', weldra de leider en generalissimus.

De CPSU *is het brein, de eer en het geweten van ons tijdperk.*
Leus op een affiche

Op een ochtend kreeg Stasia een telegram uit de hoofdstad, waarin haar zus Christine haar uitnodigde voor het oudejaarsbal. Christine schreef ook dat Ramas onlangs was bevorderd tot plaatsvervanger van de kleine man en dat ze zich erop verheugde die belangrijke gebeurtenis met haar zus te kunnen vieren. Ze stelde prijs op een fantasievolle vermomming. Voor de rest was gezorgd.

Lida verklaarde zich bereid op de kinderen te passen en Stasia besloot een paar dagen haar dagelijkse beslommeringen te vergeten en naar de hoofdstad te gaan, waarvan werd verteld dat die dankzij de Communistische Partij van Georgië groeide en bloeide en een recordaantal bezoekers ontving.

Met de trein duurde de reis maar één nacht. Stasia wilde altijd al naar Parijs en nu kwam ze aan in het Parijs van de Kaukasus. Dat was in elk geval iets. In de stad met de specerijenmarkten, de nieuwe cafés en oude huizen, de lange, geplaveide, stoffige boulevards. Met de koosjere slagerijen en katholieke kerken, met de prachtige rijtuigen, die samen met de gelakte auto's het straatbeeld beheersten, met de dieren-, wijn- en tapijthandelaren, met de literatuur-, dans- en toneelkringen, met de theaters en de opera, met de in aanbouw zijnde woonkazernes en de bolsjewistische architectuur, met de eeuwenoude vestingen en ontelbare kerktorens, met de kronkelsteegjes in de Joodse en de Armeense wijk, met de zwavelbaden, de verwaarloosde binnenplaatsen en de imposante villa's in het oosten.

Op het station liepen de mensen als mieren door elkaar, verkoopsters met een wit schort prezen warm brood uit de kleioven aan en zigeunerinnen met parkieten wilden de toekomst voorspellen. Daar stond Stasia dan met de zware koffer waarmee ze uit Sint-Petersburg was gekomen op haar zus te wachten. Als kind was ze ooit in de hoofdstad geweest, maar dat was jaren geleden en de stad was veranderd.

In plaats van Christine verscheen er een oude man, die haar verzocht in een van die auto's te stappen waar de paardenliefhebster Stasia maar niet aan kon wennen.

Bij de voormalige residentie van de onderkoning sloeg de chauffeur een zijstraat in en reed een steile helling op, waarna ze via talloze kronkelsteegjes met eenrichtingsverkeer uitkwamen op een heuvel, die een schitterend uitzicht bood over de oude stad.

Daar stopten ze voor een van de deftigste villa's. Een tengere jongen opende de poort en Stasia stapte een mooie tuin binnen, in het midden voorzien van een kleine fontein met een amor, waarbij water uit de kleine penis borrelde. Voordat Stasia van haar verbazing was bekomen, hoorde ze al geritsel en snelde haar zus haar in een knielange azuurblauwe jurk tegemoet. En zoals het in de hoofdstad kennelijk hoorde, drukte ze Stasia een kusje op elke wang.

'Stasia, wat heerlijk dat je bent gekomen. Ik ben echt heel blij!' riep Christine en ze troonde haar zus mee naar het met ornamenten versierde, twee verdiepingen tellende, pastelkleurige huis.

Er waren canapés uit Teheran, met de hand geknoopte wandkleden en talloze schilderijen aan de muur. Er waren zelfs schommelstoelen van bamboe en kasten uit de zeventiende eeuw. Donkergroene fluwelen gordijnen, een kamermeisje, een kokkin, twee Perzische katten, een radio (daarover had Stasia iets in de krant gelezen), verscheidene grammofoons en vergulde vazen.

Stasia kreeg een grote kamer met een prachtig uitzicht, een vorstelijk bed, met witte lakens opgemaakt en een kamerscherm uit China ervoor, en zilveren spiegels aan de muur.

Christine en haar man bleken een geweldige gastvrouw en gastheer te zijn. En de beau monde van Tbilisi wist dat ook te waarderen.

De familie van Ramas kwam oorspronkelijk uit een dorpje in het zuidwesten. Ze hadden in de tsarentijd een uitstekende naam, zaten in de zijde-export en dreven al generaties lang twee zijdespinnerijen in het zuiden. Ramas, de enige zoon, had een briljante opleiding genoten en in zijn jeugd door Europa gereisd. Hij sprak vier talen vloeiend. Uitgerekend in Duitsland, waar hij een paar maanden had verbleven, kwam hij tot schrik van zijn familie in aanraking met het marxistisch gedachtegoed en na terugkeer in zijn vaderland werd hij partijlid van het eerste uur. Korte tijd later werd hij wegens antitsaristische agitatie gearresteerd en verbannen naar Toeroechansk, waar hem na twee jaar gratie werd verleend. Zijn celmaat daar was volgens de verhalen zijn landgenoot Jozef, ook wel Koba of liefdevol Soso genoemd, in hoogsteigen persoon geweest, maar dat feit is niet bewezen (misschien werd het ook alleen verteld om de snelle loopbaan en de beschermende hand boven de succesvolle en door het leven zo bevoorrechte Ramas te verklaren, want voor veel mensen moet het echt hebben geleken of iemand hem de hand boven het hoofd hield).

De vader van Ramas, een man van de oude stempel, haatte de communisten en maakte in Georgië deel uit van de Nationale Beweging. Hij moet de 'Derde Groep' in het begin zelfs financieel hebben gesteund en zodoende ook betrokken zijn geweest bij de oprichting van de Democratische Republiek Georgië.

Nadat de bolsjewieken het land hadden ingenomen en de fabrieken waren opgeheven, emigreerde de familie naar Parijs, waarmee ze het voorbeeld volgde van veel grondleggers van de Democratische Republiek. Ramas bleef in Georgië.

Omdat Ramas een groot deel van zijn erfenis in de partij had gestoken en daarmee veel plannen van de Roden in zijn vaderland van de grond had geholpen, mocht hij het andere deel van zijn erfenis houden, zodat hij zijn gecultiveerde en hedonistische levensstijl ook als overtuigd bolsjewiek en tsjekist kon handhaven. Hij praatte nooit met iemand over zijn zaken, vooral niet met zijn vrouw, die zich er ook niet erg voor interesseerde. Hij was een fervent communist en geloofde in de juistheid en de spoedige overwinning van het socialisme, hij was, net als Trotski, een aanhanger van de permanente revolutie en was ervan overtuigd dat er vroeg of laat in de hele wereld een omwenteling nodig was. Het enige wat Ramas van zijn imperialistische opvoeding had overgehouden, was zijn passie voor kunst. Niet per se bolsjewistische of socialistische kunst. Geen vaderlandsverheerlijking of proletarische heldenfiguren en geen socialistisch realisme – niet de kunst die zijn partij wenste te zien.

Hij hield van schilderijen en verzamelde ze, vooral impressionisten, symbolisten en jonge, onconventionele schilders. De bedreigde schilderijen bewaarde hij in een geheim kamertje, dat hij via een kastdeur in zijn werkkamer kon bereiken. Daar kon hij urenlang met bewondering naar de schilderijen zitten kijken.

Vroeger had Ramas in de hele stad bekendgestaan als een rokkenjager. Hij zou ettelijke affaires hebben gehad met actrices, salondames, weduwen, vrouwelijke mecenassen en zelfs met dienstmeisjes. Maar met geen van hen was hij getrouwd. Toen zich in Tbilisi het nieuws verspreidde dat hij een minderjarig meisje uit de provincie had gehuwd, was dat het belangrijkste onderwerp in de salons en bij tafelgesprekken in de hele stad. Onder de meest absurde voorwendsels drong men zich op in zijn huis om zijn jonge vrouw te bewonderen. En hoewel iedereen moest vaststellen dat Ramas zichzelf bij de keuze van zijn echtgenote had overtroffen, was iedereen toch van mening dat dit huwelijk niet lang stand zou houden en dat Ramas na hooguit een jaar weer achter elke mooie rok in de stad aan zou zitten.

Maar behalve voor zijn werk verliet Ramas zijn huis nooit zonder zijn vrouw. Hij nam haar mee op dienstreizen, ging met haar naar premières en vernissages en gaf ter ere van haar grote diners en feesten bij hem thuis.

Ze waren een ongewoon paar. Hij – reusachtig, enorm, kolossaal, met een kale kruin, een brede mond en warme, altijd vochtige ogen. En zij – een fijngebouwde, fragiele verschijning, een kunstwerk, gesneden uit ivoor. Hoewel ze zelf ook lang was, kwam ze amper tot aan zijn schouders en toch leek hij klein, bijna miezerig in haar aanwezigheid.

Het verwachte schandaal in het prachtige huis van de Iosebidzes vond niet plaats. Integendeel, het echtpaar leek gelukkig. Natuurlijk was men van mening dat het meisje alleen om zijn positie en zijn geld met Ramas was getrouwd, maar telkens als ze met hem in het openbaar verscheen, leek ze gewoonweg gefixeerd op hem, je zag haar niet naar andere, knappe jongemannen kijken en ze leek zich aan zijn zijde ook niet te vervelen, zodat de stad ten slotte wel in hun geluk moest geloven.

Stasia, die ook argwanend tegenover de gezinsidylle van haar zus had gestaan, moest in de loop van haar bezoek erkennen dat Christine echt op de plek was beland waar ze thuishoorde. Terwijl zij door de straten wandelde (een chauffeur had Stasia fel van de hand gewezen, ook al had Christine haar steeds weer van de voordelen van een auto proberen te overtuigen) en de verschillende markten, parken en koffiehuizen bezocht, bereidde haar jongste zus haar oudejaarsbal voor, dat de gebeurtenis van het jaar moest worden.

Op 31 december – het moet de laatste dag van 1927 zijn geweest – zouden de twee zussen ontmoetingen hebben die hun leven voorgoed veranderden, aan het tapijt van ons verhaal zou verder worden geknoopt, Brilka, er zouden pompeuze, carnavaleske, glinsterende, maar ook donkere en onheilspellende patronen ontstaan.

Misschien was het die nacht dat het noodlot voor het eerst op ons attent werd, misschien was het tapijt zonder die nacht mooi, eenvoudig en pastelkleurig gebleven, misschien waren er dan geen felle kleuren in gekomen, maar misschien was het ook gewoon het toeval dat die mensen op dezelfde plaats bijeenbracht, of een gril van de natuur, een onstuitbare, snelle, wrede gril.

Maar geen van de acteurs wist nog in welk stuk hij meespeelde. Het was nog gewoon een mooie, feestelijke oudejaarsavond.

Christine had een schare koks, bedienden en een strijkje ingehuurd en het hele huis met bloemen versierd. Stasia kon niet anders dan haar zus bewonderen: met wat een gemak, elan en vanzelfsprekendheid speelde zij op haar jonge leeftijd voor gastvrouw, als een grande dame die er salons op na hield en alles deed om haar gasten iets unieks te laten beleven zodra ze haar huis binnenkwamen.

Stasia vroeg zich af hoe het kon dat zij tweeën zo verschillend waren, terwijl ze in hetzelfde huis waren opgegroeid, met dezelfde opvoeding en dezelfde vader. Alsof Christine in alle perfectie was opgevoed om anderen in verrukking te brengen en zelf op handen gedragen te worden. Stasia kon ook niet anders dan erkennen hoe mooi ze er ondanks alle drukte uitzag, hoe opgewekt, kalm, ongedwongen en charmant ze bleef en op haar typische manier aantrekkelijk. Aantrekkelijk op een trage, achteloze manier, met een houding die bijna aan arrogantie grensde.

Toen Christine later, nadat ze zich in haar slaapkamer had verschanst om zich te verkleden, weer tevoorschijn kwam, ontglipte Stasia zelfs even een verbaasd 'huh': haar zus zag er die avond vrijwel perfect uit.

Oorspronkelijk had ze voor zichzelf en haar man de kostuums van de Zonnekoning en Marie Antoinette uitgezocht, maar dat vond Ramas te decadent (je kon de vermomming verkeerd interpreteren, als provocatie opvatten) en hij had zijn vrouw gevraagd iets eenvoudigers te bedenken. Of het oude Rome misschien eenvoudig genoeg was? had Christine geantwoord. Dat voorstel was bij Ramas nog minder in de smaak gevallen. Hij wilde het goddelijke lichaam van zijn vrouw niet halfnaakt aan vreemde mannenblikken blootstellen (zelf kon hij zich trouwens nog minder in een spartacuskostuum voorstellen). Ten slotte waren ze het eens geworden over een voorname, eenvoudige variant, ze zouden elegante Venetiaanse maskers dragen. Daarmee kon je de plank niet misslaan, vond Ramas. Over die kostuums konden geen misverstanden ontstaan.

Christine was gehuld in een droom van turquoise zijde, beslist eenvoudig, zonder twijfel: de jurk was strak, maar niet te strak, misschien een beetje apart van kleur, maar niet eens voorzien van een decolleté, integendeel, hij was hooggesloten, het enige sieraad dat ze droeg was een lange ketting van zwarte parels – een cadeau van haar man uit de tijd dat hij haar het hof maakte.

Maar toen Christine langs haar heen liep, moest Stasia haar best doen om niet in lachen uit te barsten. De jurk was van achteren laag uitgesneden. Een klein kraagje in de nek hield de hele stof bijeen, meer niet. De uitsnijding was zo laag dat de twee kuiltjes vlak boven haar billen te zien waren.

‘Wat is er?’ vroeg Christine gniffelend, terwijl ze haar zus aankeek.

‘En wat stel je daarin voor, volgens jou?’

‘Als iemand iets vraagt, kan ik zeggen dat ik een courtisane ben die geluk heeft gehad met haar aanbidders. Ze heeft vaste klanten, allemaal uit een adellijke of een koopmansfamilie. Als niemand iets vraagt, ben ik gewoon mezelf, in een droomjurk,’ antwoordde ze en ze glipte de kamer ernaast in om zich op te maken. ‘En schiet een beetje op!’ riep ze nog.

Tegen negenen begon het huis zich met stemmen te vullen. Twee keer stuurde Christine het dienstmeisje naar boven naar haar zus.

En toen deed Stasia iets vreemds: ze begon alle glimmende spiegels in Christines boudoir af te dekken. Ze bedekte ze met lakens, dekens en jassen. Misschien om haar droom in stand te houden en hem niet als mislukte werkelijkheid te ervaren. Maar misschien ook om de moed op te brengen haar kostuum aan te trekken.

Ze bond haar haar bijeen, deed haar trouwring af, die niet goed bij de stervende zwaan paste, en kneep voor ze de kamer uitging nog een keer haar ogen dicht. Ze stelde zich de grote, lege, koude zaal in Thekla’s villa voor, hoorde de muziek uit de grammofoon, hoorde Peter Vasiljevs aanwijzingen, zag zichzelf over de parketvloer zwieren en maakte een paar danspassen, voordat ze de trap afzweefde om zich bij het illustere bal te voegen.

Heksen en koninginnen, piraten en musketiers, dieven en slangenvrouwen, maar vooral boeren en soldaten lachten en dronken champagne. Het strijkje speelde op die helemaal niet koude vooravond van het jaar 1928 iets lichts, iets moois, zo stel ik het me tenminste voor. Misschien zelfs een beetje swing uit het vijandelijke kapitalistische land? Waarom ook niet…

En daar zweefde onze Stasia, de zwanenvrouw, de witte droomgestalte, de trap af, niet zo elegant als Christine, die alle aandacht trok, maar ze was betoverend, want wat ze droeg was een droom, een gedachte, een idee, een mogelijkheid misschien... Ook al waren haar benen door de vele ritten over de steppe een beetje krom, een beetje te dun, ook al weerspiegelde haar gezicht iets aarzelends, iets onzekers, zelfs al waren haar handen een beetje beverig, het puntje van haar neus een beetje rood, toch was Stasia gelukkig, die avond was ze gelukkig omdat de mensen naar haar keken en glimlachten, omdat ze even kon geloven dat de droom misschien echt was, dat hij, al was het maar heel even, werkelijkheid was.

Misschien dreef het geluk dat haar die nacht omgaf, haar in de armen van Sopio. Letterlijk.

Als ik Stasia later naar die ontmoeting vroeg en haar tegen haar zin steeds meer details ontfutselde, antwoordde ze op haar droge, bondige manier steevast: 'Ik kwam de trap af, zij stond bij de opgang, ze keek me aan, ik keek haar aan, op dat moment struikelde ik en zij ving me op. Zo simpel was dat.'

De zwaan schreed dus de trap af, wankel, onzeker, maar trots, en struikelde, en daar stond een rijzige vrouw in een herenkostuum met een bolhoed op en een wandelstok (misschien wel de aanstootgevendste vermomming van de avond, want het feest vond niet plaats in de gouden jaren twintig in Berlijn en Sopio was niet Marlene Dietrich).

Groenogig en trots, met een onvergetelijke neus – *à la géorgienne* – en stralend van binnenuit, een blonde lok was uit de gevangenis van de hoed ontsnapt en had zich een weg over het hoge voorhoofd gebaand. Door haar lange postuur en sterke beendergestel kwam haar vermomming zelfs beter uit. Zo ontmoetten ze elkaar: Sopio Eristavi als man en Stasia Jasji als niet-geleefde droom.

'En toen, hoe ging het verder, vertel, vertel, Stasia, toe nou!' drong ik weer aan en zij vertelde, zoals altijd kort en bondig: 'Ja, het was zoals het is wanneer twee mensen elkaar vinden. We stelden ons aan elkaar voor, we mochten elkaar, meer dan dat, we waren weg van elkaar, we wisten dat we vriendinnen zouden worden. We haalden onze jas en liepen de tuin in, die leeg en koud was. Maar dat kon ons niets schelen, we dronken champagne, rookten en vertelden over ons leven.'

In mijn fantasie rook ik de lekkernijen in huis, ik hoorde de swing, ik zag de gekleurde lichtjes waarmee het huis was versierd, ik zag de reusachtige kerstboom met de rode ster als piek (zo een hadden wij er, onze hele kindertijd lang!), twee vrouwen die giechelend, kwebbelend en gniffelend naast elkaar in hun rieten stoel zaten, en ik zag het puntje van hun sigaret gloeien.

Stasia hoorde meteen de eerste nacht van hun kennismaking dat Sopio uit een adellijke familie stamde, ze heette van haar meisjesnaam Eristavi, 'het hoofd van het volk' dus. Ze had haar jeugd doorgebracht in Bordzjomi, het kuuroord van de tsaar bij de geneeskrachtige waterbronnen, en later op een meisjesinternaat in Lausanne. Daar was ze in aanraking gekomen met een paar interessante vrouwen, die geregeld bijeenkomsten voor vrouwenrechten organiseerden en ettelijke protestdemonstraties hielden. Stasia hoorde ook dat Sopio, nog liever dan dat ze opkwam voor vrouwenrechten, gedichten schreef en een fervent aanhangster van het symbolisme was. Ze noemde verschillende dichters, die Stasia geen van allen kende, en droeg een paar verzen voor, die Stasia niets zeiden.

Stasia hoorde dat Sopio's familie onteigend was en inmiddels in ballingschap in Zwitserland leefde. Maar zelf was ze bij haar man gebleven, een fijnzinnige Georgiër die haar aan haar jonggestorven vader had herinnerd en volgens zeggen niet slechter zong dan de grote Sjaljapin zelf.

Ze hadden een zoon, maar omdat haar man haar al tijdens haar zwangerschap begon te bedriegen, zijn erfenis verdronk en ook verder heel snel zijn liefdesbeloften vergat, besloot ze echtscheiding aan te vragen en haar zoon haar eigen naam te geven, wat toentertijd inhield dat je je kind meteen officieel tot bastaard verklaarde.

'Over die scheiding werd in heel Tbilisi geroddeld, ik ken niemand anders die dat heeft meegemaakt. Maar ik heb er geen spijt van. Mijn Andro en ik, wij hebben het goed samen. We hebben al vroeg geleerd te overleven. Dat drukt een stempel op je,' zei Sopio, terwijl ze Stasia glimlachend aankeek. En door die glimlach geloofde Stasia de hele nacht weer in haar dromen.

Maar naast het geluk dat als gouden confetti op Stasia neerdaalde, ging op dat moment een klein deurtje open. Het was een deur voorbij de tijd en voorbij het lot, voorbij alle wetmatigheden. Heel even ontwaakte de wereld van de geesten, de maan werd groenig bleek, de sneeuw, de ijspegels in de tuin verloren hun gloed en in de champagne spatten kleine deeltjes uiteen. Alles raakte in de war, een fractie van een seconde kreeg de wereld de hik. Alles draaide en kreunde, maar niemand merkte het. Het was alleen een verkeerde deur, die voor een nauwelijks waarneembare tijdspanne werd opengerukt en weer dichtgeslagen, maar in die tijd kon er net iets zwarts naar buiten kruipen, misschien was het ook helemaal niet zwart, misschien was het kleurloos en uiterst teer – maar het was wreed en ijzig en belust op ondergang. Het was het verraad dat op dat moment werd geboren.

En er werd iets naamloos in gang gezet, vrijgemaakt, in de wereld losgelaten om over iedereen waanzin te brengen, om de hersenen aan te tasten en de zielen te verdoven. Om levens mee te sleuren, onverzadigbaar en groot.

De deur werd opengerukt en er kwam iemand binnen.

Vlak voor middernacht, vlak voordat de champagnekurken knalden, vlak voordat het vuurwerk werd afgestoken en terwijl de twee pas bevriend geraakte vrouwen nog in hun rieten stoel bij de fontein over hun leven zaten te vertellen – ging er een golf van gemompel en gemurmel door de villa. Je hoorde geritsel, mensen fluisterden elkaar iets in het oor en gingen opzij, want de Kleine Grote Man was aangekondigd. Het hoofd van de tsjekisten, de machtigste man van het land, de chef en persoonlijke vriend van de gastheer zou zich bij de voorname gasten voegen om samen met hen het begin van het jaar 1928 te vieren. Wat een eer!

Christine rende naar de keuken en bracht alle bedienden in staat van paraatheid: alles wat het huishouden te bieden had, moest tevoorschijn worden getoverd. En daar kwam hij met zijn gevolg, zijn knijpbril en zijn glimmende kale hoofd, in zijn gewone uniform, dat naast alle verklede gasten zelf haast een kostuum leek. Omringd door andere mannen in uniform, die zwijgend naast hem liepen. Hij kwam glimlachend de salon binnen en vroeg meteen om een glas Georgische wijn. Sinds er aan het Kremlin *chvantsjkara* werd geleverd, de lievelingswijn van de nieuwe leider, dronk ook de Kleine Grote Man bij voorkeur die wijn. Men gaf hem een glas en hij dronk op het welzijn van de partij en van iedereen, en vooral op de gastheer en gastvrouw.

Toen hem werd gevraagd welke muziek hij graag wilde horen, verzocht hij om de *Prelude* van Rachmaninov, een verzoek dat onmiddellijk werd ingewilligd. Voor het eten bedankte hij beleefd, hij had al gegeten, en terwijl hij naar de pianomuziek luisterde, sloot hij vol aandacht zijn ogen. De enige gasten die dit schouwspel niet bijwoonden, die zijn komst niet eens hadden opgemerkt, waren Sopio en Stasia.

Bij het begin van het vuurwerk, dat Ramas speciaal uit Moskou had laten komen, rende iedereen de tuin in en de straat op. Men dronk elkaar toe, viel elkaar in de armen en ook de Kleine Grote Man had zijn lijfwacht naar de kant gewuifd en deed uiterst vrolijk en openhartig mee.

Telkens als ik Stasia vroeg het verhaal te vertellen, benadrukte ze dat de Kleine Man onmiddellijk gefixeerd was op Christine, die hem kennelijk meteen was opgevallen. En dat terwijl Christine, in tegenstelling tot haar echtgenoot, haar Venetiaanse masker had opgehouden, ook als ze tegenover de belangrijke gast stond en hem bediende. Maar al na zijn eerste glas had hij haar met complimentjes overladen, hij had haar kostuum, haar kwaliteiten als gastvrouw, haar schoonheid geprezen en zich niet gegeneerd om steeds te herhalen wat een onmisbare medewerker en trouwe vriend Ramas voor hem was. Kort nadat het vuurwerk was gedoofd, vroeg hij de gastvrouw hem het huis te laten zien. Het was misschien juist het masker dat hem prikkelde om Christine wat beter te bekijken. Misschien heeft het masker zijn nieuwsgierigheid gewekt.

Christine leidde hem rond door het huis, ze praatten over tuinen en hij vroeg haar advies over de beplanting, hij wilde een grote tuin bij zijn villa in de Matsjabelistraat aanleggen, misschien kon zij hem daarbij helpen. Op een gegeven moment stonden ze met hun kristallen glas op het balkon van de eerste verdieping en brachten een toost uit: op de leider, op de partij, op haar man, op de liefde. Ramas, die zijn bevelhebber onvoorwaardelijk was toegedaan, hield zich die avond op een afstand en liet zijn betoverende vrouw over aan zijn meerdere. Hij kende Christines toverkunsten, maar hij kende vooral Christines bijna beledigende onverschilligheid tegenover haar bewonderaars. Ook al was hij op de hoogte van de meedogenloze begeerte van zijn meerdere, hij vertrouwde erop dat Christine zich er makkelijk en tactvol uit zou weten te draaien.

Misschien was dat wel de grootste vergissing van zijn leven.

Want na de toost op de Grote Socialistische Revolutie vroeg de Kleine Grote Man haar heel terloops haar masker af te doen, het stoorde hem een beetje, ook al was het masker op zich, dat stond buiten kijf, een fraai staaltje kunstnijverheid.

Maar Christine weigerde, ze zei dat ze zich had voorgenomen haar geheim die avond te bewaren en haar gezicht niet te onthullen, het speet haar. Waarop de Kleine Grote Man knikte, alsof hij haar antwoord had geaccepteerd, en vervolgens haar man naar boven riep. In zijn bijzijn herhaalde hij zijn verzoek. Er volgde een ijzige, ongemakkelijke stilte.

Alle betrokkenen, vooral het echtpaar, waren zich bewust van de precaire situatie. Na een korte aarzeling keerde Ramas zich lachend naar zijn echtgenote en nam haar voorzichtig het masker af; de Kleine Grote Man keek Christine strak aan, glimlachend, zelfverzekerd en tevreden. Hij deed of hij zijn keel moest schrapen en verontschuldigde zich voor zijn nieuwsgierigheid. Christine trilde van woede, maar liet niets merken en dronk opgewekt nog een glas op de leider in Moskou.

Toen het echtpaar die ochtend aangeschoten en doodmoe, met gezwollen voeten en naar rook stinkend naar bed ging, keerde de vrouw zich naar haar man, keek hem minachtend, kil en vol agressie aan en zei: 'Dat had je niet moeten doen.'

Legt in elkander uw handen,
Broeders, en valt met een lach!
Eindigt der slavernij schande!
Heilig de laatste slag!
Socialistisch lied

Stasia had opnieuw haar droom voor de dag gehaald en zich overgegeven aan de liefde. Ze hoorde Sopio uit en liet haar over Parijs vertellen, onafgebroken wisselde ze met haar vrijgevochten en vrijdenkende vriendin van gedachten, zodat ze helemaal niet meer weg wilde uit Sopio's kleine woning op de bultige heuvels van Avlabari met de kleurige houten balkons, de lawaaierige cafés en de oude vesting, de eenvoudige, vrolijke bewoners en de Armeense muziek. Ze ging met Sopio mee naar de vrouwenbijeenkomsten die ze geregeld in weverijen, wasserijen en ververijen organiseerde om vrouwen voor te lichten over hun rechten, een initiatief dat vreemd genoeg door de partij werd gesteund.

Stasia werd verliefd op de stad die zoveel vrijheid bood. Het was vooral Sopio's stad, die ze nu door haar ogen leerde kennen en die een heel andere was dan die van haar zus. Een stad vol straatvegers, wasvrouwen, schoenlappers, waarzegsters, naaisters, fruitverkoopsters en kermisklanten. Een vrolijke, luidruchtige gemeenschap die op de heuvels huisde, tot diep in de nacht liederen met dubieuze teksten zong, accordeon speelde en een kaartje legde. Kleine, vervallen huisjes, nog uit de vorige eeuw, niet gerenoveerd, met een gemeenschappelijke douche en een poepdoos op de binnenplaats.

Het waren mensen die hier altijd al hadden gewoond, die zich de tijd van de koningen en de tsaren nog herinnerden, en de vlotten op de rivier – met de drinkende *karatsjocheli's,* die werden ingehuurd om het hart van aanbedenen te veroveren. Het waren mensen die allang in het nu hadden leren leven, want of er morgen weer een dag zou komen en hoe die zou zijn, was onzeker. Meestal was het een lawaaierige, stoffige dag, met weer eens te weinig geld, alleen grove scheldpartijen of luid gelach en obscene anekdotes.

Omdat Sopio weinig geld had en geen contact met haar familieleden kon zoeken, laat staan financiële steun van hen aannemen zonder onmiddellijk van spionage te worden beticht, was ze in deze tamelijk armoedige buurt gaan wonen, maar ze had hem al snel in haar hart gesloten, inclusief de kakelende Koerdische vrouw die dag in dag uit op de binnenplaats zat, deed alsof ze wol kamde, maar in werkelijkheid het doen en laten op de hele binnenplaats in de gaten hield. En tante Natasja, een zestigjarige Russin (door de Koerdische consequent 'snol' genoemd), die dol was op kinderen en telkens aanbood op Sopio's zoontje te passen als ze niet op tijd thuis kon zijn. En het Georgische paar dat op straat fruit verkocht om de zes kinderen te onderhouden en de buurt zondags toch kon uitnodigen voor een flink feestmaal.

Stasia werd verliefd op het gevoel weer jong te zijn en te leven.

En zo slenterden ze door de straten of stapten ze in de afgeladen trams, dronken bier, aten in de Joodse wijk koosjer eten, waar Sopio bij zwoer, bezochten de zwavelbaden en lieten zich daar, giechelend als schoolmeisjes, afschrobben door dikke, sterke vrouwenhanden. Ze gingen naar de steeds leger wordende kerken in de oude binnenstad, zaten 's avonds uren met Andro in het met lampions verlichte park en keken hoe hij met zijn kleine tandjes zonnebloempitten uit de schilletjes beet en daarna oppeuzelde.

Het was een andere stad met andere bewoners waar Stasia via Sopio kennis mee maakte, een achter de kasteelmuur van de binnenstad verborgen labyrint waar

Sopio de straten op haar duimpje kende.

Stasia voelde een sterke genegenheid voor de kleine Andro met de stroblonde krullen van zijn moeder en de grote blauwe ogen; het kind vertederde haar op een speciale manier en de strengheid waarmee ze haar eigen kinderen behandelde, liet ze in de omgang met Andro helemaal los. Misschien kwam het door de bescheidenheid die het kind aan de dag legde, een soort blijdschap over simpele dingen. Want Sopio had altijd te weinig kleren en speelgoed voor het kind, waardoor ze een fascinerende fantasie ontwikkelde om de kleine Andro niet te confronteren met het materiële gebrek.

Ze roerde suiker door een eierdooier en presenteerde het hapje als de grootste lekkernij ter wereld, en hij nam het dankbaar aan en geloofde het. Ze vertelde hem urenlang over de mieren en de vlinders, de kleine poesjes en de egels om de mooie kinderboeken voor hem te vervangen, ze verzon sprookjes als ze hem naar bed bracht, ze breide en naaide van haar oude kleren spullen voor hem die hij trots droeg en aan iedereen liet zien. Stasia's eigen kinderen waren niet echt verwend en toch kreeg ze bijna een slecht geweten als ze Sopio en Andro zo zag.

Sopio moest zelf de kost verdienen en daar had Stasia bewondering voor. Zelf was ze te rijk voor het proletariaat en te arm voor de elite, ze bevond zich in een merkwaardige tussenklasse, waaruit ik haar slechte geweten verklaar.

De twee weken, waarin Stasia amper nog tijd met haar zus en haar zwager doorbracht, vlogen om; geïnspireerd door al die kleine tentoonstellingen, keldertheaters en poëzieavonden waar Sopio haar mee naartoe had genomen, en vooral door Sopio zelf, voelde Stasia weerzin, zelfs bijna een flauwte opkomen bij de gedachte dat ze weer naar het saaie stadje moest.

'Ik heb je hulp nodig!' zei Stasia op de dag voor haar vertrek bij het ontbijt tegen haar jongste zus, die net melk inschonk.

'Wat is er dan?' vroeg Christine op haar gewone verveelde toon.

'Ik wil bij jullie komen wonen. Ik wil niet meer naar huis. Ik wil de kinderen hierheen halen, werk zoeken en hier blijven.'

'En wat zal Simon daarvan zeggen?'

'Ik zal hem een brief schrijven. Ik heb zoveel tijd verdaan door altijd maar te wachten tot anderen goedkeurden wat ik wilde...'

'Jij wilt nog steeds niet volwassen worden, hè, Stasia?'

'Het is maar voor tijdelijk, vooral vanwege de kinderen, tot ik iets voor mezelf heb gevonden. Of anders nemen jullie alleen de kinderen – ik kan wel bij Sopio intrekken.'

'Je moet je affiniteit met die vrouw gauw de baas zien te worden. Ze is niet erg, nou ja, salonfähig. Ik weet helemaal niet hoe ze op ons feest terecht is gekomen, waarschijnlijk heeft iemand haar binnengeloodst. Ze kan dan mooie gedichten schrijven, maar het is een dubieuze vrouw.'

'Hoe kun je zo jong en tegelijk zo oud zijn, Christine?'

'Zo oud? Ik ben niet oud, en als ik het al ben, ben ik volwassener dan jij, Anastasia. En ik kijk alleen maar vooruit.'

'Ik had nooit gedacht dat je me met je uitnodiging zo gelukkig zou maken.'

'Dat doet me deugd. En je wilt echt gaan werken?'

'Ja.'

'Stuurt Simon geen geld meer?'

'Jawel, maar ik wil zelf mijn geld verdienen.'

'Heeft Sopio Eristavi je dat aangepraat?'

'Nee, ze heeft me alleen laten zien dat het kan. Ze geeft

les in vreemde talen, ze geeft privéles en zorgt op die manier voor haar zoontje en zichzelf.'

'Dat doet me deugd, maar jij bent niet zoals zij.'

'Ik ga morgen naar huis en zodra ik alles voor mijn vertrek heb geregeld, stuur ik je een telegram. Misschien kun jij ons intussen op de lijst van woningzoekenden laten zetten.'

'Ik verheug me erop Kostja bij me in de buurt te hebben.'

'Waarom hebben jullie nog geen kinderen, Christine? Ik dacht dat je daar niet te lang mee wilde wachten.'

'Wij krijgen op een dag een prachtige zoon, net zo knap als Kostja. Dat verzeker ik je. En als je me nu wilt excuseren, ik moet in de keuken instructies geven voor het middageten.' En Christine zuchtte overdreven dramatisch.

Het zou een maand duren voordat Stasia haar vader ervan had overtuigd dat dit de juiste stap was voor haar en de kinderen, voordat ze haar hebben en houden in kisten en hutkoffers had gepakt, haar man in een of andere militaire kazerne had bereikt en hem had laten weten dat hij haar voortaan in Tbilisi moest komen opzoeken. Voordat ze de bangige Lida ervan had overtuigd dat het niet ongepast was om zonder man in de hoofdstad te wonen. Voordat ze ten slotte Thekla's gouden horloge, dat ze in een glazen kistje in haar slaapkamer had bewaard, inpakte en met haar kinderen in de trein stapte.

Op het hoogtepunt van de gedwongen collectivisatie van de landbouw kwam Stasia met Kitty en Kostja in Tbilisi aan.

Sopio en Andro wachtten het gezin op bij Christine, die een waar feestmaal liet aanrichten. Kostja, die de mateloze liefde van zijn tante beantwoordde, vloog haar om de hals en liet haar niet meer los tot het tijd was om naar bed te gaan. Andro en Kitty, die ongeveer even oud waren, konden het meteen goed met elkaar vinden en begonnen om het hardst om de fontein te rennen. Alles leek goed te gaan. De tuin was voor de kinderen een klein paradijs en Kostja's overgang naar een nieuwe school verliep zonder problemen – op aanraden van Christines man ging hij naar de beste van de stad. Uiteraard een Russische.

Terwijl Christine liefdevol voor de kleintjes zorgde, bloeide Stasia op aan de zijde van haar nieuwe vriendin. Nachtenlang keek Stasia hoe haar vriendin met de goudblonde krullen bij het schijnsel van de petroleumlamp – de stroomvoorziening liet in dit deel van de stad nog te wensen over – aan de ronde houten tafel gedichten zat te schrijven, af en toe opsprong, een sigaret opstak of, als er iets was gelukt, haar slaperige vriendin om de hals viel.

'Soms ben ik bang, heel bang,' zei Sopio peinzend in een winderige nacht. Ze boog haar hoofd en bleef zo zitten. Stasia, in de war van de plotselinge stemmingswisseling van haar vriendin, raakte even haar hand aan. Buiten geselde de wind de ruiten.

'Waarvoor?' vroeg ze en ze zette de waterketel op het houtfornuis om voor zichzelf en Sopio de sterke thee te zetten die Sopio zo graag dronk.

'Ik ben bang dat ze me te pakken krijgen.'

'Wie zijn "ze", Sopi? En waarom, wie zou dat willen? Je hebt toch niets gedaan? Je bent dan wel geen lid van de partij, maar...'

'Waar leef jij eigenlijk, Stasia? Zie je het niet, voel je het niet, ruik je het niet? Vandaag hoorde ik in de galerie dat je al een uitreisvergunning moet aanvragen als je de grens over wilt, waarheen dan ook. En dat je geen vergunning krijgt voor landen die geen broederstaten zijn.'

'Je ziet het allemaal te somber in.'

'Ik vermoed dat ik het eerder niet somber genoeg inzie, Taso.' (Omdat Sopio weigerde Anastasia op de Slavische manier af te korten tot Stasia, gebruikte ze de Georgische afkorting van de naam en noemde ze haar Taso.) 'En dan is er die droom. Een droom waarin ik door een straat loop. Een lege, verlaten straat hier ergens in de stad, die ik nog nooit heb gezien. Toch is het hier, hier ergens om de hoek, in mijn droom weet ik het. Daar staat een huis, een grote villa, eenvoudig en licht, met ronde poorten en wenteltrappen. Het is er mooi, ik wil erheen. Ik weet niet wat ik er zoek. Moe van het eeuwige lopen kom ik bij de poort. Daar staat een man, een mooie, verzorgde man, die me binnenvraagt. Ik heb hem nog nooit gezien en zijn diepe, geruststellende stem nog nooit gehoord. Ik vertrouw hem, ik volg hem, want hij weet de weg... De weg, ik weet niet waarheen. We wandelen door een tuin die iets Bijbels heeft, iets paradijselijks. Met rozen zo rood, zo rood, Taso, en met een prachtige waterval, zoals in de Botanische Tuin, en met honden en katten die zich uitrekken in de zon, en met exotische planten en bloemen, en de tuin lijkt eindeloos, ik zie geen einde. Ik loop maar door en de man leidt me rond. En dan brengt hij me bij een put op een heuvel, zo groen dat het pijn doet. En nu zegt hij dat we er zijn en dat alles goed komt, dat ik thuis ben, en hij vraagt me in de put te stappen, ik doe wat hij zegt, ik wil helemaal niet vluchten of wegrennen, ik zwaai mijn been over de rand en... Uit de put komt een heerlijke geur en het is er vochtig, ik ben niet bang, ook al is de put diep en kan ik de bodem niet zien. En hij wacht en kijkt naar me terwijl ik erin stap, hij glimlacht zelfs naar me, en eerder uit angst dat hij me naar beneden zal duwen, doe ik het dan ten slotte, ik spring en val en kom nergens aan. En terwijl ik val en val, word ik wakker.'

Het water kookte toen Sopio haar handen voor haar gezicht sloeg en begon te snikken. Stasia had zelden iemand zo aangrijpend, zo terneergeslagen, zo wanhopig zien huilen. Ze nam haar in haar armen en wist niet wat ze moest zeggen.

Tot de kleine Andro opeens in een witte pyjama in de deuropening stond en geschrokken, met tranen in zijn ogen vroeg wat er met mama was. *Maman* zei hij, op z'n Frans, dat zou hij tot het eind van zijn leven blijven doen. Met de klemtoon op de laatste lettergreep, zoals dat moet in het Frans.

Sopio veegde haar tranen af, lachte weer haar hartelijke, luide lach en antwoordde: 'Ik was maar aan het oefenen, ik vroeg me af hoe het is als je heel lang huilt, of je tranen dan opraken. Alles is goed, liefje.'

'En, raken ze op?' vroeg Andro, terwijl hij met zijn mouw het snot afveegde.

'Ja, schatje, ze raken op, ook tranen zijn een keer leeg.'

In de hete julimaand van Stasia's eerste zomer in Tbilisi – Christine zat met haar man aan zee en Stasia had het huis voor zich alleen – kwam de rode luitenant zijn vrouw opzoeken.

Stasia had het dienstmeisje, de kokkin en de tuinman vrijgegeven en genoot met Sopio van de fluweelzachte avonden, ging op in allerlei balspelletjes met de kinderen en vergezelde Sopio naar haar vrouwenbijeenkomsten. Ze had Sopio's vrienden leren kennen, allemaal platzak en niet afkerig van een glaasje, en zou zichzelf bijna gelukkig willen noemen.

Ze haalde haar man met de tram van het station. Het weerzien na een jaar was afstandelijk, koel. Geen kussen op het perron, alleen een korte omhelzing. Geen verwijten, voorlopig werd meneer ontvangen, bediend en met de kinderen alleen gelaten.

Maar de avond daarna – Sopio had zich met Andro teruggetrokken – ontstond al de eerste luidruchtige ruzie tussen de rode luitenant en zijn vrouw. En die moet zo heftig zijn geweest dat een professor in de buurt bijna de politie had gebeld. Alle opgekropte en onuitgesproken woorden werden gezegd, alles wat Stasia in die tien jaar huwelijk had onderdrukt, het langzame sterven van haar dromen, gooide ze eruit.

In de ochtendschemering, toen de ruzie eindelijk verstomde, zei Simon Jasji tegen zijn vrouw: 'Het leven bestaat niet alleen uit dromen, Anastasia. Laten we een echt gezin worden, want ik ben moe. Heel moe. Ik sloof me elke dag uit, maar kan daarmee niet aan jouw verwachtingen voldoen. Jij wilt iets wat al tot het verleden behoort. Ik ben bijna bang om je terug te zien, want ik ben niet opgewassen tegen die verwijten, die teleurgestelde blikken. Daar moet een eind aan komen als we goede ouders voor onze kinderen willen zijn. Ik mis ze en jou ook. Jou, toen je me nog niet met elk gebaar strafte. Ik heb een gezin nodig, mijn gezin, Stasia.'

Maar toen wist Stasia dat haar liefde al gebroken was als een dorre tak.

Christine en haar man keerden terug en de kinderen genoten weer van de verrukkelijke bonbons, die speciaal bij de delicatessenwinkel Jelisejevski in Moskou werden besteld.

Vlak voordat Simon Jasji vertrok, ging Stasia met haar vriendin wandelen in het park met de lampions. Het was een warme augustusnacht en de stad leek afgemat, dorstig en uitgeput.

'Waarom lieg je? Word je daar niet moe van?' vroeg Sopio onverwachts aan haar vriendin.

'Waar heb je het over?'

Stasia kon zich ongelofelijk goed dom en doof houden, het liefst allebei tegelijk.

'Je weet heus wel waar ik het over heb. Je wilt vrij zijn? Wees dan vrij. Je wilt dansen? Dans dan! Je wilt echtgenote zijn – wees het dan. Het is geen schande. Maar alles tegelijk gaat niet. Alles hebben is hetzelfde als niets hebben, Taso. Begrijp dat toch. Je wilde dansen, maar tegelijk wilde je voor je man een goede echtgenote zijn, je wilt met dichters bevriend zijn en tegelijk souperen op recepties van de partij, je wilt zelfstandig leven en werken en nu ben je al bijna een halfjaar hier, maar woon je nog steeds bij je zus, je wilt kinderen en ervaart ze toch als een last. Wat wil je eigenlijk? Wie maak je iets wijs?'

Stasia zweeg en keek naar de zwerfhonden die in roedels door het park struinden.

Ze zou vaak aan die woorden terugdenken en zich vaak afvragen waarom ze het onstuitbare niet had tegengehouden en het verschrikkelijke niet had voorkomen.

De luitenant vertrok zonder dat ze een beslissing hadden genomen. Ze lieten alles bij het oude, want ze hadden geen beter alternatief, en ze vermanden zich vanwege de kinderen. Stasia deed halfslachtige pogingen om bij het huisvestingsbureau te informeren naar vrije woonruimte in de stad. Men nam er nota van dat ze de vrouw was van een rode eerste luitenant, maar tegelijk moest ze begrijpen dat ze een schoonzus was van Ramas Iosebidze en die had nu eenmaal een riant en meer dan ruim onderkomen.

In die jaren had de Kleine Man zichzelf overtroffen en was hij eindelijk de Kleine Grote Man geworden. En de naam Tsjeka begon de mensen al angst in te boezemen. Politieke tegenstand was er nauwelijks meer, alle vijanden waren uit de weg geruimd, naar het buitenland verdreven of naar de werkkampen verbannen. De industrialisatie vergde veel kracht en veel mensenlevens, van de nieuwe fabrieken en de kolchozen werd onbeperkte productiviteit verwacht. De reorganisatie van de steden en vooral de naamsveranderingen waren in volle gang. In de hele Sovjet-Unie werden talloze steden omgedoopt, waarmee het verleden werd uitgewist, alsof er voor de revolutie geen leven had bestaan. De tsarentijd werd bestempeld als een tijd van dieven en moordenaars, de propaganda draaide op volle toeren.

Altijd als Sopio bij Stasia klaagde over het gebrek aan bepaalde producten in de winkels, doorzocht Stasia de voorraadkamers in Christines huis en was ze blij, zelfs een beetje trots om zo de tekorten voor haar vriendin minder nijpend te maken, want bij Christine vond ze altijd alles wat Sopio nodig had en wat in de stad niet te krijgen was.

Ook toen Sopio haar vertelde hoe zij en haar vrienden zich hadden opgewonden toen er in de bioscoop voor de voorstelling van *De Witte Adelaar* een inleiding was gehouden over de manier waarop de film moest worden begrepen, wilde Stasia daar geen serieuze propaganda in zien en deed ze het af als een artistieke eigenaardigheid van de regisseur.

En terwijl elke vorm van vrijheid in het blije en gelukkige land uiteenviel als een ondeugdelijk geweven spinnenweb, vielen ook de Ballets Russes in het verre en vrije Parijs uiteen – waarmee Sergej Djagilev een stuk van Stasia's droom meenam in het graf.

Stasia hoorde het toevallig, iemand wist het van iemand die in Parijs iemand kende, en die vertelde het aan Sopio en zij – heel zachtjes – aan Stasia. Stasia liep de trap op naar haar mooi behangen kamer in Christines villa, ging in bed liggen en bleef daar urenlang. Ze dacht aan Peter Vasiljev en aan de geesten van niet-geleefde dromen, die gedoemd zijn een mens te blijven achtervolgen. Ze zag zichzelf nog een laatste keer in het Théâtre du Châtelet over het toneel zwieren, gewild, geliefd en bejubeld, en sloot het glimlachend in haar hart, dat verloren andere leven, vol vrijheid, ongebreidelde hartstochten en provocaties, in de kring van uitverkorenen en voortreffelijken –

ten slotte dwong ze zichzelf toch op te staan, omdat Kitty en Kostja alweer ruziemaakten en Christine hen niet tot rede wist te brengen.

Op een middag, toen Stasia weer op bezoek kwam in de kleine woning in Avlabari en ze haar vriendin somber in haar hete thee zag staren en haar hoorde klagen dat drie van haar vier leerlingen de les hadden afgezegd, sprong ze onverwachts op, vroeg haar vriendin even op haar te wachten en rende de straat op.

Ze wilde Sopio moed geven, ze wilde dat ze weer haar gedichten voorlas of vertelde over het wonder van de psychoanalyse, over die wonderdokter uit Wenen die Freud heette, dat ze iets zei over de impressionisten en de symbolistische toneelstukken van ene Maeterlinck. Dat ze Perzische liefdesgedichten voordroeg en praatte over de nieuwe stroming in de Georgische poëzie, die zich De Blauwe Drinkhoorns noemde en waarvan Stasia de gedichten zo prachtig vond.

Ze wist welk middel Sopio ertoe kon brengen haar zorgen te vergeten en weer zichzelf te zijn, maar Stasia was bang. De vorige keer dat ze de warme chocola voor iemand had gemaakt, was de voorspelling van haar vader uitgekomen. Sindsdien had ze het beeld van Thekla's stijve lichaam niet meer uit haar geheugen kunnen bannen. Maar hoe kon ze zeker weten dat de chocola van haar vader voor Thekla's dood verantwoordelijk was? Was het niet het gif dat Thekla in de eeuwige slaap had gewiegd? Waren het niet de tijd, de oorlog en de uitzichtloosheid die haar einde hadden veroorzaakt? Misschien vergiste haar vader zich, misschien was het pure inbeelding om het ongeluk in verband te brengen met die geheimzinnige drank. Misschien had hij een slecht geweten omdat hij zijn eerste vrouw destijds had overgehaald nog een kind te krijgen, en verkeerde hij daarom in de vreemde veronderstelling dat Ketevans dood aan de chocola te wijten was. Bovendien had hij toch zelf beweerd dat zij 'het onheil had overleefd'. Waar sloeg dat allemaal op? Als het vermeende onheil haar niet had getroffen, zou het nog minder vat hebben op haar moedige en strijdbare vriendin. Nee, het was echt te kinderachtig om dat absurde vermoeden blindelings en gespeend van elke logica te geloven.

Bij de zwarthandelaren was kaneel te krijgen en in de Joodse wijk de beste cacao van de stad, bruine suiker en kruidnagels vond ze in Christines keukenkast, evenals de andere, hier niet nader te noemen ingrediënten.

Twee uur later kwam ze met een propvolle tas terug en maakte ze voor het eerst sinds Thekla's dood warme chocola.

Ze stond bij het kleine, zwartgeblakerde fornuis en na een paar minuten begon de geur zich door de woning, het trappenhuis en de binnenplaats te verspreiden.

'Wat ben je aan het maken?' vroeg Sopio verbouwereerd.

'Ik maak warme chocola voor je.'

'Je maakt chocola voor me?'

'Ja, precies.'

'Ik heb jou nog nooit chocola zien maken.'

'Het is een geheim recept en zelfs jou mag ik het niet verklappen. Het moet in de familie blijven. Dat heb ik mijn vader gezworen.'

'Het lijkt wel of ik in een complot zit. Het is toch maar chocola, kom nou.'

Sopio lachte. Voor het eerst sinds dagen lachte ze weer.

En natuurlijk raakte ook Sopio verslaafd aan Stasia's chocola, en al werd het steeds moeilijker en duurder om de benodigde ingrediënten te bemachtigen, toch leek het het enige middel dat Sopio's somberheid kon verdrijven en een glimlach op haar gezicht kon toveren, en daarom maakte Stasia twee keer per week haar toverdrank.

Christine kreeg hoog bezoek. De kinderen droegen zondagse kleren, het hele huis was versierd met seringen, het zilver was uit het buffet en de duurste jurk uit de kast gehaald. Er werden verse spullen op de markt gekocht en er werd wijn uit Kachetië besteld. Twee dagen lang heerste de uitzonderingstoestand in het huis van de drukbezette partijsecretaris Ramas Iosebidze, de te zware en intussen bijna kale man, en de nog altijd beeldschone Christine.

'Wat is hier aan de hand? Komt er iemand uit Moskou?' vroeg Stasia aan haar zus, toen ze 's morgens midden in de voorbereidingen kwam binnenvallen. Christine, met komkommerschijfjes op haar gezicht en olijfolie in haar haar, zuchtte geïrriteerd en schudde haar hoofd.

'Aan jou gaat ook alles voorbij, hè?'

Ze leek kwaad en Stasia onderdrukte de neiging om haar zus met gelijke munt te betalen. Weliswaar stuurde Simon elke maand geld, maar dat was nooit genoeg om de levensstijl te handhaven waar Stasia intussen aan gewend was.

Later hoorde ze van de kokkin dat de chef van de geheime dienst zelf werd verwacht, 'de vriend van de familie', samen met een paar andere collega's van Christines man. Ramas' chef was een groot liefhebber van de goede keuken en goede wijn. Een groot vriend van de opera en de schone kunsten, net als de heer des huizes zelf. Misschien was dit de eerste keer dat Stasia erbij stilstond wat haar zwager precies deed en met welke mensen hij bevriend was. Een vreemd gevoel deed haar huiveren, ze kon het niet onder woorden brengen, vertelde ze me jaren later, het was als iets wat haar de adem benam.

Ze ging vlug naar Kostja en Kitty, die net aan het ruziën waren om een of andere lekkernij, en zei dat ze mee moesten komen. Ze wilde met de kinderen bij Sopio gaan slapen. Op dat moment kwam Christine de gang in en keek haar verbaasd aan.

'Wat ben je van plan?'

'Ik laat de voorbereidingen aan jullie over. Wij gaan vannacht bij Sopio slapen.'

'Ben je gek geworden?'

'Waar heb je mij voor nodig? Je weet dat ik niet veel om zulke soupers geef.'

'Weet je wel wie er komt? Jij kunt voor mijn part gaan, maar de kinderen blijven hier. Zij moeten hem leren kennen, op een dag zullen ze blij zijn dat ze kennis met hem hebben gemaakt. Kostja, Kitty, kom maar bij tante!'

En inderdaad renden de twee bijna opgelucht met hun strikken en lakschoenen naar hun mooie tante, die het klaarspeelde er zelfs met komkommerschijfjes op haar gezicht niet belachelijk uit te zien.

Stasia moet zich op dat moment ongelofelijk ellendig hebben gevoeld. Ze bleef en werd er getuige van hoe de Kleine Grote Man kwartels in koriandersaus at, Georgische wijn dronk, hoogdravende toespraken over het vaderland en de heerlijkheden van de Georgische keuken hield, anekdotes vertelde en hoe iedereen aan tafel zijn hielen likte, niets anders riep dan 'Kostelijk', 'O, wat fantastisch' en 'Niet te geloven' en met trillende vingers aan het tafellaken plukte. Hoe de man met de knijpbril haar zus begon op te nemen alsof ze een prooi was die beslist geschoten moest worden, hoe zijn blikken steeds brutaler en strijdlustiger werden, hoe hij naar de fraai gevormde lippen, de kleine borsten en de smalle vingers staarde, hoe hij licht beneveld een toost van wel tien minuten op de Georgische schoonheden uitbracht en zijn ogen intussen geen seconde van Christine afwendde. En hoe haar man er tevreden knikkend en verzoenlijk glimlachend naast zat en hoe zijn kin een beetje trilde.

Op z'n laatst op dat moment wist Stasia dat de huid van de aarde zou scheuren. Ze wist dat de aarde zou braken en de ruïnes zichtbaar zouden worden, dat er een peilloze kloof door alle eeuwen zou lopen, die zich in de aarde zou openen en een bloedige afgrond bloot zou leggen.

Later, toen de Kleine Grote Man met Christine en Ramas pijprokend in de tuin stond te praten en, nu totaal ongeremd, iets obsceens zei, waar het echtpaar noodgedwongen om lachte, stond Stasia in de feestelijk versierde eetkamer door het raam naar hen te kijken. Ze zag hoe hij gebaarde, bewoog en terloops de elleboog van haar zus aanraakte, ze zag zijn gebit, dat in de schaarse verlichting van de tuin telkens oplichtte als hij ongegeneerd en aangeschoten om zijn eigen grappen lachte, en ze haatte zichzelf omdat ze niet naar buiten rende om haar kleine zusje bij die twee mannen weg te trekken. Haar zusje, dat trouwens een fabelachtig acteertalent aan de dag legde en niets liet merken. Of genoot ze er zelfs van om door die afschuwelijke man te worden aanbeden? Een gedachte die Stasia heel snel verjoeg.

In 1931, toen Kitty in de tweede klas van de Russische lagere school zat en daar met haar markante volle lippen, kastanjebruine krullen en honingbruine, amandelvormige ogen al de aandacht trok, en Kostja een grote, mooie jongen met flaporen en eveneens kastanjebruin, maar sluik haar was geworden en als de beste van zijn klas ouder en serieuzer overkwam dan de meeste andere leerlingen, werd de Kleine Grote Man eindelijk voorzitter van de Communistische Partij van Georgië – en Ramas Iosebidze benoemde hij tot zijn privésecretaris.

Sopio kwam haast de deur niet meer uit en kon alleen dankzij de steun van haar vrienden het hoofd boven water houden. Ze had geen leerlingen meer en nadat de Schrijversbond haar had meegedeeld dat haar werk indruiste tegen de maatschappelijke normen en de moraal van de grote socialistische republiek, was haar een publicatieverbod opgelegd.

Op een middag belde de voorzitter van de Communistische Partij naar het huis van de familie Iosebidze. Hij werd doorverbonden met de vrouw des huizes. Het gesprek duurde een kwartier. Daarna liet Christine zich ophalen door een zwarte Bugatti. Ze droeg haar rode chiffonjurk met pailletten, de lange zwartfluwelen handschoenen en de zwarte hoed met de pauwenveer. In de opera begroette de voorzitter haar persoonlijk en bood hij haar een plaats naast hem in zijn loge aan. Bellini's *Norma* werd uitgevoerd – vreemd genoeg niet of nog niet verboden vanwege de religieuze inhoud.

Bij de aria 'Casta diva' klonk er geritsel en gefluister uit de loge.

Talloze hoofden draaiden discreet in de richting van de vorstelijke zitplaatsen: in het gedempte licht vanaf het toneel was een vrouwengestalte te herkennen, die beslist niet de vrouw van de voorzitter kon zijn. Daarna was er niets meer te zien. Maar bij *Ah bello a me ritorna* had men een zwart gehandschoende vrouwenhand kunnen waarnemen, die zich vastklampte aan de roodfluwelen balustrade. Bij *Del fido amor primiero* viel er iets zwaars op de grond. Bij *E contro il mondo intiero* had men een onderdrukte kreet kunnen horen. En bij *Difesa a te sarò* verdween de hand, langzaam en aarzelend.

Het paar verliet als laatste de zaal. Het publiek was al door de verschillende uitgangen naar buiten gegaan en alras verspreidde zich het gerucht dat de uitvoering niet bij de voorzitter in de smaak was gevallen, want hij had niet erg enthousiast geapplaudisseerd. Wat tot tranen in het operagezelschap leidde, maar een vals gerucht betrof. Later verklaarde de voorzitter zelfs publiekelijk dat de uitvoering juist goed bij hem in de smaak was gevallen.

In werkelijkheid had hij er niets of maar heel weinig van gezien. In werkelijkheid was Christines chiffonjurk gekreukt en haar make-up uitgelopen, en daarom hadden ze gewacht tot de zaal leeg was en ze ongezien weer in de Bugatti konden stappen.

Omdat Ramas op een congres over de oplossing van het landbouwvraagstuk in Kiev was, ging Christine in de salon zitten en liet ze kersenlikeur brengen. Stasia, wakker geworden van het gestommel en het slaan van de deuren, kwam naar beneden en zag haar zus in die toestand zorgwekkend snel en zo uit de fles drinken.

'Wat is er gebeurd? Is er iets met Ramas?'

'O, nee, met hem is er niets. Alles is uitstekend. Kom, laten we drinken.'

'Maar waar ben je geweest?'

'Het was maar een kleine, vrijblijvende afspraak.'

Na verscheidene pogingen om meer uit haar zus te krijgen gaf Stasia het ten slotte op en begon ze de zoete, kleverige likeur achterover te slaan om het drinktempo van haar zus bij te houden.

De volgende dagen zouden de telefoontjes zich herhalen, waarna Christine telkens een paar uur verdween.

Steeds beter, steeds vrolijker
zullen de arbeiders van de Sovjet-Unie leven!
Leus op een affiche

De volgende maanden verdubbelden de verplichte dienstreizen van de privésecretaris en verdrievoudigden de uitstapjes van Christine. Ramas hield zich bezig met vraagstukken als spionage, uitreisvergunningen, de pers en de opheffing van het goelagbestuur, de Kleine Grote Man met het stillen van zijn onverzadigbare honger naar vrouwelijk schoon.

Ik weet niet wat Stasia ertoe bewoog, maar op een middag volgde ze de zwarte Bugatti waarin haar zus zich na een van de telefoontjes ergens heen liet rijden (of Stasia de achtervolging te paard, met de tram of per auto inzette, weet ik niet).

Vaststaat dat ze uitkwam bij de allermooiste villa van de stad, met de weelderige tuin vol exotische planten en palmen, die aan een villa ergens in Zuid-Amerika deden denken en het huis tegen nieuwsgierige blikken afschermden. Iedereen in de stad wist wie de eigenaar was en dat behalve de eigenaar enkele van de mooiste dames uit de stad daar in en uit liepen. Stasia zag de zwarte auto met haar zus door het vergulde toegangshek rijden.

Terug in Christines huis ging ze in de keuken aan de lange tafel zitten en ze verroerde zich niet tot haar zus laat op de avond terugkwam. Ze had het personeel vrijgegeven en de kinderen vroeg naar hun kamer gestuurd; iets in haar toon had hun duidelijk gemaakt dat ze geen tegenspraak duldde en ze gehoorzaamden dan ook.

Christine kwam de keuken binnen, deed haar schoenen uit, pakte de likeurfles en ging bij haar zus zitten. Stasia, door de hongerjaren in Petrograd en de bittere bijsmaak van de liefde van haar rode luitenant definitief een haast geslachtloos wezen geworden, en de in haar vrouwelijkheid en elegantie bijna bloeiende Christine. Stasia in haar eenvoudige, kuitlange katoenen jurk met de kleine knoopjes, en Christine in een wijnrood jasje met een handgemaakte kraag en een zwartzijden rok tot op de grond. Stasia trok aan haar sigaret en staarde met een glazige blik naar de grond. Christine babbelde over het weer en over vakantieplannen en over de vermoeienissen van het stadsleven, toen Stasia haar onderbrak: 'Ik ben je gevolgd.'

Christine zei een hele tijd niets en ging door met likeur drinken. Toen fluisterde ze: 'Waarom?'

Ze zaten daar als twee mollen, opgeschrikt en verblind door het licht, en keken elkaar aan alsof ze elkaar voor het eerst zagen.

'Ik wilde niet geloven, ik kon niet geloven dat je dat echt deed...'

'Wat, wat doe ik dan?' schreeuwde Christine en Stasia realiseerde zich dat ze haar zus voor het eerst in haar leven hoorde schreeuwen.

'Je...' begon Stasia opnieuw en ze merkte dat haar stem het begaf.

'Ik moet het doen.'

'Waarom moet je het doen?'

'Iemand moet op de slachtbank gaan liggen, zodat anderen door kunnen gaan met feestvieren, nietwaar?'

Opeens hoorde Stasia zoveel minachting, boosaardigheid en zelfhaat in Christines stem dat ze schrok en met haar stoel onwillekeurig een eindje van haar wegschoof.

'Ik walg van je.'

'En het lekkere leventje, het heerlijke eten en de mooie kleren, de uitstapjes, de privélessen en de goede scholen voor je kinderen – daar walg je niet van?'

'Ik heb je er nooit om gevraagd. Waarom, waarom, Christine? Ramas heeft toch geld genoeg?'

'Jij begrijpt zo weinig dat ik het soms wel uit kan schreeuwen van verbijstering! Je hebt nog steeds niet begrepen wie hij is en waar hij toe in staat is, hè? Je ziet nog steeds niet waar wij leven.'

Christine zweeg abrupt, nam een flinke slok uit de fles en liep de keuken uit.

De toekomst was tegenwoordige tijd geworden.

Alles zou wantrouwen wekken, de woorden zouden bestreden worden en de harten in elk geval. Ze zouden wegglijden in tunnels zonder uitgang. Stasia zou moeten vechten, maar wat was er de moeite waard om voor te vechten als alles naar uitzichtloosheid begon te rieken?!

Waar moest je je blik op richten om te ontkomen aan het gebit van de Kleine Grote Mannen die je in je gezicht uitlachten? Hoe stijf zou je voortaan je ogen moeten dichtknijpen om de ruïnes niet te zien die bloot kwamen te liggen? Hoeveel moeite zou het voortaan kosten om te lachen als je al die lichamen onder je eigen voeten voelde?

Stasia kneep haar ogen dicht en zag de blozende Thekla voor zich, ze zag haar lachen en haar hand naar haar uitstrekken, ze riep, ze... Stasia sperde haar ogen weer open om aan haar geesten te ontsnappen, maar ook de werkelijkheid leek vol geesten te zijn.

In de eerste week van januari 1932 kreeg de Kleine Grote Man de leiding over de Communistische Partij van de hele Transkaukasische Republiek en plaatste hij zijn privésecretaris over naar het hoofdkwartier van de partij in Bakoe, zodat Ramas Iosebidze zijn vrouw alleen nog in het laatste weekend van de maand kon zien. Er was een nieuwe golf van deportaties van boeren en massa-executies gaande, die in de steden nog onzichtbaar was, maar steeds dichterbij kwam en langzaam de metropolen binnenkroop. Er gingen verhalen over plunderende kinderbenden die door Rusland trokken, over ellendig lange rijen voor levensmiddelenwinkels, over arbeidersvrouwen die hun lichaam verkochten om hun gezin te kunnen onderhouden. Er gingen verhalen over gearresteerde redacteuren die van het 'blije, gelukkige leven' waren afgeweken, over miljoenen boeren die de laatste twee jaar vanuit Oekraïne naar Kazachstan waren gedeporteerd of waren geëxecuteerd. Er hingen overal affiches die de politieke autoriteiten lieten drukken en waarop te lezen stond: JE EIGEN KINDEREN OPETEN IS EEN BARBAARSE DAAD!

In het zonnige zuiden van de Kaukasus was er nog weinig van te merken, daar kende men alleen iemand, die weer iemand kende, die iets was overkomen, maar men merkte het nog niet echt, men wilde het nog niet zien.

Stasia maakte zich niet alleen zorgen om Christine, maar ook om Sopio, die 's nachts vaak wegbleef en amper nog met haar vriendin praatte.

Als ze erover aangesproken werd, wilde Sopio geen duidelijk antwoord geven en verzon ze uitvluchten. Stasia wist meteen de eerste nacht waarin Sopio verdween dat ze daarmee een einde had gemaakt aan haar zelfopgelegde ascese en afzondering op haar binnenplaats, liever gezegd: dat Sopio – geheel in overeenstemming met haar aard – in opstand was gekomen. Stasia leed onder haar eigen besluiteloosheid, haar twijfels, haar angst voor de dode dromen en haar angst voor een leven zonder dromen. Ze leed onder Sopio's zwijgen, onder de gebroken liefde voor haar man en onder de hardheid die haar jongste zus zich de laatste maanden eigen had gemaakt, maar ook nu capituleerde ze voor haar onvermogen om in te grijpen.

Ook de bloedige nacht in maart, waar ze me pas veel later over vertelde, schudde haar nog niet wakker. De nacht dat ze met Andro aan de hand van Sopio's achterhuis naar Christines villa was gelopen, omdat zijn moeder haar weer eens had gevraagd de jongen mee te nemen, en dat ze kreten uit Christines kamer hoorde.

Ze stuurde Andro naar de kinderkamer en haastte zich naar de slaapkamer van haar zus en haar afwezige zwager.

Daar vond ze Christine, gehuld in de geur van de gedroogde lavendelbloemen die op de ladekast stonden om het echtpaar een goede nachtrust te garanderen, in het witte hemelbed waarover een witte klamboe was gespannen, op het witte, gesteven laken met onder zich – een plas bloed.

Christine kreunde en schreeuwde met opeengeklemde tanden en klampte zich vast aan het ledikant. Stasia rende naar haar toe en riep dat ze een dokter ging halen, maar toen begon Christine, onder het slaken van dierlijke kreten, zo hard te krijsen dat Stasia verstijfde en ten slotte gehoorzaamde.

'Geen dokter, geen dokter... Niemand mag het weten... Ik heb iedereen naar huis gestuurd. Niemand mag...'

'Je kunt wel doodbloeden! Wat heb je gedaan?'

'In het zwarte notitieboekje op tafel, onder aan de laatste bladzijde, staat een adres. Daar moet je die vrouw gaan halen. Die weet hoe je de bloeding kunt stelpen.'

Stasia haalde met het klamme zweet op haar voorhoofd kompressen, legde van een paar handdoeken een provisorisch verband aan en haastte zich toen naar een buitenwijk van de stad, naar een golfplaten keet, waar ze een oude, gerimpelde vrouw ophaalde die ze meenam naar haar zus. Een engeltjesmaakster, die Christine een kruidenmengsel had gegeven om zich van haar ongewenste kind te kunnen ontdoen.

Stasia waakte twee dagen aan Christines bed en aan het eind van de tweede dag ging ze naar de keuken, stuurde de kokkin weg en maakte voor haar zieke zus de warme chocola. En toen Christine die opdronk – nadat ze de kinderen hadden weggestuurd, die vanwege de geur waren komen aanrennen – glimlachte ze weer en rolde er een traantje uit haar linkeroog.

'Ik zal met Ramas nooit kinderen krijgen. We zijn al bij verschillende artsen geweest,' zei ze zachtjes, terwijl ze van de chocola nipte.

Stasia zat zwijgend op de rand van het bed en probeerde niet naar haar zus te kijken, die er zo breekbaar, zo zwak en zo ziekelijk bleek uitzag, met diepe kringen onder haar ogen en kleurloze lippen.

'Ik dacht dat het aan mij lag... Is dat geen slechte grap?'

'Ik dacht dat jullie geen kinderen wilden. Nog niet. Je vertelde toch dat je nog van het leven wilde genieten en...'

'Ik heb tegen je gelogen. Ik had gehoopt dat het zou lukken. Toen jij dacht dat we aan de kust zaten, waren we in Warschau bij een specialist. Waarom nu, waarom zo, waarom?'

Stasia probeerde haar tranen te bedwingen om alle ellende niet nog ellendiger te maken.

'Zet een punt achter dat gedoe met hem, alsjeblieft. Ook al ben je bang, zet er een punt achter. Alsjeblieft,' fluisterde ze ten slotte, terwijl ze haar zus een glas water gaf.

'Je weet dat dat niet kan.'

'Maar dít kan nog veel minder, Christine, begrijp je dat dan niet?'

'Het kan niet, Stasia!'

'Laten we weggaan. Gewoon verdwijnen.'

'Doe niet zo dwaas! Bovendien zou hij me vinden, waar ik ook ben.'

'Hij is geen god, Christine!'

'Er is geen god meer, geen god kan me uit deze ellende verlossen, zo is het nu eenmaal. Hij is... hij is, hij is verslaafd.'

'Verslaafd?'

'Aan mij.'

'Wat klets je nou? Hij is een...'

'Sst. Hij zal het steeds weer nodig hebben, steeds weer, hij zal er alles voor doen, hij is van me afhankelijk. Hij zal het steeds weer nodig hebben.'

'Het? Je hebt het over jou en...'

'Laat me nu slapen, Stasia, ik ben zo moe, en zeg beneden dat ik morgen mijn groene jurk nodig heb, gestreken en met gesteven kraag en, o ja, ze moeten mijn haarspeld poetsen, die met de vlinder. Hij is van zilver en ze moeten er zout voor gebruiken.'

'Christine!'

'Zeg het tegen ze. Ik wil morgen niet te horen krijgen dat die jurk nog in de wasserij is.'

'Vertel het aan Ramas.'

Christine lachte, een verachtelijke lach, en ze draaide zich op haar andere zij.

De jeugd ervaart nog steeds niet diep genoeg
de poëzie van de arbeid.
Gorki

Die zomer ging Stasia met de drie kinderen en haar man naar haar geboortestad en bracht ze de dagen door met haar nog vromer geworden zus Lida, haar stiefmoeder, die sinds het huwelijk van haar enige dochter niets anders leek te doen dan eten, en haar vader, die steeds verstrooider en zwaarmoediger overkwam, steeds magerder en breekbaarder.

Stasia vroeg zich voor het eerst af of dat misschien allemaal zo hoorde, of het de normale gang van zaken in het leven was, en of dromen niet gewoon obstakels waren, die je afhielden van het wezenlijke.

Terwijl de luitenant elke dag met oude vrienden backgammon speelde, ging Stasia met haar achtjarige dochter naar de paardenstal, huurde een kabardin en leerde haar dochter paardrijden. In herenzit natuurlijk. Ze liet haar de plekken uit haar jeugd zien. En Kitty, die veel vrolijker, energieker en luidruchtiger uitgevallen was dan de twee jongens, lachte en gilde het uit van verrukking. Het stadskind, dat altijd alleen maar in de auto van haar tante werd rondgereden, bloeide op en riep bij Stasia herinneringen op aan iets perzikkleurigs, iets moois en levenslustigs. En dat iets ontroerde haar diep. Stasia liet haar dochter de eik – we houden het er nu maar op dat het een oude eik was –, het grotklooster en het schrale landschap zien. Ze keken naar de pijnlijk helder stralende sterren, naar de gele maan en roken de oude aarde, die zoveel wist en zo weinig prijsgaf.

Intussen probeerde Kostja zijn jaloezie op Andro in toom te houden en weer contact te krijgen met zijn altijd afwezige en van hem vervreemde vader. Gevangen tussen de onenigheden en fronten van de volwassenen, tussen het onstilbare verlangen naar zijn vader en de merkwaardige distantie tot zijn moeder, raakte hij in de naderende adolescentie het spoor bijster. Hij raakte het spoor bijster in zijn woede op de ongrijpbare, ongedurige vrouwen om hem heen. In zijn verlangen naar bestendigheid en orde miste hij Christine, de koningin van zijn kleine wereldje. Ze was veranderd. Ze besteedde niet meer zoveel tijd aan hem als vroeger. Ze leek hem niet meer op een voetstuk te plaatsen, hij leek niet langer haar prins te zijn. Ze verdween vaak en zat daarna alleen in de keuken, het licht deed ze nooit aan, ze dronk dat zoete, stroperige spul zo uit de fles en staarde voor zich uit. Ze hulde zich in een stilzwijgen waar hij geen verklaring voor had.

Van zijn vader wilde hij erkenning, maar van Christine wilde hij liefde.

Hij wilde van haar horen hoe knap en bijzonder hij was, hoe slim en hoe weinig zorgen hij de volwassenen baarde. Wat een goede manieren hij had en hoeveel hij op haar leek. Dat had ze hem altijd te kennen gegeven, al zo lang hij op de wereld was. Niet zijn moeder, maar Christine was degene geweest die hem het meest nodig leek te hebben en hem op ooghoogte tegemoetkwam. Die hem deed geloven dat het hem op een dag zou lukken een 'koning' te worden.

Hij miste vooral het gevoel haar favoriet te zijn. Want ook dat had Christine altijd duidelijk laten merken: dat hij haar favoriet was. Dat ze hem beter vond dan alle andere kinderen. Want meer dan wat ook wilde Kostja niet zijn zoals anderen. En al helemaal niet zoals zijn jongere zusje. Dat hij nu met zijn zusje en Andro moest concurreren, dat hij moest vechten om opgemerkt te worden en zich te onderscheiden, was voor hem bijna een belediging.

Die Andro met zijn krullen, die zwak en teer was en geen andere ambitie leek te hebben dan boeken lezen of zich laten voorlezen, die altijd zong als hij dacht dat hij alleen was, die in drie of vier talen gedichten kon opzeggen en het liefst van die nutteloze figuurtjes uit hout sneed. En daar zo om werd bewonderd. Ook om het feit dat hij zo aardig, voorkomend, bescheiden en inschikkelijk zou zijn, alsof dat in het leven het allerbelangrijkste was: aardig, voorkomend, bescheiden en inschikkelijk zijn.

En zijn zus, met wie hij behalve zijn achternaam en de vorm van zijn nagels niets gemeen had. Die hem ergerde en witheet maakte met haar brutale manier van doen en haar gebrek aan fijngevoeligheid. Die onhandig was, altijd alleen maar onzin in haar hoofd had, op school niets uitvoerde en van wie het grootste talent bestond in de clown uithangen en gekheid maken, waar ze alle volwassenen dan toch mee leek te amuseren en voor zich leek in te nemen. Die voortdurend giechelde en smakte en gekke bekken trok, altijd ladders in haar kousen had en als een klit aan Andro hing.

En altijd gaf hij zijn moeder er heimelijk de schuld van dat hij gescheiden leefde van zijn vader, van de man met de medailles, die hij ook zo graag wilde hebben en waarvan hij er in zijn latere loopbaan meer dan genoeg zou krijgen.

Nog een paar jaar zou Konstantin Jasji ronddolen in zijn innerlijke landschappen, die van hemzelf en van zijn familieleden. Net zo lang tot hij de fronten duidelijk had ingedeeld, zijn waarheden had vastgelegd en zijn middelen had gekozen.

Toen Stasia in de herfst terugkwam in de stad, moest er in Sopio's leven een nieuwe man zijn, daaruit verklaarde Stasia tenminste Sopio's grillen, haar langdurige afwezigheid en haar geheimzinnige gedoe.

Er was inderdaad een man in Sopio's leven gekomen – een architect die zijn studietijd in Florence had doorgebracht, een paar schitterende ontwerpen had gemaakt en ook begonnen was met de uitvoering ervan, tot men hem te decadent en te westers vond, hem een beroepsverbod oplegde en hem in een *kommoenalka* stopte, waar hij de badkamer en keuken deelde met aardappelhandelaren.

De man had echter niet het soort liefde in Sopio opgewekt dat Stasia vermoedde, maar een dun, fijn lint om Sopio's schouders geslagen, waarvan de uiteinden stevig met zijn ideeën waren verbonden. Als architect was hij gedwongen in een conservenfabriek te werken en er zat voor hem niets anders op dan zijn ontwerpen – eerst van huizen en ten slotte van de wereld in het algemeen – 's nachts bij kaarslicht in een verkreukeld schoolschrift op te tekenen, dat hij in de kommoenalka verstopte onder zijn matras.

Dat schrift had hij Sopio laten zien. Ze was op een dag in de fabriek verschenen om de arbeidsters voor te lichten over hun rechten. De meeste vrouwen hadden haar ongeïnteresseerd aangestaard, geknikt en weer verder gewerkt, maar de architect was gebleven, hij had op de laatste rij zitten luisteren en Sopio was blij met haar mannelijke gast. Zo waren ze aan de praat geraakt.

Die man ziet eruit als een alcoholist! Dat was het eerste wat Stasia dacht toen ze de architect zag. Pafferig, vaal en in zichzelf gekeerd. Stasia voelde aanvankelijk een soort woede op hem, zodra hij in de woning opdook en daar van de zwarte thee zat te nippen die Sopio voor hem had gezet.

Als het nu tenminste een interessante man was, als hij nu tenminste echt bijzonder was, als... dacht ze.

Toen de man eindelijk was vertrokken, hoorde ze Sopio

uit. Of ze zich aan het geroddel van de buurt bloot wilde stellen of het allemaal wat officiëler wilde maken – en toen antwoordde Sopio dat het oneindig triest was dat Taso weer eens de ogen sloot voor alles wat ze niet kende en dat het, voor de zoveelste keer, daar niet om ging.

'Ten eerste heb ik niets met hem wat officieel gemaakt zou moeten worden. Ten tweede houden ze hem in de gaten en mag ik Andro niet in gevaar brengen, ten derde maak jij het me ook niet echt makkelijk en ten vierde kan ik hem niet in de steek laten,' had ze botweg geantwoord en toen was ze vlug naar de deur gelopen waar Andro, die net uit school kwam, stond te kloppen – hij ging naar een iets minder elitaire, Georgische school en hoefde er niet zo ver voor te lopen als Kitty en Kostja, die op Russische scholen zaten.

Vlak na Stasia's eerste ontmoeting met de architect liet Christine haar zus in de werkkamer van haar zoals altijd afwezige man komen en zette ze haar favoriete kersenlikeur voor haar neer.

Het was niet aan Christine te zien dat ze zorgen had: ze was fantastisch gekleed en stond kaarsrecht, haar haar was in een elegante, kunstige knot gebonden, aan haar oren en vingers fonkelden sieraden en haar lippen waren kersrood geverfd. Christine bleef voor Stasia een onoplosbaar raadsel.

Ze gingen zitten, dronken allebei een glas likeur en wisselden wat banaliteiten uit.

Kitty had gisteren een slecht cijfer voor rekenen gehad en de meester had haar gewaarschuwd, Kostja had een onderscheiding gekregen, omdat hij de beste van de klas was in schoonschrijven, de kokkin had vandaag te veel zout in de omelet gedaan, ze begon oud te worden, de graanprijs scheen te stijgen enzovoorts.

Stasia zag de vingers van haar zus met de schandalig dure ringen dansen en probeerde zich voor te stellen hoe het voelde om Christine te zijn, maar het lukte haar niet.

'Ik wilde het met je over je vriendin hebben,' begon Christine plotseling en haar toon veranderde op slag, werd barser en afstandelijker, alsof ze de zusterrol liet varen en met veel bravoure de rol van echtgenote van een politicus speelde.

'Wat is er met haar?'

'Ze verkeert in dissidentenkringen en haar nieuwe vriend... Nou ja, die wordt in de gaten gehouden. Ze sympathiseert met de verkeerde mensen. Dat kan haar in grote problemen brengen. Die man heeft verkeerde opvattingen, als je begrijpt wat ik bedoel. Ze moet zo snel mogelijk met hem breken.'

'Die man is ongevaarlijk. Als je het mij vraagt, heeft hij psychische of drankproblemen. Hij is helemaal niet in staat wat voor opvattingen dan ook te hebben,' antwoordde Stasia snibbig.

'Ik zeg het maar. Ik van mijn kant heb ook al een goed woordje voor Sopio gedaan. Maar dat zal haar op den duur niet helpen als ze niet op zichzelf past. Ja, ze moet oppassen en jij ook.'

'Hoezo ik?'

'Je bent haar vriendin.'

'Maar ik ben jouw zus.'

'Natuurlijk ben je dat. Toch wil ik niet dat je problemen krijgt. Ik ben niet almachtig, Stasia.'

'Maar je bent toch zijn...'

'Wat? Courtisane? Minnares? Hoer? Wat wil je zeggen?'

'Niets.'

'Zeg het maar!'

'Wat wil je van me?'

'Ik? Ik? Ik wil alleen dat je een zorgeloos leven kunt blijven leiden. Neem mijn woorden alsjeblieft serieus, dat is alles.'

Stasia verliet opgewonden de kamer, liep de tuin in naar de fontein, die al een paar maanden droogstond en waarin zich bladeren hadden opgehoopt, en rookte een van haar lange sigaretten. Iets in Christines woorden had haar diep geraakt. Ze wist alleen niet precies wat.

Misschien was het de hele situatie die een gevoel van bizarheid en walging bij haar opriep. De situatie van haar zus, waar zij, Stasia, niets tegen ondernam en zelfs van profiteerde.

Misschien was het ook haar afhankelijkheid, die zo comfortabel was en waarin ze nu al een paar jaar leefde. Maar misschien was het ook die merkwaardige stemming die zich plotseling als een virus in haar land begon te verspreiden, een stemming die haar beangstigde en waar ze zich niet mee bezig wilde houden. Ze voelde zich ellendig en machteloos. Ze gaf niet toe dat ze almaar het gevoel had te hebben gefaald, en wel op alle mogelijke fronten.

Ze liep resoluut Kostja's kamer binnen en dwong hem op te staan. Hij was net in bed gaan liggen en las in *Schateiland*, een boek waar hij dol op was.

Verward en gapend volgde hij haar naar de eetkamer en schonk een beker melk in.

Stasia keek naar haar zoon en het verbaasde haar dat hij haar zo vreemd was. Zo ernstig, zo onkinderlijk, zo grimmig en ergens zo verloren in zijn ouwelijke manier van doen. Het verbaasde haar dat hij zo weinig met andere kinderen speelde, dat hij meestal het gezelschap van de volwassenen zocht en voortdurend ruziemaakte met Andro en Kitty, met zijn zus soms zo fel dat ze elkaar in de haren vlogen.

'Gaat het goed met je?' begon Stasia.

Konstantin, nog verwarder dan eerst, knikte en nam een grote slok melk, terwijl Stasia weer een sigaret opstak.

'Is er iets, moeder?' vroeg hij.

'Ik vroeg me af hoe het met je ging. We praten niet veel, weet je.'

'Waar zouden we dan over moeten praten?'

'Ach, over alles. Over van alles en nog wat, over jou, mij, Kitty, je vader, Christine.'

'Is er iets met tante Christine?'

'Waarom vraag je dat?'

'Nou ja, ze is de laatste tijd nogal geprikkeld.'

'Ja, dat klopt. Ze heeft het op het moment niet zo makkelijk. Ze zal oom Ramas missen.'

Ze had zichzelf op dat moment wel om de oren kunnen slaan voor die leugen.

'Of ze mist hem helemaal niet meer, zoals jij papa niet mist,' antwoordde Kostja, terwijl hij in zijn melkbeker staarde, die hij snel had leeggedronken.

'Hoe kom je daarbij, dat ik hem niet mis?'

'Je maakt niet bepaald die indruk, deda.'

'En mis jij hem?'

'Ja, soms.'

'Schrijf je hem?'

'Soms.'

'En wat schrijf je hem zoal?'

'Dat ik hem mis en graag eens naar hem toe zou willen.'

'En wat zegt hij daarop?'

'Dat hij me bij zich zal nemen als ik een paar klassen hoger zit.'

'Wil je dat dan?'

'Ik wil gewoon kijken hoe het bij papa is. En ik wil uitproberen hoe het is om te schieten. Dat kan papa me leren.'

'Waarvoor?'

'Hoezo waarvoor? Waarvoor zou je nu schieten? Om te vechten en je te verdedigen natuurlijk.'

Stasia voelde de afstand tussen hen steeds sterker, ze voelde het gebrek aan begrip of empathie waarmee hij zijn omgeving bekeek. De hoop om haar avond door een toenaderingspoging tot haar zoon te redden was de bodem ingeslagen en ze voelde zich ten slotte nog verwarder en machtelozer.

Toen ze tegen de ochtend eindelijk in slaap viel, droomde ze van een om zich heen schietende Kostja en werd ze badend in het zweet wakker.

Ik geloof dat Stasia meer dan eens met Sopio probeerde te praten; op mijn herhaalde vragen vertelde ze dat ze haar wel hints had gegeven, maar waarom ze haar vriendin niet beter waarschuwde en Christines woorden niet overbracht, kan ik tot op de dag van vandaag niet verklaren. Ik vermoed dat het opnieuw te wijten was aan haar enorme vermogen om zaken te verdringen.

Het einde begon met de zelfmoord van de tweede vrouw van de leider, de tweeëntwintig jaar jongere Nadezjda Alliloejeva, moeder van zijn twee kinderen, die hij net zo streng liet bewaken als later het hele land en die een keer tegen hem zou hebben gezegd dat hij zijn vrouw pijnigde zoals hij het hele volk pijnigde. En die toch zoveel moeite had gedaan om een goede echtgenote, een goede moeder en een goed partijlid te zijn. In bijna alle socialistische geschiedenisboeken werd tot aan het eind van de jaren tachtig van de twintigste eeuw een blindedarmontsteking als doodsoorzaak genoemd. Op die koude novemberdag was ze aanwezig geweest bij de krijgshaftige parade ter ere van de vijftiende verjaardag van de revolutie, ze had gezwaaid, geglimlacht, gestraald, vervolgens een ontvangst voor de regeringselite bezocht, daar ruzie gekregen met haar dronken echtgenoot, was toen naar huis gegaan en had zich met een pistool doodgeschoten.

Nog geen twee maanden later, in het pas begonnen jaar 1933, werd de inmiddels volkomen in verwarring en angst verkerende architect gearresteerd. Twee jaar lang had hij getreiter, intimidaties en verhoren moeten ondergaan. Hij werd van landverraad en contrarevolutionaire activiteiten beschuldigd en ter dood veroordeeld.

Sopio, die haar protest tot dan toe voorzichtig, zacht en mild had geuit, kon haar haat niet langer beteugelen.

Er wordt verteld dat ze op straat tegen de mensen liep te schreeuwen, dat ze een gedichtencyclus schreef met de ondubbelzinnige titel *Het bloedfeest*. Sopio werd nog geen vier weken na de executie van de architect midden in de nacht door twee heren in militair uniform opgehaald en naar een psychiatrische kliniek gebracht; ze was een gevaar voor haar medeburgers en leed hoogstwaarschijnlijk aan hysterie en waanzin, zo luidde de motivatie.

Andro moest toekijken hoe zijn moeder het huis uit werd gesleurd, hoe ze zich gillend verzette, vloekte, de mannen bespuugde en hem steeds weer toeriep dat hij nooit bang moest zijn, niet voor hen, niet voor die beesten, voor niets en niemand! Maar Andro was wel bang, hij rende de steile straten van Vera op en bonsde op het ijzeren hek van de villa, tot een slaperige Stasia de deur openrukte en in Christines slaapkamer het licht aanging. Hij had de hele weg lopen snikken en het duurde lang voordat hij samenhangende zinnen kon uitbrengen.

Stasia nam hem bij zich. Ze troostte hem en zei dat Sopio gauw terug zou komen, ze loog tegen hem en vertelde dat zijn moeder hem de groeten deed en aan de beterende hand was.

Kitty leek een steun voor hem, een bron van energie. Ze was een overlevingskunstenares. Ze bleef glimlachen en deelde porren met haar elleboog uit, kneep Andro in het voorbijgaan in zijn arm en bekogelde haar broer met pompoenpitten. Ze bleef ondanks de sombere stemming in huis naar muziek uit de volksontvanger luisteren, speelde met haar schoolvriendinnen en voetbalde op het schoolplein, al was ze daar meer dan eens voor berispt omdat het geen pas gaf. Ze bleef gekke bekken trekken en begroette elke nieuwe dag met acrobatische toeren – fris en vrolijk bij de uitzending van de ochtendgymnastiek. Ook al deed ze dat allemaal zachter en voorzichtiger dan eerst.

Hoe meer haar broer zich leek te ergeren aan haar gedrag, hoe meer Andro haar gezelschap zocht. Kitty deed intuïtief alles om te zorgen dat Andro weer lachte en zijn angst overwon. Ze tekende hun onderwijzers op de pot of als dier, ze spuugde vanuit het dakraam zonnebloempitten op het hoofd van de voorbijgangers, pikte snoepjes, knipte haar haar af. Ze deed alles om aan het zwijgen van de volwassenen te ontsnappen.

Ook al moest ze uren in de hoek staan, werd ze geregeld gewaarschuwd en moest ze voor straf nablijven, ook al las Stasia haar de les en noemde Christine haar een jongen. Ook al werd er gedreigd dat ze haar naar haar vader in Rusland zouden sturen, waar ze in een militaire kazerne zou wonen, elke dag alleen pap en grutten zou eten en eindelijk een harde hand zou voelen.

Andro vond troost in boeken. Ze leken een brug naar zijn moeder te zijn. Ze had hem altijd voorgelezen, ze had hem verteld over de literatuur als het 'anker in de zwarte zee van het leven.' Hij wilde het gevoel hebben dat hij dicht bij haar was, dat ze wist dat hij haar niet zou teleurstellen, en begon obsessief te lezen. Hij las alles wat hij in handen kreeg. Ramas moet een voortreffelijke bibliotheek hebben gehad, misschien zelfs boeken die je in een voorbeeldig socialistisch gezin niet meteen zou verwachten.

Andro en Kitty waren van meet af aan een goed span, ze hadden altijd al beter met elkaar kunnen optrekken en spelen dan Kitty en haar broer. Maar nu leek dat verbond een front te worden. Een front tegen Kostja.

Begin 1935 bij het aanbreken van de 'Grote Zuivering,' in het jaar van de feestelijke opening van de legendarische

Moskouse metro, werd Sopio Eristavi naar een werkkamp gedeporteerd. Volgens zeggen was ze naar Centraal-Azië verbannen. Het zou maanden duren voordat Stasia dankzij de hulp van Christine te weten kwam dat het een NKVD-kolonie betrof met de simpele afkorting SasLag in de Oezbeekse Socialistische Sovjetrepubliek, waar de nadruk lag op werk in de landbouw en waar Sopio Eristavi werd ingedeeld bij de katoenproductie.

Pas na ellendige uren bij de politie, na smeken, in de rij staan en vernederingen kon Stasia haar vriendin een lange brief sturen en een pakje met levensmiddelen, foto's van de kinderen, een rok – zou ze die daar wel kunnen dragen? –, ansichtkaarten van Kitty en Kostja en een hartverscheurende brief van Andro.

We mogen geen genade van de natuur verwachten,
het benodigde nemen – dat is onze taak.
Leus op een affiche

Er was een opwindend jaar begonnen! Een jaar waarin de Luftwaffe werd opgericht, *Porgy and Bess* in première ging, 'Summertime' werd gezongen en jazz in het Duitse rijk werd verboden, een jaar waarin de jukebox-cultuur begon en Billie Holiday in een jamsessie 'What a little moonlight can do' ten beste gaf, een jaar waarin de Sovjetleider aan een nieuwe grondwet werkte, die het jaar daarop van kracht zou worden en miljoenen mensen het leven zou kosten.

Een jaar waarin een zekere Majranovski (overigens ook geboren in ons zonnige Georgische vaderland) door de Kleine Grote Man onder zijn vleugels werd genomen en uiteindelijk het geheime Laboratorium nr. 12 opzette. In dat laboratorium, dat onder het NKVD en dus onder de Kleine Grote Man viel, werden bepaalde giftige stoffen geproduceerd en op gevangenen uitgetest. Het laboratoriumwerk moest de Sovjetspionnen in het kapitalistische buitenland 'hulp' bieden. Majranovski's grootste verdienste was de uitvinding van de gifstoel, die tot op de dag van vandaag wordt gebruikt, maar dat terzijde.

Een opwindend jaar, ja. Een jaar waarin in Tupelo, Mississippi, ene Elvis Aaron Presley het levenslicht zag (net als onze Anastasia zou hij in gezelschap van een dode tweeling ter wereld komen, in zijn geval een tweelingbroer).

Het jaar waarin in de Sovjet-Unie een wet van kracht werd, die elke handeling waarmee het gezag werd aangetast, strafbaar stelde als zijnde contrarevolutionair.

Wat er precies onder aantasten werd verstaan, bleef mistig, vaag en dus van toepassing op elke daad die de partij niet zinde. Een wet die inhield dat in het geval van een aanklacht wegens terrorisme elk recht op verdediging verviel en de enige straf de doodstraf was. Een wet die zei dat iedereen die ooit om een antisocialistische grap had gelachen of een antisocialistisch boek had gelezen, die een keer naar Europa was geweest of een vrouw een westers parfum had gegeven, zonder enige waarschuwing vooraf en zonder enige verklaring door NKVD-medewerkers kon worden opgepakt – bij voorkeur in de ochtendschemering.

Van de eenentwintig mannen die in 1917 het Centraal Comité hadden gevormd, zou er in 1938 nog maar één in leven zijn: de 'stalen man' zelf.

De overtuigde communist Ramas Iosebidze viel in een diep gat, zo eindeloos, zo donker dat hij alleen nog een uitweg zag in de definitieve duisternis.

De man die zelfs zijn familie had opgegeven voor een ideologie, die zich jarenlang alleen maar had ingezet voor die ideologie, de zwaarlijvige, genereuze hedonist, die het communisme, de partij en zijn beeldschone vrouw boven alles vereerde, verloor ze allemaal tegelijk. Want ze leken alle drie onlosmakelijk met elkaar verbonden, versmolten tot één geheel.

Het was begonnen met ontgoocheling in het werk. De methoden, die steeds scherper, harder en bloediger werden, zogenaamd om de partij te versterken, om de zaak te dienen. Maar de zaak was niet meer die waarin hij ooit had geloofd en waarvoor hij zoveel had opgeofferd. En degenen die opnieuw met hem tegen het dodelijke apparaat ten strijde hadden kunnen trekken, waren allemaal dood of verbannen. De partij kwam met steeds absurdere beschuldigingen, het wantrouwen tegen alles en iedereen nam belachelijke vormen aan, elk moment werd er verraad gepleegd. Mensen wezen met de vinger naar hun vriend, naar hun buurman.

Ramas had in het marxisme geloofd. Hij was al communist in een tijd dat je die overtuiging met je leven moest bekopen. Hij had zich tegen zijn vader verzet, hij had geloofd dat wat hem toekwam, ook anderen toekwam. En hij had in de Kleine Grote Man geloofd.

Al in de nacht van dat fatale oudejaarsfeest had hij in diens ogen alles gezien: de begeerte, de ongebreidelde begeerte naar Christines jongensachtige heupen, haar porseleinen gewrichten, haar zwanenhals, haar omfloerste blik, haar strenge lippen, haar kleine, meisjesachtige borsten, de pracht van haar haar, haar waardigheid.

Het was niet het soort begeerte, het soort verlangen dat veel mannen bij het zien van Christine niet konden onderdrukken, op die blikken was Ramas diep in zijn hart zelfs trots geweest, trots in de zin van een verzamelaar die een kunstwerk bezit waar iedereen hem om benijdt. Nee, zijn begeerte was een andere. Het was de begeerte van een moordenaar.

Dat had Ramas toen nog niet onder woorden kunnen brengen. Hij had zoiets niet durven denken, het niet voor zichzelf toegegeven. Hij had het gebagatelliseerd, want hij had de man tenslotte trouw en loyaliteit betuigd, hem op al zijn wegen vergezeld.

Maar diezelfde man stuurde zonder een spier te vertrekken andere mensen naar de martelkamers en de dodencellen. Hij wist het omdat hij het toen al had vermoed en het nu zelf meemaakte, en hij wist ook wat dat voor hem en Christine betekende.

Hij had haar in bezit genomen – en toch kon Ramas niet geloven dat zijn Helena, de mooiste vrouw van het universum, daarop was ingegaan.

Hij vermoedde het al sinds zijn dienstreizen waren toegenomen, sinds hij telkens weer vaststelde dat hij in Bakoe, Jerevan en ook in Tasjkent niet echt veel te doen had, zelfs overbodig was. Zijn twijfels werden bevestigd toen Christine zich gewoon aan hem begon aan te bieden als hij thuis was. Terwijl ze nooit veel behoefte had gehad aan lichamelijke intimiteit. Ze had haar echtelijke plichten beschouwd als een soort last, al had hij altijd gehoopt dat ze gaandeweg haar eigen lust zou ontdekken en zich aan hem zou geven, hem zou leren vertrouwen. Het had hem niet echt bedrukt, want die traagheid, die afwezigheid maakte deel uit van haar schoonheid en als groot kenner van die schoonheid wist Ramas dat die snel verwelkte als er te veel gebruik van werd gemaakt. Hij was een realist en toen hij met de twintig jaar jongere en vooral ongelofelijk mooie vrouw trouwde, wist hij dat zij hem nooit zo zou begeren als hij haar, dat ze niet onmiddellijk van hem zou kunnen houden, dat hij haar liefde op een andere manier zou moeten veroveren dan door zijn persoon.

Christine had al in de eerste jaren van haar huwelijk begrepen dat ze de juiste man had gevonden om haar het leven te geven dat ze altijd al wilde leiden en waarvoor ze zich geschapen voelde. Ze had hem niet meer afgewezen als hij zijn hand onder haar lange nachthemd schoof, hem niet meer genegeerd als hij haar in het voorbijgaan lieve woordjes toefluisterde, hem niet meer geïrriteerd aangekeken als hij haar opgewonden en blozend met kussen overlaadde, haar aanbad. Ze had zelfs af en toe haar voet vanuit haar helft van het bed naar de zijne geschoven, ze had zich niet meer gegeneerd hem naakt te zien, ze had zelfs op sommige ochtenden samenzweerderig naar hem geglimlacht. En hij had zich de gelukkigste man van de wereld gevoeld.

Tot die oudejaarsavond, waarna zijn dienstreizen talrijker werden, tot hij op een avond een theaterkaartje in de prullenbak vond, waar op de achterkant in het hem maar al te bekende, kriebelige handschrift stond: 'Ik ben gek op je.'

Toen stortte Ramas Iosebidzes wereld in en ging zijn droom in rook op, de zwanenzang begon pathetisch, groots, begeleid door een antiek koor. Want Ramas was een man van het grootse. In elk opzicht. Zo ontstond in die tijd zijn ongeluk uit de rib van het leven, bloedig, pijnlijk en lelijk, uit de rib die met geweld uit Ramas Iosebidzes leven, zijn dromen en verwachtingen was weggenomen. Net zo goed als hij wist dat hij haar nooit met hem alleen had moeten laten, dat hij hem nooit had moeten onderschatten en haar overschatten, dat hij er nooit op had moeten vertrouwen dat zij sterk genoeg zou zijn, zo wist hij ook dat hij haar nooit zou kunnen vergeven. In zijn bewondering en aanbidding had hij haar op zo'n hoog voetstuk geplaatst dat de val nu olympisch en mateloos moest zijn.

Hij kon het niet helpen dat hij nog steeds van haar hield en haar begeerde en haar daarom des te meer verafschuwde. Hij maakte zichzelf wijs dat hij wel op redding had gehoopt en naar een oplossing had gezocht als ze zich had gegeven aan een jonge god, die qua verschijning en uitstraling haar gelijke was, maar de werkelijkheid was veel wreder.

Het leven had de vrije hand gelaten aan de dood. Aan de vele bedreven beulen.

Stasia was allang opgehouden haar zus te smeken niet meer in de zwarte Bugatti te stappen. Ze had erin berust tegen haar zwager te liegen, aan de hele maskerade mee te doen, zelfs de kinderen in te prenten Ramas niets over de uitstapjes van hun tante te vertellen, ze had zich erbij neergelegd de werktijden van de mollige kokkin en het bleke dienstmeisje zo in te delen dat ze er nooit waren als Christine wegging, ze had dat pact stilzwijgend getekend, want ze was bang, ja, dat was ze. Ze was bang vanwege Andro, dat ze hem van haar zouden afpakken. Ze was ook bang vanwege haar man, ook al leek het goed met hem te gaan en stuurde hij regelmatig geld voor zijn kinderen, maar ze was vooral bang vanwege haar kleine zusje.

Christine kwam altijd weer terug. Nooit bleef ze langer dan drie uur weg. Nooit had Stasia er met haar over gepraat wat ze voelde, hoe het voor haar was om in die chique kleren in die auto te stappen. Hoe het kon dat ze zelfs leek op te bloeien, dat ze nog mooier, nog onverschrokkener, nog ongenaakbaarder leek te worden. Hoe het kon dat ze haar kleine zusje nooit een traan zag plengen, nooit hoorde klagen. Want ze was vooral bang voor een vraag die, hardop en bot gesteld, zou moeten luiden: 'Vond je het soms fijn?'

'Je moet er een eind aan maken,' zei Stasia ten slotte zachtjes. Ze nipte van haar kersenlikeur en keek naar de tuin, die welig tierde.

'Ik doe mijn best, hopelijk weet je dat. Ik doe het al maanden. Maar ik ben niet almachtig. Ik ben maar een van de velen.'

'Je bent de favoriet.'

'De favoriet. Dat heb je mooi gezegd, echt.'

Wat voel je in de armen van die man? Wie is hij en wie

ben jij? Wie ben ik, als ik niet kan redden wat ik liefheb? Wat ben ik voor een mens, voor een vrouw, voor een moeder? Waarom lijkt het of we allemaal een zwijggelofte hebben afgelegd? Waar is onze jeugd gebleven? Waarom bloeien de seringen maar zo kort? Heb je de kersenboom gezien, ik geloof dat we iets moeten doen, hij groeit niet goed meer. Waar is Ramas, wat denkt hij? Wat gaat er gebeuren als niemand protesteert tegen al die verboden en regels? Wat moeten die propaganda-affiches overal in de straten? Waarom heb ik op mijn zesendertigste nog steeds het gevoel dat ik alles moet leren, dat niets me is aangeboren, dat niets natuurlijk is? Waarom vallen de vogels niet dood uit de lucht als ze sterven? Kun je met uitgespreide vleugels niet sterven? Geloof jij in wonderen? Waar is Sopio? Hoe overleeft ze? Waar wordt ze toe gedwongen? Ik heb haar in de steek gelaten. Ik heb niet gezien wie ze was. Ik heb me nog nooit zo goed thuis gevoeld als bij haar. Er mag haar niets overkomen, niet meer dan haar al overkomen is. Ik snak naar de chocola, jij ook? Misschien moet ik papa gaan opzoeken. Lida wil in het klooster, voorgoed. Heb je dat al gehoord? Papa heeft geschreven. Ik mis mijn man nauwelijks, gek hè? Ik maak me zorgen om Kitty. Ze is te driftig voor deze tijd. Ik voel me de laatste tijd zo ontzettend moe, waarom eigenlijk? Ik doe zo weinig. Ik ben nergens goed voor. Jij bent echt mooi. Dat stel ik telkens weer vast. Zelfs je wenkbrauwen, je tong, de haartjes op je arm, zelfs je voeten en de aderen die door je huid heen schemeren zijn welgevormd en mooi. Mijn zoon verafgoodt je. Ik geloof dat je het makkelijker hebt als je zo mooi bent als jij. Je hoeft nooit veel te doen om belangstelling te wekken. En je man houdt echt van je, dat constateer ik telkens weer. Ik heb respect voor hem, hij is een wijs man. We moeten het tafelkleed verschonen, er zitten vlekken in.

Dat had Stasia allemaal graag tegen haar zus gezegd, dat

ging allemaal door haar hoofd. In plaats daarvan zei ze alleen: 'Ik ga even een luchtje scheppen.'

Er vormden zich eilanden van machteloosheid. De wolken pakten zich samen, de lucht werd mat en veranderde van kleur als een kameleon. De wilg aan de oever van de rivier boog dieper en streelde de aarde om troost te bieden: het zou nog erger worden en de natuur moest zich wapenen.

Er vormden zich rimpeltjes in de plassen in de straten, in het groene, muffe regenwater. Er vormden zich kreten in de kelen, die ingeslikt moesten worden als een bitter medicijn.

Er vormden zich grijze schaduwen op de muren, de geesten fluisterden hees, niemand hoorde iets. De woorden zouden nog jaren in de monden oplossen. Nog jaren zou het in de straten naar lachwekkende wanhoop ruiken, onwaardig en verraderlijk.

Er vormden zich zwermen onrustige insecten in de dakgoten en de stoffige hoeken van de huizen. Ze sisten en verscheurden hun vleugels om gehoor te vinden, maar niemand nam ze waar.

Er vormden zich vlekken in de gezichten van de mensen, door alle onderdrukte voornemens, alle verdreven dromen.

Toen begon Christine over de dringende noodzaak van een verandering van Andro's achternaam en een officiële adoptie door Stasia en Simon.

In de maand september van 1936, die moordend heet over de stad lag, bereikte Stasia één enkele brief. Sopio's handschrift was hetzelfde: royaal en wijd, maar al het andere was veranderd. De gedachten stokten, uit elke zin sprak angst, je rook hem, je rook de censuur waar de brief doorheen was gegaan.

Lieve Taso, allerliefste Andro, fantastische Kitty, slimme Kostja,

Wat was ik blij met het pakje en de brieven. Ik maak het goed. We werken veel. Ik mis jullie waanzinnig, maar ik heb nog steeds vertrouwen, ik klamp me eraan vast. Er is veel veranderd en er zal vast nog veel meer veranderen, maar één ding weet ik zeker: ik hou van jullie met heel mijn hart. Blijf bij elkaar, blijf een kleine brigade, want zo zullen we alles doorstaan.

Voor altijd,
Sopio

Ik weet niet of Stasia heeft gehuild, zich heeft geschaamd of van woede haar nagels heeft afgebeten. Maar ik weet zeker dat die brief en wat er kort daarna gebeurde, Stasia's hart voor lange tijd met een heel sterke injectie heeft verdoofd.

Het bericht van Sopio's dood bereikte Tbilisi met twee maanden vertraging. De precieze omstandigheden waren niet bekend. Ook niet de plek waar ze was begraven. Het was een klinische, zakelijke en duidelijke brief. Alsof Sopio's dood een onvermijdelijk gegeven was, alsof ze aan een dodelijke ziekte had geleden en het trieste einde al lang te voorzien was geweest.

De enige manier waarop Stasia haar verdriet uitte, was door op een ochtend langzaam de tuin in te lopen – de kinderen waren nog op school, Christine zat zich aan haar toilettafel op te maken – en alle bloemen te vernielen. Ze vertrapte de leeuwenbekjes en de begonia's, rukte de stralend gele zonnebloemen en het bleekgele tandzaad uit. Ze rukte ze uit met wortel en al en kneep ze fijn. Het was een aanslag op de schoonheid. Voor Andro, die op school loftliederen op het vaderland leerde zingen en niet wist dat zijn moeder in naam van datzelfde vaderland op een smerige binnenplaats met een kogel van drie roebel door het hoofd was geschoten, werd het nieuws verzwegen. Ze wilden hem sparen, maar eigenlijk wisten ze vooral niet hoe ze hem die zinloze, gruwelijke gebeurtenis moesten uitleggen en waren ze bang voor wat ze in zijn kinderogen zouden lezen.

Bloedrode vanen groet het morgenlicht,
bloedrode vanen roepen op tot 't gericht!
Bloedrode vanen zullen overwinnen,
ze dragen nieuwe hoop de wereld binnen.
Socialistisch lied

De Froenze Marine Academie bood vier opleidingen op het gebied van marine en wetenschap aan: het vak navigatie interesseerde Kostja het meest.

Voor Kostja, als beste van de klas, was toelating tot de academie – mede dankzij enkele voortreffelijke aanbevelingen en Simons contacten – niet meer dan kinderspel. Hij had de laatste twee jaar bijna als een bezetene aan zichzelf en zijn lichaam gewerkt, drie keer per week ettelijke honderdmeterbanen gezwommen, aan gewichtheffen gedaan en de atletiekcursus in het Jeugdsportpaleis gevolgd.

Stasia, die zijn wens had voelen aankomen, klaagde niet meer dat ze had gefaald en legde zich erbij neer dat Kostja zich onder de hoede van zijn door hem bewonderde vader wilde plaatsen. Ze had haar man een paar brieven geschreven, op het postkantoor zelfs interlokale gesprekken met hem gevoerd en hem gevraagd goed op Kostja te passen. Ze had eraan toegevoegd dat de jongen gevoeliger was dan hij leek en dat de luitenant zich niet moest laten misleiden door zijn fysieke kracht. Simon was trots op zijn zoon en beloofde alles te doen om die fantastische ontwikkeling verder te helpen.

Kostja's verhuizing werd zonder veel omhaal voorbereid en ook het afscheid op het centraal station verliep snel en zonder tranen.

'Leer eindelijk eens een beetje plezier te hebben!' riep Kitty hem nog na toen hij in de trein stapte, en hij mompelde dat zij eindelijk eens moest leren zich als een meisje te gedragen. Stasia had hem op zijn voorhoofd gekust, hem een tas vol lekkernijen in de hand gedrukt en haar gezicht afgewend toen de trein zich in beweging zette.

En zoals de dood van Sopio en de vernieling van de bloemen niet verhinderd hadden kunnen worden, zo kwam in 1937, het bloedigste en gruwelijkste jaar uit de geschiedenis van de Sovjet-Unie, de onvermijdelijke catastrofe, als een onweer, maar zonder donder, stil en toch heftig.

Het was niet te voorkomen dat Ramas Iosebidze op een zachte herfstavond in oktober, een paar weken na Kostja's vertrek, eerder thuiskwam dan gepland. Het was een prachtige, heerlijke avond, ze aten nog meloen als dessert, het was nog warm genoeg om de avonden buiten door te brengen. En het was toeval dat de kinderen een week bij Stasia's familie in het slaperige grensstadje logeerden. Christine was vroeg naar bed gegaan, ze had hoofdpijn, en Stasia zat nog met een kruiswoordpuzzel in de tuin. De kokkin en het dienstmeisje waren al naar huis.

'Ramas?' riep Stasia verbaasd en ze liep haar zwager tegemoet. Hij glimlachte, leek in een sentimentele bui, want hij omhelsde haar, wat hij zelden deed, en bleef nog een poosje bij haar in de tuin zitten. Hij had zijn aktetas bij zich, vertelde Stasia over de vermoeienissen van zijn reis en informeerde naar de kinderen.

Jarenlang zou Stasia denken dat de afwezigheid van de kinderen Ramas de laatste aanzet tot zijn daad moet hebben gegeven. Maar ik denk dat hij die daad al maanden had gepland en hem hoe dan ook zou hebben begaan, misschien niet op die avond in oktober, maar er was vast een andere gelegenheid gekomen, het zou al voldoende geweest zijn dat de kinderen naar school waren.

Ramas zei dat hij moe was en zich erop verheugde Christine wakker te maken, haar te zien, en hij ging naar boven naar de slaapkamer. Stasia ging ook slapen.

Ramas ging naast zijn vrouw liggen en drukte zich dicht tegen haar aan.

'Wat doe jij hier, wanneer ben je gekomen?'

'Nu net. Ik moest je zien. Ik hield het niet meer uit.'

'Ben je zonder toestemming vertrokken? Is dat niet tegen de voorschriften? Ik wil niet dat je problemen krijgt.'

'Ik verlang zo naar je...'

Hij begon aan Christines nachthemd te trekken. Ten slotte gaf Christine toe, ze voelde zich schuldig, natuurlijk deed ze dat, ze voelde zich ellendig. Maar ze trok haar nachthemd uit, want de afgelopen maanden had ze geleerd dat haar naaktheid de mannen willozer maakte dan wanneer ze haar kleren aanhield.

Hij strekte zich uit en drong erop aan dat ze op hem ging zitten: zo hadden ze de liefde nog nooit bedreven. Ze keek naar hem, naar zijn vertrokken gezicht, ze wist niet of het van pijn of genot was, maar ze moest naar hem kijken, want hij staarde haar onafgebroken aan. Hij keek niet naar haar puntige, witte borsten, hij had geen oog voor haar gave lichaam, hij tastte niet naar haar geheimste plekjes, hij staarde de hele tijd naar haar gezicht.

Eerst bewoog ze langzaam, aarzelend, confuus en verrast door haar eigen lust, ze hield zich gewillig vast aan zijn handen, die hij als steun aanbood. Ze was in de war, want ze begon het fijn te vinden. Haar ademhaling ging sneller, hij zag zweetdruppeltjes op haar voorhoofd verschijnen, hij glimlachte, hij had alleen aandacht voor haar, alsof ze dat wat ze deed, niet met zijn lichaam deed. Alsof ze twee verschillende lichamen waren, twee verschillende wezens, niet verenigd, maar ieder afzonderlijk opgaand in hun genot.

Christine wilde haar gezicht bedekken, hij moest ophouden haar aan te staren, ze begon te kreunen – anders was ze stil bij het liefdesspel, ze had haar christelijke opvoeding in de provincie nog altijd niet goed in evenwicht kunnen brengen met het wereldse Tbilisi –, hij hield haar handen in de zijne, gaf haar houvast.

Ze was het liefst gestopt om naast hem te gaan liggen en zijn voorhoofd te strelen, want ze voelde een steek door haar hart gaan, een kleine pijnlijke steek, ze voelde ontroering, ze had het liefst luidkeels gehuild, hem om vergeving gevraagd, alles ongedaan gemaakt, ze had gewild dat ze de stad uit gingen, naar het platteland, dat ze opnieuw begonnen, ook zonder geld, ook zonder macht was ze bereid hem als haar man te accepteren.

Dat begreep ze op het moment dat ze iets voelde wat ze nooit voor mogelijk had gehouden, dat ze steeds harder begon te kreunen en de remmingen, de Bijbel, de goede manieren vergat. Ze begreep dat ze hem zou volgen, waarheen dan ook, deze zachtaardige man met die diepe treurigheid in zijn blik, alsof hij alles wist – ja, hij weet het, dacht ze, en hij begon hardop te lachen, niet spottend, maar vol begrip en onbeschrijflijk mooi, heel zacht, heel liefdevol, alsof hij zijn geluk niet kon bevatten, en hij fluisterde: 'Ja, ja, je bent beeldschoon, ja, liefste, toe maar, ja, toe maar.' Ze kon haar schaamte niet helemaal overwinnen, ze vond het onaangenaam dat hij naar haar keek en tegen haar praatte, maar het genot was zo groot, de zelfvergetelheid zo mooi.

Deze keer nam zij het lichaam van iemand en was ze niet degene die zich moest geven. Zoals ze altijd had gedacht dat het hoorde wanneer je iemands vrouw, courtisane, maîtresse, ja, hoer was – ja, dat was precies wat ze op dat moment dacht. Het liefst had ze alles eruit gegooid, overweldigd door dit gevoel, waarom had ze het nooit eerder kunnen voelen, vroeg ze zich af en ze deed haar ogen dicht. Een oneindige warmte vulde haar binnenste, iets zachts, iets oneindig behoedzaams verspreidde zich in haar borst, er trok iets samen, weer die pijnlijke steek, en toen vormden haar lippen iets wat ze nooit eerder had willen zeggen: 'Ik hou van je.'

Ze was sprakeloos, ze had altijd alleen 'Ik ook' geantwoord als hij die zin tegen haar zei, ze had nooit stilgestaan bij de betekenis van die woorden die iedereen zo graag wilde horen, die voor haar nooit zo belangrijk waren geweest. De juwelen, de feesten, de bewondering, de erkenning leken altijd belangrijker, dat wilde ze van hem, dat leven, ja, precies dat. Op liefde leek ze gewoon recht te hebben, zonder er iets voor te hoeven doen, het was genoeg dat ze bestond en de mensen met haar aanwezigheid gelukkig maakte, verder niets. Nooit had hij gevraagd: 'Hou je van me?' Hij had altijd genoegen genomen met haar 'Ik ook', hij had niets van haar verlangd.

Ze haatte zichzelf. En ze hield van hem. En die tegenstrijdigheid verscheurde haar hart, die moest eruit worden geschreeuwd. Hij hoorde de woorden en liet zijn tranen de vrije loop, het leed geen twijfel meer dat het tranen waren, dat hij huilde. Alleen wist ze niet waarom, ze hoopte dat het tranen van vreugde waren, maar ze was er niet zeker van. Haar bekken begon sneller te bewegen, hij paste zich aan haar aan, bood haar zijn logge en nu voor haar zo begerenswaardige lichaam aan, hij was er alleen om haar een gevoel van geluk te bezorgen, een gevoel van oneindige vrijheid.

Stasia werd wakker in haar kamer, ging rechtop zitten en luisterde. Ze hoorde haar zus en sperde in het donker haar mond open. Christine vree met haar man, Christine deed iets wat andere mensen ook deden, Christine werd menselijk, van vlees en bloed. Stasia kon haar oren niet geloven, ze moest giechelen en nam zich voor haar er bij de eerste de beste gelegenheid mee te plagen. Ze scheen opgewonden te zijn, het scheen goed met haar te gaan. Het waren geluiden van vreugde, voor het eerst sinds lang was er hier in huis zoiets moois te horen.

En toen kwam de kreet, die zo luid was dat hij een echo leek te hebben, hij ging door alle gangen van het huis en kroop in alle hoeken en gaten. De kreet leek op een geboortekreet, hij leek op een lofzang, hij bejubelde de lust en de intimiteit, hij werd steeds hoger, alsof iemand een aria inzette, een vibrerende, zuivere stem.

Stasia schudde haar hoofd en ging weer rechtop zitten. Wat doen die daar in godsnaam? vroeg ze zich af en ze onderdrukte een grijns. Christine schreeuwde en haar man lachte, hij lachte van geluk en dankbaarheid. Ze had haar ogen dicht en kronkelde als een slang bij het fluitspel van een bezweerder op de bazaar. Er explodeerde iets in haar en voor haar ogen fonkelden sterretjes.

Ze zag niet dat haar man met één hand naast het bed een klein flesje pakte.

'Ik doe het voor ons. Alleen voor ons. Voor jou en mij. Want anders is er geen ontkomen aan,' zei hij, terwijl hij haar pols omklemde.

Christine, nog steeds bedwelmd, deed haar ogen open. Ze zag het elegante flesje dat op een parfumflesje leek, en glimlachte.

'Wat is dat, liefste?' vroeg ze, terwijl ze haar rug strekte.

'Het spijt me dat ik je in de steek heb gelaten. Niemand heeft me zoveel geluk geschonken als jij. Het is niet jouw schuld.'

Christine, nu iets helderder en gealarmeerd door de rustige toon van haar man, probeerde zich los te maken, maar toen merkte ze hoe stevig zijn greep was, hoe vast.

'Wat doe je?' vroeg ze en in haar stem klonk angst door.

'Anders houdt het nooit op. Je zult het met je leven moeten bekopen als je nee zegt. Er is geen andere mogelijkheid.'

Er liep een rilling over haar rug, ze staarde naar het flesje en begreep het niet. Maar het leed geen twijfel meer: hij wist alles. Ze wapende zich, vechtend tegen het laatste restje lust in haar lichaam, ze verstrakte. Ze kon niets anders voelen dan oneindige dankbaarheid, deemoed en iets van ontroering.

'Ramas, wat is er?' stamelde ze.

Op dat moment gooide hij de inhoud van het flesje in haar gezicht, niet meer dan een paar druppels. Eerst dacht ze dat het water was, maar er begon iets verschrikkelijk te branden, ze rook de brandlucht, zonder te beseffen dat zij het was die in brand stond, totdat de pijn zich in de linkerhelft van haar gezicht verspreidde en elk ander gevoel verlamde, haar bewustzijn aan het wankelen bracht, haar lichaam deed verkrampen. Christine schreeuwde. Nog harder, zo hard dat al het glas in huis begon te rinkelen. Deze keer was de kreet onmenselijk. Ramas, die een paar druppels van het zuur op zijn hand had gekregen, stootte eveneens een dierlijk geluid uit. Hij vermeed het zijn vrouw aan te kijken, sprong op, pakte zijn broek en stormde naar buiten.

Stasia rende haar kamer uit en stelde verbaasd vast dat de deur van de slaapkamer van haar zus wijd openstond. In het donker zag ze eerst alleen dat haar zus op het bed lag zoals God haar had geschapen, en dat ze kronkelde alsof ze buiten zinnen was. Ze dacht dat er iets met Ramas moest zijn, dat hij zichzelf in zijn wanhoop iets had aangedaan, dat het bloed van hem was. Maar toen draaide Christine zich naar haar toe en zag Stasia dat de linkerhelft van Christines gezicht een bloederige, naar verbrand vlees ruikende wond was.

De volgende ochtend vond men het lijk van Ramas Iosebidze, alleen voorzien van schoenen en een broek, in het bos bij Kodzjori. Hij had zich met een Walther PPK door het hoofd geschoten. Het wapen was een verjaardagscadeau van zijn vriend, mentor en superieur geweest.

Als door een wonder bleef Christines oog onaangetast, maar de linkerhelft van haar gezicht was onherkenbaar verminkt.

De warme chocola was het enige wat het begin van een glimlach op Christines lippen kon toveren. Het enige in de lange weken dat ze het bed hield, de gordijnen dicht bleven, ze haar gezicht verborg en van pijn de half onderdrukte kreten slaakte die haar iets van verlichting gaven.

DERDE BOEK

KOSTJA

Wij danken onze leider voor onze gelukkige jeugd!
Leus op een affiche

Kostja ging naar Leningrad – vroeger Petrograd en nog vroeger Sint-Petersburg – om aan de Froenze Marine Academie tot officier te worden opgeleid.

Het was een oud gebouw op het mooie Vasiljevski-schiereiland vlak bij de Neva.

Een opleiding die nog maar kort geleden wegens tucht en voorbeeldigheid met de Rode Banier was onderscheiden. Hij kwam in misschien wel de meest Europese stad van het oostelijk halfrond. In de strijd om westerse erkenning gebouwd door dwangarbeiders en gevangenen, die die schoonheid niet zelden met hun leven hadden moeten bekopen – alleen al het vergulden van de zesentwintig meter hoge koepel van de Izaäkkathedraal kostte tachtig mensen het leven. De witte stad met de trotse Neva, de eilandjes en bruggen, met de prachtige zwarte katten en de onverschrokken raven, die zich majestueus en zelfvoldaan door iedereen lieten voeren. Met de doolhof van donkere binnenplaatsen en geheime gangen. De stad met het raffinement van een Franse bruid en de grandezza van een Italiaanse weduwe.

Maar Leningrad was vooral het epicentrum van de communistische ideologie. Hier had de Aurora het schot gelost, hier was Lenin als door een wonder op het Finlandstation aangekomen om de natie te redden. Hier hadden de groten van de partij hun eerste stappen gezet. Hier was de nieuwe tijdrekening begonnen!

Meteen bij aankomst op het Moskoustation vulde Kostja's borst zich met trots en eerbied. Want het was voor hem een eer om in het centrum van de communistische ideologie te vertoeven. In de voetsporen van zijn vader.

Hij vond het zeer prijzenswaardig dat zijn vader zo'n bescheiden onderkomen had, een heel kleine woning op het Petrogradski-eiland, in een classicistisch huis uit de negentiende eeuw dat ter beschikking was gesteld aan militairen met hun gezin en tot kommoenalka's was verbouwd. Niet de pracht en luxe die hij uit het huis van zijn tante kende, geen overbodige spullen, geen verspilde arbeidskracht.

Hij zwol van trots toen hij door zijn vader werd rondgeleid in de stad en zelfs met hem en een paar van zijn collega's een wodka mocht drinken. Kostja wist zeker dat hij zijn vader spoedig voldoende redenen kon geven om trots op hem te zijn. Hij zou bewijzen hoe rechtschapen, ijverig en gedisciplineerd hij was en met hoeveel overgave hij zijn vaderland diende.

En dan het geluk toen hij al die schepen zag. Eindelijk was hij aan de hitte en de oriëntaalse afzondering van de Kaukasus ontsnapt en bevond hij zich midden in het wereldgebeuren. Zelfs zijn piepkleine studentenkamertje vervulde hem met kinderlijke vreugde. De eenvoudige brits, de oude wollen deken, de kleine tafel, de muffe kast – meer zou hij de komende jaren niet nodig hebben. En hij zou vrienden vinden, gelijkgezinden, die zijn passie voor de marine deelden.

Zijn eerste kleine teleurstelling beleefde hij meteen op de eerste dag van de opleiding, toen hij erachter kwam dat zijn kamergenoot geen voorname Leningrader was, maar een tengere, kleine, eerder onopvallende Georgiër met dun haar en overdreven smalle schouders, die praatte met het Zuid-Georgische accent dat alle woorden zachter maakte en dat Kostja 'slijmerig' vond. Giorgi Alania, zo heette de jongen, maakte een onzekere en angstige indruk en beantwoordde absoluut niet aan Kostja's voorstelling van een ideale kamergenoot.

Kostja deed zijn beklag bij zijn vader en vroeg of het in

dit land gebruikelijk was om kamergenoten naar nationaliteit in te delen. Zijn vader schudde lachend zijn hoofd en zei dat het toeval was en dat hij blij moest zijn met die mogelijkheid om zijn moedertaal te blijven spreken. Maar de strenge discipline op de gevestigde academie, de invallende noordelijke kou en zijn ziekelijke eerzucht om de beste te zijn en dat iedereen te willen bewijzen maakten dat Kostja zijn aanvankelijke teleurstelling snel vergat.

Hij stond 's morgens om zes uur op, deed gymnastiekoefeningen in zijn kamer, ontbeet in de kantine, volgde de lessen, ging daarna naar de bibliotheek van de academie en verdiepte zich in de ingenieurstechniek om in de les met zijn kennis te kunnen schitteren en bij de docenten een wit voetje te halen. Hij keek reikhalzend uit naar de eerste oefenmanoeuvres in de Finse Bocht, want hij was een man van de praktijk en wist dat hij een meer dan goed figuur zou slaan.

Algauw noemden de meesten hem alleen nog *krasavtsjik*, wat zoveel betekent als 'mooie jongen', en zelfs de ouderejaarsstudenten begonnen zijn gezelschap te zoeken. Ze vonden hem een 'echte kerel' en vertelden elkaar dat hij even goed was in leren als in drinken.

Maar hoe meer Kostja zijn best deed om de gunst van zijn vader te winnen, hoe afwijzender die werd en hoe drukker hij het leek te hebben. Zijn lome houding, zijn aanhoudende vermoeidheid, zijn vale huid, zijn dwalende, onrustige blik spoorden Kostja aan tot steeds meer durf, roekeloosheid en prestaties. Hij was niet zomaar bereid om het heldenmonument van zijn vader omver te stoten, daarvoor had hij het in zijn fantasie te lang in stand gehouden. Hoe meer taken hij kreeg toegewezen, hoe energieker Kostja werd. Hoe inspannender de oefenmanoeuvres en de sportactiviteiten, hoe groter zijn enthousiasme. Nooit klaagde hij over de strengheid van de docenten, nooit verlangde hij naar het weekend of de vakantie. En tegelijk liet hij bij geen enkel feestje in de verschillende studentenkamers en kommoenalka's verstek gaan. Hij dronk, hij zong en voerde altijd het hoogste woord. Dat leverde hem algauw de reputatie van onoverwinnelijkheid en het respect van zijn medestudenten op.

Giorgi Alania was precies het tegendeel. Eenzelvig als hij was, zag je hem altijd verdiept in zijn boeken. De kameraden nodigden hem niet voor hun feestjes uit, nooit zag je hem drinken of zich misdragen, nooit hoorde je van hem een schuine mop. Met de hoge eisen aan de fysieke discipline op de academie had hij duidelijk moeite, maar in de theoretische vakken, vooral in wiskunde, liet hij opmerkelijke prestaties zien. Al snel wierpen zijn medestudenten hem jaloerse blikken toe en noemden ze hem achter zijn rug een uitslover.

Ze zochten alleen contact met hem als ze zijn hulp nodig hadden bij een tentamen. Hij hielp graag en zonder protest, maar niemand kwam op het idee om hem uit te nodigen voor de wekelijkse drinkgelagen. Ook Kostja negeerde hem aanvankelijk consequent. Hun gesprekken beperkten zich tot banaliteiten. Soms leenden ze elkaar een boek of lazen ze samen de *Pravda*, daar bleef het bij. Alleen de verplichte vakken volgden ze samen, Alania had al snel voor scheepsbouw gekozen, wat Kostja wel best vond.

Maar op een avond, nadat Kostja zijn boek had weggelegd, nam hij Alania onder de loep; hij was een beetje suf en zocht afleiding. Alania was net een komkommer aan het schillen, zo zorgvuldig dat Kostja onder de indruk was. Alsof de komkommer een bom was die onschadelijk moest worden gemaakt.

'Wat ben je aan het doen?' vroeg Kostja nieuwsgierig. Net als anders sprak hij hem in het Russisch aan.

'Mijn moeder heeft een pakje met allerlei lekkernijen

gestuurd. En ik heb er komkommers bij gekocht om de maaltijd compleet te maken. Als je zin hebt, ben je van harte uitgenodigd om mee te eten,' antwoordde hij in zijn zachte Georgisch.

En inderdaad: het water liep Kostja in de mond toen hij Alania de kleine tafel zag dekken. Roggebrood, grutten en vetarme borsjtsj waren op den duur toch te karig voor zijn maag, en al wilde hij het niet toegeven, hij miste de overvloedige maaltijden van thuis.

Alania bereidde alles bijzonder zorgvuldig voor: hij sneed het brood in stukken, deed de pittige *adzjika* in kleine schaaltjes – Joost mocht weten waar hij die vandaan had –, sneed de gerookte kaas in dunne plakjes, roerde de komkommersla in de schaal geduldig om, verdeelde ingelegde knoflook over de borden en ontkurkte een fles *saperavi*.

Bij het zien van de vorstelijke maaltijd voelde Kostja zijn afstandelijkheid verdwijnen. Onmiddellijk schoot hem de Georgische tafeltraditie te binnen en bracht hij een uitgebreide toost uit op het avondeten. De wijn maakte de tongen los en Alania vertelde over zijn jeugd in Machara, een klein dorpje aan de Zwarte Zee, en dat hij enig kind was, iets wat zelden voorkwam in die streek. Hij praatte met veel respect en lof over zijn moeder, die onderwijzeres was op de plaatselijke dorpsschool, maar over een vader repte hij met geen woord.

Kostja vroeg zich af hoe het Alania als eenvoudige dorpsjongen was gelukt op de Froenze Academie in Leningrad te komen. Maar algauw bedacht hij dat Alania vast en zeker hoorde bij het vastgestelde percentage leerlingen van de kolchozjeugd dat bijna elke onderwijsinstelling moest toelaten. Bovendien beschikte Alania over een indrukwekkende kennis van de natuurwetenschappelijke en wiskundige vakken, dus was het denkbaar dat de directeur van een school of de vertegenwoordiger van een kolchoz hem had aanbevolen. Later op de avond zongen ze al samen het Georgische lied 'Soeliko' en sloegen ze elkaar op de schouder.

Kostja werd Giorgi's enige vriend en zonder dat toen te vermoeden zou Alania de beste en trouwste vriend van Kostja worden.

Want de vriendschap die op die avond ontstond, Brilka, vormt in ons wandkleed misschien wel het interessantste en onwaarschijnlijkste patroon. Aan het eind zul je het met me eens zijn dat delen van ons verhaal zonder hem niet bij elkaar waren gekomen, dat dit verhaal zonder hem misschien niet zo verteld had kunnen worden.

Voordat Alania in 1922 ter wereld kwam, werd de eerste officiële Sovjet-Georgische grondwet van kracht. De landbouwhervormingen, de collectivisatie en kolchosering begonnen, maar dat alles leek een meisje van net zeventien niet te beletten haar dorpsschool met een gouden medaille te voltooien en zich op haar toekomst te verheugen. In haar geval zag die toekomst er inderdaad veelbelovend uit: als beste van de klas maakte ze serieus kans op een studieplaats – en dat was heel wat voor een meisje uit een van de meest afgelegen dorpen aan de Zwarte Zee.

Voor haar familie was dit geen prettig vooruitzicht. Een meisje hoorde te trouwen, ze zag er immers heel goed uit, er zouden zo verschillende gegadigden te vinden zijn, en in die landelijke omgeving hoefde een vrouw daarvoor niet meer te kunnen dan lezen en schrijven en een paar roebel optellen. En goed zijn voor haar man en niet bang zijn om te werken, want werk was er op de omliggende theeplantages meer dan genoeg.

Maar Goelo, het 'hartje', wilde daar allemaal niets van weten, ze zei tegen haar ouders, die maar drie respectievelijk vijf jaar lagere school hadden, dat ze op de theeplantages niets te zoeken had, dat ze zich voor de hogere wiskunde interesseerde en dat er op de wereld heel wat spannender uitdagingen waren dan koeienstallen uitmesten of thee plukken. Bovendien had ze twee oudere zussen, die allebei allang onder de pannen waren en voor nageslacht en de boerderij konden zorgen, en dan was er haar broer, die toch alles zou erven en al in de voetsporen van zijn vader was getreden – ze konden haar gerust uit de tang van de familie laten vertrekken.

Haar moeder klaagde over het ondankbare kind, haar vader schilderde in gruwelijke scenario's hoe het volgens hem toeging in de steden: moord, verkrachting, uitbuiting. Maar Goelo, of Goeliko, zoals ze meestal werd genoemd, schudde alleen onvermoeibaar haar hoofd en bleef maar herhalen dat ze zich met het jachtgeweer van haar vader liever meteen een kogel door het hoofd joeg dan dat ze met een boerenkinkel trouwde en zich in dit verlaten gat begroef.

Pas toen Goelo's leraren, overtuigd van haar natuurwetenschappelijke talenten, haar vader zelfs een bezoek hadden gebracht om er bij hem op aan te dringen Goelo te laten studeren, gaven haar ouders zich eindelijk gewonnen.

De maand daarop werd ze als eerste vrouw in de geschiedenis van de universiteit toegelaten tot de wiskundefaculteit in Koetaisi. Als ze de vier jaar in Koetaisi met succes zou voltooien, kon ze zich daarna, met prachtige cijfers en een diploma op zak, aanmelden bij het Astrofysisch Instituut in Moskou. Want astrofysica was haar grote ideaal, ze droomde van een carrière als onderzoekster. Ze was ervan overtuigd dat niets haar dromen nog in de weg stond en ze zou alles doen om haar doel te bereiken. Dat wist ze heel zeker.

Het enige wat Goelo tot ieders verbazing als een nadeel zag, was haar uiterlijk. Want haar buitengewoon knappe gezicht, haar gave huid, haar grote ogen met de kleur van een meer in de herfst, haar prachtige blonde haar en haar forse, rijzige, weelderige gestalte leken niet goed te passen bij een meisje met vurige belangstelling voor natuur- en wiskunde.

En inderdaad: als haar opvallende uiterlijk er niet tussen was gekomen, had haar leven er na die zomer heel anders uitgezien en was het misschien echt volgens haar plannen verlopen.

Een maand na haar eindexamen werd ze door haar klassenlerares uitgenodigd voor een uitstapje. Als beste examenkandidaat van haar jaar mocht ze samen met andere uitblinkers uit de streek een week naar Bakoe, de oliestad. De reis werd gefinancierd door de Transkaukasische Federatie en had tot doel de verstandhouding tussen de volkeren van de Kaukasus te bevorderen.

Voor Goelo, die haar dorp nog maar één keer had verlaten voor een schoolreisje naar Soechoemi, kwam die reis als geroepen. Bakoe was een groeiende stad, de geldadel, de Rothschilds en de Nobels hadden de stad veranderd, Goelo verheugde zich erop een beetje grootstedelijke flair op te snuiven voordat ze aan haar studie begon. Ze wilde in niets voor haar toekomstige medestudenten onderdoen, ze wilde er niet uitzien als een meisje van het platteland.

De eerste dagen verliepen fantastisch, Goelo was onder de indruk van de stad, de kleurrijke oriëntaalse markten, de vriendelijkheid van de mensen, en zelfs de opdringerige blikken van de mannen op straat leken haar niet te storen. Ze genoot van de sterke thee, de in honing gedoopte baklava en het hectische stadsleven met de trams en de rijtuigen.

Ze voelde zich volwassen, het was een eerste voorproefje van de vrijheid die haar in Koetaisi wachtte – en die haar met euforische vreugde vervulde.

De meisjes logeerden in een centrum van de arbeidersjeugd en sliepen met z'n allen in een grote slaapzaal. Het was er heet en stoffig en de nachten waren lang. Vol van de nieuwe indrukken lagen ze de hele nacht te fluisteren en vertelden ze elkaar over het nieuwe leven dat na deze zomer zou beginnen.

Op de vierde dag van hun reis bezochten ze een openbare bijeenkomst van de plaatselijke Communistische Partij. De lerares, een overtuigd communiste, vond dat het de meisjes geen kwaad zou doen om zich te verdiepen in de verbetering van de levensomstandigheden van de arbeidersklasse – het onderwerp van de bijeenkomst – en nam haar pupillen mee naar de staatsbibliotheek. De zaal was afgeladen, de mensen luisterden aandachtig naar drie heren die om de beurt in het Russisch met een zwaar Kaukasisch accent een lang en vermoeiend betoog hielden over maatregelen die nu genomen moesten worden om de arbeidsvoorwaarden in de kolchozen te verbeteren.

De lerares klapte enthousiast, nog lang nadat het obligate applaus was verstomd, en stortte zich op een van de heren die op het punt stond naar de uitgang te lopen. Goelo, die naast haar stond, werd gewoon meegesleurd. De man met de bril was een Georgiër en vast een belangrijk man als hij hier een toespraak mocht houden, legde de lerares haar uit. Ze moesten de gelegenheid aangrijpen om kennis met hem te maken.

De lerares stelde zichzelf en haar meisjes voor en stak de loftrompet over zijn toespraak en de voorstellen die hij had gedaan. De man hoorde alles geduldig aan, knikte een paar keer bedachtzaam en wilde haar al een hand geven om afscheid te nemen, toen zijn oog op de zwijgend naast haar staande Goelo viel. Plotseling schakelde hij van Russisch over op Georgisch en vroeg uit welk dorp ze kwamen. De lerares, verheugd over zijn onverwachte belangstelling, begon als een waterval te vertellen. Ze kwamen uit het kleine, onbelangrijke dorpje Machara, hun uitstapje was bedoeld om de vriendschap tussen de volkeren te bevorderen en zij en de meisjes waren zeer vereerd dat ze naar zijn lezing hadden mogen luisteren.

Zelf kwam hij uit Mercheoeli, een naburig dorp, wat een grappig toeval! riep de man en hij voegde eraan toe dat ze dit beslist moesten vieren. Als de dames al zo'n lange reis hadden ondernomen, moesten ze ook op gepaste wijze worden onthaald om de vriendschap tussen de volkeren te bezegelen. Hij wist een paar restaurants waar ze voortreffelijk lamsvlees in allerlei variaties hadden, en verrukkelijke toetjes. 'De meisjes houden toch van zoetigheid? Alle meisjes houden van zoetigheid!'

De lerares, die haar enthousiasme amper kon onderdrukken, riep de meisjes bij zich, en nadat de gedrongen man met zijn collega's had overlegd, liepen ze onder begeleiding van twee soldaten van het Rode Leger naar de uitgang. De groep werd over drie rijtuigen verdeeld en naar een restaurant aan de boulevard gereden.

De meisjes waren overdonderd door zoveel mannelijke aandacht, ze wisten zich geen houding te geven en keken steeds weer naar hun lerares, die haar verrukking niet meer kon bedwingen, maar niet minder overdonderd leek dan haar pupillen.

Er werd zoete wijn gebracht en hoewel de lerares even protesteerde en de meisjes verbood van de wijn te proeven, werden hun glazen volgeschonken. Er werd in allerijl een blaasorkestje opgetrommeld, de stemming werd steeds vrolijker en ongedwongener. De spanning viel geleidelijk van de meisjes af en algauw dansten er een paar met de aangeschoten soldaten.

Goelo bleef sceptisch. De leider van de groep besteedde duidelijk te veel aandacht aan haar. Hij was naast haar komen zitten en had haar glas steeds bijgevuld, hij had haar met anekdotes geamuseerd en haar complimentjes gemaakt. De lerares zag niet dat de man zijn arm om haar heen sloeg en met zijn knie de hare aanraakte.

Het werd laat en hoewel de lerares er steeds weer op aandrong dat ze zouden vertrekken, negeerde de man met de bril haar bezwaren en bestelde hij nieuwe flessen wijn. Een van de meisjes moest overgeven op het toilet. Een ander viel met haar hoofd op tafel in slaap.

Op een gegeven moment kwamen de rijtuigen voorrijden en werd de groep weer in drieën verdeeld. De heren stonden erop de dames naar het jeugdcentrum terug te brengen. Goelo stapte opgelucht in een van de rijtuigen in de hoop dat de avond hiermee afgelopen was, maar de man kwam naast haar zitten. Eén meisje was nog overgebleven en Goelo riep naar haar dat ze in geen geval met de man alleen wilde blijven. Nelly, zo heette de ander, was een vrolijke meid, ze had veel gedanst en heel hard gelachen. Goelo kende haar uit het dorp, ze was de dochter van de dorpscommissaris en droeg altijd opvallend mooie kleren die haar weelderige boezemomvang accentueerden.

Nelly was helemaal niet zo dom als ze eerst had aangenomen. Maar die avond had Nelly duidelijk meer wijn gedronken dan ze kon verdragen, en ze moest door een soldaat in het rijtuig worden getild omdat ze amper nog op haar benen kon staan. De soldaat ging op de bok naast de koetsier zitten en toen vertrokken ze.

Aanvankelijk reden ze achter de andere rijtuigen aan en na de eerste minuten van de rit verdween Goelo's onbehagen, nog even en ze waren in het jeugdcentrum, nog even en het was voorbij. Maar toen hun rijtuig plotseling rechts afsloeg, terwijl de twee andere rechtdoor reden, voelde Goelo paniek opkomen.

De man met de bril verzekerde haar dat ze niet ongerust hoefde te zijn, ze zouden alleen een kleine omweg maken, hij moest onderweg nog iets regelen. Nelly lachte weer onnozel en legde haar zware hoofd op Goelo's schouder.

Ten slotte stopte het rijtuig in een donker steegje en werd de meisjes verzocht uit te stappen. Goelo hoorde haar hart luid bonzen, ze pakte Nelly, die zachtjes begon te jammeren, bij de hand en probeerde haar angst te verbergen. Ze werden naar een binnenplaats gebracht, de man praatte onafgebroken op hen in: alles was geweldig, ze hoefden niet bang te zijn, ze zouden alleen een korte pauze houden en Nelly kon zich in de badkamer opfrissen.

Goelo hielp Nelly de wenteltrap op naar een houten gaanderij. Vandaar kwamen ze in een kleine woning met lage plafonds en veel wandkleden. De soldaat toverde een fruitmand tevoorschijn en de man met de bril bood Goelo citroenlimonade aan, waarvoor ze bedankte. Het was donker in de woning, er brandden twee kaarsen, maar door de stilte die er heerste, nam Goelo's angst alleen nog maar toe. De mannen lachten, ze probeerden de vrolijke stemming uit het restaurant terug te halen, vertelden grappen en bleven de meisjes complimentjes maken.

Goelo verontschuldigde zich, gaf Nelly een arm en sleepte haar mee naar de kleine badkamer met een bidet en een waskom. Nelly wist niet goed waar ze was en lalde onsamenhangend. Goelo nam wat water uit de kom en gooide het in Nelly's gezicht. Nelly gaf een gil en weerde Goelo met beide handen af, maar Goelo pakte haar bij haar polsen, bracht haar gezicht dicht bij dat van Nelly en dwong haar om haar aan te kijken.

'Luister, we moeten hier weg. Je moet je gezicht wassen en proberen weer nuchter te worden. Hoor je me? We moeten hier weg. De deur is meteen aan het eind van de gang en zit niet op slot. Er is alleen een ketting. Je moet je vermannen en heel zachtjes doen. Heb je me begrepen?'

'Ik ben misselijk!'

Goelo gooide nog meer water in haar gezicht. Nelly verweerde zich niet meer.

'Heb je me begrepen?' herhaalde Goelo en deze keer knikte Nelly ijverig en veegde ze haar mond af met de mouw van haar jurk.

Een paar stappen en ze waren buiten. Goelo hield haar adem in. Ze schoof de ketting terug en deed langzaam en zo zachtjes mogelijk de deur open. Ze draaide zich om naar Nelly, legde haar wijsvinger op haar lippen en liet haar voorgaan. En toen gebeurde het. Nelly struikelde en viel. Ze smakte languit tegen de grond. Even overwoog Goelo over Nelly heen te stappen de wenteltrap af te stormen en zonder om te kijken de straat op te rennen, weg van die mannen, weg van hun honende gelach. Maar ze kon het niet. Ze zag het meisje op de grond liggen, ellendig, dronken, zwak en afwezig. En al wist ze niet wat het precies inhield om hier te blijven, ze wist wel dat vluchten voor haar geen uitweg was, ze bleef staan en deed de deur weer dicht, terwijl ze de mannen de gang al in hoorde komen.

Hij drukte haar stevig onder zich op de oude bank, die onder het gewicht van hun lichamen steeds meer doorzakte. Ze concentreerde zich op Nelly's gekerm, dat vanuit de gang tot haar doordrong. Ze hoorde het gehijg boven zich en telkens dezelfde woorden: 'Je bent zo mooi, je bent zo mooi!'

Ze hield zich met één hand vast aan de leuning van de bank en probeerde haar hoofd niet om te draaien om hem niet te hoeven aankijken. Ze sloot haar ogen en probeerde het beeld uit haar hoofd te krijgen – het beeld van Nelly in de gang, die als een levenloze pop met gespreide benen op de grond lag, en de soldaat die voor haar knielde, haar benen steeds steviger tegen zich aantrok, haar bekken optilde en zich in haar schoot boorde.

Ze probeerde aan Koetaisi te denken, aan de dag dat ze

haar koffers zou pakken, ze probeerde aan thuis te denken, aan de boerderij, aan haar zussen, aan school, zelfs aan het vee probeerde ze te denken, aan de koeien en de varkens, aan de booreilanden voor Bakoe, aan de groene landschappen die ze vanuit de trein had gezien, ze probeerde niet aan de pijn in haar onderlijf te denken, niet de geur van de man met de bril boven haar in te ademen, niet haar wanhoop en walging uit te schreeuwen, niet naar het vreselijke gekerm en de hartverscheurende hulpkreten van Nelly te luisteren.

Toen de twee meisjes in de ochtendschemering voor het jeugdcentrum werden afgezet, was niets meer zoals daarvoor. Aan hun lichaam was niet te zien wat hun was overkomen. Geen bloedsporen, geen gescheurde kleren, geen blauwe plekken.

Toen ze naar bed gingen, lagen de anderen nog te slapen.

Waarom waren ze hen niet gaan zoeken? Waarom hadden ze geen hulp gehaald? Waarom?

Bij het ontbijt hield de lerares een korte toespraak over de betekenis van de ontmoeting van de vorige dag. Niemand vroeg wanneer zij tweeën naar het jeugdcentrum waren teruggebracht. De lerares ontweek de blikken van Nelly en Goelo, aaide hen in het voorbijgaan over hun wang en vroeg ook niets toen ze zich voor de komende programmaonderdelen ziek meldden en in het jeugdcentrum wilden blijven.

'Gisteren zeker een paar glaasjes te veel gehad, hè?' zei een van de meisjes nog half voor de grap toen Nelly en Goelo in de kantine bleven zitten, terwijl de rest van de groep naar de uitgang liep.

Daarna gingen ze terug naar de slaapzaal en kropen ze in bed.

'We moeten naar de politie,' zei Goelo, nadat ze eindeloos naar het plafond had liggen staren en naar de regelmatige ademhaling van haar lotgenote had geluisterd.

Nelly begon alleen maar hard te lachen. Het klonk verachtelijk en Goelo voelde zich nog miserabeler en machtelozer dan eerst.

'Waarom niet?' vroeg ze.

'Je denkt toch zeker niet dat ze die ter verantwoording roepen?'

'En waarom niet?'

'Ze zullen ons in een inrichting stoppen en ons volpompen met medicijnen tot we zelf geloven dat we het allemaal hebben verzonnen.'

Ontnuchterd en niet meer kermend en lallend kwam Nelly bijna extreem volwassen over. Haar toon was haast boosaardig.

'Wat stel jij dan voor?'

'Wat ik voorstel? We zwijgen, we gaan door met ons leven en blijven voorgoed oude vrijsters.'

'Waarom dat?'

'Denk je dat de mannen voor ons in de rij zullen staan nadat we...'

'Maar...'

'Vergeet het, Goelo, en geen woord tegen wie dan ook, geen woord, zweer het!'

'Nelly...'

'Zweer het!'

'Ik zweer het.'

Twee dagen later keerden ze terug naar huis.

Goelo ging naar Koetaisi en begon met haar studie. Ze had onderdak gevonden bij een oude dame die pianoles gaf en voor Goelo als een soort chaperonne fungeerde. Een maand later kwam ze erachter waarom ze zo geprikkeld en overgevoelig was: ze was zwanger. Ze wist dat dat het einde betekende.

Omdat ze niet genoeg geld had om naar een engeltjesmaakster te gaan probeerde ze het met verschillende kruidenmengsels die een abortus zouden opwekken, en toen die geen van alle hielpen, klom ze op een ladder en sprong ze naar beneden in de hoop zich op die manier van de ongewenste last te ontdoen. Toen er niets van dien aard gebeurde, kreeg ze vreselijke wroeging.

Elke nacht huilde ze in haar kussen, met haar mond stijf dicht om te zorgen dat haar hospita niets van haar probleem merkte en haar onmiddellijk op straat zette.

Haar prestaties werden minder. De mannelijke studenten hadden haar aanwezigheid vanaf de eerste dag als een soort belediging beschouwd en lieten dat blijken bij elke steek die ze liet vallen.

Goelo verwenste de man die voor haar ongeluk verantwoordelijk was, ze verwenste haar geslacht en haar machteloosheid, ze verwenste de harteloze mensen om haar heen, van wie ze geen medeleven hoefde te verwachten.

Na drie maanden ging ze naar haar professor en legde hem de situatie uit. Hij plukte steeds maar aan zijn sikje, schraapte zijn keel, schudde zijn hoofd en zei dat hij niet zag hoe ze haar felbegeerde studieplaats kon behouden.

'Begrijpt u, kameraad Alania, waarom we hier niet graag vrouwen laten studeren? Aan het eind van de dag hebben ze toch altijd iets "beters" te doen dan zich bezig te houden met wiskunde. Ik dacht dat u een uitzondering was, maar nu bevestigt die uitzondering niets anders dan de regel,' voegde hij er aan het eind van het gesprek met een gemaakt meewarig gezicht aan toe.

Toen ze zes maanden zwanger was, verliet Goelo Koetaisi. Ze zwoer bij zichzelf om zich, als het kind uit de luiers was, weer bij alle universiteiten in het land aan te melden en een tweede poging te wagen.

Ze keerde terug naar het gehate dorp.

Er volgden eindeloze ondervragingen. Wie was de vader van het kind, vroeg haar vader woedend, was het een landgenoot of een of ander twijfelachtig sujet, was het eigenlijk wel een christen, hij moest gevonden en ter verantwoording geroepen worden enzovoorts.

Goelo liet alles stoïcijns over zich heen gaan. Na eindeloze weken van verachting, scheldtirades, buitensluiting en geweld gaf de familie het op om achter de identiteit van de vader te komen. Goelo werd naar haar oudere zus gestuurd die met een houtvester was getrouwd en afgelegen aan de rand van het bos woonde. Daar moest ze het huishouden doen, want haar zus werkte op de theeplantage. Als ze het dorp uit was, hadden de dorpsbewoners minder te roddelen.

Toen het zover was, werd er geen vroedvrouw gehaald omdat ze zich voor haar schaamden, zodat Goelo zonder hulp van buitenaf moest bevallen, alleen in haar zolderkamer, halfhartig bijgestaan door haar kinderloze zus. Zo kwam Giorgi ter wereld.

Na Giorgi's tweede verjaardag meldde Goelo zich bij alle universiteiten in het land aan, maar ze kreeg steeds nul op het rekest. Daarna nam ze een baan aan als rekenlerares op de dorpsschool. Omdat ze niemand had om op het kind te passen, nam ze hem mee naar de lessen. Giorgi kon al lezen, schrijven en rekenen voordat hij zelf naar school ging.

Al had ze dat nooit gedacht, haar liefde voor haar zoon werd niet door haar voorgeschiedenis belast, alsof het in zijn geval om een maagdelijke geboorte ging en niet om een verkrachting. Alles wat ze wist en kende gaf ze aan hem door, ze vertelde hem over haar verlangens en over de dingen die ze had willen ontdekken en onderzoeken, ze overlaadde hem met haar dromen als met sieraden die van generatie op generatie worden overgeërfd.

Toen Giorgi in de derde klas van de middelbare school kwam, beval de directeur hem aan voor een school voor natuurwetenschappen in Soechoemi. Daar werd hij verliefd op de zee, de enige liefde die hij niet met zijn moeder deelde. Al op z'n vijftiende deed hij eindexamen en werd hij door zijn leraren en de voorzitter van de Komsomoljeugd voorgedragen voor de Froenze Marine Academie in Leningrad.

Op z'n vijfde had hij voor het eerst willen weten wie zijn vader was. Op z'n zevende was hij om die reden zelfs woedend tegen zijn moeder uitgevaren. Op z'n twaalfde had hij haar huilend gesmeekt het hem te vertellen. Maar Goelo gaf altijd hetzelfde antwoord: 'Je krijgt het te horen als je er oud genoeg voor bent.'

Er zat voor hem dus niets anders op dan die felbegeerde leeftijd af te wachten. Maar het leven had andere plannen met hem, waardoor het een heel lange wachttijd zou worden.

Na jaren had Nelly, over wie Goelo in die nachtmerrieachtige nacht niet heen kon stappen, haar geboortedorp weer opgezocht en Goelo een bezoek gebracht.

Na die zomer was Nelly verhuisd naar Batoemi, de witte havenstad, en sindsdien had Goelo niets meer van haar gehoord.

Goelo had vaak aan haar lotgenote gedacht en gehoopt dat die nacht voor Nelly niet dezelfde gevolgen had gehad als voor haar.

En nu zag Goelo opeens die opzichtig opgemaakte vrouw voor zich staan en terwijl ze haar gelaatstrekken bestudeerde, probeerde ze het meisje van toen terug te vinden. Maar het lukte niet. Voor haar stond een nogal vulgair geklede, weelderige dame, die geforceerd lachte en met haar lippen smakte, die gemaakt vrolijk deed en overdreven luid en gearticuleerd praatte.

Ze had een goudkleurige doos bonbons voor Goelo meegebracht en was in haar sober ingerichte woonkamer gaan zitten. Het ging 'fantastisch' met haar, Batoemi was een geweldige stad, ze woonde daar in een huis aan de boulevard, vertelde Nelly luidkeels.

Ze zaten in Goelo's krappe, armoedige woning, ze dronken citroenlimonade en Goelo probeerde telkens haar blik van haar gast af te wenden. Het kostte haar moeite om de vrouw die Nelly was geworden in de ogen te kijken. Ze had zo gehoopt dat Nelly tenminste haar eigen weg was gegaan en meer geluk had gehad dan zijzelf.

'Zeg, heb je misschien een slok wijn of iets sterkers? Ik kan deze omgeving niet verdragen zonder alcohol. Echt niet,' zei Nelly opeens, terwijl ze weer geforceerd lachte.

'Nee, helaas niet. Ik drink niet. De lust om te drinken is me lang geleden vergaan,' antwoordde Goelo en een fractie van een seconde zwegen de vrouwen. Toen begon de ander opnieuw overdreven hard: 'Dat van jou spijt me echt. Het is toch een jongen, hè?'

'Wat bedoel je?'

'Nou ja, het kind.'

'Ja, het is een prachtige jongen. Heb jij kinderen?'

Op dat moment besefte Goelo dat buiten haar deze vreemde vrouw de enige was die de identiteit van Giorgi's vader kende. Het werd haar duidelijk dat ze door dat vervloekte geheim voor altijd met elkaar verbonden waren, als met onzichtbare handboeien, en dat besef gaf haar een onbehaaglijk gevoel.

'Nee, nee, dat is niets voor mij. Hahaha. Ik geniet veel te veel van het leven, weet je. En mannen, dat zijn ook vreselijk egoïstische schepsels, ze eisen al je aandacht op.'

Iets in de manier waarop ze 'mannen' zei, maakte Goelo onpasselijk.

'Misschien kom je me een keer opzoeken, dan kunnen we samen plezier maken! Ik heb veel invloedrijke vrienden, kan ik je vertellen!' zei Nelly aan het eind van het moeizame gesprek en ze stond op.

Buiten stond een auto. Goelo keek haar nog na toen ze de straat op liep en een soldaat van het Rode Leger het portier voor haar opendeed. Even dacht Goelo dat ze een déjà vu had en ze kneep haar ogen stijf samen. De man gaf Nelly een tikje op haar achterwerk, waarna Nelly zich net zo geforceerd opwond als ze lachte en vervolgens voor in de auto stapte.

Wat was ze vroeger jong en mooi en onbezorgd, dacht Goelo op dat moment en ze deed opnieuw haar ogen dicht om niet het beeld te zien dat haar al jaren achtervolgde.

Het beeld hoe Nelly door een soldaat in het rijtuig werd getild. Hoe ze daarna haar zware hoofd op Goelo's schouder legde, zo vol vertrouwen, zo opgelucht, zonder enig voorgevoel van wat er zou volgen.

Goelo hield haar ogen stijf dicht om de gedachte te verdrijven die meestal op dat beeld volgde: de gedachte aan hoe het was om eigenhandig een deur dicht te doen die nooit meer open zou gaan.

Despoten zijn altijd illusionisten geweest.
Tsjechov

We kunnen stellen dat de eerste twee jaren die Kostja in de witte stad doorbracht, twee gelukkige jaren waren. Hij deed zijn uiterste best, of het nu op de academie was of bij de manoeuvres in de Finse Bocht, hij bracht vele nachten met Alania door, verdiept in gesprekken over de wereld en het leven, hij wandelde aangeschoten en frivole liederen zingend met zijn kameraden over de Anitsjkovbrug en floot de pioniermeisjes na. Hij zette alles op alles om indruk te maken op zijn vader en negeerde de rest van de wereld met een bij zijn jeugd passende onverschilligheid en zelfverzekerdheid. In die tijden van executies, gedwongen verhuizingen en arrestaties, in die tijden van zelfmoord bloeide Kostja op en geloofde hij zijn plaats in de wereld te hebben gevonden. Hij deed het leven en zichzelf eer aan, op het hoogtepunt van zijn jeugd.

Toen wilde hij nog niet weten hoezeer de partituren van leven en dood op elkaar kunnen lijken.

Verhalen herhalen zich soms, Brilka, en overlappen elkaar, ook het leven heeft op een gegeven moment gebrek aan fantasie, dat valt het leven niet te verwijten, vind je wel? Daarom moet ik nu over twee andere, gelijktijdige patronen in ons wandkleed vertellen.

In dezelfde januarinacht dat Kostja naar het jaarlijkse marinebal van de academie ging, wachtte zijn vijftienjarige zus met haar vlotte bobkapsel in een park op iemand, in de kleine stad die ooit het Nice van de Kaukasus had moeten worden. Kitty en Andro brachten de wintervakantie door bij Kitty's grootvader, de chocoladefabrikant. Christine vond zichzelf nog steeds niet sterk genoeg om onder de mensen te komen en vertrouwde op Stasia's volle en onbeperkte aandacht. Op die late avond zat Kitty nagelbijtend en rillend in een park te wachten.

Het was een spel: ze stelde Andro's liefde op de proef, zij verstopte zich en hij moest haar zoeken. Soms joeg ze hem de hele stad door en liet kleine aanwijzingen voor hem achter op snippertjes papier die ze in zijn broekzak stopte.

In de oude school, achter de bakkerij, in de lege fabriekshal, in de tuin van de gesloten Sint-Joriskerk, zelfs onder haar bed verstopte ze zich. Maar ze wist dat hij haar zou vinden, want hij had haar altijd nog gevonden, altijd had hij haar sporen kunnen volgen. Zo zou het ook vandaag gaan, hoewel ze zich al begon te ergeren, ze had immers ook op een warm plekje kunnen gaan zitten in plaats van in die verdomde kou, want Andro nam de tijd.

Al was Andro sinds de verdwijning van zijn moeder niet meer zo makkelijk te vinden voor de vele spelletjes die ze vroeger samen deden, dit spel speelde hij altijd mee. Hij weigerde tikkertje met haar te doen, kaarten raakte hij niet meer aan en ook zingen wilde hij niet meer, maar als ze hem aanspoorde haar te zoeken, dan zocht en vond hij haar.

Al geruime tijd sneed hij alleen nog houten engelfiguurtjes, wat Kitty zorgen baarde. Die passie was intussen een ware obsessie geworden. Waren het vroeger dierenfiguurtjes en kleine huisjes, nu waren het alleen nog engeltjes: oude en jonge, met gespreide of gevouwen vleugels. Een leger engelen bevolkte het huis van de chocoladefabrikant en ook in Christines huis stonden er hele rijen op de schoorsteenmantel, de vensterbanken en latafels.

Ze zag hem aankomen. Hij rende. Hij was buiten adem. Het zou gaan sneeuwen, had haar grootvader gezegd, de hele stad was in een dichte nevel gehuld. En die nevel maakte de mensen zwijgzaam en voorzichtig, nog angstiger dan ze al waren. Hij ging naast haar zitten en schonk haar een goedkeurende glimlach, en zij gaf hem twee klapzoenen op zijn wangen als beloning voor het feit dat hij haar had gevonden. Ze hadden geen van beiden haast om terug te gaan naar de bedrukte sfeer in het huis van de chocoladefabrikant, die sinds zijn pensionering alleen nog in zijn herinneringen leefde, foto's van vroeger bekeek of geheime recepten in een oud notitieboekje schreef.

En de vroomheid die Lida tentoonspreidde, maakte het er thuis ook niet gezelliger op, net zomin als het vreemde gedrag van Lara, die niet begreep waarom haar enige dochter haar al twee jaar niet kwam opzoeken, het grootste deel van de tijd jam maakte en bankbiljetten tussen boeken verstopte, die ze dan zelf niet meer terug kon vinden.

'Ik wil hier weg, maar niet zonder jou,' zei Andro opeens en hij begon met de punt van zijn laars in de bevroren grond te wroeten. 'Ga je mee?'

'Waar wil je dan naartoe, rare? Je hebt geen geld en bovendien moet je op je moeder wachten.'

'Mijn moeder zal wel niet zo gauw terugkomen.'

'Hoe weet je dat?'

'Ik weet het gewoon.'

'En waar wil je naartoe?'

'Ik wil naar Europa. Ik heb je laatst toch de wereldkaart laten zien. Daar heb ik op aangegeven waar ik allemaal naartoe wil. Ik wil naar Rome en Parijs, naar Madrid en Wenen, vooral naar Wenen, het moet daar heel mooi zijn. Je zou het er naar je zin hebben, Kitty.'

'Maar we kunnen toch niet alleen...'

'Ga je mee?'

'Ik weet het niet.'

'Ben je bang om weg te gaan?'

'Wat wil je in Wenen doen? Daar zijn alleen maar arme en rijke mensen, en de rijken geven de armen niets, en de armen verhongeren en vriezen op straat dood. En bovendien krijgen mensen die niet blond zijn daar een trap onder hun gat,' zei ze giechelend.

'Vertel geen onzin!'

'Ja, goed, natuurlijk ga ik mee. Dat weet je toch!'

En toen boog Andro zich naar zijn Kitty, die de mooiste amandelogen van de wereld had, en gaf haar een kus op haar mond. De stad vol nevel, de groen geverfde banken in het park, de lange, slungelige, stille Andro en de drukke, onbesuisde Kitty, allebei verstijfd van kou en opwinding.

En terwijl zijn zus de eerste echte kus op haar mond kreeg en de smaak van Andro's lippen probeerde vast te houden, verloor haar drie jaar oudere broer zijn onschuld. Ik weet niet of die twee gebeurtenissen echt tegelijk plaatsvonden, maar het idee dat het zo geweest zou kunnen zijn, vind ik mooi en daar hou ik het op.

Na het marinebal hadden Kostja's vrienden hem aan het begin van het Vasilevski-eiland een oud trappenhuis in getrokken, en in een smalle donkere gang voor een houten deur gezet. Ze hadden uit alle macht op de deur gebonkt en waren toen vliegensvlug en lachend de trap afgerend. Kostja, die al aardig wat wodka op had, begreep eerst niet zo goed wat hem overkwam. Zijn bewegingen waren trager geworden en omdat hij wist dat hij niet in staat was er gewoon vandoor te gaan, besloot hij te blijven staan, wat er ook gebeurde, al bonsde zijn hart zo luid dat het voor zijn gevoel in het hele huis te horen was.

De deur werd opengerukt en een donkerharige, grote vrouw in een lange peignoir en met een ring aan elke vinger van beide handen staarde naar de rood aangelopen Kostja in zijn blauwe uniform, die er als een geslagen hond bij stond en geen raad wist met zijn figuur.

'Wat moet dat?' zei de vreemde vrouw kwaad en ze deed een stap in zijn richting.

'O, neemt u me niet kwalijk, ik weet het ook niet, ze hebben me...' stamelde Kostja in accentloos Russisch.

'Als je naar die, eh, dame wilt, die woont hier niet meer. Ik woon nu hier.'

De vrouw was rond de veertig en had een olijfkleurige huid. Haar ogen waren pikzwart, net als haar haar, dat ze losjes met een haarspeld had opgestoken.

Ze hadden hem een streek geleverd en Kostja moest zo gauw mogelijk iets bedenken om zich uit deze hachelijke situatie te redden en het hun betaald te zetten. Een marinier was alleen een echte marinier als hij op zee net zo goed was als in de armen van een vrouw, hadden ze gezegd, en Kostja had zich laten meetronen en was met hen door de besneeuwde straten hierheen gelopen, omdat er een zekere dame woonde die hem voor een paar roebel zonder poespas in de kunst van de liefde zou inwijden.

Hij wilde zich al omdraaien en vlug weglopen, maar ze hield hem tegen en vroeg: 'Hoe heet je?'

'Konstantin. Kostja.'

'Dag, Konstantin. En hoe oud ben je?'

'Ik ben achttien.'

'Aha, en waar kom je vandaan, Konstantin?'

'Uit... Uit... Georgië.'

'Uit Georgië. Ah, dat is mooi. Daar heb ik als kind een keer een zomer doorgebracht, aan zee. En ik heb er veel granaatappels gegeten. Ik ben dol op granaatappels. Jij soms ook?'

'Gaat wel.'

'Wil je een kopje thee, Konstantin? Volgens mij heb je het ijskoud.'

Die vreemde vrouw had iets wat Kostja aantrok. Of het haar licht sarcastische toon was, haar schalkse glimlach of de ringen die aan haar vingers fonkelden, dat wist hij zelf niet.

Hij stapte binnen in wat er over was van een woning, die vroeger uit meerdere vertrekken moest hebben bestaan en nu door dunne wanden was afgescheiden. Er was maar één kamer, met een kooknis. De badkamer was op de gang en werd waarschijnlijk ook door de buren gebruikt. Eén hoek was helemaal overwoekerd door kamerplanten, de eettafel lag vol boeken, allemaal opengeslagen. De kamer werd maar door één lamp verlicht. Het rook er lekker, Kostja voelde zich meteen op zijn gemak.

Hij kreeg inderdaad een kop sterke thee en zijn jas werd boven een kolenkacheltje gehangen. In het licht bekeek hij de vrouw wat beter: ze was bijna even lang als hij, had een smal postuur met iets te brede heupen en knokige gewrichten. Haar polsen zagen er zo smal en breekbaar uit als die van een klein meisje. Haar gezicht leek iets te verbergen waar Kostja zelfs een beetje opgewonden van raakte. Een lange, scherpe neus, dunne lippen en enigszins ingevallen wangen. Maar het waren vooral haar donkere ogen, die in het schemerlicht zo verleidelijk glansden, alsof ze met een olielaagje waren bedekt. Haar schoonheid was een kwijnende schoonheid, die al op het punt stond te verwelken.

Toen de vreemde vrouw vroeg of hij een glas wijn met haar wilde drinken, begreep Kostja wat hem het meest in haar aantrok: het was haar stem. Ze had een diepe, donkere stem, die tegelijk iets heel broos had, alsof hij het meteen bij het volgende woord zou begeven. Ze haalde een fles wijn, gaf hem een kurkentrekker en vroeg hem de fles te ontkurken. Toen kwam ze met twee glazen, trok de fles uit zijn hand, hield hem even tegen het licht en schonk hun allebei een beetje in. Ze rook aan de rode vloeistof voordat ze de eerste slok nam.

'Het is een bordeaux. Hij is heel oud. En heel goed. Heel goed. Wijn is iets bijzonders, dat moet jij toch weten, Georgiër. Ik heb de fles lang genoeg bewaard. Ik wilde op een bijzondere gelegenheid wachten. Maar nu drinken we hem op.'

Kostja, die nog meer in de war raakte en de hele tijd probeerde zijn verwarring niet te laten merken, gehoorzaamde zonder tegenspraak. Naast het bed zag hij een oude piano, die met een wit gordijn was bedekt. Nadat ze hadden getoost en de vreemde vrouw haar glas in één teug had leeggedronken, stond ze op, liep naar de grammofoon die naast de piano op de grond stond en zette een plaat op. Er klonk een chanson van Vertinski. Ze liep naar Kostja toe, bleef voor hem staan en stak hem haar hand toe.

'Wil je met me dansen, Konstantin?' vroeg ze met een dubbelzinnig lachje om haar lippen. Kostja sprong op, opgewonden en onhandig, pakte haar hand en sloeg de andere om haar middel.

Ze voelde goed aan. Op een wonderlijke manier heel vertrouwd. Midden in de dans bleef ze staan, haalde zijn hand van haar middel, maakte zich van hem los en wierp zich op het kleine metalen bed, waarop een oude geruite deken lag. Nog geen minuut later had ze haar gezicht met beide handen bedekt en snikte ze wanhopig.

Kostja was als aan de grond genageld midden in de kamer blijven staan en durfde de huilende vrouw niet aan te kijken. Ten slotte liep hij naar haar toe, knielde getroffen door haar wanhoop voor haar neer en legde behoedzaam een hand op haar been. Op hetzelfde moment viel de vrouw hem om de hals en trok hem op het bed. Hij viel, ze drukte zich tegen hem aan en begon zijn jasje los te knopen. Zonder erbij stil te staan wat er met hem gebeurde, liet Kostja zich leiden door zijn instincten, hij opende met één handbeweging haar peignoir en begon haar te kussen, terwijl zij met haar beringde vingers in zijn haar greep en zijn hoofd daarheen stuurde waar ze het wilde hebben. Het maakte hem niet uit om door haar geleid te worden. Voor hij het wist, had ze hem uitgekleed en hij hielp haar met haastige bewegingen en trillende handen, maakte haar jarretelgordel los en stroopte haar onderrok af. De open peignoir onthulde haar kleine borsten, haar gladde, zachte huid en de donkere driehoek tussen haar benen.

Hoewel ze ruw, bezitterig en heel dwingend deed en haar lust demonstratief tentoonspreidde, ontroerde haar gedrag Kostja. Ze had iets verlorens in haar bezitsdrang. Haar hartstocht was fragiel, alsof hij elk moment even onaangekondigd kon doven als hij was opgelaaid.

Kostja dacht even dat hij flauw zou vallen, terwijl de onbekende vrouw haar ogen stijf dichthield, elk plekje van zijn gezicht kuste en door haar tranen heen glimlachte.

Waak behoedzaam over alles
waaraan ons vaderland rijk is.
Leus op een affiche

Mijn grootvader liep na die ontmoeting dagenlang rond als een slaapwandelaar, verrast over het wonderlijke toeval dat hem in plaats van in de armen van een prostituee midden in zijn eerste liefde had gekatapulteerd. Hij werd heen en weer geslingerd tussen de dagen op de academie, de discipline die daar heerste, en de hartstochtelijke nachten in de schemerige woning op het Vasiljevski-eiland.

Tegenover zijn vader gedroeg hij zich als de voorbeeldige zoon, bij de drinkgelagen met zijn kameraden speelde hij met veel elan de gangmaker, maar in gedachten verkeerde hij in de duizelingwekkende nabijheid en de diepten van de onbekende vrouw, die Kostja met zoveel overgave begon te onderzoeken.

'Ida' – die naam vormden zijn lippen tijdens de lessen, op het schip in de Finse Bocht, hij herhaalde hem in gedachten als een bezweringsformule wanneer hij 's nachts niet kon slapen. Aan die drie letters klampte hij zich vast als de hunkering naar haar huid, haar diepe, hese stem, haar dubbelzinnige lachje te groot werd en hij niet wist hoe hij zijn smartelijke verlangen naar haar moest stillen.

Soms hield hij het 's nachts niet meer uit, sprong uit bed, greep zijn jas en rende als een bezetene de straat op om even later buiten adem op haar deur te bonken in de hoop dat ze zou opendoen en hem als een hongerig zwerfdier zou binnenlaten, hem zou voeren en verzorgen, hem warmte en geborgenheid zou geven.

Dat deed ze. Altijd. Ze liet hem nooit voor de deur staan.

Met een ondeugend lachje zette ze de deur op een kier, keek hem aan, soms met krulspelden in haar haar of met een opengeslagen boek in haar hand, schudde dan haar hoofd en zei: 'Konstantin, wat is er nu weer? Je zou toch pas morgenavond komen?' Ze zei het een beetje verwijtend en tegelijk merkte hij hoe blij ze was dat hij zich niet aan hun afspraken hield en haar met zijn bezoek verraste. Tegen Ida kon hij met zijn lichaam praten, bij haar had hij geen woorden nodig. Aan de smaak van haar huid raadde hij hoe groot haar verdriet was, aan de manier waarop ze hem aanraakte raadde hij haar zorgen, aan haar kussen merkte hij of ze die nacht bijzonder hartstochtelijk zou zijn.

Bij zijn dagelijkse schietoefeningen moest hij zijn ogen stijf dichtknijpen, ze weer openen, weer sluiten, weer openen, totdat de beelden van de afgelopen nacht uit zijn hoofd waren verdwenen en hij zich op de markering kon concentreren.

Zijn leven lang zou Kostja verslaafd blijven aan die ongeneeslijke schoonheid, ongeneeslijk omdat er voor hem iets dreigends, iets heel kwetsbaars van uitging, een schoonheid waaraan je te gronde kon gaan.

Zijn hele leven zou hij naar die schoonheid blijven zoeken en zijn vermogen om lief te hebben zou afhangen van de mate waarin hij die schoonheid in zijn latere liefdesobjecten terugvond. Alsof hij alleen kon begeren als hij het gevoel had aan die begeerte te gronde te gaan. Alsof hij de geheime, in de diepste diepte verborgen parels uit de zee moest opduiken met het risico te verdrinken.

Ida zou in haar vroegere leven pianiste worden, ze had les gehad van een leerling van Rubinstein. Ze kwam uit een welgestelde Joodse intellectuele familie in Sint-Petersburg, haar vader was arts, haar moeder had ook een loopbaan als concertpianiste geambieerd, totdat een zware depressie die wens had verijdeld. Ida had haar halve leven in Parijs doorgebracht, waar haar familie zich na de revolutie en de daaropvolgende golf van antisemitisme had gevestigd. In haar jonge jaren schreef men haar een nerveus karakter, bloedarmoede, een sterke neiging tot excessieve gepassioneerdheid en geniale vingers toe, voorbestemd voor een wereldcarrière. Maar ze knipte die navelstreng van haar voorbestemming eigenhandig door toen ze haar familie meedeelde dat ze onsterfelijk verliefd was geworden op een violist in ballingschap, die in een klein Parijs zolderappartement ook nog een vrouw en twee kinderen had, zijn geld verdiende in louche etablissementen en nauwelijks het hoofd boven water kon houden. Ondanks de smeekbeden en dreigementen van haar familie riep Ida zichzelf uit tot redder van de geschonden ziel van de violist, die ze uiteraard geniaal vond, en ze bekeerde zich zelfs tot het christendom in de hoop dat de violist na de wettige scheiding van zijn vrouw met haar zou trouwen.

Maar dat gebeurde niet.

In plaats daarvan woonde hij met haar in een verwaarloosde kamer in een rendez-voushotel, liet zich door haar bedienen en verwennen, nam ook met graagte het geld aan dat Ida met haar pianolessen bijverdiende en dacht er in de verste verte niet aan zijn vrouw om een scheiding te vragen. Op een dag vertelde hij Ida dat hij in de problemen zat, hij had een hoop schulden gemaakt en kon alleen aan zijn schuldeisers ontkomen door de wijk te nemen naar Rusland. Alle pogingen van Ida's familie om hun dochter tegen te houden mislukten, zodoende keerde Ida met haar martelaar terug naar Sint-Petersburg, dat inmiddels niet meer Sint-Petersburg heette en waar niets meer was zoals vroeger.

Ze namen hun intrek in een kommoenalka aan de rand van de stad. Ida gaf pianoles en oefende zich in de kunst van het overleven in de naoorlogse jaren. Ze verdiende de kost voor haar violist, begon hem te haten, schold hem uit, klaagde haar leed, miste Parijs en de welstand van haar familie, maakte zichzelf verwijten en schaamde zich voor haar ellendige bestaan. De violist bleef dagenlang onder water, terwijl Ida, gevangen in haar masochistische haat-liefdeverhouding, gek werd van bezorgdheid, van walging en van het socialisme, waar ze een hartgrondige hekel aan had. Ze begon haar waardevolste bezit voor haar ongeluk te straffen en dekte haar piano, het enige kostbare wat ze uit Parijs had laten nasturen, af met een sprei. De violist verdubbelde zijn alcoholconsumptie, maakte nog meer schulden, onder anderen bij een Siberische slager die de zwarte markt in handen had. Het kwam tot een vechtpartij. De violist werd geschopt, knalde met zijn hoofd tegen een muur en kroop op handen en voeten door de straten tot hij in de gang van de kommoenalka bleef liggen. Voor er een dokter kon komen, stierf hij aan inwendige bloedingen. Ida wist die ene kamer op het Vasiljevski-eiland te krijgen waar eerst een dame uit Dnjepropetrovsk had gewoond die, zoals gezegd, de kost verdiende met haar stevige lichaam, tot ze op een dag bij de autoriteiten werd aangegeven en werd afgevoerd. Het enige wat Ida uit haar oude leven meenam, was de piano. Ze zocht een baantje als kaartjesknipster in het theater, vroeg nog twee keer een uitreisvergunning aan, die beide keren werd afgewezen, verbrak daarna het contact met de mensen uit haar oude leven, maar zocht ook geen nieuwe kennissen, leefde met haar platen en boeken en dronk haar sterke zwarte thee.

Zo leefde ze, totdat op een dag Konstantin Jasji bij haar voor de deur stond.

Toen Kostja's jeugd en zijn gewillige lichaam in haar handen werden gelegd, stortte Ida zich als het ware uitgehongerd op hem, ze gaf zich over, liet zich gaan, vergat en kreeg weer hoop.

Al was Ida inmiddels een vrouw die geen romantische

illusies meer koesterde, toch kon ze er niets aan doen dat ze met Kostja aan haar zijde weer was gaan hopen, tegen haar zin, onbedoeld, geheel en al ongewild. Want de hopeloosheid was tot dan toe de enige constante in haar leven geweest en het idee dat die haar ontglipte, maakte haar bang, ze geloofde dat hernieuwde hoop op een ander leven voor haar levensgevaarlijk kon worden.

Elke dag gaf Ida iets meer van haar hopeloosheid uit handen. Met elk nieuw woord dat Kostja tegen haar zei, met elke aanraking krabde ze de dikke laag troosteloosheid verder van haar huid en liet ze zich meer aansteken door zijn jeugd, zijn begeerte naar haar, zijn plezier in haar lichaam en in een onuitgesproken toekomst.

En Kostja, bang en onzeker door zijn verlangen naar haar nabijheid, haar nachtelijke toverkunsten en haar geheimen, volgde 's nachts wankelend zijn wensen om zichzelf er de volgende dag voor te straffen. Hij verzweeg zijn nieuwe liefde voor zijn medestudenten, hij schaamde zich ervoor, want hij nam aan dat ze Ida geen geschikte partij voor hem zouden vinden. Hij verweet zichzelf dat hij haar nooit mee uit eten kon nemen, nooit met haar kon gaan wandelen, dat ze voor hem alleen 's nachts bestond, dat hij haar overdag uit zijn gedachten en zijn leven verbande en deed alsof ze er niet was.

Maar Ida kon haar gevoelens goed verbergen, dat had ze geleerd in de jarenlange strijd met het leven of liever gezegd met wat het leven haar ontzegde. Ze had geleerd dat woorden niet altijd beloften zijn, dat muziek je niet kan redden, dat je capaciteiten niet altijd naar het voorbestemde doel leiden, dat de liefde soms alleen iets verhult wat veel erger is; ze had geleerd haar dromen aan banden te leggen, ze had geleerd haar teleurstellingen met een beetje lippenstift weg te werken, zodoende merkte Kostja ook niet hoeveel pijn het wachten op de nachten haar deed, hoeveel moeite het haar kostte om zijn opgekropte verlangen bij te benen, hoeveel woorden ze ongezegd liet, hoeveel verwijten ze hem bespaarde, hoeveel begrip hij van haar vergde met zijn gespleten leven, hoe onmogelijk het haar op sommige dagen leek om deel uit te maken van zijn parallelle wereld. En hoe diep zijn wil om door haar de liefde te ervaren haar ontroerde en hoe bang ze er tegelijk voor was.

Maar Ida was altijd een goede lerares geweest en zoals ze haar leerlingen jaren geleden op de zwart-witte toetsen had onderwezen, zo onderwees ze nu Kostja met volledige inzet van haar geest en haar lichaam. Ze leerde hem van restjes een voedzame wintersoep te maken, ze leerde hem zijn uniform perfect te strijken, ze leerde hem geheimen te bewaren en te spreken zonder woorden.

Ze dansten innig omstrengeld op elk lied van Vertinski dat op Ida's platen stond, op elk lied dansten ze een andere dans. Ze dansten langzaam en snel, beheerst en ongeremd, frivool en schaterlachend, hartstochtelijk en treurig, ze dansten samen en apart, ze dansten en dansten.

Ze vertelde hem de verhalen bij elk van haar vele ringen en kuste ondertussen zijn vingertoppen, ze lachte om hem als hij een saaie voordracht hield over de scheepvaart, ze kietelde hem terwijl hij sliep en maakte hem wakker om hem op de vollemaan te wijzen, die er die nacht bijzonder geel en ziekelijk uitzag. Ze liet hem foto's uit haar oude leven zien terwijl hij haar voeten masseerde, ze legde hem uit dat haar kamerplanten haar ware vrienden waren en stelde ze met naam en toenaam allemaal aan Kostja voor. Ze giechelde als een schoolmeisje als hij haar uitkleedde en beval hem met het gezicht van een strenge lerares ook zijn kleren uit te trekken.

Ze leenden elkaar het geluk. Ze leenden elkaar het nu en schonken elkaar toekomstige herinneringen.

Ze rekte zich op het piepende metalen bed uit als een Perzische kat. Kostja streek zijn overhemd, over minder dan een uur moest hij op de academie zijn. Plotseling, als door een wesp gestoken, sprong Ida op, stormde op Kostja af, klampte zich van achteren aan hem vast en bleef zo staan.

'Wat is er?' vroeg hij lachend en hij rekende in gedachten al uit of hij nog genoeg tijd had om haar te troosten met een nieuw kort liefdesspel. Maar Ida deinsde achteruit en keek hem met wijd opengesperde ogen aan.

'Er komt oorlog,' zei ze zachtjes, terwijl ze verder achteruitliep.

'Je bent toch niet echt bang voor die stomme fascisten, Ida? Kom hier, kom hier, mallerd.'

'Je moet de radio maar eens aanzetten.'

'Omdat de Duitsers nu Polen binnenrukken, ben je bang dat ze ook bij ons komen?' Hij begon hard te lachen en liep vlug naar haar toe om haar een kus op het puntje van haar neus te geven. 'We hebben een lange lezing gehad op de academie. Als ik vannacht terugkom, zal ik je vertellen hoe slim de generalissimus met de Duitsers omspringt. De generalissimus heeft op 19 augustus blijkbaar een geheime vergadering op het politbureau gehouden. Op de academie werd verteld dat hij daar zei dat de Sovjet-Unie in elk geval de Frans-Britse alliantie tegen Duitsland zou afwijzen en de Duitsers de hand zou reiken, omdat het in tijden van vrede onmogelijk was om in Europa het communisme te verspreiden. Maar mochten de Anglo-Franken de Duitsers de oorlog verklaren, dan zouden beide partijen snel uitgeput raken en zou de Sovjet-Unie ongestoord het socialisme in Europa kunnen bevorderen. Dat getuigt toch van een enorm vooruitziende blik, vind je niet? Ida, heb je eigenlijk wel geluisterd?'

'Ook al verbroederen ze zich met de Duitsers, dat wil

nog lang niet zeggen dat de Duitsers graag grondgebied aan de Sovjet-Unie afstaan, Kostja, en daar is het allemaal om begonnen. Zonder dat verbond met de nationaalsocialisten heeft de generalissimus geen kans op die gebieden. Vergeet niet dat de Duitsers het onophoudelijk over ruimtegebrek hebben.'

Ida zweeg en staarde naar een punt op de muur, alsof ze daar de toekomst al voor zich zag.

'Goed, luister, ik zal je een geheim verklappen. Je hebt toch gehoord van dat handelsverdrag, dat Molotov-Ribbentropgedoe? Dat in alle kranten stond? Weet je wat ze ons op de academie hebben verteld? Achter dat handelsverdrag zit een geheim document dat veel belangrijker is dan het verdrag zelf.' Kostja liet zijn stem dalen. 'En nu schijnt het zo te zijn dat daar in geval van een Europese oorlog sprake is van neutraliteit van de Sovjet-Unie. En, is mijn Ida nu gerustgesteld? De generalissimus weet hoe hij met de fascisten moet omgaan. Daar hoef je niet aan te twijfelen!'

Opeens begon Ida luidkeels te lachen, ze lachte zich krom en sloeg met haar handen op haar knieën. Kostja keek haar verbaasd aan.

Ze haalde een exemplaar van de *Pravda* tevoorschijn en hield het voor Kostja's neus.

'Is het niet oerkomisch in wat voor wereld we leven, mijn engel? De grootste krant van het land noemt dit verdrag, ik citeer: een "instrument van de vrede". En dat terwijl het gaat om twee gekken die tegenover elkaar staan en de wereld voor zichzelf en hun ideologieën misbruiken, die voor niets terugschrikken, is dat niet ontzettend komisch, Kostja? Twee gekken zullen toch niet toelaten dat de een groter wordt dan de ander?'

'Welke gekken? Rustig nou, Ida! Ida, kijk me aan. Ik ben er toch, ik ben bij je, er zal je niets gebeuren. Ik zal niet toelaten dat jou iets overkomt.'

'De vraag is alleen hoelang,' mompelde Ida, terwijl ze weer naar het bed liep.

'Hoelang wat? Wat bedoel je?'

'Kleed je aan. Ik wil niet dat je te laat komt.'

Het nieuws van Christines verminking, dat Stasia bijna twee jaar voor Kostja geheim had gehouden, bereikte hem tegelijk met het nieuws dat er in Europa inderdaad oorlog was uitgebroken. Op dezelfde dag dat heel Leningrad over de Duitse inval in Polen begon te praten, hoorde Kostja eindelijk de ware reden waarom Stasia hem de laatste twee jaar had gevraagd in de zomer niet naar Tbilisi te komen, maar zijn vakantie in Rusland door te brengen. In haar brief beschreef Stasia gedetailleerd Christines tragedie – natuurlijk zonder namen te noemen, de brief kon door postambtenaren gelezen worden.

Ze schilderde de verschrikkelijke daad, Christines dagen op de intensive care, haar zware depressie en ten slotte haar zwijgen. Ze vertelde over Ramas' begrafenis, die anoniem had plaatsgevonden om een schandaal te vermijden, over de verkoop van zijn schilderijen en over de dood van haar stiefmoeder, bij wie de tragedie van haar dochter tot een beroerte had geleid.

Kostja kwam diep in de nacht bij Ida aan, ging op bed liggen en huilde meer dan drie uur aan één stuk.

Ida stelde geen vragen, ze liet hem treuren, want verdriet, daar wist ze alles van, dat was jarenlang haar trouwste metgezel geweest. Ida wist dat de wereld, de hare en vooral ook de broze wereld van Kostja en hun hartstochtelijke nachten, gedoemd was ten onder te gaan, maar ze zag die ondergang met open ogen tegemoet, ze wachtte erop, stoïcijns, kaarsrecht, in de houding staand als een tinnen soldaatje.

Voor Kostja begon de oorlog lang voordat de Duitsers de Sovjet-Unie binnenvielen; het ongelofelijke nieuws van het ongeluk van zijn tante ontketende een strijd in hem en stelde hem voor de schier onmogelijke taak om gevoel en plicht in overeenstemming te brengen met zijn toekomst.

Hij probeerde zich Christines aangetaste gezicht voor te stellen en zag dan Ida's olijfkleurige huid, het zwart van haar ogen. Hij was kwaad op zijn moeder, die hem niet had ingewijd, die hem had weggehouden van Christine en haar ellende, en hij probeerde zelf de hiaten op te vullen die Stasia's verhaal had vertoond. Want Stasia had niet geschreven wie er behalve Ramas en Christine nog meer bij het jaloeziedrama betrokken was. Kostja liet alle bekende communisten uit zijn vaderland die vroeger bij Christine en Ramas in en uit liepen voor zijn geestesoog passeren. Hij probeerde zich degene voor te stellen die zoveel macht had gehad dat Ramas het niet had gewaagd zich tegen hem te verzetten. Tegen wie Ramas zijn vrouw alleen dacht te kunnen beschermen door die gruwelijke verminking.

Kostja's conclusie stond als een paal boven water, maar zelfs in gedachten durfde hij niet de naam uit te spreken van de Kleine Grote Man, die sinds een jaar aan het hoofd stond van het NKVD van de hele Sovjet-Unie.

Stasia had veel voor hem verzwegen.

Ze had voor haar zoon verzwegen dat zijn aanbeden tante na de tragische gebeurtenissen een royaal weduwepensioen kreeg, als weduwe van een Sovjetheld, waartoe Ramas postuum was uitgeroepen. Ze had ook niets geschreven over de geurige rozen die Christines minnaar elke week in het ziekenhuis en later bij haar thuis liet bezorgen, een heel jaar lang, en die ze allemaal liet weggooien. Ze had niet geschreven dat de Kleine Grote Man zijn eerste haremvrouw sinds haar verminking niet één keer had opgezocht, uit angst dat haar verwoeste schoonheid hem te zeer zou afstoten.

Toen Kitty haar broer vanuit het postkantoor in het stadje belde, viel haar op dat hij geprikkeld en afwezig, ongeconcentreerd en dwingend was.

'Giorgi, mijn goede vriend en kamergenoot, heeft verlof gekregen en is naar Georgië vertrokken. Ik heb hem een klein pakje voor Christine meegegeven. Er zitten allemaal dingen in waar ze dol op is. Ik wil dat dat pakje snel aankomt en hij heeft aangeboden een kleine omweg te maken en bij jullie over te stappen. In Tbilisi komt hij niet, maar jij kunt hem morgen toch wel even ontvangen en het pakje doorsturen naar Tbilisi? Dan duurt het niet zo lang.'

Kitty ergerde zich, omdat hij niet naar haar of Andro informeerde. Hij leek zich niet eens af te vragen waarom Andro en zij al maanden op het platteland woonden en naar hun grootvader waren verbannen. Waarom ze naar een andere school hadden gemoeten en nu ver van Stasia en Christine af woonden.

'Het spijt me trouwens heel erg dat Lara zo plotseling is gestorven. Houdt grootvader zich goed?' was het enige wat hij van haar wilde weten.

'Hij doet zijn best,' antwoordde ze wrevelig en ze beloofde het pakje in ontvangst te nemen en door te sturen, terwijl ze in stilte wenste dat het een pakje voor haar was en dat ze niet de hele tijd het gevoel hoefde te hebben dat haar grote broer haar was vergeten.

Diezelfde avond liep ze in haar eentje naar het station. In de kleine stationshal, die bijna helemaal leeg was, stond een onopvallende, in marine-uniform geklede jongen met een bril te wachten. Hij stelde zich voor als Giorgi Alania, op doorreis naar Abchazië, naar zijn moeder, die problemen had met haar gezondheid, de reden waarom hij verlof had opgenomen. Hij was via Vladikavkaz gereisd, hier uitgestapt om haar het pakje te overhandigen en zou later de nachttrein naar de Zwarte Zeekust nemen.

'Het is toch heel omslachtig om voor een onnozel pakje zo'n grote omweg te maken,' zei Kitty, die nog steeds boos was op haar doortastende en ongevoelige broer.

'Och, dat maakt me niets uit. Uw broer is heel belangrijk voor me. Ik zou veel voor hem op de koop toe nemen, geloof me.'

Kitty vroeg zich af hoe haar egocentrische broer dat voor elkaar had gekregen!

De jongen vroeg of ze een kop koffie of thee met hem wilde drinken, hij moest wachten tot zijn trein vertrok en zou het leuk vinden als ze hem gezelschap hield. Maar Kitty zei beleefd nee, ze moest nog huiswerk maken.

De jongen leek teleurgesteld, maar hij bleef heel beleefd en gaf haar meteen het pakje. Ze wenste hem verder een goede reis en maakte rechtsomkeert. Maar buiten op straat bleef ze staan, ze zag zijn teleurgestelde gezicht nog voor zich, keerde om en liep de stationshal weer in.

Hij stond midden in de lege hal met zijn koffertje te wachten op iets wat meer moest zijn dan alleen een trein. Hij glimlachte dankbaar toen hij haar zag komen en zij stelde voor een eindje te gaan wandelen. En misschien even in een park te gaan zitten, want de stationsrestauratie was al dicht en het station was toch al niet erg uitnodigend. Hij ging dankbaar akkoord en keek haar stralend aan, alsof ze net ja had gezegd tegen zijn huwelijksaanzoek.

Ze liepen naar buiten en Kitty nam hem mee naar het aangrenzende parkje waar ze vaak met Andro afsprak. Giorgi maakte niet bepaald de indruk dat hij vrouwelijk gezelschap gewend was en hij bedankte Kitty telkens weer voor de tijd die ze voor hem opofferde.

Ze wisselden wat banaliteiten uit. Toen hij over Kostja begon, ging ze dat onderwerp uit de weg en stapte ze over op iets anders. Ze praatten over politiek, waar Kitty zich niet voor interesseerde, over hun moeders en de school, waar hij het er kennelijk goed had afgebracht, ze lachten zelfs om het een of ander en later liep Kitty met hem mee naar het perron en wachtte tot hij in de trein stapte. Ze omhelsde hem en voelde dat hij een beetje trilde. Het kon onmogelijk aan de kou hebben gelegen. Vanaf het perron zwaaide ze naar hem en hij stak zijn hoofd uit het raam en zwaaide nog lang naar haar in de invallende duisternis, tot hij er helemaal door werd opgeslokt.

In de eerste week van september was de Wehrmacht opgerukt tot Warschau. Op 17 september trok het Rode Leger met 620.000 man Polen binnen. Op 22 september hielden de Duitsers en de Russen gezamenlijk een militaire parade in Brest-Litovsk en op 28 september tekenden Ribbentrop en Molotov een nieuw verdrag tot 'handhaving van vriendschap en grenzen'. In november annexeerde de Sovjet-Unie gebieden in het westen van Oekraïne en Wit-Rusland, sinds 1920 Pools grondgebied.

In het Kremlin wisten ze dat ze de nieuwe burgers niet alleen met wetten en dwang in een handomdraai in voorbeeldige Sovjetburgers konden veranderen, en toch moest het proces van 'heropvoeding' in de nieuwe gebieden in versneld tempo worden uitgevoerd. De etnische conflicten moesten ook in die gebieden worden toegespitst – tenslotte was dat middel ook in veel andere regio's effectief gebleken. De inval in Polen werd voorgesteld als de bevrijding van de Wit-Russische en Oekraïense bevolking. De Sovjetpers prees de 'hereniging' van de volken met de Sovjet-Unie, de grote vriend en helper van alle onderdrukte naties.

Die strategie sorteerde snel het gewenste effect: in Novgorod en Loetsk overvielen de Oekraïense boeren Poolse officieren, in Proesjani stenigden Wit-Russische boeren eveneens een officier; het NKVD keek goedkeurend toe. Maar als het verzet uit de hand liep, greep men naar meer directe methoden: partizanen en commandanten die zich tegen de bevelen verzetten werden standrechtelijk gefusilleerd.

Eind september zaten er al meer dan 250.000 Poolse soldaten gevangen. Er werden zogenaamde filtratiekampen voor hen opgezet, want een deel van de gevangenen moest naar Duitsland worden uitgewezen. In november werden er een kleine 43.000 gevangenen, allemaal Joden, aan de Duitsers overgedragen.

Estland, Letland en Litouwen werden gedwongen militaire steun te verlenen en moesten op hun grondgebied een vazalregering vormen. Omdat er op dat moment zo'n 60.000 soldaten van het Rode Leger in de Baltische staten waren gestationeerd, hadden de landen geen andere keus dan zich bij de inlijving neer te leggen. In de zomer van 1940 werden de Baltische staten geannexeerd. In hetzelfde jaar breidde de Sovjet-Unie zich uit met de Socialistische Republiek Moldavië. Het noordoosten van Roemenië werd bezet, Oekraïne verder ingenomen. De presidenten van Estland en Letland werden gearresteerd, de een stierf in de gevangenis, de ander in een psychiatrische inrichting, alleen de Litouwse president wist te vluchten. Er werden in ijltempo grensposten tussen de Duitse gebieden en de Sovjet-Unie gebouwd en alle privéradio's werden geconfisqueerd – in de grensgebieden mocht de bevolking alleen toegang hebben tot informatie die door de partij werd goedgekeurd.

In maart 1940 ontving de generalissimus een brief van de Kleine Grote Man met het voorstel om de '25.700 Poolse officieren, ambtenaren, landeigenaren, politieagenten, spionnen, gendarmes en cipiers' die gevangenzaten ter plekke te executeren. Het verzoek werd als volgt gemotiveerd: het waren 'allemaal aartsvijanden van de Sovjetmacht, vervuld van haat tegen de Sovjetorde'. Het betrof 14.700 staatsambtenaren in de kampen en 11.000 'spionnen en contrarevolutionairen' in de gevangenissen.

Nog dezelfde dag gaf de generalissimus zijn fiat en dwong hij drie andere partijfunctionarissen hun handtekening onder het document te zetten. Een uit vertrouwelingen van de Kleine Grote Man bestaande trojka werd met de uitvoering belast. Begin april werd er met het karwei begonnen. Eerst werd in de kampen en gevangenissen het gerucht verspreid dat de gevangenen spoedig zouden worden vrijgelaten, hun levensmiddelenrantsoen werd verhoogd, ze werden ingeënt tegen tyfus en vervolgens opgehaald en met treinen naar Kalinin, Charkov en het woud van Katyn bij Smolensk gebracht. Verscheidene mannen van het NKVD waren met een pistool in hun koffer speciaal voor de operatie uit de hoofdstad overgekomen. In de kelder van de gevangenissen in Kalinin en Charkov hielden steeds twee mannen een gevangene vast, een derde schoot hem door het hoofd. Voor elke executie hadden ze maximaal twee minuten. Daarna werden de lijken met vrachtauto's afgevoerd en in de omliggende bossen begraven.

Bij de operatie waren gevangenisdirecteuren en officieren van justitie uit de regio aanwezig, onder wie Vasili Blochin, een vertrouweling van de generalissimus voor speciale opdrachten, de commandant uit de Loebjanka, die de generalissimus al meer dan eens bijzondere trouw had bewezen. Een man die tijdens de executies bij voorkeur een schort, handschoenen en rubberlaarzen droeg en in de loop van zijn 'carrière' meer dan 15.000 mensen persoonlijk naar de andere wereld moet hebben geholpen.

(Blochin was ook degene die zijn medewerkers en ondergeschikten een document liet tekenen waarin stond dat men bij de ter dood veroordeelden 'opvoedkundige maatregelen' moest treffen om te voorkomen dat ze voor de executie de naam van de generalissimus in de mond namen. Dat zou gelijkstaan met belediging van de leider. De 'opvoedkundige maatregelen' bestonden uit klappen op het hoofd.)

Op voorstel van de Kleine Grote Man kregen Blochins mannen na afloop van de succesvol uitgevoerde operatie een extra maandsalaris.

Roman Roedenko, de plaatsvervangend officier van justitie uit Oekraïne, die naar Charkov was ontboden om toe te zien op de uitvoering van de operatie en te garanderen dat alles volgens plan verliep, was nog geen zes jaar later bij het Proces van Neurenberg een van de hoofdaanklagers voor de Sovjet-Unie. Gedurende het hele proces stelde hij de fascisten verantwoordelijk voor deze willekeurige moordorgie.

Blochin zelf werd met onderscheidingen overladen en later tot generaal benoemd. Bijna zesendertig jaar diende hij trouw en toegewijd de moordmachinerie en ging daarna met pensioen. Hij werd begraven op het Donskojkerkhof in Moskou, waar tallozen van zijn slachtoffers waren verbrand, waarna hun as met emmers tegelijk in anonieme graven was gestort.

Ik heb gebeden dat mijn zoon goed zou leren en een zelfstandig man zou worden!
Jekaterina Dzjoegasjvili, moeder van de generalissimus

Andro had de middelbare school met middelmatige cijfers voltooid en zolang de toekomst zo onberekenbaar bleef, werd hem aangeraden iets fatsoenlijks te leren en zodoende kwam hij bij een Armeense meubelmaker in de leer. Alle vertrekken in huis stonden al vol met zijn houtsnijwerk. Langzaam begreep de meubelmakersgezel, die zijn opleiding met dezelfde gedisciplineerde onverschilligheid volgde als daarvoor de school, dat zijn moeder niet terug zou komen.

Andro had de waarheid uit angst niet onder ogen willen zien. Maar hij droomde voortdurend van zijn moeder. Hij zocht haar in zijn slaap, in zijn dromen maakte ze een vrije en ontspannen indruk, maar ze gaf haar geheim niet prijs. Als hij vroeg waar ze was, reageerde ze alleen met een lieve glimlach. Dan werd hij volkomen overstuur wakker en zat hij minutenlang in de badkamer om te kalmeren. Ja, hij was bang voor het moment dat alle verdere hoop zinloos zou blijken te zijn. Soms kreeg hij zomaar ineens een woedeaanval en begon hij zijn houten beeldjes stuk te slaan, omdat iets in het naïeve, lieftallige dat ze hadden hem razend maakte. Hij verbrijzelde met zijn gereedschap de hoofden en ledematen en stak de ogen uit. Alleen zijn absolute vertrouwen in Kitty bleef onveranderd. Hij wist dat ze hem aan het lachen zou maken, hoe kwaad, verdrietig of wanhopig hij zich ook voelde, dat ze haar spelletjes met hem zou spelen en haar sterke armen om hem heen zou slaan, zo stevig dat hij geen lucht meer kreeg. Kitty gaf hem het vertrouwen dat er weldra betere tijden zouden komen, dat ze hier weg zouden gaan en een nieuw leven zouden beginnen. Ze was zo vol leven, zo vol kracht, en het gaf hem houvast dat ze die kracht met hem deelde. En ze was vooral zo onverschrokken. Dingen die haar werden verboden, deed ze toch. Dingen waar ze een standje voor kreeg, deed ze met nog meer overtuiging, en die onverzettelijkheid fascineerde hem. Kitty gaf hem de nodige kracht om de trieste realiteit te slim af te zijn.

Het waren dwaze spelletjes, volkomen zinloos en kinderachtig, maar hij speelde ze allemaal mee: of ze zich nu voornam zich de hele dag voor hem te verstoppen tot hij haar vond of dat er drie zwerfkatjes uit een sloot moesten worden gered, of het erom ging wie het hardst kon lopen of wie het eerst zijn boterham met jam ophad – Andro deed mee, want het waren de enige plezierige en vrije momenten in het leven van alledag, dat zich bewoog tussen Christines herstel en de langzame aftakeling van de chocoladefabrikant. Tussen de hete zomers in Tbilisi en de koude winters in het stadje.

Er hing een waas van treurigheid om hen heen en de grillige bokkigheid van de adolescentie was al zichtbaar, de liefde maakte plaats voor verliefdheid. Toch bleven ze met elkaar verbonden, met elkaar en met hun kindertijd.

En terwijl de Duitsers verder oprukten naar Nederland, België en Luxemburg, mijn grootvader de Marine Academie voltooide met een gouden medaille en Giorgi Alania zich voorbereidde op zijn examen scheepsbouw, keek Andro met lege ogen naar zijn toekomst, die zo weinig in petto had waarop hij zich zou kunnen verheugen.

Op die zachte dag in juni waarop Italië zich bij Duitsland aansloot, vier dagen voordat de 18e divisie van de Wehrmacht Parijs innam, begon Christine weer te praten en kwam Ida voor het eerst in de studentenkamer van mijn grootvader. Het was de eerste en laatste keer dat Ida mijn grootvader buiten haar kleine, met planten opgefleurde woning zag.

Ze zei dat ze familie was van kameraad Jasji, liep naar de tweede verdieping van het studentenhuis en klopte op de deur van Kostja en Giorgi. Mijn grootvader was zich net aan het klaarmaken voor de slotparade ter ere van de Sovjetmarine en verstijfde toen hij de deur opendeed en oog in oog stond met zijn minnares.

'Wat doe jij hier?' stamelde Kostja en hij trok haar vlug de kamer in.

'Ik moest je zien. Ik moest je een keer bij daglicht zien. Je huid, je ogen, je lippen, zonder dat vervloekte nachtkastlampje, zonder die duisternis, want zoals nu wil ik je in herinnering houden: licht.'

'Waar heb je het over?'

'Ik ga weg. En ik wil eerder weg dan jij. Ik wil niet verlaten worden. Gun me dat, laat mij jou verlaten, Konstantin.'

'Ik begrijp je niet.'

'We moeten ermee stoppen. Jij gaat binnenkort naar de vloot en ik red het niet zonder jou. Ik ben al veel te afhankelijk van de uren die je voor me vrijmaakt en die steeds zeldzamer, steeds korter worden. Ik red het niet, Konstantin.'

'Ja, ik heb een eervolle vermelding gekregen en word waarschijnlijk zelfs...' Kostja onderbrak zichzelf, hij begreep nu pas wat ze had gezegd.

'Je bent te goed voor de oorlog.'

'Maar we voeren helemaal geen oorlog en mocht het toch zover komen, dan ben ik er meer dan klaar voor, geloof me. Ik zal schepen tot zinken brengen alsof het kiezelsteentjes zijn! Pang, pang, pang!'

'Jij bent gelukkig, omdat je onwetendheid je behoedt voor jezelf en voor wat je te wachten staat en voor het verlangen naar mij, maar het zal komen, dat inzicht, het komt meestal heel ongelegen, lieve Konstantin, en ik wil niet dat het je verscheurt, dat het je verandert, dat moet je me beloven, ja? Wil je dat doen?'

'Ida, waar heb je het over? Ik ga nergens heen, ik ben hier en als ik dan naar de vloot ga, kom ik toch terug. Kijk, mijn ouders...'

'Ik kan het niet, vergeef me en gun me dat voorrecht, alsjeblieft.'

'Het voorrecht waarop? Jij gaat nergens heen. Je wordt weer eens overmand door sombere gedachten. Je moet wat meer afleiding zoeken, meer de deur uitgaan.'

'En nu wil ik dat je met me vrijt.'

'Wat?'

'Laten we naar bed gaan.'

'Maar het is toch geen nacht en bovendien...'

Ida begon te lachen. Ze lachte zelden, maar als ze het deed, dan schudde haar hele lichaam. Ze veegde de tranen uit haar ogen, lachte zich krom en sloeg met haar vlakke hand op haar knieën en dijen. Kostja keek naar haar en moest toegeven hoezeer hij haar bewonderde, hoe begerenswaardig ze was. En hij voelde een angstaanjagende opwinding in zich opkomen, hij liep naar haar toe en legde een hand op haar mond, ze beet er even in, wat hem nog meer prikkelde, hij drukte harder, nog steeds aarzelend vanwege haar aanwezigheid in deze wereld die van hem was, waar zij niet thuishoorde. Hij omhelsde haar en tilde haar even op, ze verzette zich, nog steeds lachend, hij drukte haar tegen de muur, hij werd doortastender, ongeduldiger, ze moest ophouden met lachen, de gedachte dat ze misschien zelfs om hem lachte, zinde hem niet. Hij keek haar met samengeknepen ogen aan: haar ogen waren zo donker dat hij het idee had dat ze alles als door zwart folie moest zien. Hij duwde zijn wijsvinger tussen haar tanden. Ze beet weer. Opeens verstomde ze, abrupt, alsof het lachen door een vreselijke gedachte voorgoed was onderbroken, ze greep hem stevig bij zijn dikke haar, trok zijn hoofd naar zich toe en ademde een moment lang rustig en gelijkmatig, alsof ze zijn geur in zich opzoog. Hij kuste haar.

Het was zo eenvoudig om te vergeten dat er buiten nog iets anders bestond wanneer ze in zijn buurt was. Het was zo eenvoudig om elke gedachte aan de wereld van zich af te schudden wanneer ze hem aanraakte. Op zulke momenten wist hij zeker dat hij die buitenwereld helemaal niet nodig had. De hele Sovjetvloot, de parades, zijn brallende medestudenten, zijn indrukwekkende prestaties, zijn toekomstplannen, alles werd enkel door haar aanwezigheid moeiteloos aan de kant geschoven, moeiteloos vervangen. Alsof de wereld zonder Ida maar een schijnwereld was.

Hij schoof haar kuitlange rok omhoog en drukte zich nog steviger tegen haar warme, pezige lichaam. Ze waren bijna even lang, hij keek haar recht in haar ogen, die hem een beetje bang maakten doordat ze zo koortsachtig leken, nog donkerder dan anders. Met zijn tanden probeerde hij de knoopjes van haar grijze blouse los te maken; toen dat niet lukte, beet hij er twee af.

Op haar gezicht verscheen de vertrouwde glimlach. Alsof ze weet had van zijn zwakte en haar kracht, alsof die twee niet zonder elkaar konden. Ze fluisterde iets, haar lippen vormden woorden, maar hij hoorde haar niet meer, hij was bedwelmd door haar geur, door haar gevaarlijke nabijheid, door de kans om hier door iemand te worden betrapt. Misschien verlangde hij daar wel naar, misschien wilde hij wel dat iemand hen hier vond, verstard in een beeld dat geen andere interpretatie toeliet, verstard in hun geheimgehouden liefde. Zodat hij eindelijk opgelucht kon ademhalen en luid kon roepen: Ja, zij is het, de vrouw die ik in elke vezel van mijn lichaam, in elke gedachte met me meedraag, die zo mooi is dat het me pijn doet, omdat ze reddeloos is, omdat ik weet dat ik haar niet kan behoeden, niet voor zichzelf en ook niet voor de wereld. De vrouw die mij heeft geleerd te vergeten en te voelen, te voelen met mijn handen en mijn ogen, met mijn knieholten en mijn enkels, met het puntje van mijn neus en met mijn oorlelletje. Zo wil ik het, precies zo.

Misschien was dat precies wat Kostja wilde. Misschien.

Ze kuste hem in zijn hals en hield zijn hoofd vast, ze drukte steeds harder, zijn oren zaten dicht, hij hoorde niets, ze sloot hem van iets af, misschien van wat er komen zou, alsof ze zijn orakel was, zijn mene tekel, zijn Cassandra, gedoemd de toekomst te kennen zonder dat ook maar iemand haar geloofde.

Kostja boog haar been en zij voegde zich naar hem, ze maakte zich klein en rond, ze maakte het hem gemakkelijk om haar te beminnen, zelfs hier, zelfs nu, tegen de koude muur. Ze kon niet anders, misschien kon ze niet anders dan haar lot volgen, dat niets anders wilde dan een fatale, eenmalige, unieke ervaring voor hem zijn. Maar misschien wist ze ook heel goed dat deze man, dit moment, dit treurige, bijna woeste samenzijn het laatste geluk was dat haar toekwam, en ze greep het met dierlijke kracht.

Ik weet het niet, Brilka, en ik zal het ook nooit met zekerheid weten. Maar wat maakt het uit? Juist vermoedens zijn het waard verteld te worden, niet de zekerheden.

Hijgend verborg hij zijn gezicht in haar hals. Hij voelde haar hand die zijn hoofd vasthield, hij voelde iets gewelddadigs, iets verschrikkelijks in die greep, het beangstigde hem, maar door zijn lust kon hij zijn angst bedwingen, er niet aan denken. Zijn hart sloeg over: er werd op de deur geklopt. Kostja verstijfde, hij vergat zelfs adem te halen. Ida liet hem niet los.

'Ja?' riep hij, terwijl hij voorzichtig zijn keel schraapte om de opwinding in zijn stem te verbergen.

'Hé, krasavtsjik, we moeten gaan, schiet een beetje op, de jongens staan beneden al te wachten!'

'Ik kom eraan!' bracht Kostja met veel moeite uit.

'Nee, blijf hier, blijf alsjeblieft bij me!' smeekte Ida.

'Dat kan niet, ik moet gaan. Het is onze slotparade en we hebben er weken voor geoefend. Ik... ik kom vanavond naar je toe. Ik kom zodra de parade afgelopen is, dan praten we over alles.'

'Laat me hier niet zo achter, alsjeblieft niet, nee, niet stoppen!'

Ida klampte zich vast aan zijn schouders, drukte haar hoofd tegen zijn kin, streelde hem met haar huid. Maar hij maakte zich los van haar, bedwelmd, zwaaiend op zijn benen, de lust nog niet gestild. Hij wankelde naar zijn bed en begon haastig zijn overhemd aan te trekken.

Ida schoof langzaam haar onderjurk en daarna haar rok naar beneden en keerde hem de rug toe. Ze hield haar gezicht tegen de muur, ze drukte haar voorhoofd ertegenaan alsof ze erdoorheen wilde breken, alsof ze een uitweg wist, een geheime uitgang naar een andere wereld, door de muur heen.

'Ik moet echt gaan. Mijn vader is er ook bij en... Ik kom vannacht, Ida. Ik kom en blijf zo lang als je wilt, goed? Dan praten we over alles waarover je wilt praten. Dan vertel je me wat je dwarszit.'

Een poosje verroerde ze zich niet, hij wist niet wat er met haar was, of ze huilde, of ze hem vervloekte, of ze het liefst onzichtbaar wilde worden, of ze spijt had. Toen draaide ze zich om en keek hem aan, ze glimlachte. Haar haar zat in de war, de knot was losgegaan en er hingen een paar lange donkere slierten voor haar gezicht, en weer stond Kostja op het punt zijn uniform uit te trekken en naar haar toe te rennen, haar in zijn armen te sluiten en de deur te vergrendelen – maar haar glimlach troostte hem, het was dus allemaal niet zo erg, hij zou immers gauw naar haar toe komen.

'Het is in orde, Konstantin, mooie, mooie jongen van me. Pas goed op jezelf.'

'Hé, ik ben geen jongen meer, knoop dat in je oren!'

Hij gaf haar een haastige kus op haar lippen en stormde de kamer uit.

Tijdens de militaire parade werd Kostja overvallen door een dierlijke angst. Hij zag zijn vader op de stoep naar hem staan zwaaien, maar dat betekende opeens niets meer voor hem. Hij marcheerde met de andere mariniers in dezelfde maat, scandeerde steeds weer de uit het hoofd geleerde leuzen en probeerde eerbiedig te kijken toen de kanonnen boven de Finse Bocht werden afgevuurd. Maar hij voelde alleen de angst in zijn borst, die al zijn organen leek samen te persen.

Zodra de parade afgelopen was, rende hij ervandoor. Hij rende en rende tot hij niet meer kon. Hij bleef midden op straat zitten om op adem te komen en rende verder, vloog de trappen op, bleef voor haar deur staan, snakte naar adem en bonkte op de deur, maar er deed niemand open.

Hij ging weer naar beneden, bleef op straat staan en keek omhoog naar de derde verdieping, maar er brandde geen licht. Hij ging terug, klopte en klopte, riep, riep om haar.

Drie dagen en nachten kwam hij steeds weer terug, tot een buurman hem ten slotte vertelde dat de dame was vertrokken, hij had haar met twee koffers het huis uit zien gaan, maar hij wist niet waarheen, ze was geen erg spraakzame buurvrouw geweest.

Tientallen jaren later, Brilka, hoorde ik van een oude man in een vreemd land, in een huisje aan de rand van de zee, dat Ida nergens heen was gegaan, dat ze haar buurman een paar roebel had toegestopt om dat leugentje om bestwil te vertellen en dat ze al die dagen en nachten achter haar dichte deur had gestaan, met haar mond stijf dicht om te zorgen dat haar stem en haar verlangen haar niet verraadden, terwijl mijn grootvader op de deur bonkte, om haar riep en de wereld om zich heen niet meer begreep.

Het snelle en gigantische succes van de nationaalsocialisten in het begin van de Tweede Wereldoorlog was mede te danken aan de vriendschappelijke neutraliteit van de

Sovjet-Unie, want de generalissimus steunde Hitler niet alleen door het niet-aanvalsverdrag, hij maakte ook Duitse import en export over het grondgebied van de Sovjet-Unie mogelijk. De bezetting van het noordoosten van Roemenië door de Roden kwam voor de nationaalsocialisten als een verrassing. Om te zorgen dat de generalissimus niet op het idee kwam nog verder op te rukken, liet Hitler ook troepen van de Wehrmacht in Roemenië stationeren. Op de bijeenkomst van de generale staf in juli 1940 in de Berghof, het paradijselijke onderkomen van Hitler, ontstond er een zekere onrust zodra het gesprek op de Sovjet-Unie kwam; volgens de dagboekaantekeningen van generaal Halder wilde Hitler met de 'operatie in het Oosten' toch eerder beginnen dan gepland. In november reisde Molotov weer naar Berlijn, maar deze keer hadden de onderhandelingen geen resultaat, over de verdere territoriale verdeling kon geen overeenstemming meer worden bereikt. Hitler vond de eisen van de generalissimus schaamteloos: hij maakte aanspraak op Finland, Bulgarije, Turkije en ettelijke gebieden van de Zuidelijke Kaukasus tot aan de Perzische Golf. Op 18 december 1940 ondertekende Hitler het plan Barbarossa en bepaalde hij dat de aanval op 15 mei 1941 van start moest gaan. In het voorjaar van 1941 bestonden er in Europa nog maar vijf neutrale staten: Zweden, Zwitserland, Portugal, Spanje en Turkije.

De Balkanoorlog dwong Hitler Operatie Barbarossa nog een paar weken uit te stellen. De generalissimus werd door de geheime dienst van Hitlers plan op de hoogte gebracht, maar hij beschouwde het als een intrige, een verzinsel van de Britse geheime dienst. Hij lachte om de waarschuwingen; degenen die zoiets beweerden, hadden volgens hem 'hersenen zo klein als mijn duim'.

De mogelijkheid van een oorlog tegen Hitler-Duitsland was voor de generalissimus onvoorstelbaar. De Sovjet-

Unie hield zich strikt aan de handelsovereenkomst en leverde Duitsland in de eerste twee oorlogsjaren tonnen graan, olie en staal. Op dat moment telde het Rode Leger bijna vijf miljoen man. De bewapening was inferieur aan die van de Duitsers, om nog maar te zwijgen van de organisatie, want de generalissimus had een paar jaar eerder bijna alle generaals en officieren van naam laten arresteren of doodschieten. Maar Hitler en zijn gevolg, verwend door de behaalde successen van de blitzkrieg, planden de snelle onderwerping van de Sovjet-Unie. Hitler wist alleen niet dat alle terreur en ellende die de Wehrmacht met zijn inval in het land wilde zaaien, allang aan de orde van de dag waren. Dat de gruwelen van de Sovjets in die jaren de mensen al heel goed hadden voorbereid op de gruwelen die Hitler in het land dacht aan te richten.

Het recht op verdriet is een privilege.
Sjostakovitsj

Nadat Kostja Jasji, inmiddels onderofficier bij de Sovjetvloot, voor de laatste keer wanhopig naar de dichte deur van Ida's woning had staan staren, had hij dringend verzocht om overplaatsing naar een andere stad. Zijn verzoek werd ingewilligd en in april kwam hij terecht op een oefenschip in Sebastopol op de Krim.

Op 22 juni 1941 overschreden drie legergroepen van de Wehrmacht de grens van de Sovjet-Unie: Legergroep Noord had als doel de Baltische staten en Leningrad, Legergroep Midden trok op naar Smolensk en Moskou en Legergroep Zuid naar Kiev. Een van de grootste aanvallen uit de krijgsgeschiedenis was begonnen. Van de Oostzee tot aan de Karpaten werd het reusachtige rijk van de generalissimus vanuit alle windstreken aangevallen door meer dan drie miljoen Duitse soldaten. Na het bevel was

Hitler 'ontdooid'; 'alle vermoeidheid was van hem af gevallen,' noteerde Goebbels na de intocht in de Sovjet-Unie in zijn dagboek. De aanval begon en stelde alle tot dan toe geldende militaire afspraken, wetmatigheden en regels buiten werking.

De wereldbol begon sneller te draaien.

De generalissimus, die ondanks de waarschuwingen was blijven geloven dat de mobilisatie van de Duitse troepen aan de grenzen een overdrijving was van de geheime dienst, had zich teruggetrokken in zijn datsja in Koentsevo en richtte zich pas een kleine twee weken later met een rampzalige radiotoespraak tot het volk. Een week later zou hij de Grote Vaderlandse Oorlog uitroepen.

Dat de Duitse aanval voor de westelijke onderdelen van de Russische vloot, die in Sebastopol waren gestationeerd, totaal onvoorbereid zou komen en Kostja sneller dan hem lief was in het epicentrum van de oorlog zou worden gekatapulteerd, had hij bij zijn overplaatsing niet kunnen vermoeden. De oefenmanoeuvres werden schrikbarend snel afgelost door het echte oorlogsgebeuren en Kostja Jasji raakte verzeild in een drie dagen durende slag, waarbij alle in de haven voor anker liggende schepen werden verwoest en Sebastopol door de Duitsers op de knieën werd gedwongen.

Begin juli begon Legergroep Noord met de verovering van de Baltische staten en moest de Baltische vloot uitwijken naar Kronstadt. Legergroep Midden veroverde op 16 juli Smolensk. In de eerste weken viel Minsk in Duitse handen. Novgorod viel op 16 augustus en op 8 september drongen de Duitsers door tot het Ladogameer en omsingelden ze Leningrad.

De rode eerste luitenant werd een week na het begin van de oorlog naar het front bij Minsk gestuurd.

De successen van de Wehrmacht waren overweldigend. De generale staf van het Rode Leger – nog steeds aarzelend, heen en weer geslingerd tussen angst voor het Kremlin en de noodzaak om snel te handelen – kwam tot niets. De verlamming in het Kremlin sloeg over op het hele land. Ontelbare mensen werden hier in de eerste oorlogsmaanden het slachtoffer van. Goebbels schreef in juli 1941 triomfantelijk in zijn dagboek: 'Er kan geen twijfel meer over bestaan dat het Kremlin vroeg of laat zal vallen.'

Giorgi Alania werd na zijn uitstekend afgelegde examen scheepsbouw naar de Amoerskiwerf aan de Japanse Zee gestuurd. Alania had geaarzeld, hij wilde niet naar het einde van de wereld, waar hij gescheiden zou zijn van zijn beste vriend, hij hoopte dat hij daar niet langer dan een of twee jaar zou moeten blijven – achteraf bleek de Japanse Zee zijn redding, want door zijn overplaatsing naar Amoerski ontsnapte hij aan de oorlog; omdat hij werkzaam was in de zware industrie, zou het front hem bespaard blijven.

Bij de intocht van de Duitsers in de Baltische staten en Oekraïne geloofde niemand meer dat de bolsjewieken zouden terugkeren, de Duitsers werden als bevrijders binnengehaald. Toen de Wehrmachtsoldaten met tanks en vrachtwagens in de Oekraïense dorpen kwamen, stonden de boeren als teken van gastvrijheid met brood en zout in hun handen op straat.

Het NKVD daarentegen had in ijltempo grondig werk verricht: in de gevangenissen waren gedetineerden geëxecuteerd en in de psychiatrische inrichtingen patiënten gedood. Zoals er later hele dorpen en steden zouden worden platgebrand – niets mocht in handen van de Duitsers vallen.

De berichten in de Sovjetpers over de nationaalsocialistische misdaden en de geruchten dat er al meer dan eens Joden waren verzameld en ergens heen waren gebracht vanwaar niemand was teruggekeerd, werden als leugens en Sovjetpropaganda beschouwd. Om die reden besloten veel Joden niet te vluchten. Ze waren allemaal al jaren met leugens en verzinsels afgescheept, maar deze leugen uit de mond van de onderdrukkers was nog leugenachtiger dan alle vorige: in de Kaukasus en Oekraïne ronselde de Wehrmacht etnische minderheden die 'vrijwillige diensten' bewezen.

Doordat in de paniek van de eerste oorlogsmaanden veel partijfunctionarissen, directeuren en commissarissen halsoverkop hun post verlieten, voelden de burgers zich in de steek gelaten en veroorloofden ze zich vrijheden waar ze zich anders nooit aan hadden gewaagd: ze weigerden werk, plunderden, bedreigden zelfs hun meerderen. De onaantastbaarheid van de bolsjewieken werd in twijfel getrokken.

In augustus van hetzelfde jaar vaardigde de generalissimus bevel nummer 270 uit, waarin werd bepaald dat iedere soldaat die zich krijgsgevangen liet nemen als verrader gold. Soldaten van het Rode Leger hadden maar twee mogelijkheden: zich laten doodschieten door de Duitsers of, later, doodgeschoten worden door hun eigen mensen.

Op de dag dat Kostja Jasji voor het eerst naar zijn geweer greep om op mensen te schieten, voltooide zijn zestienjarige zus de meisjesschool en werd ze in de armen gesloten door Andro, die nog steeds obsessief engeltjes uit hout sneed en intussen zijn krullen had afgeknipt.

Diezelfde nacht stierf mijn betovergrootvader vredig in zijn bed, na de geheime recepten in zijn zwarte notitieboekje te hebben doorgenomen en in de veronderstelling verkerend dat hij zich in de chocoladefabriek bevond, die drie jaar daarvoor had opgehouden te bestaan en een staatskantine was geworden waar je puree en goedkope gehaktballen kon eten. Hij stierf terwijl hij zich in zijn zoete verleden waande, omhuld door de verleidelijkste geuren van de wereld, vol plannen voor de toekomst van zijn geboortestad die hij tot het Nice van de Kaukasus had willen maken, en te midden van zijn vier dochters, allemaal charmant en vol goede hoop en ongehinderd door alle socialistische triestheid. Sluipenderwijs had hij afscheid genomen van het heden, totdat het dun en doorschijnend was geworden en uiteindelijk scheuren begon te vertonen; oud, verzwakt, gebrekkig, met zwakke nieren, zonder aanzien en niet meer omgeven door de geur van voornaamheid was de chocoladefabrikant ingekapseld geraakt in een ondoordringbare, niet meer los te weken korst van verdriet. Zijn aftakeling was voor zijn familie moeilijk te verdragen. En hoeveel moeite Lida en Kitty ook deden om de onheilsberichten uit de buitenwereld voor de oude man verborgen te houden, het lukte hun niet hem van dat verdriet te verlossen. Steeds weer vroeg hij naar Christine, die zich sinds haar verminking niet meer in haar ouderlijk huis had durven vertonen. Hij praatte nooit over het voorval, nooit over Ramas, alsof Christine niet was getrouwd, alsof Christine niet was aangedaan wat haar was aangedaan. Ze bleef voor hem het jonge meisje voor wie de wereld openlag, dat alles nog voor zich had, en Lida en de anderen moesten zijn spel wel meespelen, ze moesten het verleden als heden voorstellen en leren hun eigen verdriet en zorgen voor hem te verbergen.

De waskaarsen die Lida in haar kamer verborgen hield, werden aangestoken. Lida ging bij het sterfbed van haar vader staan en bad uren aan één stuk. In de ochtendschemering werd Andro naar het postkantoor gestuurd om een telegram naar Tbilisi te verzenden.

Later zaten ze bij het raam naar de slapende straat te kijken en vroeg Andro aan Kitty of ze zijn vrouw wilde worden en met hem mee naar Wenen wilde.

'Naar ons heel persoonlijke Wenen,' voegde hij eraan toe.

Christine, die een kunstig met haar haar vervlochten sluier voor haar gezicht droeg en helemaal in het zwart was, ging naast haar oudere zus, die haar telkens ondersteunde, bij het raam van de coupé zitten en leunde met haar hoofd tegen het glas. Het station was overvol, mensen renden heen en weer als ijverige mieren. De kleine jongen die kranten verkocht, schreeuwde luidkeels: 'Het is oorlog, oorlog! Fascisten hebben de Sovjet-Unie aangevallen! De generalissimus roept de Grote Vaderlandse Oorlog uit!'

Christine probeerde niet naar zijn woorden te luisteren. Maar Stasia, die haar koffer aan het opbergen was, draaide zich met een ruk om en stak haar hoofd door de smalle opening van het raam, ze wenkte de jongen, gooide een paar kopeken in zijn hand en pakte de krant aan. Verdiept in het nieuws snakte ze naar lucht alsof ze een astma-aanval had en liet zich krachteloos op de bank vallen.

'Kostja!' zei Stasia, alsof ze hem voor zich had gezien, en ze omklemde de pols van haar gesluierde zus. 'Simon heeft mijn enige zoon meegenomen en hij zal hem er niet van weerhouden om mee te vechten. Hij zal er nog trots op zijn ook. Mijn god, Kostja, mijn enige Kostja!'

'We weten toch helemaal niets. Morgenvroeg nemen we meteen contact op met Simon en Kostja. Probeer te kalmeren.'

Christine keek uit het raam, naar het groene, heuvelachtige landschap dat voorbijgleed.

In de ochtendschemering kwamen de zussen aan in hun geboortestad, die allesbehalve een Nice van de Kaukasus was geworden. Het nieuws van de oorlog was nu ook hier doorgedrongen, de mensen dwaalden door de straten, oudere mannen stonden pijprokend op de straathoeken en haalden herinneringen op aan de verschrikkingen van de laatste oorlog, de vrouwen hadden kleine tafeltjes voor hun huis neergezet, ze verzamelden zich rond grote radio-ontvangers, dronken koffie en schudden steeds weer hun hoofd. Alleen de kinderen speelden gewoon met de bal, deden verstoppertje en tikkertje en maakten een oorverdovend kabaal.

Lida zat bij de kist van haar vader en zweeg, een geslachtloos wezen in een zwarte katoenen jurk en met een zwarte hoofddoek. Kitty en Andro hingen rond in het trappenhuis en begonnen in koor te huilen toen ze Christines gesluierde gezicht zagen, terwijl ze deden alsof ze huilden om hun grootvader, die de laatste jaren nauwelijks belangstelling had getoond voor hun leven, voor niemands leven, ook niet voor dat van hemzelf.

De spiegels werden afgedekt en alle beschikbare iconen werden rond de kist gezet, Lida had zelfs een uiteraard in burger geklede geestelijke laten komen. Meri kwam uit Koetaisi, met een ontevreden gelaatsuitdrukking die wel vastgegroeid leek, alsof ze haar zussen persoonlijk verantwoordelijk wilde stellen voor haar ongeluk. Er werden stoelen rond de kist gezet, de vrouwen gingen zitten, de mannen verdrongen elkaar in de gang en ontvingen de belangstellenden. Drie nachten lang lieten ze het licht branden, ze zetten alle deuren open, gaven het eten van het lijkmaal aan de armen en deelden spullen van de overledene uit.

Kitty en Andro werden er voortdurend op uitgestuurd om brood of wijn te halen, niemand had tijd om Kitty's gloeiende ogen, Andro's onrustige knieën en de slechts schijnbaar toevallige aanrakingen tussen de twee op te merken.

'Ja, goed, dan trouwen we gewoon,' had Kitty tegen Andro gezegd op de dag dat haar broer voor het eerst zijn geweer op een mens richtte en haar grootvader stierf. En toen zij de dodenwake hielden, zaten ze onafgebroken te fluisteren over hun toekomst, want in tegenstelling tot de liefde van Kostja kon die van hen het niet zonder woorden stellen.

De gesluierde Christine riep het tweetal telkens bij zich en knuffelde hen als kleine kinderen.

'Wees maar niet bang, alles komt goed,' herhaalde ze steeds weer. Terwijl ze zélf bang was. Voor de eindeloze eenzaamheid die haar gevangenhield, voor het donker, waaruit ze nog geen uitweg had gevonden, voor het moment dat Stasia weer naar haar oude leven zou terugkeren en haar met haar geesten zou achterlaten. Bang voor de oorlog, maar vooral voor het feit dat ze niet wist hoe ze verder moest leven met een half gezicht en een hart dat aan een zelfmoordenaar toebehoorde.

Op 5 juli – de dag dat Sebastopol in handen van de Duitsers viel – begroeven ze de chocoladefabrikant tussen zijn Russische en zijn Georgische vrouw en schaarden ze zich rond de grote houten tafel om koffie te drinken en de toekomst van de familie Jasji te bespreken.

'Ik moet Kostja terughalen,' zei Stasia opeens en ze stak een sigaret op.

'Wees gerust, Anastasia, God zal voor hem zorgen, het is een dappere jongen,' fluisterde Lida.

'Hou je mond!' riep Christine en ze schonk een borrel in uit de fles die op de keukentafel was blijven staan. En voordat Lida een kruis kon slaan en God om vergeving kon vragen voor de brutaliteit van haar zus, zei Kitty: 'Wij gaan trouwen.'

Ze keek trots naar Andro, die zwijgend en met gebogen hoofd naar de grond zat te staren.

'Pardon?' zei Christine lachend.

'We willen trouwen en dan weg,' herhaalde Kitty.

Toen sloeg Lida eindelijk een kruis en Meri snoof verachtelijk, alsof de mededeling een persoonlijke belediging voor haar was.

'Zijn jullie wel goed bij je hoofd?' vroeg Stasia eindelijk, nog steeds vrij kalm.

'Ik weet het, ik had met je moeten praten, maar daar was nooit tijd voor als je hier was...' begon Andro langzaam.

'Heilige Maria...' fluisterde Lida.

'Mijn moeder is dood, hè?' vroeg Andro plotseling, maar hij kreeg geen antwoord, alleen ontwijkende blikken. Lida sloeg opnieuw een kruis.

'Het is oorlog. Dan trouw je niet,' zei Stasia.

'Of juist wel,' antwoordde Andro.

'Ik weet niet wat ik ervan moet zeggen. Maar het is jullie leven. Hoe dan ook, dit is een heel slecht moment voor zulk kinderachtig gedoe,' zei Stasia en ze liep de kamer uit. Ze kwam pas de volgende avond terug. Lida wilde haar al gaan zoeken, maar Christine hield haar tegen, ze vermoedde dat Stasia een kabardin had gehuurd en naar de grottenstad was gereden. Waarschijnlijk in herenzit.

Toen de Wehrmacht de Don overstak, ging Lida naar een klooster bij Ratsja, waar ze de hele oorlog zou blijven. Het huis werd afgesloten en Christine, Stasia, Kitty en Andro namen gezamenlijk de trein terug naar de hoofdstad.

In Tbilisi vonden ze allemaal onderdak in Christines villa, die achter de pompeuze voorgevel een verwaarloosde en lege indruk maakte, want alles wat zeldzaam en van waarde was, was in de loop van de laatste jaren verdwenen en op de zwarte markt verkocht. Er werden telegrammen naar Leningrad gestuurd, er kwam geen antwoord. In Tbilisi heerste paniek, er deden geruchten de ronde dat de fascisten een geheime operatie in de Kaukasus voorbereidden, Hitler zou de Kaukasus en vooral de Kaspische olie tot de hoogste prioriteit hebben verklaard.

In de stad werd het dagelijks leven stiller, voorzichtiger, aarzelender en bedrukter – maar toch ging het door. De levensmiddelenbedrijven en fabrieken draaiden op volle toeren. De kolchozen moesten hun productie verdubbelen. In september kwamen de eerste berichten over het beleg van Leningrad. Niet lang daarna kreeg Stasia een brief van haar man (ja, huwelijken houden beslist langer stand dan de liefde, Brilka), waarin hij haar meedeelde dat Kostja het goed maakte, zich heldhaftig had geweerd in de slag om Sebastopol en nu bij de Oostzeevloot diende, de verdediging van Leningrad stond op het spel. Ze moest zich geen zorgen maken, hij had met hem gecorrespondeerd, hij kwam niets tekort. Hijzelf bevond zich momenteel in Moskou, voerde het bevel over een divisie van het 36e schuttersbataljon en wachtte verdere overplaatsing af.

Terwijl Stasia ontzet door de kamer ijsbeerde, haar sigaretten rookte, vloekte en tegen haar tranen van verontwaardiging vocht, wandelde Andro met Kitty in de Botanische Tuin. Ze zochten verlaten geheime paadjes op en beklommen de steile hellingen. Toen het donker werd, gingen ze vlak bij de waterval zitten en toen Kitty vroeg of het geen tijd werd om op te stappen, omdat de tuin zo dichtging, antwoordde hij dat ze er de nacht wel konden doorbrengen. Hij had voor alles gezorgd en thuis iets over een grote vergadering gezegd, zodat ze niet werden verwacht. Hij spreidde een deken uit, haalde wat brood en kaas uit zijn tas, zette er een fles wijn naast en knipoogde naar haar.

Ze luisterden vast naar de kleine waterval waar ik als kind zo graag in rondsprong, en ze verbaasden zich vast over de omvang van de vale septembermaan. Ze verkeerden vast in een roes door hun terugkeer in de grote stad, maar vooral door elkaar en hun lichamelijke aantrekkingskracht, waar ze voor het eerst openlijk aan toegaven. En Kitty's rug deed vast pijn vanwege de rotsachtige grond bij de waterval, maar het maakte haar vast niets uit, want ze kuste haar Andro zoals ze hem nog nooit had gekust, en ze liet zich uitkleden en betasten, proeven en ruiken, ze liet haar lichaam verkennen, vergat haar schaamte en de oorlog. Ze vergat het legertje houten engeltjes dat hen beiden tegen iets moest beschermen, tegen iets wat in aantocht was. En daarna sprongen ze vast overweldigd en uitgeput onder de waterval. Zo zou ik het tenminste hebben gedaan, Brilka, als ik daar mijn eerste liefdesnacht had doorgebracht.

Drie dagen later riep Stasia de leden van de familie Jasji bijeen in de ruime salon, die sinds de dood van Ramas niet meer was gebruikt en die ze 's winters door zijn omvang niet warm gestookt kregen, en ze zei, terwijl ze een sigaret rookte: 'Ik hou het niet meer uit. Ik kan mijn leven niet nog een keer kapot laten maken door zo'n vervloekte oorlog. Ik moet hem vinden. Kostja. Ik ga met Simon praten, hij moet zijn connecties inschakelen, misschien is er dan overplaatsing mogelijk. Want wat heeft een Georgiër aan de Oostzee te zoeken, ze moeten hem naar ons terugsturen, hier is het nog rustig en de Zwarte Zeevloot is geen oorlogsvloot. Kostja moet daar weg. Ik bind hem desnoods vast en neem hem mee terug. Ik offer niet ook nog mijn zoon op. Het is genoeg geweest, en jullie...' – ze keek naar Andro en Kitty, die timide in een hoekje zaten – '... jullie gaan niet trouwen. Het is de verkeerde tijd om te trouwen. Andro, zorg dat je iets van je leven maakt, het zijn moeilijke tijden. En jij, wat moet er van jou terechtkomen, Kitty? Altijd maar ronddansen en zingen en springen? Denk je dat je daarvan kunt leven? En luister naar Christine. Jullie zijn oud genoeg. Ik heb geen zin om jullie als kleine kinderen te behandelen, omdat jullie je als kleine kinderen gedragen.'

Toen gaf ze iedereen een voorzichtige kus op de wang, pakte de oude koffer waarmee ze uit Petrograd was teruggekeerd, en ging naar het station. Alle smeekbeden van Christine, alle dreigementen, alle pogingen om haar van de gevaarlijke reis door Rusland af te houden mislukten jammerlijk. Ze wilde er niet van horen dat haar plan zinloos was.

Dagenlang reisde ze met treinen, goederenwagons, bussen en zelfs met een ezelkar – zoals ze me vertelde – en kwam ten slotte eind september in Moskou aan. Het had hard geregend en de stad zakte weg in de modder. Door de modder werd Stasia de stad en de oorlog in gespoeld. Net zoals ze bijna drieëntwintig jaar eerder, toen ze, de Georgische militaire weg volgend in de hoop haar kersverse echtgenoot terug te vinden, midden in een burgeroorlog belandde. Deze keer was het geen burgeroorlog, maar een wereldoorlog. Deze keer zocht ze niet haar man, maar haar zoon. Deze keer nam ze zich voor hem te vinden zonder eerst twee jaar te moeten wachten, deze keer zou ze – ook al verging de hele wereld – haar reis tot een goed einde brengen.

Stasia kon nog niet weten – het Sovinformburo gaf die informatie niet prijs – dat er op dat moment al meer dan een miljoen doden in het Sovjetrijk te betreuren waren.

Voor de vrede is de Sovjetraket vervaardigd.

Leus op een affiche

Simon Jasji was sprakeloos toen hij zijn vrouw in de oude kazerne voor zich zag staan. Hij knipperde met zijn ogen alsof hij zich ervan moest overtuigen dat het niet Stasia's geest was. Ze was veranderd. Haar schouders waren ingezakt, ze leek kleiner dan vroeger, alsof ze door het ongeluk van haar zus, de afstand tussen haar en haar kinderen en het ontbrekende huwelijksleven was gekrompen. Haar stalen kuiten waren minder gespierd, haar rug was niet meer zo recht, haar lippen waren bleek en de rimpels om haar mond waren niet over het hoofd te zien. Hij probeerde haar stevig tegen zich aan te drukken, maar de omhelzing bleek moeilijker, geforceerder dan gedacht. Hij was vergeten hoe het voelde om iets te voelen.

'Wat jij van plan bent, is volkomen onzinnig!' zei Simon tegen zijn vrouw toen ze hem had verteld waarvoor ze was gekomen. 'Voor het geval het nog niet tot je is doorgedrongen, we bevinden ons in een wereldoorlog, Stasia. En ik peins er niet over hem aan een valse verklaring te helpen. We zijn tenslotte het Rode Leger en niet een of andere amateurvereniging. Als we verliezen, gaan we er allemaal aan, begrijp je dat dan niet? Dan worden we allemaal slaven en zijn we alles kwijt, niet alleen onze vrijheid, maar ook de toekomst, ons land, ons vaderland.'

'Ik ben liever een slavin die weet dat haar zoon leeft, dan een vrije vrouw met een dode zoon,' riep ze ietwat theatraal.

'Stasia, luister! Kostja is bij de marine. Hij is marinier in hart en nieren. Dat heeft hij zelf gewild. Hij is volwassen. Hij dient zijn vaderland. En zelfs als dat niet zo was, niemand stuurt een bekwaam marinier naar een strategisch onbelangrijke vloot als de Zwarte Zeevloot. Het zal niet lang duren of alle jongemannen worden opgeroepen. Ook in Georgië zal het zover komen. Maak je daar geen illusies over, zo snel is dit allemaal niet voorbij. We moeten alles in het werk stellen om deze oorlog te winnen.'

'Hij is niet volwassen, hij is niet...' Stasia schudde aan één stuk door haar hoofd, alsof de enige zin van haar man die ze had begrepen, die over Kostja's leeftijd was.

'Hij redt het wel. Hij is een vechter. Hij laat zich er niet onder krijgen, hij is een toonbeeld van moed en loyaliteit. Je had hem moeten zien toen hij bij zijn slotparade...'

'Je begrijpt het niet. Jij bent degene die er niets van begrijpt, niet ik, Simon.'

Stasia nam een trek van haar sigaret en wuifde de rook met haar hand weg.

'Je moet onmiddellijk de stad uit, Stasia. We doen ons best, maar het kan zijn dat Moskou moet worden geëvacueerd. Je moet terug naar Tbilisi, zolang het nog kan.'

Simon deed opnieuw een poging om zijn armen om Stasia heen te slaan. Deze keer lukte het iets beter. Terwijl ze zich door haar man liet omhelzen, vroeg Stasia zich af waarom ze eigenlijk niet net zo bezorgd was over hem als over haar zoon. Ze schaamde zich bij die gedachte en maakte zich los uit zijn omhelzing.

De rode luitenant praatte verder op haar in, hij probeerde haar tot andere gedachten te brengen, probeerde haar ertoe te bewegen naar huis te gaan, maar Stasia bleef herhalen dat ze Kostja ten minste één keer moest zien voordat ze terugging. Ze moest ten minste één keer met hem proberen te praten. Maar Kostja zat op dat moment al op het Ladogameer, waar hij met de marine-infanterie de bevoorrading via de militaire autoweg nummer 101 veilig moest stellen, de weg die later de geschiedenis in zou gaan als de Weg van het Leven.

Stasia bleef in Moskou.

Stasia bleef in de kazerne en kookte in de kazernekeuken aardappelsoep voor de soldaten.

De zomerse triomftocht van de Duitsers leek bijna onwezenlijk. Het succes van Operatie Barbarossa bevestigde Hitler in zijn geloof in een spoedige zege over het Kremlin. Legergroep Midden begon naar Moskou op te rukken. In de herfst van 1941 hergroepeerde het Rode Leger zich en bereidde het tegenaanvallen voor. Onder generaal Zjoekov werden er zeventig nieuwe divisies opgesteld, deserteurs en muiters dienden ter plekke te worden doodgeschoten. De herfstmodder, die de wegen onbegaanbaar maakte, bewees Moskou en het Rode Leger als geheel een grote vriendendienst. De opmars van de Wehrmacht werd er weken door vertraagd, brandstof, munitie, al het materieel, maar vooral de winterkleren voor de soldaten waren onderweg blijven steken.

In de stadsdistricten stonden de arbeidersbataljons al te wachten. En terwijl Stasia bleef hopen op een ontmoeting met haar zoon, kreeg Andro Eristavi zijn oproep voor militaire dienst. De meeste Georgische soldaten die in de winter van 1941 werden opgeroepen, zouden ter verdediging naar het westelijk front worden gestuurd en kwamen in Kertsj op de Krim terecht.

Sinds het vertrek van haar zus had Christine een indrukwekkende discipline aan de dag gelegd: alsof ze erop had gewacht alleen met twee adolescenten te worden achtergelaten, keerde ze uit haar schimmenwereld met kersenlikeur en opera-aria's terug in de smerige, met zorgen beladen realiteit. Ze stelde elke dag een plan op dat de taakverdeling in het driekoppige gezin regelde: het huishouden moest worden gedaan, de voedselbonnen moesten worden ingeleverd en er moesten giften worden ingezameld.

Terwijl Andro vrijwillig dienstdeed in een postkantoor, hielp Kitty Christine bij het inzamelen van mousseline en verband voor het front, gezamenlijk plantten ze groente in de tuin, want de voedselrantsoenen waren bij lange na niet toereikend. Door de oorlog leek het leven voor Christine weer zin te hebben gekregen. Andro en Kitty deden hun werk onafscheidelijk met elkaar verbonden als een Siamese tweeling, ze knipoogden naar elkaar, giechelden, knepen elkaar en hielden de hele tijd hun favoriete weddenschappen: wie het eerst bij de volgende kruising of bij de voordeur was, wie de meeste groente plantte, wie de meeste giften inzamelde.

'Voor onze soldaten! Een gift voor onze soldaten! Warme winterkleding, sokken, ondergoed, overhemden, alles is welkom!'

Kitty had griep, zodoende stond Andro alleen met zijn grote doos bij het theehuis en riep de mensen luidkeels en met een vriendelijke glimlach op iets voor het front te geven. Plotseling stond er een deftige meneer voor hem die hem een hand toestak.

'Alle respect, jongeman! Zo ijverig aan het werk! Dat noem ik nog eens ware vaderlandsliefde. Veel van uw leeftijdsgenoten lanterfanten maar wat en denken alleen aan pleziertjes, ze weten niet wat het betekent om in staat van oorlog te zijn, maar u, chapeau!'

En hij maakte een geforceerde kniebuiging, haalde een in krantenpapier gewikkelde gift uit zijn aktetas en legde die voorzichtig in Andro's doos.

De man leek een buitenlander, al sprak hij onberispelijk Georgisch, hij droeg een perfect zittend krijtstreeppak en een eigenaardig gevormde hoed met een donkergroene versiering. Hij stelde zich voor als David.

'Dat is voorlopig voldoende,' zei hij. Hij toonde belangstelling voor het houtsnijwerk dat Andro bij zich had en hield een lang betoog over moderne kunststromingen. Maar hij had het over de Europese kunst, noemde namen die Andro niet kende en maakte daardoor nog meer indruk op hem.

De deftige meneer moet op Andro overgekomen zijn als iemand van een andere planeet.

'Ja, er is veel interessants op de wereld, helaas krijgen wij er hier weinig van mee, nietwaar, Andro?' besloot de meneer zijn monoloog en Andro was perplex, want hij had de deftige meneer nog helemaal niet verteld hoe hij heette.

Voordat Andro kon vragen hoe hij zijn naam wist, legde de vreemdeling een lucifersdoosje op Andro's doos en vervolgde zonder afscheid te nemen zijn weg. Andro pakte het lucifersdoosje en bekeek het. Op de achterkant vond hij ten slotte iets: er was met heel kleine lettertjes een adres op gekrabbeld.

Andro vond het ontzettend geheimzinnig. Drie dagen liep hij met het doosje in zijn broekzak en zelfs Kitty vertelde hij niets over de bijzondere ontmoeting. Hij stelde zich allerlei avonturen voor waarin de deftige meneer verwikkeld kon zijn. Hij vroeg zich af wat zo'n wereldwijze, mondaine man van hem zou willen en hoe hij hem eigenlijk kende. Toen hij na drie dagen zijn nieuwsgierigheid niet langer kon bedwingen, zocht hij het adres op. Er liep een wenteltrap naar de kleine zolderwoning. Daar ontving de meneer hem, nu in een donkerblauw pak en met een glas brandy in zijn hand, een drank die Andro alleen uit boeken kende.

'Jij bent een fijne jongen. Je verenigt veel nuttige eigenschappen in je: fijngevoeligheid, nieuwsgierigheid, je hebt ook goede manieren, je streeft naar het hogere en bent loyaal. Maar helaas leven we nu eenmaal niet in een tijd waarin zulke kwaliteiten op waarde worden geschat. Grofheid, verraad en hebzucht zijn aan de orde van de dag.'

De man kwam snel ter zake, iets te snel naar Andro's smaak. Ze waren net voor een oude tegelkachel gaan zitten en Andro had de eerste slok van zijn brandy geproefd, toen de man op hem begon in te praten.

'Het socialistische gedachtegoed is verraden. Ze hebben ons verraden. En nu zitten we in een oorlog, terwijl we vrede wilden. Nu leven we in de slavernij die we wilden bestrijden, we leven in een dictatuur, mijn jongen, hoewel we naar vrijheid verlangden. Ze hebben onze idealen verkracht.'

De man knikte veelbetekenend, alsof hij zijn woorden daarmee extra nadruk wilde geven. Andro keek zwijgend naar de grond, hij voelde zich onbenullig en dom. Hij wilde niet onervaren en onwetend overkomen en door te zwijgen kon hij tenminste de indruk wekken goed na te denken over wat de man zei.

'Maar er is nog hoop,' begon de man weer en deze keer klonk het alsof hij een toespraak voor een grote menigte hield. Hij stond op en ging naast Andro staan. 'Er is een mogelijkheid om dat geweld te overwinnen en een vrij Georgië te stichten, waar je net als vroeger probleemloos naar Parijs of Wenen mag reizen. Maar daarvoor hebben we goede mannen nodig. Jij wilt toch naar Europa?' De verwarmende brandy werd royaal bijgeschonken. 'We hebben mannen nodig die weten waar het op aankomt, en zo iemand schijn jij te zijn, mijn jongen. Als de Russen deze oorlog winnen, is al onze hoop begraven, dan zijn alle idealen dood, dan zijn alle grenzen dicht. Begrijp je wel?'

Andro, beneveld door de alcohol, knikte veelbetekenend. Hij keek weer op en beantwoordde de brede glimlach van zijn gastheer.

De woning was spartaans ingericht, helemaal niet passend bij de mondaine uitstraling van deze David. Misschien was het een soort camouflage, dacht Andro bij zichzelf. Hij voelde zich geroepen tot iets belangrijks en al wist hij niet precies waaruit zijn taak bestond, opwindend was het in elk geval wel. Iets in hem zei dat hij de man niet teleur mocht stellen.

Die doceerde over vrijheid en waarden, over grenzen en onderdrukking. Hij had het over Europa en liet telkens namen van plaatsen vallen die in Andro's oren klonken als pure magie, zo onbereikbaar ver en zo romantisch. Plaatsen waar hij altijd al naartoe wilde en waarover hij Kitty zo vaak enthousiast had verteld, maar uit de mond van deze man klonken ze zo vertrouwd, helemaal niet ver weg, helemaal niet onbereikbaar meer. Alsof hij net terug was van een wandeling op Montmartre en Andro op hetzelfde moment aanbood hem de volgende keer te vergezellen.

Bij deze man was het zo makkelijk om je de speeltafels in Baden-Baden, de danslokalen in Parijs en de koffiehuizen in Wenen voor te stellen. De elegante meneer praatte verder op hem in, voedde zijn fantasie met schitterende, veelbelovende beelden en garandeerde hem Wenen, vrijheid, prachtige vooruitzichten. Hij kon toch zijn talent benutten en naar een carrière als beeldhouwer streven. Hij kon in Europa studeren.

'De Duitsers willen vrijheid voor Georgië. Ze weten heel goed dat de Kaukasus de bakermat van ons ras en onze beschaving is.' De man praatte nu fluisterend. Hij was weer tegenover Andro gaan zitten en keek hem recht aan. 'Heb je weleens van het Georgisch Legioen gehoord, jongen?' Andro schudde zijn hoofd. 'Dat zijn mannen die vanuit het buitenland, vooral vanuit Berlijn, vechten voor een vrij Georgië. Er zijn de afgelopen jaren geheime besprekingen met de Duitsers gevoerd, ze hebben ons verzekerd dat we weer vrij worden, zodra de Sovjet-Unie is verslagen. Dat we als onderdeel van het Groot-Duitse Rijk een autonome staat zullen vormen en dat we krijgen wat ons toekomt, als je begrijpt wat ik bedoel.'

Andro knikte voorzichtig, al wist hij niet zeker of hij precies begreep wat de man daar zei.

'Jij kunt ons helpen, Andro. Je kunt ons helpen deze oorlog te winnen. Je kunt ons helpen de toekomst van ons land vorm te geven. Je kunt vrij worden, mijn jongen. Je bent opgeroepen, hè?'

Opnieuw vroeg Andro zich af hoe de man zoveel over hem wist. Deze keer knikte hij vastberaden.

'Ze zullen je naar de Krim sturen. Daar zal iemand contact met je opnemen en je precies vertellen wat je moet doen. Omdat je geen militaire ervaring hebt, word je hoogstwaarschijnlijk bij de verbindingstroepen ingedeeld.

Een heel belangrijke taak, mijn jongen. Over een paar maanden halen we je naar Europa. Van daaruit zul je samen met ons kunnen opereren. Wij hebben overal onze cellen. In heel West-Europa en weldra in de hele wereld. En als alles eenmaal voorbij is, kun je overal heen waar je wilt.'

Andro, die inmiddels aangeschoten was en een kleur had gekregen, leunde een beetje verder voorover en nam de laatste slok van zijn brandy.

'Poeh, wat is dat spul sterk,' zei hij glimlachend. 'En hoe zit het met mijn vrouw?'

'Heb je een vrouw?' vroeg de deftige meneer verbaasd.

'Ja, binnenkort wordt ze mijn vrouw.'

'O, ik begrijp het. Niets mag de liefde ooit in de weg staan. Ik kan je verzekeren dat we haar naar je toe zullen sturen, zodra je in Europa zit en je taken op je hebt genomen. Maar dat heeft allemaal tijd nodig. We zijn er druk mee bezig. Er is nog veel te doen en helpende handen zijn belangrijk, Andro. We zullen valse papieren voor je echtgenote regelen en haar het land uit helpen, onder de hoogste bescherming, dat spreekt vanzelf.'

'Zijn uw mensen eigenlijk een soort spionnen?' vroeg Andro en hij begon onzeker te lachen. Zijn hoofd deed zeer. Hij probeerde de woorden van de man te doorgronden. Hij probeerde zijn aanbod af te wegen. De deftige meneer klopte Andro op zijn rug.

'Wij doen gewoon ons werk, ons werk voor een vrij Georgië.'

'Maar dat betekent dan toch samenwerking met de fascisten? Waarom zouden de fascisten uitgerekend van Georgië een vrij land willen maken?'

'Luister, Andro, luister goed.' De man ging op de leuning van Andro's stoel zitten en praatte nu op wat strengere toon. 'Je hebt misschien de naam Sjalva Maglakelidze weleens gehoord. Een Georgische democraat van het eerste uur en een eersteklas generaal. Hij was vóór de revolutie gouverneur-generaal van Tbilisi. Na de bezetting van Georgië heeft hij het land verlaten en is hij uitgeweken naar Berlijn. Daar heeft hij in 1924 de verzetsbeweging Georgisch Comité: De Witte Joris opgericht. Het doel van die organisatie is Georgië uit handen van de bezetters te bevrijden. In het begin van de oorlog heeft hij in Berlijn ook nog het Georgisch Nationaal Comité opgericht en met het Rijksministerie een overeenkomst gesloten op grond waarvan Georgië onder het Groot-Duitse Rijk de vrijheidsstatus krijgt. Maglakelidze heeft de beste Georgische soldaten in ballingschap om zich heen verzameld en zich aangesloten bij de Wehrmacht. Het Georgisch Legioen telt binnenkort 13.000 soldaten, Andro, die in twaalf verschillende bataljons zijn ingedeeld. Bij dat legioen sluiten zich elke dag meer deserteurs van de Roden en krijgsgevangenen aan. En Maglakelidze is al bevorderd tot generaal-majoor.'

'Ik geloof dat ik nu beter kan gaan...'

Andro stond op en begon zijn pet te zoeken. De man bleef roerloos zitten en verloor Andro niet uit het oog.

'Je moeder is dood, Andro. Doodgeschoten als een goedkope hoer. Ik kan je de details zwart-op-wit geven, voor het geval het je interesseert. Zelfs de exacte prijs van de kogels die ze hebben gebruikt om haar te doden. Doodgeschoten omdat ze vrij wilde blijven, in een vrij land.'

Andro, die al bij de deur stond, draaide zich langzaam om en keek de man aan. De omzetting van zijn vermoeden in zekerheid veranderde hem en zijn toekomst voorgoed.

Een paar dagen voor het eind van het jaar moest Andro samen met andere soldaten vanuit Tbilisi naar de Krim vertrekken. Charkov was in Duitse handen en er kwamen steeds meer geruchten dat het een kwestie van tijd was voor de Wehrmacht ook de Kaukasus zou bereiken.

De nacht voor zijn vertrek sloop Andro naar Kitty's kamer, maakte haar wakker en wijdde haar in zijn plannen in. Kitty reageerde ronduit hysterisch en praatte op hem in: hij moest dat risico niet nemen, het was te gevaarlijk en hij te onervaren, de Roden konden er elk moment achter komen en hem van verraad beschuldigen. En dan was hij reddeloos verloren. Kitty wilde absoluut niet dat de fascisten de oorlog wonnen, ze wilde geen autonome staat in het Groot-Duitse Rijk. Het was toch een illusie om te denken dat de fascistische zege voor Georgië vrijheid betekende. Hij moest niet zo naïef zijn en zijn verstand gebruiken. Hij bracht zichzelf en de hele familie zo in groot gevaar.

Andro hield vol dat het allemaal in orde zou komen. Het was tenslotte ook in het belang van die deftige meneer dat hij niet tegen de lamp liep. Maar toen Kitty onvermurwbaar bleef, begon hij tegen haar te schreeuwen, pakte haar bij haar ellebogen, schudde haar door elkaar en benadrukte dat ze hem moest geloven, dat ze hem moest vertrouwen. In een land waar ze zijn moeder als een ziek beest hadden doodgeschoten, in zo'n systeem had hij geen toekomst. Hij riskeerde liever zijn leven dan dat hij in deze poel van verderf ten onder ging.

Kitty keek hem met grote ogen aan. Ze had hem nog nooit zo overstuur gezien. Ten slotte drukte ze zijn hoofd tegen haar borst alsof hij een klein kind was. Haar pogingen om hem te troosten gingen over in hartstochtelijke kussen en eindigden in haar bed.

'En zodra het kan, nemen ze contact met je op en dan kom je ook,' zei Andro zacht, terwijl hij naakt, ineengedoken als een embryo tegen Kitty aan lag. 'Je komt toch, hè? Ja, toch? Beloof het me!' Hij keek haar vol verwachting aan.

'Ja, ja, ik kom,' zei ze en ze legde haar wijsvinger op zijn lippen. Voor het eerst in haar leven maakten zijn dromen haar bang.

De wereld deed een reidans. De skeletten onder de grond gaven het ritme aan. De rozen bloeiden alleen nog zwart. Alle wegen voelden aan als zwaaiende hangbruggen die elk moment konden instorten. Zelfs de sneeuw kreeg een blauwe weerschijn. De hemel was doorboord; ook aan de horizon zag je kogelinslagen en de zon stond weliswaar vermoeid te stralen, maar kon geen warmte meer geven.

De bomen maakten fluisterend afspraken en verhingen zich aan elkaars takken. De vogels vielen uit de lucht, omdat ze bij het zien van die reidans het vliegen verleerden, en de kinderen werden op slag volwassen en poetsten granaten. Tranen waren zeldzaam en kostbaar geworden. Alleen maskers waren gratis.

Chocola was alleen nog een herinnering aan een ander tijdperk en zonder chocola vergaten de mensen de zoetheid en zonder iets zoets vergaten ze hun kindertijd en zonder kindertijd vergaten ze het begin en zonder begin zagen ze het einde niet naderen.

En de stem van de Sovjet-Unie, de stem van het Sovinformburo, Joeri Borisovitsj Levitan, klonk door de ether, berichtte onvermoeibaar, onmiskenbaar met zijn alomtegenwoordige stem over de gruwelen, die uit zijn mond altijd wat minder gruwelijk klonken. Zijn stem – dat geloofde zelfs de generalissimus – schonk de natie vertrouwen. Levitan sprak en sprak: '... De Duitsers zijn teruggedreven uit Rostov. Successen aan het Ladogameer, de Weg van het Leven weer begaanbaar. De vorst brengt het front tot staan. De Duitsers vallen aan vanuit het zuiden, ze steken de Wolga over. De Duitsers naderen Stalingrad. Bevel om geen stap terug te doen. 240.000 Duitse soldaten omsingeld...'

En de sneeuw viel en brak in scherven en de geesten

doolden door de heuvels en baden een rozenkrans voor de doodgevrorenen.

In Duitsland zal er nooit revolutie komen omdat je daarvoor het gras moet betreden.
Lenin

Eind september werd de rode luitenant naar Kamisjin aan de Wolga gestuurd, en Stasia telegrafeerde haar zus in Tbilisi dat ze niet weg kon uit Moskou omdat de wegen onbegaanbaar waren en dat Kostja waarschijnlijk bij Leningrad was gestationeerd. Ze was alleen in de kazerne in Moskou achtergebleven en langzaam drong de absurditeit van haar plan tot haar door. Achteraf gezien leek de wens om Kostja in Leningrad op te zoeken ronduit krankzinnig. Ze vroeg zich af hoe ze zo ondoordacht had kunnen handelen en haar dochter en Andro had kunnen achterlaten.

Simon had voor zijn vertrek beloofd haar de stad uit te helpen, zodra de gelegenheid zich voordeed, zodat ze terug kon naar huis. Maar ook dat leek haar met het oog op de situatie een onmogelijk plan: niemand kon haar op dat moment nog garanderen dat ze veilig het land uit kwam. Opnieuw zat ze midden in een oorlog en moest ze voor haar familie vrezen, leed ze honger en kou en vroeg ze zich af hoe ze zo dom had kunnen zijn. Ze vroeg zich af waarom al haar pogingen om haar familie te herenigen uitliepen op een oorlog.

Maar in tegenstelling tot destijds in Petrograd was Stasia deze keer beter voorbereid. Ze wist bij wie ze moest zijn om aan spullen van de zwarte markt te komen, ze wist hoe ze met de achtergebleven soldaten moest omgaan, welke superieuren haar man welgezind waren en wie van hen bij Simon in het krijt stond. Het lukte haar inderdaad de kamer in de kazerne voor zichzelf te houden. Ze maakte zich nuttig in de keuken. Ze stopte sokken en verstelde jassen, overhemden en uniformen. Maar ze dacht maar aan één ding: hoe ze deze onveilige moloch kon ontvluchten.

Christine had haar niet verteld dat Andro was opgeroepen. Maar Stasia vermoedde dat het niet lang zou duren voor Andro naar het front werd gestuurd – en in tegenstelling tot Kostja was Andro geen vechter. En Stasia dacht aan Sopio. Ze betrok haar vriendin in haar gepieker en vroeg haar om vergeving dat ze niet in Tbilisi was gebleven en niet beter voor Andro had gezorgd.

Toen de eerste bommen vielen en Stasia's oren begonnen te tuiten, toen ze voor het eerst van haar leven in een van de schuilkelders belandde die in de metrostations waren ingericht, pas toen drong het tot haar door dat ze niet alleen haar zoon niet had gered en haar pleegzoon niet had beschermd, maar ook zichzelf in levensgevaar had gebracht, en ze voelde echte doodsangst.

Opeens was ze geen toeschouwster meer, maar onderdeel van dit gruwelijke spektakel, en de beproevingen in Petrograd lagen ook al jaren achter haar.

Een half miljoen burgers, overwegend vrouwen, bouwden versterkingen voor Moskou. Gevels werden naarstig overgeschilderd als camouflage voor de luchtaanvallen van de Duitsers.

En Stasia lachte om zichzelf, een cynische, rauwe lach, omdat ze zo naïef was geweest om te denken dat je iemand kon afleren oorlog te voeren; je werd dan onvermijdelijk zelf onderdeel van de oorlog.

De massale mobilisatie begon. Stasia sjouwde samen met andere vrouwen zandzakken, hielp als er een nieuwe barricade moest worden opgeworpen of als er ramen moesten worden afgedekt omdat er bij luchtaanvallen volledige verduistering was voorgeschreven. Een paar vrouwen van soldaten van het Rode Leger namen met hun kinderen hun intrek in de kazerne. Hun mannen waren weggeroepen. Stasia zat in die donkere nachten bij de kool- of aardappelstamppot in de kazernekeuken en kon niet geloven hoe realistisch de gedachte leek dat ze hier nooit meer weg zou komen, dat ze haar kinderen, haar zus en haar man nooit meer terug zou zien.

De grote regen was opgehouden, de modder droogde op en de Duitsers marcheerden naar Moskou. Toen er met de evacuatie van de stad werd begonnen, brak er totale paniek uit. Half doorgedraaide figuren verbrandden dossiers op straat. Mannen die afgekeurd waren voor militaire dienst, werden ingezet om in belangrijke gebouwen mijnen te leggen. Je zag ze behoedzaam als jongleurs met de springstof in hun hand over het trottoir lopen, alsof ze deel uitmaakten van een elegische en tegelijk macabere choreografie. (Toen in 2005 Hotel Moskou werd gesloopt, werd in de kelder van het gebouw meer dan een ton springstof aangetroffen.)

Lenins lijk werd uit het Mausoleum gehaald, het Kremlin werd groen geverfd. Op de uitvalswegen werden kabelballons opgelaten om laagvliegers te weren. In de archieven brandden de documenten. Alle fabrieken, scholen en instituten waren gesloten en ten slotte werd ook het openbaar vervoer in de stad stilgelegd.

De stations waren overvol: de treinen reden naar Kirgizië, Tatarstan en Kazachstan, naar plaatsen waar niemand ooit van had gehoord, ver, heel ver weg, dagenlange treinreizen, wekenlange bootreizen. Er werden lijsten opgesteld van beroepsgroepen die een evacuatieplaats kregen toegewezen. De leden van de Communistische Partij, de Schrijversbond, de Academie van Wetenschappen, artsen, botanici, ingenieurs, scheikundigen, natuurkundigen, machinisten, zelfs complete blaaskapellen werden in treinen ingedeeld. De geprivilegieerden waren sneller aan de beurt, zij die op niets bijzonders konden bogen, moesten wachten, zich verdringen en soms zonder kaartje een staanplaats in de wagons zien te bemachtigen.

Stasia, die door andere vrouwen in de kazerne was meegesleept, dook onder in de menigte, verdween, dook weer op, iemand trok haar aan haar hand mee, liet haar weer los. Het evacuatiebewijs naar Tatarstan zat in haar pas in de binnenzak van haar jas. Op station Kazanski versmolt de mensenmassa tot één reusachtig lichaam met twee gigantische armen en twee benen, een vormeloze romp en een monsterlijk hoofd. Stasia bleef staan en maakte zich los van de andere vrouwen, die zich met kinderen en koffers naar de perrons haastten. Haar aandacht werd getrokken door een groepje mensen dat zich van alle andere onderscheidde, en ze bleef er gebiologeerd naar staan kijken.

Die mensen stapten bijna onnatuurlijk langzaam en elegant in de wagons, ze hielpen elkaar met hun bagage en keken steeds weer om zich heen, alsof het hun zwaar viel de stad te verlaten. Stasia vroeg aan een man bij welke beroepsgroep die mensen hoorden en de man antwoordde korzelig dat het om de dansers van het Bolsjojtheater ging.

Stasia kon haar ogen niet van de dansers afhouden. Een fijngebouwde jonge vrouw zag Stasia staan en zwaaide naar haar. Stasia liep naar haar toe.

'Van welk theater bent u?' vroeg de jonge vrouw en ze schonk Stasia een indringende glimlach. Die vraag uit de mond van een ballerina van het Bolsjojtheater bezorgde Stasia een kinderlijke huivering van vreugde, even vulde haar borst zich met trots. Zij werd ook voor een danseres aangezien! Toen boog ze beschaamd haar hoofd en mompelde iets over een provinciestad.

'Dat maakt niet uit. Wij kunstenaars moeten elkaar in deze vreselijke tijd extra bijstaan, nietwaar?' zei de jonge ballerina bemoedigend en ze maakte een uitnodigend gebaar. 'U hebt toch uw evacuatiebewijs bij u? We vinden vast wel een plaats voor u, maakt u zich geen zorgen.'

Bijna was Stasia op de uitnodiging ingegaan en in de trein gestapt waar ze geen vergunning voor had. Heel even had ze moeiteloos haar illusie gevolgd, had ze probleemloos aangeknoopt bij haar verleden en geloofd dat ze weer zeventien was, dat Parijs en de Ballets Russes op haar wachtten, dat ze, als ze maar genoeg moeite deed en genoeg danslessen nam, beslist in het Théâtre du Châtelet Scheherazade zou kunnen dansen.

Haar hand ging naar haar borst, in haar hemd voelde ze iets zwaars dat ze altijd bij zich droeg en dat haar op een vreemde manier rust gaf: Thekla's gouden horloge. Ze deed een stap achteruit, zag de gejaagde blik van de danseres, schudde dankbaar glimlachend haar hoofd en dook weer onder in de mensenmassa.

Een officiersvrouw uit de kazerne had haar gezien en zwaaide naar haar.

'Schiet op, Stasia. De trein is toch al zo vol, kom gauw!' Maar Stasia voelde opeens een verschrikkelijke leegte vanbinnen. Een totale onverschilligheid. Ze keek telkens om en probeerde nog een glimp van de dansers op te vangen, maar er drongen te veel mensen tussen hen in.

Waarom moest ze in vredesnaam naar Tatarstan?

Het enige zinnige doel was haar thuis. Ze wilde niet in die trein stappen, ze wilde niet achter een verkeerd leven aan rennen. Ze had een leven moeten leiden dat haar naar de trein met de dansers had gebracht, niet naar de trein naar Nizjnekamsk in Tatarstan. Niet daarheen. Daar hoorde ze niet thuis. En hier ook niet.

De officiersvrouw bleef maar zwaaien en riep haar nog een paar keer, maar Stasia keerde haar de rug toe en baande zich een weg door de mensenmenigte in de stationshal, ze kwam buiten in de koele lucht, in de grijze dag, en liep blindelings door de straten, gewoon waar haar voeten haar heen brachten, steeds verder weg van dat station met zijn afgeladen treinen. Haar kleine tas sjouwde ze mee zoals een afgetreden koning zijn scepter. Toen ze in een brede, beangstigend lege laan kwam, begon de sirene te loeien, maar zelfs dat liet haar koud.

Ze liep een zijstraat in en ging voor een leeg portiek zitten. Ze haalde een sigaret uit haar tas en stak hem op. Ze keek naar de lucht. Geen bommenwerper te bekennen. Ook best. Dat was tenminste iets.

In een andere stad ging een andere vrouw op dat moment ook naar de lucht zitten kijken. Maar die stad was al maanden van de wereld afgesloten en het was een wonder als je daar wist te overleven. De vrouw was mager en langer dan Stasia, ze had een olijfkleurige teint en was net zo knokig als Stasia, maar ze leek ouder, ziekelijk, en door haar pikzwarte haar liepen grijze strepen. Ze droeg een verstelde najaarsjas en haar handen zaten onder de modder. Haar wangen waren ingevallen, haar lippen droog en gesprongen en haar vingers kaal, zonder een enkele ring. Ze had net in een van de openbare parken samen met andere vrouwen groente geoogst en was uitgeput op de natte grond gaan zitten. Ze was de afgelopen winter meer dan elf kilo afgevallen en had het waardevolste wat ze bezat verkocht: haar piano, die echter niet werd gebruikt om muziek te maken, maar als brandhout. Ook bijna al haar platen had ze weggedaan, want sinds de blokkade kon ze niet meer tegen muziek; muziek maakte haar kwetsbaar en dat kon ze zich niet veroorloven. Niet meer.

Ze had de massale sterfte overleefd. Ze had de honger overleefd. Ze had de reductie van het broodrantsoen tot 200 gram overleefd. Ze had de aanblik van de bevroren en verhongerde lichamen in de straten overleefd. Ze had mensen gezien die hun schoenen opaten of honden en katten, stijfsel en kraaien. Ze had de duizenden bommen overleefd die sinds het beleg boven de stad waren afgeworpen. Maar muziek zou ze niet overleven. Ze geloofde dat muziek haar hart, dat alleen nog dof doorklopte, zo ondraaglijk zou samenknijpen dat ze ter plekke zou sterven.

Omdat ze niet getrouwd was en geen kinderen had, omdat ze niet gehandicapt en ook niet gewond was, stond ze helemaal onder aan de urgentielijst van de evacuaties. Samen met de 700.000 anderen die in de stad waren achtergebleven, moest ze zich wapenen tegen de komende winter. De afgelopen winter had zulke gruwelijke herinneringen in het hoofd van de bewoners van deze stad achtergelaten dat ze nu werktuiglijk en gevoelloos maatregelen troffen om zich voor te bereiden op de volgende gruwel. Want dat de gruwel in al zijn verpletterende grootsheid zou terugkeren, daar twijfelde niemand aan. Ze keek naar haar rode, gesprongen handen vol modder. Ze leefde in het nu. In dit moment. Voor de zoveelste keer vroeg ze zich af of ze eigenlijk wel wist waarvoor ze zo hard, zo verbeten, zo krampachtig in leven probeerde te blijven.

De thermometer stond op min 34 graden. De dag daarvoor had de generalissimus bevel gegeven om onder leiding van Zjoekov het tegenoffensief in te zetten. Op 6 november hield hij in de metro van Moskou een plechtige toespraak, waarin hij de standvastigheid van de Sovjetbevolking en de weerbaarheid van het Rode Leger prees. De dag daarop werd ter herdenking van de Oktoberrevolutie zelfs een parade op het Rode Plein gehouden. Het Russische leger marcheerde, met of zonder winterkleding, met of zonder helm. (Na de oorlog schijnt generaal Eisenhower tegenover maarschalk Zjoekov zijn verontwaardiging te hebben geuit over de inflatoire omgang met mensenlevens in de oorlogsvoering van de Sovjet-Unie. Zjoekov zou alleen glimlachend hebben geantwoord: 'Dat maakt niet uit, de Russische vrouwen baren wel weer nieuwe.')

Eind november stonden de Duitsers nog maar twintig kilometer voor Moskou. Op 2 december rukte een tankbataljon een Moskouse buitenwijk binnen, door de verrekijkers konden de mannen het Kremlin al zien. De symbolische kracht van die daad zorgde onder de Duitse soldaten voor een regelrechte euforie, de gevaren van de Russische winter leken door de spoedige inname van Moskou vergeten. In Moskou ging het gerucht dat Hitler persoonlijk een mars had laten componeren die bij de capitulatie van Moskou ten gehore moest worden gebracht.

Omdat het NKVD inmiddels kon bevestigen dat Japan geen aanval op de Sovjet-Unie voorbereidde, werden verschillende divisies uit het noorden teruggetrokken en naar de hoofdstad gestuurd. De infanterie marcheerde op ski's en sneeuwschoenen naar Moskou. In de nacht van 5 december landden er Russische parachutisten bij Joechnov. Spoorlijnen en belangrijke wegen werden veroverd en bezet. Op hetzelfde moment begon het tegenoffensief in het westen.

De Wehrmacht had niet meer op zo'n sterke tegenaanval gerekend en reageerde te laat en ongecoördineerd. De tijd drong. Pas op de avond van 6 december kreeg de legergroep bevel om uit te wijken.

Op 7 december kwam het Sovinformburo opnieuw met sensationeel nieuws, deze keer van de andere kant van de wereld: de Japanners hadden de marinebasis Pearl Harbor bij Honolulu aangevallen. Amerika verklaarde daarop Japan de oorlog en werd daarmee officieel onderdeel van de alomtegenwoordige apocalyps. Uit angst Japan als bondgenoot te verliezen verklaarde Hitler Amerika de oorlog.

Pas half januari beval Hitler de terugtocht uit Moskou, maar op dat moment hadden de troepen al immense verliezen geleden, niet alleen door Russische kogels en granaten, maar vooral als gevolg van de ijzige temperaturen die winter. De Duitse soldaten moesten bij de terugtocht bijna al het oorlogsmaterieel achterlaten, omdat ze geen paarden en ook geen voertuigen en brandstof hadden om alles ordelijk te vervoeren. De verkleumde, ontmoedigde soldaten verlieten de stad en zongen zachtjes:

Voor de poort van Moskou stond een bataljon.
Divisie vierendertig, die helaas niet overwon.
Die zag het Kremlin al haast staan,
Maar werd verjaagd, moest ijlings gaan,
Als eens Napoleon.

De Sovjetmacht straft niet,
maar voedt op.
Leus op een affiche

Kitty wandelde de kleine heuvel naar Christines huis op. Ze liep de verwaarloosde tuin in en ging op de natte grond liggen. Ze kneep haar ogen stijf dicht en telde de glimwormpjes voor haar ogen, die in sterretjes veranderden. Christine, die net was teruggekomen uit het ziekenhuis, waar ze een volle baan als verpleegster had aangenomen en waar naast de talrijke Russische gewonden de laatste tijd ook steeds weer Duitse krijgsgevangenen belandden, bleef voor de tuindeur staan en keek naar haar nichtje, dat zich uitrekte en met een glazige blik in de lucht staarde. Ze pakte een krukje en ging naast Kitty zitten.

'Wat is Andro van plan? Je moet het me vertellen. Ik zie toch dat je er moeite mee hebt, dat je eronder lijdt. Vertel het me.'

‘Er is niets, je overdrijft, Christine. Er is echt niets. Ik mis hem alleen zo vreselijk en ook om deda maak ik me...’

‘Lieg niet tegen me.’

‘Ik weet echt niets.’

‘Het is belangrijk dat je me vertelt wat je weet. We kunnen problemen krijgen, Kitty, grote problemen. Je moet met me praten. Waar is hij? En hoe kan het dat hij via het commissariaat niet te vinden is?’

‘Ik weet niet waar hij zit. Ik zou het ook zo graag weten!’

Er drong een heel klein beetje waarheid door Kitty’s volle wimpers. Christine keek haar nichtje met haar rechteroog strak aan. Hoe vaak had Kitty al niet gedaan of haar neus bloedde? Waar wilde ze Andro tegen beschermen? Waar was ze bang voor? Christine vermoedde dat Andro zich bij een partizanenbeweging had aangesloten. Maar zolang het maar een vermoeden was, kon ze Kitty noch zichzelf beschermen. Misschien was hij allang gesneuveld en was Kitty bang voor de onherroepelijkheid daarvan. Maar iets zei Christine dat dat niet het geval was.

Opeens moest ze aan haar neefje denken, iets wat ze zichzelf de afgelopen maanden had verboden. Ze zag zijn keurig geknipte nagels, zijn donkere ogen, zijn rechte houding, ze hoorde zijn hoffelijke manier van praten. Ze zou hem zo graag in haar armen sluiten, hem teder op zijn wangen kussen, zoals ze altijd had gedaan toen hij nog klein was en ze allemaal in één huis woonden. Ze zou door zijn haar woelen, ze zou hem een snoepje toestoppen en alles zou net zo zijn als vroeger, Ramas zou binnenkomen en haar roepen...

Christine begon de spelden uit haar haar te halen waarmee haar sluier vastzat. Behalve Stasia mocht niemand haar gehalveerde gezicht zien.

Wat weten we weinig, dacht ze. Wij die zijn achtergelaten, die zijn verstomd, wat zijn we bang voor hetgeen ons uiteindelijk te wachten staat. Wat vinden we het afschuwelijk om achtergelaten te zijn en wat kunnen we er weinig tegen doen. Ze raakte de schouder van Kitty aan, die nog steeds roerloos, met afgewend gelaat op de grond lag.

'Draai je om, kijk me aan.'

'Alsjeblieft, Christine...'

'Kijk me aan!'

Kitty gehoorzaamde en kwam langzaam overeind. Om het niet uit te schreeuwen sloeg ze in een reflex haar vlakke hand voor haar mond. In haar opengesperde ogen stond ontzetting te lezen. Haar hoofd bewoog heen en weer als een duikelaartje.

'Kijk me gerust aan. Zelfs dát heb ik overleefd. Nu ben ik niet bang meer. We redden het samen wel,' zei Christine, terwijl ze haar lippen tot een glimlach probeerde te plooien.

Kitty hield nog steeds haar hand voor haar mond.

'Waar is Andro?'

'Alsjeblieft.'

'Zeg me waar hij is. Misschien is het nog niet te laat. Stasia weet nog niets van zijn verdwijning. Zij denkt dat hij op de Krim zit.'

'Daar zit hij vast ook. Daar is hij naartoe gestuurd.'

'Maar hij was niet van plan er te blijven, hè? Zijn het de partizanen, de anarchisten, de liberalen? Bij welke gekken heeft hij zich aangesloten?'

'Ik weet het niet.'

'Zeg het!'

'Ik kan niet meer.'

Kitty begon te snikken. Ze huilde ongeremd. Ze bleef maar huilen en liet zich niet troosten. Christine zat zwijgend op het krukje naar haar te kijken en wachtte tot de huilbui over was.

'Wat kun je niet meer?' vroeg ze. Opeens ging Kitty rechtop zitten, trok haar kleren omhoog en ontblootte haar bolle buik, die spits naar voren stak. Christine stond op van haar krukje. Heel even dacht Kitty woede en afschuw in Christines ogen te lezen, ze voelde zich verraden en wachtte op de woorden die dat vermoeden zouden bevestigen, maar Christine knikte alleen nietszeggend en ging naar binnen. Even later volgde Kitty haar. In de keuken zei Christine: 'Ik heb de ingrediënten voor precies één portie. Ik heb ze bewaard voor het ergste. Of misschien voor het beste. Ik geloof dat dit allebei tegelijk is. En daarom ga ik het nu voor je maken. Ik heb na vaders begrafenis zijn notitieboekje meegenomen, want Stasia wilde me het recept niet geven! En de onzin die ze als argument aanvoerde! Het zou gevaarlijk zijn, het zou ongeluk brengen, vader had het recept niet voor niets als zijn oogappel bewaard – nu vraag ik je!'

'Waar heb je het over?'

'Ga zitten.'

Zo maakte Christine voor Kitty haar eerste warme chocola, zonder te vermoeden dat het ongeluk dat er volgens haar vader mee was verbonden en dat Stasia zelf had kunnen vaststellen toen ze met de twee treinkaartjes en veel hoop terugkwam in Thekla's verlaten villa aan de Fontanka, ook aan Kitty niet ongemerkt voorbij zou gaan.

Diezelfde avond had Stasia een dagdroom. Thekla kwam haar opzoeken, ze liep voor haar uit door de lege vertrekken van haar villa in Sint-Petersburg, waar zich behalve afgedekte spiegels geen meubels bevonden. Stasia volgde haar, maar telkens als ze dacht dat ze dicht genoeg bij Thekla was om de mouw van haar peignoir te kunnen pakken, ontweek ze haar en riep ze haar vanuit een ander vertrek bij zich. Ten slotte bleef Thekla staan voor een van de grote afgedekte wandspiegels, die Stasia nog nooit had gezien, en trok ze voorzichtig het laken eraf. Stasia zag zichzelf in de spiegel, met naast zich het vriendelijke gezicht van Thekla, ze keek naar hun spiegelbeeld, maar toen ze zich omdraaide om Thekla recht aan te kijken, was ze er niet meer.

Stasia bleef in Moskou. Er was nog geen mogelijkheid om de stad te verlaten. Ze hield vol en wachtte op een teken van leven van haar man, haar zoon, haar zus. Maar op verzoek van Kitty verzweeg haar zus het belangrijkste nieuws: dat er midden in het sterven een nieuw leven was ontstaan en een nieuwe wereldburger op komst was.

Konstantin Jasji schrok elke ochtend precies om 5.14 uur wakker met een harde schreeuw, waarvan de drie andere mariniers met wie hij zijn hut deelde ineenkrompen. Ze keken hem met een geruststellende glimlach aan, verzekerden hem dat alles in orde was en gaven hem te verstaan dat hij niet in levensgevaar verkeerde, dat ze allemaal nog in leven waren – gelukkig of helaas, dat kon Kostja niet aan hun gezicht zien.

Sinds september was hij ingezet op het Ladogameer en zat hij dus zonder het te weten gevaarlijk dicht bij zijn geliefde. Ida wierp samen met andere vrouwen en mannen metershoge barricaden op in de in zes sectoren verdeelde stad. Ze was actief bij straatpatrouilles en hielp bij de aanleg van natuurlijke hindernissen voor de Duitse tanks. Ze moest bezig zijn, ze klampte zich vast aan de laatste flarden van haar heldere verstand. Ze wisten niets van elkaar, ze wisten niet dat er maar tweeëndertig kilometer tussen hen lag. Kostja wist niet dat de vrouw die hij niet kon vergeten, van wie de geur hem als een verschrikkelijke daad achtervolgde, al in het eerste jaar van de blokkade wel achttien uur onafgebroken beschieting, 70.000 bommen, honger, ziekten en kou had overleefd. En Ida wist niet dat Kostja als onderdeel van de marine-infanterie, die was ingezet om de Weg van het Leven te bewaken, met sleepboten en motorschepen meer dan 44.000 ton levensmiddelen en meer dan 60.000 ton kerosine naar Leningrad had gesluisd. Dat hij meer dan 50.000 mensen had geevacueerd en ook wel achttien uur onafgebroken beschieting, bommen, honger, ziekten en kou had overleefd. Evenmin wist Kostja dat Ida net zo vaak als hij dacht aan hun woordeloze, godsonmogelijke, maar achteraf gezien zo belangrijke samenzijn. Noch wist Ida dat de marine-infanterie en de soldaten van het 54e Leger vrijwillig hun voedselrantsoen hadden gereduceerd ten gunste van de omsingelde bevolking om de hel van de gruwelijke winter voor hen te verlichten. Nee, Ida wist niet dat ze een stuk van Kostja's brood at.

De winter was genadeloos. Het meer was dichtgevroren. De bevoorrading verliep moeizaam en met grote onderbrekingen. De mensen haalden water uit de Neva. Overal in de stad was brand: brandende meubels, brandende huizen. Ze hoorden allebei dezelfde waarschuwingen op de radio. Op de laatste dag van 1941 dronken ze allebei een glaasje brandewijn. Tweeëndertig kilometer van de Weg van het Leven of de Weg van de Dood – al naargelang – scheidde hen van elkaar.

Geen van beiden wist wat hun aan het eind van die weg wachtte.

Kostja's eenheid lag aan de zuidoever van het meer, aan de kant van Sjlisselburg. Zelf kwam hij nooit in de stad. Hij schreef nauwelijks nog brieven. Het jaar daarvoor had hij nog smekende brieven van zijn moeder, kaarten met kersenrode zoenafdrukken van zijn zus en bemoedigende telegrammen van zijn vader gekregen. Maar al geruime tijd bleven die berichten uit en zelf deed hij ook geen moeite meer om contact te zoeken met het thuisfront. De oorlog had hem van zijn taal en zijn gevoel beroofd. De doden – hij had al veel te veel mensen zien sterven – achtervolgden hem allemaal. Hij zwoer de herinneringen af.

Maar één herinnering raakte hij niet kwijt, de herinnering aan de vrouw met de ringen op het Vasiljevski-eiland.

Haar geur achtervolgde hem. Die geur leek sterker dan de geur van de dood. Die herinnering kleefde aan hem, aan zijn haar, aan zijn huid, onmiskenbaar, onverwoestbaar en dreigend, want die maakte hem zwak, maakte hem kwetsbaar.

In het voorjaar gaf Hitler persoonlijk bevel aan Legergroep Zuid om op te rukken naar Stalingrad. Stalingrad had vanwege zijn geografische, strategische en vooral ook symbolische betekenis in de zomer van 1942 voor Hitler de hoogste prioriteit. Door Stalingrad liep de Wolga, een van de belangrijkste aanvoerwegen voor oorlogsmateriaal van de Sovjets. De symbolische waarde: de generalissimus was in 1918 in deze stad, die nu zijn naam droeg, benoemd tot 'Gevolmachtigde voor massa-executies van saboteurs en partizanen'. Hier was zijn carrière begonnen.

Mijn God, ik vraag u maar één ding:
vernietig me, verpletter me voorgoed, werp me
in de hel, laat me niet halverwege staan,
maar ontneem me alle hoop
en vernietig me snel, in eeuwigheid.
Charms

In aansluiting op Operatie Blau begon in juli Operatie Edelweiß. In augustus bezette de Wehrmacht Krasnodar en Koeban. Niet lang daarna viel de Georgische militaire weg in Duitse handen. Op de top van de Elbroes wapperde de rijksvlag.

De geboorte van Kitty's kind zou plaatsvinden in november, twee weken voor Operatie Uranus, te midden van de massale sterfte in Leningrad – de onvermoeibare inspanningen van haar broer om dat te verhinderen ten spijt – en een paar maanden voor de overplaatsing van haar geliefde naar het Franse front, naar het Georgisch Legioen. Maar in september, toen de amper achttienjarige Kitty wegens de omvang van haar buik haar vrijwilligerswerk in het ziekenhuis moest staken, werd ze op een warme zomermiddag uit de villa in de binnenstad opgehaald door drie soldaten van het Rode Leger.

Zonder zich te verzetten stapte ze in de auto, misschien in de hoop dat het om een geheim teken van Andro ging, een bericht waarop ze zo lang had gewacht. Een sprankje hoop. Een stukje toekomst. Na een rit van twee uur stapten ze uit in een dorp ten zuiden van Tbilisi – de exacte ligging is mij helaas niet bekend – en gingen ze een verlaten school binnen. Tijdens de hele rit was er geen woord gezegd, Kitty's vragen naar het doel van de reis bleven onbeantwoord. Ze kwamen in een kaal klaslokaal met een reusachtig, slecht geschilderd portret van de generalissimus aan de muur. Twee verlaten schoolbanken, een kapotte stoel, een karaf met water.

Bijna een uur lieten ze haar alleen in dat vertrek zitten, moe en met opgezette benen. Kitty keek steeds weer naar buiten, riep dat ze hier niet zo lang wilde blijven, dat ze eindelijk met haar moesten praten, maar niemand gaf antwoord. Ten slotte kwam er een vrouw in het uniform van het Rode Leger binnen, gevolgd door een kleine man in burger. Ze gingen tegenover haar zitten en boden haar een glas water aan. De vrouw glimlachte vriendelijk, de man probeerde Kitty's blik te ontwijken.

'Kameraad Jasji, het spijt ons dat we u zo lang hebben laten wachten. We weten dat dat in uw omstandigheden niet meevalt met deze hitte. We zullen u dus snel uitleggen wat we willen: zoals u weet bevindt ons vaderland zich in een vernietigende oorlog. De generalissimus doet er alles aan om de vrijheid van ons land en de onafhankelijkheid van onze volkeren te verdedigen. Onze beste mannen vechten in deze moordende oorlog en u zult begrijpen hoe belangrijk in zo'n tijd loyaliteit, trouw aan het vaderland en geloof in het socialisme zijn, nietwaar? En u weet ook vast hoe zwaar in zo'n tijd verraad weegt? Bent u het met ons eens, kameraad Jasji?'

De vrouw sprak Russisch met een Moskous accent. Ze had een fijn gezicht en roodgeverfde lippen. De lippenstift was door de hitte een beetje uitgelopen, zodat het leek of ze een clownsmond had. Kitty moest de hele tijd naar die mond kijken. Het miezerige mannetje begon in de invallende schemering heen en weer te lopen. Er werd geen licht aangedaan.

'Wat wilt u van me?'

Misschien begreep Kitty nu pas dat deze reis haar niet het bericht zou brengen waar ze naar verlangde. Maar ze begreep nog niet waar het allemaal op uitdraaide. Want ze had niets te verbergen. En ze was hoogzwanger. Ze bleef kalm. Ze kende de prijs van haar dromen nog niet.

'De vader van uw kind heeft zijn vaderland verraden. Hij is door de fascisten gerekruteerd en vecht tegen ons. Tegen zijn vaderland. Tegen zijn vrienden. Ik vraag u zonder omwegen, van vrouw tot vrouw, van kameraad tot kameraad: waar bevindt uw verloofde zich momenteel, u bent toch verloofd, nietwaar? Als u ons zijn huidige verblijfplaats meedeelt, brengen we u meteen naar huis.'

Kitty bleef naar de lippen van de vrouw kijken. Ze had een aangename, heel zachte stem, een fluwelig timbre. Ook al waren haar woorden duidelijk en gedecideerd, haar formuleringen dwingend, door haar stem klonken ze alsof ze je wilde vleien en complimentjes wilde maken. De woorden die ze zei, pasten niet bij die stem.

'Sinds zijn oproep heb ik geen enkel bericht van hem ontvangen. Ik weet helaas niet waar hij zich momenteel bevindt en ik betwijfel ook ten zeerste of Andro zijn vaderland heeft verraden,' zei Kitty met een piepstem, terwijl ze haar handen om haar buik sloeg. 'Kunt u alstublieft het licht aandoen? Ik kan u amper zien.'

'Geloof me, kameraad Jasji, wij willen ook graag naar huis, maar u moet wel meewerken. Anders zitten we hier nog lang vast.'

Kitty kon alleen het silhouet van de vrouw nog ontwaren. Ze klonk oprecht ontdaan, alsof ze het onaangenaam vond om die vragen te stellen. Die milde toon gaf Kitty hoop dat ze spoedig naar huis mocht. Om de een of andere reden vond ze het een troostrijke gedachte dat haar ondervraagster een vrouw was.

'Ik weet echt niets. Maar Andro is geen verrader, dat kan ik u verzekeren, hij zou nooit...' Kitty voelde zich hulpeloos, ze wist niets beters te zeggen.

'We verlaten dit vertrek niet als u blijft zwijgen.' De vrouw steunde met haar hoofd in haar rechterhand en boog een beetje naar Kitty toe.

'Maar ik weet echt niets.'

Zo ging het door, uren, die Kitty dagen leken. De rustige, indringende toon van de blonde vrouw en steeds dezelfde antwoorden van Kitty. De zwijgende man op de achtergrond. De duisternis. Het vale maanlicht dat door de kale ramen naar binnen kroop. De nerveuze bewegingen van Kitty, het schuifelen op de stoel, het hoofdschudden, het nagelbijten. Het zuchten. De triomfantelijke, rustige, milde toon van de vrouw, die op Kitty ineens niet meer zo geruststellend, maar bijna spookachtig overkwam. Die stem bedroog Kitty. Hij gaf haar valse hoop. Haar tijdsbesef werd langzaam minder en verdween ten slotte helemaal. Toen het licht begon te worden, huilde Kitty. Een huilen dat overging in hysterisch gesnik. Ze had honger, ze was bang, ze voelde de baby tegen haar buikwand schoppen, ze voelde zijn angst.

Ze bad en smeekte om haar te laten gaan, om haar naar huis te brengen, ze wist niets, ze wist niets, ze wist niets. Toen de vrouw haar smeekbeden negeerde en gewoon werktuiglijk haar vragen herhaalde, begon Kitty om hulp te roepen. Daarop sprong de vrouw, die er al die tijd roerloos bij had gezeten alsof ze van marmer was, op en rende het lokaal uit. Er kwamen twee soldaten van het Rode Leger binnen, ze grepen Kitty bij haar ellebogen en sleurden haar de gang in. Ze werd naar de kelder van de school gebracht, een ruimte waar het aardedonker was, en daar opgesloten. Ze rammelde aan de deur, bewerkte hem met haar vuisten, riep vreselijke scheldwoorden, dreigde en vloekte – ten slotte smeekte ze om eruit gelaten te worden, ze deed een beroep op hun geweten, de baby had honger, hij was de hele tijd onrustig, maar niemand reageerde en uiteindelijk was ze bekaf, ging op de koude vloer liggen en viel in slaap.

Toen ze wakker werd lag ze op een brancard, vastgebonden met een leren riem om haar dijen en om haar bovenlichaam. Ze lag in hetzelfde lokaal als waar ze de vorige avond was verhoord. Nu waren de banken verwijderd en het portret van de generalissimus was van de haak genomen, het stond op de grond, omgedraaid tegen de muur. Op de plaats waar het had gehangen, was een lichte rechthoek te zien, wonderbaarlijk symmetrisch en heel schoon.

Ze had geen kracht meer om te schreeuwen. Ze deed ook geen poging om zich uit de riemen te bevrijden, ze wist dat het zinloos was. Ze schoof een beetje naar links, zocht een comfortabeler houding, een houding waarbij de riemen niet zo diep in haar vlees sneden. Boven haar hing een kaal peertje aan het plafond, dat haar verblindde met koud, bijna wit licht. Kitty knipperde met haar ogen en probeerde haar hoofd uit de felle lichtkegel te draaien.

In de hoek zat de vrouw in uniform. Kitty keek naar haar en ook deze keer kon ze haar ogen niet van de rode lippen afhouden. De lippen waren perfect opgemaakt. Ze had mooie, harmonieuze gelaatstrekken, een scherpe neus, die wel geschilderd leek, en een geraffineerd opgestoken kapsel, dat hier, op deze plek, buitengewoon misplaatst leek. Alsof ze zo van een chic feest hiernaartoe was gesneld om een lastig en onaangenaam karwei op te knappen en daarna zo gauw mogelijk weer terug te gaan naar haar feest.

Wie was ze? Waar kwam ze vandaan? Uit wat voor wereld? Hoe rook haar wereld? Was er iemand die van haar hield? Hield zij van iemand? Was ze weleens verdrietig? At ze graag tomaten of liever komkommers? Hield ze van de bergen of meer van de zee? En ging ze laat naar bed, had ze kinderen? Had ze een moeder die wiegeliedjes voor haar had gezongen? Rook haar huid een beetje zoetig, zoals Kitty zich voorstelde?

Kitty keek haar een moment lang aan, al viel het niet mee om haar hoofd haar kant op te draaien, want de riem om haar dijen sneed in haar vlees. Ze was op een ongezonde manier blij dat ze de vrouw weer zag. Ze was er nog. Ze wilde nog iets van haar. Ze zag er nog beheerst en meelevend uit, dus zou ze haar niet overleveren aan die brute, zwijgende mannen, dus zou ze niet tot het uiterste gaan. Maar wat was het 'uiterste' precies? Een zwart donker gat, eindeloos en geluidloos? Was het een cel met druppende buizen? Nog meer riemen? Of alleen maar haar eindeloze gevraag naar Andro's verblijfplaats? De huid van de blonde vrouw glansde in het blauwachtige licht als porselein. Ze paste niet op deze verlaten, disfunctionele plek. Nee, deze vrouw zou niet tot het uiterste gaan, daar was Kitty van overtuigd. Ze was te mooi, te keurig voor het uiterste. En bovendien was ze een vrouw. Een vrouw zoals zijzelf.

Het zweet stond op Kitty's voorhoofd, ze had razende honger en haar lippen waren gesprongen. De vrouw stond op, liep langzaam naar haar toe en hield een karaf bij haar mond, waar Kitty gulzig water uit dronk. De helft liep over haar gezicht, maar de koele vloeistof op haar huid deed haar goed.

'Ik begrijp dat het heel vervelend is dat u dit allemaal moet meemaken, maar u moet met ons samenwerken.'

Met een fijne zakdoek die ze uit de binnenzak van haar uniformjas haalde, veegde de blonde vrouw het zweet van Kitty's voorhoofd. De zakdoek rook zoetig, zoals Kitty had vermoed dat haar huid zou ruiken. Zoetig, verleidelijk, zelfs een beetje vertrouwd. Kitty schrok van die constatering.

'Ik heb honger... Ik wil naar huis. Alstublieft. Ik weet niets.' Kitty mompelde die zinnen werktuiglijk, bijna apathisch, zonder veel nadruk. Haar ogen waren gericht op de witte rechthoek op de muur. Was het ochtend, was het middag? Was Christine haar al aan het zoeken? En zo ja, hoe groot was de kans dat ze haar vond?

'Noem me zijn verblijfplaats, geef me de naam van de ronselaar, noem me een adres, geef me informatie waar ik iets mee kan en ik breng u persoonlijk naar huis. Maar iets moet u me geven!'

'Denkt u dat ik mijn kind dit zou aandoen als ik iets wist? Ik wacht al zo lang op bericht van hem, ik weet niet eens of hij nog leeft en hij weet niet dat we een kind verwachten en over twee maanden is het al zover. Andro is geen verrader, hij wilde alleen naar Wenen...'

'Naar Wenen, goed, goed, dat is al iets. Wie kende hij in Wenen? Wat wilde hij daar?'

'Hij kende niemand, hij wilde gewoon naar Wenen, omdat je daar van die mooie koffiehuizen hebt en omdat ze er aan psychoanalyse doen, en je kunt er beeldhouwen... Andro wil beeldhouwer worden. Alstublieft. Ik weet niets. Het kind is bang, ik voel het.'

'U bent zelf nog een kind. Uw ouders hadden u beter moeten beschermen.'

'Mijn vader zit in het Rode Leger, mijn broer dient bij de Oostzeevloot. Ze dienen het vaderland, ze dienen de generalissimus, ze...'

'Dat weten we, dat weten we, des te spijtiger vinden we het dat uitgerekend u een verrader tot de vader van uw kind hebt gemaakt.'

Die zin galmde in Kitty na. De manier waarop de vrouw dat had gezegd, had iets weerzinwekkends.

Ze belandde weer in de kelder, werd eruit gehaald en opnieuw op de brancard vastgebonden. Er gingen uren voorbij. Ze wist niet meer welke dag het was, hoe laat het was. Haar lichaam deed pijn, haar baby was bang. Twee keer kreeg ze zoutloze pap. Drie keer werd er een po onder haar billen geschoven. Ze kreeg kramp in haar armen en benen. Haar kracht nam af, ze begon te hallucineren, het felle licht maakte slapen onmogelijk, ze kneep de hele tijd haar ogen dicht. Telkens als de baby niet meer tegen haar buikwand schopte, kreeg ze een paniekaanval en begon ze om hulp te roepen, pas als het kind zich weer roerde, kwam het gevoel van uitputting weer over haar heen.

Opeens stond de vrouw heel dicht bij de brancard. Ze had een injectiespuit in haar hand, waarvan ze de inhoud in het witte licht van de gloeilamp nauwkeurig bestudeerde.

'Als ik de komende minuten geen bruikbare informatie van je krijg – het tutoyeren leek Kitty een grotere bedreiging dan de spuit in haar hand –, gaan we de bevalling opwekken en wordt je kind dood geboren.'

De vrouw praatte bedachtzaam, ze rekte elk woord op een gekunstelde manier. Maar de toon bleef zacht, bijna vleiend, alsof ze Kitty een vreugdevolle verrassing meedeelde in plaats van het ondenkbare uit te spreken.

Kitty begon uit alle macht met haar hele bovenlichaam tegen de riem te drukken, ze wilde opspringen en vroeg zich af waar ze opeens de kracht vandaan haalde waarmee ze zich probeerde te bevrijden. Tegelijk ontsnapte haar een kreet die haar eigen oren een moment lang verdoofde, een afgrijselijk geluid, dat niets menselijks meer had. De vrouw bleef roerloos naast haar staan en schudde steeds weer spijtig haar hoofd. Kitty stak haar hand onder de riem door en greep de punt van haar uniformjas. De blonde vrouw bleef staan, ze deed geen poging om Kitty's hand weg te halen en hield de spuit nog steeds rechtop in haar hand.

'Dat meent u toch niet serieus? U wilt me bang maken, ik weet het, ik zie het aan u. U bent aardig, u mag me, u bent op me gesteld. Dat klopt toch? U wilt me geen kwaad doen, u wilt me alleen bang maken en in die spuit zit alleen maar water, nee, u meent het niet serieus.'

Kitty sprak de woorden snel, in één adem uit. De vrouw leek heel even gevangen tussen Kitty's hand op haar jasje en haar blik op de spuit. Tussen de beslissing om het akelige spel verder te spelen of Kitty te bevrijden. Die indruk had Kitty tenminste. Ja, ze was ook een vrouw, ze was tien, misschien vijftien jaar ouder dan Kitty, ze had vast kinderen. Ze zou dat dreigement vast nooit kunnen uitvoeren, ze wilde haar superieuren bewijzen dat ze in niets voor haar mannelijke collega's onderdeed. Maar op hetzelfde moment riep de vrouw iemand binnen.

Een jong meisje in een witte doktersjas kwam het lokaal in. Ze was ongeveer even oud als Kitty en ze was bang, doodsbang. Dat kon je zien, haar handen trilden, al hield ze ze verborgen in haar jaszakken. Ze durfde de blonde vrouw niet aan te kijken, ook Kitty keek ze niet recht aan, ze hield haar blik op de grond gericht en wilde dat deze plek, dit lokaal, deze mensen helemaal niet bestonden.

Het meisje kwam vast van het platteland. Ze had rode wangen en een door de zon gebruinde huid. Misschien hadden haar ouders of haar man een boerderij. Toen ze voor de blonde vrouw bleef staan, moest ze wel naar Kitty kijken en begon ze zachtjes het onzevader te bidden, wat haar een verachtelijke blik van de vrouw opleverde.

'Kameraad Jasji wil ons niet helpen, Mariam. Kameraad Jasji verraadt haar land. Kameraad Jasji dekt een landverrader en wil zelfs een nieuwe landverrader op de wereld zetten. Vind je dat juist? Vind je dat goed, Mariam?'

Bij die woorden kreeg Kitty braakneigingen. Ze begon te kokhalzen, maar er kwam niets uit, want de pap was allang verteerd en haar maag was leeg. Ze probeerde zich op Mariam te concentreren, het angstige meisje dat hier verzeild was geraakt in iets wat haar voorstellingsvermogen te boven ging, wat haar knieën zo zacht als boter maakte en haar deed verbleken. Mariam, Mariam, Moeder Gods, dacht Kitty bij zichzelf en als ze had gekund, was ze hard gaan lachen. Ze had nooit veel vertrouwen gehad in de heiligen die in haar land, zelfs onder het bloeiende socialisme, nog steeds zo vurig werden vereerd. Ze had nooit begrepen waarom mensen zich lieten martelen en kwellen in de naam van God, in de naam van God, die hen door zijn lijden niet had verlost, niet had gered. Mariam had voor een heilige kunnen doorgaan met haar witte jas en haar trillende handen, met haar onschuldige kalverogen, maar ook zij kon Kitty niet redden, ook zij kon niet worden gered.

De blonde vrouw drukte de heilige de spuit in de hand, pakte met haar andere hand Mariams pols en keek haar recht aan. Mariam jammerde, ze probeerde iets te zeggen, verstomde, deinsde terug, maar de vrouw bleef haar strak aankijken. Mariams vingers omklemden de spuit. De vrouw deed een paar stappen achteruit en knikte naar Mariam. Mariam hapte naar lucht, haar mond ging open en dicht als de bek van een vis op het droge.

'Vooruit!' hoorde Kitty de vrouw tegen Mariam zeggen en ze voelde hoe Mariam haar elleboog even aanraakte.

Kitty kneep haar ogen dicht. Haar hart zou zo exploderen, dat wist ze zeker. Ze probeerde in gedachten met het kind te praten, het gerust te stellen. Ze wilde dat het niet bang was. Ze klampte zich met haar vingers vast aan de brancard. Ze voelde iets op haar gezicht vallen en zag Mariams gezicht boven zich, ze zag hoe Mariams tranen op haar gezicht drupten en keek haar voor het eerst recht aan. In het felle licht van de gloeilamp leek het alsof zich om Mariams hoofd een aureool had gevormd. Kitty likte haar lippen af en proefde Mariams zilte tranen op haar tong.

'Heer, ontferm u over mij, Heer, ontferm u over haar, Heer, ontferm u over ons, Heer, ontferm u!' fluisterde Mariam boven Kitty's gezicht. Op de achtergrond kwam de blonde vrouw naar Mariam toe en fluisterde haar iets in het oor, Mariams gezicht verstarde en toen voelde Kitty Mariams hand om haar onderarm, ze voelde hoe ze haar ader zocht, hoe er iets kouds en onherroepelijks in haar werd gespoten. De blonde vrouw verliet het vertrek en liet Mariam met Kitty alleen. Mariam maakte de riemen los. Kitty had bloeduitstortingen op haar armen en dijen. Mariam snotterde en liet haar tranen de vrije loop, ze probeerde niet eens haar gezicht af te vegen. Onafgebroken biddend hielp ze Kitty overeind. Alles deed zeer, elk afzonderlijk lichaamsdeel, Kitty kreunde bij elke beweging en streek over haar buik.

'Wat zat er in die spuit?' Ze kon amper praten en liet haar benen bungelen. In plaats van antwoord te geven schudde Mariam alleen haar hoofd.

'Wat zat erin? Wat?' Nu schreeuwde Kitty, ze strekte haar arm naar Mariam uit, maar voor ze Mariams jas kon grijpen om haar naar zich toe te trekken, werd ze door een onvoorstelbare pijn in haar onderbuik op de brancard teruggeworpen.

'O god, nee, nee, dit kan niet, dit kan niet waar zijn, o god!'

Kitty begon te schreeuwen. Met een enorme kracht begonnen de weeën, ze reten Kitty's lichaam uiteen. Kitty geloofde niet dat ze het zou overleven. In de weinige momenten dat de uitzinnige pijn afnam, probeerde ze in de dood te berusten, ze probeerde zich het gezicht van haar dode grootvader voor te stellen, hoe vredig hij eruit had gezien, zijn lippen blauw verkleurd, misschien zou het haar ook lukken om vredig en zonder angst weg te glijden, misschien zou het aanvoelen als een diepe, gezonde slaap. Alles beter dan dit. Alles beter dan deze pijn. Alles beter dan dit lokaal en die witte rechthoek op de muur.

Mariam pakte telkens haar hand en moedigde haar aan om te persen. Ze spoorde haar telkens aan om door te ademen. En toen Kitty er niet meer aan twijfelde dat ze het volgende moment zou sterven, voelde ze iets groots en ronds tussen haar benen naar buiten glijden, ze voelde hoe Mariams handen het kleine lichaam uit haar trokken en viel achterover op de brancard. De pijn zakte onmiddellijk. Ze hield haar ogen dicht.

'Ga door met bidden. Ik wil met je...' Kitty durfde haar ogen niet open te doen. Mariam begon met het gebed. Kitty zei elk woord na.

'Onze Vader, die in de hemelen zijt, uw naam worde geheiligd.' Er was geen kreet te horen. Geen kreet. Geen geluid. 'Uw koninkrijk kome. Uw wil geschiede.' Het kind was stom. Misschien was het gewoon stom, ja, het was vast stom. 'Gelijk in de hemel, alzo ook op aarde.' Geritsel. Mariam bewoog. Misschien had de baby bewogen. Misschien had hij geademd. 'Geef ons heden...' Kitty hield het niet meer uit, ze deed haar ogen open, ze zag Mariams rug, de bloedspatten op haar jas. Ze zag Mariam met haar baby in haar armen. 'Ons dagelijks brood. En vergeef...' Kitty schoof haar vuist onder haar stuitje en steunde erop om beter te kunnen kijken. '... ons onze schulden, gelijk ook wij vergeven onze...' Mariam draaide zich om. Ze maakte het gebed niet af. Er was niets waar ze God nog om konden vragen.

'Ga door, ga door!' schreeuwde Kitty, maar Mariam schudde alleen haar hoofd en hield het nietige, bloederige lijfje stijf tegen zich aan gedrukt.

'Bind haar weer vast!' hoorden ze de blonde vrouw door de deur zeggen. Maar Kitty kroop van de brancard en stormde, zonder haar dode kind in haar armen te nemen, naar de deur. Voordat ze hem kon openrukken, werd hij van buiten geopend en stond ze oog in oog met een soldaat van het Rode Leger, een van de twee uit de auto. Hij tilde haar op, bracht haar terug naar de brancard, legde haar erop en bond haar vast.

'Straks komt de placenta nog, u moet haar...' riep Mariam ontzet. 'Wat zijn jullie toch voor mensen, wat zijn jullie voor mensen!'

Haar Russisch was zwaar en brokkelig. Haar stem krassend en hees.

Kitty hoorde niets meer. In haar hoofd breidde zich een inktzwarte duisternis uit.

Ze zag ook niet hoe Mariam het dode lijfje in haar jas wikkelde en het lokaal uit droeg.

Toen Mariam terugkwam en Kitty bewusteloos aantrof, begon ze om hulp te roepen en kwam de blonde vrouw weer binnen.

'Ze bloedt nog steeds, ze bloedt nog dood. Zoveel bloed, heilige Moeder Gods, Jezus, heilige Nino, we moeten de bloeding stoppen, anders sterft ze...'

De blonde vrouw keek met een berustende blik even naar Kitty's onder het bloed zittende onderlijf en wendde zich toen tot Mariam.

'Jij gaat de bloeding stoppen. In de metalen kasten in de kelder vind je alles wat je nodig hebt. Je zult haar moeten opereren. Je moet haar baarmoeder verwijderen. Anders crepeert ze en dat wil je toch niet? Anders komt ze misschien op het idee om nog meer verraders op de wereld te zetten. Je kunt toch opereren?'

'Wat? Nee, nee, nee. Dat kan ik niet. Ik heb nog nooit zelf geopereerd, ik ben toch geen dokter, ik heb in de polikliniek alleen maar geholpen, ik heb alleen maar gekeken, ik kan een wond hechten en de hechtingen verwijderen, maar dit kan ik niet.'

'Ze zeiden dat je goed was. Daarom ben je hier. Zorg dus dat je het voor elkaar krijgt. Ik zal morfine laten brengen. De ontsmettingsmiddelen zijn ook beneden in de kelder. Je kunt meteen beginnen!'

'Ik kan het niet. Ik kan het niet!'

Mariam werd steeds hysterischer.

'Tja, dan moet ze maar doodbloeden.'

'Alstublieft, nee, nee... Dat kunt u me niet aandoen. Laat een dokter komen. Alstublieft!'

'Een van mijn mannen zal je assisteren. Hij zal niet van zijn stokje gaan, maak je geen zorgen. En mocht je op verkeerde gedachten komen, dan weet je wat de gevolgen zijn.'

'Goed, goed, ik doe het, ik zal het proberen.'

'Mocht ze het overleven, dan neem je haar mee naar het dorp en als ze weer kan lopen, stuur je haar naar huis. En verder mondje dicht, hè? En zeg tegen haar dat ze, zodra hij contact met haar opneemt, vrijwillig naar het dichtstbijzijnde commissariaat moet gaan, als ze niet wil dat... Afijn, dat zal ze nu wel begrijpen.'

Mariam riep de soldaat, zei dat hij zijn handen met spiritus moest reinigen en haar de nodige instrumenten moest aangeven als ze erom vroeg. Tijdens de operatie praatte ze aan één stuk door tegen Kitty.

'Je mag het niet opgeven. Je bent sterk. We redden het wel, maar je moet blijven vechten. Ik weet het, het valt niet mee om me te vertrouwen, dat valt niet mee, want ik ben geen dokter. Maar ik heb altijd dokter willen worden. Ik heb in de polikliniek geassisteerd, ze hadden daar een heel goede dokter en omdat wij in het dorp geen echt ziekenhuis hebben, opereerde hij ook, en hij was goed. Iedereen is daar weer op de been geholpen. En bevallingen hadden we natuurlijk ook; geelzucht, jicht, tb, alles heb ik behandeld. We hadden ook een keer een miskraam, die vrouw leeft en is gezond. Ik krijg het voor elkaar. Ik ben goed. Ja, geloof je me? Je gelooft me toch, hè?'

Mariam praatte alleen nog tegen Kitty. Niet meer tegen God. Mariam verwijderde Kitty's baarmoeder, in een klaslokaal dat dienstdeed als martelkamer en nu een operatiezaal was. In een klaslokaal waar ze het portret van de leider van de muur hadden gehaald om zijn ogen niet te beledigen met de vernederende aanblik van een doodgeboren kind en een onder het bloed zittende vrouw. Mariam hield haar woord. Ze redde Kitty en zichzelf het leven. Kitty's kind kon ze niet redden.

Nadat de blonde vrouw en haar gevolg het dorp hadden verlaten, bracht Mariam Kitty naar een afgelegen schuur en begon ze haar te verplegen. Ze had uit de kelder van de school de nodige medicijnen meegenomen en Kitty een schone matras en fris beddengoed bezorgd, ze had melk en warm brood voor haar gehaald en eigenhandig een kip geslacht, die ze roosterde boven een open vuurtje. Ze verzorgde haar ontstoken hechtingen en streelde haar hoofd. De koorts moest worden tegengegaan en Kitty moest worden gevoerd, ze gaf haar kruidenmengsels om de pijn te verlichten, ze ging naast haar op de matras liggen en staarde samen met haar in het niets. Het duurde dagen voordat Kitty voor het eerst iets tegen haar zei.

'Waar ben ik?'

'In de schuur van mijn broer, hij zit aan het front, ergens

in de Noordelijke Kaukasus. Ik wilde je niet meenemen naar huis, naar mijn ouders. Dat zou onnodig vragen hebben opgeroepen en angst hebben gewekt. De mannen van het NKVD zijn al een paar keer in het dorp geweest en de mensen zijn bang. Ze gebruiken de oude school als... De mensen hier zijn in elk geval wantrouwig, niemand wil moeilijkheden. Hier zijn we veilig.'

'Waarom heb je me meegenomen?'

'Wat is dat nou voor vraag? Wat had ik dan moeten doen? Anders was je doodgegaan. Nu moet je uitrusten. Drink je melk. We hebben koeien, we hebben altijd verse melk. Je had hoge koorts, maar dat is normaal.'

'Ik moet naar huis. Ik moet Christine bellen. Hoelang ben ik al hier?'

'Precies een week. Je kunt nog niet opstaan en je mag ook niet lopen.'

'Wat heb je gedaan?'

'Ze zouden ons hebben doodgeschoten. Uit het buurdorp hebben ze er een meegenomen, een verpleegster, en die is nooit meer teruggekomen, alleen omdat ze weigerde te opereren. Ik moest het wel doen, anders hadden ze mij, ons allebei doodgeschoten. Vorige week hebben ze drie mannen hierheen gebracht, in het bos doodgeschoten en ter plekke begraven.'

Mariam verborg haar gezicht in haar handen, ze trilde over haar hele lichaam. Kitty ging rechtop zitten en bekeek haar onverschillig. Ze deed geen poging om Mariam te troosten. Ten slotte klampte Mariam zich vast aan Kitty's rug. Kitty verroerde zich niet.

'Ik weet dat het nooit meer terug te draaien is.'

Mariam kreunde en drukte zich tegen Kitty's schouders, ze begroef haar gezicht in haar nek.

'Wat bedoel je precies?' drong Kitty aan.

'Je... kunt geen... Ik, ik... je baarmoeder...' stamelde Mariam.

De volgende nachten bleef Mariam bij Kitty, ze lag naast haar matras op een eenvoudige deken en viel pas tegen de ochtend in een diepe, droomloze slaap. Op een gegeven moment stond Kitty op, ondersteund door Mariam liep ze naar buiten, het warme zonlicht in. Het was stil, je hoorde de krekels. De schuur stond naast een maïsveld aan het eind van een smal pad. Aan weerszijden van het pad stonden hoge cipressen. Op de achtergrond strekten de groene, bultige heuvels zich uit. Kitty's ogen brandden. Haar mond was droog, het zonlicht deed pijn op haar huid. Toch liet ze haar koude ledematen door de zon verwarmen. Ze stond daar en bewoog alleen haar hoofd licht heen en weer, tilde langzaam haar armen op, strekte voorzichtig een voor een haar vingers. Ze bewoog zich alsof het voor het eerst was, alsof ze nog moest leren lopen, bewegen, denken, leven.

Die nacht stak Mariam een klein vuur aan, waar ze samen omheen gingen zitten. De nacht was helder, de hemel vol sterren, de maan, zo wit als marmer, straalde in het groenige licht.

'Wat heb je eigenlijk gedaan?' vroeg Mariam nauwelijks hoorbaar, terwijl ze met een stok in de as pookte. 'Je bent nog zo jong, wat kun jij hebben gedaan dat ze je zoiets aandoen?'

'Niets.'

'Wat heeft je man gedaan?'

'Hij wilde alleen maar naar Wenen... Het was een jongetje, hè?' vroeg Kitty plotseling en ze hield haar blik op de gloeiende kooltjes gericht.

'Ja.'

'Hoe was hij? Was hij groot, klein, had hij mooie kleine vuistjes? Had hij haar op zijn hoofd?'

'Hij was prachtig. Hij heeft niet geleden. Hij heeft het niet eens gemerkt. Het ging snel.'

'Waar is hij nu?'

‘Bij de engelen.’

‘Hou op met die onzin. Waar heb je hem naartoe gebracht?’

‘Ik heb hem begraven. In de tuin, achter de school.’

‘Begin niet weer te huilen, alsjeblieft. Beheers je.’

‘O Kitty... Hadden ze ons maar doodgeschoten.’

‘Schei uit. Hou op. Niet huilen. Niet weer. Je had geen andere keus. Je hebt mijn leven gered.’

‘Nee, dat heb ik niet. Ik heb alles kapotgemaakt.’

Kitty stond op en begon langzaam in het rond te draaien, met haar hoofd in haar nek, haar blik naar de sterren, om haar lippen verscheen zoiets als een glimlach.

‘Voorzichtig, je moet niet zoveel bewegen. Pas alsjeblieft op, de hechtingen!’

‘Als het allemaal voorbij is, hoe en wanneer dan ook, zal ik uitzoeken wie ze is en dan vermoord ik haar.’

Kitty zei het beheerst, nadat ze diep adem had gehaald. Mariam gaf geen antwoord meer. Ze gingen terug naar de schuur.

Toen Kitty weer op krachten was gekomen en zonder hulp kon lopen, ging ze naar de verlaten school met de kapotte ramen, die er zo ongelofelijk gewoon en allesbehalve gevaarlijk uitzag, ze dwaalde door de kille gangen en de lege lokalen. Ze zocht het lokaal waar ze haar kind uit haar buik hadden gesneden. Het portret van de generalissimus hing weer aan de muur. Ze keek lang naar het gezicht van de besnorde man, heel lang, alsof ze hem voor het eerst zag. Eenmaal weer buiten ging ze op de binnenplaats op de droge grond zitten. Een paar duiven koerden en zochten iets eetbaars. De grond was warm, de zon scheen onverschillig. In de verte hoorde ze een tractor voorbijrijden. Haar blik gleed over het terrein. Hier ergens moest Mariam haar zoontje hebben begraven. Hier ergens moest zijn lichaam liggen. Onder een eik, bijna aan het eind van het terrein, zag ze een hoopje aarde, klein, ongelofelijk klein. Ze liep ernaartoe, liet zich op haar knieën zakken en begon met haar blote handen in het hoopje te graven. De grond was weerspannig en ruw, alsof hij Kitty van haar voornemen wilde afbrengen. Ze voelde iets. Ze voelde hét. Ze werd misselijk. Ze sloot haar ogen en tastte verder. Het rook naar iets definitiefs, ze moest overgeven, toen schreeuwde ze het uit, één keer maar, heel even, de kreet doorkliefde de lucht. Toen was het weer stil en de stilte had iets sacraals, het was een goede dag om met het leven te beginnen, een dag waarop sierlijke lieveheersbeestjes en slome hommels door de lucht vlogen, een dag om in de schaduw te liggen en rijpe vijgen en zachte kaki's te eten. Een dag die helemaal bij het leven hoorde.

Met haar handen zag ze de neus en het ovaal van het gezicht, de minuscule wenkbrauwen, de lippen. Met haar innerlijk oog bekeek ze zijn gezicht. Ze herkende hem. Ze zou hem haar hele leven in herinnering houden. Zijn gezicht, dat ze nooit had gezien, dat ze niet één keer had gestreeld. Dat ze huilend noch lachend, slapend noch wakker zou zien. Ze zou hem voor altijd in haar dromen bewaren, in een parallel universum dat alleen achter haar gesloten oogleden bestond. Daar zou ze met hem leven, met hem in slaap vallen en wakker worden. Ze gaf hem een naam. Ze gooide de aarde er weer overheen.

Ze moest opnieuw kokhalzen, maar deze keer gaf ze niet over. Er vloog een zwerm vogels over haar hoofd. Haar hechtingen deden pijn. Ze streelde het hoopje aarde zachtjes met haar handpalm: 'Je kunt me in mijn dromen komen opzoeken. Zul je dat doen? Ik zal liedjes voor je zingen, ik zal alle liedjes van de wereld voor je zingen en dat zal ons teken zijn, dan zul je weten dat ik je roep. Ik neem je overal mee naartoe, waar ik ook ga. Je zult weten dat ik er ben en ik zal weten dat jij er bent. Dat zal genoeg zijn, dat moet genoeg zijn voor een heel leven.'

Ze strekte zich uit op de grond, legde haar gezicht op de aarde, proefde de smaak ervan op haar tong. Als ze de bitterheid doorslikte, zou ze het wezenlijke proeven: die breekbare, die haast pijnlijke, fysiek voelbare, tegelijk zo boterzachte, alle andere gevoelens in de schaduw stellende liefde voor haar zoon. Een liefde die ze niet uit haar hadden kunnen wegsnijden. Die haar vanbinnen verscheurde, die haar bij elke beweging pijn deed, duizend keer erger dan de hechtingen.

De gebroken lichtstralen van de septemberzon dwaalden over de heuvels, omlaag naar het dal, naar het dorp, naar de binnenplaats van de school, ze streelden Kitty's enkels. Het licht had de kleur van een oude baksteen. Ergens kraste een kraai. Kitty dwong zichzelf op te staan. Uit de boom vlak naast haar viel een laatste overrijpe vijg. Zomervliegen zoemden rond.

Op datzelfde moment sjouwde Kostja met een zware meelzak en gaf hem door aan een matroos, die hem op de laadvloer van de vrachtwagen tilde. Opeens leek het of er een zware geur in zijn neus kwam, een verleidelijke, een bekende geur. Hij vroeg zich af waar hij die van kende. Het was de geur uit de chocolaterie van zijn grootvader. Hij veegde het zweet van zijn gezicht en zonder zelf te weten waarom moest hij aan zijn zus denken, van wie hij al zo lang niets meer had gehoord. Mis je je broer niet? Of zijn je gedachten de hele tijd bij Andro? Waar zou die nu zitten? Is hij naar de Noordelijke Kaukasus gestuurd? Die gedachten gingen door Kostja's hoofd, maar hij wilde er niet langer bij stilstaan en pakte de volgende meelzak. Uit het noorden klonken schoten die hij had leren negeren, ze waren ver genoeg weg.

Kitty bereidde zich voor op haar vertrek. De treinen reden onregelmatig en er gingen ook verhalen over roversbenden op de stations. Volgens Mariam was het veiliger om een boer te vragen haar naar de stad te brengen. Het postkantoor in het dorp was allang gesloten. Er kon geen telegram aan Christine worden gestuurd. Kitty vond het onaangenaam om de voor de rit benodigde roebels van Mariam aan te nemen, maar ze had geen andere keus.

'Wat ga jij doen?' vroeg Kitty haar vriendin bij het afscheid. Een vriendin die geen vriendin mocht zijn.

'Ik ga terug naar huis, naar mijn ouders. Ik zal kijken of ik bij de dokter in het naburige dorp kan helpen, onze polikliniek hebben ze een paar maanden geleden gesloten.'

'Kom naar Tbilisi.'

'Is dat een grap? Wat moet ik in de grote stad?'

'Er is overal gebrek aan artsen. Ik heb ook in het ziekenhuis gewerkt.'

'Maar ik ben geen arts, Kitty.'

'Je bent de beste arts die ik ken.'

Kitty drukte haar heilige stevig tegen zich aan. Mariam streek een haarlok van haar voorhoofd.

'Vergeef me als je kunt,' fluisterde ze haar bij het afscheid in het oor.

Christine sloeg haar hand voor haar mond toen ze de deur opendeed en Kitty eindelijk voor zich zag staan. Kitty, zonder haar buik. De boer had haar op de grote markt afgezet en ze was te voet naar Vera gegaan, door de steile straatjes naar boven. Christine knielde voor haar neer en begon haar handen te kussen. Kitty had haar tante nog nooit zo van streek gezien. Christine streelde haar gezicht, haar handen, haar schouder, ze streek steeds weer door haar haar, ze kuste haar voorhoofd, haar wangen, haar hals. Dagenlang had ze de gemeente gebeld en alle commissariaten in de stad afgelopen, ze had haar oude kennissenkring uitgehoord, allemaal zonder resultaat. Niemand kon haar vertellen waar Kitty zat.

'Wat hebben ze gedaan, wat hebben ze met je gedaan...?'

Christine bleef maar vragen.

Kitty liet zich kussen en strelen, maar haar blik bleef glazig en praten wilde ze ook niet.

'Ik heb honger, ik heb zo'n honger, ik ben zo moe, ik moet iets eten en dan slapen, alleen maar slapen.'

Christine rukte vlug de keukenkasten open en legde alles wat ze vond op tafel, ze zette een pan op het gasfornuis en verhitte de koekenpan.

'Ik werd gek van bezorgdheid, ik wist niet wat ik moest doen, wat is er toch gebeurd, Kitty?'

Bij het brood snijden sneed Christine in haar wijsvinger en ze verstijfde bij het zien van het bloed dat uit haar vinger liep. Ze keek aan één stuk door gefascineerd naar de rode vloeistof. Kitty stond op, nam Christine mee naar de gootsteen en hield haar vinger onder de kraan.

'Het is goed, het is niet erg,' zei ze, terwijl ze haar tante aankeek. Op Christines gezicht stond ontzetting te lezen.

'S Nachts zat Christine bij Kitty, met de mooie helft van haar gezicht naar haar toe, en hield haar hand vast. Kitty wilde alleen gelaten worden, maar Christine leek zo angstig dat ze haar tante niet weg durfde te sturen.

'Waar is de baby?'

Het was donker in de kamer. Kitty zag haar silhouet, haar volmaakte profiel en voelde een onverklaarbare drang om Christines gezicht aan te raken. En dan niet de gave kant, maar die met de littekens, de aangetaste linkerkant, die ze haar al een keer had laten zien, niet eens zo lang geleden, om haar duidelijk te maken dat ze het samen zouden redden, dat ze zouden volhouden, wat er ook gebeurde. Maar ze hadden het niet gered.

'Wat doe je?'

Christine trok haar gezicht een eindje terug toen Kitty's

hand over haar wang streek, over haar neus, om daarna op de linkerhelft te komen, die onder een blauwe sluier verborgen zat.

'Laat me, alsjeblieft,' zei Kitty en ze betastte de verschrompelde huid, die in tegenstelling tot de gave helft van het gezicht hard aanvoelde. Of ze een oerdier aanraakte, de laatste overlevende van een uitgestorven ras. Ze wilde instinctief haar hand terugtrekken, maar overwon zichzelf en tastte verder. Kitty begon langzaam te vertellen, rustig en gedetailleerd beschreef ze de uren in de school, de blonde vrouw, de riemen waarmee ze vastzat, de injectiespuit, Mariam, de vragen, steeds weer de vragen die ze haar hadden gesteld en waarop ze geen antwoord wist. Ze vertelde over de weeën, over het doodgeboren kindje, over de operatie, over de dagen in de schuur waar Mariam haar verpleegde. En intussen streek ze onvermoeibaar met haar hand over Christines littekens. Ze betastte Christines oneffenheden en verdiepingen in de hoop door het bestuderen van Christines kaart die van haarzelf te kunnen maken. Haar eigen kaart, die haar de weg zou wijzen om verder te leven. Een overlevingskaart, die haar zou helpen uit het lokaal met de witte rechthoek op de muur weg te komen, dwars door haar eigen woestijn, waar niets anders was dan een brandende zon en een heuveltje onder een boom.

Haar hand betastte de oogkas. Ze voelde de plek waar vroeger een wenkbrauw had gezeten. De plek waar ze misschien elke ochtend na het wakker worden door haar man was gekust, of misschien had ze zich daar als kind gestoten en er een kus van haar moeder gekregen. Of misschien van haar vader. Een plek die verhalen had gehad en nu niet meer bestond, die geen nieuwe verhalen meer kon verzamelen. Een plek die was uitgewist door de zware vleugelslag van een giftige vogel, die over Christine heen was gefladderd en haar toevallig had geraakt.

Maar Kitty's aangetaste plekken waren niet zichtbaar. Kitty's lichaam vertoonde geen zichtbare sporen van verwoesting. Niemand zou ze ooit kunnen zien.

'Waar is Andro?' vroeg Christine, toen Kitty was uitgepraat en haar hand van Christines gezicht had gehaald.

'Vraag dat alsjeblieft nooit meer. Nooit, nooit, nooit meer, hoor je.' Kitty schreeuwde het opeens uit, ging op de andere helft van het bed liggen en trok haar benen op. 'Ik weet niet waar hij is en ik wil het ook niet meer weten.'

De USSR waakt over de vrede van alle volkeren.
Leus op een affiche

Generaal Paulus werd benoemd tot bevelhebber van het complete 6e Leger, dat beschikte over een kwart miljoen man en meerdere tankbataljons en legereenheden van bondgenoten. Op 23 augustus 1942 bereikten de eerste Duitse tanks de Wolga ten noorden van Stalingrad. Op dezelfde dag voerde de Luftwaffe een aanval uit op de stad, die de generalissimus onder geen beding wilde laten ontruimen; daarvoor was de stad, die zijn naam droeg, voor hem van te veel belang.

Onder aanvoering van kolonel-generaal Zjoekov, die de hele verdedigingsslag om Stalingrad leidde, werd luitenant Jasji begin augustus benoemd tot commandant van een compagnie van het 36e Infanterieregiment. Van de bijna 600.000 inwoners die zich in de zomer van 1942 nog in de stad bevonden, werden er in de eerste dagen van het offensief 40.000 gedood. Zelfs die massale sterfte, de honger en de bombardementen in de 169 dagen van de veldslag waren voor het Kremlin geen reden voor evacuatie. Integendeel: op 25 augustus maakte de generalissimus bekend dat hij 'de stad in een onneembare vesting' zou veranderen.

De geesten giechelden nu hysterisch vanaf de nazomerse boomkruinen en dikke takken van de eiken.

Op 12 september drongen eenheden van het 6e Leger de stad binnen – het centraal station wisselde binnen drie uur drie keer van vlag. De stad veranderde in een maanlandschap met een door de Luftwaffe geschapen architectuur. Brandstof uit verwoeste auto's en defecte leidingen stroomde rechtstreeks de Wolga in en gaf aan het inferno een extra morbide dramatiek. Tien dagen later was het station, dat tot dan toe maar liefst vijftien keer in andere handen was overgegaan, ten prooi gevallen aan de Duitsers. Er begon een groteske strijd om elk huis, om elke straat. Elke centimeter telde. Na veertig dagen was de stad veranderd in een dodelijk labyrint, waaruit geen ontsnappen meer mogelijk was. Het was een 'rattenoorlog', zoals men zei, omdat het merendeel van de bevolking noodgedwongen in de riolen huisde. Er waren wel tweeduizend stuka's van de Luftwaffe boven de stad actief. In november was bijna de hele stad in Duitse handen. Op de eenentachtigste dag van de veldslag, toen het laatste Duitse offensief begon, boden nog maar enkele Russische steunpunten in de stad verzet. En toen kwam de meedogenloze kou de Roden nogmaals te hulp. Omdat de Luftwaffe vanwege de slechte weersomstandigheden geen aanvalsvluchten kon uitvoeren en de bevoorradingswegen waren geblokkeerd, won generaal Zjoekov tijd om onder de codenaam Operatie Uranus een militair tegenoffensief uit te voeren. Zjoekov verzamelde bijna een miljoen soldaten aan de zuidelijke en noordelijke frontlinies en nam de stad in de tang. De noordelijke en de zuidelijke divisie ontmoetten elkaar op 23 november en omsingelden vervolgens de stad en daarmee het hele 6e Leger.

Hoewel de Duitse generale staf wanhopige waarschuwingen naar Berlijn stuurde en om toestemming voor de terugtocht verzocht, omdat anders de dood van duizenden Duitse soldaten te vrezen viel, brulde Hitler in de telefoon: 'Ik blijf aan de Wolga!' En Göring verzekerde dat de Luftwaffe de voedselvoorziening wel vanuit de lucht zou weten te waarborgen. Opperbevelhebber Von Manstein moest op staande voet een Duits tegenoffensief voorbereiden.

De Duitsers brachten Kerstmis 1942 in aardholen door, verkleumd, uitgehongerd, hallucinerend over kerstbomen en geurige koekjes. De geesten van de oorlog klommen over de barricaden, floten zachtjes 'Stille Nacht' en slopen de dromen van de soldaten binnen. Daar veranderden ze in de gezichten van hun vaders, moeders, broers, zussen, vrouwen en geliefden, warmden hun handen en fluisterden hun liefdesbeloften in het oor. De geesten kenden geen tijd en wekten kleurrijke illusies in de hoofden. De dromen smaakten verrukkelijk en het wakker worden was onmenselijk zwaar.

Gewonde, uitgehongerde mannen klampten zich wanhopig aan naar huis opstijgende vliegtuigen vast om aan deze hel te ontsnappen, en stortten na enkele ogenblikken doodgevroren neer. In Stalingrad danste de dood zijn wildste reidans. Het Sovjetcommando liet via luidsprekers in de hele stad speciaal gecomponeerde dodenliederen spelen: 'Om de zeven seconden sterft er een Duitse soldaat. Stalingrad – massagraf.'

De inmiddels helemaal grijs geworden rode luitenant zat in een hoofdkwartier in de buurt van de kanonnenfabriek Barrikady en schreef met trillende hand aan zijn vrouw, niet wetend of hij de brief ooit zou kunnen versturen: 'Lieve Anastasia, wat verlang ik nu terug naar de tijd...'

Op 10 januari begon het laatste beslissende tegenoffensief van de Roden tegen het 6e Leger, dat daarbij in twee delen uiteenviel, die allebei werden omsingeld. De bevoorrading van de Duitsers kwam volledig tot stilstand.

Na die dag verdwijnt elk spoor van de wit-rode luitenant. Op 31 januari was hij nog gesignaleerd in het warenhuis Univermag, het hoofdkwartier van het 6e Leger, dat door zijn divisie was bestormd en in de algemene vernietigingswaanzin werd opgeblazen. Simon Jasji bevond zich naar alle waarschijnlijkheid in het gebouw. Maar misschien zit het ook heel anders, misschien is hij op een andere plek een andere dood gestorven.

Ik heb me altijd dat verwoeste warenhuis voorgesteld, het skelet van dat gebouw, de botten en het gebeente en de magere schimmen erin, die al lang niet meer weten hoe het voelt om een mens te zijn. Ik heb me voorgesteld hoe Simon Jasji iets schreeuwt, hoe de soldaten als een uitgemergelde kudde aan hem voorbijtrekken, een vaag overlevingsinstinct volgend, zonder verstand, zonder doel. Hoe het stof van het plafond valt en de snijdende wind door de ingeslagen ramen, de opengebroken deuren en de kapotgeschoten gevels kruipt en zich verspreidt, alles in zijn greep krijgt, alles uitwist, alle tijden, tot aan dat ene moment waarop Simon Jasji blijft staan. Misschien hoort hij ook nog iemand roepen, een jonge soldaat: 'Naar buiten, naar buiten, vlug naar buiten!' Maar hij is niet in staat zich te verroeren. Hij staat door het verbrijzelde raam of door een gat in de muur te kijken naar dat grote kerkhof van de mensheid, dat apocalyptische landschap, die angstaanjagende schoonheid van het einde der dagen. Hij ziet de tuinen van puin en stenen, de architectuur van de geraamten, de patronen van bloed, hij ziet de sculpturen van opengereten gewapend beton en is verbaasd dat niemand behalve hij die aan de dood opgedragen symfonie van verwoesting waarneemt. En Simon Jasji staat stil en begrijpt niet waarom hij zich niet kan verroeren. Het zijn maar seconden of misschien minuten die verstrijken, maar voor Simon voelt het alsof de tijd vertraagt, alsof alles zich alleen nog in slow motion voltrekt. Ik heb me altijd voorgesteld dat Simon de oorlog is vergeten en ook de gedachten aan zijn doodzieke toekomst, de dagen zonder hoop, zijn gevoel te hebben gefaald, de teleurgestelde blikken van zijn vrouw, die hij niet gelukkig heeft kunnen maken, de tsaar, Lenin, het vaderland en de generalissimus, zelfs de steppe, die het begin van een betere toekomst had kunnen zijn. En dan is er lawaai, een oorverdovende donderslag, uit zijn oor begint bloed te stromen. Hij weet dat er nog meer ontploffingen zullen volgen, dat hij geen tijd meer heeft, maar hij denkt er niet meer aan, hij kan en wil zich niet meer verroeren.

Dood aan de fascisten!
Leus op een affiche

De ironie van het lot wilde dat Simon Jasji's zoon een paar dagen voor de laatste beslissende slag om Stalingrad, waarbij zijn vader vermoedelijk het leven liet, zijn grootste overwinning vierde: op 18 januari werd de hele oever van het Ladogameer door de Roden ontruimd en werd er een elf meter brede corridor en daarmee een verbinding met het vasteland tot stand gebracht. In de strijd om de bevrijding van Leningrad had Konstantin zich buitengewoon verdienstelijk gemaakt. Toen tijdens Operatie Iskra op een nacht het radiocontact volledig uitviel en de opperbevelhebber geen instructies meer kon geven, nam Konstantin Jasji op een van de schepen in de Finse Bocht het commando over.

Kostja vierde de overwinning met zijn kameraden. De brandewijn, die hij maanden niet had gedronken, verwarmde zijn maag, steeg hem naar het hoofd en stemde hem zo euforisch dat hij in de scheepsmast klom en brulde dat het gedaan was met de fascisten.

Nog geen veertig kilometer verderop schuifelde een magere, donkerharige vrouw de straat op, haar handen waren paars en haar ogen lagen diep in hun kassen, haar haar was dun, haar schoeisel vol gaten, haar rug krom. Ze sleepte zich vanuit een donker portiek een geplaveid steegje in, wankelde in de richting van de Nevski Prospekt en bleef telkens staan om op adem te komen. Haar doel was het postkantoor in de Karavannajastraat, waar onlangs een aanmeldpunt voor de evacuatielijst was geopend.

De afgelopen maand had haar van haar laatste krachten beroofd. Vaak lukte het haar nauwelijks om haar woning te verlaten, de trappen af te lopen of in de eeuwige rijen voor de voedselrantsoenen te blijven staan. Maar het nieuws over de doorbraak van de blokkade had een glimlach op haar lippen getoverd en ze had besloten opnieuw het aanmeldpunt op te zoeken. Alleen haar aanblik moest al voldoende zijn om haar helemaal boven aan de lijst te zetten.

Al geruime tijd gaf ze bloed op, maar daar wilde ze niet aan denken. Ze moest deze tocht tot een goed einde brengen, ze moest naar het postkantoor.

Misschien had ze in feite haar verstand verloren, net als de straatveger die vorige maand naakt op straat schunnigheden had staan roepen. Ze wist niet meer welke dag het was en niet wat er verder op de wereld gebeurde. Soms had ze dagdromen en hallucineerde ze dat de rest van de wereld allang niet meer bestond, dat Leningrad het laatste eiland van overlevenden was. Maar die dag deed Ida haar best om al haar destructieve gedachten te verdrijven en zich te concentreren op haar tocht naar de Karavannaja.

De lucht was niet zo stoffig, poeierig en betrokken als meestal in deze tijd van het jaar. Er schemerden zelfs een paar zonnestralen door de wolken en de Neva was niet meer verstard onder het harde ijs. Een paar haveloze kinderen renden haar voorbij. Voor haar wandelde een vrouw met een kinderwagen, alsof het een heel gewone dag was, in een heel gewone stad. Maar toen ze dichterbij kwam, zag ze dat de kinderwagen vol stenen lag. In de verte hoorde ze een auto, een goed teken, er was dus weer benzine.

De kleine dumpwinkel in haar straat was weer open, ook een goed teken, dacht ze bij zichzelf. Al was er niets te koop.

Je had echt kunnen denken dat het een heel gewone dag in een heel gewone stad was. Misschien moest ze zichzelf dat ook maar wijsmaken. Misschien was dat de beste manier om de rest van haar verstand te behouden, maar door de spookachtige stilte in de stad begon ze weer aan die mogelijkheid te twijfelen. Ze bleef staan, haalde diep adem, slikte, haar mond was droog, haar ogen brandden, ze was het daglicht nauwelijks meer gewend. In huis hield ze de gordijnen dicht, eerst vanwege de bombardementen, daarna uit gewoonte en inmiddels kon ze het zich niet anders meer voorstellen.

De laatste drie keer was ze bij het luchtalarm niet meer naar de schuilkelder gegaan, ze had er de kracht en de hoop niet voor kunnen opbrengen. Al in het eerste jaar van de blokkade waren er in de stad oude mensen geweest die bij het alarm in huis bleven. Vroeger had Ida zich daarover opgewonden; toen beschikte ze nog over genoeg optimisme en herinneringen, nu hoorde ze zelf bij dat soort mensen. Nu was ze zelf ook een van die mummies aan wie het leven en de oorlog voorbijgingen.

Op de Nevski Prospekt bleef ze staan. Ze had toevallig haar spiegelbeeld gezien in de etalage van een oude winkel die allang gesloten was. Ze had deze straat zo goed gekend, vroeger, in haar oude leven, nu kon ze zich bij god niet meer herinneren wat voor winkel hier toen was. Misschien de deftige stoffenzaak, misschien de boekhandel, maar wat had het voor zin om iets te reconstrueren wat toch nooit meer terug zou komen?

De vraag werd verdrongen door een vage herinnering: de herinnering aan zijn gezicht. Of aan wat haar herinnering van zijn gezicht had gemaakt. Zag hij er nog steeds zo aandoenlijk jong uit, in zijn donkerblauwe uniform met de goud-met-witte versieringen op de schouders en mouwen? Had hij nog dat dikke, golvende haar? Kon hij nog steeds zo uitbundig lachen? Als een kind, volkomen vrij, volkomen ongedwongen, zijn aangeleerde ernst vergetend? Wilde hij nog steeds zo graag in de smaak vallen, door de machtigen gewaardeerd en geaccepteerd worden? Waar was hij bang voor? Was zij voor hem net zo'n onuitwisbare herinnering geworden als hij voor haar?

Op de zwartste dagen stelde Ida zich Kostja's dood voor. Dan dacht ze dat hij al dood was en gaf ze zich over aan die fatale, gruwelijke zekerheid. Ze stelde zich verschrikkelijke scenario's voor, hoe hij getroffen door een granaatscherf in zee viel, hoe hij verdronk of gewond op een verre kust lag dood te bloeden.

Op betere dagen stelde ze zich hem voor aan de zijde van een jong meisje met grote reeënogen en een vlecht tot op haar billen. Dan fantaseerde ze hoe hij het meisje met dezelfde overgave bijbracht wat zij hem ooit had geleerd.

Ze sloeg een zijstraat in. Het naambord was allang verdwenen. Ze kende de straat, maar wist niet meer hoe hij heette. Plotseling moest ze opnieuw blijven staan, ze had iets gehoord, een geluid, een klank, iets vertrouwds. Het was muziek, onmiskenbaar pianospel. Een bekende melodie, die Ida net zomin kon thuisbrengen als de straat. Maar ze volgde de muziek, zonder erbij na te denken liep ze achter de noten aan. Met elke stap werd de melodie duidelijker en luider.

Waar kende ze die melodie van? Wat was het? Ach ja, in een ander leven – of was dat een droom – had ze pianogespeeld. Ze kon de toetsen voelen, onder haar blote, doorzichtige, allang niet meer beringde vingers, het ivoor, dat koele, prachtige materiaal van de vleugel uit haar kinderjaren.

Dat was er allemaal geweest en nog veel meer. Nu waren er alleen nog scherven, glassplinters, honger en de metronoom die de luchtaanvallen aankondigde.

Het was Grieg. Ja, nu wist ze het weer. Grieg. De romanticus. De romantiek van de ondergang, dacht Ida en ze bleef de muziek volgen. Ze kwam op een binnenplaats. Een oud huis met gebroken ramen had de bommen weerstaan, op de eerste verdieping stond een raam open: uit die woning kwam het pianospel.

Ida ging het donkere trappenhuis binnen en nam de paar treetjes naar een houten deur, die op een kier stond. De hele tijd probeerden haar hersens vergeefs de titel van het pianostuk te reconstrueren. Ze klopte aan, maar er volgden geen voetstappen, het pianospel werd niet onderbroken. Ze gluurde door de kier naar binnen en zette een voet over de drempel.

Ze kwam in een ruime gang, die leeg en vochtig was, met grijze, natte plekken op de muren, ze volgde Grieg en kwam in een kamer met een voskleurige parketvloer en een kale matras in een hoek; voor het raam stond de piano, een onbeschadigd, goed gestemd prachtexemplaar. Er zat een jong meisje voor, dat in zichzelf gekeerd de *Ballade voor piano in g mineur* speelde, ja, zo heette het stuk, nu schoot het haar weer te binnen.

Het meisje keek niet om, ze verroerde zich niet. Naar haar rug te oordelen kon ze niet ouder dan vijftien zijn.

'Neem me niet kwalijk, ik hoorde je spelen en ben op het geluid afgegaan. Je speelt prachtig.'

Ida liep voorzichtig naar de pianospeelster toe. Het meisje speelde verder en knikte nauwelijks merkbaar.

'Tenminste één toehoorster. Kom maar, kom gerust. Ik

heb helaas geen stoel, u moet staan. Toen het zo koud was, hebben we alle meubels opgestookt.' Het meisje draaide zich niet om, haar vingers dansten feilloos verder over de toetsen. Ida voelde kippenvel langs haar armen omhoogkruipen en dat deed vreemd aan, alsof haar huid het voelen was verleerd. Ze ging voorzichtig bij de piano staan en wierp voor het eerst een blik op het gezicht van het meisje – ze deinsde terug en hield haar adem in om haar schrik niet te laten merken: het meisje had geen ogen. Op de plek van haar ogen zaten twee donkere gaten. Maar ze glimlachte.

Ze droeg een grijze schortjurk vol gaten en dikke vilten laarzen. Haar dikke lichtbruine vlecht hing over haar schouder.

'Ik oefen voor mijn derde jeugdconcours, ik had naar Londen zullen gaan, voordat...' zei het meisje, terwijl ze met haar bovenlichaam licht op de muziek meewipte.

'Je bent aankomend pianiste?' vroeg Ida, nog niet van haar schrik bekomen.

'Dat had ik moeten worden.'

Het meisje hield plotseling op, haar vingers bleven op de toetsen liggen, opeens volkomen nutteloos en star.

'Dat gebeurt vast nog. Als je onder deze omstandigheden oefent.'

'Ik kon een hele tijd niet oefenen. Mijn moeder heeft het me verboden, nadat...'

'Nadat?'

'Omdat ik toen aan het oefenen was, waren we niet meer op tijd in de schuilkelder, ik heb een scherf in mijn ogen gekregen, hier, kijk...' Het meisje draaide haar blinde gezicht naar Ida toe, alsof het ontbreken van de ogen anders niet zou opvallen. 'Nu is mama dood, nu kan ik weer spelen.'

Het meisje zei het zo vlak alsof het om de dood van een huisdier ging.

'En je vader?'

'Gesneuveld. Bij Minsk. Mijn broer zit ook aan het front, maar die leeft nog. Dat weet ik. Sergej leeft nog en komt terug. Beslist.'

'Zeker. Zeker.' Ida merkte dat haar stem teder, bijna liefdevol klonk. 'Ik hou van muziek. Vroeger dacht ik ook dat ik pianiste zou worden...'

'En wat is er bij u tussen gekomen, ook de oorlog?'

'Niet helemaal. Maar net zoiets,' zei Ida lachend.

Plotseling stond het meisje op van haar kruk en ging voor haar staan. Ze was lang en knokig, maar niet ondervoed, dat was een goed teken, een heel goed teken zelfs. Het meisje tilde haar hand op.

'Mag ik?'

Ida zei ja en het meisje raakte haar gezicht aan. Ze streek zacht over haar gelaatstrekken. Ze voelde aan haar mond, haar neus, haar ogen, haar lippen. Ida huiverde. Hoelang was het geleden dat iemand haar had aangeraakt. Hoe versleten en akelig, hoe koud, star en oud moest ze aanvoelen. Maar dat leek het meisje niets uit te maken.

'Ik moet dit doen om me iemands gezicht voor te kunnen stellen, en vaak kan ik ook de leeftijd raden. Zal ik zeggen hoe oud u bent?'

'Ja, zeg het maar.'

'Midden veertig?'

'Ik weet het zelf niet meer, ik ben opgehouden met tellen.'

'Ik ben veertien.'

Het meisje zei het vol trots, alsof het een grote verdienste was om veertien te zijn. Maar misschien was het dat ook wel. Misschien was het in deze stad een grote verdienste om je veertiende levensjaar te hebben bereikt.

'Woon je hier alleen?'

'Soms is mijn nicht hier. Maar die moet voor mijn zieke

grootvader zorgen. En ze werkt op school, maar ik red me wel. Ik mag weer spelen. Gelukkig hebben we de piano niet als brandhout gebruikt, al was mama dat wel van plan, maar ik heb het tegengehouden.'

'Zou je alsjeblieft verder willen spelen? Ik heb al zo lang geen muziek meer gehoord.'

'We kunnen samen spelen. Quatre-mains.'

'Nee, nee, dat lukt me niet, mijn handen zijn net klauwen, dan wordt het heel lelijk, ik wil dat het mooi klinkt.'

'Zoals u wilt. Mijn lerares zei vroeger dat ik een goede hand had voor de Fransen. Zal ik iets van Debussy spelen? Ik ben dol op hem. Misschien iets uit de preludes?'

'Wat je maar wilt.'

Het meisje concentreerde zich, wreef in haar handen, blies in haar vuisten en begon. Ida leunde tegen de muur en luisterde als betoverd. Ze volgde het spel van het meisje, dat met elke noot de oorlog uit haar armen, haar lichaam, haar hoofd verdreef en haar meenam naar een andere wereld. Een wereld met verlichte cafés en schitterende boulevards, waar weldoorvoede mensen flaneerden. Een wereld met paarse lampions, goed onderhouden portieken en gemeubileerde woningen, een wereld waar je appeltaart bij de thee kon bestellen en waar het naar Frans parfum rook. Waar de mensen warme jassen en leren handschoenen droegen. Waar je naar de bioscoop kon gaan of concerten kon beluisteren. Waar het pianospelende meisje een moeder en groene, fonkelende ogen had. Wat was dat voor wereld waar een meisje van het licht in haar ogen werd beroofd, waar haar toekomst niet veilig werd gesteld?

'*Sacrale dans*. Zo heeft hij dit stuk genoemd.'

De stem van het meisje onderbrak Ida's gedachten en vaagde ze in één klap weg. Ida keek uit het raam naar de lege binnenplaats. Ze bedacht opeens dat ze naar het postkantoor moest en schudde haar hoofd, alsof ze zichzelf wakker wilde schudden uit haar droom.

'Waarom ben je nog hier? Waarom hebben ze je niet allang geëvacueerd?'

'Toen was ik nog niet invalide,' zei het meisje met een ontwapenende directheid, die tegelijk iets gruwelijks had.

'Maar...'

'Mijn moeder werkte voor de "Weg", we konden rondkomen.'

'Je moet mee.'

'Waarnaartoe?'

'Naar de Karavannaja, naar het postkantoor, daar worden de nieuwe evacuatielijsten opgesteld. Heb je niets over de doorbraak van de blokkade gehoord?'

'Ik ben al dagen niet meer buiten geweest en mijn nicht kon nog niet komen.'

'Wanneer heb je voor het laatst gegeten?'

'Mijn buurvrouw, kameraad Tasjokova, geeft me een deel van haar eten omdat ik voor haar zoon speel, hij is geestelijk gehandicapt en wordt er rustig van.'

'Sta op.'

'Ik heb geen jas. Ik kan niet naar buiten.'

'Ik geef je de mijne. Je moet nu mee.'

'Maar...'

Ida trok het meisje omhoog en sloeg haar jas om haar schouders. Zelf deed ze haar gebreide sjaal om, waarna ze naar buiten gingen. Het meisje snuffelde als een hond. Ida nam haar bij de hand, maar ze trok hem terug en zei trots: 'Ik kan het alleen. Ik ben al 234 dagen blind. Ik leer het al.'

Uit de verte zag Ida de rij al staan. Ze moesten achteraan aansluiten en toen ze eindelijk het gebouw binnengingen, begon het al donker te worden.

Achter een klein tafeltje – eerder een schoolbank – zaten een al wat oudere vrouw en een jonge soldaat van het Rode Leger. Ida noemde haar naam.

'Moet ik nakijken.'

De vrouw begon in een reusachtige ordner te bladeren. Piano's verbranden ze graag, maar dossiers, daar blijven ze van af, dacht Ida.

'In oktober hebben ze me verzekerd dat ik op de urgentielijst kom,' merkte Ida op.

Na een paar minuten had de vrouw inderdaad haar naam op de lijst gevonden. Ida moest haar paspoort en haar beduimelde, verkreukelde gezondheidsverklaring laten zien, die een ondervoede arts haar na een bliksemsnel onderzoek had gegeven en die weinig goeds bevatte. De vrouw rommelde weer in haar stapel dossiers.

'12 februari. Michailovskipark. Het wordt een vrachtwagen. U mag niet meer dan één koffer meenemen en vergeet uw paspoort niet. En het document dat ik u nu geef, bewaar dat als uw oogappel.' Bij dat woord moest Ida bijna braken. Het meisje stond roerloos naast haar, alsof ze het niet had gehoord.

'Dit meisje moet mee,' begon Ida aarzelend. 'Bij een luchtaanval heeft ze haar gezichtsvermogen verloren en haar moeder is dood. Ze heeft verder geen familie en is dus invalide in de hoogste graad.'

Ida probeerde zo neutraal mogelijk te praten, zodat het meisje niet de indruk kreeg dat ze medelijden met haar had.

De vrouw tilde langzaam haar hoofd op en staarde het meisje lang en ingespannen aan.

'Daar is helaas niets aan te doen, hoezeer het me ook spijt. Ze moet net als alle anderen eerst op de lijst komen. Ze wachten allemaal al maanden, zo niet jaren.'

'Het is goed,' zei het meisje, dat niet liet merken dat ze teleurgesteld was.

'Nee, het is niet goed!' schreeuwde Ida opeens en ze was verbaasd over de kracht van haar eigen stem. 'Niets is goed. Moet u haar zien! Die vervloekte oorlog heeft haar alles afgenomen en toch zit ze, door God vergeten, in een leeg, koud huis piano te spelen. Ze kan een fantastische pianiste worden. Ze moet in leven blijven, ze moet iets te eten krijgen, ze moet spelen! Ze is nog maar veertien!'

De vrouw keek Ida onverschillig aan, dit soort uitbarstingen en zenuwinzinkingen was ze gewend. Niemand in de rij durfde iets te zeggen, iedereen dacht alleen aan zijn eigen hachje. Het meisje vond het zichtbaar pijnlijk, ze boog beschaamd haar hoofd.

'Kom, alstublieft, laten we gaan...'

'Nee!' schreeuwde Ida weer. 'Je moet hier weg!'

'Geef haar dan verdomme uw eigen plaats en laat u zelf weer op de lijst zetten!' riep een man met één been, die achter haar stond en duidelijk geïrriteerd was door het oponthoud. Even werd het stil in het vertrek. Ida zweeg en keek naar het meisje.

'Nee, in godsnaam, doe dat niet!' riep het meisje uit en ze draaide haar gezicht zonder ogen naar Ida toe. Maar Ida boog zich al over de schoolbank en zei tegen de vrouw: 'Zet dat papier alstublieft op haar naam. En zet mij op de volgende lijst.'

Het meisje greep Ida's hand en probeerde haar weg te trekken.

'Dat mag u beslist niet doen. Uw handen zijn ongezond koud, dat heb ik gevoeld. U bent niet gezond. U moet weg. Mijn nicht...'

'Hou op en doe wat je gezegd wordt!'

In Ida's stem was de gewone hardheid teruggekeerd.

'De naam!' zei de vrouw achter de tafel.

'Hoe heet je?' vroeg Ida, die besefte dat ze het meisje nog helemaal niet naar haar naam had gevraagd.

'Ida,' zei ze.

'Jouw naam, ik bedoel de jouwe,' drong Ida aan.

'Ja, ik heet Ida. Ida Efremova.'

'O, dat is handig, dan hoef ik alleen de achternaam en de

geboortedatum te veranderen,' zei de vrouw achter de tafel.

Ida's knieën knikten.

De dagen voor het vertrek brachten ze samen door. In Ida's verduisterde woning op het Vasiljevski-eiland en in Ida Efremova's lege woning, waarvan de exacte ligging me niet bekend is.

Ida luisterde voor het eerst sinds het begin van de blokkade weer naar muziek. De kleine Ida was op elk moment bereid om iets voor de grote Ida te spelen. Die warmde dan eerst haar handen door ze onder haar oksels te steken. Zo bleven ze staan, totdat de kleine Ida zich losmaakte en met een glimlach naar de piano rende. Dan speelde ze in gedachten verzonken, terwijl Ida met gesloten ogen naast haar stond en zich door de muziek liet meevoeren naar haar verleden.

Ida E. praatte aan één stuk door over de toekomst. Over een huis voor hen samen, ergens waar het warm was, over pianolessen, want Ida E. wist zeker dat de grote Ida weer zou willen spelen als de oorlog en de kou eenmaal voorbij waren. Ze had het over kippen die ze konden houden en die elke ochtend eieren zouden leggen, over concoursen waaraan ze zou deelnemen, en ze stelde zich voor hoe ze samen met Ida de wereld zou afreizen.

Op een middag, toen ze op de binnenplaats rond een door een buurman aangestoken vuurtje stonden, raakte Ida E. Ida's schouder aan en stelde voor dat ze haar zou adopteren.

'Nou ja, je hebt zelf geen kinderen en die zou je vast wel willen hebben, het zou toch ideaal zijn. Bovendien ben ik al bijna volwassen en hoef je geen luiers te verschonen en geen slapeloze nachten met me door te brengen. Je zou een kant-en-klaar kind hebben, dat mooie muziek voor je kan spelen. Wat wil je nog meer?'

Ida moest gniffelen om de vroegwijze en directe manier waarop Ida E. hun gemeenschappelijke toekomstvisioen uit de doeken deed, en ze gaf haar een tedere kus op haar wang.

Voordat het meisje Ida's plek op de laadvloer van de vrachtauto innam en de aarzelende, trillende hand van het leven greep, vroeg ze Ida of er nog iemand was aan wie ze een boodschap kon overbrengen, een familielid, een vriend.

'Voordat jij ook komt,' voegde ze eraan toe.

'Ik weet niet... Misschien kun je een marineofficier vinden, Jasji is zijn naam, Konstantin, ook wel Kostja genoemd. Als hij nog leeft. Hij is hier in Leningrad aan de Froenze Academie opgeleid en dient voor zover ik weet bij de Baltische vloot.'

'En wat moet ik tegen hem zeggen?'

'Als...'

'Ik vind hem.'

'Dat ik hem geluk wens.'

'Is dat alles?'

'Dat ik hem niet ben vergeten.'

'En verder?'

'Dat ik... Denk de rest er maar bij. Je hebt toch een rijke fantasie, smuk het maar voor me op. Vertel hem iets moois. Vertel hem alle mooie dingen die in je opkomen.'

'Goed. Doe ik,' knikte Ida E. beslist.

Ze omhelsden elkaar en bleven roerloos staan, terwijl de mensen zich ongeduldig langs hen heen wurmden en hun koffers in de vrachtauto gooiden.

'Uiterlijk in mei zien we elkaar in een of ander Kazachstaans dorp. En dan heb ik een piano op de kop getikt en mijn broer en jouw marine-officier gevonden. En jij moet tot die tijd goed op jezelf passen. Ja?'

Het meisje drukte het puntje van haar neus tegen dat van Ida en snoof Ida's geur op. Ze betastte haar gezicht met haar vingertoppen en Ida had het gevoel dat het meisje haar op dat moment zág, haar werkelijk aankeek, haar herkende in alles wat ze was, wat ze had gedroomd en gemist, wat ze had liefgehad en verloren, wat ze had gezocht en gevonden, wat ze had nagestreefd en niet gerealiseerd, wat ze had gewenst en niet gekregen, waar ze nog op hoopte en waar ze bang voor was.

Opeens voelde ze iets warms en nats over haar wang lopen. Ida E. huilde. Ze had het niet voor mogelijk gehouden, maar de donkere gaten kwamen tot leven en er liepen tranen uit.

Nog geen twee maanden later stierf Ida. Een buurvrouw vond haar dood voor haar deur. Voor de deur die ze voor Kostja had opengerukt en waar hij op het eind zo verwoed op had gebonkt. Nadat ze de trappen naar haar woning was opgelopen, was ze in elkaar gezakt. Het was haar niet meer gelukt naar binnen te gaan en op bed te gaan liggen, dat bed waar ze ooit met Kostja liefdesfeesten had gevierd en waar alle hindernissen moeiteloos overwonnen leken.

Ida E. werd een bekende concertpianiste, ze vierde het hoogtepunt van haar carrière in de late jaren vijftig en zestig. Na een optreden in West-Duitsland bleef ze daar en maakte het mogelijk dat haar man, een altviolist die ze tijdens haar studie aan het conservatorium in Moskou had leren kennen, drie jaar later de Sovjet-Unie ook kon verlaten. Ze werd vooral bekend door haar gedurfde interpretaties van Franse componisten. De donkere, langwerpige bril die ze tijdens haar concerten droeg, werd haar handelsmerk. Aan haar autobiografie, die in 1982 in Duitsland verscheen, heb ik bij mijn research naar Ida veel gehad. Het boek was aan haar opgedragen.

Het zou jaren duren voordat Ida E. mijn grootvader vond, maar ze vond hem.

Meer metaal – meer wapens!
Leus op een affiche

Wegens de grote verliezen van de Duitsers in Stalingrad en de verschrikkelijke gevolgen van Operatie Edelweiß kreeg Legergroep A bevel zich uit Vladikavkaz – toen nog Ordzjonikidze – terug te trekken en was de Georgische militaire weg tegen het eind van het jaar weer vrij begaanbaar. Stasia kon naar huis. In maart 1943 kwam ze in Tbilisi aan. Simons laatste, voor zijn doen sentimentele brief had haar bang gemaakt, maar ze verbood zichzelf meteen het ergste te denken. Van Christine wist ze dat Kostja in leven was en zich verdienstelijk had gemaakt aan het front bij Leningrad. Ze kwam aan bij het voorname huis op de heuvel, waarvan de tuin verwilderd en de fontein opgedroogd was en de schatten allang op de zwarte markt waren beland. Ze viel haar dochter om de hals en deed haar best om te huilen, om iets van opluchting te voelen, maar het lukte haar niet. Stukje bij beetje vertelden Kitty en Christine wat er tijdens haar afwezigheid was gebeurd, over Andro's verdwijning, over de trieste en zorgelijke, maar in elk geval veilige maanden in Tbilisi. Pas veel later zei Kitty terloops iets over een miskraam. Zonder er verder op in te gaan en het onderwerp uit te diepen.

Ze zaten in de keuken, bakten maïsbrood en keken elkaar met stralende ogen aan.

Christine masseerde steeds weer de schouders van haar oudere zus, maakte van komkommerschillen een gezichtsmasker, zette hete hibiscusthee, zodat ze weer op krachten kwam, verwarmde emmers water, zodat ze een bad kon nemen, gaf haar nieuwe kousen en laarzen en knipte haar haar.

De eerste weken bevond Stasia zich in een soort schemertoestand. Ze kon zich er niet toe zetten naar buiten te gaan en kon zich bij hun gesprekken niet concentreren.

Telkens vielen haar ogen dicht en ze moest aldoor gapen. Kitty en Christine gingen hun gewone gang: ze deden boodschappen met voedselbonnen, werkten in het ziekenhuis, maakten schoon, verstelden jassen en mantels voor het front, sprokkelden hout, kookten eten en luisterden gespannen naar de oude Blaupunkt-radio.

Soms hoorde Stasia 's nachts harde kreten in huis, dan hoorde ze de deur van Christines slaapkamer opengaan en haar zus door de gang naar beneden rennen, naar de vroegere kinderkamer waar Kitty sliep. Ze hoorde haar dochter huilen, klagen, tieren, en daarna Christines sussende woorden. Rechtop in bed zittend hoorde ze Christine nog een hele tijd op Kitty inpraten, tot het weer stil werd en Christine terugging naar haar slaapkamer.

In die nachten wilde Stasia dat ze de kracht kon opbrengen om naar beneden te gaan en haar dochter in haar armen te nemen. Om haar ook zulke sussende woorden in het oor te fluisteren, haar te vragen waarom ze zo wanhopig was, wat haar zo angstig maakte, maar ze was bang voor het geheim dat Kitty met haar tante deelde, ze was bang dat Kitty's nachtmerries besmettelijk zouden zijn.

Het voorjaar dreef de mensen de straat op, naar de parken, de brede boulevards en de smalle steegjes. Je hoorde weer ijscomannen hun ijs aanprijzen, buurvrouwen op bankjes de laatste roddels uitwisselen, dobbelstenen over de backgammonborden rollen. Er hing weer schone was op de binnenplaatsen, die daardoor veranderden in witte, oorlogsvrije zones.

De oude man die vroeger de grote fruitstal op de hoek had gehad, verkocht zijn paar appels en pruimen nu uit zinken emmers. De dikke vrouw van de academicus droeg weer veren op haar hoeden, er trokken weer groepen zigeunervrouwen door de straten om de toekomst te voorspellen – natuurlijk alleen een gelukkige, lichte, veelbelovende toekomst. Slecht nieuws kon in oorlogstijden op een pak slaag uitdraaien.

Op zulke zonnige dagen wandelden Kitty, Christine en Stasia op de heuvels van Vera, aten zonnebloempitten en dronken moutbier. Omdat er in mei nog steeds geen bericht van luitenant Jasji was gekomen, had Stasia zich tot het militaire volkscommissariaat gewend en een opsporingsverzoek ingediend in de hoop iets over de verblijfplaats van haar man te weten te komen. Toen ze de hoop al had opgegeven, kreeg ze een brief met poststempel Moskou. Het bericht was kort: eerste luitenant Jasji had hoogstwaarschijnlijk het leven gelaten in de eervolle en zegerijke slag om Stalingrad. Ze moest zich met deze brief tot het verantwoordelijke commissariaat in Tbilisi wenden. Daar zou men haar verder helpen, vooral met betrekking tot haar weduwepensioen.

Op het commissariaat deelde een jonge vrouw in uniform haar mee dat haar man weliswaar niet op een van de dodenlijsten te vinden was, maar zoals ze wist waren er juist in Stalingrad grote verliezen te betreuren geweest.

'Dat wil zeggen dat er geen lijk is?' vroeg Stasia op kalme toon.

'We hebben contact opgenomen met zijn divisie. Uw man heeft nog steeds de status van vermiste. Maar het is aan te nemen dat hij in de laatste dagen van de slag is gesneuveld.'

Hij zou heldhaftig hebben gevochten en was postuum genomineerd voor de dapperheidsmedaille.

Stasia onderbrak haar en stelde vast: 'Zolang er geen lijk is, kan hij niet dood zijn.' Daarna draaide ze zich om en liep het gebouw uit.

Christine en Kitty waren ontdaan toen Stasia hun rustig en beheerst vertelde wat haar op het commissariaat was meegedeeld. Kitty kauwde nerveus op haar onderlip en Christines ogen vulden zich met tranen. Aan haar gezicht was te zien dat ze zich definitief bij het doodsbericht neerlegde. Ze vroeg zich af of de zekerheid dat Simon niet meer terug zou komen, haar ook de afschuwelijke zekerheid gaf dat Andro nooit meer terugkwam.

En Kitty vroeg zich af of Christine huilde om het verlies van haar man en haar gezicht en of Simons lot ook dat van Kostja zou zijn.

Plotseling begon ook Kitty te snikken.

'Waarom huilen jullie?' vroeg Stasia. 'Hij is toch niet dood. Hij is alleen spoorloos. Die man is de helft van zijn leven spoorloos geweest, dat zal deze keer niet anders zijn, hij duikt wel weer op, maak je geen zorgen.'

'Hij is dood!' antwoordde Kitty snotterend.

'Als er geen lijk is, als er geen graf is, is er ook geen dode!'

Het leed geen twijfel: Stasia leek zeker van haar zaak.

'Natuurlijk zijn er doden zonder graf!'

In Kitty's stem klonk iets loodzwaars door, iets dofs, waar Stasia van opkeek. Ze kwam aarzelend overeind en liep naar haar dochter toe. Kitty's afgronden beangstigden haar, ze durfde er niet in te kijken, ze was bang haar evenwicht te verliezen. Ze probeerde Kitty in haar armen te nemen, maar Kitty deinsde achteruit.

Konstantin Jasji overleefde het. In de laatste dagen van de gevechten raakte hij zwaargewond aan zijn been en moest hij geopereerd worden. Omdat de klinieken in Leningrad overvol waren, werd hij met een vliegtuig van het NKVD naar een militair hospitaal in Moskou overgebracht. Ver van kogels en granaten, voorzien van voedsel en onder een warme deken moet hij het verblijf in het hospitaal als een paradijs hebben ervaren. Hij kreeg twee weken verlof, wat hij aarzelend accepteerde; het leek op een eremedaille, want de soldaten van het Rode Leger kregen geen verlof. Iemand moest een goed woordje voor hem hebben gedaan. Kostja vroeg zich af wie dat kon zijn, maar hij kon niemand bedenken. Hij was in jaren niet in zijn vaderland geweest. De eerste twee oorlogsjaren had hij nog druk en uitvoerig met zijn vader en Alania gecorrespondeerd. Naar Tbilisi had hij steeds alleen telegrammen gestuurd. Hij wist niet hoe hij zijn ervaringen kon weergeven in woorden die voor zijn tante, zijn zus en zijn moeder begrijpelijk waren.

Hij had de voorkeur gegeven aan een toestand waarin hij geen vragen stelde, niet op antwoorden hoopte, niet de zin van dat alles zocht. Hij wilde vergeten dat er buiten de dagelijkse zekerheid van de dood nog iets anders bestond. Iets als verdriet, vreugde, teleurstelling, hoop en vooral intimiteit. Vreugde had bestaan uit een slok brandewijn en een stuk roggebrood met smout, uit de meelzakken en conservenblikken die ze maandenlang Leningrad hadden binnengesluisd, uit intacte schepen, uit puur overleven. En alles wat daarnaast nog had bestaan, gold nu niet meer. Bestond niet meer, en de hoop dat het terug zou komen, vond Kostja storend en onder bepaalde omstandigheden zelfs gevaarlijk.

Herinneringen maken het hart week en doorzichtig; met een doorzichtig hart kun je niet goed schieten, Brilka, je mist je doel en wordt algauw zelf een schietschijf.

Het duurde een eeuwigheid voor Stasia, die de deur voor hem opendeed, hem om de hals viel. Ze trilde over haar hele lichaam en drukte zijn hoofd zo stijf tegen zich aan dat hij dreigde te stikken.

Stasia riep door het hele huis om Christine. Kostja wankelde, maar hervond meteen zijn evenwicht door te steunen op zijn wandelstok, waarop hij na zijn operatie drie weken aangewezen zou zijn. Christine verscheen aan het eind van de lange gang. Daar had ze vroeger, toen hij klein was, ook staan wachten als hij na school op haar afstormde en haar om de hals vloog. Hij staarde naar de onbedekte rechterhelft van haar gezicht. Wat was ze mooi, dacht hij, en tegelijk maakte haar gehalveerde schoonheid hem oneindig verdrietig, zijn hart kromp ineen en hij voelde zijn handen klam worden. Hij kon niet anders dan bij haar aanblik aan Ida denken.

Christine bleef voor hem staan en keek hem aan alsof ze hun leven lang liefdesbrieven hadden uitgewisseld en elkaar nu voor het eerst ontmoetten.

'Kostja, Konstantin, mijn mooie Konstantin, je bent terug, je bent hier, bij mij!'

Stasia deed een stap achteruit, ze liet haar jongste zus van haar symbiotische band met haar neefje genieten, ze liet haar zoon erin opgaan, zich erin koesteren, want alles aan zijn lichaam en in zijn gezicht maakte duidelijk dat hij zware ontberingen had geleden. Toen Kitty later uit het ziekenhuis kwam en de stem van haar broer in de keuken hoorde, bleef ze een poosje in de gang tegen de muur staan. Ze haalde diep adem om haar lichaam onder controle te krijgen en voor ze de keuken binnenstormde, oefende ze een paar tellen haar oude ongeremde lach en probeerde ze zich te herinneren hoe haar eigen stem had geklonken toen ze gelukkig was.

In tegenstelling tot Stasia toen die terugkwam uit Moskou, praatte hij veel: onvermoeibaar beschreef hij in detail zijn tijd in Sebastopol en op de Gorki en vooral wat er aan het Ladogameer was gebeurd. Hij verslond alles wat hem werd voorgezet, zijn honger leek onstilbaar en hij dronk de bittere *tsjatsja*, die zijn tong nog losser maakte.

Maar Kitty viel het op dat de manier waarop hij over al die dingen praatte, over de veldslagen, de aanvallen, de bommen, de honger, de harde strijd om te overleven, gekunsteld en zelfs neutraal overkwam.

Ook Christine en Stasia vertelden veel, maar minder geordend, ze vielen elkaar in de rede en ruzieden over details die ze zich verschillend herinnerden. Toen het gesprek op een gegeven moment op Andro kwam, liet Christine haar stem dalen en vertelde ze wat ze wist, of liever gezegd wat ze niet wist; het vermoeden bestond dat hij zich bij een partizanenbeweging had aangesloten en aan de kant van de Wehrmacht vocht. Kitty voelde zich verraden door Christines woorden. Het ergerde haar ook dat Kostja Christine binnen een paar uur wist in te palmen. Na het verhaal over Andro barstte Kostja in een luide scheldtirade uit. Hij wond zich op over dat verraad aan het vaderland, stak een monoloog af over het belang van de juiste ideologie, over trouw en loyaliteit, over de plichten van iedere Sovjetburger en herhaalde dat hij altijd al had gedacht dat Andro het verkeerde pad op zou gaan, dat hij schande over de familie zou brengen.

Kitty durfde zich er niet in te mengen, ze wilde het niet meteen de eerste avond met Kostja aan de stok krijgen en haar moeder en tante teleurstellen. Ook wist ze dat haar argumenten vóór Andro te zwak waren. Toch had ze er moeite mee dat hij simpelweg als landverrader werd weggezet. Dat was niet de waarheid. Het was voor de anderen gewoon het makkelijkst om hem het slachtoffer van zijn eigen fouten te maken.

'Papa is dood, hè?'

Kostja's vraag kwam totaal onverwachts, onaangekondigd als een onweersbui in de zomer. Hij had net nog over zijn belevenissen in Moskou verteld. Christine boog haar hoofd. Stasia schraapte haar keel en krabde aan haar onderarm.

'Hij wordt vermist, hij is gewoon verdwenen.' Stasia probeerde net zo terloops antwoord te geven als wanneer ze het over het weer had gehad.

'Hou daar eindelijk eens mee op!' riep Kitty.

'Hij is verdwenen, we hebben geen bewijzen voor zijn dood!' Stasia leek kwaad, alsof ze beledigd was dat haar waarheid in twijfel werd getrokken.

'In de laatste dagen van Stalingrad is hij voor het laatst gezien bij het Duitse hoofdkwartier, vlak voordat daar explosies plaatsvonden!' Kitty ademde snel.

'En zijn lijk is niet gevonden!' Stasia bleef het koppig herhalen als een magische spreuk die haar tegen de werkelijkheid moest beschermen.

'Zeg het tegen haar, Kostja, we moeten hem dood verklaren, zo kunnen we toch niet verder leven,' smeekte Kitty haar broer.

'Ik zal morgen zelf naar het commissariaat gaan, mij zullen ze wel nadere informatie geven,' antwoordde hij kalm.

Toen de zomerhitte begon, reisde de hele familie naar de geboortestad van Stasia en Christine. Ze logeerden in het oude huis van de chocoladefabrikant, in de ene helft waar Lida inmiddels alleen woonde. Ze bezochten de graven van hun ouders. Ze staarden naar de grafstenen en gingen in het gras zitten. Ze zeiden allemaal amen, nadat Lida een gebed voor de doden had uitgesproken. Meteen de volgende dag bestelde Kostja een nieuwe grafsteen, waarin hij SIMON JASJI liet graveren en die hij naast de graven van zijn grootouders en de tweelingzus van zijn moeder liet plaatsen. Stasia weigerde mee te gaan naar het kerkhof en om haar man te treuren. Ze liet weten dat zij zijn dood pas zou aanvaarden als onder de grafsteen ook zijn stoffelijk overschot lag.

Dat er ergens ver weg een allesvernietigende oorlog woedde, leek in het kleine stadje, dat ooit het Nice van de Kaukasus had moeten worden, onvoorstelbaar. Alles deed er vreedzaam, bijna provocerend rustig aan.

Kitty en Kostja registreerden verbaasd dat hun moeder

een kabardin huurde en naar de steppe verdween. Ook Christine was verbaasd toen ze door de steegjes en straatjes van de stad wandelde waar ze ooit zo ongenaakbaar had geparadeerd. Ze bleef lang staan voor de gesloten deuren en dichtgetimmerde ramen van de vroegere chocoladefabriek, waar ze voor haar gevoel eeuwen geleden haar man had leren kennen. Kitty meed op haar wandeling door de stad het park met de groen geverfde banken. Ze meed alle straten waar ze met Andro had gelopen, de plekjes waar ze zich voor hem had verstopt in de hoop door hem te worden gevonden.

De avond voor hun vertrek liepen Kostja en Kitty nog een keer samen door de kronkelsteegjes van de binnenstad, ze bleven staan voor de gesloten winkels, kibbelden erover wat er vroeger in dit of dat gebouw had gezeten. Op een hoek kochten ze bij een oud vrouwtje een suikerspin en snoepten allebei van het kleverige spul. Kitty stak haar arm door die van Kostja, die steeds bleef staan omdat zijn been pijn deed.

'Ben je niet bang?' vroeg ze plotseling aan haar broer.

'Waar moet ik bang voor zijn?'

'Als je daarginds bent, bedoel ik, dat het elke minuut afgelopen kan zijn?'

'Ja, soms wel.'

'Hoe hou je dat vol?'

'Ik denk er niet over na. Ik probeer alleen mijn plicht te doen.'

'En dat is doden of gedood worden?'

'Dat is ervoor zorgen dat er van onze mensen zo weinig mogelijk worden gedood. En wat de vijanden betreft: als jij hen niet doodt, doden ze jou. Daar bestaat geen genade voor. Daar denk je niet over na...'

'Zijn dat dan geen mensen?'

'Het zijn zieke fascisten.'

'En wat zijn wij? Zieke communisten?'

'Alleen jij kunt zoiets zeggen! Zijn dat de zieke ideeën van je vriend?'

'We zijn toch alle drie samen opgegroeid, Kostja. Hij was als een broer voor je.'

'Nee, een verrader kan niet mijn broer zijn. Hij had dat niet mogen doen.'

'Hij wilde alleen maar vrij zijn.'

'Vrij? Bij de fascisten? Meen je dat serieus? En jij had je niet met hem moeten inlaten.'

'We zijn verloofd.'

'Zijn jullie verloofd?'

'Ja, en nu weet ik niet eens of hij nog leeft.'

'Word toch volwassen, Kitty. Het wordt tijd. Verloofd!' Kostja schudde driftig zijn hoofd.

'Dat ik weiger deze wereld door jouw ogen te zien, wil nog niet zeggen dat ik hem helemaal niet zie.'

'Treur niet om hem, hij is het niet waard. Hij heeft onze familie bedrogen, die hem heeft gered.'

'Gered? Ze hebben zijn moeder doodgeschoten. Wat heeft ze misdaan? Verbaast het je dat hij weigerde de juistheid van dit systeem te erkennen? Zou het jou niet net zo vergaan als mama of ik of Christine...'

'Ze zullen hun redenen wel hebben gehad.'

'Hoe kun je zoiets zeggen? Je weet dat het niet klopt. Je weet dat het niet waar is.'

Kitty was blijven staan en keek haar broer vol onbegrip aan.

'De oorlog zal niet eeuwig duren, de Duitsers zijn aan het eind van hun Latijn. De hele wereld is tegen hen. Daarna zal alles wel in de juiste banen worden geleid.'

'Iedereen wacht, jij wacht en niemand weet wat er komt.'

'Zelfs de Amerikanen steunen ons inmiddels. Ze voorzien ons van nieuwe tanks,' vervolgde Kostja, alsof hij de tegenwerping van zijn zus niet had gehoord. 'We vechten nu allemaal samen tegen de Duitsers.'

'En jij?'

Ze waren aan het begin van een straat blijven staan. De stilte in de straten had iets spookachtigs.

'Wat ga jij doen, daarna?'

'Als ik het overleef, bedoel je? Ik zal doen wat mijn plicht van me vraagt.'

'En wat is je plicht?'

'Voor het welzijn van mijn land blijven werken. Zo simpel is dat, Kitty.'

'Maar...'

'Wat maar? Waar denk je dat papa zijn leven voor heeft gegeven? Waarom denk je dat talloze helden het leven hebben gelaten?'

'Papa leefde voor het leger. Jij bent hem niet. Wij misten hem altijd. Jij, ik, mama. Wil jij ook zo leven?'

'Wat houdt dat nu weer in? Hem missen? Hoe durf je aan zijn levensweg te twijfelen?'

'Ik twijfel juist aan jouw en mijn levensweg.'

'Zorg jij nu maar dat je de verdorven ideeën die je vriend je heeft aangepraat, zo gauw mogelijk weer vergeet. Je moet een echte man zoeken!'

'Hij heeft een naam en die naam is Andro! Je zult er echt niets van krijgen als je zijn naam uitspreekt!'

Kitty slingerde woedend het stokje van de suikerspin weg en liep vlug door.

En hoe heb jij het front gediend?
Leus op een affiche

Nadat hij op de Krim was ingezet, belandde Andro Eristavi bij een gevechtsbataljon van het Georgisch Legioen in Polen; als marconist was hij in Lemberg verantwoordelijk voor de veiligheid van het treinverkeer. Later kwam hij bij het bataljon met de patriottische naam Koningin Tamar en werd hij naar Frankrijk gestuurd. In die periode leerde hij Duits en Frans. In de Pyreneeën was hij belast met het decoderen van vijandelijke berichten. In het laatste oorlogsjaar werd hij naar Haarlem in Nederland gestuurd, waar hij zich opnieuw als marconist bezighield met de veiligheid op het spoor.

Ik heb helaas weinig informatie over Andro's toenmalige toestand. Ik weet niet of hij al op de Krim begreep waar hij in verzeild was geraakt en of hij spijt had van zijn beslissing; gaandeweg moet zijn uitzichtloze situatie hem duidelijk zijn geworden. Hij moet hebben begrepen dat Wenen steeds verder weg kwam te liggen, terwijl ook de mogelijkheid om naar zijn vaderland terug te keren vervloog. Vanaf 1944 begonnen meerdere bataljons van het Georgisch Legioen te deserteren, en de eenheid werd door de Wehrmacht ontbonden. De droom van een vrij Georgië was op dat tijdstip allang in rook opgegaan, vanaf dat moment moest iedereen zelf maar zien te overleven.

Andro deserteerde niet, hij bleef bij Koningin Tamar. Hij zag gewoon geen uitweg voor zichzelf, hij zag geen andere mogelijkheid. Achteraf denk ik dat juist die verlamming uiteindelijk zijn leven heeft gered. De overtuigde pacifist Andro Eristavi belandde op het laatste slagveld van Europa: hij werd een van de opstandelingen op het eiland Texel.

Sinds de bezetting door de Wehrmacht in het voorjaar van 1940 was het Nederlandse eiland een Duitse militaire basis in de Noordzee. Het bataljon Koningin Tamar was onder andere verantwoordelijk voor de beveiliging van de spoorlijn Haarlem-Amsterdam. In het voorjaar van 1945 kreeg Andro bevel om naar Texel te gaan. Op het eiland bevond zich een kamp met veel Georgiërs, die aan het oostfront krijgsgevangen waren gemaakt en nu door de Wehrmacht als hulptroepen werden ingezet. In de nacht van 5 op 6 april organiseerden de gevangenen in het kamp een opstand, omdat bekend werd dat de Wehrmacht bevel had gegeven om hen opnieuw naar het front te sturen. Op de marinebasis na wisten de Georgiërs het hele eiland in handen te krijgen. Zelfs na de Duitse capitulatie in Denemarken en Nederland ging de verbitterde strijd om Texel door.

Ik weet niet wanneer in Andro de beslissing rijpte om zich bij de opstand aan te sluiten, maar ik vermoed dat hij die opstand als enige mogelijkheid zag om zijn noodlottige verleden goed te maken en zijn overleven veilig te stellen.

Andro hield zich dagenlang schuil in de velden. Hij zag boerderijen in vlammen opgaan. Hij hoorde geschreeuw en steeds weer schoten. Hij hoorde de hoorns van de oorlogsschepen. Hij hoorde Georgische en Duitse zinnen, zijn hersens konden de twee talen niet meer uit elkaar houden. Het maakte geen verschil meer wie sneuvelde en wie overleefde. Weer schoten. Van welke kant kwamen ze? Waar moest hij heen rennen? En in welke richting schieten? Zijn geweer voelde zo zwaar aan, het zou zoveel kracht vergen om de trekker over te halen. Een eindje verderop zag hij iets in het veld liggen. Andro kroop die kant op, dook weg, weer vielen er schoten, deze keer zo ongelofelijk dichtbij. Hij tijgerde verder. Hij rook de lente.

Het was een mens. Een soldaat in het uniform van de Wehrmacht. Zijn helm had hij ergens verloren. Ademde hij nog? Nee. Zijn gezicht was al verkleurd. Hoe oud zou hij zijn? Het Duitse geweer lag naast hem als een trouwe vriend. Zijn been was geknakt, hij lag er in een onnatuurlijke houding bij. Andro ging naast de dode soldaat liggen en keek naar de lucht. Daar dansten witte, zachte wolkjes om elkaar heen, die telkens door een lichte bries uiteen werden gedreven.

Schoten.

Een, twee, drie.

'*Maman*,' fluisterde Andro. Maar zijn moeder antwoordde niet. Ook de hemel niet en de dode soldaat evenmin.

Vier, vijf, zes.

Hij hoorde schoten, telkens weer schoten.

Zeven, acht, negen.

Hij zag een wolk wegzeilen. Hij glimlachte. Hij telde en wachtte op een antwoord. Of op de dood. Misschien moest hij de Duitse soldaat benijden, die hoorde geen schoten meer, die had het achter de rug. Die had met de hele boel niets meer te maken.

Tien. Nog een schot. Toen breidde er zich weer een diepe stilte uit, die allesbehalve geruststellend was.

Twee weken na het einde van de Tweede Wereldoorlog maakten Canadese troepen een einde aan het bloedvergieten op het eiland, dat ook wel de laatste veldslag van Europa wordt genoemd.

Andro Eristavi was een van de 230 Georgiërs die het overleefden.

Tot de zomer bleef Andro op het eiland. Samen met vijf andere Georgische overlevenden huisde hij in een van de afgebrande boerderijen.

Andro heeft Wenen nooit bereikt.

De dood van één man is een tragedie,
maar de dood van miljoenen – slechts statistiek.
De generalissimus

De laatste maanden van de oorlog bracht Kostja door aan de Oostzee, waar hij met zijn vlootdivisie het wapentransport van de konvooien over de Atlantische Oceaan bewaakte. Hij verloor meer dan de helft van de manschappen met wie hij aan de missie was begonnen en overleefde zelf in de herfst van 1944 alleen als door een wonder een bomexplosie in het Koerische Haf.

Stasia pendelde heen en weer tussen het eenzame huis op de heuvel van Vera, tussen Christine en haar dochter, en het gehalveerde huis van haar kinderjaren en Lida, met wie ze groente verbouwde en kippen hield, want de voedselrantsoenen in de stad werden steeds schaarser en ook de zwarte markt leverde steeds minder op. Kitty Jasji meldde zich in mei 1944 bij het Staatsinstituut voor Theater en Film in Tbilisi, dat in dat jaar zijn deuren weer had geopend, aan voor het toelatingsexamen voor de toneelklas. In september van datzelfde jaar begon ze aan haar opleiding. Stasia en Christine waren geen van beiden enthousiast over Kitty's nieuwe beroepswens, maar legden haar niets in de weg.

'De gebeurtenissen in de achter ons liggende twaalf maanden [...] hebben mij gedwongen al mijn aandacht en werkkracht te wijden aan de enige taak waarvoor ik al jaren leef: de strijd om het lot van mijn volk [...]. Op dit uur wil ik daarom als woordvoerder van Groot-Duitsland jegens de Almachtige de plechtige gelofte afleggen dat wij onze plicht ook in het nieuwe jaar trouw en onwrikbaar zullen vervullen, in het rotsvaste geloof dat het uur komt waarin de overwinning diegene beschoren zal zijn die haar het waardigst is: het Groot-Duitse Rijk.' Aldus Hitler in zijn nieuwjaarstoespraak van 1945, die zijn laatste zou zijn. Het jaar was voor Hitler niet goed begonnen, want op 1 januari werd hem meegedeeld dat de Duitse strijdkrachten zich bij Koblenz voor Amerikaanse en Britse troepen hadden teruggetrokken. De generalissimus drong nu sterk aan op de bestorming van Berlijn. Zoals Stalingrad voor Hitler had Berlijn voor Stalin een enorme symbolische waarde, bovendien wilde hij bij de herindeling van de wereld, als Duitsland zijn staatssoevereiniteit had verloren, niet met lege handen staan; hij creëerde feiten. Maar eerst werd Auschwitz door het Sovjetleger bevrijd: Oekraïense eenheden troffen daar 648 niet begraven lijken en ongeveer 7600 levende doden aan en roken er de scherpe geur van het gifgas zyklon B. Op 3 februari beleefde Berlijn het zwaarste bombardement door de Amerikaanse strijdkrachten, met 22.000 dodelijke slachtoffers als gevolg.

Op 13 februari werd Dresden verwoest, deze keer een gezamenlijke actie van de Britse en de Amerikaanse luchtmacht. De ontelbare slachtoffers van de bombardementen konden wegens zeer zware verbrandingen niet meer worden geïdentificeerd. De hoeveelheid puin bedroeg 18 miljoen ton. Eind februari rukten de westelijke geallieerden op tot de Rijn.

De Duitse radio bleef *Das Wunschkonzert* uitzenden – een door Goebbels voorgeschreven radioprogramma met schlagers en operettemuziek, onderbroken door oorlogsnieuws.

Op 16 februari bevroor de Zwitserse Bondsraad alle in Zwitserland aanwezige nationaalsocialistische tegoeden. In maart bezetten de Amerikanen Frankfurt. De luchtaanvallen gingen boven heel Duitsland door. Het oorverdovende lawaai was het wiegelied van die winter. Diezelfde maand begonnen in Frankrijk de processen tegen collaborateurs; in twijfelachtige procedures werden duizenden mensen veroordeeld en terechtgesteld, andere werden kaalgeschoren en publiekelijk te kijk gezet en uitgescholden.

In die weken stierf in Bergen-Belsen een doorschijnend geworden meisje aan tyfus, dat kort daarvoor samen met haar zus vanuit Auschwitz daarheen was overgebracht met de vermelding dat ze 'ziek, maar potentieel te genezen' was. Ze stierf zonder te weten dat haar dagboek haar zou overleven.

Op 16 april openden het Eerste Oekraïense en het Eerste Wit-Russische Front onder leiding van Konev en Zjoekov de aanval op de Duitse hoofdstad. Het 9e Leger was binnen de kortste keren uitgeschakeld. Op 22 april rukten de Sovjets op naar het centrum van de stad. Ondertussen werd in de bunker – het was in de nacht van 28 op 29 april – het testament van de Führer opgemaakt: admiraal Dönitz moest rijkspresident worden en Goebbels rijkskanselier. Daarna vond de meest macabere bruiloft ter wereld plaats: Adolf en Eva waren uiteindelijk man en vrouw. En slechts twee dagen later meldde de *Hamburger Zeitung*: 'Hedenmiddag is onze Führer Adolf Hitler in zijn commandopost in de Rijkskanselarij, tot zijn laatste snik strijdend tegen het bolsjewisme, voor Duitsland gevallen.' Nergens was sprake van een kogel of van de cyaankalipil die het kersverse bruidspaar had ingenomen. Slechts 800 meter verderop werd op 2 mei de Sovjetvlag op de Rijksdag gehesen. Er werden in Berlijn 150.000 Wehrmachtsoldaten gevangengenomen. Op 7 mei werd in de Franse stad Reims de volledige Duitse capitulatie getekend. Die trad op 8 mei om 23.01 uur in werking.

De oorlog was voorbij.

Er waren geen woorden meer. Maar men schreeuwde. En dronk sterke brandewijn.

De soldaten van het Rode Leger plunderden en namen alles mee wat los en vast zat.

Duke Ellington speelde 'I'm beginning to see the light.' En op Times Square dansten stelletjes en werden er tongzoenen uitgewisseld.

In Europa rook de lucht naar as.

De geesten verslikten zich in hun eigen klaaglied. De vlinders weigerden uit hun cocon te kruipen. En Sinatra zong zijn 'Dream when you are feeling blue'. Sommigen vielen in zwijm als ze dat hoorden.

'De oorlog is voorbij.' Steeds weer hoorde je die woorden. Het klonk zo simpel als het op alle radiozenders en bioscoopdoeken werd verkondigd, zo onwerkelijk simpel: 'De oorlog is voorbij.' En vervolgens marsmuziek.

Op het Rode Plein werd Lenins erfenis bezworen, daar klonk geen Ellington en geen Sinatra, maar er werden toch tongzoenen uitgewisseld en er vielen waarschijnlijk ook mensen in zwijm. En de generalissimus pochte: 'Drie jaar geleden was Duitsland van plan door het afscheiden van de Kaukasus, Oekraïne, Wit-Rusland en de Baltische staten de Sovjet-Unie te versnipperen. Maar het is heel anders gelopen. Duitsland ziet zich gedwongen onvoorwaardelijk te capituleren. Kameraden! De Grote Vaderlandse Oorlog is met een overwinning geëindigd! Gepre-zen zij het grote volk van de Sovjet-Unie, het volk van overwinnaars, het Sovjetleger, de Sovjetvloot en zij die hun leven voor het vaderland hebben gegeven!' Zonder dat hij het vermoedde, begon met het einde van de oorlog ook zijn eigen einde: een paar maanden eerder had hij zijn eerste beroerte overleefd; weldra zouden de artsen een te hoge bloeddruk, arteriosclerose, hartzwakte en chronische hepatitis bij hem vaststellen. Maar de generalissimus was tevreden: de Sovjet-Unie was als wereldmacht uit de oorlog tevoorschijn gekomen.

Andro werd via een verzamelkamp voor displaced persons naar het concentratiekamp Plattling bij Regensburg overgebracht. Daar hoopte hij een uitreisvergunning te krijgen.

Maar op de conferentie van Jalta werd besloten alle Sovjetburgers onvoorwaardelijk aan de Sovjet-Unie uit te leveren. Het Internationale Vluchtelingennetwerk noch de United Nations Relief and Rehabilitation Administration kon daar iets tegen doen. De Britten waren al eerder begonnen met de uitlevering van duizenden krijgsgevangenen aan de Sovjet-Unie. De terugkeerders wachtte een vergelijkbaar lot: een deel van hen werd meteen bij aankomst in de havens van Moermansk en Odessa doodgeschoten, een ander deel werd afgevoerd naar de goelags of vlak voor het einde van de oorlog nog naar het front gestuurd. De meest tragische uitlevering vond in 1946 in Dachau plaats: van de 140 mensen die tegen hun wil aan de Sovjet-Unie zouden worden uitgeleverd, sneden er veertien met een glasscherf hun keel door. De Amerikanen noemden het een 'onmenselijke suïcide-orgie van de rode verraders'.

Ook Andro Eristavi werd in augustus 1945 met 1500 andere krijgsgevangenen vanuit Plattling overgedragen aan de Sovjetautoriteiten en kwam terecht in een Siberische goelag bij Nazino (een plaats die bekend werd door de 'tragedie van Nazino', toen daar in de zomer van 1933 in het kader van de zuiveringen zesduizend gedeporteerden gewoon werden afgezet en achtergelaten zonder een dak boven hun hoofd, zonder eten en zonder enig gereedschap. Na twee weken waren er nog maar tweeduizend in leven. Vierduizend waren er verhongerd of bevroren, maar de meesten waren het slachtoffer geworden van kannibalisme).

En Wenen was gevierendeeld en dood.

Een paar dagen voor het officiële einde van de oorlog, op de dag dat Benito Mussolini en zijn geliefde Clara Petacci tijdens hun vlucht door de partizanen werden gevangengenomen en doodgeschoten en hun lijken aan de voeten op de Piazzale Loreto in Milaan werden opgehangen, eindigde ook voor Kostja Jasji de oorlog. Want hij werd teruggeroepen van de Oostzee en per trein naar Moskou gestuurd.

Op het Commissariaat van Marine werd hij ontvangen door een elegante, zacht pratende man in een chique donkere jas met een bontkraag: pas toen hij beter keek, herkende Kostja zijn beste vriend Giorgi Alania.

Giorgi nam hem mee naar zijn ruime, lichte woning in de Tverskaja, waar hij hem vorstelijk onthaalde. Zulke deftige woningen waren uitsluitend voorbehouden aan medewerkers van het ministerie, maar Kostja wilde zich niet meteen verdiepen in dat soort vermoeiende details, hij wilde in alle rust genieten van het lekkere eten en de luxe. Giorgi vertelde zijn vriend terloops dat hij inmiddels was opgeklommen tot het ministerie van Binnenlandse Zaken, het MVD. Hoe hij daar terecht was gekomen en wat hij er precies deed – dat liet Alania in het midden; pas later gaf hij te kennen dat hij nog niet bevoegd was om over zijn precieze werkzaamheden te praten. Maar Kostja was allang blij dat zijn vriend hem nog steeds genegen was, hem bewonderde en blijkbaar elke wens van zijn lippen las. Giorgi nam hem mee uit, trakteerde hem op overvloedige diners in restaurants waar Kostja zelfs in zijn dromen nooit binnengekomen zou zijn, en prees onvermoeibaar zijn moed en heldhaftigheid. Hij vertrouwde Kostja toe dat hij binnenkort tot kapitein zou worden benoemd.

Hoe Giorgi Alania van die eenvoudige werf aan het eind van de wereld op het ministerie was beland, hoe hij dat voor elkaar had gekregen, bleef een raadsel. Kostja moest toegeven dat hij zijn vriend waarschijnlijk had onderschat.

Maar op sommige dagen, tussen het knallen van de champagnekurken, de uitgebreide bezoeken aan deftige restaurants en de lange, nachtelijke gesprekken met zijn vriend, werd hij overvallen door een panische angst, de angst dat zijn herinneringen niet meer tegen te houden waren. Hij had de oorlog overleefd, er vielen geen bommen meer, er werd niet geschoten. Het kostte Kostja moeite om daaraan te wennen. Hij voelde zich nu pas onveilig, hoe onzinnig hij het zelf ook vond. Hij wist niet wat hij met het gewone leven aan moest. Maar hij wist dat de herinneringen zouden komen, een gruwelijke stroom. Ze zouden hem niet ontzien. En ergens in de verste uithoeken van zijn geheugen zat een vrouw met aan elke vinger een ring, die zich niet liet verdrijven, al deed hij nog zo zijn best. De angst dat ze misschien niet meer in leven was, maakte hem gek; hij verloor zichzelf op zijn zoektocht naar een schim.

Giorgi Alania nodigde mooie, in bont gehulde, met sieraden behangen vrouwen bij zich uit. Ze hadden bloedrood geverfde lippen en wimpers als waaiers, vrouwen die Kostja smachtende blikken toewierpen, die hem, de oorlogsheld, tussen zich in namen, hem aanraakten, hem bewonderden, door hem wijn bijgeschonken wilden krijgen en zijn aandacht zochten, maar toen een van hen een plaat opzette en hem ten dans vroeg, liep hij de kamer uit en verzocht hij zijn vriend de vrouwen naar huis te sturen. Alania deed wat hij vroeg, maar de bezoeken herhaalden zich; Alania kwam niet meer thuis zonder vrouwelijk gezelschap. Tot hij op een avond uit de keuken kwam en Kostja met een blondine op de bank zag zitten en vaststelde dat hij door haar fluweelzachte lippen zijn wonden liet helen en zijn sombere gedachten liet verdrijven. Alania haalde opgelucht adem, duidelijk blij dat de liefde toch nog te koop bleek te zijn.

'En wat denk je nu te gaan doen?'

Alania zat de volgende avond met Kostja op het balkon en keek naar de drukte op straat.

'Wachten tot ik weer word ingedeeld,' antwoordde Kostja, terwijl hij zijn vingers liet knakken.

'Jij verdient iets beters. Ik zou je kunnen helpen.'

'Waarmee?'

'Dat je wordt behandeld in overeenstemming met je verdiensten.'

'Wat doe jij eigenlijk precies, Giorgi?'

'Ik zit bij het MVD, dat heb ik je al gezegd.'

'En in welke sector?'

'Daar kan ik niet over praten.'

'Kom op, Giorgi, we kennen elkaar toch. Hou op met dat geheimzinnige gedoe.'

'Er zijn verschillende afdelingen opgericht en...'

'Afdelingen? Wat moeten die afdelingen doen?'

'Onze groep is belast met de repatriëring van Sovjetburgers uit het buitenland. Op het moment worden we voorbereid om in het buitenland te worden ingezet. Meer kan ik je helaas niet vertellen.'

'Repatriëring, wat is daar zo geheimzinnig aan?'

'Meer kan ik je helaas niet vertellen, Kostja, ik hoop dat je niet denkt dat dat komt doordat ik je niet genoeg vertrouw.'

'Nee, het is in orde. Maar hoe kun jij me helpen?'

'Ik kan op het ministerie een goed woordje voor je doen.'

'Heb jij me toen naar Moskou laten halen? En heb jij gezorgd dat ik verlof kreeg?'

Alania gaf geen antwoord.

'Ja dus?! Ik snap niet dat ik niet op jou ben gekomen. Maar nog bedankt. Wat kan ik je verder nog vertellen? Dat ik niet in de wieg ben gelegd voor kantoorwerk, dat weet je.'

'Ja, dat weet ik. Ze zullen wel rekening houden met je voorkeuren en je capaciteiten, maak je geen zorgen.'

Alania was opgestaan en boog zich over de balustrade. Kostja ging naast zijn vriend staan en sloeg een arm om zijn schouder.

'Je weet dat je heel veel voor me betekent, hè? Ik zou alles doen om te zorgen dat je je weer beter voelt,' zei Alania.

'Er is inderdaad iets wat je voor me zou kunnen doen,' mompelde Kostja.

'Wat? Zeg het, wat het ook is.'

'Ik zou graag iets te weten komen over de verblijfplaats van een vrouw.'

In de herfst begon men de wereld op te ruimen en de begraafplaatsen in de steden uit te breiden. Kostja keerde terug naar Tbilisi. De eerste weken thuis bracht hij slapend door of luisterend naar de Blaupunkt-radio. Kitty speelde in die weken voor het eerst de hoofdrol in een studentenvoorstelling; in mijn fantasie was het *Antigone*. Maar waarschijnlijk was dat stuk in die tijd verboden, dus mag je zelf bedenken welke rol ze speelde, Brilka. Twee dagen na de première kreeg ze een brief en ze herkende meteen het handschrift van Andro Eristavi. Ze rende naar de badkamer en moest overgeven. Ze wist zelf niet hoelang ze op de rand van het bad had gezeten, voordat ze de moed had om de brief te openen. Daarna liep ze naar Kostja's kamer, maakte hem wakker en ging op de rand van zijn bed zitten.

'Je moet me helpen.'

'Wat is er?' Kostja wreef slaapdronken zijn ogen uit en ging rechtop zitten.

'Andro leeft. Hij zit in de goelag. Ik heb een adres. We moeten hem eruit halen. Je moet uitzoeken wat hij heeft gedaan en...'

'Wat hij heeft gedaan? Ben je niet goed bij je verstand? Hij heeft zijn vaderland verraden! Hij is een overloper, een lafaard. Het verbaast me nog dat ze hem in leven hebben gelaten.'

Toen gaf Kitty haar broer voor het eerst in haar leven een klap in zijn gezicht. Kostja – beduusd en woedend – sprong op en kleedde zich haastig aan.

'Alsjeblieft, vergeef me, je moet me helpen, Kostja, alsjeblieft!'

'Je bent gek! Je brengt ons allemaal in groot gevaar!'

'Misschien kunnen we om overplaatsing vragen, ergens

hier in de buurt, waar ik hem kan opzoeken... Hij gaat daar dood, Kostja.'

Kitty was voor haar broer op haar knieën gevallen en klampte zich vast aan de trui die Kostja net over zijn hoofd had getrokken. Kostja deed vol walging een stap achteruit en probeerde zijn zus overeind te trekken.

'Verneder jezelf niet zo! Sta op!' zei hij hard, terwijl hij zijn blik van zijn zus en haar meelijwekkende gedoe afwendde. Toen duwde hij haar weg en vluchtte de kamer uit.

Leren van de Sovjets betekent leren zegevieren.
Leus op een affiche

De naoorlogse wereld raakte in een roes; de mensen wilden van het leven genieten en het puin opruimen, ze wilden heidense overlevingsdansen dansen, ze wilden drinken, feestvieren en zich verzadigen aan alles wat de laatste jaren had ontbroken. Ze wilden banale operettes, frivole liederen en mooie streekfilms. Ze wilden vergeten en ze wilden leven alsof er geen morgen bestond – en geen gisteren. De euforie was besmettelijk, gevaarlijk, geladen.

Ook in ons kleine vaderland werd er gezongen en gefeest tot men er duizelig van werd. En natuurlijk prezen de autoriteiten zichzelf, de burgers organiseerden ter ere van hen krankzinnige dankbaarheidsorgiën en bezongen hun wijsheid en kracht. Men huldigde de generalissimus, de grote vader des volks, die zijn land als overwinnaar van de apocalyps weer naar het socialistische licht had geleid. Er vormden zich nieuwe legenden en mythen rond zijn persoon, men roemde zijn dapperheid en zelfopoffering in naam van zijn land. De misschien wel meest kenmerkende mythe ging over hem en zijn zoon: in 1941 was zijn oudste zoon Jakob in Duitse krijgsgevangenschap geraakt. Toen de fascisten ontdekten wie die gevangene was, stelden ze voor om generaal Paulus, die in Stalingrad in Russische krijgsgevangenschap was geraakt, uit te wisselen tegen Jakob. Maar de generalissimus gaf, althans volgens de mythe, het volgende antwoord: 'Ik wissel geen veldmaarschalk uit tegen een soldaat.' En zo vond Jakob een ellendig einde door een nekschot uit een Duits geweer. Die legende bevestigde eens te meer de onbaatzuchtigheid en vaderlandsliefde van de grote vader. Zijn daad werd niet als onmenselijk beschouwd, integendeel, het verhaal bewees hoezeer de leider met zijn volk leed en van welk een haast bovenmenselijke kracht het getuigde om die bijna Bijbelse stap te zetten en zijn zoon op te offeren. De Sovjet-Unie straalde. De generalissimus was een overwinnaar. En overwinnaars wordt alles vergeven.

Stasia keerde na de oorlog voorgoed terug naar Tbilisi en meldde zich voor het eerst als werkzoekende bij het Volkscommissariaat. Christine bleef in het ziekenhuis werken. En Kostja leek geen haast te hebben om weer in dienst te gaan en genoot van de goede zorgen van zijn moeder en tante. Hij sliep hele dagen, ging bijna dagelijks naar de zwavelbaden, alsof hij met de hete dampen de oorlog van zijn huid wilde branden, en flirtte met studentes in de theehuizen. Kitty tuimelde van de ene gemoedstoestand in de andere en had soms het gevoel dat er twee mensen in haar borst woonden, twee totaal verschillende wezens, die elkaar beslist moesten bevechten. Sinds die dag dat ze was meegenomen naar de dorpsschool, kwam de vrolijke, lichtvoetige Kitty weliswaar niet meer tevoorschijn, maar restjes, sporen van die vreugde gloeiden af en toe nog in haar op, als verkoolde takken in een gedoofd kampvuur. Op zulke dagen genoot ze van haar studie en de verschillende rollen, die ze uitprobeerde alsof het nieuwe kleren waren. Ze genoot van haar medestudenten, die allemaal zo heerlijk uitbundig konden feesten, van het overleven en het nieuwe begin.

Aan Andro schreef ze regelmatig brieven; ze schilderde daarin haar dagelijks leven, sprak hem moed in, bleef de opgewekte Kitty spelen en vertelde over de nieuwe boeken die ze las en de toneelpremières die ze bezocht. Maar ze schreef nooit over het wezenlijke. Ze repte met geen woord over haar zorgen. Ze was bang dat hij niet tegen de eindeloze martelingen in de goelag opgewassen was, wenste vurig dat hij terug zou komen, maar wist niet hoe. Ook al zou er voor hen geen Wenen meer bestaan, ook al waren hun illusies en verwachtingen onherroepelijk de bodem in geslagen, ook al zouden ze elkaar nooit meer zoenen op een groen geverfde bank – ze zou de hoop op zijn terugkeer nooit opgeven. Zijn antwoord was nooit langer dan een half kantje. Natuurlijk werden de brieven gelezen. In zijn kleine, kriebelige handschrift schreef hij uitsluitend over zijn dagelijks leven in de steengroeve, zijn blijdschap over een zonnige dag of een iets dikkere soep. Slechts één keer, in zijn eerste brief, had er aan het eind 'Vergeef me' gestaan. Maar daar was ze niet op ingegaan.

Tot dusver had Kitty die brieven geheimgehouden. Ze wachtte de postbode altijd op en bracht haar eigen brieven na college naar het postkantoor. Ze had gehoopt dat Kostja haar zou helpen, maar ze moest inzien dat dat niet zou gebeuren, en op een dag wendde ze zich tot Christine, die nog steeds goede contacten met de nomenklatoera had. Het was in een pas geopende ijssalon aan de Roestaveli Avenue en Kitty staarde naar de grote affiche met de aankondiging van het nieuwe operaseizoen.

'Sinds wanneer weet je het?'

Christine roerde de suiker door haar thee.

'Sinds een paar weken. Ik heb een brief van hem gekregen. Maar Kostja...'

'Je moet hem erbuiten houden!'

'Neem hem toch niet de hele tijd in bescherming.'

'Wat verwacht je van Kostja?'

'Ik dacht dat hij er misschien voor kon zorgen dat Andro werd overgeplaatst, hier in de buurt zijn ook genoeg werkkolonies.'

'Je denkt dus dat je nog steeds van hem moet houden?'

'Hoe bedoel je? Ik zal altijd van hem blijven houden, het is toch onze Andro.'

'Waar je van houdt, dat is de herinnering. Jij bent niet meer dezelfde en hij is vast nog minder degene die hij ooit was en die jij kent. Je kunt proberen hem te helpen, maar dan om hem en niet om jezelf.'

Christine dronk haar thee op. Kitty zweeg, kauwde op haar duim en keek naar de straat, waar verliefde stelletjes en ouders met kinderen op en neer liepen. Hoewel Christine haar die dag niets beloofde, vroeg ze zich de volgende dagen toch af wat ze zou kunnen doen. Als Andro echt van landverraad was beschuldigd, was het meer dan onwaarschijnlijk dat hij nog in leven was. Dus misschien was hij in de laatste oorlogsjaren toch tot bezinning gekomen, had hij zich op de een of andere manier voor de Roden verdienstelijk gemaakt en hadden ze hem als dank daarvoor in leven gelaten. Ze vroeg een paar oude vrienden van haar man Ramas om raad, informeerde naar de mogelijkheid om aan Andro's dossier te komen en vertelde Stasia dat Andro contact had opgenomen met haar dochter.

Stasia werd intussen verteerd door schuldgevoelens. Ze verbood zichzelf te denken dat Andro hetzelfde lot zou treffen als zijn moeder. Dat zou ze zichzelf nooit vergeven. Ze was haar zoon naar Rusland achternagereisd in de naïeve veronderstelling hem te kunnen redden, en de goedgelovige, onervaren Andro, die allesbehalve een vechter was, had ze aan zijn lot overgelaten. Als ze er lang genoeg over nadacht, kon ze hem niet eens verwijten dat hij die noodlottige weg was ingeslagen en daardoor ook haar dochter in het ongeluk had gestort.

Stasia stelde pakketten met levensmiddelen en kleren samen, stak post- en douanebeambten roebels toe om er zeker van te zijn dat de pakketten in Nazino aankwamen en riep haar zoon ter verantwoording. Hij moest contact opnemen met iemand van het centraal bestuur om erachter te komen waarom Andro Eristavi in Siberië was beland.

Op een gegeven moment kon Kostja de algehele druk in huis – de hoopvolle, smekende blikken van zijn zus, de pleidooien van Christine en de nadrukkelijke verzoeken van Stasia – niet langer weerstaan en belde hij Giorgi Alania in Moskou. Anders dan bij de zoektocht naar Ida, die uiterst gecompliceerd bleek, had Alania in het geval van Andro snel succes. In een nachtelijk telefoontje stelde hij Kostja gedetailleerd op de hoogte van Andro's levensloop. De enige reden waarom hij nog in leven was, was zijn deelname aan de opstand op Texel.

Een magische geur verspreidde zich door het hele huis. Kostja was uitgegaan en Kitty was nog aan het repeteren. Christine, die al in haar nachtjapon op weg was naar haar slaapkamer, kwam de trap weer af en ging de keuken binnen. Sinds haar 'incident' had Stasia geen chocola meer voor haar gemaakt, niet wetend dat Christine allang zelf over het recept beschikte. Christine ging bij Stasia aan tafel zitten.

'Het is lang geleden dat je dat hebt gemaakt.'

'Klopt. Maar nu dacht ik dat wij tweeën het wel hadden verdiend.'

Stasia schonk de dikke vloeistof in twee porseleinen kopjes. Ze begonnen allebei langzaam en vol genot te lepelen.

'Je moet contact met hem opnemen,' gooide Stasia er plotseling uit.

'Met wie moet ik contact opnemen?'

'Je weet wel.'

'Pardon?' Christines stem werd ijzig.

'We moeten Andro daar weghalen, anders overleeft hij het niet.'

'Hoe stel je je dat voor?'

'Wij zijn verantwoordelijk voor die jongen. Goed, misschien heeft hij zich vergist, misschien heeft hij verkeerde beslissingen genomen. Maar hij was zo jong, Christine. Wat er met Sopio is gebeurd, mag niet nog eens gebeuren. Dat zouden we onszelf nooit vergeven.'

'En ik zou het mezelf wel vergeven als ik hém weer opzocht en hem in de ogen keek, na alles wat er is gebeurd?'

Christines toon bleef ijzig en haar blik was vol afschuw.

'Het is om een leven te redden, Christine. Om Andro te redden. We hebben hem grootgebracht alsof het ons eigen kind was, stel je voor dat het om Kostja zou gaan...'

'Ik kan het niet, Stasia, ik kan het gewoon niet.'

'Ik vind het afschuwelijk je dit te moeten vragen, maar ik zie geen andere mogelijkheid. Met zo'n levensloop maakt hij geen schijn van kans, tenzij... Hij is de enige die hem kan helpen.'

'Ik weet niet eens of hij bereid zou zijn om me te ontvangen en naar me te luisteren en waar ik hem kan bereiken. Hij zit toch het grootste deel van de tijd in Moskou.'

'Hij zal naar je luisteren, dat weet ik zeker, hij zal je altijd willen zien.'

'Maar hij heeft me nooit opgezocht. Al die jaren erna niet.'

'Maar ik heb zijn blik gezien.'

'Wat voor blik?'

'De blik waarmee hij naar je keek, destijds.'

Even zei Christine niets, ze haalde met haar vinger de

laatste restjes chocola uit het kopje. Toen keek ze plotseling op en zei: 'Goed. Maar dan...'

'Wat dan? Ik doe alles wat je wilt.'

'Dan moet jij accepteren dat Simon dood is.'

Stasia slikte. Toen stond ze op. Ging weer zitten. Stak een sigaret op.

'Zeg het,' herhaalde Christine streng, terwijl ze haar zus met een blik vol leedvermaak aankeek.

'Ik weet het niet. Ik weet het toch niet. Waarom wil je dat ik...'

'Zeg het!'

'Hij... hij...'

'Zeg het, en dan zal ik hem opzoeken en om gratie voor Andro vragen.'

'Hij is...'

'Stasia!'

'Dood.'

VIERDE BOEK

KITTY

Got a moon above me
But no one to love me
Lover man, oh, where can you be?
Holiday

Na een van de studentenvoorstellingen werd er op de deur van Kitty's kleedkamer geklopt, ze rukte hem geërgerd open – en bleef sprakeloos staan. Voor haar stond haar heilige en haar doodsengel, het meisje uit de hel, Mariam. In een plissérok en met haar haar in een losse paardenstaart. In haar vuist hield ze een bosje viooltjes. Na een korte aarzeling viel Kitty haar vriendin, die geen vriendin mocht zijn, om de hals. Ze wisten geen van beiden iets te zeggen of hun gevoelens te bepalen. Kitty bood Mariam haar stoel voor de schminktafel aan en ging zelf op een laag krukje aan haar voeten zitten.

Tegen haar verwachting in was Mariam toegelaten tot het Instituut voor Geneeskunde. Dat zij als eenvoudig dorpsmeisje in de hoofdstad medicijnen mocht studeren was iets bijzonders, maar er was nu eenmaal gebrek aan artsen. Ze vertelde hoe gelukkig en opgewonden ze was en hoe ze zich erop verheugde naar Tbilisi te kunnen verhuizen. Ze had Kitty's naam op een affiche aan het Instituut voor Theater en Film gezien en was naar de voorstelling gegaan. Ze had lang geaarzeld of ze Kitty zou opzoeken, ze wist niet zeker of Kitty haar wel wilde zien, maar ze had het niet langer uitgehouden en nu was ze hier.

'Waar heb je het over? Natuurlijk wil ik je zien. Ik ben zo blij.'

Niet lang daarna verhuisde Mariam naar de hoofdstad en de twee meisjes ontmoetten elkaar geregeld. Ze spraken af en gingen samen uit. Kitty liet Mariam de stad zien, nam haar mee naar vrienden en vervolgens ook mee naar huis. Daar stelde ze haar gewoon voor als een vriendin. Verder niets. Ze zeiden geen woord over de gebeurtenissen die hen bij elkaar hadden gebracht, hoewel het onuitsprekelijke altijd tussen hen in stond. Woorden schoten tekort voor wat er achter hen lag. Maar wat ze van elkaar wisten, hun gemeenschappelijke tragedie, speelde altijd in hun achterhoofd.

Anders dan bij andere, gewone vriendschappen was het voor hen niet van belang of ze gemeenschappelijke interesses hadden, of ze dezelfde humor deelden, of ze lekker lang konden kletsen, of ze samen de slappe lach kregen. Dat had allemaal niets te betekenen tegenover de grondslag waarop deze onvrijwillige vriendschap berustte. Toch was er niets wat hen dwong om samen te zijn. Er was wederzijdse empathie, gevoel voor elkaars zichtbare en onzichtbare littekens, wat een bijzondere liefde opwekte, de eigen zelfhaat een poosje onderdrukte en de ergste schuldgevoelens verdoofde. En die bijzondere liefde werd voor beiden algauw onmisbaar, die hadden ze nodig om zich in het dagelijks leven staande te houden, om de twijfel te weren, twijfel over de vraag of ze het recht hadden om in leven te zijn.

Sinds Mariam weer in haar leven was, hervond Kitty vreemd genoeg een deel van haar oude, verloren gewaande ik. De luchtigheid, het speelse en het dwaze kwamen terug, ze bloeide op, lachte en zong luidkeels mee op de studentenfeestjes. Christine waardeerde Mariam om haar bescheidenheid en terughoudendheid, ook Stasia was verbaasd dat haar wilde dochter zo'n eenvoudig en terughoudend meisje als haar beste vriendin beschouwde en vond het een goed teken.

Mariam was bijna overdreven beleefd en aangenaam verlegen, beslist niet luidruchtig of koket, ze was nieuwsgierig, maar niet opdringerig, behulpzaam en allesbehalve egoïstisch, alsof ze het welzijn van anderen steeds belangrijker vond dan het hare. Maar ze viel nog het meest in de smaak door haar talent om dankbaarheid te tonen. Alsof ze nooit verwachtte dat ze zou worden geprezen, dat iemand haar iets zou geven of haar goede eigenschappen zou roemen, en als het toch gebeurde, leek ze zo gelukkig, zo dankbaar dat alleen al haar gelaatsuitdrukking het de moeite waard maakte om haar complimentjes en cadeautjes te geven.

Op Kostja kwam Mariam van meet af aan heel anders over dan de vrijpostige, brutale Kitty. Al zou hij het nooit hebben toegegeven, toch vermoed ik, Brilka, dat hij op een moeilijk navolgbare manier, los van zijn eigen logica, een zekere angst koesterde voor zijn zus. Misschien was het haar onberekenbaarheid of de manier waarop ze hem op een afstand hield sinds Andro een wig tussen hen gedreven had, misschien was het haar onbesuisde, springerige aard waar hij niet mee uit de voeten kon en woedend van werd.

Ik weet niet zeker of hij via Mariam toenadering tot zijn zus wilde zoeken, maar zeker is wel dat hij al vrij snel na de eerste kennismaking met Mariam de beide meisjes van college afhaalde en mee uitnam, voor etentjes uitnodigde, met hen naar de film en naar dansavonden ging en Mariam af en toe bloemen gaf. Aanvankelijk vatte Kitty die gestes van haar broer op als compensatie voor zijn weigering om Andro te helpen. Hoe langer ze met hem onder één dak woonde, hoe moeilijker ze het vond om zijn rigide opvattingen, zijn ijzeren discipline, zijn overdreven eisen aan zijn medemensen, zijn gebiedende, militaire toon en zijn geslotenheid te accepteren. Na zijn terugkeer had ze steeds weer vergeefse pogingen gedaan om openhartig met hem te praten. En toen zijn gedrag plotseling veranderde en hij zich voor haar en haar vriendin begon uit te sloven, hen uithoorde, belangstelling toonde, zelfs naar de studentenvoorstellingen kwam en Kitty's talent prees, nam ze zich voor hem die mogelijkheid tot toenadering niet te ontnemen. Maar toch ergerde ze zich aan zijn opdringerige, dominante houding. En het stoorde haar dat Mariam zich door zijn verleidingskunsten liet imponeren. Ze begon haar ontmoetingen met Mariam voor hem geheim te houden, verzon smoesjes en loog tegen hem als ze met haar vriendin naar de film of een concert wilde. Ze probeerde hem bij zichzelf en haar vriendin vandaan te houden. Maar Kostja had altijd al een ongelofelijke aantrekkingskracht op het andere geslacht uitgeoefend en Mariam was wat dat betreft geen uitzondering.

Altijd als ze met Kitty alleen was, begon ze over Kostja, ze kon er niet over uit hoe elegant hij was en hoe hoffelijk hij haar behandelde, ze had het over zijn zorgzaamheid, zijn geweldige conversatietalent, zijn attentheid. Kitty reageerde niet en probeerde een ander onderwerp aan te snijden – maar nu was het Mariam die erop stond met Kostja uit te gaan, Kostja uit te nodigen, met Kostja te gaan dansen. En ook als Kitty geen tijd had om haar en haar broer gezelschap te houden, liet Mariam zich de gelegenheid om Kostja te ontmoeten toch niet ontnemen. Kitty verbaasde zich in stilte over de belangstelling die haar broer voor Mariam had. Zo'n eenvoudige vrouw als Mariam kon gewoon niet bij Kostja in de smaak vallen; alle andere jonge vrouwen die hij kende, met wie hij had geflirt, waren aparte, ongenaakbare verschijningen en kwamen uit de betere kringen. Mariam was niet ervaren in de kunst van de liefde en ook niet lichtzinnig genoeg om er zich door hem in te laten inwijden. Kostja zou zich niet lang laten afschepen met heimelijke kusjes en stiekem handje vasthouden, daar was zijn zus zeker van. Dus zou hij haar wel gauw laten vallen, om nog maar te zwijgen van het feit dat hij elk moment naar het noorden kon vertrekken.

Maar hoe langer Kitty haar vriendin en haar broer observeerde, hoe duidelijker het haar werd dat er uit Mariams aanvankelijke belangstelling en Kostja's imponeergedrag een serieus te nemen verliefdheid was gegroeid. Een oppervlakkige flirt had een emotionele kettingreactie veroorzaakt. Mariams gevoelens, in het begin nog vederlicht, verrukt en smachtend, werden loodzwaar en wantrouwig. Haar gedweep met Kostja ging over in regelrechte ondervragingen, waaraan ze haar vriendin onder het mom van een onderzoek naar Kostja's psyche onderwierp. Ze wilde zijn voorkeuren weten, zijn gedachtegangen doorgronden – elk woord dat hij tot haar richtte werd op een goudschaaltje gewogen, elke blik geëvalueerd, aan elke aanraking gewicht toegekend. Kitty had overal rekening mee gehouden, maar dat haar vriendin zich zo snel het hoofd op hol zou laten brengen, zo verslingerd aan Kostja zou raken, zoveel behoefte aan zijn aandacht zou hebben, dat had ze niet gedacht.

Op een zachte avond in april, toen Kitty van haar repetitie thuiskwam en Kostja met Christine in de tuin zag zitten, die sinds kort door de beide zussen weer beplant en onderhouden werd, bleef ze abrupt staan, want er klopte iets niet aan het beeld. Ze keek naar het tweetal en voelde zich om onverklaarbare reden een voyeur, een getuige van iets wat niet voor haar ogen bestemd was, hoewel het alleen ging om een tante en een neef die vertrouwelijk bij elkaar zaten. Een vertrouwd beeld, niets bijzonders. Ze zaten aan de oude tuintafel, Kostja iets voorovergebogen en met Christines hand in de zijne. Christine met de mooie helft van haar gezicht naar haar neef toegekeerd, een en al oor voor wat hij vertelde. Ze gooide schaterend haar hoofd achterover. Dat intieme gesprek, dat ongeremde lachen, dat samenzijn was zo zelfgenoegzaam, zo in zichzelf gekeerd, dat Kitty zich tegen de muur drukte en beschaamd naar de grond keek. Achter die zo gewone aanblik ging een waarheid schuil die de twee betrokkenen waarschijnlijk zelf niet eens begrepen. Ze zijn het perfecte liefdespaar, dacht Kitty opeens en ze verwierp dat onzinnige idee even snel als het was opgekomen. Maar ze kon zich niet losrukken van die aanblik, van dat harmonische beeld.

Kostja was misschien niet in de ban van haar fysieke schoonheid, bedacht Kitty, maar er was iets wat achter die schoonheid schuilging, iets kwetsbaars, iets triests, iets ongelukkigs. En misschien had hij de ongenaakbaarheid die Christine zo sterk uitstraalde juist nodig om zich in haar te verliezen, in haar op te gaan, om de realiteit niet onder ogen te hoeven zien. Misschien was het angst wat hem beheerste, vermoedde Kitty, angst om zich in deze wereld niet te kunnen handhaven.

Misschien was zijn discipline, zijn verlangen naar macht niets anders dan een constante poging om die angst uit te schakelen. De angst voor fouten, de angst dat op een dag alles om hem heen zinloos zou blijken te zijn. Op een dag dat hij iets verloor, iets wat hij niet zou kunnen vasthouden.

Of was dat al gebeurd? Had hij iets verloren? En zo ja, wat, of misschien moest ze vragen: wie?

Nooit zou hij zo naar Mariam kunnen kijken; in een flits schoot die gedachte door Kitty heen. Want Mariam had de donkerste van alle werelden overleefd. Mariam had, net als zijzelf, de hel doorstaan en voelde voor de wereld geen angst meer. Nooit zou Mariam zo'n verlangen in Kostja opwekken en altijd zou Kostja zijn zus mijden, want hoe paradoxaal, hoe ongelofelijk de constatering ook leek, Kitty was er op dat moment van overtuigd dat haar broer net zo door die angst werd beheerst als Christine.

Ze ging naar haar kamer, deed de deur achter zich op slot, ging op bed liggen en bedacht dat ze haar eigen verleden moest amputeren om weer deel te kunnen nemen aan het leven waar ze zo lang vanaf de zijlijn naar had gekeken. Ze bedacht hoe verkeerd het was geweest om Andro's droom tot de hare te maken, ze was er ziek van geworden, maar ze wist ook dat haar onvervulde dromen voor haar, anders dan bij haar familieleden, levensgevaarlijk konden zijn. Want ze moest zichzelf zijn, ook al deed het pijn om zichzelf te verdragen, ermee te leven.

Als ze bedacht dat ze haar verleden moest amputeren, dacht ze beslist niet alleen aan het klaslokaal, aan wat haar daar was aangedaan. Dat vergeten, dat onderdrukken lag buiten haar macht, want het zou betekenen dat ze ook haar verloren kind uit haar herinnering moest bannen. In tegenstelling tot Kostja, die zijn verlies – wat en wie het ook geweest mocht zijn – zo goed verborg en steeds meer verdween achter een masker van ontkenning, onverschilligheid en kracht, zou zij zich elke dag herinneren wat er was gebeurd. Maar alles wat vóór die dag lag, vóór het lokaal, vóór de riemen – dat moest verdwijnen. Van al die dingen moest ze afscheid nemen.

In mei maakten Kostja en Mariam hun verloving bekend. Kitty onthield zich van elk commentaar, ze hield ook haar twijfels voor zich en feliciteerde haar stralende vriendin. Ze vroeg niet waarom Kostja zich tot die beslissing had laten verleiden, het liet haar intussen ook koud. Het meest waarschijnlijke was dat Kostja zichzelf door Mariams ogen wilde zien: als de eervolle, moedige, ambitieuze en gecultiveerde man, die zijn woord hield, die nooit de eer van een vrouw zou schenden en wie een glansrijke toekomst wachtte. Als Kitty er goed over nadacht, wilde haar broer immers zijn leven lang zo iemand zijn. Maar hij was het niet en zou het ook nooit worden. En dat zou Kitty altijd voor haar vriendin en zijn aanstaande vrouw geheim moeten houden.

Mariams familie, die voor de verloving naar Tbilisi was

gekomen, liep de hele dag om het hardst te stralen van trots. Dat hun dochter medicijnen mocht studeren was al een wonder, en nu verloofde ze zich ook nog met een officier van de vloot. Niets leek het ongelofelijke geluk van hun dochter nog in de weg te staan.

Ook Stasia en Christine hadden eerst vreemd opgekeken toen Kostja hun het nieuws vertelde. Stasia hield zich, met de haar typerende passiviteit, buiten de privéaangelegenheden van haar zoon en gaf hem een vluchtige kus op zijn wang, die door Kostja als instemming met zijn voornemen werd opgevat. En Christine was zo kies om haar twijfels niet openlijk te tonen. De bruiloft zou in de zomer plaatsvinden.

Na het verlovingsfeest vertrok Kostja voor twee maanden naar Moskou, waar hij zich volgens zijn zeggen om zijn toekomst wilde bekommeren. De laatste tijd waren er telkens telegrammen voor hem gekomen, waar hij in de tuin peinzend overheen gebogen zat. Als hem daar vragen over werden gesteld, weerde hij die geërgerd af; dat waren zaken die alleen hem aangingen.

Christine kreeg intussen de brief waar ze stiekem vol angst op had gewacht en die ze met trillende handen openmaakte. De brief had geen officieel stempel. Zou hij haar willen zien? Wat was de prijs die hij als tegenprestatie van haar zou verlangen? Of zou hij nog steeds niet de moed hebben om naar het kunstwerk op haar gezicht te kijken dat Ramas om hem op het levende doek had geschilderd? Ze haalde het eenvoudige vel papier uit de envelop en rook eraan. Rook het naar hem? Zou ze die geur herkennen? En zo ja, wat zou ze erbij voelen?

Maar ze voelde niets. Ze voelde alleen een eindeloze leegte in haar binnenste. Zelfs geen woede, haar enige constante gevoel in de afgelopen jaren. Hij deelde haar mee dat hij na rijp beraad had besloten haar te helpen, al bevatte het dossier van de jongen niets concreets voor een bevredigende oplossing, maar hij zou kijken wat hij kon doen. En: hij was blij iets van haar te horen, ook al had haar brief hem pas maanden later bereikt. Zoals ze wist, had hij het druk, maar voor haar zou hij altijd de tijd nemen. De brief, die niet was ondertekend, eindigde met de bekentenis dat hij haar niet was vergeten.

Uiteraard was hij niet bereid om haar te zien. Uiteraard zou dat te veel gevraagd zijn, te veel voor zijn ogen, die hij zo goed achter zijn ronde brillenglazen verborg. De hele dag bleef Christine in haar kamer zitten, met de brief op schoot, en ze probeerde zich voor te stellen hoe het zou zijn als ze hem op een dag ergens tegenkwam. Zou ze dezelfde schaamte en tegelijk die bitterheid voelen? Zou ze zijn hartstocht met dezelfde onverschilligheid tegemoet kunnen treden als jaren geleden, in een ander leven?

Christine ging in de vensterbank zitten en dronk haar kersenlikeur. Het was donker geworden, buiten werden de lantaarns aangestoken. Ze dacht aan zijn vrouw, de engelachtige Nina, die ze maar één keer in de opera had gezien. Toen was Christine nog gelukkig getrouwd met Ramas, toen zat ze nog niet in angst en beven voor de onverwachte telefoontjes, voor de Bugatti op de hoek van de straat die haar kwam halen. Nina droeg haar abrikooskleurige jurk met de droefgeestige gelaatsuitdrukking van een lam dat dadelijk wordt geslacht, voor goden waar het niet in gelooft en die het niet kent. Nina had even, bijna onmerkbaar naar haar geknikt en Christine was glimlachend langs haar gelopen, daarna langs de nieuwsgierige dames, die allemaal roddelden over de mooie vrouw van de Kleine Grote Man. Wat had ze zich zeker gevoeld aan de arm van Ramas, die haar veilig naar hun loge bracht. Ze had medelijden gehad met de mooie, altijd door veiligheidsmensen omringde Nina en Ramas over haar uitgehoord. Toen wist ze nog niet dat zij weldra degene zou zijn die medelijden verdiende. Had die schuwe, terughoudende, van alle Kremlinvrouwen meest legendarische persoon die avond al argwaan gekoesterd, had ze vermoed dat haar man Christine op een dag, bij een andere voorstelling, in dezelfde loge als waar zij nu zaten, met schaamteloze en brute vanzelfsprekendheid zou nemen, zich haar zou toe-eigenen als een wild dier dat je temt? Met dezelfde kille vanzelfsprekendheid als velen voor en na haar?

De eerste jaren na Ramas' dood had ze vaak aan de stille Nina moeten denken. Zonder zelf te weten waarom had ze tijdens haar verblijf in het ziekenhuis vaak Nina's gezicht voor zich gezien. Ze had zich telkens afgevraagd waarom hij de zachte, dromerige schoonheid van zijn vrouw het minst van alle schoonheden leek nodig te hebben en te begeren. In tegenstelling tot andere Kremlinvrouwen leidde Nina een schaduwbestaan. Je zag haar nooit samen met haar man bij een officiële ontvangst of een militaire parade. Slechts zelden – en ook dat allang niet meer – was ze meegegaan naar toneel- en operapremières.

Toen haar man zijn macht had uitgebreid en eindelijk naar Moskou was gehaald, volgde ze hem en verbleef ze het grootste deel van de tijd in hun datsja, terwijl hij alleen in de prachtige villa aan het Trioemfalnajaplein resideerde. Er werd verteld dat ze in een klein chemisch laboratorium werkte, ze had landbouwkunde gestudeerd. Maar het schijnt dat slechts weinig medewerkers haar te zien kregen en dat ze elke dag met een auto met geblindeerde ramen naar haar werk werd gebracht en na het werk weer werd opgehaald. De lijdzame Nina. Christine vroeg zich af waarom ze zelfs nu aan haar moest denken, maar ze vond geen antwoord. Nina had haar Kleine Grote Man een zoon geschonken, ze had massa's andere vrouwen in zijn vertrekken geduld, nooit iets van hem verlangd, zich nooit ergens mee bemoeid, hem nooit in een pijnlijke situatie gebracht. Hoe voelt het om zo iemand te zijn, vroeg Christine zich af. Hoe voelt het om uit eigen beweging niets te willen weten van wat de grond onder je voeten weg zou kunnen slaan? Of geloofde ze dat het juist was wat haar man deed? Geloofde ze in zijn grootse werk en zijn enorme offers voor het Sovjetvolk?

Toen ze aan het eind van een lang leven op haar zesentachtigste haar eerste en enige interview gaf en over de nietsontziende ontrouw van haar man werd aangesproken, Brilka, antwoordde Nina verontwaardigd: 'Hij werkte dag en nacht, wanneer zou hij de tijd hebben gehad om een heel legioen vrouwen te bevredigen?'

Ik jou gehoorzamen? Doe niet zo zot!
Ik wil niets over pijn en spanning horen.
Een beul en een cipier heb ik verloren
In jou, en ik gehoorzaam slechts aan God.
Achmatova

Andro Eristavi keerde in de herfst van 1946 terug naar Tbilisi. Zonder verdere uitleg was hij op vrije voeten gesteld en op een goederentrein naar Moskou gezet. In Moskou werd hij door een paar mannen van het NKVD afgehaald en naar een politiebureau gebracht, waar hem op niet mis te verstane wijze duidelijk werd gemaakt dat hij niet op een behoorlijke baan noch op enige vorm van maatschappelijke integratie hoefde te hopen. Hij was een parasiet en zou ook in de toekomst als zodanig worden behandeld. Hij moest zijn mond houden, onopvallend leven, onopvallend denken en genoegen nemen met een baantje op een kolchoz ergens in de bergen. Op een inschrijvingsbewijs in Tbilisi hoefde hij niet te rekenen. Hij mocht zich gelukkig prijzen dat hij nog in leven was; als hij geen invloedrijke vrienden had gehad, zou hij binnen een paar maanden zijn opgehangen, zelfs een kogel was zulk uitschot niet waard.

Christine had tot het laatste moment met geen woord over Andro's vrijlating en terugkeer gerept. Zij was ook degene die hem van het busstation haalde en naar een kleine woning in de nieuwbouwwijk bracht. Het pand waarin de woning zich bevond, was nog niet klaar en dus onbewoond; het was van een bevriende arts, die de woning voor een paar weken aan Christine had afgestaan.

Andro zag er slechter uit dan ze had verwacht, als een grijsaard: een lange, magere man met zulke scherpe jukbeenderen dat je je eraan had kunnen snijden.

Ze ontsmette zijn kleren, gaf hem nieuwe, waste hem, schoor zijn onder de luizen zittende baard en haren af en kookte licht, vetarm eten voor hem. Hij zei weinig, maar bedankte voor elke kleinigheid, waar Christine gek van werd. Ze vroeg wat hij wenste. Hij wilde graag een paar boeken, die ze van huis meebracht, en een beetje brandewijn, waar ze ook voor zorgde. Hij bracht de tijd door met lezen of met luisteren naar de kleine radio die ze voor hem had gekocht, en met wachten tot Christine hem weer iets te eten kwam brengen.

Pas toen Christine Andro stabiel genoeg vond voor een ontmoeting, haalde ze Kitty af van het instituut en ging met haar naar de nieuwbouwwijk, waar nu op elke hoek van de straat werd gebouwd, voornamelijk door krijgsgevangenen.

'Waar breng je me naartoe?' vroeg Kitty argwanend toen ze in de tram zaten.

'Ik heb een kleine verrassing voor je. Maar je moet wel proberen je te beheersen,' was het opmerkelijke antwoord.

Nadat ze het oerwoud van allemaal eendere woonblokken hadden getrotseerd, klopte Christine in een half afgebouwd trappenhuis op een ruwhouten deur. Er waren geen tranen en ook geen kreten, er gebeurde eigenlijk helemaal niets. Er waren twee mensen – een jonge vrouw met een donker bobkapsel, een groene regenjas en hoge laarzen, en een magere, te vroeg oud geworden jongeman, die gebogen en bijziend voor zich uit staarde en handen had die trilden als bij een parkinsonpatiënt. Zo stonden ze tegenover elkaar. Ze raakten elkaar niet aan. Op een gegeven moment werden ze door Christines stem uit hun schemertoestand gerukt en aan de tafel geroepen die ze net had gedekt.

'Ik heb een kipschotel gemaakt. Ik heb mijn best gedaan. Dus kom en eet iets. Er is ook kersenlikeur.'

Christine, die de hele avond probeerde de twee wat op te vrolijken, praatte over het weer, over haar werk in het ziekenhuis en over haar lastige patiënten, maar geen van beiden bracht het op om ook maar één keer te glimlachen of iets te zeggen. Laat op de avond pakte ze haar handtas en liet het tweetal alleen.

Kitty bleef de volgende twee weken in die woning. Wat ze die dagen precies deden, weet ik niet. Misschien zorgde ze voor hem, zoals eerder Christine, kookte ze en deed de was. Misschien dronken ze gewoon zwijgend kersenlikeur of lazen ze elkaar de gedichten van Lord Byron voor, waar Andro veel van moet hebben gehouden. Misschien probeerde Kitty hem op te beuren en vertelde ze hem allerlei anekdotes of lag ze gewoon naast hem en hield zijn trillende hand vast. Ze bracht hem zijn oude gereedschap, dat ze had bewaard, zodat hij weer kon houtsnijden, een hele tas vol.

Na die twee weken ging Kitty terug naar huis en haalde haar oude gitaar tevoorschijn, die ze tot dan toe amper had aangeraakt en waar ze maar gebrekkig op kon spelen. De grepen leverden eerst geen klanken op, geen harmonie. Ze bleef het proberen, tot er onder haar vingers een eenvoudige, maar duidelijke melodie ontstond. De volgende dag kocht ze een paar muziekboeken en begon dagelijks te oefenen.

Meteen bij haar eerste ontmoeting met Andro besefte Kitty haarscherp dat de tijd waarin wensen kneedbaar en buigzaam waren, definitief voorbij was – begraven op de talloze slagvelden in het westen en het oosten, het zuiden en het noorden.

Ze keek naar Andro en zag een schim, die niet in staat was over de gruwelen te praten. De eerste dagen had ze zo gehoopt, zo vurig gewenst dat hij haar iets zou vragen, dat hij het onuitspreekbare, de schrijnende wond behoedzaam zou benaderen, maar hij deed het niet, en zij was niet bij machte al het opgespaarde, het opgekropte uit te spreken. Ze werden net zo door het zwijgen opgeslokt als alle andere familieleden, ze werden door het zwijgen verzwolgen alsof het een grote walvis was, in wiens buik ze een voor een terecht waren gekomen.

Algauw voelde ze zich in zijn nabijheid nog ellendiger dan zonder hem. Ze was niet opgewassen tegen zijn hulpeloosheid en verstrooidheid, tegen het feit dat hij de wereld niets meer te vertellen had. Zelfs zijn ogen leken het stralende kwijt te zijn, het blauw was dof, waterig, het dromerige in zijn blik was voorgoed verdwenen. De oorlog had zijn dromen uit zijn lichaam, uit zijn hoofd geranseld, geschoten, gewist.

Ze voelde hoe hij de aanblik van haar volle, stevige lichaam meed, hoe hij de andere kant op keek zodra ze in zijn buurt kwam, hoe hij zich ertegen verzette door haar te worden aangeraakt, alsof ze een explosief mengsel in zich had en hij bang was bij de minste aanraking in de lucht te vliegen.

Maar één keer, in haar diepste wanhoop, raakte ze met

haar hand zijn voorhoofd aan, drukte haar lippen stevig op de zijne en gaf hem geen kans om uit te wijken – maar hij beantwoordde haar kus niet, hij bleef koud, zijn lichaam vertoonde geen teken van begeerte. Beschaamd stond hij op en ging naar de keuken, terwijl Kitty door haar tranen heen probeerde te glimlachen om hem niet het gevoel te geven dat ze hem zwak vond. Zwak en niet in staat om lief te hebben.

Als ze 's nachts wakker op de matras lag en hij op de bank, niet meer dan een paar passen bij haar vandaan, voelde ze soms de onbedwingbare drang om op te springen, water in zijn gezicht te gooien en tegen hem te schreeuwen dat hij wakker moest worden, dat hij haar moest helpen, en dan wilde ze hem vertellen over de prijs die ze voor zijn dromen had betaald. Maar ze wist dat ze daarmee definitief de grond onder zijn voeten weg zou slaan.

In de herfst nam de gelukkige Stasia de zorg voor Andro op zich en staakte Kitty haar bezoeken. Stasia noch Christine stelde haar daar vragen over. Pas weken later, op een avond na een toneeluitvoering, besloot ze hem spontaan op te zoeken. Ze droeg een elegante donkerblauwe jurk met een gewaagd decolleté.

Zodra ze binnenkwam, had ze al spijt van haar besluit. Andro begroette haar norser dan anders, keerde haar meteen de rug toe en toen ze haar jas uittrok, mompelde hij iets. Ze volgde hem naar de kleine keuken, waar hij water opzette.

'Ik heb zuurbessnoepjes voor je meegebracht, die lust je toch zo graag?'

Ze zei het op overdreven vriendelijke toon.

'Hou daar eindelijk eens mee op! Je ziet toch dat...' schreeuwde hij opeens en hij sloeg met zijn vuist op de rand van de tafel.

'Wat heb ik gedaan? Waarom schreeuw je tegen me?'

'Je komt hier, blakend van gezondheid, en je jurken zijn keer op keer opvallender en de snoepjes zoeter, en je verwacht van mij...'

'Wat? Wat verwacht ik? Ik verwacht niets, ik wil alleen dat het goed met je gaat.'

'Ik kan het niet. Hou jezelf niet langer voor de gek. Je bent beeldschoon, elke keer als ik naar je kijk, kan ik wel huilen. Ik kan er niet meer tegen. Door je aanwezigheid voel ik mijn eigen aftakeling des te duidelijker en dat hou ik niet uit. Ik heb geen kracht meer, ik weet niet eens hoe ik de volgende dag door moet komen, laat staan...'

'Maar ik verwacht toch niets van je.'

'Jawel, dat doe je wel. Je verwacht dat ik je hoop geef. Soms vraag ik me af of het wel de moeite waard was om me vrij te krijgen.'

'Je bent zo ondankbaar, dat is zo verdomd oneerlijk, ik kan je wel vermoorden.'

'Doe dat dan, misschien zijn we dan allebei vrij!'

Kitty verstijfde en wankelde achteruit, de zak met snoepjes gleed uit haar hand, het kleine spul rolde over de grond. Allebei keken ze naar de zoete, in gekleurde papiertjes gewikkelde snoepjes en die aanblik maakte hen nog bedrukter. Want niets leek op dit moment te kloppen.

'Het spijt me,' fluisterde ze.

'Mij ook.'

'Hou je niet meer van me?'

'Hoe kan ik nog van je houden, hoe kan ik iets voelen als ik niet eens een mens meer ben?'

'Het was voor iedereen erg. Je mag blij zijn dat je nog leeft.'

'Om blij te zijn moet je eerst iets kunnen voelen.'

'Iedereen wil dat je...'

'Het kan me niet schelen wat iedereen wil. Ik heb alles verloren wat ik had, snap dat dan toch!'

'Ik ook, ondankbare vent die je bent! Bedenk wel: ik heb ook alles verloren!'

En toen Kitty op het punt stond het onuitspreekbare uit te schreeuwen, liep Andro de keuken uit, raakte in het voorbijgaan haar schouder aan en zei: 'Ik ben geen mens meer, ik ben niet genoeg man meer om van je te houden, Kitty. Ik voel niets meer.'

Kitty stond nog steeds naar de bont verpakte snoepjes te staren en moest lachen. Ze wist niet waarom, maar ze moest haar mond stijf dichthouden om het niet uit te proesten. Wat een perfect stel zijn we toch, dacht ze. Hij kan kennelijk geen kinderen meer verwekken, ik kan ze niet meer krijgen, wat een perfect perfect stel in een perfect perfecte wereld!

Maar ze had hem verkeerd begrepen.

En toen ze die nacht alleen op haar bed zat en een van haar moeder gepikte sigaret opstak, kwamen er woorden in haar op, gevolgd, begeleid door een melodie: 'Wat een perfect perfect stel in een perfect perfecte wereld, moet je ons zien, zijn we niet perfect?'

Voor het ochtend was, had Kitty haar eerste lied gecomponeerd. Toen ze het tijdens een repetitie van haar toneelgroep neuriede, vroeg de regisseur of ze dat liedje, zoals hij het noemde, eens wilde voorzingen. Hij was onmiddellijk enthousiast en nam het op in een kitscherige liefdesscène, waarin Kitty met haar gitaar om haar nek en een zorgelijk gezicht haar tegenspeler smachtend aankeek en haar lied vol vuur ten gehore bracht.

En inderdaad, Brilka: het duurde niet lang of alle gelukkig verliefde stelletjes in de stad zongen haar lied, daarna ook degenen die ongelukkig verliefd en verlaten waren. En toen Kostja na maandenlange afwezigheid weer thuiskwam om met Mariam te trouwen, hoorde hij de stem van zijn zus op de radio.

Kostja was langer dan gepland in Moskou gebleven, ook al dacht zijn familie en vooral zijn verloofde dat hij op de Oostzee zat, waar hij zogenaamd deelnam aan oefenmanoeuvres. Hij leek op iets groots, iets belangrijks te wachten, maar hield zijn zorgen en verwachtingen voor zich. Zelfs Christine had geen idee wat haar neef in zijn schild voerde.

In de zomer dat het huwelijk zou plaatsvinden, heerste er in Georgië een extreme droogte, die veel angst en spanning teweegbracht, omdat de productiedoelen in de landbouw niet werden gehaald; de stemming onder de bevolking was slecht, want op de droogte volgde een ontslaggolf en men was bang voor spontane arrestaties waarmee zulke ontslagen meestal gepaard gingen. Niemand was in de stemming om te feesten en de bruiloft werd tot het voorjaar uitgesteld.

Waarom ik dit detail vertel, Brilka? Omdat dat uitstel aanleiding gaf tot niets minder dan onze ontmoeting. Ja, zo kan ik het wel stellen. Het had zoveel en vooral zulke vergaande gevolgen dat ze zich uitstrekken tot jou en mij. Als de bruiloft niet was uitgesteld, had jij tientallen jaren later niet je hotel in Amsterdam verlaten en de trein naar Wenen genomen, en ik was niet door mijn moeder opgebeld en naar jou op zoek gegaan...

Door de bekoorlijke natuurlijkheid en de pakkende eenvoud van haar chanson was Kitty van de ene op de andere dag in het hele land populair geworden. De mensen spraken haar op straat aan, een van de theaters vroeg haar in de herfst te komen optreden. Kitty was overweldigd door het onverwachte succes. Ze gebruikte de collegevrije periode om op de gitaar te oefenen en nog meer liederen te schrijven, want ze vond het gênant om openlijk toe te geven dat 'Een perfect perfecte wereld' haar enige lied was, ontstaan vanuit het onvermogen om te zeggen wat ze had wíllen zeggen. Maar die zomer vond ze de woorden waarnaar ze zo lang had gezocht. Ze kwamen pas tot haar door de muziek, alsof Kitty's taal krukken nodig had om op te steunen.

En nu moet ik alweer aan jou denken, Brilka; die liederen heb jij tijdens onze autorit voor me gedraaid en gezongen. Wat straalden je ogen toen je dat deed! Ik moest heel erg mijn best doen om mijn ontroering te verbergen, de diepe ontroering die de door jou met enthousiasme gezongen regels in me opwekten. Maar er waren nog zoveel andere kleine wonderen die je me tijdens onze rit hebt onthuld, Brilka, zoveel dat ik, als ik erover zou beginnen, helemaal niet meer zou ophouden en dan zou ons verhaal waarschijnlijk nooit afkomen. Maar ik moet je delen met al die andere mensen, want ons verhaal is ook het hunne en het hunne is ook het onze. En wij zijn nog niet aan de beurt…

Met de terugkeer van Kostja kwam ook de blijdschap weer terug in Christines huis. Ook Mariam, die Kitty de laatste maanden een beetje had gemeden, kwam elke avond binnenvallen. De hele familie verzamelde zich bij het uitgebreide avondeten in de keuken of de tuin, al bleef Kitty nooit langer aan tafel dan nodig. Maar die ontspannen sfeer was niet van lange duur. Na zijn tijd in Moskou vond Kostja Tbilisi te klein, te benauwend, te provinciaals. En toen zijn moeder en Christine hem tijdens een gesprek laat op de avond de terugkeer van Andro opbiechtten, stak hij zijn wrevel en zijn onbegrip over hun steun aan een landverrader niet onder stoelen of banken. Hij raakte uit zijn humeur en verweet zijn moeder en tante dat ze de waarden van de Sovjet-Unie met voeten traden en elke moraal en verantwoordelijkheid overboord hadden gegooid. En ook al ontkende Christine het, Kostja wist natuurlijk dat zo'n onverwachte vrijlating zonder inmenging van bovenaf nooit mogelijk was geweest. Hij schreeuwde tegen de twee vrouwen dat hij hun verbood die verrader ooit in huis te halen.

Hij bleef slechtgehumeurd en het duurde niet lang of ook Mariam moest het ontgelden. Kostja liet haar steeds vaker alleen thuis. Hij nam haar niet meer mee uit, ging niet met haar naar de film, was grof en kwetsend en reageerde geprikkeld op haar overdreven zorgzaamheid en liefdevolle manier van doen. Hij vluchtte letterlijk het huis uit, bleef nachtenlang weg, zocht oude schoolvrienden op, knoopte vluchtige contacten aan, vierde feest en zocht afleiding. Alsof hij probeerde weer plezier in het leven te krijgen, zichzelf opnieuw uit te vinden, maar steeds liep hij stuk op het verleden.

Hij had behoefte aan dat ene vrouwenlichaam, hij moest 's nachts de controle verliezen om overdag de controle te kunnen bewaren.

Hij had behoefte aan de bewonderende ogen van een vrouw, hij had behoefte aan het spel, de flirt. Niet aan die orde. De zekerheid, de vaste vooruitzichten die Mariam hem bood, waren hem niet genoeg. Hij was te zeker van haar en dat begon hem te vervelen. Die vastigheid vormde te weinig uitdaging. Tegelijk besefte hij dat Mariam de schande niet zou overleven, dat haar wereld zou instorten als hij de verloving verbrak. Haar eer zou geschonden zijn, haar geloof de bodem ingeslagen.

Toen Kostja zich weer eens klaarmaakte voor een van zijn nachtelijke uitstapjes, versperde een mooi opgemaakte en geparfumeerde Kitty hem de weg.

'Wat moet dat?' vroeg Kostja geërgerd. Hij had zijn uniform uitgetrokken en droeg een chic colbert.

'Ik ga met je mee. Ik heb zin om uit te gaan. Dat hebben we al zo lang niet meer gedaan.'

'Ik dacht dat jij aan je succesvolle muziekcarrière moest werken.'

'Ik doe nu alsof ik die totaal onmogelijke opmerking niet heb gehoord, ik blijf aardig, geef je een arm en verwacht dat je me mee uitneemt.'

'Nou goed, maar gedraag je en hou je meningen voor je alsjeblieft. Het is een deftig huis waar we naartoe gaan en ik wil niet dat je me daar blameert.'

Kitty, verrast dat hij zomaar op haar wens inging, knikte bereidwillig. Ze was ook verrast dat haar broer op zijn nachtelijke escapades in chic gezelschap verkeerde. Ze had aangenomen dat hij in een van de kroegen aan de rivier gerookte vis at, bier en brandewijn dronk en vervolgens met een dame met een weelderige boezem verdween in een hotelletje in Avlabari, tussen de Tataarse theehuizen en de Armeense wasserijen.

Kostja hield een taxi aan en ze reden de 'Heilige Berg' Mtatsminda op, kwamen door steeds steiler wordende geplaveide straatjes en sloegen ten slotte een doodlopende steeg in, waar aan het eind een groot, nieuw huis op een kleine heuvel troonde. Voor het hoge zwarte hek stonden auto's geparkeerd, uit het huis klonk harde muziek en het geroezemoes van een groot gezelschap dat binnen stond te drinken en te praten. De bewoners van het huis hadden duidelijk geld, ze waren dus zelf lid van de partij of kinderen van partijleden. Meteen bij binnenkomst voelde Kitty al weerzin, ze dacht er zelfs even aan om rechtsomkeert te maken, ze had genoeg gezien, ze wist dat Kostja zich 's nachts niet te buiten ging, zoals iedereen vreesde – maar toen verscheen er al een kleine, enigszins mollige jongeman, die lachend op hen afkwam.

Kitty werd door hem aan het hele gezelschap voorgesteld en uitbundig begroet. Ze kreeg te horen dat de eigenaar van het huis en de vader van de mollige jongen directeur was van de zijdefabriek en op het moment vakantie hield in Karlsbad. Zijn zoon en dochter pasten op het huis, waar het wemelde van zogenaamd gecultiveerde types en nouveaux riches, van verwende vaderskindjes, die Kostja volgens zijn eigen waardesysteem eigenlijk moest verachten. Maar in plaats daarvan speelde hij de geamuseerde, vlotte charmeur, de danser, de estheet en vooral de donjuan. Kitty werd omstuwd door dames in petticoat en met hoog opgestoken haar, die het allemaal ongelofelijk opwindend vonden dat uitgerekend zij, Kitty Jasji, die ze kenden van de radio, de zus was van de knapste vrijgezel van de stad. Nu begreep Kitty hoe het zat. Natuurlijk moest hij zich in dit gezelschap van Mariam distantiëren, haar bestaan loochenen om dit spel te kunnen spelen. Het kleine zwartharige meisje dat het hardst lachte en met haar roodgelakte nagels wapperde, was de zus van de gastheer en leek bovenmatig geïnteresseerd in Kostja.

Kitty werd nu in beslag genomen door een stel arrogante knapen, die geweldig op haar zenuwen werkten en allemaal wilden weten wie de gelukkige was die haar tot het schrijven van dat fantastische lied had geïnspireerd, en of ze nog steeds een liaison met hem had. Alleen al door het woord liaison voelde Kitty zich zo misplaatst dat ze het liefst meteen naar buiten was gerend. Ze dacht aan Mariam en wat die van dit gedoe zou zeggen. Wat ze, achter zijn façade van onkwetsbaarheid, dan nog in Kostja zou kunnen waarderen. En ze vroeg zich af of de uitgestelde bruiloft echt alleen aan de droogte te wijten was.

'Kom, ik wil je iets laten zien.' Kostja, duidelijk aangeschoten van de zware rode wijn, trok haar met zijn betoverende glimlach uit de drukte weg en nam haar mee naar het terras. Voor hen een sprookjesachtig uitzicht over de verlichte stad, de diepgroene heuvels waartussen de rivier zich uitstrekte, die de kleur had van een hagedis. De stad lag verzonken in de nacht en zag er tevreden uit. Van hieraf glansde alles zo mooi en Kostja paste zo perfect bij dat glanzen: zo breedgeschouderd en trots als hij nu naast haar stond, naar de hemel keek en de frisse lucht opsnoof.

'Wat doen we hier, Kostja?'

'Ik dacht dat je je vandaag samen met mij wilde bedrinken.'

'Ik bedoel, wat doe jij hier? Bij deze mensen?'

En voor hij antwoord kon geven, dook er weer een groep kakelende meisjes op, onder aanvoering van de gastvrouw. Ze schaarden zich rond broer en zus.

'O, zing dat lied alsjeblieft! We hebben speciaal een gitaar voor je gehaald, alsjeblieft, zing "Een perfect perfecte wereld".'

Ze smeekten Kitty met hun champagneglas in de hand.

Kitty staarde naar de gezichten en zag Andro voor zich, zijn kleine kamertje, zijn gebogen houding, zijn ingevallen wangen en zijn kale hoofd. Ze dacht aan de ontbrekende gouden krullen, die nooit meer in hun oude pracht zouden aangroeien. 'Een perfect perfect stel in een perfect perfecte wereld, moet je ons zien, zijn we niet perfect?' En allemaal zongen ze mee, allemaal vormden ze dezelfde woorden en allemaal verhieven ze hun stem toen ze bij de 'perfecte wereld' waren aangekomen, allemaal lieten ze hun stem dalen toen Kitty zachtjes zong: '... en hoe kan het dan dat de wereld ook zonder ons zo perfect is?'

Tijdens het daverende applaus sloeg Kitty twee glazen champagne achterover, verontschuldigde zich en zocht met haar ogen haar broer, maar kon hem in het groepje hierbuiten niet meer ontdekken. Ze liep vlug naar binnen, ze wilde tegen hem zeggen dat ze hier weg moest, dat ze deze mensen niet langer kon verdragen. Maar Kostja was nergens te bekennen. Ze baande zich een weg door de grote zaal met de dansende paren, liep de helder verlichte gang op en neer, keek in verschillende kamers, riep hem, vroeg steeds weer naar hem, maar niemand had hem gezien, niemand wist waar hij was.

Ten slotte gaf ze het op, ze vreesde dat hij zich met de gastvrouw had teruggetrokken op een stil plekje waar hij niet gevonden kon worden, en rende zonder afscheid te nemen naar de deur.

Buiten haalde ze diep adem, de steeg lag in het donker, alleen de lampen uit het huis wierpen wat licht op het plaveisel. Ze deed een paar stappen en ging een paar meter voor het huis op een muurtje zitten. Ze voelde zich opgelucht. Opeens hoorde ze een geluid, waar ze eerst geen aandacht aan schonk, totdat ze de stem van haar broer herkende, die zachtjes op iemand inpraatte. Hadden ze binnen soms geen stil plekje kunnen vinden voor hun avontuurtje? Het voelde niet goed om haar broer zo te bespioneren, maar haar nieuwsgierigheid won het en ze ging op zijn stem af en sloop naar de linkerkant van het huis, waar ze onder een balkon twee schimmen ontwaarde. Ze herkende haar broer, hij stond over iemand heen gebogen, met één hand tegen de muur en zijn gezicht gevaarlijk dicht bij de vrouw, alsof ze elkaar net hadden gekust of het van plan waren, hij praatte nadrukkelijk op haar in. Maar het was niet het kleine, zwartharige meisje, niet de gastvrouw; de vrouw was lang en blond.

Kitty kneep haar ogen samen, stak haar hoofd zo ver mogelijk naar voren. Wie van die kirrende, kinderlijk opgemaakte dames was het? Was het een van degenen die daarboven hadden staan luisteren toen ze zong? De vrouw had haar borst tegen Kostja aan gedrukt en keek hem aandachtig aan. Toen streek ze behoedzaam met haar hand over zijn wang, hij keek onderzoekend om zich heen, kennelijk wilde hij niet met haar worden gezien.

Toen Kitty's ogen aan het donker gewend waren, bekeek ze het profiel van de vrouw wat beter: ze was groot en elegant, had kunstig opgestoken haar en droeg een strakke beige rok die haar taille accentueerde, met een gewaagd split opzij die een lang, gespierd been liet zien. Maar ze was vooral ouder, ouder dan Kostja en ouder dan alle aanwezige gasten in het huis.

'Ik wil het toch ook... Natuurlijk, hoe kun je daar aan twijfelen?' Kostja fluisterde dingen die Kitty nauwelijks kon verstaan en de vrouw trok hem naar zich toe en drukte haar neus tegen de zijne, dadelijk zou ze zijn lippen aanraken, dacht Kitty, en Kostja's lichaam spande zich, hij boog zich naar haar toe, maar zij weerde hem af, ze kuste hem niet.

'Je weet dat ik er een hekel aan heb als iemand me laat wachten, Kostja,' hoorde Kitty de blonde vrouw nu luid en duidelijk zeggen en opeens begon het haar te duizelen, ze voelde haar knieën knikken en zakte langs de muur omlaag.

Die stem. Ze kende die stem! Ze zou die stem nooit vergeten. Ze zou die zachte, vleiende toon uit duizenden herkennen.

Zij was het. De vrouw uit de hel.

Kitty kwam weer overeind, hield zich vast aan de muur, deed een paar stappen achteruit, tot de twee uit haar gezichtsveld verdwenen en zij weer aan de voorkant van het huis stond. Vandaar rende ze naar binnen, sloot zich op in de dichtstbijzijnde badkamer, draaide de kraan open en hield haar hoofd onder de straal tot ze haar ademhaling weer onder controle had. Maar haar lichaam gehoorzaamde niet. Haar knieën beefden, ze kon amper rechtop staan. Ze dwong zichzelf op de koude tegelvloer te gaan zitten en telde tot honderd, tot ze het gevoel had weer op te kunnen staan.

Daarna liep ze terug naar de grote zaal, greep een glas wijn en dronk het in één teug leeg. Toen Kostja opdook, stond ze alleen op het terras en had intussen wel vier glazen wijn achterovergeslagen.

'Ik heb je gezocht,' zei Kostja. 'Waar zat je, verdorie? Maar wat zie je er... Heb je te veel gedronken?' Hij was vrolijk en praatte opgewekt. 'Ik heb je horen zingen. Je schijnt echt succes te hebben met dat leuke liedje van je, echt, ik ben onder de indruk.'

'Wie is het?'

'Over wie heb je het?'

'Wie is die vrouw?'

'Heb je me bespied?'

'Wie?'

Ze draaide zich naar hem toe en keek hem met een vertrokken gezicht aan; haar ogen drukten iets uit wat het midden hield tussen walging en fysieke pijn. Zijn ontspannen gelaatsuitdrukking veranderde op slag in agressie.

'Dat? Dat stelt niets voor. Je hoeft je geen zorgen te maken om Mariam.'

'Weet ze dat je gaat trouwen? Kent ze haar naam? Kent ze jouw echte naam? Hoe goed ken je haar?'

Terwijl ze die vragen uitsprak, werd Kitty zich opeens bewust van de onomkeerbare, duistere draagwijdte van dit antieke godendrama waarin zij tweeën verzeild waren geraakt.

'Is dit soms een verhoor? Ik ben een grote jongen, Kitty, stel je niet aan. Ik heb geen oppas nodig. Uitgerekend jij wilt me iets vertellen over moraal?'

'Het kan me geen moer schelen waar jij je pik in steekt. Ik wil alleen weten hoe ze heet.'

'Waag het niet...'

Kitty wist zeker dat de blonde vrouw geen voet in dit huis zou zetten. Ze was even spoorloos in de nacht verdwenen als ze was opgedoken. Waar was ze vandaan gekomen? Waar had hij haar leren kennen? Kwam hij hier alleen om haar stiekem te ontmoeten? Kitty begreep het niet. Haar hoofd deed pijn, ze had diepe rimpels in haar voorhoofd, ze kneep haar ogen strak samen.

'Vertel me wie ze is en ik laat je met rust!'

Kitty, zelf verrast over de harde toon waarop ze dat zei, pakte haar broer bij zijn schouders en begon hem uit alle macht door elkaar te schudden. Kostja was overrompeld door de heftigheid van haar reactie, hij wankelde achteruit, maar verweerde zich niet.

'Kitty, Kitty, rustig nou, kom, ik breng je naar huis, alles is goed, rustig maar. Ik beloof je dat ik Mariam geen verdriet zal doen, wat jij hebt gezien, is iets anders, kom nou.'

'Wie...!' krijste ze. Er verschenen al een paar gasten op het terras en Kostja begon de scène duidelijk pijnlijk te vinden. Hij greep haar bij haar polsen en trok haar mee naar binnen, en toen ze zich aan de trapleuning vastklampte en niet verder wilde lopen, tilde hij haar op, gooide haar als een zak aardappelen over zijn schouder en droeg haar naar beneden. Pas toen ze de Heilige Berg achter zich hadden gelaten, zette hij haar neer. Ze plofte willoos op het trottoir en begon te huilen.

Ze huilde bijna geluidloos, maar het was een verschrikkelijk huilen, het huilen van Christine, het stille huilen van de vrouwen uit het chocoladehuis. Kostja stond verbijsterd naar zijn zus te kijken, niet in staat haar te troosten en ook niet in staat haar alleen te laten. Toen ging hij naast haar zitten en probeerde zijn arm om haar heen te slaan, maar ze weerde hem af.

'Ik verwacht een verklaring van je, nu meteen!' zei hij hard, toen ze een beetje was gekalmeerd en haar tranen aan haar mouw had afgeveegd.

'Ik wil alleen haar naam, meer wil ik niet van je. Ik zal niets tegen Mariam zeggen, ik wil gewoon alleen haar naam.'

'Maar waarom? Waarvoor?'

'Ik ken haar.'

'Waar ken jij haar van?'

'Wie is ze?'

'Het is gewoon een mooie vrouw die ik op een banket

heb ontmoet en die getrouwd is, daarom zou het niet zo verstandig zijn...'

'Gewoon een mooie vrouw... gewoon een mooie vrouw,' herhaalde Kitty verbijsterd de woorden van haar broer.

'Gewoon een mooie vrouw, zeg je. Het deed geen pijn, geen pijn, want het wás een mooie vrouw. Wat een mooie lippen, dacht ik toen ze het doodslied voor me zong. Gewoon een mooie vrouw. Maar kijk dan naar mij, kijk naar mij, ik ben ook een vrouw, niet zo mooi als zij, dood en herrezen, maar een vrouw, net als zij.'

Ik betwijfel, Brilka, of degenen die dit lied later hebben meegezongen en nog steeds zingen, weten dat het geen lied is over jaloezie.

Hij gaf niet toe. Hij noemde haar naam niet. Wie hij daarmee wilde beschermen, was Kitty niet duidelijk, maar één ding wist ze zeker: ze zou niet wijken, ze zou alles op alles zetten om haar naam te weten te komen.

Ze probeerde het met tederheid, door haar acteertalent te gebruiken en de liefdevolle, bezorgde zus te spelen, ze dreigde het aan Mariam te vertellen als hij niet toegaf. Maar er stond voor hem schijnbaar veel meer op het spel dan alleen Mariam. Ze maakte hem het leven zuur, achtervolgde hem, liet hem niet met rust. Hij zou zijn geduld wel verliezen, hij zou wel zwichten, hij zou dat achtervolgen, dat beknotten van zijn vrijheid wel beu worden, dacht Kitty. En zij zou hem op de hielen blijven zitten, ze zou hem geen moment rust gunnen. Ze was hardnekkig, zo hardnekkig als hij zich zelfs in zijn dromen niet kon voorstellen.

Toen de regen eind september dagenlang onafgebroken op de daken kletterde en de bewoners op de zenuwen begon te werken en Kitty de zoveelste boosaardige opmerking over zijn nachtelijke escapades maakte, verloor Kostja eindelijk zijn geduld. Hij greep haar bij haar jurk, trok haar mee naar de tuin, die een en al modder was, en gooide haar op de grond. De regen kwam met bakken uit de lucht. In een mum van tijd waren broer en zus kletsnat.

'Hou daarmee op, hou daarmee op! Hoor je me?' schreeuwde hij door de regen heen.

Vol haat keek hij zijn zus aan, die weer overeind kwam en als een wilde kat om hem heen begon te draaien.

'Geef me haar naam!'

'Je bent knettergek, krankzinnig, ze moesten je opsluiten, je moest je schamen!'

'Geef me haar naam, dan laat ik je met rust.'

'Ze heeft je niets gedaan, laat haar met rust, ik heb alleen een affaire met haar gehad, mijn god, gewoon een kleine affaire. Haar man heeft veel macht. Als er iets misgaat, als je iets ondoordachts doet, zul je last krijgen, en ik wil niet weer ergens voor moeten opdraaien, laat de dingen zoals ze zijn!'

'Voor mijn part neuk je haar suf, denk je dat dat me interesseert? Ik wil alleen haar naam!'

'Je praat als een goedkope hoer! Papa zou zich omdraaien in zijn graf.'

'Maar hij heeft geen graf! Hij heeft niet eens een graf!'

Toen greep Kostja zijn zus opnieuw en gaf haar een harde klap in haar gezicht. Ze viel, rolde door de modder en toen ze haar hoofd optilde, liep het bloed over haar kin, haar onderlip was gescheurd. Ze huilde niet, ze betastte niet eens haar wond, alsof ze immuun was voor de pijn.

Op dat moment kwam Christine naar buiten rennen en wrong zich tussen hen in, ze schreeuwde luidkeels dat ze moesten ophouden. Kostja stond er versuft bij, met natte haren en druipende kleren, hij kon zelf niet begrijpen wat hij had gedaan. Maar Kitty's gezicht vertoonde geen berouw, geen angst, ze keek hem recht aan, hoogmoedig en zelfverzekerd. Het bloed op haar gezicht vermengde zich met het regenwater, wat de illusie van oorlogskleuren wekte.

Ook Stasia kwam de tuin in, ze versperde Kostja de weg en greep hem bij zijn kraag.

'Wat heb je gedaan?' snauwde ze haar zoon toe.

Maar hij keek haar aan en zei: 'Ik haat jullie!'

En die zin verscheurde onze hele familie.

Begin oktober belde Kitty Mariam om te vragen of ze konden afspreken in een café. Mariam, die het erg moeilijk had met de gespannen sfeer tussen broer en zus en met de geprikkeldheid en afstandelijkheid van haar verloofde, was blij met het aanbod en ging opgelucht akkoord.

Ze ontmoetten elkaar in een pas geopend, modieus café bij de Technische Universiteit en Mariam had veel moeite gedaan om niet onder te doen voor de andere klanten. Ze kwam in een chocoladekleurig mantelpakje, dat haar trouwens niet erg flatteerde, omhelsde Kitty en bestelde Turkse koffie, hoewel ze anders altijd thee dronk, maar in zo'n gelegenheid moest je wel koffie drinken.

'Ik ben toch zo blij dat je me hebt gebeld. De afgelopen maand is voor ons allemaal niet bepaald makkelijk geweest. Ik heb al die tijd gehoopt dat we kans zouden zien om over alles te praten. Ik wil niet dat je boos op me bent.' Als een waterval stortte Mariam haar hart uit bij haar vriendin.

'Ik moet met je praten.'

'Nee, luister. Alsjeblieft. Ik heb de afgelopen weken nauwelijks kunnen slapen. Ik wil niet dat er iets tussen ons in staat. Het komt allemaal weer goed. Dat weet ik zeker. We komen er samen wel uit, als we het maar willen. We hebben zoveel meegemaakt.'

Mariam was opgewonden, haar wangen gloeiden, over de tafel heen pakte ze Kitty's hand en liet hem niet meer los.

'Mariam...'

'We maken het weer goed, ja? We kunnen onze vriendschap niet zomaar opgeven, dat kan gewoon niet. Ik mis je, ik mis je zo en ik wil je niet kwijt. Ja, ik hou nu eenmaal van je broer. Maar daarom ben jij niet minder belangrijk voor me.'

Mariams ogen werden vochtig.

'Ik wil geen wig tussen jullie drijven, ik wil niet dat jullie ruzie hebben, en zeker niet om mij. Ik zou het mezelf nooit vergeven. Jullie zijn zo'n prachtig stel. Stralend, getalenteerd, intelligent, mooi. Nee, dat mag niet gebeuren, Kitty. Dat zou ik mezelf niet vergeven.'

Mariam had zich afgewend en staarde naar de duiven die op het trottoir heen en weer paradeerden.

'Mari, ik moet je iets belangrijks vertellen.'

'Ik hou van je. Maar ik hou ook van hem. Jullie zijn twee helften van een eenheid. Dat klinkt misschien vreemd, maar ik heb er veel over nagedacht en ik weet waar ik het over heb. Ik...'

'Hij bedriegt je.'

'Kitty!'

'Hij heeft een affaire. Ik heb haar gezien, maar ik weet haar naam niet, en ik wil je graag helpen als jij erachter komt wie het is.'

'Kitty.'

'Als je me niet wilt geloven, is dat jouw zaak. Het was geen ruzie om jou, het ging om haar. Controleer gewoon wat ik je heb verteld en als ik me vergis, vergeet het dan, maar zo niet...'

'Ja, wat, zo niet?'

'Denk er dan over na of je je leven wilt delen met een man die nooit van je zal houden.'

'Waarom wil je alles kapotmaken?'

De tranen rolden over Mariams rode wangen.

'Ik kan niets kapotmaken wat niet allang kapot is.'

Kitty haatte zichzelf. Maar ze haatte die vrouw nog veel meer.

Die nacht haalde Kitty haar tante over om de warme chocola voor haar te maken. En toen Kostja, die laat thuiskwam, de geur van de chocola in zijn neus kreeg, haastte hij zich naar de keuken en zei dat hij ook wat van die toverdrank wilde. Met tegenzin deelde Kitty haar portie met haar broer. Als uitgehongerde wolven stortten ze zich op hun kopje. Gewekt door de geur wankelde ook Stasia de keuken binnen en zag haar kinderen de laatste restjes chocola uit hun kopje likken. Ze vroeg schreeuwend aan haar zus waar ze het lef vandaan haalde, hoe ze aan het recept kwam, en zakte toen hulpeloos huilend op een stoel. Al wist Stasia nog steeds niet precies welke prijs er op het proeven van haar vaders chocola stond, het leed voor haar geen twijfel meer dat er in elk geval een prijs moest worden betaald. Ze had haar kinderen ervoor willen behoeden naar meer te snakken, want naar haar overtuiging bestond het gevaar dat volgens haar vader aan de chocola kleefde, juist daarin dat nog niemand die ervan had geproefd, in staat was geweest het bij één keer te laten.

Christine, met het pannetje waarin ze de chocola had gekookt nog in haar hand, snauwde terug dat het ook haar vader was en dat zij ook recht had op het recept. Daarop rukte Stasia het pannetje uit haar hand en smeet het op de grond. Even keken ze allemaal van de razende Stasia naar de paar druppels van de zwarte vloeistof die uit het pannetje op de grond waren beland.

Opeens bukte Kostja zich, ging als gehypnotiseerd op zijn knieën liggen en begon met zijn vingers de restjes van de vloer te strijken om ze vervolgens gretig in zijn mond te steken.

De vrouwen keken sprakeloos op hem neer. Nadat hij de laatste restjes had opgestreken, kwam hij overeind en liep in alle rust de keuken uit.

'Wat was dat nou?' vroeg Christine, terwijl ze onthutst naar haar zus keek.

'Zijn eerste chocola, neem ik aan,' antwoordde Stasia verwijtend.

Ook ik was erbij, heb honingwijn
en bier gedronken,
het stroomde in mijn baard, maar er is
niets in mijn mond gekomen.
Russische formule voor de goede afloop
van een sprookje

De lange blonde vrouw met de kersenrode lippen heette Alla, ze was veertig jaar en de buurvrouw van de zijdefabrikant die zijn kinderen in het grote huis feest liet vieren. Op een van die feesten leerde ook Kostja haar kennen. Ze had in Moskou medicijnen gestudeerd en gold als veelbelovend op het gebied van de psychiatrie. Daarom was ze door het NKVD benaderd en daar in dienst getreden. Op een van haar dienstreizen ontmoette ze haar aanstaande echtgenoot, die ook voor het NKVD werkte, maar op de Georgische afdeling. Ze verhuisde met hem naar Tbilisi en zette haar werkzaamheden in de Kaukasus voort. Haar man was ongeveer twintig jaar ouder dan zij en ze kreeg algauw genoeg van hem, want Alla gaf niet alleen blijk van een gezonde trek bij de opsporing van 'spionnen en contrarevolutionairen, saboteurs en ander gespuis,' ook haar lichaam had een grote honger, die haar drukbezette echtgenoot weldra niet meer kon stillen.

In de twaalf jaar die ze inmiddels in dienst was van de machtigste organisatie van het land, had ze negen abortussen ondergaan, allemaal kinderen van verschillende mannen, ingrepen die haar talent voor wreedheid misschien nog hadden gescherpt, vooral omdat er bij de laatste iets mis was gegaan en ze sindsdien onvruchtbaar was. Infertiliteit werd haar straf voor de taaiste vrouwen die ze in haar klauwen kreeg, haar kleine persoonlijke wraak – en die wierp veel vruchten af. Ze gold als een van de meest loyale, maar ook meest gevreesde medewerksters. De Kleine Grote Man moet haar zelfs eigenhandig een medaille op de borst hebben gespeld. Maar dat weet ik niet zeker.

Toen ze mijn grootvader ontmoette, was haar honger meteen gewekt, nog dezelfde avond troonde ze hem mee naar het buurhuis en knoopte zijn broek los. Kostja, die door haar doortastendheid en snelheid aan Ida werd herinnerd, gaf zich bereidwillig aan Alla over. Vanaf dat moment ontmoetten ze elkaar geregeld.

Ik weet niet hoe ze het heeft aangepakt, maar Mariam vond haar. De gekrenktheid van een afgewezen vrouw kan wonderen doen. Ze moet Kostja nachtenlang hebben bespied en voor het stralend verlichte huis hebben staan wachten. Het gelach en de harde muziek uit het huis moeten als een klap in haar gezicht hebben gevoeld, maar ze vond wat ze zocht.

Mariam volgde de blonde vrouw, die haar verloofde achter het huis een afscheidskus had gegeven, daarna de doodlopende steeg uit was gelopen en meteen bij het eerstvolgende huis was blijven staan. In het donker had Mariam alleen de lange gestalte en de elegante kleren kunnen onderscheiden, maar nu ze in het volle licht van de straatlantaarn haar huissleutel stond te zoeken, herkende ook Mariam de vrouw uit de hel.

Het zachte, blonde haar, de rode lippen, de trage bewegingen, de lenigheid van haar lichaam.

Mariam huiverde van afschuw toen ze zich de blonde vrouw voorstelde in het liefdesspel met de man met wie zij wilde trouwen. En het kostte haar weinig moeite, heel weinig moeite om zich voor te stellen hoe ze haar verzorgde nagels in Kostja's rug boorde. Hoe ze koket haar hoofd in haar nek wierp en hem in zijn gezicht hijgde met van opwinding vochtig geworden lippen en oogleden. Het kostte haar weinig moeite om zich voor te stellen hoe ze Kostja aanvuurde met dezelfde zachte woorden als waarmee ze Mariam ooit had gedwongen de spuit met het gif aan te pakken.

Diezelfde nacht gooide Mariam kiezelsteentjes tegen Kitty's raam. Kitty trok snel een jas aan en rende de straat op. Toen ze ver genoeg van Christines huis waren, gingen ze op de stoep zitten en op dat moment wist Kitty al dat Mariam had gevonden wat zijzelf zo lang en verbitterd had gezocht.

'Je wilde dat ik haar zag, hè? Je wist wie het was en je hebt het me niet verteld.' Mariam praatte zachtjes. Haar gezicht was leeg. Er sprak niet eens woede uit. 'Waarom heb je het me niet meteen verteld?'

'Je zou me niet hebben geloofd,' mompelde Kitty, onzeker of ze er goed aan had gedaan, of ze het recht had gehad om Mariam zo in de val te laten lopen.

'Hoelang is dat al aan de gang tussen die twee?'

Mariam zakte in elkaar als een lekgeprikte ballon.

'Hoe moet ik dat weten?'

'Hoe kon hij... Het is gewoon te gek om waar te zijn. Waarom heb je me...?'

Mariam stond op, liep een paar passen de lege, donkere straat in, kwam weer terug en ging zitten. Haar hele lichaam leek zich tegen het ongehoorde feit te verzetten. Alsof het deze waarheid niet wilde erkennen.

'Ik kan het je niet eens kwalijk nemen. Hoe diep moet hij gezonken zijn om in een vreemd huis een afspraak te maken met een vrouw die niet eens op het feest is uitgenodigd?'

Ze barstte in lachen uit. Haar lach klonk schril en geforceerd. De nagels van Kitty's duimen waren tot bloedens toe afgebeten.

'Ik weet niet waarom ik jou erheen heb gestuurd. Ik wilde van jou misschien de bevestiging dat ze het helemaal niet kon zijn. Maar ze is het. Niemand anders dan zij!'

Kitty vroeg zich af welke reactie ze van haar vriendin had verwacht, maar beslist niet deze. Misschien huilbuien, hysterie, paniek, maar niet die leegte in haar gezicht en die onherroepelijke stelligheid in haar stem.

'Ik ga haar opzoeken en met haar praten. Jij hebt er niets meer mee te maken.' Kitty stond op van de stoep en keek neer op haar vriendin. Ze wilde met die houding haar woorden kracht bijzetten, maar Mariam lachte al weer. Ze lachte haar in haar gezicht uit.

'Met haar praten? Doe je je nu dommer voor dan je bent, Kitty, of hoe moet ik dat opvatten? En vertel me niet dat ik er niets mee te maken heb. Als dat zo was, had je me niet als een speurhond op je broer afgestuurd. Wees tenminste zo eerlijk om dat toe te geven.'

Daar wist Kitty niets op te zeggen. Natuurlijk had ze Mariam niet naar dat huis mogen sturen, maar nu was het te laat. Kitty verbood zichzelf dat te denken, ze mocht nu niet gaan aarzelen. Dat zou Mariams stelligheid, wat die ook te betekenen had, alleen maar versterken.

'Ja, misschien heb je gelijk, maar laat mij dit alsjeblieft alleen afhandelen.'

'Afhandelen? Wou je haar soms aangeven?'

Weer lachte ze honend.

Kitty verloor steeds meer de controle over de situatie. Mariam stuurde dit gesprek, deze hele toestand een kant op die Kitty niet vertrouwde, die ze niet doorzag. Ze ergerde zich aan haar eigen onbedachtzaamheid, haar impulsiviteit.

Misschien was de blonde vrouw voor hen allebei een

doodsengel geweest, maar nu was ze voor Mariam vooral de vrouw die Kostja van haar afpakte, en het klaslokaal, de dorpsschool niet meer dan een onvermijdelijke zwarte vlek op haar smetteloze blanke huid.

Kitty kreeg het koud, ze wreef in haar handen.

'Jij wilt het alleen afhandelen, maar je hebt mij weer tot handlanger gemaakt. Hier ben ik weer en we gaan dit samen afhandelen. Want jij hebt het zo gewild en God kennelijk ook,' zei Mariam, voordat ze haar vriendin de rug toekeerde en met snelle passen de straat uitliep.

Eenmaal thuis ging Kitty met een sigaret van Stasia in de vensterbank zitten en voor het eerst sinds die zachte zomeravond op de Heilige Berg, toen ze met eigen ogen moest zien wat ze niet voor mogelijk had gehouden, vroeg ze zich af wat ze nu eigenlijk precies wilde. Tussen haar en haar doodsengel in stonden hele legers, ambtelijke apparaten, talloze uniformdragers en Kleine Grote Mannen. Tussen hen in lagen bergen wapens, dossiers en botten, waar ze nooit overheen zou kunnen klimmen. Koortsachtig ging Kitty haar mogelijkheden na. Het zou natuurlijk het eenvoudigst zijn om de kennelijk zo machtige man van de vrouw in vertrouwen te nemen en hem op de hoogte te brengen van zijn status van bedrogen echtgenoot. Maar een man die getrouwd was met een vrouw die niet aarzelde om een andere vrouw ijskoud haar ongeboren kind af te nemen, zou in zulke dingen niet voor haar onderdoen. Zijn woede zou zich niet richten tegen zijn vrouw, maar tegen haar uitverkorene. En zijn wraak zou waarschijnlijk niet minder vreselijk zijn dan de daden van zijn vrouw. Aan dat risico kon Kitty haar broer niet blootstellen.

Toen ze uitgeput in slaap viel, was ze tot de conclusie gekomen dat het niet minder zwaar woog om wraak te nemen dan ervan af te zien.

Mariam trok zich terug. Ze verscheen niet op het instituut, kwam het studentenhuis niet meer uit, sprak niet meer af met Kostja en reageerde ook niet op de briefjes die Kitty onder haar deur door schoof. Kostja probeerde Kitty ter verantwoording te roepen, maar die ontkende iets met Mariams gedrag te maken te hebben.

Kitty hield zich bezig met haar studie, het toneel en vooral met haar gitaar. Alleen 's nachts, als ze alleen was, werd ze overvallen door een ijskoude angst, dan parelde het zweet op haar voorhoofd en rolde ze van de ene zij op de andere om een oplossing te vinden. Ze voelde wel dat ze het na al die weken van obsessief speuren naar de blonde vrouw niet zomaar kon opgeven, dat ze de zaak niet zomaar kon laten rusten.

Ze stelde zich in allerlei gruwelscenario's voor hoe het met Mariam ging, de herinneringen aan de dagen in het lokaal en de dagen in de schuur begonnen haar te kwellen en toen de nachtmerries haar ook overdag begonnen te achtervolgen, ging ze naar Mariams studentenhuis en bleef in de gang voor haar deur zitten. Ze nam zich voor net zo lang op haar vriendin te wachten als nodig was. Op een gegeven moment moest Mariam naar buiten komen, op een gegeven moment moest ze op z'n minst iets eten.

De eerste twee dagen had Kitty geen succes, de deur bleef dicht. Ze bonkte erop, schoof er talloze briefjes onderdoor, bad en smeekte haar vriendin, wendde al haar overredingskunsten aan, maar er gebeurde niets.

Op de derde ochtend, toen de meeste studenten naar college waren gegaan en het leeg was geworden in het huis, verscheen Mariam in de deuropening. Ze droeg een lange regenjas en had haar haar gedaan.

'Laten we gaan wandelen,' zei ze, alsof er niets was gebeurd, alsof het net zo was als vroeger toen ze nog – bijna – gewone vriendinnen waren en babbelend en zonnebloempitten etend door de stad slenterden. Maar Mariam liep doelgericht de straat op en beende naar de bushalte. Alles aan haar leek opgeruimd, netjes, zoals altijd. Alleen de donkere kringen onder haar ogen verraadden iets van het duistere labyrint waarin ze was verdwaald.

'We gaan naar de oude binnenstad,' zei Mariam en ze stapte in de eerste de beste bus. Kitty ging naast haar vriendin zitten. Het was nevelig en vochtig in de stad. De lucht was betrokken. Het was nog steeds niet echt herfstachtig, echt koud was het ook nog niet. Ze staarden door het raam naar de straten, naar de voorbijgangers, naar de mensen die vluchtten voor de grijze dag. Kitty legde haar hoofd op Mariams schouder en haalde opgelucht adem.

Ze stapten uit op het Leninplein en liepen door de Kirovstraat omhoog. Mariam gaf het tempo en de richting aan. In een troosteloos lege kruidenierswinkel met een halve worst en twee soorten kaas in het koelvak kochten ze moutbier, dat ze snel opdronken. Mariam bleef nergens lang staan, doelgericht zette ze haar weg voort, steeds verder de groene heuvels op. Kitty stelde geen vragen, ze was allang blij dat ze hier samen met Mariam liep en probeerde haar vriendin bij te houden.

Ze lieten de grote, afgeschermde tuin van het gebouw van het Centraal Comité achter zich, sloegen links af, sneden hier en daar een stukje af, gingen even op een eenzaam bankje zitten, passeerden de halte van de kabelbaan en keken naar de kleine cabines waar de mensen in stapten.

Opeens draaide Mariam zich naar Kitty toe en schoof met één handbeweging Kitty's jas en trui omhoog. Ze staarde naar Kitty's blote buik, met haar andere hand trok ze Kitty's rok en maillot omlaag en keek naar haar onderlichaam.

'Wat doe je?'

Verward en onzeker liet Kitty zich bekijken.

'Ik wilde nog één keer de littekens zien die ik bij je heb

achtergelaten. Of ze goed genezen zijn. Ik heb ze sindsdien niet meer gezien.'

'Jij hebt geen littekens bij mij achtergelaten, praat geen onzin.'

Mariam wendde zich abrupt af, keerde Kitty de rug toe, mompelde een nietszeggend excuus en liep snel weer door.

Toen ze de met kinderkopjes geplaveide Tsjitadzestraat achter zich hadden gelaten en al uitkeken op de artiestenbegraafplaats, werd het Kitty duidelijk welk doel Mariam voor ogen had. Het was nog maar een paar meter naar het huis van de zijdefabrikant. Ze bleef staan en vroeg haar vriendin wat dat moest, waar ze heen ging. Maar Mariam bleef niet staan, ze riep tegen Kitty dat ze mee moest komen, het was in orde, haar man was op reis.

Kitty wilde protesteren, maar op de hoek van de straat stond Mariam al stil en liep de drie treden op naar een rood bakstenen huis. Kitty riep dat ze het niet moest doen, maar voor ze bij de treden was, zag ze haar vriendin al met een ijzeren leeuwenkop op de voordeur bonken.

Kitty had net een voet op de eerste tree gezet, toen de deur werd opengerukt en Alla voor hen stond. Met een sigaret tussen haar roodgeverfde lippen, krulspelden in haar haar en een witzijden onderjurk aan.

'Ja?' vroeg ze in het Russisch, terwijl ze de twee meisjes geërgerd aankeek. Kitty wilde Mariam bij haar mouw pakken en wegtrekken, maar ze bleef als een blok beton staan en staarde gefascineerd naar de rode lippen.

'Ja?' herhaalde de blonde vrouw en haar toon werd onvriendelijk, alsof ze bij iets belangrijks was gestoord.

'Mijn vriendin heeft zich bezeerd, ze is gevallen en heeft haar knieën geschaafd, we zouden graag even gebruikmaken van uw badkamer als...'

Mariams stem klonk griezelig nuchter. Ze stelde haar

vraag in het Georgisch. Kitty's benen staken in een donkere wollen maillot, de vrouw, die maar een snelle blik op Kitty's knieën wierp, kon niets zien. Even leek ze in dubio te staan. Haar gezicht kreeg een gespannen uitdrukking. Misschien had ze een van hen herkend, of allebei. Dat moest wel, dacht Kitty. Het was toch eigenlijk waanzin om aan te nemen dat zo'n vakvrouw hen zomaar in haar huis zou laten, regelrecht in het hol van de leeuw, maar ze deed het. Ze knikte even en voor ze de deur verder opendeed en hen binnenliet, voegde ze er alleen kort in het Russisch aan toe: 'Maar schiet een beetje op, ik heb niet veel tijd!'

Kitty voelde haar hele lichaam trillen. Voetje voor voetje volgde ze Mariam, die op haar beurt de blonde vrouw volgde, die hun de weg naar de badkamer wees. Ze kon het niet geloven, ze kon er met haar verstand niet bij. Het mocht niet waar zijn. Niet zo, niet nu. Het mocht niet zo eenvoudig zijn.

Het was een licht, ruim huis, koel en schaduwrijk. Het rook er naar verse koffiebonen. Door de donkere gang ging de vrouw hun voor naar een betegelde badkamer met een mooi bidet en een porseleinen wastafel. Kitty deed de deur achter zich op slot en begon te hyperventileren.

'Wat moet dit?' Ze onderdrukte een kreet en fluisterde.

Mariam glimlachte, wat Kitty nog meer verontrustte, ze keek de hele tijd naar de deur en glimlachte. Kitty draaide de kraan open.

'Dit wilde je toch? Of niet soms? We zijn er. Eindelijk zijn we er.'

'Ze woont hier vast niet alleen. Bovendien, wat wil je doen? Als ze beter naar ons kijkt, is het afgelopen. Laten we maken dat we wegkomen, vlug.' Kitty stotterde van opwinding.

'Nee, alles gaat zoals het moet gaan. Ze heeft ons niet herkend, ze heeft jou niet eens aangekeken, zelfs jou niet,

Kitty. Maar ze zal zich ons nog wel herinneren, dat beloof ik je!' En voordat Kitty iets kon zeggen, stormde Mariam de badkamer uit.

Kitty voelde ontzetting, een overweldigende, verlammende, grenzeloze ontzetting. Als een zoutpilaar stond ze naar het stromende water te luisteren en ze probeerde haar ademhaling onder controle te krijgen.

Plotseling hoorde ze iets op de grond vallen, gevolgd door kreten, maar ze kon niet horen van wie. Ze zette de deur op een kier en gluurde voorzichtig de gang in, die nog steeds in het donker lag.

Langzaam liep ze de badkamer uit en ging op de geluiden af die van achter uit het huis kwamen. Aan het eind van de gang kwam ze uit in de keuken. Zware, donkere wandkasten, een brede eettafel, een fruitmand met sinaasappels. Twee vuile borden naast de gootsteen. Aan de muur een verbleekte afbeelding van een landschap. Verder een klein portret van de generalissimus en nog een foto van haar met een oudere man die zijn arm om haar schouder had geslagen.

'Mariam?'

Kitty's stem leek ergens te verdwijnen. Het was zo akelig stil in huis, alsof ze helemaal alleen was. Plotseling klonk er gelach, het kwam van rechts, waar een deur was. Kitty deed hem open en kwam in de woonkamer. In het midden van het vertrek stond een met gobelin beklede bank met een glazen salontafel ervoor, waarop modebladen lagen. Op de bank zat de vrouw in haar onderjurk, met een zwoegende boezem en wijd opengesperde, glasheldere ogen. Ze lachte Mariam in haar gezicht uit, ze lachte zo grotesk dat je kon denken dat ze de situatie om te gillen vond. Een rauwe, bijna vulgaire lach, die helemaal niet bij haar chique manier van doen leek te passen.

Mariam stond voor haar, met in haar hand – Kitty zag het nu pas – een groot keukenmes, dat ze de hele tijd in haar zak moest hebben gehad. Haar hand trilde niet, ze hield het mes rustig vast, alsof ze de greep lang genoeg had geoefend. Maar haar gezicht was verwrongen, het gelach was haar duidelijk te veel. Toen ze zich naar Kitty omdraaide, stonden haar ogen wazig, dof.

'Mariam... wat doe je daar?'

Kitty zette aarzelend een stap in de richting van haar vriendin.

'Ik wil dat je naar haar kijkt. En, weet je het nu weer?!' Mariam richtte zich tot de blonde vrouw. Naast de bank lag een gebroken vaas, die omgevallen moest zijn toen Mariam haar dwong op de bank te gaan zitten.

'Hou op met dat gelach, hou op!' schreeuwde Mariam plotseling. Kitty had het gevoel dat ze flauw zou vallen.

'Mariam, doe geen verkeerde dingen...!'

Kitty stak haar hand uit naar haar vriendin.

'Wat? Hier heb je toch al die jaren naar verlangd? Dit heb je toch gewild? Nou? Hier heb je het. Hier, alsjeblieft, geniet ervan!'

De blonde vrouw kwam opeens overeind en pakte een sigarettenetui van de glazen tafel, ze haalde er een roze sigaret uit en stak hem op. Er waren een paar krulspelden uit haar haar gevallen en de golvende, dikke lokken hingen voor haar gezicht. Zelfs nu, zelfs in deze erbarmelijke situatie lukte het haar niet om er slecht uit te zien.

'Schatjes, jullie halen je grote problemen op de hals. Echt heel grote problemen. Daarom raad ik je aan onmiddellijk dat bespottelijke mes weg te leggen, me te vertellen wat je op je hart hebt en dan te maken dat je wegkomt. Ik ben nog niet kwaad, dat betekent dat jullie geluk hebben, maar niet lang meer.'

'Ze begrijpt het niet, wat jammer! We moeten het haar waarschijnlijk duidelijker uitleggen, kom hier, Kitty, kom hier!'

Mariam wenkte Kitty.

Kitty zette aarzelend de ene voet voor de andere, alsof ze van angst het lopen was verleerd. Mariam greep haar bij haar pols, trok haar naar zich toe, tilde haar rok op en onthulde haar littekens. Kitty, stijf van schrik, probeerde zich te verzetten, ze wankelde achteruit, maar Mariam hield haar vast bij de zoom van haar rok en tilde hem opnieuw op. Alla keek schouderophalend en volkomen onverschillig naar Kitty's blote buik.

Kitty voelde weer misselijkheid omhoogkruipen.

Ze speelde toneel, natuurlijk had ze hen allang herkend, dat kon niet anders, ze speelde maar toneel, schoot het Kitty door het hoofd. Dat protserige, tentoongestelde lichaam, die hautaine glimlach om haar felrode lippen, dat kille gezicht, het maakte allemaal deel uit van haar spel, dat haar misschien zelfs amuseerde, dat haar een bizar genoegen verschafte.

Kitty voelde hoe een ongekende afkeer zich van haar meester maakte. Het was als een kleine explosie ergens tussen haar littekens. Een afkeer die overging in haat. Een haat die alle andere gevoelens doodde, die zelfs haar angst aan flarden scheurde – opeens was er alleen nog dat ene gevoel.

'Weet je het nu weer? Begint het je langzaam te dagen?' schreeuwde Mariam, maar de vrouw verroerde zich niet. Haar gezicht bleef onveranderd.

'Je haalt verschillende dingen door elkaar, schatje!' zei ze in het Russisch, terwijl ze haar as zo op de grond tipte.

'Maar wij, wij herinneren ons jou wel! Verdomd goed zelfs, hè, Kitty? En als je met je hoerenhandjes niet ook nog aan Kostja had gezeten, hadden we hier misschien helemaal niet gestaan!'

Mariam ging tekeer.

Bij het noemen van Kostja's naam schoten de smalle, bijgetekende wenkbrauwen bliksemsnel omhoog. De vrouw blies een kringetje rook uit. Haar glimlach verdween, ze leek na te denken. Kennelijk paste Kostja's naam niet in haar spel.

Kitty keek naar haar rood aangelopen, zwetende vriendin, die er vergeleken met hun doodsengel zo verloren, zo zwak uitzag, ze keek naar haar eigen afgezakte maillot, die halverwege haar benen hing, naar haar trillende handen, ze voelde het zweet op haar voorhoofd, voelde haar eigen machteloosheid, haar belachelijkheid, de hopeloosheid en wist dat ze een fout had gemaakt: 'En als je met je hoerenhandjes niet ook nog aan Kostja had gezeten, hadden we hier misschien helemaal niet gestaan.'

Ze had Mariam nooit iets over deze vrouw mogen vertellen. Mariam, die schijnbaar nog steeds geloofde dat de vrouw die daar voor hen zat te roken haar de man had afgepakt die haar het geluk had beloofd dat naar de grote wijde wereld smaakte. Ze zag haar vergissing niet in. Ze begreep niet dat deze vrouw alleen een plaatsvervangster was, een van de vele die Kostja begeerde. En zijzelf, zoals ze hier stond met haar ontblote littekens, in deze surrealistische, dreigende scène, deze belachelijke poging om gerechtigheid te krijgen, had zich niet minder vergist. Want het was een fatale vergissing geweest om te geloven dat er iets zou veranderen, dat de erkenning van een onuitsprekelijke schuld ook maar enige genoegdoening kon geven.

In de kristalblauwe ogen van deze vrouw las Kitty dat ze van haar nooit zoiets als genoegdoening zou krijgen, dat zij haar schuld, met hoeveel messen ze ook werd bedreigd, niet als schuld zou erkennen. Ze geloofde in haar leven, ze geloofde in de staat die ze mede vormgaf, in de man die ze diende, en Mariam noch Kitty, het mes noch de ontblote littekens konden daar iets aan veranderen. Iemand die in staat was berouw te voelen, iemand die mee kon leven, iemand die de waarheid van een mens boven die van een staat stelde, was niet naar de dorpsschool gegaan, had geen lokaal als operatiezaal ingericht, had van een verpleegster geen moordenares en van een hoogzwanger meisje geen verweesde moeder gemaakt.

Kitty begreep dat ze altijd naar het dode lichaampje van haar kind onder de grond zou blijven tasten, altijd, elke dag, hoe deze middag ook afliep. Ze begreep dat haar littekens haar altijd aan de hel zouden herinneren als ze er met haar hand over streek. Ze begreep dat ze hoe dan ook de machteloze, het slachtoffer was. Zo was het en zo zou het altijd blijven, want de dagen in de dorpsschool stonden in haar ziel gegrift. Dat besef was zo stuitend, zo weerzinwekkend, zo afschuwelijk dat ze haar gezicht afwendde, achteruitdeinsde en in de hoek van de kamer moest overgeven.

'Wat moet dat?' riep de blonde vrouw verontwaardigd en ze sprong op. Mariam stak het mes naar haar uit, het scheelde maar een haar of het puntje had de fijne zijden onderjurk geraakt. De vrouw ging weer zitten.

'En, hoe is het? Hoe is het met hem? Zit je als een loopse teef achter hem aan? Vind je het lekker?'

Mariam werd nog steeds gedreven door het verlangen naar persoonlijke wraak.

'Waar slaat dit op?' Alla's gezicht betrok. 'Ik ken jou niet, ik ken jullie niet. Dit gaat echt te ver. Ik verlies langzaam mijn geduld en geloof me, schatjes, wat er dan gebeurt, zul je wel merken.'

'De littekens zeggen je niets, het lokaal zegt je niets, de injectiespuit zegt je niets, al het bloed zegt je niets, de dode baby zegt je niets...? Kijk, deze handen, die bij die vrouw de baarmoeder hebben weggesneden, die zeggen je ook niets? Maar Kostja's pik zegt je wel wat, geweldig!'

Kitty verbaasde zich over Mariams woordkeus, over haar manier om herinneringen op te roepen.

'Alsjeblieft, Mariam, hou op, dit heeft toch geen zin... Alsjeblieft. Laten we gaan. Ik voel me beroerd.'

Kitty veegde met de mouw van haar trui haar mond af.

'Voel je je nu beroerd, Kitty? En hoe voelde je je toen zij me vroeg je zoon te doden? Voelde je je toen niet beroerd? Zo beroerd dat je wilde sterven? Wij gaan nergens heen voor deze hoer...'

'Zo is het genoeg. Mijn huis uit!'

Wat is ze ondanks alles kalm, dacht Kitty. Wat beheerst ze haar spel goed.

Buiten viel de avond. De kamer vervaagde in het schemerlicht. De gelaatstrekken werden steeds waziger. De herinneringen dwarrelden langzaam op de mooie, nog maar half opgemaakte oogleden van deze vrouw, als de eerste sneeuw, heel zacht en bijna doorschijnend dwarrelden ze daar neer, en Kitty had graag haar haat samengeperst tot een klomp en die klomp haat uit alle macht in haar gezicht geslingerd. De haat zou haar raken en haar mooie gezicht verbrijzelen, voor altijd verminken, hij zou op haar schouders neerkletteren, haar op de knieën dwingen, ze zou haar borstkas open moeten snijden, misschien zou Mariam haar daarbij helpen, een keurige, fijne snee, en daar zou die zware, bloederige klomp in verdwijnen, Kitty's bloed zou dan door haar aderen bruisen, zich met haar bloed vermengen en in gif veranderen, haar blonde haar zou in een oogwenk wit worden...

'Kitty!'

Mariams stem rukte haar uit haar gedachten. De vrouw was opgestaan en kwam op Mariam af.

'Leg dat vervloekte mes weg, je weet niet wat je doet of wie je voor je hebt, leg het weg en verdwijn uit mijn huis, ik geef jullie een laatste kans, want nu is het welletjes! Debiele, gestoorde misbaksels die jullie zijn!'

Ze bewoog zich nog steeds langzaam in de richting van Mariam, die een eindje achteruitging, maar het mes stevig vasthield.

Ondanks de duisternis, die zich snel uitbreidde, zag Kitty tranen op het gezicht van haar vriendin. Zouden ze dan altijd weer moeten verliezen in deze zinloze strijd?

'Kitty, doe iets. Waarom help je me niet, verdomme?'

Mariam begon te jammeren.

'Het is met jullie gedaan, het is definitief met jullie gedaan! Ik had jullie nooit in leven moeten laten, ik had jullie toen allebei uit de weg moeten ruimen, ondankbare misbaksels, tuig van de richel!' Alla's stem klonk helder en heel hoog.

Kitty verstarde bij die zin en ook Mariams greep om het mes verslapte een fractie van een seconde. Heel even leek de tijd stil te staan, de aarde was tot stilstand gebracht, gedachten buitelden over elkaar heen. De vrouw uit de hel gaf toe dat die hel werkelijk had bestaan. Ze gaf toe dat zij de heerseres was over die hel.

Maar tegelijk voelde Kitty zich door die bekentenis hulpelozer dan ooit.

Nu was er pure woede op Alla's gezicht te lezen, ze keek hen vol haat aan. Kitty deed een stap in de richting van Mariam, die met haar rug naar haar toe stond.

'Waar denken jullie dat dit op uitdraait, stelletje misbaksels? Zomaar mijn huis binnenkomen, me bedreigen met dat bespottelijke ding en verwachten dat ik van ontroering in tranen uitbarst? Weten jullie wel wat straf is? Weten jullie wel wat pijn betekent? Kennelijk niet goed genoeg, kennelijk is het tijd dat het jullie wordt bijgebracht.' Haar ogen fonkelden ziekelijk in het schemerige avondlicht. Haar mooie gezicht was voor het eerst vertrokken tot een masker. Nu was ze al heel dicht bij Mariam.

'Kom niet dichterbij, waag het niet, blijf daar staan!' schreeuwde Mariam en Kitty voelde de angst van haar vriendin.

Ze waren te ver gegaan, ze zouden dit vertrek niet zomaar meer kunnen verlaten, hoe vaak en hoeveel ze ook zou moeten overgeven, ze moesten erdoorheen.

De blonde vrouw stond nu vlak voor hen, ze roken haar zoetige geur, haar lippenstift.

Nu was Mariam de observeerster, alsof ze van rol hadden gewisseld. Mariam deed een stap opzij en knipte een tafellampje aan, en precies op dat moment zette Kitty's borstkas uit en kwam er een schreeuw. Hij kwam uit het midden van haar lichaam, ze liet zich meeslepen, ze volgde haar schreeuw en stortte zich op de blonde vrouw. Die leek verrast, ze verzette zich eerst niet en viel – en plotseling was er bloed te zien, ze was met haar blote lijf in de scherven van de vaas gevallen en had zich gesneden, ze kreunde, maar zelfs in haar pijn bewaarde ze haar kalmte.

Kitty ademde zwaar. Alla ging rechtop zitten en bekeek haar opengesneden knieën, polsen en ellebogen.

Even was het stil. Toen stond ze op, greep Kitty bij de keel en kneep hem met haar verzorgde, blanke, maar met bloed besmeurde handen dicht.

'Vuile krengen, het is met jullie gedaan, het is...'

Kitty greep haar handen en probeerde ze van haar keel te trekken, ze kreeg geen lucht.

Mariam sprong tussen hen in en stootte de lamp om, het werd weer donker. Ze trok aan Alla's blonde haar, sleurde haar weg bij Kitty, die hoestend aan de kant kroop.

'Ik had geen medelijden moeten hebben. Zulke lui als jullie moeten worden uitgeroeid, jullie leren niets, jullie zijn onze maatschappij niet waard,' krijste de vrouw, terwijl ze haar nu hevig bloedende knieën omklemde. 'Ik heb verband nodig, ik moet... Ik moet naar de badkamer,' voegde ze er bijna smekend aan toe.

'Jij gaat nergens heen. Zij heeft toen ook lang gebloed.'

Het mes in Mariams hand was duidelijk te zien.

'Wat willen jullie van me, wat willen jullie, gemene

krengen?' Voor het eerst klonk er iets van wanhoop in haar stem.

'Ze heeft het nog steeds niet begrepen. Wat denk je, Kitty, zullen we het haar vertellen? Zullen we haar dat plezier doen? Ja, kom, die leuke verrassing willen we haar toch niet onthouden?' Mariam voelde zich blijkbaar weer zeker, ze was de situatie weer de baas. 'Zij is zijn zus, zij is Kostja's zus, snap je het nou? Bij wie jij het kind en de baarmoeder hebt laten weghalen. De zus van de man achter wie jij nu als een loopse teef aan zit, voor wie jij die krulspelden in je haar zet, door wie jij besprongen wilt worden!'

'Hou op, hou op, hou op, hou alsjeblieft op!' smeekte Kitty en ze hield haar oren dicht. Het gezicht van de vrouw vertrok langzaam tot een grimas, het was in het donker moeilijk te zien of het van walging was of van angst.

Op hetzelfde moment dat Alla langzaam begon te begrijpen hoe de dingen in dit gruwelijke spektakel in elkaar zaten, ging Stasia in de tuin van haar zus in een oude, eenzaam in een hoekje staande schommelstoel zitten en stak een sigaret op. Maar toen ze voor zich keek, viel haar mond open van verbazing, zodat de gloeiende sigaret op de grond viel en zij met volle kracht tegen de rugleuning drukte en achteroverkiepte.

Want aan de kleine houten tafel waar Christine en Kostja zo graag zaten, waar zij met haar zus aan het eind van de dag zo vaak kersenlikeur had gedronken, zaten nu Thekla en Sopio te kaarten. Thekla in een roze peignoir, die versierd was met een veren boa, en Sopio in smoking. Ze zaten daar volkomen reëel, volkomen echt, volkomen levend te kaarten! Stasia knipperde een paar keer met haar ogen in de hoop dat het een dwaze dagdroom was, maar de twee waren absoluut niet verdwenen, ze zaten nog steeds in alle rust en heel geconcentreerd aan tafel te spelen. Stasia's keel werd dichtgesnoerd.

Alla was de controle kwijt. Haar angst was nu duidelijk voelbaar. Met één handbeweging had ze Mariam bij haar mouw gegrepen en haar in haar gezicht geslagen. Het was intussen aardedonker in de kamer, Kitty hoorde geluiden, een omvallend meubelstuk, kreten. Ze kon niet goed zien wie wie sloeg, maar de blonde vrouw had Mariam nu stevig vast. Kitty wierp zich op haar, omklemde met beide armen haar lichaam en werd tegen de glazen tafel gedrukt. Ze balde haar vuist en sloeg haar zo hard ze kon op haar rug.

Kitty zag het mes uit Mariams hand glijden, ze zag het lemmet flikkeren en hoorde het op de grond vallen.

Alla draaide zich bliksemsnel om en liet Mariam los, de krulspelden vlogen door de lucht, de prachtige blonde haardos sloeg in Kitty's gezicht en toen voelde ze haar lange nagels in haar gezicht, ze voelde hoe ze met haar klauwen haar gezicht wegduwde, de zoetige geur van haar huid drong in Kitty's neus en maakte haar duizelig. De blonde vrouw draaide zich met haar hele bovenlichaam naar Kitty toe en gaf haar een stomp in haar maag. Precies daar waar haar zoon toen tegen zijn angst had gevochten, alsof hij al wist dat geboren worden ook altijd betekende dat je moest sterven.

Kitty voelde haar adem stokken en hield zich vast aan de leuning van de bank om niet achterover te vallen. Weer kreeg ze een harde stomp, nu iets hoger, in haar middenrif, deze keer raakte de vrouw haar met haar knie. Kitty hapte naar lucht.

Mariam sprong van achteren op haar en klampte zich aan haar vast, even leek het tafereel op een uit de hand gelopen kinderspel, waarbij het ene kind het andere vrolijk rondzwaait als een geïmproviseerde draaimolen. En ten slotte zakte het ene kind op haar knieën, want het andere hield een mes op haar keel. En het derde kind zag hoe het scherpe lemmet steeds harder tegen de tere keel drukte. Maar toen draaide Alla bliksemsnel haar hoofd om, stak haar arm uit, wat leek op een acrobatentoer, zo onnatuurlijk lenig zag haar arm eruit, en stak haar middel- en wijsvinger in Mariams oogkassen – en het bloed spatte op, het kletterde als een zomerregen, het rook naar ijzer en spatte lauw en zwaar op Kitty's gezicht, haar hals, haar borst.

En daarna viel Alla als in slow motion rochelend achterover, het bebloede mes gleed uit Mariams hand en viel met een harde metaalachtige tik op de grond. Daarop volgde een kreet van ontzetting, waarvan Kitty niet precies wist of die van Mariam kwam of van de doodsengel. Toen was het stil. Er bewoog niets. Kitty proefde de smaak van ijzer op haar tong, onderdrukte opnieuw het gevoel dat ze moest kokhalzen en hoorde Mariam opeens zachtjes zeggen: '*Arteria carotis communis*... Dat hebben we pas op college gehad.'

Maar Mariams stem klonk alsof hij van een verre planeet kwam.

Als een dier ben ik in 't nauw gedreven.
Ergens is er licht, zijn mensen vrij,
Maar het jachtsignaal is al gegeven,
En een uitweg is er niet voor mij.
Pasternak

Het tijdstip van Alla's dood lag, zo werd later vastgesteld, tussen tien uur 's avonds en middernacht van 2 november 1947. Als doodsoorzaak werd een doorgesneden halsslagader, de arteria carotis communis, genoemd. In de overlijdensakte werd echter niet vermeld dat haar dood was veroorzaakt door de hand van een orthodox opgevoede maagd. Een maagd die op het punt stond met een marineofficier te trouwen, haar medische studie te voltooien en in een polikliniek of, als het meezat, in een stedelijk ziekenhuis te gaan werken; die kinderen wilde baren, ze wilde opvoeden, liefhebben en vertroetelen en die met haar man wilde toosten met krimsekt.

Mariam had geweigerd het huis te verlaten en het bloed van haar handen te wassen, ze had geweigerd onmiddellijk te vluchten, ze had geweigerd de mogelijkheid in overweging te nemen dat het misschien toch een ongeluk of op z'n minst noodweer was geweest en dat ze het mes misschien niet had gebruikt als Alla haar vingers niet in haar ogen had gestoken. Kitty, die onder het bloed zat en half bewusteloos was, ging naar de slaapkamer van de dode, zocht schone kleren uit, stopte haar spullen in haar handtas en verliet het huis.

'Jij gaat naar Kostja en vertelt hem wat er is gebeurd, je vertelt hem alles, alles wat hij moet weten, jouw en mijn verhaal, ik blijf hier. Dan moet hij de politie halen. Ik blijf hier wachten,' had Mariam gezegd.

Kostja keek zijn zus niet aan, monotoon herhaalde hij dezelfde vragen, in de ochtendschemering, in het licht van de opkomende zon, nog slaapdronken op zijn bed zittend. Opnieuw, als een uit haar hoofd geleerd, rijmloos gedicht sprak Kitty de woorden uit: het huis op de Heilige Berg. De vrouw. Mariam. Het kloppen met de leeuwenkop op haar deur. De kreten. Het gevecht. Het mes. Mariam. Bloed.

'Jij moet de politie waarschuwen, Kostja. Mariam is daar nog. Ik zal een verklaring afleggen, ik zal alles zeggen wat ze willen weten. Ik wil nu alleen maar slapen.'

Kitty kon niet meer op haar benen staan, ze gleed op de grond en stootte haar voorhoofd tegen de rand van het bed, zodat de huid openbarstte. Ze bewoog niet, ze liet haar hoofd hangen en hield zich met één hand vast aan de matras.

'Ik zal er alles aan doen dat het je spijt dat je leeft!' zei hij opeens en hij dwong zijn zus te gaan staan. Ze zakte steeds weer in elkaar, maar hij hield haar overeind en keek haar aan.

'Jij doet nu precies wat ik zeg! Begrepen?'

Kitty knikte werktuiglijk.

Kostja begon met zijn vuisten op de muur te bonken en door de kamer te ijsberen, hij pijnigde zijn hersens, zocht een uitweg. Hij was wanhopig en bang. Kitty begon met haar gezicht in de dekens gedrukt te praten, zonder dat ze er iets bij voelde, met zware armen en benen en doffe ogen vertelde ze over een baby in haar buik, over een lokaal en kale muren, ze vertelde over eindeloze ondervragingen, over haar angsten, over de kille woorden en zachtmoedige blikken van een mooie, blonde vrouw, ze vertelde over de riemen en de marteling, over Mariam en haar zachte handen, over de injectiespuit en het doodgeboren kindje, over haar baarmoeder die Mariam had verwijderd, over de half bewusteloze dagen in de schuur, het zoemen van de vliegen, het betasten van het kinderlijkje onder de grond. Dat vertelde ze hem allemaal en toch waren het alleen maar woorden, die zo gruwelijk leken dat je je er niets bij durfde voor te stellen.

Kostja stond verstijfd en met wijd opengesperde ogen tegen de muur, je voelde dat hij er niets mee kon en wilde beginnen, dat hij niet wist hoe hij er van nu af aan mee moest leven. En als Kitty het hem niet had verteld, had hij vast niet de beslissing genomen die hij toen nam, en zoals zo vaak in ons verhaal, Brilka, was het dan allemaal heel anders gelopen – en had jij niet de trein naar Wenen genomen (ja, ja, alles is te herleiden tot die dag en hoe die afliep, Brilka!).

'Ze was er niet bij. Ze was er niet bij. Mariam heeft het zelf gezegd, haar verklaring zal het bevestigen.'

'Maar...'

'Jullie moeten mij mijn gang laten gaan. Niemand zal jullie dagvaarden. Ik wil niet dat er nog meer schade wordt aangericht, ik wil niet dat wij in dit ongeluk worden betrokken, en dat allemaal alleen omdat zij verslingerd was aan die verrader, ik vermoord hem.'

'Wat kan Andro er nu aan doen?'

'Wat hij eraan kan doen, deda? Hou gewoon je mond. Hou je gedeisd. Jullie allebei. Ik wil niets meer horen.'

'Maar ze zegt de hele tijd dat ze een verklaring wil afleggen. Toen ik haar vanmorgen thee bracht...'

'Wie kan het schelen wat zij wil? Ze zal zwijgen en daar gaan jullie voor zorgen. Het is voorbij. Mariam was alleen en het mes kwam uit de kantine van haar instituut.'

'Maar Kostja... Er zijn toch bewijzen dat Kitty daar in huis was, er zijn toch bewijzen dat Mariam niet alleen op de, eh, plaats van het misdrijf was?'

'Die zijn er straks niet meer, die zijn er nu al niet meer. Ik wil niet dat wij er door haar allemaal onderdoor gaan. Geen bewijzen. Punt uit.'

Kitty kon niet volgen wat Kostja zijn moeder en tante luidkeels, woedend, soms zelfs met dreigementen inprentte. Ze hadden het over haar, maar ze zag geen verband, ze voelde zich niet zichzelf, ze had niet het gevoel dat al die dingen iets met haar te maken hadden. Alleen af en toe, als Christine of Stasia de volgende dagen bij haar in de kamer kwam om haar iets te eten te brengen, probeerde ze te vragen wanneer ze haar zouden ophalen voor een verhoor. Maar ze kreeg geen antwoord. Ze zeiden dat ze zich rustig moest houden, dat ze moest slapen en verder geen vragen moest stellen.

Kitty was ervan overtuigd dat haar een straf te wachten stond, gauw, heel gauw. Misschien had Kostja die straf voor zijn zus kunnen uitstellen, maar dat er een zou komen, daar twijfelde ze niet aan. Ze zouden bij haar aankloppen, wat Mariam ook zei en beweerde, en daar vertrouwde ze op, daar hoopte ze op. Ze hoorde hoe Kostja meerdere keren per dag het huis uitging en weer terugkwam, hoe Stasia en Christine hem dan tegemoet snelden en zachtjes op hem inpraatten. Maar verder kwam er niemand. Geen vreemde mensen, geen politie. Elke ochtend dacht Kitty: nu is het zover, vandaag, vast en zeker, en elke keer zou ze zich vergissen.

'Ik ben vandaag bij haar geweest. Ik mocht met haar praten. Ze wordt goed behandeld. Maar ze moeten haar overplaatsen, ze kunnen haar niet eeuwig in de stad houden om de uitspraak van het vonnis af te wachten, dat kan nog wel even duren. Ze was het met me eens. Ze zegt dat dat precies is wat ze wil. En mocht het tot een dagvaarding komen, dan houden wij ons aan die verklaring.'

Kitty hoorde haar broer in de keuken. Voor het eerst sinds de ochtend dat ze Kostja alles had opgebiecht, kwam ze overeind, zette haar voeten op de vloer en wankelde de kamer uit. Ze liep de trap af. De gang leek eindeloos, maar ze slaagde erin de keuken te bereiken, waar de hele familie aan tafel zat. Ze draaiden tegelijk hun hoofd naar haar om, geschrokken, alsof ze een geest zagen.

'Ga weer naar boven!' commandeerde Kostja.

'Heb je iets nodig?' vroeg Christine. Stasia zweeg, haar ogen waren gezwollen.

'Je hebt niet het recht om dat te doen. Ik was erbij. Ik ben evengoed schuldig. Ik weet wat je van Mariam vraagt en dat is onmenselijk. Ik wil ook ter verantwoording worden geroepen. En bel niet de hele tijd naar Moskou, neem me niet de hele tijd in bescherming. Ze hebben toch bewijzen dat ik erbij was. Ze weten toch allemaal dat Mariam die daad niet alleen kan hebben gepleegd.'

Kitty had zachtjes, maar op besliste toon gepraat, ze had al haar kracht verzameld.

'Ik heb je gezegd dat jij gewoon je mond moet houden en mij mijn gang moet laten gaan. Ik wil die bespottelijke argumenten niet meer horen. Het gaat niet alleen om jouw toekomst, het gaat om de hele familie. Jij hebt ons allemaal in deze catastrofe betrokken. Nu moet je maar met de consequenties leven.'

Kostja keek haar vol verachting aan.

'Maar het zijn verkeerde consequenties. Dat bedoel ik juist. Ik wíl de consequenties, ik wil niets anders.'

'Nou, een mens krijgt niet altijd wat hij wil, wel?'

'Wees toch niet zo onmenselijk. Heb medelijden. Ze had je vrouw zullen worden. Hoe kun je haar zo gewetenloos overleveren? Het is immers allemaal gelogen. Wat heb jij eraan als ik er zonder straf van afkom? En waarom zeggen jullie niets, waarom zitten jullie er zwijgend bij en zeggen jullie niet wat je denkt?'

Kitty probeerde haar moeder en tante aan te kijken, maar ze meden haar blik.

'Kitty, ga gewoon weer naar boven. Mijn geduld is op. Ik doe mijn best. Ik probeer van onze familie-eer te redden wat er nog te redden valt.'

'En daarvoor stuur je de vrouw die van je houdt naar de gevangenis?'

'De vrouwen die van mij houden zijn geen moordenaressen. Ik heb Mariam niet gedwongen. Ze heeft van meet af aan gezegd dat zij de moord alleen heeft gepleegd en waarom.'

'Dat zegt ze omdat ze denkt jou daar een plezier mee te doen. Ze doet het voor jou, onmens dat je bent...'

Kitty's stem begaf het en ze leunde tegen de muur van de keuken met haar gezicht tegen de koude tegels.

'Zij heeft haar gedood. Dat telt. En jij hebt het haar verteld. Jij hebt haar erheen gestuurd. Daar moet je nu mee leven, zus, of het je bevalt of niet.'

'Kostja, alsjeblieft.'

Christine probeerde haar arm om zijn schouder te slaan, maar hij deinsde achteruit.

'Laat me dan, laat me er dan ook mee leven! Ik wil ernaartoe. Moeder, zeg iets, dat is toch niet goed, dat kunnen we toch niet doen. Ik kan niet hier zitten, terwijl Mariam... Moeder, alsjeblieft.'

Ze snikte. Haar hele lichaam trilde. Ze krabde met haar nagels over de tegels.

'Jij hebt ons hier allemaal in meegesleept, en geloof me, dat is genoeg straf om mee te leven!' schreeuwde Kostja, terwijl hij met zijn vlakke hand op tafel sloeg.

'Het zou niets veranderen als ze je arresteerden. Het zou niets meer veranderen. Het zou alleen maar erger worden. Voor ons allemaal,' mompelde Stasia.

'Jij hebt geen idee! Jij weet niet hoe het was en hoe het is. Jij moest toen zo nodig weg om die fantastische zoon van je te redden!' Kitty schreeuwde en veegde de tranen van haar gezicht. 'Hoe kun je mij ertoe veroordelen daarmee te leven?' vroeg ze aan haar broer voor ze de keuken uit liep.

'Doe het dan, ga maar, ga maar naar het eerste het beste politiebureau en leg een bekentenis af. Beken maar wat je hebt gedaan! Beken maar hoeveel mensenlevens je kapot hebt gemaakt! Beken het maar, vooruit!' riep hij haar na en toen verliet hij ook het vertrek.

Christine legde haar hoofd op tafel en snotterde. Stasia stond midden in de keuken met haar handpalmen naar boven gekeerd, alsof ze verwachtte dat het plafond open zou scheuren en er een engel zou verschijnen, een wraakengel of een verlosser.

'Hij heeft een of andere belangrijke functie aangeboden gekregen, Stasia. Ik heb de brieven in zijn kamer op de latafel zien liggen. Allemaal met het stempel van het MVD. De laatste keer dat hij een brief kreeg, sprong hij een gat in de lucht, daarom ga ik ervan uit dat hij...'

Christine praatte zonder haar hoofd op te tillen.

'Dat hij wat?'

'Denk na.'

'Waar heb je het over? Ik begrijp niet...'

Stasia ontwaakte uit haar verstarring en ging bij haar zus aan tafel zitten.

'Welke organisatie zou de macht hebben om een schuldige ongestraft te laten, iemand die betrokken was bij de moord op een medewerkster van het NKVD?'

Christine tilde langzaam haar hoofd op en keek haar zus recht in de ogen. Stasia's wenkbrauwen trokken samen, alsof er dadelijk een donderwolk op haar gezicht zou verschijnen.

'Dat bestaat niet. Kostja zit bij de marine. Hij is een man van de vloot, hij houdt van de zee. Hij zal toch niet...'

'Je kunt er in verschillende functies voor werken.'

'Dat bestaat niet, nee, dat bestaat niet.'

'Als het niet zo was, zat Kitty allang waar Mariam zit. Als je het zo bekijkt, is het misschien een geluk bij een ongeluk.'

'Een geluk bij een ongeluk?'

Stasia had haar zus het liefst een draai om de oren gegeven.

'Ja, zo bedoel ik het precies. Wat heb je liever? Dat je dochter haar leven lang in de gevangenis zit of naar een werkkamp ergens aan het eind van de wereld wordt gestuurd, of dat je zoon voor het NKVD werkt?'

Precies drie weken voor Alla's dood was Kostja Jasji, op actieve voorspraak van Giorgi Alania, toegetreden tot het almachtige Volkscommissariaat voor Binnenlandse Zaken, het NKVD. De dood van Alla en het ermee gepaard gaande schandaal, dat als een 'verschrikkelijk jaloeziedrama' de salon- en justitiegeschiedenis van Tbilisi in ging, hield de gemoederen nog maandenlang bezig en zorgde voor veel gespreksstof en gespeculeer in de stad. Alle dossiers die de betrokkenheid van Kitty Jasji hadden kunnen aantonen, werden in de eerste dagen van het onderzoek vernietigd. Weliswaar werd er veel gefluisterd en geroddeld, maar publiekelijk werd haar naam niet met het proces in verband gebracht.

Zou er werkelijk iets zijn veranderd als Kitty een verklaring had afgelegd en haar betrokkenheid bij de moord had bekend? Wie had ze daardoor kunnen redden? Wie zou men geloven? Haar of de machtige vrienden van haar broer? Ze liet zichzelf ten slotte in de waan dat haar waarheid inderdaad een andere kon zijn dan die van Mariam. Ze liet zichzelf in de waan dat zij het mes niet had gebruikt, ze liet zichzelf in de waan dat ze geen moordenares was.

Eind november werd Mariam naar een vrouwenkamp in Sverdlovsk gedeporteerd.

Kostja werd opgeroepen en moest naar Baltiejsk bij Kaliningrad, de thuishaven van de Oostzeevloot, die verantwoordelijk was voor de verscheping van goederen, voornamelijk voor militaire doeleinden. Het was de thuishaven van het merendeel van de oorlogs- en exportschepen van de Sovjet-Unie. Kostja, nu kapitein, moest zorg dragen voor de uitbreiding van het duikbootnetwerk in de Noordelijke IJszee. Het ging om de vorming van een nucleair aangedreven duikbootvloot.

Omdat de Oostzeekust voornamelijk werd beheerst door de pas opgerichte NAVO en de Sovjet-Unie dus geen toegang had tot de Atlantische Oceaan, concentreerde men zich op de Noordelijke IJszee.

Bij zijn indiensttreding tekende Kostja Jasji met bonzend hart het document over de geheimhouding van zijn werkterrein en alle daarmee samenhangende onderzoeksresultaten. Toen hij met Nieuwjaar naar huis ging, leek hij veranderd, gelukkig, ontspannen, in de stemming voor grappen. Hij bracht weer veel tijd thuis door, liet zich verwennen en praatte veel met Christine. Zijn gestaalde lichaam, zijn vooruitgestoken borst, zijn rechte schouders, zijn fiere houding, alles wees op intense tevredenheid, gepaard gaand met hervonden zelfbewuste trots.

Vergeleken met haar broer, leek Kitty des te ellendiger en neerslachtiger. Als ze lachte, verschenen er diepe rimpels rond haar mondhoeken, alsof het lachen haar veel moeite kostte. Ze had weliswaar haar studie hervat, maar haar blik was leeg en haar gitaar bleef in de hoek liggen. Haar stem klonk ijl en onzeker. Haar eerst zo kwieke tred, haar moeiteloze, zwierige bewegingen hadden plaatsgemaakt voor een soort zwaarte en traagheid die niet bij haar leeftijd pasten.

Broer en zus praatten amper nog met elkaar. Bij het ontbijt en het avondeten zaten ze zwijgend te kauwen, keken elkaar niet aan, vroegen elkaar niet eens om iets aan te geven. Het leek wel of ze een eed hadden afgelegd waaraan ze blindelings trouw bleven.

Pas op de avond voor zijn vertrek richtte Kostja zich tot zijn zus en vroeg of ze na het eten naar zijn kamer wilde komen. Toen ze binnenkwam, stond hij gebogen over de strijkplank zijn uniform te persen, iets wat hij Stasia noch Christine toevertrouwde. Met haar hand streek Kitty nerveus de gordijnen glad, alsof ze niet in staat was te praten en die bezigheid de enige reden van haar aanwezigheid was.

'Ik heb begrepen dat het niet ongevaarlijk is als jij in Georgië blijft,' begon Kostja, terwijl hij geconcentreerd met de bout over zijn broek streek.

'Hoe moet ik dat opvatten?'

'Weet je, mensen blijven niet eeuwig op hun post. Sommigen vertrekken, anderen komen, en het kan altijd gebeuren dat een jonge, ambitieuze medewerker Mariams dossier weer tevoorschijn haalt omdat hij aan zijn carrière wil werken, en dan... ja, dan komt hij tot een heel andere conclusie. En de zaak kan te allen tijde worden heropend.'

'Wat wil je daarmee zeggen?'

'Dat ik je niet eeuwig kan dekken. Dat ik mezelf in gevaar breng als ik dat blijf doen, en niet alleen mezelf. Ik heb nu een verantwoordelijke functie.'

'Ja, dat is ons niet ontgaan. Gefeliciteerd!'

'Bespaar me je sarcasme. Ik probeer je te helpen.'

'Bedankt, je hebt me al geholpen.'

'Vroeger was je tenminste niet ondankbaar.'

'Ja, de tijden veranderen, de mensen trouwens ook. Ik heb Mariam geschreven, meer dan eens, maar ik heb niet één keer antwoord gekregen. Het schijnt dat er een correspondentieverbod is ingesteld.'

'Ik heb je niet laten komen om over Mariam te praten. We hebben het over jou en je toekomst, Kitty.'

'O, heb ik dan nog een toekomst? Dat wist ik niet.'

'Ik meen het, verdomme.'

Voor het eerst keek hij op van zijn broek en draaide hij zijn hoofd Kitty's kant op.

'Ik kijk je aan en weet niet meer wie er voor me staat. Ik ken je niet. Ik weet niet wie je bent,' zei Kitty peinzend, alsof ze zijn laatste opmerking niet had gehoord.

'Niet afdwalen. Het is belangrijk dat we samen een oplossing vinden.'

'Samen? Sinds wanneer doen wij iets samen?'

'Zoals altijd gedraag je je onmogelijk.'

'Ja? En wat moet ik volgens jou dan doen? Ervandoor gaan? Me verstoppen? In het bos?'

'Nou ja, dat krijg je ervan als je je inlaat met deserteurs en verraders.'

'Ik veracht je.'

'Goed, daar zal ik mee moeten leven. Luister, ik zal je nog één keer helpen, voor de laatste keer, en dan wil ik dat je uit mijn leven blijft.'

'Dat doe ik met alle plezier, ook zonder jouw hulp, Kostja.'

Hij zette voorzichtig de strijkbout weg, streek de broekspijpen glad en deed een stap in de richting van zijn zus. Toen zei hij met gedempte stem: 'Als ik me goed herinner, had je een aanbod voor een optreden. Er komt er vast weer een en dat neem je dan aan. Later volgt er een uitnodiging voor een tournee, misschien wel door de hele Sovjet-Unie, misschien zelfs in een van onze broederstaten. Laten we zeggen: Oost-Europa. Laten we zeggen: Praag. Daar blijf je dan. Je wordt aan papieren geholpen. Er wordt voor je gezorgd. Daar krijg je verdere aanwijzingen en zodra het kan, reis je vanuit Praag naar het Westen. De precieze bestemming weet ik nog niet. Je mag geen contact met ons opnemen. Ik weet je te vinden als het nodig is. Een vriend van me zal voor je zorgen.'

Kitty gleed van de vensterbank en liep naar haar broer toe. Ze rook de scherpe geur van zijn eau de cologne, ademde die in en stak haar hand uit om zijn gezicht aan te raken.

'Wat vertel je daar?' fluisterde ze.

'Er is geen andere mogelijkheid. Geloof me.'

'En als ik nee zeg?'

'Je wilt je vriend Andro toch niet in gevaar brengen?'

'Wat heeft die ermee te maken? Hoezo Andro?'

'Hij heeft dan wel gratie gekregen, maar hij blijft een landverrader.'

'Kostja...!'

‘Je hebt geen andere keus. Je wilde je straf, hier heb je hem.’

Even zwegen ze. Aarzelend legde ze haar hand op zijn wang. Ze wilde hem voelen, wilde weten hoe hij aanvoelde. Hij vond het duidelijk onaangenaam, maar hij bleef staan en verzette zich niet tegen de aanraking.

‘Maar, Kostja, waar moet ik heen? Wat moet ik daar?’ vroeg ze met diepe wanhoop in haar stem.

‘Jullie droomden toen toch de hele tijd van het Westen, van Wenen en Parijs?’

‘Er is geen jullie meer.’

‘Maar jij bent er nog.’

‘Ik geloof je niet, ik geloof niet dat je dit meent.’ Geschrokken trok ze haar hand terug, alsof ze op zijn gezicht zijn binnenste had gevoeld.

‘Jij hebt mijn verloofde aangezet tot moord, jij, niet ik, Kitty.’

‘De verloofde die jij met een kindermoordenares hebt bedrogen.’

‘Vreemdgaan is misschien toch een kleiner misdrijf dan moord, vind je niet?’

Kitty bleef hem aankijken in de hoop iets vertrouwds terug te vinden, ze keek hem aan tot ze niets meer zag.

De doodstraf werd in 1947 in de Sovjet-Unie afgeschaft. In 1950 werd hij weer ingevoerd, alsof de machthebbers bang waren geworden voor hun eigen overhaaste besluit en het vlug weer hadden teruggedraaid. Mariam was een van de eerste slachtoffers van de weer ingevoerde wet. Zoals gewoonlijk bij de terechtstelling van landverraders, deserteurs en zware criminelen kreeg haar familie de rekening voor de kogel die nodig was geweest voor het nekschot.

De illusie was verstoord en het volk viel uiteen in atomen.
Sacharov

Andro Eristavi werkte in de metaalfabriek in Roestavi, de nabijgelegen industriestad. Omdat hij geen inschrijvingsbewijs kreeg, verhuisde hij elke maand naar een andere barak en een andere kamer om ten slotte weer in Christines huis te belanden, hoewel hij zich vast had voorgenomen daar nooit meer naartoe te gaan, maar er zat niets anders voor hem op.

Hij verliet 's morgens vroeg het huis en keerde 's avonds laat terug. En als hij 's zondags de hele dag op zijn zolderkamer bleef, viel het niemand op. Zijn aanwezigheid was geruis- en reukloos. Hij at weinig, maar bedankte als een welopgevoed kind voor elke maaltijd die hem werd voorgezet. Alleen Christines likeur en de zelfgestookte brandewijn die hij van de fabrieksarbeiders kocht, dronk hij in grote hoeveelheden. Hij nam nooit deel aan een familiegesprek en als hij met Christine of Stasia in de tuin zat, sneed hij kleine beeldjes van hout, maar het waren geen engeltjes meer, het waren merkwaardige schepsels met enorme hoofden en buiken, die niemand nog graag op de schoorsteenmantel of in de boekenkast zou zetten.

Kitty had zich eerst fel tegen zijn aanwezigheid in huis verzet, maar ten slotte met neergetrokken mondhoeken moeten toegeven toen ze begreep dat hij geen andere mogelijkheid had dan Christines zolderkamer te betrekken. Zijn zwijgzame, passieve gedrag maakte haar opstandig en lokte stekelige en cynische opmerkingen bij haar uit. Als ze die op een schim lijkende man heimelijk observeerde, trok er iets in haar samen wat een bijna fysieke pijn veroorzaakte.

Op een middag zag ze hem alleen in de tuin zitten. Christine en Stasia waren de stad in en hij had eigenlijk nog niet uit de fabriek terug mogen zijn. En toch zat hij daar, voor hem op tafel stond een fles brandewijn en hij was bezig een verband om zijn pols te doen. Er lagen bebloede watten op zijn knieën, kennelijk had hij zich bij het houtsnijden verwond.

'Hallo, Andro!' zei ze en ze ging tegenover hem zitten. 'Moet ik je helpen?'

'Ik weet het niet... Ja, misschien.'

Ze haalde schone watten en een stukje neteldoek uit het huis, bevochtigde de watten met brandewijn en depte voorzichtig zijn wond. Hij vertrok geen spier; als het pijn deed, liet hij het niet merken.

'Wat is er gebeurd?'

'Ik heb me gesneden.'

'Hoe?'

'Mijn handen trillen soms.'

'Het is zo klaar, ik doe het verband een beetje strakker. Waarom ben je nu al thuis?'

'Ik heb vandaag te horen gekregen dat ik daar niet langer kan werken. Er is bericht gekomen van het commissariaat. Ik word naar de bergen gestuurd. Naar een of andere kolchoz.'

'Dat kan toch niet waar zijn. De schoften.'

'Het kan me niet schelen. Erger kan het niet worden. Daarboven heb ik tenminste mijn eigen vier muren. En de bergen...'

'Je bent nooit een groot natuurliefhebber geweest.'

'Drink je een borrel met me?'

'Ja, waarom niet. Ik haal even een glas.'

'Nee, blijf zitten. Ik haal er een voor je.'

Hij kwam snel terug en schonk haar wat van de heldere vloeistof in. Kitty gruwde van de bittere smaak van de brandewijn, maar ze wilde hem niet teleurstellen en zijn zeldzame aanbod afslaan. Ze rook zijn geur, de geur van vermoeidheid en dronkenschap, vermengd met de scherpe lucht van bloed; die geur had niets gemeen met de geur die ze die nacht in de Botanische Tuin van zijn huid had opgesnoven en die haar al die oorlogsjaren was bijgebleven.

'Het gaat niet goed met je,' stelde hij zakelijk vast, terwijl hij zijn glas hief.

'Daar heb je nog nooit naar gevraagd.'

'Wat heb je eraan? Ik kan er toch niets aan veranderen. Ik ben een halve invalide. Ik kan niets, ik mag niets. Zoals ze in de fabriek soms naar me kijken, in hun ogen ben ik uitschot.'

'Alweer dat zelfmedelijden.'

'Nou en... Heb ik daar geen recht op? Proost!'

'Ach, Andro...'

'Laat die theatrale kreten maar achterwege. Heeft het iets met Mariam te maken?'

'Dat mag ik je niet zeggen. Het zou je... Vergeet het.'

Ze sloeg de bittere drank in één keer achterover. Haar hele keel brandde, maar ze liet het niet merken.

'Ik wou dat je bij me was gebleven,' zei ze, terwijl ze hem haar glas toestak om zich te laten bijschenken.

Er streken twee duiven neer in de vijgenboom. Ze wilde Andro aanraken, haar pijn verdoven door zijn nabijheid, maar ze kon het niet, ze verroerde zich niet. Daar zaten ze weer, zij aan zij, zwijgend overgeleverd aan hun eigen onmacht, net als destijds na zijn terugkeer in de half afgebouwde woning in de nieuwbouwwijk.

'Weet je waarom wij in hun ogen een bedreiging vormen?' begon Andro. 'Waarom ze ons willen verbannen, ons het contact met anderen willen verbieden, ons kwijt willen? Omdat wij het hebben begrepen, omdat wij alles met eigen ogen hebben gezien! Wij, die hebben overleefd, zijn terug en ze weten dat we niet meer met de leugen kunnen leven, ze weten niet wat ze met ons moeten beginnen. We zijn hun tot last. Ze willen dat we alles vergeten, dat we ons al die dingen die we hebben gezien niet meer herinneren, maar ze weten dat dat onmogelijk is. Dingen die ze ons al die jaren hebben onthouden en zullen blijven onthouden. Dingen die mooi zijn. Wij, die de grens over zijn geweest, hebben begrepen uit wat voor rotland we allemaal komen, hoe ze ons hebben belogen en misbruikt. Nu zijn veel van die mannen weer terug, in deze leegte, in deze duisternis, en moeten ze weer lofzangen zingen op onze staat. Hoe kun je dat verdragen? Hoe kun je daarmee leven? En het ergste is niet dat die vervloekte oorlog niet alleen invaliden van ons heeft gemaakt, onze vreugde heeft weggenomen, ons leven heeft geruïneerd, maar dat die oorlog dit hier allemaal ook nog heeft gelegitimeerd. Nu zeggen ze: kijk eens, onze grote leider heeft ons naar de overwinning gevoerd, het is gelukt, we hebben de fascisten verslagen, we hebben overleefd. Het was allemaal goed zo, de weg hierheen. Ze zeggen: het was noodzakelijk, de offers die we hebben gebracht, het was noodzakelijk, ja. En dat is zo ontzettend stom, zo onrechtvaardig.'

Voor het eerst vertelde Andro over de oorlog, over de beelden die hem gevangenhielden. Hij praatte over de tijd op de Krim, over zijn hoop, over het Georgisch Legioen, over de brieven die hij haar had geschreven en daarna weer verscheurd, hij vertelde over Texel.

Kitty luisterde geboeid, het was te laat om te huilen en er viel niets meer te lachen. Ze luisterde aandachtig, dankbaar dat hij haar deelgenoot maakte van zijn herinneringen, en ze worstelde met zichzelf, onderdrukte het verlangen om haar eigen kamer met herinneringen te openen en haar nachtmerries naar buiten te laten.

'Wat heb je precies gedaan?' vroeg hij volkomen onverwachts en hij keek haar recht aan. Anders verdroeg hij haar blik niet, die ogen die iets van hem verwachtten, maar nu keek hij haar aan.

'Ik heb geprobeerd iets te vereffenen.'

'Is het iets waarmee je kunt leven, Kitty?'

'Ik geloof dat haar dood niet in de buurt komt van de dood die zij mij heeft laten sterven, misschien kan ik het je nog een keer vertellen. Misschien. Maar nu niet. Nu nog niet.'

Diezelfde nacht sloop Kitty naar Andro's kamer en ging ze naast hem liggen. Hij schrok wakker, probeerde snel op te staan, maar ze klampte zich uit alle macht aan zijn lichaam vast, drukte zich tegen hem aan, hield hem beet, wachtte tot zijn spieren ontspanden, tot de angst van zijn huid verdween, tot hij de kracht niet meer had om haar af te wijzen. Toen legde ze haar hoofd op zijn borst en streek met haar hand over zijn lichaam, betastte de onbekende builen, de littekens, het vreemde aan hem.

Hij voelde zo hard aan, alsof er niet tot hem door te dringen was, maar deze keer wilde ze het niet zo vlug opgeven. Ze wilde het vertrouwde in dat vreemde terugvinden. Ze wilde de sporen volgen van Andro, haar geliefde, de vader van haar zoon. Want hij moest er nog zijn; die middag in de tuin, luisterend naar zijn openhartige woorden, had ze dat geloofd, had ze in die doffe, lege ogen nog het heldere blauw van vroeger gezien. Behoedzaam streelde ze zijn huid, voorzichtig drukte ze een kus op zijn lippen. Aarzelend streek ze met haar hand over zijn kale hoofd, de moeilijkste overwinning, want ze verlangde naar zijn krullen, naar vroeger.

Zijn lichaam bleef gespannen, maar hij wees haar niet af, keek haar niet vol verachting aan, lachte niet om haar hoop, liet haar naar het verleden zoeken. Nadat ze zijn lichaam met haar strelingen zacht had gemaakt, legde hij onzeker zijn hand op haar buik. Zijn vingers gleden over haar littekens. De tweede, na Mariam, die haar daar aanraakte.

'Een blindedarmoperatie,' zei ze terloops en ze kuste

hem. Ze schonk hem met haar lichaam de vergetelheid en zichzelf de herinnering. Maar ze zouden niet aankomen, nergens. Ze zouden elkaar alleen voelen, maar nooit de grenzen overwinnen, ze zouden geen verlichting vinden, dat wisten ze. En ze verwachtten het ook niet van elkaar. Het was genoeg om zich over te kunnen geven aan een illusie, die één nacht duurde.

'Ik ga binnenkort misschien weg,' mompelde Kitty in het donker.

'Waarheen? Wat bedoel je met weggaan?'

'Ik moet misschien weg.'

'Dat begrijp ik niet.'

'Kostja wil het.'

'Vertel het me. Vertel me alles.'

'Nee.'

'Waarom niet?'

'Omdat je hart vol gaten zit en je handen trillen.'

Twee weken later verliet Andro Eristavi Tbilisi. Hij werd naar een bergdorp in Ratsja gestuurd, waar hij werd ingedeeld bij de plaatselijke kolchoz.

Kitty Jasji voltooide haar studie en reisde, zoals haar broer had voorspeld, naar verschillende Kaukasische steden, waar ze in jeugdclubs en cultuurhuizen optrad met zelfgecomponeerde chansons. Het idee ooit haar vaderland te moeten verlaten vond ze nog steeds onwerkelijk. Ze troostte zich met de gedachte dat het maar een loos dreigement van Kostja was geweest en hoopte dat ze aan de aangekondigde verbanning was ontkomen, dat er andere manieren waren gevonden om haar dossier ook in de toekomst gesloten te houden. Binnenkort zou ze een vaste aanstelling krijgen bij een theater in de provincie en alle Desdemona's, Julia's en Masja's spelen die haar van zichzelf zouden afleiden, net zo lang tot ze zelf helemaal achter al die personages verdwenen zou zijn.

Maar het liep anders. In het voorjaar van 1950 kreeg ze een telegram van Kostja dat Mariam dood was. Kitty reageerde zo hysterisch op het bericht dat Stasia haar een paar klappen in haar gezicht moest geven voordat ze ophield met haar oorverdovende, aanhoudende gekrijs. Kitty herhaalde steeds weer dezelfde vraag: Maar hoe kan dat? Hoe kan dat? Hoe kan dat...

Toen wist ze dat ze niet zou kunnen blijven.

Dezelfde dag – ik stel me tenminste voor dat het dezelfde dag was waarop hij Kitty zijn telegram had gestuurd – opende haar broer een brief van Giorgi Alania. Hij wist dat zijn beste vriend de komende weken het land zou verlaten om eindelijk met zijn werk in Londen te beginnen, waarop hij jarenlang was voorbereid. Hij hoopte op een sentimentele, maar opgewekte afscheidsbrief. Maar de brief die hij in zijn hand hield, was een heel andere. In het koude licht van de kamer, tussen de portretten van Marx en Engels, tussen de bustes van Lenin en de generalissimus, werd hem duidelijk dat hij nooit meer zulke regels wilde lezen, dat hij nooit meer in een situatie wilde komen waarin hij zo'n pijn moest verdragen.

Ida was dood. Dat, niet meer en niet minder, werd hem in die korte brief meegedeeld. Hij was haar kwijt, de vrouw voor wie hij de honger, de kou, de beschietingen, de bommen, alles nog een keer voor lief had genomen, als er maar hoop voor haar was geweest. Als hij niet had hoeven horen dat de vrouw van wie het verlies hem nu veel onherroepelijker doodde dan de dood ooit had gekund, niet in een van de vrachtwagens was gestapt die hij met zoveel moeite, zweet en angst naar de stad had gestuurd. Nee, ze was dood en hij was haar kwijt. Door een parade. Hij was naar de parade gegaan en had haar voorgevoel niet serieus genomen. Hij had het liefdesspel niet afgemaakt. Dat naïeve verlangen van hem om een held te worden. Een held, bij wie een veertigjarige Jodin met een droefgeestige blik en veel ringen aan haar vingers niet paste.

Hij had Mariam niet in die cel mogen opzoeken, hij had nooit tegen haar mogen liegen en zeggen dat dat met Alla maar een kleine, onbelangrijke affaire was geweest, dat Alla niets voor hem had betekend. Maar hij had het gezegd om te bereiken dat ze zijn zus dekte, de vrouw die de wereld met een revolutionaire onverschilligheid bekeek. Hij had haar de dood in gestuurd en haar beloofd dat ze door haar eigen leven op te offeren goddelijke macht verkreeg en een mensenleven kon redden. Maar die macht bestond niet. Die macht had hij niet. En Mariam evenmin. Hij had niet geweten wie Alla was en wat ze had gedaan. Hij had niet geweten welke weg Mariam en Kitty waren gegaan. Maar hij had het kunnen weten. Hij had zoveel meer kunnen weten.

Met Ida stierf ook Mariam. Met Mariam stierf ook zijn zus. Althans voor hem. Ook Alla met haar bloedrode lippen stierf, en tegelijk de mogelijkheid om iets goed te maken. Gebogen over de regels van zijn vriend begreep Kostja Jasji wat het betekende om te verliezen. Hij had verloren. Hij was dodelijk gewond. Maar zijn doodsstrijd zou nu zijn leven lang voortduren.

Want zijn oorlog was geen oorlog tegen vijanden geweest, het was een oorlog tegen degenen van wie hij hield.

Kostja ging naar buiten. De zee weerspiegelde de schepen die in de verte voor anker lagen. De hemel was betrokken, zwavelkleurig. Het was koud, de lucht snijdend, ijzig. Hij rende naar de kade, over de lange steigers. Hij was zonder jas naar buiten gegaan, maar voelde de kou niet meer. In zijn hand hield hij nog steeds de brief, die brandde op zijn huid. Ergens loeide een vrachtschip.

Hij liep langs de zee. De zee die de winter in zich droeg,

die ergens in de verte een deur had, een deur naar de hemel. Misschien kon hij naar die deur toe zwemmen, misschien lukte het hem om daar te komen. Misschien was daar een mogelijkheid om terug te keren naar die schemerige woning op het Vasiljevski-eiland en daar Ida te vinden.

Hij gooide alles uit, in een oogwenk stond hij in zijn onderbroek op het strand en stormde het water in, alsof hij een drenkeling te hulp schoot, terwijl hij zelf de drenkeling was.

Zelfs de zware zee kon hem niet tot leven wekken. Zelfs de schok van de kou niet. Onderduiken en nooit meer bovenkomen, wat een rust, dacht hij waarschijnlijk. Hoe bestond het dat je iemand zo begeerde, zo nodig had, zo liefhad zonder dat de dood daar rekening mee hield?

Ida! Mijn grootvader brulde tegen de kou en de golven in en zwom steeds verder de zee in.

Op de oever had zich een mensenmenigte verzameld, iemand riep zijn naam, het liet hem koud. Hij wilde niet terug. Op het strand lag zijn broek met in de zak die brief en het onherroepelijke. Daar kon hij niet naar terug. Het enige wat hij nu kon doen was zwemmen, zwemmen en nog eens zwemmen, tot hij niet meer kon, tot hij die deur vond. Als hij bij haar was gebleven, als zij had overleefd, was hij nooit naar Tbilisi gegaan, had hij nooit Mariam leren kennen, had hij nooit op een of ander feest met valse heildronken een mooie, blonde vrouw gezien die baby's vermoordde en tegelijk zo naar zijn liefde snakte, dan had hij nooit toegelaten dat ze in de badkamer zijn broek losknoopte en haar opgekropte, ongeremde lust over hem uitstortte. Dan zou Mariam nog leven. En zijn zus zou nooit de moordenares van haar zoon hebben ontmoet.

Als Ida niet dood was, zou hij nog leven.

De eindeloosheid vervaagde voor zijn ogen en ook in de

diepte bleef Ida onvindbaar. Evenals de deur naar de hemel.

Kostja kreeg water binnen, zijn krachten namen af.

Toen hoorde hij kreten en zag hij een rubberboot aankomen. De volgende ochtend liet hij in het proces-verbaal opnemen dat hij in het water was gesprongen, omdat hij een drenkeling gezien meende te hebben.

De volgende drie weken, die Kostja wegens een zware longontsteking in een kliniek moest doorbrengen, schudde hij alles van zich af wat hem ooit weer in zo'n situatie zou kunnen brengen en verdoofde hij zijn geweten.

Daar las hij nog één keer de brief voordat hij hem boven een kaarsvlam verbrandde.

Beste vriend,

Ik haat mezelf omdat ik weet dat ik je met deze regels veel verdriet doe, maar ik heb het je beloofd en het ligt helaas niet in mijn macht je dat verdriet te besparen. Dus schrijf ik je wat je wilde weten, waar je lang op hebt gewacht en ja, wat je waarschijnlijk al vermoedde: ze is dood.

Ze heeft gedurende de hele blokkade in Leningrad gezeten. Ze heeft de stad niet verlaten. In het laatste jaar van de blokkade had ze een evacuatiebewijs, maar dat heeft ze om onverklaarbare redenen geruild met iemand anders, van wie we het spoor niet hebben kunnen natrekken. Ze is gestorven in haar woning op het Vasiljevski-eiland. Haar graf is helaas niet geïdentificeerd.

Als je deze brief ontvangt, ben ik niet meer in Moskou. Zodra het mogelijk is, zal ik je weer schrijven en me daarna verheugen op jouw brieven, je weet hoeveel die voor me betekenen, Kostja. Het spijt me heel erg, vriend. Ik weet dat je haar niet bent vergeten, ik weet dat je van haar hield en dat nog steeds doet. Om je andere 'zorgenkindje' zal ik me bekommeren. Een stevige, meelevende omhelzing.

Giorgi

Giorgi Alania werd officieel aangesteld als cultureel attaché op de Sovjetambassade in Londen. Inofficieel moest hij afvallige Sovjetburgers opsporen en repatriëren, zoals dat heette. Met leugens, met valse beloften en als het moest met geweld.

In de zomer kreeg Kitty het verwachte bericht van haar broer. Alles verliep zoals hij had voorspeld, alsof al zijn woorden in werkelijkheid werden omgezet: ze kreeg een aanbod voor een optreden in Praag, dat ze aannam omdat ze inmiddels had begrepen dat ze geen andere keus had. Ze reisde onder geleide van een veiligheidsagent, die op haar moest toezien. Na afloop van haar concert in Praag stopte hij haar valse papieren toe, bracht haar naar een gehuurde woning aan de rand van de stad en droeg haar op daar verdere instructies af te wachten. In Moskou werd Kitty Jasji tot landverraadster verklaard: ze was waarschijnlijk een westerse spion geweest en nu naar het Westen gevlucht.

Stasia wist waarom Kitty was weggegaan en wie haar daarbij had geholpen. Ze wist dat ze die last met dezelfde stille grandezza zou dragen als alle andere onvermijdelijkheden in haar leven. Op z'n laatst op de ochtend dat er mannen van het NKVD kwamen die haar meenamen om haar over de verdwijning van haar dochter te ondervragen, begreep ze dat de geesten weer terug waren, dat de weg weer vrij was, de weg tussen de tijden, tussen alle mogelijke, denkbare werelden.

Ten strijde tegen het wortelloze kosmopolitisme!

Leus op een affiche

Kostja werd de man die hij aan de zijde van Ida nooit was geworden: hij werd mijn grootvader en jouw overgrootvader, Brilka.

Die zomer ging hij terug naar Tbilisi en vandaar voor een betaalde en van staatswege voorgeschreven vakantie naar Abchazië aan de Zwarte Zee. Daar leerde hij mijn grootmoeder Nana kennen. De verstandige, zachtaardige, stralende Nana. Nana, van wie de grootouders – allebei linguïst aan de universiteit van Tbilisi – het slachtoffer waren geworden van de zuiveringen. Haar vader, een archeoloog, werd opgesloten in de stadsgevangenis in Ortatsjala, waar hij als zoon van vermeende spionnen en contrarevolutionairen amper tweeënveertig jaar oud stierf aan een onbehandelde longontsteking. Nana werd door haar moeder en twee ongetrouwde zussen van haar vader opgevoed en verwend. De vrouwen probeerden het ongeluk dat hun familie had getroffen met liefde en overdreven zorg voor de kleine Nana te compenseren.

De rechtlijnige, openhartige, allesbehalve mysterieuze, zelfs niet elegante Nana had nooit bij Kostja in de smaak mogen vallen. Nana was gezond. In elke zin van het woord. Te gezond voor Kostja. Door haar zou hij niet worden besmet, aan haar zou hij niet te gronde gaan. En dat was precies de reden voor zijn onverwachte interesse voor haar. Alsof hij met zijn hopeloze, onverschillige ogen de gezondste vrouw van de hele Zwarte Zeekust had ontdekt en haar bij de hand had genomen in de hoop van zijn ziekte te worden genezen.

Maar misschien hoopte hij ook met de oude patronen te kunnen breken, uit de schaduw van de doden te kunnen stappen en helemaal opnieuw, helemaal anders te kunnen beginnen.

Als ik Nana op oude familiefoto's bekijk, lijkt ze iemand die nog nooit aan zichzelf of de wereld heeft getwijfeld. Iemand die niet weet wat mislukken is. Een rijzige jonge vrouw, te weinig jeugdig en lichtzinnig voor haar leeftijd, maar des te verstandiger en zelfverzekerder, alsof ze precies wist hoe het leven dat nog voor haar lag eruit zou zien. Blond en sterk, met een dikke, om haar hoofd gewonden vlecht en keurige, goed zittende, decente kleren. Niet opvallend, maar ook niet smakeloos. Alsof alles aan haar streefde naar degelijkheid en normaliteit, naar heldere structuren. De manier waarop ze druk gesticuleerde of een pruilmondje trok, waarop ze haar voorhoofd fronste als ze piekerde of demonstratief haar benen over elkaar sloeg als ze verontwaardigd was, had iets prikkelends, maar nooit vulgairs. Ze was conservatief, geloofde in duidelijke waardesystemen en droomde op het moment dat ze Kostja ontmoette van dingen waar de meeste meisjes in haar tijd van droomden: maatschappelijke erkenning, een passende loopbaan – in haar geval een respectabele carrière aan de universiteit –, een gezin, kinderen, en dat allemaal zo romantisch mogelijk, maar niet te dramatisch, een beetje opwindend, maar niet te wild. Nana had dat jaar haar studie Georgische taal- en letterkunde aan de universiteit voltooid en liep, in de voetsporen van haar grootouders, warm voor linguïstiek. Ze wilde promoveren en bezon zich die zomer aan de Zwarte Zee, waar ze met vriendinnen vakantie hield om hun afstuderen te vieren, op het onderwerp voor haar proefschrift.

Tot dan toe was ze nog nooit serieus verliefd geweest. De weinige flirts die ze met medestudenten had gehad, had ze telkens na een paar weken uitgemaakt. Ze concentreerde zich op de studie, vermaakte zich met haar vriendinnen, kookte met haar moeder en tantes en smeedde toekomstplannen. Het had haar nooit aan iets ontbroken en de veelbezongen liefde had ze ook niet echt gemist. Ze was geen droomster en als een boek dat ze las te dramatisch en voor haar gevoel te hartstochtelijk werd, legde ze het zonder spijt weg. Ze wilde niet dromen van iets wat ze, zoals het daar werd beschreven, nooit zou meemaken en ook niet wilde meemaken.

Natuurlijk was het het toeval dat twee zo totaal verschillende mensen als Nana en Kostja bijeenbracht. In het restaurant van het kuurhotel waar ze allebei logeerden, zat Nana met haar vriendinnen aan de tafel met het mooiste uitzicht te ontbijten, toen Kostja met een beleefde glimlach vroeg of hij bij hen mocht komen zitten, want hij had geen vrije tafel meer kunnen vinden. Hij raakte snel in gesprek met Nana's vriendinnen en die bleken al even snel onder de indruk van zijn charme en zijn vertelkunst. Nana hield zich op de achtergrond, nam nauwelijks deel aan het gesprek en wijdde zich aan haar ontbijt. Des te verbaasder was ze toen hij bij het verlaten van het restaurant met een handkus afscheid nam van haar vriendinnen, maar uitgerekend aan haar vroeg of hij haar mee uit eten mocht nemen.

Ze had meer uit nieuwsgierigheid dan uit belangstelling toegezegd.

Diezelfde avond gingen ze naar een visrestaurant aan de boulevard, dat Nana zich nooit had kunnen permitteren. Daar dronken ze koele witte wijn en aten ze fijne zeebrasem. Kostja hield een heel referaat over de zee in het algemeen en de vissen in het bijzonder en tot besluit was er Armeense cognac. Nana, die niet voor Kostja wilde onderdoen, gaf blijk van haar kennis van de regionale culturen en hun zeden. Ze gingen prat op hun kennis en kwamen bij dat eerste rendez-vous eigenlijk nauwelijks nader tot elkaar. Ze leerden elkaar niet eens echt kennen. Maar aan het eind van de avond leek het hun allebei goed om dat bij een tweede ontmoeting in te halen.

De volgende dagen vergezelde Kostja de meisjes naar

het strand, kaartte met hen, amuseerde hen met allerlei anekdotes, trakteerde hen op koffie en ijs en week niet van hun zijde. Drie dagen later ging hij alleen met Nana naar een danslokaal, waar hij een goede danspartner bleek te zijn. Nadat ze een paar keer met elkaar hadden gedanst en een paar glazen goed gekoelde krimsekt hadden gedronken, was Nana bereid om in zoiets onverstandigs als verliefdheid te geloven. Op de terugweg naar het hotel gaf ze hem te kennen dat ze er niets op tegen had als hij haar het hof bleef maken.

In Tbilisi ontmoetten ze elkaar weer. Hij nam haar mee uit eten, ging met haar dansen en naar de film en wandelde met haar door het park. Niets bijzonders, niets verplichtends. Galant en geduldig palmde Kostja haar in, zoals hij dacht dat ze ingepalmd wilde worden. Ze raakten elkaar niet aan, ze smeedden geen plannen, ze hadden het niet over de toekomst. Een paar dagen voordat Kostja's zomervakantie afgelopen was en hij terug moest naar Baltiejsk, vroeg hij de blonde, zachtaardige Nana of ze zijn vrouw wilde worden. Ze kwamen net uit de bioscoop, waar ze – zo stel ik het me tenminste voor – naar een optimistische streekfilm hadden gekeken, en flaneerden over de met kinderkopjes geplaveide Varatsistraat. Nana vertrok geen spier, alsof het een onbelangrijke vraag was over de film die ze net hadden gezien, en ze zette de trage wandeling zwijgend voort.

'Ik zal niets van je verwachten. Als je in Tbilisi wilt blijven, is dat ook goed,' voegde Kostja aan zijn aanzoek toe.

'Ik ken je amper.'

'Je kent me goed genoeg.'

'We hebben elkaar nog niet eens gekust.'

'Wil je dat we dat doen?'

Kostja nam haar gezicht in zijn handen en drukte een aarzelende kus op haar lippen.

'Nu hebben we elkaar gekust,' stelde hij tevreden vast en hij kuste haar opnieuw, deze keer gedurfder en heel wat vochtiger.

Maar die kus smaakte niet naar Leningrad, niet naar de witte nachten, niet naar de hartstochtelijke uren daar, niet naar een vrouw met ringen aan alle tien haar vingers, hij smaakte niet naar de dood.

'Zeg gewoon ja,' drong Kostja aan, die nog steeds haar kin vasthield. En Nana, die zich ongemakkelijk voelde omdat ze zich midden op straat door een man liet kussen, en zo snel mogelijk een eind aan die precaire situatie wilde maken, zei ja.

Kostja schreef naar Baltiejsk en vroeg voor de voorbereiding van zijn huwelijk twee weken extra vakantie, die hij ook kreeg. Daarna hielden ze een bescheiden bruiloft in Christines huis. Er werd spinazie met granaatappelpitten opgediend, gemarineerd gebraden speenvarken, lam in munt en frisse Kachetische wijn. Stasia bakte een grote bruidstaart met crème van gecondenseerde melk en er prijkten bergen druiven, peren, kaki's, vijgen, meloenen en granaatappels op de lange tafel. De huwelijksnacht, die Nana uiteraard als maagd in ging, brachten de pasgehuwden door in de woning van Nana's moeder, die ze het paar genereus ter beschikking had gesteld.

Na Kostja's vertrek verhuisde Nana naar het grote huis op de Veraheuvel. Aan het gezelschap van oudere dames was ze van vroeger gewend. Ze had zich duidelijk tegen een verhuizing naar het koude noorden uitgesproken en haar man herinnerd aan zijn aanbod dat ze in Tbilisi kon blijven. Ze wilde solliciteren naar een promotieplaats aan de universiteit en aan haar proefschrift werken.

Kitty woonde in een kamer van amper negen vierkante meter aan de rand van Praag. Ze kreeg geen brieven, geen instructies. Ze had alleen een koffer en haar gitaar. En een nieuw paspoort met een andere naam. Aan het begin van elke week werd er een envelop onder haar deur door geschoven; elke poging om de bezorger te betrappen was tot nu toe mislukt. In de envelop zaten een paar bankbiljetten, altijd hetzelfde bedrag. Het geld was voldoende om wat eten te kopen. Ze kwam nooit in de binnenstad, ze verliet nooit haar wijk en praatte met niemand. Met een knikje groette ze de oude vrouw die naast haar woonde.

Volgens haar nieuwe paspoort kwam ze uit Luxemburg en heette ze Adrienne Hinrichs.

Ze voelde zich van zichzelf geamputeerd.

Drie keer had ze overwogen zich aan te geven. Naar het station of het vliegveld te gaan en de eerste de beste veiligheidsbeambte of grenswacht aan te spreken. Door het isolement waarin ze hier leefde, begon ze af en toe aan haar verstand te twijfelen. Op de oude radio die ze in haar kamer had aangetroffen, luisterde ze naar de Voice of America met het volume op zacht. Ook naar de Engelstalige uitzendingen. Ze verstond de taal dan wel niet, maar de taalmelodie werkte op een vreemde, ongevaarlijke manier kalmerend. Pas toen ze drie maanden in de stad woonde, zat er in haar wekelijkse envelop een niet ondertekend briefje. Met het verzoek om de volgende dag naar het postkantoor in haar wijk te gaan en daar precies om drie uur 's middags een interlokaal telefoongesprek aan te nemen.

Het was een vreemde mannenstem die zich meldde aan de andere kant van de lijn. Kitty had zich in de kleine, benauwde telefooncel gewurmd.

'Ik zal u uit de stad halen. U hebt zich tot nu toe onopvallend gedragen, dat is goed. Heel goed. Ik heb begrip voor uw situatie, maar u moet me vertrouwen en nog even geduld hebben. Zodra het mogelijk is, halen we u uit de stad. Zodra het gevaar is geweken. Dat beloof ik.'

De man praatte met een zachte, vertrouwenwekkende stem.

'Wie bent u?'

'Ik ben uw vriend. Uw beste vriend.'

'Maar...'

'Meer kan ik op dit moment niet zeggen.'

'Hoe kan ik u vertrouwen? Hoe weet ik dat u...'

'U hebt geen andere keus. U moet wel. Vanaf nu zal ik u elke week om dezelfde tijd op dit nummer bellen. We houden vanaf nu regelmatig contact. Komt u toe met het geld?'

'Ja, ik heb niet veel nodig, maar...'

'Vertrouw me nu maar.'

Hij hield zijn woord: elke week belde hij haar. Hij verzekerde haar dat ze binnenkort vanuit de stad naar het Westen zou reizen. Dat alles in orde was, dat ze in veiligheid was, dat niemand haar iets zou doen, dat hij op haar toezag, dat hij aan haar dacht, dat hij haar vriend was. Omdat ze geen keus had, accepteerde ze hem als haar vriend. Haar enige vriend. Maar zodra ze zijn naam, zijn verblijfplaats wilde weten, verstomde hij en bleef hij herhalen dat hij dat niet mocht zeggen. Ze vervloekte haar broer, haar leven, haar land, het verleden, het heden, de toekomst, maar haar telefoonpartner liet zich niet van de wijs brengen. Hij hoorde haar aan en bleef op zijn sussende toon op haar inpraten.

Hij vertelde haar over Georgië. Onbelangrijke, banale nieuwtjes, die Kitty heel aandachtig in zich opzoog. Hij vertelde ook dat haar moeder en haar tante de ondervragingen door de geheime politie dapper hadden doorstaan, hij vertelde dat haar broer gelukkig getrouwd was.

Maar Kitty wist niet meer welke dag het was en wat deze stad met haar te maken had.

'Ik ken hier geen mens. Ik spreek de taal niet. Ik ga nooit

uit. Ik ga dood,' zei ze na zes maanden uitgeput in de hoorn.

'U bent sterk. U redt het wel. Samen redden we het wel. Ik heb u nodig. Dat zeg ik niet zomaar om u te troosten. Ik heb u echt nodig. U zult de stad spoedig verlaten. U zult een vrij leven kunnen leiden. Dat beloof ik. Maar u moet er ook in geloven. Ik kan het niet alleen. U moet me helpen. Ik heb uw broer beloofd dat u niets zal overkomen. En ik hou mijn belofte. Ik geloof dat u het zult doorstaan omdat u sterk bent, omdat u al ergere dingen hebt doorstaan.'

'Wat weet u over mij?'

'Genoeg.'

'Zeg mijn naam.'

'Pardon?'

'U zegt nooit mijn naam. U spreekt me nooit aan. Wij zijn twee naamloze personen. We hebben geen gezicht. Zeg hem!'

Er viel een korte stilte en ze dacht al dat hij haar verzoek zou afwijzen, maar hij zei wat ze wilde horen: 'Ja, Kitty. Ik zeg hem. Kitty. Kitty. Kitty.'

Die naam voelde vreemd aan, alsof ze hem voor het eerst hoorde, alsof ze alle verhalen die met die naam in verband stonden, achter zich had gelaten. Maar ze klampte zich aan die vijf letters vast, ze wilde zich weer dingen herinneren, ze wilde haar verleden terug, hoe erg ze het ook haatte, pas door dat verleden had ze recht op haar echte naam. En die wilde ze terug. Meer dan al het andere wilde ze die terug.

Hij praatte door en zijn rustige, fluwelen stem wiegde haar heen en weer, kalmeerde haar. Met haar mouw veegde ze haar tranen af en terwijl ze krampachtig de hoorn vasthield, drukte ze haar gezicht tegen de wand.

Haar isolement zou nog maanden duren. Kitty bleef bijna twee jaar in Praag. Maar sinds die middag dat hij haar met haar naam had aangesproken, kon ze er beter mee omgaan. Ze leerde een paar woorden Tsjechisch en maakte soms een praatje met de buurkinderen of de oude buurvrouw. Die spraken nauwelijks Russisch en konden haar dus geen lastige vragen stellen.

Ze kookte regelmatig voor zichzelf, ging drie keer per week wandelen in het nabijgelegen Malešickýpark, luisterde naar haar radio, kocht een Engels woordenboek om de uitzendingen van Voice of America beter te kunnen volgen en oefende op haar gitaar. Haar hoofd stond niet naar componeren, maar ze probeerde haar techniek te verbeteren. Ze dacht niet meer aan de beelden van thuis, aan de mensen met wie ze zo nauw verbonden was, maar ze verdreef vooral elke gedachte aan de blonde vrouw met de rode lippen, aan Mariams gloeiende ogen, aan haar dood.

Ze voelde een regelrechte euforie als het dinsdag was en ze zich naar het postkantoor haastte. Ze verheugde zich als een klein kind op zijn stem.

Soms bekeek ze haar paspoort en stelde ze zich voor hoe het er in Luxemburg uitzag, wat ze daar zou hebben gedaan, van wie ze daar zou hebben gehouden. Ze stelde zich een ander leven voor, een andere biografie. In het begin reageerde ze nog schrikachtig als er op haar deur werd geklopt of als ze op straat werd aangesproken, als iemand haar vroeg hoe laat het was, maar ze wende eraan en gaf in haar nog altijd gebrekkige Tsjechisch de gevraagde informatie. Een Poolse student die ze in het park ontmoette en die haar uitnodigde voor een biertje, wees ze terecht: ze was getrouwd en haar man zou dat niet leuk vinden.

Ze hield zich aan zijn regels. Ze meed plaatsen met veel mensen, meed trams en bussen. Ze leefde zo onopvallend als maar kon. Op sommige dagen leek haar leven normaal. Alsof ze nooit anders had geleefd, alsof het altijd al zo was geweest, en ook het feit dat ze maandenlang zweeg, met bijna niemand praatte, leek haar niet meer zo afschuwelijk.

De enveloppen bleven regelmatig komen. Kennelijk had haar enige vriend genoeg helpers hier in de stad en kennelijk trof hij voldoende maatregelen om te zorgen dat er nooit een conciërge of iemand van de vreemdelingendienst bij haar aanklopte.

Het was een tijd van sociale, emotionele en artistieke onthouding, een soort terechte straf voor wat er achter haar lag. Maar toen ze dat aan de telefoon tegen haar anonieme vriend zei, wond hij zich op: het was eerder een tragische onontkoombaarheid, geen straf.

Ze raakte vergroeid met haar ballingschap. En de voortdurende strijd tegen haar herinneringen werd een karaktertrek van haar. De angst voor dromen waarin Mariam haar kon bezoeken, werd haar vaste metgezel.

Maar de paranoia van de laatste levensjaren van de generalissimus, die het hele rijk met ongekende kracht trof, bleef Kitty tenminste bespaard. Ze hoefde niet mee te maken hoe partijmannen hun vrouw verloochenden omdat die met een glimlach het wantrouwen van de generalissimus had gewekt. Ze hoefde niet mee te maken hoe de herinnering aan de bloedige jaren dertig weer in het collectieve bewustzijn werd geroepen, hoe het aantal ministers voor Staatsveiligheid van vier naar zeven werd verhoogd en er lastercampagnes op touw werden gezet. Hoe de generalissimus zijn getrouwen tot clowns degradeerde, hen aan de schandpaal nagelde, hen als schurftige honden openlijk berouw liet tonen. Ze hoorde niet dat de man van de meteorologische dienst die verantwoordelijk was voor de weerberichten op de radio, op het Kremlin werd ontboden en een waarschuwing kreeg, omdat de generalissimus zich over een bepaalde weersvoorspelling had beklaagd en zijn gevolg bang was het met de dood te moeten bekopen. Ze hoorde niet dat de leider het rijk alleen nog regeerde vanuit zijn datsja en zijn mannen daar liet dansen en drinken tot ze erbij neervielen. Ze wist niet dat Chroesjtsjov over die zuippartijen had gezegd: 'Als de leider zegt: dans, dan dans je als je verstandig bent.'

Toen ze op een ochtend de gebruikelijke witte envelop met de bankbiljetten openmaakte, bleek er een getypte, weer niet ondertekende brief in te zitten.

> Lees het onderstaande heel nauwkeurig, prent het u goed in. Vernietig daarna deze brief! U gaat naar Londen. In Londen zult u veilig zijn. Aanstaande dinsdag gaat u op het afgesproken tijdstip naar de telefooncel, waar u een envelop met de benodigde vergunningen en papieren zult aantreffen. Pas goed op uw paspoort. De woensdag daarop neemt u op het centraal station de trein van 14.20 uur naar Dresden. Daar wordt u afgehaald door een man, meteen op het perron, hij zal u een bos rozen geven en u kussen en u moet die kus beantwoorden, officieel is hij uw verloofde, hij heet Jan en werkt als ingenieur in de snelpersenfabriek in Dresden. Hij zal in gebarentaal met u communiceren, knik af en toe of schud uw hoofd. Als u wilt improviseren – en dat zou u moeten kunnen –, improviseert u ook een gesprek in gebarentaal. Over de verdere gang van zaken zal hij u nauwkeurig informeren, zodra u beiden op een veilige plek bent. Hij zal u over de grens brengen. U wordt met een Britse militaire auto naar Hamburg gebracht en daar neemt u het vliegtuig naar Londen. Tot u in Londen aankomt, bent u Adrienne Hinrichs, een doofstomme vrouw uit Luxemburg…

Kitty had zo vaak een liefdes- en levensverhaal bedacht voor haar andere ik, voor haar Adrienne, maar dat ze doofstom zou kunnen zijn, daar had ze geen rekening mee gehouden, terwijl het toch zo voor de hand lag. Ze las de brief steeds opnieuw en hoorde de zachte, vertrouwenwekkende stem van haar gezichtloze vriend in haar hoofd.

Londen. Kitty's aankomst. De onvermijdelijke regen laten we weg, oké, Brilka?

Trafalgar Square en Kitty's perzikkleurige armen, die ze uitstrekte naar de Britse lucht, de lucht die hier anders was, anders rook, anders proefde.

Piccadilly en opeens de gedachte aan het mes, het bloed dat uit de doorgesneden slagader stroomde. Hyde Park en het klaslokaal. De Tower Bridge en de halfdonkere kamer op de Heilige Berg. Whitehall en Andro's hoofd op haar borst. De groen geverfde banken in het provinciestadje die ooit een toekomst beloofden. Downing Street en het betasten van de littekens op haar onderlijf. City Hall en de beelden uit de Botanische Tuin, en Andro, steeds weer Andro.

De Theems. Kitty was blijven staan en keek omlaag naar de indrukwekkende rivier. Smaakte de vrijheid zo? Rook ze zo? Had ze nu gelukkig moeten zijn? Had ze overleefd? En wat moest ze nu met alle dagen, weken en jaren die voor haar lagen? Destijds wilde ze met Andro mee naar Wenen, zodat hij met zijn naar binnen gerichte ogen niet verloren ging, zodat hij houten engeltjes kon blijven snijden, zodat hij haar opgewonden de wereld kon verklaren, die zij allang had doorzien. Maar toen hun Wenen samen met Andro's dromen een kopje kleiner werd gemaakt, had ze besloten geen nieuwe werelden, continenten of droomsteden meer te zoeken, want als het vloed wordt, storten zandkastelen in.

Haar paspoort had ze na haar aankomst met een lucifer aangestoken en verbrand. Adrienne Hinrichs was weg, verbrand, opgelost, nu was de weg vrij voor Kitty Jasji. Maar Kitty Jasji kon zichzelf op haar wandeling door de Londense binnenstad nergens terugvinden. Voor haar gevoel had ze met Adrienne ook de laatste restjes van zichzelf in as veranderd. Bij Buckingham Palace begonnen de tranen te stromen. Geruisloos, precies zoals het huilen van de vrouwen in het traneloze paleis op de Veraheuvel. Alsof je niet huilde om los te komen van het verdriet dat je gevangenhield, maar treurde om het verlies van het verdriet. Het verdriet, de normale toestand van de vrouwelijke erfgenamen van de chocoladefabrikant.

Bij St. James's Palace voelde ze voor het eerst iets van opluchting. Van een mogelijk einde van de verschrikking. Ze keek naar haar verstelde najaarsjas, haar vuile, versleten schoenen, haar vormeloze plissérok. Ze streek door haar verwarde haar, dat allang geknipt had moeten worden. Bij het zien van zoveel schoonheid werd ze zich des te pijnlijker bewust van haar eigen lelijkheid. Ze wilde zich verstoppen, even verlangde ze terug naar Praag, naar haar negen vierkante meter. Toen schudde ze haar twijfels vlug van zich af en vervolgde haar verkenningstocht.

Ze was vrij.

Het bloed stroomt over de vloer, in beken.
De stank van uien en wodka,
de brallers aan de stamtafel laten zich gaan.
Jevtoesjenko

Ze nam de ondergrondse naar East End en zocht het adres op dat haar verloofde uit Dresden haar had meegegeven. Het was een opvangcentrum van het Internationale Vluchtelingenwerk. Nadat ze de formulieren had ingevuld en zichzelf als stateloze had aangemeld, kreeg ze een kamer toegewezen. Een kamer met een brits, een wasbak, een klerenrek en een radio. Ze douchte langdurig in de gemeenschappelijke badkamer, ging daarna op bed liggen en viel in een comateuze slaap, die meer dan twaalf uur duurde.

Ze werd wakker van de honger, ging naar buiten, kocht bij de eerste de beste snackbar fish-and-chips en deed zich eraan tegoed alsof het een koningsmaal was. Terwijl ze op de stoep naar de voorbijgangers zat te kijken, probeerde ze na te gaan wat ze voelde. Hij had haar niet bedrogen. Hij was zijn belofte nagekomen en Kitty wist dat ze hem, wie hij ook was, in haar leven wilde houden, dat ze niet bereid was om hem los te laten, dat ze door hem steeds weer met haar naam aangesproken wilde worden. En op een dag zou ze hem misschien vinden. Dan zou ze hem aankijken, een gezicht bij zijn stem kunnen voegen en hem bedanken.

Ze gaven haar voorlopige papieren. Ze stuurden haar naar het Rode Kruis, waar ze warme kleren kreeg. Ze schreven haar in voor een cursus Engels. Ze stelden geen vragen waarop ze geen antwoord had kunnen geven. De vriendelijke dames van de sociale dienst stuurden haar naar een gaarkeuken, waar ze regelmatig te eten kreeg. Twee weken na haar registratie wachtte een Jamaicaanse medewerkster haar in het trappenhuis van het opvangcentrum op en vertelde dat een neef van haar een pub in East End had en iemand zocht. Hij nam het niet zo nauw met de papieren en ze moest maar eens naar hem toe gaan, op die manier kon ze een zakcentje verdienen tot er over haar geval was beslist. Kitty, overdonderd door zoveel vriendelijkheid en argwanend of ze de vrouw met de bonte hoofddoek en de vriendelijke ogen wel kon vertrouwen, was onzeker in het trappenhuis blijven staan en beet op haar duim. Voor de vrouw was zo'n terughoudende reactie waarschijnlijk niets nieuws, ze sloeg een arm om Kitty's schouder en bood aan met haar mee te gaan.

De volgende dag had ze het baantje in de pub.

Ze was bang voor de woorden. Ook voor de vriendelijke glimlach die ze op haar lippen moest toveren. Ze was de afgelopen jaren gewend geweest om alleen te zijn. Van grote groepen mensen raakte ze in paniek. De eerste dagen op haar werk moest ze herhaaldelijk het toilet opzoeken om op adem te komen, het zweet van haar voorhoofd te vegen en zichzelf in de spiegel tot kalmte te manen. Maar de meeste gasten in de pub besteedden geen aandacht aan haar, ze wilden geen woorden, maar alcohol. De mensen die hier verzeild raakten, glimlachten zelf nauwelijks. Bouwvakkers, taxichauffeurs, drugsdealers, koks, kapsters, prostituees – ze zochten allemaal een beetje verstrooiing, afleiding, blij de dagelijkse sleur een paar uur ontvlucht te zijn. Velen van hen waren ook immigranten. Ze kwamen uit India, Pakistan, Marokko, Ghana, Jamaica, Cuba.

Algauw voelde Kitty zich bij hen thuis. Ze hield van hun rauwe stemmen, hun grappen, hun taal, hun verschillende accenten, zelfs van hun vulgaire opmerkingen. Want ze keken haar niet meewarig aan, ze waren tegenover haar net zo meedogenloos, grof en onverschillig als tegenover hun vrienden, de andere gasten en zichzelf. Toch hield Kitty het meest van de uren dat ze alleen in de pub achterbleef, de krukken op de bar zette en de vloer schrobde, de glazen spoelde en de kratten sorteerde. Als de gasten weg waren, als de pub al dicht was en de eigenaar allang naar huis, dan voelde ze zich op haar gemak, dan voelde ze zich veilig, ze gooide een muntje in de jukebox en luisterde naar de harde muziek, haar lichaam bewoog als vanzelf op de verschillende ritmes.

Het harde werken putte haar uit, maar daar was ze dankbaar voor, want zo bleven 's nachts de dromen weg en was haar hoofd te moe om na te denken. Als ze vrij had, bleef ze op haar kamer en speelde gitaar. Zonder innerlijke drijfveer, zonder veel passie en perspectieven, maar toch. Naast haar lichamelijke werk was haar gitaar de beste manier om tot andere gedachten te komen.

> Thus far I've come. Searching for the ghosts you've
> promised – they'd wait for us. But they're gone, just
> like you, gone so far away. So I'm walking through the
> city of ghosts, just walking ahead, asking myself:
> Should I go on, should I start, should I wish or should
> I die, cause you've not come as far as I…

Als ik me niet vergis, is dit het eerste lied dat Kitty in Londen schreef. Ze schreef het eerst in haar moedertaal, pas later werd het vertaald en zong ze het met haar zware, vreemde, niet goed thuis te brengen accent in het Engels. Ik weet nog dat we er in de auto samen naar luisterden, Brilka, en dat jij me toen uitlegde dat dat lied een omslag in Kitty's muziek markeerde. Ik hou van dat lied, maar dat komt vooral door jou, Brilka, omdat jij het voor me hebt gezongen, zo hartstochtelijk, zo bezield. En ik hou ervan, omdat het me niet treurig stemt zoals de meeste andere liederen van Kitty, omdat ik toen met jou naast me over die stoffige, eindeloze wegen langs de zee reed en op dat moment gelukkig was, al wist ik op dat moment niet dat het geluk was wat ik voelde.

De stad was al weken in kerstkleed gehuld. Op kerstavond verlieten de gasten de pub eerder dan anders. Zelfs de armsten onder hen leken zich voor te bereiden op het feest en op een genoeglijke avond met hun familie. Zelfs degenen die andere goden en andere zeden hadden, respecteerden deze traditie en dronken matig. Ook de eigenaar ging eerder dan anders naar huis, omdat er bijna geen gasten meer waren. Hij zei tegen Kitty dat ze op zijn kosten maar een paar glaasjes moest nemen en legde wat extra kleingeld voor haar op de bar, dat had ze wel verdiend. Toen wenste hij haar een vrolijk kerstfeest en liet haar alleen. Kitty had geen haast. Kerst, dat werd voor haar geboorte in haar vaderland gevierd. Daarna hielden die feesten op, daarna werd God vervangen door de generalissimus en vierde men de Dag van de Revolutie of de verjaardag van de leider. Alleen haar diepgelovige tante Lida had op die dag in stille eerbied kaarsen aangestoken en zich teruggetrokken om te bidden.

De gasten vertrokken een voor een, ze was vlug klaar met opruimen en wilde nog niet terug naar het opvangcentrum. Ze was niet moe genoeg en de stad was angstaanjagend rustig, haar herinneringen zouden terugkomen en haar gijzelen. Ze ging aan de bar zitten en na een korte aarzeling schonk ze zichzelf haar eerste whisky in. Ze had nog nooit whisky gedronken en de scherpe drank warmde en brandde weldadig. Ze nam er nog een. De alcohol, die ze zichzelf in haar ballingschap tot nu toe had verboden, werkte snel. In Praag had ze zich geen sentimentaliteit kunnen veroorloven. Dat had onaangename consequenties kunnen hebben. Hier gold dat allemaal niet meer, hier kon ze zich laten gaan, zeker als ze alleen was. Niemand die het iets kon schelen.

Ze voelde zich ontspannen en de gevreesde melancholie kwam niet. Integendeel, ze voelde zich vrolijk, ze had de hele nacht door kunnen dansen. Ze begon een van haar liederen te neuriën, daarna werd haar stem moediger, luider: ze zong uit volle borst. Ze liet zich door haar eigen stem meeslepen, pakte de whiskyfles en hield hem als een microfoon voor haar mond. Ze wervelde door de pub, liet al haar showtalent zien, deed toen haar ogen dicht en boog voor het denkbeeldige publiek.

Plotseling hoorde ze buiten klappen. Een lange, forse vrouw in een opvallend modieuze rode jas stond voor een van de ramen enthousiast voor haar te applaudisseren. Kitty was op slag uit haar roes ontwaakt, zette beschaamd de fles op de bar en wankelde achteruit. Ze hoopte dat de vrouw weg zou gaan, maar die bleef staan klappen en klopte toen op het raam. Kitty zag zich gedwongen naar de deur te lopen.

'We zijn gesloten,' zei ze, terwijl ze de glazen deur op een kier hield.

'U zingt fantastisch. Fan-tas-tisch! Ongelofelijk. Wat voor taal was dat?'

'Ik spreek maar een klein beetje Engels.'

'Was dat uw eigen taal, waarin u daarnet zong?'

'Dat was Georgisch.'

'O, dat ligt toch ergens in Rusland?'

'Nee, dat ligt in Georgië.'

De vrouw lachte en gaf Kitty te kennen dat ze binnen wilde komen.

'Maar we zijn gesloten en ik heb al...'

'Ik ben geen veeleisende gast.'

Kitty deed het licht boven de bar weer aan en zette voor de vrouw een glas op een bierviltje. De vrouw had ook whisky besteld. Ze had zacht blond haar, dat ze met een klem opzij had opgestoken, en vriendelijke, heldere gelaatstrekken, symmetrisch en harmonieus. Alles aan haar was uitnodigend, maar ondanks al het vertrouwen dat ze inboezemde, voelde Kitty zich niet op haar gemak, ze schaamde zich voor haar gebrekkige Engels en ergerde zich dat ze zich zo had laten gaan. Het gesprek verliep aanvankelijk stroef, maar de vrouw hield vol. Ze stelde zich voor als Amy, gewoon Amy. Geen Miss, geen Mrs. Ze vroeg haar uit, over haar afkomst en haar liederen. Waar ze zo goed had leren zingen. Wat voor songs het waren. Wat ze in Londen deed.

Hoewel het gezien haar chique kleren en haar verzorgde taalgebruik – zulke dames kregen ze in deze buurt zelden te zien – eigenlijk niet voor de hand lag, dronk ze minstens zoveel als de stamgasten van de pub. Ze liet zich steeds weer door Kitty bijschenken. Kitty's spanning was verdwenen en ook zij dronk stevig door. Toen de vrouw voor de derde keer vroeg of ze nog iets voor haar wilde zingen, gaf Kitty toe en begon ze, eerst zachtjes, aarzelend, daarna zelfverzekerder en harder, haar liederen te zingen. De liederen die ze al twee jaar niet meer had gezongen. De liederen die in haar hoofd zaten, die haar overal vergezelden, die zichzelf in haar gedachten verder schreven, die gezongen wilden worden.

De vrouw keek haar onafgebroken aan, haar gezicht stond gespannen en aandachtig, maar tegelijk gelukkig en tevreden. Soms trok ze haar wenkbrauwen even op of deed ze haar ogen dicht als ze zich extra wilde concentreren.

'Ik weet misschien niet veel, maar ik weet wel wat goede muziek is. Want muziek is mijn grote passie, en ik kan u vertellen dat uw muziek goed is, heel goed zelfs. Daar zou u iets mee moeten doen.'

Voor ze vertrok, gaf ze Kitty een flinke fooi en schreef ze haar adres en telefoonnummer op een bierviltje.

'Als u verder wilt komen met uw muziek, bel me dan. Ik zal u met alle plezier helpen,' zei ze, terwijl ze Kitty een hand gaf.

'Ik heb nog één vraag,' zei Kitty. 'Waarom viert u eigenlijk geen kerst? Waarom bent u op dit tijdstip hier?'

Kitty kon haar nieuwsgierigheid niet bedwingen.

'Ik ben overtuigd atheïste, schat.'

Wantrouwen was Kitty's voornaamste drijfveer, het wantrouwen dat de afgelopen jaren een deel van haar was geworden, een diepgaand, fundamenteel wantrouwen tegenover anderen. Alsof ze zich er alleen van wilde overtuigen dat die anderen het nooit goed met haar meenden, dat ze hun beloften niet nakwamen. En met dat wantrouwen belde ze begin januari Amy's nummer, en het werd er niet minder op toen Amy heel enthousiast op haar telefoontje reageerde en haar meteen uitnodigde om bij haar langs te komen.

Kitty nam de ondergrondse naar Kings Cross, een wijk waar ze nog nooit was geweest. Het was een eenvoudig, maar solide bakstenen huis, dat schuilging achter een zwart ijzeren hek. Het stond in een rustige, stille straat.

Voor het hek bleef Kitty staan. Even aarzelde ze of ze niet beter rechtsomkeert kon maken. Aan East End was ze gewend geraakt. Daar woonden veel mensen zoals zij. Daar viel ze niet op. Hier leek zelfs haar in alle armzaligheid op de straat geworpen schaduw op te vallen, te groot, te grof, te proletarisch voor deze grond, deze muren, deze ramen. Maar toen raapte ze al haar moed bijeen en belde aan. De zwart gelakte deur met de gouden knop zwaaide open en daar kwam Amy in een marineblauwe jurk stralend van oor tot oor op haar gast af. Kitty's gevoel hier niet op haar plaats te zijn werd sterker toen ze het huis binnenging. Ze had verwacht dat Amy hier een appartement bewoonde, niet dat ze de eigenares was van dit drie verdiepingen tellende pand. Ze werd naar de salon gebracht, waar ze earl grey met appeltaart aangeboden kreeg. Op de gebloemde bank voelde ze zich een Siberische vogel die per ongeluk in de tropen was beland. Uit schaamte voor haar schortjurk van het Rode Kruis hield ze aanvankelijk haar armen voor haar borst, alsof ze de lelijkheid van haar kleren kon verhullen. En toen er ook nog een onberispelijk gekleed dienstmeisje verscheen om de vrouw des huizes te vragen of er verder nog iets van haar dienst was, kreeg Kitty de neiging om te vluchten.

Maar deze vrouw des huizes gedroeg zich niet zoals je in zo'n deftige omgeving zou verwachten. Ze lachte te hard en te grof, ze liet haar grote witte tanden en het roze tandvlees zien, haar mimiek was te ongecontroleerd en de manier waarop haar wenkbrauwen omhoogschoten als ze zich over iets verbaasde, de manier waarop ze een kusmondje maakte als ze ergens bijzonder enthousiast over was of waarop haar mond open bleef staan als ze een zin extra wilde benadrukken – dat paste allemaal niet bij een dame van de wereld met een dienstmeisje en een gebloemde bank. Ondanks haar dure kleding en de geur van patchoeli die haar omgaf, was ze gewoon te ongepolijst, te onbeheerst voor deze ambiance.

Ook deze keer verliep hun gesprek nogal stroef, maar toen Kitty haar gevoel van onbehagen eenmaal had onderdrukt, was ze spraakzamer dan bij hun vorige ontmoeting in de pub. Als ze er niet uit kwam, haalde ze haar verfomfaaide Engelse woordenboekje uit Praag tevoorschijn, het enige aandenken uit haar ballingschap, en legde haar wijsvinger op het woord dat ze zocht. Dan knikte Amy telkens vol begrip en was verrukt, alsof het een wonder was dat hetzelfde woord in allebei hun talen te vinden was.

Amy was geboren in India, waar ze tot haar vijftiende had gewoond. Ze was het jongste kind en de enige dochter van een militair attaché en een rijke fabrikantendochter. Haar vader had bijna zijn hele leven in de British Army gediend, waarvan twintig jaar als attaché in Calcutta. Amy en haar drie oudere broers, die ze verafgoodde, hadden lange tijd geen ander vaderland gekend. Amy kon er klimmen en rennen, cricket spelen en door de modder rollen, touwtjespringen en hardlopen, vieze moppen tappen en haar tong uitsteken, zolang ze samen was met haar broers, zolang ze met hen mee mocht. Want enkel met hen kon ze ontsnappen aan al die vreselijke poppengevangenissen en oersaaie poëzieavonden, aan die constant onder het tropische klimaat lijdende blanke Engelse meisjes met hun bloedeloze dromen en aan de viool- en zanglessen die haar moeder eigenlijk voor haar op het oog had. Maar later gingen alle drie de broers in het leger, een voor een en vol wanhoop dat ze het Indiase leven en hun lichtzinnige spelletjes en avonturen moesten achterlaten. Amy werd op haar vijftiende op de boot gezet en naar een Engels internaat gestuurd. Ze kwam in Devonshire op een chique meisjesschool, waar alles anders werd. Haar kindertijd bleef haar geheime tuin, waar ze genoeg goede en mooie herinneringen aan bewaarde om heel haar ongelukkige leven op te kunnen teren. Twee van haar broers kwamen in de oorlog om het leven, zelf was ze door het uitbreken van de oorlog aan een gearrangeerd huwelijk ontsnapt, en zo belandde ze na haar eindexamen in haar eentje in Londen, maar dankzij de grote erfenis van haar ouders financieel wel onafhankelijk.

Haar broer John en zij hadden altijd al een gemeenschappelijke passie gehad: muziek. De muziek was een geheime taal die zij als enigen in het gezin beheersten. Ze hielden van oudsher van Chopin en Schubert, maar luisterden ook naar die bedenkelijke jazz, ze dansten uitzinnig op de toen nog als geheimtip geldende bebop, ze wedijverden met elkaar wie de meeste musici en muziekstukken kende, wie het beste muzikaal gehoor had, wie het meest van muziekgeschiedenis wist. Maar ze waren allebei realistisch genoeg om te weten dat ze zelf maar middelmatige musici zouden worden en namen zich daarom voor de beste luisteraars van de wereld te worden. In het door de blitzkrieg gehavende, maar naar wederopstanding snakkende Londen ging Amy nu dansen, ze speurde East End af naar de nieuwste tenten, waar de spannendste, wildste en extravagantste musici speelden. Ze ontwikkelde een feilloos gevoel voor goede muziek. Ze raakte bevriend met dubieuze clubeigenaren, bezocht kroegen en jazzkelders die vreesden voor de zedenpolitie, schuwde ook de verste hoeken en sjofelste woonboten in de haven niet, als ze daar onbekend talent op het spoor dacht te zijn.

In die tijd bracht ze voor het eerst een nacht door met een vrouw. Haar broer John, de enige met wie ze openhartig over haar voorkeur praatte, bracht haar in contact met een vriend van hem, Magnus. Met zijn gereserveerde, gevoelige karakter deed Magnus Amy denken aan haar middelste broer. Magnus was de enige mannelijke erfgenaam van zijn vader, die zijn geld – en dat was veel – in de diamanthandel had verdiend en er veel waarde aan hechtte dat zijn homoseksuele zoon tenminste ogenschijnlijk volgens zijn stand leefde. De bruiloft werd in allerijl voorbereid en zo waren Magnus en Amy voor het eerst van hun leven vrij om te doen waar ze zin in hadden. Amy kocht het rode bakstenen huis in de Londense wijk Kings Cross, dat om de schijn van een normaal huwelijk op te houden naar de smaak van haar ouders werd ingericht. Magnus bracht het grootste deel van de tijd dat hij niet in Londen was door in zijn landhuis in Wales, zijn toevluchtsoord en liefdesnest, waar Amy uit respect voor zijn privacy nooit kwam. Amy bleef in Londen. Magnus bejegende haar met dezelfde discretie en kwam nooit onaangekondigd naar de stad. Hij was kies genoeg om zijn vrouw niet in verlegenheid te willen brengen. Zonder er iets voor te hoeven doen, alleen door hun bestaan, door die dwaze status van man en vrouw, gaven ze elkaar wat ze het meest nodig hadden om gelukkig te zijn: de vrijheid.

In een van Magnus' stamkroegen in Soho, tussen clandestiene seksbioscopen en bordelen, ontmoette Amy de roodharige feeks Fred. Een niet erg bekende, Oostenrijks-Joodse schilderes, die officieel Friederike Lieblich heette en haar gebrek aan succes op artistiek gebied compenseerde met een fabelachtig liefdesleven. Het gerucht ging dat ze met haar vele veroveringen zelfs iemand als Sappho had doen verbleken van nijd. Was ze overdag ongedurig en gevoelloos als een steen, brutaal en kwetsend, egocentrisch, beledigend en onconventioneel, 's nachts was ze des te ongeremder, vrijer en ziekelijk gepassioneerd, een ware erotomane. Er werd verteld dat je als respectabele vrouw van welke seksuele geaardheid ook maar beter uit haar buurt kon blijven, want ze kreeg iedereen. Ze veroorzaakte alleen maar moeilijkheden, had geen geld en ook geen vaste verblijfplaats, als een novemberstorm stak ze op, geselde je, sleurde alles mee wat je had en verdween even snel als ze was opgedoken. Voor die feeks moest je oppassen, werd er gezegd.

Maar al die weinig vleiende geruchten over de roodharige vrouw klonken in Amy's oren als louter complimenten en verrukkelijke beloften. En toen ze de vreemde magere vrouw voor het eerst aan de bar zag zitten en de andere gasten over haar zag smoezen, liet ze haar om met haar in contact te komen de duurste whisky brengen die in de kroeg werd geschonken.

Fred ging prompt overstag en kwam bij Amy aan het tafeltje zitten. Ze had een afschuwelijk Duits accent, smalle kattenogen, droeg een wit herenoverhemd en een werkmansbroek met opgerolde pijpen. Haar rode haar glansde vuurrood in het schemerige licht van de bar en voorspelde niet veel goeds.

Al verliet Amy de kroeg die eerste avond zonder op Freds avances te zijn ingegaan en al liet ze zich er weken niet meer zien, haar nieuwsgierigheid was gewekt. Ze wilde weten of die feeks echt zo'n liefdestovenares was. Want ondanks de verschillende ervaringen die ze in de loop van de tijd in bars, op woonboten, in clubs en op privéfeestjes had opgedaan, voelde ze zich nog steeds onbeholpen. Ze schaamde zich voor haar lust, voor haar voorkeuren en wist nooit hoever ze met haar wensen kon gaan. Daarom ging Amy weer naar Soho en na drie avonden wachten, waarin ze telkens een paar uur aan de bar zat, de nodige gin-tonics dronk en zo onverschillig mogelijk probeerde te lijken, dook Fred eindelijk op. Deze keer hoefde Amy haar niet op whisky te trakteren, Fred liep regelrecht op haar af en gaf haar een hand. Ze vertelde dat ze een schilderij had verkocht en goed bij kas zat. Nu was het haar beurt om te trakteren en haar een paar interessantere tenten dan dit rookhol te laten zien.

Ze zwierven door de buurt, feestten, dronken, kusten elkaar ongegeneerd midden op straat en belandden ten slotte bij Amy thuis. Daar bracht de feeks een paar dagen door, werd door Amy's dienstmeisje en kokkin op haar wenken bediend, terwijl de gastvrouw haar probeerde in te palmen en haar met grote ogen van lust en begeerte verslond. Daarna verdween de roodharige vrouw wekenlang. Al wist Amy dat ze niet het recht had om van Fred iets anders te verwachten dan te zijn wie ze was, toch voelde ze zich bedrogen. Ze dwaalde rond, hoorde de nachtbrakers over haar geliefde uit, stopte barkeepers pondbiljetten toe om achter haar verblijfplaats te komen, maar tevergeefs.

Fred bleef onvindbaar. Ze werd alleen gevonden als ze gevonden wilde worden, die les leerde Amy in die tijd. En toen ze weer opdook en bij haar aanbelde alsof er niets was gebeurd, maakte Amy een scène waar ze zich achteraf voor schaamde. Maar ze moest nu eenmaal toegeven dat ze niemand op deze planeet zo had begeerd als die kleine, bijna onooglijke vrouw, die alleen opviel door de kleur van haar haar en absoluut geen manieren had, laat staan een goede smaak of zoiets als consideratie.

Amy wilde natuurlijk – zoals iedere vrouw voor en na haar – de eerste grote uitzondering worden in het liefdesleven van Fred Lieblich. Met geduld en veel begrip, met veel aantrekkelijke voorstellen, met haar onvoorwaardelijkheid, haar zachte, meegaande karakter, haar opgewekte aard – want de Oostenrijkse neigde duidelijk tot zwaarmoedigheid –, met haar indrukwekkende roekeloosheid in het liefdesspel zou ze de feeks wel temmen en haar leren minder wispelturig te zijn. Bovendien bezat Amy iets wat de feeks niet had en waar ze, net als ieder ander, op aangewezen was: geld.

Hoewel Amy zelf niet zoveel belang aan haar welvaart hechtte als het leek, wist ze heel goed welke macht je kon uitoefenen als je eenmaal de positie van mecenas had.

De daaropvolgende weken huurde ze voor haar geliefde een oude opslagruimte in Soho, die ze liet ombouwen tot atelier, belde een paar kunstminnende vrienden van Magnus, liet hen Fred Lieblich onder een valse naam opdrachten geven voor schilderijen en voorzag haar van alles waaraan het haar in het verleden zozeer had ontbroken. Maar Amy kende haar geliefde op dat moment nog niet goed, ze kon niet weten dat Fred sinds haar jeugd niets anders dan ontberingen had geleden en gemis en gebrek normaal vond.

Wat ze nodig had, haalde ze bijeen door 's nachts Soho en East End af te struinen en de volgende ochtend de goedkope pensionkamers, huurwoningen en souterrains te verlaten met achterlating van een naakte, slapende vrouw. Dan had ze voor even het gevoel dat ze alles had, dat de wereld van haar was, tot het verlangen haar weer de straat op dreef. Als haar verf opraakte, tekende ze gewoon met een potlood op een servet. Als ze geen winterjas had, sloeg ze gewoon een deken om zich heen. Als ze geen geld had om in de kroeg haar drankjes te betalen, staarde ze een bezoekster net zo lang met haar kattenogen aan tot die vroeg of alles in orde was. Daarna was het kinderspel om zich te laten trakteren.

Er zat voor Amy niets anders op dan met Fred te leren leven – tussen woede-uitbarstingen, hartverscheurende liefdesverklaringen en gevloek door. Maar dat kon ze alleen omdat ze bleef hopen Fred Lieblich op een dag de hare te mogen noemen. Tenslotte zat India in haar bloed, zij wist net zo goed wat gebrek en gemis was en kreeg altijd wat ze wilde, en ze wilde Fred, dat wist ze heel zeker. Ook al probeerden Magnus, John en hun vrienden haar onvermoeibaar van het tegendeel te overtuigen, het zou haar lukken zich voor haar geliefde onmisbaar te maken. Op een dag zou Fred iets nodig hebben, meer dan al het andere, meer dan die hartstochtelijke, snelle avontuurtjes, meer dan het leven zelf, en Amy zou het haar kunnen geven. Wat het ook mocht zijn.

Misschien had de innerlijk verscheurde, in de liefde teleurgestelde Amy zich niet halsoverkop in het avontuur met Kitty gestort als er aan hun ontmoeting niet twee gebeurtenissen vooraf waren gegaan: dat Fred opnieuw was verdwenen en dat John teruggekeerd was naar India. Met zijn vertrek leek de verbinding met haar kindertijd verbroken en Amy was bang voor de eenzaamheid. Magnus was op reis of zat in Wales. Hij leefde zijn eigen leven. Maar Amy wist op sommige dagen niet meer waar ze thuishoorde. Wie of wat zou haar herinneren aan haar herkomst, zodat ze zeker wist dat ze met haar levenswijze die herkomst, die kindertijd trouw bleef? Moest ze op reis gaan? Haar broer volgen? Toen Kitty dan ook in haar leven kwam, was dat de strohalm waar Amy zich aan vastklampte. Iemand had haar nodig.

Een vluchtelinge uit de Sovjet-Unie, en dan ook nog een die prachtig kon zingen en talent had. Een kleine sensatie. Ontsnapt aan de duistere klauwen van het communisme, zo in de kapitalistische utopie gekatapulteerd. En voordat haar nieuwe trofee ontdekte dat dit land, deze stad geen oord was voor utopieën, geen oord waar de dromen van nieuwkomers werkelijkheid werden, moest Amy in actie komen, moest ze die zwaarmoedige en achterdochtige vrouw haar persoonlijke utopie inblazen. Ze moest erin slagen haar in te sluiten in een van dromen gevlochten omheining, zodat ze bleef, zodat ze haar talent niet verspilde, zodat ze niet terugverlangde naar haar vaderland, zodat ze doorging met zingen. Zoals Amy vroeger met haar broers een tuin had aangelegd, een tuin van geluk en modder, van zand en hout en beloften die ze elkaar deden.

Meteen bij hun tweede ontmoeting bood Amy Kitty Jasji aan het appartement bij haar op zolder te betrekken. Haar man was er nooit en zij was meestal alleen. Ze had genoeg geld. Ze vond het fijn om iemand te helpen, benadrukte ze steeds weer, en toen ze merkte dat Kitty te trots was voor aalmoezen, stelde ze in plaats van huur een andere vorm van betaling voor: haar muziek. Ze zei dat ze haar graag zou voorstellen aan een paar vrienden, die allemaal in de muziekbusiness zaten. Een van hen was eigenaar van een jazzclub, daar kon ze haar mee naartoe nemen. Ze wilde alleen dat ze haar hoorden zingen, misschien hadden ze werk voor haar. Dan, alleen dan zou ze huur hoeven te betalen.

Het duurde even en vergde heel wat overredingskunst van Amy voordat Kitty met het plan instemde, maar toen ze met haar enige koffer en haar gitaar het huis in Kings Cross binnenstapte, riep het kleine zolderappartement diepe ontroering bij haar op.

Het nieuwe bed dat er stond, de lege, naar verse verf ruikende boekenplanken, het nieuwe servies in de kleine kooknis, de schone handdoeken – dat alles gaf haar het gevoel dat ze welkom was. Amy had geen moeite gespaard om het appartement in te richten. Kitty liet zich op de rand van het bed zakken en bleef daar meer dan een uur roerloos en in gedachten verzonken zitten, met een gevoel dat het midden hield tussen dankbare verwondering over zoveel generositeit en een zeker onbehagen bij de gedachte dat ze bij deze vreemde vrouw zou intrekken.

Amy's huis begon vol te stromen. Er kwamen vrienden om het kunststuk uit de Sovjet-Unie te bewonderen. Ze wilden allemaal weten hoe het haar was gelukt te vluchten, waarom ze eigenlijk naar Londen was gekomen en wat ze in haar vroegere leven had gedaan. Er werden wereldkaarten tevoorschijn gehaald en de Zwarte Zee en Georgië werden opgezocht. Zelfs Magnus kwam speciaal uit Wales naar Londen om de nieuwste ontdekking van zijn vrouw te bekijken. Iedereen prees Amy dat ze Kitty aan de verantwoordelijkheid van het opvangcentrum had ontrukt en nu introduceerde in de *free community* van Londen. Kitty was heel uitzonderlijk, stelden alle bezoekers en vooral Amy zelf steeds weer vast, iemand die steun en bewondering verdiende. Kitty, die in East End bleef werken en op de telefoontjes van haar gezichtloze vriend bleef wachten, liet zich Amy's lofzangen en de belangstelling van haar vrienden voor haar muziek met onverschillige vanzelfsprekendheid welgevallen. Haar acteertalent kwam haar daarbij goed van pas. Ze verzon verhalen over haar vlucht, vervlocht verzinsels met de feiten en gaf de haar als een museumstuk bewonderende bezoekers wat ze wilden zien en horen.

En precies op het moment dat Kitty in Amy's kringen een zekere bekendheid had verworven, dook Fred op.

Wunderbar, wunderbar!
What a perfect night for love,
here am I, here you are,
why it's truly wunderbar!
Leander

Als uit het niets verscheen Fred op een mistige avond in januari in Kings Cross, ging in de salon aan tafel zitten en vroeg of ze iets te eten kon krijgen. Amy, aan de ene kant overweldigd door vreugde dat haar lief was teruggekomen en tegelijk kwaad dat ze de gotspe had om zomaar binnen te vallen en om een warme maaltijd te vragen, haastte zich, omdat de kokkin en het dienstmeisje hun vrije dag hadden, zelf naar de keuken en maakte een overvloedig maal voor Fred klaar. Daarna zat ze aan het andere eind van de tafel te kijken hoe ze at, alsof Fred een moeilijk etend kind was dat eindelijk had gezegd dat het honger had.

Van boven drongen gitaarklanken tot hen door en Fred keek met volle mond naar het plafond.

'Ik wed dat je nog niets over mijn nieuwe vriendin hebt gehoord,' begon Amy voorzichtig. Het woord 'vriendin' koos ze heel bewust. Fred schudde haar hoofd en schepte nog eens op.

Amy vertelde enthousiast over Kitty en lette scherp op de reacties van haar geliefde. Ze hoopte op jaloezie, maar zag alleen nieuwsgierigheid. Toch zwichtte ze prompt toen de roodharige Fred naar haar toe kwam en haar begon te strelen, haar bepaalde woorden toefluisterde die getuigden van haar verlangen en het bijbehorende leed. Het duurde niet lang of ze belandden in Amy's slaapkamer.

Kitty had de afgelopen nacht een melodie in haar hoofd gehad en zwoegde al de hele dag op het nieuwe lied, dat niet zo vlot wilde lukken als anders. Ze had geïrriteerd haar gitaar weggelegd en was naar beneden gegaan om Amy om raad te vragen. Want Amy had inderdaad enorm veel feeling voor de juiste melodieën en al verwachtte Kitty geen moment dat Amy haar echt aan een muziekcarrière kon helpen – zoals ze zelf voortdurend beweerde –, ze had haar er toch van overtuigd in haar muziek te geloven.

Maar in de salon was niemand, alleen etensresten getuigden van Amy's aanwezigheid. Kitty vond het onaangenaam om hier te zijn als Amy er niet was en had zich net weer in haar schuilplaats teruggetrokken, toen ze beneden woedende kreten hoorde. En een vreemde vrouwenstem, die ze niet kende. Daarna hoorde ze Amy vloeken en de voordeur opengaan.

'Doe wat je wilt en zie maar hoe je je redt, ik ben verdomme je kokkin niet, dat is niet mijn levenstaak, daar pas ik voor!' Daarna hoorde Kitty de voordeur hard in het slot vallen.

Weer deed ze voorzichtig de deur van haar kamer open en gluurde naar beneden, sloop zachtjes een paar treden af en zag een gedaante de salon binnengaan, maar zodra ze Kitty ontdekte, bleef de gedaante staan en kwam de trap op om haar, toen ze op haar hoogte was, een hand te geven. Kitty stond als aan de grond genageld en wist niet waar ze moest kijken, want de vreemde vrouw was spiernaakt.

'Ik heb nog steeds honger. Heb je zin om een hapje mee te eten?' vroeg de roodharige vrouw terloops en ze ging weer naar de salon, waar ze op de etensresten aanviel. 'Ik ben trouwens Fred,' voegde ze eraan toe.

Kitty wilde niet onbeleefd lijken. Een gast in z'n eentje laten eten gold in haar vaderland als onbehoorlijk. Maar ze was niet meer in haar vaderland en bovendien waren de gasten in haar vaderland niet naakt. Met gebogen hoofd en zwijgend als een trouwe dienaar was ze Fred naar de salon gevolgd, waar ze nu bij het raam naar het voortuintje stond te kijken om de naaktheid van de vreemde vrouw niet te hoeven zien.

Fred smakte luid, veegde haar mond af, pakte – duidelijk op de hoogte van de situatie in huis – een whisky uit de huisbar en stak Kitty een glas toe.

'Kom op, wat is er met je? Heb je nog nooit een naakte vrouw gezien? Ik kon mijn kleren zo gauw niet vinden. Als je mij je vest leent, hoef je de aanblik van mijn goddelijke lichaam niet langer te verdragen, *darling*.'

Kitty trok meteen haar vest uit en gaf het haar zonder zich om te draaien.

'Dank je, darling.' De roodharige vrouw begon te lachen en zette het whiskyglas voor haar op de vensterbank. 'Cheers!'

Nu pas durfde Kitty zich om te draaien en de gast aan te kijken. De vrouw stond dicht bij haar, te dicht. Ze rook Amy aan haar, ze rook Amy's woede aan haar. De roodharige vrouw glimlachte. Maar haar glimlach was anders dan wat Kitty als de vriendelijke glimlach van het Westen had leren kennen. Hij was vrolijk, maar vrolijk ondanks, niet omdat. De groene ogen hadden een ongezonde glans. De smalle lippen zagen onnatuurlijk rood, hoewel de vrouw geen make-up droeg. Ze maakte de indruk van iemand die te veel wil en te weinig krijgt.

Die rode lippen deden Kitty zo sterk denken aan het donkere huis op de Heilige Berg, aan het bloed dat uit de doorgesneden keel liep, dat ze de brandende vloeistof in één keer achteroversloeg en haar ogen stijf dichtkneep, omdat ze in bijzijn van die eigenaardige vrouw niet uit haar evenwicht wilde raken.

De nabijheid, de geur, de hand waarmee ze op de vensterbank steunde, de andere hand met het whiskyglas, alles was te dichtbij, te verwarrend. Misschien was het niet eens haar naaktheid die Kitty zo onzeker had gemaakt, misschien was het die beangstigende vertrouwdheid. Het moment was Kitty te veel, het was gevaarlijk, want voor het eerst sinds ze haar land, haar leven achter zich had gelaten, stond hier iemand die haar op ooghoogte tegemoet trad. Die van haar eiste niet langer van beneden naar boven te kijken. Haar blik was geen blik die haar wilde veranderen.

De rode lippen en het dode kind. De geboorte die het leven had moeten vieren, maar in plaats daarvan de dood bracht. De krulspelden op de grond en het gevoel te moeten kokhalzen. Mariam, Mariam, Mariam, Mariam.

Kitty wilde dat deze vrouw ogenblikkelijk verdween. Ze

haatte haar om haar borende blik. Ze haatte haar naaktheid. Ze haatte haar aanwezigheid in dit vredige huis, die leek op een oorlogsverklaring. Ze haatte de rol van museumstuk die zij zelf in dit huis moest spelen, want deze vrouw wist ervan. Ze zwegen en het gezicht van de roodharige vrouw veranderde. Het werd serieus, haar mondhoeken gingen naar beneden, ze kneep haar kattenogen tot spleetjes.

Kitty wilde dat ze wegging en tegelijk wilde ze dat ze bleef. Ze wilde die eerlijkheid voor zich opeisen. Ze wilde dat ze haar een spiegel voorhield, een spiegel waarin ze zichzelf kon bekijken in het licht van haar meedogenloosheid. Zonder valse hoop. Zonder valse pretenties en verwachtingen.

Het leven had haar bedrogen of zij had het leven bedrogen, het kwam op hetzelfde neer. Was ze nog een mens, vroeg Kitty zich af als ze 's morgen op haar zolderkamer naar de ontwakende stad lag te luisteren. Had het nog zin om verder te leven? En waren al haar liederen soms alleen een mislukte en armzalige poging om haar bestaan te rechtvaardigen?

Nu vroeg ze zich zelfs af of deze maanden, deze mensen, deze straten, deze plaatsen en verwachtingen misschien niets anders waren dan dagdromen. Misschien bestond ze helemaal niet meer, misschien was het alleen haar lichaam dat zich elke dag naar de ondergrondse sleepte, en was alles wat ze ooit was geweest, wat ze ooit had betekend, gestorven in het lokaal, op de brancard, in het donkere huis op de Heilige Berg of op het moment dat ze hoorde dat Mariam dood was.

Het meest tragische van de ballingschap, zowel van de ruimtelijke als van de mentale, was misschien wel het feit dat je alles begon te doorzien en niets meer mooier kon maken, dat je jezelf moest accepteren zoals je was. Degene die je in het verleden was, noch de voorstelling van degene die je in de toekomst kon zijn, telde nog.

Fred was in de vensterbank gaan zitten, haar blote benen bungelden in de lucht, ze had iets heel kinderlijks, zoals ze daar naar Kitty zat te kijken. Ze pakte de fles en schonk Kitty nog eens in. Kitty vond die fysieke nabijheid onaangenaam, maar durfde die niet te doorbreken. Want zo kon ze gewoon ademhalen, drinken en zwijgend naar de nevelige dag kijken. Niets meer hoeven. De vrouw straalde een speelse nonchalance uit. Daar werd Kitty rustig van. Ze had daar kunnen blijven zitten, ook al had er een aardbeving plaatsgevonden en was het hele huis ingestort. Net toen ze iets wilde zeggen en haar mond al opendeed, hoorden ze de voordeur opengaan en Amy's voetstappen in de gang.

Kitty draaide zich met een ruk om en haastte zich beschaamd de salon uit, alsof ze niet betrapt wilde worden op iets wat verboden was. Voordat ze bij de deur was, gooide de roodharige vrouw haar het vest achterna, alsof ze Kitty's gedachten had geraden en haar spel meespeelde.

Fred bleef de volgende weken in huis. Ze aten samen en luisterden naar muziek. Fred en Amy gingen 's avonds uit en kwamen pas in de vroege ochtenduren terug. Amy leek gelukkig en besteedde meer aandacht aan haar uiterlijk dan anders. Ze leek jonger, speelser, in de stemming voor grapjes en bereid om elke wens van de lippen van haar geliefde te lezen.

In het begin kon Kitty haar schaamte nauwelijks overwinnen als de twee vrouwen haar aan tafel uitnodigden. Ten eerste omdat ze de openlijk geuite hartstocht tussen twee vrouwen schandalig vond, en ten tweede omdat ze die eerste woordeloze ontmoeting bij het raam niet kon vergeten. Fred speelde de charmante, galante, belangstellende minnares. Als Kitty de salon binnenkwam om een van Amy's vele platen te lenen, zag ze Amy bij Fred op schoot zitten, verzonken in een diepe, warme roes, haar haar strelend of het puntje van haar neus zoenend. Dan sloeg Kitty haar ogen neer, verontschuldigde zich meer dan eens, glipte naar de grote kast waar Amy haar platencollectie bewaarde en verdween zo snel mogelijk weer uit de kamer. Amy leek het niet te storen, ze vroeg of ze niet een potje met hen bleef kaarten of met hen meeging naar de bioscoop. Kitty bedankte er telkens voor en dwaalde na het werk liever nog in het donker door de straten van East End dan naar huis te gaan, alleen om het wonderlijke paar niet tegen het lijf te lopen.

Het was Kitty's vrije dag. Ze had besloten in bed te blijven en woordjes te stampen voor haar eerste examen Engels. Ze was opgewonden, want ze wist dat haar naamloze vriend de volgende dag zou bellen. Voor het eerst zou hij haar hier op haar privénummer bellen. Amy had voor haar beschermelinge een eigen telefoonlijn laten aanleggen. Vanaf nu zou ze zich niet meer naar de telefooncel hoeven haasten, ze zou op bed liggen, de hoorn stijf tegen haar oor drukken en de woorden in haar moedertaal vormen. Ze zou zachtjes praten, intiem, ze zou zich niet meer telkens hoeven omdraaien om na te gaan of er niemand naar haar keek, of haar woorden wel veilig waren.

Het was stil in huis. Amy en Fred waren vast in een of andere chique tent gaan ontbijten. Kitty ging rechtop zitten, pakte haar gitaar en begon te spelen, van alles door elkaar, van het ene lied in het andere buitelend, zonder onderbreking, ze zong mee, verstomde telkens weer en begon opnieuw.

Plotseling werd er op haar deur geklopt. Amy kwam nooit hierboven. Als ze iets van haar wilde, gaf ze beneden een belletje, de laatste tijd gebruikte ze zelfs de telefoon. Dus was het Fred die voor de deur stond. Ze wierp een voorzichtige blik in de spiegel, streek het haar uit haar gezicht en trok snel een ochtendjas over haar nachthemd aan.

'Mag ik binnenkomen? Ik ben nog nooit hierboven geweest.'

Zonder Kitty's antwoord af te wachten kwam ze binnen. Ze droeg een witte linnen broek en een wit hemd. Wit stond haar goed. Het rode haar, dat in lokken over haar voorhoofd viel, vormde een prachtig contrast met het wit van haar kleren.

Ze liet haar blik door de kamer dwalen, bekeek de inrichting en de persoonlijke voorwerpen. Het klerenrek met de paar kledingstukken – Kitty weigerde zich door Amy kleren te laten geven –, de twee paar gepoetste, netjes naast elkaar staande schoenen. De gitaarhoes. De afgewassen borden die op een theedoek lagen te drogen.

'Je hoeft niet op te houden. Ik heb op de overloop al de hele tijd naar je staan luisteren. Je kunt echt goed zingen.'

Kitty zei niets, aarzelde even. Toen liep ze terug naar haar bed, ging er in kleermakerszit op zitten, pakte de gitaar en begon te spelen. Al wees ze Amy's verzoek om voor haar te spelen nooit van de hand, omdat ze daarmee haar huur betaalde, ze deed het nooit met de overgave waarmee ze nu zou spelen.

Gepassioneerd, met haar ogen dicht, zong ze in het Georgisch. Ze had al lang niet meer zo heerlijk gezongen, zo volkomen één met haar muziek. Toen ze haar ogen opendeed, zat Fred op haar knieën voor haar. Haar gezicht stond ernstig en geconcentreerd, alsof ze de hele tijd Kitty's gelaatstrekken had bestudeerd. Als Amy erbij was, keek ze nooit zo.

Kitty legde de gitaar weg, strekte haar benen en wendde haar hoofd af. Ze wilde niet dat iemand haar zo indringend aankeek.

'Alles in orde?' stamelde ze toen de spanning haar te veel werd en ze overeind wilde komen. Maar Fred pakte haar plotseling bij haar pols en dwong haar te blijven zitten. Toen drukte ze haar neus tegen die van Kitty. De geur van deze vrouw was volkomen neutraal, alsof haar levensweg één enkele weg door het zand was. Kitty durfde haar hoofd niet te bewegen. Deze nabijheid was niet verlichtend, maar, net als die blik toen, verbindend. Het was een nabijheid die uit weten ontstond, niet uit lust. En die zwaarwegend was. Van louter nabijheid vervaagden de vaste lijnen. De contouren van de ander losten op. Ze wist zelf niet wat ze moest zeggen en vooral niet hoe. En als ze het in haar moedertaal had kunnen zeggen, was het niet anders geweest. Voor het eerst sinds haar aankomst in Londen leek de vreemde taal niet de doorslaggevende barrière.

Maar voordat ze haar zin kon formuleren, drukte Fred haar lippen op de hare. Ze bewoog niet, haar tong bleef in haar mond, de kus was droog en behoedzaam. Alsof ze twee jonge meisjes waren die oefenden hoe ze hun vriendje moesten kussen. Kitty stak haar arm uit en duwde Fred weg, schoof daarna achteruit over het bed tegen de muur.

'Ik denk niet dat...'

Kitty onderbrak zichzelf. Ja, wat dacht ze niet? Dat het niet goed was dat Fred haar kuste, omdat ze een relatie had met de vrouw die haar onderdak verschafte, of omdat ze zelf een vrouw was en dat feit een onoverkomelijke hindernis vormde? Of gewoon omdat ze dacht dat deze vrouw haar geen goed zou doen, niet omdat ze zo schaamteloos en ongeremd was, zo egocentrisch en meedogenloos, maar omdat ze met haar scherven en schrammen, haar wonden en haar gevoel van verlorenheid te veel op haar leek? Kitty wist niet welke weg deze vrouw had afgelegd en betwijfelde of ze het wel wilde weten, maar er had in haar leven beslist een aardverschuiving plaatsgevonden, een kolossale, brute aardverschuiving, die de grond onder haar voeten had weggeslagen en haar had leren vliegen. Daar was Kitty van overtuigd.

'Ik voel me met je verwant, dat maakt me bang. Ik vraag me af hoe dat komt. Ik vraag het me de hele tijd af en kan geen antwoord vinden.' Fred sprak opeens Duits. Die taal verraste Kitty. Hij klonk vertrouwd, vertrouwder dan het Engels. Die taal had ze op school gehad, die taal had ze met Andro willen leren. Voor Wenen. Ze wist niet wat ze moest zeggen.

'Je hebt me verstaan, hè? Je verstaat Duits.'

'Nee.'

'Wel waar. Je weet precies wat ik heb gezegd.'

'Nee.'

Kitty trok haar benen op en sloeg haar armen om haar knieën. Ze wilde dat de vrouw wegging. Ze wilde dat de vrouw bleef. Misschien kon ze precies daar, in die gespletenheid, in die tussentoestand, aan zichzelf ontsnappen. Niet aan het huis op de Heilige Berg denken. Niet over de dood zingen. Niet Andro's krullenkop missen. Nergens spijt van hebben. Niet haar broer haten. Niet zichzelf haten, omdat ze Mariam had opgeofferd. Om te overleven, om zo te overleven, om dit ellendige bestaan te leiden. Niet aan haar moeder, aan haar tante denken, zich geen zorgen hoeven maken om degenen die waren achtergebleven. Niet alleen maar een naam- en gezichtloze vriend hebben. Niet hier zijn. Niet daar zijn. Niet zichzelf zijn.

Fred kwam bij haar op bed zitten. Ze keek haar niet meer aan. Ze pakte haar hand. Kitty liet het toe, ze trok haar hand niet terug. Freds hand ging langs haar arm omhoog, naar haar sleutelbeen, toen naar haar gezicht, omhoog in haar volle haar, omlaag naar haar hals. Ze zat nu naast haar, maar keek haar niet aan. Het was beter zo.

De aanrakingen maakten Kitty weemoedig. Haar aanrakingen waren makkelijker te verdragen dan haar blikken. Aan één stuk door streelde ze haar bovenlichaam, haar gezicht, alsof ze heidense afgoden aan het bezweren was, alsof ze de angst uit haar lichaam verdreef. Haar gedachten leken weggeblazen. Kitty voelde een bevrijdende leegte vanbinnen. Een leegte die volkomen rustig was. Haar lichaam voelde alleen de behoedzame aanrakingen, zonder dat haar hoofd in staat was ze te plaatsen, te beoordelen.

Wat er volgde, ging vlug en schrikbarend makkelijk. De roodharige vrouw leek zo ontzettend bedreven in wat ze deed. Het had iets heilzaams om die handen overal op haar lichaam te voelen. Ze vroeg zich af hoe dat mogelijk was. Waarom haar lichaam zich er niet tegen verzette om zo door een vrouw te worden aangeraakt. Waarom er niets in haar in opstand kwam. Waarom ze zich zonder strijd en woorden overgaf. Misschien geloofde haar lichaam dat de vrouw een helingsritueel uitvoerde.

Toen Freds hand bij haar kruis aankwam, drukte ze haar benen stijf tegen elkaar, alsof ze een geheim moest bewaren, en draaide haar hoofd opzij. Er moest iets onbekends worden gevierd, maar Kitty kon allang geen feesten meer vieren. En zeker geen vreemde.

'Het is oké,' zei Fred, terwijl ze zich over Kitty heen boog. Het was een zwoele ochtend en het was benauwd in de kamer. Buiten hoorde je auto's voorbijrijden, voetgangers voorbijlopen. 'Mijn vader kwam uit Wenen. Mijn moeder uit Stockholm. Ze leerden elkaar in Wenen kennen. Hij studeerde toen nog medicijnen. Later werd hij psychiater. Zij interesseerde zich voor de psychoanalyse en was daarom naar Wenen gegaan, maar toen werd ze verliefd, trouwde en raakte zwanger. Ik ben in Wenen geboren en opgegroeid.' Ze praatte zachtjes, in het Duits, met haar ene hand steunde ze naast Kitty's hoofd tegen de muur, met de andere streek ze onafgebroken over Kitty's littekens. 'Ik had een broertje. Een nakomertje. Acht jaar na mij. Ik denk wel dat mijn ouders gelukkig waren. Op hun manier waren ze gelukkig. Ze waren niet gelovig. Ik bedoel, Chanoeka en Pesach vierden we, dat wel, en mijn broertje werd besneden, maar meer ook niet. Het enige waar ze ruzie over maakten, was Wenen. Zij haatte de stad, hij hield ervan. Ik ook, maar alleen omdat ik niets anders kende, en Stockholm, waar we soms onze grootouders opzochten, beangstigde me met die noordelijke ongenaakbaarheid.'

Kitty's ademhaling werd rustig. Ze sloot haar ogen en probeerde zich Wenen voor te stellen, niet het Wenen van haar en Andro, maar de stad van deze vrouw, die op het punt stond haar in haar armen te sluiten. Kitty begreep niet alle woorden, maar de grote lijn kon ze volgen, de woorden die ze niet kende, kon ze aanvoelen, aftasten, op haar tong proeven en er op die manier de betekenis aan ontlokken. Alsof de vreemde taal tussen haar en deze vrouw geen belemmering was. Alsof hij geen belemmering mocht zijn.

'Ze zullen op hun manier ook wel ongelukkig zijn geweest, maar over het geheel genomen waren ze meer gelukkig dan ongelukkig, dat denk ik tenminste. Misschien alleen omdat ik het wíl denken. En het waren goede ouders, ze hielden van ons zoals ze dachten dat wij wilden dat ze van ons hielden. En misschien klopte het ook wel, die evenwichtige, beheerste, tuchtigende en toch zachte liefde. Misschien was die voor ons het best.'

Freds hand betastte Kitty's middel, ging steeds verder naar beneden. Kitty voelde hoe hij over haar littekens streek. Ze wilde niet dat Fred ophield met praten, ophield de verharde huid aan te raken op de plek waar vroeger de hechtingen hadden gezeten. Mariams hechtingen. Mariam, voor eeuwig en altijd in Kitty's lichaam gegrift. De hand viel stil.

'Ik herinner me nog zo goed hoe het begon. Hoe het begon met die krankzinnige Jodensterren. Met het werkverbod van mijn vader. De angstaanvallen van mijn moeder. Ze wilde naar Stockholm, ze wilde de hele tijd weg, maar hij zei dat dat geen oplossing was. Als ze naar Wenen kwamen, zouden ze ook naar Stockholm komen. Hij heeft zich er geen illusies over gemaakt wat ons te wachten stond, maar ook geen pogingen gedaan om het land te verlaten, te vluchten. Veel van zijn vrienden waren al weg. Als hij niet zo lang had gewacht, hadden wij misschien ook... Maar hij geloofde waarschijnlijk niet in vluchten. Mijn moeder kon dat niet begrijpen. Ik herinner me nog heel goed hoe het was toen ze kwamen. Al die zwarte uniformen. Dat gedoe met de geweren. Die snerpende toon. Alsof ze een andere taal spraken, niet mijn moedertaal. De papieren, de stempels, de treinreis. Eerst het getto in Theresienstadt. Daarna werden we opgedeeld – de mannen hier, de vrouwen daar.

Mijn moeder schreeuwde aan één stuk door. Mijn broertje plaste in zijn broek toen mijn vader hem bij de hand pakte en hem door de menigte heen bij mijn moeder wegtrok. Mijn moeder smeekte die SS'er, ze omklemde zijn knieën en probeerde zijn hand te kussen, ik weet nog hoe ik me schaamde, zelfs in die omstandigheden, ik wist dat het om het leven van mijn broertje ging en ik schaamde me dat ze zich vernederde. Ze smeekte, herhaalde dat hij nog zo klein was, zo klein, meneer, zei ze, zo klein, hij heeft zijn moeder nodig.

Ik snapte er niets van. Ik begreep er niets van. Ik was helemaal niet zo jong meer, ik had het moeten begrijpen, maar ik kon het niet. Ik kon me er niets bij voorstellen, bij een werkkamp. Een concentratiekamp. Kamp, kamp, kamp. Pas door de honger drong de betekenis van die begrippen tot me door. Door de honger begon ik het te begrijpen. Ja, ik geloof echt dat ik zonder die permanente honger was blijven weigeren te begrijpen wat er gebeurde.' Ze zweeg even, richtte haar blik op het raam, alsof ze adem wilde scheppen, zich wilde voorbereiden op wat ze nog te zeggen had.

'Het is zo paradoxaal dat mijn vader en mijn broertje in Theresienstadt bleven en mijn moeder en ik teruggestuurd werden naar Oostenrijk, waar zij nooit meer naartoe wilde. We kwamen in Mauthausen terecht. Ken je die plaats? Nee, die ken je niet, dat is ook maar beter. Mauthausen had verschillende nevenkampen. De steenfabriek, de granietgroeve, werk voor de zware industrie. En er waren verschillende bordelen. Het kamp had categorie III, dat wil zeggen "vernietiging door werk". Trouwens het enige kamp in die categorie op Duitse rijksgrond. Mensen die als asociaal werden bestempeld, dus mensen met een strafblad, criminelen en moeilijk opvoedbare jongeren, werden daar geconcentreerd en moesten zich doodwerken. Waarom mijn moeder en ik in hun ogen bij de asocialen hoorden, kan ik je niet vertellen. Mijn moeder werd ingedeeld voor het werk in de steengroeve. Ik werd voorlopig belast met het onderhoud en de ontsmetting van de bordeelbarakken, omdat ik met mijn gewicht geen zwaar werk kon doen. Het waren de enige barakken die niet onder de luizen zaten en niet besmet waren. Eigenlijk waren die bordelen bedoeld om de gevangenen tot hogere prestaties aan te sporen, maar hoewel het niet was toegestaan, kwamen er ook steeds weer raszuivere Duitse lullen in actie. Ik heb alles gezien. Van achteren en van voren. Van boven en van onderen. De meeste vrouwen die daar werkten, kwamen uit Ravensbrück en na een paar weken in Mauthausen wilden de meeste weer terug. Daar konden ze tenminste op de dood wachten zonder hun lichaam te moeten verkopen.

Ze stuurden mij niet eens naar buiten als ze zich op de vrouwen stortten. Het maakte hun niet uit dat ik erbij was, dat ik toekeek. Sommigen legden het er zelfs op aan en ik verwachtte elke dag, hield er elke dag rekening mee dat ze me zouden roepen en tegen me zouden zeggen: Ga liggen, trek je hemd omhoog, doe je benen uit elkaar en pijp me. Maar ik geloof dat de blikken van de vrouwen me daartegen beschermden. Het klinkt stom, ik weet het, maar dat geloof ik. Dat weet ik zeker, absoluut zeker. Terwijl ze werden besprongen, draaiden ze hun hoofd naar mij toe en keken me aan alsof ze wilden zeggen: Ik doe dit, zodat jij het niet hoeft te doen.

Maar toen kwam Martin. De raszuivere Martin was een populaire man in het bordeel. Want hij wilde geen bijzondere dingen, hij wilde niet dat de vrouwen op hun kop gingen staan en hun benen spreidden of op handen en voeten door de barak kropen, hij wilde niet dat ze hun billen uit elkaar trokken of knorden. Dat soort dingen wilde hij niet. Hij wilde gaan liggen, met ze vrijen, opstaan en weer vertrekken. Als hij het in zijn hoofd kreeg en zich liet gaan, omhelsde hij zelfs iemand. Eén keer heb ik een traan over zijn wang zien rollen toen hij klaarkwam. Ja, die lieve Martin was sentimenteel. En hij staarde me aan. De hele tijd. Vanaf het moment dat hij me voor het eerst zag, staarde hij me aan. In het begin nog aarzelend, alleen als hij dacht dat ik niet naar hem keek, maar toen steeds agressiever. Tot hij alleen nog naar mij keek, terwijl hij op de andere vrouwen klom. Ik was bang. Ik wist niet wat dat te betekenen had. Want ik had nog niet geleerd zijn blik te interpreteren. De anderen keken me aan om zichzelf te bevestigen. Om in mijn ogen te zien hoe geweldig geil of pervers ze konden zijn. Ze wilden bevestiging. En ik leerde ze die te geven. Ik leerde zo naar ze te kijken dat ze geloofden dat ik onder de indruk was. Ik leerde mijn medelijden met de vrouwen te onderdrukken en me met hen te verbroederen. Met de moordenaars, verkrachters, sadisten, masochisten, met de zieken en de impotenten. Ik keek ze aan en gaf ze te verstaan dat ik ze bewonderde om hun ongebreidelde, zieke lust. Dat leerde ik. In de loop van de tijd werd het steeds makkelijker. Maar Martin was anders. Zijn blikken waren anders. Ik wist niet wat ze voorspelden.

Soms keek hij me angstig aan, alsof hij bang was voor mij en mijn aanwezigheid, soms keek hij me net zo geil aan als de anderen, met dezelfde krankzinnige, wazige blik, soms dacht ik in zijn ogen zelfs een hulpkreet te zien, alsof hij wilde dat ik naar hem toe ging, zijn geweer pakte en hem van zichzelf verloste.

We waren vier maanden en twaalf dagen in het kamp toen hij me voor het eerst aansprak. Hij kwam in de ochtendschemering, toen ik met mijn werk begon en alleen was, als uit het niets stond hij plotseling voor me en vroeg of ik maagd was. Ik knikte. Ik wist niet of dat mijn doodvonnis of mijn vrijkaartje was. Toen glimlachte hij en vroeg of ik bereid was om met hem mee te gaan. Ik vroeg waarheen en hij grijnsde van oor tot oor en boog zijn hals naar me toe. Op zijn kraagspiegel prijkte een doodskop. Ik had nooit gedacht dat die normale Martin daarbij hoorde. Hij zei dat hij nu was ingedeeld bij de bewaking van het ss-kamp Wiener Neustadt. Daar werd in de Raxfabriek voor de wapenindustrie gewerkt, toen al aan de V2-raketten, geloof ik. Hij zei dat hij me daar mee naartoe kon nemen, dat ik daar niet zo hard hoefde te werken. Dat ik zijn persoonlijke beschermelinge was, een eigen kamer zou krijgen en genoeg te eten. En 's nachts zou hij me komen opzoeken. Maar alleen hij. Ik hoefde met niemand anders... Een maat van hem had een ernstige geslachtsziekte opgelopen, dat kon hij zich niet veroorloven, de hygiëne in het kamp was rampzalig, hij wilde graag een "normaal" liefdesleven. Ja, zo zei hij het, een normaal liefdesleven, en dat ik zo mooi was met mijn rode haar en...'

Nu klampte Kitty zich met haar handen vast aan Freds nek. Ze trok haar hoofd naar beneden en kuste haar. Ze sloeg haar benen om Freds romp, als een aapje klampte ze zich aan haar vast. Maar Fred kon niet meer ophouden, alsof de woorden buiten haar wil om uit haar mond stroomden, vertelde ze verder.

'Ik zei ja. Maar ik zei dat ik niet alleen kon gaan. Ik zag mijn moeder wegkwijnen, elke dag zag ik een stukje van haar verdwijnen, ik zag hoe ze eronderdoor ging, ik wist dat het zo niet lang meer zou gaan. Even werd hij kwaad en ik dacht dat ik verloren was. Eerst schold hij me uit, noemde me een ondankbare hoer, een Joodse teef, maar toen kalmeerde hij en alsof er niets was gebeurd, zei hij dat hij zou kijken wat hij kon doen. En voor hij wegging, vroeg hij opnieuw of ik zeker wist dat ik mijn maagdenvlies nog had. Of ik echt niemand aan me had laten komen. Ik zwoer het.

Hij hield zijn woord. We werden ondergebracht in een externe barak. Mijn moeder en ik. Ze wist heel goed welke prijs ik daarvoor moest betalen, maar daar praatten we niet over. Alleen in de nachten dat mijn SS'er wegbleef, kwam ze naar me toe, streelde mijn handen en kuste mijn slapen.

Elke nacht als hij op me lag – zo had hij het graag, zo had hij het het liefst – verzekerde hij me dat hij van me hield. Soms huilde hij zelfs als hij klaarkwam. Hij zei dat we bij elkaar moesten blijven, wat er ook gebeurde. Dat hij me niet kon laten gaan. Dat hij bij me moest blijven.

Toen de bombardementen begonnen, zette hij ons in de ochtendschemering in het diepste geheim in zijn auto. We reden naar Wenen, ik weet nog goed dat mijn moeder moest overgeven toen we in het zesde district kwamen. Daar waar ons huis stond, waar we gewoond hadden. Mijn vader, mijn broertje, zij en ik. En Martin schold en tierde tegen haar. Achteraf denk ik dat hij altijd een beetje bang voor haar was, misschien stelde hij zich af en toe voor hoe ze op een dag een mes in zijn rug zou rammen als hij op me lag.

We moesten in de auto blijven zitten. Hij had speciaal

voor de rit burgerkleren voor ons geregeld. Doordeweekse kleren. Heel normaal. Ja, we hadden voor een heel normaal gezin kunnen doorgaan. Mijn blonde moeder, haar roodharige dochter en de blonde Martin. We hadden voor het perfecte gezin kunnen doorgaan. Voor sommige mensen hadden we zelfs een liefhebbende broer en zus kunnen lijken, die met hun moeder op stap waren.

Twee dagen brachten mijn moeder en ik door in een schuilplaats in het ontruimde gebouw van een verzekeringsmaatschappij. Daarna bracht hij ons naar een verlaten boerderij in Mödling, een klein gat bij Wenen. We hadden niets te eten, maar we hadden plotseling weer hoop.

Hij reed terug naar Wenen. De stad werd bedolven onder bommentapijten en ze hadden alle mankracht nodig om de beveiliging van de brandstofdepots te garanderen. Zelfs toen het gerucht al ging dat de Roden de nieuwbouwwijk hadden ingenomen, dat het nog maar een kwestie van tijd was voor Wenen in handen van de geallieerden viel, kwam hij nog naar me toe en ging hij op me liggen. Hij bleef praten over een gemeenschappelijke toekomst in Duitsland. En dat hij van me hield. Diep in mijn hart was ik nog altijd bang dat hij ons allebei als twee beesten zou neerknallen. Om sporen uit te wissen.

En toen zei ik het tegen hem. Ik zei dat ik van hem hield en me verheugde op onze Duitse toekomst. Ja, dat zei ik tegen hem. Ik zei het in bijzijn van mijn moeder. Ik weet nog hoe ze verstarde, maar ik was bang dat we die laatste dagen niet levend zouden doorkomen. Hij kuste me voor hij wegreed en beloofde binnen een week terug te komen om ons naar Duitsland te brengen. Ik had een paar dagen gewonnen om onze vlucht voor te bereiden en de Roden of de geallieerden tegemoet te lopen. Ik weet niet of hij naar de boerderij is teruggekomen. Ik ben weggelopen.

Mijn vader en mijn broertje zijn niet teruggekeerd. Ze

zijn allebei meteen in het eerste jaar in het concentratiekamp gestorven. Mijn vader aan tyfus en mijn broertje van de honger. Mijn moeder...'

Fred zweeg abrupt, alsof ze geen woorden meer had. Ze begroef haar gezicht in Kitty's hals en trok haar broek uit. Nu wilde Kitty dat ze verder praatte, ze vroeg het haar, smeekte haar, maar Fred zei niets meer.

De liefde was een sluipend, traag gif, de liefde was geniepig en leugenachtig, de liefde was een sluier die over de ellende van de wereld was geworpen, de liefde was klef en onverteerbaar, ze was een spiegel waarin je kon zijn wat je niet was, ze was een spook dat hoop verspreidde waar allang geen hoop meer bestond, een schuilplaats waar je je toevlucht dacht te vinden en uiteindelijk toch alleen jezelf vond, ze was een vage herinnering aan een andere liefde, de mogelijkheid van een redding, die uiteindelijk toch op een genadeklap leek, ze was een oorlog zonder winnaars, een kostbaar juweel midden tussen de scherven waaraan je je sneed, ja, in die tijd was de liefde dat, Brilka.

Kitty voelde dat Fred haar met haar woorden wakker kuste uit haar giftige slaap, dat ze werd omhelsd door iemand met zwarte tranen en trillende oogleden, iemand met de haast van een overlevende.

Het grijze licht van de laatste februaridag scheen door de transparante gordijnen naar binnen. Fred was opgestaan en rekte zich uit, ze tilde haar benen op en strekte haar armen. Haar huid was doorschijnend wit. Je zag er hier en daar blauwe aderen doorheen schemeren. De driehoek tussen haar benen glansde uitdagend rood. Ze had haar ogen tevreden samengeknepen en rekte en strekte zich in het licht.

Haar lichaam leek in zijn tentoongestelde naaktheid opeens heel fragiel. Kitty prentte het zich in, maar het leek niets te verraden, niets te vertellen, alsof het alles wat van belang was voor zich hield, alsof het gewoon alleen een lichaam wilde zijn, losgemaakt, zonder een herkenbare geschiedenis, gewoon alleen een blank vrouwenlichaam. Het had niets vulgairs, zelfs niets verleidelijks, uitgeput als het was van de ochtendliefde. Kitty kon zich niet meer voorstellen dat ze dat lichaam een paar minuten geleden nog had begeerd. Ze begroef haar gezicht in de kussens.

Op het Volkscommissariaat van de Sovjetmarine in Moskou vond een geheime conferentie plaats over de bouw van de eerste nucleair aangedreven duikboot, met de heroïsche naam Leninski Komsomol. Vervolgens werd marinekapitein Konstantin Jasji tot plaatsvervangend projectleider gekozen. Vol trots tekende hij het document, beloofde geheimhouding en ging daarna naar een uitgelezen diner met wetenschappers en andere vertegenwoordigers van de marine.

Op datzelfde moment zat de generalissimus met zijn gevolg in de royaal ingerichte bioscoopzaal van het Kremlin en dwong zijn mannen zoals gewoonlijk naar een van zijn geliefde Amerikaanse cowboyfilms of een komedie te kijken.

De laatste jaren had zijn paranoia ongekende vormen aangenomen. De willekeur waarmee hij om zich heen sloeg, als een draak die zijn vuur niet meer onder controle heeft, was een verschrikking en deed denken aan de willekeur uit de jaren dertig. Alsof die alleen even door de oorlog was onderbroken om nu met vanouds beproefde wreedheid weer op te laaien. Van de ene op de andere dag draaide hij zijn beslissingen terug, van de ene op de andere dag vielen zijn veldheren in ongenade. In zijn datsja in Koentsevo, een dorp even ten westen van Moskou, vernederde hij zijn ministers, liet hij zijn mannen dansen en zingen, liet ze eten tot ze niet meer konden en drinken tot ze moesten kotsen. De stemming in het Kremlin en daarmee in het hele rijk hing alleen nog af van de manier waarop hij zijn pijp rookte: rookte hij hem koud, dan betekende dat arrestaties en executies; hield hij hem in zijn hand zonder te roken, dan was een van zijn gevreesde driftbuien op komst en zou dat iemand van de hofhouding de kop kosten; krabde hij met zijn pijp aan zijn snor, dan, en alleen dan zou het een goede dag worden. Eén keer een uitnodiging voor een drankorgie in de datsja van de leider afslaan of er helemaal geen uitnodiging voor krijgen beloofde deportatie, arrestatie of executie.

Zelfs de Kleine Grote Man was al geruime tijd niet meer veilig voor zijn ongenade. De Georgische partijleider was kort daarvoor afgezet, zijn aanhangers waren gearresteerd, de generalissimus had zelfs gelast dat de Kleine Grote Man een onderzoek tegen zichzelf instelde, waarschijnlijk met het doel om diens onbetwiste hegemonie in hun gemeenschappelijke vaderland te verzwakken.

Na de filmvoorstelling liet de leider zichzelf, de Kleine Grote Man en drie andere partijfunctionarissen naar Koentsevo brengen. In zijn datsja was het overvloedige Georgische buffet al opgediend en wachtten er enorme hoeveelheden Georgische wijn. Tijdens het eten kwam het zogenaamde 'dokterscomplot' ter sprake. De generalissimus had onlangs de toonaangevende artsen in het land en tevens de huisartsen in het Kremlin laten arresteren. De meesten van hen waren Joden, van wie hij beweerde dat ze als Amerikaanse spionnen samenspanden om hem ten val te brengen.

Pas tegen vier uur 's ochtends liet hij zijn gasten gaan. Ze mochten zich zelfs wat slaap gunnen. Toen de generalissimus tegen de middag nog steeds niet was verschenen, werden de wachten onrustig. Maar niemand waagde het de leider wakker te maken, want wie hem stoorde moest dat misschien met de dood bekopen. Pas tegen de avond ging de eerste luitenant van de wacht de kamer binnen waar de leider op een roze bank placht te slapen. Hij haalde opgelucht adem, de generalissimus bleek in een normale psychische toestand te verkeren, want hij gaf hem opdrachten en beval hem de post uit het Kremlin te halen. Maar toen de luitenant hem tegen tien uur 's avonds de post bracht, trof hij de generalissimus in zijn pyjama op de grond aan, bij bewustzijn, maar niet in staat om te praten. Hij had in zijn broek geplast.

De lijfwacht bracht hem naar de grote eetzaal in de hoop dat hij daar meer lucht zou krijgen. Er werden telefoontjes gepleegd. Niemand wist wie er in een dergelijke situatie verantwoordelijk was, daarvoor had de generalissimus geen voorzorgsmaatregelen getroffen. De Kleine Grote Man, Chroesjtsjov en Malenkov werden op de hoogte gebracht: het roemruchte drietal. Maar de Kleine Grote Man was aanvankelijk niet te bereiken en bij welke dame hij zich ophield, was onbekend. Toen hij zich eindelijk telefonisch in Koentsevo meldde, beval hij de wacht niemand te informeren en geen verdere telefoontjes te plegen. Rond middernacht kwamen Chroesjtsjov, Boelganin en Malenkov in Koentsevo aan. Zonder de leider te hebben gezien gaven ze het huispersoneel te verstaan dat de leider gewoon dronken was en in die precaire toestand niet lastiggevallen mocht worden. Daarna vertrokken ze weer.

Pas veel later, in de vroege ochtend, verscheen ook de Kleine Grote Man, die de wachten de huid vol schold. Waar ze de brutaliteit vandaan haalden om paniek te zaaien? De leider lag immers te snurken, er was niets aan de hand. Maar de huisbedienden lieten zich niet geruststellen. Ze smeekten hem een dokter te laten komen. Ze verzekerden dat dit niet de normale toestand was van hun heer.

Men begon te overleggen welke dokter erbij moest worden gehaald. De toonaangevende artsen waren immers gearresteerd, een Joodse arts mocht onder geen beding, maar het moest wel minstens een professor zijn. Om zeven uur 's morgens arriveerde er eindelijk een artsenteam. Hun handen schijnen bij het onderzoek zo te hebben getrild dat ze niet eens rustig de pols konden opnemen. Geen van hen wist of hij deze kamer levend zou verlaten. Diezelfde ochtend maakten de artsen voor het voltallige politbureau hun diagnose bekend: een slagaderlijke bloeding in de linkerhersenhelft. De toestand was uiterst kritiek.

Was het opluchting, angst of verbijstering, wat zich van de daar aanwezigen meester maakte? Ze hadden te lang hun eigen wil, hun eigen mening, zelfs hun eigen gevoelens onderdrukt en zaten er nu bij als marionetten die door hun poppenspeler waren verlaten.

De Kleine Grote Man benoemde zichzelf tot bevelhebber. Vanaf nu was het zaak om tijd te winnen voor de komende machtsstrijd, al moest hij de artsen publiekelijk verzoeken alles te doen wat in hun macht lag om de leider te redden. Twee mannen van zijn persoonlijke lijfwacht moesten de wacht houden bij het ziekbed, dan viel de situatie beter te controleren, vond de Kleine Grote Man. Alle anderen hadden allang door dat hij, na de jarenlange kwellingen, angsten, dreigementen en vernederingen van de generalissimus, eindelijk aan de beurt dacht te zijn om de scepter over te nemen.

Op de vijfde dag van de doodsstrijd stierf de miljoenvoudige moordenaar, omringd door zijn huilende gevolg en de nog triomfantelijke Kleine Grote Man.

Zijn eigen begrafenis zou de generalissimus deugd hebben gedaan. Zelfs als dode bezat hij de macht om mensen te doden: tijdens de bijzetting op 9 maart 1953 op het Rode Plein waren er honderden die in de menigte onder de voet werden gelopen of stikten.

Maar zelfs kampbewoners, van wie de dode het leven

had verwoest, die hij de toekomst had ontnomen, die hij tot slaven en onmensen had verklaard, van wie hij de familie had vermoord, sloegen in diepe wanhoop met hun hoofd tegen tralies en prikkeldraad toen ze het nieuws van de dood van de leider hoorden.

Kitty barstte ergens tussen Camden High Street en Arlington Road in lachen uit. Ze had net met haar naamloze vriend gebeld. Ze had de stappen met hem besproken die Amy met haar wilde ondernemen.

'Mocht er publieke belangstelling zijn, dan mag u de pers vertellen wat u wilt, maar in geen geval hoe u het land bent binnengekomen, in welke stad u eerst hebt gezeten, dat spreekt vanzelf,' had de naamloze man kalm geantwoord.

'Komt in orde,' beloofde Kitty. 'Ik wil u niet in moeilijkheden brengen, daarom wilde ik voor alle zekerheid... u hebt zoveel voor me gedaan.'

'U kunt mij niet in gevaar brengen. Maar pas goed op uzelf en mocht iemand uit uw vaderland contact met u opnemen...'

'Dan ga ik er niet op in, ja, ja, ik heb het begrepen.'

'U klinkt trouwens heel vrolijk op deze noodlottige dag.'

'Hoezo noodlottige dag?'

'Hebt u het nog niet gehoord? In Londen was er de hele dag niets anders op de radio en de kranten staan er vol van.'

'Wat is er dan gebeurd?'

'Tja, ons land is radeloos van verdriet.'

'Zeg het toch eindelijk!'

'De generalissimus is gestorven.'

Even was Kitty stil. Haar mond herhaalde de zin geluidloos. Ze liet de woorden op haar tong smelten: de generalissimus is gestorven!

'U moet echt mijn beschermengel zijn,' zei ze opeens en ze bespeurde een lichte verwarring aan de andere kant van de lijn. De stem kuchte, kennelijk glimlachte of gniffelde degene van wie de stem was. 'U hebt altijd zulk fantastisch nieuws voor me!' Haar laatste zin klonk als een kreet.

'Zoiets mag ik helemaal niet horen, ik hang nu op en we spreken elkaar weer over twee weken. Om dezelfde tijd?'

'Ja, ja, prima, doen we, bedankt!'

Toen rende ze de straat op en begon luidkeels te zingen, ze huppelde over het trottoir, danste, draaide pirouettes, lachte tegen de mensen en klapte in haar handen.

Ze begon de namen op te sommen van de slachtoffers die haar te binnen schoten. Eerst de prominente slachtoffers uit de wereld van kunst en wetenschap, uit de intelligentsia. Daarna herinnerde ze zich de ouders van de klasgenoten over wie hun kinderen niet meer mochten praten, de grootouders van medestudenten, ze herinnerde zich artsen die opeens niet meer op hun werk waren verschenen, docenten en leraren die plotseling waren verdwenen, ze herinnerde zich vrienden van haar moeder en tante die allemaal wel een man, een zoon, een vrouw, een moeder of vader misten. De lijst met namen was eindeloos. Arlington Road was niet lang genoeg, ze moest er zijstraten bij nemen om alle namen die haar te binnen schoten minstens één keer te kunnen uitspreken.

Pas toen ze bij het station was aangekomen, zei ze: Ramas, Sopio, Andro. Daarna was ze een hele tijd stil en fluisterde ze alleen nog: Mariam. Mijn zoon.

Nog diezelfde dag gaf Kitty Jasji, in gezelschap van haar mecenas en nu ook woordvoerster Amy, een radio-interview. Daar mocht ze een van haar nieuwste songs laten horen – wel in haar moedertaal – en vertellen over het harde lot van een kunstenares en ballinge uit de Sovjet-Unie. Niet lang daarna kreeg ze een aanbod om twee keer per week in een jazzclub in Soho op te treden, dat ze verheugd aannam.

Nadat dat interview was uitgezonden en in de Loebjanka was geregistreerd, werd Kostja Jasji door de Russische geheime dienst gedagvaard en moest hij na een lang verhoor schriftelijk bevestigen geen contact met zijn zus te zullen opnemen en zich publiekelijk van haar te distantiëren, meer nog: haar in de geest van het vaderland een verraadster te noemen.

Sneeuw. Ga liggen. Korte metten.
Hoeveel kogels? Vijf?
Achtentwintig bajonetten?
Alles voor één lijf.
Achmatova

De bedrukte en angstige rouwstemming die in het hele land heerste, had ook Nana aangestoken. Ze liep met aarzelende passen de heuvel naar Christines huis op, want ze had eindelijk besloten de door haar lang geheimgehouden zwangerschap aan iedereen bekend te maken; die zou ook niet langer te verbergen zijn. En naarmate haar buik groeide, groeide er in haar ook een ondefinieerbare angst voor het aanstaande moederschap. Het nieuws van haar zwangerschap, dat haar vlak na Kostja's vertrek was meegedeeld, had haar helemaal van haar stuk gebracht, want ze had net een promotieplaats aan de linguïstische faculteit toegewezen gekregen en zich op die nieuwe levensfase ingesteld.

Na Kostja's vertrek leek iedereen om haar heen veel enthousiaster over haar echtelijke status dan zijzelf. Ze voelde niets en was graag wat euforischer, opgewondener, misschien ook onverstandiger geweest. Maar ze constateerde geen diepgaande verandering bij zichzelf. Ze was dezelfde gebleven, ze woonde alleen in een ander huis. Iedereen bemoeide zich met haar en kwam met adviezen hoe je de beste echtgenote van de wereld werd. Maar zij keek met haar grote blauwe ogen om zich heen en begreep gewoon niet wat er zo bijzonder aan het huwelijk kon zijn. De korte tijd die ze met Kostja had doorgebracht, was niet voldoende geweest om zekerheid over hem te krijgen, om te weten of ze echt van hem hield.

Het nieuws van haar zwangerschap had haar twijfel aan het idee huwelijk, liefde enzovoorts alleen maar vergroot. Haar vriendinnen, haar familie en zelfs Kostja had ze er niets over verteld. In Kitty's oude kamer, gebogen over haar vakliteratuur, vroeg ze zich vaak af of ze haar man wel goed genoeg kende, of ze eigenlijk wel wist welke kant hij op wilde. Of ze hem ooit op zijn weg zou kunnen vergezellen.

Ze belde aan. Stasia deed open. 'Ben je de sleutel vergeten?' vroeg ze verbaasd.

'Nee, maar ik moet jullie iets vertellen. Is Christine er al?'

Ze gingen naar de keuken, Christine was het avondeten aan het klaarmaken. En Nana, die ondanks al die weken dat ze samenwoonden, nog steeds niet echt deel van de familie was geworden, stak haar buik naar voren en zei: 'En, valt jullie niets op?'

'Je denkt toch niet serieus dat we dat nu pas merken?' antwoordde Christine schalks en ze schudde ongelovig haar hoofd. Nana, een beetje teleurgesteld over de mislukte verrassing, begon koket te lachen.

'Hoelang weten jullie het al?'

'Ik geloof dat wij het zelfs nog eerder wisten dan jij. In elk geval moet je nu minstens in de vijfde maand zijn.'

'Waarom hebben jullie me er niet over aangesproken? Mijn moeder zou me met vragen hebben bestookt als ze iets had vermoed.'

'Zij weet het ook. Ik bedoel, we zijn allemaal vrouwen, lieve kind. Zoiets valt moeilijk te verbergen.'

'Mag ik je iets vragen?' zei Stasia, terwijl ze keek naar de trage, bedachtzame bewegingen van Christine, het brood dat ze behoedzaam sneed, de boter die ze zacht en zorgvuldig op een boterham smeerde. 'Waar ben je bang voor?'

'Ik... bang? Hoe kom je daarbij?'

'Je bent bang en ik wil graag weten waarvoor. Waarom verberg je je voor iedereen? En je kind ook.'

'Ik verberg me toch...'

Nana maakte haar zin niet meer af.

Diezelfde nacht, toen Stasia al naar bed was, maakte Christine voor de vrouw van haar neef haar eerste warme chocola en troostte haar. De chocola zou haar angst wel verdrijven, dacht ze. Stasia had al zo vaak geprobeerd haar zus ervan te overtuigen dat de chocola een hoge prijs vroeg van degene die ervan proefde, maar Christine had haar uitgelachen en beweerd dat ze bijgelovig en naïef was.

En zo proefde Nana die nacht haar eerste warme chocola volgens het geheime recept van mijn betovergrootvader en ervoer ze een bedwelmend, geweldig, eenmalig gevoel van gelukzaligheid, de levendige, pure vreugde van een-zijn met deze wereld. Een wereld waarin ergens aan de koude zee een liefhebbende man op haar wachtte en waarin het mogelijk zou zijn hun gemeenschappelijke kind een mooi, beschermd en gelukkig leven te bieden.

De volgende dag werd Kostja gebeld en van zijn aanstaande vaderschap op de hoogte gebracht. De ergernis over het feit dat zijn vrouw dat nieuws zo lang had verzwegen, was in het licht van de grote vreugde over de komende bevalling snel vergeten. Na de officiële bekendmaking schaarden zich hele legers vrouwen om Nana, die haar tot de geboorte van mijn moeder op 26 juni 1953 niet meer uit het oog verloren. Met verse appels en maïspap, met yoghurtsoep en kippenbouillon, met overrijpe pruimen en vele, vele adviezen zouden ze het Nana tot die tijd lastig blijven maken.

Christine zat op een ochtend met de krant in de tuin en schrok toen ze opeens paginagroot zijn gezicht voor zich zag. Ze liet de krant zakken en toch bleef haar blik op het portret gevestigd, alsof het in één klap de tijd had teruggedraaid. Alsof het een van die dagen was waarop de zwarte Bugatti de Veraheuvel op kwam rijden en haar op de hoek van de straat afhaalde. En zij voortdurend in angst leefde dat Ramas onaangekondigd thuis zou komen.

Ze probeerde de onwelkome herinneringen van zich af te schudden, dronk haar kopje leeg en snoof de seringengeur op die de stad in deze tijd van het jaar omhulde. Ze genoot van de weelde van de natuur die Tbilisi in mei altijd in volle pracht tentoonspreidde, maar deze dag zou ze niet meer kunnen invullen zoals ze wilde. Ze pakte de krant weer en las de tekst die onder zijn foto stond: over het feest dat de Kleine Grote Man de komende zondag in zijn vorstelijke villa in de Matsjabelistraat zou geven.

Men vierde zijn terugkeer, men huldigde zijn toekomst. Men geloofde dat hij op weg was naar de hoogste toppen van de macht. En inderdaad leken alle tekenen, alle sterren op dit moment erop te wijzen dat hij weldra tot de volgende rode koning van dit imperium zou worden benoemd. Plaatsvervangend minister-president, vervolgens minister van Binnenlandse Zaken, de man die er binnen de kortste keren in was geslaagd het ministerie van Binnenlandse Zaken en de geheime dienst samen te voegen, die zelfs de titel van maarschalk droeg, de man achter de atoombom, eindelijk opgenomen in de roemruchte kring van het Centraal Comité. Ja, alles wees erop dat de grote Georgiër eindelijk de weg had vrijgemaakt voor de kleine

Georgiër en het reusachtige gebied aan hem had overgedragen.

Christine staarde weer naar de foto. Zijn gelaatstrekken, zijn ogen, zijn uitdrukking, zijn blik – alles was angstaanjagend vertrouwd. Ze vroeg zich af hoeveel vrouwen hij in de tussentijd had geproefd, fijngekauwd en weer uitgespuugd. Ze probeerde zich de nieuwe, jongere, mooie vrouwen aan zijn zijde voor te stellen. Ze herinnerde zich zijn laatste brief, waarin hij haar hoop op Andro's redding had gegeven. Ze herinnerde zich haar angst voor die niet getekende brief, hoelang het had geduurd voor ze hem open durfde te maken. Ze herinnerde zich de rozen die hij nog een jaar lang dagelijks liet sturen toen zij die lange pijnlijke maanden aan bed was gekluisterd, niet in staat zichzelf in de spiegel te bekijken, toen haar zus de chocola voor haar had gemaakt... De warme chocola! En opeens verscheen er een boosaardige grijns op haar gezicht.

Ze pakte de krant op en drukte de pagina met zijn gezicht tegen haar borst. Als een klein meisje dat in grote besluiteloosheid met een nieuwe pop in haar hand staat en niet weet of ze hem moet aannemen of tegen de muur moet smijten.

Als door de bliksem getroffen liet ze de krant vervolgens vallen en stormde naar binnen. Ze ging naar de kelder, waar Ramas vroeger zijn collectie zeldzame en kostbare wijnen bewaarde en waar nu in oude dozen nutteloos geworden voorwerpen, oude kleren en verbannen herinneringen hun dagen sleten. Ze rukte de dozen open, woelde erin, werkte zich door de stoffige berg oude spullen heen – en vond ten slotte wat ze zocht.

Ze had haar beste tijd dan misschien gehad en naderde haar zesenveertigste levensjaar, maar ze wist nog heel goed hoe ze de tijd weg kon schminken en haar gehalveerde schoonheid in het mooiste licht kon plaatsen. Met de turquoise zijden jurk in haar hand liep ze naar haar kamer. Ze hield de fijne stof tegen het licht, zocht en vond alle gebreken en ging aan het werk. De kleine mottengaatjes kon ze wegwerken met mooie borduursels, de stralende kleur was te herstellen met de juiste wasbeurt en een beetje verf. Het belangrijkste was dat ze nog in de jurk paste.

Ze kleedde zich uit en trok de jurk aan. Na Ramas' begrafenis had ze hem in stukken willen knippen, maar ze had het niet over haar hart kunnen verkrijgen de kostbare stof met zijn fraaie, adembenemend elegante snit op te offeren aan haar tragedie. Om er toch niet elke dag naar te hoeven kijken had ze de jurk naar de kelder verbannen. En er tot op de dag van vandaag geen moment aan gedacht hem weer tevoorschijn te halen.

Nu ze hem aantrok, nu ze de soepele stof om haar heupen, haar benen, haar borsten voelde, waande ze zich heel even weer in koninklijke luister. Het gevoel dat ze aan de zijde van Ramas permanent had gehad. Het gevoel dat haar in haar oude leven van vitaal belang had geleken. En dat haar sinds Ramas' dood definitief had verlaten.

Toen had ze een zwart parelsnoer gedragen. Toen, op die laatste dag van 1928. Het parelsnoer was lang geleden verkocht. Nu moest een eenvoudige zilveren ketting volstaan.

De jurk zat perfect. De turquoise droom van zijde. De jurk met de duizelingwekkend diepe rug, die de kuiltjes boven haar billen onthulde. De jurk waarmee haar man met een geïmponeerd, verrast en licht verwijtend hoofdschudden had ingestemd. Haar man, die bij haar aanblik zelfs even sprakeloos was geweest. Die overweldigd was door haar vindingrijkheid, die haar vol trots aan zijn meerdere, zijn vriend had voorgesteld. Zijn kostbaarste kunstwerk. Zijn godin.

En als ze het Venetiaanse masker nog had gehad en weer had opgezet, als ze haar ogen had dichtgedaan, dan had ze de feestgeluiden, het gelach en het getinkel van de champagneglazen weer gehoord, de verrukkelijke gerechten weer geroken. Dan had ze de *lametta* kunnen zien en Stasia in haar zwanenkostuum, Sopio Eristavi verkleed als man en Ramas in zijn dure smoking. En op z'n minst in haar fantasie had ze dan de illustere gast, die zijn komst met zoveel drukte had aangekondigd, de toegang ontzegd. Ze had hem niet het huis rondgeleid, had niet met hem gepraat en had verhinderd dat haar man haar aan zijn gast toonde als een kostbaar, uniek juweel, wel wetend dat zijn gast zulke juwelen begeerde en zich toe-eigende.

De hele nacht werkte Christine aan haar metamorfose. Ze dompelde de jurk nog een keer in de verf, waste en streek hem. En toen ze zich de volgende avond in de spiegel bekeek, had ze bijna de Christine van destijds kunnen zijn, de Christine van voor het oudejaarsbal – als ze niet een klein, zwart, kanten masker over de linkerhelft van haar gezicht had gedragen. Maar ze was tevreden.

Daarna ging ze naar de keuken, stopte de benodigde ingrediënten, die ze op een geheime plek voor Stasia verborg, in haar handtas en ging met wild bonzend hart naar bed.

In het zwart geklede bewakers bleven zonder ophouden naar haar uitnodiging vragen. Maar ze hield voet bij stuk en stond erop dat ze de gastheer haalden. Ze voelde hun verbijsterde blikken op haar rug, op haar heupen, en wist dat ze binnen zou komen. Ze wist dat het haar ook zou lukken de tijd nog een keer terug te draaien. Ze beraadslaagden en stuurden een van hen de verlichte villa in. Ze kuchten verlegen, alsof ze het duidelijk vervelend vonden deze schoonheid te moeten afwijzen omdat ze niet op de gastenlijst stond.

Voor de villa stopten limousines, waar dames in chique jurken en heren in donkere pakken uit stapten. En te midden van hen stond zij, die niet was uitgenodigd en toch alle aandacht trok. In deze jurk voor dit hoge hek was het zo eenvoudig om de oude Christine te zijn, de vrouw naar wie iedereen zich omdraaide, naar wie iedereen vol bewondering keek, die bemind werd en beminde zonder het zelf te weten, zo pijnlijk volmaakt. In deze jurk leek het zo eenvoudig om te geloven dat haar grote, treurige, gedesillusioneerde echtgenoot nog leefde...

Toen zag ze hem door de ruime palmenlaan lopen, door de mooie tuin die hij in de loop van de tijd als een bolwerk rond zijn villa had laten aanleggen. Met elegante cipressen en weelderige gewassen. Met exotische planten en geplaveide paadjes. Een waar shangri-la, als je niet zou weten wie deze villa bewoonde, wie de baas was van deze verrukkelijke tuin.

Hij begroette een paar gasten die hem tegemoetkwamen, schudde handen, glimlachte. Opeens bleef hij staan, met zijn blik op haar gericht. Zijn gezicht veranderde, maar uit de verte kon ze niet zien, niet beoordelen wat er door hem heen ging. Even dacht ze dat hij weer naar binnen zou gaan en haar bij de ingang zou laten staan, maar toen zette hij doelgericht een stap in haar richting, negeerde de andere gasten die arriveerden en kwam als een keizer die door zijn uit bewondering en angst achteruitwijkende volk schrijdt op haar af. De bewakers gingen op hetzelfde moment opzij en bezorgden hem een schitterend optreden, alsof het een ingestudeerde choreografie betrof. Zij lachte het betoverendste lachje dat ze kon opbrengen en gaf hem een hand, die hij met zijn klamme, warme vingers omklemde, terwijl er op zijn gezicht een uitdrukking van diepe deemoed verscheen.

'Ik dacht dat je mijn uitnodiging niet zou willen aannemen, ik wilde je niet in een pijnlijke situatie brengen.'

'Nu heb ik jou waarschijnlijk in een pijnlijke situatie gebracht.' Ze zei het zacht, haar lippen bewogen nauwelijks.

Ze zei het niet verontschuldigend, maar trots, op licht verwijtende toon.

'Nee, nee, alsjeblieft. Wees mijn meest welkome gast!' antwoordde hij en hij bood haar zijn arm aan. Zo snel ging dat dus, zo snel kreeg ze de rol van keizerin toebedeeld. En ze nam het aanbod aan, met veel genoegen zou ze die rol deze nacht spelen. En deze keer zou ze geen repetitie nodig hebben. Want sinds de nacht dat haar gezicht was gehalveerd, had ze tijd gehad om zich op deze rol voor te bereiden.

Beeldschoon en die schoonheid uitdagend tentoonspreidend, zelfverzekerd en ongenaakbaar liep ze door het grote hek. Aan zijn zijde, aan zijn arm. Onder de brandende, afgunstige blikken van het illustere gezelschap. Ze betrad de volle zaal met de fraaie marmeren vloer en de vergulde ornamenten aan het eindeloos hoge, met de hand gestucte plafond. Het kamerorkest speelde al, de champagnekurken knalden, de alcohol vloeide.

Alleen de machtige en mooie mensen waren hier. De machtigsten en de mooisten. Mannen die al jaren niets anders deden dan voor god spelen en vrouwen die niets anders kenden dan de roes, de altijd voortdurende, euforische roes. De beste zangers en zangeressen van de staatsopera gaven hun aria's ten beste. Want de gastheer hield van het grootse en pompeuze, het monumentale, ja, hij hield van schoonheid.

De hele avond verloor Christine de gastheer niet uit het oog. De Kleine Grote Man, die midden in zijn marmeren paleis champagne stond te drinken, geanimeerd met zijn gasten praatte, verrukt naar de zangers luisterde en naar het kamerorkest, dat zichzelf uit angst voor fouten overtrof. Hoe hij complimentjes uitdeelde, in het voorbijgaan nonchalant de talloze blote schouders, armen, door lichte, zwierige stoffen omhulde heupen en borsten aanraakte, gevatte grappen maakte en schitterde in dit huiveringwekkende spektakel.

Tientallen jaren later, Brilka, zou de dan in dit gebouw gevestigde Organisatie voor Mensenrechten – laten we het de ironie van het lot noemen! – bij het omspitten van de tuin menselijke resten vinden, en die vondst zou aanleiding zijn tot een langdurig maatschappelijk debat wat er verder met het gebouw moest gebeuren. Sommigen eisten van het stadsbestuur dat het werd afgebroken, dat het met de grond gelijk werd gemaakt, dat alle gruwelen die vermoedelijk binnen die muren hadden plaatsgevonden, uit het collectieve geheugen werden gewist. Anderen pleitten voor het behoud van dit architectonische wonder, weer anderen haalden alleen hun schouders op en wisten geen oplossing. Niemand vroeg naar de doden, niemand trok hun sporen na.

Zing, schoonheid, geen Georgisch lied,
Omdat dit innig is verweven
Met mijn verleden, mijn verdriet –
Een verre kust, een ander leven.
Poesjkin

Christine voegde zich bij de chique dames, die allemaal met een ontroerd gezicht naar de klanken van het orkest luisterden en elkaar met hun elleboog aanstootten toen Christine bij hen kwam staan.

De Kleine Grote Man tilde zijn kale hoofd op, drukte zijn ronde knijpbril steviger tegen zijn mollenogen en bleef zo staan toen een bleke dame en een kleine, zwaarlijvige man in een groen pak *O soave fanciulla* uit *La Bohème* inzetten. Hun blikken ontmoetten elkaar steeds weer over de vele schouders, halzen, hoofden, armen, monden en ogen heen. Toen de zangeres de liefdesverklaring van de zanger beantwoordde met *Ah, tu sol comandi, amor!*, liep hij naar haar toe en kwam naast haar staan, en op dat moment wist ze dat ze zou winnen. Vannacht zou ze winnen. Ze stak bijna een hoofd boven hem uit met haar openlijk getoonde lichaam, dat niet was verminkt, dat door het zuur was gespaard. Schijnbaar toevallig raakte hij met zijn schouder de hare aan.

De stemmen van de zangers verenigden zich harmonieus, boterzacht, en hij fluisterde haar met zijn slijmerige, zachte, West-Georgische dialect in het oor: 'Blijf hier, blijf hier tot iedereen weg is. Je bent zo betoverend mooi.' En ze knikte, terwijl ze haar hoofd iets van hem afwendde.

De roes was sterk en verleidelijk, iedereen gaf zich er graag aan over. En Christine troonde op dit chique bal op de meest eervolle zetel van de onbevreesdheid. Ze had alles al verloren, er viel niets meer te verliezen. Ze hoefde niet te buigen, niets te verbergen, zoals de andere gasten, ze hoefde niet door hen liefgehad en geaccepteerd te worden. Ze triomfeerde over degenen die haar benijdden, over hun van angst verwrongen afhankelijkheid, over hun vurige wens zich tot de vazallen van de gastheer te mogen rekenen.

Telkens voelde ze met haar hand in haar tas naar de donkere chocoladerepen en de potjes met specerijen.

Ze had haar zus nooit geloofd, ze geloofde niet in vloeken en goden, niet meer, alle goden waren allang vervangen door de rode ster, maar voor deze ene nacht wilde ze er weer in geloven. Ze hoopte op hun hulp. Voor deze ene nacht zou ze het geloof van haar zus lenen. Ze zou geloven dat de zwarte verlokking van haar vader de macht bezat die Stasia eraan toekende. Dat uit de ingrediënten in haar tas de zoetste wraak kon voortvloeien. Vandaag zou ze daarin geloven.

Lang na middernacht begon de zaal leeg te lopen en verzocht de Kleine Grote Man de uitgeputte musici alleen voor haar en hem een wals te spelen. Hij vroeg haar heel officieel ten dans. Hij danste met haar, traag, aritmisch, loom van het vele gouden bubbeltjeswater, maar hij danste vol overgave. Ze bedacht dat ze nog nooit met hem had gedanst. Maar wat had ze vaak met Ramas gedanst. En misschien zou ze er deze keer in slagen haar ogen dicht te doen en zich haar man voor te stellen, hoe hij haar door deze zaal leidde, zo trots dat hij haar, Christine, in zijn armen hield. Zo gelukkig.

Ze sloeg haar armen om zijn tengere schouders. Ze accepteerde het feit dat ze voor één nacht de meesteres in dit gruwelijke rijk was, een van de talloze vrouwen die zich zo graag lieten verblinden en bedwelmen, die in de glans van onwetendheid, verdringing en zelfvergetelheid elke verantwoordelijkheid voor morgen afwezen, geboren als ze waren om te behagen en te verrukken, om mannelijke gemoederen te bedwelmen, om te beminnen en bemind te worden.

Ik heb me altijd voorgesteld hoe ze daarna naar boven liepen, over de brede marmeren trap naar zijn privévertrekken, hoe ze de enorme slaapkamer binnengingen die Christine in haar vroegere leven zo vaak binnen had moeten gaan. Ik stelde me voor dat zij degene was die voor hem bleef staan en zich begon uit te kleden. Ik stelde me voor hoe ze met één handbeweging de knoop van haar kraagje losmaakte en hoe de zachte stof op de grond viel, hoe ze zich voor hem onmisbaar maakte.

Ze heeft genoegdoening gevoeld op dat moment, de genoegdoening dat ze de tussen nu en toen liggende tijd voor een paar uur kon opheffen. Die compleet uit zijn voegen kon rukken en overhoopgooien. Niet om weer jong en mooi te zijn, met een heel in plaats van een half gezicht, maar om een fractie van een seconde het gevoel te hebben dat Ramas nog leefde. Als ze met hem naar bed ging, als ze met hem naar bed moest gaan, als ze hier was, in deze kamer, in dit bed, dan kon ze zich voorstellen dat ze daarna naar huis zou gaan en op haar man zou wachten. Haar man, die alles allang wist, die alles had doorzien, zelfs de toekomst.

Ik heb me altijd voorgesteld, Brilka, dat ze bereid was de Kleine Grote Man steeds opnieuw in haar armen te sluiten om zichzelf die ene leugen te schenken. Alles was beter dan zijn dood. Misschien zou het haar lukken die nacht niet aan het afgedekte lijk van haar man te denken, om wie ze niet had kunnen huilen, omdat ze geen gezicht had om te huilen.

Hij boog zich naar haar toe en kuste haar hals, haar ongeschonden hals. Ze voelde een vreemde, beangstigende ongeremdheid, alsof ze na vele, vele jaren voor het eerst een korset had uitgetrokken. Een korset van nachtmerries. Ze ging op het bed liggen. Met een naakt lichaam en een half bedekt gezicht. Hij boog zich over haar heen, ze deed zijn knijpbril af, keek diep in zijn ogen en drukte haar lippen op de zijne. Stevig, nog steviger, ze zou hem alles geven, alles, om in gedachten voor één keer Ramas weer tot leven te kunnen wekken, om in haar verbeelding nog één keer een heel gezicht te hebben in plaats van een monsterachtig kraterlandschap. Naast het bed stond een ingelijste foto van de zachtaardige, stille Nina, zijn vrouw. Christine verjoeg de vraag hoeveel zelfhaat een mens kon verdragen en sloeg haar armen om hem heen.

Ja, ik stelde me voor hoe moeiteloos ze hartstocht veinsde om haar verleden terug te krijgen. Hoe ze aan Ramas dacht, hoe ze geloofde – ja, het is zo macaber, Brilka – via zijn moordenaar weer dicht bij haar man te zijn. Hoe zij de leiding nam in dit spel, dat hij zo perfect beheerste. Ik stelde me voor hoe hij naar haar gehalveerde schoonheid keek en er steeds weer door in vervoering raakte. Ik stelde me voor dat het prikkeldraad rond haar hart langzaam losraakte en zij geloofde de realiteit te hebben doorbroken en de wereld van de geesten te zijn binnengegaan.

En toen zag ik hoe ze zich boven hem oprichtte, als een antieke godin die was verschenen om medelijden te tonen of te vervloeken. Voor mijn geestesoog zag ik hoe ze hem aankeek, euforisch over wat komen ging en hem in het ongewisse latend over wat er op die blik zou volgen. Ik zag hoe ze rechtop ging zitten en langzaam, met bedachtzame, beheerste, heel nauwkeurige bewegingen haar masker afnam. Haar gezicht onthulde. Haar maanzieke schoonheid en haar ondraaglijke lelijkheid. Misschien wond het haar op om het letsel aan de aanstichter te kunnen tonen, het letsel waarvoor hij zoveel jaren was gevlucht.

In die oudejaarsnacht had hij haar willen aankijken, had hij haar masker niet kunnen verdragen. Nu had hij geen andere keus, nu was de verwoesting met haar gezicht vergroeid, nu kon hij het rauwe, gemaltraiteerde mombakkes niet meer van haar gezicht halen, en voor het eerst in haar leven voelde ze een huiveringwekkende dankbaarheid voor het feit dat de nachtmerrie op haar gezicht was vastgelegd.

Ze liet hem naar haar kijken.

'Ik heb een verzoek,' zei ze toen.

'Wat je maar wilt,' zei hij, terwijl hij zijn blik van haar afwendde.

'Ik heb iets voor je meegebracht. Ik moet het alleen nog klaarmaken. Ik wil je bedanken. Vanwege Andro. Ik ga naar beneden naar de keuken en zal mijn verrassing dan naar boven brengen. Ik wil dat je het proeft. Ik neem het zelf ook,' voegde ze eraan toe om geen argwaan te wekken.

Hij knikte, opgelucht dat ze de kamer zou verlaten, dat hij haar verminkingen niet langer hoefde te verdragen.

Ze liep naar beneden, naakt, zoals ze was, zoals God en

de Kleine Grote Man haar hadden geschapen, en maakte de warme chocola.

Op een zilveren dienblad serveerde ze de magisch geurende zwarte zonde. Ze ging bij hem op bed zitten, om zijn eetlust niet te bederven met haar rechterkant naar hem toe, en stak haar vinger in de stroperige massa. Toen likte ze haar vinger af. Gefascineerd door die aanblik hield hij zijn mond voor haar open en wachtte tot ze hem met haar vinger voerde. Geduldig en tevreden maakte ze hem deelgenoot van het geheim van haar vader. In een oogwenk had hij de chocola verslonden.

Tijdens de zitting van het Centraal Comité op 26 juni 1953, de dag dat mijn moeder het levenslicht aanschouwde, werd de Kleine Grote Man gearresteerd. Er was sprake van een samenzwering van de andere negen leden van het politbureau, met aan het hoofd Nikita Chroesjtsjov.

De Kleine Grote Man kwam terug van de zomermanoeuvres in Smolensk, waar ze hem naartoe hadden gestuurd om tijd te winnen en zich minutieus voor te bereiden op zijn val. Die dag werd de zitting in aanwezigheid van de Kleine Grote Man in de vergaderzaal geopend. Een uur later kwamen er vijf gewapende mannen van een speciale eenheid binnen. In het voorvertrek zaten zeventien mannen van het NKVD, vazallen van de Kleine Grote Man, die in de verste verte niet vermoedden wat er achter de gesloten deuren gaande was.

'In naam van de wet dient hij te worden gearresteerd,' maakte Malenkov bekend, waarop de wapens werden getrokken. Malenkov, die net als de Kleine Grote Man een van de nauwste vertrouwelingen van de generalissimus was geweest en gedurende de dertig jaar van zijn werkzaamheden in Armenië en Wit-Rusland naar schatting 150.000 mensen liet doden, de premier, die vanwege zijn brede heupen en zijn piepstem 'Malanja' werd genoemd en over wie de Kleine Grote Man eens moet hebben gezegd: 'Als de leider opdracht geeft één man te doden, doodt Malenkov er duizend.'

Diezelfde Malanja, die karikatuur van een aanvoerder, stond nu voor hem met Chroesjtsjov, de meest gevreesde man van de hele Sovjet-Unie, die door de leider zelf 'onze Himmler' was genoemd, en samen lieten ze de wapens op hem richten! In zijn binnenzak zat een verkreukeld papiertje, waarop meer dan eens het woord 'alarm' stond. Kennelijk had hij al voor de zitting iets vermoed, maar geen gelegenheid gehad om het papiertje aan zijn bewakers te geven.

In de nacht van 26 op 27 juni werd de Kleine Grote Man op de achterbank van een ZIS-110 in het geheim het Kremlin uit geloodst en naar een verhoorinrichting gebracht. De ondervragingen duurden een halfjaar, er kwamen weinig bekentenissen, maar wel ettelijke brieven met gratieverzoeken en beschuldigingen aan het adres van diverse leden van het Centraal Comité, zodat de Kleine Grote Man tijdens zijn gevangenschap uiteindelijk zelfs een schrijf- en correspondentieverbod kreeg opgelegd.

En voor het eerst kwam zijn zo melancholieke vrouw Nina in actie, ze wendde zich tot Malanja, de collega van haar man, en schreef hem een brief. Ze was ervan overtuigd, schreef ze, dat het om een misverstand ging, ze geloofde in haar man, hij was een ware communist die altijd in de geest van het vaderland, van Lenins erfgoed en van de grote generalissimus had gehandeld. Mocht hij, zonder zich daarvan bewust te zijn, toch iets hebben misdaan, dan verzocht ze zelf eveneens volledig ter verantwoording te worden geroepen. Een dergelijke trouw maakte indruk op de leden van het Centraal Comité, vooral op degenen die op bevel van de leider hun eigen vrouw, broers, ouders en vrienden hadden verloochend en laten arresteren. In een buiten de publiciteit gehouden proces werd in december 1953 het doodvonnis uitgesproken en naar verluidt nog dezelfde dag voltrokken. Hij werd gefusilleerd. Zijn lijk werd verbrand. Aan Nina's wens werd geen gehoor gegeven, zij werd in leven gelaten. Er zouden haar nog vele jaren zijn vergund, waarin ze de nagedachtenis van haar man in ere zou houden en hem blindelings trouw zou blijven.

De processtukken beslaan veertig delen. In de akte van beschuldiging staan aanklachten die gaan van onrechtmatige vervolging, arrestatie en foltering tot verkrachting, ambtsmisbruik, vergiftiging en executie. De Kleine Grote Man verklaarde zich op de dag van de voltrekking van het vonnis 'onschuldig'.

Nadat de machtsstrijd was gewonnen en Malanja eveneens aan de kant was gezet, ging het grote rijk van de generalissimus over in handen van een boerenjongen uit Kalinkova, genaamd Chroesjtsjov, die precies twee jaar op school had gezeten toen zijn vader zei dat hij er genoeg aan had als hij tot dertig kon tellen, meer dan dertig roebel zou hij toch nooit verdienen, en die tot dusver een benijdenswaardige socialistische loopbaan had afgelegd. Al in 1937 had hij de generalissimus geschreven dat hij persoonlijk 8500 vijanden van het systeem had geïdentificeerd die in zijn ogen de dood verdienden, daarom 'mag onze hand niet trillen, daarom moeten wij over de lijken van onze vijanden marcheren voor het welzijn van het volk'. Hij was ervoor beloond. Zeer royaal. En nu stond hij op de plek waar zijn vader nooit van had durven dromen. De boerenjongen uit Kalinkova, die pas vlak voor het eind van zijn leven zou toegeven: 'Mijn armen zitten tot aan de ellebogen in het bloed.'

... Hij heeft vele erfgenamen op aarde achtergelaten.
Naar mijn idee is er in zijn graf een telefoon
aangelegd en geeft hij deze of gene weer bevelen...
Nee, hij is niet gestorven.
Volgens hem is de dood te corrigeren.
Jevtoesjenko

Kitty zat bij Amy in de keuken over de *London Evening* gebogen, waarvan de voorpagina werd gesierd door een foto van de Kleine Grote Man. Haar lichaam schokte van het huilen, ze had al drie jaar niets van haar familie gehoord en haar bezorgdheid en verlangen hadden schrikbarende vormen aangenomen. Maar het was ook de dag waarop ze voor zichzelf toegaf dat ze van een vrouw hield. Na een ruzie met Amy had Fred Lieblich die ochtend voor de zoveelste keer het huis verlaten en zich onder het voorwendsel dat ze in een productieve fase zat, teruggetrokken in haar atelier.

Kitty had Fred sinds die fatale ochtend gemeden. Vol gewetenswroeging en ontsteltenis dat ze zich had laten verleiden door een vrouw, bleef ze steeds vaker in de jazzclub hangen. Na haar optreden zat ze langer dan anders aan een tafeltje whisky te drinken. Ze liet zich door gasten in een gesprek verwikkelen en speelde de rol van de sensatie uit de Sovjet-Unie met veel verve. Ze ging in op angsten en projecties en voorzag die van nog meer verschrikkelijke details. Gaandeweg begon ze er zelfs plezier in te krijgen. Haar fantasie produceerde steeds wildere en bontere beelden van haar communistische verleden. De scenario's werden steeds spannender en onheilspellender.

Maar al liet ze zich soms door een man op een drankje trakteren, tot een bioscoopje overhalen of een cadeautje toestoppen, al stond ze zelfs weleens een paar zoenen voor Amy's voordeur toe, het hielp niets. Ook dat ze de

Engelse taal inmiddels machtig was, veranderde niets aan het feit dat ze de mensen die ze ontmoette niets te zeggen had en hun ook niets wilde zeggen. De enige man naar wiens woorden ze verlangde, was haar anonieme vriend. De enige vrouw tot wie ze woorden wilde richten, was Fred.

En telkens wanneer het niet te vermijden was dat ze de twee vrouwen in de eetkamer hoorde giechelen en elkaar plagen, werd ze overvallen door hevige jaloezie, dan wilde ze naar beneden vliegen en Fred naar zich toe trekken, haar mee naar haar kamer sleuren en haar vertellen wat haar bezighield. Maar haar schaamte over dat verlangen was te groot en ze begroef haar gezicht in haar kussen, zo diep dat de stemmen en het gelach niet meer tot haar doordrongen.

Op een gegeven moment raapte ze al haar moed bijeen en ging op pad. Ze nam de ondergrondse naar Soho en zocht het heimelijk uit Amy's adresboekje overgeschreven adres. Ze hoopte stiekem dat ze er niet zou zijn, dat ze de deur niet open zou doen, dat ze bezoek had. Maar ze was er, deed al na één keer bellen open en vroeg Kitty meteen binnen. Maar Kitty bleef voor de deur staan, alsof ze bang was de uitgang niet meer te zullen vinden.

Fred bleef in de deuropening staan en keek haar onverwachte gast met een schuin hoofd aan. Toen zei ze met een glimlach op haar lippen: 'Hou daar alsjeblieft mee op.'

'Waarmee?'

'Je kijkt me altijd zo aan, zo... Vooral als Amy erbij is.'

'En als ze er niet bij is?'

Haar verlegenheid leek Fred te amuseren, ze stak een sigaret op en leunde tegen de muur.

'Je wilt dus in geen geval binnenkomen? Of je jas uitdoen? Of een kop thee met me drinken? Of mijn schilderijen zien?'

Kitty schudde haar hoofd. Steeds weer, als om zichzelf

in haar voornemen te sterken. Fred stak haar hand uit. Zonder één enkele ring, met kortgeknipte, voor een schilderes heel schone nagels. Zo bleef ze staan wachten. Maar eigenlijk was ze er zeker van dat Kitty haar zou volgen. Toen Kitty bleef aarzelen, liet ze haar hand zakken, rende weg alsof er iemand achter haar aan zat, en verdween in het grote atelier, waar Kitty geen blik in durfde te werpen. Er klonk muziek. Daarna verscheen de gastvrouw met twee wijnglazen, die vast en zeker uit Amy's huisbar kwamen.

'Dat is heel mooi. Wat is dat?' vroeg Kitty en ze moest gniffelen toen ze zag dat Fred het zich op de vloer in de gang gemakkelijk maakte. Met haar vlakke hand klopte ze op de grond en nodigde Kitty uit om naast haar te komen zitten.

'Ken je Billie Holiday niet? Nou goed, als jij niet binnen wilt komen, kom ik wel naar buiten. Maar dat je Billie Holiday niet kent, dat had ik niet gedacht. Uitgerekend jij zou haar moeten kennen.'

Kitty ging aarzelend op de grond zitten. Helemaal in de ban van die oneindig treurige stem.

'Je hebt lucht nodig, mooie vrouw! Meer lucht, meer vrijheid, je moet weer jezelf zijn,' zei Fred opeens en ze klonk serieus, nadenkend, het schalkse was uit haar stem verdwenen.

'Wat wil je van me?' vroeg Kitty met gedempte stem, terwijl ze het wijnglas naar haar mond bracht.

'Jou,' zei Fred weer lachend. 'Gewoon alleen jou.'

'Je bent een vrouw.'

'Klopt, mijn geslacht moet je bekend voorkomen.'

'En Amy dan?'

'Amy heeft me niet nodig.'

'En of ze je nodig heeft!'

'Wij zijn een goed team, geloof me.'

Voordat Kitty iets terug kon zeggen, boog Fred zich al

naar haar toe en naderde haar mond. Haar kus was niet meer behoedzaam. Hij was wat hij was, een kus waarop er meer zouden volgen.

'Hoe stel je je dat voor?' vroeg Kitty, terwijl ze haar hoofd afwendde. 'Je weet niets van mij.'

'Ik weet alles wat ik moet weten. Ik zie je.'

'Ik kan niet nog eens iemand verraden. Dat kan ik niet.'

'Doe gewoon je ogen dicht. Er zal je niets gebeuren. Ik zal op je passen.'

Drie maanden na de geboorte van mijn moeder kreeg een vrouw in een dorpje in de Kaukasus een zoon, die Michail werd genoemd. Zijn achternaam was Eristavi.

Die nacht droomde Stasia over haar overleden vriendin Sopio. Ze zag er opgewekt en lief uit, met een verzoenlijke glimlach om haar lippen; ze zat in een stoel in een vreemde kamer en keek door het raam naar een zonnige tuin. Stasia, overweldigd door de aanblik van haar beeldschone vriendin, die geen dag ouder geworden leek te zijn, hoewel er toch bijna twintig jaar was verstreken, bleef in de deuropening staan en keek onafgewend naar Sopio, die zich behaaglijk uitrekte in de zon.

'Kom, hier is het warmer, Taso,' riep Sopio en ze wenkte haar. 'Wees maar niet bang.'

Stasia liep naar haar dode vriendin toe en ging voorzichtig op de leuning van haar stoel zitten. Het zonlicht dat door het raam scheen, verblindde haar en verwarmde haar wangen.

'Ik heb je gemist,' fluisterde Stasia door de warme stralen heen en ze raakte voorzichtig Sopio's schouder aan.

'Ja, het is lang geleden, hè?'

'Ja, heel lang. Ben je boos op me?'

'Jij had er niets aan kunnen veranderen. Het is zo warm, zo warm hier, vind je niet?'

'Sopio, ik mis je zo, lieve Sopio!'

Opeens pakte Sopio Stasia's hand. Die voelde fluwelig en zacht aan, jong en sterk. Stasia kon geen woord uitbrengen. Ze wilde zoveel zeggen, zoveel uitleggen, opbiechten, maar het lukte niet, alsof ze plotseling geen woorden meer had.

'Vertel mijn zoon over een goede wereld, doe dat… Doe dat!'

Nauwelijks had Sopio die woorden uitgesproken en nog een keer haar hoofd gestreeld, of Stasia werd wakker.

De vader van de jongen, die op een warme septemberavond ter wereld kwam, was een zwijgzame kolchozarbeider, die in zijn kamertje bij het licht van een petroleumlamp (elektriciteit was schaars in de bergen) heimelijk houten beeldjes sneed en ze verstopte onder zijn bed, omdat ze voor immoreel of destructief konden doorgaan.

Hij was getrouwd met een vrome boerin, die destijds in de graanfabriek in dezelfde ploeg werkte als hij en soms ingelegde tomaten en kwetsen voor hem meebracht, die als een van de weinigen vroeg hoe het met hem ging en hem niet met strenge, argwanende blikken volgde, zoals de meeste mensen in het dorp. De vreemdeling met zijn volle baard en zijn kale hoofd was de dorpelingen een doorn in het oog, omdat hij geen brandewijn kon stoken, geen luidruchtige heildronken uitbracht en de jonge meisjes niet nastaarde, omdat hij niet aan de heidense, niet aan de christelijke en ook niet aan de communistische feesten deelnam, omdat hij weigerde schapen te offeren voor een goede oogst en af en toe naar de bibliotheek in de provinciehoofdstad ging en dan terugkwam met boeken onder zijn arm.

Terwijl hij toch een diepe eerbied voelde voor de rituelen van de dorpelingen, die zo zonder twijfel leefden, zo ver van al het moderne, alsof ze hun eigen tijdrekening hadden. Maar tegelijk had hij een hekel aan die traditiegebonden compromisloosheid, dat bijgeloof, hun gebrek aan bereidheid om iets boven de wetten van hun voorouders te stellen.

Elke dag opnieuw deed hij zijn best om niet terug te blikken. En elke dag verdween er weer een stukje van het beeld van Kitty met haar amandelogen, de vrouw met wie hij zijn kijk op de wereld had willen delen. Stapje voor stapje leerde hij dat het leven bestond uit ademhalen, eten, verteren, zwaar lichamelijk werk, drank en slaap en dat hij niet het recht had er iets anders van te verwachten.

Met de geboorte van zijn zoon kreeg hij een verloren gewaande, menselijke warmte terug, die zijn borstkas helemaal vulde en zijn hart verruimde. Hij was voor het eerst sinds jaren ontroerd door dat wurmpje dat hij in zijn armen hield. Door dit kind kon hij misschien ook weer leren liefhebben.

Op een middag, toen het al wat kouder was, ging hij met de vredig slapende, stevig in een zelfgebreide schapenwollen sjaal gewikkelde baby naar buiten. Hij passeerde de boerderij, het rotsachtige pad dat naar het dal leidde, liep langs de buurhuizen, de fabriek, de winkels, de school, ontmoette de herders die met hun schapen uit de wei kwamen, groette de dorpsoudsten op het kerkplein en de in het zwart geklede oorlogsweduwen, die zoals elke avond bij de dorpsput zaten, kwam langs de dorpsbibliotheek, die niets bevatte van wat er de laatste veertig jaar was geschreven, langs spelende kinderen, die gevolgd door een herdershond luidruchtig en bezweet de helling afrenden, hij liep de avond tegemoet en bereikte de steengroeve in het zuidelijk deel van het bos dat het dal omgaf. Daar ging hij op een grote steen zitten, niet ver van een waterval die zich met schier onmetelijke kracht, nietsontziend en eigenmachtig in de diepte stortte. Hij keek om zich heen. Micha, zo zou zijn naam in de toekomst worden afgekort, sliep nog steeds vredig in zijn armen, zelfs het gekletter van het water leek hem niet te storen. Andro sloot zijn ogen, drukte zijn zoon stevig tegen zich aan, haalde diep adem en glimlachte. Want hij was hierheen gegaan om weer te kunnen glimlachen. En toen hij glimlachte, zag hij haar gezicht voor zich, Kitty's gezicht, de jonge Kitty, met wie hij op de groene bank in het slaperige stadje voor het eerst had gezoend en aan wie hij al zijn ideeën had gewijd. En hij herinnerde zich de oorlog. Hij herinnerde zich de goelag. Hij herinnerde zich de ontmenselijking die hij had meegemaakt en die kennelijk zo eenvoudig te accepteren was, als lag de ware aard van de mens in het onmenselijke.

Brilka, soms heb ik onder het vertellen het gevoel dat ik geen lucht meer krijg, dan moet ik pas op de plaats maken, naar het raam lopen en diep ademhalen. Het komt niet doordat ik de juiste woorden niet kan vinden, niet door de straffende goden, rechters en alomtegenwoordige koren. Ook niet door de verhalen die allemaal verteld willen worden; het komt eerder door de hiaten.

De verhalen overlappen elkaar, lopen in elkaar over, vergroeien met elkaar – ik probeer dat kluwen te ontwarren, omdat je de dingen na elkaar moet vertellen, omdat de gelijktijdigheid van de wereld niet in woorden te vangen is.

Vroeger, toen ik ongeveer zo oud was als jij, Brilka, heb ik me vaak afgevraagd hoe het zou zijn als het collectieve geheugen van de mensheid andere dingen had onthouden en weer andere was vergeten. Als alle oorlogen en al die ontelbare koningen, heersers, leiders en huurlingen waren vergeten en er in de boeken alleen mensen waren overgebleven die met hun eigen handen een huis hebben gebouwd, een tuin aangelegd, een giraffe ontdekt, een wolk beschreven of de hals van een vrouw bezongen; ik heb me afgevraagd hoe we weten dat degenen van wie de naam voortbestaat, beter, wijzer of interessanter zijn, alleen omdat ze de tijd hebben doorstaan – want waar blijven degenen die vergeten zijn?

Wij beslissen wat we ons wel en niet willen herinneren. Daar heeft de tijd niets mee te maken. Dat maakt de tijd niets uit. Maar het onrechtvaardige van ons verhaal, Brilka, is dat mij noch jou de mogelijkheid is gegeven om ons alles te herinneren, inclusief degenen die vergeten zijn, dat ook ik – voor jou – moet kiezen, moet beslissen wat wel en niet vermeldenswaardig is, wat me soms een onmogelijke opgave lijkt. Ik vecht tegen mijn persoonlijke, volstrekt subjectieve geheugen. Sinds ik bezig ben ons verhaal voor je op te schrijven – het waar, hoe en waarom – ben ik alleen. Maar daar vertel ik je later meer over, als mijn leven aan de beurt is, als ik eindelijk geboren zal zijn, als ik in dit rijk van de woorden tot leven ben gekomen.

Ik heb er al mijn behoeften, als ik die al had, voor opzijgeschoven, ik heb me zelfs mijn dagelijkse portie melancholie ontzegd en me helemaal aan mijn taak gewijd. Nadat ik de afgelopen jaren zo ben verdwaald en mezelf zo ben kwijtgeraakt, had en heb ik baat bij die ijzeren, bijna kloosterachtige ascese en discipline. Het is mijn reis. Het is een soort reiniging, die me verandert – zonder dat ik weet wat daarna mijn definitieve vorm zal zijn.

Vanavond – het is vrijdag en de warmte heeft nog meer mensen hierheen gedreven – vermoedde ik al dat ik weer even pas op de plaats moest maken. Het lawaai, het gerinkel van de glazen en flessen, de muziek, al die dingen versmolten onder mijn ramen tot die verleidelijke zomerse symfonie waar niet aan te ontkomen valt, en ik kon me onmogelijk meer concentreren. Het heden is te zeer aanwezig, te opdringerig, dan hoor ik het verleden niet meer.

Ik stond dus op, liep naar het raam, zette het open, liet de hete, zomerse, stoffige lucht mijn kamer binnen en keek neer op de hoofden van de voorbijgangers. En toen gebeurde er iets vreemds: in de verte, waar de kruising is, waar de dakloze me elke dag groet en zijn kranten probeert te verkopen, zag ik Stasia staan. Stasia, net geen eeuw oud geworden. Nee, ik ben niet gek geworden, even afgezien van het feit dat ik niet in gek-zijn geloof, maar toch...

Toen wist ik dat de geesten naar mij toe waren gekomen, en ik wist ook dat het goed was om het voor je op te schrijven – hun verhaal, dat van ons, dat van jou, dat van mij en dat van alle anderen die zich met hun leven in het onze hebben binnengeschreven. Ik wist opeens waarom ik het deed en dat het goed was om het te doen. Ik wist dat ik een plicht vervulde, de plicht van een bijl die de tijden verbrijzelt – voor jou. Opeens waren al mijn twijfels verdwenen.

Ik begreep dat ze op een gegeven moment allemaal zouden komen, alle geesten die nog iets te vertellen hadden, en dat ze zich over mijn woorden zouden buigen. En ik begon te lachen. Ja, ik moest lachen. Ik dacht aan jou. Ik miste je smartelijk, maar ik voelde ook opluchting, ja, dat voelde ik.

Ik ben eindelijk aangekomen in die tijdloze tijd, voorbij alle wetmatigheden, en al raak ik het contact met de realiteit met de dag meer kwijt, al weet ik steeds minder wat de mensen daarbuiten bezighoudt en wat mij na dit alles wacht, toch weet ik welke vraag ik je aan het eind van deze reis, van dit verhaal zal stellen. Al ben je nog ver weg, al heb je van dit alles nog geen idee, al ben je terecht woedend op me – ik kom terug. Bij jou. En ik zal je mijn vraag stellen en jij zult me antwoord geven.

Hoe kunnen we doen alsof we niet weten
wat er is gebeurd?
Chroesjtsjov

Ze zeggen dat ze de hele tijd lachte, als baby en later ook als kind. Mijn moeder, Elene Jasji, de kleindochter van Stasia, het achternichtje van Christine, het nichtje van Kitty en de dochter van Kostja en Nana. De moeder van Daria en mij. De vrouw die op niemand leek, niet eens op zichzelf. De vrouw die om de een of andere onduidelijke reden zou besluiten haar kinderen voor haar grootste misstap te laten boeten.

Ze schijnt als kind heel vlug te zijn geweest, vlug met denken, eisen, willen, zodat ze 'het meisje met de propeller' werd genoemd.

Ze kwam ter wereld in het jaar van de verbijstering, het jaar van de nieuwe hoop in dat reusachtige rijk dat nu niet meer bestaat. Haar vader nam verlof van zijn strikt geheime missie en bracht in een toestand van verrukking en geestdrift een paar weken door aan de zijde van zijn uitgeputte vrouw en zijn lachende dochtertje. De vanzelfsprekendheid en de rust waarmee Christine en Stasia de geboorte van Elene begeleidden, leek Nana veel gezonder en navolgenswaardiger dan de ziekelijke zorg van haar eigen familie. Als de bezoeken van haar moeder en haar tantes met hun tips en opvoedingsmethoden haar te veel werden, trok ze zich terug in haar verduisterde kamer. Daar voelde ze zich geborgen en tegen alle adviezen van haar familie en vriendinnen in besloot Nana Kostja voorlopig niet achterna te reizen.

Toen Christine hoorde dat de Kleine Grote Man dood was, haalde ze haar oude grammofoon van de zolder en liet *Norma* door het hele huis schallen. Ze stond bij het raam, keek naar de tuin en luisterde naar de muziek. Haar gezicht bleef gesloten, het verraadde verdriet noch schrik over het feit dat de vloek van de chocola was uitgekomen. Haar zus had gelijk gekregen!

Vanaf die dag begon ze obsessief opnamen van opera's te kopen, alsof ze zich had voorgenomen een zeldzame en kostbare platenverzameling aan te leggen. Geen prijs was haar te hoog. En na nog geen jaar, in de tijd dat mijn moeder weigerde te gaan lopen, beschikte Christine over een indrukwekkende collectie van Purcell tot Puccini. In de avonduren was het hele huis gevuld met de sopraan- en basstemmen uit de grammofoon; hoe warmer het buiten was, des te sneller verzwolgen de stemmen ook de omgeving, de verwilderde tuinen, ze drongen door in de smalle geplaveide steegjes van de buurt en raakten de torenspitsen van de leegstaande oude kerk.

Christine luisterde verrukt en weigerde de muziek zachter te zetten, zodat alle huisgenoten zich ten slotte gedwongen zagen haar opera's als permanente achtergrondmuziek van hun dagelijks leven te tolereren.

De verwildering begon met de intocht van de vrijheid in het familiehuis in Tbilisi. Met de geboorte van Elene. Met haar eerste geluidjes.

De planten in de tuin voelden het en botten als een gek uit. Gaandeweg drongen ze ook het huis binnen. Zelfs de meubels begonnen vreemde geluiden te maken en op zolder zaten allerlei vogels te vergaderen. Vlinders en sprinkhanen zochten het huis op, zwerfkatten struinden eromheen, ook eekhoorns en marters werden gesignaleerd.

Het huis herademde. Het barstte uit zijn voegen en ontdeed zich van het strakke keurslijf waarin het jarenlang had gezeten, het begon te leven. Luidruchtig, uitnodigend, voelbaar en zichtbaar.

De oudere bewoners leken zich niet te storen aan de verwildering, integendeel: de spinnen en vlinders werden begroet, het stucwerk dat af en toe van het plafond viel, bleef liggen, de planten werden niet meer gesnoeid, zelfs de kikkers die hun intrek in de fontein hadden genomen werden met rust gelaten. Het stof dat zich overal ophoopte, werd niet afgenomen. Stasia kocht van een particuliere fokker zelfs een grijze roodstaartpapegaai, die ze Goya noemde. Om het serviesgoed en de lampenkappen die bij Goya's vluchten sneuvelden, maakte ook niemand zich druk.

Alleen Nana ergerde zich aan het snel oprukkende verval en ging het met alle middelen te lijf. Ze rende achter de luidruchtige vogel aan, poetste en schrobde elke dag, verstopte stiekem de rondslingerende platen om niet constant door Christines operageschal te worden overspoeld. Ze deed haar uiterste best om het huis er verzorgd uit te laten zien, zat achter het ongedierte aan, joeg de katten weg en strooide vergif in de fontein tegen de kikkers. Ze huilde aan de telefoon uit bij Kostja, beklaagde zich over zijn moeders grillen en Christines tergende passiviteit. Hij moest met hen praten, ze waren geen goed voorbeeld voor het kind. Elene groeide op in een chaos, dat kon niet goed gaan. Met het oog op de verwildering van het huis en de nalatigheid van de beide zussen besloot Nana niet terug te gaan naar de universiteit, haar dissertatie voorlopig in de ijskast te zetten en zich helemaal aan haar moederrol te wijden.

Mijn grootvader legde zich in de verte bij die ontwikkelingen neer, omdat ze niet te beïnvloeden waren, maar voor Nana was het een last waartegen ze haar leven lang vocht. Ook al stuurde Kostja na Nana's jammerklachten altijd vlug geld voor nieuw behang voor de kamers, de reparatie van de leidingen en de aanschaf van een hollywoodschommel voor de tuin, ook al nam Nana zelfs een tuinman in dienst die één keer per week paal en perk moest stellen aan de wildgroei van de planten – toch speelde het huis het klaar om gaandeweg in een elfenhuis te veranderen, alsof het nu pas zijn ware bestemming had gevonden en daar met volle teugen van genoot.

Voor mijn moeder betekende het dat ze opgroeide in een sprookjesland. Zodra haar moeder haar bij haar grootmoeder en oudtante liet – al deed ze dat met grote tegenzin, want ze had geen vertrouwen in hun opvoedkundige praktijken –, veranderde Elenes wereld in een wereld zonder beperkingen, waarin ze met de papegaai mocht spelen, door de modder rollen, het serviesgoed stukslaan, klimmen en ravotten, snoepen, Christine aan haar haar rukken en tegen Stasia gekke bekken trekken. In dit weldra betoverde oord met de twee oude vrouwen leek voor haar alles mogelijk, alles denkbaar, alles uitvoerbaar. Hier waren geen belemmeringen meer en dat kon niemand gelukkiger maken dan een opgroeiend meisje voor wie de wereld openlag.

Op de twintigste partijdag in 1956 uitte de eerste secretaris van het Centraal Comité, Nikita Chroesjtsjov, in een geheime en toch beroemd geworden rede scherpe kritiek op de generalissimus en nam hij in verband met de meedogenloze zuiveringen van zijn voorganger openlijk het woord 'misdaden' in de mond. Hij sprak van 'massavernietiging' en 'standrechtelijke executies', had het ook over de eigen verantwoordelijkheid en vroeg tot slot: 'Hoe kunnen we doen alsof we niet weten wat er is gebeurd?' Daarna moet er een spookachtige stilte zijn gevallen, want haast alle aanwezigen, inclusief de eerste secretaris zelf, hadden met indrukwekkende overgave deelgenomen aan die arrestaties en executies. Maar alleen al het noemen van de feitelijke gebeurtenissen was dermate ongehoord dat het alle tot dan toe geldende wetten, structuren en interne afspraken op losse schroeven zette. Tot op dat moment had het verzwijgen en taboe verklaren van bepaalde politieke praktijken voor stabiliteit in het land gezorgd. Nu wist niemand meer wat er op deze woorden zou volgen.

Toen de rede ook openbaar werd, begonnen in de straten van Tbilisi studenten te demonstreren. Ze waren geschokt en voelden zich gekrenkt. De nationale identiteit werd in twijfel getrokken, hun grote landgenoot, die decennialang vrede had gebracht in het oneindige Russische Rijk, werd tot misdadiger verklaard. Zelfs mensen met ouders en grootouders die slachtoffer van hun landgenoot waren geworden, verdroegen de waarheid niet, hoewel ze die allang hadden moeten kennen. Het was werkelijk ongehoord wat die Oekraïense boerenkinkel uitkraamde. Men stormde de boulevards en de straten op, omsingelde de universiteit, blokkeerde kruispunten, kwam in opstand tegen de waarheid. Want de slachtoffers waren allang dader geworden en de daders slachtoffer.

Het systeem bleef zijn tol eisen, iedereen was bang voor herinneringen, voor inzichten, want die konden je meesleuren in de afgrond en je eigen leven onherkenbaar verminken, door dat alles kon de zelfhaat tot in het oneindige groeien. En hoe moest het verder met die vervloekte waarheid?

Toen de veiligheidsagenten zich tegen de studenten keerden, dezelfde veiligheidsagenten die die waarheid nog maar een paar jaar eerder hadden bestreden, werd het duidelijk dat de waarheid hol zou blijven en geen verstrekkende gevolgen zou hebben. Ze zou misschien een paar versoepelingen brengen en een paar schietgaten onthullen, waardoor je je eigen leven vanuit een ander perspectief kon bekijken, maar wie wilde dat nou? Wat zou je met die nieuwe kijk moeten beginnen, behalve je aan die waarheid onderwerpen tot je erdoor werd bedolven?

Het onbeschrijflijke laat altijd een stevige muur om het beschrijfbare optrekken, Brilka.

Het Centraal Comité was begonnen een drieste ommekeer in te luiden, die de geschiedenis in zou gaan als 'de periode van dooi'. Ik denk dat dat tijdstip in de geschiedenis van de Sovjet-Unie een eenmalig, onomkeerbaar moment was – maar al even eenmalig niet werd benut. Men koos voor het vanouds beproefde recept. Terwijl men Chroesjtsjov toen in zijn ego had kunnen sterken, hem langer de rol van held en bevrijder had kunnen laten spelen, men had langer berouw en boete van de overheid moeten verwachten, dan was het misschien echt tot bruikbare hervormingen gekomen. Hervormingen die wortel hadden geschoten in plaats van de belachelijke verordeningen die voor hervormingen moesten doorgaan.

Men versoepelde de perscensuur, liet boeken drukken die tot dusver verboden waren, beperkte de macht van de veiligheidsbeambten, verbood marteling, liet muziek klinken die tot dan toe nergens te horen was, gaf mensen wie voordien de mond was gesnoerd het woord. Er werden goelags gesloten, politieke gevangenen vrijgelaten, honderdduizenden mensen vrijgesproken. Er werden nieuwe woonwijken gebouwd, veel bewoners verlieten de armzalige kommoenalka's en kregen een eigen badkamer, toilet en keuken, wat tot dusver een ongekende luxe was. De mensen kregen een stukje privésfeer. En ze waren dankbaar voor de kleine hapjes vrijheid die hun werden toegeworpen.

Maar de stappen naar de vrijheid waren precies geteld. Want macht blijkt altijd zoeter te zijn dan berouw. En hoe verder de twintigste partijdag in de nevelen van het verleden verdween, hoe zoeter de verleiding werd om de macht opnieuw te demonstreren, opnieuw te laten schitteren.

Toen de golf van verzet Oost-Europa bereikte en de Hongaarse studenten de straat op gingen om gezamenlijk in opstand te komen en openlijk hun woede kenbaar te maken, greep men terug op het vanouds beproefde recept en vloeide er opnieuw bloed.

Binnen de partij werd er gevreesd voor controleverlies, het was zaak om de teugels weer aan te halen, er werden dreigementen geuit, het leger werd gemobiliseerd en iedereen die in de hervormingen had geloofd en de straat op was gerend, werd zo snel mogelijk teruggehaald. De 'rust' keerde weer in het reusachtige rijk.

Nana ging met Elene naar de 'koude zee' in het noorden, zoals ze alle zeeën altijd zou noemen die niet de Zwarte Zee waren. Ze was er nog nooit geweest, ze kwam voor het eerst in Kostja's wereld. Ze stapte binnen in de mooie woning van haar man, die sober, maar smaakvol was ingericht, zoals ze vaststelde. Ze genoot van de lange wandelingen over de boulevard, de aanblik van de haven 's avonds laat. Ze bewonderde de frambozen- en bessenstruiken langs de weg als ze in Kostja's Wolga de stad uit reden om in een van de datsja's van zijn vrienden het weekend door te brengen of de hitte van de Russische *banja* te voelen. Ze genoot van de klassieke concerten in Kislovodsk, waar ze een lang weekend verbleven en een gezonde waterkuur ondergingen.

Ze genoot van de mogelijkheden en het aanzien die de hoge rang van haar man met zich meebracht, van zijn onverdeelde aandacht, zijn cadeaus, de schaarse, maar daardoor des te kostbaardere rustige avonden met hem thuis, het gezamenlijke ontbijt en het avondeten. Ze genoot van zijn goede zorgen voor Elene, zijn verrukking, want Kostja bleek een vader die stapelgek en apetrots was op zijn springerige dochtertje met haar bolle wangen. Nana vroeg zich steeds weer af of in die avonden met z'n drieën, in die lange wandelingen langs de zee het geluk gelegen was en of de liefde zo aanvoelde.

Ze deed haar uiterste best om een goede echtgenote te

zijn en haar heimelijke wrok tegen de wereldvreemde Stasia en Christine te beheersen. Dat deed ze uit respect voor haar man en omdat ze voor Elene een goede moeder wilde zijn, die heldere en duidelijke grenzen en regels stelde en voldoende aandacht aan haar schonk. Ze probeerde zelfs belangstelling te tonen voor het werk van haar man, ook al kostte haar dat moeite.

Maar sinds de geboorte van Elene had ze iets melancholieks, iets zwaars, wat helemaal niet bij haar leek te passen. Sinds ze bij haar wonderlijke schoonmoeder en haar zus woonde, sinds ze lid van deze familie was geworden, had zich een vreemde zwaarmoedigheid van haar meester gemaakt, die haar niet beviel, ze herkende zichzelf nauwelijks.

Kostja was beslist een goede echtgenoot, althans dat beweerde iedereen om haar heen. Hij oefende geen druk op haar uit, hij had zijn wil zelfs ondergeschikt gemaakt aan de hare en haar thuis laten blijven, hij had haar niet meegenomen naar dit vreemde land, hoewel dat zijn goed recht was geweest. Hij gaf haar een goed leven, hij was attent, galant, hij was een fantastische vader – en toch, op sommige dagen, als Kostja in het havenkantoor werkte of op een van de vrachtschepen bezig was, voelde ze zich verlamd, zo vreemd lusteloos, alsof deze familie haar al haar weerstand had ontnomen, alsof ze tussen die twee wonderlijke, wereldvreemde zussen vrijwillig de verantwoordelijkheid voor haar eigen leven uit handen had gegeven. Soms leken haar inspanningen haar zinloos, haar streven naar orde, naar duidelijkheid, naar heldere structuren.

'Jullie praten nooit over vroeger, Kostja. Je moeder niet, je tante niet, jij niet. Hoe komt dat? Ik weet zo weinig over jullie. Laatst heb ik op zolder een kist met oude foto's gevonden. Jullie hebben niet eens een echt familiealbum.

Dat is toch raar.'

Ze wandelden op een stille middag langs het strand. Kostja glimlachte naar Elene, die in het vochtige zand poppetjes tekende en daar zo in opging dat ze niets van het gesprek opving.

'Ik vind haar heel knap, een collega die we gisteren bij het middageten zagen, zei dat ook steeds. Vind je ook niet dat Elene een opvallend mooi kind is?' vroeg hij in plaats van in te gaan op haar vraag.

'Zie je, jullie beginnen altijd over iets anders, jullie allemaal, alsof het een familietraditie is.'

'Wat wil je dan weten, vraag het toch gewoon.'

Kostja was geërgerd.

'Ben je eigenlijk gelukkig? Ik weet bijvoorbeeld niet eens of je gelukkig bent. Met mij.'

'Zoiets vraag je niet, Nana. Zoiets voel je.'

'Maar je bent altijd zo, eh, beheerst.'

'Jij dan niet?'

'Ik weet het niet.'

'Je weet het niet?'

'Nee.'

'Dat klinkt nogal naïef, dat weet je best, of niet soms?'

'Dan is het maar naïef, mijn god, ik weet het niet. Ik weet niet wat het is.'

'Zie je wel. Het probleem dat je bij anderen denkt te zien, heb je zelf. Jij bent degene die ontevreden is. Ik leg je niets in de weg, ik geef je alle ruimte, toch?'

'Ja.'

'Nou, ga bij jezelf te rade waarom dat zo is. We hebben een fantastische dochter, we hebben een goed leven, we...'

'Ja, ik weet het. Je hebt gelijk. Het spijt me.'

Precies op dat moment had Elene een rond gezicht getekend, met twee stippen als ogen en een brede mond. Ze had er een dikke bos krullen bij getekend en riep enthousiast: 'Kitty!'

Kostja en Nana verstomden abrupt en liepen naar hun dochtertje, dat verrukt en vol trots naar haar kunstwerk wees en een complimentje van haar ouders verwachtte.

'Waar heeft ze dat nu weer vandaan?' Kostja keek zijn vrouw aan, die verward haar hoofd schudde. 'Ze moet het toch van iemand hebben. Hebben jullie het soms over haar gehad? Thuis, bedoel ik? Je weet dat dat niet goed is en dat zou mijn moeder het beste moeten weten. Ik heb jullie in elk geval meer dan eens gevraagd dat onderwerp...'

'Ik heb nooit met haar over je zus gepraat.'

'Ze kan het toch niet verzonnen hebben?'

'Elene, liefje.' Nana boog zich over haar dochtertje. 'Wie is dat, zeg het nog eens tegen mama. Wie is dat op je tekening?'

En Elene herhaalde steeds triomfantelijk dezelfde naam: 'Kitty. Kitty. Kitty.'

Diezelfde nacht lag het echtpaar zwijgend in het zware eiken bed. Kostja had zich naar de muur gekeerd en Nana hield haar ogen dicht in de hoop al haar vragen en twijfels van zich af te kunnen schudden. Ten slotte hield ze het niet meer uit, ging rechtop zitten en deed het bedlampje aan.

'Waar zit ze? Jij weet toch waar ze zit.'

'Ik weet het niet.'

'Jawel, je weet het wel. Jij hebt haar het land uit gewerkt. Vertel op.'

'Ik weet het niet en hou er nu alsjeblieft over op, ik wil niet dat jullie dit onderwerp bespreken waar mijn kind bij is. Heb je me begrepen?' In zijn toon was iets ijzigs gekomen, dat Nana nog niet van hem kende en dat geen tegenspraak duldde.

'Wat heeft ze gedaan? Wat heeft ze je misdaan?'

'Hou op, heb ik gezegd!'

Hij schreeuwde zo hard dat Nana in elkaar kromp en haar handen voor haar oren hield. Haar man had nog nooit zo tegen haar geschreeuwd. Nana werd bang. Ze werd bang voor de man die het bed met haar deelde, die in een donkere nacht een kind bij haar had verwekt en in geen van de daaropvolgende liefdesnachten ook maar een kik had gegeven. Ze werd bang voor het zwijgen dat hen omgaf en voor haar eigen machteloosheid, die steeds meer bezit van haar nam.

'Wat is er toch met je?' vroeg ze even later zachtjes. Ze stond op, liep naar zijn kant van het bed en ging op de rand zitten.

'Ik hou er niet van om terug te kijken.'

'Maar Kostja, zo kun je toch niet leven.'

'Het moet. Er zit niets anders op.'

Nana, verward en ten einde raad, viel haar man om zijn hals in de hoop hem met tederheid te kunnen vermurwen, hij gaf toe, liet zich kussen en omhelzen en ging ten slotte op zijn vrouw liggen, die sinds de geboorte van hun dochter een beetje voller, ronder en zachter was geworden, die naar rozijnen en vers brood rook en haar had dat tot haar middel reikte. Zijn vrouw, die nog altijd jong, stralend en in de bloei van haar leven was en nu vol vragen onder hem lag. Hij trok haar nachthemd omhoog, zijn andere hand ging naar het nachtkastje, hij deed het lampje uit, zoals altijd wanneer hij van plan was met haar te vrijen.

'Laat het licht aan,' fluisterde Nana, maar ze kreeg een heel duidelijk en hard nee als antwoord. Ze sprak hem niet tegen. Zijn handen gingen langs haar lichaam omhoog, betastten haar buik, haar borsten, haar hals; zoals altijd als ze met elkaar vreeën, leek hij een beetje afstandelijk, een beetje rigide, een beetje afwezig. Vroeger had ze die vorm van intimiteit als iets normaals, iets vanzelfsprekends geaccepteerd, ze had gedacht dat het zo hoorde. Ze had tenslotte geen vergelijkingsmogelijkheden, maar Nana had genoeg intuïtie om in de loop van de tijd te ontdekken dat het liefdesspel meer moest omvatten dan de snelle overvalachtige bewegingen van haar man, dan de altijd eendere daad, meer dan alleen maar zwijgen.

Ze duwde hem van zich af, kroop over hem heen, haalde teder zijn hand van haar rug en begon zijn stevige en sterke lichaam te kussen. Ze betastte hem, verkende elk stukje van zijn huid, elk nog zo miniscuul plekje, elke kleine welving, elke kleine ongerechtigheid, elke moedervlek en elk kuiltje. Ze hoopte dat de lust hem zijn geheimen zou ontlokken, dat dit gevoel, dat haar opeens sterker overviel dan ooit tevoren, ook hem milder zou stemmen. Ze wilde zo graag die antwoorden van hem horen, ze wilde hem die nacht zo graag echt leren kennen, echt zien, steeds dieper in zijn binnenste kunnen kijken. Ze wilde zo graag dat hij eindelijk zijn ijzeren discipline, zijn zelfbeheersing, zijn zelfcontrole zou vergeten en samen met haar aanstalten zou maken om iets onbekends te zoeken, nieuwe wegen in te slaan. Hij moest zich toch één keer van zichzelf kunnen losmaken, onthullen wat hij verborg, hij moest zich toch minstens één keer in haar armen kunnen vergeten! Ze ging stug door, op zoek naar de plekjes die hem toegankelijker zouden maken. Even leek ze de weg te vinden, want hij bood geen weerstand. Hij liet zich verkennen en ademde zwaar, hij deed zijn ogen dicht en greep bruut naar haar. Ze overwon haar schaamte, die onuitgesproken en toch zulke duidelijke grenzen stellende schaamte, en richtte zich boven hem op. Iets in haar zei haar dat deze vorm van hartstocht, deze ongeremdheid hem vertrouwd was. Tegelijk maakte dat besef haar bang, want ze voelde hoe weinig die ongeremdheid met haar te maken had. En terwijl Kostja met zijn ogen stijf dicht zijn lust voor zijn vrouw blootlegde, die zij plaatsvervangend voor een andere vrouw moest ontvangen, wilde Nana dat ze deze weg nooit was ingeslagen, want nu was er geen terug meer, nu kon ze haar ogen niet meer sluiten voor het inzicht van deze nacht. Het inzicht dat zich zo wreed en onverbiddelijk aan Nana had geopenbaard en dat inhield dat de liefde van haar man niet haar gold.

Die nacht begreep ze dat hij diep in zijn hart niet in staat was te vergeten, dat hij zich op een ziekelijke manier vastklampte aan elke herinnering uit zijn verleden en juist daarom aldoor wílde vergeten. Het zou nog even duren voor ze erachter kwam dat hij rusteloos was, rusteloos op zoek naar een punt tussen de zee en de horizon, waar een ontmoeting tussen verleden en heden mogelijk was, en dat de onmogelijkheid om die plek ooit te bereiken hem in de zachte armen van talloze mooie, welriekende dames dreef.

Na die nacht in de havenstad zou het haar niet meer zoveel uitmaken.

Ze voelde nog wel een soort spijt, een oppervlakkige stekende pijn, maar ze kon er niet meer serieus om treuren of er iets tegen doen. Op dat tijdstip had ze de onverschilligheid tegenover bepaalde dingen al als een vast onderdeel van haar leven geaccepteerd. En weldra had ze een pantser om zich heen gebouwd, in de letterlijke zin van het woord. Want nadat ze van de 'koude zee' naar haar vaderland was teruggekeerd, begon Nana aan te komen, beetje bij beetje, bijna ongemerkt, tot haar omvang al haar gevoelens had ingemetseld.

Dankzij Amy's invloedrijke vrienden wist Kitty sneller dan verwacht een verblijfsvergunning en daarmee een geldige werkvergunning te bemachtigen. Het aantal toehoorders in de jazzclub steeg gestaag en Amy werkte onvermoeibaar aan een ware propagandacampagne voor haar beschermelinge. Andere clubs vroegen naar de socialistische geheimtip. Kitty verdiende algauw genoeg om

Amy huur te betalen, een huur die weliswaar duidelijk onder de prijs lag die Amy voor dat appartement had kunnen vragen, maar die helend werkte op Kitty's gedeukte trots. Op de Praagse jaren van schraalheid volgden nu jaren van muzikale bloei. Kitty componeerde en zong, liet haar teksten door Amy vertalen en tekende ten slotte zelfs een contract met haar mecenas; vanaf nu was Amy Kitty's manager, die ervoor wilde zorgen dat ze spoedig een eigen platencontract kreeg. Amy hield niet op haar landgenoten ervan te overtuigen hoe goed het was om een getalenteerde en vrijheidslievende vluchtelinge uit het vijandelijke kamp te helpen en haar passende mogelijkheden te bieden. Ze ontplooide haar organisatietalent en stippelde zorgvuldig Kitty's carrière uit.

Kitty zelf was tevreden dat ze zoveel geluk en haar welgezinde mensen om zich heen had, dat ze muziek kon maken en daar zelfs geld mee kon verdienen. Meer verwachtte ze niet van haar toekomst en ze stond sceptisch tegenover Amy's ambitieuze pogingen om een ster van haar te maken. Toch stelde ze met pijn in het hart vast dat ze 'de stem' miste, want hun telefoontjes waren schaarser geworden, ze was niet meer aangewezen op zijn hulp. Ze praatten alleen over het hoogstnodige, hij verzekerde haar dat het goed ging met haar familie, vertelde over de algemene politieke situatie in haar vaderland en – zoals gewoonlijk – niets over zichzelf.

Amy was intussen aan die telefoontjes gewend, ze stelde geen vragen als Kitty zich terugtrok om een gesprek in haar moedertaal te voeren. In het begin had ze zich eraan gestoord, ook omdat Kitty haar geen verklaring voor die telefoontjes wilde geven. Maar inmiddels accepteerde ze de gesprekken als een vast onderdeel van Kitty's verleden, waar niemand aan mocht komen. Amy, die nu vaak genoeg had meegemaakt dat Kitty wisselende en tegenstrijdige anekdotes ten beste gaf, had intussen begrepen hoe

Kitty zichzelf beschermde. Ze praatte nooit over de ware redenen van haar vlucht en als ze het al deed, dan alleen heel summier over haar familie. Bovendien was Kitty na die telefoontjes meestal in een goede bui en begon ze meteen te componeren, en daar profiteerde Amy tenslotte ook van.

Ook die avond was Kitty vol verwachting naast de telefoon gaan zitten. Hij liet nooit verstek gaan als ze hadden afgesproken, ze hield van zijn betrouwbaarheid. Ze had een gin-tonic gemixt en wachtte op de zachte, kalmerende, vertrouwde stem. Op sommige dagen zag ze een gezicht voor zich, ze stelde zich een zelfverzekerde, lange man voor met fijne gelaatstrekken en dik golvend haar. Die stem verdiende een passend lichaam.

'Ik ben blij dat u belt!' Ze had dat formele u graag vervangen door een simpel jij. 'Precies om zeven uur. Ik hou van uw stiptheid.'

'Ik ben ook blij u te horen.'

Ze voelde iets van verlegenheid aan de andere kant van de lijn.

'Blijft u me bellen?'

'Maar ik bel u toch?'

'Ook als het niet meer hoeft?'

'Als u dat wilt.'

'Ja, dat wil ik graag. Ik ben bang dat er een eind aan komt.'

'Ik zal u altijd blijven bellen, zolang u me nodig hebt.'

'Dat is het niet alleen.'

'Wat is het dan?'

'Ik weet het niet. U bent... belangrijk voor me.'

'Dank u. Ik bedacht dat ik u nog een paar tips moest geven voor uw nieuwe werkvergunning...'

'Daar wil ik het nu niet over hebben. Mag ik u iets vragen?'

'Jazeker.'

'Bent u hier? In dezelfde stad?'

'Hoe komt u daarbij?'

'U bent hier.'

'U weet dat ik u dat helaas niet...'

'Het is oké. Houdt u van kastanjes? Ik heb er vandaag een paar gezien. Ik hou ervan. Ze doen me denken aan thuis, aan mijn kinderjaren. Andro en ik... Wij hebben ze als kind altijd geraapt.'

'Ja, ik hou ook van kastanjes.'

'Waar houdt u nog meer van?'

'Ik hou van muziek. Ik hou ook van uw muziek.'

'U kent mijn muziek toch helemaal niet.'

'Jawel, ik ken uw muziek.'

Kitty dacht even na. Natuurlijk was hij hier, in Londen. Ze deelden dezelfde lucht, dezelfde straten, dezelfde stations en gezichten. Ze deelden dezelfde regen en dezelfde zon. Die gedachte troostte haar. Misschien zat hij tussen haar toehoorders in de club, al kon ze zich zo'n voorname man niet goed voorstellen in die omgeving.

'Ik zou zo graag weten waarom u dit allemaal doet. En hoe u heet.'

'Noem me zoals u wilt, dat heb ik al eerder gezegd. Ik neem uw naam met alle plezier aan.'

'Het lukt me niet, ik kan geen naam bedenken die bij u past... die goed genoeg is.'

Ze hoorde hem lachen, hij lachte zelden.

'Is alles in orde?' vroeg hij en zijn stem klonk weer beheerst.

'Ik weet het niet. Ik ben in de war.'

'Wat geeft u aanleiding om in de war te zijn?'

'Dat vind ik ook zo mooi, de manier waarop u zich uitdrukt, waarop u net zei: Wat geeft u aanleiding om in de war te zijn? Dat is betoverend. U lijkt me een dagdromer en ik heb altijd een zwak voor dagdromers gehad.'

'Ik voel me vereerd.'

'Ik geloof dat ik verliefd ben.'

'Dat is toch geweldig.'

Er klonk geen vreugde door in zijn stem. Hij klonk heel serieus.

'Nee, dat is het niet. Ik voel me zo onnozel, zo stom. En ik mag het niet toelaten.'

'Waarom niet? Zijn er ongunstige omstandigheden?'

Nu gniffelt hij vast, dacht Kitty. Ze wilde niet dieper op het onderwerp ingaan, ook al snakte ze ernaar om er met hem over te praten.

'Ik zou er veel voor overhebben om nu uw gezicht te zien,' zei ze.

Weer dat verlegen zwijgen aan de andere kant van de lijn.

'Doe wat u goeddunkt en sta verder niet stil bij de ongunstige omstandigheden. Bijna alle ongunstige omstandigheden die wij als zodanig beschouwen, lijken achteraf alleen maar belachelijk, vindt u niet?'

Op die dromerige middag met Billie Holiday als achtergrondmuziek had Kitty Freds atelier verlaten met een duidelijk nee. Zodra ze over de roodharige Fred begon na te denken, stuitte ze op haar eigen grenzen. Ze zat gevangen in zichzelf. Ze was die middag naar buiten gerend, omdat ze niet nog meer grenzen wilde overschrijden. Met het oversteken van de landsgrenzen had Kitty voor alle andere grenzen gecapituleerd. Kitty was bang voor de consequenties van haar nee en nog meer voor de consequenties van een mogelijk ja. Ze was bang om te vertrekken uit de wereld die haar als de enig juiste was bijgebracht en die was onderverdeeld in mannen en vrouwen. Ze was bang om Amy's gunst te verliezen.

Kitty had die middag besloten aan te komen en niet meer verder te reizen, wel wetend dat degene die ze zojuist de rug had toegekeerd niet iemand was die ergens hoopte aan te komen. Wel wetend dat ze met een bandeloze vrouw, een goochelaarster, een koorddanseres te maken had.

Ze had zich weer toevertrouwd aan de hoede van haar voorbeeldige mecenas, voor wie haar, Kitty's, carrière de zin van haar leven was geworden. En Kitty was niet van plan om haar helpster die zin te ontnemen.

Twee weken na het bezoek aan Freds atelier zag ze haar weldoenster in haar ruime, volgestouwde salon met schokkend bovenlichaam en dramatisch snikkend over de leuning van de bank liggen, en toen ze voorzichtig naar de reden voor de tranen informeerde, vertelde Amy dat Fred naar Amerika ging; het was niet zeker wanneer ze terugkwam. Fred was ingegaan op de uitnodiging van een textielfabrikant in Boston om hem te helpen bij de aankoop van kunst en de start van een nieuwe galerie, waar ook Fred haar schilderijen mocht exposeren. Ze had haar atelier opgezegd en voor Amy een van haar beschreven servetjes achtergelaten, waarop ze beloofde gauw iets van zich te laten horen; misschien kon ze haar dankzij de nieuwe bron van inkomsten dan uitnodigen voor een zomerweekend in de Hamptons. Als postscriptum had ze een groet toegevoegd aan 'je kleine angstige beschermelinge, die helaas zo'n lage dunk van zichzelf heeft'. Toen Amy klaar was met voorlezen, gooide ze het servetje met een overdreven pathetisch gebaar voor Kitty's voeten neer.

Freds afwezigheid zou twee jaar duren en ondanks het daarmee gepaard gaande verdriet – door Amy openlijk geuit en door Kitty in stilte gedragen – zouden de twee achtergebleven vrouwen daarin een topvorm bereiken. Alsof Fred Lieblich dat had vermoed of zelfs gewild, alsof ze haar geliefden alle ruimte had willen geven.

Kitty had haar mislukking in het Oosten achter de rug,

die nu in het Westen moest worden goedgemaakt. Dat verkondigde Amy en ze liet haar haar eerste Engelstalige album, *You and I*, opnemen. Haar accent was haar handelsmerk, beweerde Amy, dat mocht ze in geen geval kwijtraken. Het lied klonk in de Engelse ether. En Kitty werd uitgenodigd voor radio-interviews, altijd in gezelschap van haar manager Amy. Kitty kreeg aanbiedingen van clubs die duidelijk chiquer waren dan haar jazzclub. Amy begon na te denken over het eerste openbare concert. Kitty vertelde de journalisten met verve over haar trieste verleden, steeds in een versie die Amy voor haar in elkaar had gedraaid; hoe triester het verhaal, aldus Amy, hoe beter haar vooruitzichten op spoedige inburgering.

De tijd van rockabilly was in volle gang, Elvis en de vurige rock-'n-roll waren in opkomst – en Kitty, die nooit bij een groep of een stroming had gehoord, werd dankzij Amy met haar oostelijke *pureness*, haar nationale polyfonie, haar muziek die altijd weer herinnerde aan de kracht van de melodie, geleidelijk een gezicht dat werd opgemerkt.

Kitty, in wier voetsporen jij bent getreden, Brilka, op de zoektocht naar jezelf en tegelijk weigerend om jezelf te worden – uit angst niet alle geesten van je af te kunnen schudden die ons achtervolgen op de zoektocht naar een nieuw begin voor jouw verhaal, dat tegelijk ook een deel van het mijne zou worden.

VIJFDE BOEK

ELENE

Uit de blinde ogen in mijn gipsen kop
Spuit ik als waterstraal ten hemel op
Brodsky

In verband met het uitbreken van de Koude Oorlog had Chroesjtsjov het budget voor uitbreiding van de nucleaire bewapening en de Russische duikbootvloot tot het drievoudige verhoogd.

De wedloop tussen Amerika en de Sovjet-Unie om de verovering van het heelal was in volle gang en de zekerheid een atoombom in handen te hebben gaf de superstaten een gevoel van almacht. Al in 1949 had de Sovjet-Unie de eerste atoombom tot ontploffing gebracht, een exacte kopie van de Amerikaanse bom die Nagasaki had verwoest. De generalissimus had de wetenschappers opgedragen die na te maken, 'experimenten' waren niet gewenst, moet hij er nog aan hebben toegevoegd.

Nu werkte de wetenschap op bevel van Chroesjtsjov op volle toeren om niet achter te blijven bij de verdere ontwikkelingen van de Amerikaanse concurrentie op dat gebied. Het aantal kernproeven was sinds Chroesjtsjovs aantreden gevaarlijk toegenomen, spoedig zouden er wel tachtig ontploffingen per jaar plaatsvinden; tussen 1942 en 1996 werden er alleen al in de Sovjet-Unie 715 bevestigde atoomproeven uitgevoerd. Voor de consequenties, met name de stralingsbelasting, interesseerde de partij zich verder niet. De geldstroom voor de wapenindustrie kwam onder Chroesjtsjov goed op gang. Op de werf waar de eerste titaniumduikboten werden gebouwd, werkten 40.000 man. Terwijl de rest van de wereld inclusief Amerika ten tijde van de Koude Oorlog 159 nucleair aangedreven duikboten ter beschikking had, telde de Sovjetvloot er 228.

Kostja Jasji reisde naar Nizjni Novgorod om vol trots

het eerste exemplaar van een nucleair aangedreven duikboot te inspecteren.

Terwijl de papegaai Goya, Elene, haar excentrieke grootmoeder en haar al even excentrieke zus tot een onoverwinnelijke gemeenschap waren vergroeid, pakte Nana haar proefschrift weer op.

Nana deed haar best om een krachtige tegenpool van de zussen te zijn. Terwijl die alleen hun eigen wetmatigheden volgden, eiste Nana meer discipline van haar dochter, niet altijd met succes, want Elene had een sterke eigen wil ontwikkeld, waar Nana haar schoonmoeder en haar zus verantwoordelijk voor stelde.

De woekerende tuin, de krijsende papegaai, de luide opera-aria's, de oude kettingen en strikken uit Christines kamer versterkten Elenes vrijheidsdrang. Ze verzette zich tegen haar moeder waar ze maar kon en weigerde zich aan haar opvoedkundige maatregelen te onderwerpen. In de strijd om Elenes gunst schudden de twee oude dames moeiteloos, bijna terloops de ene troef na de andere uit hun mouw. Hun voorstellen, hun ideeën, hun werelden waren voor Elene veel spannender en magischer dan Nana's fantasieloze regime.

In de zomerweken, als Kostja naar Georgië kwam en met vrouw en dochter een paar weken onder de palmen aan de Zwarte Zee of in de kuuroorden en sanatoria van Bordzjomi en Sairme verbleef, werd slechts met moeite het beeld van een intact en hecht gezin in stand gehouden. Kostja konden de norse blikken van zijn kind niet ontgaan en ook Nana zag de vraagtekens in de ogen van haar dochter als die haar ouders eens samen meemaakte, wat zelden voorkwam. Maar juist in die weken spande Nana zich in, ze wilde haar dochter voor geen goud teleurstellen; in de tijd zonder Stasia en Christine, wanneer ze Elene voor zich alleen had, wilde ze alles nog beter doen en zichzelf en haar man bewijzen dat haar opvoedingsmethoden de beste resultaten hadden. Kostja reageerde enigszins geprikkeld op haar strenge Georgische moederrol, hij wilde de beperkte tijd die hij met zijn dochter kon doorbrengen niet verdoen aan pedagogische maatregelen, maar van haar aanwezigheid genieten, al haar wensen vervullen, haar verwennen, hij wilde zijn genegenheid niet hoeven afmeten. Zo werden de zomerweken één grote beproeving voor de geduldige en anders zo vredelievende Nana. Inwendig vervloekte ze de ondankbare rol die ze had. Ze voelde zich gestrest, overgeleverd, verkeerd begrepen, door niemand gesteund.

Op een warme augustusavond, nadat het echtpaar in Bordzjomi het jodiumhoudende, geneeskrachtige water had gedronken en met andere welgestelde gasten van het sanatorium had gedineerd, bleef Kostja op weg naar de badkamer met een scheermes in zijn hand voor het bed van zijn vrouw staan en zei: 'Als het zover is, moet Elene naar een geschikte school, en dat zal niet in dit land zijn. Ik wil dat mijn dochter een zo goed mogelijke opleiding krijgt en dankzij mijn positie heb ik daar de mogelijkheden voor; het zou heel dom zijn om daar geen gebruik van te maken.'

'Je denkt toch niet dat ik mijn dochter op haar zesde naar een vreemde stad laat gaan, duizenden kilometers bij mij vandaan?'

'Ik wil hier geen discussie over, Nana. Ik zeg het je alleen bijtijds, zodat je je...'

'Vergeet het, Kostja. Nooit van mijn leven!'

'Mijn god, Nana, wanneer word je eindelijk eens wakker uit je patriottische doornroosjesslaap?'

'En wanneer hou jij je ook eens bezig met andere mensen dan alleen jezelf?'

Daarmee was de discussie beëindigd, want Kostja gaf zijn vrouw geen antwoord en ging naar de badkamer om zich in alle rust te scheren. Die nacht sliep het echtpaar apart.

Toen Elene voor het eerst naar school moest, had Nana de tegen de sprookjeswereld van Stasia en Christines gevoerde strijd om de invloed op haar dochter allang verloren; ze koos voor het in haar ogen minste van twee kwaden en besloot dat ze beter een russofiele, maar gedisciplineerde, zelfstandige en beschaafde dochter kon hebben dan een die verwilderd, wereldvreemd en in het ergste geval gek was.

Stasia en Christine sloegen alarm toen ze over de Moskouse plannen voor Elene hoorden. Ze protesteerden, argumenteerden, dreigden, maar Nana was onverbiddelijk en verwees naar de wens van haar man. Elene huilde, verstopte zich, gebruikte obscene woorden en stak haar tong uit tegen haar moeder, maar dat haalde natuurlijk weinig uit. Nana bleef onverbiddelijk: in dit huis, omgeven door twee gekken, zou haar kind niet opgroeien. Ze zou eindelijk een degelijke opleiding krijgen, ze zou leren zich als een meisje te gedragen en niet meer als een furie te krijsen, ze zou zich fatsoenlijk kleden, fatsoenlijk eten, fatsoenlijk praten.

Op de voorlaatste avond, voordat Nana met een bezwaard gemoed en een duidelijk doel met haar dochter naar het vliegveld zou gaan, besloot Stasia de magie van haar vader in te zetten om Nana toch nog tot andere gedachten te brengen. Voor het eerst sinds jaren maakte ze de warme chocola weer. Zoals Stasia had verwacht, lokte de geur Nana naar de keuken, waar ze even weerloos als argeloos aan tafel ging zitten en haar schoonmoeder dankbaar aankeek. En terwijl ze de stroperige chocoladedrank extatisch oplepelde, probeerde Stasia haar over te halen Elene niet uit handen te geven, en op een haar na had haar schoondochter ermee ingestemd, zo gedwee en murw was ze door het betoverende spul geworden. Maar op dat moment kwam een slaperige Elene in haar gele pyjama ongemerkt de keuken binnen, waarschijnlijk gewekt door de verrukkelijkste geur van de wereld, en voordat Stasia haar kon tegenhouden, had ze al een vinger in het kopje van haar moeder en daarna in haar mond gestoken. Stasia verstarde, deed haar ogen dicht en hoopte op een wonder. Een wonder dat dit moment ongedaan zou maken. Maar zulke wonderen bestaan niet, Brilka.

Die nacht lag Stasia slapeloos in bed en smeekte ze alle bestaande en niet-bestaande goden dat prachtige, zo geliefde kind te vrijwaren van de vloek van de chocola.

De volgende avond, toen Elene – onder het geweeklaag van Stasia – kousen en onderbroeken in haar koffer stopte, werd er aangebeld. Stasia, nog altijd zwaar terneergeslagen door het voorval van de vorige avond, ging naar de deur en verstarde: voor haar stond, kaal en met een volle baard, Andro Eristavi. Aan zijn hand hield hij een jonge kopie van zichzelf; dezelfde krullen, alleen donker, dezelfde ogen, alleen kleuriger, dezelfde bouw, alleen steviger. Alleen de neus van de jongen was iets grover en zijn lippen waren iets voller.

Een bezoek als een slecht voorteken. Even voerde Stasia's geweten regelrecht oorlog met haar verstand, voor haar geestesoog verscheen Andro's moeder, die haar vroeg haar zoon een goede wereld te laten zien. Toen viel ze Andro om de hals en kuste zijn gezicht alsof hij even oud was als het kind dat hij bij de hand hield. Elene, blij door het onverwachte bezoek verlost te zijn van haar eigenlijke, treurige plicht om haar koffer te pakken, stormde op Micha af en bekeek hem op haar directe en innemende manier.

Snel werd de eettafel gedekt en Andro en Micha schoven aan tussen Stasia en Christine. Ze zaten er zwijgend en met gebogen hoofd bij, alsof ze helemaal geen recht hadden op die plaats. De jongen – heel anders dan Elene, die onder het eten haar mond niet kon houden en honderduit praatte – at de klein gesneden stukjes van zijn gehaktballen als een volwassene en bedankte voortdurend als iemand hem iets aangaf.

Na het eten sprong Elene op en trok Micha aan zijn mouw van tafel. Ze wilde hem de tuin laten zien en hem voorstellen aan Goya. Bij de Turkse koffie ging ook Nana van tafel, met het excuus dat ze nog dingen voor het vertrek moest voorbereiden. Eenmaal alleen met Christine en Stasia kon Andro eindelijk vertellen waarom hij was gekomen.

'Ik wil hem in de stad op school doen. Er is een programma voor kolchozkinderen die uitblinken en Micha is heel pienter. Jullie weten dat ik geen inschrijvingsbewijs krijg, maar als jullie Micha...'

Er viel een vrij lange stilte. Toen legde Stasia haar hand op de zijne en knikte begrijpend.

'Natuurlijk,' zei ze, nog steeds met Sopio's gezicht voor ogen. Dit was haar kans om haar verplichting tegenover Sopio na te komen en bij Micha weer goed te maken wat ze bij Andro had verzuimd.

Christine schraapte haar keel, ze leek verbaasd over de snelle beslissing van haar zus om zomaar een vreemd kind in huis te nemen, want dat plan was al eens eerder jammerlijk mislukt. Andro sloeg aarzelend zijn arm om Stasia heen en gaf haar een kus op haar schouder. Het was een treurig gebaar, waarin tegelijk diepe deemoed lag. Stasia voelde de opluchting in haar borstkas. Maar plotseling stond hij op, alsof hij al weer wilde vertrekken, ging toen weer zitten en plukte nerveus aan het tafelkleed.

'Hoe gaat het met Kitty? Waar is ze?'

Stasia en Christine schrokken. Ze wilden een tegenwerping maken. Zeggen dat het beter was om dat onderwerp niet aan te roeren, dat ze zelf niets wisten en onder de druk van het niet-weten leden, dat ze al het mogelijke deden om niet gek te worden van bezorgdheid om haar, omdat Kostja weigerde hun informatie te geven, dat ze alleen wisten dat ze in Engeland zat en in veiligheid was. Maar toen rolde er een traan over Stasia's gezicht, ze huilde geluidloos, de tranen liepen over haar ingevallen wangen. En Andro noch Christine deed een poging om haar te troosten, want er bestond geen troost voor een moeder die haar dochter had verloren. Uit de tuin hoorden ze Elenes vrolijke, heldere lach en Micha's gehijg.

De volgende ochtend vertrok Nana met Elene naar Moskou. De woning van haar man aan de Nikitskiboulevard was door Ljoeda, de oude huishoudster van haar man, voor de ontvangst van de kleine prinses in gereedheid gebracht. Van hieruit zou Elene vanaf 1 september naar een van de voorname scholen worden gestuurd waar de kinderen van partijfunctionarissen, directeuren en bekleders van de hogere officiersrangen de schoolbanken deelden. En op diezelfde 1 september zou Micha vanuit het huis op de Veraheuvel voor het eerst op weg gaan naar een eenvoudige school in Tbilisi.

Elene haatte Moskou vanaf het eerste moment, maar ze haatte vooral de school. Elene haatte haar schooluniform van zware bruine wol, de kriebelige, gesteven witte schort en de witte haarstrik, ze haatte de strenge onderwijzers en haar klasgenoten, die geen van allen waren zoals zij. Ze haatte haar ouders, omdat ze haar hierheen hadden gestuurd, en ze haatte het koude, grijze klimaat van deze reusachtige, grijze stad.

Ze haatte de donkere gangen met marmeren vloeren in het hoge schoolgebouw niet ver van het huidige Gorkipark. Ze haatte de chauffeur van haar vader, die haar elke dag naar school bracht en weer afhaalde. Ze haatte de parades aan het eind van de maand ter ere van het socialisme en de partij, ze haatte zelfs de zondagen, wanneer haar vader zich voor haar vrijmaakte en probeerde met haar te praten als met een volwassene, alsof je van haar kon verwachten dat ze daar oud en wijs genoeg voor was. Ze had geen zin om voor volwassene te spelen, om oud en wijs genoeg te zijn voor haar vader. En al was ze dol op Ljoeda, die voor haar zorgde en haar geliefde blini's voor haar maakte, toch haatte ze ook het feit dat ze dol op haar was.

Maar ze haatte vooral de stem van de even oude jongen die op de dag van haar vertrek ongevraagd en om voor haar onverklaarbare redenen in haar huis was komen wonen en haar plaats had ingenomen, zijn tevreden stem, die ze op de achtergrond hoorde als ze met haar moeder of grootmoeder of oudtante belde. Zij moest daar zijn waar hij nu was, zij moest hem zijn, zij moest het leven leiden dat hij leidde.

Micha daarentegen genoot van alles wat het leven in Tbilisi hem te bieden had. De school, de stad, de wonderlijke zussen, de terughoudende, principiële Nana, de met schuld beladen aandacht die hij kreeg; hij genoot ervan eindelijk kind te mogen zijn, want hij hoefde in huis geen karweitjes te doen, hij hoefde geen erf te vegen, hij kreeg niet voortdurend te horen dat hij een man en niet zo'n schijtebroek moest zijn en hij hoefde ook niet mee te doen aan de beangstigende heidense rituelen in zijn geboortedorp.

Nana moest toegeven dat Micha heel anders was dan Elene, een geschenk uit de hemel wat aandacht, goede manieren, terughoudendheid en beleefdheid betrof. Hij was kneedbaar als zachte klei, hij was dankbaar voor elk gebaar, meegaand, verlegen en niet geneigd om kattenkwaad uit te halen. Hij was niemand tot last. Op school was hij niet erg populair, maar hij haalde redelijk goede cijfers en hoefde er nooit aan herinnerd te worden dat hij zijn huiswerk moest maken. Zijn aanwezigheid in huis viel nauwelijks op. Hij viel de volwassenen nooit in de rede, smakte niet aan tafel, waste zichzelf, sloop op zijn tenen langs de slaapkamers van de dames en gaf geen van de bewoners ooit aanleiding tot klachten of verwijten. Nana vroeg zich af hoe zo'n boerenjongen aan zulke goede manieren kwam en maakte zichzelf soms verwijten, ze vroeg zich af of ze wel een goede moeder was, of ze het niet verkeerd had aangepakt met haar dochter, of het een vergissing was geweest om haar kind bloot te stellen aan de invloed van die wereldvreemde vrouwen, of ze niet beter met Elene naar haar man in Moskou had kunnen gaan toen zijn aanbod nog gold om een 'normaal gezinsleven' te leiden, zoals hij het noemde. Ze vond het bijna pijnlijk te moeten toegeven dat ze de toekomst veel minder bezorgd tegemoet zou zien als haar dochter net zo was als Micha.

Micha was vanaf de eerste dag in de ban van Christine. Hoezeer Stasia hem ook vertroetelde en hem elke dag het gevoel gaf dat hij bij de familie hoorde, Christines aandacht woog zwaarder voor hem. Hij probeerde haar wensen en stemmingen te raden. Als ze naar *Norma* luisterde, wist hij dat ze zich goed voelde en dat hij samen met haar in de kamer naar de harde muziek mocht luisteren, die hem in het begin in verwarring had gebracht, maar die hij gaandeweg steeds mooier en indrukwekkender vond. Als ze naar *Tosca* luisterde, was ze melancholiek en plukte hij bloemen voor haar in de tuin, als ze helemaal niet naar een plaat wilde luisteren, was ze moe of had ze hoofdpijn en zette hij thee voor haar.

De dagen dat zij hem uit school haalde, zwol hij van trots dat hij naast die voorname schoonheid mocht lopen. En hoewel ze in het begin geamuseerd deed over zijn aandacht en hem krenkte door over zijn krullen te strijken en lachend haar hoofd over hem te schudden, werd ze toch steeds tederder. Ze beantwoordde zijn schuchtere, dromerige liefde weliswaar niet op dezelfde innige manier als ze dat ooit bij haar neefje had gedaan, maar ze maakte hem toch tot haar bondgenoot, wat Micha compleet euforisch stemde en hem het gevoel gaf een uitverkorene in Christines verborgen rijk te zijn.

Aanvankelijk was de jongen voor Christine een welkome afleiding in haar dagelijks leven, dat na Elenes vertrek triester en sentimenteler was geworden, ze hield ook van zijn goede manieren en genoot van zijn aandacht. De manier waarop hij sprakeloos naar haar kon kijken, deed haar denken aan Kostja, aan vroeger, aan de beste tijd van haar leven. Ze zocht steeds meer zijn gezelschap, alsof hij haar iets gaf wat ze lang had gemist of wat ze van niemand meer had kunnen accepteren: hij gaf haar het gevoel compleet te zijn, alsof hij niet haar sluier, haar bedekking zag, maar haar helemaal.

Er keerde een dromerige, zorgeloze rust weer in huis. Een tijdje had Nana zelfs de indruk dat het er opgeruimder, gezelliger was. Alsof de verwildering en de overwoekering tot staan waren gebracht. Eindelijk slaagde ze er ook in haar proefschrift te voltooien. Het had haar twee jaar van haar leven en weer zes kilo extra gewicht gekost.

Die rust werd uitsluitend onderbroken door de avondlijke telefoontjes uit Moskou. Dan verzamelden de drie vrouwen zich rond de telefoon en luisterden ze naar Elenes ietwat afwezige stem, hoorden ze van Kostja hoe het met haar ging, wat ze bij het ontbijt at, of ze verkouden was, of ze warm genoeg werd gekleed, of ze het goed deed op school, of ze al vriendinnetjes had enzovoorts.

Op zulke momenten zat Micha meestal in de oude werkkamer van Ramas, waar de huisbibliotheek was, hij hield een boek in zijn hand en probeerde zich daarop te concentreren, maar kon toch niet laten om mee te luisteren. Hij hoorde de trots in Stasia's stem als ze met haar kleindochter praatte, de bezorgdheid in Nana's stem en de ingehouden verrukking van Christine. Dan maakte er zich een vreemde stemming van hem meester.

Hij dacht dan aan de bergen, aan zijn geboortehuis, aan de door de zon gebruinde huid van zijn moeder, aan de opengehaalde handen en de alcoholadem van zijn droefgeestige vader, aan de buurjongens, die hem een mietje vonden – en werd bang. Want hij wilde niet weg, hij wilde hier blijven, hij wilde blijven genieten van de onbeperkte zorg in dit huis. Maar er was dat meisje daar in de verte, het meisje met het dikke haar en de geschaafde knieën, en alleen al haar stem volstond om alle drie de vrouwen bij hem vandaan te rukken en al hun aandacht urenlang op haar te richten, op haar, die honderden, duizenden kilometers van hen verwijderd was, terwijl hij gewoon een paar traptreden hoger vergeten in de kamer zat.

Sinds Elene in Moskou woonde, onder toezicht van haar vader en Ljoeda, was ze veel handelbaarder dan in het rijk van de vrouwen. Ze at zonder protest haar bord leeg, ze maakte haar huiswerk, ze vergezelde haar vader naar verschillende bijeenkomsten, ging met hem naar de film, het theater en het museum, ze gedroeg zich volwassener, damesachtiger en gaf haar vader het gevoel dat hij gelijk had als hij tegen Nana zei dat Elene helemaal geen moeilijk opvoedbaar meisje was, maar integendeel het gezeglijkste kind van de wereld; je moest alleen weten hoe je haar hart won.

Ze zag de glinstering in Kostja's ogen als ze een gedicht voor hem opzei of met een goed cijfer thuiskwam. Ze vond het fijn als hij dan extra aandacht aan haar schonk. Ook al vervloekte ze hem inwendig soms omdat hij haar naar die koude vreemde stad had gehaald, hij was toch haar enige houvast en de vervanger van alle mensen die ze miste. Hij was de grote man die door de mensen op straat met diep gebogen hoofd werd gegroet, die belangrijke beslissingen nam en tot laat in de nacht over bouwtekeningen gebogen zat, die in Elenes ogen geheimschrift leken.

Ljoeda las elke wens van haar gezicht en verhief nooit haar stem, en toch had Elene heimwee naar de hysterische uitbarstingen van Nana, haar vermaningen, haar voortdurende gedril, verlangde ze terug naar de nonchalante opvoedingsmethoden van Stasia en Christine. Hier, in deze hoge vertrekken met de zware, donkere meubels, in deze brede straten en marmeren trappenhuizen was geen plaats voor gekkigheid, hier verliep alles volgens plan. Volgens Kostja's plan.

Onder zijn commando moest ze zijn beste soldaat zijn. En die rol stond haar tegen. Tegelijk was ze bang om hem teleur te stellen. Hij stond voor haar op zo'n hoog voetstuk, hij was zo onaanvechtbaar en zijn mening had haar altijd zo doorslaggevend geleken dat ze niet aan hem durfde te twijfelen.

Ze wilde rennen, hollen, ontdekken, zoeken, aankomen, maar in plaats daarvan liep ze met bedachtzame passen aan de hand van Ljoeda mee, ze stapte als een chique dame in de grote auto van haar vader, antwoordde beleefd op de vragen die de volwassenen haar stelden, zorgde voor haar speelgoed zoals haar werd gezegd, liet zich door haar vader voorlezen (meestal boeken die hij voor haar uitzocht) om 's avonds laat in bed haar hoofd in de kussens te begraven en net zo lang te huilen tot ze uitgeput in slaap viel. Alleen het vooruitzicht op de winter- en zomervakantie maakte dat ze dit allemaal volhield. Het wachten op de dag dat haar vader en zij naar het vliegveld reden, in het vliegtuig stapten en naar Tbilisi vertrokken.

Daar vloog ze iedereen uitbundig om de hals, deelde natte zoenen uit, rende, sprong, huppelde en zong. Want hier voelde ze zich thuis. Ze was niet bang, ook niet voor de woede van haar vader, want in Tbilisi golden zijn regels niet. Hier was een moeder, hier waren Stasia, Christine, Goya – en die zouden haar beschermen. Ze gedroeg zich met opzet tegendraads om de liefde van haar moeder en haar grootmoeder op de proef te stellen. Het kamerarrest als straf voor haar ondeugendheden nam ze met plezier op de koop toe, want alles was beter dan in Moskou voor volwassene te moeten spelen.

Micha was tijdens de schoolvakanties niet meer in huis; hij werd opgehaald door zijn vader en meegenomen naar de bergen. Maar hij bleef toch overal aanwezig: zijn speelgoed en kleren, zijn zorgvuldig op het oude bureau opgestapelde boeken herinnerden aan hem. En als een van de vrouwen haar met Micha vergeleek – Micha is zo lief en Micha vindt die taart zo lekker – dan begon Elene te koken van woede en werd ze nog recalcitranter en onhandelbaarder. Kostja's afkeer van de 'zoon van die parasiet', zoals hij Micha altijd noemde, was overduidelijk en hij nam zijn dochter tegen hem in bescherming.

'Schei toch eens uit over dat stomme joch!' schreeuwde hij tijdens het avondeten een keer in de keuken. Elene was van tafel opgesprongen en de deur uit gerend, omdat Stasia en Christine het er niet over eens konden worden hoe Micha zijn aardappelkoekjes het liefst at – met of zonder boter.

'Het is jullie zaak als je dat mispunt hier wilt opvoeden en onderhouden, maar ik wil niet dat mijn kind daaronder lijdt.'

'Wat zeg je daar?'

Christines dennengroene rechteroog sperde zich open.

'Wat ik zeg? Jullie hebben hem achter mijn rug om hier in huis genomen, op mijn kosten nota bene, en zelfs mijn lieve vrouw vond het niet nodig om me daarvan op de hoogte te brengen.'

'Kostja, alsjeblieft!' waarschuwde Stasia.

'Ja, wat nou? Ik heb tenminste niet voor de fascisten gevochten, ik heb mijn zus niet die onzin over kapitalistische vrijheid aangepraat, ik heb geen kind op de wereld gezet waar anderen voor moeten zorgen.'

Kostja's toon was kil, uit de hoogte.

'Andro is voor mij als een zoon, hij was als een broer voor jou!'

Stasia had haar eten laten staan en keek haar zoon ontzet aan. Nana staarde de hele tijd naar de grond, alsof daar een geheime deur was waardoor ze uit deze pijnlijke situatie kon ontsnappen.

'Hoe kun je zoiets zeggen?' Stasia's stem trilde. 'Wij, ja, wij allemaal doen ons best om het jou constant naar de zin te maken, ik heb het ergste geaccepteerd wat je een moeder kunt aandoen en hetzelfde verlang je van je vrouw.'

Christine keek haar zus verwonderd aan.

'Hoe bedoel je? Wat doe ik mijn vrouw dan aan?' Kostja's stem sloeg over.

'Je hebt Elene van haar afgepakt omdat het kind naar een deftige Russenschool moest, natuurlijk moet het kind in Moskou wonen, dit hier is een boerengat, hè? Je pakt haar haar kind af, zoals je mij mijn kind hebt afgepakt.'

Stasia was van tafel opgesprongen en pakte een sigaret, haar kin trilde van opwinding.

'Ik heb jou je kind afgepakt? Ik? Je bent niet goed wijs, Stasia!' Hij noemde haar allang geen deda meer. 'Ik heb borg voor haar gestaan en alles op het spel gezet, ik heb verdomme mijn leven geriskeerd, maar dat is voor jou kennelijk niet genoeg, het is ook veel makkelijker om je liefde te geven aan een landverrader en een moordenares!'

Het werd stil in het vertrek. Christine stond langzaam van tafel op en bleef een poosje aarzelend staan, alsof ze niet wist of ze moest gaan of blijven. Stasia stond roerloos bij de kraan met haar sigaret in haar hand, Nana keek angstig van Stasia naar Kostja en weer terug.

'Waag het niet haar nog één keer zo te noemen! Ik zweer je bij alles wat me heilig is dat ik...'

'Ik wist niet dat jij nog iets had wat je heilig is!' zei Kostja kil, terwijl hij ook van tafel opstond.

'Blijf hier, verdomme, blijf hier! Ik wil eindelijk weten waar ze is, ik wil mijn dochter spreken. Ik kan zo niet meer leven!'

Kostja, die al in de deuropening stond, draaide zich nog een keer om en keek zijn moeder aan.

'Ik heb haar van de dood gered. Over haar verblijfplaats hebben we geen informatie, hebben jullie me begrepen? Geen enkele informatie. Jullie niet en ik niet. We weten niets.'

Stasia kreunde. Kostja stormde de keuken uit en Christine volgde hem. Nana kwam langzaam overeind en begon de tafel af te ruimen. Stasia verroerde zich niet, ze bleef nog lang zo staan. Toen ze weer opkeek, stond de kleine Elene in de deuropening met een geschaafde elleboog.

'Ik heb me zeer gedaan. Door die stomme Goya.'

Elene keek haar grootmoeder hulpzoekend aan.

'Het is allemaal goed, kom maar, dan maak ik de wond schoon en dan verbinden we hem, ja?'

En met haar elleboog als een trofee voor zich uitgestoken rende Elene naar Stasia toe.

Het moment vliedt,
Het gisteren kreunt,
Een wervelwind rent
Als een dier door het veld.
Balmont

'Vijf dagen geleden is de grootste zangeres ter wereld overleden, Billie Holiday, misschien dat ze haar plaats aan jou afstaat. Je ziet er goed uit!' Met die woorden begroette Fred Kitty na een afwezigheid van twee jaar. Gekleed in een wit overhemd en een duur uitziend leren jasje had ze bij Kitty's appartement in Little Compton Street aangebeld. Kitty had daar een paar weken eerder haar intrek genomen. Nu ze haar eigen geld verdiende, was ze ten slotte met toestemming van Amy op zichzelf gaan wonen, want volgens Amy zou ze binnenkort nog meer verdienen, nu ze in het bezit was van de Britse nationaliteit. Het was een winderige en druilerige januaridag in het pas aangebroken jaar 1959, er was bijna negen jaar verstreken sinds Kitty haar vaderland had verlaten en, op de schaarse informatie van haar anonieme vriend na, niets meer van haar familie had gehoord.

Fred Lieblich liep ongevraagd langs de verbouwereerde Kitty het helder verlichte appartement binnen.

'Het einde van een tijdperk. Die schoften wilden haar niet in het ziekenhuis opnemen, omdat ze zwart was. In zo'n land wil ik niet leven.'

Kitty, die zich net aan het voorbereiden was voor haar eerste optreden in een tv-show, bleef totaal overrompeld in de gang staan en keek Fred na, die rechtstreeks naar de keuken liep.

'Hoe wist je waar ik woonde?'

'Doe niet zo onnozel, ik moet iets drinken, ik kom regelrecht van het vliegveld, ik heb alleen even mijn spullen bij vrienden gestald.'

Fred stak een sigaret op.

'Amy komt me zo halen, ik moet vandaag optreden.'

'Geweldig, dan zie ik haar ook meteen, die goeie ouwe Amy. Had ik niet van haar gedacht, dat ze zich zo voor je zou uitsloven, en je Engels is voorbeeldig. Fantastisch! Dat ene lied van je, de titel is me helaas ontschoten, dat vond ik heel mooi. Dan maken we er met z'n drieën een leuke avond van, zou ik zo zeggen.'

'En hoe moet ik haar uitleggen dat je hier bent opgedoken?'

'Ik ben niemand een verklaring schuldig. Ik wilde je zien, en dus ben ik hier.'

'Jij niet, maar ik wel. Want in tegenstelling tot jou heb ik een paar principes waar ik in geloof en die ik niet zomaar overboord gooi, alleen omdat jij na twee jaar plotseling weer opduikt en denkt de hele boel weer op zijn kop te kunnen zetten.'

Fred had gevonden wat ze zocht en mixte uiterst vakkundig twee gin-tonics.

'Ik kan niets drinken. Ik heb een liveoptreden!'

'Mooi heb je het hier! Cheers!'

Fred nam vol genot een grote slok van het bruisende vocht en ging aan de keukentafel zitten.

Buiten was het gaan sneeuwen. De straatgeluiden verstomden en er viel een bijna hoorbare stilte. Er drong een lichte, ietwat matte geur in Kitty's neus, het was haar geur, de geur van die koorddanseres. Ze pakte het glas, ze moest hier doorheen, het was zo voorbij, ze zou niet toegeven, ze zou sterk zijn.

Twee jaar had ze aan één stuk door gewerkt, samen met Amy had ze aan haar nieuwe leven geschaafd, het stond nog op wankele benen, ze moest doorgaan, vastberaden vechten, ze was goed op weg. Dat mens tegenover haar, dat brutale, egoïstische mens was een belemmering, een bedreiging, een ramp. Ze moest er iets tegen doen.

'Ga nu alsjeblieft.'

'Madam is een beetje veranderd, hè?'

Dat accent, dat zachte, brutale accent, wat klonk het Kitty vertrouwd in de oren!

'Alsjeblieft!'

Kitty wees naar de deur. Fred kwam overeind en liet het halfvolle glas op tafel staan. Kitty vond zichzelf min. Maar wat vergeten was, moest niet weer bovenkomen, nee, in geen geval. Haar vooral niet aankijken, dan was het zo voorbij.

In de gang rook Kitty opnieuw die nauwelijks te omschrijven geur van haar. Ze trok de deur open. Ze hield haar gezicht nog steeds afgewend, niet kijken, nee. Plotseling voelde ze de koele hand op haar wang, Fred streelde haar gezicht. Kitty draaide zich om en gaf haar een klap. Zo hard dat Fred achterovertuimelde en tegen de muur sloeg. Kitty's hand gloeide.

Een mens kon niets vergeten.

Ze zag Freds gezicht niet, ze hield het met één hand vast, alsof ze de pijn wilde verzachten. Toen greep Fred Kitty's pols en omklemde die zo stevig dat het pijn deed, Kitty slaakte een kreet en probeerde zich los te wringen. Waar haalde die tengere vrouw zoveel kracht vandaan, ze was een stuk kleiner dan zij, dat was haar nooit zo opgevallen. Freds andere hand verdween onder Kitty's rok, haar jarretel schoot los, een nylonkous gleed op de grond, Kitty voelde schaamte, ze keek naar haar kleren die naar beneden zakten.

De roodharige vrouw drukte haar zo stijf tegen de muur dat ze naar lucht snakte, de ene pols hield ze nog steeds verdraaid vast, het deed pijn. Deze keer was Kitty niet bedwelmd, deze keer registreerde ze elk gebaar, elke beweging van de vrouw. Wat ze voelde, hield het midden tussen afschuw en genot.

Plotseling voelde ze de brandende zon op het lege schoolplein op haar gezicht. Toen zag ze het huis op de Heilige Berg. De zorgvuldig ingelijste foto's aan de muur. Het voorbeeldige echtpaar. Het tikken van de klok – was er echt een klok geweest of verbeeldde ze zich dat maar? En het mes, hoe zag het mes eruit, hoe groot was het? Ze wist het niet meer. En Mariam, had die op het eind geschreeuwd, of was het haar eigen stem? En de krulspelden in het haar van de blonde vrouw, waren die er allemaal uit gevallen? Had ze op het eind ook geglimlacht, toen het mes haar keel doorsneed? Was ze eigenlijk meteen dood of had ze nog gerocheld? En hoe had zij Mariam toen in dat lege huis met de dode kunnen achterlaten, zo doodkalm? Hoe was ze thuisgekomen, in andermans kleren, in háár kleren? Hoe had ze dat kunnen doen?

Wat was Mariams laatste gedachte geweest?

Toen het warme, sterke, overweldigende gevoel bezit van haar nam en ze de wereld om zich heen vergat, haar appartement en de sneeuw buiten, de kamerplanten, haar kleine kamer in Tbilisi met het oude, smalle bed dat haar zo dierbaar was geweest, Andro's ogen toen ze hem na de oorlog voor het eerst terugzag, de groene heuvels van Tbilisi, de kleine blauwe adertjes op de armen van haar moeder, het uniform van haar broer; toen ze het klaslokaal vergat, in de hete zomer van de dichtgenaaide wonden; toen ze Amy vergat en de stem aan de telefoon die ze nog steeds geen naam kon geven, schreeuwde ze zo hard dat ze dacht dat haar trommelvliezen zouden scheuren.

Fred streek het haar uit haar gezicht. Kitty zweette. Ze trilde over haar hele lijf. Ze zakte op de grond. Fred ging naast haar zitten en trok haar rok omlaag, zo onschuldig, zo beschaamd, alsof ze Kitty een paar minuten eerder niet de kleren van het lijf had gerukt.

'Waarom doe je me dit aan?' fluisterde Kitty, liggend op de harde, koude vloer van de gang.

'Mag ik je iets vragen?' antwoordde Fred.

'Wat wil je weten?'

'Hoe kom je aan dit litteken?'

Fred wilde haar hand op Kitty's buik leggen, maar Kitty ontweek haar.

'Van een operatie.'

'Wat voor operatie?'

'Mijn baarmoeder is verwijderd.'

Kitty wist niet waarom ze niet loog.

'Waarom?'

Voor het eerst hoorde Kitty iets van angst in Freds stem.

'Eerst hebben ze mijn kind weggehaald.'

Kitty hoorde haar stem van heel ver komen. Het voelde vreemd om na zoveel jaar gewoon de waarheid te zeggen.

'Wat is er gebeurd?'

Freds stem bleef zacht, aarzelend, maar zonder medelijden. Dat maakte het allemaal draaglijker. En ze vertelde op bijna zakelijke toon in korte zinnen over haar vroegere leven, dat tot het lokaal en de blonde vrouw en Mariam had geleid.

'Waar is jouw moeder nu eigenlijk?' vroeg Kitty toen ze klaar was met haar biecht.

'Op de Joodse begraafplaats in Wenen. Daar is tenminste een steen met haar naam erop, of haar stoffelijke resten daar ook liggen, waag ik te betwijfelen. In de chaos hebben ze niet zo goed gekeken wie waar terechtkwam, bij die hoeveelheid Joodse lijken...'

'Hoezo? Jullie hadden toch...'

'In de nacht dat we uit Mödling zouden vluchten, heeft ze zich opgehangen. Met Martins riem. Een goede, sterke leren riem, van Duitse kwaliteit kun je op aan.'

De volgende nachten waren plakkerig en bleven ook overdag aan je huid kleven. Je kon ze niet wegwassen, je raakte hun matte, zilte geur niet kwijt. Ze waren stil en zacht, dan weer gedreven, vol woorden die maar niet wilden ophouden.

En overdag moesten ze worden bedekt met leugens, Kitty moest uitvluchten bij de hand hebben om zich aan Amy's waakzame blikken te onttrekken. Tot Amy haar op een dag vertelde dat haar geliefde was teruggekeerd en ze van plan was niet meer van haar zijde te wijken, en Kitty een bittere woede tegen Amy voelde opkomen, een stekende jaloezie, en zich pijnlijk bewust werd van haar eigen miserabele situatie. Ze feliciteerde haar manager en trok zich terug, ze onthield zich ook de dagen en weken daarna van elk commentaar als ze bij Amy thuis in Kings Cross of in een van de vele cafés in Soho de werkschema's met haar doornam.

Maar toen dook Fred 's nachts steeds weer bij haar op. Ze gooide een kiezelsteentje tegen haar raam, alsof ze haar rol van geheime minnares daarmee wilde benadrukken, en liep op de tast de donkere trap op naar haar appartement. Een heel enkele keer zagen de drie vrouwen elkaar tegelijk, bij Amy's welkomstparty voor haar teruggekeerde vriendin of bij een gezamenlijke picknick in Hyde Park. Dan wisselden Kitty en Fred verstolen blikken en geheime boodschappen, raakten toevallig nauwelijks merkbaar elkaars schouder aan en fluisterden elkaar in het voorbijgaan heimelijke woorden toe.

Het verbaasde Kitty hoe makkelijk het liegen haar afging. Het verbaasde haar hoe snel ze een deel was geworden van Freds wereld, ondanks haar voortdurende verzet, haar trots om het niet toe te laten. Hoe onverschillig ze haar vriendin en weldoenster bedroog, hoe moeiteloos ze Amy vergat, zodra Fred onder haar raam opdook. Waar waren haar voornemens en principes gebleven? Waarvoor zette ze haar relatie met Amy op het spel?

Kitty wist dat de komende maanden vol scherven zouden zijn, waarop ze moest leren lopen om blijvende littekens te voorkomen. Stiekem verlangde ze naar het moment dat die leugenachtige constructie vol valse beloften, die stilzwijgende, bedrieglijke overeenkomst zou instorten en zichzelf zou vernietigen. Want Fred praatte nooit over Amy, ze had daar geen behoefte aan, alsof dat gespleten leven normaal was, alsof die onmenselijke situatie een logisch gevolg was van haar karakter, haar meedogenloosheid, van die egocentrische blindheid die Kitty af en toe razend maakte. Toch praatten ze veel met elkaar en de gesprekken met Fred werden voor Kitty onontbeerlijk, ze had ze nodig als de lucht om adem te halen, ze had ze nog veel meer nodig dan de hartstochtelijke, grensoverschrijdende ervaringen die ze samen met die vrouw beleefde. Na zoveel jaren van zwijgen kon ze eindelijk weer praten. Zonder vals medelijden, zonder valse verwachtingen. Ze kon op adem komen, ze kon de schimmenwereld in haar hoofd een paar uur doorbreken en in het leven terugkeren, in het heden aankomen. Helemaal.

Dat de heersende klassen mogen sidderen
voor een communistische revolutie.
De proletariërs hebben daarbij niets te verliezen
dan hun ketenen. Zij hebben een wereld te winnen.
Marx

Elene en haar vader zaten in het oostelijk deel van de wereld voor hun Rekord-tv en Kitty en Amy in het westelijk deel voor hun Rafena-tv geboeid te kijken naar een vriendelijke man in een indrukwekkend kosmonautenpak, die in Tjoeratam in een ruimteschip stapte, zwaaide en riep: 'Daar gaan we! Tot ziens, tot gauw, beste vrienden.' Het ruimteschip heette Vostok 1 en de vriendelijke, rustige man Joeri Gagarin. Toen op die ochtend in april even na negen uur de motoren werden ontstoken en de draagarmen langzaam werden losgekoppeld, zuchtten de Amerikanen en juichten de Russen. Maar bij het begin van de eerste baan om de aarde in de wereldgeschiedenis hielden ze allemaal hun adem in en hoorden ze Gagarin roepen: 'Ik zie de aarde! Wat is ze mooi!'

De tijd in Moskou had Elenes diepste principes en overtuigingen aan het wankelen gebracht. Ze leerde twijfel kennen en begreep iets fundamenteels, iets wat haar diep raakte en totaal veranderde. Ze begreep dat de wereld geen veilige plek was, dat de mensen hun beloften niet altijd nakwamen, dat liefde inwisselbaar was, dat vertrouwelijkheid elk moment als een zijden draad kon knappen, dat gevoelens met de dag veranderden en uit genegenheid verachting kon groeien. Ze begreep dat haar onrecht was aangedaan. Dat idee had iets bevrijdends, ze voelde zich zekerder sinds ze het had geformuleerd en op de achterkant van haar wiskundeschrift had geschreven. Want het bevestigde dat niet zij degene was die had gefaald, maar de anderen, dat ze het niet had verdiend om ver van huis op te groeien en voor een jongen met krullen te worden verruild, dat ze dat strenge leven in het koude, vreemde Moskou, die eenzaamheid niet zelf had bewerkstelligd. En het betekende ook dat dat onrecht op een dag gewroken kon worden. Dat idee was zoet als honing, het gaf haar kracht en toverde een glimlach op haar lippen. En zo ontwikkelde het in Moskou eerst zo terughoudende, geforceerd beleefde, bijna devote kind zich weldra weer tot een brutaal, levenslustig, luidruchtig en dominant meisje. Aangemoedigd door de gedachte aan later keerde ze terug naar haar oorsprong.

Had ze eerst geen Pionier willen zijn en niet naar een zomer- of winterkamp gewild, nu stond ze vooraan bij de Pioniersparades en wierp ze zich in het kamp op als aanvoerster van de meisjesgroep. In de klas stak ze als eerste haar vinger op en als een van de jongens haar met scheve ogen aankeek, haar een streek leverde, haar voor de gek hield of uitlachte, kreeg hij dusdanig lik op stuk dat de lust om het nog eens te doen hem verging. Ook tegenover haar vader gedroeg Elene zich kordater – hoewel ze bepaalde grenzen niet overschreed. Kostja was verrast en verheugd over de plotselinge verandering van zijn dochter, want hij dacht dat ze zo beter tegen het leven opgewassen zou zijn. Hij had niet in de gaten dat ze diep in haar hart kookte van woede.

Maar Nana, die Elene alleen in de herfst in Moskou zag, als ze vrij nam van de universiteit, of in de zomervakantie, die Elene bij haar doorbracht, kon een gevoel van onbehagen niet onderdrukken. De vrolijkheid die het meisje nu steeds aan de dag legde en haar gejaagde energie hadden iets overtrokkens. Ze voelde de vreemde gekunsteldheid in het gedrag van haar kind, de geforceerdheid die haar luchtigheid kenmerkte. Nana, die met schuldgevoelens kampte omdat ze Elene naar Moskou had laten gaan, besefte echter dat het in de strijd om Elene nooit om het welzijn van hun dochter was gegaan, maar eerder om Kostja en haar, ook al bleef Kostja herhalen hoe goed de Russische discipline hun dochter deed.

Nana voelde achter de glimlach van haar kind de donkere gedachtekluwen van onuitgesproken verwijten en krenkingen. Alleen kon ze dat inzicht niet onder woorden brengen, hoe moest ze haar man uitleggen dat hun huwelijk inmiddels alleen nog een permanent belangenconflict om hun dochter was, hij zou nooit geloven dat het hun kind aan iets ontbrak, dat ze niet gelukkig was, dat er vanbinnen iets duisters bij haar broedde.

En in een van die zomers, toen ze haar dochter op een avond alleen in de tuin zag zitten, in gedachten verzonken en met een ijzige blik in de ruimte starend, schijnbaar zonder de op haar neerkletterende regen te voelen, wist Nana dat ze iets moest doen als ze Elene niet helemaal kwijt wilde raken.

Ze ging alle opties na, voerde in gedachten al gesprekken met haar man, zocht naar argumenten om tegen de zijne in te brengen. Ze had een strategie nodig om haar plan in Kostja's taal te kunnen formuleren, ze mocht niet toegeven, ze moest hardnekkig zijn, minstens zo onvermurwbaar als Kostja zelf. Begin september vloog ze naar haar man in Moskou.

Zoals verwacht toonde Kostja weinig begrip voor Nana's zorgen. Hij glimlachte om haar vrees en noemde die de misplaatste angst van een egoïstische moeder die haar eigen wensen boven de toekomst van haar dochter stelde. Maar Nana hield vol dat Elene net zo goed haar kind was als het zijne en dat dat kind lang genoeg ver bij haar vandaan had geleefd, nota bene tegen haar zin. Elene had haar moeder nodig en aangezien er toen niet met hem te discussiëren viel, was de beurt nu aan haar. Tbilisi was tenslotte niet een of ander dorp, daar kon je ook goed leren, en ze moest vooral haar moedertaal weer spreken en in vrouwelijk gezelschap verkeren. Iemand als Ljoeda kon in haar eentje tenslotte niet alle vrouwelijke voorbeelden vervangen.

Nana hield voet bij stuk, ook al kostte het haar moeite en werd ze, murw van de lange discussies en eindeloze beledigingen van haar man, steeds weer overvallen door twijfel of ze er wel goed aan deed om Elene terug te halen naar Georgië. Maar dan dacht ze weer aan de duistere blik van haar dochter en verwierp ze haar twijfel.

Op een nacht, toen ze nog aan de keukentafel zat en uit een gevoel van onvrede de blini's opat die Ljoeda voor Elenes ontbijt had klaargezet, verscheen Elene in haar flanellen pyjama in de deuropening en lachte ze haar moeder verrast toe. Ze pakte een bord en legde er ook een blini op.

'Alles goed, deda?' vroeg ze bezorgd. Haar Georgisch was al sterk door het Russisch gekleurd, wat Nana witheet maakte.

'Ik kan alleen niet slapen, schatje.'

'Hebben papa en jij weer ruziegemaakt?'

'Maar we maken toch helemaal geen ruzie, we hebben alleen af en toe een discussie, Eleniko.'

'Waarover?'

'Over van alles. Meestal over het feit dat ik jou zo vreselijk mis.'

'En wat zegt papa daarvan?'

'Dat hij jou ook vreselijk zou missen als je met mij mee naar huis ging.'

Elene leek na te denken. Haar benen bungelden over de rand van de grote stoel, handig rolde ze een blini op en doopte hem in het schaaltje met de donkerrode *varenja*. Met haar ongekamde dikke haar en haar lange wimpers en de iets te grote pyjamabroek zag ze er op dat moment zo vredig en gelukkig uit dat Nana's hart ineenkromp. Het liefst had ze haar jas om haar heen geslagen, was ze met haar de deur uit gerend en naar het vliegveld gereden.

'Jij wilt dat ik meega naar Tbilisi, hè? Voor altijd, hè?'

'Ik wil alleen dat het goed met je gaat, liefje.'

'Het gaat toch goed met me.'

'Echt? Voel je je hier prettig?'

'Natuurlijk.'

'Ik bedoel, mis je ons niet? Mij, Stasia, Christine, Goya?'

'Soms wel.'

'Ik wil niet dat het je aan iets ontbreekt.'

'En waarom komen jullie niet met z'n allen hierheen? Hier is toch plaats genoeg. Er is plaats genoeg voor jullie allemaal, alleen…'

'Alleen? Wat bedoel je, Eleniko?'

'Nou ja, die jongen, die Micha, die zou hier niet kunnen wonen. Hij spreekt toch ook helemaal niet zo goed Russisch? Dan kan hij hier niet naar school, en papa heeft gezegd dat zijn papa een gemene man is, en zulke kinderen nemen ze bij ons niet eens aan.'

'Heeft papa je dat verteld?'

'Ja.'

'Maar dat klopt niet. Micha's papa is alleen arm, liefje. Micha heeft niet zoveel mogelijkheden als wij, daarom zorgen we voor hem. Hij gaat in Tbilisi naar school, omdat hij daar een betere opleiding krijgt dan bij hem in het dorp. Je kent hem amper, Elene.'

'Maar jullie kennen hem wel.'

Nana verstarde. Die verongelijkte toon. Het liefst had ze die zin opgenomen en aan Kostja laten horen. Die diepgewortelde woede in Elenes stem!

'In elk geval blijf ik liever hier, bij papa. Waarom komen jij en Stasia en Christine en Goya – waarom komen jullie niet hierheen?'

Elene at de rest van haar blini op en zette haar bord netjes in de gootsteen. Ze gaf haar moeder een behoedzame kus op haar wang, wenste haar welterusten en ging naar bed. Nana bleef nog een tijdje peinzend aan tafel zitten. Wat leek elk woord, elk gebaar van Elene schrikbarend bedachtzaam en zelfbewust. Nana voelde zich hulpeloos en machteloos. Had ze ooit gedacht dat Elene haar voorstel om terug te gaan zou kunnen afwijzen? En als zij eraan vasthield, zou dat Elenes wrok dan niet versterken? Zou ze uit protest dan niet de kant van Kostja kiezen? Zover mocht het niet komen, zo'n openlijke splitsing in twee kampen zou het voor Elene alleen nog ondraaglijker maken.

Om Elenes nieuwsgierige vragen en Ljoeda's blikken te vermijden hadden Kostja en Nana besloten in Moskou het echtelijk bed weer te delen. Zelden had iets Nana zoveel moeite gekost als die nacht het gemeenschappelijke bed op te zoeken, waar Kostja rustig lag te slapen. Een week later ging ze vernederd en uitgeput naar huis. Elene bleef in Moskou.

Toen ik hem ernaar vroeg, in zijn laatste levensjaren, toen dit verhaal hem allang weer had ingehaald, gaf mijn grootvader weliswaar toe dat hij erbij was geweest toen de K-19 eind 1958 in Severodvinsk op stapel werd gezet, maar dat een zekere commandant Zatejev voor de K-19 verantwoordelijk was geweest; zelf had hij met dat model nooit iets te maken gehad.

De duikboot K-19, die vanwege een nucleaire storing de weinig vleiende bijnaam Hiroshima kreeg en als gevolg van een constructiefout tal van opvarenden het leven kostte, had een belangrijke strategische betekenis in de Koude Oorlog, omdat hij over grote afstanden atoomraketten kon vervoeren, helemaal tot aan de kust van Amerika. De K-19 was de eerste nucleair aangedreven duikboot en vereiste daarom speciale veiligheidstesten, die echter door de toenemende druk van het Kremlin in de wedloop met de Amerikaanse marine niet altijd werden uitgevoerd.

In 1960 werd al door de marineleiding gemeld dat de K-19 alle veiligheidstesten had doorstaan, zodat hij in juli 1961 aan zijn eerste reis begon. Kostja Jasji kreeg opdracht om verslag van de eerste oefenmanoeuvre te doen en zo ging mijn grootvader aan boord. De manoeuvre zou plaatsvinden in de Groenlandzee. Vlak voor het eiland Jan Mayen meldde de commandant een storing in de reactor van de duikboot. Het koelsysteem viel uit en de reactor moest worden uitgeschakeld. Er dreigde een meltdown. Nog los van het feit dat dergelijke manoeuvres in de Sovjet-Unie strikt geheim werden gehouden en voor de bemanning van zulke duikboten het strenge voorschrift gold om zelfs in levensbedreigende noodsituaties geen internationaal SOS-sein uit te zenden, was de antenne van de boordradio op die dag toch al defect. Een langeafstandssignaal was onmogelijk geworden, zodat zelfs de hulp van de Sovjetmarine niet kon worden ingeroepen.

Er was geen andere mogelijkheid om de boot te redden dan een deel van de bemanning naar de reactorkamer te sturen om daar een noodkoeling aan te brengen. Omdat de temperatuur binnen in de reactor intussen gevaarlijk was opgelopen tot 800 graden, besproeiden technici de reactor zolang met gewone tuinslangen. Die onbeholpen poging had een heftige reactie tot gevolg: toen het koude water met de reactor in contact kwam, verdampte het onmiddellijk en kwam er een immense hoeveelheid straling vrij.

Kostja heeft nooit iets over die ramp verteld. Er nooit aan teruggedacht. Met geen woord gerept van die reis naar de hel. Maar de herinneringen aan die dag hadden zich vastgezet in zijn ogen, waarin ik in mijn kinderjaren heb leren lezen. Ik heb me afgevraagd hoe dicht Kostja bij de reactorkamer was geweest. Ik heb me afgevraagd hoe het daar moet hebben geroken – naar verbrand vlees, naar iets neutraals waar iets gruwelijks aan vooraf was gegaan, misschien ook alleen naar chemicaliën? Ik heb me de verwoeste gezichten van de mannen in de reactorkamer voorgesteld, het angstzweet, de trillende handen, de behoedzame stappen, de gedempte stemmen, het naderen van de dood, het zwijgen van de radio, de ijzige rust van de Noordelijke IJszee en de pracht van de ijsbergen waartussen de duikboot, gered uit de innige omhelzing van de diepte, uiteindelijk weer opdook. Ik geloof dat de sterren die dag – want het was overdag – ondanks de zon straalden en de ijsbergen lieten schitteren als kerstbomen. En dat de eilanden voor Spitsbergen aan de Noorse kant van de zee er even vredig en volmaakt uitzagen als een filmdecor.

Ik meende die beelden in Kostja's ogen te kunnen zien, ik heb ze daar gezocht, ben ze gevolgd – laat, heel laat in zijn leven, misschien wel te laat, maar toen heb ik het begrepen, ook al viel er niets meer te vergeven, omdat het daar al veel te laat voor was, voor hem en ook voor mij, maar ik heb er veel door begrepen. Door die ervaring, door die wachtkamer van de hel, waarin hij heel lang op de dood had zitten wachten. Anders, beslist anders dan op het Ladogameer, op een andere manier overgeleverd en zich er op een andere, veel scherpere manier van bewust.

Maar misschien had hij ook Ida voor ogen, niet zo duidelijk en plastisch als de doden die aan zijn moeder waren verschenen, maar duidelijk genoeg. Inwendig. Haar beeld in zichzelf vasthoudend. Zich eraan vastklampend. Aan een dode, die hem het leven beloofde – totdat hij het gebrul van de mannen hoorde, hun vreugdekreten omdat de reactor eindelijk was afgekoeld en het ergste voorbij was, omdat ze het hadden overleefd. Ja, dat dachten ze op dat moment, de spontane vreugde over het feit dat ze op het nippertje aan de dood waren ontsnapt, niet vermoedend dat de dood, nu hij eenmaal zijn oog op hen had laten vallen, nu hij eenmaal zo dicht bij hen was gekomen, hen niet meer zo snel uit zijn klauwen zou laten ontsnappen en het ergste voor hen pas daarna zou beginnen. Ja, ik geloof ook dat de ondergang toen niet werd afgewend, maar slechts werd uitgesteld. Misschien alleen omdat Ida haar geliefde nog een kans wilde geven om opnieuw zijn hart te verliezen.

Ik weet het niet. Misschien was het zo, misschien ook niet. Ik kan alleen met zekerheid zeggen, Brilka, dat het schrikbeeld dat zich die dag in Kostja's ogen had gebrand, er tot het eind van zijn leven in bleef, je hoefde er alleen maar diep in te kijken. Heel diep.

Ten slotte ving een duikboot in de buurt een noodsein op en werd de bemanning na vierentwintig uur geëvacueerd.

Eenmaal in Moskou moesten de mannen een verklaring tekenen die hun verbood hun ervaringen op welke manier ook ter sprake te brengen. De acht mannen die de reactor hadden weten te koelen, waren binnen zes weken na hun redding allemaal dood.

Mijn grootvader Kostja Jasji had geluk. Samen met andere overlevenden werd hij later naar Wenen gevlogen en daar in een privékliniek behandeld. Hij verloor al het haar op zijn hoofd en lichaam. Voor het zover was dat de gevolgen van zijn ziekte ook zichtbaar werden voor de kleine Elene, belde hij zijn vrouw met de mededeling dat hij zes maanden moest deelnemen aan een oefenmanoeuvre in de Baltische Zee en dat ze naar Moskou moest gaan om voor haar dochter te zorgen. Elene at haar blini's het liefst met frambozenvarenja, voegde hij er nog aan toe.

Een onverwoestbare unie van vrije republieken
heeft het almachtige Rusland voor eeuwen gesmeed.
Lang leve de door de wil der volkeren opgerichte,
Enige machtige, Sovjet-Unie!
Volkslied van de Sovjet-Unie

Terwijl de Duitse Democratische Republiek volhield niets te weten van de bouw van een muur waarachter het socialistische geluk en de marxistische broederschap gevierd dienden te worden, terwijl de Verenigde Staten hun op de Sovjet-Unie gerichte nucleaire middellangeafstandsraketten in Italië en Turkije stationeerden, begon het Kremlin aan de operatie Anadyr. Meer dan 200.000 ton militair materieel werd naar Cuba verscheept. De helft van de hele Sovjetmarine werd ingezet. Op 8 september 1962 legde het vrachtschip Omsk, dat middellangeafstandsraketten aan boord had, in Havanna aan. Amerikaanse spionagevliegtuigen maakten luchtfoto's van de Russische bewapening op Cuba, waarop raketbases te zien waren: meer dan twintig raketten, die alle grote Amerikaanse industriesteden vanaf Cuba hadden kunnen raken. Op 21 oktober werd de Amerikaanse zeeblokkade voor Cuba ingesteld.

De dag daarop nam Kennedy publiekelijk stelling en bracht hij het Amerikaanse leger in Defence Condition 3, de allerhoogste staat van paraatheid. Kennedy dreigde met een nucleaire tegenaanval als Chroesjtsjov de raketten niet zo snel mogelijk terugtrok. De wereld hield zijn adem in. Thekla en Sopio bleven onverstoorbaar patience spelen in de tuin van Christine en Stasia. En Stasia keek naar de zwijgend kaartende geesten en wist niet meer of ze bezig was haar verstand te verliezen of dat de realiteit uiteindelijk toch buigzamer was dan ze tot nog toe had aangenomen.

Ze rookte een van haar zelfgedraaide sigaretten en tastte naar het gouden horloge dat ze altijd bij zich droeg: geen raket ter wereld zal me ervan weerhouden mijn dochter op te zoeken, waar en hoe dan ook, dacht ze en ze probeerde de geesten in de kaart te kijken. Alle tekenen wezen voor de CIA op de overeenkomst tussen Chroesjtsjov en Castro om de Amerikaanse basis Guantánamo aan te vallen. (Ja, dezelfde basis die decennia later het imago van Amerika zo zou schaden.)

Christine had Micha uit school gehaald en samen slenterden ze door de smalle steegjes van Sololaki. Hij at zijn geliefde bekertje ijs en vertelde opgewonden over school. Ze liepen de brede Kirovstraat uit en wandelden verder over de Roestaveli Avenue. Toen ze bij Hotel Tbilisi kwamen, bleef Christine staan en bekeek ze het imposante gebouw.

'Wat is er?' vroeg Micha.

'Vroeger ging mijn man hier vaak eten. Toen heette het Hotel Majestic en logeerden er alleen de rijken uit de hele wereld. Toen was het een mooie gelegenheid.'

'Mis je hem erg?' vroeg Micha, terwijl hij Christines hand pakte.

'Laten we doorlopen, we willen tenslotte niet te lang bij verdrietige dingen stilstaan, hè?' Ze ging niet in op zijn vraag.

Kostja ging in zijn bed in een Weense privékliniek op zijn linkerzij liggen en zag het stralende gezicht van zijn dochter voor zich. Hij wilde terug naar Moskou, hij wilde niet dat ze zonder vader opgroeide, dat had ze niet verdiend, hij wilde leven, hij wilde overleven, voor haar, voor Elene. Hij kon niet sterven zonder haar te hebben teruggezien.

Kleine Grote Mannen bleven intussen vergenoegd lachend met de wereldbol spelen. De wereld ontsnapte op het nippertje aan een atoomoorlog toen een Amerikaanse duikboot een met kernraketten uitgeruste Sovjetduikboot met granaten bestookte. De volgende seconden waren een vuurproef voor de hele wereld. In Washington vond geheim overleg plaats. Bobby Kennedy ging in op het ultimatum van Chroesjtsjov, diezelfde nacht gaf Chroesjtsjov opdracht de raketten van Cuba te verwijderen.

Elene droomde van haar vader en riep om hem. Nana ging bij haar dochter in de kamer slapen om haar angsten te verdrijven, maar het hielp niet. Kostja's stem klonk optimistisch toen hij Giorgi Alania aan de telefoon kreeg; de telefoongesprekken tussen hen waren steeds zeldzamer geworden. 'Ik heb het overleefd. Voorlopig ben ik buiten gevaar, ik ga terug naar huis. Naar Elene. Ik heb het overleefd, geen leukemie, hebben de artsen me vandaag verteld.'

Alania begreep niet waar hij het over had, maar iets zei hem dat het menens was, en het feit dat het telefoontje uit een kliniek in Wenen kwam, bevestigde zijn veronderstelling. Maar zulke onderwerpen moest je niet aan de telefoon bespreken.

'Ik moest het kwijt. Ik moest het even kwijt,' herhaalde Kostja euforisch.

Alania moest onwillekeurig denken aan Kostja's zus, de vrouw die met haar stem de afgelopen jaren zijn betrouwbaarste houvast had gevormd, de inmiddels bekende zangeres, die onder de titel *Summer of Broken Tears* net haar tweede album had uitgebracht (haar zomerhit concurreerde met een andere nieuwe song met de iets profanere titel 'Love Me Do' van die nieuwe band, je weet wel, Brilka, van die zangers met die rare kapsels.)

Alania rekte zich uit aan het bureau in zijn kantoor in de ambassade. Kostja wist zijn doorkiesnummer. Destijds had hij gezegd: alleen voor noodgevallen. Nu wilde hij dat hij dat niet had gezegd en dat zijn vriend hem wat vaker had gebeld. Destijds, vlak na Kitty's vertrek, hadden ze nog geregeld met elkaar getelefoneerd, weliswaar had hij meestal zijn vriend gebeld, altijd vanuit verschillende telefooncellen. Ze kenden de regels allebei maar al te goed en hielden zich aan de voorschriften en de afspraken. Al was het soms moeilijk om die voorschriften te combineren met hun eigen behoeften.

'Ben je er nog?'

'Ja, neem me niet kwalijk, ik dacht na over wat je zei. Wat de reden ook is dat je daar bent, ik ben net zo blij als jij dat je het hebt gered. Je bent en blijft nu eenmaal een vechter.'

Kitty zat naakt in de kleine rieten stoel in haar slaapkamer. In de badkamer hoorde ze het bad vollopen, ze zou erin gaan liggen en haar gedachten verdrijven, de twijfels die haar achtervolgden. Fred had zich al vier nachten niet laten zien, ze lag nu waarschijnlijk te slapen in Amy's naar lavendel geurende bed. Of ze was zich met louche types aan het bedrinken in haar nieuwe, door Amy betaalde atelier in Hackney. Ze vroeg zich af of ze Fred zou vragen samen met haar naar Wenen te gaan. Ze was bang voor Freds ogen als die haar een ijskoud nee in het gezicht zou slingeren. Na haar vlucht uit Mödling, sinds de nacht dat haar moeder de riem had gepakt, was ze nooit meer in Oostenrijk terug geweest. Maar Kitty hoopte dat Fred zich daar eindelijk van de vloek van die stad zou kunnen bevrijden. En dat die stad dan misschien ook niet langer haar en Andro's ongeleefde droom zou zijn.

Ze sleepte zich naar de badkamer. Haar voetstappen waren zwaar. Ze probeerde zich het gezicht van haar moeder te herinneren. Ze probeerde zich voor te stellen wat de tijd met haar had gedaan. De tijd die tussen hen in lag. Hoe was die tijd? Loodzwaar, ijzig, metaalachtig?

Ze liet zich in het schuimende water zakken, het was te heet, maar ze wilde het voelen branden. Altijd als Fred er niet was of als haar naamloze vriend een tijd niet belde, was er niets wat haar aan het leven herinnerde. Niet haar optredens, niet Amy's euforie en nog het minst het kleine, met hard werken bereikte succes dat haar songs hadden. Altijd als ze haar ogen dichtdeed, keerde het Oosten terug. Wat verlaat het Westen je snel als je je er niet op concentreert, dacht Kitty, terwijl ze zonder een kik te geven de aanraking met het hete water verdroeg. Net zomin als Fred Mödling van zich af kon schrobben, kwam Kitty van het Oosten af. De sporen die het op haar had achtergelaten, waren onuitwisbaar. Ze keek naar haar littekens. Daar was ook Mariam. Daar zou ze altijd blijven. Mariam en haar zoontje. Ja, als het Oosten je eenmaal in zijn greep had gehad, als je je eenmaal in het Oosten had verslikt, dan bleef het.

En ik roep de liefde aan
Door jouw naam stil uit te spreken,
Steeds weer, koppig, boos, ten teken
Dat zij in jou op moet staan.
Parnok

Kostja was nog geen week thuis, toen Nana aan de deur van zijn werkkamer luisterde, waar haar man met een paar van zijn geüniformeerde collega's zat, en zij steeds weer de woorden 'atoom, doden, sanatorium' en 'dapperheidsonderscheiding' hoorde.

Elene was nog niet terug uit school. Nana ging weer naar de keuken en slikte haar blinde woede met heel veel water weg. Nana, wier dochter de terugkeer van haar vader had gevierd met veel gekrijs en vreugdekreten, waarmee ze het hele huis wakker had gemaakt; Nana, die stierf van verlangen naar Tbilisi, naar haar universiteit, naar haar vriendinnen, zelfs naar Stasia en Christine, gaf haar nederlaag toe.

In tegenstelling tot het weerzien tussen vader en dochter was haar begroeting bijna vormelijk geweest. Een behoedzame kus op de mond, een korte omhelzing, uiteraard geen directe vragen. Maar natuurlijk vermoedde ze, nee, wist ze dat het niet om de Baltische Zee was gegaan en dat hij zijn geliefde kind niet vanwege een oefenmanoeuvre zes maanden aan haar had toevertrouwd.

Nana hoorde hoe Elene de voordeur opendeed, haar schooltas op de grond liet vallen, haar pantoffels aantrok en de keuken binnenstormde (normaal zou ze eerst de werkkamer van haar vader zijn binnengestormd, maar waarschijnlijk had ze de vreemde stemmen gehoord en zich daardoor laten weerhouden).

Ze was groot voor haar leeftijd, haar cacaobruine ogen leken veel op die van haar tante, die als landverraadster was bestempeld en naar wie niemand mocht vragen. Elenes in witte kousen gestoken benen waren lang en stevig, haar houding was kaarsrecht, haar blik nadenkend en argwanend. Haar haar was geknipt in een pagekapsel dat haar ronde hoofd omsloot als een perfect gebreide muts. Ze waste haar handen en keek in de pannen wat Ljoeda deze keer voor haar had gemaakt. Tevreden stak ze het gasfornuis aan, zonder haar moeder te vragen of ze mee wilde eten.

Nana sloeg haar zelfstandige dochter gade en kon er

niets aan doen dat haar gedrag haar bijna afstootte. Hoezeer Nana de afgelopen maanden ook had geprobeerd haar voor zich te winnen, de ijzeren muur die Elene om zich heen had opgetrokken, als de perfecte dochter van haar vader, kon ze niet doorbreken.

Sinds Kostja's terugkeer was Nana overbodig; dat was de doorslaggevende reden voor haar definitieve capitulatie, de pijnlijke waarheid dat de lange maanden dat ze Elene voor zich alleen had gehad, onbenut voorbij waren gegaan; Elene had haar niet vergeven. Ze had haar niet opnieuw in haar hart gesloten. Ze zou, nu Nana's verblijf in Moskou ten einde liep, het land niet samen met haar moeder in zuidelijke richting verlaten.

Nana keek naar haar dochter en begreep dat die beslissing voor Elene niet makkelijk was geweest, dat ze partij had moeten kiezen voor een van haar ouders, en helaas was de keus op Kostja gevallen. Maar was het niet zo – en het kostte Nana ongelofelijk veel moeite om dat toe te geven – dat het meisje meer op haar man leek dan op haar? Misschien dat Elene daarom liever haar vader dan de zonderlinge vrouwen in haar familie als voorbeeld nam.

Ondanks de voorzichtige vermoedens die Nana in de jaren van haar huwelijk, in de verbitterde strijd om de liefde en gunst van hun dochter had gekoesterd, ondanks de voorgevoelens van Kostja's geheimen, ondanks de kwetsende inzichten van de zes maanden die ze alleen met haar kind in het rijk van haar machtige man had doorgebracht, was het feit dat ze nu in haar eentje terug moest verrassend pijnlijk voor haar. Als Kostja twee weken eerder was teruggekomen, was het besef in wat voor miserabele toestand haar huwelijk zich bevond, haar misschien bespaard gebleven. Nu ze hier werkeloos en hulpeloos in de keuken tegen haar tranen zat te vechten, probeerde ze zichzelf nog steeds wijs te maken dat het niet Elenes schuld was, dat het geen wraak was op haar, dat het verdriet dat ze haar had gedaan te wijten was aan haar kindzijn, aan haar naïviteit, aan haar onschuld.

Twee weken daarvoor had Elene weer eens aan één stuk door over Kostja zitten praten. Nana was woedend geworden, ze voelde zich onrechtvaardig behandeld, ze voelde zich door haar eigen kind gemanipuleerd. Ze wilde haar in het gezicht slingeren dat ze moest ophouden haar te straffen voor iets waar ze niets aan kon doen en haar moeder de nodige eerbied en liefde moest bewijzen, en dat niet alleen met loze gebaren. Ze moest haar eerlijke, eigenzinnige, opvliegende en toch zoveel levendigere ware gezicht tonen. Ze moest weer recalcitrant, luidruchtig en aanhankelijk zijn. Moest, moest, moest. Nana zweeg en terwijl ze de ene chocoladetoffee na de andere in haar mond stopte, staarde ze naar het blauwige licht van de televisie, waar net Elenes favoriete bedtijdprogramma werd uitgezonden dat ze elke avond bekeek.

'Je moet niet zoveel snoepen,' zei Elene opeens, zonder haar blik van het beeldscherm af te wenden. Nana, die net een toffee in haar mond had gestopt, verstijfde en durfde niet verder te kauwen. Ze voelde zich beschaamd en door haar dochter vernederd. En alsof het nog niet genoeg was, voegde Elene eraan toe: 'Papa houdt meer van vrouwen die slanker zijn en lippenstift en parfum gebruiken.'

Over het scherm glipte net een getekend hondje met overdreven grote oren, dat een vrolijk liedje zong.

'Hoe weet je dat?' vroeg Nana op ijzige toon.

'Ik weet het gewoon.'

'En hoe?'

Nana's stem werd luider. Eindelijk had ze de toffee doorgeslikt.

'Hij heeft weleens bezoek,' zei ze doodkalm, alsof ze over school vertelde, en ze bleef naar het hondje kijken, dat net met zijn oren wapperde en een tevreden, melodieus 'woef, woef' liet horen.

'Hier? Krijgt hij hier bezoek?'

'Ja, waar anders? Het is toch zijn huis.'

Elene deed zelf een greep in het schaaltje met snoep op de kleine lectuurtafel.

'En wat zijn dat voor slanke vrouwen met rode lippenstift?' Nana probeerde haar stem te beheersen. Ze had de neiging om te gaan gillen.

'Nou, gewoon slanke vrouwen met rode lippen en wollige jassen. Ze ruiken heel lekker. En ze brengen weleens cadeautjes voor me mee.'

'Aha, ze brengen cadeautjes voor je mee.'

'Ja.'

Elene haalde de toffee uit het papiertje en stopte hem gulzig in haar mond. Het hondje met de lange oren kreeg nu gezelschap van een waggelende eend, die mee begon te zingen. Bij het 'woef, woef' kwam zijn 'kwak, kwak.'

'Wat voor cadeautjes?'

'Mama, ik zit televisie te kijken.'

'Wat voor cadeautjes?' Nana worstelde met haar stem.

'Speelgoed. Of een sjaal. Ik heb ook een keer handschoenen gekregen.'

'En hoelang blijven ze hier dan?'

'Geen idee. Niet lang. Sommigen komen terug, sommigen niet. Kijk, dat is Gaston, de eend, die vind ik het leukst.' Met haar mond vol toffee kraaide Elene van plezier.

Het hoge bezoek was eindelijk vertrokken. Kostja had bij het afscheid iedereen een hand gegeven. De heren hadden een heel serieuze en gewichtige indruk gemaakt. Precies zoals Kostja zichzelf ook het liefst zag. Zoals gewoonlijk bracht Nana Elene naar bed. Ljoeda had die dag vrij. Kostja had zich in zijn werkkamer opgesloten.

Hij was veranderd. Hij leek magerder en zwakker. Nana

kon hem bijna niet meer aankijken, want sinds zijn terugkeer had ze steeds alleen die zin van Elene in haar hoofd: Papa houdt meer van vrouwen die slanker zijn en lippenstift en parfum gebruiken.

Ze ging naar de badkamer. Ze bekeek zichzelf lang in de spiegel. Op haar gezicht stonden geen zorgen te lezen. De vele kilo's van de afgelopen jaren hadden niets aan haar open, vriendelijke gezicht veranderd. Haar jukbeenderen waren nog steeds scherp en hoog, haar voorhoofd glad, haar ogen helder. Ze zag er niet uit als een diep ongelukkige vrouw. Haar gezicht had tijdens haar huwelijk leren liegen.

Ze pakte haar toilettas uit de kast, haalde er een rode lippenstift uit, die ze bijna nooit gebruikte, en verfde haar lippen rood. Ze kamde haar donkerblonde, volle haar en stak het op in een mooie knoet. Toen ging ze naar de slaapkamer en zocht haar mooiste jurk uit, hij had een gewaagd decolleté en was marineblauw, waardoor haar ogen beter uitkwamen. Om de heupen was hij een beetje te strak geworden, maar voor vanavond kon het ermee door. Ze trok haar enige pumps aan, die hun dagen onaangeroerd sleten in de schoenendoos in de kast. Ze had ze samen met Kostja gekocht aan de 'koude zee', toen ze voor het eerst had vastgesteld dat haar man haar niet begeerde. Daarna zocht ze haar kleren bij elkaar en stopte ze in een koffer.

Ze klopte op zijn deur en ging zonder antwoord af te wachten naar binnen. Hij zat in het zwakke schijnsel van zijn bureaulamp over dossiers gebogen. Op het bureau stonden een buste van de generalissimus en een paar ingelijste foto's van Elene. Hij schrok op toen hij haar zo zag. Ze had zich al een tijd niet meer mooi gemaakt voor hem. Normaal had hij gezegd dat hij nog wat te doen had en haar op die indirecte manier weer weggestuurd, maar iets in haar verschijning moest hem duidelijk hebben gemaakt dat hij haar deze keer niet zomaar beleefd kon afschepen. Hij bood haar een stoel aan. Op de kleine ladekast naast zijn bureau stonden nog drie glazen en een halfvolle fles wodka. Kennelijk had hij met zijn collega's ergens op geklonken.

Zonder iets te vragen pakte ze de fles en schonk een van de gebruikte glazen tot de rand toe vol. Hij opende zijn mond om er iets van te zeggen, maar deed hem weer dicht toen ze het glas aan haar lippen bracht en de inhoud in één keer achteroversloeg.

'Ik ben niet de vrouw die jij kennelijk nodig hebt. Jammer dat ik me zo in je heb vergist, Kostja. Het is niet eens jouw schuld. Je had gelijk, ik wilde niet wakker worden. Maar nu ben ik het, zoals je ziet. Ik ben zo wakker, zo klaarwakker dat ik soms bang ben dat ik nooit meer zal kunnen slapen. Als je wilt, kunnen we ons laten scheiden. Mij maakt het niet uit. Maar als je met me getrouwd wilt blijven, moeten we bepaalde dingen regelen. En dan zul je ook rekening moeten houden met mijn wensen.'

Nana had haar glas weer volgeschonken en omdat haar man niets zei, vervolgde ze: 'Ten eerste wil ik dat je vanaf nu nooit meer in bijzijn van Elene mijn autoriteit in twijfel trekt en ophoudt mij te kleineren en mijn "universiteitsgedoe" belachelijk te maken, dat je ophoudt mijn opvoedingsmethoden te bekritiseren en haar wijs te maken dat ik niet goed genoeg voor jullie ben. Ja, jullie, want jullie vormen intussen een echt team, terwijl ik op de reservebank zit en mag toekijken. Dat moet afgelopen zijn! Nu meteen.

Ten tweede eis ik van je dat je nooit meer een hoer – vergeef me mijn grofheid – meeneemt naar het huis waar mijn dochter woont. Je kunt doen wat je wilt, maar zorg dat Elene het niet merkt. Ik zal je een geheimpje verklappen, Kostja, als vriendin en niet als je vrouw: al die vrouwen die jou zo begerenswaardig lijken, al die blonde en donkere engelen bij wie jij de donjuan uithangt, zijn niets anders dan toneelspeelsters, die hun rol meesterlijk beheersen. Want ze hebben geleerd jou precies dat gevoel te geven dat je nodig denkt te hebben. Ze hebben geleerd je te laten geloven dat ze magisch zijn, dat ze er alleen zijn om jou te betoveren, en als ze kreunen in bed – vergeef me mijn directheid, maar ik hoef je niet meer te behagen –, dan doen ze dat omdat ze denken dat jij dat wilt horen, en ze hebben gelijk: het is precies wat je wilt horen en zien. En hoe langer ik erover nadenk, hoe minder ik je begrijp, Kostja, hoe minder ik begrijp dat jij, opgegroeid en omringd door zo veel vrouwen, zo weinig van vrouwen begrijpt. En het is triest dat jij, hoeveel heldendaden je misschien nog voor je land verricht en welke onderscheidingen ze je daar nog voor zullen geven, altijd zwak zult blijven, zwak tegenover vrouwen, want je hebt kennelijk niet geleerd ze tot je vrienden te maken.

Ja, je had moeten begrijpen dat je jezelf geen dienst hebt bewezen door mij bij Elene weg te houden, want ik had je kunnen beschermen. En weet je waarom? Omdat ik jou als een vriend beschouwde. En omdat ik van je hield. Ja, ik hield van je, ook al heb ik zelf heel lang niet geweten en begrepen wat die vervloekte liefde precies inhoudt. En ik hoopte dat we vrienden konden zijn, ja, als we geen partners kunnen zijn, dan tenminste vrienden. Maar je hebt tegen me gelogen, je was er altijd op uit om mijn wil te breken, mij klein en volgzaam te maken, omdat je niets anders kende, omdat je niets anders wilde, omdat die mooie, onbenullige poppetjes van je schijnbaar net zo zijn, willoos, volgzaam en ongecompliceerd, is het niet? Alleen gemaakt om jou te amuseren. En toen ik me tegen je begon te verzetten, toen ik me niet langer schikte, heb je mij het kostbaarste afgepakt, je hebt me stilzwijgend de oorlog verklaard. Om haar, om ons gemeenschappelijke kind! Je hebt niet begrepen dat je daarmee de grootste val van je leven voor jezelf hebt opgezet. En ook omdat mijn tijd hier met haar één grote mislukking is geworden, omdat ik zelfs in jouw afwezigheid altijd in je schaduw stond, weet ik dat ze zich op een dag tegen ons zal keren, en wil je weten waarom? Omdat ze een vrouw zal zijn, een echte vrouw van vlees en bloed, en geen onbenullig poppetje, zoals ze dat van jou heeft geleerd in al die jaren dat ze bij je woonde. Op een dag zal ze het niet langer uithouden, dan breekt ze het omhulsel open en zal ze je straffen voor de last die jij haar op zo'n jonge leeftijd hebt opgelegd. En ik kan wel kotsen als ik dat verdomde Russische accent in haar moedertaal hoor...'

'Wat heeft dat er nou mee te maken?' stamelde Kostja, die zijn vrouw tijdens de hele monoloog ongelovig had zitten aanstaren.

'Ten derde: val me niet meer in de rede! Doe dat vooral niet meer! En ten vierde: na de laatste klas neem ik Elene mee naar Tbilisi. Nee, ik wil daar geen discussie over. Ik zeg het alleen, zodat je je er bijtijds op kunt instellen.'

Kostja kwam opeens overeind en pakte zelf de wodkafles.

'Ik stem niet in met een scheiding.'

'Goed, dat had ik wel gedacht. Als je het met mijn eisen eens bent, beloof ik als tegenprestatie verder een trouwe echtgenote voor je te zijn en niets te doen wat je reputatie of positie in gevaar kan brengen. En over de grote bewondering van je dochter hoef je je ook geen zorgen te maken, ik zal niet tussen jullie komen. En ja, ik vlieg morgen al naar huis. Ik denk niet dat mijn aanwezigheid hier nog nodig is.'

Kon ik maar in de rij
gaan staan voor een ander lot...
Poegatsjova

'Je verpest die jongen!' zei Stasia op die zachte oktobermiddag tegen haar zus, toen Micha weer eens had geweigerd met de buurjongens te voetballen en in plaats daarvan in Christines bed was gekropen, omdat hij zogenaamd keelpijn had. Christine zat in de keuken een tafelkleed te haken. Stasia stond in modderige rubberlaarzen en een oude, opgestroopte, minstens twee maten te grote broek in de deuropening en keek nors naar haar zus. Stasia was na haar zestigste beginnen te krimpen, ze leek steeds tengerder, breekbaarder en kleiner te worden, tot ze op haar tachtigste verjaardag het figuur van een klein meisje zou hebben.

'Wat is er nu weer?'

Christine was geïrriteerd en keek niet op van haar haakwerk.

'Zie je dan niet wat je met hem doet? Die jongen gedraagt zich nu al als een oude man. Hij speelt nooit met andere kinderen, hij is altijd serieus, altijd samen met jou. Dat is geen gezonde omgang. Zelfs zijn vader klaagde dat hij...'

'Waar wil je naartoe?'

'Daar wil ik mee zeggen dat jij geen klein meisje meer bent en dat die jongen kinderen van zijn eigen leeftijd om zich heen moet hebben.'

'Ik ben niet van plan me tot mummie te laten verklaren, alleen omdat ik geen twintig meer ben.'

'Het is een kleine jongen, mijn god, Christine!'

'Ik probeer hem alles te geven wat hij nodig heeft. Hij is gelukkig. Dat is voor mij het belangrijkste.'

'Jij geeft hem wat je dénkt dat hij nodig heeft. Maar hij heeft andere dingen nodig. Hij is geen speelgoed. Bovendien is hij geen meisje en deze omgang is beslist niet goed voor hem.'

'Je bent jaloers, je bent gewoon jaloers omdat ik eindelijk een kind kan opvoeden op zo'n manier dat het gelukkig is, terwijl jij...'

Christine was harder gaan praten. Ze liet haar tafelkleed los en staarde haar zus woedend aan.

'Jij bent nog altijd een verwend nest! Een verblind, verwend, dom wicht, Christine!' Stasia beantwoordde de woedende blik van haar jongste zus. 'Je wordt oud, leg je erbij neer! En zoek iets anders om je mee zoet te houden!'

En ze beende de tuin in, modderige voetstappen op de keukenvloer achterlatend.

Christine ergerde zich, waarom was haar zus altijd zo vreselijk humorloos, zo zonder enige charme, zo serieus en verbitterd? Ja, het klopte wel, Micha was heel erg dromerig en misschien was het geen goede overlevingsstrategie voor de toekomst om dat arme, angstige kind, dat zich zo alleen voelde toen hij bij hen kwam, te veel te verwennen.

Hij had weliswaar grovere trekken dan zijn vader, maar daaruit viel op te maken dat hij op een dag een heel aantrekkelijke man zou zijn, althans voor dat deel van de vrouwelijke bevolking dat viel op brute kracht. Hij was fysiek sterk en stond met beide benen op de grond. Alleen zijn grote, hemelsblauwe ogen verrieden een kinderlijke kwetsbaarheid. Zijn uiterlijk camoufleerde zijn overdreven verlegenheid, zijn schuwheid voor vreemde mensen, zijn liefde voor literatuur en zijn hekel aan alles wat lichamelijk was. En het was ook waar dat de manier waarop hij urenlang met een kevertje op zijn hand in de tuin naar de vogels kon zitten luisteren, hem niet echt populair maakte bij zijn leeftijdgenoten. Maar het lukte hem in elk geval zich geen problemen op de hals te halen; zijn uiterlijk dwong beslist respect af.

Wat was hij elke keer blij, dacht Christine, als hij na de zomervakantie weer terug kon naar haar. Wat was hij opgelucht als hij zich niet meer groot hoefde te houden voor zijn weinig meelevende moeder en zijn drinkende vader. Wat was hij verrukt als hij samen met haar naar de oude grammofoon mocht luisteren en als zij iets vertelde over de aria die ze draaiden, of als ze een van haar lievelingsromans op zijn kussen had gelegd of een ijsje met hem ging eten en hem over elk hoekje en elke straat een verhaal vertelde.

Wat was daar nou verkeerd aan? Waarom mocht ze al die dingen niet doen? Christine ontgingen ook de kritische blikken van Nana niet wanneer ze samen met Micha in de tuin over een boek of een plant gebogen zat. Sinds die vrouw terug was uit Moskou, bekeek ze haar omgeving alleen nog met een beangstigend pragmatisme. In het begin had Christine Nana's neerslachtigheid toegeschreven aan haar verlangen naar haar dochter, maar inmiddels ergerde ze zich alleen nog aan haar. Ze had met haar man mee naar Rusland moeten gaan, dan was haar relatie met hem niet zo kil en afstandelijk geweest! Dan had ze hem niet met Rusland en de koude zee, met staatsgeheimen en vooral niet met andere vrouwen hoeven delen! Maar zij en Kostja pasten gewoon niet bij elkaar. Christine kende haar neef te goed om dat niet heel precies te weten. Nana had vanaf het begin een zekere afstand tot haar en vooral tot de jongen bewaard, alsof ze bang was hem te diep in haar hart te sluiten.

De afgelopen twee jaar was de gedachte aan Kitty een obsessie voor Stasia geworden, een kerker waaruit ze geen uitweg meer vond. Die haar wrevelig, prikkelbaarder en verstrooider maakte dan ze toch al was, die haar uit haar slaap hield en haar afleidde tijdens haar werk in de bibliotheek.

Ze moest haar zien. Ze was ervan overtuigd dat ze anders op een dag gewoon niet meer zou opstaan en zou wachten tot Sopio of Thekla kwam om haar de hand te reiken en haar mee te nemen naar de andere wereld. Als die al bestond. Ze voelde het, het stond voor haar buiten kijf dat ze binnenkort zou sterven als ze haar dochter niet nog minstens één keer in haar armen kon sluiten.

Die gedachte leidde ertoe dat ze gesprekken met haar dochter begon te voeren. Haar lippen vormden geluidloos woorden die tot haar gericht waren. Of ze wel goed at, of ze geen heimwee had. Of ze informeerde naar het land waar ze woonde, vertelde over haar werk in de bibliotheek, klaagde over de kinderachtige koppigheid van Christine, vertelde dat Elene ver van haar moeder opgroeide.

’s Nachts in bed, als ze met een glazige blik naar het plafond lag te staren, zon ze op manieren om Kitty terug te zien. Maar in geen van de scenario’s voerde de weg om Kostja heen. Hij was de verbindingsman. De zwarte engel, die heerste over het lot van zijn moeder en zus. Ze wist dat ze hem met haar verzoek in gevaar kon brengen. Maar hoe moest ze Kitty anders vinden? Waar in het Westen, waar in Engeland – als het tenminste waar was dat ze daar woonde – moest ze zoeken en hoe moest ze daar komen? De moeder van een landverraadster zou nooit de grens over mogen. Nooit!

Aan Christine had ze niets, die keurde – typisch Christine! – Kostja’s gedrag goed. Hij had nu eenmaal een verantwoordelijke positie, door hem waren ze allemaal beschermd, hij kon zo’n risico niet nemen. Ze moest nog maar eens denken aan alle verhoren waaraan zij beiden na Kitty’s verdwijning waren onderworpen; als Kostja toen die positie niet had gehad, waren die verhoren slecht afgelopen, dan was hun werkvergunning voor openbare instellingen als het ziekenhuis en de bibliotheek ingetrokken – zo niet erger.

Vroeger, jaren geleden, in een ander leven, in een andere wereld leek het wel, had ze voor haar man en later ook voor haar zoon honderden kilometers afgelegd in een door de oorlog getekend land, ze had het lef gehad om de mensjewieken en bolsjewieken en ook de fascisten te trotseren en was niet bang geweest, omdat ze zeker wist dat het goed was wat ze deed. Waarom zou ze nu niet hetzelfde doen voor haar dochter? Natuurlijk hadden de twee reizen naar Rusland destijds niet het gewenste resultaat gehad, maar ze was op weg gegaan, ze had het geprobeerd, ze had gehandeld – al was het op haar vreemde, moeilijk te volgen en niet bepaald logische manier. Misschien had ze toen ook minder te verliezen, ja, misschien was haar gedrag ook door en door egoïstisch geweest, maar wat maakte dat uit? Was deze vreselijke passiviteit niet net zo gevaarlijk?

Zelfs het kaartspel van de beide doden in haar tuin, die behalve zij niemand zag, kon Stasia niet meer van haar beklemmende gedachten afbrengen. Als de geesten verschenen, keerde ze hun de rug toe en verdiepte ze zich in een boek of een krant. Wat had ze aan hen als ze haar niet hielpen, haar niet de weg wezen en zich voor niets anders interesseerden dan hun kaarten?

Maar toen Kostja in de wintervakantie met Elene naar Tbilisi kwam en met de voorbereidingen van een groot oudejaarsfeest begon, sprak ze het onuitsprekelijke uit. Ze zette zich over haar angst voor zijn woede heen en begon op hem in te praten, ze smeekte hem te zeggen waar haar kind was, haar met haar in contact te brengen, een ontmoeting mogelijk te maken, waar en hoe dan ook.

'Dat is volstrekt uitgesloten!'

Kostja's ontzetting was overduidelijk, hij sloeg meteen zijn hand voor zijn mond, alsof hij bang was geworden voor zijn eigen stem.

Ze waren alleen in de keuken, ze hielp haar zoon met

het uitpakken en opruimen van de vele boodschappen die hij op de grote markt had gekocht.

'Ik word nog gek. Ik droom de hele tijd van haar, als het al lukt om in slaap te komen, en op mijn werk heb ik al een paar keer een waarschuwing gekregen, omdat ik...'

Kostja legde zijn wijsvinger op zijn lippen en keek geschrokken om zich heen. Het had iets meelijwekkends zoals ze op hem inpraatte en hem inzicht gaf in haar noden en angsten, iets wat ze anders nooit deed. Hij wilde haar tegenspreken en het onderwerp afkappen, maar hij kon het niet helpen dat hij diep ontroerd was. Ze leek wel een klein kind, tenger, gekrompen en geslachtloos, zoals ze daar volkomen verloren met haar handen stond te zwaaien om haar woorden kracht bij te zetten.

Omdat ze niet ophield, maar op hem bleef inpraten, en hij al wist dat hij zich hier niet zo makkelijk van af zou kunnen maken, pakte hij haar hand en nam haar mee naar de tafel. Opeens voelde hij zich naast haar een reus, haar schouders waren afgezakt en haar gezicht was vaal. De rimpels om haar mond waren diep en deprimerend. Ondanks haar grijze haar, dat ze in tegenstelling tot haar zus niet verfde, leek ze niet echt oud. Ze kwam over als iemand die op een wonderlijke en eigenzinnige manier de tijd trotseerde en er zijn tong tegen uitstak.

Ze praatte verward. Ze sprong van de hak op de tak. Van de ene herinnering naar de andere. Ze stak haar hoofd naar hem toe en zocht wanhopig naar een aanknopingspunt, een strohalm van hoop in zijn ogen. Ze raakte zijn handen aan – wat ze lang niet meer had gedaan. Ze liet de verwijten achterwege. Ze vleide hem. Ze noemde hem 'mijn jongen', ze bedelde gewoon. Hij wist niet wat hij ermee aan moest. Gelukkig waren ze alleen. Het kleine, naakte speenvarken lag hen op het uitschuifblad van de keukenkast met zijn dode, trieste ogen aan te staren. Bergen sinaasappels en mandarijnen, kaki's en gedroogde vruchten lagen in verschillende schalen op de tafel en de koelkast. Op de grond stonden diverse draagtassen met champagneflessen.

Hij hield van oudejaarsavond. De copieuze maaltijden, de overvloed, het inluiden van het nieuwe jaar, de pompeuze nieuwjaarstoespraken op de televisie, het terugtellen van tien tot één, het vuurwerk. Hij hield van de cadeaus die hij zijn familieleden gaf en hij bedacht dat zij, zijn moeder, die hier voor hem zat en straks tal van zijn lievelingsgerechten zou maken, niet wist dat hij nog niet zo lang geleden had gedacht nooit meer zulke feesten te kunnen vieren, dat hij wekenlang in een ziekenhuisbed in een westerse kliniek de dood in de ogen had gekeken.

Die gedachte was moeilijk te verdragen. Toen hij nog niet wist of hij ooit weer op de been zou komen, had hij haar graag willen vertellen dat hij haar ondanks alles dankbaar was dat ze hem op de wereld had gezet. Ondanks alles waarvoor ze hem niet had kunnen behoeden, ondanks alles wat ze hem had onthouden, wat ze hem niet had gegeven, waarmee ze hem niet had geholpen. Hij had haar toen een brief willen schrijven en haar in die brief weer met deda willen aanspreken, niet met haar voornaam, zoals hij gewoonlijk deed om afstand tussen moeder en zoon te bewaren.

Hij keek naar haar en had het gevoel alsof ze zojuist van rol hadden gewisseld. Alsof hij de vader was en zij het kind. Alsof het ondenkbaar was dat er uit die leeftijdloze, kinderlijke vrouw een mens was geboren. Hij. En zijn zus, om wie ze nu zo onbedaarlijk huilde.

Maar tegelijk voelde hij ook woede opkomen, woede op die tengere vrouw met die platte knoet en haar kleurloos glanzende ogen. Hoe vaak had hij als kind niet hulpeloos voor haar gestaan, en niet alleen hij, ook zij, haar geliefde dochter, het zonnetje in huis; hoe vaak waren zij tweeën niet op haar stukgelopen, op haar wereldvreemdheid, op de innerlijke wereld waarin ze zich terugtrok en waartoe zij geen toegang hadden. Hoe vaak hadden ze niet verlangd naar een normale moeder, die niet zulke verwarrende dingen zei en deed, maar rechtlijnig handelde en makkelijk te begrijpen was, een eenvoudige vrouw met eenvoudige wensen en moederinstincten. Terwijl een onbekende gloed in Stasia's ogen hem achteruit deed deinzen, vroeg Kostja zich af of hun levensweg anders was verlopen als zij een betere moeder voor hen was geweest. Of ze elkaar dan niet zo hadden hoeven uitputten in de concurrentiestrijd om haar liefde en aandacht. Bestonden er eigenlijk wel antwoorden op zulke vragen? Of was het misschien toch te makkelijk om te geloven dat er maar één antwoord op hun vraag bestond, dat alle andere uitsloot? Was het niet eerder zo dat er achter elk antwoord nog een ander antwoord schuilging en daarachter nog een enzovoorts, tot je er gek van werd?

Stasia begon te vertellen over haar reis naar Rusland, toen ze op zoek was naar hem – waarom vertelt ze dat nu? vroeg hij zich af en hij wist niet of hij er blij of boos om moest zijn.

Had hij spijt? Kreeg hij wroeging? Piekerde hij over wat er was gebeurd? Vroeg hij zich eigenlijk weleens af hoe het met Kitty ging? Ik denk van niet, hij verbood zichzelf die vragen. Want ook in dit geval geloofde hij niet in antwoorden. Het enige definitieve antwoord was het leven dat je leefde.

Zijn moeder, die in haar eigen wereld opgesloten schim, geen fee zoals Christine ooit was geweest, huilde in zijn bijzijn en hield zijn hand vast. Hij wist geen raad met haar tranen. Hij wilde geen macht over haar hebben; voor het eerst sinds zijn streven naar macht de overhand had gekregen, ervoer Kostja het als een last, hij wilde niet in de positie zijn om over haar tranen te kunnen beslissen. Hij wilde niets met haar verdriet te maken hebben. Maar dat was onmogelijk. Ze waren allemaal veel te sterk met elkaar verbonden, of ze wilden of niet, ze zouden zich nooit van elkaar kunnen losmaken, nooit was er in hun verhaal iets definitief ten einde, zolang ze leefden. Na elk vermeend einde waren er altijd weer andere ontknopingen, wendingen en mogelijkheden.

Hij boog zijn hoofd, hij bracht haar hand naar zijn lippen, hij raakte haar koele, zachte huid aan, het was goed om te voelen dat het mogelijk was om te vergeven, om een andere mogelijkheid in overweging te nemen voor zichzelf en hun gemeenschappelijke verhaal. Al zouden ze het niet meer kunnen herschrijven, al was het onmogelijk om die vrede te bewaren, te geloven in een nieuw begin, toch was de illusie kalmerend, rustgevend, verzoenend.

En pas toen ze in haar verhaal was aangekomen bij zijn geboorte en de pijn waarmee die gepaard was gegaan, vervloekte hij zichzelf dat hij zich had laten meeslepen tot die sentimentaliteit, die emotionele toegeeflijkheid, dat hij die woordenstroom niet meteen in de kiem had gesmoord en zich had gewijd aan een profane bezigheid als het opruimen van de boodschappen, maar het was te laat, even was hij zwak geweest, even had hij zich laten meeslepen door zijn gevoelens en nu moest hij de consequenties dragen en luisteren naar dat sentimentele moeder-zoongebazel.

'Ja, negen uur, de weeën duurden wel negen uur. Je was groot, toen al, je woog meer dan vier kilo, ik had niet meer zoveel kracht om te persen...'

'Stasia, alsjeblieft.'

Hij wilde er verder niet naar luisteren, hij wilde die bloederige details niet hoeven aanhoren.

'En de vroedvrouw riep...'

'Stasia!'

'Persen, persen, en ik dacht: direct val ik flauw!'

'Het is goed, het is welletjes. Ik zal erover nadenken. Ik kan je niets beloven, maar ik zal erover nadenken.'

Toen de telefoon ging, stond Kitty in een innige omhelzing met Fred midden in haar woonkamer en had ze even het gevoel alles overwonnen te hebben wat haar scheidde van het geluk. Ze had met Fred gedanst en gelachen om die dromerige roodharige vrouw, die over de donkere parketvloer zweefde en zich in de gekste bochten wrong, terwijl uit de grote boxen haar eigen stem klonk.

Die nacht hadden ze ruziegemaakt. Misschien voor het eerst met dezelfde felheid als waarmee Amy ruziemaakte met hun gemeenschappelijke geliefde. Kitty had nooit op die toon willen praten, met die verachting in haar stem, die eigenlijk alleen een bevestiging was van haar eigen afhankelijkheid en machteloosheid. Ze had zich geschaamd dat ze haar zelfbeheersing had verloren, dat ze Fred verwijten had gemaakt over haar opvattingen over leven en moraal. Kitty had zichzelf zo zielig gevonden in haar wanhoop. Die verhoren waaraan ze haar geliefde onderwierp, die goedkope, weerzinwekkende, bijna vulgaire beledigingen en dreigementen. In tegenstelling tot Amy had zij nooit gehoopt Fred te kunnen veranderen. Misschien had ze het ook nooit gewild, maar ze wilde haar geluk, haar tevredenheid ook niet afhankelijk maken van die vrouw. Van de kleine hapjes geheimgehouden liefde die ze haar toewierp. En alsof ze zichzelf niet helemaal serieus nam in de rol van wrede hartenbreekster en meedogenloze egomane, had Fred gewacht tot Kitty's woede zakte, om haar vervolgens weer te vleien en in te palmen, haar te vermurwen en haar opnieuw uit te leggen dat juist die vrijblijvendheid en onbetrouwbaarheid, juist die vrijheid de grootste trouw was waartoe ze in staat was.

Kitty haatte het en zou er waarschijnlijk nooit aan wennen dat Fred geen enkel gevoel had voor romantiek en alles moest reduceren tot seks. Maar misschien was het ook wel makkelijker om hun relatie te omschrijven als een vrijblijvende liaison, misschien was het eenvoudiger om zichzelf wijs te maken dat ze niets met elkaar deelden dan het bed en de verschrikkingen van hun verleden.

Nadat Kitty zich in de ochtendschemering uitgeput en hees gewonnen gaf, had Fred haar overgehaald om een lange wandeling te maken, daarna had ze samen met haar op de markt verse vis gekocht en haar een heerlijk gerecht voorgezet. Kitty had nooit geloofd dat Freds handen zoiets konden als ze er niet zelf bij was geweest en met eigen ogen had gezien hoe Fred opgewonden en giechelend als een klein meisje de vis in haar keuken klaarmaakte, met al dat geduld, al die liefde voor detail, al die tijd die ze eraan besteedde, en al die kruiden die ze woog en proefde alsof het een geneeskrachtig mengsel was.

Na het eten had Fred *Summer of Broken Tears* opgezet en over elk nummer van die plaat een heel verhaal afgestoken. En nadat ze een fles wijn soldaat hadden gemaakt en Fred een joint had gedraaid, waren ze los genoeg om ook op 'Star Collector' te dansen. Ze wervelden door de kamer en zongen steeds weer *Let's pretend we are lovers and start to collect the stars.*

Hoeveel personen huizen er in die vrouw, dacht Kitty. Ze bleef zich erover verbazen hoe veranderlijk en misleidend Freds lijf was. Hoe doorschijnend, weerloos, als geschapen uit een ademtocht, zwak en gespeend van elke erotiek, bezitterig en dwingend. Ze had nog een eeuwigheid en een dag met deze vrouw kunnen dansen.

Door het gerinkel van de telefoon werd Kitty uit de roerloze omhelzing opgeschrikt. Ze wankelde terug naar de bank, plofte neer en pakte de hoorn. Nog voordat hij hallo had gezegd, herkende ze hem aan zijn gelijkmatige ademhaling. Hij had nog nooit buiten de afgesproken tijd gebeld. Wat was er gebeurd? Haar lichaam spande zich.

Nee, alsjeblieft niet, geen slecht nieuws, niet nu, dacht ze.

'Ik heb een aanbod voor u.'

Hij klonk heel zakelijk.

Kitty haalde diep adem en gaf Fred een teken dat ze de muziek zachter moest zetten.

'Ik dacht al dat er iets ergs was gebeurd.'

'Nee, nee. Het is een mooi aanbod volgens mij.'

'Ik ben blij uw stem te horen.'

Fred keek haar nieuwsgierig aan. Het was de eerste keer dat ze Kitty in haar moedertaal hoorde praten. Ze stond gefascineerd naar haar te kijken, alsof Kitty een kunststuk volbracht.

Aan de andere kant van de lijn klonk gekuch.

'De Komsomolclub in Praag is geïnteresseerd in een optreden van u.'

'Praag? Heb ik dat goed gehoord?'

'Ja, precies.'

'Dat kan toch niet, dat is toch...'

'Jawel, jawel. Over een paar dagen krijgt uw manager een officiële aanvraag. En als ik u was zou ik het aanbod aannemen, want u kunt daar...'

Hij verstomde. Kitty's hart ging als een razende tekeer. Praag. Die stad zat vol littekens, de herinnering aan die stad zat vol builen. Ze voelde hoe de moed haar in de schoenen zonk. Het liefst had ze hem gevraagd met haar mee te gaan. Nu pas drong het tot haar door dat hij zijn zin niet had afgemaakt.

'Ik kan daar... wat?'

'U kunt daar iemand ontmoeten, iemand die...'

Kitty sloeg haar hand voor haar mond om het niet uit te schreeuwen. Bedoelde hij Kostja, haar moeder, Christine? Andro misschien? Nee, dat kon niet, die zouden ze nooit een uitreisvergunning geven. Waarschijnlijk haar broer. Het deed er niet toe, als het maar iemand van de familie was, iemand van thuis, iemand uit haar oude leven.

‘Wie?’ riep ze, overweldigd door de blijdschap die haar hart vulde.

‘U kent de regels.’

‘Ja, ja, ik ken de regels. Ja, ik neem het aanbod aan, natuurlijk neem ik het aan.’

‘Dat had ik wel gedacht.’

‘Weet u eigenlijk dat ik u echt graag mag?’

Kitty kon haar lachen niet meer inhouden.

‘Dat doet me deugd. Want dat is wederzijds.’

Nadat ze had opgehangen, gooide ze de beide ramen van haar kamer open en liet haar longen volstromen met frisse lucht. Fred was naar de keuken gegaan en kwam terug met een glas whisky in haar hand. Normaal zou Kitty zich hebben opgewonden, zou ze hebben gezegd dat ze te veel dronk, dat ze voortdurend genotmiddelen nodig had, alsof het krukken waren waar ze niet zonder kon, maar deze keer kon het haar niet schelen, ze wilde zich bedrinken, ze wilde dit ongelofelijke nieuws vieren. Ze draaide zich om en viel Fred om de hals.

Werken moet je, al het andere – naar de hel ermee.
Tsjechov

Kostja wist dat hij Elene niet tot medeplichtige had mogen maken, want ten eerste was ze nog veel te jong om de subtiele tekenen van een ontwricht huwelijk goed te kunnen beoordelen en ten tweede was ze zelf een vrouw. Hij had haar niet in zijn geheimen mogen inwijden. Het was zijn eigen schuld dat hij haar nu moest laten gaan, over de trieste scherven van zijn huwelijk. Hoewel het voor zijn gedisciplineerde, bedachtzame dochter niet ongevaarlijk was om terug te keren naar het emotioneel onevenwichtige, chaotische, ongestructureerde, aan grillen en stemmingen onderhevige regime van de vrouwen. Kostja kon echter niet vermoeden dat Elenes woede weldra zou opbloeien tot een mooie, giftige bloem.

Hij beloofde Elene dat hij haar zou bellen wanneer hij maar kon, hij beloofde haar evenveel zakgeld als in Moskou, hij beloofde dat hij elke vakantie en elke mogelijkheid zou benutten om tijd door te brengen met zijn 'beste vriendin', zoals hij haar soms noemde. Hij beloofde zelfs de geliefde blini's volgens Ljoeda's recept voor haar te maken. En hoewel Elene niet protesteerde, geen scènes maakte, in zijn bijzijn zelfs niet huilde, wist hij dat haar hart gebroken was, dat hij haar niet had behoed voor het gevoel overbodig en onbemind te zijn.

Bij de beslissing of Elene naar een Russisch of een Georgisch gymnasium zou gaan, kreeg hij geen inspraak. Nana legde hem aan de telefoon uit dat ze dat deftige, geaffecteerde accent van Elene zat was, dat dat elitaire gedoe voor eens en voor altijd afgelopen moest zijn. Ze zou naar een heel gewone Georgische school in Vera gaan en te voet naar school kunnen, een auto met chauffeur was voor een meisje van vijftien zwaar overdreven.

Elene was gedwee en beleefd, ze gaf al haar vrouwelijke familieleden bij haar terugkeer een blij kusje, legde zich er omwille van haar moeder bij neer dat ze niet op een eliteschool maar op een gewone school werd geplaatst, hoewel het haar eerst onmogelijk leek om van onderwijstaal te wisselen, en zwoer dat ze vanaf de dag dat ze achttien werd nooit meer iets zou doen wat volwassenen van haar verwachtten.

De oude kamer van haar onbekende tante werd in ijltempo geschilderd, er werd een nieuw bureau neergezet, voor de vele kleren van Elene werden extra kleerhangers gekocht en de knuffels die ze uit Moskou had meegebracht, werden op het opgemaakte bed uitgestald.

Alle huisgenoten leken de eerste weken na haar terugkeer naar haar gunst te dingen. Er werd alleen gekookt wat zij lekker vond, er werd gekeken naar het tv-programma dat haar interesseerde, er werd angstvallig op gelet dat Christines aria's haar niet stoorden bij haar huiswerk en Micha werd gewaarschuwd dat hij haar niet meer dan nodig van haar bezigheden mocht afhouden. Elene voelde dat allemaal en aanvaardde het met cynische vanzelfsprekendheid. Dit gedrag was voor haar een bevestiging, het bewees dat haar familieleden een slecht geweten hadden omdat ze hun dochter en kleindochter voor een fijnbesnaarde boerenkinkel hadden verruild.

Sinds zij terug was, ging Micha door een hel. Dingen die vroeger vanzelfsprekend voor hem waren, werden hem verboden, niemand gaf hem een gebruiksaanwijzing voor Elene. Hij sloop op zijn tenen langs haar kamer, waaruit vaak westerse muziek klonk, en hij kreeg een kleur als ze naast hem aan tafel ging zitten.

Ze leek zo zelfverzekerd, zo vlot en chic met haar parelmoer gelakte nagels en haar volkomen symmetrisch geknipte, schouderlange haar, met haar voortdurende kreten: 'Tuurlijk ken ik dat. Hoezo? Kennen jullie dat nog niet? Bij ons in Moskou...' In haar bijzijn voelde hij zich klein en dom, alsof hij haar aanwezigheid niet waard was. Hij, niet bepaald de populairste leerling van zijn klas, benijdde haar erom dat ze al meteen na haar eerste schooldag in sneltreinvaart vrienden om zich heen verzamelde. Iedereen op school leek zich uit te sloven voor dat mondaine en vroegwijze meisje, van de studiepik tot de gangmaker, van de clown van de klas tot de schoonheidskoningin zochten ze allemaal haar gezelschap. Ze straalde verhevenheid en zelfgenoegzaamheid uit, ze kwam rechtstreeks uit Moskou, ze had de wereld gezien, haar vader was een belangrijk man, ze had de zeldzaamste platen, ze had verstand van popmuziek, ze had een scherpe tong, ze liet zich niet op haar kop zitten en wist vooral wat voor indruk ze maakte.

Gaandeweg nam het dagelijks leven in het huis op de Veraheuvel zijn normale loop. Stasia en Christine gingen naar hun werk, Nana had een jaar eerder eindelijk de langverwachte volledige aanstelling als hoogleraar linguïstiek gekregen en stortte zich in de universitaire wereld. Elenes terugkeer leek geslaagd: ze paste zich goed aan bij het schoolleven in Tbilisi, overwon dankzij door Kostja betaalde bijlessen de taalbarrière en had blijkbaar geen greintje heimwee naar Moskou en naar haar vader, zoals Nana aanvankelijk had gevreesd.

Elene en Micha hadden een paar onuitgesproken regels gevonden om elkaar zoveel mogelijk uit de weg te kunnen gaan. Hoewel ze dezelfde weg naar school moesten afleggen, liepen ze nooit samen op. Bij het ontbijt en het avondeten, waarbij de hele familie zich om de keukentafel schaarde, gingen ze zo ver mogelijk uit elkaar zitten, zodat ze niet in de verleiding kwamen om met elkaar te praten of de ander te vragen iets aan te geven. De tuin werd bij mooi weer in beslag genomen door Elene, waar tegenover stond dat Elene bijna nooit op de eerste verdieping kwam, waar Micha's slaapkamer was en ook Ramas' werkkamer met de bibliotheek waar hij zo graag zat. Toen Andro die winter zoals gewoonlijk aan het begin van de schoolvakantie zijn zoon kwam halen, had hij het gevoel dat Micha voor het eerst sinds hij in Tbilisi woonde blij was de stad en het huis te kunnen verlaten.

Maar na de wintervakantie, die Kostja zoals beloofd doorbracht met zijn dochter – hij ging zelfs een week met haar op wintersport in Bakoerjani –, veranderde de situatie. Nana moest op school komen en kreeg van de klassenlerares te horen dat haar dochter andere meisjes aanzette tot spijbelen en tot 'frivoliteiten', ze liet haar schunnigheden zien die Elene volgens de lerares met koolstift op de muren van het meisjestoilet had gekalkt. Nana nam het voor haar kind op: Elene was toch zo'n voorbeeldige leerling, geliefd en ijverig, gedisciplineerd; zulk gedrag paste niet bij haar dochter.

Maar toen ze de week daarop sigarettenpeuken op Elenes vensterbank vond, vermoedde ze dat Elenes opstand weleens begonnen kon zijn, en ze probeerde openhartig met haar dochter te praten. Maar Elene ontkende alles, ze reageerde uiterst geprikkeld en smeet de deur van haar kamer voor de neus van haar moeder dicht.

Elene kreeg huisarrest. Nana kwam stipt op tijd terug van haar werk en zag er nauwlettend op toe dat Elene haar huiswerk maakte. De lievelingsgerechten van haar dochter werden voor de komende weken van het menu geschrapt en ook Stasia en Christine kregen het dringende verzoek om geen aandacht aan Elene te besteden. Nana dacht op de goede weg te zijn; Elene liep weliswaar met een verongelijkt gezicht rond, maar ze schikte zich naar haar aanwijzingen.

Tot Elene op een dag niet thuiskwam uit school. Haar vriendinnen werden gebeld, niemand wist te vertellen waar ze zat, er werd alarm geslagen. Nana sleepte Micha mee en zocht met hem de hele middag de straten af, maar Elene bleef onvindbaar. Een van haar klasgenoten vertelde dat Elene heel goed kon opschieten met de leerlingen uit de hogere klassen en misschien met een van de jongens naar een feestje was. En inderdaad, pas ver na middernacht wankelde een aangeschoten Elene de keuken binnen, alsof er niets was gebeurd, en begon doodgemoedereerd een spiegelei te bakken, ze had honger, zei ze.

Toen was Nana's geduld op, er werd naar Kostja in Moskou gebeld en na een telefoongesprek van een uur met zijn dochter mompelde Elene een halfhartig excuus tegen haar moeder. En hoewel Nana Elene dreigde met een maand huisarrest als ze dat onacceptabele gedrag niet onmiddellijk staakte, klom Elene gewoon door haar raam de tuin in en bleef de hele nacht weg. Er volgde opnieuw een lang telefoongesprek met Moskou, dat uitdraaide op ruzie tussen Nana en haar man, die haar verweet hun dochters toekomst te hebben geruïneerd.

Het was onmogelijk Elene in het gareel te krijgen: er 's nachts tussenuit knijpen werd een gewoonte. Met de branieschoppers van haar school vierde Elene hele nachten feest op het grasveld onder de televisietoren, waar ze wijn of bier dronken, gitaar speelden, zongen, dansten en – als ze heel moedig waren – elkaar zoenden.

Nana liet tralies voor haar raam aanbrengen, maar de volgende nacht klom Elene in de appelboom, die ze kon bereiken vanuit de badkamer op de eerste verdieping, waar de slaapkamers van Christine, Stasia en Micha waren. Getraind en sportief door de dril in Moskou klauterde ze door de boom en nestelde zich met ingehouden adem op een sterke tak.

In Christines slaapkamer brandde op dat late uur nog een bedlampje en ze ontwaarde twee silhouetten op haar bed. Ze zag Christine met een witte sluier voor de linkerhelft van haar gezicht en in een wit nachthemd met blote schouders. En naast haar oudtante zag ze de brede schouders en de grove gelaatstrekken van Micha.

Hij zat in een kinderachtige pyjama op de rand van Christines bed te luisteren, terwijl zij iets vertelde. Tussendoor zweeg ze even en dan keken ze elkaar aan alsof er verder niemand op de wereld was. Later liet Christine hem haar lange haar kammen. Elene voelde bij die aanblik een vreemde mengeling van afschuw en aantrekkingskracht, die haar zo van haar stuk bracht dat haar ogen vol tranen schoten.

Terwijl Elene de volgende dag bij het ontbijt de hele tijd naar de grond keek alsof ze iets te verbergen had, vertelde Stasia stralend van vreugde dat ze vlak voor haar pensioen tot haar grote geluk was uitgenodigd voor een conferentie over het bibliotheekwezen in Praag.

Toen Stasia vertrokken was, sloeg Christine haar vleugels uit en maakte warme chocola voor zichzelf. Sinds de dood van de Kleine Grote Man had ze de gevaarlijke drank niet meer durven bereiden. Hoe groot de verleiding ook was om op z'n minst af en toe van de delicatesse te genieten, ze was sindsdien toch voorzichtiger geworden. Alleen waren haar twijfels niet sterk genoeg, want nadat ze haar portie met smaak had verorberd, liet ze de restjes van de chocola achter in het zinken kannetje waarin ze de drank had klaargemaakt. En zo kon Elene, die 's avonds laat in de keuken iets te drinken kwam halen, ongehinderd naar het fornuis lopen en de chocola soldaat maken. Ik weet niet of de geur haar bekend voorkwam, of ze zich herinnerde hoe ze zich als klein meisje vlak voor haar verhuizing naar Moskou gretig op de chocola had gestort die voor haar moeder bestemd was, maar dat speelde geen rol meer, want Elene proefde van de chocola, en niet alleen Elene, want voordat ze het kannetje leeg had, verscheen ook Micha in de keuken. Hij trotseerde de dreiging van Elenes superioriteit, de verleiding was te groot. Gehypnotiseerd door de geur liep hij naar het fornuis, zelfs tot vlak bij Elene, en Elene, die in trance met haar vinger de inktzwarte massa uit het kannetje haalde, protesteerde niet en sloot vol genot haar ogen, terwijl Micha zij aan zij met haar ook van de chocola proefde.

Eigenlijk was het een goede dag geweest voor Elene. Zonder ruzie met haar moeder was ze de deur uit gegaan en bovendien, dat was veel belangrijker, was het haar eindelijk gelukt in ruil voor een verstolen kusje achter de school de eerste plaat van haar gevluchte tante te bemachtigen. Ze had zich altijd al voor de afwezige en taboe verklaarde zus van haar vader geïnteresseerd, maar had nooit eerlijke informatie gekregen en was daarom op eigen houtje op onderzoek uitgegaan. Ze verzamelde alles wat ze over Kitty Jasji te pakken kon krijgen. Ze pikte stiekem foto's uit oude familiealbums, bewaarde de smadelijke stukjes over haar in de Sovjetpers na haar vlucht naar het Westen en later ook de knipsels uit de buitenlandse muziekbladen waarin haar muziek besproken werd. Die waren al zeldzaam, die waren goud waard, maar niets vergeleken met een echte plaat, nee, geen goedkope röntgenfoto-lp, maar het buitenlandse origineel met de echte platenhoes!

Niets leek haar geluk nog in de weg te staan toen ze bij thuiskomst een briefje van haar moeder op de keukentafel vond: ze was naar het verjaardagsfeestje van een collega en zou niet voor middernacht terug zijn, Christine had nachtdienst en het eten stond in de koelkast klaar om opgewarmd te worden; Elene moest zich vanavond volwassen gedragen, geen domme dingen doen en vooral thuisblijven.

Daar had Elene geen problemen mee, want ze trok zich meteen terug in haar kamer en zette vol eerbied de plaat op. Ze ging op bed zitten en begon aandachtig te luisteren naar de vreemde taal met de bekende melodieën. Tussendoor rookte ze twee sigaretten bij het raam. Toen de plaat afgelopen was, draaide ze hem om, zette hem harder en probeerde op z'n minst een paar van de Engelse woorden te raden. Haar Engels was miserabel, maar ze nam zich vast voor om eraan te werken, voor deze plaat, voor haar dissidente tante, voor haar bewonderde antiheldin. Helemaal opgaand in de muziek zat ze met haar ogen dicht op bed en vormde met haar lippen de vreemde, zo mooi klinkende woorden, toen er op haar deur werd geklopt. Ze was helemaal vergeten dat Micha nog in huis was en rukte de deur geërgerd open.

Met die hondenblik die Elene zo razend maakte, stond hij schuchter voor haar en vroeg wat voor muziek dat was, het geluid stond ook wel erg hard, hij had geluisterd en vond het heel mooi. Even overwoog ze om hem voor de gek te houden en te zeggen dat het iets van The Doors of Jimi Hendrix was, want hij had geen benul van de nieuwe muziek, hij luisterde altijd naar die pathetische aria's van Christine. Maar ze bedacht zich, het was te zielig zoals hij daar in de deuropening stond, en ze vroeg hem binnen, wat ze nog nooit had gedaan.

'Het is mijn tante die daar zingt. In het Westen is ze een ster. Ze staat in de belangrijkste bladen en iedereen kent haar.'

'Ik weet wie ze is,' zei Micha met zijn ongewoon diepe stem en hij luisterde weer naar Kitty's gitaarakkoorden.

'Waar denk jij haar van te kennen?' vroeg ze demonstratief verveeld.

'Ze was vroeger met mijn vader.'

Elene was verbijsterd. Ze sprong abrupt van de vensterbank waar ze was gaan zitten om te roken.

'Wat is dat nou weer voor onzin?'

'Hij praat er nooit over. Maar hij bewaart nog altijd een foto van haar. En ook alle brieven die ze hem heeft geschreven toen hij in Siberië zat.'

Een paar seconden was Elene totaal verstard. Ze probeerde de chaos in haar hoofd te bedwingen. Waarom wist zij daar niets van? In haar wilde drang naar anderszijn, in haar vurige verlangen naar protest en aandacht, in haar zoeken naar houvast vond ze zichzelf opeens heel dom. Ze dacht iets te weten, iets helemaal op eigen houtje te hebben ontdekt en weer bleek het een halve waarheid te zijn, een medaille waarvan zij maar één kant scheen te kennen. Het was om wanhopig van te worden!

Die primitieve einzelgänger beweerde beter, intiemer bekend te zijn met haar idool, en niet alleen dat, hij beweerde zelfs dat zijn vader iets met die vrouw had gehad, dat ze een stel waren geweest!

Wat hielden ze nog meer voor haar geheim? Was Micha's familie daardoor zo nauw met de hare verbonden dat iedereen zich verantwoordelijk voelde voor die rare jongen? Omdat ze niet wist wat ze hiermee aan moest, plofte ze naast hem op het bed, en om toch haar superioriteit te demonstreren ging ze languit liggen, trok haar benen op en rekte zich uit als een kat in de zon. Omdat hij tot haar teleurstelling geen aandacht schonk aan haar strekoefeningen, maar geconcentreerd naar de muziek bleef luisteren, pakte ze hem van pure verontwaardiging bij zijn ellebogen. Hij schrok en keek haar verbouwereerd aan. Ze waren vreemden voor elkaar en nu ze plotseling zo dicht bij elkaar waren, werd hun dat nog duidelijker.

'Je doet me pijn,' protesteerde hij.

'Doe niet zo schijterig.'

Ze lachte en kneep harder in zijn arm.

'Hé, Elene, wat moet dat?'

Hij verhief opeens zijn stem, dat amuseerde haar. Kwam hij eindelijk uit zijn burcht van poëzie en melancholie en verwaardigde hij zich af te dalen naar haar prozaïsche niveau?

'Ben je soms bang voor me?'

'Elene!'

Precies op dat moment sprong ze als een aap die voor het eerst het klimmen ontdekt boven op hem en gooide hem achterover op het bed. Voordat hij iets kon zeggen of doen, zat ze op zijn liezen en begon ze hem te kietelen en in zijn buik te knijpen. Het was een mengeling van opwinding en pijn die hij voelde, hij probeerde zich uit haar armen te bevrijden en haar van zich af te duwen, maar ze leek het veel te leuk te vinden en liet hem niet los.

Ze klampte zich uit alle macht aan hem vast en beet zelfs in zijn hals. Hij had haar met één handbeweging van zich af kunnen gooien en van het bed kunnen duwen, maar iets weerhield hem ervan. Hij probeerde te begrijpen wat er in hem omging, maar het ging allemaal zo snel, zijn gedachten konden het niet bijhouden.

Wilde hij dit spel niet afbreken, omdat ze ondanks haar tentoongespreide bandeloosheid en vulgariteit een meisje bleef met smalle enkels en scherpe jukbeenderen, met kleine oren en fijne polsen? Of wilde hij het niet, omdat hij zoiets als genoegdoening voelde?

'Laat dat alsjeblieft!' herhaalde Micha en hij geloofde zijn eigen stem niet. Ze bleef het uitschreeuwen van plezier en slaakte gilletjes. Het zweet parelde op haar voorhoofd, haar wangen waren rood en in haar mondhoeken verzamelde zich speeksel.

Dit meisje, dat onder zo'n gelukkig gesternte was geboren, dat alles kon hebben waar ze haar kokette handjes naar uitstrekte, leek niet van hem los te komen; een gedachte die hem afschrikte en tegelijk fascineerde. Ze was voor hem een vreemde en ze was ondankbaar, ze was verwend, ze was brutaal, ze was egocentrisch en wispelturig – en ze was de wettige erfgename in deze familie. Zij, niet hij.

'Jij houdt niet van meisjes, hè? Alleen van oude vrouwen...'

Elene daagde hem uit. Hij verstarde, hij verdedigde zich niet, ze vervolgde onverstoorbaar: 'Jij denkt dat je beter bent dan de rest, hè? Met je Frans en je geheimzinnige gedoe en je gedichten.'

'Elene, hou daarmee op!'

Hij was woedend. Misschien zou het hem goeddoen om eindelijk die strijd met haar uit te vechten, om openlijk met haar in de clinch te gaan in plaats van zich te verbergen, zodat hij in huis werd getolereerd als een zieke welp. Misschien moest hij haar een keer recht in haar gezicht zeggen wat hij van haar vond, misschien moest hij het erop aan laten komen dat ze hem haar woede in het gezicht slingerde. Of was het beter om af te wachten tot ze een fout maakte, tot ze haar zwakheid toonde en haar dan voor schut te zetten? Wat moest hij doen om zichzelf niet in gevaar te brengen, om zijn plek in deze familie niet te verspelen?

Maar zijn lichaam weigerde, het wilde zijn gedachtegang niet volgen. Zijn lichaam zat gevangen in zijn angst. Hij kneep in haar dijbeen zodat ze het uitgilde van de pijn, toen pakte hij haar bij haar schouder en gooide haar op de andere helft van het bed, naar de muur, maar zo dat ze er niet met haar hoofd tegenaan smakte. Ze verweerde zich, omklemde van opzij met haar smalle, in witte kniekousen gestoken benen zijn bekken. Haar bruine schooljurk was omhooggeschoven en hij kon haar witte katoenen onderbroek zien.

'Laat dat... Elene, laat dat, alsjeblieft!'

Hij smeekte haar. Zijn toon was opeens weer zo devoot dat haar drang om hem te provoceren tot ongekende hoogte steeg. Ze kwam overeind, boog zich beangstigend dicht over hem heen, keek hem in de ogen, hij rook haar, haar lichte zweetlucht, haar naar lavendelzeep ruikende huid, haar haar hing in zijn gezicht, het kietelde hem, hij probeerde de andere kant op te kijken. Ze zag er opeens zo volwassen en zo resoluut uit. Waarom deed ze dit? Wat beoogde ze ermee? Wat voelde ze erbij? Waarom leek ze hem steeds een paar stappen voor te zijn?

Wanneer zou het ophouden – dat minderwaardigheidsgevoel tegenover haar harde lach, haar demonstratief tentoongespreide populariteit, haar gegiechel als hij op het schoolplein langs haar liep, wanneer zou er een eind komen aan die kwetsende provocatie?

'Jij maakt alles kapot! Idioot die je bent!'

Nu sloop er agressie in haar euforie. Haar stem trilde en hij zag tranen in haar ogen glinsteren. Het was een gevecht dat ze voerde met zichzelf. Hij schaamde zich er getuige van te zijn en begreep dat ze het hem nooit zou vergeven dat hij haar op dit moment van zwakte had gezien.

Maar hij wilde ook niet dat ze het hem vergaf. De herinnering zou beslist zoet smaken. Hij zou altijd een troef in handen hebben. Misschien was het toch het beste om vol te houden, om te wachten tot ze zichzelf in diskrediet bracht, in diskrediet bij haar familie. Misschien ging het er in feite niet om hier te winnen, maar te laten winnen. Om te overleven was het misschien belangrijker om op het juiste moment te kunnen verliezen.

'We zijn gewoon een beetje aan het stoeien, dat is toch leuk, of niet soms?'

Ze schreeuwde nu als een gek. Hij kon niet aan haar stem horen of ze dadelijk hard zou gaan lachen of in tranen uit zou barsten.

En toen ze zich, uitgeput en bezweet, met verward haar boven hem oprichtte en haar opgeschoven jurk langzaam verder omhoog begon te trekken, wist hij dat hij had verloren. Maar hij wist niet of het de goede manier was om te verliezen.

Ze trok haar jurk over haar hoofd en zat daar als een kleuter in een hemd met gele eendjes en een witte katoenen onderbroek. Hij werd overspoeld door gevoelens die per seconde wisselden.

Nog nooit was een meisje zo dicht bij hem geweest. Maar zo had hij het niet gewild, hier had hij niet van gedroomd. Niet deze willekeur, niet dit dierlijke, dat hem afstootte.

Haar bewegingen en haar gelaatsuitdrukking hadden niets teders of behoedzaams. Niets gelukkigs. Het had niets met hem te maken. En toch kon hij er niets aan doen dat er zich een vreemde opwinding van hem meester maakte.

Ze had ook haar hemd uitgetrokken en hurkte in een gestippelde beha, die haar kleine borsten omsloot, voor hem neer. Ze begon de rits van zijn schoolbroek open te trekken. Hij vroeg zich af waar ze die zelfverzekerdheid vandaan haalde, hoe ze zo vanzelfsprekend en doortastend met deze situatie wist om te gaan, hij trilde over zijn hele lijf, niet in staat zich te verroeren, iets te beslissen. Als dit haar manier is om zich op mij te wreken, dacht Micha, waarom doet ze zichzelf dan ook pijn? Waarom vernedert ze zichzelf?

Met een ruk trok ze zijn broek naar beneden en staarde naar de bobbel in zijn onderbroek.

'Trek uit!' beval ze zonder haar blik van zijn kruis af te wenden. Omdat hij zich niet verroerde, trok ze aan het elastiek van zijn onderbroek en greep erin. Ze raakte hem aan, aarzelend, met een mengeling van walging en lust.

Ze ging boven op hem liggen, onhandig, beschroomd, haar onderbroek als de enige barrière tussen hun geslachten. Hij betrapte zich erop dat hij tot tien telde, een, twee, drie... Ze omsloot zijn penis met haar rechterhand, hield hem vast als het stokje van een suikerspin, als een houten, levenloos geval. Hij probeerde opzij te rollen om onder haar uit te komen, maar voelde zich niet in staat haar van zich af te gooien. Hij verafschuwde zichzelf. En haar nog meer.

En plotseling, zo plotseling dat hij het zelf nauwelijks merkte, werd het zwart voor zijn ogen, hij richtte zich op, gooide haar op haar rug, begroef haar onder zich, onder zijn brede borst, trok met één handbeweging haar onderbroek naar beneden, alsof het de normaalste zaak van de wereld was, alsof hij het al duizend keer had gedaan, en duwde haar benen uit elkaar.

Hij voelde hoe er zich een bedwelmende warmte in hem verspreidde, hij dook ergens in onder.

Hij dacht dat hij zijn bewustzijn had verloren. Haar lichte kreet hoorde hij alleen nog uit de verte, alsof ze helemaal niet dichtbij was, zo dichtbij dat hij haar adem rook, haar huid proefde, zijn hoofd in haar haar begroef.

Ze vertrok haar gezicht van pijn, ze beet in zijn schouder. Hij deed haar zeer, maar wat was het een heerlijk gevoel. Wat was zijn angst snel verdwenen. Wat voelde het goed om er niet over in te zitten of ze van hem hielden of niet, of hij goed genoeg was voor deze familie of niet. Wat een bevrijding! Wat was het heerlijk om niet goed genoeg te zijn, om helemaal niet goed te hoeven zijn!

Nadat hij als in een epileptische aanval in haar was klaargekomen, kreunde ze zachtjes en keek hem recht aan. Hij zag iets van angst in haar blik. En dat gaf hem voldoening. Even overwoog hij om haar gerust te stellen, haar misschien zelfs voorzichtig te omhelzen, maar ze kwam overeind, ging met haar rug tegen de muur zitten en keek strak naar het smalle streepje bloed dat over haar dijbeen liep.

Er was iets met Fred. Maar ze had geen tijd om zich daar nu mee bezig te houden. Ze kon niet aan Praag denken en tegelijk aan Fred. Die twee werelden waren onverenigbaar. Ze moest haar koffer pakken, haar gitaar, nee, eigenlijk moest ze eerst bellen met de cultureel attaché van de Tsjecho-Slowaakse ambassade – of nee, ze moest Amy duidelijk maken dat ze in geen geval een begeleider mee wilde naar Praag, of...

Fred was de afgelopen nacht weer niet komen opdagen. Ze kwam volkomen ongelegen die middag langs en zat nu al meer dan drie uur in haar slipje met een stompzinnige uitdrukking op haar gezicht en een lege blik op de bank voor zich uit te staren. Te veel gedronken, te veel gerookt, te veel... Ze had vast een of ander duivels goedje gespoten, die halfdode blik had iets afschuwelijks. Hij maakte Kitty bang. Ze had die blik, de resten van die lethargie al eerder gezien. Niet vaak, maar toch vaak genoeg als Fred na nachten doorhalen bij haar kwam bivakkeren. Toen ze terugkwam uit Amerika had ze die blik ook, wanneer was dat ook weer precies? Kitty moest nadenken, nee, nee, daar was nu geen tijd voor, ze zou met Fred moeten praten als ze terug was uit Praag, niet nu, ze mocht in geen geval onuitgeslapen op het vliegtuig stappen.

En toen er werd aangebeld, was Kitty zo in gedachten, zo druk bezig met alles wat ze voor haar vertrek nog moest doen, dat ze niet eerst de intercom gebruikte, maar meteen de deur opendeed. Daar stond Amy met een papieren zak met vers fruit in haar ene hand en mooie langstelige amaryllissen in haar andere. Haar blonde haar was nat van de zomerse motregen, ze liep regelrecht naar de keuken en legde de boodschappen daar neer. Toen begon ze een vaas te zoeken. Kitty's adem stokte. Hoe vaak was ze al bang geweest voor dit moment? Ze voelde zich op slag ellendig bij de gedachte aan het onweer dat nu boven hen drieën zou losbarsten.

'Wat is er? Kun je me niet begroeten? Ik heb een vaas nodig. Een mooie vaas. Ik heb goed nieuws voor je, als je tenminste terugkomt, maar je weet hoe ik denk over die socialistische waanzin waar jij je met deze reis in stort; en op mijn gezelschap stelt madam ook geen prijs, terwijl ik er niets op tegen zou hebben om eens een kijkje achter het IJzeren Gordijn te nemen, ik bedoel, wanneer krijg je nou zo'n kans, maar goed, laten we het daar niet meer over hebben... Wat ik wilde zeggen, als je terug bent, kan het zijn dat we zelfs de Britse grenzen achter ons laten en een tournee...'

Ze hield midden in haar zin op. Ze stond met haar bloemen in de woonkamer en had daar de halfnaakte Fred ontdekt, die op de bank zat te suffen.

Kitty, die tegen de koele keukenmuur leunde, hoorde haar hart tekeergaan. En ze hoorde iets op de grond vallen. Vast de mooie amaryllissen. Toen weer voetstappen. Fred moest zo van de wereld zijn dat ze Amy's aanwezigheid niet eens had opgemerkt.

Amy liep langs haar heen naar de gootsteen en liet een

beetje kraanwater in een glas lopen. Zonder Kitty aan te kijken vroeg ze: 'Hoelang? Hoelang is dit al aan de gang?'

Alles was beter geweest dan die gedecideerde toon, die zelfbeheersing, die ijzige kilte.

'Ik weet het niet meer.'

Amy draaide zich om en keek haar aan. Kitty sloeg haar ogen neer. Plotseling barstte Amy uit in een schril gelach. Dat was het laatste wat Kitty had verwacht. Amy bleef maar lachen en Kitty wist niet of die hysterische lach voortkwam uit wanhoop of uit zelfbescherming.

'Ik hoop dat ze met jou net zo omgaat als met mij. Zodat je weet wat je me aandoet. Maar nee, weet je, misschien heb je me zelfs een dienst bewezen, misschien heb je me net van die plaag bevrijd, misschien heb je me eindelijk laten zien voor wat voor stuk uitschot ik me al die jaren heb uitgesloofd. Maar eerlijk gezegd had ik dit van jou niet verwacht, Kitty, van jou niet. Waarom zeg je niets? Schiet je niets te binnen of ga je dit ook in een van je songs verwerken? Maak je van ons allemaal een vrolijk liedje?'

Ze schudde vol onbegrip haar hoofd, alsof ze zichzelf wakker wilde schudden om het onbegrijpelijke te begrijpen.

'Dit is echt het toppunt,' voegde ze er nog aan toe.

'Ik wilde het niet. Ik heb zo lang geprobeerd...'

'Natuurlijk wilde je het niet. Maar voor zover ik weet, heeft een mens naast zijn geslachtsorganen ook nog verstand, althans bij jou dacht ik dat! Maar daar heb ik me dus danig in vergist.'

'Ik zal het je uitleggen. Ik...'

'Tja, ik betwijfel of ik dat allemaal zo precies wil weten. Ik moet nadenken en dat laffe, leugenachtige loeder kun je vertellen dat ze voor mij dood is, en wee haar gebeente als ze me nog een keer om geld of iets anders durft te vragen.'

'Er is iets met haar, Amy, en de laatste tijd helemaal...'

'Tja, dat is van nu af aan jouw probleem, darling. Ik heb mijn beste jaren aan die slet verspild. En ik begrijp dat mijn werk met jou ook verspilde tijd is geweest.'

'Ze heeft een probleem, ik vermoed dat ze...'

'Wat een ontdekking! Dat had je moeten bedenken voordat je met haar de koffer in dook.'

'Amy, alsjeblieft ... Ik bedoel een ander soort probleem!'

'Je bent nu niet in de positie om mij iets te vragen, en zij al helemaal niet.'

De communisten moeten ook in het leren een voorbeeld zijn: ze moeten te allen tijde zowel de leraar als de leerling van de massa zijn.
Mao

Er waren wilde tijden in aantocht, Brilka. Het Oosten benijdde het Westen om de jeans en in het Westen vielen jonge meisjes in zwijm bij de concerten van The Beatles. In het Westen werd gedemonstreerd tegen de Vietnamoorlog, die steeds absurder en bloediger vormen aannam en inmiddels, naast de Berlijnse Muur, een symbool in de krachtmeting van de Koude Oorlog was geworden.

In Parijs hadden de studenten de Sorbonne bezet en barricaden opgeworpen. Ouders begrepen hun kinderen niet meer. Ze begrepen niet dat zij, wie het nooit aan iets had ontbroken, zich opeens voor vakbonden en arbeiders inzetten. Dat ze hun eigen nationale identiteit niet serieus namen en de waarden ervan door het slijk haalden, dat ze voor de rechten van de vrouw en tegen het leger de straat op gingen. Ze geloofden toch niet serieus dat ze met een paar bloemen in hun haar en een joint of het dragen van die idiote batikdoeken vrede in de wereld konden brengen!

In onze glorierijke, machtige staat waren zulke schaamteloze eisen nog heel ver weg, maar in de Communistische Partij van de Sovjet-Unie vond wel een machtswisseling plaats. De Oekraïense boerenzoon was nu vervangen door een hoffelijker, genotzuchtiger man, die behangen was met medailles en onderscheidingen en de ruigste wenkbrauwen van de wereld had.

Ook in de Communistische Partij van Tsjecho-Slowakije had een wisseling plaatsgevonden en, aangemoedigd door die verandering, eiste het volk liberalisering van het systeem. Men had een aantal beperkte hervormingen doorgevoerd en de burgers – daardoor voor het eerst opgeroepen om hun land mede vorm te geven – eisten verdere versoepelingen, zoals opheffing van de perscensuur en democratisering van de partij. Er werd een Kafka-congres gehouden om de schrijver te rehabiliteren, andere rehabilitaties zouden volgen.

De protestbeweging in het Westen leek definitief overgewaaid te zijn naar het Oosten.

Voor het Kremlin werd de situatie al snel te onoverzichtelijk. De partijfunctionarissen werden onrustig. Kameraad Brezjnev eiste nadrukkelijk dat de al doorgevoerde hervormingen werden teruggedraaid, maar zijn bevel kon de golf die door het land spoelde niet meer tegenhouden, men vreesde dat de Tsjecho-Slowaakse situatie, zoals men het noemde, navolging zou vinden in andere broederstaten.

In augustus 1968 spitste de zaak zich toe: de mensen gingen de straat op, ze eisten herstel van de menselijke waardigheid, vrijlating van alle politieke gevangenen en afschaffing van het totalitaire regime. De kort daarna door Moskou afgezette partijleider Dubček zei later in een interview dat hij in augustus 1968 niet geloofde dat zijn volk het communistisch systeem wilde afschaffen, maar dat het alleen ging om 'versoepeling van het systeem.'

Stasia arriveerde op 20 augustus in Praag; ze werd door Intourist-medewerkers van het vliegveld opgehaald en samen met een paar andere reizigers uit de Sovjet-Unie naar een hotel gebracht. Kitty was een dag eerder aangekomen en na een lange, vermoeiende procedure op het vliegveld ontvangen door twee medewerkers van de Komsomolclub en iemand van het ministerie van Cultuur. Ook zij werd naar een hotel gebracht, een aanmerkelijk beter hotel dan haar moeder. Daar kreeg Kitty een telegram dat ze over een halfuur in de telefooncel in de lobby zou worden gebeld. Ze voelde zich op slag teruggeplaatst naar een andere tijd, en werktuiglijk, overrompeld zocht ze de aangegeven telefooncel op.

'Uw concert op woensdag moet worden afgelast.'

Hij praatte zachter, gedempter dan anders, hij maakte een nerveuze indruk.

'Wat is er aan de hand? Ik ben net aangekomen.'

'Dat weet ik. De omstandigheden: het is allemaal een beetje uit de hand gelopen.'

'Gaat het wel goed met u?'

'Ja, ja, met mij is alles in orde. Ik moet alleen zien u zo snel mogelijk de stad uit te krijgen.'

'Wat is er dan gebeurd?'

'Er is net crisisoverleg in Bratislava geweest om de Tsjecho-Slowaakse kwestie op te lossen. De partijleiders van de broederrepublieken hebben besloten dat de ontwikkelingen in Praag met geweld moeten worden beëindigd. Dat betekent dat kameraad Brezjnev bevel zal geven tot een inval van de Sovjettroepen. Er zullen honderdduizenden soldaten naar Praag worden gestuurd!'

'Met geweld beëindigen?'

'Zo staat het ervoor.'

'Wie zou ik hier dan ontmoeten? Zeg het, wie zou er komen?'

'Om haar hoeft u zich geen zorgen te maken. Zij heeft een Sovjetpas, wat u niet hebt. En in dergelijke crisissituaties hebben ze niet graag pottenkijkers uit het Westen in de stad, als u begrijpt wat ik bedoel.'

'Haar?'

Kitty's knieën waren zo zacht als boter geworden. Haar moeder, haar moeder was hier.

'Doe niet wat de medewerkers van de Komsomol zeggen, wacht op verdere instructies van mij. Hebt u me begrepen?'

Kitty legde de hoorn neer. Ze zou geen stap buiten deze stad zetten voordat ze haar moeder had teruggezien.

Diezelfde avond kreeg ook Kostja een telefoontje van zijn vriend. Hij beschreef hem de situatie en vroeg hem contact op te nemen met zijn moeder en haar erop voor te bereiden dat ze binnen drie dagen een vliegtuig naar Moskou moest nemen. Kostja, die de vorige nacht in de armen van een zevenentwintigjarige blondine had doorgebracht en iets te veel krimsekt had gedronken, was meteen klaarwakker en beloofde de zaak te regelen.

'We hadden het risico nooit moeten nemen,' had Alania tot slot zuchtend in de hoorn gezegd.

Kitty wist de opdringerige medewerkster van het ministerie van Cultuur om de tuin te leiden en uit het hotel te ontsnappen. Ze liep door de straten van de stad die de brug naar haar nieuwe leven was geweest en dacht terug aan de eenzame maanden die ze hier had doorgebracht. Hoelang was dat al geleden? Hoeveel jaar had ze haar moeder niet gezien? Welke werelden waren er intussen ontstaan en weer verdwenen? Hoeveel woorden, liederen, maaltijden, kussen, herinneringen, hoeveel teleurstellingen, hoeveel mensen, hoeveel plaatsen, gedachten, ontmoetingen, grenzen, nachten en dagen scheidden de Kitty van nu van die van toen?

Ze liep door de geplaveide straten van de oude binnenstad, keek niet naar rechts, niet naar links, ze voelde een druk op haar borst, meed de blikken van de mensen, die haar na Londen ernstig, bedrukt en in zichzelf gekeerd leken, ze had geen doel, ze wist zelf niet waar haar voeten haar heen brachten. Ze liep gewoon rechtdoor en stelde vast dat ze de stad helemaal niet kende, dat ze er destijds in was geslaagd hier onzichtbaar te blijven. Haar gedachten liepen door elkaar en vormden een bont mozaïek in haar hoofd. De stad was onrustig. Zoals altijd had haar anonieme vriend gelijk gehad. Tienduizenden soldaten rukten op tegen het verlangen naar een ander leven. Tienduizenden tegen één land. Een heel leger tegen het weerzien met haar moeder.

Ze moest aan Fred denken. Freds ogen. Glazige ogen. Ogen die flirtten met de dood. Ja, dat was het: de manier waarop ze voor zich uit had zitten staren, die geestelijke afwezigheid. Was ze Mödling ooit te boven gekomen? Wat gebruikte ze? Wat waren het voor drugs?

Om zeven uur verzamelde de delegatie zich in de lobby. Kitty deed alsof ze net uit haar kamer naar beneden was gekomen. Ze werden naar een restaurant met een pseudofolkloristische ambiance en door de staat goedgekeurde achtergrondmuziek gebracht. Er was genoeg te eten en veel bier, er waren vermoeiende, nietszeggende gesprekken tussen de nieuwsgierige, opgewonden medewerkers van de Komsomol en de op haar zenuwen werkende dame van het ministerie. Kitty deed haar best om niets van haar paniek te laten merken. De paniek de stad te moeten verlaten zonder het gezicht van haar moeder te hebben gezien. Ze glimlachte afwezig en stelde geen vragen. Ze gaf bereidwillig informatie over haar liederen, er werd Russisch gesproken. Op de vraag of ze voor het eerst in de stad was, antwoordde ze met een vriendelijk ja.

Tussendoor ging ze naar het toilet en gooide koud water in haar gezicht. Ze moest er controle over houden, het mocht niet uit de plooi raken. Waarschijnlijk zou ze bij terugkeer in het hotel een boodschap van haar persoonlijke beschermengel aantreffen. En voor deze ene keer zou ze niet doen wat hij zei. Zonder een ontmoeting met Stasia was teruggaan uitgesloten.

Terwijl ze de *knedliky's* in kleine stukjes sneed en in de bospaddenstoelensaus doopte, hoorde ze Amy's schrille lach in haar hoofd, hoe akelig geforceerd ze had gelachen om niet haar laatste restje waardigheid te verliezen, toen ze de halfnaakte Fred in Kitty's woonkamer ontdekte.

Het telefoontje kwam ver na middernacht.

'U moet doen alsof u griep hebt. U moet de stad zo snel mogelijk verlaten. Zeg uw optreden af voor ze naar u toe komen. Het moet, want in deze situatie kan ik nergens voor instaan.'

Kitty deed alsof ze het had begrepen en stemde toe. Ja, ze zou haar optreden afzeggen, een zware griep simuleren en overmorgen meteen terugvliegen naar Londen. Maar aan slapen viel nu niet meer te denken. Ze kon niet weg. Haar moeder was hier, heel haar vroegere leven was hier. Als in een schatkist, die ze alleen maar hoefde te openen. Ze kon niet zomaar weer vertrekken. Ze moest die schatkist openen. Ze moest Stasia vinden. Honderdduizenden soldaten of niet.

De inval was 's nachts begonnen. Een half miljoen soldaten bezetten de stad. De noodlottige gebeurtenissen voerden voor Kitty de regie. Tegen negen uur 's morgens werd er op de deur van haar hotelkamer geklopt en de jongen van de Komsomol die haar de vorige avond met vijandige bewondering had zitten aanstaren, begon meteen wild gebarend en met zijn hoofd steeds verder voorover iets te bazelen over politiek, over Tsjecho-Slowaken en Russen, over de schaduw die nu op de vriendschap tussen de volkeren viel, over de veiligheid die de Komsomolclub haar onder deze omstandigheden niet meer kon garanderen. Alle hoge partijfunctionarissen, inclusief Dubček, waren opgepakt en naar Moskou overgebracht, alle hervormingen zouden met onmiddellijke ingang worden teruggedraaid.

Met rode onuitgeslapen ogen keek ze hem door de kier van de deur aan. Hij had opdracht haar onmiddellijk naar het vliegveld te brengen. De eerstvolgende vlucht ging nog diezelfde avond om negen uur.

'Wil dat zeggen dat ze er al zijn? Hierbeneden, in de straten?'

Kitty was meteen klaarwakker en deed de deur een eindje verder open, ze gebaarde hem binnen te komen, zodat hij de gelegenheid kreeg om haar in plaats van die uit zijn hoofd geleerde onzin zijn eigen inschatting van de situatie te geven.

'Ja, kameraad Jasji,' vervolgde hij in zijn gebrekkige Russisch, terwijl hij met een eerbiedig gezicht haar kamer binnenkwam. Waarschijnlijk was dit de meest luxueuze kamer waarin hij ooit een voet had gezet. Dat uitnodigende zachte bed, het dikke tapijt en de spiegel met de vergulde lijst aan de muur. In zijn ogen zag ze zijn persoonlijke Westen al oplichten. Zo stelde hij zich het Westen voor: zulke bedden, zulke tapijten en spiegels – voor iedereen.

'De straten zijn vol mensen. De president heeft de bevolking opgeroepen tot bezonnenheid en gehoorzaamheid. Maar...'

Hij aarzelde, kennelijk wist hij niet of hij vrijuit met haar kon praten.

'Vertel, vertel gerust verder!'

Kitty bood hem een stoel aan.

'De studenten hebben piratenzenders ingericht. Bijna iedereen van de universiteit en de instituten is op straat. Ik moest me met geweld een weg banen om hier te komen. De mensen lopen met zelfbeschilderde spandoeken tussen de soldaten door. Straatnaambordjes worden omgedraaid zodat de...' Weer stokte hij. Welk woord wilde hij zeggen? De Russen, de vijanden, de bezetters?

'De occupenten?' hielp ze hem. Hij leek opgelucht.

'Ja, zodat ze de weg door de stad niet zo makkelijk kunnen vinden. Volgens mijn broer worden er in ijltempo arrestaties verricht. En de Sovjetpers beweert dat de Tsjecho-Slowaakse Republiek zich met een dringende hulpkreet tot de Sovjet-Unie heeft gewend. Een aperte leugen! Ze beweren gewoon dat wij hun hebben gevraagd "gewapenderhand hulp te bieden". Kunt u zich dat voorstellen?'

Sneller dan verwacht was hij zijn Komsomol-eed vergeten en luchtte hij zijn woede en teleurstelling. Ten slotte gaf hij zelfs toe dat hij niets liever wilde dan zijn vrienden en medestudenten buiten helpen, maar hij had zijn vader beloofd niet de straat op te gaan, één saboteur in de familie was genoeg, zijn broer was in de protestbeweging heel actief en zou een dezer dagen wel van de universiteit geschopt worden, bovendien moest hij haar veilig naar het vliegveld brengen, want hij hoopte nog steeds dat haar concert op een dag kon worden ingehaald, hij was een grote fan van haar, een heel grote fan.

Ze haalde een van de tien exemplaren van *Summer of Broken Tears* uit haar koffer – meer had ze er niet mogen invoeren –, signeerde het voor hem en beloofde precies om zeven uur in de lobby te zijn.

De jongen zou zijn mond houden, hoe het ook afliep. Hij zou haar niet verraden. Hij zou alleen dat deel van de waarheid vertellen dat van hem werd verwacht: ik was er, ze kwam niet, ik heb haar gezocht, ik heb haar niet kunnen vinden, ik heb mijn plicht gedaan, meer kon ik niet doen. Hij zou niet zeggen: ze leek kwaad, nieuwsgierig, ze hoorde me uit, liet me de situatie uitleggen, gaf me het gevoel dat ze anti-Sovjet was. Et cetera.

Ja, ze had hem medeplichtig gemaakt, en het bed, het tapijt, de spiegel en de plaat hadden haar daarbij heel goed geholpen.

In de collectieve herinnering van het Westen wordt de 'Praagse Lente' gevierd als een van de grootste en moedigste opstanden tegen de Sovjettirannie, Brilka. Voor het Oosten was het een klaaglied, een treurig moment, omdat het gordijn, dat net een kiertje was opengegaan, toen alleen nog maar steviger werd dichtgetrokken.

Over het legendarische verhaal hoe Kitty op het Wenceslausplein, omringd door tanks en te midden van de woedende menigte, haar gitaar tevoorschijn haalde en een oud volkslied uit haar vaderland begon te zingen, is veel gezegd en geschreven. Sommigen beweren dat het een Russisch liefdeslied was en helemaal geen Georgisch volkslied. Ja, er is veel over gegist en gediscussieerd wat voor lied het geweest kan zijn.

Natuurlijk meende men in het Westen haar actie later te kunnen verheerlijken als één grote roep om vrede en vrijheid. Het lag voor de hand dat het Westen met zijn vooringenomen blik het Oosten voor de zoveelste keer verkeerd inschatte en hierin het vooropgezette protest zag van een moedige, gepassioneerde kunstenares, die met het volk meevoelde en de harten van de brute huursoldaten probeerde te vermurwen. Maar in werkelijkheid was het niets anders dan een wanhopige, volkomen egoïstische en volstrekt niet intellectuele of politieke stap toen ze het plein op liep en begon te zingen. Het had niets te maken met moed en ook niet met een politieke houding, het was evenmin bedoeld als een teken van de vrede die Kitty zou hebben willen stichten.

Ze ging naar het plein als een ontwortelde, in woede ontstoken vrouw, die werd gedreven door een blind verlangen, door pure ontzetting over het feit dat haar weg hierheen, naar deze stad, de weg terug naar haar verleden misschien zinloos was geweest. Dat ze deze stad moest verlaten zonder de gelegenheid te hebben gehad om dichter bij dat stuk van zichzelf te komen dat ze had achtergelaten. Het was de diepe pijn te moeten vertrekken zonder haar moeder te hebben gezien en haar te hebben gevraagd waarom ze destijds niet even hard voor haar had geknokt als jaren daarvoor voor haar zoon.

Nadat de jongen van de Komsomol haar kamer had verlaten, begon ze vlug haar spullen te pakken, maar even later hield ze er weer mee op, want ze wist niet waar ze haar koffer moest laten; in plaats daarvan pakte ze haar gitaar, hing hem om haar schouder en liep vlug de straat op. Ze zwierf meer dan een uur doelloos rond, tot ze dicht genoeg bij het epicentrum van het gebeuren was gekomen en door de massa werd meegesleurd. Natuurlijk was ze bang, natuurlijk riepen de geweren, de tanks, de uniformen haar geesten wakker, natuurlijk was ze het liefst gevlucht, terug naar het veilige Londen, even vervloekte ze zichzelf dat ze hiernaartoe was gekomen – en natuurlijk was het Westen later doof voor haar ware motieven.

Maar zo is het nu eenmaal, Brilka, we doen dingen omdat we er een bepaalde bedoeling mee hebben en bereiken soms iets heel anders, zoals jij, toen je in de trein naar Wenen stapte, nooit had kunnen dromen dat je terug zou moeten reizen, terug naar mij en daarmee terug in de geschiedenis die je zo graag achter je had willen laten.

Maar toen Kitty Jasji uitgeput en doodop te midden van de menigte het Wenceslausplein op werd gespoeld, haar gitaar uit de hoes haalde en tegen haar machteloosheid begon te zingen, had ook zij niet kunnen vermoeden dat ze vlak bij een Magnum-fotograaf stond, die haar op de foto zou zetten en van haar, die zich zelden zo moedeloos, ontsteld en verloren had gevoeld, een boegbeeld van het verzet zou maken.

Stasia ging niet naar het Wenceslausplein. Stasia zag haar zingende dochter niet. Stasia was die nacht gebeld door haar zoon, die haar dringend had verzocht zich rustig te houden, in haar hotel te blijven en zodra het mogelijk was met de vertegenwoordiger van Intourist de terugreis te aanvaarden. Stasia maakte zich ongerust over haar dochter en over haar zoon.

Drie vrouwen uit Leningrad die voor het congres waren gekomen, zaten opgewonden in de lobby en maakten zich zorgen over de terugreis. De mannen uit Charkov bespraken met de 'reisleider' – in werkelijkheid een KGB'er – de mogelijkheden om per trein naar Oekraïne te reizen.

'S Avonds, toen de situatie lelijk escaleerde, was de reisleider erin geslaagd een bus te regelen die de congresgangers naar het vliegveld zou brengen, en hij riep hen op om vlug hun koffer te pakken en in de bus te stappen.

Stasia stond met trillende handen, opeengeklemde lippen en de kleine reistas aan haar voeten in de lobby en zag als eerste de man in uniform die het hotel binnenkwam en naar de reisleider liep, hem een of ander document liet zien, dat de reisleider langdurig en nauwkeurig bestudeerde, om vervolgens geïmponeerd te knikken en de man een hand te geven. Daarna wees hij naar Stasia en wierp haar een norse blik toe. Stasia keek de reisleider verbaasd aan, ze kon nauwelijks geloven dat iemand iets van haar wilde, en toen de man in uniform op haar afkwam, keek ze instinctief om, alsof ze verwachtte dat achter haar degene stond naar wie de reisleider had gewezen. Maar toen raakte ze compleet in paniek en verstarde. Als ze een stap naar rechts deed, richting binnenstad, bracht ze haar zoon in gevaar, als ze een stap naar links deed, richting vliegveld, liet ze haar dochter in de steek.

Al uren zat ze in angst, niet in staat iets te doen, niet in staat een beslissing te nemen. Waar moest ze Kitty ook zoeken? Aan wie kon ze iets vragen? Hadden ze haar dochter al de stad uit gebracht? Was alle hoop voor niets geweest? En wie had dit wrede, macabere scenario op touw gezet? Het kon toch niet zo zijn dat het elke keer als zij op reis ging, op een oorlog uitliep! Was dat de vloek die op haar rustte?

'Ik moet u verzoeken mij te volgen, kameraad.'

Het Russisch van de man in uniform had een Kaukasisch accent. Op zijn borst prijkte een hele landkaart aan medailles.

'Wat is er aan de hand?'

'We hebben een paar vragen over uw papieren en moeten u helaas meenemen naar het commissariaat. Niets ernstigs, ik ben ervan overtuigd dat we de problemen snel uit de wereld kunnen helpen en dan brengen we u uiteraard ook naar het vliegveld.'

'Maar wat voor problemen dan?'

'Volgt u mij, kameraad, de rest leggen we onderweg uit.'

Vreemd genoeg zakte Stasia's paniek. Ze was niet bang voor deze man. Iets in de manier waarop hij haar aansprak, hoe hij zich over haar heen boog, iets in zijn houding, die ondanks de vele onderscheidingen iets jongensachtigs en ontspannens had, wekte Stasia's vertrouwen.

Hij pakte haar tas en begaf zich naar de uitgang, zij liep achter hem aan, gevolgd door de neerbuigende blikken van de andere congresdeelnemers. Typische Sovjetburgers: zagen al hun medemensen altijd voor spionnen en vijanden aan en konden binnen een paar seconden van aardige, vriendelijke bibliothecarissen in verklikkers veranderen. Ze hoorde hen al kletsen in de bus: Het was me meteen al duidelijk dat er met haar iets niet klopte, zo stil en gesloten als ze was, en ze wilde ook niet mee naar het warenhuis en keek zo pinnig naar Martha en mij toen we informeerden naar de onderbroeken en beha's. Die onderbroeken had ik trouwens graag gekocht, zulke vind je bij ons in geen tien jaar, en als je ze al vindt, zijn ze al onder de toonbank verkocht, ver boven de prijs, leer mij ze kennen... Enzovoorts, enzovoorts. Tja, wat kun je ook verwachten van de bevolking van een land waar je geen fatsoenlijk ondergoed kunt kopen, dacht Stasia, terwijl ze achter in de auto ging zitten.

De auto begon door de mensenmenigte te laveren. Gillende, rennende, agressieve, vertwijfelde en hopende mensen. Wat verschrikkelijk, dacht Stasia, dat dit scenario me zo bekend voorkomt. Hoe oud moet ik nog worden voor zulke beelden uit mijn hoofd zijn verdwenen?

De man in uniform zat zelf achter het stuur, hoewel bij zo iemand ook wel een chauffeur had gepast. Opeens voelde ze opluchting in haar borst opwellen. Haar ledematen ontspanden, haar nek deed geen pijn meer, haar handen werden warm. Ze leunde met haar hoofd tegen het raampje. Alsof de congresgangers samen met die smeerlappen van Intourist en die afzetter van een reisleider de ware bedreiging hadden gevormd en niet deze man, die haar vanwege vermeende ongerijmdheden meenam naar een onbekende bestemming.

De foto was gemaakt en het filmrolletje bleef als door een wonder uit handen van de fouillerende soldaten, die de fotograaf samen met honderden anderen nog op het Wenceslausplein arresteerden. Kitty ontsnapte voor ze haar ook in de boeien konden slaan, ze was meegesleurd door een groep studenten, kwam in een zijstraat terecht, werd daar door de volgende mensenstroom meegesleept en dreef, als een papieren bootje op het water, doel- en willoos van de ene straat naar de andere, van het ene gevaar naar het andere, tot ze door een troep studenten een brug op werd gespoeld en rechtstreeks belandde in de armen van een Kirgizische soldaat, die naar haar papieren vroeg. Toen ze uitgeput, hongerig en met een versufte en onverschillige uitdrukking op haar gezicht haar Britse pas liet zien, riep de Kirgies zijn collega's te hulp. Ze overlegden en besloten haar mee te nemen naar het dichtstbijzijnde politiebureau. Daar moest een hogere ambtenaar zich maar over haar geval buigen.

In de militaire auto vertelde ze de soldaten in accentloos Russisch, dat echter zwaar op haar tong lag en niet meer zo licht en sprankelend uit haar mond opborrelde, waarom ze in de stad was, ze deed alsof ze geen benul had van wat er op straat gebeurde, beweerde dat ze puur uit nieuwsgierigheid in die chaos verzeild was geraakt en bleef herhalen dat ze op tijd terug moest zijn in het hotel, omdat de medewerker van de Komsomol haar naar het vliegveld zou brengen.

Die dialoog vond plaats om 17.45 uur. Om 17.55 uur meldde de Kirgies via de mobilofoon de arrestatie van een buitenlandse bij de plaatselijke politie. Om 18.15 uur werd Stasia opgehaald uit haar hotel. Ongeveer op hetzelfde moment kwam Kitty aan op het politiebureau niet ver van de Karelsbrug, waar even later ook Stasia arriveerde.

De Kirgizische soldaat die geen raad wist met een bij de ongeregeldheden opgepakte Britse staatsburgeres – ook al was ze duidelijk afkomstig uit de Sovjet-Unie – had de vervulling van Kitty's droom mogelijk gemaakt.

Giorgi Alania had de hele dag gebeld, hij had het risico genomen om voor de gesprekken met zijn Praagse bemiddelaars ook de telefooncel vlak bij zijn Londense appartement te gebruiken. Nadat hij die nacht had opgehangen, had hij al meteen vermoed dat Kitty zich niet aan de afspraak zou houden, dat de verleiding voor haar te groot was, dat ze zich door haar paspoort te veilig voelde om niet toe te geven aan haar hoop in die mensenzee haar moeder te vinden; een levensgevaarlijke lichtzinnigheid natuurlijk, echt iets voor haar, een lichtzinnigheid die grensde aan naïviteit. Hij kende haar goed genoeg om te weten dat ze die verleiding niet zou kunnen weerstaan. Hij had Kostja's verzoek moeten afwijzen. Het was een meer dan roekeloze onderneming, hij had zich laten overhalen tot iets al te riskants, en dat had hij gedaan omdat hij voor het eerst sinds hij in dienst was van het MVD, zijn zicht had laten vertroebelen door zijn eigen gevoelens. Hij had haar, zijn beste vriend en vooral zichzelf in groot gevaar gebracht.

Aan de telefoon, vanuit Londen, bracht hij zijn handlangers in staat van paraatheid. Niemand kon vertellen waar ze zat. Maar het lot was hem gunstig gezind, hij kreeg de kans om de enige fout die hij in al die jaren met het dossier-Kitty Jasji had gemaakt, te herstellen. Want hij vergiste zich nooit in de keuze van zijn handlangers; hij kreeg een telefoontje van de politieofficier die hij jarenlang in vertrouwen had voorzien van kleine enveloppen met bankbiljetten (en wel echte Britse ponden), dat Kitty Jasji was gearresteerd. En hoewel hij wist dat hij lichtzinnig handelde en opnieuw een risico nam, liet hij Stasia door zijn vertrouwensman naar haar dochter brengen.

Ik heb Stasia vaak naar dat moment gevraagd. Maar de woorden die ze voor die ontmoeting gebruikte, vond ik destijds teleurstellend, onbeduidend, bijna beledigend. Ze pasten niet bij dat moment, dat uit een klassiek stuk had kunnen komen, alleen waren het niet de goden die over het lot van de mens beslisten, maar de KGB. Toen ik als jong meisje mijn neus in de geheimen van mijn familie stak, wilde ik iets echt dramatisch horen, iets wat je tot noodlot had kunnen verheffen, maar in plaats daarvan vertelde Stasia over een smerig, stinkend verhoorkamertje, waar ze door haar Kaukasische beschermer naartoe was gebracht en waar even later ook haar dochter binnenkwam (op dat punt benadrukte ze altijd dat ze eerst dacht dat het zinsbegoocheling was). Ze vertelde dat de man in het met medailles behangen uniform hun zachtjes had meegedeeld dat ze precies een uur de tijd hadden, dan moest Stasia naar het vliegveld worden gebracht, en Kitty, die haar geboekte vlucht niet meer zou halen, werd in haar hotel verwacht.

Ze beschreef het weerzien met dezelfde onsentimentele, haast banale woorden die zo kenmerkend voor haar waren en die des te eenvoudiger en alledaagser leken naarmate de gebeurtenis die ze beschreef, belangrijker of pijnlijker was.

Geen tranen ('Nee, nee, we hebben niet gehuild! Wat zouden we op dat moment aan tranen hebben gehad? Opluchting? Tranen zijn alleen gatenvullers, plaatsvervangers. Maar als degene om wie je tranen wilt vergieten voor je staat, dan huil je niet, dan benut je de tijd die je hebt, tranen kunnen tenslotte wachten, die kunnen later altijd nog worden geplengd').

Ik stel het me voor: het kille plafondlicht in het kale vertrek. Eerst zwijgen. Behoedzaam naderen. Een paar stappen van beide kanten, de echo van die stappen. Kitty, die heel dicht bij Stasia ging staan en als een blinde haar gezicht betastte. Alsof ze de sporen van de tijd die tussen hen lag wilde volgen, in de nieuwe rimpels en de grijze haren het verleden wilde terugvinden.

'Ik heb nog nooit een reis gemaakt die niet uitliep op een oorlog.'

Stasia was de eerste die iets zei.

'Ach, dat klopt toch niet, deda.' Aan dat woord moesten ze allebei weer wennen, het snoerde Kitty's keel bijna dicht. 'Je hebt er gewoon een handje van om slecht te timen.'

'Timen, wat is dat?'

'Ach, laat maar.'

'Je hebt een accent gekregen.'

'Ik heb niet zo vaak de gelegenheid om Georgisch te spreken.'

'Je bent gegroeid.'

'Volwassenen groeien niet meer.'

'Jawel, je bent langer geworden. Woon je echt in Groot-Brittannië en… je maakt muziek?'

'Ja, ik zing. En ik schrijf songs. Dat betekent: liederen. Deda, o god, deda…'

Kitty sloeg haar sloeg haar armen om Stasia heen. Na al die jaren moet haar lichaam zo licht als een vogeltje, zo broos hebben aangevoeld, alsof het van zand was dat door haar vingers liep (zo voelde het voor mij tenminste altijd aan wanneer ik Stasia als kind omhelsde).

Stasia vertelde over Tbilisi en Kitty over Londen. Daarna Stasia weer over Christine en Elene en Nana en Micha en ook over Andro. Alleen het goede, alleen het bemoedigende, alleen het positiefste. En Kitty praatte over Amy en verzweeg Fred. Stasia vertelde over Kostja, over de bibliotheek en haar aanstaande pensioen en Kitty vertelde over haar muziek.

Ze praatten over veel dingen – maar niet over hun angsten, hun haat en hun machteloosheid en al helemaal niet over de geesten. Maar één vraag, de vraag die al die jaren sinds haar vlucht als een diepe snee onder Kitty's huid klopte, de vraag die op haar netvlies gebrand stond en waardoor ze alles op de wereld zag, die stelde ze toch: 'Waarom heb je hem niet tegengehouden? Je wist dat het niet goed was om de dingen zo verkeerd voor te stellen, om me gewoon te lozen, om me ertoe te veroordelen me de rest van mijn leven te moeten verwijten dat ik iemand de dood in heb gejaagd. Waarom?'

Kitty klampte zich nu als een klein kind aan haar moeder vast, ze liet haar niet meer los, sloeg haar armen om haar schouders, begroef haar hoofd in haar hals, snoof haar geur op, want die indruk moest ze god weet voor hoelang vasthouden, die moest in haar herinnering voortbestaan.

'Ik ben je moeder. Ik heb je ter wereld gebracht. Het ligt niet in mijn macht om te beslissen over je dood. Ik ben verantwoordelijk voor je leven. Ja, ik ben er, zodat jij leeft. Met mijn leven sta ik daar borg voor. Niemand kan van een moeder verlangen dat ze de dood van haar kind verantwoordt, wat voor redenen je ook aanvoert. Het zou onmenselijk zijn om zoiets van me te verwachten. Ik heb je in leven gehouden, ik had geen keus.'

Alsof hij met een zandloper voor de deur had gewacht, kwam de man in uniform terug, de tijd was om. En Kitty wilde Stasia niet laten gaan, ze vloekte en schreeuwde, ze smeekte hun nog wat tijd te gunnen. Maar Stasia streek haar steeds weer over haar gezicht en fluisterde haar in het oor: 'Ik zal niet sterven zonder je nog een keer te hebben gezien. Hoelang het ook duurt, ik zal niet sterven voor je thuiskomt, en beheers je nu, Kitty, doe het voor mij, ga, ga, want je zult weer bij me komen, de tijden veranderen, dat zegt Thekla, dat zegt Sopio, dat zeggen ze, ja, de tijden veranderen en jij zult weer thuiskomen en zo lang blijf ik leven. Net zo lang tot je komt.'

De legers van het Warschaupact hadden maar drie dagen nodig om de Praagse Lente in de kiem te smoren. De Tsjecho-Slowaakse hervormers, onder wie de gearresteerde Dubček, werden naar Moskou ontboden en daar als spijbelende schooljongens in de hoek gezet. Bij zijn terugkeer in Praag mocht de vernederde Dubček zijn volk meedelen dat Moskou alle hervormingen had teruggedraaid. Tienduizenden mensen vluchtten na de Praagse Lente het land uit. De Communistische Partij werd op bevel van Moskou geherstructureerd en verschillende leden werden uit de partij gezet. Twee studenten staken zichzelf uit protest tegen de capitulatie van de staat op het Wenceslausplein in brand, niet ver van de plek waar Kitty had staan zingen.

Ik drink ondergang en pijn
– De dieprode wijn.
Wist alles – heb verspeeld
Wat me was toebedeeld.
Belyj

Nee, zo kon het geen dag langer doorgaan! Al dagen, of waren het intussen weken, draaide steeds weer dezelfde plaat – wie was dat eigenlijk die daar zong? Al dagen dezelfde weigering om naar school te gaan, al dagen geen gezamenlijk ontbijt en avondeten, al dagen lag ze alleen maar in bed en snauwde ze tegen iedereen die haar kamer binnenkwam om iets te eten te brengen. Nee, zo kon het niet doorgaan. Of haar dochter was verliefd, of ze had andere problemen, die vast iets te maken hadden met de jongens uit de hogere klassen en met haar slechte cijfers, want koorts had Elene niet, ziek zag ze er ook niet uit en ze had zelfs trek.

Nana vroeg zich af hoe ze haar dochter aan het praten kon krijgen. Ze had het in elk geval klaargespeeld haar ondanks haar gejammer die dag naar school te sturen. Hopelijk was ze er ook echt naartoe gegaan. Nana kon niet eeuwig tegen haar leraren blijven liegen en hun wijsmaken dat Elene een zware griep had. Haar hoofd bonsde van al het piekeren en plannen smeden, en nog een keer Kostja bellen en toegeven dat ze zich geen raad wist, dat wilde ze in geen geval. De machtsstrijd tussen hen tweeën werkte al genoeg op Nana's zenuwen, evenals het feit dat Elene al haar geheimen aan de telefoon met haar vader besprak en met een geërgerd gezicht verstomde zodra Nana de kamer binnenkwam. Deze keer mocht Kostja onder geen beding om raad worden gevraagd.

Aan Stasia, die sinds haar terugkeer uit Praag als een verschrikt hert om zich heen keek en verzonken was in vage gedachten, die ze uiteraard met niemand deelde, had je niets. Dus vroeg Nana Christine om hulp, ze vertrouwde op haar onpartijdigheid – misschien kon zij uit Elene loskrijgen wat haar dwarszat.

Christine ging akkoord en vroeg Elene, die net uit school kwam, bij haar aan de tuintafel te komen zitten. Het was een heerlijke nazomerdag, die baadde in zo'n schitterende kleurenpracht dat hij leek mee te doen aan het carnaval. Christine, verrukt van de aanblik van haar wilde tuin, gehuld in een zwarte, met rode anjers geborduurde jurk, waarin ze iets had van een engel op leeftijd die behoedzaam zijn vleugels verborgen hield, sneed voor haar achternichtje een overrijpe watermeloen in stukjes, die Elene gulzig in haar mond stopte.

'Je moeder zegt dat je zorgen hebt.'

Elene schudde haar hoofd en verorberde nog een stuk meloen.

'Zit je iets dwars?' drong Christine aan en ze bracht haar gezicht heel dicht bij dat van Elene.

'Micha is een smeerlap!' gooide ze er opeens uit, terwijl ze het rode vruchtvlees doorslikte.

'Wat zeg je?'

'Micha is een smeerlap.'

'Wat is er nu weer?' Christine slaakte een zucht en schoof het bord met de meloen aan de kant. 'Kijk me aan. Straks kun je verder eten. Hebben jullie ruzie gehad?'

'Nee, hij heeft erge dingen met me gedaan en ik wil dat hij weggaat.'

'Erge dingen?'

Christine liet zich niet misleiden door de gespeelde naïviteit van haar achternichtje.

'Ja.'

'Zoals?'

'Vraag het hem zelf maar. Jullie hebben toch zo'n goede verhouding.'

Iets in de manier waarop ze 'zo'n goede verhouding' zei, beviel Christine niet. Maar ze zei er niets van en concentreerde zich op Elenes woorden.

'Ik weet zeker dat jij het hem ook niet makkelijk hebt gemaakt, jij hebt altijd je woordje klaar.'

Het kwam er snibbig uit en Christine verbaasde zich over haar eigen gekrenktheid. Elenes woorden klonken heel boosaardig en waren voor haar leeftijd ongewoon vijandig.

'Nu wil ik verder eten.'

Elene trok koppig het bord weer naar zich toe.

'Elene,' begon Christine, terwijl ze haar best deed om nu een pedagogische toon aan te slaan, 'jullie zijn geen kleine kinderen meer. Ook al is hij heel anders dan jij, je moet hem respecteren, hij hoort bij de familie.'

'Maar familieleden doen zulke dingen niet.'

'Wat zeg je?'

Christine huiverde. Hoe kon dat kleine meisje dat ze had zien opgroeien, dat levendige, hartelijke kind opeens zo gemeen kijken, zo gemeen praten, en vooral, waar was ze op uit?

'Ja, vraag het hem, vraag het hem dan!'

Elene schreeuwde opeens, het helderrode meloensap spatte van haar lippen, haar ogen gloeiden alsof ze vlam hadden gevat, ze was volkomen overstuur. Christine schrok terug.

'Hij had het niet moeten doen, ik zei dat ik het niet wilde, ik zei dat hij op moest houden, maar hij luisterde niet, hij heeft me pijn gedaan.'

Ze was weer in haar kindertaal vervallen, die absoluut niet paste bij de furie die ze speelde. Christine kon haar oren niet geloven. Alles ter wereld had je Micha kunnen verwijten, maar dat hij iemand pijn deed, dat hij iemand geweld aandeed... dat wilde Christine zelfs in gedachten niet uitspreken, dat was een grove leugen! Dat was onmogelijk! Nooit!

'Waar heb je het over, Elene?'

Christines stem was zacht, behoedzaam, alsof ze nog zocht naar de juiste toon.

'Geloof je me soms niet? Natuurlijk, jij denkt dat het mijn schuld is, dat ik hem...'

O god, wat speelt ze haar rol goed, dacht Christine, echt! Elene kon goed toneelspelen, verontwaardigd en beledigd zijn ging haar het beste af!

'Hou daar onmiddellijk mee op!'

Christine kon zich niet meer beheersen.

'Ik moet ophouden? Ik? Ik heb niets gedaan. Hij, hij heeft me pijn gedaan, hij heeft...'

Elene begon te huilen. Krokodillentranen, dacht Christine vol afschuw, ze huilt omdat ze gebrek aan liefde heeft, en beweert dat het tranen zijn om het onrecht, het geweld dat haar zou zijn aangedaan. Christine was sprakeloos dat Elene zo ver durfde te gaan.

Ze stond bevend op en rende de trap op naar Micha's kamer. Ze had alleen aandacht gehad voor haar zus, die in Praag iets had meegemaakt waar ze niet over wilde praten en wat Christine ziekelijk nieuwsgierig maakte. Daardoor had ze niet stilgestaan bij de vraag waarom Micha de laatste tijd zo vaak in Ramas' kamer zat, waarom hij zo laat uit school kwam, waarom hij niet meer naar haar kamer kwam om te vragen of hij haar haar moest kammen. Maar nu werd alles misschien duidelijk.

Hij deed de deur maar een klein eindje open. Ze zag zijn bleke gezicht, de donkere kringen onder zijn ogen. Natuurlijk waren zijn hevige stemmingswisselingen en zijn holle blik niet alleen te wijten aan zijn puberteit, dat had ze moeten weten, want de vernedering stond op zijn gezicht geschreven.

'Zullen we een eindje gaan lopen? Ik dacht dat een wandelingetje voor ons allebei niet verkeerd zou zijn.'

'Ik moet naar bed, Christine.'

'Kom, net als vroeger, toen hebben we wat afgewandeld; we kunnen langs de rivier lopen. Kom, wees geen spelbreker, *kotik*.'

Met die Russische koosnaam, 'katje', had Christine hem vroeger vaak geplaagd. Hij keek haar aarzelend aan.

'Kleed je aan en ga mee, Micha!' drong ze nu wat sterker aan. Even leek het of hij de deur voor haar neus dicht wilde slaan, maar toen knikte hij, deed de deur dicht en begon zich haastig aan te kleden. Vroeger zou hij haar in zijn kamer hebben laten wachten en niet ervoor, maar vroeger bestond niet meer, er was iets belangrijks veranderd, dat voelde ze, er was iets gebeurd, in haar eigen huis, voor haar neus, en toch was het haar ontgaan.

Even later liepen ze door de Barnovstraat in de richting van de opera om in het daarachter gelegen parkje te gaan zitten. Hij hield van die plek, als kleine jongen had hij daar altijd op een bank een ijsje willen eten. Ook nu gingen ze op een bank zitten. Maar zonder ijs. Christine moest met weemoed en pijn in het hart vaststellen dat de tijd van ijsjes eten op een bankje definitief voorbij was, en daarmee ook Micha's kindertijd.

'Ik denk dat je wel weet waar ik met je over wil praten. Ik wil weten wat er tussen jou en Elene is gebeurd, en je weet dat ik het merk als je tegen me liegt. Als je me de waarheid vertelt, beloof ik dat ik jullie geen van beiden zal veroordelen en alles zal doen om een oplossing voor jullie probleem te vinden.'

Christine haalde een waaier uit haar handtas en begon zich koelte toe te wuiven. De lucht was benauwd, het was zwoel en het wolkendek was gesloten. Waarschijnlijk zou de hemel zich weldra boven de stad ontladen en de hitte verdrijven met een late zomerregen.

Zonder Micha aan te kijken voelde ze hoe zijn lichaam naast haar ontspande, hoe hij zijn benen liet bungelen, zijn handen uit zijn zakken haalde en zijn hoofd begon te schudden, alsof hij iets niet wilde toegeven. Christine legde haar hand op de zijne, maar hij trok hem beschaamd terug.

'Ze haat me,' mompelde hij, terwijl hij met de punt van zijn schoen het roodachtige stof opjoeg.

En opeens gooide hij alles eruit, hij praatte ademloos, zwaaide met zijn armen en schudde onophoudelijk zijn hoofd. In zijn ogen onder de ruige wenkbrauwen glinsterden tranen van verontwaardiging. Hij vertelde over Elenes jaloezie, die hij steeds had gevoeld, over haar vijandige houding, het negeren op school, de neerbuigende manier van doen, en hoe meer hij probeerde Elene als gemeen en boosaardig te omschrijven, hoe duidelijker door zijn woorden heen het beeld tevoorschijn kwam van een uiterst onzeker, eenzaam, naar liefde snakkend meisje, dat de weg kwijt was, in het duister tastte en daarbij wild om zich heen sloeg zonder te merken wat ze daarmee aanrichtte. Hij vertelde over die middag toen hij, aangetrokken door de muziek, op haar deur had geklopt, hij vertelde beschaamd en tegelijk opgewonden, met een rood gezicht en klamme handen, waarmee hij de hele tijd over zijn broekspijpen wreef, en kon niet de goede woorden vinden om te beschrijven wat er toen was gebeurd.

'En daarna weet ik niet meer wat ik heb gedaan. Daarna heb ik gewoon gedaan wat ze van me wilde. Ik was buiten mezelf, Christine, ik wist gewoon niet meer wat ik deed, wat had ik moeten doen?!'

'Dit is niet goed, dit is helemaal niet goed, Micha,' zei Christine, nadat hij abrupt was opgehouden met praten. Hij omklemde dramatisch haar knieën en begroef zijn hoofd in haar schoot. Maar Christine dwong hem weer overeind te komen en waarschuwde hem.

'Verman je en ga weer rechtop zitten. Laat niemand ooit zoveel zwakte zien. Heb je me begrepen?'

'Je gelooft me niet,' begon hij te snikken, 'je gelooft me niet, hè?'

'Ik geloof je, ja, ik geloof je. Maar we hebben niettemin een groot probleem, jij en ik, Micha, en het is juist nu belangrijker dan wat ook om dat probleem uit de wereld te helpen. Je mag je niet zo laten gaan, je moet je verdedigen, Micha! Waarom heb je je niet verdedigd?'

Christine klonk bijna beledigd. Alsof het haar schuld was dat hij zich zo gedroeg.

'Ik weet het niet.'

Hij leek na te denken, hij leek het zich af te vragen, hij leek zich er zelf over te verbazen, maar hij vond geen antwoord.

Christine kon de consequenties niet precies overzien, Elene leek haar te onberekenbaar, maar ze wist dat er consequenties zouden zijn, in wat voor vorm dan ook. Elene was in haar vernietigingsdrift te ver gegaan, maar desondanks was en bleef Kostja het hoofd van deze familie – en mocht dit voorval hem ter ore komen, dan zou hij uiteraard zijn kind beschermen, hij zou het niet belangrijk vinden om de andere kant van de waarheid te achterhalen, integendeel, hij zou eindelijk de gelegenheid aangrijpen om tegen de Eristavi's op te treden. Nadat hij jarenlang zijn haat tegen Andro had moeten onderdrukken, zou hij zich deze gelegenheid niet laten ontgaan en zijn woede koelen op diens zoon.

'Word ik weggestuurd? Moet ik weer terug naar het dorp?'

Met de gestreken, opgevouwen zakdoek die zij om de dag in zijn borstzakje stopte, veegde Micha zijn tranen af. Het leek wel of hij haar gedachten had geraden.

'We moeten alles doen om dat te voorkomen.'

'Geloof je me, Christine? Geloof je me echt?'

'Ja, ik geloof je, Micha. Ik ken je.'

Al op de terugweg besloot ze Micha te beschermen, voor hem op te komen, want in tegenstelling tot Elene had hij niemand die dat voor hem zou doen, en zelf kon hij het kennelijk niet. Nog niet. Maar misschien ook nooit.

Ze wist dat dit dwaze, domme voorval haar familie zou verdelen. Ook al was het voor haar ondenkbaar om met haar neef de strijd aan te gaan, met de jongen met wie ze ook ooit ijsjes in de parken en plantsoenen van de stad had gegeten en die haar met dezelfde bewonderende, toegewijde blikken had aangekeken als Micha nu deed. Ze moest voor ogen houden dat dat ijs etende jongetje Kostja allang niet meer bestond, dat het voor eeuwig en altijd was verdwenen, dat de tijd, de oorlog dat jongetje in hem voorgoed had gedood, terwijl Micha nog de kans had om het jongetje in zichzelf en daarmee zijn kindertijd te behouden en te beschermen.

Diezelfde nacht stormde Christine Elenes kamer binnen en trok haar uit bed. De slaapdronken Elene wist niet wat haar overkwam toen Christine als met een kalasjnikov woorden op haar begon af te vuren: 'Tot zo'n onmens hebben we je toch niet opgevoed! Ik wil weten waar die haat vandaan komt! Ik herken je niet meer, mijn eigen vlees en bloed, het kind dat ik in mijn armen heb gehouden, het kind dat met me in de tuin heeft gespit... Ja, ik weet niet meer wie je bent, ik begrijp niet hoe het zover heeft kunnen komen. En ik schaam me voor je.'

Elene zei geen woord, maar balde van woede haar vuisten, klemde haar lippen stijf op elkaar en wendde haar blik van Christine af. In haar hoofd schreeuwde maar één enkele gedachte: het is niet eerlijk, niet eerlijk, niet eerlijk! Het mocht niet zo zijn dat ze weer van die botte, passieve indringer verloor. Het mocht niet zo zijn dat ze hem alles gaven, dat hij alles kreeg waar Elene zelf in die eenzame uren in Moskou zo naar had gehunkerd. Het mocht niet zo zijn dat zijn waarheid meer telde dan de hare.

En tegelijk schreeuwde er een andere gedachte in haar hoofd, een schreeuw om berouw, om een biecht vol tranen, waarna ze haar weer in hun armen zouden sluiten en haar zouden beloven dat alles weer goed kwam, dat ze voor eeuwig en altijd van haar zouden houden, om wie ze was en niet om wat ze deed.

Even leek het of die twee gedachten in haar hoofd explodeerden, ze stond op het punt te gaan brullen, haar armen om Christine heen te slaan en haar net zo lang vast te houden tot ze had gezegd wat ze op haar hart had, tot ze zich van haar jaloezie en haar angst had bevrijd. Maar welke woorden zouden daarvoor nodig zijn? Welke zinnen zouden haar verdriet duidelijk kunnen maken? Hoeveel tijd zou dat in beslag nemen? Uren, dagen, weken? Nee, ze kon het niet. Misschien had ze haar wrevel kunnen uitleggen, haar teleurstellingen kunnen opsommen. Maar er was nog iets anders, sinds die middag was er nog iets anders in haar hoofd, in haar lijf, in haar stem, een gevoel dat ze niet kon vatten, niet kon beschrijven, een gevoel dat erger was dan al die vermeende haat tegen Micha. Een gevoel dat haar beangstigde, verlamde. Maar ze kon het niet toegeven, het mocht gewoon niet zo zijn dat ze, meer nog dan onder het feit dat hij haar in haar rijk van de troon had gestoten, leed onder de herinnering dat hij haar had afgewezen, haar had versmaad. En als ze op dat moment misschien nog een paar seconden de tijd had gehad, zou ze ook echt een poging hebben gedaan om het weer goed te maken – maar de oorvijg van Christine kwam ertussen, hij raakte haar vol in haar gezicht en belette het haar en maakte de gebeurtenissen onomkeerbaar.

Christines knokige hand had Elenes rechterwang geraakt en ze was verhit en verdoofd door de klap van het bed op de grond gezakt en gaf over op de kleine loper.

Christine staarde naar de gekromde Elene, die haar met een vertrokken en besmeurd gezicht aankeek, en schudde aan één stuk door haar hoofd alsof ze door de etensresten die Elene had uitgebraakt, in een donkere toekomst keek.

'Wat wil je van me?' Elene hijgde zwaar. 'Wat willen jullie allemaal van me? Ga toch naar hem, ga hem maar beklagen.'

'Ben je al ongesteld geweest?'

Christines blik bleef op de etensresten rusten.

'Ja, allang, al sinds mijn dertiende. Wat is dat nou voor vraag?'

'Ik bedoel, wanneer ben je voor het laatst ongesteld geweest, mijn hemel?!'

'Geen idee. Gewoon, een tijdje terug. Laat me met rust!'

'Alsjeblieft niet. Nee, alsjeblieft niet.'

Christine hielp Elene overeind, bracht haar naar de badkamer en gaf haar een handdoek. Toen ging ze naar de keuken en maakte warme chocola voor zichzelf. Dat had ze nu nodig voor ze besliste wat ze verder moest doen. De situatie was al ellendig genoeg.

De volgende ochtend, nadat Micha en Elene naar school waren vertrokken, vertelde Christine Nana dat haar dochter hoogstwaarschijnlijk zwanger was. En het vermoeden zou worden bevestigd en Elene zou bij haar versie blijven en Micha ervan beschuldigen dat hij haar met geweld had gedwongen. Stasia werd met het oog op haar eigen verwarring niet in de tragische gebeurtenissen ingewijd.

'En wat nu?' vroeg Christine aan Nana.

'Mijn god, Christine, ze is pas vijftien, wat moet je dan? Mijn arme meisje, hoe heeft hij haar dat kunnen aandoen, hoe? En als Kostja het hoort, dan zie ik mijn kind waarschijnlijk nooit meer terug. Nee, nee, dat mag niet, dat mag niet gebeuren.'

Nana was op van de zenuwen. Ze had al dagenlang geen voet buiten de deur gezet.

'Hij heeft het niet gedaan. Hij heeft haar niet gedwongen, waarom wil je niet naar me luisteren?'

'Omdat het schandalig is wat je zegt, en omdat ik nooit zal toelaten dat jij van mijn dochter denkt dat ze... Nee!'

'Hij moet het hoe dan ook weten.'

'Je bent gek! Jullie leven allemaal in een parallelle wereld in dit huis! Hij moet het weten? Hij? Hij, die deze schande over mijn kind heeft gebracht, ik wil me niet eens voorstellen wat hij haar heeft aangedaan.' Nana begon al weer te snikken. 'Ik wil hem niet meer zien, ik verdraag zijn aanblik niet meer. Ik sta niet voor mezelf in, ik ben in staat hem te verscheuren. Hij moet het weten, ja, ja,' aapte ze Christine na, 'laat me niet lachen!'

'Ik denk niet dat de beslissing aan jou of aan Kostja is. Zo'n beslissing moeten die twee zelf nemen. Elene en Micha. Alleen zij, niemand anders.'

Christine praatte monotoon, alsof ze niet eens meer probeerde Nana van een andere waarheid te overtuigen, alsof ze er al van uitging dat niemand haar zou geloven.

'Die schoft gaat het huis uit, en wel zo snel mogelijk, en zeg tegen hem dat hij me beter niet meer onder ogen kan komen, anders...' Nana wiegde heen en weer, als buiten zichzelf, als een klaagvrouw uit een klassiek drama. 'Ik laat in elk geval niet toe dat die kleine smeerlap mijn dochters toekomst verpest.'

'Maar Nana...'

'Ik ga met mijn dokter praten. Dat is een fantastische gynaecologe. Zij zal het doen zonder een status aan te leggen.'

'Dat mag je niet toelaten, daar mag je haar niet toe dwingen. Dat zal alleen maar fatale gevolgen hebben.'

Christines stem was zacht geworden, krachteloos, alsof ze niet meer geloofde dat haar woorden iets zouden veranderen.

'Fatale gevolgen? Die zijn er al. Ja, ernstige, fatale gevolgen. En die gaan we uit de wereld helpen voor het te laat is!'

Nana leek nu kalmer, ze veegde met een puntje van het tafelkleed haar tranen af.

Christine stond op, ze wilde naar buiten, ze wilde weg uit deze onverzoenlijke toestand, ze wilde niet toekijken hoe er een offerlam zou worden geslacht, ze wilde niet huilen om het verkeerde, ze wilde niet meer meedoen aan dit trieste machtsspel waarin het huwelijk van Nana en Kostja was ontaard en waarvan het directe gevolg nu in Elenes buik zat. Maar ze bleef staan, iets hield haar tegen, haar benen leken wel van lood.

Het beeld van de verstomde Kitty kwam in haar hoofd op. Kitty's jonge gezicht, waaruit alle leven was geweken toen ze na dagen van onzekerheid bij haar aanbelde. Zonder haar buik. Zonder haar zoon. Ze wreef in haar ogen. Micha! Dat was wat telde, ze moest hem behoeden, voor alles, voor verkeerde beslissingen, ze moest iets doen. Ze mocht niet nog een keer toekijken en afwachten. Ze moest handelen.

Een week later vond de abortus plaats. Een week had Nana nodig om haar dochter ervan te overtuigen dat het afbreken van de zwangerschap de enige manier was om haar onbezorgde leven voort te zetten en geen melaatse van de maatschappij te worden, om haar school af te maken en het vooruitzicht op een mooie toekomst veilig te stellen. Een week om haar dochter aan het verstand te brengen dat ze hierover met geen woord tegen haar vader mocht reppen. Het eerste geheim dat Nana eindelijk alleen met haar dochter mocht delen. Alleen zij. Echt moeder en dochter, zoals ze het altijd had gewild, zonder dat haar man ertussen kon komen.

Christine liet Andro naar Tbilisi komen. Bij het busstation gaf ze hem een arm en liep niet zoals anders met hem in de richting van de Veraheuvel, maar nam hem mee naar de eerste de beste cafetaria en deed de zaak uit de doeken. Andro luisterde aandachtig, rookte zijn Kosmos-sigaretten en krabde voortdurend op zijn hoofd. Zijn alcoholconsumptie had sporen op zijn gezicht achtergelaten. Hij zag er opgeblazen uit en op zijn wangen tekenden zich rode vlekken af.

Twee jaar eerder had hij de dokter van de kolchoz omgekocht om een medisch attest voor hem uit te schrijven, sindsdien gold hij als ongeschikt voor het gehate kolchozwerk en werkte hij bij een steenhouwer die bustes van Marx, Engels en Lenin maakte.

'Ik weet niet wat ik hiervan moet zeggen,' zei hij, terwijl hij in zijn baard krabde en een trek van zijn sigaret nam.

'Span je dan een beetje in en help me deze situatie voor ieders bestwil op te lossen.'

'Voor ieders bestwil? Is dat een grap, Christine?'

'Ze hebben allebei nog maar één schooljaar voor de boeg, dat moet te doen zijn. Maar...'

'Hij komt er hoe dan ook achter. Het is als een vloek.'

'Kostja? Nee, die komt er niet achter. Dat wil tenslotte niemand. Nana al helemaal niet, die zal alles doen om te voorkomen dat hij het te horen krijgt.'

'Zulke dingen kun je niet geheimhouden.'

'Hij is binnenkort meerderjarig. We moeten alleen die tijd overbruggen. Dan kan hij op zichzelf wonen, in een studentenhuis of... Dan kan hij voor zichzelf zorgen, hier blijven, studeren, ik zal een oogje in het zeil houden. Alleen nu, in deze situatie, is het te gevaarlijk als ze onder één dak blijven wonen.'

'Al mijn vrienden en familieleden zijn dood, Christine. Ik zal hem meenemen. Er is geen andere mogelijkheid. Dan moet hij maar weer naar de dorpsschool.'

'Ik kan hem niet zomaar laten gaan, één jaar, één jaar moeten we...'

'Ik heb niets, ik kan niets. Ik ben al dankbaar als ik die opdrachten krijg en een paar roebel extra verdien, als de meester te dronken is en ik een Marx of Engels mag maken. Lenin verkoopt op het moment het best. Aan Leninbustes verdien je het meest. Begrijp je nu hoe mijn leven eruitziet?'

Mijn moeder haalde met pijn en moeite haar diploma. Uit pure angst om Kostja's woede te wekken liet Nana hem in de waan dat Elenes schoolprestaties uitstekend waren. Hij toonde zich zeer verheugd over de vermeende ambitie en schranderheid van zijn kind. En hij bracht zijn familie op de hoogte van het heuglijke feit dat hij als dank voor zijn verdiensten een groot stuk grond van de staat had gekregen. Zoals iedere zichzelf respecterende Sovjetburger mocht hij nu ook een datsja bouwen.

Het perceel lag een klein uur met de auto ten noordwesten van de stad in een schilderachtig dorpje, niet ver van een paardenfokkerij en een opgeheven klooster. Op het terrein bevonden zich de resten van een traditioneel landhuis uit de vorige eeuw, dat totaal vervallen was en dat Kostja nu geheel naar eigen smaak weer tot leven wilde wekken.

'Eindelijk mijn eigen huis! Ik denk dat we er allemaal moeten gaan wonen. Het is niet te ver van de stad om met de auto naar het werk te kunnen gaan, en toch ver genoeg om je rust te hebben! Ik ben van plan er meer dan alleen een datsja van te maken.'

Hij belastte zijn moeder met de organisatie van de verbouwing en de aanschaf van het bouwmateriaal; Stasia, die tegen haar zin met pensioen was gegaan, nam het aanbod met beide handen aan, want ze dacht dat op zo'n mooie plek misschien inderdaad genezing en een nieuw begin mogelijk waren.

Zo werd begonnen met de bouw van het 'Groene Huis' (zoals je moeder en ik het later zouden dopen, omdat het aan het begin van ons leven al bijna helemaal met klimop was begroeid), in hetzelfde jaar waarin buiten medeweten van Kostja en Micha in het eeuwige rijk van de vrouwen een leven was verhinderd. Het huis waarin Daria en ik zijn opgegroeid.

Waarvoor hebben we scholen,
tenzij om onze kinderen
te indoctrineren tegen het communisme?
Nixon

Op Elenes zestiende verjaardag verraste Kostja zijn dochter met een bliksembezoek en echte Franse parfum, die haar duidelijk moest maken dat ze zichzelf nu definitief als volwassen mocht beschouwen. Maar in de nacht voor het grote feest dat Kostja ter ere van zijn dochter wilde geven, verdween Elene en was ze nergens te vinden. Ten slotte vonden ze een briefje waarop in haar mooie meisjeshandschrift stond:

Ik ben weg en wil niet dat jullie me zoeken. Ik ben zo vrij geweest – en bied daar gelijk mijn excuses voor aan – om twee kettingen uit mama's bijouteriekistje te pakken en wat geld uit Stasia's handtas. Ik ga op zoek naar God. Dus maken jullie je geen zorgen en zoek me niet.

Elene

Het duurde bijna een week voor ze haar vonden, Kostja had al zijn contacten en zijn invloed gebruikt; ze zat inderdaad in een nonnenklooster bij Kasbegi. Het moet een nogal filmische actie zijn geweest om haar daaruit te halen. Kostja had haar als een opgerold tapijt over zijn schouder gelegd, vertelde Nana me later, en ze had als een gek gegild en wild om zich heen geslagen. Tijdens de autorit had ze de hele tijd gebeden en haar ouders met hel en verdoemenis gedreigd als ze haar niet terugbrachten en met rust lieten.

Kostja was mild en toegeeflijk, hij maakte haar geen verwijten en deed zijn uiterste best om de drastische verandering van zijn kind van een vermeend modelmeisje in een God zoekende, niet in de menselijke samenleving geïnteresseerde jonge vrouw te begrijpen. Hij nam verlof, boekte twee kamers in een luxueus sanatorium bij de geneeskrachtige natriumhoudende bronnen in Sotsji en vloog daar met Elene heen. Hij at met haar in deftige restaurants, liet haar zelfs krimsekt drinken, ging 's morgens, voordat de stranden volstroomden, met haar in de lila gekleurde zee zwemmen, wandelde 's avonds met haar over de witte boulevards en probeerde de redenen van haar opstandigheid te raden. Het zou dagen duren voordat de zee, de vragen die niet werden gesteld en de verwijten die niet werden gemaakt, de ongedeelde aandacht van haar vader, de rust en veiligheid aan zijn zijde, Elene ten slotte toch een glimlach ontlokten. Haar harde gelaatsuitdrukking werd zachter, ze zei zelfs wat ze op die of die dag allemaal wilde zien of beleven en als ze – zelden, maar toch – heel even haar zorgen scheen te vergeten, leek ze weer op de oude Elene uit Moskou, het energieke, opgewekte kind, de gedisciplineerde, ambitieuze dochter van Kostja. Op zulke momenten geloofde Kostja dat alles wat zijn vrouw met zijn dochter verkeerd had gedaan, nog hersteld kon worden – door hem, door zijn geduld en aandacht.

Die nazomer werkte Vasili, die door alle Kaukasische gasten op z'n Georgisch Vaso werd genoemd, als badmeester op het chiquere gedeelte van het strand van Sotsji. Hij was net twintig geworden en droomde ervan op een dag in een van de vrachtruimten van de langsvarende schepen te klimmen en voor eens en voor altijd aan zijn afkomst en zijn voorbestemming als Sovjetburger te ontsnappen naar een westerse, liefst Amerikaanse toekomst. Hij was opgegroeid zonder vader, met een moeder die haar leven lang als kamermeisje in de sanatoria had gewerkt, en een oudere broer, een kleine crimineel die wegens autodiefstal was veroordeeld tot vijf jaar gevangenis, waaruit hij hoogstwaarschijnlijk, naar zijn brieven te oordelen, als grote crimineel zou worden ontslagen.

Vaso, die behalve zijn Russische moedertaal ook Georgisch, Armeens, Abchazisch en zelfs een beetje Duits en Turks sprak, droomde daarentegen van iets anders, van iets groots.

Als kleine jongen had hij in de sanatoria al gasten zien komen en gaan die een beter leven hadden dan hij en zijn familie, die het zich konden permitteren door mensen als hij te worden bediend. Altijd had hij ervan gedroomd op een dag met de gasten van plaats te mogen ruilen. Hij zag zichzelf al in zo'n zachte badjas, nippend van een glas krimsekt, zijn melancholische blik tevreden op de horizon gericht, elke avond chic in het pak op een van de verschillende bals, in gezelschap van een mooie dame met fonkelende stenen aan haar oorlelletjes.

Maar alles wat er met zijn stand, zijn mogelijkheden en de status van zijn vader ('onbekend') in zijn pas viel te bereiken, was een slechtbetaald kelnersbaantje in een van de plaatselijke kuurhotels of werk op een van de smerige vrachtschepen die met sinaasappels en citroenen op de Zwarte Zee heen en weer voeren, schepen die niet eens in de buurt kwamen van de Atlantische Oceaan. In het gunstigste geval kon hij zo'n opgeprikte receptionist met brillantinehaar in een sanatorium worden. Niets daarvan sprak Vaso erg aan. Geen van die vooruitzichten liet ruimte voor zijn dromen.

Zodoende had hij de ongewone, maar toch niet onaangename stap gezet om naar zijn dromen toe te werken en intussen al te genieten van de voordelen van een leven dat eigenlijk niet voor hem was weggelegd. Hij zag er heel goed uit en dat hoorde hij al sinds hij als jongetje van vijf op de schoonmaakkar van zijn moeder door de gangen van het sanatorium reed, door kreten als 'Wat een leuk joch! Wat een ogen! Wat een mond, wat een prachtig haar!' – vooral van vrouwelijke hotelgasten, totdat die kreten op een gegeven moment, toen hij een bepaalde leeftijd had bereikt, verstomden en hij in plaats daarvan blozende wangen en veelbetekenende blikken zag en verrukt gesmoes hoorde zodra hij, uitgerust met tuinschaar en handschoenen, de kardinaalsmutsstruiken van het sanatorium begon te snoeien. Zijn aanvankelijke schuchterheid en natuurlijke gehoorzaamheid tegenover de hotelgasten, die zijn moeder hem met veel moeite had bijgebracht, raakte hij snel kwijt. En toen hij eenmaal in de gaten had gekregen dat hij helemaal niet minder of dommer was dan de vele badminton spelende of luierende gasten, werd hij moediger, permitteerde hij het zich een paar woorden met de vrouwelijke gasten te wisselen, werd hij steeds zelfverzekerder – en vanaf dat moment was het nog maar een kleine stap om de dames voor zich te winnen. Hij had algauw begrepen dat de jonge, welgevormde, fruitig geurende meisjes van minder nut voor hem waren dan de oudere, minder strakke, maar des te verveeldere en driestere vrouwen. De meisjes hadden behalve hun mooie lichaam niet veel te bieden. Ze waren volkomen afhankelijk van hun vader en moeder, verloofde en echtgenoot. Ze hadden net zulke grote verlangens als hij, voelden zich ook opgesloten in een kooi, al was die van hen dan misschien van goud. Heel anders waren de dames van boven de veertig. Zij hadden hun dromen – vervuld of onvervuld – achter zich, waren getrouwd, hadden gewerkt, kinderen gekregen, hun plichten vervuld en teleurstellingen beleefd, en nu, op het hoogtepunt van hun leven, voelden ze zich uitgeput en onbemind. Het was verbazingwekkend hoeveel dames hun vakantie alleen doorbrachten, want hun echtgenoot had het of te druk of vertoefde bij een jongere en mooiere vrouw.

Maar ze waren vooral royaler. Ze hadden iets te bieden voor wat hij hun gaf. En sinds een rijke weduwe uit Odessa hem op z'n veertiende voor het eerst had verleid en in de kunst van de liefde had ingewijd, had Vaso wat geld en goed weten te vergaren. Want hij had zich voorgenomen op een dag een plaats op een van de internationale vrachtschepen te kopen. Dan, en daar was Vaso van overtuigd, stond niets zijn Amerikaanse droom nog in de weg. Maar het geld was nooit toereikend. Hoe lang en hoe hard hij ook werkte en hoeveel dames hij ook gelukkig maakte, er kwam steeds iets tussen. Of het was zijn moeder, die met de jaren erg achteruit was gegaan, of zijn broer, die geld nodig had om door omkoping zijn gevangenisstraf te verkorten, of hijzelf, die in zijn carrière moest investeren en nieuwe kleren nodig had. Zo gewonnen, zo geronnen: steeds moest hij weer opnieuw beginnen, maar zijn Amerikaanse droom was sterker dan elke teleurstelling en elke barrière die moest worden overwonnen.

Met die droom in zijn achterhoofd werd hij het nooit moe om bij al die eenzame vrouwen hun zogenaamde of werkelijke schoonheid te prijzen, hen naar geheime baaien en afgelegen stranden te vergezellen, een paar goddeloze matrozenliederen voor hen te zingen en hen 's nachts in hun sanatorium- of hotelbed gelukkig te maken. Gebruind, met een atletische lichaamsbouw, zijn blonde haar altijd in de brillantine, geparfumeerd, een beetje te extreem misschien, te opzichtig in zijn wanhopige verlangen om te behagen, maar toch mooi genoeg om hen allemaal ten minste voor de duur van hun vakantie te bevrijden van hun verstikkende huwelijk, hun verveling en hun angst voor de ouderdom.

Vaso was al zo helemaal ingesteld op oudere dames en hun wensen en verlangens dat de aandacht van een jong, gebruind meisje hem die nazomer een beetje verrast en verward moet hebben.

Maar mijn moeder had al meteen de eerste dag op het strand waar hij belast was met de verhuur van strandstoelen en ligbedden, haar oog op hem laten vallen en de tijd dat Kostja op zijn kamer voor zijn werk zat te telefoneren, steeds weer benut om alleen naar het strand te gaan en een strandstoel te huren. Hij had haar bereidwillig, iets ijveriger dan nodig was, naar haar uitverkoren plekje gebracht en zelfs ijsblokjes voor in haar drankje gehaald.

Ook Kostja ontging het niet dat Elenes glimlach misschien toch minder met hem en zijn aandacht te maken had dan met die mooie jongen op het strand, die vaker dan nodig in Elenes richting gluurde en van oor tot oor grijnsde zodra ze langsliep. Aanvankelijk wilde hij Elene voorstellen naar een ander strand te gaan, maar toen besloot hij de kans waar te nemen en van de verliefdheid van de jongen gebruik te maken. Want in tegenstelling tot zijn vrouw was Kostja ervan overtuigd dat hij alles onder controle had. Hij begon het stralende stelletje af en toe alleen te laten en bleef steeds vaker in het restaurant of op zijn kamer. En op een avond, toen de situatie niets meer aan duidelijkheid te wensen overliet, wachtte hij Vaso na zijn werk op en stelde hem voor zijn dochter mee te nemen naar een chic restaurant. De rekening zou hij betalen, zodat de culinaire eisen van zijn dochter hem niet in verlegenheid brachten. Ja, het was Kostja's plan om die jongen een niet onbelangrijke rol te laten spelen in de stabilisering van hun vader-dochterverhouding. Hij zou zich voordoen als de begripvolle, liefhebbende, geïnteresseerde vader en zo Elenes gunst herwinnen, om haar er vervolgens van te overtuigen dat zij samen nog een kans verdienden en dat alle faculteiten van Moskou voor haar openstonden, voor het geval ze toch nog overwoog naar Moskou terug te keren.

Maar Elene was absoluut niet het tot over haar oren verliefde, fijnbesnaarde, verwarde meisje dat haar vader in haar meende te zien. Er was iets in haar gebroken, zoals het oor van een kan, ze zat gevangen tussen haar zelfhaat en de verachting die ze voor haar omgeving en haar familie voelde, en zocht naar mogelijkheden om de kan helemaal stuk te slaan, tot hij in gruzelementen lag en met geen mogelijkheid nog heel te maken was.

Elene had iets verschrikkelijks gedaan, dat stond voor haar buiten kijf, maar de straf daarvoor was niet gekomen. Integendeel, de verkeerde werd gestraft. Ze had God willen zoeken, want als haar familie of de staat het niet nodig vond om haar te straffen, dan moest op z'n minst God het doen. Maar God had zich niet laten zien. Het vasten, het bidden – het had allemaal niets uitgehaald. God was even zwijgzaam als onvindbaar. Om gerechtigheid te laten geschieden moest ze zichzelf een passende straf opleggen. Ze zou net zo lang zoeken tot ze die straf had gevonden.

Ik heb altijd vermoed dat Elene met haar ongewoon snelle en zelfverzekerde besluit om Vaso tot haar geliefde te maken haar baarmoeder, bewust of onbewust, een tweede kans wilde geven (ik weet het, je gniffelt nu om mijn woordkeus, ik zie je grijns al voor me, Brilka!).

Als ik het haar op de man af had gevraagd, zou ze het uiteraard hebben ontkend, want ze heeft mijn zus en mij gedurende onze hele kindertijd proberen bij te brengen dat wij de vruchten waren van een hartstochtelijke liefde. Maar nu denk ik dat het haar er bij die zomeraffaire uitsluitend om ging zichzelf te bewijzen dat haar baarmoeder, evenals de rest van haar lichaam, toch in staat was een kind van de liefde te baren en niet alleen het verschrikkelijke gevolg of de vrucht van 'dat erge'.

Al bij het tweede, opnieuw door Kostja gefinancierde rendez-vous gaf ze Vaso te kennen dat ze beslist ook geïnteresseerd was in andere dingen dan de saaie gesprekken die de bon ton en de door de staat goedgekeurde publieke omgangsvormen toestonden. Vaso was op zijn hoede. Hij had allang begrepen van wie Elene Jasji de dochter was en wilde geen fouten maken die hem de kop konden kosten.

Ik heb hem nooit leren kennen, Brilka, ik kan dan ook niet met zekerheid beweren dat hij verliefd was op je grootmoeder. De gedachte dat hij in Elene een mogelijkheid zag om zijn spaarpot te vullen, ligt natuurlijk meer voor de hand. Hij hield zich in elk geval van den domme en leverde haar na elke ontmoeting stipt op de met Kostja afgesproken tijd in het sanatorium af, gewetensvol droeg hij haar over aan haar machtige vader, die hem als dank tevreden glimlachend een hand gaf en wel thuis wenste.

Maar de wil van een bloedjonge, aantrekkelijke vrouw, en vooral van iemand als Elene Jasji, kan een eveneens bloedjonge, aantrekkelijke man zijn principes snel doen vergeten. Toen ze voor de derde keer zouden gaan eten, haalde Elene Vaso over om niet naar dat saaie restaurant te gaan, maar haar de mooiste en geheimste plekjes van Sotsji te laten zien.

Ze gingen eerst wandelen op de kade, keken naar de schepen in de verte, gooiden ettelijke steentjes in het water, lachten en dolden, gingen naar een afgelegen matrozenkroeg, dronken met opgetrokken neus een paar sterke borrels, kusten elkaar boven de plakkerige toog en verlieten ten slotte hand in hand de bar om op zijn gammele brommer over de boulevard te scheuren. Toen Vaso de weg naar haar hotel insloeg, begon Elene op hem in te praten, ze smeekte gewoon om nog niet naar huis te hoeven, hij hoefde niet bang te zijn voor haar vader, ze zou zelf wel uitleggen waarom ze wat later waren en bovendien kon ze op het moment een potje bij hem breken. Er zat voor Vaso niets anders op dan met mijn moeder naar de andere kant van de stad te rijden en daar met haar in een koele, rotsige baai te gaan liggen.

Elene moet het als een grote genoegdoening hebben ervaren en hij nam wat hij nodig had. Zacht en liefdevol, erop bedacht haar te laten genieten, al weet ik niet of ze iets heeft kunnen voelen (in elk geval hoop ik het voor mijn moeder en mijn zus).

De tijd drong. Na hun liefdesspel en nadat Elene haar lichaam in het zilte, donkere water had ondergedompeld om alle bewijzen van zich af te wassen, kleedden ze zich haastig aan, gelukkig, voldaan en lachend, en reden terug naar het sanatorium.

Je moeder heeft haar verwekking altijd als iets vernederends ervaren, Brilka. Ik heb geprobeerd haar duidelijk te maken dat de hare veel romantischer geweest moet zijn dan die van mij. Maar daar kon ik haar nooit van overtuigen. We wedijverden altijd met elkaar over de vraag van wie het ontstaan het onwaardigst was, alsof het een trofee was waar je om kon strijden.

Het afscheid viel sentimenteler uit dan ze hadden verwacht, er moeten zelfs tranen in Vaso's ogen hebben geblonken toen ze elkaar voor de laatste keer omhelsden. Kostja, ontroerd door de oprechte gevoelens van de jongeman, beloofde zijn dochter hem in Tbilisi uit te nodigen als hun verliefdheid de scheiding zou overleven en in de vorm van brieven, zoals ze elkaar beloofden, zou voortbestaan.

Verliefd of niet, Vasili was beslist onder de indruk; ondanks al zijn avontuurtjes had hij in de loop van zijn veroveringen nog nooit een vrouw ontmoet – of ze nu jong was of oud – die het volledig zonder eden en beloften kon stellen, zonder valse hoop en bedrieglijke toekomstplannen, die niets van dien aard van hem verlangde. En die zo onstuimig het genot zocht, alsof ze op alle mogelijke manieren, met inzet van haar hele lichaam, iets wilde overwinnen. Maar omdat hij tot het eind toe wantrouwig bleef tegenover Elenes ruimdenkendheid, fluisterde hij haar bij het afscheid voor de zekerheid toch nog een paar liefdesverklaringen in het oor.

De jongeman had zijn plicht voorbeeldig gedaan; Kostja triomfeerde. Op zijn voorstel om na te denken over haar toekomst, daar de tijd voor te nemen en samen met hem in Moskou een paar onderwijsinstellingen te bekijken, ging Elene gewillig in. Eenmaal in Moskou liet ze zich door Ljoeda verwennen, ze at haar geliefde blini's met honing, ging naar de bioscoop en schreef inderdaad – eerder uit verveling dan voor haar plezier – lange, smachtende brieven aan Vasili. Het idee verliefd te zijn amuseerde haar en bracht haar cynische onverschilligheid tegenover de wereld en zichzelf enigszins aan het wankelen. Ook Vasili liet er geen gras over groeien: Elene kreeg na twee weken inderdaad antwoord. Zo kon er misschien toch nog liefde groeien uit de luchthartige zomerliaison, moet mijn moeder hebben gedacht en ze antwoordde nog iets hartstochtelijker en opgewondener dan in haar eerste brief. Maar het bleef een spel en omdat ze wilde vluchten voor de Moskouse toekomstplannen van haar vader, ging ze ermee door, eerder uit nieuwsgierigheid dan uit overtuiging.

Vaso had haar over zijn Amerikaanse droom verteld. Die keer dat ze samen op de pier zaten, had hij naar de scheepslichten in de verte gewezen en verzucht dat hij daar op een dag zou zijn, op weg naar andere landen en continenten. Ze hoopte dan ook dat hij zichzelf trouw zou blijven en niet uit de koers zou raken, zelfs niet als hij hoorde dat ze zwanger was.

Toen in Moskou de vorst inzette, klopte Elene op de deur van Kostja's werkkamer, ging naar binnen, vergewiste zich ervan dat hij zijn papieren aan de kant schoof en haar door zijn smalle leesbrilletje aankeek, en zei dat ze zwanger was. Volgens haar berekening moest het kind in de zomer ter wereld komen.

Er volgde geschreeuw, de papieren vlogen van het bureau door de lucht, er volgden dreigementen, regelrechte beledigingen en woedende scheldkanonnades, maar tenminste geen tranen. Ten slotte terneergeslagen zwijgen en een soort berusting. Later kwamen nog de retorische vragen: hoe het zover had kunnen komen, wat er toch van zijn fantastische meisje was geworden et cetera. Aan het eind van het jaar zat er voor Kostja niets anders op dan de nietsvermoedende vader te vragen naar Moskou te komen en hem op de hoogte te brengen van zijn aanstaande geluk.

De beide heren trokken zich terug in Kostja's werkkamer. Na een paar versnaperingen en een liter goede *kindzmarauli* vond Vasili de door Kostja uitgestippelde toekomst helemaal niet meer zo beroerd. Het was een goed en vooral degelijk alternatief voor zijn persoonlijke, risicovolle en nog altijd niet gefinancierde American dream. Hij wist tegenover Kostja zelfs een zekere blijheid met betrekking tot zijn vaderrol te simuleren.

Hij zou kunnen studeren ('Het ingenieurswezen zou voor jou met je heldere verstand en je twee rechterhanden heel geschikt zijn, jongen, bovendien zijn goede ingenieurs in dit land altijd nodig!'), hij zou met Elene een eigen woning in Moskou betrekken, optimale ondersteuning krijgen en een goed leven hebben met het meest vrijgevochten en ruimdenkende meisje dat hij kende – over dat laatste repte hij natuurlijk met geen woord tegen zijn aanstaande schoonvader. Ja, het klonk allemaal heel verstandig, misschien iets minder opwindend dan de oversteek op een vrachtschip naar Amerika, maar wel veel concreter, veel reëler. Vasili droomde van een zoete en zorgeloze toekomst in een welstand die werd gegarandeerd door de serieuze en doortastende man die nu op hem inpraatte. En wel op zo'n manier dat Vasili er niet aan twijfelde dat hij geen tegenspraak zou dulden.

In allerijl werd de verloving gevierd. Nana en Vasili's moeder werden naar Moskou overgevlogen, waar een klein, maar gepast feest werd gehouden. De gasten glimlachten, toostten met elkaar en wensten het jonge paar geluk. Vasili ontving een royaal zakgeld, zodat hij zijn zwangere verloofde overeenkomstig haar eisen mee uit kon nemen. Hij kreeg de smaak te pakken van het nieuwe leven. En Elene liet het zich allemaal met de voor haar zo typisch geworden ondoorgrondelijke onverschilligheid aanleunen en richtte al haar aandacht op haar steeds ronder en puntiger wordende buik. Ze zou een kind krijgen, ze zou moeder worden, de beste ter wereld, en ze zou alles voor haar kind doen, ze stelde zich voor hoe ze zichzelf voor haar nieuwe spruit opofferde om het andere, dode, ongewenste, ongeboren kind schadeloos te stellen.

Op een avond, toen het paar hand in hand en druk over kunst pratend het Poesjkinmuseum verliet, bleef Vasili midden op straat staan, ging op de stoep zitten en begon te huilen. Elene, die geen raad wist met de ongewone aanblik en het plotselinge verdriet van haar verloofde, ging naast hem zitten en legde voorzichtig haar hoofd op zijn schouder. Ze vroeg niet naar de reden van zijn plotselinge stemmingswisseling, maar wachtte tot hij gekalmeerd was. Half buiten adem, telkens naar lucht happend, dwong hij zichzelf openlijk te praten over zijn haat tegen het land waar ze leefden, hij vertelde over zijn kinderjaren, over de eeuwige vernederingen, zelfs onverbloemd over zijn affaires. Hij praatte over zijn moeder, zijn broer, hij gooide alles eruit, alsof hij zijn leven lang op deze ene biecht had gewacht. Hij spaarde zichzelf niet, praatte zijn gevoelens niet goed, legde zelfs zijn kleinste wraakgevoelens, zijn geheimste wensen voor haar bloot. Ze vonden een bank in een stille straat en gingen zitten. Hij was helemaal opgewonden van het praten, het speeksel stond in zijn mondhoeken, hij leek uitgeput en leeg. Elene sloeg een arm om zijn schouder en dacht over zijn woorden na.

'Ben je niet verbaasd?' vroeg hij, toen haar zwijgen hem te veel werd. 'Ook niet teleurgesteld?'

'Ik ben niet teleurgesteld, Vaso. Ik begrijp je zelfs. Ik begrijp je goed, althans dat hoop ik. Ik heb soms een slecht geweten, ik heb het niet zo gewild, geloof me, ik wilde niet dat jij opeens hier zou zijn, bij mij, dat was niet mijn bedoeling. Jij moet niet om mij of het kind iets opgeven wat zo belangrijk voor je is.'

'Maar ik wil toch bij jou zijn, het ligt toch niet aan jou, Elene.'

'Maar je wilt liever weg dan dat je bij mij bent, waar of niet?'

'Ik weet het niet.'

'En één ding wil ik absoluut niet, dat jij een van die gewichtigdoenerige vlerken wordt die constant hun eigen vrouw bedriegen en denken dat ze alles onder controle hebben. Je hoeft maar naar mijn vader te kijken. Ik walg van dat hele gedoe. Ik denk echt wel over die dingen na. Ik praat er alleen niet graag over.'

'Ik zal me vermannen, ik beloof je dat ik sterker zal zijn, voor ons, voor jou. Ik zal mijn leven beteren. Het is alleen... Ja, het is moeilijk. En het kwam allemaal zo onverwachts, zo onaangekondigd.'

'Ik begrijp je wel. Weet je, vroeger wilde ik ook weg. Ik heb een tante in het buitenland. Zij is daar een bekende zangeres.'

'Echt?'

'Ja, maar ik mag niet over haar praten.'

'We zouden toch samen...'

'Doe niet zo kinderachtig. Dat wil ik helemaal niet. Ik heb niet dezelfde dromen als jij, Vaso. Wat moet ik in het buitenland? Waar moet ik dan naartoe? Ik hoor hier, bij mijn familie, ook al heb ik er nog zo'n hekel aan, ik hoor hier. Misschien had ik je twee zomers geleden moeten ontmoeten. Toen was ik... anders. Heb je iemand die je kan helpen?'

'Als ik genoeg geld had... ja. Ik ken een paar matrozen die af en toe ook mensen aan boord smokkelen en...'

'Goed. Heel goed. Luister. Papa wil dat we trouwen voordat de baby er is. Dat wil zeggen uiterlijk in het voorjaar, hij had het laatst over maart. Hij zal ons geld geven. Voor de bruiloft, voor ons nieuwe leven en, nou ja, de hele rataplan, je weet wel. Hij wil dat we in Moskou blijven, hij wil niet dat we naar mijn moeder in Tbilisi gaan. Hij denkt dat het haar schuld is. Vroeger dacht ik dat ook. Maar het klopt niet. Maar dat doet er nu niet toe. We krijgen dus het geld en doen alsof we onze bruiloft voorbereiden. We zoeken een feestzaal uit, we doen het allemaal chic en duur. Dat wil hij ook, zodat hij al zijn collega's kan uitnodigen. Uiteindelijk vindt hij het toch goed dat jij een Rus bent. En we moeten een afspraak maken bij de burgerlijke stand, dat moeten we allemaal ook echt doen, hij controleert namelijk alles, maar we geven telkens alleen een voorschot en zeggen dat de rest volgt bij het feest. Die rest krijg jij. Je gaat naar Sotsji en regelt daar alles wat je moet regelen. En vlak voor de bruiloft smeer je hem. Als ze erachter komen, moet je al weg zijn. Je moet weg zijn, Vaso, anders ben je de pineut. En dan zullen ze je niet sparen. Mijn vader nog het minst. Het mag niet misgaan, anders zul je nooit meer door een raam zonder tralies kunnen kijken. Begrijp je?'

Vaso keek zijn verloofde met grote ogen aan, uit zijn blik sprak veel respect en tegelijkertijd fascinatie.

'Als je in Sotsji merkt dat het niets wordt, kom je terug en zullen we moeten trouwen. Wat mij betreft kunnen we na een paar jaar weer uit elkaar gaan. Als je ook maar één seconde twijfelt of je het redt – keer dan om.'

'Je praat als een profi.'

'Een profi?'

'Ja, alsof je er ervaring mee hebt.'

'Ik heb het me weleens voorgesteld. Dat is alles. En de rest weet ik van mijn vader. Ze denken allemaal dat ik niets in de gaten heb, maar ik heb alles in de gaten, zelfs dingen die ze zelf niet in de gaten hebben. Ik weet ook dat mijn vader zijn zus de hand boven het hoofd heeft gehouden toen ze wegging. Maar dat doet er nu ook niet toe.'

'Ik weet niet wat ik moet zeggen...'

'Maak je geen zorgen, de baby zal het aan niets ontbreken. Dat weet je toch. Mijn vader zal alles voor ons doen. En ik zal alles voor de baby doen. Ik denk dat het een meisje wordt.'

'Waarom denk je dat?'

'Geen idee. Ik zal een mooie naam voor haar uitzoeken. Maar daar ben ik nog niet uit.'

'Toen ik klein was, woonde er bij ons in de buurt een vrouw. Sommigen beweerden dat ze een heks was. Volgens mij waren ze alleen maar jaloers op haar. Omdat ze anders was en zo bijzonder. Ze genas de mensen met kruiden, maar niemand vertrouwde haar. Een zigeunerin was het. Sommigen zeiden dat ze een hoer was, maar ze hadden haar nog nooit met een man gezien. Anderen zeiden dat haar familie was vermoord, gedeporteerd en zo, maar niemand wist er het fijne van. Ze was gewoon op een dag bij ons in de buurt opgedoken.

Als kind ging ik vaak bij haar in de tuin spelen. Ze woonde in een verbouwde garage. Midden in het veld. Dat was zo romantisch, ik vond het zo romantisch. Ze was zo... anders dan alle anderen die ik kende. Ik wist ook niets van haar. Maar zingen, koken en liefhebben, dat kon ze. En hoe. Ze was er altijd voor me. Voor mij en een heleboel andere kinderen die daar met hun ziel onder hun arm liepen. Ze speelde met ons, leek zelf wel een kind en vertelde ons altijd verhalen.

Toen ik, nou ja, toen ik ouder werd, wilde ik meer van haar. Op een keer raapte ik al mijn moed bijeen en ging naar haar toe. En omdat er altijd was beweerd dat ze het voor geld met iedereen deed, had ik de portemonnee van mijn moeder geplunderd. En toen ik haar vertelde wat ik wilde, begon ze te huilen. Daar schrok ik zo van dat ik wegrende. Ze stond gewoon voor me, terwijl de tranen over haar wangen liepen. Ik had me niet eens kunnen voorstellen dat ze ooit huilde. Ik zag hoe erg ik haar had teleurgesteld. En ik schaamde me zo.

Niet lang daarna was ze verdwenen. Van de ene op de andere dag – precies zoals ze was gekomen. Ik heb haar nooit meer gezien. Ze is nooit meer teruggekomen. Ik weet niet eens of ze nog leeft. Ik denk dat zij de enige vrouw is van wie ik echt heb gehouden. En de enige die niet met me naar bed wilde. Paradoxaal, hè?'

'Hoe heette ze?'

'Daria.'

En zo kwam het dat mijn zus de naam kreeg van een zigeunerheks, die volgens sommigen een hoer was en voor haar onbekende vader de enige heilige die hij in zijn toen nog jonge leven had ontmoet.

Wij horen het bevel! In deze moedige tijd
moet het volk het verleden verbranden!
Met de trotse vlag begroeten wij
ons eeuwige volk, Georgië!
Jasjvili

Daria, het zonnekind, kwam in de benauwde, zwoele nacht van 4 augustus 1970 ter wereld in de pastelkleurig geverfde kamer van een ziekenhuis dat uitsluitend was voorbehouden aan medewerkers van de Loebjanka. De Loebjanka zelf werd in Moskou inmiddels 'De wereld van de volwassenen' genoemd, omdat in 1957 aan de overkant de grote speelgoedwinkel De Wereld van het Kind was verrezen.

Kostja had zijn dochter zelf naar het ziekenhuis gebracht toen de weeën begonnen. Het voorstel van zijn vrouw om naar Moskou te komen en hun dochter bij te staan, had hij botweg van de hand gewezen. Hij had de hele nacht in de wachtkamer lopen ijsberen en was na de vroedvrouw en Elene de eerste die Daria's engelengezichtje mocht aanschouwen. Hij was ook degene die in Daria's geboorteakte zijn eigen achternaam liet noteren. Er kon uiteraard geen sprake van zijn dat zijn kleinkind de naam van een deserteur kreeg.

Ze kwam een jaar na Neil Armstrongs landing op de maan ter wereld, twee jaar nadat Gagarin bij een mysterieus straaljagerongeluk het leven liet, tijdens de eerste ambtstermijn van Richard Nixon, een jaar voor de vluchtpoging van Bernd Sievert, die door Oost-Duitse grenswachten met zevenenveertig schoten zwaar werd verwond toen hij over de Berlijnse Muur probeerde te klimmen. In hetzelfde jaar dat de Beatles bekendmaakten dat ze uit elkaar gingen en met dat bericht wereldwijd een tranenvloed losmaakten. Kort voordat de *Easy Rider*-manie ook oversloeg naar het oostelijk halfrond en alle twintigjarigen baden dat een door God gezegend mens over alle grenzen Harleys mocht sluizen. Kort voor de machtsovername door ene Idi Amin in Oeganda, tijdens het protest van de dissident Sacharov tegen de opsluiting van oppositieleden in Russische psychiatrische inrichtingen, en ik weet niet hoeveel maanden na of voor de uitreiking van de Nobelprijs aan een in het Oosten nog onbekende en natuurlijk desondanks of juist daarom verboden Samuel Beckett. In het jaar van de wereldwijde protesten tegen de intocht van de troepen van het Warschaupact in Tsjecho-Slowakije, twee jaar na de revolutie die in Parijs was begonnen en waarvan men nog niet goed wist of die als mislukt dan wel geslaagd de geschiedenisboeken in zou gaan en of het wel een revolutie genoemd kon worden. Vlak na het verschijnen van een artikel in *Life Magazine* over het bloedbad van My Lai in Vietnam, waarbij de Amerikaanse Task Force Barker een heel dorp verkrachtte, uitmoordde en van de kaart veegde. En precies een maand nadat het Groene Huis werd opgeleverd.

Het Groene Huis is en blijft een van de mooiste huizen die ik ooit heb gezien. In het noorden grensde het aan een dicht dennenbos, in het westen aan een adembenemend ravijn – waarvoor Stasia als eerste een drie meter hoog hek liet plaatsen –, aan de oostkant voerde een smal, onverhard pad naar het dichtstbijzijnde dorp en aan de zuidkant keek het uit op de schuren van de paardenfokkerij.

De bouw was in een voor Georgische ambachtslieden utopisch tijdsbestek voltooid. Stasia had een waar opzichterstalent aan de dag gelegd. Ze had de arbeiders aangespoord als een ervaren herder zijn kudde, had elke avond vorstelijk voor ze gekookt, altijd voor volle drankflessen gezorgd en het toch voor elkaar gekregen dat er ’s ochtends om zeven uur meteen met het werk werd begonnen. En dat terwijl Sovjetbouwvakkers een aparte bevolkingsgroep vormden, die extreem veel alcohol, eten en pauzes nodig had om ook maar één baksteen op de andere te krijgen.

En ze had met haar zeventig jaar niet alleen het schier onmogelijke gepresteerd, maar ook nog blijk gegeven van architectonische smaak: ze liet de oude houten balkons restaureren en de krulversieringen en de oude balustrade opknappen. Ze liet de voor die streek typerende plankenvloeren donkerrood verven, liet in de grote keuken, in alle badkamers en de kelder stenen vloeren leggen en slaagde er zelfs in de volkomen geruïneerde open haard in de logeerkamer nieuw leven in te blazen.

Er waren twee verdiepingen met acht kamers en aan de voorkant een reusachtig veranda, die – behalve in de wintermaanden – de belangrijkste woonruimte voor de familie zou worden. En dan was er nog het gigantische terrein waarop het huis stond en waarvan volgens Stasia's plan Christine en zij een toverachtige tuin zouden maken.

Op de brede helling naar het bos liet ze een schuur bouwen, die – god mag weten waarom – grasgroen werd geschilderd. Die schuur was voor haarzelf en niemand kwam op het idee om te vragen wat ze daar wilde doen, nu er op de heuvel toch een schitterend huis troonde waar plaats genoeg was voor iedereen. Waarschijnlijk dachten ze dat ze er haar tuingereedschap wilde opbergen.

Het Groene Huis was een ideale plek, het beloofde een wereld zoals die hoorde te zijn. En de hele familie keek reikhalzend uit naar de verhuizing. Naar dat nieuwe begin en de komst van een nieuw familielid. Iedereen, behalve Christine.

Het verlies van Micha deed haar pijn, ze leek een ander mens geworden. Ze was zelden thuis, niemand wist waar ze na haar dienst in het ziekenhuis uithing, ook haar opera-aria's waren nog maar zelden te horen, haar passie – urenlang in de tuin bezig zijn met zaaien, onkruid wieden, struiken snoeien en bloemen water geven – was verdwenen. Bij de moeite die ze had met het ouder worden en het eeuwige verzet tegen haar pensionering kwam de teleurstelling dat ze Micha kwijt was, die ze met uitzinnig veel liefde had grootgebracht. Het gevolg was dat Christine de andere vrouwen voortdurend het gevoel gaf dat ze iets hadden misdaan, dat het allemaal hun schuld was, want als ze al met hen praatte, was het alleen nog op een neerbuigende toon.

Alle gesprekken over Micha werden door Christine koelbloedig en fel afgekapt. Maar wat hadden ze anders moeten doen, gezien de problemen die door Micha waren ontstaan? Stasia, net terug uit Praag, was in die tijd niet in staat zich met iets anders bezig te houden dan met haar dochter. En tenslotte moest Micha voor Kostja's woede in veiligheid worden gebracht, dat had zelfs Andro ingezien. Stasia vond dat haar niets te verwijten viel. Sopio had haar destijds in haar visioen toegefluisterd dat ze de jongen een goede wereld moest laten zien en dat had ze gewetensvol gedaan. Nu was de jongen op weg om volwassen te worden en moest hij zich zelf zien te redden. Stasia was te oud om iemand een roze bril op te zetten. Ze was te oud om sprookjes te vertellen. Bovendien had de jongen, wat waarschijnlijk ook in zijn aard lag, een vreselijke fout begaan, waarvan hij de consequenties net zo goed moest dragen als haar eigen kleinkind. Punt, uit! Zij had haar plicht gedaan, het was haar goed recht om te genieten van een welverdiend en vooral vredig pensioen en de kans te benutten die het Groene Huis hun allemaal bood.

Maar hoe vaker Christine tijdens de bouw met haar zus was meegegaan om haar te helpen, hoe meer ze zich tegen dat plan begon te verzetten, het was voor haar geen nieuw begin, niet hier, niet onder deze omstandigheden. Ze had toegestaan dat haar geliefde jongen als een verkeerd geadresseerd pakketje werd teruggestuurd. Haar opportunistische zus noch de slappe schoondochter van die zus had geprobeerd achter de waarheid te komen, ze hadden alleen het meisje in haar vernietigingsdrang gesterkt en de jongen in zijn weerloosheid vernederd. En al had Christine respect voor de grote prestatie die haar zus had geleverd en erkende ze hoe nauwgezet en met hoeveel gevoel voor detail ze had gewerkt, toch groeide in haar de overtuiging dat dit paradijselijke stukje aarde geen plek voor haar was; hier mocht Micha niet komen, hier was geen plaats voor de waarheid, en zij zou er geen rust vinden, niet zonder de jongen.

En toen het volgende schandaal rond Elene losbarstte en daarna ook nog het nieuws Tbilisi bereikte dat die Russische schoft van een Vasili zijn zwangere vrouw gewoon had laten zitten en er stiekem en gewetenloos met het geld voor de bruiloft vandoor was gegaan, kon Christine zich niet langer inhouden. Triomfantelijk merkte ze op dat het toch logisch was dat die jongen hem op tijd was gesmeerd, want tenslotte trouwde een verstandige man niet met een vrouw die hem tot iets dwong. Nana reageerde geschokt en woedend op dat maar moeilijk te begrijpen leedvermaak en Stasia was verbijsterd.

Een maand voor de geplande verhuizing naar het Groene Huis vertelde Christine haar zus onder de afwas dat ze niet van plan was om met hen mee te gaan.

'Wat heeft dat nu te betekenen?' vroeg Stasia verbaasd, terwijl ze een vuil bord in de gootsteen legde.

'Precies wat ik zeg: ik blijf hier. Hier ben ik thuis.'

'Merk je nu niet hoe kinderachtig je doet? Natuurlijk ben je hier thuis. Je hoeft ook niet meteen met je hele hebben en houden te verhuizen. Voor mijn part kun je ook alleen de weekends daar doorbrengen, zolang je nog in het ziekenhuis...'

'Ik blijf hier. Meer heb ik er niet over te zeggen. Bovendien wil Micha zich in Tbilisi voor een studie inschrijven en ik wil dat hij dan bij mij in mijn huis komt wonen.'

'Dan heb ik al die tijd zeker niet goed begrepen dat dit huis van jou is en niet van ons? Elene komt over twee weken. We zullen haar met de baby helpen en we...'

'Nana en jij kunnen het ook wel zonder mij af.'

'Hij heeft mijn kleindochter zwanger gemaakt, lieve hemel, en we hebben rekening met hem gehouden en niets tegen Kostja gezegd.'

'Wij hebben Andro opgevoed en toen het erop aankwam, is ons iets ontgaan. Wij hebben hem die vreselijke fout laten maken, en waarom? Omdat we onze eigen kinderen en hun zorgen toen belangrijker vonden, hè? Die fout wil ik bij Micha niet nog eens maken.'

Stasia had een stap opzij gedaan en stak met natte handen een sigaret op.

'Nu moet je eens goed luisteren: ik heb genoeg geboet voor wat hij heeft gedaan, het is gemeen om mij ervan te beschuldigen dat ik niet goed genoeg...'

Goya kwam de keuken binnenfladderen. Boven hoorden ze Nana met meubels schuiven, bij haar had de verhuiskoorts al toegeslagen.

'Hij heeft het niet gedaan. Dat weet je. Hij heeft toegegeven, hij heeft gewoon aan jouw kleindochter toegegeven. Alles wat hij heeft misdaan, is dat hij zich als jongen van vijftien bij een halfnaakt meisje niet kon beheersen.'

'En wie heeft daar de hoogste prijs voor moeten betalen? Mijn arme meisje, dat op haar vijftiende is gecuretteerd, of Micha, die zijn pleziertje heeft gehad en naar zijn ouders is teruggestuurd?' Stasia schreeuwde nu, haar ogen hadden zich vernauwd tot spleetjes. 'Het is een wonder dat ze nog een keer zwanger is geworden. Telt dat soms ook niet, Christine?'

'Ik heb geprobeerd het tegen te houden.'

'Maar je hebt het niet tegengehouden! En weet je waarom niet? Omdat wij niet almachtig zijn en niemand kunnen redden! Wanneer zul je dat eindelijk eens begrijpen?'

Het zal je niet lukken mij te verlaten:
De deur staat open – en leeg is je huis!
Tsvetajeva

Gedreven door de steeds sterker wordende vrouwenbeweging, de mobilisering van de linksen en hun steeds luidere roep om een nieuwe politiek en nieuwe leefvormen, opgezweept door de pas jaren later een begrip geworden generatie '68, door Woodstock en de nieuwe muziekgeneratie, door het in elk geval in het Westen steeds luider en openlijker geuite verlangen naar demilitarisering, gedreven door de grote verontwaardiging over de moord op Martin Luther King, begon de wereld te zoeken naar nieuwe ideeën.

Je had natuurlijk de Hendrixen en Joplins, het nieuwe type van de geniale anarchist, maar er was ook iemand nodig die de wereld zonder heroïne en marihuana kon aanklagen. En toen werd toevallig mijn oudtante Kitty ontdekt, die weliswaar een paar hits had gehad, zelfs een keer de Britse hitparade had gehaald, maar nog steeds in haar driekamerappartement in Soho woonde, braaf belasting betaalde en terugblikte op een uitzonderlijk politiek verleden. En wat voor een! Maar dat werd pas bekend nadat de foto was afgedrukt. De foto van het Wenceslausplein. De Magnum-foto. Hij verscheen in de krant en sloeg in als een bom.

Een halfjaar na de gebeurtenissen in Praag bracht *The Guardian* een artikel over het pijnlijke falen van het socialisme. Het leidmotief was natuurlijk de 'Praagse Lente', en dus werd daar interessant, nog niet eerder gepubliceerd beeldmateriaal bij gezocht. En werd de foto van Kitty Jasji gevonden.

Zoals te verwachten was, had Amy zich van Kitty gedistantieerd en was ze zonder vermelding van haar reisdoel uit Londen vertrokken. Er werd gezegd dat ze naar haar man in Wales was gegaan, later dat ze de wijk had genomen naar Italië. Pas na drie maanden dook ze even onaangekondigd weer op en pakte ze – weliswaar duidelijk gereserveerder en zakelijker, maar toch – het werk met haar beschermelinge weer op. Ze stelde geen vragen. Het onderwerp Fred was uiteraard taboe, ze nodigde Kitty niet meer uit bij haar thuis in Kings Cross, nam haar niet mee naar privéfeestjes, maar bleef haar radio- en televisieoptredens regelen, organiseerde concerten, gaf advies over de omgang met de pers en deed haar best om – met allerlei reclame- en marketingstrategieën – de verkoop van haar platen aan te zwengelen. Veel meer kon Kitty niet van haar verwachten, het belangrijkste was dat Amy haar niet liet vallen, in haar muziek bleef geloven en haar organisatorisch talent ter beschikking stelde.

Haar telefoontje verraste Kitty. Het was al laat en Amy had haar al een tijd niet meer op dit uur gebeld, een telefoontje in de avonduren kon te privé overkomen. Aan haar stem hoorde Kitty dat haar manager, die geen vriendin meer wilde zijn, opgewonden was en dat de aangeleerde zakelijkheid tijdens de lange woordenstroom die ze over Kitty uitstortte, laagje voor laagje van haar stembanden viel.

'Wacht even, wat voor krant, zei je? Ik begrijp er niets van. Ik ben thuis, als je wilt… nee, ik ben alleen.'

Amy stemde er zowaar mee in om over een halfuur bij haar langs te komen.

'We praten alleen over zakelijke dingen,' had ze eraan toegevoegd, alsof ze haar bezoek al bij voorbaat wilde legitimeren en beslist geen verzoenende sfeer wilde laten ontstaan. Ze droeg een knalgroene regenjas, een gekleurd elastiekje om haar over haar voorhoofd vallende wilde haar en kwakte de nieuwste editie van *The Guardian* op tafel.

'En zoiets vertel je me niet!'

De grote zwart-witopname van Kitty prijkte op de voorpagina. Kitty had die foto nog nooit gezien. Ze kon eerst niet geloven dat zij dat meisje met de gitaar op de foto was. Of was het een collage, had iemand een grap met haar willen uithalen en verder niets?

'Nou, wat is dit, verdomme?'

Amy plofte op de bank.

'Ik heb geen idee wie die foto heeft gemaakt en hoe hij hier terecht is gekomen, ik weet niet eens zeker of ik het wel ben.'

'Ben je wel lekker? Wie moet het dan zijn? De paus soms?'

'Ik heb geen idee, Amy. Echt niet.'

'De vraag zou vooral moeten zijn waarom jij überhaupt op die foto staat, waarom je die bloedige stad niet onmiddellijk hebt verlaten toen dat moorddadige leger daar binnenmarcheerde. Wie komt er in godsnaam op het idee om daar te gaan staan zingen? Voor revoluties ben je toch echt een beetje te oud. Dat je die gekkin voor mijn neus hebt weggekaapt, daar moet ik je eigenlijk voor bedanken, maar dat je mijn bron van inkomsten in gevaar brengt, waarvoor ik me al die jaren uit de naad heb gewerkt, dat is me een beetje te gortig!'

'Het spijt me dat ik toen niet eerst aan jouw portemonnee heb gedacht,' antwoordde Kitty ironisch, maar inwendig triomfeerde ze, want Amy leek behoorlijk onder de indruk en bovendien had ze het pijnlijke onderwerp aangeroerd, een heel goed teken, leek Kitty.

'Mijn god, die terreurbende had je kunnen arresteren en

in een of andere goelag kunnen stoppen,' wond Amy zich op, die zich eigenlijk alleen voor politiek interesseerde omdat dat in de mode was en haar voorstelling van de Sovjet-Unie als volgt had samengevat: Donker. Grijs. Geen fatsoenlijke kleren. Iedereen in dezelfde rubberlaarzen. Koud. Nat. En nog eens koud. Veel oude mannen. Slechte muziek. Ongelukkige gezichten en geen seks (nou ja, wat dat laatste betreft had ze niet eens ongelijk, als je bedenkt dat in het land waar ik geboren ben de veelgehoorde zin 'Seks bestaat niet in de Sovjet-Unie' door de staat beslist niet als grap was bedoeld).

'Luister, ik maak even iets te eten, je ziet er hongerig uit, en dan bespreken we alles, oké?' onderbrak Kitty Amy's verontwaardigde monoloog en ze liep naar de keuken. Onder het eten vertelde ze gedetailleerd over haar verblijf in Praag, beschreef in geuren en kleuren en met grote woorden de straattaferelen waarin ze verzeild was geraakt, en om Amy's respect nog te vergroten beantwoordde ze steeds opnieuw haar vragen, maar over de ontmoeting met haar moeder zei ze niets.

'Een behoorlijk krankzinnig verhaal. En nu je mijn zorgen hebt weggenomen, geloof ik dat het misschien helemaal niet zo dom was, *honey*, helemaal niet zo dom wat je daar hebt uitgehaald.'

'Waar wil je heen?'

'Nou ja, lees maar wat daar staat. Je wordt hier geprezen als een kleine heldin. In de moedige strijd tegen het gevaarlijke communisme. Ik citeer: "Miss Jasji heeft haar stem verheven tegen de onderdrukking en het totalitarisme." Blablabla. Nou, bedenk zelf maar waar ik heen wil.'

'Maar...'

'Vanaf morgen kunnen we aanvragen voor interviews verwachten. Volgende week zit jij in de studio van de BBC. Dat garandeer ik je. Daarna komen de Amerikanen. En ze willen allemaal van je horen hoe erg het daar was, hoe je voor je leven hebt gevreesd en hoe iedereen daar wordt onderdrukt. Dan vertel je over je vreselijke verleden en kunnen we rekenen op een tournee door Europa en misschien zelfs door Amerika en daarna misschien zelfs op een gouden plaat. Dus aan de slag voor een nieuw album. Dit is de beste promotie die we hadden kunnen bedenken. Je krijgt echt een hot publiek, honey.'

'Ik heb tijd nodig. Ik heb nog geen enkele song geschreven sinds...'

'Sinds? Nee, ik wil het helemaal niet horen. Eén klein advies: degene aan wie jij denkt is niet bepaald iemand die je productiviteit stimuleert, dus als ik jou was, zou ik een beetje oppassen.'

Het leek wel of Amy wakker was gekust. Wakker gekust voor een nieuw leven vol wonderen, vol ingeloste beloften en zoete beloningen. Ze haalde haar roze notitieboekje tevoorschijn en begon ijverig iets op te schrijven. Kitty sloeg haar handen voor haar gezicht en zuchtte diep.

'Nou goed, als je het per se kwijt moet. Wat is er aan de hand? O, o, o, die arme Kitty... nee, ik kan het me eigenlijk niet voorstellen, ik bedoel, jij bent zo verdomd hetero, ik begrijp het niet, het wil er bij mij gewoon niet in. Maar als ik erover nadenk, zou ze zelfs mijn man zover krijgen om met haar de koffer in te duiken.'

'Het gaat niet goed met haar,' onderbrak Kitty haar met zachte stem en ze begon haar vingers te kneden. 'Ik heb haar vorige week naar een kliniek gestuurd. Een ontwenningskuur in een kliniek in Richmond. Een nieuw soort behandeling.'

'Een kuur? Heeft ze weer zoveel gezopen?'

'Nee, erger.'

'Hoe erg?'

'Heroïne.'

'O, mijn god.'

Amy sloeg haar hand voor haar mond, sprong op, ging

weer zitten, wilde iets zeggen, er iets tegen inbrengen, antwoorden, maar bleef ten slotte sprakeloos, haar angstige blik op Kitty gericht.

'Ja, ik wilde het ook niet geloven, maar het is erg, heel erg geworden. Ze had bijna het loodje gelegd. Ik durfde je niet om hulp te vragen.'

'Hoelang al?'

'Ik weet het niet precies. Sinds Amerika, geloof ik. Toen ik uit Praag terugkwam, trof ik haar half bewusteloos aan, en dan al die benodigdheden in de badkamer. Ik ben bijna door het lint gegaan. Ze heeft in geen eeuwigheid meer iets geschilderd, laat staan iets verkocht. Het was ongelofelijk wat een schulden er zich hadden opgestapeld. Ze wilde jou om geld bellen, maar dat heb ik haar verboden. Ik dacht...'

'Je had me moeten bellen.'

'Maar dat kon en wilde ik niet, Amy. Niet zo. Niet daarom.'

'Ik betaal de kliniek.'

'Nee, dat hoeft niet. Ik red het wel.'

'Jawel. Gaat het nu beter met haar?'

'Ik weet het niet. Aan de telefoon zegt ze van wel. De dokters hebben me dringend afgeraden haar de eerste weken te bezoeken. Ik bel haar twee keer per week. Ze klinkt beter, maar dat hoeft niet veel te betekenen. Ze kan fantastisch toneelspelen, zoals je weet.'

'Ja, dat weet ik. En of ik dat weet.'

Toen Kitty de taxichauffeur betaalde, Freds kleine koffer pakte en in de richting van Hyde Park liep om daar in een verre hoek in het gras te gaan zitten, wist ze waar ze aan begon. Ze had Fred van de trein gehaald. Ze was wat magerder geworden, haar haar had ze – tot Kitty's grote schrik – in stekeltjes geknipt en ook haar huid leek witter dan anders. Met haar groene Ray-Banbril boven op haar hoofd zag ze eruit als een jongen van veertien.

Kitty vermoedde dat de strijd nog lang niet gestreden was, maar nu pas begon. Ze probeerde niet te laten merken hoe ze was geschrokken van haar onverzorgde uiterlijk. Hoeveel Fred vroeger ook had gedronken, ze had altijd waarde gehecht aan een verzorgd voorkomen, aan een perfect kapsel, aan goed zittende kleding. Nu was haar broek bij de knieën gescheurd, ze rook naar zweet en haar haar leek ten prooi gevallen aan luizen of andere, niet minder onappetijtelijke beestjes.

Fred ging naast haar in het natte gras liggen. In de verte zagen ze een kleuterjuf met een schare kinderen voorbijlopen.

'Hoe heb je dat kunnen doen?' begon Kitty en ze deed haar best om zich te beheersen.

'Ik ga me niet rechtvaardigen,' antwoordde Fred onverschillig.

'Ik ben je dus niet eens een verklaring waard? Je ziet er trouwens vreselijk uit.'

'Het spijt me, ik heb geen gelegenheid gehad om naar de visagiste te gaan. Zoals je weet, moest ik halsoverkop vertrekken.'

'En wiens schuld is dat? Ik word door een of andere hysterische verpleegster gebeld en krijg te horen dat jij wegens drugsgebruik en onzedelijk gedrag de kliniek uit wordt gegooid. Ik bedoel, Fred... onzedelijk gedrag!'

'Ik ging bijna dood, ik heb haar alleen aange...'

'Jij hebt die verpleegster waarschijnlijk op de wc verleid, zodat ze je aan stuff hielp.'

'Het ging alleen om een beetje morfine, meer niet. Ik had pijn.'

'Zo, en nu doe ik je een eenmalig aanbod. Ik zeg het maar één keer: ik neem je mee, ik verzorg je, ik zeg mijn afspraken af, ik neem de tijd en zal drie maanden niet van je zijde wijken, ik zal dag en nacht bij je waken, zodat je eindelijk wegkomt uit die hel en dan... ben je clean. En als je het niet bent, als je probeert me te belazeren of te slim af te zijn, dan zien we elkaar nooit meer. Maar deze kans geef ik je.'

'Hé, je praat tegen me alsof ik een baby ben.'

'Je geestelijke niveau is ook niet veel hoger, Fred. Ik kies voor jou, dat is het belangrijkste, dat zou voor jou het belangrijkste moeten zijn.'

'Ik vind het wel leuk als je zo kwaad bent. Dat maakt je echt sexy.'

'Niet afdwalen! Ik verwacht een antwoord.'

'Ik weet het niet.'

'Je weet het niet? Herinner je je onze eerste ontmoeting? Weet je nog dat je naar me toe kwam en zei...'

'Ik ben niet dement.'

'Dan is het goed. Dan weet je wat ik bedoel.'

'Jij hebt nooit voor mij gekozen. Dat beviel me. Ik moest altijd achter je aan rennen. Ook dat beviel me. En nu wil je net zo worden als iedereen?'

'Je bent een ondankbaar stuk vreten.'

'Ja, gooi het er maar uit. Eindelijk niet meer dat walgelijke *Gutmensch*-gedoe. Eindelijk je gal spuwen. Dat zou je goeddoen.'

'Hou je bek. Hou je smerige bek. Je hebt al genoeg kapotgemaakt. Ik word niet net als iedereen. Ik doe iets wat nog nooit iemand voor je heeft gedaan: je een kans geven om te blijven en niet meer te vluchten.'

'Waarom? Dat ben ik toch helemaal niet waard, *sweety*. Ik ben toch maar een stuk stront. Wees gerust kwaad op me.'

Fred zweeg. Ze wroette met een steentje in de grond. Schoof op haar billen heen en weer. Frunnikte aan het gat in haar broek. Krabde op haar hoofd, krabde aan haar onderarmen. Toen zei ze zachtjes, nauwelijks hoorbaar: 'Oké.'

'Wat oké?'

'Ik zal het proberen.'

Toen ging Kitty Jasji met haar vriendin naar haar appartement en bleef daar. Ondanks alle dreigementen en smeekbeden van Amy om eindelijk aan haar nieuwe album te gaan werken en op de aanvragen voor interviews te reageren – want natuurlijk had Amy het bij het rechte eind gehad, de hernieuwde belangstelling voor Kitty's persoon overtrof alle verwachtingen –, hield Kitty haar belofte om Fred tegen zichzelf te beschermen. En toen haar beschermengel, haar anonieme vriend, haar op een ochtend in augustus belde om te vertellen dat ze oudtante was geworden van een kerngezond meisje, hield Kitty net een kom voor Freds mond, waarin ze vloekend overgaf.

Vijandbeelden creëren maakt een vernietigende kracht los. Omdat niet de vijand het wantrouwen schept, maar het wantrouwen de vijand.
Mamardasjvili

Toen Daria aan Stasia vroeg waarom ze twee verschillend gekleurde ogen had, gaf Stasia het volgende antwoord: 'Dat komt doordat er twee dieren in je huizen, liefje: een husky, een sledehond met priemende blauwe ogen, waar je je blauwe oog van hebt, en een egel, klein, schichtig en stekelig, waar je het bruine oog van hebt. De husky is het deel in je dat er altijd op uit wil, onverstoorbaar zijn weg gaat, steeds verder en verder, dat voor geen enkel avontuur terugschrikt, en de egel is het deel dat rust en geborgenheid, zekerheid en veel liefde nodig heeft, dat bang is voor de wijde wereld van de husky en zich daarom wil terugtrekken.' Daria hield haar hele leven aan dat verhaal vast als iemand haar verbaasd en vol bewondering over haar ogen aansprak.

Als ik me Daria als klein meisje voorstel, zie ik haar altijd voor me in die keurige kleren, waar in eerste instantie mijn grootvader voor zorgde. Ze zag eruit als een kind uit de *Burda*, met mooie lakschoentjes, opgebonden, golvend, blond haar en witte kousen, ik zie hoe ze haar lippen tot een pruilmondje tuit en alles en iedereen naar haar hand zet. Een prinses aan wie onze familie slechts tijdelijk onderdak had verleend en die daarom alles mocht en alles kreeg wat haar hartje begeerde.

Daria had inderdaad de wonderlijkste en mooiste ogen die ik ooit heb gezien. Alles aan haar was mooi en welgevormd, bijna volmaakt, alleen haar lage stem was die van een verongelijkt jongetje en paste niet zo goed bij het engelachtige uiterlijk. Als ik terugdenk aan de tijd dat we hand in hand met onze moeder over straat flaneerden, hoor ik altijd het gefluister, mensen die elkaar iets toefluisterden, mensen die hun ogen niet van haar af konden houden en om haar heen draaiden als wespen om de honingpot. Natuurlijk zou ik liegen als ik zei dat ik in die tijd niet door een hel was gegaan. Ik zou liegen als ik zei dat ik 's nachts niet af en toe had gewenst dat ze de pest en de kolere kreeg. Maar dat was niet zozeer te wijten aan Daria of haar schoonheid als wel aan de manier waarop onze grootvader haar verafgoodde. In zijn ogen had zij de beste voorwaarden voor een prachtig leven, alles waar hij bij het vrouwelijk geslacht waarde aan hechtte: unieke schoonheid, het aangeboren talent om huppelend en glimlachend haar zin door te drijven, de dromerige zelfverzekerdheid waarmee een dergelijke schoonheid gepaard gaat en de gehoorzaamheid van een gedresseerd circuspaard.

Ik zei al, Brilka, dat ze ondanks alle ruzies die wij in onze kindertijd hadden, voor mij altijd de grote zus bleef tegen wie ik opkeek en op wie ik wilde lijken, in de wetenschap dat ik dat nooit zou bereiken.

Het leek een ongeschreven wet dat alles waarmee ze in aanraking kwam, begon te stralen en daarom was het geen wonder dat ze later, toen het tij eenmaal was gekeerd en de egel in haar voorgoed was verdwenen, ook de macht bleek te hebben om alles te gronde te richten. Maar ik ben nog helemaal niet op de wereld, ik moet nog geboren worden. Ik mag dan ook niet teruggrijpen op mijn eigen herinneringen, maar moet genoegen nemen met die van anderen, die tegen mijn eigen beeld indruisen.

Voor ik haar verwekker, die door mijn moeder bij zijn vlucht was geholpen, voorgoed uit ons verhaal laat verdwijnen, moet ik misschien nog vermelden dat hij Amerika inderdaad bereikte. Elene had het nooit over hem. Maar op een dag, toen de staat waar wij allemaal vandaan kwamen allang van elke wereldkaart was verdwenen, zei ze onder het walnoten kraken, dat ze altijd had geloofd dat Vaso het klaar zou spelen. En inderdaad had zijn criminele broer, die intussen *businessman* was geworden, contact met haar opgenomen en verteld dat zijn broer in Devenport, Illinois, was gestorven, dat hij op het moment van zijn dood pompbediende was en voor de derde keer was getrouwd. Een onbehandelde darmafsluiting, hij had zich geen ziektekostenverzekering kunnen veroorloven en was daarom ondanks zijn klachten niet naar de dokter gegaan.

Al was zijn leven allesbehalve een schoolvoorbeeld van de Amerikaanse droom, zei Elene destijds, ietwat verbitterd en teleurgesteld over het feit dat haar plan zo weinig had opgeleverd en Vaso niet eens in New York of L.A. terecht was gekomen, maar als armzalige pompbediende in de provincie was gestrand, sloot ze toch niet uit dat hij zijn westerse realiteit iets meer geluk had weten af te dwingen. Voor zover mij bekend zijn de drie Amerikaanse huwelijken van Vaso kinderloos gebleven. Hij stierf zonder zijn enige dochter ook maar één keer te hebben gezien of gesproken.

Daria was voorbestemd om op te groeien zonder vader. Dat was voor mijn grootvader aanleiding om de militaire kringen in Moskou vaarwel te zeggen en overplaatsing aan te vragen naar zijn vaderland, en dat terwijl zo'n overplaatsing voor Kostja Jasji een degradatie moest betekenen, want de Zwarte Zeevloot had geen enkele militaire betekenis en was alleen verantwoordelijk voor de handel. Maar een leven zonder de zee zou voor hem maar een half leven zijn geweest. Daarom stak hij zijn licht op bij het ministerie van Binnenlandse Zaken en gaf een paar vertrouwelingen in Georgië opdracht om te informeren naar een passende functie, want hij wist dat in Georgië alle deuren voor hem openstonden als hij wilde. Tenslotte had hij het in Rusland gemaakt, hij was dus voor Georgië meer dan goed genoeg. Hij had in de geheime raad van de duikbootvloot grote successen geboekt. Onder leiding van admiraal Gorsjkov was zijn comité erin geslaagd in de kortst mogelijke tijd de beste duikboten ter wereld te bouwen. Ze waren de Amerikanen daarmee niet alleen numeriek de baas, maar hadden ook al hun records gebroken, in snelheid, in diepte en in omvang.

Kostja kon met trots op zijn loopbaan terugblikken. Natuurlijk had die snelle groei veel offers van hem gevraagd, natuurlijk had hij verliezen moeten incasseren, maar welk groot werk kon het zonder offers stellen?

Ja, het had hem moeite gekost om het verslag op te maken van de K-129, die destijds in de Stille Oceaan was gezonken; ook dat met de K-8 in de Golf van Biskaje was geen fraaie ervaring geweest en, nou ja, aan de K-19 wilde Kostja al helemaal niet meer denken.

De zee, ja, hij was getrouwd met de zee, en nu overwoog hij zijn jarenlange levensgezellin in te ruilen voor een lief, klein meisje met twee verschillend gekleurde ogen.

Hij wilde niet naar Batoemi of Poti om civiele handelskonvooien te bewaken, maar een alternatief had de Zwarte Zee niet te bieden. Werd het dan nu tijd om aan land te gaan? Definitief? Om voor zijn gezin te zorgen, om bij Daria goed te maken wat hij bij Elene had verzuimd? Zouden ze er eindelijk in slagen een normaal gezin te worden?

Kostja voelde het volle gewicht van zijn leeftijd als een loodzwaar ridderharnas op zijn schouders drukken. Hij keek constant in de spiegel, telde de nieuwe rimpels, vloekte op elke nieuwe neushaar of de kleine vetrolletjes om zijn middel. Ook al deed hij regelmatig ochtendgymnastiek, hechtte hij veel waarde aan een elegant uiterlijk en deed hij zijn uiterste best om de mode te volgen, toch wist hij dat het hem binnenkort niet meer zo makkelijk zou lukken om gezelschap te krijgen van die jonge, blonde, naar lavendel en honing geurende vrouwen. Hij wist dat de tijd aanbrak dat hij genoegen zou moeten nemen met de op een of twee na oudste, met de op drie of vier na mooiste. En daar was hij bang voor.

Toen werd hij benaderd door een oude vriend uit Tbilisi, die zei dat het misschien geen kwaad kon als hij zich kandidaat stelde voor een van de tweeëndertig zetels in het parlement. Ze zouden hem, een gezien en verdienstelijk man, graag aannemen. En hoewel hij het moeilijk vond om de zee in te ruilen voor het duffe kantoorwerk, zag hij in dat zo'n positie in deze situatie voor hem het best denkbare alternatief was. Financieel en qua aanzien deed een afgevaardigde in het parlement niet onder voor een kapitein bij de marine. Hij zou nog steeds onder het MVD vallen – een voor Kostja vertrouwde werkkring. Als lid van het parlement zou hij het haventoezicht kunnen claimen. Zo'n verzoek zouden ze hem niet kunnen weigeren.

Hij zocht contact met de bevoegde instanties en maakte zijn wensen bekend, die zoals verwacht met de grootste welwillendheid werden begroet. Ja, hij moest inderdaad terug naar huis, besloot Kostja, hoewel Tbilisi allang zijn thuis niet meer was. Ja, op het met de ondergang bedreigde schip dat zijn familie was, moest hij het commando overnemen en het naar een veilige haven loodsen.

Op het moment van zijn terugkeer was er al sprake van 'dooi'. Sinds Brezjnevs machtsovername was het tijdperk van de grijze eminenties begonnen. Op dat moment wist gelukkig nog niemand dat hij nog elf jaar – waarvan meer dan de helft ernstig ziek – zou aanblijven en de Sovjet-Unie naar een ware stagnatie zou leiden. Naast het neerslaan van de Praagse Lente was Brezjnevs grootste 'verdienste' de herinvoering van de zwijgplicht; openlijke kritiek op de generalissimus werd strikt verboden en de handhaving van de rust in het grote, zich over elf tijdzones uitstrekkende rijk werd zo nauwgezet uitgevoerd dat het land ongemerkt in een comateuze schemertoestand verviel.

Brezjnev liet zijn borst met een absurd aantal onderscheidingen en medailles versieren, werd tot maarschalk benoemd en verkondigde tevreden: 'Het land is stabiel, vredig en in goede staat. Ik ben blij dat bij ons alles normaal verloopt.'

Ja, alles was normaal. Want onder zijn bewind waren er geen alcoholisten, geen sadisten, geen verklikkers en geen door wantrouwen verteerde individuen. Er was tenslotte gecondenseerde melk, er was melkpoeder, er was zelfs kaviaar als je in de juiste kringen verkeerde, en voor de hoger geplaatsten waren er gratis datsja's, natuurlijk waren er ook kommoenalka's die vergeven waren van de kakkerlakken, er was het juiste idee dat moest worden gediend, er waren vruchtbare vrouwen, er waren goedkope sigaretten en comfortabele Wolga's, er was veel wodka en in geval van nood samogon, die zijn uitwerking nooit miste en na een paar slokken de geest al vertroebelde, er waren gevangenissen voor slechte mensen, mensen dus die dit grandioze systeem niet wisten te waarderen. Er waren goede, door de staat erkende methoden om met zulk gespuis om te gaan, en er waren nog meer methoden om zaken te verdringen.

De staat deelde zijn volk mee in welk sanatorium het zich diende te ontspannen, gaf het een beroep, een onderkomen en een levensdoel. Ja, alles verliep normaal.

Kostja pakte het waardevolle porselein in verhuisdozen, gaf het grootste deel van zijn meubels weg, stuurde de dure gobelins en tapijten naar Tbilisi en liet alles, samen met zijn geliefde crèmekleurige GAZ 13, ofwel de 'Meeuw', naar zijn vaderland vervoeren.

In Tbilisi werd hij op gepaste wijze ontvangen, men liet eindeloze tafels voor hem dekken, betoonde hem de overdreven, hectische gastvrijheid van het zonnige Georgië. *De Communist* publiceerde zelfs een artikel over hem. Een grote held was teruggekeerd naar zijn vaderland. Hij kreeg een kantoor op het ministerie van Binnenlandse Zaken in de Chitadzestraat en een nieuwe chauffeur.

En toen men hem de controle over de haventol van de Zwarte Zeekust van de Georgische Socialistische Sovjetrepubliek aanbood, hapte hij onmiddellijk toe. Hij zou voortaan pendelen tussen Tbilisi, Poti, Soechoemi en Batoemi en die reisjes kwamen hem heel goed uit, ze stelden hem in staat zijn 'privéleven' ongestoord voort te zetten. Want ondanks zijn angst voor de ouderdom was mijn grootvader op dat moment nog lang niet van plan om zijn oude levensstijl helemaal op te geven.

De corruptie had op alle niveaus van bestuur en regering allang de overhand, maar daar hoopte Kostja wel mee om te kunnen gaan. De jaren in de keiharde organisaties van de Sovjet-Unie gaven hem het nodige zelfvertrouwen. Na zo lang in de onmetelijke uitgestrektheid van de Russische zeeën te hebben rondgezwommen zouden die Georgische vijvers hem ook niet afschrikken. Maar hij dacht er niet aan dat hij al te lang ver van de Kaukasische realiteit had geleefd en te weinig begrip kon opbrengen voor de flexibele mentaliteit van zijn landgenoten. Hij kende de strenge spelregels van de Russische elite, hij kende de verborgen corruptie van de overheid, die sinds Brezjnevs aantreden hoogtij vierde, maar hij zag niet dat de Georgische corruptie en de Georgische hebzucht het niveau waarbij hij een oogje kon toeknijpen, ver te boven gingen. Hij zag niet hoe handig de Georgische elite – en daar hoorde ook de intelligentsia bij – zich gedurende de decennia van bolsjewistische heerschappij in haar kleine paradijsje had genesteld. Hoe ze de kunst van het verblinden had geperfectioneerd. Hoe goed ze kon leven met het Russische trauma, met de voortdurend met de hand voor de mond beleden haat tegen de onderdrukking door de noordelijke buurman. Want in Rusland geloofde men in de macht van de overheid, men had niets anders geleerd dan steeds in angst te leven voor die overheid. Maar in Georgië huichelde men die angst alleen maar, hier ging men er principieel van uit dat de machthebbers leugenachtig en corrupt waren. Dus vroeg men zich al bij voorbaat af hoe men ze kon misleiden, omzeilen of omkopen. De Georgiërs geloofden niet in een systeem en ook niet in een of andere ideologie, behalve misschien in de ideologie van het eigen hedonisme.

Na de aanvankelijke beroering hadden ze ingezien dat ze zeker niet de slechtste positie van de noordelijke buurman hadden gekregen. En dat het weleens een vergissing kon blijken te zijn om niet van die positie te profiteren. Er viel immers te leven onder die voorwaarden: ze interesseerden zich voor cultuur, waren creatief, muzikaal, niet afkerig van een glaasje, een beetje chaotisch – ja, dat ook, maar niet erg – mooi en praatlustig, lui en temperamentvol. Wat was daar mis mee? Het waren tenslotte de eigenschappen die ze vol trots tot de nationale identiteit rekenden. Of waren het misschien toch alleen de Russische dromen, die ze zo hadden verinnerlijkt dat ze geloofden dat het hun eigen dromen waren? En al was dat zo? Wat was daar verkeerd aan? Ja, het had veel erger kunnen zijn. Heel het reusachtige rijk keek vol afgunst naar dat kleine, zonnige paradijsje! Hoeveel Sovjetrepublieken, hoeveel autonome gebieden, hoeveel broederstaten hadden niet met hen willen ruilen, om nog maar te zwijgen van al die geknechte, naar elders overgebrachte minderheden! Want zolang de schaduw van die grote landgenoot, de generalissimus, over alle Georgiërs waakte, kon hun niets gebeuren. Want om hem kon niemand heen. Rusland niet en de wereld niet.

Met een werkelijk indrukwekkende wijsheid, Brilka, had Vadertje Rusland besloten zijn kleine, recalcitrante en iets te veel verwilderde zoon Georgië voortdurend in al zijn zwakheden te stijven en die tot sterke kanten uit te roepen, tot de zoon plezier in zijn rol begon te krijgen en geloofde dat hij zijn vader te slim af was geweest en zich van zijn macht had bevrijd, terwijl hij over het hoofd zag hoezeer hij – in zijn poging door zijn vader liefgehad en geprezen te worden – zich voor diens liefde prostitueerde.

Wat zou mijn ziel nog van vlinders dromen!
Het wordt tijd om nu tot rust te komen ...
Sloetsjevski

Je had lieveheersbeestjes, die van die mooie stippen op hun rug hadden, je had de geuren van de verschillende familieleden, die Daria moest onthouden en onderscheiden, je had de zon en de maan, slaap en dromen, die ze zich na het wakker worden meestal niet meer herinnerde, je had zwerfhonden en katten en hagedissen met een grappige tekening op hun rug, je had duizenden soorten planten en de ondoorgrondelijke schakeringen van licht en aarde, de hoedanigheid van het water, de vele blouses van haar moeder, en je had Goya, die net zijn nieuwe huis aan het verkennen was.

Ja, er viel veel te besnuffelen en te betasten, veel te ruiken en te proeven, en ze moest van alles leren, bijvoorbeeld kruipen, of het woord deda. En dan was er nog het grappige gekriebel van de snor van haar grootvader, die ze met bijzonder veel overgave in haar armen sloot. De landelijke idylle om haar heen, het gefluister van de paarden van de fokkerij en de afstand tot de rest van de wereld beschermden haar tegen elk verdriet.

Het enige wat Daria's volmaakte horizon kon verduisteren, was de triestheid van haar moeder en haar onverschilligheid tegenover haar. Want Elene was niet door haar kind genezen, zoals ze had gehoopt. Het nachtelijke gehuil, het vaste stramien van de voedingstijden, de hormonale schommelingen van de postnatale periode waren te inspannend, de melancholie te groot, de druk om helemaal te moeten opgaan in het moedergeluk te vermoeiend. En nadat ze de eerste drie maanden had doorstaan, onttrok ze zich dan ook steeds meer aan haar verantwoordelijkheid en liet ze haar kind steeds vaker bij haar moeder en grootmoeder, die geen enkel probleem met de baby leken te hebben en, integendeel, alle taken met groot gemak en zonder veel inspanning vervulden en het allemaal nog prachtig en spannend vonden ook.

In het begin was Elene net zo enthousiast over het

Groene Huis als de rest van de familie. Maar het duurde niet lang of ze stelde vast dat ze hier, van alles afgesneden, te eenzaam was. Dat haar dochtertje noch haar ouders haar innerlijke leegte konden opvullen. Er was te veel tijd om na te denken. Te veel tijd voor overpeinzingen. Ze stelde zich voor hoe het zou zijn geweest als Vasili bij haar was gebleven, als ze hem niet had geholpen bij haar weg te gaan. Of als ze nu een studieplaats zou hebben en in Tbilisi zou wonen, in een huis met leeftijdgenoten, als ze nieuwe vrienden zou hebben gevonden, gelijkgezinden, medestrijders. Maar zo voelde ze zich voortdurend schuldig, vuil, stuurloos en vol woede, het was zo vermoeiend om Elene Jasji te moeten zijn, om die erfenis te moeten meezeulen, om voortdurend iets bijzonders te moeten presteren!

Ze zwierf rond, sliep slecht, was chagrijnig, verveelde zich. Ze had moeite om zich langer dan een uur op iets te concentreren, niets leek haar belangstelling, haar nieuwsgierigheid te kunnen wekken. Soms voelde ze zich oud, futloos en zo alleen dat ze zich afvroeg of ze ooit weer overeenkomstig haar leeftijd zou kunnen leven. Ze wist niet wat ze met zichzelf aan moest. Ze sloop 's nachts haar kamer uit, dwaalde door de tuin, rookte stiekem een van Stasia's sigaretten, beet op haar nagels, staarde met haar rusteloze ogen in de nacht en zocht een manier om iemand anders te zijn, vooral niet zichzelf: waar was ze het spoor bijster geraakt? Waar had ze de verkeerde afslag genomen? Wanneer was ze de weg kwijtgeraakt, en wat was eigenlijk haar weg?

Haar eenzame wandelingen voerden haar steeds verder weg van het Groene Huis, weg van Stasia en het kind, weg van haar vader en moeder, die 's morgens allebei door Kostja's chauffeur werden opgehaald en 's avonds werden thuisgebracht.

Als ze dacht aan haar klasgenoten in Moskou en Tbilisi,

aan haar oude vrienden, dan werd ze kwaad op Daria. Zij hadden vast geen pijnlijke gezwollen borsten, geen zwangerschapsstriemen, zij hoefden niet drie keer per nacht op te staan, maar konden uitgaan, drinken, feestvieren, studeren, reizen, verkering krijgen, het weer uitmaken en leven in overeenstemming met hun leeftijd en hun wensen.

Haar wandelingen werden steeds langer. Ze leerde de omliggende dorpen en gehuchten kennen. Ze ging naar de paardenfokkerij. Ze keek hoe de lenige, temperamentvolle dieren stonden te grazen. Ze sloeg de arabieren, de javachoeri's en de kabardins gade. Ze stelde zich voor hoe het zou zijn om een van die paarden te bestijgen en weg te rijden, het ongewisse tegemoet.

Op een van die wandelingen ontmoette ze Michail. Ik geloof dat het zijn naam was die de doorslag gaf. Als hij David, Serafim of Giorgi had geheten, had ze misschien niet zoveel eerzucht en opofferingsgezindheid aan de dag gelegd. Het was een man van middelbare leeftijd, met een volle baard en eigenaardige kleren. Op zijn borst droeg hij een eenvoudig houten kruis. Hij werkte 's zomers in de paardenstal.

Nadat Elene haar aanvankelijke argwaan had overwonnen, werd ze spraakzamer, de grimmige man leek vriendelijk, open en geïnteresseerd in haar zorgen. Bovendien klonk in zijn manier van praten de echo door van de grote stad: hij kwam uit Tbilisi.

Wandelen werd Elenes voornaamste bezigheid. Tegen drieën hield Michail pauze en dan stond ze al voor de stal te wachten. Ze had een picknickmandje bij zich met Stasia's in aluminiumfolie gewikkelde lekkernijen, wat fruit en groente en als ze de kans kreeg, pikte ze een fles wijn uit Kostja's voorraad mee. Ze hield van Michails kalmte, zijn zelfbeheersing en vooral van het gevoel dat zij hem als vrouw totaal niet leek te interesseren. In het begin had ze dat bijna als een belediging opgevat en zijn gebrek aan belangstelling toegeschreven aan het feit dat ze sinds Daria's geboorte minder aantrekkelijk was, maar algauw vond ze het bevrijdend. Ze moest toegeven dat het zo beter en eenvoudiger was.

Hij stelde geen domme vragen, hij was absoluut niet verbaasd dat ze met geen woord repte over de vader van haar kind, het interesseerde hem niet waarom zo'n jonge vrouw afgezonderd leefde en niet werkte, wat niet strookte met de socialistische waarde dat er in de Sovjet-Unie geen mensen zonder werk bestonden. Op een keer vroeg hij of ze in God geloofde. Om de een of andere reden verbaasde die vraag Elene niet, alsof ze erop had gewacht. Ze wist het niet, antwoordde ze, ze zou het graag willen. Twee jaar geleden was ze zelfs naar een vrouwenklooster gegaan. Maar daar had ze niet veel aan gehad. Daarna begon Michail Elene van christelijke lectuur te voorzien. Later vertelde hij dat hij als kind van vervolgde ouders bij familie en in kindertehuizen was opgegroeid. Dat zijn zus zelfmoord had gepleegd, nadat ze erachter was gekomen dat haar eigen man haar bespioneerde. Dat hij op z'n negentiende in de Navtloegigevangenis was beland en later zeven jaar in Rostov had gezeten. Hij was op het verkeerde pad geraakt, zoals hij het uitdrukte. In de gevangenis had hij God gevonden en nu propageerde hij zijn eigen religie: een bonte mengeling van Grieks-orthodox gedachtegoed en *Mijn biecht* en *Waaruit bestaat mijn geloof* van Tolstoj.

Na Rostov was hij gaan zwerven en meer dan eens opgepakt wegens werkweigering. Hij verachtte elke vorm van bezit en leefde van seizoenwerk in de zomer op het platteland, want in Tbilisi zou iemand als hij te snel opvallen en ook geen aanhangers vinden voor zijn gedachtegoed. In de jaren van zijn omzwervingen vestigde hij zijn reputatie als wondergenezer (daarvoor was de bodem in de Kaukasus altijd al vruchtbaar) en ver van de kolchozen en de theeplantages vond hij altijd genoeg toehoorders voor zijn bij elkaar gesprokkelde leer. Het duurde niet lang of ook Elene was een van zijn aanhangers.

Hij predikte het bezitloze leven, een staatloos systeem, haalde de Bijbel en Tolstoj aan en voorzag haar constant van de juiste boeken.

Alles wat hij zei, klonk zo eenvoudig en zo wijs. Alsof je zijn geboden maar hoefde te volgen en het leven was één eindeloze orgie van vreugde. Maar het leek onmogelijk om zijn geboden in praktijk te brengen. Hoe Elene ook haar best deed om haar ouders te vergeven, zich niet op te winden over Daria, zich nooit te ergeren aan haar irritante familieleden, liefdevol en toegeeflijk te zijn, steeds stuitte ze op haar grenzen en dan rende ze naar Michail om haar 'zonden' op te biechten en haar gal te spuwen over het geforceerd harmonieuze dagelijks leven in het Groene Huis: 'Ik hou het niet meer uit! En als ik 's avonds op de veranda zit, hoor ik mijn vader tegen mijn moeder zeggen: "Waarom zwalkt ze rond, waarom doet ze niets met haar leven, ze verwaarloost zichzelf volkomen, ze interesseert zich nergens voor, dat is toch niet normaal, en dan die vreselijke muziek, altijd die muziek, dat is toch niet gezond, en wat heeft ze met haar haar gedaan, waarom gaat ze niet om met leeftijdgenoten, waarom gaat ze niet met ons mee naar Tbilisi, wat moet ze daar in dat dorp, wat heeft ze daar te zoeken?" Enzovoorts. En mijn moeder probeert hem gerust te stellen, dist leugens op, maar is al even teleurgesteld in mij. Logisch, het zou ook geweldig voor haar zijn als ik een van haar studentes was, dan kon ze opscheppen, dan kon ze zeggen: "Kijk eens, dit is mijn dochter, ze is wel in de steek gelaten door een deserteur, maar ze is er weer bovenop gekrabbeld, ze heeft haar kracht hervonden en nu studeert ze en zal ze wel gauw een sterke Georgische vent vinden, die haar beslist niet in de steek laat en voor haar zal zorgen zoals het hoort. Ze zal een goede vrouw voor hem zijn en een gezellig, door het leven dansend meisje, dat fijne zomervakanties met hem doorbrengt in Bordzjomi en 's winters met hem gaat skiën in Bakoerjani!" Ik kan wel kotsen, echt. Wat moet ik doen, Michail? 's Nachts, als iedereen slaapt en Daria niet meer gevoed hoeft te worden, sluip ik naar de zolder. Dat is de enige plek in huis waar ik rust heb, waar niemand me kan vinden. Hij is nog niet af (en zou ook nooit afgemaakt worden, Brilka!) en er is een balkon zonder balustrade. Daar zit ik dan te lezen en te roken en na te denken, maar ik kom niet tot een conclusie. Ik vind geen oplossing. Is dat niet verschrikkelijk?'

Maar het wezenlijke, dat wat ze Michail het liefst had opgebiecht, durfde ze niet uit te spreken. Wat had ze Michail graag verteld over die verschrikkelijke middag, en dat sindsdien alles wat ze deed, al haar herinneringen en gedachten uitmondden in dat onbestemde gevoel van falen, van mislukken, van wanhoop. Ze had hem zo graag verteld over het piepen van haar bed, over dat verwarde, angstige gezicht en die hevige schrik van Micha, over de vernietigingsdrang die ze toen had gevoeld, die haar had overrompeld en haar zo bang had gemaakt en die ze nog steeds af en toe voelde. En dat ze er, ondanks het berouw dat ze had, ook een zekere genoegdoening in had gevonden, iets van diepe bevrediging, omdat het haar was gelukt hem te verdrijven en haar plaats te heroveren, de troon waar ze zo lang naar had verlangd, alleen was die troon beslist niet zo comfortabel en begerenswaardig gebleken als ze zich had voorgesteld.

Ze had Michail zo graag gevraagd wat het toch was, die klomp gevoelens die de tijd niet had kunnen wegnemen, die nog altijd door haar aderen, haar bloedvaten doolde. Ze had zo graag geweten of er buiten haar woede van toen, haar jaloezie op Micha, nog iets anders was wat haar zo diep en pijnlijk had geraakt, wat zo'n vernietigingsdrang in haar had kunnen ontketenen, een gevoel waar al het andere ondergeschikt aan was. Waarom het haar tot op de dag van vandaag tot razernij bracht als ze bedacht dat hij zich niet had verdedigd, dat hij haar niet had tegengehouden.

Je moeder leerde intussen kruipen, Brilka, en daarna lopen. John Lennon bracht 'Imagine' uit, Stasia staakte haar ritten naar de stad en haar pogingen om de afstand en minachting tussen haar en haar zus te overwinnen, Kitty Jasji bracht onder de titel *Replacement* haar tot nu toe beste en populairste album uit. Op de hoes prijkte de inmiddels beroemd geworden foto uit Praag. Elene, die genoeg begon te krijgen van het Nieuwe Testament, las *Madame Bovary, Swanns kant op, Het rood en het zwart, Albert Savarus* en *Lady Chatterley's minnaar* (het laatste natuurlijk stiekem) en een of andere westerse journalist stelde statistisch vast dat de gemiddelde Sovjetburger per jaar ongeveer 552 uur in de rij stond voor levensmiddelen. Hij beweerde tevens dat een derde van de in de Sovjet-Unie vervaardigde producten slechts op papier bestond.

Het afkicken duurde precies vierendertig dagen. Kitty was alleen voor de noodzakelijkste boodschappen de deur uit gegaan. Na de koortsfantasieën en de hallucinaties, de driftbuien, de woeste scheldpartijen, het deerniswekkende gesmeek en gejammer volgden twee aanvallen van flauwte, waarvoor Kitty de ambulance moest bellen, en een regelrechte aanval van hysterie, die haar dwong Freds uitgemergelde en vermagerde lichaam aan het bed vast te binden; na vele, vele slapeloze nachten en vooral na vijf door Kitty geschreven nieuwe songs stapte Fred Lieblich om drie uur 's morgens uit bed, ging onder de douche, trok een schoon hemd aan, liep Kitty's werkkamer binnen en keek haar vriendin glimlachend aan, alsof er niets was gebeurd.

Toen ze Fred voor zich zag staan, fris ruikend en met natte haren, zonder de koortsige glans van de afgelopen dagen in haar kattenogen, liet ze haar gitaar op de grond zakken, sloeg haar handen voor haar mond en begon geluidloos te huilen. Fred stond daar maar te glimlachen, geen van beiden durfde naar de ander toe te gaan, alsof er een onzichtbare muur tussen hen in stond. Het was onmogelijk om vanuit de rol van verpleegster respectievelijk patiënte zomaar in die van geliefde te kruipen.

'Speel door. Niet stoppen.'

Fred ging aan Kitty's voeten zitten. Kitty pakte haar gitaar, speelde en begon op de akkoorden mee te zingen.

In de ochtendschemering, terwijl Fred met haar wijsvinger over Kitty's dijen streek, deed Kitty haar een voorstel: 'Ik wil samen met jou naar Wenen. Ik wil dat je ernaar teruggaat, ik wil dat we daar een bestaan opbouwen. Vroeger wilde ik er met iemand anders heen. We zijn er nooit gekomen en hem zal het nooit meer lukken. Maar wij tweeën zouden het kunnen. En ik zou het heel graag willen. Ik zou ook graag terug naar huis willen, maar dat kan niet. Jij kunt het wel en moet het proberen. Dit alles, de mensen hier doen je geen goed. Ze zien je niet, kennen je niet, begrijpen je niet. Laten we het proberen.'

Als de mens zoveel leed veroorzaakt, welk recht heeft hij dan om te klagen als hij zelf lijdt?
Rolland

Christine, gehuld in een spinaziegroene wollen jas, haar gezicht bedekt met een sluier van zwarte tule, liep over de Roestaveli Avenue. Ze was bij de opera uit de tram gestapt en begaf zich doelbewust in noordelijke richting.

Op de avenue liepen de mensen af en aan. Christine bedacht hoe wonderlijk het toch was dat aan maar heel weinig van die mensen te zien was wat ze hadden meegemaakt. Of ze ooit iemand hadden aangegeven om zelf een grotere woning te krijgen, of hun grootvader of grootmoeder was omgekomen in een van de vele werkkampen in die verre koude witte oorden of in de modderige greppels aan de rand van de stad, of ze iemand hadden bedrogen en misleid en in monsters hadden geloofd, of ze van de verkeerde hadden gehouden, of ze iemand in de steek hadden gelaten of dat nog zouden doen.

Voor een okerkleurig bakstenen gebouw bleef ze staan en keek naar de naar buiten stromende studenten. Ze observeerde de luidruchtige jongelui, die lachten, elkaar aanstootten of opgewonden iets bespraken. Maar ze zocht één bepaalde student, die zoals gewoonlijk de tijd nam.

Ze ging op een bank schuin tegenover de uitgang zitten, haalde haar haakwerk tevoorschijn en begon te haken. Het kon wel even duren voor degene op wie ze wachtte naar buiten kwam. Er ging van alles door haar hoofd. Hoelang zou ze haar huis nog kunnen houden? Zou Kostja, beledigd als hij was omdat zij zich had teruggetrokken, zich ervoor blijven inzetten dat er van haar huis geen kommoenalka werd gemaakt? Tenslotte woonde ze helemaal alleen in die indrukwekkend grote villa. Misschien zou het haar vandaag lukken, zou ze de stoute schoenen aantrekken en hem aanspreken, misschien zou hij haar vandaag zien, haar opmerken. Maar misschien zou ze, zoals zo vaak, moeten wachten tot hij in z'n eentje met gebogen hoofd het gebouw uit kwam en met een verfomfaaide aktetas onder zijn arm langs haar heen liep, zonder te vermoeden dat ze hier zat. Het was zelfs waarschijnlijker dat het zo zou gaan.

Ze wachtte, luisterde naar de hartslag van deze stad, waar ze bijna heel haar leven, heel haar mislukte leven had doorgebracht. Hier had Ramas haar naartoe gehaald (nu zag je haar gezicht oplichten door een nauwelijks merkbare glimlach) en haar urenlang over Cézanne en Renoir verteld. Hij had haar meegenomen naar het Moesjtaidipark om in de eerste openluchtbioscoop van de stad *The General* van Buster Keaton te bekijken. Was haar schoonheid echt door het zoutzuur gestorven, of door de kogel die hij zich in het bos bij Kojori door het hoofd had gejaagd? Ze had het gevoel dat er al heel lang geleden een stuk van de hemel was afgebroken en een dik wolkendek naar beneden was gevallen, waaruit het nu splinters dromen regende. Misschien had Stasia gelijk en zouden de geesten op een dag uit hun schuilplaats kruipen. Het verkeerde verleden had zijn levende doden achtergelaten en die hadden allemaal nog een woordje te zeggen. Ze konden niemand anders aanklagen, alleen de levenden.

Er viel een sneeuwvlok op haar jas. Een paar studentes slaakten gilletjes en staken hun hand uit naar de eerste vlokken. Waarom lachte hij nooit met die meisjes, waarom kwam hij niet net als zij het gebouw uit gerend? Het gebouw van het Staatsinstituut voor Theater en Film, waarvoor Micha vorig jaar toelatingsexamen had gedaan. Hij was altijd alleen, zo in zichzelf gekeerd, zo nors.

Daar kwam hij de trap af. Langs de oude, in zijn *Pravda* verdiepte bewaker, langs de cafetaria en de groepjes jongens en meisjes, die geen aandacht aan hem schonken. Ze stond op, hij liep langs haar heen, keek haar niet aan, keek niet om, hield zijn blik op de grond gericht, alsof daar een geheime weg was uitgestippeld die hij onverstoorbaar volgde. Ze deed een stap achteruit. Zou ze weer gaan zitten of hem achternagaan? En wat dan? Wat moest ze tegen hem zeggen? Hij had geen van haar brieven beantwoord, niet één in die anderhalf jaar, tot ze was opgehouden hem te schrijven. Ze stopte vlug haar haakwerk in haar tas en deed nog een stap. Hij liep snel in de richting van het Leninplein. Nog een stap, nog een. Ze liep hem achterna, hield een paar meter afstand. Ter hoogte van het Nationaal Museum hield ze het niet langer uit en riep zijn naam. Micha draaide zich geschrokken om, alsof hij verrast was dat iemand hem riep, dat er iemand was die hem kende.

'Mag ik je op een kop koffie trakteren? Of een kop thee? Ik weet helemaal niet of je wel van koffie houdt.'

Ze probeerde te glimlachen. Hij zag er ernstig uit, veel te ernstig voor zijn leeftijd, een beetje verwaarloosd, maar heel aandoenlijk in zijn poging om dat te verbergen.

'Ik weet het niet.'

'Heb je geen tijd? Moet je ergens heen?'

'Ik hou niet van cafés.'

'Zoals je wilt. Een wandelingetje dan? Of iets eten? Ik zou best wat lusten, ik hoor mijn maag al knorren. In de badwijk schijnt een nieuw restaurant te zijn.'

'Ik weet het niet.'

'Ja dus?'

Langzaam liepen ze over de avenue. Aarzelend, tot Christine hem een arm gaf en haar pas aan de zijne aanpaste. Eerst dacht ze dat hij zijn arm zou terugtrekken, maar hij liet het zo en zette de pas erin.

'Mijn moeder is drie maanden geleden gestorven,' zei hij opeens zachtjes, terwijl hij Christines arm steviger tegen zich aan drukte. Ze wist niet wat ze moest zeggen, voor het eerst realiseerde ze zich dat ze niet veel van zijn moeder wist. Die had altijd geweigerd met Andro mee te gaan als hij Micha kwam halen.

'Ze had een hartafwijking. Ze hadden haar met ziekteverlof moeten sturen. Ze had niet zo hard moeten werken.'

'O, wat spijt me dat voor je, Micha...'

Een tijdje liepen ze zwijgend door. Stukje bij beetje beantwoordde hij haar vragen. Hij vertelde dat hij veel plezier had in zijn studie, dat hij veel geluk had gehad, doordat zijn groepsleider zijn best voor hem had gedaan, anders had hij weinig kans gemaakt, want het was een gerenommeerde school voor gerenommeerde kinderen uit gerenommeerde families, maar hij had dus geluk gehad. Christine onderbrak zijn woordenvloed niet en vertelde hem ook niet dat dat 'geluk' berustte op heel veel overredingskunst van haar kant en een paar roebel extra die ze het hoofd van de toelatingscommissie had toegestopt. Hij woonde in een studentenhuis in de wijk Bagebi, vertelde hij. Hij had niet veel contact met zijn medestudenten. De een was de zoon van een bekend acteur van Mosfilm, de ander was het neefje van een in de hele stad bekende chirurg, het meisje was de verloofde van de zoon van die en die enzovoorts, enzovoorts.

Zijn vader zag hij niet vaak, soms belde hij vanuit het postkantoor in het dorp of bij de buren, maar sinds de dood van zijn moeder ging het niet goed met hem.

Ze gingen een restaurant aan de rivier binnen, waar de Georgische keuken werd geserveerd. Hij zag er zo hongerig uit, natuurlijk had hij honger, ze wist het meteen toen ze hem zag. Ondanks zijn luide protesten bestelde ze, blij dat ze hem tenminste met het eten een uurtje bij zich kon houden. Eerst werd er warm ovenbrood met kwetsensaus, tomatensaus en granaatappelsaus gebracht. Daarna volgde als voorgerecht bonensoep met warm maïsbrood en veel koriander, precies zoals hij het graag lustte. Vervolgens liet ze de kelner spinazie- en auberginepasta met extra knoflook serveren. Hij viel gretig op het eten aan. Zijn ogen glommen toen er ten slotte *bazjee* op tafel werd gezet. Hij doopte het brood in de verschillende sausjes en wierp haar dankbare blikken toe.

'Vergeef me, Micha.'

Ze keek naar zijn gezicht. Ze pakte zijn hand. Hij voelde nog altijd zo vertrouwd aan en leek nog zoveel behoefte aan bescherming te hebben. Hij keek om zich heen alsof hij het onaangenaam vond om op die manier door haar te worden aangeraakt. Maar ze liet hem niet los, ze schoof haar stoel zelfs wat dichter naar hem toe, hij rook haar onmiskenbare poedergeur en iets waar hij nooit woorden voor had kunnen vinden. Hij bracht zijn gezicht naar het hare.

'Wat moet ik je precies vergeven?'

'Ik heb je in de steek gelaten.'

Zijn spieren spanden zich. Hij staarde naar zijn bord. Twee vrouwen aan het tafeltje ernaast zaten een beetje gepikeerd naar hen te kijken.

'Sinds september kom ik naar het instituut in de hoop je te kunnen spreken. Ik heb voor jou gekozen. Ik heb je destijds in huis genomen, ik heb gezworen er voor je te zijn, en dat ik dat niet ben nagekomen, is onvergeeflijk. Ik heb je in de steek gelaten. Geef me de kans om het weer goed te maken.'

Plotseling boog hij naar haar toe en drukte zijn lippen op de hare. Ze wendde haar gezicht onmiddellijk af, hij smaakte naar dragon en naar een afgebroken kindertijd.

'Zo bedoelde ik het niet, Micha,' stamelde ze.

'Maar ik wel.'

'Ik weet dat jij me anders ziet, maar ik ben oud, ik ben echt oud, Micha, te oud.'

'Je bent zo mooi.'

'Je kunt bij me wonen, bij me intrekken, het huis staat leeg, ik zal er voor je zijn en voor je zorgen.'

'Zou je me een plezier willen doen?'

'Jazeker, zeg het maar.'

'Laat me je gezicht zien. Je hele gezicht. Alsjeblieft.'

Ze vroeg om de rekening.

Het oude huis in de Verawijk, met de tuin waar de doden zo graag patience speelden, begroette de thuiskomers met een vertrouwdheid die hen allebei even sentimenteel maakte en daarmee verzoeningsgezinder. Christine zette koffie, ze zaten in de schemerige keuken tot de duisternis het hele huis in bezit nam.

Daarna begon ze de spelden uit haar haar te halen, de bevestiging van haar schild, ze maakte haar geverfde, lange haar los, legde de spelden als een legertje naast elkaar op tafel, deed haar sluier af, legde hem behoedzaam neer en draaide haar gezicht in het halfdonker naar hem toe. Ze weigerde het licht aan te doen.

Die nacht – zo stel ik het me altijd voor, Brilka – week de ouderdom uit haar lichaam, ze veegde hem als badschuim van haar huid, zo licht en met één handbeweging. Misschien was het de laatste nacht die de tijd haar gunde om weer haar onbetwiste plaats van schoonheidskoningin in te nemen. Voordat de ouderdom definitief zijn tol zou eisen, de tol die voor de mooiste vrouwen des te hoger is. Hij betastte haar gezicht, behoedzaam, angstvallig, alsof ze van glas was en elk moment in zijn handen in scherven kon vallen.

Hand in hand liepen ze de oude, krakende houten trap op, door de smalle gang naar Christines slaapkamer, die in Micha's ogen ooit de poort naar zijn enige ware thuis was geweest. Ze ging liggen, liet de linkerhelft van het bed voor hem vrij, net als vroeger, wanneer hij als kleine jongen met onweer haar kamer binnen kwam sluipen en bij haar in bed kroop. De jongen die ze altijd had willen beschermen en toen had moeten laten vallen. Hij kwam naast haar liggen, zijn ogen probeerden ondanks het donker haar gelaatstrekken te onderscheiden. Ze streelde zijn hoofd, ze leende hem haar ogen, haar beelden uit het verleden, zodat hij kon zien hoe ze eruitzag toen ze als meisje van negentien bovenaards mooi en gelukkig was geweest – ja, ze was gelukkig geweest, ze had het leven zoveel geluk weten af te dwingen en ze wilde zo graag dat hij begreep dat je in het leven voor elk geluk moest vechten, uit alle macht, op alle mogelijke manieren. Ze hield hem in haar armen en voelde hoe de jaren van haar af vielen, hoe ze aan zijn zijde weer jong werd. Ze raakte hem in het donker aan. Hij bleef stil aan zijn kant liggen en zij aan de hare, als twee brave schoolkinderen lagen ze daar, jong en geborgen, in een tijdloze huls, in een grenzeloze wereld waar alles mogelijk leek. Alleen zijn hand hield niet op haar huid te strelen. Ze glimlachte in het donker en hoopte dat ze in staat zou zijn Micha van zijn angst te bevrijden. Dat hij zou weten te ontsnappen uit de klauwen van die dag dat er verraad tegen hem was gepleegd. Ze praatte zachtjes op hem in. De nacht was somber en guur, de hemel zag eruit alsof er melk op de wolken was gemorst.

De overwinnaars moeten en kunnen worden veroordeeld.
Generalissimus

Ze duwde zijn hand van haar gezicht, richtte zich haastig op in bed en luisterde.

'Ik dacht dat ik iets hoorde.'

'Wat is er?' vroeg hij slaapdronken, terwijl hij Christine met grote ogen aankeek.

'Ik geloof dat er iemand in huis is.'

'Wie kan er om deze tijd beneden zijn? Wie heeft er nog een sleutel van je huis?'

'Ik weet het niet. Misschien... Hij heeft hem niet teruggegeven. Hoewel hij zich hier sinds de verhuizing nog niet één keer heeft laten zien.'

'Wie?'

'Kostja.'

Op het moment dat ze zijn naam uitsprak, hoorde ze de voetstappen al in de gang. Ze stond op, sloeg snel een vest om en haastte zich naar de deur. Micha gaf ze een teken om in bed te blijven liggen. Ze gluurde om de hoek van de deur, deed een stap de gang in, trok voorzichtig de deur achter zich dicht – toen zag ze hem al de trap oprennen. Hij liep op de tast langs de muur, had kennelijk het lichtknopje niet kunnen vinden. Er was iets gebeurd. Hij leek opgewonden. Toen ze dichter bij hem kwam, rook ze zijn alcoholadem.

'Wat doe jij hier?' vroeg ze streng, in de hoop zo beheerst mogelijk over te komen.

'Hoe heb je dat kunnen doen?!' brieste hij. Zijn ogen waren opgezet, zijn wangen rood, het zweet parelde op zijn voorhoofd. 'Waarom neem je dat misbaksel in bescherming?'

Hij deinsde achteruit en liep weer een paar treden naar beneden toen Christine op hem afkwam. Ze moest hem beneden zien te krijgen, in de keuken, weg van de slaapkamer.

'Kostja, ik snap niet wat er aan de hand is,' mompelde Christine, hoewel ze allang had begrepen dat het kaartenhuis blijkbaar eindelijk was ingestort.

'Die schoft, die schoft... Wat hebben jullie mijn meisje aangedaan? Jullie zijn onmensen, jullie zijn smerige... Jullie allemaal...' Hij was duidelijk dronken.

Christine slaagde er zowaar in hem achteruit de keuken in te manoeuvreren. Hij wankelde en liet zich daar op een krukje vallen.

'Jullie zijn leugenaars, huichelaars, hoeren, ja, niets anders dan goedkope hoeren!' Opeens sloeg hij zijn handen voor zijn gezicht en begon te snikken. Christine verstarde, haar hart kromp ineen, ze wist niet wat ze moest zeggen. In een mum van tijd was hij weer haar Kostja, haar kleine jongetje, haar lieveling. Wanneer had ze hem voor het laatst zien huilen? Had ze hem eigenlijk weleens zien huilen? Zelfs niet toen Kitty, zelfs niet toen Mariam...

Nee, toen had hij niet gehuild. Wat was er precies gebeurd? Wat wist hij en wie had hem iets verteld?

'Ik heb jullie mijn kind toevertrouwd, mijn enige dochter. Ik herken haar niet meer, alsof haar ziel met bommen is bestookt. En dat terwijl ik haar alles heb gegeven, ik heb geprobeerd... Wat zijn jullie voor vrouwen? Wat zijn jullie voor mensen dat je zoiets toelaat? Uitschot, verder niets. Die idiote moeder en die principeloze vrouw van me, die denken de wijsheid in pacht te hebben, maar jij, jij, Christine? Hoe kon je hem in bescherming nemen?' Hij huilde nu als een kleine jongen. 'Ik heb jullie mijn enige kind toevertrouwd en dan dit!'

'Wat heeft Elene je verteld? Zeg op, Kostja!'

'Ze is uitgeblust, weggekwijnd, levenloos, lusteloos. Ik herken haar niet meer, terwijl ik dacht... de verhuizing en als ik terugkom... Maar nee, er was een verrassing waar ik niets van wist, en dat allemaal alleen vanwege die schoft, die parasiet! Al het ongeluk komt van zijn familie. We hebben een onmenselijke prijs voor die vervloekte Eristavi's betaald, maar nee, voor die idiote moeder van mij is het nooit genoeg, zij denkt nog steeds dat we hun iets verschuldigd zijn. Maar ik zweer je, Christine, ik zal hem vinden en dan vermoord ik hem om voor eens en voor altijd van die verschrikkelijke nachtmerrie af te zijn. Dat zweer ik je!'

'Hij heeft het niet gedaan. Niet zoals Elene het je misschien heeft verteld. Het was een vreselijk misverstand, Kostja. Je moet naar me luisteren...'

'Een misverstand? Een misverstand? Begin jij nu ook nog? Hij heeft mijn dochter verkracht!'

'Zij was degene die het erop aanlegde. Ze was jaloers en voelde zich verwaarloosd. Ze was woedend op ons, ze dacht dat wij hem voortrokken. Ze wist niet wat ze deed. Ze heeft hem verleid...'

Die avond was Kostja zoals gewoonlijk tegen zeven uur door zijn chauffeur naar het Groene Huis gebracht. Ze wilden zoals gewoonlijk aan tafel gaan, maar Elene verscheen niet op de afgesproken tijd, ze was nog niet terug van haar dagelijkse wandeling naar de paardenfokkerij. Kostja wond zich op. En na het eten, dat iedereen in gedachten verzonken en zwijgend had genuttigd, zette hij het uit frustratie en bezorgdheid op een drinken. Toen Elene tegen elf uur nog steeds niet thuis was, reed Kostja in zijn auto naar de naburige dorpen en de paardenfokkerij, hij belde bij alle buren aan, maar niemand wist waar zijn dochter zat. Daria, aangestoken door de algemene opwinding, begon luidkeels te huilen en om mama te roepen, iets wat ze uiterst zelden deed. Dat maakte Kostja nog woedender en toen Elene na middernacht flink aangeschoten in het Groene Huis kwam aanzetten, kon een escalatie niet uitblijven.

Elene zei dat ze met vrienden op stap was geweest en de tijd was vergeten. Bovendien had ze als volwassen vrouw het recht om te komen en gaan wanneer ze wilde. Ze leefde hier afgesneden van de buitenwereld, dat was om gek van te worden, ze moesten juist blij zijn dat ze in deze wildernis nog vrienden had kunnen vinden.

'Zelfs je kind interesseert je niet! Tot zo'n vrouw heb ik mijn dochter niet opgevoed!' brieste Kostja door het hele huis.

'O jawel, jullie hebben me opgevoed tot degene die ik ben!' antwoordde Elene vol minachting. Overdonderd door zoveel brutaliteit wist Kostja geen beter antwoord dan zijn dochter voor het eerst van haar leven een draai om haar oren te geven. Elene wankelde achteruit, er liep bloed uit haar neus. Nana slaakte een kreet en rende naar haar dochter, die haar wegduwde.

'Zo gaat het niet langer!' Kostja ging zuchtend aan tafel zitten en sloeg in één keer het volgende glas rode wijn achterover. 'En doe maar niet zo schijnheilig, jullie hebben haar verpest, jullie hebben haar elke vorm van discipline afgeleerd, jullie hebben haar verwend, jullie hebben haar elke vorm van zelfstandigheid...'

'En jij komt hier aanzetten en wilt dat we naar jouw pijpen dansen. Bij je vloot ben je dan misschien een hele piet, maar hier ben je net zoveel waard als alle anderen,' schreeuwde Stasia, die erbij was gekomen.

'Jullie hebben haar een leven zonder perspectief voorgeleefd. Jullie zijn haar voorbeelden! Ze moet eindelijk iets van haar leven maken, ze moet...'

'Als jij was verkracht, zou ik weleens willen zien hoe je daarmee...'

Stasia stopte abrupt en deed haar ogen dicht in de hoop dat haar zoon het niet had gehoord, maar natuurlijk was het te laat.

Kostja kwam overeind en liep moeizaam op zijn moeder af. Ze probeerde hem te ontwijken, weerde hem af, wilde de kamer uit lopen, maar Kostja stond al voor haar, een kop groter dan zijn moeder, en keek haar onderzoekend aan.

'Wat zei je daar?' vroeg hij rustig en met militaire waakzaamheid.

'Vergeet het, Kostja, ik had het niet moeten zeggen.' Stasia boog haar hoofd en hoopte dat Kostja haar met rust zou laten.

'Nana! Elene, kom hier!' riep hij, terwijl hij zijn moeder de weg bleef versperren. Nana kwam vlug aanlopen.

'Wat moet dat? Straks maak je het kind nog wakker met je geschreeuw. Jullie staan hier te brullen alsof we in een...' snauwde ze hem toe. Ze wilde nog iets zeggen, maar zweeg. Stasia's gezicht voorspelde niet veel goeds.

'Wie?' siste Kostja tussen zijn tanden door.

'Wie wat?'

Nana keek verward om zich heen, hoopte van Stasia

uitleg te krijgen.

'Elene!' brulde Kostja opnieuw en de echo galmde vervaarlijk door het huis. Eindelijk verscheen ze in de deuropening. Haar ogen waren rood en ze hield een doek met ijsklontjes onder haar neus.

'Wat is er nu nog?'

'Wie heeft jou dat aangedaan? Wie?'

Op Elenes gezicht verscheen een uitdrukking van pure ontzetting. Ze wist meteen waar haar vader op doelde.

'Wat hebben jullie hem verteld?'

Ze zocht bij de anderen een antwoord, haar ogen werden zwart en glazig van angst.

'Vooruit, zeg op!'

Kostja keek om zich heen: ongelovig, hulpzoekend en woedend tegelijk. Stasia boog haar hoofd, Nana schraapte haar keel, de stilte was hardnekkig, bijna ondraaglijk.

Elene wist dat ze de mogelijkheid had om hem niet te verraden, om hem in bescherming te nemen, om haar leugen eindelijk uit de wereld te helpen, maar ze deed het niet. Ze zou het hem vertellen. Ja, ze zou zijn naam noemen omdat ze, zodra ze haar ogen dichtdeed, de zijne voor zich zag. Zijn ogen boven haar. En hoe meer tijd er sindsdien was verstreken, hoe meer verwijten ze zichzelf maakte, hoe beter ze met haar zelfhaat leerde leven, des te duidelijker werd het haar dat hij haar had opgeofferd. Het was zijn schuld dat die middag was geëindigd met een straaltje bloed op haar dijbeen.

Ze wist niet aan wie hij haar had opgeofferd of waarom, nee, dat had ze nog niet begrepen. Was het de onrechtvaardigheid waarvan zij in zijn ogen ongetwijfeld de personificatie was, of had hij misbruik gemaakt van de situatie? Had hij het zich laten aanleunen, het over zich heen laten komen, het ondergaan zonder zich te verdedigen, niet omdat hij dat niet kon, maar omdat hij daardoor iets groters hoopte te bereiken? Iets wat hem schadeloos kon stellen voor alles wat er zou volgen?

Ja, Elene wilde de waarheid weten. Dat wilde ze maar al te graag. Maar elke keer als ze dacht de waarheid te kennen, bleek het een leugen te zijn. Elke keer als ze een antwoord op haar waarom dacht te krijgen, bleek het een volgende vraag te zijn.

'Micha.'

Op hetzelfde moment dat ze die verschrikkelijke naam, die vloek had uitgesproken, werd ze vreselijk bang. Ze had iets kapotgemaakt. Ze had haar hoop eigenhandig de bodem ingeslagen. Nu was ze voorgoed verloren en... het gaf een goed gevoel, een gevoel van bevrijding.

Niet aan verwachtingen voldoen. Geen liefde verdienen. Niet de illusie koesteren gered te kunnen worden. Nu zou ze met hem ten onder gaan. Met hem. Ja, als hij haar gaven niet wilde, dan moest hij hun beider ongeluk aanvaarden. Ja. Amen. Halleluja.

Nog een fractie van een seconde had ze misschien de mogelijkheid gehad om haar vader bij zijn schouders te pakken en hem alles uit te leggen, zich aan hem vast te klampen, tranen voor hem te vergieten, haar hart uit te storten en zich eindelijk van die ontstellende last te ontdoen. Maar het moment ging onbenut voorbij. Welke woorden waren toereikend geweest om hem haar hele leven uit te leggen, de som van heel haar wezen, tot die middag? En welke woorden om Micha's leugens naast de hare te leggen en tot een gemeenschappelijke waarheid te komen?

'Je bent helemaal in de war, ik zet een kop warme thee voor je en dan praten we morgen verder. Je moet eerst tot bedaren komen en slapen. Ik zal een bed voor je opmaken.' Christine, die koortsachtig nadacht hoe ze Kostja in bed en Micha het huis uit kon krijgen, streek een lucifer af om het gasfornuis aan te steken.

Haar gedachten werden onderbroken door Micha's aarzelende stem. Hij riep haar in de veronderstelling of de hoop dat Kostja weg was.

'Wie verdomme...?'

Kostja was meteen opgestaan en luisterde. Ongelovig staarde hij zijn tante aan. Micha riep opnieuw haar naam. Voordat ze kon antwoorden, stoof Kostja de keuken uit. Ze rende achter hem aan, maar hij had Micha, die slaperig op de overloop stond, al te pakken en sloeg hem tegen de grond. Hij gaf hem eerst een stomp in zijn maag en toen hij kermend en kronkelend op de vloer lag, gaf hij hem een trap na. Toen hij probeerde weg te kruipen, greep hij hem in zijn nek, zoals je een valse hond aan zijn nekvel optilt, en trok hem overeind. Hij sloeg hem in zijn gezicht. Zijn lip scheurde, het bloed stroomde over zijn kin en besmeurde zijn hemd. Christine, die tussen hen in was gesprongen, hoorde zichzelf als uit de verte met een vreemde stem aan één stuk door schreeuwen, maar Kostja duwde haar opzij. Ze moest zich aan de trapleuning vasthouden om haar evenwicht niet te verliezen. Micha schoof langs de muur, hij wilde vluchten, naar de keuken of naar buiten, ver, ver weg van deze straf, waaraan hij nooit zou ontkomen.

Een straf waarvoor? Waarom vloeide, zodra hij probeerde de essentie van het voorval dichterbij te halen, alles ineen tot een ondoordringbaar zwart? Wie had wie verraden, wie had wie gekwetst? Hij kreeg nog een klap. Nu tegen zijn borstkas. Hij zakte in elkaar. Het deed ongelofelijk pijn. Het bloed liep over zijn borst, hij proefde het op zijn tong. Door de pijn vervaagden Kostja's contouren. Hij wilde zich schrap zetten, al zijn kracht in zijn vuist samenballen en Kostja's gezicht kapotslaan, maar hij kon het niet, want Christine keek naar hem. Naar hem, voor wie ze had gekozen. Hij moest aan haar verwachtingen voldoen. Aan haar, de enige, onvervangbare.

Het maakte hem niet uit hoe oud ze was, hij wilde dat zij hem net zo nodig had als hij haar. Hij zou niet wijken. Hij moest haar bewijzen dat het een juiste beslissing was geweest om voor hem afstand te nemen van haar familie. Van haar familie en vooral van haar neef! Die woeste sadist! Ja, ze moest toekijken en Kostja's ware gezicht zien, want het ging niet om hem en Elene, Elene was maar het voorwendsel, het was altijd al een zaak geweest tussen hem en de man die nu zo wild op hem inbeukte.

Als hij Kostja nu sloeg, zou Christine aan hem gaan twijfelen. Ze zou een dader nooit kunnen liefhebben. Alleen al de littekens op haar gezicht lieten dat niet toe. Dat hij voor Christine had gekozen, betekende voor hem ook dat hij slachtoffer moest blijven.

Christines kreten drongen nog maar gedempt tot hem door. Was het misschien beter om te gaan liggen, hier, op deze koude houten vloer, en nooit meer op te staan? Zou het voor haar een hartverscheurende aanblik zijn? Weer een stomp tussen zijn ribben. Hij kreeg geen lucht meer. Hij sperde zijn mond open, hapte naar adem, hij mocht niet buiten bewustzijn raken, hij moest zich beheersen, hij mocht zich niet schrap zetten, hij mocht niet terugslaan.

Pas toen hij met zijn gezicht tegen de houten vloer sloeg, liet Kostja hem uitgeput los, deinsde achteruit en keek hem vol walging aan. Maar Micha voelde niets meer, het maakte niets meer uit. Want hij wist dat hij had gewonnen. Christine knielde bij Micha neer, nu zou ze zijn pijn verlichten, zijn hoofd in haar schoot leggen, zijn bloed afvegen. De zon kwam op. Grijs, koud decemberlicht drong de gang binnen en gaf alles een nog uitzichtlozer aanzien dan het al had. Ze voelde de blik van haar neef in haar nek. Ze draaide zich om.

'Heb je nu je zin? Dan kun je nu gaan. Ik moet hem naar het ziekenhuis brengen.'

Kostja's blik was glazig. Ze wilde medelijden met hem hebben, ze wilde hem kunnen vergeven, maar ze voelde alleen maar leegte, ze keerde zich weer naar Micha en ondersteunde zijn hoofd met haar hand.

'Als ik die ellendeling hier nog één keer zie, als ik hem nog één keer in jouw buurt of bij Elene betrap, dan zal ik er persoonlijk voor zorgen dat hij voor de rest van zijn leven achter de tralies gaat.' Hij beende terug naar de keuken.

Christine hielp Micha op zijn rug. Hij hield zijn ogen dicht. Maar hij wist dat ze er was, bij hem. En dat was het voornaamste.

'Niet bewegen. Ik moet een dokter bellen,' fluisterde ze hem in het oor.

'Blijf je bij me?'

'Ja, ik ben hier. Ik blijf hier. Ik kom meteen terug.'

In de keuken hoorde ze de kraan lopen. Ze legde voorzichtig zijn hoofd op de vloer, stond op en liep op het geluid van het water af. Ze moest een ambulance bellen. Kostja hield zijn gezicht onder de kraan boven de gootsteen.

'Nu luister jij naar mij, Kostja! Ik wil ook niet dat jij ooit nog bij die jongen in de buurt komt. Begrepen? Ik laat hem niet gaan. Nee, dat doe ik niet meer. Hij heeft niets misdaan. Vraag het maar aan je dochter, hoor haar net zo lang uit tot ze zegt wat er is gebeurd. Ik heb geen verkrachter grootgebracht. Maar jij wel een leugenaarster. Dat is de waarheid waarvoor jij zijn ribben en zijn neus breekt. En nu leg je mijn huissleutel op tafel en je verdwijnt.'

Ze liep naar de telefoon en draaide het alarmnummer.

Kostja stond tegen de muur, uitgeput, gekwetst, afgewezen. Hij was geen winnaar, alleen maar een oude, trieste, vreselijk eenzame man.

'Waar heb je het over? Jij bent mijn tante, je bent Christine, mijn Christine...' stamelde hij, terwijl ze de ambulance bestelde. 'Je moet tot bezinning worden gebracht. Ik had nooit mogen toelaten dat je hier alleen achterbleef.' Hij bewoog zich naar Christine toe.

'Kom niet dichterbij... Blijf waar je bent.'

'Anders?'

Hij kwam nog dichter bij haar. Ze week niet terug. Ze doorstond het. Ze doorstond het dat ze hem verloor. Ze hield van hem, haar neef, die liefde was altijd al een uitdaging, een belasting voor haar geweest, het was een liefde die steeds moest worden verdragen. Maar ze moest erin slagen aan de jongen te denken, de jongen met het Eskimo-ijsje, die nu half bewusteloos op de grond lag en die ze moest beschermen.

'Hij blijft niet hier, Christine. Nooit. Niet in mijn huis.'

'Dit is altijd nog míjn huis, als ik je eraan mag herinneren. Het huis van mijn man!'

'Dat jij alleen hebt kunnen houden, doordat ik...'

'En nu eruit! Verdwijn!'

Ze had hem nog nooit zo veracht als op dit moment. Zelfs niet toen hij zijn verloofde op het schavot bracht, zelfs niet toen hij zijn zus sloeg. Ze had altijd begrip voor hem kunnen opbrengen, altijd, tot nu.

'Laat het er niet op aankomen, Christine!'

Ze hoefde alleen haar hand maar uit te steken naar haar neef, die ze al die jaren even dicht bij haar hart had gedragen als een onbetaalbare amulet en die op een gegeven moment de ketting waaraan die amulet hing, ongemerkt had doorgeknipt. Maar ze hield vol: 'Verdwijn!'

Toen de ziekenauto verscheen en ze vroeg of ze mee mocht rijden, werd er gevraagd of ze familie was.

Ze zei ja en stapte in, terwijl ze Micha's krachteloze hand in de hare hield. Op weg naar het ziekenhuis vroeg ze zich steeds weer af waarom hij niet één keer had geprobeerd zich te verdedigen.

Leven, ik houd je teugels in de hand.
Uit jouw hel smeed ik zo het paradijs.
Galaktion

Op de Amerikaanse bombardementen in Noord-Vietnam volgde een bombardement met zakken levensmiddelen, die de Air Force boven het verwoeste land liet afwerpen en die waren voorzien van het opschrift DONATED BY THE PEOPLE OF THE UNITED STATES. En Christine kreeg een brief van het Bouw- en Woningcommissariaat. Ze moest ten kantore verschijnen, waar haar werd meegedeeld dat het van kapitalistisch egoïsme getuigde om als alleenstaande vrouw aanspraak te maken op zoveel woonruimte. Christine, die zich al op de aanstaande oorlog met Kostja had voorbereid en zich geen illusies maakte die te kunnen winnen, deed geen pogingen om het commissariaat ertoe te bewegen haar niet uit haar eigen huis te zetten. Ze had de keus een deel van de woonruimte aan vreemden af te staan of zelf te verhuizen naar een woning die de staat haar zou toewijzen. Ze koos voor het laatste.

Gelukkig waagden die schoften van ambtenaren het niet haar naar de rand van de stad te verplaatsen en boden ze haar een tweekamerwoning aan in Vake. Als trouwe en jarenlange medewerkster van het Georgische gezondheidssysteem had ze recht op woonruimte in het centrum.

Het was een hard gelag, een schier onmenselijk verlies, want bijna haar hele leven had zich in dit huis afgespeeld, hier was haar geschiedenis geschreven, hier was alles begonnen. Maar nu Kostja haar de oorlog had verklaard, voelde ze dat haar angst was verdwenen. Het gaf een gevoel van bevrijding, alsof dit bezit haar al die jaren van iets wezenlijks had afgehouden. Ze kon weggaan en alleen meenemen wat echt van belang was. En dat waren niet de oude kleren en schilderijen, de meubels en alle spullen die zich hier door de jaren heen hadden opgehoopt – het waren veeleer de beelden die ze met zich meedroeg, de herinneringen die ze had opgeslagen in het fotoalbum van haar geheugen. Die waren van belang. Die kon niemand haar afpakken. Geen bureau. Geen commissariaat. En ook geen Kostja. Ze zou ze allemaal meenemen naar haar woning van tweeënvijftig vierkante meter. Naar haar nieuwe leven. Waarover zij van nu af aan als enige zou beslissen.

Nadat Micha's twee gebroken ribben en gescheurde lip waren genezen, hielp hij haar met pakken, ze verkochten het zilveren bestek en andere huishoudelijke voorwerpen, hij gaf enthousiast advies bij het inrichten van de nieuwe woning. En hoewel ze het niet met zoveel woorden zeiden, gingen ze er allebei van uit dat hij samen met haar het nieuwe onderkomen zou betrekken. Ze schafte een slaapbank voor hem aan, vol trots liet ze hem de schaars gemeubileerde kamer zien die hij van nu af aan zou bewonen.

Ze kookte voor hem, deed zijn was, ze zaten tot diep in de nacht te praten, bespraken alles wat hem bezighield. Ze verwende hem met kleine cadeautjes, bijvoorbeeld een spijkerbroek, die ze voor buitensporig veel geld bij de illegale handelaren in Didoebe kocht en die Micha een kreet van vreugde ontlokte.

Maar op één punt liet ze zich niet vermurwen. Ook al klampte hij zich aan haar vast, eiste hij al haar aandacht op, legde hij jaloezie en bezitsdrang aan de dag, ze ging niet in op zijn avances. Ze bepaalde het dagelijks leven, gaf hem alles wat hij nodig had, schonk hem geborgenheid, hielp hem stap voor stap van zijn onzekerheid af, spoorde hem aan af en toe wat risico te nemen – maar ze liet zich niet meer verleiden tot de vroegere liefkozingen, ze verbood hem de intimiteit waar hij zo hevig naar verlangde.

Ze overtuigde hem er juist van dat hij vrienden onder zijn studiegenoten moest zoeken, contact met leeftijdgenoten moest leggen, ook al vond ze het hartverscheurend om te zien hoeveel moeite hem dat kostte, hoe vreemd hij zich tussen zijn medestudenten voelde – ze dwong hem de confrontatie met zichzelf aan te gaan.

Want sinds de dramatische botsing met Kostja die ochtend leefde ze in het angstige besef dat Micha zich nooit had leren verdedigen, en ook daarvan gaf ze zichzelf de schuld. Stasia had gelijk gehad toen ze haar destijds verweet dat ze hem te veel voedde met dromen en hem te weinig liet proeven van de harde realiteit.

Ze begon hem over haar leven te vertellen. Nietsontziend leidde ze hem door het labyrint van haar gedachten en gevoelens, opende ze de deuren van haar angsten en voorliefden. Ze wilde hem duidelijk maken dat haar lichaam was gekrompen, haar huid rimpelig en slap en haar manier van lopen traag was geworden. Dat alle herinneringen en verhalen die ze hem onthulde, hun prijs hadden gevraagd en niet spoorloos aan haar voorbij waren gegaan. Ze wilde hem wakker maken, wilde dat hij zich tegen haar verzette, maar hoe meer ze over zichzelf vertelde, hoe meer woorden ze opdiepte uit haar geheugen, hoe meer ze probeerde hem terug te brengen in de werkelijkheid, hoe meer hij zich vastklampte aan het droombeeld dat hij van haar had.

Alleen onder dwang nam hij uitnodigingen voor verjaardagsfeestjes aan of bleef hij na college met zijn studiegenoten in de cafetaria zitten of dronk hij in het weekend een biertje met hen in het Moesjtaidipark. Meer om indruk op haar te maken begon hij een paar van zijn nieuwe kennissen mee naar huis te nemen. Magere jongemannen, die er onverzorgd uitzagen, op hun nagels beten en vet haar hadden. Later kwam er ook een meisje mee met donkere kringen onder haar ogen en een bril die bijna haar halve gezicht bedekte. Ze zaten in zijn kamer te discussiëren over de nieuwe generatie filmmakers in de Sovjet-Unie en dronken goedkope wijn uit theekopjes. Het meisje luisterde meestal alleen maar, ze hing overdreven nonchalant op de bank en knabbelde op pinda's of zonnebloempitten. Soms liet ze zich tot een ironisch of in elk geval grappig commentaar verleiden en veroorzaakte dan algemene hilariteit. Christine moest toegeven dat ze het meisje in het begin had onderschat door te denken dat ze voor die jongens alleen maar franje was. Het tegendeel bleek waar: ze was welbespraakt, gevat, dacht snel en had enorm veel gelezen. Lana, zo heette het meisje met de kaneelkleurige huid en de onbeschrijfelijke bril, studeerde niet eens met de jongens film of toneel, maar stond ingeschreven op het Technisch Instituut voor Ingenieurswezen. Omdat ze een zwak had voor films, had ze ooit een paar colleges aan de filmacademie gevolgd en daar contacten gelegd.

'Waarom ga je geen regie studeren, Lana? Voor zover ik het kan beoordelen, ben je uitstekend op de hoogte van het filmvak,' zei Christine op een dag in haar keuken, waar Lana wachtte op de thee die Christine zette, om meteen weer in Micha's kamer te verdwijnen.

'Mijn vader was schoenmaker. Hij is op zijn drieënvijftigste gestorven aan een beroerte. Mijn moeder werkt al drieëntwintig jaar als secretaresse bij een bedrijf dat verwarmingsbuizen produceert. Wij zijn Armeniërs. Ik kan het risico niet nemen, ik zou mezelf belachelijk maken door bij die idioten van de toelatingscommissie op te draven. Een arm, lelijk, Armeens meisje dat regisseuse wil worden en films wil maken, o, wat aandoenlijk! Dat hoef ik echt niet te horen,' antwoordde ze op haar typerende pinnige toon.

'Zo moet je dat niet zien, Lana. Je hebt talent. Ik heb misschien geen verstand van de filmwereld, maar ik zie hoe de jongens tegen je opkijken, en dat wil wat zeggen, lieve kind.'

'Maar u weet toch hoe ze ons Armeniërs noemen? Nou? En kom alstublieft niet aanzetten met verhalen over de oeroude vriendschap tussen onze volkeren, en over de socialistische gelijkheid wil ik ook liever niets horen. Ja, wij Armeniërs zijn in dit land zeer welkom, we hebben een eigen wijk en eigen badhuizen, zelfs een eigen theater, maar zodra we zin hebben om iets anders te zijn dan schoenmaker, goudsmid of pandjesbaas, worden we snel teruggefloten. Bovendien hebben we meer gouden kettingen om onze nek hangen. Dat kan algauw verkeerd worden opgevat, hè? Of niet soms? Nou, hoe noemen ze de Armeniërs hier?'

'Lana, ik denk dat je een beetje overdrijft met je racistische classificatie.'

'De Joden van de Kaukasus. Zo noemen ze ons. Verder nog vragen?'

Misschien was het Lana's gekrenkte trots, de stigmatisering door haar afkomst die aanvankelijk haar belangstelling voor Micha wekte. Misschien was ze gewoon blij dat ze iemand had gevonden die haar talent op waarde wist te schatten en niet het recht had om op haar neer te kijken, omdat hij zelf als zoon van een landverrader, een arme, aan alcohol verslaafde balling, van geluk kon spreken dat hij aan zo'n elitaire faculteit mocht studeren. Of misschien dacht ze ook via Micha een kans te krijgen aan iets mee te werken wat haar was ontzegd. Maar gekrenkt en ambitieus als ze was, was die belangstelling kennelijk al heel vlug omgeslagen in een ware verbetenheid, waar Christine bij nader inzien van schrok.

Christine had ontdekt dat Lana Micha nauwlettend in de gaten hield, dat haar onverschilligheid maar geveinsd was; altijd als hij iets zei, moedigde ze hem aan, en haar hoop om door hem te worden meegevraagd naar de bioscoop of het theater stak ze niet onder stoelen of banken. Christine dacht eerst dat Lana's onverschrokkenheid en haar talent om voor zichzelf op te komen in Micha's voordeel zouden werken. Maar toen zag ze hoe makkelijk Micha te manipuleren was en hoe goed Lana de kunst van het manipuleren beheerste, en vanaf dat moment hield ze zich op de achtergrond. Ze liet het aan Micha over hoever hij met dat gevatte meisje wilde gaan. Ze vond haar te volwassen voor haar leeftijd, te rationeel, te ondoorgrondelijk en verbitterd. Te weinig begripvol voor Micha's twijfels en angsten. Het viel Christine op hoe ze elke discussie in de gewenste richting stuurde, hoe betweterig ze was. In haar ogen, die achter de enorme brillenglazen twee zwarte stipjes leken, viel een opmerkelijke dosis scepsis en teleurstelling te lezen. Had Micha misschien niet juist zo'n partner nodig? Iemand die zo onverstoorbaar, zo veeleisend was? Want zij zou hem leren zich te verdedigen. Christine beperkte zich tot haar nieuwe rol van gastvrouw, ze schepte genoegen in de steeds geanimeerdere discussies in haar huis, waaraan ze maar zelden deelnam, maar die ze door de dunne muur goed kon volgen. Ze hield van de levensvreugde die de jonge mensen in haar huis brachten. Ze hield van de tevreden glimlach op Micha's gezicht als ze de tafel voor zijn vrienden dekte en hen uitnodigde te blijven eten.

Tot ze op een middag hoorde hoe Micha Lana over Sopio Eristavi vertelde. Ze zette de radio uit en spitste haar oren.

'Ongelofelijk! Is dat jouw geschiedenis? Die moeten we vertellen, dat moet je doen.'

Christine hoorde Lana fanatiek op hem inpraten.

'Dat is echt een onderwerp, niet zulk oppervlakkig gedoe als in onze andere films. Weet je wel wat een geweldig draaiboek je daarvan kunt maken? Je zou iets met haar gedichten kunnen doen. Je zei toch dat je vader ze heeft bewaard. Je móét het doen!'

'Niemand geeft geld voor zo'n film. Al helemaal niet op het instituut. Zo'n draaiboek komt niet eens door de commissie.'

'Natuurlijk wel, Micha, suffie, we moeten ze te slim af zijn. We mogen geen verwijzing laten doorschemeren naar reële personen. Bovendien zal niemand haar verhaal kennen. We moeten ze in de waan laten dat het maar een studentenfilm is over het harde lot van een kunstenaar, dat soort flauwekul. Ze zullen het te ambitieus vinden en je uitlachen, maar dat is prima, het beste wat je kan overkomen is dat je wordt onderschat. Maar we moeten voorzichtig zijn. We maken twee draaiboeken. Het ene leggen we voor aan de commissie en het andere aan de acteurs. Zo simpel is dat. En als de film er eenmaal is, kunnen ze protesteren wat ze willen, dan maakt het niet meer uit, want die film zal opzien baren en iedereen die ook maar een sprankje eergevoel heeft, zal zich bij je aansluiten. We zouden het filmmateriaal naar het buitenland kunnen smokkelen. Ik heb een oom die als technicus in een filmstudio werkt, hij heeft contacten, hij kan ons de montageruimte ter beschikking stellen – 's nachts, als er niemand is, kunnen we daar ongestoord werken.'

Christine hoopte dat Micha het idee onuitvoerbaar zou vinden en Lana weer tot zwijgen zou brengen. Maar de gesprekken herhaalden zich. De jongens kwamen steeds minder, steeds vaker trokken Micha en Lana zich terug in zijn kamer en steeds vaker viel de naam Sopio Eristavi. Christine raapte al haar moed bijeen en sprak Micha erover aan. Hij was deze keer gesloten, alsof hij een geheim moest bewaren, en scheepte haar af met smoesjes: het waren maar ideeën, het kon toch geen kwaad om je in de geschiedenis van je voorouders te verdiepen, zij had hem tenslotte aangemoedigd gelijkgezinden te zoeken en dingen te doen die hij wilde doen.

'Ik wil alleen zeker weten dat jij degene bent die deze dingen wil doen en niet iemand anders,' zei ze bits, voor ze weer voor de televisie ging zitten.

Twee maanden later, zonder het Christine verteld te hebben, ging hij met Lana naar zijn vader in de bergen. En toen hij terug was, vond Christine bij het opruimen van zijn kamer het oude, broos geworden boekje met Sopio's gedichten, die waren verboden voordat ze de kans hadden gekregen om lezers te vinden. Ze ging op de rand van de bank zitten en begon in gedachten verzonken te bladeren. Ze verdiepte zich in enkele gedichten en probeerde de tijd die daar werd bezongen en aangeklaagd weer tot leven te brengen.

Met een ijzig gezicht deed ze die avond de deur voor hem open en toen hij later ijverig zijn soep zat op te lepelen, legde ze het boekje op tafel. Hij keek even naar het dunne bundeltje, alsof hij het voor het eerst zag, en haalde zijn schouders op.

'Ja, ik heb het opgehaald.'

'Ik hou niet van geheimen, dat weet je. Wat zijn jullie tweeën van plan?'

'We gaan een film over mijn grootmoeder maken. We zijn al met het draaiboek begonnen. Lana heeft geweldig goede ideeën.'

'Lana dit, Lana dat. Waar is eigenlijk je eigen wil?'

Christine was zelf verbaasd over de beledigde toon

waarop ze haar vraag had gesteld.

'Jij wilde toch dat ik leeftijdgenoten zocht? Nu heb ik er een gevonden.'

Wekenlang probeerde ze hem van zijn plan af te brengen. Het was te gevaarlijk. De voorgeschiedenis van zijn vader lag nog te vers in het geheugen. Hij moest de zaak niet op de spits drijven. Wat ze bij anderen door de vingers zagen, zouden ze hem niet vergeven, tenslotte wisten ze wie zijn vader was en in dit geval zou zij hem niet kunnen beschermen. Nee, ze had niemand meer die ze om hulp kon vragen, hij moest een ander onderwerp zoeken, die waren er bij de vleet. Hij was nog te jong om zich met Sopio's geschiedenis bezig te houden, hij begreep te weinig van de dingen waarover hij wilde vertellen. Maar Micha hield zijn poot stijf, hij keek haar met een onverschillig gezicht aan en bleef erbij dat hij alles al had gepland en overdacht.

Op een ochtend trof Christine Lana in de keuken aan boven een grote stapel briefjes en aantekeningen. Ze hadden de vorige avond in Micha's kamer zitten schrijven en discussiëren. Micha sliep blijkbaar nog.

'Hebben jullie hier de hele nacht gezeten? Waarom ben je niet naar bed gegaan?' wilde Christine weten.

'Ik wilde u niet voor het hoofd stoten, die slaapbank is tenslotte nogal smal,' mompelde Lana zonder op te kijken van de stapel papier.

'Dat gaat me niets aan. Ik wist niet eens dat jullie...'

'Dat zijn we ook niet. Nog niet. Hij wil mijn verstand, niet mijn lichaam. En ik kan het hem niet eens kwalijk nemen. Ik weet tenslotte wie zijn gevoel voor schoonheid heeft gevormd.'

Christine bleef met de koffiepot in haar hand staan. Ze wist niet of ze boos moest worden of de opmerking moest negeren.

'Maar hij heeft me nodig,' zei Lana. 'En dat weet hij en

mettertijd zal hij wel leren zijn optische eisen wat terug te schroeven.'

'Ik weet zeker dat je dat zal lukken,' siste Christine tussen haar tanden door.

Here am I floating
Round my tin can
Far above the Moon
Planet Earth is blue
And there's nothing I can do.
Bowie

Terwijl het er in de wereld avontuurlijk aan toe bleef gaan, men zich druk maakte over de oliecrisis, het Watergateschandaal en de staatsgreep van Pinochet in Chili, stonden die gebeurtenissen zo ver van ons af dat het leek of ze plaatsvonden op een andere planeet. In de Sovjet-Unie hadden we tenslotte allang begrepen dat het niet de moeite waard was om na te denken over de problemen in de wereld, want die wereld en die problemen hadden niets met onszelf te maken. De leider van de Sovjet-Unie, de man met de ruige wenkbrauwen, had al verschillende hartinfarcten en beroerten achter de rug en was waarschijnlijk nauwelijks meer in staat op te treden als leider van een wereldhelft. Maar ook dat was geen reden om ons druk te maken. Er was toch niets aan te doen.

Vooral haar grootouders wedijverden om Daria's aandacht, waarbij Nana algauw inzag dat haar man ook op dat punt een voorsprong had. Want niemand kon Daria zo laten stralen als haar grootvader. Niemand kon haar zo in verrukking brengen, zo lang kietelen, zo enthousiast met haar spelen. Kostja zag al helemaal voor zich hoe zijn kleindochter op een dag door de galmende gangen van een elite-internaat zou lopen, hij zag haar als studente in de medicijnen en later met een voorbeeldige echtgenoot aan haar zijde, iemand die was gestaald door de harde school van zomer- en sportkampen, iemand van de Komsomoljeugd en met een partijboekje. In zijn ogen weerspiegelden zich alle verwachtingen waaraan Elene weigerde te voldoen.

Maar hoe moest hij Elene aanpakken? Met druk en dreigementen had hij weinig bereikt. Met onverschilligheid leek hij ook niet verder te komen. Sinds hij geloofde dat die schoft van een Micha Eristavi verantwoordelijk was voor al het ongeluk van zijn kind, viel het hem op een griezelige manier gemakkelijker om ermee om te gaan. Het was de enige plausibele verklaring voor het feit dat het met Elene de verkeerde kant op was gegaan, een verklaring die bovendien voorkwam dat hij de schuld bij zichzelf moest zoeken. Altijd als Nana haar man vergezelde naar bruiloften en verjaardagsfeesten van zijn collega's en ondergeschikten, zag ze hem verlangend kijken. Wat benijdde hij die mannen om die juffertjes, die dochters en zussen, die verloofden en aanstaanden. Die zich zo licht en luchtig door de versierde zalen bewogen, langs de vorstelijk gedekte lange tafels, altijd met neergeslagen ogen, altijd een beetje timide in het mannelijke gezelschap van hun vader, broer, verloofde of echtgenoot. Die het nooit zouden wagen om na het vallen van de duisternis de deur uit te gaan, laat staan met jongens van hun eigen leeftijd rond te hangen, alcohol te drinken en deprimerende romans te lezen.

Als zijn gedachten op een dood punt belandden, overlegde hij met zijn vrouw. De zorgen om Elene vormden nog de sterkste verbinding tussen de echtelieden. Nana bleek al even teleurgesteld, al even terneergeslagen, wat hem de hoop gaf dat zijn vrouw haar verstand niet helemaal had verloren, zoals zijn moeder of, erger nog, zijn tante. Nana stelde voor Elene te dwingen een opleiding te volgen. En als ze dan niet naar de universiteit wilde, moest ze zich opgeven voor een hogere beroepsopleiding. Ze moest iets omhanden hebben, ze had een doel nodig. Maar Kostja vond het beschamend als zijn kind zich met zoiets mins als landbouw of detailhandel zou bezighouden en bleef erbij dat ze nog maar even moesten afwachten. Ze zou wel tot bezinning komen als het verdriet om haar niet doorgegane huwelijk was gezakt.

Kostja had zijn dochter na de pijnlijke draai om haar oren een duur cadeau gegeven om de zaak glad te strijken, om zijn geweten te sussen. Een spiksplinternieuwe VAZ 2103, die net op de markt was. Om haar vertrouwen terug te winnen leerde hij haar zelf autorijden. In het begin hadden ze allemaal nog gedacht dat de auto Elene de vrijheid gaf om zelf te bepalen wanneer ze naar Tbilisi ging. Dat Kostja met dat gebaar iets kon herstellen. Elene was blij met de auto. Maar ze maakte er geen uitstapjes mee in de omgeving, zoals haar moeder voorstelde, ze wilde er ook niet mee naar de universiteit rijden om daar een kijkje te nemen, ze gebruikte hem alleen om Michail af te halen en met hem naar zijn vrienden in Tbilisi te gaan, naar wie hij haar al een paar keer had meegenomen. Het was een kleine kommoenalka in de Plechanovstraat. Daar verzamelden zich de dissidenten en rebellen, zoals Michail hen noemde, ze luisterden er naar muziek, dronken en praatten over God of politiek. Hun rebellie bestond grotendeels uit blowen en lange, luidruchtige keukentafeldiscussies. Toch vond Elene hen moedig en anders. Vanaf de eerste dag dat ze in die rokerige kring had plaatsgenomen, wilde ze die mannen tot haar vrienden kunnen rekenen.

Wat Elene het meest verbijsterde, was dat die jongens zichzelf bijna allemaal gelovig noemden en het orthodoxe geloof opvatten als rebellie tegen de staat. Elene had zich nooit echt voor politiek of de staat geïnteresseerd. Ze was zich er natuurlijk van bewust dat ze een geprivilegieerd kind was, dat voor haar bepaalde dingen mogelijk waren omdat haar vader Kostja Jasji heette, maar ze had zich nooit het hoofd gebroken over klassenverschillen of de marxistische leer. Politiek werd bedreven door mannen, haar vader bedreef politiek, en dat was al reden genoeg om er niets mee te maken te willen hebben.

Rebels zijn betekende voor haar tot dan toe vooral moeite doen om niet te beantwoorden aan de verwachtingen van haar ouders, naar de platen van haar tante luisteren, op het niet afgebouwde balkon naar de lucht zitten staren en misschien De Sade lezen – de volgekrabbelde en door oneindig veel handen gegane uitgave, een verboden curiositeit, die ze in een van de oude dozen in Christines kelder had gevonden. Ook al vatten deze rebellen hun rebellie enigszins anders op en zagen ze zichzelf als politiek denkende, godvruchtige mensen, toch begreep Elene uit hun gesprekken al snel dat zowel haar eigen rebellie als die van hen enkel en alleen bestond in dromen van een wereld waar rockmuziek niet verboden was, waar je een spijkerbroek droeg, waar je ging demonstreren met zelfbeschilderde spandoeken, waar boeken en films – zelfs de heel heftige – niet werden gecensureerd, kortom: de wereld waar haar verdwenen en taboe verklaarde tante leefde. Een wereld waar je, als je er eenmaal naartoe was gevlucht, niet meer uit terugkeerde. Ja, een 'perfect perfecte wereld'. Ze voelde zich snel op haar gemak in dit gezelschap aan de zelfkant van de samenleving, dat zijn grootste veldslagen leverde in een keuken van veertien vierkante meter. Het moest geweldig zijn om zoveel belangrijke redenen te hebben om ergens tegen te zijn, dacht ze in het begin als ze in een hoekje gefascineerd naar die jongens in hun leren jasjes zat te luisteren. Natuurlijk verbaasde ze zich over sommige tegenstrijdigheden in hun wereldbeeld, ze kon godsdienstigheid niet rijmen met hedonisme en zette ook vraagtekens bij hun chauvinistische en aan strenge regels gebonden waardesysteem. Ze begreep bijvoorbeeld niet goed waarom zij en vooral Michail, hun geestelijk leider, het niet tegenstrijdig vonden dat de meesten van hen al eens gestolen, gevochten of iemand met een mes bedreigd hadden, terwijl ze zichzelf als gelovige christenen beschouwden. Ze voerden waarschijnlijk als rechtvaardiging aan dat politiek geweld tegen de verkeerde mensen was geoorloofd en dat je je als linkse Sovjetburger ongenuanceerder moest uitdrukken en je misnoegen radicaler moest tonen dan bijvoorbeeld in het Westen.

Natuurlijk was ze in die tijd nog te naïef, het ontbrak haar aan de nodige distantie en kennis en ook aan het inzicht dat die zeer Georgische vorm van rebellie, in tegenstelling tot de Russische verzetsbeweging, beperkt bleef tot keukentafelgesprekken, overmatig alcoholgebruik en zelfstilering en, onder afwijzing van de Slavisch-imperialistische, onderdrukkende grootmacht, alles van vóór het Sovjettijdperk idealiseerde. En daarmee alles wat burgerlijk was. Waarbij men er geen been in zag de historische feiten te verdraaien en de dingen zo voor te stellen dat ze precies pasten in de eigen ideologie.

Al die jongens kusten Elene een voor een wakker uit haar lange doornroosjesslaap. Ze liet de warme zonnestralen op haar gezicht dansen. Waar was ze, wie was ze, waarheen was ze op weg? Hoe hing alles met elkaar samen en welke rol speelde God daarin? Interesseerde hij zich eigenlijk nog wel voor het reilen en zeilen op aarde? Met gebroken gedachten en pijnlijk heldere verlangens stapte ze langzaam het leven binnen.

Ze knipte haar volle kastanjebruine haar weer in een bob. Ze lakte haar nagels. Ze gebruikte de rouge van haar moeder. Ze liet kleurige zomerjurken naaien. Ze kocht in de Joodse buurt witte sandalen met hoge hakken en gebruikte het van haar vader gekregen Franse parfum. Ze gaf Daria dikke smakkerds op haar volle roze wangetjes, gaf plankgas en deed het stof op de onverharde wegen opwaaien. Ze zette de muziek hard. Ze giechelde inwendig. Ze deed zelfs, aarzelend maar toch, mee met de verhitte discussies in de keuken. Ze dronk moutbier en af en toe zelfgestookte, bittere brandewijn. Ze genoot van de smaak van zuurkool en augurken. Ook vrouwelijk gezelschap ontbrak daar doorgaans niet, maar dat waren meestal buurmeisjes of vriendinnen, die niets anders wilden dan wat hasj roken, met de jongens vrijen en luisteren naar de enige plaat van Pink Floyd of The Rolling Stones die in de wijde omtrek te vinden was.

Anders dan die meisjes toonde Elene belangstelling voor de discussies, ze kwam met argumenten en ging met de jongens in de clinch. Ze won hun respect. Ze kauwde kauwgom en blies enorme bellen. Ze danste in de kleine keuken van de kommoenalka met een van de jongens op The Who. Ze nam geregeld een trek van een joint en genoot ervan als de tijd om haar heen vertraagde.

Bij een van die dansen in slow motion liet ze zich door Beka kussen. Beka had het mooiste leren jasje, discussieerde af en toe het hardst, leek nooit te slapen en had de beste muzikale smaak van allemaal. Ze wist dat hij vierentwintig was en vanwege een inbraak in de datsja van een bestuursambtenaar twee jaar in een jeugdkamp had gezeten. Ook al gaf ze dat niet toe, het imponeerde haar toch. Ze wist ook dat hij zijn studie architectuur had afgebroken en dat zijn spijkerbroek – ongehoord! – bij de knieën was gescheurd (reden genoeg om door de politie op straat te worden aangehouden wegens het dragen van asociale kleren).

En hij zoent nog fantastisch ook, dacht Elene en ze vlijde zich nog wat dichter tegen hem aan.

Twee dagen later vroeg hij of ze meeging naar het filmhuis, naar de besloten voorstelling van een choquerende film die *The Exorcist* heette. Hij kende daar iemand, hij kon aan kaartjes komen en ze hoefde niet bang te zijn, want hij was bij haar (die laatste zin maakte de meeste indruk op Elene).

Ze begonnen samen uit te gaan. De lente verleidde hen tot handje-vasthouden en perfectionering van de kunst van het zoenen. Ze gingen naar de bioscoop, telkens weer, want Beka kon kaartjes voor de speciale voorstellingen bemachtigen (en dat was niet eenvoudig!).

Ze keken naar Bruce Lee. En hij gaf haar een röntgenfoto-lp van Deep Purple en ze luisterden samen naar *Made in Japan*. Zelfs het feit dat er andere meisjes achter Beka aanzaten, was in Elenes ogen een pluspunt. Hun ontmoetingen leken ongecompliceerd, eenvoudig, natuurlijk. Zonder hartverscheurende liefdesverklaringen en al dat stomme gedoe. Hij pakte haar hand en dat was het.

Ze hadden het niet over hun ouders en over thuis. Ze hadden het over Deep Purple en over films die ze zagen. Ze voelden zich gewichtloos, als twee kosmonauten in het heelal. Ze volgden geen regels. Ze hadden het niet over een verloving, een bruiloft, kinderen, een gemeenschappelijke toekomst. Ze kusten elkaar midden op straat, in de auto, in de parken. En toen hun verlangen niet meer met kussen en terloopse liefkozingen te bevredigen was, reden ze 's avonds naar het Meer van Tbilisi, wachtten daar tot het café dichtging en het strand leeg was, zochten een bosje op en spreidden er een deken uit. Ze vonden zichzelf ondanks hun jeugd oud genoeg.

De nachten aan het meer waren zacht en de sterren waren dichtbij. Ze hielden niet van elkaar. Ze bedreven alleen de liefde. En wenkten mij om op de wereld te komen.

Wij stonden toch vooraan in de rij!
Maar zij die na ons kwamen, eten al!
Vysotski

Ook Lana was er met haar taaie geduld en haar onverzettelijkheid in geslaagd Micha's vergeestelijkte, etherische en smachtende hartstocht in de taal van het lichaam om te zetten. Zonder enig verwijt had ze in ontvangst genomen wat hij haar te bieden had, in de hoop dat er onder zijn treurige zwijgzaamheid, zijn stille fatalisme veel meer te halen, veel meer te krijgen was. Na maanden wachten en stelselmatig voorwerk behaalde Lana de beslissende overwinning en viel de laatste muur van de verschansing. En al wisten zijn handen nog niet veel met haar lichaam te beginnen, al was ze nog een beetje teleurgesteld over zijn lauwheid, toch was Lana gelukkig. Evengoed wist ze waarvoor hij haar eigenlijk beloonde: dankzij haar handigheid en de goed verpakte halve waarheden in het tweede, voor de commissie bedoelde script was zijn draaiboek goedgekeurd. Micha kon zijn film maken!

Ze wist dus dat deze liefdesdaad van zijn kant een teken van dankbaarheid was. Maar dat maakte niet uit, weldra zou die dankbaarheid veranderen in onontkoombaarheid, daarna in noodzaak, en dan zou haar lichaam even onmisbaar voor hem worden als haar overlevingsstrategieën, haar slimheid en haar steun.

Het was een van die schemerige, qua interieur geïmproviseerd aandoende wegrestaurants in Mtscheta, met overdekte houten terrassen en chambres séparées, met vermoeide, aangeschoten musici en hun eeuwige gejengel, waar echter tegen alle verwachtingen in de beste Georgische gerechten worden geserveerd. Daar hadden Michail en zijn vrienden uit de Plechanovstraat samen met Beka en Elene vorstelijk gegeten en nu zaten ze onder de blote hemel, inmiddels aangeschoten, sentimentele speeches afstekend, elkaar voortdurend om de hals vallend en bij wijze van uitzondering met hun hoofd niet bij de politiek.

In hetzelfde restaurant vierden de derdejaarsregiestudenten van het Instituut voor Theater en Film feest. Uiteraard zat ook Lana daar aan tafel. En als er niet een paar studenten waren gaan zingen, hadden die twee gezelschappen hoogstwaarschijnlijk geen notitie van elkaar genomen en was de avond zonder incidenten geëindigd.

Maar het gezang trok de aandacht van Michails vrienden, die de kelner een fles sekt en een rijkgevulde fruitschaal naar de 'zingende tafel' lieten brengen. Waarop een aangeschoten student naar hen toe kwam, hen bedankte en de groep als tegenprestatie uitnodigde bij hen te komen zitten. Ze schoven de tafels tegen elkaar aan en verkasten. Pas toen Elene aan de andere kant van het terras kwam, zag ze Micha. Ze probeerde vriendelijk te glimlachen, liet niets van haar opwinding merken en waagde het zelfs een voorzichtige kus op zijn wangen te drukken. De anderen stelden zich aan elkaar voor, gaven elkaar een hand, sloegen elkaar enthousiast op de schouder en de rug. Er werden nieuwe kruiken wijn besteld en heroïsche tafelredes afgestoken.

Lana, die de spanning in Micha's lichaam had opgemerkt, evenals Elenes veelvuldige blikken in zijn richting, begon door te vragen, ze wilde weten wie dat was. Christines achternichtje, antwoordde hij noodgedwongen, waarna hij zich verontschuldigde, van tafel opstond en naar het herentoilet ging. Een paar tellen later volgde Elene hem. De deur stond half open en ze gluurde naar binnen. Micha stond voor de spiegel zijn handen te wassen.

'Ik ben blij je te zien, hoe raar het ook klinkt... O god, ik weet zelf niet wat ik zeg. Hoe is het met je? Studeer je?'

'Ja.'

'En bevalt het?'

'Ja, best. En wat doe jij?'

Hij zeepte zijn handen nog een keer in, hoewel hij ze net had gewassen, alsof hij bang was zich om te draaien en Elene te moeten aankijken. Ze staarde naar zijn spiegelbeeld.

'Ik vind het zo erg, die kwestie met mijn vader, ik wilde niet...'

'Vergeet het gewoon, oké?'

'Dat kan ik niet.'

'Laten we teruggaan. Er wordt vast op ons gewacht.'

'Waarom heb je me niet tegengehouden? Waarom niet?'

Ze bewoog zich in zijn richting. Hij liet het water lopen en van zijn handen druipen. Zijn polsen schokten als bij een epilepticus. Toen draaide hij zich langzaam om, hij meed haar blik en hoopte misschien langs haar heen te kunnen glippen. Maar ze versperde hem de weg, raapte al haar moed bijeen en kwam zo dicht bij hem staan dat hij gedwongen was haar aan te kijken. Ze huiverde. Zijn ogen waren vol fosforescerend gif. Nog nooit had ze zoveel bijtende, vernietigende haat in een blik gezien. Ze voelde zich zo weerloos. Zo onwaardig en armzalig.

'Wat wil je nou van me?' beet hij haar toe. 'Verdwijn eindelijk uit mijn leven. Bemoei je er niet mee! Heb je me begrepen?'

Zijn ogen waren samengeknepen tot twee donkere stipjes, zijn mond was vertrokken tot een lelijke, minachtende streep, in zijn hals zag ze de aderen vol genoegdoening donkerrood opzwellen.

'Waarom heb je met me gevreeën?'

Er zat een keiharde brok in haar keel. Nog één tel en ze zou in huilen uitbarsten. Ze zou nooit meer kunnen ophouden, ze zou hier blijven, in dit naar urine stinkende toilet, een passende plek voor haar ellendige bestaan.

'Gevreeën? Ik heb niet met je gevreeën! Ik heb je geneukt, genaaid, genomen!'

Hij spuugde haar de woorden in het gezicht. Ze brandden. Het waren kleine mesjes die haar huid openreten.

'Waarom zeg je zoiets?'

'Jij was toch zo geil. Volkomen in de ban van je voortplantingsdrift! Je had gewoon jeuk tussen je benen! Of niet soms? Jij was de kleine hoer die haar ware roeping ontdekte!'

Waar kwamen die woorden vandaan? Ze klonken als een vreemde taal uit zijn mond. Hij had nog nooit zijn stem verheven, nog nooit iemand tegengesproken. Hoe kwam hij aan al die hatelijkheid, al die blinde vernietigingsdrang? Had zij hem gemaakt tot de man die haar nu met zoveel leedvermaak aankeek? Wist hij welke prijs ze betaalde? Was het aan haar te zien?

'Wat wil je van me? Moet ik voor je op mijn knieën gaan liggen? Zie je niet dat ik het mezelf niet vergeef? Heb je daar behoefte aan? Ja? Is het je daarom te doen, Micha?'

Ze sloeg haar hand voor haar mond om niet te gaan janken als een wolf.

'Ja, dat is precies wat ik wil!' antwoordde hij en hij deed een stap opzij. Hij zou weggaan, hij zou uitgerekend op dit moment de benen nemen en haar met haar ellende alleen laten. Ja, zo zou het gaan. Nee, zo mocht het niet gaan. Ze greep zijn pols, hij keek naar haar hand, alsof hij niet kon geloven dat ze het waagde hem aan te raken, maar hij rukte zich niet los, nog niet. Zijn ogen waren ondoorgrondelijk. Ze maakten haar bang. Ze wist niet of het pijn was of berouw, woede of walging wat zich in zijn ogen samenbalde. Net als toen kon ze zijn blik niet plaatsen.

Ze ging nog dichter bij hem staan en omklemde zijn bovenlichaam met beide armen, ze probeerde zijn adem te vangen, misschien zou ze in zijn geur iets vertrouwds terugvinden.

'Je hebt ervan genoten. Ik weet dat je ervan hebt genoten, ik heb in je ogen gekeken, ik heb je de hele tijd aangekeken, je vond het fijn om mij onder je te zien liggen. Je vond het fijn om mij te zien lijden. Zeg het alsjeblieft, spreek het uit en ik zal voor mijn part voor je op mijn knieën vallen en alles doen wat je wilt. Alsjeblieft, geef het gewoon toe. Ik zal alle schuld op me nemen, ik zal mijn vader smeken je om vergeving te vragen, maar zeg het, alsjeblieft!'

'Je wilt dat ik jou een plezier doe? Waarom? Zodat jij je minder vies, minder ellendig hoeft te voelen? Je kon je benen toch niet bij elkaar houden!'

'Waarom geef je het niet gewoon toe? Waarom kunnen we niet eerlijk tegen elkaar zijn? Denk je dat ik het gewoon ben vergeten en er een punt achter heb gezet, gewoon ben doorgegaan? Alsjeblieft!'

'Elene, zo werkt dat niet. Je kunt niet verwachten dat ik die last van je wegneem, zodat jij weer de vrolijke meid kunt uithangen. Je hebt me gedwongen, en hoe je het ook wendt of keert, daar blijft het bij!'

'Waarom zeg je het niet gewoon? Waarom zeg je niet dat je me haat?'

'Haat is een veel te groot woord. Ook dat gevoel moet je eerst verdienen. Je laat me koud en hoe jij van je gewetenswroeging afkomt, dat is jouw zaak. Dat had je moeten bedenken voor je je jurk omhoogtrok.'

'Je hebt het gedaan, omdat je dacht mij zo tegenover Christine te blameren, voor schut te zetten. Ook al wist je het misschien die middag niet, dan weet je het nu. Je hebt met me gevreeën, omdat je haar voor je alleen wilde. Je hoopte dat daardoor alles zou gaan zoals jij wilde, op die kaart heb je alles gezet. Of niet soms? Verbaast het je dat ik dat doorheb?'

Hij gaf geen antwoord, in plaats daarvan probeerde hij zich los te maken. Zonder een woord uit te kunnen brengen, gevangen in haar angst dat hij haar zou kunnen ontglippen, haar weer aan haar lot over zou laten, aan die leegte die haar in de greep hield, ging ze op haar tenen staan en drukte ze haar lippen op de zijne.

Hij wilde haar bij haar schouders pakken en haar achteruitduwen, maar iemand was hem vóór en pakte hem bij zijn schouders, gooide hem op de natte vloer, waarbij zijn stuitje werd geraakt. Beka had zijn vriendin gezocht en haar zoenend met een vreemde man op het herentoilet aangetroffen. Gekrenkte Georgische eer, aldus de mannencodex, kende geen ander alternatief dan de rivaal in elkaar te slaan.

Door Elenes gegil was iedereen van de tafel naar het toilet gerend, waar de Plechanovjongens en de filmstudenten met elkaar op de vuist gingen. In een mum van tijd had zich een groot kluwen mannenlijven gevormd. Ze klemden het hoofd van hun tegenstander onder hun oksel, drukten het tegen de koude tegels of stompten tegen lendenen en knieën, in magen en gezichten.

Elene stond zwijgend en als verlamd aan de kant en keek hoe Lana zich tussen de mannen had geworpen om Micha te beschermen, waarbij ze zelf klappen opliep. Misschien was het mijn moeders instinct dat haar ervoor behoedde mee te doen aan die orgie van om zich heen slaande armen en benen, want zonder het te weten was ze op dat moment al zwanger van mij, en als ze zich in de strijd had gemengd, was ik nu misschien niet hier.

De kelners, drie andere gasten en de potige restauranthouder waren er ten slotte in geslaagd de mannen uit elkaar te halen en een eind aan de vechtpartij te maken. Elene zat huilend op de stoep met haar handen voor haar gezicht, ze snikte als haar tweejarige dochtertje wanneer dat 's nachts wakker schrok en om haar moeder riep. Als uit het niets dook Lana naast haar op met een gescheurde blouse en een bloederige schram op haar wang. Ze keek vol afschuw op haar neer.

'Laat hem met rust.'

'Het is niet mijn schuld. Deze keer is het niet mijn schuld, ik wilde niet dat...'

'Blijf gewoon uit zijn buurt, oké?'

Elene verbaasde zich over de fluwelige stem van die vrouw, die Micha een paar minuten geleden zo fel had verdedigd. Ondanks de bruuske woorden die ze tot haar richtte, klonk ze alsof ze elke dag op karameltoffees sabbelde, waardoor haar stem dat zachte, soepele timbre kreeg.

'Hij heeft zich weer niet verdedigd,' mompelde Elene afwezig.

'Waar heb je het over?'

'Hij heeft zich niet verdedigd!' schreeuwde Elene.

Twee weken later was mijn moeder op de hoogte van mijn komst. Ze nam het nieuws op met een kalmte, met een vanzelfsprekendheid alsof het onvermijdelijk was dat ze zwanger werd, alsof ze er alleen was om haar lichaam als poort aan te bieden aan alle ongeboren kinderen met het onstilbare verlangen om geboren te worden.

Beka, haar rebelse vriend, nam het bericht minder kalm op. Hij keek haar verbijsterd aan, krabde zich achter de oren, masseerde zijn nek, schraapte zijn keel en deed zijn best om te glimlachen. Toen begon hij als Brugman op haar in te praten. Het kwam op het moment heel slecht uit, hij had geen werk en ook nauwelijks vooruitzicht op werk, hij woonde bij zijn ouders en wilde in geen geval op hun zak teren. En bij haar ouders, nee, dat was uitgesloten, nog afgezien van het feit dat Elenes vader hem waarschijnlijk nooit als nieuwe schoonzoon zou accepteren, bovendien was hij, zoals ze wist, tegen het instituut van het huwelijk op zich, hij was beslist blij dat ze de vrucht van hun gemeenschappelijke liefde in haar buik droeg, maar het was nu eenmaal niet het juiste moment om een gezin te stichten. Ja, hm, eh, misschien konden ze voor deze keer, voor deze ene keer, eh, hm, nou ja, het probleem 'omzeilen'.

Daarop stond mijn moeder zonder commentaar op, klemde haar handtas onder haar arm en verliet Beka.

Toen Kostja hoorde dat hij opnieuw grootvader zou worden, smeet hij het mooie kopje waaruit hij net zijn zwarte avondthee dronk inclusief de gloeiend hete inhoud tegen de muur. Het was een aanwinst van zijn vrouw, die een zwak had voor waardevolle huishoudelijke voorwerpen, die altijd aan iemand met een uitreisvergunning vroeg om een Tsjechisch, Duits of Engels theeservies voor haar mee te brengen en die inmiddels een aanzienlijke collectie bezat. Ze slaakte een kreet, geschrokken door Kostja's razernij en tegelijk door het verlies van het mooie kopje, want wat was een incompleet theeservies nou waard?

'Weet je wat jij bent? Weet je dat? Een hoer, een goedkope, waardeloze hoer, en verder niets,' schreeuwde Kostja tegen Elene. Dat vulgaire woord uit zijn mond sneed haar als een mes door de ziel, want er was niets waar Kostja zo'n hekel aan had als aan viswijvengeschreeuw of wat voor vulgariteit ook. Zijn wapens waren argumenten, minachting, kilheid, afwijzing, maar niet zulke woorden. Elene zakte neer op een stoel.

'Wie heeft jou toestemming gegeven om te gaan zitten? Nou? Wie? Dat is mijn stoel. En jij gaat erop zitten als ik je toestemming geef. Want alles hier in huis, alles wat je kunt vastpakken en zien, heb ik met mijn werk verdiend. De mensen die hier wonen, hebben gewerkt. Maar jij? Een nietsnut ben je, een klaploper en bovendien een bloedzuiger. Jij kunt niets anders dan onze zenuwen en onze goede naam naar de bliksem helpen. Dat is jouw enige roeping!'

'Kostja, alsjeblieft,' kwam Nana ertussen met de scherven van haar Tsjechische, Duitse of Engelse theekopje in haar hand.

'Ja, wat nou? Wat? Heb ik het soms mis? Help me dan even uit de droom! Ze had alles kunnen hebben, we hebben haar alles op een zilveren presenteerblaadje aangeboden en in plaats daarvan heeft ze alles met haar hoerenpoten vertrapt. Ze spuugt ons in het gezicht en lacht ons nog uit ook, achter onze rug, met die criminele vrienden van haar. Want dat zijn het, schat! Die priester, laat me niet lachen. Die wil mij de weg wijzen naar God? Ja? Weet je iets van zijn voorgeschiedenis? Heeft hij je over zijn verblijf in de bajes verteld? Of heeft hij dat verzwegen, die Johannes de Doper van je?'

'Hij heeft er niets mee te maken,' mompelde Elene.

'Aha, dan wordt het zeker een maagdelijke geboorte?'

'Hij is niet de vader.'

'Des te beter. Waarom maak je ons de vader van je kind niet bekend? Waarom stel je hem niet aan ons voor? Je eervolle gemaal? Het was nog niet genoeg om je met een gigolo in te laten, een verrader, een deserteur, nee, er ontbrak nog iets, je moest jezelf nog overtroeven, dus ik ben benieuwd wie het deze keer is. Die schande zal ik wel nooit meer kunnen uitwissen. Jij hebt voor deze weg gekozen. Dus zul je doen wat ik zeg. Want als ik het goed zie, heb je niemand anders die je kan helpen. Zelfs je criminele vriend schijn je niet te kunnen houden. Wij gaan maandag naar een dokter en die zal je aborteren. Hebben wij elkaar begrepen?'

Nana keek van haar dochter naar de scherven in haar hand, Elenes kin begon te trillen, Kostja keek koppig uit het raam naar het lichte, zonovergoten landschap, naar de open, heldere dag. En voordat er nog een woord kon vallen, kwam Stasia de kamer binnen, met aan haar ene hand de kleine Daria en in haar andere hand een sigaret. Daria lachte en rende naar haar moeder toe.

'Is er iets gebeurd?' vroeg Stasia, terwijl ze aan tafel ging zitten.

Daria klauterde bij Elene op schoot, die de grootste moeite had om haar kin in bedwang te houden.

'Laat mama met rust, Dariko. Jij kunt er niets aan doen dat ze een hoer is, mijn engeltje. Kom maar bij mij,' zei Kostja kalm en hij stak zijn hand naar Daria uit.

'Ik haat je!' schreeuwde Elene, terwijl ze opsprong en Daria op de grond zette.

'Daar zal ik dan mee moeten leven. Ik wil alleen weten of we het eens zijn?'

'Ik hou het kind,' zei Elene.

'Ben je zwanger?' vroeg Stasia, die opeens uitbarstte in haar krassende lach. Nana en Kostja wierpen haar woedende blikken toe.

'Hoer! Hoer!' riep Daria plotseling vrolijk, zichtbaar ingenomen met de uitbreiding van haar woordenschat.

Ik was vast gewenst en geliefd ter wereld gekomen als Thekla de tijd had kunnen verdragen die niet meer de hare was, als Stasia Peter Vasiljev had mogen volgen, als Ramas Iosebidze had verhinderd dat zijn vrouw op die oudejaarsavond haar masker afdeed, als Ida haar hoop had onderdrukt, als mijn grootvader de deur tussen de zee en de horizon had gevonden en geopend, als er geen operatietafels in klaslokalen waren gebruikt, als Andro Eristavi had gehoord dat er vanwege zijn dwaling een kind uit Kitty's buik was gerukt, als Kitty de dood had tegengehouden, als ze was gebleven, als de wereld de Kleine Grote Mannen had gecastreerd voordat ze hun zaad konden verspreiden, als de geesten hun liederen hadden kunnen uitzingen en als de honger niet sterker was geweest dan de liefde. Ja, dan was alles beter geweest, zoals je graag wilt dat het is als je ter wereld komt: liefdevolle ouders, een vrij land zonder Brezjnev – en Lou Reed voor iedereen.

Eeuwig leve de zon,
Eeuwig leve de lucht,
Eeuwig leve mijn mama,
En ook ik voor altijd!
Pionierslied

Want toen ik ter wereld kwam, was Lou Reed verboden en Brezjnev – althans officieel – nog stabiel. Om nog maar te zwijgen van liefdevolle ouders. Alsof hij met die daad zijn verantwoordelijkheid wilde ontlopen, lukte het mijn vader om twee maanden voor mijn geboorte wegens autodiefstal tot vijf jaar gevangenis te worden veroordeeld. Ze hadden hem nog meer 'criminele praktijken' ten laste kunnen leggen.

En mijn moeder betaalde er een hoge prijs voor dat ze mij tegen Kostja's zin in leven hield: tijdens de hele zwangerschap moest ze leven als in een kerker, eten wat haar werd voorgezet, met haar dochtertje spelen als haar vader dat van haar verlangde, naar de tv-programma's kijken die haar vader goedkeurde, opstaan als ze werd gewekt en het licht uitdoen als het tijd was om het licht uit te doen. Elke vorm van religieuze lectuur was taboe, evenals de 'zinnelijke' liefdesromans, die ze met een zaklamp onder de dekens moest lezen. Dat was haar straf, die ze zwijgend aanvaardde, terwijl ze glimlachend knikte en dankbaar in haar handen klapte omdat ze werd geduld.

Michail werd intussen – zonder enige waarschuwing, zonder enig voorteken – opgepakt wegens 'landloperij' en 'religieuze agitatie'. Voor Elene was daarmee de Plechanovstraat verleden tijd. Ook doordat ze daar dachten dat zij de jongens in gevaar bracht, dat haar vader achter de plotselinge arrestatie van Michail zat. Ze kon haar vrienden niet aan haar vader uitleveren. Ze hadden allemaal wel wat gedaan waarvoor ze achter slot en grendel konden worden gezet, en zo niet, dan zou er wel iets gevonden worden als Kostja dat wilde.

Wekenlang hadden Nana en Stasia zij aan zij met Elene gestreden om Kostja ervan te overtuigen dat een kind in de buik van zijn dochter niet geaborteerd diende te worden, onder welke omstandigheden of door wie het ook was verwekt. Maar zodra het voor een abortus te laat was en de foetus in veiligheid was, schaarden ze zich weer aan Kostja's zijde en gaven ze Elene te verstaan dat ze ook hun hoop en hun verwachtingen had beschaamd. Het was een ellendige tijd, maar Elene besloot haar rol van martelares zonder protest te accepteren. Om mijn leven mogelijk te maken besloot ze dat God machtiger was dan het geluk en het hemelrijk veelbelovender dan het aardse bestaan. Door de dagelijkse strijd met haar vader, de ijzige sfeer in huis, het eeuwige gevoel van machteloosheid en vooral het besef van haar eigen falen veranderde Elene in een neerslachtige, somber kijkende, meestal slordig geklede en vooral heel eenzame vrouw (en vergeet niet hoe jong ze was. Ook al is het moeilijk te geloven, ze was pas twintig toen ik werd geboren).

Hoe duidelijker Kostja faalde op het huiselijk slagveld, hoe machtiger hij leek te worden op zijn werk. En ongemerkt, zoals het meestal gaat, bedwelmd door de landelijke idylle waar hij zich had genesteld, en door de goede, dure wijn, gesterkt door de oceaan van bureaucratische mogelijkheden, de grote vrijheid van de nomenklatoera en de politieke stagnatie van die jaren, had hij zelf niet in de gaten dat hij ophield zich zorgen te maken over dingen waarover hij zich in Rusland had opgewonden en waaruit hij strenge consequenties had getrokken.

Iedereen stal, iedereen jatte.

De slager hield het beste vlees achter en verkocht het vervolgens voor de driedubbele prijs onder de toonbank. De kolchoz verzweeg een deel van de oogst en versjacherde dat elders. De verpleegster drukte neteldoek en verband achterover. De directeur van de wijnfabriek kocht de vertegenwoordiger om en smokkelde kisten wijn zijn fabriek uit om daar weer andere, hoger geplaatsten mee om te kopen. De langdurige, tot dan toe in het geheim bedreven diefstal was nu aan de orde van de dag, en omdat iedereen het deed, hoefde ook niemand te worden bestraft.

De politie zag winkeldiefstal en verkeersovertredingen door de vingers, kleine misdaden werden onderhands geregeld. De officier van justitie sprak verkrachters en moordenaars vrij. De leraar of professor gaf een hoog cijfer in ruil voor een slagroomtaart, Franse parfum en bijzondere bonbons. De aannemer liet bouwmateriaal verdwijnen. De dokter spande zich bij een behandeling extra in als er van tevoren wat contanten in de zak van zijn doktersjas waren gestopt. De kunstenaars bestalen elkaar. En de politici hoefden niets meer te stelen, want uiteindelijk waren zij bij alle andere diefstallen allang de grootste helers.

Men jatte gips, kleurentelevisies van het merk Rubin, de patronen uit de *Burda*, cement, Analgin, thermosflessen uit China met rode bloemen erop, wol, gecondenseerde melk, brillenglazen, schoolschriften voor drie kopeken, talkpoeder, beige polyestersokken, bontjassen, skipakken (ook in streken waar het niet sneeuwde), cameralenzen, groene plastic schalen, wegwerpglazen, grammofoonplaten (om het even van wie), sigaretten van het merk Kosmos of Astra en aftershave van het merk Hygiëne.

En mijn grootvader deed mee aan de algemene verdringing van een gevoel van onrecht. En dat ging niet zonder ettelijke verblijven in kuuroorden, zakenreizen – uiteraard allemaal in vrouwelijk gezelschap –, officiële ontvangsten, goede saperavi en de eeuwige gunst van zijn onderdanen.

That long black cloud is comin' down
I feel like I'm knockin' on heaven's door.
Dylan

Ik kwam op 8 november 1973 na precies acht uur weeën in een dorpskliniek ter wereld. Het was een regenachtige dag en de weeën begonnen midden in een ruzie tussen mijn moeder en haar vader. En zoals ik al eerder vertelde, liep mijn zus die dag een hersenschudding op toen ze op de paardenfokkerij van de pony viel.

Afgezien van mijn geboorte en de val van mijn zus gebeurde er die dag niet veel bijzonders. Op het oostelijk halfrond verliep tenminste alles normaal. Want we waren tenslotte allemaal gelukkig, ook al was het het gehuichelde geluk van doodzieke longpatiënten in een sanatorium waar men fanatiek backgammon speelt, goedkope champagne drinkt en keuvelt over de schone kunsten in een wanhopige poging om alle ziekten en alle leed te vergeten.

'Ben je soms een hoer?' moet mijn grootvader tijdens die ruzie hebben gebruld en mijn moeder moet huilend hebben teruggeschreeuwd: 'Hooguit een hoerenkind. En zo kan het niet langer... Als de baby er is, ben ik weg, desnoods slaap ik onder een brug, alleen om aan die marteling hier te ontkomen.' – 'Maak iets van je leven. Ga fatsoenlijk leven, dan hoef je je niet aan die marteling te onderwerpen en ook niet onder een brug te slapen,' antwoordde mijn grootvader ijzig.

Betrokken bij de ruzie: mijn heerszuchtige grootvader, mijn infantiele grootmoeder en mijn moeder, die in toenemende mate de controle over haar leven verloor. Stasia stond ergens op de veranda een van haar zelfgedraaide sigaretten te roken. Ze was allang aan dat geschreeuw gewend, maar die dag moet ze op de een of andere manier haar geduld hebben verloren. Ze stormde de kamer in en snauwde tegen haar zoon: 'Ben je nou helemaal gek geworden? Ben je een sadist of zo? Ze is in de negende maand, misschien kun je haar eerst eens in alle rust laten bevallen?'

Even viel er een ongewone stilte in de kamer.

'Bemoei je er niet mee, Stasia!' was Kostja's enige commentaar.

'Ik moet me er niet mee bemoeien? Idioot die je bent!'

Het verbaasde ons altijd weer hoe dat fijngebouwde, geslacht- en leeftijdloze wezen in een mum van tijd zo razend kon worden. Nana moest inwendig gniffelen, maar dat was niet aan haar gezicht te zien, dat bleef uiteraard ontdaan en verontrust.

'Bah!' riep Kostja, waarschijnlijk zowel doelend op de woordkeus van zijn moeder als op de situatie als geheel, en hij liep de kamer uit.

Met zijn lievelingetje Daria aan de hand wandelde hij vervolgens de heuvel af naar de paardenfokkerij om met haar naar de Dagestaanse pony's te kijken. En vervolgens zette hij haar op een van die pony's en hield haar losjes om haar middel vast, tot de pony plotseling een sprong maakte en het kind afwierp, het ging zo snel dat mijn grootvader Daria niet kon opvangen.

Terwijl mijn grootvader zich jammerend op het kind stortte met het dreigement 'de hele tent' te zullen sluiten, begon mijn moeder te kreunen en werd ze door haar corpulente moeder naar het dorpsziekenhuis gebracht, en mijn zus Daria – meestal Daro, Dari of Dariko genoemd – werd ook zo snel mogelijk naar een ziekenhuis gebracht, maar dan het beste ziekenhuis van Tbilisi en geen geïmproviseerde dorpskliniek. In Tbilisi werd bij Daria een lichte hersenschudding vastgesteld en bij mij, een paar uur later en een paar kilometer ten noorden van de stad, dat ik ter wereld was gekomen.

'Dit kind is een product van Elenes schaamteloosheid

en verdorvenheid en bezegelt mijn definitieve nederlaag in de strijd om haar eer, ik heb dus geen enkele reden om blij te zijn of iets te vieren. Het meisje, ook al kan ze er niets aan doen, is de vleesgeworden belichaming van al het kwaad dat haar moeder over ons heeft afgeroepen.' Dat was Kostja's enige reactie op het heuglijke nieuws dat hij voor de tweede keer grootvader was geworden.

En toen ik eindelijk naar het Groene Huis werd gebracht, naar het huis dat mij niet welkom heette, ontwaakte mijn overgrootmoeder uit haar comateuze toestand, keek naar haar achterkleinkind en zei: 'Dit is een ander kind. Een bijzonder kind. Het heeft veel bescherming en veel ruimte voor zichzelf nodig.' En iedereen sloeg met zijn vlakke hand tegen zijn voorhoofd en begon te kreunen. Die dwaze oude vrouw was tot leven gewekt en men wist niet precies of dat nu goed of rampzalig was.

Diezelfde dag onthulde Stasia haar familieleden eindelijk de werkelijke bestemming van haar schuur: het moest haar nieuwe oefenruimte worden. Ze was van plan weer met ballet te beginnen. Iedereen schudde ongelovig en enigszins pijnlijk getroffen zijn hoofd en dacht waarschijnlijk: dat kan toch niet waar zijn!

En ik dacht, *what a wonderful world*, en lachte mezelf in slaap. Misschien zag ik ze allemaal met hun hoofd over mijn wieg gebogen: Ida met haar beringde vingers, met een waaier boven mijn wangen wapperend, Thekla met haar onvergetelijke geur van poeder en verwelkte bloemen, mijn betovergrootvader, die naar chocola rook en peinzend zijn hoofd schudde, omdat ze ook mij de achternaam Jasji moesten geven. En toen kwam mijn zus Daria, die haar hersenschudding losjes en pijnloos had afgeschud, en beet in mijn bovenarm, zo hard dat de paarden in de fokkerij door mijn geschreeuw werden opgeschrikt. Tot mijn moeder binnen kwam rennen, Daria bij me vandaan trok en wanhopig tegen haar schreeuwde: 'Wat doe je daar? Het is je zusje, je kleine zusje! Je moet van haar houden!'

Bij het aanbreken van een dag in mei kwam het telefoontje. Kostja was nog niet terug van een van zijn zakenreizen naar Batoemi. Elene dwaalde weer eens slapeloos over de onafgebouwde zolder. Nana sliep diep en snurkte. Dus stond Stasia moeizaam op uit bed, zocht haar pantoffels en wankelde naar de telefoon.

'Ja, verdorie?' snauwde ze in de hoorn.

'Stasia?'

'Christine?'

'Alles goed met je?'

'Ja, gaat wel, hoe is het bij jou?'

'Ik heb je hulp nodig.'

'Wat is er gebeurd?'

'Je moet me helpen.'

'Zeg het dan!'

'Micha. Micha.'

'Wat is er nu weer?'

'Hij is gisteren verhoord.'

'Verhoord?'

'Ja, de politie was hier.'

'De smeerlappen! Wat heeft hij gedaan?'

'Hij heeft een film gemaakt.'

'Een film. Waarover?'

'Over... Sopio.'

'Wat?!'

Er volgde een geladen stilte, een stilte die elk moment dreigde te ontploffen.

'Ja, het moest zijn eindfilm worden. Hij werkt er al meer dan een jaar aan. Eerst leek alles goed te gaan...'

'Is het zo erg?'

'Ik geloof het wel.'

'Wat moet ik doen?'

'Met hem praten. Met Kostja. Ik haat mezelf dat ik je dit moet vragen, maar het is het enige wat ik voor Micha kan doen.'

Er zat een brok in Stasia's keel, iets harigs wat braakneigingen veroorzaakte, de woorden vielen in haar mond uiteen voordat ze ze kon uitspreken. Ze had haar kleine zusje zoveel te zeggen, maar waar waren ze, de woorden of op z'n minst de tranen, waarom lieten die vervloekte tranen haar zo vaak in de steek?

'Stasia? Ben je er nog?'

'Fijn om je stem te horen, Christine.'

'Je moet me helpen.'

'Ik zal met hem praten als hij terug is.'

Stasia liep de koele, vochtige ochtendschemering in, paars en moerasgroen. Er was niets wat bleef, behalve de echo, er was niets wat je niet door de vingers glipte, wat niet verwelkte. Ze had haar dromen onder haar kussen gelegd, elke nacht opnieuw, hopend op een wonder, en dat wonder was nooit gebeurd.

En nu waren er nutteloze tranen. Nu waren er vaderloze dochters en moederloze zonen, nu waren er partijinsignes op de borst, nu waren er ontspoorde meisjes en jongens achter slot en grendel, er was verbrande aarde, er waren nog steeds *Bayadères* en *Petroesjka's*, maar er was allang geen rol meer voor haar weggelegd.

Stasia bezweek onder de last van haar onpartijdigheid. Wat kostte het toch veel moeite om afstand tot de wereld te bewaren.

Ze stond daar in een versleten nachthemd met blote benen in modderige rubberlaarzen naar de ochtend te kijken die boven het land gloorde. De ochtend was oneindig mooi, pijnlijk mooi. Maar de mensen die over die schoonheid in vervoering hadden kunnen raken, waren gewond, niet in staat één te worden met die aanblik, ertoe veroordeeld voor eeuwig en altijd toeschouwer te blijven.

Onpartijdigheid was een illusie.
Nu brak er een nieuwe dag boven Stasia aan.

Alles op de wereld wordt door
de geschiedenis gerechtvaardigd.
Tsjechov

De film heette *De geschiedenis van een nonchalante droom*. Wel een ietwat pretentieuze titel, maar dat valt een jonge kunstenaar te vergeven. Hij had er maanden als een bezetene aan gewerkt. Met veel toewijding had hij het leven van zijn grootmoeder gereconstrueerd. En waar het aan geld ontbrak, had hij licht en fantasie hun werk laten doen, zich op de gezichten van zijn acteurs geconcentreerd en de trucs van de surrealistische filmmakers toegepast.

Met hulp van Lana met haar zacht gesabbelde, verleidelijke stem, haar duistere blik van de benadeelden, haar vuisten van de onderdrukten had hij een paar medestudenten – en vooral een jonge veelbelovende actrice voor de hoofdrol – kunnen strikken. Het was hem gelukt hen allemaal te overtuigen van de noodzaak en de betekenis van zijn film.

Als een gek had hij aan één stuk door over zijn film gepraat: elk beeld, elke scène was belangrijk voor hem, duizend keer had hij zijn cameraman geïnstrueerd, samen met Lana elke scène nauwkeurig geschetst. Hij benadrukte voortdurend dat ze zich geen fouten konden veroorloven, dat eventuele risico's van tevoren uit de weg moesten worden geruimd.

Christine had al haar allengs tanende krachten verzameld en zich ertegen verzet. Ze hield vast aan haar zelfgekozen rol van Cassandra, die steeds een vreselijke toekomst voorspelde zonder dat iemand haar geloofde, en nooit moe werd te waarschuwen voor het gevaar dat er van die film uitging. Elke vrije minuut dat ze met Micha alleen was, probeerde ze hem over te halen zijn plan te laten varen, tot hij zich voor haar begon af te sluiten, tot hij steeds later thuiskwam, tot hij zijn geheimen niet meer met haar deelde.

Hun gemeenschappelijke wereld, waarvoor Christine zo'n hoge prijs had betaald, viel uiteen. En zijzelf voelde zich in Micha's wereld als een geur die iemand bij zijn vertrek in voorwerpen en kleren achterlaat en die met de dag steeds zwakker, vluchtiger wordt, tot hij op een dag helemaal is verdwenen.

Toen ze al met de montage van de film waren begonnen, ontdekte Lana dat ze zwanger was.

Ze wist hoe heilig de film voor Micha was en dat elke vertraging, elk risico, elke afleiding hem een zenuwinzinking kon bezorgen. De laatste maanden was hij zo gespannen, zo nerveus, hij ontwikkelde zelfs een bijna ziekelijk wantrouwen tegenover zijn team, zag overal spionnen en verklikkers die hem konden verraden. Hij schermde zich af, liet niets meer los over de actuele stand van het project. Hij was labiel, vol twijfels en angsten. Lana moest hem steunen, ze moest deze weg met hem tot het einde gaan. Ze moest zich vermannen en het opwindende nieuws verzwijgen, ze moest zich op hem concentreren. Zij was zijn linker- en rechterhand en juist nu hij zo door angst werd verteerd en onzeker was, mochten die niet trillen.

Ze was er best trots op hoe goed ze alles onder controle had, hoe zelfbewust en doelgericht ze maandenlang de opnamen had gecoördineerd en georganiseerd. En ja, ze was steeds bang geweest voor het moment dat de film klaar zou zijn, dat hij de wereld in zou worden gestuurd, dat Micha haar niet meer nodig zou hebben om zijn gedachten in geordende banen te leiden en zijn twijfels te overwinnen. Maar nu had ze niets meer te vrezen: hij zou bij haar blijven, nu droeg ze zijn kind onder haar hart en dat was veel sterker, veel definitiever dan alles wat hen tot nu toe met elkaar verbond.

Daarom besloot ze met het nieuws te wachten tot de film klaar was.

Maar toen raakten de gebeurtenissen in een stroomversnelling. De ene onvoorzichtigheid leidde tot de andere. Haar oom, die hun al een paar nachten de montagekamer van de filmstudio ter beschikking had gesteld, durfde het niet langer aan, hij wilde zijn baan niet in gevaar brengen en vroeg hun voor de rest van het werk een andere montagekamer te zoeken. Nu waren ze aangewezen op de filmschool. Niemand van het team mocht iets over het project naar buiten brengen en toch bleken de binnenkamers van het instituut niet waterdicht te zijn. Er liepen daar te veel studenten in en uit en geruchten verspreidden zich te snel, zoals het gerucht dat Micha Eristavi in de montagekamer een kleine cineastische revolutie aan het voorbereiden was. De geruchten gingen van verdieping naar verdieping, tot ze ten slotte de directie van het instituut bereikten. Een affront? De commissie stelde een onderzoek in en riep de betrokkenen bij zich, stelde vragen, oefende druk uit, eiste informatie.

Lana moest snel handelen. Met al haar overrompelende overtuigingskracht praatte ze steeds weer op de teamleden in, ze maakte hun duidelijk hoe belangrijk het was om de kiezen op elkaar te houden, hoe belangrijk het was om vóór het uitbrengen van de definitieve montageversie van de film in alle talen te zwijgen, om niets maar dan ook niets te laten uitlekken. In schitterende kleuren schilderde ze de luisterrijke toekomst van de film: ze had het over uitnodigingen voor buitenlandse festivals, over prijzen, ze liet zelfs het eervolle woord 'verzetsstrijders' vallen.

In mijn hele leven heb ik nooit een vrouw ontmoet die zo haar best deed om een ideologe te zijn als Lana. Door dik en dun. Het was puur een ideologie van ergens tegen zijn. Altijd tegen iets. Tegen iemand. Nooit rustend. Nooit aankomend. Nooit vergetend. Haar fanatisme was volgens mij de grootste pijler van haar ik. Zelfs haar zwangerschap kon haar er niet van weerhouden zich in die zee van intriges, leugens en machinaties te storten, alleen om Micha's heilige graal te behoeden.

Maar niet iedereen was bereid om zoveel te riskeren. Niet iedereen zag zichzelf graag in de rol van verzetsstrijder en niet voor iedereen was die film zo heilig dat hij verwijdering van het instituut of, erger nog, dreigende waarschuwingen, straffen en een beroepsverbod op de koop toe nam.

De camera-assistent bleek een zwakke broeder en toen hij voor de tweede keer voor de commissie moest opdraven om zijn eerste verklaring (dat het om een onschuldige film ging) te bevestigen, begaven zijn zenuwen het en bekende hij beschaamd er niet zo zeker van te zijn of de film ook echt voldeed aan de geest van het instituut, zoals iedereen in het team beweerde. De volgende dag werd de hele groep opgeroepen en flink aan de tand gevoeld. De directie droeg Micha op het filmmateriaal onmiddellijk aan de examencommissie ter hand te stellen.

Er brak paniek uit: de actrices huilden, de acteurs vloekten, de cameraman schold op het systeem, de geluidsman krabde zijn hoofd, de lichttechnicus probeerde hoop te geven – maar iedereen was het erover eens: Micha moest het filmmateriaal overdragen aan de commissie. Wat kon er gebeuren? In het ergste geval zou men een verbod uitspreken en het filmmateriaal vernietigen, en dan zouden ze gewoon conform de eisen een andere eindfilm maken, maar met een beetje berouw was iedereen buiten gevaar. Hij wilde de toekomst van zijn studiegenoten toch niet op het spel zetten?

Toen Micha niets wist te zeggen, nam Lana weer het woord en schold hen allemaal uit voor lafbekken en benepen ambtenaartjes, niet in staat voor een idee te vechten, niet in staat risico's te nemen, risico's waar een kunstenaar nu eenmaal niet aan ontkwam. Ze betitelde hen zelfs als slappe karikaturen van kunstenaars. En voordat iemand iets terug kon zeggen of met tegenargumenten kon komen, trok ze Micha als een schooljongen mee uit de woning van de cameraman, waar ze bijeen waren gekomen om een oplossing te zoeken voor de ophanden zijnde crisis.

Micha was woedend en toen ze vanuit het trappenhuis de straat op liepen, verweet hij haar luidkeels dat ze hem in de ogen van de anderen belachelijk had gemaakt, alsof hij zelf geen stem had.

'Je zei niets, neem me niet kwalijk, nog even en ze hadden je overgehaald om morgen het materiaal af te geven en je nog te verontschuldigen ook. Of niet soms, Micha? Ik ken je. Ik lees je gedachten en je twijfels nog voor jij je ervan bewust bent.'

'Ik hou er niet van om betutteld te worden!'

'Zo?' Ze liet hem staan en liep vastberaden door.

'Ik praat tegen je, Lana!'

'Er valt niets te praten. Jij bent een kunstenaar – zij niet.'

'Waar heb je het over?'

Hij rende achter haar aan.

'Jij hebt alles in die film gestoken. Wij hebben er alles in gestoken en ik laat niet toe dat die lafbekken het nu voor ons verpesten. Je wist dat je niet op applaus kon rekenen, ik heb steeds gezegd dat er obstakels zouden zijn.'

'Obstakels? Dit zijn geen obstakels. We kunnen allemaal een beroepsverbod krijgen en ik...'

'Wat maakt het voor verschil of je geen films kunt maken die je wilt maken, of dat je helemaal geen films mag maken? Kun je me dat uitleggen?'

'Ik kan ze niet aan hun lot overlaten. Die mensen hebben me vertrouwd en gedaan wat ze konden. Nu is het mijn taak om ze te beschermen.'

'Zo? En hoe zit het met mij en je kind?'

'Mijn kind?'

'Nou ja, dat wilde ik je later vertellen, zodat je in alle rust de montage...'

'Ben je zwanger?'

'Ja, ik ben zwanger, Micha. We krijgen een baby. Volgens mijn berekening...'

'En dat heb je me niet verteld omdat je vond dat ik in alle rust de film moest kunnen monteren? Heb ik dat goed begrepen? En wacht, blijf toch staan, ren niet zo hard.'

'Ik wil niet blijven staan. Ik wil helemaal niets. Ik wil alle eventualiteiten van morgen met je doornemen en dan naar huis. Ik ben moe. Ik walg ervan om constant mensen om me heen te hebben die hun kansen niet weten te benutten. Die alles hebben en het niet eens waarderen. Ik ben het zat om me constant af te geven met die idioten. Is een minimum aan professionaliteit al te veel gevraagd?'

'Hé, Lana, Lana... Wacht nou even! Wat bezielt je? Kom hier, laat me je tenminste aankijken.'

'De bus komt zo, kom nou, Micha.'

Hij haalde haar in en probeerde haar bij haar arm te grijpen, maar ze ontweek hem en liep door.

'Lana, je kunt me toch niet zo terloops vertellen dat je zwanger bent en dan niet eens blijven staan, mijn god, wat is er met je aan de hand?'

Plotseling draaide ze zich om en met een van walging, verachting en pijn vertrokken gezicht beet ze hem toe: 'Ik wil geen idioot als man! En mijn kind verdient zeker geen lafaard als vader! Ik heb niet al die maanden mijn leven op zijn kop gezet, mijn eigen belangen en behoeften opzijgezet, me halsoverkop in die waanzin gestort en constant die talent- en hersenloze lui lopen paaien om toe te zien hoe jij nu gewoon de handdoek in de ring gooit! Begrijp je me, Micha?'

Ze schuimbekte van woede. Hij had haar nog nooit zo gezien. Lana, het toonbeeld van beheersing en discipline, onverslaanbaar als het om zelfcontrole ging, Lana, die altijd vooruitkeek, geduldig, doelbewust en oplossingsgericht was. Hij begreep niet waar het vandaan kwam, die lelijke agressie, die blinde woede, die kennelijk haar scherpe blik vertroebelde en het haar onmogelijk maakte de ernst van de situatie in te zien.

'Jij gaat daar morgen vriendelijk glimlachend naartoe, je doet net of je neus bloedt, of je niets begrijpt van de hysterie rond dat eindfilmpje van je, en vervolgens beweer je schouderophalend dat het materiaal verdwenen is. Zo simpel is dat. Ik heb de filmrollen voorlopig namelijk aan mijn oom gegeven, hij moet ze een paar weken bewaren tot alles is overgewaaid, en dan zullen we er wel iets op vinden. Zo ga je het doen, zo gaan we het doen, Micha.'

Ze had zichzelf weer in de hand. Bij de laatste zin verscheen er zelfs een tevreden glimlach om haar mond.

'Kom op, ze zullen je heus niet opsluiten voor een film die niemand heeft gezien. Hé, Micha, kijk me niet zo aan. We hebben het tot hiertoe gered, de rest krijgen we ook wel voor elkaar. En de anderen hebben heus niets te vrezen. Wij dragen de volle verantwoordelijkheid.'

'Niet wij, Lana. Ik.'

'Daar vergis je je schromelijk in.'

Opeens leek het of al haar vastberadenheid, haar kracht was verdwenen, ze liet haar hoofd zakken en stak haar handen in haar jaszakken, alsof ze bescherming zocht.

'Ben je niet een beetje blij?' mompelde ze schuchter.

'Wat bedoel je?'

Met haar handen maakte ze in haar jaszakken een beweging waardoor er een bult op haar buik verscheen.

'Wat verwacht je van me?'

'Niets, ik verwacht niets. Ik wil alleen dat je ja zegt.'

'Ja tegen wat? Tegen jou? Tegen het kind? Tegen je plan?'

Nu keek ze hem aan. De onzekerheid was in één klap uit haar lichaam verdwenen en haar gezicht was weer ondoorgrondelijk als altijd. Hij schaamde zich, hij had haar graag een beter antwoord gegeven, maar hij was nog altijd van zijn stuk door haar toon, haar eisen die geen tegenspraak duldden, de woeste scheldkanonnade die ze tegen zijn team had afgestoken. Maar Lana was weer helemaal de oude, onwankelbaar als een vesting, een vrouw zonder geesten, de vrouw zonder mysteries. En ze slikte de verbittering die zijn woorden ongetwijfeld bij haar hadden opgeroepen moeiteloos in en liep naar de bushalte.

'Nu moeten we zeker trouwen, hè?' vroeg hij in de bus en hij pakte haar hand en drukte zijn voorhoofd peinzend tegen het stoffige raampje.

'Het enige wat jij moet, is de film redden! Ik heb wel voor hetere vuren gestaan dan zwanger door een man in de steek gelaten te worden,' antwoordde ze op haar gebruikelijke sarcastische toon en ze trok haar hand terug.

Hij kwam vroeg in de ochtend terug van een staatsbanket, vermoeid, maar zelfvoldaan. Hij stonk naar wijn en droeg zichtbare sporen van de vrouwelijke aandacht waarmee hij tijdens het feest was bedacht. Als zij hem niet had gegroet, had hij haar niet eens gezien toen hij haar op de veranda voorbijliep.

Hij bleef verbouwereerd staan.

'Wat doe jij hier op dit tijdstip?'

'Kom even bij me zitten, dan zet ik een kop koffie voor je.'

'Kan het niet wachten? Ik ben bekaf.'

'Nee.'

Hij gaf zuchtend toe en ging in de schommelstoel met de zonnebloembekleding zitten, waarvan het nog jaren zou duren voor mijn zus en ik hem hadden vernield. Stasia gaf haar zoon de beloofde koffie en ging naast hem zitten.

'Micha heeft een film gemaakt. Een eindfilm. Over zijn grootmoeder. En nu is hij verhoord. Jij moet dat oplossen.'

Het was geen verzoek. Kostja nipte van de hete koffie en nam de tijd voor hij antwoordde.

'Oplossen? Ik?' vroeg hij, alsof hij zeker wilde weten of hij haar goed had verstaan.

'Ja, dat ben je verplicht.'

Hij begon hard te lachen, alsof zijn moeder hem net een misplaatste grap had verteld.

'Jullie denken zeker dat ik almachtig ben. Dat iedereen die in een omtrek van honderd kilometer iets uitvreet, daar maar bij mij mee aan kan komen.'

'Hij is niet iedereen.'

'Precies. Je slaat de spijker op de kop! Hij is verantwoordelijk voor de ellende van mijn dochter. En hij mag zich gelukkig prijzen dat ik hem in leven heb gelaten! Ik denk dat ik genereus genoeg ben geweest.' Hij stond met een ruk op en liep naar de deur. 'O ja, en zeg maar tegen Christine, want ik weet dat zij je dit heeft gevraagd, dat zij haar beslissing heeft genomen en ik de mijne.'

'Kostja, wacht...'

Hij maakte een afwijzend gebaar en ging naar binnen. In de badkamer ging hij voor de spiegel staan. Op zijn wang zag hij de afdruk van roodgeverfde lippen, welgevormd, rimpelloos. Hij begon zich te scheren. Hij zag zijn gezicht duidelijk in de spiegel. Voorzichtig strooide hij scheerpoeder in zijn hand, schuimde het op met water, smeerde zich in en bracht het scheermes naar zijn wang. Een kleine steek. De granaatappelrode vloeistof liep over zijn linkerwang omlaag.

Hij hoorde Daria brabbelen. Ze moest net wakker geworden zijn. Die constatering ontlokte hem een glimlach, tussen het witte schuim en het donkerrode bloed openden zich zijn lippen.

Ergens blafte een hond. Er trok een lichte bries door de gangen en kamers. Het rook bedwelmend naar de lente. Iemand zette de televisie aan. *Vremja*, het journaal, begon. Nieuwsberichten werden de wereld in gestuurd. Ieder het zijne. Het was zaterdag. Nana hoefde niet te werken. Straks zou ze zijn overhemden gaan strijken, Daria's kleertjes, de kruippakjes van de vaderloze baby van zijn dochter, Elenes broeken (altijd die haveloze broeken, nooit eens mooie, vrouwelijke jurken!).

Elene zou straks met moeite haar bed uit komen en met de baby op haar arm en de ontevreden, bijna met haar gezicht vergroeide uitdrukking aan de ontbijttafel verschijnen. Daarna zou ze als een zombie over het terrein dwalen en verlangend naar de paardenfokkerij kijken, waar ze haar Johannes de Doper miste. Ze zou ronddolen, rusteloos, gejaagd, met haar broekzakken vol jaren, haar beste jaren – die ze vergooide.

Het wondje op zijn wang klopte. Hij liet water in zijn hand lopen en sprenkelde een paar druppels op de bloedende plek.

Stasia's voetstappen. Ze was in de keuken bezig. Maakte ze jam op dit vroege uur? De geur van perziken stroomde uit de keuken. Waren er al perziken? Of waren het kwetsen? Ze zou hem de hele dag verwijtend aankijken, dat wist hij. Ze zou tegen hem zwijgen.

De baby zweeg niet, die krijste. Kostja weigerde mijn naam uit te spreken. Hij vond mijn naam – net als die van Daria destijds – idioot. Hoe kwam iemand op zo'n naam? Waarom moest Elene zich zelfs bij de naamgeving van haar kinderen van iedereen onderscheiden? En dat nog benadrukken ook. Waarom kon iemand zijn kinderen geen normale naam geven? Er waren genoeg mooie meisjesnamen. Maar nee, ze moest steeds een streep door zijn rekening halen, zij, zijn dochter, die voor hem een vreemde was geworden.

Met een puntje van de handdoek depte hij de snee. De stof absorbeerde zijn bloed. Een kleine schram op zijn gezicht. De zoveelste.

Wanneer waren zij dat vermogen kwijtgeraakt? Het vermogen om gelukkig te zijn, vroeg hij zich af, terwijl hij naar het bebloede puntje van de handdoek staarde.

De baby, dus ik, krijste. Waarom keek er niet iemand naar haar om? Zijn hoofd bonkte. Hij had de afgelopen nacht te veel gedronken. Een diner met de medewerkers van het Moskouse MVD, rijkelijk besprenkeld met alcohol.

Nee, de maat was vol. Hij wilde niets meer rechtbreien. Iedereen was verantwoordelijk voor zijn eigen leven. Hij wist niet waarom hij opeens aan Giorgi Alania moest denken. Wat zou die op dit moment doen? De enige mannelijke vriend bij wie hij zich niet anders hoefde voor te doen dan hij was. Een moeiteloze vriendschap. De enige verhouding in zijn leven die niet in bed was geëindigd. Wat een opluchting.

Wat een benijdenswaardige carrière had Alania gemaakt. Wat een moed had hij getoond. Wat had hij hem geweldig geholpen. Had hij, Kostja, dat verdiend? Hij was zo moe. Het liefst was hij zo in het lege bad gaan liggen en daar in slaap gevallen. Maar zijn gedachten achtervolgden hem. De onrust. Dat was beslist Elenes schuld. Met haar onrust stak ze hem aan. Hij scheen nog altijd gevoelig te zijn voor haar signalen.

De gezichten van de ondervoede bevolking toen ze in die donkere januaridagen de gelederen van Legergroep Noord hadden doorbroken. Nee, niet weer. Niet Leningrad. Niet die gedachten. Hij moest zich vermannen, alles zou wel weer in orde komen. Hij wankelde even, ging op de rand van het bad zitten.

'Alles goed?'

Het was Nana die op de deur klopte. Zijn vrouw. Wanneer had hij haar voor het laatst aangeraakt? Waarom waren ze eigenlijk nog bij elkaar?

'Kan een mens zich niet eens in alle rust scheren?'

'O, dat wist ik niet, neem me niet kwalijk.'

Die devote toon, dat onderhuidse verwijt in elk woord dat ze tot hem richtte. Waarom had ze besloten bij hem te blijven? Was het eenvoudiger zo?

Elene liep langs de badkamer. Hij herkende haar gejaagde voetstappen, ze had altijd haast, ging ergens naartoe, wist zelf niet waarheen. Wat een kansen, wat een vooruitzichten had ze eigenhandig vergooid, allemaal voor niets en niemendal. Al die moeite, al die jaren in Moskou, al die ruzies met Nana. En waarvoor? Voor deze schande.

Nee, hij mocht niet weekhartig worden. Waarom huilde hij nu opeens? Wat had dat voor zin? Het kwam vast doordat hij moe was. Het werk, de afmattende laatste maanden, de geboorte van dat vaderloze kind. Hij kromp in elkaar alsof hij buikpijn had, sloeg zijn armen om zijn buik en trok zijn hals in.

Hoe moest hij dat allemaal rechtbreien? Hoe moest hij al die mensen schadeloosstellen en waarvoor eigenlijk? Voor de dingen die ze door hem hadden verloren of waren misgelopen? Zat het zo? Nee, het was niet zijn schuld. Hij vond het welletjes. Het werd tijd dat iedereen zelf voor zijn geluk zorgde. Hij veegde zijn gezicht af met de handdoek.

Alleen die ene kwestie, alleen die laatste kwestie, dan zou hij alles proberen te vergeten, dan zou hij achteroverleunen en de dingen op hun beloop laten. Ja, daar moest hij nog een punt achter zetten. Hij moest zijn familie beschermen. Hij moest ze tegen zichzelf beschermen. Dat was misschien zijn kans! Hij zou een einde maken aan Elenes leed. Hij moest het doen voor Daria, voor zijn juweeltje. Voor haar toekomst, zodat ze in vrede kon opgroeien in een vredige familie, zonder die krankzinnige rusteloosheid in de ogen van haar moeder te hoeven verdragen.

Hij trok de deur open, sloop naar zijn werkkamer, sloot zich op, bladerde in zijn adresboekje en draaide vervolgens een nummer.

'Hallo, met Kostja. Ja, ja, uitstekend, en met jou? Zeg, ik heb een klein verzoek. Ik hoop dat je me kunt helpen. Het gaat om een student, Instituut voor Theater en Film, ja, ja, hier bij ons. Een misselijke knul. Vader deserteur en overloper naar de fascisten destijds. En hijzelf, nou ja, kennelijk is hij in papa's voetsporen getreden. Nee, geen crimineel. Eerder zo'n onooglijk ventje, maar, zoals dat zo fraai heet, stille wateren... Ja, precies. Hij schijnt een of andere film te hebben gemaakt, ja, ik denk dat het zijn eindfilm is. En voor zover ik weet, zit hij daardoor nu in de problemen... En ik zou graag zien dat die problemen voor hem niet al te gauw uit de wereld zijn. Begrijp je? Wat precies... Zeg, wie zit er nu bij de politie, jij of ik? Natuurlijk kunnen jullie daar een kijkje nemen. Dat moeten jullie zelfs. Ja, ja, uiteraard. Nee, dat is geen zaak voor het onderwijsapparaat. Dat is jullie zaak, beste vriend. Nee, daar zul je geen last mee krijgen. Je zou langzamerhand toch moeten weten dat ik mijn woord hou. En dat je, eh, steun voor de goede zaak ruimschoots zal worden beloond. Prachtig. Zo hoor ik het graag, beste vriend. En ja, hou me alsjeblieft op de hoogte.'

In de zege van de onsterfelijke idee
van het communisme
zien wij de toekomst van ons land,
en de rode banier van het roemrijke vaderland
blijven wij altijd grenzeloos trouw!
Volkslied van de Sovjet-Unie

De volgende ochtend stonden er twee politieambtenaren in het decanaat van de filmfaculteit, die wilden weten hoe het kon dat een miezerig studentje zoiets waagde, zo'n ongelofelijke brutaliteit beging.

'Maar kameraden, welke film? Er is geen film.' Het hoofd van de faculteit probeerde de zaak te sussen. 'We hebben de student Eristavi gisteren opgeroepen en hij heeft ons verzekerd dat het materiaal niet meer bestaat...'

'En dat gelooft u, meneer?' onderbrak de gedrongen politieambtenaar hem, de botste van de twee.

'Nee, natuurlijk niet. Maar daarmee staat vast dat hij die film nooit af zal maken en ook nergens zal vertonen, want we hebben meteen een vertoningsverbod uitgesproken, totdat we het ruwe materiaal zelf onder ogen hebben gehad. De student Eristavi is geen reactionair, eerder van het gevoelige soort, ik zou me over hem geen zorgen maken.'

Het hoofd deed zijn best de politie af te wimpelen om de kwestie zo snel mogelijk intern te kunnen oplossen, zonder onberekenbare inmenging van buitenaf.

'Kameraad Eristavi zal geen domme dingen doen. Ik verzeker u dat deze zaak uw tijd niet waard is, u hebt vast belangrijker dingen te doen dan u met zo'n onschuldig voorval bezig te houden.'

'Of deze aangelegenheid onze aandacht wel of niet waard is, kunt u gerust aan ons overlaten, meester! En zo onschuldig schijnen uw studenten niet te zijn, we hebben ons oor hier en daar te luisteren gelegd, het hele instituut praat over die film.'

'Maar hij bestaat niet. Niemand heeft hem ooit gezien, dat is toch bespottelijk, heren!'

'Bespottelijk? Bespottelijk? Noemt u dat bespottelijk? Die anarchisten, die niets liever doen dan onze waarden met voeten treden, die ons in ons gezicht uitlachen en op ons spugen, die noemt u bespottelijk? En zulke figuren leidt u op voor de artistieke toekomst van onze staat?'

'Zolang er geen film is, valt die jongen ook niets te verwijten. Allemaal drukte om niets. De jongeren van tegenwoordig overdrijven nu eenmaal graag. Ze zien zichzelf allemaal in de rol van rebel, dat kent u toch ook, we zijn allemaal twintig geweest en...'

'Zeg dan alstublieft tegen uw onschuldige student dat we het filmmateriaal uiterlijk woensdag verwachten. Mocht hij blijven volhouden dat het verdwenen is, dan zal hij een bezoek aan ons bureau moeten brengen.'

'Ze willen je bang maken, merk je dat niet? Ze willen je bang maken, Micha! Vooral het hoofd koel houden. Je blijft bij wat je hebt gezegd. Je weet niet waar het materiaal is en tot op zekere hoogte klopt dat ook. Jij weet echt niet waar ik de rollen naartoe heb gebracht. Dus je hoeft niet bang te zijn. Ik ga met je mee. Ik zal bij je zijn.'

Lana leek in verband met de steeds ernstiger en gevaarlijker wordende ontwikkelingen rond de niet-bestaande film regelrecht in extase te raken.

'Ze zullen je vereren als een held, dat zweer ik je. De geruchtenmolen op het instituut draait al op volle toeren, dat kan ik je verzekeren. Ze zullen je benijden, ze zullen je verafgoden: ja, zo moet een regisseur zijn, zo zouden wij ook moeten zijn, maar nee, wij zijn maar laffe kleine sukkels, moederskindjes en papa's oogappels, zullen ze denken. Ja, Micha, ze zullen eindelijk zien wie je werkelijk bent. Stel je voor hoe het zal zijn als we dit verhaal aan onze kleine vertellen, ik weet zeker dat het een jongen wordt, een jongen, die sprekend op jou lijkt, Micha. Stel je voor hoe trots hij op ons zal zijn. Als hij onze film zal zien en wij hem het hele verhaal vertellen. Hij zal tegen je opkijken, tegen zijn moedige papa.'

'Hou op!' Micha sloeg met zijn vuist op tafel. 'Jij wilt de feiten niet onder ogen zien! Merk je niet hoe lelijk we al in de knel zitten? Nu zit de politie al achter mijn film aan, ik word van school getrapt, zelfs als ik dat verhoor morgen overleef.'

'Micha, Micha, jongen van me, kom eens hier... Je maakt je veel te veel zorgen!'

Ze stond op en liep naar hem toe, vlijde zich tegen hem aan, ging bij hem op schoot zitten en pakte zijn hoofd vast.

'Doe wat ik zeg. Dan zal je niets gebeuren. Heb ik je ooit in de steek gelaten? Heb ik je ooit ook maar één reden gegeven om aan mijn woorden te twijfelen? Micha, alsjeblieft. We gaan er samen heen. We lossen het samen op. Hou de anderen er alsjeblieft buiten. En vooral Christine. Als die er lucht van krijgt, voert ze een complete opera op om te zorgen dat je toegeeft en het materiaal inlevert. Kom, geef me je hand eens. Voel eens hoe gezwollen mijn borsten zijn, ze staan op springen.'

En ze legde zijn hand op haar borst en drukte een kus op zijn lippen.

De ondervraging bij de politie duurde niet lang. Micha's pogingen om staande te houden dat het filmmateriaal was ontvreemd, werden in een paar seconden als bespottelijk afgedaan, hij kreeg een ultimatum: binnen een week moest hij het ruwe materiaal afgeven. Anders zouden ze de zaak overdragen aan het Openbaar Ministerie, werd hem met een sluw, provocerend lachje meegedeeld.

Bezweet, happend naar lucht, wankelde hij naar buiten. Alle angst die hij in die kale politiekamer had onderdrukt, kwam er in één keer uit. In zijn ogen glinsterden tranen van vernedering en schaamte. Zodra Lana en hij ver genoeg van het bureau verwijderd waren, begon hij midden op straat te tieren, het speeksel spatte van zijn lippen, hij gebaarde wild met zijn handen, stampte met zijn voeten, begon aan een zin, brak hem af, begon opnieuw, totdat hij uitgeput bleef staan en, omdat hij niet wist wat hij met zichzelf aan moest, op zijn hurken ging zitten.

Lana knielde naast hem neer, sloeg een arm om zijn schouder en begon zacht en dwingend op hem in te praten, haar kalmte en zelfverzekerdheid verdreven de ontzetting uit zijn lichaam, ze bleef maar herhalen hoe trots hun zoon nu op hem zou zijn, wat een groot kunstenaar hij in haar ogen was, hoe moedig en dapper hij zich erdoorheen sloeg; hij had niets te vrezen, want ze hadden niets tegen hem in handen.

'Niemand kent die film. Niemand kan je aanklagen, wegens een gerucht, Micha, wegens iets wat er niet is. Niemand kan je om die reden ergens toe dwingen. Ze maken je bang, ze willen je alleen maar intimideren.'

Hij probeerde niet naar haar te kijken, naar haar dof glanzende ogen achter de dikke brillenglazen. Hij probeerde haar onverstoorbare vastberadenheid niet op zich te laten inwerken, want vandaag, in die neutrale, kille verhoorkamer, had hij voor het eerst begrepen dat het spel bittere ernst was geworden. En dat Lana, die hem hierin had gemanoeuvreerd, misschien heel andere belangen had dan hij. Hij wilde haar niet aankijken om haar niet in het gezicht te hoeven slingeren dat het haar schuld was, dat hij en niet zij die hele beschamende procedure moest ondergaan, dat ze niet alleen hem, maar ook alle betrokkenen, degenen die hem hadden vertrouwd, aan dit ellendige, volstrekt ongerechtvaardigde gevaar had blootgesteld.

In het begin van de ondervraging, toen hij merkte dat

het die ambtenaren wel degelijk menens was, had hij op het punt gestaan toe te geven dat hij wat te ver was gegaan en hun te verzekeren dat hij de filmrollen meteen de volgende morgen zou afgeven. Maar toen was er een andere gedachte bij hem opgekomen, een volkomen irrationele, ongelofelijke en toch bijna logische gedachte: stel dat Kostja Jasji hierachter zat? Stel dat hij de strijd opnieuw had aangebonden? En zodra die gedachte bij hem was opgekomen, zodra hij die in zijn hoofd had geformuleerd, was alles opeens zonneklaar en logisch en voelde hij zich moedig genoeg om bij zijn verklaring te blijven. Want wanneer iemand als Kostja Jasji bereid was om zo ver te gaan, zou hij niet voor hem onderdoen. Hij zou niet net als zijn vader stuklopen op iemand als Kostja Jasji.

En wat had het nou te betekenen: wat was er verboden aan die film? Was hij echt zo explosief, zo baanbrekend, zo moedig als Lana hem wilde wijsmaken? Het was toch niet meer dan een eindfilm. Een ietwat provocerende, vermetele, uitdagende visie op een biografie. Met bescheiden middelen en uit andere films overgenomen verteltechnieken vastgelegd op celluloid.

Lana had ertoe bijgedragen dat er nu al een mythe was ontstaan, zij het alleen binnen het instituut. Misschien lag hier een heel andere kans voor hem, want een film die niemand had gezien en waar zelfs het Openbaar Ministerie achteraan zat, zou hoge verwachtingen omtrent hem in stand kunnen houden, zolang niemand hem vond en niemand hem zag. Misschien was er uit deze situatie echt geen andere uitweg meer dan de film verborgen te houden. Misschien zou hij zijn diploma niet meer krijgen, maar in plaats daarvan, met de juiste strategie, wel een onverwoestbare reputatie. Een reputatie die hem in de toekomst in staat zou stellen de films te maken die hij wilde maken, en dat zonder Lana's hulp en verstrekkende steun.

Hij zou dus Lana's plan blijven volgen, op haar vertrouwen, de film onvindbaar maken en daarmee een toekomst voor zichzelf scheppen. Weliswaar via omwegen en krankzinnige zijsporen die hij op de koop toe moest nemen, maar met een uniek vooruitzicht. Het was natuurlijk veel draaglijker, veel grootser om te geloven dat hij nog steeds was verwikkeld in een strijd om zijn idealen, om Christine, om wat de wereld hem ontzegde en wat hij er toch aan ontfutselde, waarbij hij alle conventies, alle hindernissen onverschrokken overwon. Een strijd waarin de rollen van goed en kwaad, van juist en verkeerd al waren verdeeld: Micha Eristavi, de wreker van zijn verleden, de eeuwig liefhebbende aan de ene kant en Kostja Jasji aan de andere kant.

Ja, die weg zou hij gaan, de weg die Lana voorstelde. En hij zou haar in de waan laten dat ze een gemeenschappelijk doel nastreefden. Maar dat deden ze niet. Ook dat was hem die dag duidelijk geworden.

Later zou hij zich afvragen of de ongelukkige wending in de geschiedenis van hem en Christine hem hier had gebracht. Was het Christines leeftijd geweest die hem in de armen van deze vrouw had gedreven? Zou alles anders zijn gelopen als ze die nacht dat ze haar sluier voor hem afdeed, het licht had aangelaten? Zou hij dan definitief van haar genezen zijn? Maar nu zat hij hier midden op straat, met een vreemde vrouw die toevallig zijn kind droeg. En toen zei hij, en daarmee nam hij de meest verstrekkende beslissing van zijn leven: 'Goed, breng de rollen de stad uit, verstop ze. Breng ze naar het dorp in de bergen. Breng ze bij mijn vader. Maar doe het als hij er niet is, anders vindt hij het vast niet goed dat... Ik zal je ook vertellen waar je ze moet verstoppen. Ik bind de strijd aan, alleen. Ik ga door tot het eind.'

'Ik wist dat ik me niet in je vergiste.'

En Lana woelde dolgelukkig door zijn haar.

'Hij weigert, Stasia. Hij zegt dat hij de film niet heeft. Ik heb vandaag met een advocate gepraat. Zij neemt aan dat er achter dat duistere verhaal iets anders zit. Ik begrijp niet waarom er over zo'n bespottelijke kwestie zoveel ophef wordt gemaakt. De advocate vermoedt, zo formuleerde ze het, dat er "iemand" achter die verhoren zit. Je weet dat ik er niet aan moet denken dat...'

'Christine, alsjeblieft! Wat wil je daarmee zeggen?'

Stasia zette haar handen in haar rug, ze had de hele dag de bouwvakkers geïnstrueerd die haar schuur van spiegels moesten voorzien. Nog een paar dagen en dan was haar danszaal klaar, dan was ze klaar om de erfenis van Peter Vasiljev door te geven. Er zouden wel een paar dorpsmeisjes te vinden zijn met wie ze haar geliefde pirouettes, pas de chat, pas de basque en pas de deux kon oefenen. Ze leunde tegen de keukenmuur en rekte zich uit.

'Zou het kunnen dat Kostja achter die hele poppenkast...'

'Hoe kom je op dat afschuwelijke idee, Christine? Die jongen heeft het aan zichzelf te wijten, waarom levert hij die film niet gewoon in, dan is hij ervan af. Kostja? Nee, dat mag je niet eens denken!'

'Micha moest alweer naar een ondervraging, Stasia, dat is niet normaal: ik smeek je, probeer erachter te komen.'

'Hou op met die onzin, zeg ik je, en zorg dat hij die film afgeeft.'

'Overweeg in elk geval even de mogelijkheid of het toch...'

'Hij is nog altijd je neef. Hij verafgoodt je, jij hebt hem opgevoed, hij is als je eigen vlees en bloed. Goed, ik zal nog één keer met hem praten. Ze kunnen die jongen niets doen. Hij heeft toch niemand vermoord. We leven in een andere tijd... en hij is niet Andro.'

'Zijn vriendin is zwanger. Hij wordt binnenkort vader. Ze krijgen binnenkort een baby, Stasia.'

Ze raapte al haar moed bijeen, stapte in haar Zjigoeli en reed – voor het eerst sinds mijn geboorte – naar de stad. Ze was nog nooit in Christines kleine woning geweest, ze was al die tijd bang geweest voor de ontmoeting. Maar nu moest ze zichzelf overwinnen. Als ze niets deed, zou ze op een dag ontploffen, ze zou onder de last van haar eigen machteloosheid bezwijken.

Er was iets gaande. Dat had ze meteen gevoeld. De geheime telefoontjes en de fluistertoon van Stasia als ze met Christine belde. Kostja's overdreven bedrijvigheid. De onrust op zijn gezicht. Het ging om Micha. Dat wist ze zeker. Ze had haar oren gespitst en uit de gespreksflarden die ze van haar grootmoeder en haar vader opving algauw een beeld samengesteld dat aardig klopte.

Ze moest zich ermee bemoeien.

Christine rukte de deur open zonder te informeren wie ervoor stond. Kennelijk verwachtte ze iemand anders. Ze bleef stokstijf voor haar staan, plukte aan haar zoals altijd perfect zittende zwarte jurk en bekeek Elene van top tot teen.

'Wat doe jij hier?'

Natuurlijk had ze haar niet vergeven. Natuurlijk niet. Het was naïef geweest om daarop te hopen.

'Ik heb van die kwestie met Micha… en ik wil helpen. Ik dacht, als jij me precies vertelt wat er aan de hand is, zou ik met papa kunnen praten en hem tot andere gedachten brengen. Stasia redt het in haar eentje niet.'

'Jij, helpen? Jij hebt al genoeg geholpen. Maar wat doet het ertoe, kom binnen in mijn nederige stulpje. Ik weet dat je iets anders gewend bent, maar een kop thee kan ik je wel aanbieden.'

Christine deed zowaar de hele situatie uit de doeken en meer nog, ze sprak zelfs haar vermoeden uit dat Kostja achter de overdreven aandacht van de autoriteiten zat.

Elene steunde met haar hoofd op haar hand, staarde ongelovig in haar zwarte thee en dacht wanhopig na, maar voor ze iets kon zeggen, hoorden ze de deur opengaan en kwam Micha met zijn zware, langzame tred de woonkamer binnen. Toen hij Elene zag, bleef hij even op de drempel staan en keek vragend naar Christine, alsof hij overwoog nog snel rechtsomkeert te maken, maar op een teken van haar kwam hij bij hen aan tafel zitten, al maakte hij geen aanstalten om haar een zoen te geven.

'Heb jij de Jasji's gebeld?' riep hij Christine na, die naar de keuken was gelopen om het middageten op te warmen.

'Nee, ik ben uit mezelf gekomen,' zei Elene.

'Aha, jij dacht: die arme Micha, ik moet met eigen ogen zien hoe diep hij in de stront zit...?'

'Je moet die film teruggeven,' zei ze zonder op zijn hatelijkheden in te gaan.

'Zo, en wie heeft jou om je mening gevraagd?'

'Micha!' klonk het dreigend uit de keuken.

'Ja, wat is er? Waarom zou ik uitgerekend haar advies opvolgen?'

'Omdat het niet haar advies is, maar dat van ons allemaal!'

Waarom kon ze niet gewoon zeggen: Kostja heeft waarschijnlijk ook mijn beste vrienden laten arresteren. Kostja zal zich op je wreken, en dat alleen omdat ik te laf ben geweest om op mijn valse waarheid terug te komen. Een waarheid, Micha, die verdomme niet bestaat, of een waarheid die ik niet ken! Waarom was ze hiernaartoe gekomen? Ja, om die reden! Om hem voor haar vader te waarschuwen. Misschien ging het de hele tijd alleen daarom. Dat ze haar vader, nadat ze hem had afgeluisterd en bespioneerd, tot de ergste dingen in staat achtte en verwachtte dat hij tot het uiterste zou gaan. Terwijl ze wist dat zij hem er aanleiding toe had gegeven. Dat zij Kostja ertoe had gebracht Michail, Beka en ja, vooral Micha, die eeuwige doorn in zijn oog, buiten gevecht te stellen, in de veronderstelling dat zij, Elene, dan buiten gevaar was.

Elene had zich van hem willen losmaken, met haar tanden de navelstreng willen doorbijten, een navelstreng die haar niet met haar moeder, maar met hem had verbonden, of nog steeds verbond.

Waarom kon ze niet opstaan en eruit gooien wat ze op dat moment dacht, zodat de hele wereld het kon horen: Ja, ik ben het kruit in Kostja's geweer. Ik ben zijn rechterhand. Ik ben het executiepeloton. Ik ben zijn bevelhebber. Ik, ik, ik ben de oorlog die hij onvermoeibaar voert, zonder in de gaten te hebben wie de vijand is. Ik ben het. Ja, ik word gestraft, heel lang dacht ik dat de straf aan mij voorbij was gegaan, maar ik word gestraft, zo hard, zo verdiend, ja, echt verdiend. Want alles wat ik zeg, verandert in een kogel, een kogel waarmee hij zijn geweer kan laden. Kostja zal je tot het uiterste drijven. Niet omdat je mij iets hebt aangedaan, maar omdat ik wilde dat je mij iets aandeed. Ik dacht altijd dat ik al mijn familieleden moest straffen, omdat ze jou het leven lieten leiden dat ik met hen had moeten leiden, maar dat klopt niet, dat klopt absoluut niet, dat heb ik begrepen, Micha, inmiddels weet ik dat het daar niet om ging. Ik wilde jou straffen, omdat je mij hebt verdreven. Omdat je mij niet nodig had zoals ik jou.

Omdat jij niet als een jachthond naar mijn sporen snuffelde als je van vakantie terugkwam in het huis dat ik weer moest verlaten als jij kwam. Omdat je mij niet nodig had. Wat haatte ik je ijdele, door poëzie verziekte, zwaarmoedige zelfgenoegzaamheid! Wat haatte ik je melancholieke gedweep, dat niets met mij te maken had, waar ik volledig buiten stond!

Nee, nee, ik was niet jaloers, omdat jij de volwassenen van me had afgepakt, ik was jaloers omdat de volwassenen jou hadden – en ik niet. Omdat zij bij jou in de buurt waren en ik niet. Omdat jij hier was en ik daar.

Ik ken je niet, ik heb geen idee wat voor iemand je bent. Ik weet niet waarom je hebt toegelaten dat je geloof in de wereld zo makkelijk werd vernietigd. Ik weet niet of je meer van frambozen- of aardbeienjam houdt, Micha, terwijl ik dat en een heleboel andere dingen altijd heb willen weten. Maar je hebt me te verstaan gegeven dat ik je dromen en verlangens niet waard ben, dat ik je genegenheid niet verdien. En dat terwijl ik alles heb geaccepteerd, alles aan jou heb afgestaan, ik heb mijn hele wereld aan jou afgestaan en ben weggegaan.

Waarom was dat niet genoeg voor je? Waarom kon je op die vervloekte middag niet tenminste doen alsof je me een beetje, een klein beetje mocht? Waarom moest je al je minachting, al je afschuw zo meedogenloos tonen? Waarom moest je zo openlijk laten merken dat ik het niet eens waard was om door jou als een ingepakt cadeautje in ontvangst te worden genomen?

Zeg het, geef het eindelijk toe, gooi eruit hoe je me hebt gehaat, je leven lang. Hoe je hebt gewenst dat ik de pest kreeg, dat ik verrekte! Hoe je je leven lang hebt geprobeerd die haat te onderdrukken. De makke, brave modeljongen te spelen, het slachtoffer! Maar alsjeblieft, doe me een plezier, bevrijd me, zeg het me in mijn gezicht, zeg het, Micha ...

'Ik wil dat mijn kind op een dag trots op me kan zijn!' Micha was met Christine aan het ruziën. Elene schrok op uit haar gepeins en was opeens klaarwakker.

'Je kind?'

'Ja, mijn kind!' antwoordde Micha stug.

'Ik wist niet... Neem me niet kwalijk,' mompelde ze.

'Hoe zou je dat ook moeten weten?'

'Is het die vrouw uit Mtscheta?'

Waarom voelde ze zich zo weerloos, zo dom, waar waren al haar voornemens gebleven?

'Die vrouw uit Mtscheta? Ja, die. Ze heet trouwens Lana!'

'Micha, rustig, alsjeblieft. Ik verbied je die toon!'

Christine ging voor hem staan. Zijn gezicht veranderde op slag. Plotseling was hij weer helemaal het gehoorzame jongetje van toen, de melancholieke, zachtmoedige Micha uit zijn kinderjaren. Ze sloeg haar arm om zijn schouder, alsof ze hem eraan wilde herinneren wie hij was, waar het om ging. Waar... Ja, dit was precies waar het om ging. Om deze ronde houten tafel, waaraan hij net weer was gaan zitten omdat zij het wilde; om haar koekjes, de zwarte thee, niet te warm, niet te koud, met een schijfje citroen. Om dit leven met haar, dit afgezonderde leven met die oude, gesluierde vrouw, die in haar strakke jurk zo stoïcijns de jaren trotseerde. Ja, daar was het om gegaan, maar er was iets misgelopen.

En weer zag Elene de totale harmonie tussen die twee, die haar in Christines oude huis op de Veraheuvel tot tranen had gebracht, toen ze zittend op een boomtak stiekem haar kamer in gluurde, al was ze toen niet in staat te begrijpen wat ze zag. Hoe hij haar haar had gekamd, hoe hij haar smachtend had aangekeken. Was ze niet te oud voor zulke blikken? Elene had dat beeld toen zo ongehoord, zo provocerend gevonden. En precies die intimiteit, de zelfverzekerdheid waarmee ze een arm om zijn schouder sloeg, de wetenschap van iets wat niet kon, wat niet mocht worden benoemd, had haar tot tranen gebracht.

'Ik ben blij voor jullie.'

Elene zei het nauwelijks hoorbaar. Ze wilde opeens weg, vluchten, niet langer overgeleverd zijn aan die gevoelens, die als een brok in haar keel kropten. Ze wilde niets meer weten, geen antwoorden meer zoeken. Alles zou zoveel makkelijker zijn als ze kon accepteren hoe het was en gewoon verder kon gaan.

En ja, ze had tegen hem moeten zeggen: Vlucht, laat de boel de boel en verdwijn, blijf uit mijn buurt, blijf uit Christines buurt, blijf uit de buurt van alles wat je aan mijn familie herinnert, begin van voren af aan, begin met je eigen geschiedenis, vooruit, maak dat je wegkomt, vergeet die film en het verleden en die middag, ja, en denk aan je kind – een kind van een andere vrouw, die voor jou de klappen heeft afgeweerd waar ik verantwoordelijk voor was –, kijk niet meer om! Maar zou ze het kunnen zeggen?

Nee, ze zou hem de afgrond in laten lopen, hem te pletter laten vallen. Want het gaf nog steeds zo'n goed gevoel om hem te zien worstelen met zichzelf, met zijn onvermogen om te worden wat hij wilde worden. Ja, Micha, samen, samen gaan we de weg ten einde! En dat allemaal alleen omdat het zo'n goed gevoel gaf om te zien dat hij ook niet had bereikt wat hij had willen bereiken, toen hij haar pijn negeerde en zijn eigen verlangens verdoofde en haar lichaam onder het zijne drukte, waarbij hij haar elke minuut te verstaan gaf dat ze het niet waard was om te worden bemind.

Er is geen andere manier om wie wankelt te helpen dan zelf niet langer te wankelen.
Lenin

In juli 1974 – het was het gedenkwaardige jaar van het Duitse wereldkampioenschap voetbal, van de triomfantelijke overwinning van Muhammad Ali op Foreman in het huidige Congo, een klein jaar na de wapenstilstand in de Jom Kipoeroorlog, het jaar waarin 'Waterloo' van Abba een wereldsucces werd – werd Micha gearresteerd. Drie dagen eerder was hij nog in een donkerbruin pak, dat duidelijk te warm was voor de julihitte in Tbilisi, met Lana, die een keurig crèmekleurig mantelpakje droeg en een witte roos in het haar had, en twee studievrienden die het nog aandurfden als getuige op te treden, naar de burgerlijke stand van Tbilisi gegaan en met de moeder van zijn kind getrouwd.

De aanklacht tegen hem luidde 'ontvreemding van staatseigendom', terwijl hij ook werd beschuldigd van 'anti-Sovjetagitatie en propaganda'. Hij werd eerst in voorarrest gesteld en naar Ortachala overgebracht. Het proces zou in de late herfst plaatsvinden en er werd een speciale commissie ingesteld om het filmmateriaal op te sporen. Zowel Christines woning als Andro's huis werd doorzocht. Omdat het materiaal van de aardbodem verdwenen leek, had de advocate noch Christine noch Lana veel hoop dat Micha snel zou worden vrijgelaten. Want zolang de filmrollen alleen een gevaarlijk gerucht waren, kon het Openbaar Ministerie aannemen dat er echt iets ongehoords op stond en de beklaagde bovendien gebrekkige bereidheid tot samenwerking aanwrijven, wat het er voor hem niet beter op maakte.

Bij het overhandigen van een van de *perdacha's*, zoals de pakjes werden genoemd die familieleden de gevangenen door middel van omkoping lieten bezorgen, merkte de door Christine met die taak belaste tussenpersoon dat Micha's toestand zorgelijk was. De jongen zag er verschrikkelijk uit, hij had waarschijnlijk grote moeite met het gevangenisleven, de andere gevangenen, overwegend criminelen van de ergste soort, maakten hem ongetwijfeld het leven zuur, hij leed onder de onbeschrijflijke omstandigheden; kortom, de jongen was geen man voor de bajes, hij moest daar zo snel mogelijk weg, anders dreigde hij zowel geestelijk als lichamelijk in te storten.

'Ik geloof dat ik een fout heb gemaakt!' Lana durfde haar ogen niet op te slaan en hem recht aan te kijken. De bewaker leunde snuivend tegen de muur en probeerde een afwezige indruk te maken, terwijl zij zich over de bekraste tafel in de bezoekersruimte naar Micha toe boog.

'Wat bedoel je?'

Zelfs zijn stem was veranderd. Alsof elke vorm van betrokkenheid bij de buitenwereld eruit was verdwenen.

'Je moet hier weg! Acuut, Micha. Christine heeft gelijk. Jij bent niet iemand voor zo'n oord als dit.'

Maar voor ze haar mond open kon doen om nog iets te zeggen, ging Micha rechtop zitten, schoof een stukje dichter naar haar toe en fluisterde: 'In geen geval. Wat er ook gebeurt, jij doet niets. Begrepen? We gaan door tot het eind.'

'Het eind? We krijgen binnenkort een kind!'

'Dat wist je toen ook al!'

'Ik wil dit niet op mijn geweten hebben.'

'Doe wat ik zeg. Dat is alles wat ik van je vraag. En vertel me liever hoe ze over me denken. Heb je de anderen nog gesproken? Wat zeggen de docenten?'

Zijn gezicht klaarde heel even op. Alsof dat het enige was waar het om ging. Alsof zijn toestand, zijn ellende, zijn angst niet telden, maar alleen de mening die de anderen over hem hadden.

'Ze... Ze vinden je een held. Ze zijn zelfs een handtekeningenactie begonnen. Het hele instituut is in beroering. Ze hebben overal op het instituut foto's van je opgehangen. Ze willen een open brief aan het Openbaar Ministerie sturen. Er zijn zelfs een paar docenten die aan de kant van de studenten staan, die zeggen dat het absurd is om je vanwege een niet-bestaande film vast te houden.'

Ze wist zelf niet waarom ze dat tegen hem zei. Misschien omdat hij het wilde horen, omdat het hem de kracht gaf om alles te doorstaan. Want ze overdreef: er hingen geen foto's van hem, de handtekeningenactie was op niets uitgelopen en de paar docenten die zich aanvankelijk voor hem hadden ingezet, hielden hun mond sinds hij gevangenzat. Ze moest die hoop voor hem in stand houden, maar hoe meer haar buik onder haar kleren groeide, hoe sterker ze begon te twijfelen, hoe zinlozer het hele plan haar leek. Hoe minder ze zichzelf begreep.

Ze zocht contact met hun filmcollectief om een soort ruggensteun te krijgen, maar niemand wilde met haar praten. Ze bewaarden allemaal afstand, hingen op als ze voor de zoveelste keer belde. Hoe had ze ooit kunnen denken dat zijn afwezigheid makkelijker te verdragen zou zijn dan zijn moedeloosheid, zijn berusting? Dat ze liever een regisseur aan haar zijde zou hebben dan een vader voor haar kind?

Stasia had de tafel al gedekt en wachtte vol spanning op haar gasten.

'Ik heb hem overgehaald. Hij komt bij ons aan tafel zitten. Hij zal jullie aanhoren,' fluisterde ze in het voorbijgaan tegen haar zus en Andro. Hij zal jullie aanhoren! Bij die zin moest Christine haar uiterste best doen om geen pinnige opmerking te maken. Hij zal jullie aanhoren! Alsof hij een grootgrondbezitter was en zij zijn lijfeigenen.

De tafel waaraan ze gingen zitten was feestelijk gedekt. Nana was met de kinderen naar het Vakepark en Elene zwierf ergens beneden in het dorp rond.

Na een halfuur verscheen Kostja in badjas en met een dikke sjaal om zijn hals. Hij knikte de twee afwezig toe. Geen handdruk, geen omhelzingen. Des te beter, dacht Christine, terwijl ze onder tafel Andro's hand aanraakte. Andro was op instigatie van Christine speciaal voor deze ontmoeting uit het dorp naar de stad gekomen. Bij zijn aanblik was Christine de schrik om het hart geslagen: hij was kaal geworden, alleen zijn prachtige volle baard glansde wit, de drankvlekken op zijn wangen waren niet over het hoofd te zien en het eelt op zijn handen zat vol zweren, de prijs voor zijn berusting, voor de vele Marx-, Engels- en Leninkoppen.

'Excuses dat ik er zo uitzie. Ik heb een nare griep waar ik maar niet van afkom.'

Hij ging aan tafel zitten. Alsof zijn kleding het belangrijkste onderdeel van deze ontmoeting was.

De stilte drukte zwaar op het gezelschap. Stasia's pogingen om een gesprek over koetjes en kalfjes te beginnen, liepen op niets uit. Andro zat wat in zijn bord te prikken, ook Christine was terughoudend en leek geen trek te hebben, terwijl Stasia babbelde over de vier dorpsmeisjes die sinds kort balletles bij haar volgden. Kostja zat stijf aan het hoofd van de tafel, achterover op zijn stoel als een toeschouwer bij dit tafereel, aan wie elke medewerking of elk ingrijpen in het gebeuren was ontzegd. Maar toen nam Christine het woord om haar gedachten en vermoedens te uiten over wat er met Micha was gebeurd.

Het dunne korstje beschaving was snel opengekrabd, er kwamen primitieve krachten vrij, de vernielingszucht en de zelfvernietigingsdrang waren ongekend. Ze sloegen elkaar met woorden, beschoten elkaar met zinnen, verwondden elkaar met onthullingen. En weldra was ook de verboden naam niet meer te omzeilen en werd de geest van Kitty opgeroepen, ze stookten een vuurtje van herinneringen aan haar op. Ze wedijverden om haar liefde, gooiden alle gemeenschappelijke gedachteflarden in een toverhoed en schudden ze door elkaar. En dit festijn van vreselijke herinneringen had nog lang kunnen doorwoeden, ware het niet dat Kostja het pad van de vermoedens verliet en hun met dreigende stem een alles neersabelend feit toeschreeuwde, waarmee hij Andro's verdriet om één zoon veranderde in een tragedie over twee zonen.

'Jij praat over haar alsof het niet meer dan een logisch gevolg was dat mijn zus weg moest, dat het leven voor haar hier onmogelijk was geworden! Alsof het een vrijwillige beslissing van haar was om ons en haar land te verlaten! Heb je er ooit bij stilgestaan hoe haar leven zou zijn verlopen als jij je vaderland niet had verraden en als zij niet jouw kind in haar buik had gedragen?'

Andro begreep het niet. Hij zat er fysiek allang doorheen omdat er aan tafel geen alcohol werd geschonken, hij wiebelde als een duikelaartje met zijn hoofd, krabde aan zijn baard, wierp een wanhopige blik in de richting van Stasia. Hij zocht naar woorden, stamelde. Het was vreselijk om zijn hulpeloosheid te moeten aanzien. Kostja, die was beginnen te hoesten, keek eveneens verrast om zich heen. Christine vroeg zich af of hij echt niet wist dat Andro na al die jaren nog steeds in het duister tastte, of dat dit opgezet spel was. Zou hij nog aan de noodrem trekken en deze naar de afgrond razende trein tot stilstand brengen? Maar Kostja schudde zijn verwarring al snel van zich af en ging onverstoorbaar verder: 'Andro, jij zult daar toch weleens over hebben nagedacht, of niet?'

Kennelijk deed hij enorm zijn best om zich te beheersen, want woorden als 'parasiet', 'verrader', 'schoft' of 'deserteur' vielen die middag niet één keer. Hij had voor een wreder wapen gekozen: de onbetwistbare feiten.

'Omdat jij zo lichtvaardig geloofde dat de nazi's onze toekomst waren, hebben ze je beminde opgehaald en is haar kind...'

'Kostja, alsjeblieft!'

Christines stem klonk aarzelend, alsof ze niet zeker wist of ze haar neef moest afkappen of hem verder moest laten praten. Maar terwijl Christine nog worstelde met haar besluiteloosheid, had Kostja allang een beslissing genomen. Hij wilde zijn zwakke, maar hardnekkige vijand definitief breken: 'Ze hebben het kind weggehaald dat jij bij haar hebt gemaakt zonder erbij stil te staan wat het betekent om een man te zijn en de verantwoordelijkheid voor vrouw en kind te dragen, om haar te beschermen, haar zo nodig zelfs tegen zichzelf te beschermen. Jij bent zo meelijwekkend in de rol van vermoorde onschuld gevlucht dat er voor anderen niets anders op zat dan jouw last op hun schouders te nemen!'

Zo knap als Kostja elke klemtoon legde, elke pauze inlaste. Alsof hij zijn leven lang voor dit gesprek had gerepeteerd. Er viel een spookachtige stilte in het vertrek, alleen verbroken door het tikken van de klok. Het scheelde niet veel of je kon het gras buiten horen ademen.

Andro was met Christine meegegaan naar het Groene Huis in de hoop dat Kostja zijn zoon weg zou halen waar hij hem naartoe had gestuurd. Zijn leven had zich ongetwijfeld even onbewogen voortgezet als het alle voorgaande jaren was verlopen, even stil en tobberig, even ongemerkt, met sporen die hij zorgvuldig achter zich uitwiste in de vaste overtuiging dat niets in zijn leven de moeite waard was om behouden te blijven.

Misschien had hij niets kunnen verhinderen, misschien had hij met zijn eeltige handen niets kunnen beschermen, misschien was het hem niet eens gelukt zijn zoon ervan te overtuigen dat zijn leven tenminste wel het behouden waard was, maar hij zou het hebben geprobeerd, met de kracht die hem nog restte zou hij het hebben geprobeerd – als die allang op een schoolplein begraven wreedheid hem niet van het laatste restje empathie en van het vermogen om enkel door te leven de dagelijkse strijd te doorstaan, had beroofd.

Maar de grond scheurde ongemerkt open. De tijd werd tegen de haren in gestreken, het verloop werd verlegd, het ongeluk was als de vleugelslag van een zwarte vogel, die hen in zijn duikvlucht allemaal even raakte.

Christine ging voor hem op de knieën, smeekte, hield zijn handen vast, maar hij wilde niet blijven, hij wilde niets meer hoeven redden en behouden. Hij ging terug naar zijn drank en zijn Leninbustes. Het deed zo goed om het heden te kunnen inwisselen voor het verleden.

Waarom had ze er niets over gezegd? Waarom had ze hem geen brief geschreven? Waarom had hij nooit iets over haar zwangerschap gehoord?

Hij dronk en sloeg met zijn zere vuisten gaten in de muren.

De nachten kerfden bloederige beelden in zijn borst.

Hij kreeg geen lucht.

Hij greep een hamer en sloeg ermee op de grote Leninkop die ze drie jaar geleden in het bestuursgebouw hadden afgewezen met het argument dat Lenins neus niet scherp genoeg was.

Hij ging door met drinken.

De buren kwamen aanrennen, klopten aan en riepen hem. Hij vergrendelde de deuren. Hij verschanste zich en spoelde het leven terug.

In rust en reinheid komen
De dagen en gaan heen.
Je laat je tranen stromen,
Maar ik verdien er geen.
Achmatova

In een andere wereld, in een ander land, in een ander leven ontwaakte een vrouw uit een onrustige slaap en ging rechtop in bed zitten. Aan slapen viel niet meer te denken en ze liep dan ook op blote voeten naar de woonkamer, pakte uit haar bar de duurste fles whisky die ze kon vinden en schonk een glas in. Ze deed geen licht aan. Ze was alleen. Ze stond daar te staren in de duisternis, die alleen werd doorbroken door de straatverlichting.

Ze voelde een druk op haar borst, alsof iemand haar hart in zijn vuist hield en er de hele tijd in kneep. Ze zag haar blote, vale huid in het licht- en schaduwspel van de paar auto's die beneden op straat voorbijreden en met het schijnsel van hun koplampen langs haar ramen streken.

Ze voelde zich opeens heel moe. En plotseling herinnerde ze zich de droom waarvan ze wakker was geworden. Ze had van een jongen met blonde krullen gedroomd. Ze zag Andro's gezicht, een Andro die nog niet door de oorlog was getekend en uit hout prachtige engeltjes sneed. Andro, die haar handen had gekust en haar wimperhaartjes had geteld, die het haar uit haar gezicht had gestreken en had beloofd dat hij nooit zou veranderen.

Ze sloeg de bruine, olieachtige vloeistof in één keer achterover. Sinds precies zeven nachten kon haar hoofd nog maar één gedachte vormen: ik wil naar huis. Dat was het enige verlangen dat ze bespeurde. Het enige dat nog over was. Ik wil naar huis, klopte het in haar, als een diepe snee in haar huid, ik wil naar huis, schreeuwde het in haar, het krabde in haar binnenste, wilde worden uitgeschreeuwd, in vervulling gaan.

Ze had zoveel geluk gehad. Nadat het ongeluk haar eerst in duizend stukjes had geslagen, was ze overstelpt met schandalig veel geluk. Had ze zichzelf weer bijeengeraapt? Had ze weer een gezicht als ze in de spiegel keek?

Al het gejuich en het applaus en al die songs, al die mensen die in haar hadden geloofd en haar hadden gesteund. Er was zoveel dankbaarheid in haar – en ongeloof, nog steeds, na al die jaren van erkenning. Ongeloof dat ze deze kans had gekregen, nadat de wereld eerst een uitzichtloos zwart gat was gebleken.

Was het wel haar leven dat ze leidde? Waren het echt haar songs? Of had ze haar echte leven achtergelaten, afgegeven bij haar vertrek naar de nieuwe wereld? Als een dief was ze een vreemd leven binnengeslopen – de Luxemburgse, ja, de Luxemburgse misschien.

Ik wil naar huis!

Of was er nog een andere gedachte? Was er nog iets anders? Ja, er waren die vier letters die achter elk 'ik wil naar huis' schuilgingen: Fred.

Fred, die haar nieuw leven had ingeblazen, die haar lendenen had gekust, die haar heupen aan het swingen had gebracht, die haar armen om haar heen had geslagen. Fred, die haar had beloofd het oude Wenen op te zoeken. 'Ik vind het weliswaar volkomen zinloos om terug te gaan naar dat nazibolwerk, maar goed, als jij het per se wilt, dan doen we het.'

Wat was het mooi om toen plannen te maken voor een nieuw begin, in de vermeende zekerheid dat ze samen met Fred de hel had overwonnen.

Hoe ze in vastgoedprospectussen hadden gebladerd. Een mooi nieuw appartement met een ruim atelier voor haar vriendin. Hoe Fred haar had uitgelegd wat de mooiste districten van Wenen waren en Kitty er verliefd op was geworden. Wat was dat toen een goed gevoel geweest, dat idee van een terugkeer naar de toekomst.

En dan haar tournee door Amerika! God, wat was dat mooi geweest! Kitty lachte in zichzelf en schonk whisky bij. De stille, elegante manier waarop Amy toen in haar leven was teruggekeerd. En de ontvangst in New York! Wat hadden ze allemaal in een roes verkeerd na haar eerste Amerikaanse concert, in die trendy fabrieksloft in Brooklyn. Was het eigenlijk wel Brooklyn? En wat deed dat er nu eigenlijk nog toe?

Hoe ze met Amy in haar kleedkamer had gedanst. Hoe Amy er toen – een tikkeltje gepikeerd – mee had ingestemd dat Fred meeging op tournee. Het weerzien op JFK en Freds glimlach. Wat had haar animeermeisje er in die mensenzee op het vliegveld betoverend uitgezien, die gek, die egocentrische flierefluiter. Wat hadden ze daarna in Greenwich Village een lekker bier gedronken, en dan de wandelingen in Central Park, de wolkenkrabbers.

Haar concerten werden goed bezocht, steeds die mensenmassa's in de door gekleurd schijnwerperlicht doorbroken duisternis die elk lied meezongen, hartstochtelijk, zacht en melancholiek, dan weer hard en vol woede, zingend tegen alles waarvoor ze in hun leven geen liederen hadden. Amy verkocht de rechten op haar songs, radio- en tv-zenders stonden in de rij voor haar trieste Oostblokverhaal: de linkse icoon, de verzetsvrouw van het Wenceslausplein, had Amy steeds geroepen en, met haar hoofd in haar nek en die maffe plastic bloem in haar haar, hard gelachen.

En terwijl Kitty haar tweede glas leegdronk, dacht ze aan de hotelkamers waar ze na de concerten uitgeput binnenwankelden, Boston, Baltimore, Detroit, Miami, San Francisco, Las Vegas, ja, daar ook, in een kleine club, die helemaal niet paste in die door licht en waanzin overspoelde stad. Atlanta, Michigan, ze kwamen in steden waarvan ze zich de naam niet meer herinnerde (te westers voor haar oren, die alles kleurden met klanken uit het Oosten), en New York, steeds weer New York.

Ze had naar Wenen gewild en was terechtgekomen in Amerika. Haar persoonlijke westerse geluk. Was ook dat geluk gestolen? O ja, die hotelkamers. Kitty schudde haar hoofd. De beelden van die ontelbare hotelbedden en zij en haar roodharige koorddanseres in die bedden. Waarschijnlijk hadden ze de wereld met hun geluk te veel geprovoceerd, hadden ze de wereld te lang uitgelachen! Hoe kon de herinnering aan haar lichaam tussen die dikke kussens en hoge dekbedden nog altijd zo duidelijk zijn? Alsof het gisteren was. Dat lichaam, geschapen uit lucht en verwensingen, de toefjes rood okselhaar, haar puntige knieën, haar meesterhanden. De herinnering aan het verlangen was misschien nog het ergst. Het lichaam leek alle aanrakingen zo vreselijk snel vergeten te zijn, terwijl het brein zich er zo wanhopig aan vastklampte.

Buiten werd het licht, een zonnestraal doorkliefde de hemel als een dolk.

Hoe kon iets zo'n ongelofelijk goed gevoel geven en dan ineens omslaan in ondraaglijke pijn? En hoe kon het dat, nu alles voorbij was en alleen de gedachte 'ik wil naar huis' door haar hoofd ging, ze zich dat geluk zo ontzaglijk duidelijk herinnerde? Zonder de vrouw die met een onwankelbaar vertrouwen tegen iedereen leek te zeggen: Ik heb het gered. Ik heb de dood overwonnen. Ja, ik ben aangekomen.

De druk op haar borst was verdwenen. Ze keek uit over haar balkon, dat vol met planten stond. Hoe vaak had Amy niet gezegd dat ze een beter appartement, zelfs een *townhouse* moest nemen, maar voor haar was deze plek precies goed. Hoe meer ruimte, hoe meer kamers ze zou hebben, hoe meer ze zich een gast zou voelen, een dievegge die andermans leven was binnengeslopen.

Ze had het een beetje koud, maar was te lui om op te staan en een deken te halen. Ze wilde ademhalen. Gewoon alleen rustig ademhalen. Fred was nooit trouw geweest, ze was alleen op haar manier loyaal, dat had ze toch geweten, dat had ze toch altijd geweten? Waarom had ze het dan niet aangekund toen ze voor de voldongen feiten werd gesteld? Fred was niet consequent, ze was lichtzinnig, ze volgde nooit de veilige paden, ze onttrok zich aan elke verantwoording, ze wilde genezen noch gered worden, ze had behoefte aan de roes, die was haar medicijn.

Waarom konden die talloze, in haar hoofd netjes opgeborgen ansichtkaarten van het geluk het beeld van dat nieuwbouwappartement in Camden dan niet verjagen? Dat appartement waar ze vier uur naar had gezocht omdat ze het precieze adres niet had, een week voordat het koopcontract voor een woning in de Mariahilferstraße in Wenen zou worden getekend. Ja, de begeerte stond dan wel niet in elke lichaamscel gegrift, maar toch herinnerden haar hersencellen zich elke seconde van die misschien twee of drie minuten die ze in dat onbekende appartement had doorgebracht.

Een ongemeubileerd, kennelijk nog niet bewoond vertrek waar net een feestje werd gehouden en waar zij, op zoek naar Fred, na ettelijke telefoontjes was beland. Ze herinnerde zich nog elke regel van 'Hide Your Love' van de Stones, dat op de achtergrond werd gedraaid. De op de grond zittende mensen, de lucht van verse verf en rook en nog iets anders wat haar vertrouwd en tegelijk zo vreemd was voorgekomen. Grijnzende figuren in hippiekleren, achtergebleven in de tijd, een stel nietsnutten die altijd al zo'n magische aantrekkingskracht op Fred hadden uitgeoefend, het parasitaire leven.

Ja, haar hersencellen hadden het nauwkeurig opgeslagen: hoe ze, op zoek naar haar ontrouwe, rusteloze en gevaar lopende vriendin, door de vertrekken vol mensenlichamen dwaalde, hoe ze die van zichzelf vervulde mensen steeds weer naar Fred Lieblich vroeg en haar ook vond, haar persoonlijke Marlene Dietrich uit *Der blaue Engel*, met op haar schoot een van die meisjes die altijd bij anderen op schoot zitten, behangen met Indiase sieraden en met ongekamd haar tot op de taille, in een gescheurde spijkerbroek en met kleine borsten die voor Freds gezicht op en neer wipten.

Hoe ze toen achteruit was gedeinsd, zich door de drukte heen had geworsteld, door de harde muziek, die voor haar een kwelling was geworden, en in de gezichten overal iets had herkend wat veel erger was dan de aanwezigheid van dat vreemde meisje, veel erger dan Freds arm om haar middel: haar glazige blik, haar vertraagde bewegingen. Ze had maar een paar seconden nodig gehad om vast te stellen dat zowel door de aderen van haar engel als door die van het Indiase hippiebruidje de geelbruine vloeistof stroomde waartegen zij nu onverbiddelijk het onderspit had gedolven.

De volgende dag had ze met Amy's hulp Freds spullen gepakt, niet ver van Lea Bridge een kamer voor haar gehuurd, de sleutel in een envelop gedaan en die bij de conciërge van het wooncomplex achtergelaten. Vervolgens had ze een ander slot in haar voordeur laten zetten.

Telefoontjes van Fred had ze niet meer beantwoord. Servetjes met Freds onleesbare handschrift die ze in de brievenbus vond, gooide ze in de vuilnisbak zonder er ook maar een blik op te werpen, en toen Fred haar een keer had opgewacht en op straat was gevolgd, had ze een taxi aangehouden en was ze haar ontvlucht.

Dat was inmiddels een halfjaar geleden. Sindsdien was Fred uit haar leven verdwenen en ook de anders zo goed geïnformeerde Amy wist niets over haar te melden.

Het koopcontract voor het huis in Wenen werd uiteraard geannuleerd. Ettelijke concerten en radio-optredens werden afgezegd en sindsdien was er niet één song ontstaan.

Op advies van Amy kocht Kitty een tweede huisje tussen Eastbourne en de magische Seven Sisters-kliffen, en elke dag nam ze zich voor zich daar terug te trekken, maar zelfs daar kon ze zich niet toe zetten. Het enige wat haar bezighield was de gedachte: ik wil naar huis.

Zoek de Sovjet-Unie op voor ze jou opzoekt.
Russisch gezegde

Christine moest aanzien hoe Micha van bezoek tot bezoek zwijgzamer en afweziger werd, alsof zijn eigen lot hem koud liet. En toen in oktober, toen ik al zeven woorden kon zeggen, Mirian Eristavi, van meet af aan alleen Miro genoemd, het levenslicht aanschouwde, 3900 gram zwaar en kerngezond, met veelkleurige ogen, alsof ze iet voor één kleur konden kiezen, ontdekte Christine bij Micha de eerste sporen van lichamelijk geweld: een onmiskenbare zwartblauwe plek onder zijn rechteroog en een been waar hij een beetje mee trok. Een dom vechtpartijtje met een celgenoot, meer was het niet, ze hoefde zich geen zorgen te maken, zei hij. En geforceerd opgewekt informeerde hij vervolgens hoe het met zijn kind ging en waar Lana met de baby zou gaan wonen.

'In het huis van Lana's moeder schijnt het te tochten en zit de badkamer onder de schimmel, natuurlijk blijven ze voorlopig bij mij, tot jij weer op vrije voeten bent. Ze moet dit jaar haar doctoraalscriptie afmaken, dat heeft ze je vast wel verteld. Haar moeder en ik zullen haar helpen. Haar moeder heeft suikerziekte, wist je dat?'

Christine kletste erop los, zodat er vooral geen stilte viel. Micha knikte, maar hij leek met zijn gedachten ergens anders te zitten.

'Ach, het is zo'n prachtig ventje, je zult hem gauw zien! Hij lijkt op je, maar dat kan nog veranderen, let op mijn woorden, bij die kleintjes weet je het nooit, ze veranderen met het uur. Helaas heeft het arme wurm 's nachts buikkramp en huilt hij veel, maar ik...'

'Ik had zo graag kinderen met jou willen krijgen,' zei hij opeens met een blik op de bewaker, die in een krant verdiept was. Sinds Christine de man een paar extra bankbiljetten had toegestopt, nam hij het niet meer zo nauw met de bezoektijden. Christine slikte, haalde diep adem en begon nerveus haar nek te masseren.

'Je kraamt onzin uit en ik ben niet gediend van zulke gesprekken.'

'Ik heb me vergist, Christine. Het was allemaal één grote vergissing. Maar ik beloof je dat ik hier uit kom.' De bezorgdheid in zijn stem, die hij al die tijd zo handig had verdoezeld, viel niet te negeren.

'Zeg me waar ik moet zoeken! Zeg het en dan halen we je hieruit!' fluisterde ze. 'Ik smeek het je!'

Maar hij schudde alleen zijn hoofd.

Twee weken later werd er gezegd dat de gevangene zich niet meer in de gevangenisvleugel bevond, hij was wegens 'nierklachten' een tijdje naar het aangrenzende gevangenisziekenhuis overgebracht.

'Jullie gaan hem halen. Hij antwoordt niet op mijn brieven, neemt de telefoon niet op, komt de deur niet uit en doet voor niemand open. Ik heb al genoeg zorgen om Micha, ik moet hem overgeplaatst zien te krijgen, ik moet met zijn advocate praten. Ze sluiten hem daar op met een stel zware criminelen, hij hoort daar niet, ze weten dat en koelen hun woede op hem! Rij erheen en haal hem naar Tbilisi. Anders zuipt hij zich nog een ongeluk. Ik kan niet overal voor zorgen.'

Lana keek ontevreden naar de muur en Elene boorde met de punt van haar schoen in de parketvloer.

'Christine, ik kan toch ook alleen gaan...' probeerde Lana.

'Elene heeft een auto en in je eentje krijg je hem daar niet weg!' Christines stem schoot uit. 'Ik pas wel op Miro.'

Elene had niet veel zin om zes uur zwijgend met die vrouw in de auto te zitten, maar ze durfde niet tegen Christine in te gaan en dus stond ze de volgende dag bij zonsopgang met haar auto bij Christine voor de deur en opende ze het portier voor Lana, die met een strak gezicht op de passagiersstoel schoof.

De herfst lag al over de heuvels rond Tbilisi en in dichte nevel verlieten ze de stad. Elene zette een of andere radiozender op en Lana zocht naar iets passenders. Elene begon over de muziek te klagen, tot Lana zich gedwongen zag haar eigen muzieksmaak van commentaar te voorzien. Van favoriete groepen kwamen ze op favoriete films, van favoriete films op kinderziekten en inentingen en van de inentingen ten slotte op hun kinderen en de uitdagingen die het prille moedergeluk met zich meebracht. Eenmaal in Racha was het ijs gebroken en toen ze bij een vervallen wegrestaurant uitstapten om iets te eten, voelde Elene zich in elk geval niet meer bedreigd.

De bochtige, steile, deels onverharde wegen kropen verder omhoog. Bij het vallen van de avond bereikten ze het bergdorp. Elene was hier niet bekend, maar Lana scheen de weg te weten. Algauw hadden ze het stenen huisje gevonden, een erfenis van Micha's overleden moeder, een eenvoudig huisje van één verdieping en met een piepend tuinhek. Ze riepen Andro's naam, klopten op de deur, maar er kwam geen antwoord. Omdat de deur op slot zat, besloten ze terug te gaan naar het café waar ze langs waren gekomen en daar te wachten.

Toen ze later weer terugkwamen bij het huis, heerste er al een ondoordringbare duisternis. Alleen de witte bergtoppen schitterden in het donker, vermomd als sterren. Ook deze keer gaf er niemand antwoord. Bij de buren keek een oude vrouw naar buiten, die vroeg wat ze wilden. Elene zei dat Lana Andro's schoondochter was.

De vrouw raadde hun aan door de keukendeur naar binnen te gaan, de heer des huizes sliep waarschijnlijk zijn roes uit.

Toen ze over de drempel van de keuken stapten, sloeg hun een penetrante lucht van vuile vaat, beschimmelde etensresten en alcohol tegemoet. Een tijdje tastten ze in het donker rond, tot ze een lichtknop vonden die het deed. Overal rotzooi, het afval was al in geen tijden opgeruimd, in alle hoeken stonden lege flessen, als met een sacraal poederlaagje bedekt met stof. In de gang lagen stapels steenblokken, de vloer was bezaaid met afgebroken stenen neuzen en oren; ze herkenden de karakteristieke baard van Marx en de mond van Lenin.

Bergen kleren, steeds weer lege flessen, allemaal zonder etiket, stapels boeken, zakken gips en oud ijzer. Plotseling bleef Elene staan, ze hield een kleine ingelijste foto in haar hand.

'Wat heb je daar?' vroeg Lana. Elene bleef gefascineerd naar de foto staan kijken. In het lijstje zat een krantenknipsel van een zwart-witportret.

'Wie is dat?'

Lana kwam naast Elene staan.

'Dat is mijn tante.'

'Je tante? Ik wist niet dat je een tante had.'

'Ja, mijn tante woont in het Westen. Ze is een beroemde zangeres.'

Hij lag te snurken in een kamer die kennelijk ooit een slaapkamer was geweest.

'Hij moet eerst zijn roes uitslapen, Elene, nou ja, hij schijnt niet bepaald een lichte slaper te zijn, en morgenochtend zetten we hem in de auto. Kom, help me! Dan ruimen we hier op!'

Lana ging vastberaden aan het werk: ze trok de deur van de slaapkamer achter zich dicht, duwde Elene de keuken in, maakte overal licht en vond een bezem, een paar doeken, een emmer en wat zeep. Op het erf ontstond algauw een hoop, waar alle overbodige en vieze spullen belandden.

Daarna stonden ze op het donkere erf, Lana had haar armen strak om haar lichaam geslagen en keek naar de hemel: opeens waren daarboven miljoenen sterren verschenen, ze leken zo dichtbij alsof ze boven hun hoofd een diadeem wilden vormen. Alsof de nacht zich een beetje dieper over de aarde wilde buigen om naar haar te luisteren.

'Ze zijn er niet,' zei Lana met vlakke stem.

'Wat is er niet?' vroeg Elene.

'Ik heb het hele huis overhoopgehaald. O god, ik moet

ze vinden. We moeten ze vinden!'

Elene keek haar ongelovig aan en toen begon het haar te dagen. 'Vertel me niet dat die filmrollen al die tijd hier waren! Vertel me niet dat jij al die tijd hebt geweten waar ze zijn!'

'Waren,' verbeterde Lana haar, 'in een zwart kistje waarop SPEELGOED MICHA staat. Een zwart houten kistje! Help me zoeken!'

Ze kropen over de vloer, keken onder de meubels, verschoven kasten, inspecteerden laden. Pas na middernacht hoorde Elene in de kamer ernaast een kreet en rende erheen. Lana stond midden in het vertrek met haar rug naar haar toe en hield een klein zwart kistje met beide handen vast; ze trilde over haar hele lichaam. Van blijdschap of wanhoop, dat kon Elene op het eerste gezicht niet zien. Toen Lana zich omdraaide, zag ze haar betraande gezicht.

En Elene kon er niets aan doen dat die vrouw, van wie ze altijd een zekere afkeer had gehad, haar opeens ongelofelijk vertrouwd voorkwam. Dat ze al haar twijfels, haar schuldgevoel, haar haat en ook haar afwijzende houding goed kon begrijpen. Dat ze plotseling begrip had voor die botte vrouw, die toevallig zwanger was geworden van dezelfde man als zij. Haar zo te zien, midden in die halfdonkere kamer, trillend, huilend, met het kistje met de film in haar handen, luchtte haar geweldig op. Ze was getuige geworden van een gevaarlijke onthulling en ieder ander enigszins weldenkend mens had Lana misschien verwijten gemaakt, had gezegd dat ze egoïstisch had gehandeld, dat ze niet aan de redding van haar man had gedacht, dat ze zijn toekomst had geruïneerd, maar Elene was niet in staat ook maar iets van dien aard tegen Lana te zeggen.

Lana, die zich bij het zien van Elene bewust werd van haar beschamende situatie, ontwaakte uit haar verstarring en zette het kistje op de grond. Ze gingen er allebei naast zitten.

'Je kunt er niets meer aan veranderen. Het zal de dingen alleen maar erger maken. Je bewijst hem er geen dienst mee. En als het uitkomt dat jij wist waar de film was, zullen ze je behandelen als een verraadster. Ik weet niet zeker wat voor reden je had om die kist hier te verbergen, maar ik weet wel zeker dat het totaal niets aan de situatie zal veranderen als je die film nu terugbrengt.' Elene praatte langzaam en bedachtzaam en overwoog elk woord.

'Waar heb je het over? Hij wordt geslagen. Hij is daar het mikpunt van getreiter. Hij lijdt. Hij... Eerst was het gewoon alleen de film, die vervloekte film, de absurde gedachte dat die iets kon veranderen. Toen was het het kind, ik dacht dat ons kind ouders nodig had die iets bijzonders zijn. Toen was hij het zelf die zei dat ik voet bij stuk moest houden. Hij was verliefd geworden op dat absurde idee. En ik was zo stom, zo ontzettend stom.'

Lana haalde stevig uit en gaf zichzelf een klap in haar gezicht. Maar die klap maakte niets goed, die klap kon niets meer ongedaan maken.

'Je hebt geen idee...' snikte Lana, terwijl ze zichzelf steeds weer in haar gezicht sloeg. Elene probeerde haar niet tegen te houden. Ze wilde haar lotgenote niet de illusie ontnemen dat die klappen haar konden opluchten.

Er waren talloze varianten van de waarheid en zodra je ze in de mond nam, veranderden ze van vorm, ze verkruimelden als oud brood en lieten alleen een laffe smaak op je tong achter. Ten slotte koos Elene voor de misschien wel meest onbetwistbare waarheid toen ze tegen Lana zei: 'Hij houdt niet van je. En hij zal nooit van je houden, wat je ook doet.'

De volgende dag zetten ze de nog versufte Andro in de auto en reden ze terug naar de stad. Het zwarte kistje bevond zich ook in de auto. Maar Elene wist niet zeker wat Lana er na die nacht uiteindelijk mee van plan was.

Maar er was geen tijd meer om dat raadsel op te lossen.

In Christines woning vonden ze een aan Elene gericht briefje: Micha was opnieuw naar het gevangenisziekenhuis gebracht, hij moest zo snel mogelijk naar een veilige afdeling worden overgeplaatst, Elene moest meteen naar huis om met haar vader te praten. Het was erop of eronder.

Sovjet-Unie – duizelingwekkende successen!
Pravda

'Hallo, met mij. Je bent geloof ik een beetje te ver gegaan. Hoezo heb je de zaak niet meer onder controle? Je zit bij de politie, natuurlijk heb je er controle over. Hoezo bewusteloos? Je had erop moeten letten met wie je hem daar opsloot. Ik wilde dat zo? Heb ik je gevraagd hem als een stuk vee in elkaar te slaan? Je stelt me teleur, vriend. Ik zal het zelf moeten regelen. Nee, bedankt. Nee, jij hebt al genoeg rechtgebreid. Waarom moet ik voor iedereen denken? Wat zijn jullie voor kneuzen, als je niet eens twee en twee bij elkaar kunt optellen? Natuurlijk kan hij zich niet verdedigen, hij komt tenslotte niet uit het jeugdkamp! Je hebt zijn dossier toch voor je liggen. Goed, laat je collega's dan weten dat het nu mooi genoeg is geweest. Ze moeten de hele zaak vergeten. Ik wil niet dat hij daar crepeert. Wanneer is het proces? Goed, dan wachten we die drie weken nog af en dan moet hij... Ze zullen hem wel laten gaan.'

Leunend tegen de deur van haar vaders werkkamer ving Elene flarden van dit telefoongesprek op, maar ze kon niet eens meer huilen, al verstikten de tranen haar keel.

Hij liep naar de bewakers, liet zijn pasje zien en ging het grijze, rondom van tralies voorziene ziekenhuis binnen. De lange bewaker staarde onverschillig in de verte, twee andere gingen door met kaarten en rookten goedkope Astra-sigaretten. Toen Kostja eindelijk weer naar buiten kwam, was het zo donker dat er weinig van zijn gezicht viel af te lezen. Hij bleef voor Christine staan.

'Hij ligt in coma,' zei hij onomwonden. 'Er is een vechtpartij geweest.'

'Ze hebben hem in coma geslagen?' Haar verstand weigerde het te begrijpen.

'Er was sprake van... wurgpogingen.'

Ze sloeg haar handen voor haar gezicht.

'Ze zeggen dat ze niet weten hoelang de zuurstoftoevoer onderbroken was.'

'Ik wil naar hem toe.'

'Ik denk niet dat...'

'Jij zorgt onmiddellijk dat ik binnenkom.'

'Dat kan even duren. Dan moet ik eerst een paar telefoontjes plegen. Hij is tenslotte een gevangene.'

'Een gevangene die gewurgd is zonder dat een van de bewakers hem te hulp kwam!'

Micha lag vijf dagen in coma voordat zijn beademingsapparaat werd uitgezet. Hij zag eruit alsof hij sliep. De blauwe plekken en kneuzingen waren verbleekt. Andro stortte in de gang van het ziekenhuis in. Stasia wiegde hem zoals ze had gedaan toen hij nog klein was en zoals zijn moeder had gedaan toen ze nog leefde. Christine lag over het dode lichaam gebogen en verroerde zich niet, ze werd herhaaldelijk door het ziekenhuispersoneel gewaarschuwd, maar niemand durfde haar met geweld bij Micha's lijk weg te halen.

Alleen Lana schreeuwde en sloeg steeds weer met haar handen op haar dijen.

En toen Stasia opkeek, zag ze in het blauwige licht midden in de ziekenhuisgang Sopio Eristavi staan. Ze stond daar alsof ze even langskwam om gedag te zeggen, zonder een bepaalde reden. Een kort, vrijblijvend bezoekje. Stasia liep wankelend naar haar eeuwig jong gebleven vriendin toe.

'Doe nu niet alsof je me hier niet had verwacht,' zei Sopio.

'Ik heb alles verprutst. Sinds jij niet meer bij me bent, gaat alles mis...' Stasia's lippen bewogen geluidloos. 'Hij was nog maar eenentwintig, mijn god, nog maar eenentwintig. Ik heb niets in de hand kunnen houden, alles is me door de vingers geglipt, weggevloeid als door een grote zeef.'

'Ach, Tasiko, onverbeterlijke fataliste die je bent.'

'Wat had ik moeten doen? Wat?'

'Dansen, Taso, je had moeten dansen.'

'Met wie praat je daar, deda?'

Kostja's stem galmde na in de gang en onderbrak de spookachtige dialoog. Stasia keek om zich heen. De gang was leeg. Maar haar zoon had haar weer 'moeder' genoemd.

Hearts of fire creates love desire
High and higher
To your place on the throne.
Earth, Wind and Fire

Kitty hield haar adem in. Ze kon het zelf niet geloven. Het was gelukt. Eindelijk zou zijn stem een gezicht krijgen. Ze hoorde de voetstappen al. Nee, ze was nog niet klaar om zich om te draaien. Ademhalen, rustig ademhalen, niet kijken, zei ze bij zichzelf. De voetstappen kwamen steeds dichter bij de bank in Hyde Park waar ze voor hun eerste ontmoeting – ja, het was ongelofelijk, hun eerste ontmoeting na al die jaren! – hadden afgesproken.

Ze had de hele ochtend niet rustig kunnen ademhalen.

Sinds ze hem had opgespoord, had ze aan niets anders meer kunnen denken. De onmogelijkheid om zijn stem een gezicht te geven had haar uit haar slaap gehouden, haar gedachten door elkaar gehusseld, haar zelfs het vermogen ontnomen om rustig, gewoon rustig adem te halen.

Zelfs toen hij, stipt als altijd, al naast haar op de bank ging zitten, bleef ze recht voor zich uit kijken, alleen vanuit haar ooghoek ving ze een glimp op van zijn tengere postuur. Ze had zich hem altijd groot voorgesteld, groter dan zij in elk geval. Een grijs visgraatpak – ja, zijn kleding klopte met haar voorstelling –, zijn bril – had ze gedacht dat hij een bril droeg? –, zijn kale hoofd – dat hij kaal kon zijn, was niet eens bij haar opgekomen.

'Kitty?'

Ja, het was zijn stem. Maar nu vlak naast haar. Ze voelde het klamme zweet op haar voorhoofd parelen. Ze moest zich beheersen. Langzaam, voorzichtig haar gezicht naar hem toe draaien. Niet opvallend, niet overhaast, niet luidruchtig.

'Hallo, Giorgi.'

Haar stem liet haar in de steek. Ze draaide zich naar hem toe, deed de grootste moeite om haar opwinding te verhullen met een glimlach. Zijn gezicht, zijn ronde, onopvallende gezicht kwam haar bekend voor. Hoe kon dat? Werkte zijn stem door in zijn fysieke verschijning? Die tot lichaam geworden stem? Uitgesloten! Ze zag hem echt voor het eerst.

'En wat nu?'

Hij schonk haar zijn zachte, beschermende glimlach. Een glimlach die paste bij de talloze telefoongesprekken die ze in de loop van al die jaren hadden gevoerd. Die fluweelzachte bariton, een sussende, diepe stem, zonder krassen, zonder littekens. En zo vertrouwd dat er een rilling over haar rug liep.

Hij rook naar aftershave, naar citrusvruchten. Het zou even duren voor zijn echte gezicht haar fantasiebeeld had vervangen. Ze moest het zich nu goed inprenten. Elke gelaatstrek.

Toen hij geen antwoord kreeg, vroeg hij opnieuw, nu serieuzer: 'Hoe heb je me gevonden?'

'Ik heb een privédetective ingehuurd. Ja, heel gewoon, net als in een film noir. Precies zo'n type ook. Alleen de regenjas ontbrak, maar hij droeg wel een hoed. En hij verzekerde me dat ieder mens te vinden was. Behalve als hij al dood was of niet bestond. Ik heb hem verzekerd dat jij bestaat. Dat je zelfs in dezelfde stad woont als ik. Ja, dat wist ik, Giorgi. Dat wist ik van het begin af aan. Maar hij heeft er lang over gedaan. Hij zei dat je een profi was.'

Nu pas kon ze hardop lachen, de druk, die verschrikkelijke druk op haar borst nam af. 'En de laatste keer, weet je nog, Giorgi, o god, ik moet nog wennen aan die naam. Die naam had ik nooit kunnen verzinnen. Ik moet nog aan zoveel dingen wennen. En, nou ja, ik had je toch gevraagd me net als in die goede oude tijd een brief te schrijven. Elke keer een andere telefooncel, zei hij. Daarom moest ik je om een brief vragen. En je hebt mijn verzoek niet afgewezen. Gelukkig niet. En toen heeft mijn filmheld op de een of andere manier het spoor van die brief gevolgd. En hij heeft je gevonden. Ik wilde helemaal geen verdere details weten. Het enige wat ik belangrijk vond, was je naam. Twee dagen geleden kwam zijn telefoontje: ik heb uw man. Dat zei hij: uw man. Eerst dacht ik dat hij zich vergiste. Maar toen zei hij: hij heet Giorgi Alania. Hij werkt op de Sovjetambassade in Londen, dienst Cultuur. En opeens viel alles op zijn plek. De reis naar Praag en... Toen wist ik dat je het was. De rest weet je, daarna heb ik gewoon de ambassade gebeld. Daarvoor ben ik trouwens naar een telefooncel gegaan, ik durfde je niet thuis te bellen. Er zat inderdaad een Alania bij de dienst Cultuur. En voor je "Ja, hallo?" had gezegd, wist ik dat ik je had gevonden. Ik heb je gevonden.'

'Het is heel gevaarlijk wat je hebt gedaan, Kitty.'

'Je moet me begrijpen! Mijn leven... Ik moest je vinden. En ik moet naar huis.'

Nu pas viel haar op dat zijn handen trilden. Ook hij vermeed het haar recht aan te kijken. Ze nam hem alleen met een vluchtige, toevallige blik op. Hij droeg een hoornen bril met een bijzonder montuur met ivoorkleurige versieringen. Die treurige ogen achter de bril. Ze wilde hem aanraken. Die wijkende kin. Die vale huid. Een fractie van een seconde leek hij de situatie niet onder controle te hebben, iets wat hem in al die jaren nooit was overkomen. Hij had iets kwetsbaars, ook hij leek te verlangen naar een aanraking, naar iets wat hem in verwarring zou brengen, uit zijn wereld zou rukken.

'Niemand mag weten dat wij met elkaar in contact zijn geweest. Dat zou mensen in gevaar brengen. Ook mensen die belangrijk voor je zijn.'

Iets in de manier waarop hij het beeld van haar beschermer in stand probeerde te houden, stemde haar treurig.

'Kom bij me op bezoek. Kom naar me toe. Ik wil je zien. Ik wil je leren kennen!'

Ademloos sprong ze op van de bank, ze kon zijn fysieke aanwezigheid, die vleesgeworden stem niet langer verdragen, ze draaide zich om en liep weg. Ze had in de loop van de jaren zoveel woorden voor hem opgespaard en nu was ze niet in staat er ook maar één uit te spreken. Maar ze wist zeker dat hij, nu hij eindelijk uit zijn schuilplaats tevoorschijn was gekomen, niet meer zomaar in de donkere anonimiteit zou verdwijnen, maar naar haar toe zou komen! Hij moest het gewoon doen!

Ze zou hem nog één keer, een laatste keer om een gunst, nee, om hulp vragen. Ze zou hem overtuigen. Hoe dan ook. Met alle middelen die haar ter beschikking stonden. (Welke dat precies waren, wist ze nog niet.) Dat ene verzoek zou hij haar niet kunnen weigeren.

En toen er vijf dagen later – het was laat, buiten was het al donker – bij haar werd aangebeld, wist ze dat hij het was. Sinds hun ontmoeting in Hyde Park was ze de deur niet meer uit geweest. Zijn hulpeloosheid op het moment dat ze opsprong van de bank, het feit dat hij haar niet had tegengehouden, waren voldoende aanwijzingen dat hij niet meer terug kon naar het punt waar hij vandaan was gekomen. Alleen al dat hij met die ontmoeting had ingestemd – daarmee had hij al zijn regels overtreden. Nu was het tijd om nieuwe te maken.

Ze nam zijn jas aan. Hij poetste met een linnen zakdoek nerveus zijn bril. Zij was opeens druk in de weer, dekte de kleine leestafel in haar kamer, haalde de dranktrolley, vergat iets, liep naar de keuken, ging zitten, sprong weer op. Hij bekeek de concertfoto's aan de muur die Amy ondanks Kitty's protest had ingelijst en opgehangen. Hij tikte met zijn vingertoppen tegen het glas, streek zijn broek glad.

Hij sloeg de goede whisky af en vroeg om iets zonder alcohol. Ze gaf hem een glas vlierbloesemlimonade, wat hem plezier scheen te doen.

'Ik weet helemaal niet waar ik moet beginnen,' zei ze, terwijl ze zich eindelijk tegenover hem op een pluchen poef installeerde.

'Ik ook niet,' zei hij en hij probeerde te glimlachen. De vertrouwdheid van zijn stem was geruststellend en tegelijk beangstigde die haar, omdat ze heel duidelijk voelde dat er een vreemde man tegenover haar zat. Ze hield het whiskyglas tegen haar lippen en keek Giorgi Alania met vaste blik aan.

Hier, Brilka, moet ik zoals aangekondigd een sprong terug in de tijd maken, naar 1942, toen de Duitse Wehrmacht de

Sovjet-Unie binnenviel en Giorgi Alania, net afgestudeerd aan de Froenze Marine Academie, met als specialisatie scheepsbouw en ingenieurswezen, werd overgeplaatst naar de Amoerskiwerf in de meest oostelijke uithoek van Rusland aan de Japanse Zee. Zo had Alania het geluk aan de oorlog te ontkomen; hij bleef in de gure industriestad bij temperaturen onder nul, te midden van afgetobde, zwijgende arbeiders met een doorgroefd gezicht, die na het werk niets anders wisten te doen dan zich naar hun barak te haasten om daar zelfgestookte drank te drinken.

Hij bleef een vreemde onder zijn collega's. Ze waren allemaal veel ouder of hadden een heel andere inborst, andere verlangens en een andere levensweg dan de jonge Alania, die in zijn vrije tijd nauwgezet het oorlogsnieuws bijhield, lange wandelingen maakte langs de stormachtige kust en – althans de eerste jaren – zijn beste vriend Kostja Jasji lange, emotionele brieven schreef en verder 's avonds in zijn barak bij kaarslicht Jules Verne of Mayne Reid las.

Het werk viel hem niet zwaar. Zijn hoofd werkte snel en efficiënt. Hij had voor elk probleem altijd een oplossing paraat, wat hem in de loop van de tijd een bepaalde reputatie bezorgde. Men was niet bijzonder op hem gesteld, maar koesterde een zeker respect voor hem. Al was hij naast zijn werk altijd bezig met nieuwe technische uitdagingen, lichamelijke activiteiten, lezen en koken, toch voelde hij zich hier aan het einde van de wereld van alles afgesneden en ontheemd. Die gevoelens had hij als kind maar al te goed gekend, maar door de jaren in Leningrad met Kostja waren ze intussen in vergetelheid geraakt; nu moest hij opnieuw aan die treurige toestand wennen en alles in hem verzette zich daartegen.

Hij was altijd al introvert geweest, maar de jaren op de werf, de tot een minimum beperkte communicatie met de buitenwereld, de afwezigheid van gelijkgezinden maakten van hem een uiterst prikkelbare en wantrouwige man. Hij was zich van die sluipende terugval bewust, want in Leningrad was hij heel anders, zonder al die twijfels en complexen, die hij overwonnen meende te hebben. In Leningrad had hij het gevoel gehad dat Kostja's energie en zelfverzekerdheid, zijn nonchalance hem hadden aangestoken en aangemoedigd tot meer durf, vreugde en vertrouwen. Die vriendschap, misschien de enige in zijn leven waarvoor hij geen moeite had gedaan, miste hij echt.

Maar op de Amoerskiwerf nam Alania's zelftwijfel ongekende vormen aan: hij kon zich niet onttrekken aan het gevoel dat hij geen liefde waard was. En die veronderstelling leidde tot een jammerlijk gebrek aan succes bij het vrouwelijk geslacht.

Vrouwen leken dwars door hem heen te kijken. Hij had de allerbeste manieren, kon de allerfijnste complimenten maken, de allermooiste cadeaus geven – het hielp allemaal niets. Ze beloonden hem hoogstens met een glimlach, bedankten koket en gingen huns weegs. Eén afspraakje met een lerares, die hij op de havenboulevard aansprak en mee uit nam naar het zaaltje van de enige bioscoop, liep uit op een fiasco. Toen hij op het hoogtepunt van de film zijn hand op haar schouder legde, sloeg de vrouw die zo snel en met zoveel afschuw weg dat hij niet anders kon dan van zichzelf walgen.

Na die afwijzing deed hij geen pogingen meer om het hart van een vrouw te winnen. Maar ook bij prostituees had hij geen geluk. Eén keer had hij een in de hele stad bekende, geblondeerde dame van middelbare leeftijd met een slecht gebit, een sterk Siberisch accent en gestopte kousen bij zich uitgenodigd en een goede mousserende wijn opengetrokken, die eigenlijk voor oudejaarsavond bestemd was. De vrouw bedronk zich, kleedde zich zonder enige aankondiging uit en graaide vervolgens met zo'n afwezig en onverschillig gezicht tussen zijn benen dat het hem pijn deed en hij zich gedwongen zag haar weg te sturen.

Sindsdien voelde hij alleen nog schaamte en vernedering als de arbeiders op de werf opschepten over hun avontuurtjes. En mettertijd stelde hij vast dat hij niet in staat was te begeren zonder op z'n minst de illusie te hebben zelf begeerd te worden en nodig te zijn. Dat zijn verlangen niet het lichaam van een vrouw betrof, maar de wens dat dat lichaam het zijne nodig had. Als vaderloos kind van een alleenstaande moeder was hij in zijn dorp vernederd en gepest. Op familiefeesten voelde hij altijd de minachtende blikken van zijn grootouders – hoe goed hij ook was en wat hij ook allemaal bereikte, die eeuwige bijsmaak van iets waardeloos, iets onvolkomens bleef hem bij als een slechte adem. En hij wist dat dit euvel zijn oorsprong vond in zijn schandelijke verwekking.

Die gedachte werd bijna een obsessie.

Misschien was hij echt minderwaardig, misschien had hij zijn leven alleen te danken aan een noodlottig ongeluk, misschien had zijn moeder echt onwaardig gehandeld. Want waarom zweeg ze anders zo hardnekkig over zijn verwekker? Waarom had ze hem die kennis, de meest natuurlijke ter wereld, ontzegd?

Hij schreef haar een brief, waarin hij zijn vraag rechtstreeks stelde. Hij had er recht op om het te weten, ze kon het niet langer verzwijgen. Hij was nu oud genoeg om de waarheid over zijn verwekking te horen. Hij wilde niet langer leven met het stigma 'vader onbekend'. Hij wilde dat brandmerk niet langer voor iedereen zichtbaar met zich meedragen.

Maanden later kreeg hij antwoord: ze beloofde hem bij hun eerstvolgende ontmoeting alles te vertellen, van aangezicht tot aangezicht, maar niet schriftelijk, dat ging niet, schreef ze.

Zoals meestal in zulke verhalen, Brilka, liep het ook in ons – of om precies te zijn: in Alania's verhaal – allemaal heel anders. Vlak voor de inname van Berlijn kreeg Alania bezoek van een deftig geklede, pijprokende heer met een gouden hamer-en-sikkelinsigne op de revers van zijn zwarte colbert. Hij was met een opvallend grote auto – een zeldzaamheid in dit oord – bij het gebouw van de werf komen voorrijden en had naar Giorgi Alania gevraagd. In de werkkamer van de directeur namen ze tegenover elkaar plaats. De voorname heer stelde zich voor als een medewerker van het ministerie van Binnenlandse Zaken, kortom het MVD. Hij praatte eerst een poosje vrijblijvend over het belang van samenwerking in de binnenlandse politiek in deze moeilijke tijden, over het opvoeren van de strijd tegen het contrarevolutionaire front, over het gevaar dat momenteel van de kapitalistische wereld uitging en hoe belangrijk het was – belangrijker dan ooit – om de socialistische strijd voort te zetten. Hoe waakzaam men nu aan alle kanten – en daarbij keek hij Alania scherp aan – moest zijn.

Hij stelde Alania vragen. Hij wilde alles weten, van heel persoonlijke dingen tot en met zijn houding tegenover vaderlandse plichten.

'U hebt voortreffelijke aanbevelingen gekregen van de Froenze Academie en van de directeur van de werf. En u was, voor zover ik dat heb kunnen nagaan, in uw jeugd ook actief in de Komsomol van Soechoemi. Voorbeeldig, werkelijk voorbeeldig, kameraad Alania.'

De rokende man knikte goedkeurend met zijn grote hoofd.

'Ik begrijp u niet helemaal, neem me niet kwalijk. Waarmee kan ik u van dienst zijn, als ik vragen mag?'

Alania voelde zich niet op zijn gemak.

'Wel, de partij natuurlijk, kameraad, de partij. Juist nu heeft het land goede, vaderlandslievende mannen nodig; nu de oorlog is gewonnen, begint het werk pas. Het zou een fatale vergissing zijn om te denken dat met de oorlog alles voorbij is. U bent weliswaar geen lid van de vakbond, wat sommigen misschien een doorn in het oog zal zijn, maar wellicht valt er toch een goed woordje voor u te doen.'

Giorgi stond versteld. Hoe kwam het dat die man uitgerekend hem opzocht? Hij was in de war. Hij had zich door de stroom mee laten voeren, de laatste vier jaar had hij zich bij zijn lot neergelegd. Hij had zichzelf verboden om plannen te maken. Terwijl de wereld naar de haaien ging, was het enige wat hij wilde begrijpen wie hij zelf was. Voor de wereld had hij geen tijd meer, hij vond zichzelf al raadselachtig genoeg. Waarom zochten ze nu uitgerekend hem op?

Hij had geen invloedrijke vrienden, de enige vaderlandse plicht die hij tot nu toe had vervuld, was het werk voor de werf. Hij was misschien vlugger van begrip dan menig studiegenoot, maar hij was de laatste bij wie je aan doldrieste avonturen en roekeloze geheime operaties zou denken. Deze man zou echter niets loslaten, als hij al iets wist. Het was veel aannemelijker dat hij gewoon een bevel uitvoerde en hem voor iemand anders moest taxeren en beoordelen.

In het halfuur dat hij met die mysterieuze man in de kamer van de directeur doorbracht, ging er van alles door Alania's hoofd. Bood dit bezoek hem een kans om uit deze ellende weg te komen? Wat hem ook wachtte, waar dit bezoek ook op uitdraaide, in elk geval: weg van hier, terug naar de Giorgi die hij was toen hij tijdens de slotparade naast Kostja stond te salueren.

'Ik sta tot uw dienst!' zei Alania onzeker, maar zichtbaar

opgelucht, en hij vroeg de medewerker van het MVD zijn bedoelingen wat nader toe te lichten.

In mei 1945 werd Alania naar Moskou ontboden en tijdens een geheime zitting van het ministerie van Binnenlandse Zaken in de Loebjanka ingedeeld bij de pas opgerichte afdeling Repatriëring. Op dat moment bevonden er zich een kleine vijf miljoen Sovjetburgers op Europees en vooral West-Europees grondgebied. Het was zaak om hen terug te halen naar het vaderland en hen te beschermen tegen de vijandelijke propaganda. Het waren voornamelijk krijgsgevangenen en dwangarbeiders en de generalissimus had hoogstpersoonlijk opdracht gegeven om haast te maken met hun terugkeer. De Britten en Amerikanen hadden na de oorlog de kampen geopend en zo'n 60.000 Sovjetburgers uitgeleverd. Maar er verbleven er nog genoeg op westelijk grondgebied die opgespoord, met valse beloften gelokt en, desnoods ook met geweld, naar de Sovjet-Unie teruggebracht dienden te worden.

Tijdens verschillende geheime zittingen van het ministerie van Binnenlandse Zaken, eveneens in de Loebjanka, besprak men het gevaar dat de Sovjetburgers in ballingschap in Europa liepen. Ze werden allemaal door de kapitalisten of de mensjewieken geronseld met behulp van door de Amerikanen gefinancierde 'democratiseringscampagnes'. Men verketterde voortdurend de invloedrijke en inderdaad door de Amerikanen gefinancierde Nationale Bond van Russische Solidaristen, kortweg NTS, die samenwerkte met de exil-mensjewieken uit het postrevolutionaire tijdperk.

Zowel de bestrijding van deze 'schadelijke individuen' als de repatriëring van de 'bedreigde' Sovjetburgers die het slachtoffer werden van de westerse propaganda, kreeg in de jaren na de oorlog de hoogste prioriteit.

Dat zou nu ook de taak worden van Giorgi Alania. Naast

zijn – door wie dan ook – geprezen eigenschappen en kwaliteiten had hij hier een speciale opleiding voor nodig, die precies drie jaar zou duren en in Moskou zou plaatsvinden.

Hij werd naar de hoofdstad van het socialisme gehaald, kreeg een aan de nomenklatoera voorbehouden woning op de Tverskaja en begon met zijn geheime specialisatie, die naast de aan te leren methoden om mensen met geweld naar het geprezen Sovjetrijk terug te lokken of te deporteren, waar mij helaas of gelukkig niets van bekend is, ook de verwerving van de Engelse taal behelsde.

In Moskou veranderde alles voor Alania. Weliswaar was hij bij zijn collega's nog steeds niet erg populair, maar hij diende een hoger doel, hij was een uitverkorene, hij werd gerespecteerd en gewaardeerd, vooral om zijn indrukwekkende leervermogen, hij woonde in een metropool, ook al had die zich nog niet hersteld van de apocalyptische oorlog, en hier zouden zekere dames te vinden zijn die tegen betaling of andere wederdiensten bereid waren de zo vurig gewenste hartstocht en begeerte tegenover hem te veinzen.

Voor zijn sombere gedachten had Alania geen tijd meer. Het was zaak om de beste onder de besten te worden. Dankzij zijn groeiende macht, waarvan hij tot dan toe zelfs in zijn stoutste dromen niet had durven dromen en die hem zo plotseling, zo totaal onverwachts in de schoot werd geworpen, kon hij tenslotte ook goede dingen doen. Hij kon zijn beste vriend, die de oorlog gelukkig had overleefd, opsporen en naar zich toe halen, zijn wonden helen en hem helpen de man te worden die hij vast zou zijn geworden als die verschrikkelijke oorlog er niet tussen was gekomen.

In 1946, voordat Alania de vanwege zijn intensieve studie herhaaldelijk uitgestelde reis naar huis kon maken, overleed zijn moeder aan de gevolgen van een beroerte. Door dat bericht verkeerde Alania lange tijd in shock. Nu kon zijn moeder haar belofte niet meer nakomen. De brandende nieuwsgierigheid naar zijn afkomst maakte zich opnieuw, met ongekende hevigheid, van hem meester. Hij vroeg verlof aan en reisde terug naar de Abchazisch-Megrelische provincie.

Na de begrafenis begon hij resoluut inlichtingen in te winnen. Hij informeerde bij de buren, de paar gehate familieleden, de collega's van zijn moeder. Hij deed dat openlijk, bijna provocerend, want zijn moeder had niets meer te verliezen, en hij, hij zou daar nooit meer terugkomen.

Of het nu uit angst was of uit onwetendheid – deze mensen hadden Alania niets te vertellen. Sommigen zwoeren bij alles wat hun heilig was dat zijn moeder over de verwekking van haar buitenechtelijke kind haar leven lang had gezwegen als het graf. Maar Alania was geduldig, hij was nauwkeurig en zijn mensenkennis was even goed als zijn geheugen. Met zijn MVD-pasje verschafte hij zich toegang tot het archief van de universiteit en vond tussen de ontelbare systeemkaarten de kaart met de naam van de vrouw voor wie in feite een heel andere toekomst was weggelegd, omdat ze de eerste en lange tijd ook enige vrouw aan die faculteit was geweest, een kleine sensatie. Maar het enige avontuur in haar leven, toen in Koetaisi, had aan dat vooruitzicht al een einde gemaakt voor het goed en wel was begonnen.

Volgens zijn berekeningen moest hij in die stad zijn verwekt, dus ging hij door, liep in gedachten alles nog een keer na. Rekende. En opeens leek het hem helemaal niet meer zo logisch dat hij in die stad verwekt zou zijn. Het paste niet bij Goelo, zijn geliefde Goelo, zijn 'hartje', van wie het hart was gebroken en die gedwongen was als een melaatse te leven, dat ze zich meteen in het begin van haar vurig gewenste studie zwanger had laten maken. Het viel niet te rijmen dat ze enerzijds had gekozen voor de hogere wiskunde als toekomst en tegelijk hem op de wereld had willen zetten. Ze had haar leven lang niets anders dan minachting gehad voor het andere geslacht en, als hij er goed over nadacht, alleen voor hem, haar geliefde zoon, een uitzondering gemaakt.

Er kwam een ernstige verdenking bij hem op, die in zijn hoofd opeens duidelijke en scherpe contouren aannam, volstrekt logisch, haast onontkoombaar, iets wat de hele tijd voor de hand had gelegen en wat hij juist daarom niet had gezien: het was niet de schuld van Goelo, zoals het hele dorp beweerde, het was niet haar lichtzinnigheid en haar vermeende kapitalistische snollenmentaliteit die haar leven hadden verwoest en hem tot bastaard hadden gemaakt, het was niet haar achteloosheid, het was niet eens een pleziertje, een slippertje geweest, nee, het moest simpelweg iets zijn wat haar was aangedaan.

Het moest een verkrachting zijn geweest! Die gedachte was voor Alania eerst een soort opluchting, voordat hij in woede ontstak. En die walgelijke daad, waarvan hij het gevolg was, moest vlak voor haar verhuizing naar Koetaisi hebben plaatsgevonden. In die stad wilde ze studeren, een nieuw leven beginnen, en ze zou er nooit naartoe zijn gegaan en zo verbeten om een studieplaats hebben gevochten als ze had geweten dat ze in verwachting was. Want Goelo was in de eerste plaats een pragmatische vrouw, ze zou hebben begrepen dat ze met een buitenechtelijk kind geen schijn van kans had gemaakt. Ze moest al zwanger in de stad zijn aangekomen en het daar pas hebben ontdekt. Maar als haar zoiets gruwelijks was aangedaan, waarom had ze dan zo consequent gezwegen? Waarom had ze haar eer niet gered? Dan had hij op zijn beurt niet door het leven hoeven gaan als het product van de misstap van die lichtzinnige, domme snol van een moeder van hem.

Hij ging terug naar zijn geboortedorp en zocht de oude school van zijn moeder op. Hij imponeerde het schoolhoofd met zijn pasje en kreeg eindelijk bruikbare informatie. Het hoofd verwees hem naar Goelo's oude lerares, die nog in leven was en in een naburig dorp woonde. Alania betaalde een kolchozarbeider een paar roebel en liet zich in diens sjees naar het dorp brengen. Daar vond hij de oude lerares, bijna blind, maar naar het scheen nog helder van geest. Hij hoefde niet uitgebreid uit te leggen van wie hij een zoon was. Ze herinnerde zich Goelo nog levendig. Wat een meisje, wat een capaciteiten! Ze had naar de stad moeten gaan, op het platteland had ze geen geluk gevonden, zonde, eeuwig zonde! Maar hij had feiten nodig.

'Feiten? Wat voor feiten, mijn jongen?'

De oude vrouw sprak het woord uit alsof ze net iets giftigs in haar mond had gekregen. Maar ze leek op slag een stuk alerter en begon op haar stoel heen en weer te schuiven.

'Met wie ze vlak voor haar studie bevriend was, bijvoorbeeld, met wie ze destijds nauw...'

'Hoor eens, ik heb mijn leerlingen lesgegeven en geen vriendschap met ze onderhouden, zulke dingen weet ik niet, mijn zoon.'

Maar de manier waarop de oude dame dat zei en het tempo waarin ze dat deed, getuigden van het tegendeel. Alania had veel geleerd van het werk voor het NKVD en een soort antenne ontwikkeld die alles opving, ook wat onuitgesproken bleef. Hij liet de oude vrouw zijn pasje zien, ze keek ernaar, spande haar ogen in, kon schijnbaar niet ontcijferen wat erop stond.

'Wat is dat, mijn jongen?'

'U weet heel goed wat dat is.'

'En wat wil je van me?'

Het 'mijn jongen' liet ze deze keer weg. Er klonk angst door in haar ijle stem.

'U weet iets wat ik moet weten. U herinnert zich iets wat veel voor mij betekent, en u wilt het niet zeggen, ik doe het niet graag, maar u laat me geen andere keus dan...'

'Ja, ja, ja... Het is goed. Ik wil geen problemen, mijn zoon is een rechtschapen socialist, hij werkt voor de theeplantage...'

'Ik bedreig u niet. Ik heb alleen een paar feiten nodig.'

'Goed dan. Uw moeder was toen al geen gewoon meisje. Ze roddelde niet, hing niet rond met de dorpstrienen, ze wist wat ze wilde en was heel ambitieus, dat heb ik al vroeg gezien, geloof me. Maar met dat meisje van Lejava kon ze het vreemd genoeg goed vinden. Terwijl dat zo'n blond popje was, het tegendeel van Goelo. Mooie kleren en diepe decolletés en de jongens gek maken als ze 's avonds door het dorp flaneerde. Maar ze was de dochter van kameraad Lejava, de commissaris van politie. Ze konden goed met elkaar opschieten, het meisje kon goed gedichten voordragen en onderweg naar Bakoe hebben ze vriendschap gesloten.'

'Bakoe? Is mijn moeder in Bakoe geweest?'

'Het was een uitstapje van de Komsomoljeugd, ik weet het nog goed, het was een mooi uitstapje, alleen de besten mochten mee, en het meisje Lejava werd meegenomen, nou ja, omdat... We waren er een dag of vier, vijf. En...' De vrouw stokte, zocht kennelijk naar woorden, probeerde haar herinneringen te ordenen, de tijd terug te draaien.

'Wanneer, wanneer was dat precies? Wanneer vond dat uitstapje plaats?'

'Na het eindexamen, in de zomer. Zulke bijzondere reizen waren alleen weggelegd voor schoolverlaters met een gouden medaille, daarom moet het na het eindexamen zijn geweest.'

'En wat is er in Bakoe gebeurd?'

'Ik weet het niet, mijn god, ik ben een oude vrouw, ik was niet elke minuut met de meisjes...'

Het gezicht van de vrouw was plotseling verwrongen, alsof ze zich verzette tegen een onaangename herinnering. Giorgi voelde dat hij dichter bij de waarheid kwam.

'We leerden veel mensen kennen, we zijn ook een keer eervol onthaald.'

In haar gezicht lichtte even iets van trots op.

'Wie heeft u toen onthaald?'

'Hoge ambtenaren, partijleden, heel belangrijke, een onthaal om de vriendschap te vieren.'

'Azerbeidzjanen?'

'Ja, en er waren ook Georgiërs bij.'

'En er werd gedronken?'

'Dat heb ik niet toegestaan.'

'En toen?'

'Toen? Weet ik veel. Maar daar is niets gebeurd, waar wilt u heen? Ik hield van mijn meisjes en heb ze beschermd, bovendien waren het eerzame mannen, echte communisten, partijleden, dat zei ik toch!'

Ze ademde zwaar, klaagde over haar hoge bloeddruk. Ze riep naar haar zoon dat hij haar medicijnen moest brengen. Alania stond op. Natuurlijk wist ze meer, natuurlijk kon hij haar dwingen te zeggen wat ze wist, maar hij voelde zich opeens bedrukt, hij wilde naar buiten, weg uit dit bedompte kamertje, waar het naar medicijnen stonk.

'Ik zal u niet verder lastigvallen, maar weet u ook wat er van het meisje Lejava geworden is? Hoe heet ze van haar voornaam, weet u dat nog?'

'Hoe heette ze ook alweer, hm, nee, ik kan er niet meer op komen, vraag het maar in het dorp, haar familie is allang weg, maar ze zullen zich haar nog wel herinneren, vooral de mannen zullen zich haar herinneren, neem dat van me aan. Voor zover ik weet, is ze naar Batoemi verhuisd.'

Giorgi Alania stond een tijdje op de stoffige weg, zijn handen waren – zoals zo vaak als hij nerveus was – klam en zijn hoofd deed pijn. Het pasje in zijn borstzak voelde aan als een kogelvrij vest, het gaf hem het aangename gevoel dat hij niemand meer om iets hoefde te vragen.

Alania ging naar Batoemi, zocht het plaatselijke commissariaat op, liet zonder commentaar zijn pasje zien en wachtte tot hij informatie over kameraad Lejava kreeg. Hij had zich er de afgelopen dagen vaak van kunnen overtuigen dat het effect dat zijn pasje op anderen had, hem veel tijd en moeite bespaarde.

'Onze Nelly?'

'Onze Nelly?' vroeg Giorgi verbouwereerd. De man keek hem met een scheve grijns aan en trok veelbetekenend zijn wenkbrauwen op, alsof hij Alania te kennen wilde geven dat het ging om een bijzonder aantrekkelijke vrouw, die hij hem van harte kon aanbevelen.

'Ze is onderdeel van de couleur locale, zou je kunnen zeggen. Een, eh, bekende dame. Ze woont in het grote witte huis vlak na de eerste afrit, achter het Archeologisch Museum. Ze kan ook in de toekomst kijken, maar pas wel op, wees op uw hoede...' Nu glimlachte de ambtenaar boosaardig.

'In de toekomst kijken?'

'Ja, ja, ze leest koffiedik. En hoe!'

Alania maakte een eind aan het onaangename gesprek dat zich hier leek te ontspinnen, bedankte de man en nam de bus naar de Groene Heuvel, langs de donkere, olieachtig zee, die hem opeens sentimenteel stemde, hem deed denken aan zijn kinderjaren en maakte dat hij het gemis van zijn moeder lichamelijk voelde.

Het huis was niet over het hoofd te zien. Het herinnerde aan de tijd waarin het was gebouwd, de hoopvolle periode toen de Rothschilds en Nobels hun oog op de Kaukasus hadden laten vallen, toen de grand hotels werden gebouwd en de witte schepen uit Europa zonder veel obstakels en douanekantoren in deze haven voor anker konden gaan. De oude grandeur van het huis had de bolsjewistische smaak doorstaan, maar de tand des tijds was duidelijk zichtbaar. Ranke bamboeboompjes schermden het huis af tegen vreemde blikken. Alania stapte voorzichtig door het hoge, roestige tuinhek. Een paar kleine kinderen renden achter een bal aan. Hij hield de oudste jongen staande en vroeg naar kameraad Lejava. De jongen, geërgerd dat hij in zijn spel werd gestoord, wees alleen naar boven.

Alania liep door de openstaande houten deur, kwam in een met marmeren tegels belegd trappenhuis en ging naar boven. Het trappenhuis was verwaarloosd, van het plafond drupte regenwater, dat in verschillende hoeken grijzige plasjes vormde. Helemaal boven aangekomen bleef hij staan voor een groene houten deur, waar de verf van afbladderde. Zou hij omkeren? Zou hij aankloppen? Wist zij de waarheid over hem? Stel dat deze vrouw hem niets nieuws te vertellen had? Hij klopte aan.

Het duurde even voor hij een lage vrouwenstem hoorde: 'Wat is er nu weer, verdorie? Ik heb geen meel! Ik kook niet en uien heb ik ook niet en bovendien, ik woon hier helemaal niet, wanneer snappen jullie dat eindelijk eens?' Hij klopte opnieuw, hoorde haastige voetstappen achter de deur, die eindelijk, vergezeld van een lange reeks vloeken, werd opengerukt.

Voor hem stond een, nou ja, een verschijning. Een rijzige, gezette vrouw met een imposante boezem en mooi, dik blond haar, dat ze had opgestoken in een perfecte knoet. Ze droeg een lichtgroene onderjurk en liep op blote voeten.

Haar gezicht deed vermoeden dat ze intens had geleefd, haar lippen waren purperrood gestift, de diepe kringen onder haar ogen had ze met poeder weggewerkt, wat haar een vreemd, popperig uiterlijk gaf.

Ze leek verrast, een vreemde jongeman was waarschijnlijk het laatste wat ze had verwacht.

En voor het eerst in Alania's leven gebeurde er een wonder: haar gekwetste, geïrriteerde uitdrukking veranderde in een onweerstaanbare glimlach. Ze frunnikte aan haar decolleté, streek de onderjurk over haar heupen glad en fluisterde een katachtig, langgerekt: 'Wat kan ik voor u doen?'

'Ik heb gehoord dat u koffiedik...' mompelde Giorgi Alania. Hij wist geen raad met de situatie en het zweet brak hem uit. De vrouw deed de deur een eindje verder open, gluurde het trappenhuis in en trok hem vervolgens aan zijn mouw naar binnen.

Net als de rest van het huis had ook haar woning betere tijden gekend: het behang hing in flarden aan de muur, de kraan, die volstrekt ongepast midden in de kamer was geïnstalleerd, drupte onafgebroken, maar aan het plafond prijkte een reusachtige kroonluchter, die beter in een theaterzaal had gepast dan in dit donkere, bedompte hol met de talloze stoffige souvenirs en versierde hoedendozen die in elke hoek stonden opgestapeld.

'Wie heeft je naar me toe gestuurd?' vroeg ze, terwijl ze hem een plaats wees aan een ronde, volle tafel zonder kleed.

'Een kennis.'

'Een kennis. Zo. Normaal zou ik je er onmiddellijk weer uit gooien vanwege zo'n stom antwoord. Maar jij ziet er niet als zo'n figuur uit. Ik weet wie ik wel en niet kan vertrouwen. Ik kan gezichten lezen als koffiedik. Maar ik hoop dat je begrijpt dat wij allebei grote problemen kunnen krijgen als je iets over mijn gaven doorvertelt. Ik sta hier onder een soort huisarrest, ze houden me in de gaten, ze laten me gewoon niet met rust. Wat hebben ze nou voor last van me? Wie ben ik een doorn in het oog?'

Haar hele lichaam, haar ogen, haar mond flirtten met hem, waren hem welgezind, schrokken niet terug voor zijn overduidelijke onzekerheid en verlegenheid, nee, ze lokten hem zelfs, moedigden hem aan naar haar te kijken, haar te aanbidden. Een onbekende zelfvoldaanheid verspreidde zich in zijn buik. Onvoorstelbaar, zijn hele leven tot nu toe zonder deze aandacht, deze betoverende genegenheid, dit gevoel.

Ze liep naar een kooknis met een kamerscherm ervoor en begon koffie te zetten. De heerlijke geur trok door de hele woning, als om Alania's geluk nog kracht bij te zetten. Toen ze terugkwam met de koffie, droeg ze met bloemen geborduurde pantoffels, die hem om een onverklaarbare reden in verrukking brachten. (Want ze had ze voor hem aangetrokken, ze had haar blote voeten voor hem verhuld!)

'Wat wil je eigenlijk weten?' vroeg ze, terwijl ze een sigaret in een mondstuk stak.

Wie mijn moeder heeft verkracht en zwanger gemaakt. Dat was hem in zijn verwarring bijna ontglipt, maar hij hield zich op tijd in en mompelde: 'Het gaat om mijn carrière en...'

'Laten we eens kijken. Hoe heet je?'

'Giorgi.'

'Goed, Giorgi, *genacvale*. Drink je koffie op, zet het kopje dan ondersteboven op het schoteltje en laat het daar staan, later strijk je met je vinger tegen de klok in door het koffiedik en stel je je vraag, maar spreek hem niet uit, concentreer je alleen op wat je wilt weten. Ik kan niets doen als jouw hoofd geblokkeerd is.'

'Goed, zeker, ik begrijp het.'

Alania knikte als een schooljongen die huiswerk op krijgt.

Hij probeerde zich te concentreren, maar het enige waaraan hij kon denken was de aandacht die ze hem gaf, haar zoetige, ietwat vermoeide geur die in zijn neus drong. Hij dronk zijn kopje leeg en zette het ondersteboven op het schoteltje.

'Wat bedoelde u met huisarrest?' vroeg hij om de onaangename stilte te vullen die was ontstaan omdat het koffiedik moest drogen.

'Tja, wat zou dat betekenen? Dat ik een stout meisje ben geweest en dat een paar heren boos op me zijn. Ik ben in ongenade gevallen, zouden ze hebben gezegd toen ik jong was. Waar kom je vandaan, Giorgi?' vroeg ze, terwijl ze het kopje eindelijk omdraaide.

'Uit Koetaisi,' loog hij.

'En waar heb je dan je accent gelaten?'

Alania voelde haar wantrouwen.

'Ik woon in Rusland. Ik heb mijn opleiding in Leningrad gedaan en nu werk ik in Moskou,' zei hij, terwijl hij met zijn vinger door het koffiedik streek.

'O, wat goed. Een belangrijk man dus. Wat heeft je naar je oude vaderland gebracht?'

'De dood van mijn moeder,' liet hij zich ontvallen.

'Wat erg. Van harte gecondoleerd. Altijd moeilijk als je eigen moeder… Al is die van mij haar leven lang boos op me geweest.'

Ze staarde in het besmeurde kopje alsof ze een kaart las, een gecodeerde kaart.

'Kijk eens aan! Veel lof en erkenning zie ik hier. Je bent goed op weg, Giorgi, genacvale, ja, ja, je zult je ladder netjes verder beklimmen, maar een beetje droef in het hart, hè? Leeg en triest. Waarom, Giorgi? Waarom nou toch? Zo jong, dan moet je van het leven genieten. Die tijd komt nooit meer terug, gemiste kansen bieden zich niet nog een keer aan. Maar in plaats daarvan ben je bedroefd. Ik zie hier ook nog een lange weg. Er is een reis op komst. Een lange, maar vreselijke reis. Je zult aankomen, ja, op de plek waar je naartoe wilt. Maar je moet je hart vullen, Giorgi, anders zal het nooit genoeg zijn, wat er ook komt, wat ze ook tegen je zeggen, welke onderscheidingen ze je ook op de borst spelden, je hart is zo vreselijk leeg.'

'En mijn moeder...?'

'Nee, het verdriet om je moeder, God hebbe haar ziel, is niet als enige schuldig aan die leegte vanbinnen, is het wel, Giorgi?'

Hoe ze zijn naam zei, alsof er honing in haar stem zat, hij wilde dat ze eeuwig zo doorpraatte, eindeloos op hem inpraatte. Ze vertelde wat hem volgens haar allemaal dwarszat, wat hij miste, waar hij naar verlangde, ze bleef vaag, verloor zich in toespelingen, en toch had hij het gevoel dat ze hem kende en zelfs doorzag zoals geen mens ooit had gedaan. Hij kon zich niet langer goed houden, hij werd overmand door iets wat groter was dan hijzelf, zelfs groter dan zijn eeuwige vraag, zijn rode draad, en hij begon te huilen en tegelijk schaamde hij zich voor zijn tranen; zomaar opeens, zonder dat hij het had voelen aankomen, stroomden de tranen over zijn wangen. Ze legde haar hand op zijn schouder, streelde zijn hoofd en herhaalde met haar heilzame stem sussende woorden.

'Het is goed, arme, arme Giorgi, o god, zo'n leeg hart, daar moeten we gauw iets aan doen, daar moet je iets aan doen, zo alleen, zo verloren, daar moeten we iets aan doen, Giorgi, genacvale.'

Wij! Dat simpele woord klonk als een toverformule. Eindelijk keek hij haar aan, iets in de manier waarop ze hem troostte, moedigde hem aan en hij waagde het haar op zijn schouder liggende hand te kussen, ze streelde zijn hoofd, hij stond op, hij was iets kleiner dan zij, maar ook dat leek haar niet te storen. Zou ze terugschrikken als hij verderging? Als hij al zijn grenzen overwon en haar direct een kus op haar knalrood geverfde lippen gaf? Zou ze hem eruit gooien, zou ze hem uitschelden? Ze raakte hem aan, hij had haar hand naar zijn mond gebracht, hij kon niet anders dan dit feest ten einde vieren. Hij drukte zijn hoofd tegen haar sleutelbeen, ze deinsde niet terug, hij omarmde haar zachte taille, ze glimlachte naar hem, ze schaamde zich niet voor hem. Hij kuste haar en zij beantwoordde zijn kus.

Het duurde niet lang meer of ze lagen op het brede, op stapels zware boeken rustende bed met de doorgelegen matras. Met één greep trok hij haar onderjurk omhoog, alsof het de gewoonste zaak van de wereld was, alsof hij dat al duizend keer had gedaan. Geen gevecht, geen beschamende kwellingen bij zijn poging om een vrouwenlichaam uit te kleden, het te benaderen. En zo zou Giorgi Alania die middag met trage, bedachtzame bewegingen het geluk ontdekken, volkomen schaamteloos, zeker van zichzelf, met het nieuwe gevoel echt begeerd te worden. Gewenst te zijn. Misschien – hoewel het niet kon, dat besefte hij op dat moment – zelfs verwacht. Hij liet zich met graagte opvangen. Hij voelde zich vrij, alsof hij zweefde, alsof zelfs de wet van de zwaartekracht geen vat op hem had, alsof hij kon vliegen.

Toen hij 's avonds laat van dat bed opstond, was hij een ander mens, als herboren, zelfverzekerd en stralend, een kop gegroeid. Nelly zat alweer in haar onderjurk aan de ronde tafel kaart te leggen. Hij kleedde zich voorzichtig aan, terwijl hij zijn nieuwe geliefde voortdurend in het oog hield, nog altijd sprakeloos van geluk.

'Ik wil het maar gezegd hebben, ik word hier nogal streng in de gaten gehouden. De hele etage, behalve deze kamer, heb ik al aan die rotzakken moeten afstaan. Als ze mannelijk bezoek bij me ontdekken, ben ik dit hol ook nog kwijt. Daarom denk ik dat het beter is als je nu gaat, Giorgi, genacvale.'

Ze zei het zonder van haar kaarten op te kijken.

'Ja, natuurlijk. Maar ik zou u graag terugzien.'

'Dat valt wel te regelen. Alleen moet ik een beetje oppassen, snap je.'

'Ja, ik snap het. Maar als ik op het commissariaat een goed woordje voor u kan doen...'

'Dan zou je dat doen?'

'Ja, als ik terug mag komen.'

'Wou je ze soms vertellen hoe goed ik mijn werk doe?'

Er klonk opeens iets bitters in haar stem. Het honingzoete was helemaal verdwenen.

Hij ging niet nog een keer naar haar toe, hij wilde haar niet storen, al had hij haar graag een kus gegeven, hij stond besluiteloos, helemaal aangekleed, bij de deur in de hoop dat ze hem zou uitlaten.

'Wanneer mag ik terugkomen?'

'Volgende week misschien.' Ze haalde haar schouders op. 'Maar Giorgi, luister, ik wil niet onbeleefd zijn, maar dat met dat koffiedik... Ik moet tenslotte ook ergens van leven, weet je. Ik mag je graag en ik zou het nooit vragen als het andere tijden waren, maar...'

Hij merkte hoe er op slag een ijzige kou bezit van zijn lichaam nam. Hij zou haar alles hebben gegeven, hemel en aarde voor haar hebben bewogen, hij zou haar naar Moskou hebben gehaald, ja, zelfs daar had hij aan gedacht toen ze in zijn armen lag, maar niet dit! Ze mocht hem nu niet om geld vragen.

'Ja, zeker, zeker, helemaal vergeten.'

En hij legde al het geld dat hij in zijn portemonnee had op het kastje bij de deur.

Als Alania had geweten dat Nelly, de vrouw die ooit van een toneelcarrière droomde, al ettelijke mannen deelgenoot had gemaakt van dit geluk, dat ze dankzij haar jeugd en haar ooit zo trotse schoonheid nooit in staatsdienst had hoeven werken, dat ze vroeger mooie briljanten, hoeden en kleren, een vaste theaterloge en een auto had gehad en als tegenprestatie altijd wachtte tot de mannen besloten hun gezin voor een of twee uur alleen te laten om haar op te zoeken; als hij had geweten dat ze afstand had genomen van haar eigen familie, dat ze het alleen-zijn als trouwste gezelschap had gekozen en zich steeds weer als oud vuil aan de kant had laten zetten zodra men genoeg van haar kreeg, dat ze al ontelbare scheldwoorden, haattirades en minachtende blikken over zich heen had moeten laten gaan; als hij had geweten dat ze de laatste vijf jaar, nadat haar langdurigste en invloedrijkste beschermer, de officier van justitie, was overleden, het hoofd boven water hield met koffiedik lezen, borduurwerk en illegale kredietzaken; als hij had geweten hoe graag ze al die beproevingen had willen vergeten en voor andere herinneringen had ingeruild; ja, als hij had geweten dat Nelly's dronkenschap, haar struikel- en valpartij die nacht ertoe had geleid dat hij tegen zijn moeders wil was verwekt; ja, als hij dat allemaal had geweten, zou hij zich dan toch hebben opengesteld voor haar aandacht, haar hartstocht, haar geveinsde troost en zijn gebleven, in de bedwelmende hoop verwacht, misschien zelfs bemind te worden? Op die vraag zal ik wel nooit antwoord kunnen geven, Brilka.

Het recht op een mislukt leven is onaantastbaar.
Generalissimus

Het werd schemerig, buiten begon het te miezeren. De lucht was bedekt met op dieren lijkende wolken. Kitty had veel en uitvoerig over zichzelf verteld, over haar gevoel iemand geworden te zijn zonder navelstreng, zonder verbinding, zonder wensen, vrij door de lucht zwevend als een eenzame luchtballon die op een kinderverjaardag toevallig uit een hand is geglipt.

Daarvoor had hij zelf veel gezegd, verbazend veel. Naar zijn idee had hij in eeuwen niet zoveel gezegd. Hij voelde zich gewichtloos. Vrij van angst.

Hij wilde dat de tijd stilstond, net als toen in die kleine zolderwoning bij Nelly, die hem misschien het bevrijdende inzicht had kunnen schenken en hem in plaats daarvan op zijn levensweg een nooit meer te genezen teleurstelling had meegegeven.

Het deed hem zo goed om zichzelf een poosje door Kitty's ogen te kunnen zien. En misschien klopte haar kijk op hem ook wel. Althans voor een deel. Misschien had hij in al die jaren dat ze hun lange telefoongesprekken hadden gevoerd, zoveel beter leren zijn dan hij in werkelijkheid was. Voor haar. Voor haar stem. Voor haar vrijheid, haar gemoedsrust. Want ze verdiende het. Daar had hij nooit aan getwijfeld. Ze had hem nooit teleurgesteld.

Ja, natuurlijk wilde hij bij haar blijven, de tijd stilzetten. Hij was nog steeds verrast dat ze hem had opgespoord. Hij overzag nog niet de consequenties van die ontmoeting. Hij wist nog niet goed hoe ver hij haar in zijn leven mocht toelaten. En wat gruwde hij ervan, wat had hij er al die jaren van gegruwd dat hij dat volgens haar niet deed uit angst voor zijn positie. Wat had hij haar graag duidelijk gemaakt dat het niet ging om hem, maar om haar, om haar veiligheid.

En wat keek hij graag naar haar. De hele tijd door, nu hij zijn jarenlang opgekropte schroom voor haar lichaam, het lichaam dat bij haar stem hoorde, had overwonnen. Nu hij haar in levenden lijve voor zich zag, net als toen, die ene keer, heel lang geleden, die zij zich niet eens meer herinnerde. Haar geheugen had dat beeld, die herinnering waarschijnlijk uitgewist. De herinnering aan die triviale ontmoeting op het lege station van het slaperige stadje niet ver van de steppe, toen hij haar het pakje van haar ongelukkig verliefde broer had overhandigd en haar had gevraagd hem gezelschap te houden tot zijn trein kwam en hij zijn reis naar huis kon voortzetten. Misschien was het ook maar beter zo. Beter voor haar. Maar hij had altijd al een fenomenaal geheugen gehad, juist dat geheugen had hem tot een onvervangbare medewerker van de geheime dienst gemaakt. En dat geheugen had het beeld van het schoolmeisje dat ze toen was, in dat andere leven, in een andere tijd, in een andere wereld, voor altijd geregistreerd, vastgelegd. Dat beeld had hij zich herinnerd, dat beeld had hij voor zich gezien als hij haar stem hoorde, tot haar foto's in de pers verschenen, tot hij haar zelfs in de anonimiteit van de massa bij een van haar concerten mocht meemaken.

Hij hield van de manier waarop ze gebaarde, van haar lachrimpeltjes, haar mimiek, haar lichte geur van babycrème en het ietwat gedesoriënteerde, verdwaalde dat ze uitstraalde, zelfs in haar eigen huis leek ze een gast, alsof ze niet had geleerd deze plek, deze taal, deze voorwerpen, zelfs deze kleren te accepteren als iets van haarzelf.

Hij had gepraat over zijn werk, ook al had hij zich vast voorgenomen het daar niet over te hebben. Over alle schimmen die hem achtervolgden, alle gezichten die zich als onzichtbare tatoeages in zijn huid hadden gegrift. Zij had gezwegen en whisky gedronken, terwijl hij van zijn limonade nipte.

Later had hij verteld over Leningrad, over de academie en over Kostja. Zijn stem begon altijd licht te trillen als hij praatte over die gelukkige tijd. Nog steeds, na zoveel jaren, had alles wat ertussen lag geen afbreuk kunnen doen aan dat geluk.

Alania was nooit getrouwd, hoewel die gelegenheid zich wel had voorgedaan. Er waren vrouwen geweest die onder de indruk waren van zijn mogelijkheden, zijn kennis, zijn macht, zijn gevatheid, zijn subtiele, fijnzinnige, bijna hoffelijke bruutheid. Hij had zichzelf voor de gek kunnen houden, hij had die verlangens als liefde kunnen opvatten en het zich gemakkelijk kunnen maken. Maar hij had één vrouw trouw gezworen en hij hield altijd zijn beloften. Die vrouw zat nu tegenover hem. De bordelen in Londen hadden voor hem vervangen wat Kitty's stem hem niet had kunnen geven. Dat had hem altijd het eenvoudigst geleken. Hij kocht illusies, hij kocht voor een paar uur intimiteit en leerde gaandeweg zich aan die illusies over te geven. Hij zocht beschaafde prostituees uit. Hij onthaalde ze, soms nam hij ze mee uit, soms kocht hij cadeaus voor ze. Ze mochten hem en hij mocht hen, want ze konden goed liegen. Beter dan de meeste eerzame dames.

En leugens speelden een belangrijke rol in zijn leven. In de loop van zijn Londense jaren had Giorgi Alania al zoveel mensen opgespoord en eigenhandig gerepatrieerd, die hem gedwongen of vrijwillig gehoorzaamden, die hij lokte met valse beloften; inmiddels genoot hij in de Moskouse Centrale een grote reputatie en een zekere onaantastbaarheid.

Ja, hij had zijn belofte gehouden, zoals hij altijd zijn beloften hield. Maar in dit geval had hij het met een bijzondere inzet, een bijzondere overtuiging gedaan. Hij had er alles voor op het spel gezet. Hoe vaak was hij niet bang geweest dat alles zou mislukken, dat hij haar niet langer zou kunnen beschermen, hoeveel zelfoverwinning had die belofte hem gekost en toch, wat had hij zich er graag aan gehouden. Voor haar. De enige heilige in zijn leven.

In het begin had hij het voor Kostja gedaan, voor zijn moeiteloze liefde, maar toen had hij moeten toegeven dat Kostja niet meer zo'n beslissende rol speelde in zijn wens om er te zijn voor die lichaamloze vrouw, voor die stem.

Hij had jarenlang als een schim geleefd, maar nu zaten ze tegenover elkaar en vertelden over hun leven, spraken hun intiemste gedachten en verlangens uit, bekenden elkaar persoonlijke dingen, alsof ze twee oude vrienden waren die samen verjaardagen en bruiloften hadden gevierd, samen dierbaren hadden betreurd, die een gemeenschappelijk leven achter de rug hadden.

Hij dacht terug aan de dag dat hij besefte dat ze zijn hulp niet meer nodig had en vrij was, de dag dat hij haar voor het eerst op de radio had horen zingen. Het was hem gelukt, hij had haar onaantastbaar gemaakt.

En nu had hij voor haar alle regels overboord gegooid, alle veiligheidsmaatregelen aan zijn laars gelapt, alles geriskeerd om datgene te beschermen wat zoveel jaar zo onnoemelijk belangrijk voor hem was geweest. Hij had ook toegelaten dat ze hem opspoorde en het zou voor haar kinderspel zijn om zijn kaartenhuis te laten instorten – hij zou voor zijn leven moeten vrezen. Maar ook dat liet hem koud in het licht van haar fysieke nabijheid. Dat zijn dubbelleven ontdekt, ontmaskerd werd, vond hij volkomen onbelangrijk als hij dit gezicht bij deze stem kon hebben.

De nacht was de dag inmiddels gevaarlijk dicht genaderd. En de nieuwe dag zou een andere zijn dan al zijn dagen tot nu toe. Wie zou hij zijn als hij dit appartement weer verliet?

Kitty zuchtte diep en rekte zich op de bank uit als een tevreden poes.

In een andere wereld draaide een log, opgezwollen lichaam zich op zijn zij. Een bebaarde man, vergiftigd door alcohol en dwalingen, verscheurd door een onuitsprekelijk verlies, gekweld door zijn eigen machteloosheid, niet in staat te praten, stootte een dierlijk geluid uit.

In dezelfde wereld, in dezelfde stad zelfs, kwam een magere, roodharige vrouw op een matras overeind, naast haar lag een jonge, vreemde vrouw, van wie ze zich de naam niet herinnerde, en ze beet op haar onderlip. Het gif dat alles doet vergeten, was uitgewerkt, haar hoofd deed pijn, haar lichaam ook, maar haar geest was helder en klaagde en tierde en hield haar voor dat ze had gefaald, dat ze iemand had verloren en niet tegen dat verlies opgewassen was.

'Je moet me helpen. Als ik niet naar Tbilisi ga, verlies ik mijn verstand. Dat gevoel verlamt me, ik word er gek van. Ik kan aan niets anders meer denken. Ik moet terug. Ik weet niet wat het is, jarenlang heb ik al die gevoelens en herinneringen goed onder controle kunnen houden, maar ik kan het niet meer. Ik ga ernaartoe. Ik heb een Brits paspoort, maar... Help me.'

Kitty zei het zachtjes, monotoon, als een gebed dat je eindeloos herhaalt.

'Wat verwacht je ervan?'

'Ik weet het niet, ik weet alleen dat ik het moet doen. Het is het laatste wat ik van je zal vragen, ik beloof het, Giorgi. O god, het is zo vreemd om je naam uit te spreken.'

'Ik weet niet of ik wel wil dat je nooit meer iets van me vraagt. Maar die wens gaat mijn bevoegdheden te boven.'

De nacht smolt samen tot een brok, die in hun keel bleef steken. Ze waren als twee acrobaten die van het hoge koord waren gevallen, circusartiesten van wie de tenten in de wind naar alle windstreken waren verwaaid.

Alsof hij in de achtbaan zat, kromp zijn maag ineen van spanning en angst. Voor alles wat er kon komen. Zijn benen tintelden. Hij wist het antwoord op de vraag die ze niet durfde te stellen, het had al die jaren op het puntje van zijn tong gelegen, zonder dat hij zich er bewust van was. Het antwoord op de vraag waarom hij er al die tijd voor had gezorgd dat ze in leven bleef, dat ze hier was. Maar hij kon toch niet zeggen dat zij het langste – weliswaar lichaamloze, maar toch het langste – en meest vaste contact in zijn leven was.

Hij huiverde even: als ze hem niet meer nodig had, als ze niet meer op zijn vriendschap aangewezen was, wat had zijn leven dan nog te betekenen? Hoe zou hij dan voorkomen dat zijn binnenste definitief bevroor? Nee, hij wilde dat ze hem om hulp vroeg, dat ze nog veel verzoeken tot hem richtte.

'Ik was negentien. Misschien ook pas achttien. In elk geval was het nog in het eerste jaar op de Froenze Academie. Ik reisde met de trein naar de Zwarte Zeekust. Kostja had me een pakje voor zijn moeder of zijn tante meegegeven en ik nam de omweg op de koop toe, want hij zei dat zijn zus...'

Kitty, plotseling een en al aandacht, tilde haar hoofd op en keek hem ongelovig aan, alsof ze ontwaakte uit een lange winterslaap.

'... dat zij bij haar grootvader was en dat ik het pakje misschien aan haar kon geven, zodat zij het kon doorsturen naar Tbilisi. Om de een of andere reden had hij toen veel haast met dat pakje. Ik weet het nog goed: hij pakte het met zoveel ijver in. Nou ja, ik heb die omweg toen met plezier op de koop toe genomen, want ik was heel benieuwd naar Kostja's familie, naar zijn zus...'

Kitty keek hem sprakeloos aan. Ze fronste haar voorhoofd. Haar herinnering zocht naar de ontbrekende puzzelstukjes. 'O god, dat was jij,' fluisterde ze.

'Ik weet het nog als de dag van gisteren. Die stationshal. Ik weet niet waarom, maar ik was opgewonden. Ik zou Kostja's zus leren kennen, ik zou een andere kijk op hem krijgen, iets meer over hem te weten komen, ik weet niet wat ik verwachtte. Ik weet het echt niet. En toen zag ik jou. Je had dat vreselijke schooluniform aan, maar je droeg geen schort. En je haar zat in de war, het hing in je gezicht. Je leek gejaagd toen je aankwam en heel verstrooid, en ik wilde per se met je praten. Ik was zo benieuwd. Ik wilde zoveel weten, ik wilde weten hoe je werd zoals Kostja, waardoor, uit wat voor familie hij kwam... Ik kreeg jou te zien. Je zei dat je nog huiswerk moest maken en was ongeduldig, ik kon mijn teleurstelling nauwelijks verbergen, ik dacht: dat kan niet waar zijn, ik heb zo'n grote omweg gemaakt, waarom eigenlijk, alleen voor die paar minuten in deze stomme hal, om dit schoolmeisje te ontmoeten, dat me niet eens echt aankijkt en dan... Ik ergerde me. Ik wist niet wat ik moest zeggen, en toen pakte je het pakje aan en ging weg. Ik was verpletterd, ik dacht: zo is dat dus, zo is het altijd, mensen, vooral vrouwen kijken dwars door me heen, waarom zou het deze keer anders zijn? Maar toen kwam je terug in de hal en keek je me stralend aan. Ik was zo blij en verrast en in de war. Ja, ja, ik overdrijf niet. Kijk me niet zo aan. Je was zo vol leven. Ik herinnerde me hoe vaak Kostja zich over je had opgewonden, omdat je zo recalcitrant was. En opeens vond ik het geweldig dat je zo was.

Later heb je me naar de trein gebracht en naar me gezwaaid. Ja, je zwaaide naar me. Het was al donker en ik schoof het raam naar beneden en keek naar buiten, ik hing bijna met mijn hele bovenlichaam uit het raam en jij bleef staan, je bleef de hele tijd staan wachten, en even waande ik me een jongen die afscheid neemt van zijn vriendin. Een verliefde jongen die door een verliefd meisje wordt uitgezwaaid. Dat was genoeg. Voor lang. Voor heel lang.'

Kitty zweeg en staarde peinzend in haar lege glas, dan weer naar de grond, ze durfde hem niet recht aan te kijken. Toen draaide ze zich naar hem toe en pakte hem bij zijn schouders, drukte haar voorhoofd tegen het zijne en bleef zo zitten.

Ja, van nu af aan zouden de dingen moeten veranderen, dat wist Alania nadat hij dit allemaal had gezegd. Ingrijpend veranderen. Ten goede of ten kwade, dat wist hij niet, maar hij zou het laten gebeuren, hij zou het laten gebeuren, want tegenover hem zat de enige vrouw die van hem hield.

> ***Aan de slag moet ik, met tal van zaken:***
> ***Morsdood moet ik mijn geheugen slaan,***
> ***En een stenen ziel mij zien te maken,***
> ***En weer in het leven leren staan.***
> **Achmatova**

Het was een gure, wisselvallige ochtend toen het vliegtuig de landing inzette. Het leek of alle geesten zich op de wolken hadden verzameld en vol leedvermaak hun tong uitstaken tegen iedereen die aankwam.

Hij had beloofd haar af te halen. Hij zou haar ruggensteun geven als ze onderuitging, hij zou een net van veren spannen en ze zou zacht neerkomen of gewoon haar vleugels uitspreiden en wegvliegen als ze zich in de val gelokt voelde, en als ze stikte, zou hij haar beademen.

Dat had hij allemaal beloofd tijdens de lange zomermaanden in Londen en in haar huisje bij de Seven Sisters, dat Kitty in de zwoele julihitte ten slotte toch had opgezocht – in zijn gezelschap.

Het waren dagen vol hervonden woorden geweest. Ze had het gevoel gehad dat ze veilig was, niet veilig in fysieke zin, maar veel diepgaander, alsof de realiteit van voor deze ontmoeting één groot, gescheurd decor was geweest, alsof ze dat decor al die tijd had gewantrouwd en er nu eindelijk achter had leren kijken. Een werkelijkheid achter de realiteit. Woorden waar nog regimenten woorden achter stonden. Zinnen waar nog ontelbare andere op volgden en die niet wegsijpelden in leegte en onbeduidendheid.

Sinds die eindeloos lange nacht, die nog had voortgeduurd nadat de zon allang was opgekomen, hun eerste nacht zonder telefoon en zonder tijdslimiet, had hij nooit meer over zijn werk gepraat. Het was niet fraai wat hij te verbergen had, wat hij niet sprake kon brengen, wat hem beangstigde, en ook zij wilde de fragiele constructie die ze beiden plotseling bereid waren te bouwen niet in gevaar brengen. Ze wilde eenvoudigweg dat hij bleef. In haar leven. In haar nabijheid. Soms vroeg ze zich af of ze bereid zou zijn om al zijn geheimen voor lief te nemen, als prijs voor zijn jarenlange loyaliteit. Maar ze was er bang voor, ze wilde niet weten welke prijs hij had betaald om haar ruggensteun te kunnen geven. Toch beangstigde haar het meest – paradoxaal genoeg – zijn beslissing om bij haar te blijven. Waarom hij al zijn voorzorgsmaatregelen, zijn voornemens, zijn strenge veiligheidsregels, de afspraken die in zijn wereld golden opzijzette en zo'n onbegrijpelijk risico nam. Waarom was hij niet bang dat zijn dubbelleven zou eindigen in een gevangeniscel? Dat zijn goed geënsceneerde toneelspel werd ontmaskerd als goedkope komedie?

Ze vroeg hem er niet naar. Ze liet hem gewoon binnen. Altijd als hij bij haar kwam, altijd als hij besloot dat het tijd werd om naar haar toe te gaan en te blijven. Alleen de formele, verplichte veiligheidsmaatregelen bleven in stand: de nacht werd hun dag. Ze verlieten nooit samen het huis. Ze ontmoetten elkaar nooit in het openbaar. Ze namen verschillende treinen naar haar cottage. Soms, als ze daar naar hem zat te kijken terwijl hij een omelet bakte of in haar platencollectie snuffelde, verstarde ze van angst. De gedachte dat hij weer kon verdwijnen, verlamde haar. En ook de gedachte dat het onmogelijk was om samen een normaal leven te leiden. En soms, als hij zich van haar afkeerde, als hij per se alleen wilde gaan wandelen of een vraag handig en heel gewiekst ontweek, bedacht ze dat het voor haar ondraaglijk zou zijn, dat ze er niet mee zou kunnen leven als het zover kwam dat ze hem moest verafschuwen. Om dingen die hij had gedaan, om dingen die hij belichaamde, om dingen die hij voor haar verzweeg.

Maar dan troostte ze zich met de afschuwelijkste gedachten die haar haar leven lang hadden achtervolgd en die ze vroeger zo doelbewust had proberen te verdringen, de gedachten aan de moord, aan Mariam en het schemerige huis op de Mtatsminda-berg. Op zulke momenten accepteerde ze zonder protest dat ze een moordenares was en maakte ze zichzelf wijs dat zij, een moordenares, een verraadster, geen enkele reden had om iemand te verafschuwen, wat die persoon ook had misdaan.

Ze raakten elkaar nooit aan. Hij leek niet gewend te zijn aan lichamelijk contact, hij wist er geen raad mee.

Zij vond het best. Zij moest dat ook eerst weer leren, mocht ze het ooit nog kunnen toelaten. Bij de Seven Sisters waren er dagen vol geruis van de zee en lange, natte wandelingen. Dagen vol zinnen, waarop ze sabbelden als op zuurtjes. Daar kreeg ze na lange tijd ook weer zin om haar gitaar te pakken en iets nieuws te schrijven. En als hij weer naar Londen vertrok en haar alleen achterliet, trok ze de stekker van de telefoon eruit, ging in de vensterbank zitten en liet nieuwe melodieën in zich opkomen. De vlierbloesemlimonade stond in de koelkast altijd voor hem klaar. In die tijd leerde ze haar herinneringen aan de roodharige vrouw te beteugelen, haar stemming er niet door te laten bederven. Want het was goed zoals het was.

En toen kwam hij op een middag uit Londen, viel als een opgewonden jongetje dat zichzelf in moed heeft overtroffen, de keuken binnen en ging stralend voor haar staan.

'Ik denk dat ik een oplossing heb gevonden. Dat hoop ik tenminste.'

'Wat bedoel je?' vroeg ze beduusd.

'Ik denk dat ik een manier heb gevonden om jou in Tbilisi te krijgen.' Hij glimlachte op zijn wanhopige manier, die haar om de een of andere reden altijd treurig stemde. 'Ik heb je manager gesproken. Ik heb gezegd dat Tbilisi van officiële zijde interesse voor een concert van je heeft getoond, maar dat zij de aanvraag moet indienen. Ze leek eerst heel verbaasd, maar reageerde toch goed en zei dat je vast blij zou zijn als je terug kon naar je vaderland. Daarna heb ik haar precies uitgelegd wie ze moet bellen en wat ze moet zeggen, zodat er geen argwaan ontstaat, en vervolgens heeft ze onze ambassade gebeld en een concert in Tbilisi aangevraagd. Als een soort vredeteken voor beide kanten. Dat was vijf dagen geleden en daarna heb ik tot middernacht met de dienst Cultuur vergaderd. Ik heb met de ambassadeur gepraat en die heeft met Moskou gebeld. Je moet weten dat je in de Sovjet-Unie bekend bent. Vooral de jeugd luistert naar je songs. Sinds *Replacement* en de Praagse foto bent je daar heel populair. Dus hebben ze diep nagedacht en zijn ze tot de conclusie gekomen dat het niet verkeerd zou zijn om die kans te benutten. Om nu eens een mooie foto van je te maken in je eigen hoofdstad, als een verzoenend gebaar als het ware, een teken dat je niets tegen de Sovjet-Unie hebt, dat het eerder een dom misverstand was toen in Praag. Zulke gebaren van verzoening hebben ze nodig, juist voor de jeugd hebben ze bewijzen nodig dat wij geen onmensen zijn.'

Ze staarde hem de hele tijd ongelovig aan, niet in staat al die informatie zo vlug te verwerken, niet in staat te geloven dat haar wens om terug te keren binnenkort in vervulling kon gaan.

'En hoe zit het met jou?' vroeg ze later onder het eten.

'Wat bedoel je?'

'Ga je mee?'

'Mijn plan is als volgt: Amy zullen ze geen inreisvisum verlenen, die is veel te Brits, veel te kapitalistisch en ze kan haar mond niet houden. Jij zult, als er niets tussen komt, Amy's taken ter plekke aan mij overdragen. Als een en ander wordt ingewilligd, zou ik voor de twee weken die je daar krijgt je officiële begeleider zijn.'

'Tja, ze moesten eens weten dat je dat al twintig jaar bent.'

Nu kwam het verleden met dezelfde snelheid als het Aeroflot-toestel beangstigend dicht bij het heden.

Haar benen waren opgezet. Ze had haar handen tot een vuist gebald. Onder haar oksels vormden zich zweetvlekken in haar witte overhemd. Ze kneep haar ogen stijf dicht en probeerde haar adem onder controle te krijgen. Vreemd genoeg moest ze uitgerekend nu aan Fred denken. Nu ze het verst van haar verwijderd was en zich met elke kilometer nog verder van haar verwijderde. Maar ze kon niet anders dan zich voorstellen hoe Fred het land, dat na een afwezigheid van bijna twintig jaar ook voor haar vreemd was geworden, zou ervaren, beleven, zien. Waar zat ze op dit moment? Wat deed ze? Was er iemand die haar beschermde of had ze alle beschermengelen al ingeruild voor de naald? Ze drukte haar voorhoofd tegen de stoelleuning voor zich. Ze was in Moskou overgestapt en had ettelijke controles moeten doorstaan, al had ze de grootste beproeving nog voor de boeg.

Maar hij was er. Hij was al tien dagen voor haar naar zijn vaderland gevlogen om ter plekke alles te regelen. Hij zou haar afhalen en ze zou weer kunnen ademhalen. Hij zou haar ervoor behoeden helemaal onder de last van de herinneringen bedolven te raken. Vast en zeker.

De verzamelde menigte begon te juichen, zodra de deur van het vliegtuig openging en de trap werd aangereden. Alsof het een ingestudeerde choreografie betrof, zwaaide iedereen tegelijk bedaard met een boeketje, gesynchroniseerd, niemand liep uit de pas, niemand schreeuwde overdreven hard, niemand was te weinig enthousiast.

Zelfs de journalisten die wel een beetje uit de pas liepen en met hun beste, tegen de wind beschermde microfoons voor zich uit op haar afrenden, waren hoffelijk en schonken haar een welwillende glimlach.

Terwijl de menigte eerbiedig verstomde, liet ze zich fotograferen en antwoordde beleefd op de nietszeggende, door de redacties goedgekeurde vragen. Ze nam de bloemen in ontvangst, bedankte en liet zich vervolgens naar de tweede verdieping van het luchthavengebouw brengen, waar cultureel afgevaardigden in pak of deux-pièces, verschillende redacteuren, KGB-medewerkers, veiligheidsmensen en zogenaamde programmaleiders zich om een lange conferentietafel hadden geschaard. Er werden plechtige toespraken gehouden, men had het over het belang van haar concerten, benadrukte de vaderlandse belangstelling voor haar persoon, het gevaar dat uitging van westerse propaganda en manipulatie en lichtte het programma toe dat ze de komende twee weken moest afwerken. Pas tijdens de derde toespraak kwam hij. Ze herkende hem al aan zijn voetstappen voor hij binnenkwam. Hij liep regelrecht op haar af en gaf haar vormelijk een hand. Zijn blik was rustig, alsof hij wilde zeggen dat alles goed zou gaan.

Na afloop van het officiële gedeelte van de ontvangst reed de delegatie in meerdere auto's naar een chique feestzaal ergens in Krtsanisi. Daar was een overvloedig Georgisch buffet met veel saperavi aangericht. De officieuze toespraken gingen – in wat lossere vorm – door. Zelfs het slikken kostte Kitty moeite. Alleen Alania's knie, die onder het tot op de grond hangende tafelkleed telkens de hare raakte, gaf haar houvast. Ja, hij zou haar weer tot leven wekken als ze ter plekke in zwijm viel. Voordat het haar beurt was om na de toespraak van de minister een toost uit te brengen, verscheen Kostja in de deuropening.

Nog altijd even groot, ontzettend aanwezig, met een snor, zijn uniform behangen met onderscheidingen – zo kwam hij de zaal binnen. Ze durfde niet op te staan en op hem af te rennen. (Wilde ze dat? Kon ze dat?) Ze had geen idee wat er in deze situatie van haar werd verwacht. Maar om haar heen werd opeens geklapt en met veel pathos en gekunsteld gedoe omhelsde haar broer zijn landverraadster van een zus, die hij zo lang geleden aan de boze imperialistische wereld had verloren en voor wie nu deze bijkans Bijbelse thuiskomst van de verloren dochter in scène werd gezet. Het enige wat nog ontbreekt is marsmuziek, dacht Kitty, terwijl ze Kostja stevig tegen zich aan drukte.

Kitty zat tussen Alania en haar broer, at overheerlijke verse rivierforel in granaatappelsaus en probeerde niet flauw te vallen, terwijl men haar met zichtbare trots vertelde over de uitverkochte Philharmonie waar haar beide concerten zouden plaatsvinden, over de afspraken met de pers waar ze moest verschijnen en over het staatsbanket waaraan ze samen met een paar andere Sovjetmusici zou deelnemen. Na drie uur, toen ze aan de zijde van haar broer eindelijk de zaal mocht verlaten en met hem in zijn 'Meeuw' kon stappen – waarbij ze Alania nog een dankbare en tegelijk hulpzoekende blik toewierp –, drukte ze zich stevig tegen de leuning van de stoel en sloot haar ogen.

'Je hebt veel geluk gehad, hij heeft het fantastisch geregeld, echt een slimme vent,' zei Kostja, nadat ze een poosje hadden gereden zonder iets te zeggen. Maar ze was niet in staat antwoord te geven.

Toen ze de stad al uit waren en de smalle, eindeloos kronkelende weg naar het noorden hadden genomen, zei hij dat hij ook een paar slechte berichten had.

'Is er iets met Stasia?' mompelde ze. Haar mond was

droog en haar lippen waren gesprongen. Elk woord deed pijn.

'O nee, die overleeft ons allemaal, let op mijn woorden. Het gaat om Eristavi.'

'Andro?'

'Hij ligt in het ziekenhuis. Nog even en zijn lever geeft de geest, geen wonder bij zijn passie voor alles waar alcohol in zit. Nou ja, na de dood van...'

'Van?'

'Zijn zoon.'

'Ik wist niet dat hij...'

'Drinkt? Drinken is zwak uitgedrukt.'

Stasia had gehuild en moest gaan zitten. Nana had van opwinding een kopje van haar duurste Tsjechische servies laten vallen. Daria had tegen haar gelachen en een dansje voor haar uitgevoerd. Ik – ik weet niet wat ik heb gedaan, waarschijnlijk niets bijzonders, behalve wat gebrabbel, wat gedribbel. Maar het opvallendst was Elenes reactie op Kitty's aankomst: toen ze de auto van haar vader op de oprit had ontdekt, was ze zo vlug als ze kon de heuvel opgerend en had ze zich verstopt.

Pas later op de avond, toen Stasia's tranen waren opgedroogd, kwam Elene weer binnen. Ze sloop beschaamd de veranda op, waar de lange tafel was gedekt. De gelijkenis viel iedereen onmiddellijk op, het was inderdaad verbluffend: hetzelfde volle haar, dezelfde ogen, dezelfde hoge jukbeenderen, zelfs de lippen waren even vol, alleen leek Elenes lichaam wat trager en zachter dan dat van Kitty.

Kitty stond op en liep langzaam naar haar nichtje toe.

'Alles is oké, Elene.' Ze zei het in het Engels. Door de vreemde taal hoopte ze de kennismaking voor het zichtbaar angstige meisje te vergemakkelijken, want Kostja had haar verteld dat Elene met behulp van haar platen Engels had geleerd. 'Waar was je zo lang? We hebben allemaal op je gewacht.'

Elene tilde eindelijk haar hoofd op, ze leek opgelucht. Het meisje met twee vaderloze kinderen kwam zo verloren over, zo totaal anders dan Kitty zich Kostja's dochter had voorgesteld.

'Ik was bang,' zei Elene, eveneens in het Engels. De vreemde taal stelde haar in staat eerlijk te zijn. Niemand anders aan tafel zou hen verstaan.

'Waarvoor?' vroeg Kitty, terwijl ze Elenes gezicht met haar lichaam afschermde tegen de nieuwsgierige blikken van haar familieleden.

'Ik weet het niet. Dat je misschien niet zo zou zijn als ik me had voorgesteld.'

'En hoe had je je mij dan voorgesteld?'

'Anders dan alle anderen.'

'En ben je nu teleurgesteld?'

'Nee.'

'Wat staan jullie daar als twee schoolmeisjes te smoezen? Elene, laat Kitty met rust en kom eindelijk aan tafel, het is onfatsoenlijk wat je daar doet!' riep Kostja even geïrriteerd als onzeker.

'Andro heeft een foto van jou in zijn huis,' ging Elene verder, alsof ze haar vader niet had gehoord. 'Een foto van een van je concerten. Maar nu ligt hij in het ziekenhuis. Sinds Micha's begrafenis heeft hij alleen nog maar gedronken, aan één stuk door.'

Elene keek Kitty met grote ogen aan, terwijl ze tegen haar praatte. Alsof ze helemaal alleen waren, alsof een paar meter verder niet de hele familie zat die vrolijk feest wilde vieren. Kitty sperde haar ogen open. Micha. Micha. Zo had Andro's zoon geheten. Nu waren allebei zijn zonen dood: de geborene en de ongeborene.

'Elenes Engels is echt geweldig!' riep Kitty naar het gezelschap zonder zich om te draaien, zonder haar ontzette blik van Elene af te wenden.

'Ik wilde het je vertellen, voordat ze al hun leugens opdissen, en ik weet dat mijn vader me waarschijnlijk niet met jou alleen zal laten. Ik wilde dat je het wist. Ik wilde dat je wist dat we er allemaal schuld aan hebben dat Micha er niet meer is. Vooral ik. Ik ken je niet, maar ik weet veel over je. Ze hebben me nooit iets verteld, maar ik heb zoveel mogelijk over je uitgezocht. Je moet Andro opzoeken. Ze zullen je op de voet volgen, maar als je wilt, kunnen we proberen ze af te schudden. Zelf ga ik elke dag naar het ziekenhuis.'

'Dank je!'

Kitty schraapte haar keel. Toen zette ze de meest luchtige en zorgeloze glimlach op die ze had, en draaide zich om naar de anderen.

Christine had er niet toe kunnen komen om voor Kitty's begroeting naar het Groene Huis te gaan. Sinds Micha's dood was ze elke dag naar het kerkhof geweest. En ze had voor Andro gezorgd, maar geen pogingen meer gedaan om hem van het drinken af te houden. Maar al te vaak was hij zo laveloos dat Christine de ambulance moest bellen. Of hij belandde wegens ordeverstoring en aanstootgevend gedrag in de ontnuchteringscel. Twee weken voor Kitty's terugkeer was Andro ten slotte met een vergevorderde levercirrose in het stadsziekenhuis opgenomen. In zijn doodsstrijd maakte de opgezwollen en ontoerekeningsvatbare Andro echt een vreedzame indruk, constateerde Christine als ze aan zijn bed zat. Veel vreedzamer dan eerst, toen hij nog met het leven worstelde in plaats van met de dood. Lana en de kleine Miro pendelden tussen Christines woning en de huurkazerne waar Lana's moeder woonde. Het jongetje was ziekelijk, overgevoelig en humeurig en Lana was aan het eind van haar Latijn. Elene had de afgelopen weken bijna fanatiek geholpen. Ze was elke dag naar de stad gereden om boodschappen voor Lana en Christine te doen, Lana's zoontje naar de crèche te brengen en weer op te halen, en ze had vooral aan Andro's bed gezeten, zijn hand vastgehouden, hem voorgelezen en de nieuwste roddels verteld, al wekte hij niet de indruk dat hij naar haar luisterde of begreep wat ze zei.

In die weken maakte Elene de zorg voor Lana tot haar voornaamste taak. Zolang Lana zich zo verbeten, zo vertwijfeld aan haar verdriet bleef vastklampen – uit angst dat achter de pijn het onvergeeflijke feit aan het licht zou komen dat ze Micha's leven had kunnen redden als ze het filmmateriaal op tijd had teruggegeven –, zolang kon Elene er zeker van zijn dat ze niet geconfronteerd werd met Lana's zelfhaat, die vast in niets onderdeed voor die van haar. Want ze was ervan overtuigd dat dat de toch al wankele bodem onder haar voeten zou hebben weggeslagen.

Ze liet Lana in haar rol van rouwende weduwe. Ze gaf haar verdriet de ruimte. Ook dat was een mogelijkheid om zich niet met zichzelf te hoeven bezighouden, met alles wat achter en voor haar lag. Ze verbroederde zich met Lana in de leugenachtige mythe waaraan zij zo krampachtig vasthield, de mythe van de onverzettelijke idealist die erop uittrok om tegen het verrotte, corrupte systeem te strijden, om de vuiligheid daarvan aan de kaak te stellen en die voor dat grootse doel het leven had moeten laten. Lana wilde in haar herinnering de dappere strijdster aan zijn zijde blijven, de hoedster van zijn geheim, de moeder van zijn zoon, de vrouw aan wie hij zijn hart had toevertrouwd en het kostbaarste wat hij bezat: zijn film, zijn getuigenis. Natuurlijk wisten ze allebei dat ze zichzelf voor de gek hielden, ieder op haar eigen manier. Maar met die leugen viel te leven, terwijl de waarheid onzeker was en geen eenduidige antwoorden opleverde, maar alleen haat en zelfverachting achterliet. Nee, de waarheid was verlammend, terwijl de leugen bevrijdde.

Kitty's terugkeer moet voor Elene een teken uit de hemel hebben geleken. Twee geliefden samenbrengen als de laatste kans om alles enigszins goed te maken. Doden tot leven wekken kon ze niet, maar misschien kon ze een kleine goede daad, een kleine treurige goede daad verrichten. Aan het ziekbed van Andro met de werkelijkheid geworden foto van Kitty.

Ja, misschien zou die westerse verzetsstrijdster, die anarchiste, die muziekgodin in Elenes plaats vrede vinden, hier aan het ziekbed van haar jeugdliefde. En dan zou zij toekijken en kunnen leren hoe je dingen accepteerde die op niets waren uitgelopen, die gewoon in rook waren opgegaan. Dingen, gevoelens, verwachtingen... mensen.

'Hij houdt niet van je.' Dat had ze toen tegen Lana gezegd – en zichzelf bedoeld. En ze had aan Micha's leven niet de voorrang gegeven boven haar eigen onvermogen om met dat feit te kunnen leven. Hij was dood. En Elene leefde. Nog steeds zonder God. Nog steeds alleen. Nog steeds verward.

Vrede, vrijheid, land en brood!
Leus op een affiche

Kitty had Christine al van verre in de gang zien staan. Ze had er zo oud en tegelijk zo kinderlijk uitgezien. Haar ooit zo opvallende schoonheid had plaatsgemaakt voor een armzalige, zonderlinge, in zichzelf gekeerde verschijning. Ze had haar tante lang in haar armen gehouden. Ze had haar geur opgesnoven en zich herinnerd hoe ze destijds, toen ze zonder buik, met brandende littekens op haar onderlijf uit de hel in het dorp was teruggekeerd, haar verminkte gezicht had betast om haar eigen overlevingskaart uit te tekenen.

Het raam van de ziekenkamer keek uit op de ranke, dennengroene cipressen, die met hun punt in de wolken leken te prikken. Elene had Kitty naar Andro's kamer gebracht en haar uitgelegd dat hij maar af en toe bijkwam, dat hij dan zelfs iets at of dronk, maar dat hij, sinds hij hier was, niets meer had gezegd en dat Kitty niet te veel moest verwachten. Daarna had ze haar haar eigen stoel aangeboden, alsof ze de gastvrouw was bij een vrolijke gebeurtenis.

In de andere hoek van de kamer lag een patiënt die bij kennis was en de *Pravda* las.

Kitty liep voorzichtig naar Andro's bed. Hij lag half op zijn zij, met zijn hoofd naar het zonnige raam en één arm op de deken. Het duurde even voor ze de oude trekken herkende in zijn door het leven en de jaren bijna onherkenbaar misvormde gezicht. Het viel niet mee om in deze man met zijn vervilte baard de blondgelokte, engeltjes snijdende Andro terug te vinden.

Hoe had hij geleefd sinds zij weg was? Wie was de vrouw die hem een zoon had geschonken? En hoe was zijn zoon geweest? Leek hij op de zoon die niet geboren had mogen worden?

Volgens Elene gaven de artsen hem nog maar een paar weken.

Kitty stak haar hand uit. Ze had het koud, hoewel het buiten warm was. Elene was naar het raam gelopen en keek naar het ziekenhuispark met de hoge cipressen en de witte banken.

Geen van beiden zagen ze de in herenpak gestoken vrouw, die dezelfde ogen had als Andro en daar onder de hoogste cipres naar hen opkeek. Geduldig glimlachend.

Donkere aderen schemerden door zijn huid. De huid die ruw was en getekend door het harde, voor hem ongeschikte werk. Door bustes van Lenin en de generalissimus.

Kitty zocht naar woorden.

'Andro, kun je me horen?' fluisterde ze, terwijl ze haar lippen dicht bij zijn oor bracht. 'Ik ben het, Kitty. Ik ben er weer. Hier, mijn hand, voel je hem? Ik ben gekomen. Bij jou, Andro.'

Nu pas nam Kitty plaats op de stoel die Elene voor haar had klaargezet. Toen wenkte ze Elene, die vlug kwam aanlopen en nadat Kitty een beetje was opgeschoven, op de rand van de stoel ging zitten.

'Vertel me over hem. En over zijn zoon,' zei ze zachtjes zonder haar blik van Andro's starre gezicht af te wenden.

Alsof ze eeuwen op die vraag had gewacht, begon Elene te vertellen. De woorden en zinnen borrelden in haar op, verheugd en overijverig, zodat zelfs de *Pravda*-lezer zijn krant even neerlegde en naar de twee vrouwen gluurde. Ze vertelde in het wilde weg. Over haar kinderjaren. Over haar tijd in Moskou. Over Vasili en de Zwarte Zeekust. Toen het verhaal over Micha's film, die niemand ooit had gezien. En toen weer over de nacht dat Lana en zij naar het bergdorp waren gereden om Andro te halen. Maar het grootste deel van de tijd praatte ze over Micha. Ze probeerde de waarheid te vertellen. Niets van haar eigen falen goed te praten. Maar het lukte niet. Wat ze ook zei, hoelang ze ook doorpraatte, haar zinnen leverden geen eenduidig beeld op, ze verklaarden niets. Haar verhaal was onlogisch, er was geen touw aan vast te knopen, de duidelijke lijn die naar Micha's dood had kunnen leiden, ontbrak.

Telkens keek Elene Kitty hoopvol aan, maar ze kon aan haar gelaatsuitdrukking geen troost ontlenen, geen begrip, niet eens een verwijt, alsof haar gezicht een spiegel was waarin ze alleen zichzelf zag.

Opeens stond Kitty op en liep de kamer uit. Elene keek haar ontdaan na, ze kon het opstaan niet rijmen met haar verhaal. Kitty liep langs Christine naar het oranje betegelde, naar urine stinkende ziekenhuistoilet en leunde tegen de deur, zodra die achter haar in het slot was gevallen. Zo bleef ze een paar minuten roerloos staan en probeerde haar adem onder controle te krijgen. Toen liep ze naar de van ouderdom vergeelde wasbak, draaide de kraan open, waaruit eerst een bruinige vloeistof kwam, herinnerde zich het advies van haar moeder ('Lang genoeg laten lopen, dan komt er wel helder water uit') en wachtte. Inderdaad verdween het bruin en werd het water helder. Ze hield haar handen onder de straal. Ze bekeek zichzelf in de bekraste spiegel. En schreeuwde het uit.

Ze zakte op de natte vloer, viel op haar knieën, hield zich nog met één hand aan de wasbak vast. Haar lichaam liet het afweten. Haar adem liet het afweten. Ook de mensen, ze hadden het allemaal laten afweten.

Hij zou sterven. Ze zou om hem moeten treuren. Ook hij zou gaan.

Ze had hem nog zoveel te zeggen. Haar halve leven had ze hem moeten vertellen. Nee, haar hele leven. Maar anders, opnieuw. Zoals hij het niet kende. Niet begreep. Ze had zo graag haar zwijgen, haar onvermogen in deze smerige wasbak uitgekotst. Alles wat ze in zich had, overgegeven en haar angst uitgebraakt, de angst voor wat haar nog te wachten stond. Ja, alles wat nog kon komen, interesseerde haar niet meer. Met de blik naar achteren gericht, wie kon er zo leven?

Bij het staatsbanket zag ze hem weer. Sinds haar aankomst waren er vier dagen verstreken. Vier dagen in het Groene Huis, waar een niet-bestaand geluk werd bezworen en gevierd. Hij stond in de ingang van dat chique restaurant boven de stad bij de televisietoren. Tussen witgedekte tafels, te midden van de pijnlijk kleurige verlichting, omgeven door gejaagde kelners en mannen in pak, die in Kitty's ogen allemaal versmolten tot één grijze massa.

Oorspronkelijk zou Kostja haar vergezellen naar die

ontvangst, waar ze talloze handen moest schudden, ingestudeerde vragen moest beantwoorden en moest dineren met mensen die haar wantrouwig en tegelijk vol afgunst bekeken. Waar ze de door de staat erkende en goedgekeurde musici, schilders en schrijvers moest leren kennen en met hen over de voordelen van het socialisme moest praten. Waar men elk gebaar en elk woord van haar op een goudschaaltje zou wegen en haar de maat zou nemen omtrent haar kapitalistische verdorvenheid. Maar Kostja had griep gekregen en was thuisgebleven.

Kitty had haar opgewonden en in een knalgele jurk gestoken nicht meegenomen, die kennelijk moest leven met iets waarmee ze niet kon leven, en die in haar een ander leven zocht, dat ze haar beslist niet zou kunnen geven. Het zou voor Elene op een teleurstelling uitlopen. De jonge vrouw leek zo veel op haar en tegelijk zo weinig in haar passiviteit en inertie, haar onvermogen om haar leven zelf in de hand te nemen, terwijl ze daar juist voortdurend naar verlangde.

Hij begroette haar, speelde de rol van de officiële begeleider meesterlijk. Ja, hiervoor had hij niet hoeven oefenen. Zij ook niet. Hij gaf haar een hand. Niet te stevig, niet te slap.

Terwijl ze de obligate, gekunstelde toespraken over vriendschap tussen de volkeren, over kunst, vaderland, socialisme en de Georgische Communistische Partij en haar onberispelijke leiding over zich heen liet gaan, keek ze, tussen een pianist en Elene in zittend, steeds weer naar hem. En telkens als ze Alania aankeek, zag ze Andro's gesloten ogen voor zich. Zijn gesprongen lippen, zijn zwakke, koude hand, zijn onverzorgde nagels, zijn vervilte baard. En als ze aan hem dacht, dacht ze aan het klaslokaal en aan Mariam, zag ze de blonde vrouw voor zich, die in het donker achter de hoek van een huis haar broer naar zich toe trok. En dan zag ze het bloed aan het mes in de kamer op de Heilige Berg en vroeg ze zich af of ze die kamer ooit had verlaten, en als ze zich dat afvroeg kwam onvermijdelijk de volgende vraag: hoe ze na dat alles nog een keer iemand aan zich kon binden, iemand geloof kon schenken, een vrouw met rood haar, die in tegenstelling tot haar verstandig genoeg was om te weten dat je kampbarakken en kamers met lijken nooit meer verliet.

De volgende dag begonnen haar repetities in de Philharmonie. Onder het toeziend oog van Alania en nog twee heren van het Georgische MVD testten ze de akoestiek en deden ze met geluidstechnici de soundcheck. Ze had al een tijd niet meer opgetreden, vooral niet voor zo'n groot publiek. Na haar tournee door Amerika en de daaropvolgende breuk met Fred had ze geen groot concert meer gegeven.

Bij vier songs van het album *Replacement* zou ze worden begeleid door een strijkkwartet, bij drie andere door een pianiste. Ze repeteerden samen en zodra ze begonnen te spelen, kon ze Andro's gezicht zowaar vergeten, door de snel gevonden harmonie had ze de strijd tussen socialisme en kapitalisme algauw uit haar gedachten verdreven.

Na de repetitie wandelde Kitty in gezelschap van de drie zwijgzame heren door de straten van Tbilisi. Onwillekeurig zag ze de stad door de ogen van twee anderen: door de ogen van de roodharige en aan drugs verslaafde Fred en door de ogen van de stervende Andro.

De dag van het concert was de enige dag dat Kitty niet naar het ziekenhuis ging. Ondanks Alania's protest en de waarschuwingen van de veiligheidsmensen, die ze maar niet van zich af kon schudden, was ze elke dag naar Andro's ziekenkamer gegaan, had ze zijn handen gestreeld en gekeken hoe hij kunstmatig in leven werd gehouden, was ze, toen ze zich niet meer kon inhouden, een keer met haar bovenlichaam over hem heen gaan liggen en had ze heel zijn gezicht gekust. Elene was op dat moment op de gang en de *Pravda*-lezer sliep.

Nu zat ze alleen in haar kleedkamer in de Philharmonie en dacht aan een bepaalde hotelkamer in Baltimore. Met zware, goudkleurige gordijnen, waarschijnlijk uit de empiretijd. Fred had het gordijn gepakt en als een victoriaanse jurk om zich heen gedrapeerd, ze had Kitty's lippenstift aangebracht en net gedaan of ze een opera-aria zong. Kitty had Freds nieuwe camera gepakt en een foto gemaakt. Een foto die ze nooit had laten ontwikkelen, omdat de camera samen met het filmpje en de eigenares was verdwenen.

Kitty hield even haar handen voor haar gezicht, haalde diep adem, stond op en liep met haar gitaar het toneel op. Ze zou haar gespleten leven bezingen. Hier op het toneel kon ze eindelijk zijn wie ze was, waarna het haar vast nog meer moeite zou kosten om terug te keren naar het slechte toneelstuk waarin ze niet kon zijn wie ze wilde zijn, waarin ze niet kon zeggen wat ze dacht, waarin ze niet kon treuren om wie ze wilde treuren. Ze was bang dat ze haar tekst kwijtraakte, dat ze de controle over haar gezicht verloor, dat haar stem ontspoorde. Maar het applaus dat losbarstte zodra ze op het toneel in de schijnwerpers stond, ving haar op, en toen ze het eerste akkoord op haar gitaar aansloeg, was haar angst op slag verdwenen.

> ***Who included me among the ranks of***
> ***the human race?***
> **Brodsky**

'Ik heb precies twintig minuten. Dan moet ik naar een of andere saaie bijeenkomst, iets met volksdansen voor kinderen. Ik wilde je even voor mezelf hebben, je was gisteren niet bij het concert en ik dacht...'

Kitty was doodmoe en zat met kringen onder haar ogen door slaapgebrek aan de ronde tafel in Christines woonkamer. Christine sloeg haar armen om haar heen en bleef een poosje achter haar staan. Aan de muur tikte de oude koekoeksklok. Kitty deed haar ogen dicht. Ze leunde achterover tegen Christines borst. Haar lichaam voelde gewichtloos aan, als een vogel die je met één hand kunt vasthouden.

'Ik weet niet wat er tussen jullie is voorgevallen, maar het feit dat jij en mijn moeder elkaar amper nog zien, is voor mij onvoorstelbaar,' zei Kitty vermoeid.

Christine liep weg om een karaf kersenlikeur en twee glaasjes te halen. Daarna ging ze tegenover haar nichtje zitten. Haar blik was vol warmte en troost, alsof ze een warme deken om Kitty's schouders wilde slaan.

'Er staan drie mannen in mijn trappenhuis, voor mijn deur, ik neem aan dat die hier zijn vanwege jou.'

Christine schonk de rode vloeistof in de glaasjes.

'Ja, ze volgen me op de voet. Elke seconde, elke minuut zijn ze er. Alleen als ik met Kostja op pad ben, laten ze mij met rust. Kostja vinden ze kennelijk betrouwbaar genoeg. Maar ik wilde jou, jullie allemaal zien. Niet deze maskerade, Christine. Jou zie ik niet, moeder en Kostja proberen mijn leven tot één groot feest te maken, Andro is niet eens meer bij bewustzijn en de rest, ja, de rest is... onverdraaglijk.'

Christine boog zich over de tafel en drukte een kus op Kitty's voorhoofd. Het liefst was Kitty hier op tafel gaan liggen en had ze haar tante gevraagd over haar te waken, net als in die ergste tijd van haar leven haar hoofd te strelen tot haar krachten weer terugkwamen en ze weer gezond, vol energie en vol nieuwe liederen zou zijn, maar zo meteen zouden ze op de deur kloppen en haar herinneren aan de volgende stap in de maskerade, waarin zij tegen wil en dank de hoofdrol speelde. Ze zou naar buiten gaan, vriendelijk glimlachen. Ze zouden haar opnieuw waarschuwen niet die doodzieke deserteur en verrader in het ziekenhuis op te zoeken.

Ze stond op en ging naar de badkamer. Sinds ze weer in haar vaderland was, vluchtte ze maar al te vaak naar toiletten en badkamers in openbare en particuliere gebouwen. Alleen daar leek ze er geen rekening mee te hoeven houden dat ze werd gevolgd. Ze had het gevoel alsof iemand met een tang haar slapen samenkneep.

Er werd aangeklopt. Kitty hoorde Christine opendoen. Het was Alania. Ze herkende zijn voetstappen. Ze hoorde hem iets zeggen, Christine vroeg hem binnen. Nee, ze kon nog niet naar buiten. Ze liet het water stromen.

'Neem me niet kwalijk dat ik stoor, maar er wordt gewacht en ik moet kameraad Jasji bij u wegkapen.' Alania was verlegen, hij voelde zich bij de ooit zo mooie Christine geremd en onooglijk en wilde zo snel mogelijk weer weg. Hij bedacht dat Kostja deze vrouw had aanbeden. Voor deze vrouw was dat pakje bestemd geweest, een onbeholpen troost voor haar tragedie. En aan dat pakje had hij de ontmoeting met Kitty Jasji te danken, voor Christine had hij toen die omweg gemaakt. De omweg die zijn leven lang voortduurde.

Ze had de deur voor hem opengedaan, nu deinsde ze geschrokken terug, haar mond ging open alsof ze iets wilde roepen, toen deed ze hem weer dicht en liep aarzelend een paar passen achteruit. Ze tastte met één hand langs de muur, zocht iets, vond het lichtknopje en deed de plafondlamp aan. Ze staarde hem aan alsof ze iets had gezien wat haar schrik aanjoeg.

'Is alles in orde?'

Alania richtte nu zijn hoofd op en keek haar aan. Al gaf het hem een vaag gevoel van onbehagen, toch wilde hij haar goed bekijken, haar in zijn geheugen prenten. De achter de tijd verscholen schoonheid zoeken.

Christine had haar haar zwart geverfd en opgestoken in een strenge, symmetrische knoet op haar achterhoofd. Ze droeg een knielange zwarte jurk en nylonkousen. De ene helft van haar gezicht was bedekt met een donkerblauwe kanten sluier, die was vastgezet in haar haar. Hoeveel geruchten waren er niet in omloop geweest over haar, haar man, de zelfmoordenaar, en haar minnaar. Hoeveel kracht had het haar destijds gekost om haar gezicht op te offeren voor haar eer, om haar waardigheid te behouden en haar geest niet vol te pompen met verachting?

Nu kwam ze iets dichter naar hem toe. Langzaam tilde ze haar rechterhand op, alsof ze hem wilde aanraken. Toen liet ze haar hand weer zakken en bleef star in die onnatuurlijke houding staan. Hij deed een stap in haar richting, hij was bang dat ze flauw zou vallen, maar ze kruiste onmiddellijk haar armen voor haar borst, alsof ze zich tegen hem wilde beschermen.

'Wie bent u in godsnaam, wat doet u in mijn huis?' vroeg ze zacht, bijna sissend.

'Giorgi Alania, u moet mijn naam kennen, ik ben een oude vriend van uw neef. Ik heb samen met Kostja op de Froenze Academie gezeten, in Leningrad, weet u nog?'

Hij probeerde zo vriendelijk en rustig mogelijk te klinken.

'Giorgi Alania. Alania,' herhaalde Christine zijn naam vragend, alsof het een heel ongewone naam was en ze op de uitspraak oefende. Plotseling schudde ze haar hoofd alsof ze een duistere gedachte wilde verjagen, schijnbaar geërgerd over haar irrationele gedrag. 'Het spijt me, wat onnozel van me. U deed me alleen even denken aan iemand die ik van vroeger ken... Wat dom van me, dat kan immers helemaal niet, neem me niet kwalijk.'

Daarna nam Christine Alania mee naar de woonkamer.

'Kitty is in de badkamer. Ik neem aan dat ze zo terugkomt.'

Ze gingen aan tafel zitten en Christine, nog steeds duidelijk van slag, pakte haar likeurglas en dronk het in één keer leeg, daarna keek ze hem opnieuw aan en bestudeerde zijn gezicht. Alsof ze een innerlijke dialoog met zichzelf voerde, schudde ze steeds weer ongelovig haar hoofd. Toen begon ze te lachen en sloeg zich voor het hoofd.

'Is er iets met mijn gezicht?'

'Nee, nee. Het is alleen...' zei ze alsof ze uit een droom ontwaakte. 'Het is alleen. Ik weet niet hoe ik het moet zeggen.'

'Vertel me wat u dwarszit. Ik zou heel blij zijn als ik u kon helpen.'

'U komt me echt heel bekend voor.'

Iets in de manier waarop ze dat zei, maakte dat Alania zijn oren spitste: 'Het lijkt me heel onwaarschijnlijk dat wij elkaar al eens hebben ontmoet. Ik zou uw gezicht nooit vergeten zijn, nooit.'

'U komt toch uit Georgië? Wie zijn uw ouders?' vroeg ze ontwapenend, terwijl ze zich bleef verdiepen in zijn gelaatstrekken.

Waarom liet Kitty zo lang op zich wachten? Opeens had Alania de beklemmende behoefte om te vluchten, om dit merkwaardige gesprek niet te hoeven voortzetten.

'Ja, maar het dorp waar mijn moeder haar hele leven heeft gewoond, kent u vast niet. Dat weet ik zeker.'

Alania deed nog steeds zijn best om voorkomend en aardig te klinken.

'En uw vader?'

Ze gaf het niet op. Een vraag als een oordeel. Alania schraapte zijn keel. Hij boog zijn hoofd. Zou hij liegen? Een vader verzinnen? Een ijverige kolchozboer, een geduldige leraar, een actieve geoloog misschien?

'Er is geen vader.'

Hij gaf eerlijk antwoord. Plotseling stond Christine op, ze liep recht op hem af en bleef voor hem staan, hij kon haar zoetige alcoholadem ruiken, ze boog zich naar hem toe en raakte zijn gezicht aan. Hij voelde kippenvel over zijn armen kruipen.

'Iedereen heeft een vader,' zei ze nauwelijks hoorbaar.

'Ik heb hem nooit leren kennen. Mijn moeder stierf zonder me verteld te hebben onder welke omstandigheden ik, eh, nou ja, ben verwekt. Ik weet niet eens zijn naam, dus ik heb geen vader.'

'Echt opmerkelijk. U lijkt als twee druppels water op hem. Dezelfde huid. Uw stem is iets lager, maar heeft hetzelfde timbre.'

'Over wie hebt u het?'

Alania vond de situatie steeds onaangenamer worden. Natuurlijk verwarde ze hem met iemand anders, probeerde hij zichzelf wijs te maken. Maar iets in haar gedrag sprak dat tegen, daar was hij niet op bedacht. Hij hoopte dat Kitty hem zou komen verlossen.

'Hij was verslaafd aan mooie vrouwen. Bij voorkeur blond, licht, blauwe of groene ogen, lang. Was uw moeder blond?'

Ze had de kenmerken opgesomd als die van een product dat maar zelden in de winkels te krijgen was. De verontrusting op haar gezicht had plaatsgemaakt voor een triomfantelijke zekerheid.

'Ja, dat was ze, en ook lang, maar...'

'Misschien vergis ik me ook schromelijk.'

Ze wilde teruglopen naar haar stoel, maar toen greep hij als in een reflex haar hand en hield haar staande.

'Over wie hebt u het? Zeg het alstublieft!'

Zijn stem trilde en hij keek haar hulpzoekend aan.

En toen sprak ze de naam uit van de Kleine Grote Man. En hoe verschrikkelijk en onwaarschijnlijk die naam hem in dit verband ook leek, toch leek hij tegelijkertijd een sleutel voor het eeuwige raadsel van zijn bestaan. Als hij op grond van dit gegeven de rode draad in zijn leven naging, viel alles volkomen op zijn plek. Alsof er nooit een andere vader voor hem in aanmerking had kunnen komen. Alsof het voor de hand lag dat de Kleine Grote Man hem had verwekt.

Hij had haar hand losgelaten. Maar ze bleef naar hem staan kijken. Zijn handen trilden. Hij miste de definitieve bevestiging van deze gruwel, maar het inzicht sijpelde al als gif in zijn bewustzijn door en verlamde zijn lichaam.

Natuurlijk was het in Bakoe gebeurd. Daar had de Kleine Grote Man gestudeerd, daar had hij gewoond, daar was hij zijn adembenemende carrière begonnen. En Goelo, de kleine naïeve Goelo – wat had ze tegen hem kunnen doen? Het was alsof de schellen hem van de ogen vielen: natuurlijk had zijn moeder moeten zwijgen. Hoe had ze haar kind tegen zijn eigen verwekker kunnen beschermen?

Opeens werd hij overvallen door een verbijsterende conclusie: op een gegeven moment moest hij van zijn bestaan hebben geweten. Natuurlijk had hij zijn toelating tot de alleen voor de elite toegankelijke Marine Academie, zijn overplaatsing naar de Japanse Zee, zijn rekrutering en verhuizing naar Moskou te danken aan de voorspraak van zijn anonieme vader. Het zweet parelde op Giorgi Alania's voorhoofd. Hij had het gevoel dat hij zo van zijn stoel zou vallen. De Amoerski-werf en het hoge bezoek vlak voor het einde van de oorlog! Natuurlijk. Zijn hele leven was verlopen volgens het plan van zijn onoverwinnelijke vader!

Ja, deze vrouw had gelijk: iedereen had een vader.

Hij kon zich niet meer beheersen, de tranen liepen over

zijn wangen. Christine verroerde zich niet. Ze keek hem ook niet meer aan. Ze had gevonden wat ze zocht. Nu was ze geduldig. Ze wachtte. Ze had alle tijd van de wereld. Zij was de boodschapster. De zwarte engel.

Ook de veiligheidsmensen waren aan Kostja's tafel uitgenodigd. Allemaal waren ze er: de narren en de huichelaars, de parasieten en de opportunisten, de meelopers, de knechten en de bevelhebbers, de echtgenotes en de maîtresses. Ze vierden allemaal feest ter ere van Kitty. Alleen Alania was er niet. Hij had zich meteen aan het begin van het feest verontschuldigd en was verdwenen. Kitty had tevergeefs op hem gewacht, ze had gehoopt dat hij terug zou komen en onder de tafel met zijn knie de hare zou aanraken, de verzekering dat alles goed was. Maar niets was goed. Dat wist zij net zo goed als hij.

Ze vond hem buiten op de donkere helling. Het ravijn met zijn angstaanjagende diepte verzonk in een eindeloos zwart. Je hoorde de krekels geheimen uitwisselen. Het geroezemoes van het tafelgezelschap en de luide, langdradige speeches drongen uit de verte als flarden echo tot hen door, helemaal tot aan de rand van het terrein waar ze stonden.

'Wat is er gebeurd? Waarom ben je weggegaan...' Ze zag dat zijn ogen rood en gezwollen waren. Hij trilde alsof hij koorts had. Zonder zelf te weten waarom viel ze voor hem op haar knieën.

'Giorgi? Wat is er met je gebeurd?'

'Het kan allemaal niet waar zijn, niet zo, niet nu...' herhaalde hij steeds weer.

Voor het eerst zag ze een ontzettende angst op zijn gezicht. Nu was het haar beurt om hem op te vangen, hem bescherming te bieden, haar vleugels over hem uit te spreiden. Hij omhelsde haar zo stevig dat ze amper haar evenwicht kon bewaren. Ze pakte zijn hand en bracht die naar haar hals. Ze legde haar hoofd in zijn hand, ze liet zijn hand haar hals strelen. Ze kuste hem.

Hij streek ongelovig met zijn wijsvinger over zijn lippen, alsof hij wilde nagaan of ze daar haar smaak had achtergelaten.

Soms waren lippen vleugels, soms alleen woorden, soms bewaarde foto's.

Andro stierf drie dagen na Kitty's vertrek. Hij kwam niet meer bij kennis, maar mijn moeder vertelde dat hij Kitty's hand had gepakt toen ze voor het laatst bij hem was. Ik weet niet of het alleen de reflex van een doodzieke man was of als een verzoenend gebaar kon worden uitgelegd – zoals mijn moeder deed.

ZESDE BOEK

DARIA

Deze wereld hebben wij niet bedacht,
deze wereld heb ik niet bedacht.
De wereld, zo geschapen om er alles te doen
en toch niets te veranderen.
Poegatsjova

Voor Daria en mij betekende de Sovjet-Unie: de voortdurende treurmarsen en begrafenisstoeten als er grijze partijbonzen ten grave werden gedragen, overal anjers, macabere vertoningen, uitgezonden door alle televisiekanalen. Voor ons betekende de Sovjet-Unie: de eeuwige zomerkampen, de pionierssjaaltjes. De theeplantages, imkerijen en kolchozen. De witte kousen uit China, de gobelins met jachttaferelen aan de muren, de Misjka-in-het-Noorden-chocoladetoffees, de dragonlimonade bij Lagidze. De GAZ 13 van onze grootvader, de felgekleurde pakjes plasticine met de kikkers erop, de gele Krja-Krja-kindershampoo, het scheerschuim Start van onze grootvader, het poeder met de poezenkop dat in het badkamerkastje lag en waar wij niet aan mochten komen. De bodylotion Hygiene, het parfum Rood Moskou van Stasia, dat naar oud-zijn rook en waar je hoofdpijn van kreeg. De geurloze bruine huishoudzeep, die ook echt De Huishoudzeep heette.

Het waren de bruine schooluniformen uit Moskou die voor welvaart stonden, en de identieke, maar minder goed zittende uniformen die in Tbilisi werden geproduceerd en gedragen werden door iedereen die geen directeur, hoogleraar of commissaris als ouder had. Het waren de dikke vrouwen met een wit schort die in kantines, levensmiddelenwinkels, cafés en gangen van hotels voor tankjes met kwas zaten. De Cao Sao Vang Golden Star Aromatic Balm, ook wel Vietnamzalf genoemd: tijgerbalsem, die beestachtig stonk en waar je je mee moest insmeren als je kou had gevat.

Het waren de blauw-witte, driehoekige kartonnetjes kefir, de flessen melk, allebei te koop in de Gastronom-supermarkten in de stad, die verder niet meer dan een uiterst overzichtelijk aanbod hadden. Sovjet-Unie, dat betekende lekkere gecondenseerde melk, waar we stiekem van snoepten, en smerige vis uit blik. De scheurkalender die in elke rechtgeaarde socialistische keuken hing, met dagelijkse recepten voor de socialistische huisvrouw, met alle belangrijke socialistische feesten en biografieën, met nuttige, maar minder socialistische tips voor het dagelijks leven: '*Aloë vera* werkt ontstekingsremmend als je...'

Het waren de rode werk-, pensioen- en Komsomolpasjes met de kop van Lenin erop, de spelletjes met namen als 'De denker' of 'De jonge klokkenmaker', het populaire spel 'De jonge chemicus', waar Daria en ik altijd ruzie om hadden. Het waren de man en de vrouw die ieder een hamer en een sikkel vasthielden, het embleem van bijna elke socialistische film (zoals de brullende leeuw bij MGM).

Het waren Tsjeboerasjka en Winnie de Poeh, die bij ons Wienie Poech heette, figuurtjes uit socialistische tekenfilms, het waren de kriebelende wollen kousen en de vreselijke skipakken waarin onze moeder ons 's winters inpakte en die je helemaal moest uittrekken als je wilde plassen. Het was Misja de beer met de ceintuurgesp van olympische ringen, de mascotte van de Olympische Zomerspelen van 1980 in Moskou. (Die beer leefde in bijna elke socialistische huishouding nog vele jaren na de olympiade voort in de vorm van allerlei speelgoed, op vlaggetjes, borden en kopjes.)

Het waren de gele Zjigoeli's, de zwarte Wolga's en de witte Lada's. De rode plastic sterren, stickers die je op je borst kon plakken met een foto van Lenin als baby of kind. (Leeftijd niet goed te bepalen.) Het waren de platen van

Melodie en de Maxim-cassettes, waarvoor je veel geld moest neertellen. De Gulliver-zuurtjes en kauwgom met koffiesmaak, die zoals bekend geen kind ter wereld lekker vindt, omdat kinderen niet van koffie houden. Het waren de knuffels van zware, kriebelende wollen stof, bij voorkeur honden of beren (ja, beren, altijd weer die beren!), die alleen met een beetje goede wil voor knuffel konden doorgaan. Het was de smeerkaas De Vriendschap en het duikelaartje Wanka Stanka, dat eruitzag als een mislukte, holle matroesjka van plastic. Het was het verrukkelijke Leningrad-ijs, van die stevige vierkantjes verpakt in goudpapier. Het was de Russische kerstman met zijn rode neus (zonder de bierbuik van Santa uit de Coca-Cola-reclame). Het waren zware blikken theepotten en de felbegeerde 8mm-camera's. De gekleurde onderbroeken, bedrukt met gelukkige sporters of met de dagen van de week. Het waren goedkope brochures met titels als: *De waarheid over de Amerikaanse diplomaten*. De grijze en meestal kapotte straattelefoons. De boodschappennetjes van de oma's. (Maar die hebben waarschijnlijk alle oma's op de wereld, god mag weten waar die vandaan komen!)

Het was boekweit, gehaktballen, rozenjam. Het Indiase koffiepoeder. Het waren de imitatiejeans van het merk Mawin of Lae. Blauw-beige schooltassen, tandpoeder, plastic pennenhouders, vazen met Kremlinmotief, dunne groene schoolschriften waar SCHOOLSCHRIFT op stond, metromuntjes met een M erop, tafeltennis en badminton in de zomer, slechte kapsels, de cassetterecorder Elektronika 302. Sigaretten van het merk Astra, die Stasia rookte, en de Georgische Kosmos-sigaretten (de eerste trek van Daria en mij op de wc op school was een Kosmos), elektronische horloges voor wie wilde opscheppen, het telraam in de winkels, op de markt, op school, bij het werk, dominostenen in mooie langwerpige, met parelmoer ingelegde kistjes.

Het was de 36,50 roebel voor een vliegticket naar Moskou. (Zelf maakten we daar geen gebruik van.) Het was het tv-programma *Illusioni*, elke zaterdag op de eerste Georgische staatszender, waar buitenlandse, soms gecensureerde, deels ingekorte films werden vertoond. Bijvoorbeeld klassiekers als *Roman Holiday*, waar Stasia altijd vochtige ogen bij kreeg, en *Some Like It Hot*, waar Kostja hartelijk bij lachte, maar ook *The Stunt Man* met Peter O'Toole en Barbara Hershey, de favoriet van Daria en mij. Het waren de busbioscopen, bussen die door de verschillende wijken reden, klingelden als een ijscokar en overwegend jongeren oppikten, die daar voor weinig geld naar liefdesfilms keken. Helemaal bovenaan in de top tien van de busbioscoop stond natuurlijk de Angélique-serie uit de jaren zestig. Daria en ik hadden altijd ruzie over de vraag of *Ontembare Angélique* of *Angélique en de sultan* de beste was. Pas daarna volgden *De graaf van Monte Cristo* en alle Bollywoodfilms.

Het waren de bioscopen, zoals Apollo en Kazbeg. Het was het tijdschrift *Ogonjok*, het waren de illegaal op de kop getikte foto's van buitenlandse acteurs, die je meestal bij zigeuners in voetgangerstunnels en voor de ingangen van de metro kon kopen. Het waren de komische, muzikale, de intelligentie beledigende streek-, liefdes- en arbeidersfilms. De trainingspakken van polyester en de heerlijke milkshakes, *glace* genoemd, mijn favoriete smaak: aardbei, die van Daria: vanille.

Later waren het Café Franzia en restaurant Boedapest en het theehuis tegenover de universiteit. Het was het stiekem luisteren naar de Voice of America. Het waren de op een koelkast lijkende drankautomaten, waar SPUITWATER op stond en die het praktisch nooit deden. Het waren de *Burda*-tijdschriften uit Duitsland, die je op de zwarte markt moest kopen en waarin de felbegeerde knippatronen stonden. Het waren de trolleybussen, de onvriendelijke politieagenten en clandestien gedrukte en verspreide romanmanuscripten van dissidenten en verraders.

We lazen de Russische en Georgische klassiekers, natuurlijk Alexandre Dumas en de Franse romantici; heel populair was Romain Roland, want hij had met het communisme gesympathiseerd en de Sovjet-Unie bezocht. Over de beoordeling van Joyce en Faulkner was men het nooit eens, maar ze waren niet verboden. Aan de existentialisten was moeilijk te komen. Gorki had je bij de vleet, evenals de fabels van Krylov. Tolstoj, Henry James, Thackeray en Twain waren vanzelfsprekend. Lermontov en Poesjkin liepen voorop. En natuurlijk ging *De ridder in het pantervel,* het grote Georgische nationale epos van Roestaveli, boven alles.

We lazen vooral dode schrijvers. Maar dankzij *Literatoernaja Gazeta* hoorden we af en toe gelukkig ook iets van de levenden.

Nog later was de Sovjet-Unie voor ons sparen voor zeldzame lp's, boeken en videocassettes. We kochten The Rolling Stones, Pink Floyd, Led Zeppelin, later kwam Queen erbij. In de jaren tachtig waren het de Russische rockbands als Kino en DDT, die er lak aan leken te hebben of lang haar bij mannen door de staat al dan niet werd toegestaan.

Het waren de subversieve poëzieavonden in achterhuizen, zolderkamers en kelders. Je moest wel flink 'anti' zijn om tot die illustere kringen door te dringen. Het beste was als je het aan de stok had met de politie. In die keukens, zolderkamers en kelders had je de geblondeerde meisjes met donkere kringen onder hun ogen, die vaak iets in hun dunne, met gedroogde bloemen versierde notitieboekje schreven en zich enorm uitsloofden om afwezig en wereldvreemd over te komen. Je had de jongens die enthousiast, met speeksel in hun mondhoeken, subversieve poëzie voordroegen, waarbij niemand precies kon zeggen welke graad van subversiviteit je moest bereiken om koning van die achterhuizen, zolderkamers en kelders te worden. De bebaarde mannen van boven de veertig, die zich eveneens in die achterhuizen, zolderkamers en kelders ophielden, zelden maar toch af en toe in gezelschap van vrouwen van eveneens boven de veertig, die meestal hun haar niet verfden, graag over spiritualiteit praatten en in de voorspellingen van Nostradamus geloofden, die in hun jeugd door de Noordelijke Kaukasus hadden getrokken en nog steeds in Svanetië gingen kamperen.

Het waren de zigeunervrouwen die in een gevlochten mandje pakjes rode Marlboro lieten zakken als je van tevoren genoeg geld in het mandje had gelegd. Het was de moeite die je moest doen om een kaartje te bemachtigen voor de besloten voorstellingen in het filmhuis.

Voor mij was de Sovjet-Unie de kindertijd die ik deelde met mijn zus.

Het was de macht van onze grootvader. Het waren de talloze complimentjes die Daria kreeg, als een popster die door de menigte wordt bejubeld. Het was onze vaderloosheid. Het was het gegiechel 's nachts onder de dekens in het Groene Huis. Het waren Stasia's balletlessen in de schuur, waaraan om een of andere merkwaardige reden alleen ik deelnam, terwijl Daria er niet toe werd gedwongen. Het was de fascinatie voor het gesluierde gezicht van Christine en het voortdurende geruzie tussen Elene en haar vader, tussen mij en Daria. Het was het pendelen tussen moeders nieuwbouwwoning van anderhalve kamer en het Groene Huis. Het was de alles vergevende liefde van Kostja voor Daria en de norse, maar onvoorwaardelijke liefde van Stasia voor mij. Het was het stiekem proeven van Stasia's likeuren in de provisiekamer. Het verstoppen in het bos. Scheldtirades en huisarrest, waarmee mijn activiteiten steevast gepaard gingen. De carnavalskostuums voor feestjes op de kleuterschool, konijnenoren, wolvenstaarten, Roodkapjeschortjes, Karlssonpropellers, heksenklauwen en zelfs een rokje van palmbladeren (voor Vrijdag uit *Robinson Crusoe*). De voortdurende vechtpartijen op het schoolplein, waar Daria niet aan meedeed.

De Sovjet-Unie was elke avond *Vremja* en de nieuwslezer met de dikke brillenglazen die alle nieuwsberichten voorlas op een toon alsof de volgende dag de wereld zou vergaan. De Sovjet-Unie was de rode ster als piek op de dennenboom die we met oud en nieuw opzetten. De Sovjet-Unie was de plek van de vriendschap tussen de volkeren en de folkloredansen, iedereen was welkom, behalve de 'buitenlanders'. Want dat waren kapitalisten (en in de hele wereld verhongerden mensen omdat het andere deel van de mensheid alleen geïnteresseerd was in geld en anderen armer maakte om zelf rijk te worden).

Het buitenland op zich, welk buitenland dan ook, was Sodom en Gomorra. Iedereen gebruikte er drugs en de staat interesseerde zich niet voor zijn burgers en liet ze creperen. Iedereen deed het er met iedereen en verwekte kinderen, waar niemand naar omkeek en waar ook geen crèches voor waren. Het buitenland was een verderfelijk oord, vanwaar nog geen enkele Sovjetburger ooit was teruggekeerd. Het buitenland, dat waren gemene spionnen en mensenhandelaren. Daar had je nog slaven, en termen als broederschap en vriendschap tussen de volkeren kenden ze er niet. Daar golden uitsluitend de wrede wetten van het geld of de illusie van een vreedzaam bestaan dankzij de leugenachtige religie, die zoals bekend opium voor het volk was.

We moesten waakzaam blijven en hulp bieden aan de landen die zich uit de klauwen van het slechte kapitalisme wilden bevrijden. En de landen die zich er al uit hadden bevrijd, waren onze broeders, onze vrienden; daar mochten wij ook naartoe. We mochten binnen de Sovjet-Unie reizen (waar we in principe immers al waren), we mochten naar Mongolië, we mochten naar Joegoslavië, Albanië, Bulgarije, Polen, Roemenië, naar de Duitse Democratische Republiek, naar Tsjecho-Slowakije en naar Hongarije; we mochten naar Noord-Korea, China, naar Cuba, naar Guinee, naar Zuid-Jemen, naar Somalië, naar Congo, naar Madagaskar, Cambodja, Laos, Ethiopië, Angola, Mozambique, Benin, Grenada, Nicaragua, Zimbabwe. En in de tijd dat ik voor het eerst naar school ging, mochten we ook naar Vietnam. En weldra zouden we ook naar Afghanistan mogen.

We hadden dus genoeg vrienden – en de landen met het slechte kapitalisme, daar wilden we toch niet naartoe. Wat moesten we in het decadente, verwende, ten dode opgeschreven West-Europa, om nog maar te zwijgen van het allerslechtste Amerika? Wat moesten we in Frankrijk, waar ze slakken aten, of in Italië, waar het wemelde van de maffiosi en waar ze een oude man in een witte jurk aanbaden? Wat moesten we in Latijns-Amerika (met uitzondering van Cuba), waar je ongedierte en oerwouden had? Wat moesten we in Japan, waar vrouwen veel te kleine schoenen moesten dragen zodat hun voeten klein bleven? Wat moesten we in Scandinavië, waar je niet eens fatsoenlijk kon zuipen? Wat moesten we in het gevaarlijke Amerika, waar de drugs op straat lagen en alle mensen die niet rijk waren depressief werden en in groten getale uit het raam sprongen, omdat ze nu eenmaal geen Vadertje Staat hadden die voor hen zorgde?! Waar het wemelde van de zwartjes en de Joden?

Goed, ze hadden in het kapitalistische buitenland vast ook een paar leuke dingen, coole muziek en films, je hoefde er niet te trouwen om seks te kunnen hebben of een gemeenschappelijke woning te krijgen, ze hadden er duidelijk betere kleren. Om een of ander visum te krijgen hoefde je niet wekenlang voor een Intouristkantoor te bivakkeren en voor een auto hoefde je niet jarenlang op een wachtlijst te staan. Maar wat maakte dat uit? Vrijheid was tenslotte een kwestie van definitie. Zij mochten in elk geval niet meer naar Vietnam en binnenkort ook niet meer naar Afghanistan. Wij wel.

Voor Daria en mij was de Sovjet-Unie in eerste instantie de familie. Onze familie en een beroemde tante in het buitenland, die, zoals we heel lang geloofden, door de slechte kapitalisten naar het Westen was ontvoerd, want waarom zou ze uit haar vaderland moeten vluchten? De Sovjet-Unie: dat waren onze vrienden. Onze straten. Onze binnenplaatsen. Onze parken. Onze spelletjes. Ons verleden. En uiteraard de toekomst. (Wat voor alternatieven waren er ook?)

De Sovjet-Unie was voor ons een privilege, dat wij tweeën, Daria en ik, heel lang genoten omdat we de achternaam van onze grootvader hadden.

Kort na Kitty's vertrek schreef Elene zich in voor de voorbereidingscursus Engelse taal- en letterkunde op het Taleninstituut en begon ze zich voor te bereiden op het toelatingsexamen. Nana, opgetogen dat haar dochter – hopelijk – voor een loopbaan in het onderwijs had gekozen, adviseerde, begeleidde en stimuleerde haar. Hoewel Kostja de Engelse taal verdacht vond, was ook hij blij dat zijn dochter eindelijk tot bezinning was gekomen en iets van haar leven wilde maken. Elene slaagde voor het toelatingsexamen en begon aan de studie. Omdat ze de ritten tussen het Groene Huis en Tbilisi te omslachtig vond, trok ze voorlopig in bij een vriendin in Sololaki. Maar het grootste deel van de tijd bracht ze door met Lana, die, nadat haar afstudeerscriptie was goedgekeurd, een baan had gevonden op het Instituut voor Ingenieurs- en Planningswezen, dat in de hele Sovjet-Unie grote fabrieken bouwde. Maar Elene meed Christines woning, waar Christine zich vol zelfopoffering bekommerde om de kleine Miro.

Omdat haar overwegend vrouwelijke en tamelijk aangepaste medestudenten Elene al snel begonnen te vervelen, zocht ze vrienden die op de kunstacademie of het Instituut voor Theater en Film studeerden en met wie ze via Lana in contact was gekomen. Elene bleef daarbij trouw aan haar oude patroon en haar interesses, ofwel haar gebrek aan interesse in de wereld, en zocht meestal het gezelschap van jongemannen die naar rockmuziek luisterden, hasj rookten, de subversieve poëzieavonden bezochten en de mond vol hadden van spiritualiteit. Ze waren weliswaar niet moedig genoeg om tegen de wet in opstand te komen, zoals Michail en Beka en zijn maten, maar vergeleken bij de brave vreemdetalenmeisjes waren het regelrechte Che Guevara's.

In het begin van haar studie deed Elene nog verschillende pogingen om zich van haar familie en vooral van haar vader los te maken – geheel in de geest van haar vrienden, die het afkeurden als iemand gebruikmaakte van zijn familieprivileges, terwijl ze het zelf stiekem toch deden –, maar omdat niemand een bevoorrecht schepsel als Elene Jasji werk als schoonmaakster of bewaakster wilde geven, moest Elene toch geld van haar vader aannemen.

Door de week bleef ze in de stad. De weekends bracht ze met ons door. Daria, de koningin in Kostja's rijk, werd op een kleuterschool in Tbilisi gedaan, terwijl ik aan mezelf en Stasia werd overgelaten. Ik mocht in een witte maillot met een paar dorpsmeisjes balletles volgen en onhandige sprongen oefenen, terwijl Daria elke ochtend door Kostja's chauffeur naar de stad werd gereden en 's avonds samen met onze grootouders werd thuisgebracht.

Het was altijd een hectisch gedoe (de eerste herinneringen uit mijn kindertijd) als Kostja en Nana zich 's morgens klaarmaakten om naar hun werk te gaan, het gemeenschappelijke, haastige ontbijt, het gezoek naar Daria's kleren, en dan de stilte die weerkeerde als ze allemaal in de auto waren gestapt en Stasia en ik alleen achterbleven. Een heerlijke, betoverende stilte, die zoveel geheimen in zich droeg. Je moest alleen genoeg aandacht hebben en geduldig kunnen luisteren. De krekels in de zomer, de duiven in de herfst, het bos in de winter, het briesje dat in het voorjaar tussen de rotsen door woei. Al die geluiden speelden als een perfect op elkaar afgestemd orkest hun zoete melodie, ze speelden die alleen voor ons, voor Stasia en mij.

Het eerste wat we 's ochtends deden was in de tuin werken. Met modderige rubberlaarzen en gewapend met gereedschap gingen we bij regen, zon en wind naar buiten en verzorgden we bloemen, fruit en groente. Af en toe hoorde ik Stasia met haar bloemen praten, maar dat vond ik helemaal niet vreemd, het was eerder een vertrouwd, liefdevol ritueel, dat me het gevoel gaf veilig en geborgen te zijn.

Daarna werden de etensresten van de vorige dag verzameld en in een blikken emmer gedaan, die we meenamen naar de put midden in het dorp en daar leeggooiden voor de straathonden. Kijken hoe die schurftige beesten zich op het eten stortten, was in die dagen een van mijn favoriete bezigheden. Later zette Stasia de tv aan en keken we samen naar het programma *Handige handen*, met huishoudtips en omawijsheden, bijvoorbeeld hoe je koorts kon verlagen met in azijn gedrenkte sokken, of hoofdpijn kon genezen met lindebloesem.

Na het middageten hielden we in Stasia's kamer ons middagdutje op de harde ligstoel waar zij het liefst op sliep en die voor mij de meest geborgen plek op aarde was.

Als ik wakker werd, was Stasia in de keuken al bezig met

het avondeten en hoorde ik haar rommelen met potten en pannen. De geur van de kruiden waar ik zo dol op was, lokte me naar de keuken. Op blote voeten rende ik erheen en wilde dan meteen helpen. Tijdens het koken stond altijd de radio aan, ze hield ervan om bij het klaarmaken van de maaltijden naar oude smartlappen te luisteren en wipte op bepaalde melodieën mee.

Terwijl het eten in de pannen stond te koken en te pruttelen, gingen we naar de veranda en deden we een spelletje 'Ik zie, ik zie wat jij niet ziet', waarbij ik haar er vaak van verdacht dat ze zich dommer voordeed dan ze was, want ik won altijd. Op sommige dagen, als ze diep in gedachten verzonken was, wilde ze niet met me spelen en zei ze dat ik naar de stilte moest luisteren. Ze had eens gezegd dat alleen domme kinderen niets in de stilte konden ontdekken en omdat ik geen dom kind wilde zijn, zat ik met een zo serieus mogelijk gezicht naast haar en deed alsof ik de geheimen van de wereld begreep.

Elke dinsdag en donderdag begon vroeg in de avond de activiteit waar ik niet zo dol op was: de balletles. De boerenmeisjes verzamelden zich precies op tijd voor de schuur. Stasia bloeide op. Ook ik moest dan mijn best doen. Voor de provisorische spiegels aan de te hoge balk moest ik doen alsof het mijn grootste droom was een tweede Maja Plisetskaja te worden, de door Stasia zo bewonderde prima ballerina van het Bolsjojtheater.

Hoe ze dan opbloeide, hoe haar ogen schitterden als ze onze houding corrigeerde, als ze onvermoeibaar strekoefeningen met ons deed, hoe aandachtig ze naar de muziek luisterde waarop ze onbenullige choreografietjes met ons instudeerde. Als ik heel erg mijn best deed, werd ik na de succesvolle balletles rijkelijk beloond: ik kreeg geschilde granaatappel, gekonfijte vijgen en in kleine stukjes gesneden kaki. Maar de grootste beloning waren voor mij haar verhalen. Als mijn prestaties haar gelukkig hadden gemaakt, begon ze tevreden verhalen over vroeger te vertellen. De anders zo zwijgzame Stasia veranderde in een Scheherazade en leidde me in geuren en kleuren een verborgen wereld binnen. In haar bloemrijke taal, met dramatische hoogtepunten en spannende keerpunten, in verschillende rollen en met verdraaide stem wekte ze het verleden weer tot leven.

Ze bouwde voor mijn ogen haar geboortehuis op. Beschreef haar vader, de alomtegenwoordige chocoladegeur waarin het huis gehuld was en die bezoekers lokte. Ze vertelde over de ontembare kabardins en de steppe. Ze beschreef de geheime gangen van het grotklooster. Ik kon zelfs de stof van de jurken van haar jongste zus voelen (over de kleine Christine praatte Stasia altijd op een bijzondere toon, zacht, bijna eerbiedig, met stralende ogen), ik kon Simons uniform voelen, de sieraden van haar stiefmoeder zien fonkelen.

Ze vertelde over de Ballets Russes en over de gratie van Anna Pavlova. Over de gouden koepels van de kathedralen in Sint-Petersburg. Over het zomerpaleis en Thekla's voorraadkelder. Ze droeg Sopio's gedichten voor, die ze blijkbaar allemaal uit haar hoofd kende, en beschreef de stroblonde krullen van haar zoontje.

Haar zinnen waren voor mij als toverspreuken waarmee ik onderdook in een andere wereld, een wereld die ik niet kende, die ergens heel ver terug lag en waarvan alleen Stasia de sleutel had.

Wat haatte ik de dagen dat ze weigerde iets te vertellen. Wat was de straf hard als ze over mijn danskunsten niet tevreden was. Wat was mijn wanhoop diep als ze vond dat ik op zulke dagen geen verhaal verdiende. Ik zou mijn voeten hebben stukgedanst of honderden spagaten hebben gemaakt, als ze die betoverde tijden maar voor mijn ogen liet herrijzen. Ik hield van haar verhalen, maar al die arabesken en retirés waren me vreemd. Mijn fantasie werd geprikkeld als haar stem aan een verhaal begon, niet als Tsjaikovski klonk. Ik wilde luisteren, ik wilde die andere wereld in mijn hoofd compleet maken, ik was aan die wereld verslaafd en danste alleen om er meer over te horen.

Als ik het geluk had dat ze vertelde tot de anderen uit de stad terugkwamen, kon ik de hele avond aan niets anders meer denken en hoefde ik zelfs het sprookje niet te horen dat Nana Daria en mij voor het slapengaan voorlas. Ik was zo vol van Stasia's herinneringen dat er in mij geen plaats was voor iets anders. Stasia's verhalen namen bezit van me, ik was ervan vervuld. Zonder het zelf te begrijpen droomde ik ervan ze op te schrijven, ze in mijn eigen woorden weer te geven. Ik wilde er mijn eigen verhaal van maken.

Mijn hele kindertijd, die ik in het Groene Huis doorbracht, de tijd voordat ik vragen begon te stellen, voordat ik woede en verdriet kon opkroppen, voordat ik de mooie, mij als onze familiegeschiedenis voorgeschotelde puzzel uit elkaar haalde, voordat ik achter de voor mijn neus dichtgetrokken gordijnen begon te gluren, leefde ik met die verhalen, die Stasia's herinneringen waren. Voor mij begint mijn leven dus daar, in het jaar 1900, toen Stasia in een van de koudste winters ter wereld kwam. Toen werd ook ik geboren, net als jij, Brilka. Mijn kindertijd begon niet in 1973, nee, hij begint veel eerder, hij gaat veel verder terug. Mijn kindertijd, de tijd dat ik me vrij en gelukkig voelde omdat ik zo zeker was van Stasia's liefde en dacht nooit iets anders nodig te hebben, zijn die verhalen. Waar ze beginnen, begin ook ik. Al die plaatsen, steden, huizen, mensen – ze maken allemaal deel uit van mijn kindertijd. De revolutie net zo goed als de oorlog, de doden net zo goed als de levenden. Al die personen, levenswegen en plaatsen werden zo in mijn hersenen gegrift, ze waren daar zo aanwezig dat ik met die mensen en gebeurtenissen begon te leven. Nu had ik Stasia nog nodig om door de tijden te trekken, ze te doorkruisen, erin onder te duiken, maar weldra hoopte ik de verhalen zelf te kunnen vertellen, ze opnieuw te vertellen, ze compleet te maken.

Voor Nana waren Daria en ik kinderen die je moest kastijden en opvoeden. Die je duidelijk moest laten zien wat goed en wat slecht was. Voor Elene bleven we baby's die volgens haar niets anders kenden dan hun eigen behoeften en pleziertjes, die van zoetigheid hielden en naar de dierentuin wilden, die zondags naar het circus of de poppenkast moesten en die huilden als ze vielen of hun vingers brandden.

Voor Kostja was Daria een engel en ik de bastaard. Alles wat Daria deed was geweldig, betoverend, adembenemend. Als ze viel, als ze een snotneus had of in bed plaste, was het ontwapenend of op z'n minst hartverscheurend.

Ik bleef de indringer in het kleine paradijs dat Kostja voor zijn prinsesje had ingericht. Hij meed me. Hij voelde zich niet op z'n gemak als hij en ik – wat maar zelden voorkwam – alleen in huis waren, als er geen Nana, geen Stasia, geen Elene in de buurt was om hem voor mij af te schermen.

Natuurlijk kreeg ook ik een cadeautje als Daria er eentje kreeg, een kus als hij er Daria een op de wang drukte, en bij gebrek aan alternatieven werd ik ook meegenomen als hij met Daria ging wandelen of naar het pretpark ging. Bepaalde dingen werden gewoon niet uitgesproken, niet met zoveel woorden gezegd. Daria was het schild dat hij mij voorhield. Ik moest leren willen wat Daria wilde, zeggen wat Daria zei, goedvinden wat Daria goedvond, weigeren wat Daria weigerde.

De avonden, als de volwassenen en Daria het Groene Huis weer met leven vulden, waren de meest gehate momenten uit mijn kindertijd. Dan draaide alles alleen nog om Kostja en Daria. Zij waren de zonnen in ons melkwegstelsel. En wij stervende sterren lichtten elke avond voor het laatst op, voordat we in het heelal uitdoofden en onszelf vernietigden om onszelf de volgende ochtend, zodra zij het huis uit waren, weer tot leven te wekken.

Als ik in het weekend eindelijk Elene voor mezelf dacht te hebben, omdat Daria toch het grootste deel van de tijd met Kostja doorbracht, kreeg Daria gegarandeerd waterpokken of griep, ze viel en bezeerde haar knie of was gewoon kribbig en week geen seconde van Elenes zijde, zodat ik van woede en teleurstelling naar Stasia rende, bij haar op schoot kroop en mijn ziel uit mijn lijf huilde, tot onze moeder zich op een gegeven moment uit Daria's armen losmaakte, naar mij toe rende en me allerlei onzin vertelde, zodat ik nog geen twee minuten later alweer moest lachen.

Maar om een of andere merkwaardige reden gunde ik Daria die rechten en voordelen. Alsof het een vanzelfsprekendheid, een natuurwet was dat zij daar recht op had. Maar het kon ook gebeuren dat ik werd overvallen door blinde woede, dat er zich iets oncontroleerbaars en irrationeels van me meester maakte. Dan rende ik op Daria af, ramde haar met mijn knie of gooide haar op de grond, kneep hard in haar buik of prikte met een potlood in haar billen, wat me een vreemd genoegen verschafte. Later, toen we al naar school gingen, was er maar één ding dat dat genoegen kon overtreffen: het geduld van onze grootvader op de proef stellen. Ik vond niets ter wereld leuker dan zijn zelfbeheersing tarten, zijn stalen gezicht in een woedende tronie zien veranderen, zijn stem aan het trillen maken. Ik wist dat ik altijd nog naar Stasia kon rennen als het heel erg werd, zij zou me hoofdschuddend en vol medelijden aankijken en vragen: 'Wat heb je nu weer uitgespookt?'

Elene hield van ons op haar chaotische en instabiele manier. Ze vond het moeilijk haar beide dochters zonder vader te zien opgroeien, haar studie tot een goed einde te brengen en haar enorme portie zelfhaat ongemerkt in te slikken, al was ze graag een vrouw geweest die daar haar hand niet voor omdraaide. Haar verscheurdheid weerspiegelde zich in ons gedrag. De ene keer huilden we 's nachts met ons gezicht in het kussen van verlangen naar onze moeder, de andere keer wilden we haar niet zien en gingen we haar uit de weg, deden we schuw en afstandelijk als ze vrijdagsavonds in het Groene Huis aankwam.

Haar autoriteit werd door Kostja voortdurend in twijfel getrokken, om haar opvoedingsmethoden werd ironisch geglimlacht, haar wensen werden zoveel mogelijk genegeerd, in een mate dat ook wij – onbewust natuurlijk – op een gegeven moment de kant van Kostja kozen en weigerden haar te gehoorzamen zolang onze grootvader in de buurt was.

Het treurigst werd ik van de momenten dat Elene rusteloos als een opgejaagd dier door het huis dwaalde en naar de zolder ging. Ik bespiedde haar, volgde haar sporen, ontdekte haar schuilplaatsen en observeerde haar stiekem als ze zich met een lamp, een deken, een glas wijn of likeur en een boek terugtrok in een wereld waar wij geen toegang toe hadden.

Het enige wat me op zulke dagen genoegdoening verschafte, was de constatering dat Elene tegen Daria net zo verstrooid en onverschillig deed als tegen mij. Een overeenkomst die Daria en mij in de strijd om haar aandacht verbond. Die onze inspanningen gelijkwaardig maakte. Want dan konden huilbuien noch waterpokken Daria helpen om Elene voor zich te winnen, op zulke dagen bleef Elene voor Daria even ver weg en onbereikbaar als voor mij.

De macht komt uit de loop van een geweer.
Mao

Twee begrafenissen, de zoon en de vader, zo kort na elkaar, het feit dat Christine volledig uit zijn leven verdween, het verrassende bezoek van zijn zus met alle opwinding van dien, hadden Kostja meer aangegrepen dan hij voor mogelijk had gehouden.

In tegenstelling tot zijn moeder en zijn tante, die zich, afgezien van een paar reuma-aanvallen en lage bloeddruk (Stasia), artritis, spataderen en gewrichtspijn (Christine), nog op hoge leeftijd in een uitstekende gezondheid verheugden, voelde Kostja, die nu midden vijftig was, zijn leeftijd wel degelijk. Misschien kwam dat alleen doordat hij zich veel meer zorgen om zijn toestand maakte dan zijn moeder of zijn tante. Hij kon het maar moeilijk verkroppen dat sommigen van zijn liefjes voor hem gewoon niet meer binnen bereik waren. Maar wat hem in die tijd het meest uit zijn doen bracht, was het nieuws over Alania's overplaatsing.

Zijn oude vriend had hem gebeld om te vertellen dat hij na twintig jaar buitendienst was teruggeroepen naar de Centrale en nu naar Moskou terugkeerde. Ondanks de onbezorgde toon die Alania tijdens het telefoongesprek probeerde aan te slaan, konden de spanning en de angst die in zijn stem doorklonken, mijn grootvader niet ontgaan. Er was iets misgelopen. Had het met Kitty te maken? Was er iets aan het licht gekomen wat verborgen had moeten blijven? Aan de telefoon kon hij zich zulke vragen natuurlijk niet veroorloven, maar hij voelde dat hij zijn vriend nu niet in de steek kon laten, dat hij hem niet aan zijn lot mocht overlaten. Hij beloofde naar Moskou te komen zodra de overplaatsing een feit was.

De waarheid over zijn afkomst had Giorgi Alania niet genezen. Dat waar hij zijn hele leven op had gehoopt, was geen werkelijkheid geworden. De verlamming bleef. Hij kon er met niemand over praten, nog het minst met Kitty. Het was onmogelijk om Kitty in te wijden.

Na hun terugkeer in Londen trok hij zich terug, hij liet niets van zich horen, zocht haar niet meer op, weefde een stalen cocon om zich heen. Kitty's pogingen om haar vriend te helpen en zijn zorgen met hem te delen mislukten. Ze voelde zich bedrogen, nutteloos, afgewezen. Hij schoof zijn terughoudendheid op de onachtzaamheid waaraan hij haar de afgelopen maanden had blootgesteld en waarschuwde haar voor zijn collega's, die aan hun steeds openlijker geuite vriendschap ineens een einde konden maken. Hij was dom en naïef geweest, terwijl alles op het spel stond.

'Maar nu we samen naar Tbilisi zijn geweest, nu we elkaar zogezegd "officieel" kennen, hoeven we ons toch niet meer voor je mensen te verstoppen, nu kunnen we elkaar toch gewoon ontmoeten?' Kitty kon hem niet volgen.

'Ik mag niet met een westerse zangeres omgaan. Hoe sympathiek we elkaar in die twee weken misschien ook zijn gaan vinden, dat verandert niets aan de situatie. Vergeet niet waarom ik naar dit land ben gestuurd.'

Hij boorde haar hoop de grond in; voor het eerst sinds hij in haar leven was gekomen, voelde ze zich door hem in de steek gelaten. Ze tastte in het duister, ze begreep niet waar die kille afstandelijkheid en die onverwachte afwending vandaan kwamen. Het maakte haar bijna kwaad dat hij haar de rug toekeerde, uitgerekend nu ze zo vol was van overweldigende en verwarrende gevoelens voor hem.

Ze begreep niet dat hij zich voor zichzelf schaamde, dat hij vond dat hij haar niet waard was, dat hij bang was voor zichzelf, voor zijn erfgoed, voor zijn eigen bloed. Dat hij alles op de koop toe had genomen, al die mensen had teruggestuurd, met list, dreigementen, zelfs niet zelden met geweld. En stel dat het helemaal niet klopte? Dat de honderden foto's die hij in de staatsbibliotheek met een loep had bekeken, de oude krantenknipsels met het portret van een kleine, kale man met knijpbril, die de wereld zo moeiteloos angst had bijgebracht, helemaal niets met hem te maken hadden? Stel dat de trieste weduwe van Ramas Iosebidze zich schromelijk had vergist?

Kitty was een zijden draad die je met één handbeweging door kon knippen. Kitty was de enige die de moeite waard was geweest om van te dromen, zolang hij het bij dromen liet. Kitty was het enige lichte, het enige fragiele, het enige breekbare waarvoor het de moeite waard was de scherven te verzamelen. Wat zou hem resten als ze haar toekomst met de zijne wilde verbinden? Hij had geen toekomst. Niet waar zij was, en mocht er wel een zijn – hoe onwaarschijnlijk dat ook was – dan zou hij niet het risico nemen door haar versmaad, afgewezen of zelfs veracht te worden.

Hij had nooit uit zijn eigen schaduw mogen stappen. Nooit zo dicht bij haar leven mogen komen. Nooit samen met haar plannen mogen smeden. Nooit met haar terug naar het verleden mogen reizen.

Eerst liet hij een afspraak schieten. Hij kwam gewoon niet opdagen. Toen belde hij niet meer. Kitty begreep dat er iets verloren ging, dat er iets onherroepelijks was gebeurd en dat ze er niets tegen zou kunnen doen. Ze wachtte en wachtte. Tevergeefs. Toen belde ze Amy.

'Eindelijk! Ik dacht al dat je nooit meer iets van je zou laten horen! Ik dacht dat je in je vaderland getrouwd was en nu in de Kaukasus schapen hoedde!' riep Amy verontwaardigd, terwijl ze beledigd sigarettenrook in de hoorn blies.

'Ik heb twaalf nieuwe songs. Als je wilt, kunnen we vanaf volgende week de studio in. Ik ben er klaar voor. Maar ik wil weg uit Londen. Zo ver mogelijk weg.'

'Halleluja! Ik zal alles regelen en bel je maandag op!'

Amy had onmiddellijk haar zakelijke managerstoon hervonden en hing op.

Op de dag dat Alania zijn verzoek om overplaatsing schreef, ging Kitty de studio in en nam het eerste lied op van haar nieuwe album met de simpele titel *Home*.

Ik weet nog heel goed, Brilka, dat we het over het eerste lied en de titelsong van dat album hebben gehad toen we samen in de auto door Griekenland reden, en ik herinner me dat je zei dat het in dat lied niet ging om een plek of een land, maar om een toestand. Je dacht dat het een lied over de kindertijd was, en je vroeg waar je je kindertijd eigenlijk bewaarde, en ik weet nog dat ik antwoordde dat je hem verborgen hield tussen je eigen ribben, in je lever- en je moedervlekken, in je haargrens, boven je hart, in je oren of in je lach.

Home werd in 1976, vijf jaar na *Replacement*, uitgebracht, in hetzelfde jaar dat heel Vietnam een socialistische republiek werd en Saigon ophield te bestaan en Ho Chi Minhstad begon te leven, dat Mao Zedong stierf en China werd getroffen door een verwoestende aardbeving, alsof de aarde zich vol leedvermaak over de dood van de grote dictator verheugde, in hetzelfde jaar dat Honecker tot voorzitter van de staatsraad van de DDR werd gekozen en in de BRD abortus werd gelegaliseerd, dat Ulrike Meinhof opgehangen in haar cel werd gevonden, dat Fritz Lang in L.A. en Agatha Christie in Wallingford stierf, in het jaar van de grote apartheidsopstand in Soweto, toen 'Hotel California' een hit was – en Fred Lieblich voor de derde en laatste keer afkickte.

'Kom mee!' fluisterde Elene.

Ik wreef mijn ogen uit. Ik herkende alleen haar silhouet

in het maanlicht. Daria zat al rechtop in bed, in een witte pyjama met hobbelpaardjes erop.

'Kom nou, Nitsa, wakker worden. We gaan op avontuur uit!'

Elene had gedronken, dat konden Daria en ik allebei ruiken, en we stelden ons in op een dwaze, speelse en onberekenbare stemming van onze moeder.

Het was midden in de nacht, op een zaterdag. Ze was de dag daarvoor niet zoals anders naar het Groene Huis gekomen, en dat had een vermoeiende woede-uitbarsting van Kostja tot gevolg gehad. Urenlang liep hij op zijn mislukte dochter en zijn achterlijke moeder te schelden. Hij wilde dat zijn vrouw ervoor zorgde dat Elene weer in het Groene Huis bij haar kinderen kwam wonen. Ze moest gewoon net als de anderen, net als hij, Nana en Daria, elke ochtend in zijn auto naar de stad meerijden. Anders zou hij haar toelage inhouden. Dat moest Nana haar nu meteen vertellen. Er zat voor Nana dus niets anders op dan Elenes vriendin te bellen, bij wie ze officieel nog steeds inwoonde, en naar haar dochter te vragen. De vriendin zei dat Elene al weken niet meer bij haar was, ze had een nieuwe vriend en was waarschijnlijk ook bij hem ingetrokken. Elene was spoorloos. Nadat haar ouders twee dagen onafgebroken naar haar hadden gezocht, was ze nu als een dief het huis binnengeslopen en wilde ze ons slaapdronken en wel ontvoeren. Ze stopte lukraak onze kleren in een stoffen tas en zei dat we stil moesten zijn. Ik sprong meteen op en stak mijn armen al in de lucht, zodat ze een trui over mijn hoofd kon trekken. Daria mopperde, ze had geen zin om uit bed te komen en verheugde zich helemaal niet op het aangekondigde avontuur.

'Wees nou geen spelbreker!' waarschuwde Elene haar oudste dochter en ze hees haar in haar kleren.

Even later slopen we van het slapende huis naar haar auto. Er zat een man achter het stuur. We werden op de achterbank geplant en de man gaf gas.

'Dit is mijn vriend Aleko. Nu leren jullie hem eindelijk kennen.' Elene, die voorin was gaan zitten, draaide zich naar ons om. 'Weten jullie wat hij doet? Hij schrijft heel mooie dingen. Verhalen en gedichten en sprookjes, hij kan jullie verhaaltjes vertellen tot je er duizelig van wordt. En net als jullie is hij dol op suikerspin. Hij heeft voorgesteld om morgen meteen naar het Moesjtaidipark te gaan en net zoveel suikerspin te eten als we willen, nou, wat vinden jullie daarvan?'

'Ik hou helemaal niet van suikerspin, Nitsa houdt van suikerspin, opa zegt dat je van suikerspin kiespijn krijgt. Ik heb liever een ijsje,' viel Daria onze moeder in de rede, maar die had zich kennelijk vast voorgenomen in het gelukkige samenzijn te geloven en liet haar humeur niet bederven. Ook de man glimlachte in de spiegel naar ons. Hij leek heel groot, zijn hoofd raakte bijna het dak van de auto. Hij had – zo zag ik het toen – Elenes vader kunnen zijn, geen 'vriend', met die donkere kringen onder zijn ogen zag hij er veel ouder uit dan zij, bovendien had hij een baard.

Toen we aankwamen, werd Daria door mijn moeder en ik door de grote man met de baard de trap van een smerig huis op gedragen. Het begon al licht te worden en ik had het koud. Elene maakte een deur open en we kwamen in een smalle gang. De gang leidde direct naar een kamer waar in plaats van behang posters op de muren zaten; een kamer met twee zitzakken, een kleine serveerboy die als tafel dienstdeed en twee reusachtige geluidsboxen met stapels stoffige platen erop. In de kamer was een met krantenpapier dichtgeplakte glazen deur naar een andere, blijkbaar kleinere kamer, waarschijnlijk de slaapkamer. Daar lag een matras op de grond en overal slingerden kleren, schots en scheef over stoelen en ladekastjes gegooid, een kleerkast was er niet. Op de matras zat een grote teddybeer die een oor miste. Elene wees ernaar, het kleine welkomstgebaar van haar vriend.

Ze kleedde ons uit en legde ons op de matras. Ik had nog nooit met Daria in één bed geslapen. Gelukkig was ze te moe om in opstand te komen.

Maar de volgende ochtend begon het: 'Dit is geen echt bed! Ik heb honger. Waar is mama?'

Ze begon meteen te jammeren. Ik sloop de kamer uit en ging op zoek naar Elene.

Tussen de zitzakken was een veel te smalle stretcher neergezet, daar lagen ze innig omstrengeld te slapen. Het was een vredig gezicht. Naast de stretcher stonden een halflege wodkafles en een volle asbak. Ik liep naar het slapende stel en raakte voorzichtig de blote schouder van mijn moeder aan. Het was maart, de lente liet dat jaar op zich wachten en in de woning was het ijskoud. Elene werd ogenblikkelijk wakker en ging geschrokken rechtop zitten.

'Nitsa, liefje, hoelang ben je al wakker?'

'Daro heeft honger,' zei ik beslist.

Later gingen we inderdaad naar het Moesjtaidipark. We zaten in alle mogelijke draaimolens en aten suikerspin tot we misselijk werden. (Ook Daria at ervan, omdat er nog geen ijs te krijgen was.)

Aleko, de nieuwe vriend van mijn moeder, sjokte achter ons aan, legde af en toe even zijn hand op onze schouder of lachte ons aarzelend, enigszins onbeholpen toe. Elene keek ons de hele tijd stralend aan. Het beeld van een ideaal gezin scheen haar gelukkig te maken.

Later kookte Aleko voor ons en wij mochten zeggen wat er op tafel kwam. Gaandeweg overwon zelfs Daria haar aanvankelijke verlegenheid en ze kletste honderduit over de paardenfokkerij en schepte op over haar rijkunst. Na die vermoeiende dag vielen we uitgeput en volgegeten naast elkaar op onze matras in slaap. Deze keer wond Daria zich er niet meer over op dat we hier moesten slapen.

Ook de volgende dagen ging het zo. We stonden op als we zin hadden. Kregen door Aleko gebakken pannenkoeken. Mochten tv-kijken zolang we wilden, eten wat we wilden, luieren en lawaai maken. Pas op de vierde dag vroeg Daria wanneer we weer naar huis, naar opa, gingen. Elene begon haar uit te leggen dat het niet normaal was als een moeder en haar kinderen gescheiden van elkaar leefden, dat ze gek werd van verlangen naar ons, dat ze met ons samen wilde zijn, met ons en Aleko, dat we allemaal hier zouden blijven en het samen goed zouden hebben. Maar Daria nam geen genoegen met dat idee.

'Waarom kan opa dan niet bij ons zijn? Je kunt hem toch bellen, dan kan hij hiernaartoe komen!' hield ze vol.

'Maar, Dariko, lieverd, we hebben hier toch niet genoeg plaats, dat zou toch helemaal niet gaan. Heb je het niet goed bij mama? Heb je mama dan helemaal niet gemist?'

Elene had duidelijk moeite om zich te beheersen.

'Ja, dat wel, maar er zijn hier niet eens echte bedden!'

Daria snoof verachtelijk en ik zag Elenes gezicht rood aanlopen van teleurstelling. De strijd om Daria's gunst was allang in haar vaders voordeel beslist. Ik zag hoe Elenes lichaam zich kromde, kleiner werd.

'Ik wil naar huis!' schreeuwde Daria nu hard en vastbesloten en ze keek haar moeder met haar verschillend gekleurde ogen aan.

'Je bent hier thuis!'

Elenes toon was scherper geworden. Ze wilde al weglopen en ons aan ons lot overlaten, toen Daria luidkeels schreeuwde: 'Ik wil naar opa! Ik wil naar opa!'

Ze schreeuwde zo hard ze kon en hield niet meer op. Steeds weer herhaalde ze die zin, tot de bebaarde en lichtgeraakte Aleko de kamer binnenkwam en tussen Daria en Elene in ging staan.

'Daria, hou op!' waarschuwde Elene, en ik zag mijn

moeder weer veranderen in de vrouw die 's nachts als een gekooid dier liep te ijsberen en geen rust vond, die dwars door je heen keek, van Engelse songs hield en een bepaalde middag met gedwongen liefde niet kon vergeten.

Daria stond op haar recht, ze hield niet op, gaf niet toe, eiste wat haar toekwam, ze wilde zekerheid, welvaart, privileges, niet dat krot, niet die vreemde onverzorgde man en niet – misschien vermoedde ze dat al – dat compleet perspectiefloze, chaotische leven. Toen haalde Elene uit en gaf haar oudste dochter een draai om de oren die vuurrode vlekken achterliet.

Over de heuvels van Georgië ligt
het nachtelijk donker...
Poesjkin

'Ben jij nou helemaal gek geworden?!'

Lana was opgewonden, ze had haar bril afgezet en poetste hem nerveus met de zoom van haar rok, intussen knipperde ze voortdurend met haar ogen om Elene beter te kunnen zien. Mijn moeder stond bij het fornuis soep voor ons te koken. Daria sliep, ik zat in een hoek en mocht noten kraken.

'Gisteren stond Nana bij Christine voor de deur. En Christine weet echt nergens van. Nana denkt dat Christine je dekt. Ze maken zich zorgen over de verblijfplaats van de kinderen. Zo naïef kun je toch niet zijn! Je kunt de kinderen toch niet zomaar uit bed halen en meenemen?!'

'Heb jij ze iets verteld?' vroeg mijn moeder, terwijl ze onverstoorbaar in de pan bleef roeren.

'Ik heb gezegd dat ik je opzoek en naar je ouders terugbreng. Ik bedoel, je vader patrouilleert al bij het instituut.'

'Ik zal contact met ze opnemen.'

'Maar, Elene, kijk eens om je heen. Hier in huis! Mijn hemel. Jullie hebben niet eens fatsoenlijke meubels.'

'Wat hebben jullie toch allemaal met meubels?! Alsof het het hoogste doel in het leven is om zoveel mogelijk meubels te hebben!'

'Ik probeer je alleen maar te helpen, hè? Je kinderen zijn hier nu twee weken. Je hebt je niet meer op het instituut laten zien. Je hebt een figuur aan de haak geslagen die je vader zou kunnen zijn en...'

'Het is geen figuur en hij is nog maar zevenendertig, mijn god!'

'Eerlijk gezegd vind ik dat je stom bezig bent. En egoïstisch. Je bent aan een studie begonnen. Je krijgt een toelage waar andere moeders alleen maar van kunnen dromen en wat doe je? Je sleept je kinderen naar een smerig hol, kookt groentesoep voor ze en doet of jullie een ideaal gezin zijn. Kom van je luie gat af en regel alles met je vader. Zoals je misschien weet, ben ik niet bepaald een fan van Kostja Jasji, maar als ik jou was...'

'Ik dacht dat je mijn vriendin was,' onderbrak Elene haar beledigd.

'Geloof je nou echt dat vriendinnen staan te juichen om de stommiteit die jij hier uithaalt? Ik bedoel, wat denk je nou. Dat je vader je belt om je te feliciteren met je nieuwe huwelijksgeluk?'

'Waarom doe je zo hatelijk? Ik dacht dat jij me tenminste zou begrijpen. Ik ga vanaf maandag weer naar college. Ik had gewoon tijd nodig voor de meisjes. Die moeten hier wennen. Aleko en ik gaan trouwens volgende maand naar de burgerlijke stand, dan heeft mijn vader niets meer over me te zeggen!'

'Hoe gek ben je eigenlijk? Ben je vergeten waar je vader allemaal toe in staat is? Je zou hem intussen goed genoeg moeten kennen. Gebruik toch je hersens.'

Lana zette haar bril weer op en hield op met knipperen.

'Ik ben voor het eerst sinds tijden weer gelukkig, Aleko

en ik krijgen het wel voor elkaar, deze keer krijg ik het voor elkaar. En ik ben verdomme de moeder van die kinderen hier.'

'Een moeder die niet voor ze kan zorgen. Die een would-be schrijver aan de haak heeft geslagen, voor de rest van haar leven hier in die bouwval wil huizen en...'

'Je kent hem niet eens. Hou toch je mond als je alleen maar op hem kunt afgeven!' Elene praatte met stemverheffing.

'Het spijt me, maar je bent tot nu toe niet erg trefzeker geweest in de keuze van je mannen. Mijn advies is: ga naar huis, breng vooral de kinderen terug. Ik blijf je niet eeuwig verdedigen.'

Drie dagen later knalde het in het Groene Huis. De stukken vlogen eraf, een glazen deur ging aan gruzelementen, Aleko stond als een afgedankte, vergeten kerstboom in de hoek. Kostja was razend. Elene schreeuwde. Wij kinderen huilden. Nana en Stasia probeerden te bemiddelen, terwijl er niets meer te bemiddelen viel.

Elene was haar vader komen vertellen dat ze met haar nieuwe vriend ging trouwen. De zevenendertigjarige geluidstechnicus (een geluidstechnicus die als assistent op de geluidsafdeling van de staatstelevisie werkte, en dat terwijl hij al bijna veertig was!) en aankomend schrijver (die lichtjaren van een schrijverscarrière verwijderd was, niet bij de schrijversbond had voorgelezen, noch als schrijver of zelfs als lid was erkend). Tot nu toe had Aleko bij een van die half legale privéuitgeverijtjes een bundel korte verhalen gepubliceerd, die hij onder vrienden en intimi had uitgedeeld. Bovendien had deze man al twee zoons bij een ex-vrouw, maar kon hij met zijn karige loon de alimentatie niet opbrengen, omdat hij in plaats van zijn energie in het gehate werk te steken liever nachtenlang met zijn vrienden over 'het systeem' discussieerde en bij besloten voorstellingen naar illegaal gekopieerde 'indexfilms' keek, wiet rookte en bier met wodka dronk.

Kostja vloekte, maakte Aleko voor 'lapzwans', 'mislukkeling', 'bedelaar' en 'gigolo' uit en insinueerde dat hij alleen met zijn dochter wilde trouwen, omdat hij door haar vader een vast inkomen en een comfortabel leventje hoopte te krijgen. Maar dan had hij het bij het verkeerde eind! Kostja's stem schalde door het hele huis. Dat zou nooit gebeuren. Maar mocht die 'slet' van een dochter die schandelijke stap zetten en zonder zijn toestemming met die 'parasiet' trouwen, dan zou ze met de consequenties moeten leven en één daarvan was dat haar zelfs het wekelijkse bezoekrecht voor de kinderen zou worden ontzegd.

Elene trouwde in augustus met Aleko en Kostja's wil geschiedde: Daria en ik bleven in het Groene Huis. Elene pakte haar studie weer op en mocht ten minste elke zaterdag naar ons toe komen. Maar van nu af aan mocht ze niet meer in het Groene Huis blijven slapen. Als ik aan die tijd terugdenk, zie ik de talloze potten jam, fruitmanden, likeurflessen en in aluminiumfolie verpakte koekjes en taart voor me die Nana en Stasia stiekem in Elenes auto legden als ze 's avonds weer naar Tbilisi vertrok.

Ik leerde op m'n vierde lezen en op m'n vijfde schrijven. Ik leerde het cyrillische en het Georgische alfabet en toen ik dat trots aan Kostja liet zien door in beide talen zijn naam op te schrijven, zei hij dat Daria's handschrift mooier was. Toen ik een ronde Nana, een kromme Stasia, een gele Daria, een grote Kostja, een rode Elene, een zwarte Aleko en een piepkleine Nitsa tekende en die tekening 'Onze familie' noemde en op de deur van de koelkast hing, was Kostja daar zo verbolgen over dat hij de tekening eraf trok en in de vuilnisemmer gooide.

Ik danste intussen verder om me Stasia's herinneringen eigen te maken en Daria reed op de mooie, bronskleurige pony's van de fokkerij. Ik hield van vanille-ijs, Daria van chocolade-ijs. Ik hield van de zwerfhonden in het dorp, Daria was er bang voor. Ik droeg afgeknipte broeken als shorts en Daria kleurige rokjes. Ik had kort haar en Daria haar tot op haar middel. Ik hield niet van sprookjes, omdat ze ondanks alle verschrikkingen toch altijd goed afliepen (en ik als kind happy ends al wantrouwde), Daria was er dol op.

Onze onwetendheid beschermde ons allebei. Niet alleen wat onze familie betrof, we hadden ook geen idee dat er in het jaar dat ik voor het eerst naar school ging, in Afghanistan een militaire coup plaatsvond. We hadden geen idee dat onze grootvader werd gekweld door nachtmerries die zich allemaal op een duikboot afspeelden, met een hels vuur, een lange vrouw met ringen aan haar vingers, een man die houten engeltjes sneed en diens blondgelokte zoon die zijn liefde opdrong aan zijn dochter.

We hadden geen idee dat Stasia gefascineerd naar Thekla en Sopio keek, die in onze tuin patience speelden. Geen idee dat Giorgi Alania in het verre Moskou wegzakte in een diepe depressie. Geen idee dat Elvis Aaron Presley opgezwollen en vervreemd van de wereld in Graceland stierf. Dat onze moeder twee miskramen kreeg voor ze haar wens om een 'echt' gezin te stichten voorgoed opgaf en in plaats daarvan aan haar doctoraalscriptie begon (uitgerekend over Lady Macbeth). Dat Christine alles deed wat in haar macht lag om te zorgen dat het geluk dat Micha was ontnomen, zijn zoon te beurt viel. We hoorden niet dat Stasia's op één na oudste zus Meri in Koetaisi en niet lang daarna ook Lida in haar geboortestad stierf; Lida waarschijnlijk onbevreesd en zielsgelukkig dat ze eindelijk als bruid van Christus het hemelrijk binnen kon gaan.

Maar misschien hadden we al wel een idee dat de wereld een ondoorzichtig kluwen leek en dat dat feit op een onverklaarbare en moeilijk te doorgronden manier enorm belangrijk was.

'Weet je eigenlijk dat wij verschillende papa's hebben?' zei Daria opeens zonder op te kijken van het kunstwerk dat ze ingespannen zat te tekenen.

De zomer was in aantocht, het rook naar iets intens, iets levends, alsof het leven zweet afscheidde. Daria's lange paardenstaart glansde als goud in het middaglicht. Ze was nu acht, ging naar de meest elitaire school van Tbilisi aan de Roestaveli Avenue en haar lievelingsvakken waren Russisch en 'physcultuur', de toenmalige benaming voor sport, zoals ze iedere gast ietwat verwaand vertelde, om vervolgens als een vanzelfsprekendheid het onvermijdelijk compliment van de volwassenen te aanvaarden. En nu vertelde ze me even terloops als kalm dat er veel meer was wat ons scheidde dan wat ons verbond.

Nee, ik wist het niet. Ik had geen enkel vermoeden. Niemand had het me verteld. Het woord 'vader' kwam net zomin in Daria's woordenschat voor als in de mijne. Ik deinsde achteruit en begon driftig mijn hoofd te schudden. Op school sprak niemand ons erover aan, met het oog op onze machtige grootvader hadden de ouders hun kinderen waarschijnlijk flink bewerkt en hun lang genoeg ingeprent dat dit bij de Jasji's geen gewenst onderwerp was. En zo was het ook in het Groene Huis: het onderwerp vader bestond niet. 'Vader' was voor ons iemand die ver, heel ver weg was, maar die van ons hield en ons miste en heel veel aan ons dacht. Absoluut.

'Ja, jouw papa zit in de gevangenis. En mijn vader is dood. Hij was een held en is verdronken toen hij de grote zee wilde oversteken.'

Daria zei het alsof ze me vertelde hoe laat het was, op

dezelfde verveelde toon en met een uiterst geconcentreerde gelaatsuitdrukking, die de voltooiing van haar tekening betrof.

'En waarom zit mijn papa in de gevangenis?'

Ik voelde hoe er zich een immense teleurstelling van me meester maakte. Want natuurlijk moest ook mijn vader een held zijn die de zee had willen bedwingen.

'Omdat hij een crimineel is,' antwoordde Daria luchtig.

'En waarom wilde jouw papa de zee oversteken, als hij wist dat dat niet kon, was hij stom of zo?'

'Je bent zelf stom. De meeste mensen kunnen dat niet, maar helden wel. Daarom zijn het ook helden,' legde ze met een ontwapenende zelfverzekerdheid uit.

Daar wist ik niets meer tegen in te brengen en ik moest toegeven dat het feit dat iemand eropuit was getrokken om de grote zee over te steken behoorlijk indrukwekkend was.

'We hebben in elk geval dezelfde moeder,' zei ik om mezelf te troosten.

Opeens voelde ik me klein, lelijk, dom en machteloos en ik wilde de kamer al uit lopen en naar Stasia gaan om aan haar te vragen hoe het kon dat ik een crimineel als vader had en Daria een held. Maar toen voelde ik hoe er zich iets in me samenbalde, een enorme woede waar ik geen woorden voor had, die ik niet kon uiten – en ik stortte me op mijn zus, ik viel haar van achteren aan, greep haar oneindig lange paardenstaart, die zo gewillig in mijn hand gleed, trok haar op de grond, negeerde haar gekrijs en brulde haar in het gezicht: 'In elk geval komt mijn vader een keer terug, maar die van jou nooit. Nooit!'

Die dag had *Literatoernaja Gazeta* weer een kort verhaal van Aleko afgewezen. Elene had een week eerder haar doctoraalscriptie ingeleverd en wist niet zeker of die zou worden goedgekeurd. Er was te veel sprake van macht. In de wodkafles zat nog een staartje van de vorige avond, toen Aleko zich met een paar vrienden schor had gepraat over *Rocco en zijn broers* van Visconti. Ze schonk wat er nog in de fles zat in een theekopje en sloeg de brandende vloeistof achterover. Elene voelde zich moe en leeg. Ze zaten krap. De vooruitzichten waren niet bepaald rooskleurig. Het verlangen naar haar kinderen knaagde aan haar, waardoor ze haar onderarmen openkrabde, haar slapen indrukte, met haar ogen knipperde en een droge mond kreeg.

Een maand geleden was Beka uit de gevangenis ontslagen en al had ze daar geen speciale blijdschap bij gevoeld (tenslotte had hij al die jaren geen enkele brief aan haar of zijn kind geschreven), toch hoopte ze dat hij mij wilde leren kennen. Wat betekende dat ze me zo snel en behoedzaam mogelijk moest inlichten over de weinig romantische omstandigheden van mijn verwekking.

I guess you've found a better place.
Kitty Jasji

'Ze leveren je overhemden perfect gestreken af. Relax!'

Amy rende opgewonden heen en weer en blies haar sigarettenrook door de hotelsuite. Kitty lag op het kingsize bed onder de zachte dekens naar het hoge stucplafond te staren.

'Uitverkocht, uitverkocht! Heb je dat gehoord, Kitty? We moeten 's morgens om acht uur meteen met de soundcheck beginnen. Daarna kun je weer naar bed als je wilt. Maar om genoeg tijd te hebben om alles, ach, laat ook maar... Hier kan eigenlijk alleen Carnegie Hall nog overheen.'

In een gestreepte ribbroek en met een felgekleurde plastic bloem in het haar rende ze, dramatisch aan haar sigaret trekkend, door de kamer.

De *Home*-tour leek inderdaad al hun verwachtingen te overtreffen. Nog nooit had Kitty zoveel geld op haar rekening gehad, nog nooit had ze zo'n unaniem lovende pers gekregen, nog nooit had haar publiek uit zoveel jonge mensen bestaan – en nog nooit had ze zich zo leeg gevoeld.

Ze had de grootste moeite om zich tegenover de buitenwereld staande te houden; ze sloot zich urenlang op in de decadente, protserige hotelsuites en de kleedkamers, sloop heimelijk door de verschillende Europese steden die ze aandeed, probeerde met die mondaine afleiding haar leegte te vullen, probeerde iets te vinden wat haar op z'n minst de illusie van vreugde kon geven. Maar telkens moest ze weer toegeven dat ze niets had gevonden wat de leegte in haar binnenste kon vullen. Er zat niets anders op dan het spel met de publiciteit te perfectioneren. Te glimlachen als ze daar niet voor in de stemming was, geïnteresseerd te kijken als haar iets werd gevraagd, haar vluchtimpulsen te negeren en zelfs Amy, die opgetogen en laaiend enthousiast was over haar succes, het gevoel te geven dat alles prima in orde was.

'Welke popmusicus kan zeggen dat hij in het Concertgebouw heeft gezongen? Ik heb vanmiddag met de celliste gepraat, ze vertelde dat je ongelofelijk veel fans in Nederland hebt en dat je oude platen hier een soort revival beleven.'

Amy liep naar de deur, kennelijk waren de overhemden gebracht. Toen ze terugkwam, gooide ze de stralend witte overhemden in hun plastic hoes boven op Kitty's borst. 'Kun je alsjeblieft ophouden met die eeuwige pseudomeditatie van je en terugkeren in het aardse leven?' riep ze in Kitty's oor.

'Kun je me niet eens tien minuten met rust laten, ik ben moe!' Kitty trok de deken over haar hoofd. 'Zei je iets? Ik hoor je niet, nee, nee, ik hoor je niet.'

Daarna weer Amy's gejaagde voetstappen, die zich van haar bed verwijderden.

De volgende dag stond haar soloconcert in het Amsterdamse Concertgebouw op het programma, het hoogtepunt van de tournee, omdat het Concertgebouw – een van de beste concertzalen van Europa – op een paar uitzonderingen na uitsluitend was voorbehouden aan klassieke muziek. Kitty was voor dat concert al een week aan het repeteren met een strijkkwartet. Een drieëndertigjarige producent, die Amy god mag weten waar had opgeduikeld en die naar ze beweerde de toekomst was van de Britse muziek, wilde het concert live opnemen en op plaat uitbrengen. In haar laatste gesprek met hem had hij laten doorschemeren dat Kitty's songs de goede beat misten en dat de tijd van het purisme, waar Kitty nu eenmaal garant voor stond, voorgoed voorbij was. Ondanks alle opwinding van de afgelopen weken, de steeds weer inspirerende repetities, de kennismaking met de fantastische instrumentalisten, die een persoonlijke touch en component aan haar liederen gaven, ontbrak er iets essentieels: ze leek opeens niet meer te weten voor wie ze zong, tot wie haar liederen gericht waren. (Weet je nog, Brilka, hoe je me vertelde – ik geloof dat het in Berlijn was – dat Kitty in een interview had gezegd dat haar liederen brieven waren, die ze altijd aan bepaalde mensen schreef, dat ze zonder adressaat onmogelijk kon zingen?)

Deze tournee leek haar nu haar persoonlijke Golgotha. Nog nooit had ze zich zo oud en versleten gevoeld. Zo vervreemd van zichzelf. Alsof haar lichaam elk geestelijk voedsel moest missen, alsof het tot zijn biologische functies was gereduceerd.

'En in december vliegen we naar New York,' riep Amy triomfantelijk in de kamer ernaast. 'Het spreekt vanzelf dat we dat contract tekenen. Jij gaat voor die lui componeren. Je hebt zelf gezegd dat je in deze omstandigheden misschien meer plezier beleeft aan componeren omdat je dan meer rust hebt, dus ik wil geen tegenspraak. Bovendien laat ik me zoveel geld niet gewoon door de neus boren omdat jij toevallig in een melancholieke bui bent. Je gaat de songs schrijven die ze willen hebben en daarmee basta.'

'Heb jij nog iets van haar gehoord?'

Kitty stond met haar kussen in haar hand in de deuropening.

'Het laatste wat ik weet is dat ze in Wales zat, in de kliniek. Ik heb het aan Magnus gevraagd, hij heeft geïnformeerd, die kliniek moet een van de beste zijn.'

'Heb jij die kuur betaald?'

'Ja.'

Kitty was dankbaar dat ze geen moeite deed om tegen haar te liegen.

'Dat je haar daarheen hebt gestuurd, hoeft niet te betekenen dat ze er ook is gebleven.'

'Ik heb gedaan wat ik kon. De laatste keer dat ik haar zag, had ze amper nog gezonde tanden in haar mond. Ik had het gevoel dat ze heel goed begreep dat het haar laatste kans was.'

'Ik kan haar niet uit mijn hoofd zetten, Amy, vooral niet als ik moet optreden, dan begint het altijd, het lijkt wel een ziekte, een infectie.'

'Kijk liever even naar die overhemden en zeg welk je morgen wilt aantrekken. Volgens de portier kunnen ze het chicste van het chicste zo op je kamer laten bezorgen. Misschien wil je nog andere modellen passen?'

'Bespaar me de moeite. Het zijn gewoon witte overhemden. Ze zien er allemaal hetzelfde uit.'

'Wat een vergissing!' Plotseling bleef Amy staan en keek Kitty onderzoekend aan. 'Je hebt echt prachtige songs geschreven. Dit album is je rijpste werk tot nu toe en je moet ervan genieten en trots op jezelf zijn. Ik zou het onvergeeflijk vinden als je niet van dit succes genoot. Als het je geruststelt, bel ik naar Londen om naar haar te informeren. Ook al vind ik dat het nu bij wijze van uitzondering om ons tweeën gaat, om jou en mij en om wat wij samen voor elkaar hebben gekregen, begrijp je: om ons en niet om haar.'

'Zij hoort net zo goed bij dat "ons" als wij tweeën, Amy, dat weet je heel goed.'

Kitty liet het brede, zachte kussen op de grond vallen. Een poosje stonden ze allebei naar dat zinloos neergegooide, zinloos op de grond liggende kussen te kijken, alsof het een plaatsvervanger van iets of iemand anders was. Amy legde haar handen op Kitty's schouders: 'Ik vind het niet makkelijk om het tegen je te zeggen, maar als ze me aankeek, vooral de laatste maanden, als ze weer eens bij me op de stoep stond omdat ze niet wist waar ze het moest zoeken, als ze geld nodig had of gewoon een slaapplek zocht, wist ik dat ze niet mij, maar jou aankeek, dat ze jou bedoelde. Ja, ze is om jou in mijn leven gebleven, hoe idioot het misschien ook klinkt, Kitty.'

Het licht van de schijnwerpers deed pijn aan haar ogen. De stilte had iets geheimzinnigs. De ingehouden adem voordat het applaus begon, zo meteen zou die stilte zich ontladen in iets geweldigs. Het witte overhemd plakte aan haar uitgeputte lichaam. Ze had haar gitaar nog niet weggelegd, ze stond op het podium en tuurde in de donkere ruimte waar zo'n tweeduizend toehoorders zaten. Ze hield haar microfoon nog steeds stijf in haar hand. De strijkers stonden van hun stoel op en deden een stap naar voren. Zo meteen zou ze worden beoordeeld, in het gunstigste geval beloond voor de tweeënhalf uur waarin ze alles had gegeven. De hitte omsloot haar lichaam, ze veegde haar voorhoofd af met de katoenen zakdoek die altijd in het borstzakje van haar overhemd zat. De muziek klonk nog na in haar hoofd. Haar vingers deden nog zeer van elk akkoord, ze herinnerden zich elke noot die ze die avond hadden voortgebracht.

Al bij het eerste lied had ze gemerkt dat de muziek haar dreigde te ontglippen, dat ze ongeconcentreerd, verstrooid en werktuiglijk zong, en ze had zichzelf gedwongen aan haar gezicht te denken: aan haar rode haar, aan de foto's die ze samen in Amerika hadden gemaakt, aan de woorden die ze hadden gezegd en verzwegen, en toen waren de overgave, de hartstocht en vooral de diepe wrok in haar stem teruggekeerd. Met gesloten ogen droeg ze haar songs op aan Fred, in de vurige hoop dat ze zichzelf terug zou vinden. Niet haar, niet Amy, alleen zichzelf. En het was haar gelukt de geesten die avond ver van het podium te houden. Fred Lieblich had weten te bereiken dat het onvoorwaardelijke terugkeerde. Fred Lieblich was in leven, en die avond wilde ze geloven dat ze dat zou blijven.

Toen barstte ineens het geweldige applaus los; Kitty glimlachte door de zee van licht op het podium naar de donkere zaal, boog voor haar publiek, draaide zich om, wenkte haar collega's naar voren en boog nog een keer. Het applaus was oorverdovend.

Laat luid het hoorngeschal nu klinken,
roer de trommel met een jubelslag!
Laat ons het lied van vriendschap zingen,
de jeugd begroet de nieuwe, gouden lentedag!
Pionierslied

De herfstzon streelde mijn enkels en ik rende de helling af. Ik rende zo hard ik kon met de bruine jurk van mijn schooluniform omhooggetrokken, mijn benen bewogen vrij in de wedloop met het zwakke briesje dat me vanuit het bos achtervolgde.

Ik hield van de plekken die ik als de mijne beschouwde: het bos, de boswei, de hobbelige helling. Hoe vaak was ik hier na schooltijd niet in het gras gaan liggen. Regen noch wind, zelfs sneeuw kon me niet van mijn zwerftochten afhouden. Vaak lag ik op de grond naar de lucht te kijken. Dat uitzicht hielp me om het ergste deel van de dag te vergeten, de uren op school. De verveling die me daar overviel, de gehate kinderen, de onbeschoftheid, de vijandigheid, de scheldpartijen en vooral de kilte van Daria, die – twee klassen boven mij – me niet zag staan, me zelfs op het schoolplein niet verdedigde als iemand een klokhuis naar me gooide, me een uitslover noemde of me op de grond duwde.

Maar die dag wilde ik niet blijven staan, ik wilde niet gaan liggen. Ik wilde rennen. Ik wilde alles wat er 's ochtends was gebeurd door de wind laten wegblazen.

Nitsa is getikt, Nitsa is getikt! Dat hadden ze in koor geroepen en toen was er een potige derdeklasser op me af gestormd en had mijn schort naar beneden getrokken. En iedereen had vol leedvermaak gelachen. Wat de op een ooievaar lijkende jongen uit 4a ertoe aanzette mijn jurk over mijn hoofd te trekken, waarop ze allemaal in een deuk lagen.

'Nitsa heeft een blauwe onderbroek aan, Nitsa heeft een blauwe onderbroek aan!' Wat een gebrul! Ik wist me los te rukken en wilde het schoolplein af rennen, maar toen versperde de mooie Ana uit mijn klas me de weg. Ik klampte me vast aan mijn jurk, omdat de ooievaar weer van achteren aan me begon te sjorren, klemde een punt van de jurk tussen mijn benen en stond erbij als een klein meisje dat het in haar broek heeft gedaan.

De anderen gingen om me heen staan, gaven elkaar een hand en bouwden een muur van lichamen voor me op. Ik raapte al mijn moed bijeen en probeerde door de versperring heen te breken, maar het lukte niet, ik viel languit op de grond. Weer lachten ze. Toen ik mijn hoofd opzij draaide, zag ik een eindje verderop, aan de rand van het schoolplein, Daria staan, ze keek toe en deed niets. Ze stond daar gewoon tussen al die knappe vriendinnen met hun smetteloos witte kousen en platte lakschoenen en deed niets. Als gebiologeerd staarde ze mijn kant op, alsof ze zelf niet kon geloven dat ik het was die uitgelachen, gestompt, vernederd en uitgescholden werd. Ze had de macht gehad om een eind aan mijn marteling te maken. Maar ze verroerde zich niet.

Ze verroerde zich niet. Haar bruine oog leek verdrietig, alsof het zich schaamde, terwijl haar blauwe oog bijna vol leedvermaak mijn kant op keek. Ik deed mijn mond open, ik wilde iets zeggen, haar naam roepen, maar er kwam geen geluid. Ik schaamde me, ik schaamde me plaatsvervangend voor haar, omdat zij haar schaamte niet kon toegeven, haar schaamte over het feit dat ik haar zus was. Zij was een overwinnaar en een overwinnaar kan geen verliezer als zus hebben. Een zus met verward haar, geschaafde knieën en afgezakte kousen.

Ik kon me niet langer inhouden en begon te huilen, op het hysterische af. Ik schreeuwde net zo lang en hard tot de leerkrachten naar buiten stormden en de kinderschare om me heen wegjoegen, me optilden, de school in droegen en mijn moeder belden.

Nu wilde ik dat allemaal vergeten. Ik wilde die vreselijke beelden, die stemmen in mijn hoofd uitwissen. Ik wilde er niet meer aan denken hoe ik in de ziekenkamer van de school zat, terwijl mijn moeder met de klassenleraar overlegde. Alsof ik iets had misdaan, alsof ze zich voor mij moest verontschuldigen. Ik wilde af van het akelige gevoel dat ik het mijn moeder moeilijk maakte. Dat gevoel liet me al een hele tijd niet los.

Het werd al schemerig. Elene was al een eeuwigheid niet meer zo lang in het Groene Huis gebleven. Straks zouden Kostja en Nana thuiskomen. Waarschijnlijk wachtte ze op haar ouders. Op haar vader. Misschien was ze van plan om hem over mijn schande van vandaag te vertellen. Ik begon nog harder te rennen, raakte helemaal buiten adem, maar ik wilde niet blijven staan. Ik bad dat ze zo naar huis zou rijden, dat ze Kostja niet zou zien, dat ze hem niet zou vertellen hoe iedereen me haatte en uitlachte. Ik rende om het hardst met de wind. Als ik eerder dan hij in de tuin was, zou alles voorbij zijn. De verschrikkingen op school, de dagelijkse kwellingen, de verwijten van Kostja. Als de wind won, zou alles bij het oude blijven.

Ik stond bij de ingang van onze tuin en was bekaf, snakte naar lucht. Had ik gewonnen? Ik voelde de wind niet meer. Ik stak mijn handen uit en wachtte. Ik was de wind te slim af geweest. Ik had vast gewonnen. Of toch niet?

Binnen brandde al licht. En er drong geroezemoes tot me door. Ik sloop naar de veranda en ging op de krakende schommelstoel zitten. Kostja en Nana waren er al – natuurlijk – en ook Elenes auto stond nog op de oprit. Mijn gebeden waren niet verhoord, ze praatte met hem over mij.

Daria kwam naar buiten. Ze bekeek me argwanend. Toen ging ze aarzelend naast me zitten.

'Ze zeiden dat ik naar buiten moest. Ze hebben het over jou.'

Ik schoof een beetje op, bewaarde voor de zekerheid afstand. Op mijn knieën zaten de bruine pleisters die ik in de ziekenkamer van de school had gekregen. Door die blik op de pleisters moest ik weer aan die ochtend denken en ik voelde een kille, blinde afkeer opkomen. Ik wilde niet naast mijn zus blijven zitten. Ik stond op, liep naar de voordeur en ging op de deurmat zitten.

Binnen klonk Kostja's trillende stem. Meteen daarna hoorde ik Elene schreeuwen: 'Ze is hoogbegaafd, verdomme! Wanneer begrijp je dat nou eens? Haar onderwijzer heeft het vandaag weer heel duidelijk gezegd. Ja, hoogbegaafd, dat woord gebruikte hij. Dat is geen wensdenken of een of andere illusie. Deda, zeg jij eens wat.' Elene wendde zich kennelijk tot Nana. 'Jullie merken het toch ook, jullie zien het toch! En dan ga jij me vertellen dat ze niet genoeg haar best doet? Gefeliciteerd! Ik ken niemand die op zo'n goed bericht met zulke woorden zou reageren als jij! Iedere andere grootvader zou lachen van geluk, maar nee, jij niet, natuurlijk niet. Hoe kon ik dat vergeten, ze is immers "mijn kleine bastaard", al is ze nog zo begaafd!'

'Zoek dan een andere grootvader voor je kinderen,' antwoordde Kostja ijzig. 'Of nog liever: zoek een andere vader. Je bent nu oud genoeg. Zoek iemand die voor je kinderen zorgt, voor hun opvoeding, hun kleren, hun eten, hun toekomst. Die hun een goed leven biedt.'

'Het gaat nu even niet om mij, niet om jou, niet om die hele klerezooi, het gaat om Nitsa.'

Ik hoorde aan Elenes stem dat het huilen haar nader stond dan het lachen.

'Ja, en wat moet ik nu doen? Wat verwacht je van me? Ze gaat al naar de beste school van de stad.'

'Het gaat niet om de beste school. Het gaat om de aanpak die ze nodig heeft, om bepaalde methoden en vooral om de juiste omgeving. Alleen al deze maand zijn er wel drie van zulke incidenten geweest en ze heeft het ons niet eens verteld. Ik bedoel, ze gebruiken fysiek en psychisch geweld tegen haar! Alleen omdat ze slimmer is dan de rest.'

'En die onderwijzer, is die gekwalificeerd genoeg om zoiets bij dat kind te kunnen vaststellen?'

'Ze verveelt zich op school omdat ze alles allang kan, begrijp je dat dan niet? Ze maakt inmiddels zelfs het huiswerk voor Daria! Terwijl ze pas in de tweede klas zit. Ik bedoel maar!'

'Daria maakt haar huiswerk zelf,' wierp Kostja tegen.

'Ach, hou nou toch op!'

Opeens bemoeide Nana zich ermee.

'Ze heeft een ander soort uitdaging nodig. Ik weet het niet, de onderwijzer zei dat we moesten informeren wat voor mogelijkheden er waren. Misschien een speciale school of...'

'Het kind blijft waar ze is. Het is de beste school van de stad. En een speciale behandeling kan voor haar verdere ontwikkeling een belemmering vormen. Ze moet leren zich aan te passen. Dit leven is tenslotte niet gemaakt voor wonderkinderen. Ze moet ermee om leren gaan en wij moeten haar sterken.'

'Sterken? Sterken? Waarvoor? Voor klappen en scheldpartijen?'

'Ze zullen haar heus geen duw hebben gegeven omdat ze te slim is. Ze zal wel brutaal zijn geweest... Ik ken haar toch!'

'Een duw? Je bent niet goed wijs! Deda, zeg iets, maak hem duidelijk wat voor verschrikkelijke dingen hij uitkraamt!'

Elene kreunde. Ik hoopte vurig dat het haar zou lukken de ruzie zonder tranen te beëindigen. Ik wist niet waarom, maar ik wilde niet dat ze in bijzijn van Kostja huilde.

Daria tuitte haar lippen, alsof ze zo ging fluiten, wat ze altijd deed als ze verlegen was of iets wilde verdoezelen. Ze gaf de schommel een zet en hees zich erop. Ik stond van de mat op en liep naar haar toe.

'Zal ik je duwen?'

Ze knikte me toe als een grootgrondbezitster die haar lijfeigene toestaat haar de hand te kussen. Waarschijnlijk dacht ze dat ik vrede met haar wilde sluiten. Ik hielp haar af en toe met haar huiswerk en kennelijk wilde ze nu ook een beroep op me doen en daarvoor was verzoening een eerste vereiste.

Ik duwde de schommel hoog op, ze gilde het uit, maar ik ging door, duwde haar hoger en hoger, tot ze van de plank gleed en op de harde grond viel. Haar gezicht was vertrokken van pijn, maar dat zag ik graag. Het was een kleine troost voor me. Het duurde niet lang of ze begon zachtjes, ineengekrompen en zielig te huilen. Op dat moment was ik de overwinnaar. En dat was een goed gevoel.

Die nacht maakte Stasia me wakker en zei dat ik mee moest komen. Op blote voeten sloop ik langzaam achter haar aan naar buiten. Daria sliep, uitgeput van het huilen, met een door een heleboel ijskompressen gekoelde enkel bij Kostja in bed. We liepen de tuin in. Het was een zachte nacht, die de warmte van de dag nog in zich droeg. Achter de seringenstruiken spreidde Stasia een deken uit, waar we samen op gingen liggen om naar de heldere sterrenhemel te kijken. Ik kroop tegen haar oude, versleten badjas aan. Zo bleven we een poosje heel stil liggen.

'Zal ik je een geheim verklappen?' zei ze plotseling midden in de stilte, terwijl ze mijn hoofd tegen haar borst drukte.

'Jaaa!' fluisterde ik opgewonden. Ik hield net zoveel van haar geheimen als van haar verhalen.

'Zie je die kersenboom daar? Daar verschijnt soms een vriendin van me. Ze gaat dan onder de kersenboom staan en glimlacht naar me. Soms komt er nog een andere vriendin en dan spelen ze kaart. Maar eigenlijk kunnen ze daar helemaal niet naartoe komen. Want ze zijn allang dood.'

Ik spitste mijn oren. Ik bereidde me voor op een griezelverhaal, ook al was de mooie sterrenhemel geen passend decor.

'Maar dat kan toch niet, *bebo*?'

Ik probeerde er een zekere logica in te brengen.

'Dat bedoel ik juist.'

Stasia stak haar rechterhand in haar badjas, friemelde aan haar nachthemd en hield opeens op.

'Soms kunnen wij mensen bepaalde dingen niet verklaren, soms begrijpen we dingen niet, maar dat wil niet zeggen dat ze niet bestaan, alleen omdat de meeste mensen ze niet zien en er niet in geloven.'

'Wat zien de meeste mensen dan niet?'

'Ze zien mijn vriendinnen niet onder de kersenboom staan en ze zien ook niet hoe bijzonder jij bent.'

'Waarom ben ik dan bijzonder?'

'Jij kunt dingen die anderen niet kunnen.'

'Wat dan?'

'Je leert sneller dan anderen. Je begrijpt dingen anders dan anderen. Je hebt gevoel voor mensen.'

'Bedoel je dat ik aan mensen kan zien dat ze gehuild hebben, ook als ze hun gezicht al hebben gewassen?'

'Ja, bijvoorbeeld.'

Ze haalde iets uit haar badjas en hield het stijf vast.

'Maar waarom zien anderen je vriendinnen niet? Staat er nu een? Kan ik ze zien?'

'Nee, nu is er niemand. Ze moeten ook weleens slapen. Ik weet niet of jij ze zou zien. De meeste mensen zien ze niet, omdat ze ze helemaal niet hebben gekend en niet genoeg van ze hebben gehouden.'

'Hoe heette je vriendin?'

'Sopio.'

'En waarom is ze doodgegaan?'

'Omdat de wereld een drekzooi is en de meeste mensen een stuk stront zijn.'

'En ik dan?' vroeg ik giechelend; Stasia's woordkeus beviel me wel.

'Jij bent een ruwe diamant en je moet leren die drekzooi te negeren. Dat zal op school niet makkelijk voor je zijn, maar je moet leren voor jezelf op te komen. Je moet leren het zonder anderen te stellen, desnoods zelfs zonder je zus.'

'Ik wilde haar niet van de schommel gooien.'

Ik wist niet waarom ik loog.

'Het is niet erg om het te willen. Maar het was verkeerd van je om het ook te doen. Ze heeft je in de steek gelaten. Maar doe nooit iemand pijn, alleen omdat hij jou pijn heeft gedaan, dat komt als een boemerang bij je terug. Dat zal je leed niet verzachten. Je moet begrijpen dat ze je niet pijn doen omdat je dom of lelijk bent, ze doen je pijn omdat ze jaloers op je zijn.'

'Dat is niet waar.'

Ik wilde niet over die ochtend praten.

'Dat is wel waar. Geef me je hand, ik zie slecht, ja, zo is het goed.'

Ze opende haar vuist en deed iets om mijn pols. Het voelde koel en zwaar aan.

'Wat is dat?'

'Een horloge. Dat heeft een belangrijk iemand aan me gegeven. Dit horloge is ouder dan jij, dan je moeder, dan je grootvader en zelfs ouder dan ik. We zullen het in je nachtkastje verstoppen, dan is het ons geheimpje, ja? Daar zal het op je wachten tot je pols er groot en sterk genoeg voor is. Het zal je altijd beschermen, zoals het mij altijd heeft beschermd.'

'Het is mooi.'

'Ja, dat is het. Het is magisch, dit horloge. Ja, ja, wat zit je nou te gniffelen, denk je dat ik sprookjes vertel?'

'Je vertelt me vaak sprookjes. Hoe kan jouw vriendin hiernaartoe komen als ze dood is? En vooral waarom?'

Het wilde er bij mij niet in. Tenslotte was ik een socialistisch kind en als socialistisch kind leer je van jongs af aan wantrouwig te zijn.

'Ik weet het niet, lieverd. Ik weet het niet. Misschien

heeft ze iets niet afgemaakt, iets niet uitverteld.'

Ik knikte nadenkend en probeerde me de geest van Stasia's dode vriendin voor te stellen. Ik had eindeloos veel vragen.

> ***Het land is versleten, als een oude munt.***
> ***Ongeluk in plaats van leven. Geen wonder***
> ***dat ik op zulke dagen***
> ***voor weinig al dankbaar ben.***
> **Tabidze**

Toen in het hele land de zestigste verjaardag van de Revolutie werd gevierd, bestond het eens zo reusachtige Sovjetimperium alleen nog op papier. Ministeries als dat van Machinebouw en Energievoorziening teerden op een niet meer bestaande economie. Alcoholisme, diefstal en werkweigering waren daarentegen aan de orde van de dag. Voor de elite waren die jaren van de min of meer sluipende ondergang van de voormalige macht echter een gouden tijdperk, want iedereen kon onbekommerd graaien en pakken wat er te pakken viel. De secretaris-generaal en staatschef, een groot autoliefhebber, beschikte over een aanzienlijk wagenpark, waaronder een Rolls-Royce en een gepantserde ZiL-limousine. Als gepassioneerd jager bevorderde hij zijn jachtmeester, die de everzwijnen voor hem opdreef, tot generaal.

Diplomaten, generaals, ministers, directeuren, al die 'Helden van de Arbeid' vierden een feest waar geen eind aan kwam. En niemand in het land leek er iets op tegen te hebben. Er was onder Brezjnev maar één enkele massademonstratie, tijdens de Olympische Zomerspelen in Moskou, toen naar aanleiding van de dood van Vysotski de acteurs van het Taganka Theater de straat op gingen en tienduizenden mensen zich bij hen aansloten. Uiteraard werd die demonstratie neergeslagen. Onlusten thuis kon de al meer dan tien jaar aan aderverkalking lijdende partijchef allesbehalve gebruiken. Pas een jaar tevoren was hij de invasie in Afghanistan begonnen, een 'vervulling van de internationale, socialistische verplichtingen'. Toen de partijchef in november 1982 definitief van zijn zware taken werd verlost, werd hij opgevolgd door de achtenzestigjarige KGB-chef, een zekere Andropov, die het onberispelijke wereldbeeld van een geheim agent had. Ernstig ziek als hij was, verbleef ook deze nieuwe partijchef de helft van zijn ambtsperiode in ziekenhuizen, voordat zijn nieren het begaven en er na nog geen twee jaar een eind aan zijn carrière kwam. Zijn enige verdienste was de verhoging van de Russische bewapeningsuitgaven met 80 procent. Het feit dat Afghanistan zijn imperium miljoenen kostte die het niet had, en dat er steeds meer lijken van gesneuvelde Sovjetsoldaten moesten worden teruggevlogen, kon hij probleemloos negeren. Andropov werd opgevolgd door de tweeënzeventigjarige Tsjernenko, een onopvallende partijbureaucraat die al bij zijn ambtsaanvaarding aan een ernstige longziekte leed. Tsjernenko wist zijn voorganger zelfs te overtreffen en bleef maar één jaar secretaris-generaal van het Centraal Comité, voordat ook hij stierf.

Ik ging nog steeds niet graag naar school, maar dankzij Stasia's horloge, dat in mijn nachtkastje voor het grijpen lag en me onverwachts inderdaad een bepaalde zekerheid gaf, of dankzij mijn hardnekkigheid wist ik het geweld en getreiter voortaan van me af te houden. Ik begon speciale strategieën te ontwikkelen die me zouden helpen de rest van de schooljaren zo weinig mogelijk schade op te lopen. Ik moest me zo normaal en onproblematisch mogelijk voordoen en de anderen vooral niet laten merken dat de lesstof me volstrekt niet interesseerde.

De enige concessie van Kostja was dat ik de vijfde klas

mocht overslaan. In mijn nieuwe klas leerde ik te doen alsof ik net zo was als de rest, wat me verzekerde van een zo vreedzaam mogelijke co-existentie met mijn klasgenoten. Ik lachte om hun grappen, vroeg om hulp, ook al had ik die niet nodig. Op sommige dagen ging ik zelfs zover dat ik geen romans mee naar school nam om stiekem onder de bank te lezen.

Ik wist dat het voorbij zou gaan. Ik wist dat ik gauw weer naar huis kon, naar Stasia, om naar haar verhalen te luisteren, in het bos te wandelen, in de tuin te rennen en te werken en vooral, aan het eind van de middag, naar boven naar het balkon te gaan en daar alleen te zijn met mijn boeken. Het zou voorbijgaan en ik zou weer mezelf mogen zijn. Ja, het zou voorbijgaan, als ik maar genoeg geduld had.

Soms nam ik boeken of platen van Aleko mee naar het Groene Huis, wat altijd tot jaloezieaanvallen van Daria leidde. Ze wilde weten hoe ik het weekend had doorgebracht, wat ik precies had gedaan en wat voor nieuwe dingen ik had ontdekt. Ze wilde zich niet buitengesloten voelen en op een dag, toen ze net elf was geworden, gaf ze te kennen dat ze de weekends ook bij Elene en haar man wilde doorbrengen.

Aleko was ook degene die mij een van de mooiste geschenken uit mijn kinderjaren gaf: David, die mijn Peter Vasiljev zou worden. David, een oude schoolvriend van Aleko, was een van de knapste koppen van zijn generatie en een veelbelovend natuurkundige, die echter vanwege zijn voorliefde voor verboden politieke en filosofische geschriften uit het onderzoeksinstituut was gezet en daarna leraar wis- en natuurkunde op een school aan de rand van de stad was geworden. Sinds hij van zijn vrouw was gescheiden, woonde hij in een klein atelier in de nieuwbouwwijk, waar hij niet meer de atomen, maar het leven bestudeerde. Omdat Aleko gedurende mijn hele schooltijd mijn moeder verweet dat ze me niet genoeg stimuleerde, bracht hij me op een dag naar hem toe met het verzoek 'eens naar mij te kijken'.

Hij was toen tweeënveertig en zag er minstens tien jaar ouder uit. De maatschappelijke en daarmee ook wetenschappelijke uitsluiting, de scheiding van zijn vrouw, die hem een mislukkeling vond, en het verlangen naar zijn twee zonen, die hij veel te weinig te zien kreeg, hadden sporen achtergelaten. Hij was niet erg lang, liep net als Stasia een beetje krom, had tengere ledematen, fijne gelaatstrekken, mooie, diepliggende groene ogen en een ouderwetse snor. Hij zette thee in een samowar, droeg geruite wollen pantoffels, beige of grijze overhemden, had altijd koude handen en praatte traag, alsof zijn stem een eeuwigheid nodig had om tot ons door te dringen.

Hij vroeg Aleko ons alleen te laten en zette een schaaltje snoep voor me neer. Toen ging hij tegenover me in een stoel zitten, keek me met zijn groene ogen aan en zei: 'Ik heb gehoord dat jij je verveelt op school.'

Ik knikte verlegen.

'Wat interesseert je dan wel?'

'Kun je de doden echt zien?'

Die vraag hield me sinds het nachtelijke gesprek met Stasia bezig. Ik had haar er weliswaar niet meer over aangesproken, maar altijd als ik haar op haar krukje in de tuin zag zitten en naar de kersenboom zag kijken, probeerde ik de geesten van haar vriendinnen te zien, maar het lukte me niet.

'Dat weet ik niet,' zei hij.

Dat antwoord vond ik heel sympathiek. Want hij leek een van de weinige mensen die zich na een vraag van mij niet slimmer voordeden dan ze waren.

'Als iemand denkt dat hij een dode ziet, dan ziet hij hem misschien ook wel.'

'Maar als je dood bent, ben je toch dood, dan ben je er toch niet meer?' vroeg ik door.

'Helaas doen we alsof we veel weten, maar dat is niet zo,' zei hij, waarmee hij mijn vermoeden bevestigde. 'Weet je eigenlijk hoe groot ons universum is?'

Ik schudde mijn hoofd. Daarop pakte hij pen en papier en begon op een blaadje uit een ruitjesschrift het hele universum voor me te tekenen.

Ik kon David vragen waar de liefde naar smaakt. Ik kon hem vragen waarom baby's een zacht plekje op hun hoofd hebben waar je niet hard op mag drukken, waarom tranen zilt zijn en walvissen een fontein op hun kop hebben; ik kon hem vragen wat schoonheid is en waarom grootvaders van sommige kinderen houden en van sommige niet. Ik kon hem vragen wat suïcide betekent, ik kon hem vragen waarom vlinders zo kort leven en kraaien zo lang, ik kon hem vragen waarom we niet omvallen als de aarde draait en of Led Zeppelin slechter is dan Pink Floyd. Ik kon hem vragen of een vaderloos kind beslist een vader nodig heeft. Toen ik hem vroeg of hij in God geloofde, zei hij dat hij naar hem op zoek was en dat hij het me zou laten weten als hij hem vond en een audiëntie voor me zou aanvragen. Met die belofte nam ik genoegen.

Ik vond het fijn dat hij me niet over mijn bol aaide, niet vertederd om me lachte en niet zijn hoofd schudde of gechoqueerd deed. Zelfs toen ik wilde weten of het waar was dat een man en een vrouw zich naakt uitkleden en boven op elkaar gaan liggen om een baby te maken, haalde hij zijn medische encyclopedie tevoorschijn en legde me de gang van zaken in het menselijk lichaam uit die leidt tot een verwekking, wat me veel aannemelijker leek dan de domme verhaaltjes van mijn moeder of Stasia over de ooievaar of de bijen.

Hij beschreef de wereld voor me. De wereld die me mateloos interesseerde. En dat was niet de beperkte wereld van school, niet de helder gestructureerde wereld van Kostja, niet de door dagelijkse zorgen geplaagde wereld van mijn moeder en Aleko, niet de roze gekleurde wereld van Daria, niet de ruige en etherische wereld van Stasia. Het was een wereld waarin ik thuis was. Het was een grote, ondoorgrondelijke wereld waarin niet op elke vraag een antwoord bestond. En vooral een wereld waarin niets 'normaal' was.

Twee keer per week mocht ik na schooltijd naar hem toe; de gelukkigste dagen van de week. Als op vleugels verliet ik dan altijd Davids atelier. Huppelend stapte ik in de trolleybus. Lachend keek ik om me heen. Rende de trap op naar de woning van mijn moeder.

Dankzij David leerde ik leven met de scherven om me heen. Ik leerde mezelf in de spiegel te bekijken: mijn donkere gezicht, mijn smalle en vormloze ledematen, mijn kleine postuur, mijn donkere ogen, zo donker dat je de iris niet zag, mijn kroezige, weerbarstige haar dat niet in model te krijgen was, mijn kromme neus en mijn mond die op een eendensnavel leek, en ik leerde dat alles niet te vergelijken met Daria. Want ik had David, wat maakte het dan uit dat zij Kostja had? Voor mijn part, dacht ik toen.

Hoewel ik een levende en Daria een dode vader had, stond die van mij niet bepaald te trappelen om me te leren kennen. Ik had hem één keer even gezien, toen ik een jaar of negen, tien was, voordat hij opnieuw voor vier jaar de gevangenis in ging (inbraak bij de decaan van de universiteit). En dus vroeg ik me af wie van ons beiden meer geluk had gehad: Daria of ik. In het café met de zoete limonade, waar ik altijd dragonlimonade nam en wij, Elene, ik en Beka, hadden afgesproken, zat een gebroken kettingrokende, lompe man, die nerveus om zich heen keek en nog minder dan alle anderen wist wat hij met me moest beginnen.

Dat mijn moeder ooit van die man had kunnen houden, was me een raadsel. Maar op een gegeven moment vroeg hij haar of ik misschien niet zijn achternaam moest krijgen. 'Ze moet toch niet voor bastaard worden uitgemaakt,' voegde hij er met een duidelijk ontevreden blik op mij aan toe. Ik was kennelijk niet zo mooi en lief dat hij meteen van me kon houden, maar hij wilde wel zo goed zijn me zijn naam te geven, het enige wat hij te bieden had.

Elene antwoordde kortaf dat ik al een naam had en geen nieuwe hoefde. Een vader die zich voor me interesseerde, kon ik heel goed gebruiken, maar kennelijk moesten we dan verder zoeken, nietwaar? Elene sloeg een arm om mijn schouder en kort daarop verlieten we het café. Ik kon toen natuurlijk niet weten wat het betekende om vijf jaar in een Sovjetgevangenis te zitten. Maar of dat zijn gedrag, zijn gebrek aan belangstelling, zijn onvermogen om een gesprek met me te beginnen verontschuldigde, weet ik niet. Toen Elene en ik weer buiten op de Roestaveli Avenue stonden, zag ik dat de tranen over haar gezicht stroomden. Ze hield mijn hand stijf vast en sleepte me mee. Ik was helemaal niet zo verdrietig. Ik had geen vader en verwachtte die ook niet, maar Elene wel.

Ik wilde haar troosten. Maar ze liep zo hard dat ik moeite had om haar bij te houden.

We liepen maar door. Tot we voor een oud, donker trappenhuis midden in Vake bleven staan. Ik was daar nooit eerder geweest.

'Waar zijn we?' vroeg ik aan mijn moeder toen we de verwaarloosde trap op liepen.

'Bij je overoudtante,' antwoordde ze en ze trok me achter zich aan.

Als ik terugkijk op die eerste ontmoeting met mijn vader, moet ik altijd aan de dragonlimonade denken en daarna aan Miro. Niet aan mijn verwekker. Ik denk niet aan de Roestaveli Avenue en aan het café waar we samen zaten, maar aan de kleine, gezellige woning van Christine. Want op de dag dat ik mijn vader zou leren kennen en tegenover een vreemde man zat, leerde ik Miro kennen. Elene had me meegesleurd toen ze helemaal overstuur Christines woning binnenstormde. Ze was bedrogen uitgekomen: de vader was niet in ons leven teruggekeerd. De eerste vader, die van haar ongeboren kind, was dood, ellendig gecrepeerd in een gevangenisziekenhuis. De tweede had ze zelf helpen vluchten naar een ander continent. De derde was intussen van een would-be revolutionair veranderd in een crimineel, en met de vierde, van wie ze hield en die van haar hield, maar die niets presteerde en zelfs zijn ongeschreven verhalen in alcohol verdronk, kon ze geen kinderen krijgen.

Christines handen zaten onder het meel. Zonder te vragen wie er was had ze opengedaan. Misschien had ze iemand anders verwacht. Ze droeg een sluier, die de helft van haar gezicht bedekte. Als er geen meel aan haar handen had gezeten, had je kunnen denken dat ze een figuur uit een film was, er hing iets onwerkelijks om haar heen.

'Nu weet ik het,' liet ik me ontvallen, voordat de twee volwassenen iets tegen elkaar konden zeggen. 'Jij bent Christine, de zus van Stasia. Ik heb foto's van je gezien!'

'En jij bent zeker Nitsa?'

En om de ene, de zichtbare helft van haar mond verscheen een zweem van een milde glimlach. Christine maakte een uitnodigend gebaar en we gingen naar binnen.

We zaten aan de ronde tafel waarop een gehaakt kleedje prijkte, net zo'n kleedje als Stasia over de tafel in onze woonkamer had gelegd, en we aten Christines bonensoep. Aan de muur hing een oude koekoeksklok die een magische aantrekkingskracht op me uitoefende, omdat ik nauwelijks kon wachten tot eindelijk het volle uur sloeg en de vogel naar buiten wipte.

Steeds dwaalde mijn blik naar die geheimzinnige dame, die de zus moest zijn van mijn allerliefste Stasia, en ik kon die twee maar moeilijk met elkaar in verband brengen. Stasia's rubberlaarzen, haar onbehouwen manier van doen, de ietwat vulgaire taal die ze soms gebruikte – dat leek met geen mogelijkheid in overeenstemming te brengen met die aparte, elegante dame. Alles aan haar was zo bedachtzaam, zo graciel, haar taal had iets geaffecteerds en die rare sluier voor haar gezicht deed me onvermijdelijk denken aan een gemaskerd bal. Ook Elenes spanning, het aarzelende van haar bewegingen ontging me niet. Ik moet toen al hebben gevoeld dat er tussen die vrouwen een soort muur was opgetrokken, waaraan mijn moeder nu probeerde te morrelen.

'Wat is er?' vroeg Christine aan haar achternichtje, toen ze eindelijk tussen ons in aan de kleine tafel was komen zitten.

'Het is allemaal zo verdomd moeilijk!' barstte mijn moeder los, alsof ze de hele tijd op die vraag had gewacht.

'Vooruit, voor de draad ermee,' spoorde Christine haar aan. Mijn moeder was gekomen om getroost te worden, dacht ik op dat moment, maar deze vrouw had moeite om mijn moeder te troosten. Er was iets wat haar tegenhield als ze bijvoorbeeld haar arm optilde om Elenes schouder aan te raken en zich dan toch bedacht. De twee deden alsof ik onzichtbaar was. Dat bracht me in verlegenheid, want ik wist niet goed hoe ik me moest gedragen. Ik besloot me stil te houden en rustig mijn soep op te eten. Dit was iets tussen die twee mensen, waar ik niets mee te maken had.

'Het is allemaal zo ondraaglijk.'

Elene begon opeens te snikken. Ik had er een hekel aan als dat gebeurde. Als ze zo ongegeneerd begon te huilen.

Dan wist ik dat het erg was, dat ze zich niet meer kon 'vermannen', een van de belangrijkste taken in haar dagelijks leven.

'Ik denk elke dag aan hem. Elke dag zie ik zijn gezicht voor me. Ik weet niet hoe ik hem moet vergeten. En alles loopt mis sinds… sinds hij…'

Christines gezicht betrok. Die blik deed me denken aan Stasia's blik als ze in de tuin bleef staan en naar de kersenboom keek. Zag deze vrouw ook doden? Was dat de enige overeenkomst tussen de twee zussen? Dat ze geesten konden zien?

Mijn moeder snikte en klaagde, ze huilde om haar leven, om alles wat er misging, met haarzelf, met haar vader, met haar man. Ze klaagde over de trieste uitzichtloosheid van haar bestaan en het vaderloos-zijn van haar kinderen. Over de onmogelijkheid om haar dochters een goed leven te bieden. En steeds weer viel die naam: Micha. Die ik nooit eerder had gehoord. Op een gegeven moment begon ze over mijn 'begaafdheid'. (Dat woord gebruikte ze altijd, maar ze sprak het uit alsof het een ziekte was, een vreselijk lot dat mij had getroffen.) Wat had ik een hekel aan dat woord!

Waarschijnlijk was ze nog urenlang zo doorgegaan en had Christine haar ook nog urenlang zo laten doorgaan, als er niet was aangebeld. Langzaam, met tegenzin, haar blik nog op Elene gericht, stond Christine op en liep naar de deur om open te doen.

Van Lana's gezicht viel niet af te lezen of ze blij was om mijn moeder te zien of onaangenaam getroffen werd door het onaangekondigde bezoek. Maar Miro liet openlijk zijn vreugde blijken. Hij bekeek me kritisch, rende drie keer om de tafel heen, trok aan mijn haar, lachte hard, werd meer dan eens gewaarschuwd dat hij zich moest gedragen, maar hield niet op met zijn vreugdedans. Later werd hij naast mij neergeplant en begon hij zijn bonensoep naar binnen te werken. Hij bleef maar gekke bekken trekken en zelfs toen zijn moeder haar stem verhief, had dat niet het gewenste effect, integendeel, hij begon hard te giechelen. Maar in elk geval had hij iets ongelofelijks bereikt: Elene glimlachte weer.

Miro was bijdehand en grappig. Hij scheen al vroeg de rol van clown op zich genomen te hebben en vervulde die met veel verve. Hij was toen niet veel groter dan ik (dat zou enorm veranderen), had warrige krullen die om zijn voorhoofd dansten en zwarte ogen met de wimpers van een kalf. Maar op dat moment, ik weet het nog heel goed, was ik vooral onder de indruk van zijn tempo: de snelheid van zijn denken, zijn praten, zijn bewegingen. Alsof hij voortdurend bang was iets te missen en de hele tijd minstens drie dingen tegelijk probeerde te doen. Als hij at kon hij niet stilzitten, als hij praatte kon hij niet stilstaan, als hij bewoog kon hij zijn mond niet houden. En ook het gat tussen zijn tanden beviel me meteen. Als hij grijnsde – en dat deed hij van oor tot oor en vaak – ontblootte hij dat spleetje tussen zijn voortanden en kreeg hij iets heel komisch, alsof ook dat spleetje je aan het glimlachen wilde maken.

Na het eten vroeg hij of ik meeging naar de speelplaats achter het huis. Ik stemde aarzelend in. Ik was verrast door die toeschietelijkheid, dat was ik niet gewend, al helemaal niet bij een jongen. Achter het huis bleek zich een labyrint van oneindig veel gangetjes en steegjes te bevinden, waardoor hij me naar de speelplaats loodste, die tot mijn grote vreugde uitgestorven was.

Hij maakte gekheid, vertelde trots wat hij allemaal al kon: hoe hoog hij kon klimmen, hoe zwierig hij kon schommelen, hoe hard hij kon rennen, en zag het die middag als zijn belangrijkste taak om mij te amuseren. Ik vond het leuk.

Bij hem kreeg ik sinds lange tijd weer het gevoel een kind te zijn. Een kind als alle andere.

Als het literatuurproces zich aan onze controle onttrekt, zal het lijken alsof er in de zeventig jaar Sovjetheerschappij niet één heldere dag is geweest.
Tsjebrikov

We gingen altijd naar het circus. Met school, als provisorische vervulling van onze cultuurplicht, of voor ons plezier met de familie. Al had Kostja niet veel op met acrobatiek en gedresseerde dieren, toch vond hij het om een of andere onverklaarbare reden belangrijk om ons kinderen in de wereld van het circus in te wijden.

Ik was geen grote fan van die schijnwereld. Ik was misschien onder de indruk van een paar trapezeartiesten of van de dames met pluimen op hun hoofd die zo goed konden paardrijden. Maar de clowns deprimeerden me, net als de tijgers die door een brandende hoepel moesten springen. Ik vond die optredens onnatuurlijk. Ik begreep niet waarom oude, geschminkte mannen met een rode neus zich dommer voordeden dan ze waren, en wat er zo leuk aan was dat wilde dieren met vernederende strikjes en rokjes dingen deden die niet pasten bij hun natuur. Ik werd vooral triest van de overdreven vrolijke lilliputters. Het zou kunnen dat het kwam doordat ik zelf heel klein was en in geen geval zo te kijk gezet wilde worden.

Daria hield meer van het circus dan van wat ook. Alleen al de eindeloze trappen naar het staatscircus die we altijd moesten beklimmen als we naar een voorstelling gingen, rende ze vliegensvlug op, steeds achteromkijkend of wij wel achter haar aan kwamen. Ze bedelde elke keer om een lolly of een zelfgemaakt stuk speelgoed van de zigeunervrouwen die met een parkiet op hun schouder overal op het terrein hun goedkope spullen stonden aan te prijzen. Het hoorde voor Daria bij het ritueel en dat was heilig voor haar.

Maar die zondag, het moet in 1985 zijn geweest, gebeurde er iets bijzonders, iets wat ik nooit had verwacht.

Het was de langverwachte gastvoorstelling van het beroemdste circus van Moskou. Daria had al dagen over niets anders meer gepraat. Ik had me voor de lange middag gewapend en een boek meegenomen – gekaft in wit papier, want officieel mocht ik de 'volwassenenboeken' niet lezen, terwijl ik die het liefst las, meestal om een paar martelende uren op school door te komen. Stasia wist door haar jarenlange werk in de bibliotheek veel nuttige trucs voor de omgang met illegale literatuur, ze kende alle smokkel- en camouflagetechnieken. Het idee van het neutrale kaftpapier kwam van haar, meestal was het gewoon wit papier, waar ik dan kinderlijke tekeningen op maakte: vrolijke poppetjes en bonte vlinders wekten de minste argwaan.

Terwijl de anderen lachten om de Russische clowns en klapten voor de kunstjes van de dieren, bladerde ik in mijn boek. Het was donker in de zaal, daar had ik niet aan gedacht. (De vorige keer, toen we met onze klas in het Kinder- en Jeugdtheater naar *Roodkapje* keken, was er meer licht.) Maar alleen al het voelen van de bladzijden stelde me gerust. Tot opeens dat jonge meisje in een blauw gymnastiekpakje en een witte maillot de piste betrad. Daria zuchtte teleurgesteld, het meisje zag er te gewoon uit, als een lid van de plaatselijke gymnastiekvereniging. Het meisje werd aan een touw naar duizelingwekkende hoogte getrokken, het publiek verstomde.

Ik stopte het boek weer in mijn zak en begon geboeid naar de acrobate te kijken. Want ze kon vliegen. Alsof ze onzichtbare vleugels had, die haar naar eindeloze hoogten droegen. Ze wervelde rond en maakte een salto, viel en herstelde zich, danste op het hoge koord als een gewichtloos wezen. Ik had nog nooit zoveel elegantie, gratie en perfectie in één persoon gezien. Haar lange vlecht, die mee in het rond vloog, leek wel een derde arm waarmee ze zich kon vasthouden.

Toen ik naar Daria keek, zag ik dat haar mond openstond en haar ogen als twee glimwormpjes in het donker glansden. Net als ik kon ze niet bevatten wat ze daar zag. Hoe kreeg één mens het gedaan dat al die mensen hier hun adem inhielden? Hoe kon ze zo vrij zijn van angst? Hoe kon je leren vliegen?

Daria's hand liet de leuning los en zocht mijn arm. Ze pakte mijn hand en kneep erin. Toen boog ze naar me toe en drukte zich tegen me aan. Waarom ik? Waarom liet ze de door haar verafgode grootvader niet in haar fascinatie delen? Ik rekte mijn hals uit, keek naar Kostja en begreep het: Kostja leunde achterover en zijn lichaam vertoonde niets van de geestdrift die Daria en mij had gegrepen. Kostja's waarneming verschilde van die van Daria. Voor het eerst. En die constatering was waarschijnlijk de reden dat ze geschrokken mijn hand had gezocht.

'Is het niet ongelofelijk?' fluisterde mijn mooie zus me in het oor, terwijl ze nog harder in mijn hand kneep. Ik knikte heftig – half verward, half dankbaar.

'Dat wil ik ook kunnen,' zei ze op hetzelfde moment vol overtuiging.

'Maar daar moet je heel veel voor trainen.'

Ik dacht dat mijn bezwaar haar wel zou ontmoedigen, maar ze vroeg enthousiast waar dat kon.

'Ik weet het niet, ik denk dat er in het sportpaleis wel acrobatiekcursussen zijn. Geen idee.'

'Kun je dat alsjeblieft voor me uitzoeken?' smeekte ze. Zij, Daria, smeekte mij. Ik kon het niet geloven.

Daria had geen geduld om iets echt grondig aan te pakken. Als de dingen haar niet kwamen aanwaaien, verloor ze haar belangstelling. Zelfs het paardrijden dat ze als klein meisje zo graag deed, had ze uit ongeduld opgegeven, ze miste de lange adem voor de moeilijk in toom te houden raspaarden en besteedde haar aandacht liever aan haar vriendinnen. Daarom was ik des te verbaasder dat ze opeens warmliep voor zo'n inspannende activiteit.

Al Kostja's pogingen om haar langdurig aan het gangbare cursuscircuit te binden waren mislukt. Georgische volksdans, pianoles of knutselcursussen: Daria ging er een paar weken naartoe, kwam dan op een dag in tranen thuis en vertelde dat de andere kinderen daar stom waren, dat de leraar of lerares haar niet goed behandelde of – o wee! – geen aandacht aan haar schonk. De volgende dag ging Kostja er dan met haar heen, en na een flinke klacht bij de directie werd Daria van de cursus gehaald en kwam ze tevreden en stralend van oor tot oor thuis. De koortsachtige verbetenheid van die middag was iets totaal onverwachts en nieuws.

'Ik zou er alles voor doen om dat te kunnen.'

Daria gaf het niet op. Nu boog Kostja zich naar ons toe en vroeg waar we zo opgewonden over zaten te praten. Daria's korte antwoord verbaasde me niet minder dan haar vastberadenheid.

'Niets,' zei ze.

Dat 'niets' was het eerste geheim dat mijn zus besloot alleen met mij te delen.

En nog geen twee weken na het circusbezoek meldde Elene haar oudste kind aan voor een turncursus op het sportinstituut. David had me over het sportinstituut verteld en ik had de tip aan Elene doorgegeven. Alsof ze vermoedde dat haar grootvader haar pas ontdekte passie niet meteen zou goedkeuren, hield Daria het nieuws voor hem geheim, en op de dag dat ze voor het eerst met Elene naar de cursus ging, zei ze tegen Kostja alleen dat ze twee, drie dagen bij haar moeder in de stad wilde blijven.

De zee in Seven Sisters was woest. De golven beukten met indrukwekkende kracht tegen de ruige rotsen, alsof ze een jarenlange strijd met elkaar hadden uit te vechten. De lucht was grijs, doortrokken van een geelachtig schijnsel. Het strand was vochtig, koud en leeg. Ze keek naar haar voetstappen in het natte zand, ze rook het zout, ze deed haar ogen dicht en wikkelde haar grote wollen sjaal om haar schouders. Ze verbaasde zich er steeds weer over hoe synchroon de zee samen met de lucht een heel eigen muziek kon componeren.

Kitty had een hele tijd nodig gehad om te wennen aan de naam Seven Sisters. Bij de 'Zeven Zusters' moest ze altijd denken aan de in suikerbakkersstijl opgetrokken classicistische flatgebouwen die de generalissimus ooit had laten bouwen en die in Moskou boven alle andere gebouwen uitstaken.

Ze genoot van het alleen-zijn na de tournee. Van de rust. De uitgeschakelde telefoon. De ongeopende post. De anonimiteit die ze hier genoot. Pas een paar dagen geleden was de altijd drukke Amy vertrokken en had ze haar overgelaten aan zichzelf en haar gedachten. De moeite die Amy deed om niet toe te geven aan haar leeftijd. De crèmes die ze allemaal in de badkamer had uitgestald, de felgekleurde kleren die de oneffenheden van haar lichaam moesten verdoezelen. Al die aandoenlijke pogingen om zich tegen het onvermijdelijke te verzetten: de zweetbanden, de modieuze tulbanden, de dieetschema's, haar weigering om een leesbril te dragen.

Kitty's blik ging naar de streep aan de horizon waar de zee de lucht raakte. Ze haalde diep adem.

'Kijk, kijk, de zee!' riep ik hard en ik sprong uit de auto. We hadden de bochtige weg achter ons gelaten, waren om de steile heuvels heen gereden en nu strekte het wijde, eindeloze blauw zich voor ons uit. Kostja reed zelf, een ongewone aanblik, Daria en ik zaten op de achterbank van zijn dienstauto. Hij was alleen voor ons gestopt, zodat we op gepaste wijze uiting konden geven aan ons enthousiasme over de zee, en we huppelden uitgelaten door het veld naast de weg en gilden van verrukking. Mijn blijdschap gold niet zozeer de zee, als wel het feit dat Kostja deze keer ook mij had meegenomen op reis en niet alleen Daria.

We gingen naar Gagra in Abchazië. Daar zouden we een week blijven. Een mooie lange week in maart, waarvoor we zelfs mochten spijbelen. De avond daarvoor was hij flink aangeschoten thuisgekomen en had Nana opdracht gegeven onze spullen te pakken, want hij zou morgen naar Abchazië gaan en de meisjes meenemen. Hij zei niet 'Daria', niet 'Daro', maar 'de meisjes'.

Ik had de halve nacht wakker gelegen en om de twee uur naar Daria gekeken uit angst dat het maar een grapje was en dat hij en Daria al zonder mij waren vertrokken, maar Daria lag in haar bed rustig te slapen.

Ik wist dat Kostja's idee om ons mee op reis te nemen in eerste instantie een vredesaanbod aan Daria was. Want hij was achter haar acrobatiekaspiraties gekomen en dat had geleid tot het eerste serieuze conflict tussen grootvader en zijn favoriete kleinkind. Maar toen hij zag dat het haar echt menens was, had hij geprobeerd de situatie in zijn voordeel om te buigen en onmiddellijk informatie ingewonnen over de cursus en de verdere mogelijkheden die Daria had op haar weg naar de hoogste divisie van de acrobatiek.

We overnachtten in Batoemi. Hij was voor het eten uitgenodigd bij een goede vriend en collega en wilde het aangename met het zakelijke verenigen. De volgende ochtend zouden we verder rijden, zei hij.

Het was een klein, proper huis aan de Koningin Tamarpromenade. Het was pas opgeknapt en rook naar verse verf. Er was een grote tuin bij met ranke appelbomen. Daar wachtten ons een gedekte houten tafel en veel onbekende gezichten, die ons nieuwsgierig bekeken toen we door het zwarte hek de tuin in liepen. De gastheer, een gedrongen, weldoorvoede man met een kale kruin, die ik al vrij vaak bij een van de vele etentjes in het Groene Huis had gezien, stormde op Kostja af, begroette hem met een stevige handdruk en sloeg hem meer dan eens op zijn schouder. Daria en ik kregen natte zoenen op beide wangen en werden uitgenodigd aan tafel te gaan.

De ijverige gastvrouw, die de hele tijd tussen keuken en tuin heen en weer rende, ontfermde zich over ons en laadde ons bord vol met allerlei lekkernijen. Kostja was in een mum van tijd het middelpunt van het tafelgezelschap en amuseerde de kring met de meest uiteenlopende, geestig en raak vertelde anekdotes over zijn werk, steeds gevolgd door luid gelach.

Later wisselden de gastheer, die tegelijk de tamada, de ceremoniemeester was, en Kostja elkaar af bij de toespraken en gaven ze met steeds gloeiender wangen en schordere stem steeds pikantere tafelredes ten beste, die mij allemaal verveelden en waarvan ik de meeste al uit mijn hoofd kende.

Toen ik alle hoop om aan deze orgie te ontsnappen al had opgegeven, dook er als uit het niets een elegante jonge vrouw op, alsof ze door een onmerkbaar avondbriesje toevallig de tuin in was gewaaid. Ze ging naast de gastheer zitten en legde even haar hoofd tegen zijn borst, het kon alleen zijn dochter zijn. Ze werd door de andere gasten hartelijk begroet, deelde vriendelijke woorden en omhelzingen uit en groette ook Kostja met een koket knikje.

Ze droeg een mooie gestreepte zomerjurk met blote schouders, iets te luchtig voor de tijd van het jaar, en een dikke, hoge paardenstaart die op haar rug bengelde. Ze studeerde rechten in Tbilisi, maakte ik uit de gesprekken op. Haar vader vroeg haar een toost op de gasten uit te brengen, wat ze een beetje geforceerd en overdreven vriendelijk deed. Ondanks de vriendelijkheid die ze aan de dag legde, had ze iets onrustigs en nerveus. Ze kneedde voortdurend haar vingers, speelde met haar ringen en wipte met haar pumps op en neer. Toen ze haar wijnglas had geleegd, stond ze onverwachts op, verontschuldigde zich en verdween even snel als ze was opgedoken.

Toen ik even later op zoek ging naar een toilet, zag ik haar op de achterplaats aan een klein tuintafeltje zitten. Ze dronk wijn en liet monotoon steeds weer dobbelstenen op een backgammonbord vallen, alsof dat geluid haar kalmeerde. De tafel stond in het donker, alleen een kleine kaars die strijd leverde met de tocht, gaf een beetje licht.

'Neem me niet kwalijk,' mompelde ik, 'ik zoek het toilet.'

Ze stond meteen op, schonk me een geforceerde glimlach en bracht me erheen. Toen ik weer naar buiten kwam, stond ze tegen de muur alsof ze op me had gewacht.

'Jij bent de jongste, hè? Dan moet jij Nitsa zijn?'

Ik knikte en was verbaasd dat ze mijn naam kende. Ik had haar nooit eerder gezien.

'Ik ben Roesa, ik woon ook in Tbilisi,' zei ze, terwijl ze naar de lucht keek. Ze had een suikerzoete, zachte stem, die in karamel gedompeld leek.

'Wil je een glas druivensap?' vroeg ze. En zonder mijn antwoord af te wachten liep ze terug naar het tafeltje en schonk uit een karaf een glas van het donkerrode sap voor me in. Ik ging tegenover haar op een laag krukje zitten en begon gedachteloos de backgammonstenen over hun uitgangsposities te verdelen.

‘Speel jij backgammon? Niet echt een kinderspelletje, hè?’

Maar alsof ze uit een lange afwezigheid was ontwaakt, keek ze me opeens enthousiast aan.

‘Nou, zullen we dan maar?’

Ze wreef vol verwachting in haar handen.

‘Heeft je grootvader het je geleerd?’

Ze deed moeite om die vraag zo terloops mogelijk te laten klinken.

‘Nee, mijn stiefvader,’ antwoordde ik even terloops.

We begonnen te spelen. Ze speelde vol overgave, dat beviel me wel. Ze was heel geconcentreerd en ik merkte ook meteen dat ze zich niet dommer voordeed dan ze was. Om het hardst lieten we de dobbelstenen rollen.

‘Waarom zit u hier, waarom gaat u niet naar de anderen?’ vroeg ik ten slotte, omdat die vraag me niet losliet. Ze haalde haar schouders op.

‘Het zijn niet mijn vrienden. Het zijn papa’s vrienden. Ik ben hier ook maar een week, ik moet me eigenlijk op mijn examens voorbereiden, ik studeer binnenkort af, maar op de een of andere manier ben ik vanavond niet in de stemming, ik kan me gewoon niet concentreren.’

Ze zuchtte.

‘Wij zijn ook maar een week op reis. We gaan morgen door naar Gagra.’

‘Weet ik,’ zei ze met een vermoeid knikje, en weer vroeg ik me af hoe ze dat wist. Maar ik vond haar steeds sympathieker. Haar tengere verschijning was misleidend, achter dat suikerzoete masker ging veel kracht en energie schuil, die ze om een voor mij onduidelijke reden uit alle macht probeerde te beteugelen. Bovendien was ze ad rem en geestig en maakte ze me onder het spelen telkens aan het lachen. Ze imiteerde een paar van de aanwezige gasten en collega’s van Kostja, die ik voor het merendeel kende uit het Groene Huis, en schoot daarmee meestal midden in de roos. Ze doorzag de mensen kennelijk goed en had een geweldig talent om ze na te doen.

'En weer hebben jullie het verprutst, kunnen jullie het niet eens één keer goed doen, zonder mij zouden jullie allemaal creperen, neem dat van mij aan!' Ik speelde haar spelletje mee en had Kostja's stem geïmiteerd. 'Nou, wie ben ik?' riep ik enthousiast.

Plotseling betrok Roesa's gezicht en in gedachten verzonken hield ze de dobbelstenen vast.

'Je kunt hem goed nadoen,' zei ze ten slotte, meer verdrietig dan geamuseerd, en ze gooide de dobbelstenen hard op het bord. Op dat moment hoorden we voetstappen en dook mijn grootvader achter me op. Hij was dronken van de frisse zeelucht en de wijn.

'Hier zit je dus? Je kunt toch niet zomaar van tafel lopen, Nitsa, dat is onbeleefd!'

'Ik heb haar overgehaald om te spelen. Ik ben de schuldige,' schoot Roesa me te hulp.

Kostja zag zich gedwongen goedkeurend te knikken.

'Ja, ze speelt ontzettend graag. Ik ben bang dat ze ons met haar spelletjes nog eens flink last zal bezorgen.'

Ik was boos dat hij dat zei. En al was ik het helemaal niet van plan, op dat moment besloot ik later profspeler te worden en hem daarmee inderdaad flink last te bezorgen.

'Echt, ze speelt fantastisch,' protesteerde Roesa.

De meeste van Kostja's vrienden en collega's mocht ik niet. Ze waren allemaal luidruchtig en opschepperig, hadden het altijd vreselijk druk, dronken graag en veel en hun vrouwen schitterden met hun sieraden als een kerstboom en praatten tegen ons kinderen alsof we niet helemaal lekker waren of op het niveau van een kind van twee waren blijven steken. Maar Roesa was anders. Ze was jong, fris, humoristisch en nieuwsgierig. Ze stelde me geen domme vragen, ze vroeg niet of ik mama of papa liever vond of wat mijn lievelingsvak op school was, ze vroeg me ook niet om vernederende dingen te doen als een gedicht opzeggen of een spagaat maken. En om een onduidelijke reden wilde ik dat ze me aardig vond.

Kostja liep opeens naar de andere kant van het tafeltje, ging dicht bij Roesa staan en sloeg een arm om haar blote schouder. Haar lichaam spande zich zichtbaar, ze richtte zich een beetje op en sloeg haar ogen neer.

'Nou, dan hebben jullie de komende week samen iets te doen,' zei hij, waarna hij weer in het donker verdween. We speelden zwijgend verder. Ik piekerde over zijn laatste zin.

'Ga jij ook naar Gagra?' waagde ik ten slotte te vragen. Ze ontweek mijn blik en knikte. 'Dan kunnen we morgen zelfs in de auto spelen!' concludeerde ik enthousiast.

'Dat gaat helaas niet, want ik kom met de trein. Bovendien is het een geheimpje, we mogen het niet aan de anderen vertellen, oké?' zei ze fluisterend.

Ik won het potje. Maar ik kon er niet blij om zijn.

Kitty rekte zich uit, ze had al een tijdje last van rugpijn. Ze boog voorover, liet haar armen hangen, kwam weer overeind en bleef stokstijf staan. Ze deed instinctief een stap achteruit en tastte naar de sleutel in haar jaszak. Ze stond voor het hek van haar cottage en zag voor de voordeur iemand op en neer lopen.

Het licht van de lantaarn was te zwak, ze kon niet zien wie het was. Alleen dat het een man was. Misschien een van de dorpsbewoners, maar wat deed hij dan voor haar deur, en wat stond er naast zijn voeten, was dat soms een koffer?

Een hardnekkige fan die haar had opgespoord? Een gevaarlijke gek? Even overwoog ze weer in het donker te verdwijnen, naar de enige pub in het dorp te gaan of meteen contact met de politie op te nemen. Ze deed een stap naar voren. Haar ogen waren niet meer al te best en aan een leesbril had ze nu ook niet veel. En opeens voelde ze haar knieën knikken en een rilling over haar rug lopen, het zweet stond in haar handen. Ja, misschien leidde haar hoofd haar om de tuin en zag ze geesten. Misschien werd het tijd om weer naar Londen te gaan, misschien was ze gewoon te lang alleen geweest met zichzelf en haar herinneringen.

Maar die persoon stond er nog steeds, hij leefde, hij was echt, en hoe beter ze keek, hoe meer de hoopvolle vreugde het won van haar verbijstering en ze liep met versnelde pas op hem af.

'Giorgi!'

Ze riep zijn naam en hij draaide zich om. Meteen daarna voelde ze zijn armen om haar lichaam. Het vertrouwde was er, ook zonder zijn stem, want hij had nog geen woord gezegd, zelfs voor haar naam leek hij niet genoeg kracht te hebben. Zonder hem echt aangekeken te hebben pakte ze zijn hand en trok hem mee naar binnen. Ze wilde geen seconde verliezen. Ze wilde zich door haar vreugde laten leiden.

'Vergeef me, alsjeblieft, vergeef me, Kitty, vergeef me...' mompelde hij de hele tijd, maar ze wilde geen vragen, geen antwoorden, ze wilde in het hier en nu blijven, ze wilde nergens op vooruitlopen noch achteromkijken. Ze hielp hem uit zijn jas en drukte hem steeds weer tegen zich aan, kuste zijn wangen, zijn voorhoofd, zijn mond.

Buiten dwaalde een man langs het hek. Een man met krullen, die even bleef staan om op adem te komen en een sombere blik op hen wierp voor hij zijn weg naar zee voortzette, zijn weg naar de rand van de zee. Naar de uiterste rand en nog veel verder. Op zoek naar Wenen. Maar Kitty en Alania stonden nu waar hij hen niet meer kon zien, in de donkere, koude gang, als twee mensen in gebed. Ze lieten elkaar niet los. Kitty drukte haar voorhoofd tegen het zijne en bleef zo staan.

'Ik ben je niet waard. Ik heb alles kapotgemaakt. Ik ben

gevlucht. Ik ben voor mezelf gevlucht. Jij bent de enige goede daad in mijn leven, Kitty. Er vloeit beulsbloed door mijn aderen...'

Hij zei die zin alsof hij er vaak en lang op had geoefend. Hij praatte verward. Kitty begreep hem niet, het maakte haar niet uit. Ze had nooit durven dromen dat deze vermoeide, treurige man zoveel levenshonger in haar zou opwekken met zijn onverwachte komst. Nee, ze wilde geen oude vrouw zijn die eenzaam langs het strand wandelde, ze wilde leven, ook al was de prijs dat ze de deur voor al haar geesten moest openzetten en ze binnen moest laten.

'Ga niet meer weg. Ik hou van je,' zei ze en ze verbaasde zich over die woorden, die schijnbaar zo moeiteloos uit haar mond rolden. Hij maakte zich los uit haar armen, pakte haar bij haar ellebogen en staarde haar in het donker aan, alsof hij in haar gezicht een bevestiging van die woorden zocht. Alsof hij die woorden nog nooit van zijn leven had gehoord. Hij kuste haar. Kitty was weer in het kleine park met de groen geverfde banken, in een stad in Georgië die ooit het Nice van de Kaukasus had moeten worden.

Ze verbaasde zich over de kracht in zijn armen, die tengere armen, waar ze zo vaak naar had gekeken om zich elk stukje van zijn lichaam in te prenten na jaren van lichaamloosheid aan de telefoon.

Ze volgde hem. Hij haalde zichzelf in. Hij liet zichzelf achter zich. Ze wilde hem daarheen volgen. Daar waar ook zij een ander mens kon zijn. Maar met zijn aanrakingen kwamen alle Amerikaanse hotelkamers terug. En de rondwervelende gedaante van Fred Lieblich. Zij is hem niet, dacht Kitty, terwijl ze hem uit zijn kleren hielp. Hoe oud zou hij zijn? Bijna zestig? Boven de zestig? O god, waren ze echt al zo oud? Lagen er echt zoveel jaren tussen haar en het park, tussen haar en Andro, tussen haar en het klaslokaal? Nee, nee, nee, niet weer, waarschuwde ze zichzelf, terwijl ze zich aan zijn kraag vastklampte en haar gezicht in zijn hals verborg.

De vloer was koud, maar ze genoot van hun jeugdige roekeloosheid, de passie, de overmoedigheid. Ze wilde in de gang blijven, in die smalle, donkere gang met de koude vloer. Ze had er het liefst uit volle borst op los gekwinkeleerd. Ze had het liefst een welkomsttaart voor de wereld gebakken. Hij beminde haar als een hongerige jongen en ook zij wilde hem beminnen als een hongerig meisje. En met elke aanraking wilde ze de tijd te slim af zijn, een, twee, drie, tien jaar en meer ongedaan maken, de Kitty zijn die ze was voordat de geesten op haar deur begonnen te bonken. Terug naar de tijd toen ze de tijd nog niet terug wilde draaien, omdat alles nog voor haar lag. Ook de mogelijkheden die in die ene korte ontmoeting in een troosteloze, lege stationshal hadden gelegen.

Ze vergat haar rugpijn, vergat haar slechte ogen, vergat de eeuwige eenzaamheid.

Het idee om met deze man samen te zijn en niet met de jongen met de blonde krullen en de houten engeltjes, niet in Wenen, maar misschien in Londen of Moskou, was verleidelijk en tegelijk onmogelijk. Als het ook maar een beetje mogelijk, een beetje anders was geweest, zou Andro dan nog in leven zijn en zij haar baarmoeder niet zijn kwijtgeraakt? Zou Mariam dan de vrouw zijn van haar broer? En zou ze kinderen hebben? Een, twee of zelfs drie? Dan zou ze stiekem onder de douche hebben gezongen en zouden haar songs nooit door duizenden mensen zijn meegezongen – maar zou dat zo erg zijn? Zo onvoorstelbaar? Als ze nooit al die steden had gezien, al die songs had gecomponeerd, nooit... Fred had ontmoet?

Ze deed haar ogen dicht. Ze zag Andro's gezicht boven zich. Ze deed haar ogen dicht. Ze zag Fred tegen haar glimlachen. Ze deed haar ogen dicht. Ze zag Mariam, die in de zonnige schuur haar hoofd vasthield. Ze deed haar ogen dicht. Ze zag de blonde vrouw, verlicht door een kaal peertje. Ze deed haar ogen dicht. Nee, het hield nooit op. Ze zag Giorgi Alania, die haar lichaam met kussen overdekte. En ze klampte zich uit alle macht aan hem vast. Ze wilde verdwijnen. Klein worden, oplossen, in lucht veranderen.

> ***... een mens, een volk zonder ideaal***
> ***is blind geboren.***
> **Gorki**

Ze zaten op het bed met al hun kleren aan. Zij kreunde zachtjes en drukte haar roodgelakte nagels in zijn rug, hij had zijn gezicht in haar hals verborgen, ik kon niet zien wat hij voelde. Ik wist niet of hij haar iets in het oor fluisterde en of het door zijn onder haar jurk verdwenen hand kwam dat ze kreunde. Ze sperde haar mond en haar ogen open, tilde haar rechterhand op alsof ze hem van zich af wilde duwen, maar meteen daarna bedacht ze zich en trok zijn hoofd tegen zich aan. Ik drukte me tegen de muur, ik kon mijn ogen niet van hen afhouden. Ik hield mijn adem in.

In de kamer ernaast sliep Daria. We logeerden in een groot huis van een van Kostja's medewerkers, die het hem als vriendendienst voor de hele vakantieweek ter beschikking had gesteld. We zaten op de tweede verdieping. We keken uit op de zee. Ik was wakker geworden van het ruisen. Ik was opgestaan om een blik op de zee te werpen en me ervan te verzekeren dat hij er nog was.

Even had ik er zelfs aan gedacht om Daria wakker te maken, maar ze was te moe van het spelen op het kiezelstrand. Het water was nog te koud, we konden niet zwemmen, maar we hadden pootje gebaad, steentjes en schelpen geraapt en geravot tot we uitgeput in bed waren gevallen.

Ook Kostja was die dag vrolijk geweest, hij had zelfs een kus op mijn voorhoofd gedrukt.

Ik was zo gelukkig geweest, ik had voor altijd op dat strand willen blijven. Met mijn zus en mijn grootvader, die zo luchtig en ruimhartig kon zijn. En met die geestige, charmante Roesa, die in hetzelfde huis logeerde, voor ons kookte en ons bezighield, op ons paste als Kostja weg moest voor zijn werk, en met wie ik zo ontzettend graag backgammon speelde.

Ook al bekeek Daria haar wantrouwig en stond het haar waarschijnlijk helemaal niet aan met een volwassen vrouw om Kostja's gunst te moeten wedijveren, ik was weg van haar en wilde dat ze mijn vriendin was.

Zij sliep in de logeerkamer op zolder. Kostja had de kamer naast ons. En ik wilde naar het balkon om de zee te zien toen ik werd afgeleid door een zacht gekreun. Roesa's mooie, verleidelijke stem. Ik liep op de tast terug naar de gang en naar Kostja's kamer, want daar kwam haar stem duidelijk vandaan. De deur stond op een kier en op de ladekast naast het bed brandde een schemerlampje.

De aanblik deed me verstarren.

Ik schaamde me. Het was de schuld van de zee. Want wat ik daar zag, was niet voor mijn ogen bestemd. Dat beeld had duidelijk iets verbodens, ook al had ik nog nooit zo'n scène te zien gekregen. Maar toch was het vreemd, zo onlogisch: Kostja was toch veel te oud voor zo'n jonge vrouw, was hij überhaupt niet te oud voor zoiets? En Roesa was duidelijk te jong, of vergiste ik me? En nu stond ik daar stokstijf, gefascineerd door die verboden aanblik en vervuld van zorgen om haar. De macht die hij over haar leek te hebben, maakte me bang. Dat ze aan hem was overgeleverd, had voor mij iets bedreigends. Toen ze zich op het bed liet vallen, maakte ik me los van de muur en rende terug naar de kamer van Daria en mij.

Kostja vertrok 's ochtends al vroeg met de auto naar Soechoemi en Daria, Roesa en ik gingen naar het strand om pootje te baden.

Ze bakte 's morgens omelet en smeerde boterhammen met jam voor ons. We voeren met een opblaasboot naar een afgelegen pier, waar we mosselen plukten die aan de zijkanten van de pier groeiden. 's Middags kookte ze de mosselen in tomatensaus en ik kon er geen genoeg van krijgen, ook al trok Daria vol walging haar neus op. We tekenden samen met kleurkrijt landschappen op het asfalt voor het huis. Roesa vouwde grappige hoedjes van de *Komsomolskaja Pravda*. We aten vogelmelkbonbons tot we er misselijk van werden. Ze had smalle enkels en zachte heupen. Ze liet me haar haren vlechten. Ik zag mezelf graag door haar ogen, zoals zij me aankeek als ze mijn haar kamde. Zo welwillend, zo liefdevol. We praatten over boeken en ik vertelde haar over mijn geheim met de nepkaften. Ze lachte en klapte enthousiast in haar handen. We lagen in de zon en gingen 's avonds met Kostja forel eten. Op weg naar het restaurant mocht ik op zijn schouders zitten. Ik was door het dolle heen. Hij lachte heel veel als Roesa hem iets vertelde. Ik wist helemaal niet dat hij zoveel kon lachen.

Ik wilde dat de tijd stil bleef staan. Ik zag erg tegen de terugreis op. Ik kreeg het al benauwd bij het idee dat ik weer naar school moest. Ik kreeg het benauwd bij de gedachte dat Roesa weg zou zijn en daarmee ook Kostja's goede humeur en zijn toegeeflijkheid tegenover mij. Ik probeerde me vast te klampen aan elk moment en dacht aan haar van angst en verdriet vertrokken gezicht, omdat ze hem binnenkort weer moest laten gaan.

De volgende avond kwam hij niet, zoals afgesproken, om zeven uur terug. We hadden samen zullen eten. Roesa had gehaktballen gemaakt omdat Daria daarom had gevraagd. Ze had haar best gedaan en zelfs een schort voorgebonden dat in de keuken hing. Ze had een fles wijn opengetrokken. Ze had met veel liefde voor detail de tafel gedekt en snijbloemen gekocht die ze in verschillende vazen op tafel zette. Ze had zich opgemaakt en een bloem in haar haar gestoken.

Maar hij kwam niet. We aten met z'n drieën. We aten snel. Daarna werd Daria misselijk, omdat het eten niet goed viel en toen moest Roesa voor haar zorgen. Ze gaf haar valeriaandruppels en bracht haar naar bed. Toen ze tegen tienen in slaap was gevallen en Kostja er nog steeds niet was, verwijderde Roesa haar make-up en zag ze er teleurgesteld uit. Ze ging met mij op het balkon zitten. Ik stelde voor een potje backgammon te spelen, maar ze wilde niet. Ze haalde de wijn en dronk zo uit de fles.

'Hij heeft het vast druk. Hij heeft het altijd druk. Hij zal zo wel komen,' zei ik en ik was blij dat ze, tegen mijn verwachting in en ondanks haar opgekropte teleurstelling, niet huilde. Ze wenkte me en drukte me stevig tegen zich aan.

'Jij bent een fantastische meid, Nitsa. Je mama moet ongelofelijk trots op je zijn,' zei ze en ze kuste me op mijn haar.

'Ik vind jou ook een fantastische meid en je moet niet verdrietig zijn om Kostja,' zei ik, terwijl ik op de leuning van haar stoel ging zitten.

'Hij zal wel nooit veranderen,' mompelde ze.

'Wil je bij hem blijven?'

'Ach, Nitsa.'

'Maar hij is toch veel te oud,' zei ik in de oprechte hoop dat ze nog eens over haar liefde voor hem zou nadenken. Diep in mijn hart vond ik haar veel te leuk voor hem.

'Ik had het graag anders gehad. Geloof me, als iemand drie jaar geleden tegen me had gezegd dat het zo zou gaan, had ik hem uitgelachen. Mijn ouders...'

'Wat is er met je ouders?'

'Ze zouden me vermoorden als ze wisten dat...'

'Maar ze komen er heus niet achter. Ik zeg het tegen niemand.'

Ze probeerde te glimlachen, maar het wilde niet goed lukken. Ze dronk maar door, alsof de wijn sap was, en vertelde me over haar leven. Ik voelde me op dat moment volwassener dan ooit en haalde een glas water voor haar, zoals Nana altijd deed als Kostja te veel dronk.

Roesa vertelde over het verjaardagsfeest van haar vader waarop ze Kostja voor het eerst had ontmoet. Hoe charmant hij was, hoe anders dan alle andere vrienden van haar vader, hoe meelevend en diepzinnig. En hoe ze elkaar toen toevallig voor de universiteit weer waren tegengekomen. Hoe ze bijna langs hem heen was gelopen, maar toen toch was blijven staan en zich op een kop koffie had laten trakteren, hij had haar toen door zijn chauffeur naar haar tante laten brengen, bij wie ze tijdens haar studie in Tbilisi woonde. Ze had nog lang op de binnenplaats gestaan. Ze wist dat ze hem terug wilde zien, ook al voelde ze dat het een ontzettend dom idee was.

Ze had hem toen op zijn kantoor gebeld, nadat ze wekenlang had geprobeerd die man uit haar hoofd te zetten. Het ging nu al meer dan een jaar zo. Dat stiekeme gedoe, zoals ze het noemde, vond ze het moeilijkst te verdragen. Dat verstoppertje spelen. Dat onterende rondsluipen. De geheime plekken waar ze elkaar ontmoetten. De leugens. En vooral het akelige vermoeden dat zij niet de enige was die hij in het geheim ontmoette.

Haar tong werd steeds zwaarder en er vielen steeds langere stiltes, maar ten slotte zei ze nog, op een huiveringwekkend cynische en meedogenloze toon, dat ze rechter wilde worden, dat ze recht wilde spreken over ongerechtigheden, terwijl ze zichzelf zo'n gruwelijk onrecht aandeed.

Ik zat wanhopig te piekeren en zocht een uitweg voor Roesa. Ik speelde zelfs even met de gedachte om haar aan David te koppelen, dat was sowieso een veel interessantere man voor haar – dat vond ik toen tenminste – en dan had ik die twee altijd om me heen kunnen hebben en waren we allemaal gelukkig...

Het was al lang na middernacht en Kostja was er nog steeds niet. Ik bracht haar naar haar kamer, omdat ze niet meer vast op haar benen kon staan. Ik hielp haar uit haar kleren. Ze liet zich in haar ondergoed op bed vallen en verroerde zich niet meer. Ik ging naar buiten. Ik besloot al mijn moed bijeen te rapen, op Kostja te wachten en hem te vertellen hoeveel ze van hem hield en hoe belangrijk het was dat hij haar nooit meer liet wachten. Maar even later hoorde ik in de badkamer het water lopen. Ik herinnerde me dat mijn moeder altijd op de deur van de badkamer klopte als Aleko dronken in bad ging, en ik besloot hetzelfde te doen. Ik voelde me verantwoordelijk voor Roesa, althans tot Kostja terugkwam. Ik klopte voorzichtig, aarzelend, maar er kwam geen antwoord, toen duwde ik tegen de deur en die ging open, ze had hem niet op slot gedaan.

Ze zat op de grond met een emmer water op schoot, waarin ze allebei haar armen had gestoken, het water zag rood van het bloed. Er was geen bad, daarom had ze moeten improviseren. Ze had haar ogen dicht. Ik wist niet wat je moest doen als iemand zijn polsen had doorgesneden, ik wist niet of het erg was dat ze horizontaal had gesneden of dat verticaal beter was geweest, maar ik stortte me op haar en gooide daarbij de emmer om. Het bloederige water kleurde de vloer rood. Ik schudde haar door elkaar, smeekte haar me aan te kijken, ze ademde zwaar. Ik wist niet welk nummer je moest bellen en of hier in huis wel telefoon was. Ik legde haar op de vloer, ze kreunde nauwelijks hoorbaar. Ik probeerde me te concentreren. De biologieles, de gesprekken met David. De nuttige kennis. Ik herinnerde me dat je bij diepe sneden het bloeden hoe dan ook moest stoppen. Ik pakte handdoeken en nog een dweil en bond haar armen stevig af. Ik overwoog Daria wakker te maken, luidkeels te schreeuwen tot ze wakker werd, maar ik besloot het niet te doen. Daria was panisch voor bloed. Toen rende ik de trap af op zoek naar een telefoon – en op dat moment zag ik de koplampen die de tuin verlichtten.

Als door de bliksem getroffen rende ik naar buiten.

'Kostja, Kostja!' schreeuwde ik, terwijl ik hem tegemoet rende. Ik wilde hem slaan toen ik hem zijn voorhoofd zag fronsen, alsof hij op het punt stond me te verwijten dat ik zo laat nog op was, maar ik was hem voor, greep hem bij zijn mouw en trok hem mee de trap op.

Hij sloeg haar een paar keer in haar gezicht, toen nam hij haar in zijn armen en tilde haar op. Hij stond te trillen. Hij zei dat ik Daria niet wakker moest maken, hij zei dat ik hier op hem moest wachten, hij zei dat alles goed zou komen, maar ik schreeuwde en bleef herhalen dat ik mee wilde, dat ik haar niet alleen liet. Hij had de tijd en de kracht niet om met mij in discussie te gaan en stond toe dat ik achter in de auto stapte, dat ik haar hoofd vasthield, terwijl hij vloekend en trillend reed.

In het ziekenhuis renden er verschillende mensen op ons af. Roesa werd op een brancard gelegd en weggereden. Kostja en ik bleven achter in een lege wachtkamer met kil licht. Hij sloeg zijn handen voor zijn gezicht en hulde zich in stilzwijgen. Ik ijsbeerde door de kamer en probeerde mijn tranen in te slikken. Toen ging ik uitgeput naast hem zitten.

'Je bent heel dapper geweest, Nitsa,' zei hij zonder me aan te kijken, 'je bent heel moedig geweest. Ze heeft veel bloed verloren, maar de artsen kunnen haar helpen. Het is onvergeeflijk dat ik je alleen heb gelaten. Zoiets had je niet mogen meemaken.'

Hij keek me nog steeds niet aan. Hij hield zijn gezicht achter zijn handen verborgen.

'Ze wil dat je bij haar bent,' zei ik.

Hij keek verrast op en draaide zich naar me toe.

'Heeft ze dat tegen je gezegd?'

'Ja.'

'Ze is gewoon nog heel jong, dan ben je heel... emotioneel.'

'Maar het is niet goed.'

'Wat is niet goed?'

'Dat je haar hebt laten wachten. Is het waar dat je naast haar nog andere vriendinnen hebt?'

'Heeft ze dat ook gezegd?'

'Ja.'

'Ik... Nee, ik was gewoon... Ik moest werken.'

'Tot zo laat?'

Het werd hem te veel. Hij wilde me troosten, hij wilde de grootvader spelen, maar niet door een schoolmeisje ter verantwoording worden geroepen. Daar was hij niet op bedacht. (Een Kostja Jasji was aan niemand rekenschap verschuldigd, zo had hij zijn leven ingericht, misschien sinds de dag dat hij het water in liep om te rouwen om de vrouw die met haar dood ook zijn geweten had meegenomen.)

'Je doet anderen vaak pijn.'

Ik wist niet waarom ik dat zei. Ik dacht er niet bij na. Ik dacht anders altijd na voor ik iets tegen Kostja zei. Ik snikte. Ik voelde me uitgeput. Ik wilde dat ze in leven bleef, dat ze haar examen kon doen en rechter kon worden. Ik wilde dat ze nog vaak backgammon met me speelde. Hij sloeg zijn arm om me heen. Ik kon me niet laten gaan, mijn lichaam was te gespannen. Ik had zoveel vragen aan hem. En zoveel angsten. Ik wist dat de vertrouwelijkheid van deze dagen geen vertrouwelijkheid met een vaste bodem was.

'Vind je dat echt?' vroeg hij voorzichtig.

'Ja, mama doe je ook pijn. Ze huilt vaak om je. Stasia ook, al zegt ze het niet. En... mij ook.'

Hij keek me aan en ik wist niet of hij ontzet was of alleen maar verbaasd. Het maakte me niet uit of hij ooit weer van me zou houden. Ik wilde alleen dat zij in leven bleef.

'Ik hou van je moeder,' zei hij opeens, terwijl hij achteroverleunde. In de receptie zaten een paar broeders en verpleegsters voor een kleine televisie, er gebeurde daar iets verontrustends. Ze leken opgewonden. Een van de verpleegsters zette met een simpele waterkoker koffie, terwijl ze geboeid naar het beeldscherm staarde.

'Sommige dingen lopen anders dan je had gewild,' zei hij.

Ik wachtte tot hij verder praatte, maar hij stond op, liep naar de balie om te kijken wat er aan de hand was en verstarde.

Hoe kon hij nu televisiekijken! Zelfs al verging de wereld, hoe kon hij bij me vandaan lopen zonder me antwoord te hebben gegeven. Het antwoord dat ik nodig had. De eerlijkheid die ik nodig had, zodat Roesa in leven bleef.

Hij wenkte me. Ik aarzelde. Langzaam liep ik naar de televisie. Ons staatshoofd Tsjernenko was gestorven. Het interesseerde me niet, het liet me koud. Het kon me niet schelen of ene Tsjernenko leefde of dood was, ik wilde alleen dat Roesa leefde.

Ik sloeg mijn ogen neer en staarde naar mijn sandalen en de smerige tegelvloer. Deze plek was zo troosteloos. Op zo'n plek mocht een mooie, intelligente vrouw als Roesa niet sterven.

Tsjernenko stierf. Roesa overleefde het, maar iets in haar bleef ook dood.

Kostja en ik reden in de ochtendschemering naar huis. Zwijgend. Hij zei niets meer. We reden langs de zee. Het werd langzaam licht. Nog geen tien jaar later zou deze stad door tanks, bommen, duizenden kogels en vuur zijn verwoest, maar dat wist ik toen gelukkig nog niet.

Toen we aankwamen, lag Daria nog steeds te slapen als een roos, ze had nergens iets van gemerkt.

Ik leerde die nacht dat staatshoofden altijd belangrijker zijn dan alle andere mensen.

Ik leerde dat geesten niet per se doden zijn.

Ik leerde dat de zee niets opneemt wat niet al is schoongewassen.

Ik leerde dat liefde, hoe licht en hoopvol ze ook geweest mag zijn, onverwacht snel in een troosteloos ziekenhuis kan eindigen.

De Sovjet-Unie had na zeven decennia haar tijd gehad, ze had zichzelf van binnenuit al opgevreten, alle energie en hulpbronnen verbruikt; ze had zich in zichzelf verslikt, maar kon zichzelf nog niet uitkotsen. Daarvoor was een nieuwe partijleider nodig, die met zijn ongehoord jonge leeftijd van vierenvijftig jaar echt een broekje was in de partij en die – tegen alle verwachtingen in – in 1985 inderdaad aan de macht kwam. Kameraad Gorbatsjov zou de wereld van de 'socialistische vrede' erven, die 34 procent van de wereldbevolking omvatte. Om die vrede verder te verspreiden kreeg hij bij zijn ambtsaanvaarding oorlogen in Angola, Mozambique, Ethiopië, Nicaragua, El Salvador en Afghanistan cadeau.

Ik werd in één klap volwassen in het jaar 1985, in de nacht dat Tsjernenko stierf en Roesa het overleefde.

Het was een paleis:
roze als het wintermorgenrood,
Groot als de wereld, oud als de wind.
Wij waren dochters bijna van een tsaar,
bijna tsarendochters ...
Tsvetajeva

Giorgi Alania kon precies twee dagen met Kitty Jasji doorbrengen zonder problemen te krijgen.

De laatste jaren was hij voor het ministerie werkzaam geweest als 'begeleider' bij internationale cultuur- en sportuitwisselingen, waardoor hij om de paar maanden kozakkenkoren, balletgroepen of jeugdige schakers bij hun gastvoorstelling of wedstrijd in het buitenland mocht begeleiden en observeren. Zijn werk viel nu direct onder de Loebjanka.

Zo'n reis had hem naar Londen gebracht; hij moest een turngroep van het Jeugdsportpaleis in Moskou begeleiden naar een internationaal jeugdtoernooi. Dat hij na zijn verzoek om overplaatsing ooit nog eens zou worden uitgezonden naar Londen, daar had hij zelfs in zijn dromen niet op gerekend. En gedroomd had hij de laatste jaren; ronduit obsessief, onafgebroken, zichzelf verwensend omdat hij niet kon begrijpen dat hij de enige vriendin, de enige vrouw die hij niet voor een kus had betaald, op zo'n erbarmelijke manier had verlaten.

Met zijn beslissing had hij gehoor gegeven aan een impuls, een gruwelijke opwelling, die uiteindelijk het gevolg was van zijn ontmoeting met Christine. Hij was blindelings gevlucht. Hij had gedacht Kitty daarmee te beschermen, maar toen de eerste maanden in Moskou waren verstreken, had hij zijn besluit nader overwogen, was hij gaan twijfelen en tot de conclusie gekomen dat hij een vreselijke fout had gemaakt en het enige lichtpuntje in zijn leven had vernietigd.

Daar kwam bij dat Alania het leven onder het socialisme niet meer gewend was. De strenge controle, het voortdurende wantrouwen, de moedeloosheid onder de collega's, de dagelijkse treurnis, dat alles deprimeerde hem. Het cholerische aspect van zijn karakter, dat hij bij Kitty Jasji moeiteloos was kwijtgeraakt, kwam terug. Hij maakte zich impopulair bij zijn medewerkers. Hij was geprikkeld, ontevreden en onvriendelijk. Elke mogelijkheid tot persoonlijk contact, elke toenadering van zijn medewerkers wees hij fel van de hand. Was hij vroeger altijd al een buitenstaander geweest, nu liet hij dat openlijk blijken en benadrukte hij het met elk woord, elk gebaar.

Het verlangen was het ergste. De zo vaak en zo plotseling bij hem opkomende wens om gewoon de deur uit te lopen en naar Kitty's appartement te gaan, alsof zijn verlangen weigerde de realiteit te accepteren. De blijdschap die hij in Londen had gevoeld als hij wist dat hij 's avonds Kitty weer zou zien en die zich nu in Moskou steeds weer van hem meester maakte, tot het pijnlijke besef tot hem doordrong dat het niet het geval zou zijn. De dromen die allemaal om haar draaiden en waaruit hij 's nachts zo vaak wakker schrok. Om daaraan te ontsnappen begon Alania iets te doen wat hij sinds zijn jeugd niet meer had gedaan: hij begon weer te drinken. Eerst wijn, in kleine hoeveelheden om 's avonds te ontspannen, later ook sterkere drank om te vergeten. Dan gebeurde het dat hij zich de volgende ochtend niet meer kon herinneren hoe hij in slaap was gevallen, want soms werd hij op de onmogelijkste plekken in zijn huis wakker, in de badkamer, op het tapijt, soms zelfs op het kleine balkon, dat hij alleen gebruikte om de was op te hangen.

En misschien zou het hem inderdaad gelukt zijn zich bewusteloos te drinken, een toestand zonder herinneringen aan Kitty en Londen, zonder vader en zonder hoop die toch alleen maar teleurstelling opleverde, toen het toeval hem in de kaart speelde en hem de mogelijkheid bood om naar Engeland te reizen.

De uitbundige gevoelens van haar kant, de hartelijke ontvangst, de aanrakingen en de intimiteit, de onvoorstelbare intimiteit die hem te beurt viel toen hij haar had gevonden. Hij kon het niet bevatten, het kostte hem moeite om haar woorden, haar blijdschap over zijn komst te geloven.

Al waren ze elkaar in de uren die hun restten niet meer in de armen gevallen en hadden ze zich niet meer zo hartstochtelijk aan elkaar gegeven, al waren er verder geen kussen en innige aanrakingen, die ene herinnering zou voor een heel leven volstaan en hij zou nooit klagen, nooit meer iets verwachten, maar hopen kon hij wel of eigenlijk nu pas. Nog voor hij haar om vergeving kon vragen, had ze hem vergeven, en dat geluk was meer dan waar hij op had durven rekenen. Ze wilde geen verklaringen en geen rechtvaardigingen van hem horen.

En toen hij de volgende ochtend in de keuken toch zijn verhaal wilde doen, viel ze hem in de rede en vroeg ze hem alles bij het oude te laten. Ze kende hem, ze vertrouwde hem en ging ervan uit dat hij zwaarwegende redenen had gehad om die stap te zetten, maar die wilde ze nu niet meer weten, die deden er nu niet meer toe. Ze wilde genieten van het nu, van de korte tijd die ze samen hadden, en ze wilde niet aan de toekomst denken en niet achteromkijken.

Ook zijn tweede poging om dat gesprek te voeren, tijdens een lange wandeling langs het strand, bleef zonder succes. Ze wilde niets weten. Ze wilde niet praten. In plaats daarvan pakte ze zijn hand en trok hem mee over het vochtige zand.

Op de avond voor zijn vertrek naar Londen zei hij dat hij aan haar het grootste, het meest oprechte geluk van zijn leven te danken had. Dat hij bang was voor zijn leven in Moskou. Dat zij de grond onder zijn voeten was, al die jaren al, zijn hele leven, voor zijn gevoel vanaf het moment dat hij haar voor het eerst in die lege stationshal had ontmoet. Maar ook op die bekentenis ging ze niet in. Ze schonk hem nog een beetje whisky in, maar bleef onbewogen, liet niet zien of zijn woorden haar blij of verdrietig maakten. Ze keek hem aan alsof hij een heel banale gebeurtenis beschreef, alsof hij het over iets volkomen alledaags had.

En hij begreep niet hoe het kon dat ze hem één nacht met haar liefde overstelpte en de volgende dag niets meer van die liefde wilde weten en horen. Alsof haar eigen gedrag haar had afgeschrikt, alsof het haar had geremd. Maar wat kon hij verwachten, was dit niet al veel meer dan hij had gehoopt voordat hij hiernaartoe kwam?

Achteraf leek zijn hele leven erop uit te lopen dat hij hiernaartoe was gekomen, hiernaartoe moest komen om haar alles te zeggen wat hij te zeggen had, om al het andere te vergeten, zodat ze elkaar op hun oude dag eindelijk vonden, onder welke noemer, welke naam dan ook, zodat ze elkaars demonen konden uitdrijven en verse thee voor elkaar konden zetten en konden gaan wandelen. Of was het aanmatigend om te denken dat er een nieuw begin voor hem was weggelegd?

Voordat ze naar bed gingen – hij hoopte dat ze hem zou meenemen naar haar slaapkamer, maar ze deed het niet –, toen ze hem voorzichtig een kus op zijn mond gaf, raapte hij al zijn moed bijeen, pakte haar bij haar elleboog en dwong haar hem aan te kijken. Toen zei hij dat hij een manier zou zoeken om bij haar te blijven. Ze glimlachte, maar het was een zwakke glimlach, een beetje geforceerd streek ze hem zachtjes over zijn wang.

'Ga slapen, Giorgi,' zei ze.

'Wat is er met je?' vroeg hij. 'Vertel me wat er in je omgaat. Ik wil niet slapen. Ik wil geen minuut meer verspillen. Blijf bij me, praat met me. Ik wil naar je luisteren zolang het nodig is. Als jij dan niet naar mij wilt luisteren, laat mij dan tenminste naar jou luisteren. Alsjeblieft.'

Hij smeekte haar.

'Wij hebben geen woorden meer nodig, Giorgi, het is goed zo. Er valt gewoon niets meer te zeggen.'

'Natuurlijk valt er nog veel te zeggen, zoveel dat het me soms al begint te duizelen als ik eraan denk. Het maakt me niet uit of ik gearresteerd of ontslagen word, ik heb niets meer om me zorgen over te maken. Ik ben nog nooit zo zeker van mijn zaak geweest.'

'Wat moeten we dan bespreken? Ja, vroeger klampte ik me vast aan de illusie dat woorden iets konden veranderen, dat het makkelijker zou zijn als alles gezegd en uitgesproken was, maar dat was een vergissing. De reden dat jij zo onmisbaar voor me bent geworden, ligt niet in het feit dat je mijn leven hebt gered, maar in het feit dat je alles van me wist en me toch niet hebt laten vallen. Dat je me met elk telefoongesprek, met elk woord, met alles wat je voor me deed iets hebt vergeven. En dat heeft mijn leven pas weer mogelijk gemaakt, alles wat er kwam, de weg die ik ben gegaan, de songs, de ontmoetingen, de reizen, het geluk, ja, ook dat. Zelfs het geluk met andere mensen.

Maar een moordenares blijft een moordenares, Giorgi, hoe vaak en hoeveel ik daar ook tegenin zing, hoeveel woorden ik ook zeg, hoeveel geluk me ook te beurt valt, ik zal het nooit kunnen vergeten. Integendeel, met elk nieuw levensjaar wordt de herinnering duidelijker. Twijfel, minachting – ze zullen blijven groeien, en langzaam begin ik dat te begrijpen, te accepteren, en daardoor gaat het beter met me, ja, hoe vreemd dat ook klinkt. Ik ben niet bang meer, ik voel me zeker, helder. Want op die manier kan ik tenminste het goede behouden – en er was zoveel goeds, zoveel onverwacht goeds, zoveel moois op mijn weg. Op die manier hoef ik al het mooie wat me is overkomen tenminste niet meteen met alle gruwelen te vermengen. Op die manier hoef ik mezelf niet voor te houden dat ik het niet heb verdiend, dat geluk, die mensen, die mogelijkheden. Zo kan ik het accepteren.'

Die woorden verrasten hem zo dat het een paar minuten duurde voor hij een antwoord kon formuleren. Zijn gedachten raasden doel- en richtingloos door zijn hoofd. Hij had het gevoel dat de wereld op zijn kop stond.

'Kitty, Kitty, wacht, wacht, wat zeg je nou? Zo mag je niet denken. Jij bent toch geen...' Hij kon het woord niet over zijn lippen krijgen, niet in verband met haar. 'Jij hebt niemand gedood. Ik kon niet met je praten, ik moest vluchten, omdat ik degene ben die...'

Maar ze onderbrak hem alweer: 'Ik weet wie je bent. Ik weet wat je gedaan kunt hebben. Ik weet wat de prijs was om mij in leven te houden. Ik ben niet blind, Giorgi, en ik weet ook dat alleen een moordenaar in staat is een moordenares te vergeven. Of een dode. Niemand anders. Ik weet het, Giorgi.'

Waar haalde ze die gedachten toch vandaan? Die fatale, monstrueuze onherroepelijkheid van haar zelfanalyse? Hoe kon ze zoiets denken? Zij, de verstandigste en vriendelijkste, de verafgode en door duizenden mensen begeerde, de bescheidenste en meelevendste die er bestond? Zij, die hij zijn hele leven had aanbeden! De koude rillingen liepen over zijn rug. Hij wilde haar vastpakken, haar vasthouden met dezelfde kracht waarmee zij hem in de eerste seconde van hun weerzien in haar armen had gesloten, hij wilde al haar sombere, verschrikkelijke gedachten verdrijven, maar hij was als verlamd. Hij hield haar nog steeds bij haar elleboog vast, maar zijn greep verslapte, zijn kracht nam af. Hij was verbijsterd over haar woorden, haar angstaanjagende kalmte, haar rust.

Hij liet haar elleboog los en sloeg zijn armen om haar

heen. Ze deed geen poging om zich los te maken. Ze legde haar hoofd op zijn schouder. Zo bleven ze roerloos staan.

'Ik kom terug. En dan voorgoed,' zei hij zachtjes.

'Dat kan niet.'

'Je weet dat ik er goed in ben het onmogelijke mogelijk te maken,' zei hij geforceerd schertsend.

'Ja, dat is waar.'

'Je mag niet zo denken.'

Hij vond zijn woorden belachelijk, machteloos, maar hij wist niet hoe hij het anders moest formuleren.

'Wees niet bang. Ik heb immers al gezegd dat het goed met me gaat, Giorgi. Het gaat echt goed met me.'

'Doe me één plezier, Kitty, alsjeblieft,' zei hij 's ochtends voor hij naar het station ging.

'Als ik kon, zou ik je al het plezier van de wereld doen, dat weet je.'

Ze leek die ochtend ongewoon vrolijk.

'Vergeet niet wat je tegen me hebt gezegd. Doe niets wat je woorden teniet zou kunnen doen. Bewaar ze voor me. Want ik zal me eraan vastklampen. Jij houdt van veel mensen en veel mensen houden van jou, maar ik – heb alleen jou.'

Hij was verbaasd hoe makkelijk het hem viel die zinnen uit te spreken, zijn verzoek te formuleren, dat voor hem zo vanzelfsprekend, zo logisch klonk.

Ze glimlachte en knikte.

Vreemd genoeg had ze de hele ochtend een voorgevoel gehad. Alsof ze iets van deze dag te verwachten had. Iets nieuws, verwarrends en aangrijpends tegelijk. Ze was naar de kiosk gelopen om een krant te halen en weer teruggegaan. Het jachtige Londense stadsleven voelde onwennig aan. Ze miste de rust, de afzondering van Seven

Sisters. Ze genoot van het alleen-zijn en vroeg Amy haar een paar dagen de tijd te geven voor ze weer aan studio's en producenten moest denken.

Ze had in de krant gelezen dat een zekere kameraad Gorbatsjov tot secretaris-generaal van de Communistische Partij van de Sovjet-Unie was benoemd. Dat bericht, dat iedereen verraste, liet haar koud. Ze was gewend dat ze kwamen en gingen zonder dat er iets veranderde. Ze sloeg de krant weer dicht en ging bij haar planten op het balkon zitten.

Hoe vaak had Amy haar al aangeraden een groter appartement of een huis te kopen, het geld was er. Maar waarom, had ze zich afgevraagd. Waarom een appartement met mooie herinneringen inruilen tegen een nieuw, leeg huis dat nog met leven moest worden gevuld?

En toen de bel ging, wist ze dat haar onrust van die ochtend niet ongegrond was.

'Ik heb weer een atelier. Ik werk weer. Ik geef zelfs een tekencursus, kun je je dat voorstellen?' zei ze nog in de deuropening. Ze had kennelijk een nieuw gebit, was nog steeds ongezond mager, had een beetje kleur in haar gezicht gekregen, en het rode, met een paar witte strengen doorweefde haar glansde weer.

Kitty vroeg haar gast niet binnen. En Fred leek het ook niet te verwachten.

'Binnenkort heb ik een expositie en ik wil dat jij op de vernissage komt,' voegde ze eraan toe. En toen zachtjes erachteraan: 'Misschien wil je daar een of twee songs voor me zingen?'

'Waarom zou ik?' vroeg Kitty sceptisch.

'Ik ben clean,' antwoordde ze, alsof Kitty's zingen een logische beloning was voor een succesvolle therapie.

'Ik ben te oud om opnieuw te beginnen,' zei Kitty en ze wist zelf niet waarom ze dat zei.

'Ik geloof niet in een nieuw begin, ben je dat vergeten?

Maar ik geloof in jou. En in je stem.'

Ze glimlachte. Haar kattenogen glansden. Ja, ze leefde. Ze had overleefd en nu stond ze voor haar en wilde dat ze voor haar zong. Om dat overleven te vieren. Ja, misschien moest ze dat doen, het leven bezingen. Het leven zoals het was. Het leven vol moordenaars, vol klaslokalen, vol bedrogenen en achtergeblevenen en vol woorden die geen betekenis meer hadden, vol wonderen en toeval, vol kussen en afschuw. Ach, verdorie, dacht Kitty, misschien heeft Fred al die tijd gelijk gehad toen ze beweerde dat het hart geen kamer was die je vanbinnen op slot kon doen.

'Ik zal erover nadenken,' zei ze en voor ze de deur weer dichtdeed, verlichtte een glimlach haar gezicht.

Drie dagen later zag Kitty Jasji Andro Eristavi. Ze was op weg naar een interview in de binnenstad en toen ze uit het raam van de auto keek, zag ze hem indrukwekkend helder en levend aan de overkant van de straat staan. Ze schreeuwde tegen de taxichauffeur dat hij onmiddellijk moest stoppen, sprong uit de auto en rende zonder naar links of rechts te kijken de straat over. Maar toen was hij al verdwenen, en ze wist dat het zinloos was om hem te zoeken. Als de tijd er rijp voor was, zou hij weer terugkomen, daar was ze zeker van.

'Neem me niet kwalijk. Ik wil u niet lastigvallen, ik wil alleen...'

Een oudere man in een ribbroek en een gebloemd overhemd had Daria en mij op straat aangesproken. We kwamen net uit school, Daria moest de trolleybus naar haar acrobatiekles halen en ik die naar Davids atelier. We zaten dan ook helemaal niet te wachten op een oudere man in een ribbroek, die zich verbaasde over de verschillend gekleurde ogen van mijn zus.

'We hebben nogal haast, neemt u ons niet kwalijk...' viel ik hem in de rede.

'Twee minuutjes maar, alstublieft. Ik ben scenarioschrijver. Ik werk voor Kote Latsabidze. Hij heeft plannen voor een nieuwe film en zoekt nog een actrice die... Kom alstublieft morgen naar de studio voor de auditie.'

Hij schreef gauw een adres op een blaadje van zijn notitieblok en drukte het mijn zus in de hand.

'U bent precies wat hij zoekt!' zei hij bij het afscheid, en weg was hij.

We bleven midden op straat naar het briefje staan staren. Kote Latsabidze was bekend, zijn naam viel geregeld bij Aleko en zijn vrienden. Hij gold als een veelbelovend regisseur, had twee korte films gemaakt en een speelfilm, die nogal wat discussies tot gevolg had gehad, want hij was er op de een of andere manier in geslaagd de censuur te omzeilen en had in het buitenland veel erkenning gekregen. Ik had tot op dat moment nog nooit een film van hem gezien.

Daria's gezicht lichtte op van nieuwsgierigheid, terwijl ik het zaakje niet zo vertrouwde. Waarom sprak die man de eerste de beste op straat aan? Er waren toch genoeg actrices in dit land? Daria stopte het briefje schouderophalend in haar schooltas, het was niet aan haar te zien of ze blij was met het aanbod of dat het haar koud liet. Bij de bushalte begon ik er nog een keer over, maar ze haalde weer alleen haar schouders op, dus liet ik het erbij.

Toen Kostja's chauffeur ons de volgende ochtend kwam afhalen en Daria niet kwam opdagen, schoot het me allemaal weer te binnen: was ze echt op eigen houtje naar die auditie gegaan?

Natuurlijk verzweeg ik het thuis en verzon ik een of andere smoes, ik zei dat ze spontaan naar een vriendin was gegaan om te blokken voor de repetities. Later belde ze om te zeggen dat het al laat was en dat ze bij Elene en Aleko bleef en van daaruit de volgende dag naar school zou gaan. Kostja's ongenoegen was voelbaar in het hele huis.

Daria menstrueerde al, onder haar hemd tekenden zich kleine borstjes af, zodat Kostja zijn bewaking enigszins had verscherpt. Tenslotte was het bekend dat bijna al haar mannelijke klasgenoten verliefd op haar waren. Na dat telefoontje wist ik zeker dat ze naar de studio was gegaan. De volgende ochtend trok ik haar op school de meisjes-wc in en eiste een verklaring.

'Ik heb je gedekt, dus ik heb er recht op om te weten wat hier gebeurt!' siste ik haar toe.

'Klopt, ik ben er geweest. En stel je voor, ze hebben gevraagd of ik vanmiddag nog een keer kom. Latsabidze was er ook en zat de hele tijd naar me te glimlachen. Maar deze keer willen ze dat ik een van mijn ouders meeneem.'

Ze keek me vol verwachting aan. Ook nu kon ik niet aan haar zien of het haar echt aantrok of dat ze er eerder uit nieuwsgierigheid mee door wilde gaan om te kijken hoever ze kwam. Tot dan toe had ze geen acteerambities aan de dag gelegd. Nou ja, mijn zus zat vol verrassingen.

'En wat moest je precies doen?' vroeg ik.

'Een tekst voorlezen. In de camera kijken en me iets voorstellen.'

'Je iets voorstellen?'

'Dat mijn vriend gevangen werd genomen.'

'Waar gaat die film over?' vroeg ik door.

'Over een of ander figuur die een film wil maken, maar het mag niet, iets politieks dus.'

'Aha. En wat zegt mama ervan?'

'Die vindt het allemaal niet koosjer, ze wil er eerst zelf naartoe, zonder mij, ze wil zelf kijken waar het om gaat. Maar die vent is een genie, dat zeggen ze allemaal, en Aleko heeft ook gezegd dat het een unieke kans is.'

'En Kostja?'

'Wát Kostja?'

Op het schoolplein ging de bel, ze haastte zich al naar de deur.

'Doe niet zo stom. Wát Kostja?' aapte ik haar na.

'Jeetje, wees nou geen spelbreker, dat regel ik op de een of andere manier wel met hem. Ik krijg mooie kleren aan, ze schminken me, zorgen voor mooie belichting, ik krijg mijn eigen kleedkamer en misschien moet ik zelfs een jongen kussen,' giechelde ze en ze zag de van nijd verbleekte gezichten van haar vriendinnen al voor zich, terwijl ze de wc uit stormde.

Na schooltijd ging ik naar mijn moeder en trof daar een opgewonden Elene en een niet minder geagiteerde Aleko aan. Zij had geen zin om weer met haar vader in de clinch te moeten gaan en hij probeerde haar over te halen de zaak op z'n minst een kans te geven.

Uiteindelijk gingen ze samen naar de studio. Ook ik was merkwaardig opgewonden geraakt en wachtte ongeduldig op hun terugkeer.

Latsabidze legde onze moeder uit dat het ging om een film die zich op het Filminstituut afspeelde, een zekere kritiek op het systeem bevatte, maar toch voldoende 'verpakt' was om niet te worden verboden. Hij had zich laten inspireren door een vroegere filmstudent, die een film had gemaakt die verdwenen was en die voor zijn idealen in de gevangenis was gestorven. Die student was een groot voorbeeld voor zijn generatie. Het draaiboek stond ver genoeg af van het werkelijke verhaal, en toch zouden kenners voldoende verwijzingen vinden om te begrijpen waar het hem om ging. Officieel ging zijn film over een filmmaker die een artistieke crisis doormaakte. Daarbij speelden zijn familie en zijn vrienden een grote rol. En zijn muze. Voor die rol had hij Daria op het oog.

Elene kromp in elkaar.

'Bedoelt u de student Micha Eristavi?'

Latsabidze knikte.

'Ja, Micha Eristavi, kent u het geval? Heel Tbilisi was

destijds op de hoogte. En iedereen hield zijn mond in plaats van de straat op te gaan. Zo zijn wij nu eenmaal, de communisten en conformisten.'

'En waarom mijn dochter? Waarom niet een actrice? Daria is toch te jong en volkomen onervaren,' vroeg ze aan Latsabidze, terwijl ze zichzelf weer onder controle probeerde te krijgen.

'Geloof me, ik heb veel actrices bekeken, we hebben stad en land afgereisd en talentenjachten gehouden. Alle hoofdrollen zijn uiteraard met professionals bezet,' en hij noemde een paar bekende namen, 'maar voor de rol van Anna heb ik een heel speciaal iemand nodig. Een jonge vrouw die uit een droom gestapt lijkt te zijn. Mijn collega maakte me attent op uw dochter, hij zei dat ik sprakeloos zou zijn als ik zag hoe mooi ze was; dat zal wel, dacht ik, maar toen ze binnenkwam was iedereen, echt iedereen hier ervan overtuigd dat zij degene was die we zoeken. En ook nadat we twee uur met haar hebben gewerkt, kan ik u zeggen dat ze niet alleen heel mooi is, maar ook buitengewoon getalenteerd. Ze is ongelofelijk fotogeniek.'

En hij bleef op Elene inpraten, verzekerde haar dat de opnamen met Daria alleen in de wintervakantie plaats zouden vinden en dat er natuurlijk altijd iemand toezicht op haar hield.

'We bereiden uw dochter goed voor, ik repeteer de tekst met haar, voor u brengt het geen extra drukte met zich mee. Weet u, ik heb zelf een dochter en weet hoe meisjes van Daria's leeftijd zijn, ze hebben veel aandacht nodig.'

Elene was met stomheid geslagen, haar knieën knikten, Aleko moest haar ondersteunen toen ze de studio verlieten. Ze zochten een bank langs de straat. Aleko keek haar verward aan, hij probeerde haar te troosten, vroeg wat er was, waarom ze zo vreemd had gereageerd. Maar ze schudde alleen ongelovig haar hoofd en hield haar handen voor haar mond, alsof ze wilde voorkomen dat ze het uitschreeuwde. Ze vroeg Aleko haar even alleen te laten, ze zou later thuiskomen. Ze nam de bus naar de nieuwbouwwijk, stapte bij het Instituut voor Ingenieurs- en Planningswezen uit, liep het grote gebouw binnen en nam de lift naar de tiende verdieping.

Lana zat met drie andere vrouwen over een groot constructieplan gebogen en kauwde op een potlood. Haar grote bril bungelde aan een kettinkje op haar borst en haar gezicht was rood van inspanning. Het duurde even voor ze Elene in de gaten kreeg.

'Nee maar, wat een verrassing. Wat verschaft me de eer?' zei ze op haar bekende ironische manier tegen Elene en ze gaf haar collega's tien minuten pauze. Ze zette haar bril op, bracht haar haar in orde, deed het raam open en begon koffie te zetten.

'Wat is er voor nieuws? Je ziet een beetje... pips,' stelde ze vast.

'Ik moet met je praten.'

'Ik ben een en al oor.'

En Elene vertelde wat haar net was overkomen, ze praatte – nog steeds opgewonden – over Latsabidze, zijn film en Daria, hoe zij en Aleko er nietsvermoedend heen waren gegaan en daar pas te horen hadden gekregen waar die film eigenlijk over ging. Over Micha, over zijn film, het schandaal. En nu het absurde toeval dat haar puberdochter in die film de rol van muze moest spelen!

Lana vertoonde geen reactie. Ze onderbrak haar niet, sprak haar niet tegen, knikte niet, ging alleen doodgemoedereerd door met koffiezetten.

'Ik herinner me dat Latsabidze een paar maanden geleden contact met me heeft opgenomen, hij wilde een interview met me, over "persoonlijke herinneringen aan Micha", zo drukte hij het uit. Ik dacht toen dat er toch niets van zou komen. Maar hij heeft het schijnbaar voor elkaar gekregen. Had ik niet gedacht!'

Ze schonk de koffie in twee kleine kopjes.

'Dat is alles wat je erover te zeggen hebt?'

'Ja, wat dacht je dan? Moet ik me ertegen verzetten? Zou dat iets veranderen? Als ze de herinnering aan mijn man levend willen houden, moeten ze dat maar doen. Hopelijk draaien ze er niet ook de bak voor in. Mij maakt het allemaal niet uit. Dacht je dat het afgelopen was, alleen omdat ik hem heb begraven? Jij was niet zijn vrouw. Jij hebt geen kind van hem. En hij heeft het verdiend dat er over hem wordt gepraat, dat ze zich hem herinneren...'

Elene had er nu spijt van dat ze hiernaartoe was gegaan. Wat had ze gehoopt? Wat bedoelde Lana met: 'Jij was niet zijn vrouw.' Wat wilde ze precies? Wraak? Een soort genoegdoening? Gerechtigheid? Soms lukte het haar wekenlang niet aan hem te denken, aan de vele taferelen uit hun kindertijd, aan de vechtpartij in Mtscheta, aan zijn begrafenis. Aan de rit met Lana naar de bergen, aan zijn ellendige einde. Maar soms keerden de herinneringen terug, als eindeloze legers marcheerden ze door haar hoofd, stampend, begeleid door een onheilspellend gezoem dat bijna altijd eindigde met hoofdpijn.

'Mijn moeder is ernstig ziek. Ik moet naar het ziekenhuis,' rukte Lana haar uit haar gedachten.

'O, dat wist ik niet, waarom heb je me niet... Ik kan op Miro passen als jij...'

'Christine helpt me. Hij is toch al het grootste deel van de tijd bij haar. Hij verafgoodt haar. En eet wat meer fruit, je ziet echt heel bleek, je hebt meer vitamine en meer zon nodig,' riep Lana nog toen Elene haar kantoor verliet.

Daria bedelde, Daria huilde, Daria omhelsde Elene, smeekte haar, ze beloofde op school beter haar best te doen, ze wilde per se in die film spelen. Aleko viel haar bij, praatte op Elene in. Latsabidze was een goede vent, hij kende genoeg mensen in de filmbranche, ze zouden heus goed op Daria passen. En ondanks alles was het een belangrijk initiatief, dat ze moest steunen, en met de mens Eristavi die zij voor zich zag, had het niets te maken, dit was kunst, geen documentaire. Twee dagen ging het zo over en weer. Aleko beloofde desnoods met Kostja te praten, zodat zijn woede niet alleen op Elenes hoofd neerdaalde. Ik zat intussen in een hoekje mijn verfoeide rijstepap te eten en verbaasde me over Daria's overredingskunst.

Niemand had Kitty Jasji ooit zo horen zingen. Alsof ze haar eigen bloed in haar aderen streelde, zich verlustigde in de ondergang, alsof ze blij was geen grenzen meer te hoeven accepteren.

Ze was in een zwarte jurk in de galerie verschenen, had een hele tijd zwijgend voor Freds nieuwe schilderijen gestaan, was daarna op het kleine, voor haar opgebouwde podium geklommen en had de microfoon gepakt. Dat ze van het obligate witte overhemd en de zwarte broek had afgezien, werd door kenners uitgelegd als een voorteken van een nieuwe interpretatie van haar songs.

Ze feliciteerde de schilderes, had het over de bevochten kracht die uit de schilderijen sprak en begon toen songs van het album *Home* te zingen.

Kitty had (en dat weet jij beter dan ik, Brilka) als ze optrad een nogal gereserveerde manier van zingen, wat vooral bij de jongere generatie musici niet zelden tot kritiek had geleid. Men vond haar op de bühne te beheerst, ze raakte nooit in extase, vergat zichzelf nooit, haar stem was te ingetogen, ze stelde haar teksten en melodieën boven haar persoon, ze verstopte zichzelf achter de liederen.

Maar die avond gebeurde er iets volkomen onverwachts. (Het best beschreven in het interview uit 1988 met Amy in *Rolling Stone*, het nummer met Kitty Jasji op de cover en binnenin een zeven bladzijden tellend artikel over haar.) Volgens Amy moet het voor het aanwezige publiek een 'striptease van de ziel' zijn geweest. De aanvankelijk afwachtende, daarna verbaasde vernissagebezoekers hadden zich na een paar minuten bewogen als in een wilde rondedans, ze hadden met hun hoofd en hun ledematen staan schokken en niet weinigen van hen hadden huilend meegezongen. Kitty had als het ware naakt voor hen gestaan en de mensen hadden de neiging om zich ook uit te kleden, alle bescherming en verhulling af te leggen en haar songs zo puur mogelijk tot zich te nemen. Iedereen in het vertrek had beseft getuige te zijn van iets unieks.

De aanwezige fotografen, die alleen voor Miss Jasji waren gekomen en niet voor de inmiddels in vergetelheid geraakte, maar ooit zo veelbelovende Oostenrijkse schilderes, haalden hun camera's tevoorschijn en Kitty schreeuwde in het flitsonweer, ze ging ongeremd door met haar afgodenfeest, alsof de camera's haar tot nog meer onberekenbaarheid uitdaagden.

Toen ze verstomde, moet er meer dan een minuut een doodse stilte hebben geheerst, voordat er een daverend applaus losbarstte.

Badend in het zweet was ze van het kleine podium gewankeld en door de klappende en juichende haag van toehoorders naar buiten gelopen. Daar had Amy haar opgevangen en Kitty had alleen tegen haar geglimlacht en gezegd dat ze hém had gezien, hij was teruggekomen voor haar en zij had die avond voor Fred en hem gezongen. Amy had natuurlijk geen idee over wie ze het had, maar was er niet verder op ingegaan en had de champagnekurken laten knallen.

Daria had nooit goed kunnen liegen, al helemaal niet tegen Kostja, daarom besloot ze een paar dagen na het tekenen van het contract een tijdje bij haar moeder te blijven, ook al verafschuwde ze de kleine woning en zag ze niet graag af van het comfort thuis. Ze zei tegen Kostja dat er een bijzonder zware trainingsweek op de acrobatiekcursus aan kwam en dat ze zichzelf de tijdrovende ritten naar huis wilde besparen om zich beter te kunnen voorbereiden.

Ik was niet gewend om het enige kind te zijn in het Groene Huis. Een week lang had ik het gevoel dat Daria en ik de rollen hadden omgedraaid. Want anders was ik degene die in Tbilisi bleef en niet zij. Maar nadat ik het aanvankelijke gevoel van onbehagen had overwonnen, begon ik het leuk te vinden. Nu mocht ik 's avonds laat met Kostja voor de televisie zitten en zelfs bepalen naar welk programma we keken, mijn ei bij het ontbijt werd precies drie minuten gekookt en niet vijf, zoals Daria het het liefst at.

Kostja, die allang nattigheid voelde, begon me uit te horen. Eerst onschuldig, over het dagelijks leven van Elene en Aleko, daarna over de gang van zaken op school, tot hij naar Daria's vriendinnen informeerde. Sinds het nachtelijk incident in Gagra en de ochtend dat hij Roesa uit het ziekenhuis had gehaald en haar met verbonden polsen naar het station had gebracht, was ik niet meer met hem alleen geweest. Onze gesprekken waren nooit verder gegaan dan banaliteiten en hoewel ik maar al te goed begreep waarom hij tot nog toe niet opnieuw toenadering tot me had gezocht, vond ik het nu fijn. Ik genoot van de aandacht die hij aan me schonk, van de volwassen, bijna gelijkwaardige manier waarop hij met me omging, van het vage gevoel dat hij afhankelijk van me was, van mij en van wat ik wist.

Die ochtend voelde hij zich niet lekker, hij had kougevat en was thuisgebleven. Pas nadat hij zijn chauffeur had laten weten dat hij niet hoefde te komen, schoot hem te binnen dat ik naar school moest, maar voor hij kon bedenken hoe ik nu in Tbilisi kwam, bood ik aan een dagje te spijbelen en bij hem te blijven, dan kon ik voor hem zorgen. Want Nana was al naar haar werk en Stasia zat in haar schuur.

Tegen mijn verwachting in nam hij mijn aanbod aan en nadat hij precies had opgesomd wat ik hem allemaal moest brengen, ging hij weer naar bed. Ik haalde de citroenen en zette hete thee, pakte de thermometer uit het medicijnkastje en ging bij hem op bed zitten. Ook daar scheen hij niets op tegen te hebben.

We keken op de televisie naar *De wereld der dieren*. We dronken een kop sterke thee, hij met een wollen deken om zich heen en ik in mijn pyjama. Omdat het in het programma over zeezoogdieren ging, begon hij volkomen onverwachts te vertellen over de zee en de dolfijnen die hij op zijn reizen had gezien. Van de dolfijnen kwam hij op schepen en vandaar op een gegeven moment op Leningrad en zijn studietijd. Ik luisterde geboeid, ik had nog urenlang naar zijn verhalen kunnen luisteren en me naar vreemde werelden laten meevoeren, als we niet waren onderbroken door de telefoon. Ik moest opstaan en hem het toestel brengen. Omdat hij me geen teken gaf dat ik de kamer uit moest, bleef ik op het bed naar de bewoners van de zee zitten kijken.

Hij zei niet veel, een paar keer vroeg hij iets, herhaalde steeds alleen 'Hm, hm' en 'Ja, ik begrijp het' en hing ten slotte op. Uit zijn gezicht sprak ongerustheid. Hij bleef nog even liggen, kwam toen met een ruk overeind en gooide een badjas om zijn schouders.

'Alles goed?' wilde ik weten.

'Eén dag ben je niet op je werk en ze weten al niet wat ze moeten doen.'

'Moet je nu nog weg?' Ik voelde de teleurstelling al opkomen.

'Nee, maar ik krijg bezoek. Wie, dat wilden ze niet zeggen. Ze sturen hem gewoon hierheen, alsof het hier een bordeel is!' zei hij kwaad en hij begon hoestend in zijn kleerkast naar passende kleding te zoeken.

'Trek iets fatsoenlijks aan. Het is een officieel bezoek, en zeg tegen je overgrootmoeder dat ze die vreselijke rubberlaarzen en dat jasschort uit moet trekken.' Met tegenzin deed ik wat hij vroeg en trok mijn schooluniform aan, het officieelste wat ik kon vinden, maar ik liet de elke dag door Stasia gewassen manchetten en het kanten kraagje achterwege, net als dat stomme witte schortje.

Nog geen halfuur later draaide er een zwarte Wolga onze oprit op. Kostja, in een krijtstreeppak waarin ik hem nog nooit had gezien en dat hem voortreffelijk stond, liep de trap af en ging beneden voor de ingang van de tuin staan. Ik stond op de veranda nieuwsgierig te kijken. Eerst stapten er twee politieagenten uit, daarna een man in een lange regenjas die ik weleens hier in het Groene Huis had gezien. Hij nam Kostja even apart en zei iets, waarbij mijn grootvader steeds alleen maar knikte, al had ik het gevoel dat hij niet goed begreep wat er precies van hem werd verwacht. Zichtbaar geërgerd dat ze hem op zijn uitziekdag lastigvielen met dingen van het werk, schoof hij de man in de regenjas ten slotte opzij, stevende op de Wolga af en opende het portier aan de passagierskant.

Het eerste wat ik zag was een metalen stok, toen kwam er een vrouwenhand die Kostja's pols pakte, daarop volgde er een paar schoenen met hoge hakken, die eerst naar de grond tastten. Toen pas stapte de dame uit, in een chic mantelpakje van donkerblauw bouclé en met een witte hoofddoek om. Ze zag eruit als een actrice uit een film noir, die in een cabriolet ergens langs de kust bij Monte

Carlo stuift, achtervolgd door een dubieuze man. Toen ze zich aarzelend naar Kostja omdraaide en ik de enorme zwarte bril zag, begreep ik dat de bezoekster blind was.

Door die bril viel moeilijk te zeggen hoe oud ze was. Ze kon van Kostja's leeftijd zijn, maar ook iets jonger. Kostja was even verrast als ik. Hij scheen de vrouw voor het eerst te zien, want ze gaven elkaar vormelijk een hand en nadat Kostja een paar woorden met de man in de regenjas had gewisseld, nam hij haar mee naar binnen, waarbij ze heel behendig haar stok als loophulp gebruikte en geen steun zocht bij Kostja's aangeboden arm.

Toen ze de veranda op kwamen, waar ik stond, niet wetend of ik mijn aanwezigheid kenbaar zou maken, vroeg ze of er behalve zij tweeën nog iemand was. Verbouwereerd stelde Kostja mij voor. Ze kwam naar me toe en stak haar hand uit, haar hoofd licht naar me toe gebogen en voorzichtig glimlachend.

'Jij heet dus Nitsa, hallo, ik ben Ida.'

De vrouw sprak Russisch met een vreemd accent. Bij het horen van haar naam kromp Kostja nerveus ineen. Maar hij zei niets, ging haar voor naar de ingang en bracht haar vervolgens naar zijn werkkamer. Ik kreeg opdracht om een glas water voor haar te halen, koffie of thee wilde ze niet.

Iets aan haar fascineerde me. Ik wist niet zeker of het haar handicap was of iets anders. Ze kwam zo zelfbewust en verstandig over, alsof ze op een vreemde manier dwars door ons heen keek. Gedreven door mijn nieuwsgierigheid sloop ik naar de op een kier staande deur van de werkkamer in de hoop een paar flarden van hun gesprek op te vangen.

'Kameraad Zjvania zei dat u op privébezoek in Georgië was en mij wilde spreken,' richtte Kostja zich tot de dame, die kennelijk geen haast had om het doel van haar bezoek te onthullen.

'Ja, ik kom net uit Leningrad. Na zoveel jaar heb ik eindelijk een concert in mijn vaderland mogen geven,' legde ze in haar vreemde Russisch uit.

Ik probeerde te raden waar ze vandaan kwam, maar zoveel buitenlanders had ik in mijn korte leven nog niet ontmoet en ik gaf mijn poging dan ook meteen weer op.

'U moet weten dat men uw bezoek niet bij me heeft aangekondigd, anders had ik u op iets gepaster wijze ontvangen. Cultuur valt niet direct onder mijn competentie...'

'Zoals gezegd ben ik hier privé,' viel de dame hem in de rede. 'Vanwege u. Ik heb uw medewerker van het ministerie om een zekere anonimiteit verzocht, mijn excuses als ik u van uw werk hou. Het gaat om een puur persoonlijke aangelegenheid. Het was mij niet bekend dat u, nou ja, zo'n hoge positie bekleedde. Ik had het me iets eenvoudiger voorgesteld.'

Om wat voor 'puur persoonlijke aangelegenheid' kon het hier gaan? Hem kennende zouden zijn medewerkers later een donderpreek krijgen, omdat ze hem een wildvreemde vrouw op zijn dak hadden gestuurd.

'Nee, nee, alstublieft, ik voel me alleen, nou ja, hoe zal ik het zeggen, een beetje beschaamd dat ik u bij wijze van spreken onvoorbereid ontvang.'

Kostja tastte nog steeds in het duister. Maar ze maakte een eind aan de formele frasen door op veel barsere toon te zeggen: 'Veertig jaar heb ik op deze gelegenheid gewacht. Al veertig jaar ben ik naar u op zoek.'

Er viel een beklemmende stilte. Kostja was helemaal uit zijn doen, hij wist niet of hij moest antwoorden of moest wachten wat er verder kwam.

'Ik woon sinds 1955 in de Bondsrepubliek. Nee, ik moet het goed zeggen, ik heb uw adres jaren geleden al opgespoord, destijds in Moskou. Maar op dat moment was het niet mogelijk rechtstreeks contact met u op te nemen en het stuitte me tegen de borst het langs de officiële weg te doen. Wat ik u moet vertellen, kan alleen persoonlijk. Daarom moest ik wachten.'

Ik hoorde Kostja zwaar ademhalen, maar hij stelde geen vragen.

'Zoals ik al zei, kom ik uit Leningrad. U kent de stad, dat weet ik, u hebt daar de academie bezocht, u hebt daar... gewoond.'

Ze leek naar woorden te zoeken. Was wat ze te zeggen had zo zwaarwegend of ingrijpend dat ze er in al die veertig jaar geen passende woorden voor had kunnen vinden?

'Ik weet ook dat u voor de Weg van het Leven hebt gewerkt en er gedurende de hele blokkade hebt gezeten. Ik was er ook. Ik heb de blokkade meegemaakt. Ik heb het grootste deel van mijn familie en... het licht in mijn ogen verloren. Dat ik hier voor u zit, dat ik het heb overleefd, dat ik mijn passie, pianospelen, kon volgen, een gezin kon stichten, mijn leven kon leiden, heb ik te danken aan één vrouw en die vrouw is ook de reden waarom ik u heb gezocht. Ik neem aan dat u nu weet over wie ik het heb?'

Weer dat beklemmende zwijgen. Kostja mompelde iets, maar ik kon zijn woorden niet verstaan.

'Ze hield heel veel van u,' zei ze opeens.

Om de een of andere reden verraste die zin me het meest. Alsof ik rekening had gehouden met een verschrikkelijke gebeurtenis, een gruwelijke daad, maar niet met liefde. Tegelijk viel die zin voor mij heel moeilijk met Kostja te rijmen. Ik vond het op dat moment onvoorstelbaar dat iemand veertig jaar naar hem had gezocht om hem te vertellen dat er iemand van hem had gehouden.

'Ze wist niet of u nog leefde, maar ik denk dat de hoop dat u in leven was, haar de kracht heeft gegeven om de jaren van de blokkade te doorstaan. U was haar mooiste herinnering, die haar hielp de verschrikkingen te verdragen, de enige persoon die ze zich nog wilde herinneren. Ik weet dat het heel belangrijk voor haar was dat u dat zou horen. Daarom heb ik u gezocht en daarom ben ik hier. Want aan haar heb ik alles te danken, alles wat ik ben en heb.'

Ida E. zat tientallen jaren na dato in het Groene Huis tegenover mijn grootvader en schonk hem de herinnering aan zíjn Ida.

Ik begreep er toen natuurlijk niets van. Ik wist niet wat een blokkade was, noch over welke vrouw het ging, maar bij het zien van Kostja's houding, die ten slotte als een andere man de kamer uit kwam, vermoedde ik dat het menens was. En zonder te beseffen wat er met me gebeurde terwijl ik door de kier van de deur naar die vreemde verhalen luisterde, merkte ik wel degelijk dat dat moment ook voor mij gevolgen zou hebben. Misschien heb ik ook op die dag begrepen dat mijn korte, banale levensverhaal toen al vervlochten was met tal van andere verhalen, die een plaats hadden naast mijn eigen gedachten en herinneringen, die ik verzamelde en die me voedden. En dat de verhalen die ik Stasia altijd probeerde te ontlokken, geen sprookjes waren die me meevoerden naar een andere tijd, maar de concrete bodem vormden waarop ik leefde. Terwijl ik met ingehouden adem en van spanning gebalde vuisten voor de deur van Kostja's werkkamer gehurkt zat, werd me duidelijk dat ik meer dan al het andere in het leven precies hetzelfde wilde als wat die blinde en toch zo vooruitziende vrouw op dat moment deed: bijeenbrengen wat uit elkaar is gevallen. Andermans herinneringen bijeenvoegen, die pas een samenhang vormen als uit veel afzonderlijke brokstukjes één geheel ontstaat. En wij, of we het weten of niet, dansen binnen dat totaalbeeld allemaal onze eigen dans volgens een geheime choreografie. (Ja, Brilka, je hebt gelijk: we dansen allemaal!)

Meer dan een uur zat Ida E. in de werkkamer van mijn grootvader te vertellen. In dat uur zei Kostja praktisch geen woord. Maar blijkbaar verwachtte de vrouw dat ook niet. Voordat ze haar stoel achteruitschoof en naar de deur liep, hoorde ik dat ze iets voor hem op tafel legde en zei: 'Dit is mijn autobiografie. Die is een paar jaar geleden in Duitsland verschenen en ook in verschillende talen vertaald. Helaas niet in het Russisch. Maar ik heb toch een vertaling laten maken voor privégebruik, voor u dus. Ik vond dat u het verdiende alles heel precies te weten. Het boek is opgedragen aan Ida.'

Ik hoorde mijn grootvader een treurig, terneergeslagen 'Dank u' mompelen, voor hij de deur voor haar opendeed en afscheid van haar nam met de woorden: 'Ik dank u. Ik dank u uit de grond van mijn hart.' De formulering 'uit de grond van mijn hart' had ik nog nooit uit Kostja's mond gehoord.

Hij stond te kijken hoe de auto ons erf af reed en staarde nog een hele tijd naar de leegte die de auto had achtergelaten. Toen draaide hij zich met een ruk om en riep tegen mij dat ik een fles wijn uit de kelder moest halen.

Toen ik terugkwam, lag hij in de slaapkamer op zijn bed met opgetrokken benen te snikken als een klein kind. Toen ik hem daar zo wanhopig zag liggen, wilde ik meteen weer rechtsomkeert maken en de kamer uit sluipen, want ik was ervan overtuigd dat hij mij op dat moment van zwakte niet in zijn buurt wilde hebben, maar hij beduidde me te blijven en hem de fles te geven. Zijn handen trilden zo dat hij de kurk er niet uit kreeg. Ik was niet in staat me te verroeren en staarde hem verbijsterd aan, mijn hart kromp ineen van medelijden. Dat ik met hem, mijn machtige, despotische grootvader, die mij het leven zuur maakte, op een dag medelijden zou hebben, had ik niet kunnen dromen. Maar zijn aanblik maakte me heel verdrietig, ik begon zelf bijna te huilen en holde met de fles naar de keuken, waar ik er na ettelijke pogingen in slaagde hem open te trekken. Op dat moment zag ik een omgespoelde melkfles op het aanrecht staan, die een bredere hals had en die Stasia, net als zoveel andere vrouwen in de Sovjet-Unie, om onbegrijpelijke reden bewaarde. Ik schonk de wijn over in de melkfles, ging terug naar de slaapkamer en hield de fles voor zijn betraande mond, zoals je bij een moederloos hertje of kalfje doet. Dankbaar begon hij te lurken en slikte de rode vloeistof ten slotte gulzig door.

Ik dekte hem toe. Daarna ging ik naast hem liggen wachten tot zijn tranen waren opgedroogd. Hoeveel zou ik er vroeger niet voor hebben gegeven om mijn grootvader zo zwak en hulpbehoevend te zien, zo gebrekkig en kwetsbaar, maar nu het zover was, kon ik er niet tegen.

Ik deed mijn schoenen uit, ze vielen met een plof op de houten vloer. Ik schoof voorzichtig naar hem toe. Daarna legde ik aarzelend mijn hand op zijn zij en raakte nauwelijks merkbaar zijn pols aan.

Op dat moment stond hij me zo na als niemand anders op de wereld. De tranen van mijn moeder, noch die van Nana, noch die van Daria, niet eens die van mezelf hadden ooit zo'n indruk op me gemaakt. Ook de aanblik van Roesa's opengesneden polsen niet; niets had me zo van mijn stuk kunnen brengen. Van lieverlee liet ik mijn tranen ook de vrije loop. Ik huilde om de vertrouwelijkheid die er tussen ons had kunnen zijn.

Een poosje lag hij strak naar het kale plafond te staren, toen ging hij snuivend overeind zitten en nam een grote slok uit de fles. Deze keer zonder mijn hulp.

'Was ze je vriendin?' fluisterde ik uitgeput. Zelfs praten kostte me moeite.

'Ik was daar, ik was vlak bij haar, ik had haar...' mompelde hij. Ik wist niet wat hij bedoelde.

'Hou je nog steeds van haar?'

'Ze is dood. Ze is al heel lang dood.'

'Stasia zegt dat er geesten bestaan.'

'Stasia kraamt onzin uit. Je moet niet alles geloven wat ze zegt.'

Hij keek verwonderd naar de fles in zijn hand en vroeg hoe die goede wijn in een melkfles kwam.

'De hals van de wijnfles was te smal. Je zou de wijn hebben gemorst.'

'Dank je... Ik wist niet dat ze in Leningrad was gebleven, ze had allang geëvacueerd moeten zijn. Ik...'

De laatste zin zei hij tegen zichzelf. Hij volgde alweer zijn eigen gedachten.

'Vroeger was je vast aardiger,' zei ik, nadat ik een poosje had geprobeerd me mijn grootvader als jongeman voor te stellen. Hij keek op me neer. Hij moest glimlachen.

'Jij vindt dus dat ik niet aardig ben?'

'Meestal niet, nee.'

'Waarom wil je dan zo graag dat ik aardig ben?'

'Jij wilt toch ook dat anderen aardig voor jou zijn?'

Hij leek verbluft door mijn openhartigheid. Blijkbaar zocht hij naar een bij de situatie passend antwoord, in plaats daarvan schudde hij glimlachend zijn hoofd, stak zijn hand uit en kneep in mijn wang, wat een luide kreet van protest van mijn kant tot gevolg had.

We zaten met z'n tweeën in de schemerige kamer en hij luisterde naar me, hij onderbrak me niet, waarschuwde me niet, berispte me niet, corrigeerde me niet, hij liet me uitpraten. Ik sprong van de hak op de tak. Zonder chronologie, alles wat er in me opkwam. Ik praatte met hem zoals ik zelden met iemand had gepraat, behalve met David, en terwijl ik dat deed, was ik niet het stugge meisje, niet het gesloten, somber kijkende, ziekelijk nieuwsgierige meisje dat iedereen altijd zorgen baarde, ik was gewoon mezelf. Het was zo'n opluchting dat ik geen moeite hoefde te doen, en hij zat daar maar, nam af en toe een slok uit zijn melkfles en luisterde naar me, glimlachte tussendoor, knikte alsof hij het met me eens was, fronste zijn voorhoofd, smakte met zijn lippen en was de beste, de aandachtigste toehoorder van de wereld, Brilka.

Hij was er, bij mij, voor mij. En ik dankte Ida voor die middag met de man van wie ik, sinds ik op de wereld was, wilde dat hij meer van me hield dan alle anderen. En op een moment van zwakte verbrak ik de regels die ik me in de omgang met hem zo moeizaam had aangeleerd en liet ik me gaan, ik werd spraakzaam, legde mijn pantser af, wijdde hem in mijn geheimen in en vertelde hem over moeders geldzorgen, over Aleko's problemen, over David, over Daria, over de auditie.

De hele middag bleef ik in zijn kamer bij hem op bed en naïef als ik was, geloofde ik dat woorden de liefde konden vervangen en dat herinneringen het verleden goed konden maken.

Ik vergiste me. Natuurlijk vergiste ik me.

Ik geloof dat slechts zij gevaar lopen
die niet op het leven reageren.
Gorbatsjov

De reactie kwam laat, maar was des te vreselijker. En voor het eerst werd Daria erdoor getroffen, op de mij zo vertrouwde en voor haar zo vreemde, brute, naakte, compromisloze manier die kenmerkend was voor Kostja's woede.

Na het bezoek van Ida E. bleef Kostja een hele week thuis. Hij en ik keken in zijn slaapkamer nog steeds samen televisie, aten bij het ontbijt Nana's pannenkoeken en praatten over koetjes en kalfjes, maar dat alledaagse gebabbel had niets gemeen met de onthullende intensiteit van die middag.

Precies een week na het bezoek liet hij zijn chauffeur komen en ging, na mij bij school te hebben afgezet, naar het ministerie. Later zou hij Daria en mij komen afhalen, zei hij. Ik wist dat daarmee een einde gekomen was aan mijn tijdelijke alleenheerschappij in het Groene Huis.

Op school zocht ik Daria, maar ook in de grote pauze was ze op het schoolplein nergens te bekennen. Ten slotte ontdekte ik haar met opgezwollen ogen en een rode neus op een bank achter de school. Ze was alleen – een ongewone aanblik. Ik ging naast haar zitten. Toen ik een poging deed om een arm om haar heen te slaan, duwde ze me zo hardhandig weg dat ik op de grond viel.

'Jij hebt alles kapotgemaakt! Ik haat je!' schreeuwde ze en ze rende weg.

Vanuit een telefooncel lukte het me ten slotte Elene te bellen. Aan Aleko's gedempte stem hoorde ik wat voor onheil ik had aangericht. Kostja had hen de vorige avond gebeld. Hij had zijn dochter en haar man gedreigd dat hij hen nooit meer in de buurt van Daria zou laten en de hele filmstudio zou opblazen als ze niet onmiddellijk een einde aan die onzin maakten, het contract ontbonden en Daria stante pede naar hem terugstuurden. Elene lag nu als een hoopje ellende in bed, zei Aleko, en ondanks zijn voorzichtige manier van praten hoorde ik duidelijk het verwijt in zijn stem.

Ik was een verraadster! Ik had mijn moeder, Aleko en vooral mijn zus verraden in ruil voor een beetje vertrouwelijkheid met Kostja, een beetje genegenheid van hem. Nu ging alles naar de knoppen en dat was mijn schuld.

De oorlog tussen Elene en Kostja, de laatste jaren eerder een onuitgesproken wapenstilstand, kwam met ongekende destructieve kracht opnieuw tot uitbarsting en deze keer moest iedereen het ontgelden, deze keer zouden overwinning en nederlaag van beslissende betekenis zijn.

Kostja's humeur had ook om een andere reden een dieptepunt bereikt: Gorbatsjov had de leiding van de Communistische Partij overgenomen en voor de zevenentwintigste partijdag hervormingen aangekondigd. Telkens als Kostja zijn foto in de krant zag, schudde hij zijn hoofd en riep hij dat die 'laffe opportunist' het land zou ruïneren. Want Gorbatsjov had kritiek op de overheid en de corruptie geuit, wat in brede kringen niet bepaald tot enthousiasme, maar vooral tot irritatie had geleid.

Ik probeerde iets goed te maken, maar wist niet precies wat en vooral niet waar ik moest beginnen.

Kostja's toezicht had absurde vormen aangenomen: Daria mocht na schooltijd niet met een vriendin gaan wandelen, niet naar de ijssalon en niet langer dan twee minuten telefoneren. Stipt op tijd werd ze naar school en het sportinstituut gebracht en daar weer opgehaald. Hij gunde haar geen seconde vrije tijd, geen seconde vrijheid. Ze moest uitnodigingen voor verjaardagsfeestjes afslaan en daar absurde smoezen voor verzinnen. Maar wat me nog meest aan het hart ging, was het feit dat ze alles zonder slag of stoot accepteerde, alsof ze niet beter had verdiend, alsof de straf onvermijdelijk was, alsof ze enorme gewetenswroeging had omdat ze Kostja had bedrogen en teleurgesteld. Maar mijn nederlaag drong pas ten volle tot me door toen David een paar weken later Aleko opbelde en na er een eeuwigheid omheen gedraaid te hebben tegen zijn oude vriend zei dat hij een 'pijnlijke kwestie' met hem wilde bespreken en vroeg of hij de volgende dag bij hem langs wilde komen.

Aleko kwam onthutst thuis, wachtte tot Elene naar een van haar privéleerlingen ging en riep mij toen bij zich in de keuken. Hij moest twee sigaretten roken voor hij in staat was de omvang van de catastrofe te beschrijven die ik met mijn openhartigheid had aangericht en waarin nu ook David was betrokken. Zodra hij Davids naam liet vallen, nog voor hij vertelde wat er aan de hand was, wist ik dat er iets onherroepelijk stuk was gegaan, en ik vocht uit alle macht tegen mijn tranen.

'Hij wil me niet meer zien, hè?' flapte ik eruit en de tranen begonnen te stromen.

'Het is niet dat hij het niet wil, maar hij kan en mag het niet meer.'

'Vanwege Kostja?' jammerde ik. En hij knikte zwijgend.

'Heeft... heeft hij hem opgezocht? Maar... wat... wat voor ergs heeft hij hem over mij verteld?' snikte ik.

'Niet over jou, Nitsa, maar Kostja heeft kennelijk inzage in zijn dossiers gekregen en een paar geheimen van David aan het licht gebracht die David liever verborgen had gehouden.'

'Maar wat... wat voor geheimen dan?'

Ik kon me gewoon niet voorstellen dat mijn gevoelige mentor iets te verbergen had.

'Dat weet ik niet, Nitsa. Dat wilde hij niet zeggen en dat is ook zijn goed recht, daarom is het ook geheim. Maar hij zei dat Kostja had gedreigd dat geheim publiek te maken als hij jou nog langer "lesgaf".'

'Maar hij geeft mij toch helemaal geen les. We... praten alleen maar!'

'Dat weet ik, Nitsiko, maar hij geeft andere kinderen les. Daar verdient hij de kost mee en als je grootvader iets tegen hem in handen heeft wat zijn reputatie kan schaden, kan hij niet meer rondkomen, en dat zou een ramp zijn, begrijp je?'

'David heeft niets misdaan, hij toch niet, David toch niet... Ik wil naar hem toe, ik wil hem zien, alsjeblieft, Aleko, alsjeblieft, breng me bij hem, ik moet...'

'Hé, kleintje, dat kan nu niet. Hij heeft gezegd dat je altijd kunt bellen als iets je hoog zit, maar hem opzoeken... dat is op het moment niet zo'n goed idee. Het spijt me, Nitsa, ik weet niet wat Kostja heeft ontdekt dat voor hem aanleiding kan zijn om je bij David vandaan te houden. Ik weet toch wat hij voor je betekent.'

Die nacht liep ik tegen de muren op, ik bonkte met mijn

hoofd tegen de kast en knipte mijn schooluniform in stukken, en tegen de ochtend besloot ik tegen Kostja ten strijde te trekken. Ik had niets meer te verliezen. Alles wat me heilig was, had hij met de grond gelijkgemaakt. Alles wat mijn hart kon breken, had hij meedogenloos ingezet. Alles in mij schreeuwde om wraak.

Maar eerst moest ik erachter zien te komen wat hij tegen David in handen had. De volgende avond liep ik linea recta zijn werkkamer binnen om hem ter verantwoording te roepen. Hij was kwaad dat ik niet had geklopt, stond van zijn stoel op, schoof zijn leesbril op zijn hoofd en keek me vermanend aan.

'Hoe vaak moet ik nog zeggen dat dichte deuren niet zomaar opengemaakt mogen worden?'

'Je hebt tegen me gelogen, je hebt me gebruikt, je hebt alles stukgemaakt. Je bent gemeen, ik haat je!' schreeuwde ik hem in zijn gezicht. Geschrokken van de kracht van mijn stem deed hij een stap achteruit en liet zich weer op zijn draaistoel vallen.

'Wil je een beetje op je woorden letten, jongedame!' zei hij op de ietwat hautaine schoolmeesterstoon die hij altijd aansloeg als hij opeens niet meer wist wat hij moest zeggen.

'Wat heb je tegen hem gezegd? Hoe kon je...'

Ik deed mijn uiterste best om niet in tranen uit te barsten, ook al had ik alweer een brok in mijn keel. Mijn stem trilde en ik moest me met één hand aan de rand van zijn bureau vasthouden om niet onderuit te gaan. Angst vermengde zich met wanhoop en maakte me weerloos, impulsief, onbeheerst en ik wist dat dat me makkelijk de das om kon doen.

'Ah, nu begrijp ik het. Je bedoelt zeker je "pedagoog"?'

'Ik hou van hem en hij heeft niets misdaan en hij helpt me en... Ik wil hem terug!' schreeuwde ik.

'Dat je stiefvader zo'n misbaksel als vriend heeft, verbaast me niets, maar dat je moeder verzuimt na te gaan aan wie ze haar eigen kind twee keer week toevertrouwt, dat is zelfs voor haar doen onvergeeflijk. Terwijl ze toch zelf kinderen lesgeeft!'

'Wat heb je tegen hem gezegd? Ik wil dat je hem onmiddellijk belt en je verontschuldigt, je kent hem niet, je weet niet hoe...'

'Nitsa, kalmeer alsjeblieft en luister eerst eens, ik wil niet dat je op die toon tegen me praat. Ik heb alleen gedaan wat ieder weldenkend mens met verantwoordelijkheidsgevoel voor zijn kleindochter zou hebben gedaan.'

'Ik wil niet kalmeren, ik wil dat je hem belt en...'

Plotseling sloeg hij met zijn vuist op het bureaublad, zodat het hele bureau ervan schudde. Instinctief deinsde ik achteruit, maar ik liet de rand van het blad niet los.

'En nu luister je naar me zonder me in de rede te vallen! Ik wilde alleen weten naar wat voor "leraar" je werd gestuurd. Je bent nog jong en makkelijk te beïnvloeden en voor mij als je voogd is het belangrijk om te weten door welke mensen ik mijn meisjes laat vormen. Ik wilde je leraar op geen enkele manier schaden. Ik heb alleen wat informatie over hem ingewonnen en zie, daar ontdek ik dat mijn kleindochter met een perverse man onder één dak zit en zich door hem de wereld laat verklaren.'

'Hij is niet ziek, waar heb je het over?' Ik wist niet wat ik moest zeggen. Ik begreep er niets meer van. 'Hij is een geweldig natuurkundige en filosoof en hogere wiskunde kan hij ook en hij heeft zichzelf vier talen geleerd en...'

'Ja, dat kan hij vast. Maar ik vraag me af waarom die nietsnut van een stiefvader van je geen moeite heeft gedaan om erachter te komen waarom dat genie zijn beroep niet uitoefent en in plaats daarvan thuis kleine kinderen hersenspoelt.'

'Hij heeft gewoon andere opvattingen...'

'Opvattingen. Precies, Nitsa, andere opvattingen,' onderbrak Kostja me, terwijl hij grijnzend achteroverleunde. 'Ik heb je beschermd tegen iets wat hij je had kunnen aandoen. Ik heb gedaan wat ik moest doen, wat iedere normale vader...'

'Maar je bent mijn vader niet!'

Ik verhief alweer mijn stem, wat hem zo ergerde dat hij opeens opsprong, naar me toe kwam, vlak voor me ging staan, op me neerkeek en me toesiste: 'Knoop dit in je oren: je leraar is een zieke man, hij is een gevaar voor de samenleving en vooral voor kinderen, en daarom ga jij nooit meer naar hem toe, begrepen?! Deze uitleg moet voorlopig voldoende zijn en nu wil ik dat je uit mijn kamer verdwijnt en nooit meer binnenkomt zonder te kloppen.'

Hem zo dicht voor me te hebben, zijn adem te ruiken, de zelfverzekerdheid in zijn blik te zien – dat alles maakte me bang en het liefst was ik meteen de kamer uit gestormd, maar mijn verlangen om David terug te zien was sterker dan mijn vluchtneiging. Ik keek Kostja recht aan en zei zacht, maar beslist: 'Hij is niet ziek. Jij bent ziek. Jij, niet hij!'

Ik zag hoe zijn gezicht uit de plooi raakte en er zich woede van hem meester maakte – het enige wat we op dat moment deelden –, maar ik had besloten niet te zwichten, koste wat het kost.

'Het is een pederast, die geweldige leraar van je is een zieke viespeuk, is dat eindelijk voldoende reden voor je?'

'Een wat?'

'Iemand die van kleine jongetjes houdt en...'

'Maar ik ben toch helemaal geen jongen!' was het beste antwoord dat me te binnen schoot.

'... en dingen met ze doet die een volwassene niet met kinderen mag doen.'

'Dingen die jij bijvoorbeeld met Roesa hebt gedaan?'

De draai om mijn oren van mijn grootvader kwam zo

hard aan dat ik mijn evenwicht verloor en bijna tegen de grond ging. Ik kon me nog net staande houden en had even het gevoel doof te zijn aan mijn linkeroor. Kostja staarde geschrokken naar zijn hand, alsof daar een plausibele reden voor zijn gedrag te vinden was.

'Je had me niet zover mogen drijven...' mompelde hij.

Ik lag de hele nacht wakker en probeerde me iets voor te stellen bij 'dingen die een volwassene niet met kinderen mag doen', maar het wilde niet lukken. David had met mij alleen maar dingen gedaan die me gelukkig maakten. Wat was er ziek aan om mij een plezier te doen, mij te beschermen? Niettemin had mijn grootvader heel dreigend geklonken toen hij vol leedvermaak en afschuw dat vreemde woord uitsprak, en de indrukwekkende herinnering aan de brandende draai om mijn oren weerhield me ervan Davids nummer te draaien.

Bij het idee het van nu af aan zonder David te moeten stellen verstijfde ik van schrik. Geen plek meer waar ik met mijn vragen terechtkon, waar ik mijn woede en frustratie kon luchten. Wat moest ik zonder zijn bibliotheek en vooral zonder zijn begripvolle manier van doen? Omdat ik me niet bij dat idee kon neerleggen, besloot ik aan te kloppen bij de enige die me niet de hele tijd aan mijn verraad herinnerde en hem opnieuw om hulp te vragen. Ik beschreef Aleko gedetailleerd mijn woordenwisseling met Kostja, schetste mijn vragen en bedenkingen met betrekking tot het begrip 'pederast' en vroeg hem tegen David te zeggen dat ik alles zou doen om hem te mogen blijven bezoeken. Maar Aleko reageerde heel anders dan ik had verwacht. Nog voordat hij in woede uitbarstte, wist ik al dat ik weer een fout had gemaakt.

Voor het eerst koos hij partij voor Kostja en maakte hij David uit voor alles wat mooi en lelijk was, noemde hem een 'huichelaar' en een 'wellusteling'. Ik stond geschrokken in de hoek en liet de scheldkanonnade over me heen komen. Wat had ik nu aan het rollen gebracht? Waarom moest die blinde vrouw bij ons opduiken om me met haar treurige verhaal weekhartig en meegaand te maken, wat had me bezield om die hele kettingreactie teweeg te brengen die ik, nu ze eenmaal op gang was gekomen, niet meer kon stoppen?!

'Nu begrijp ik waarom zijn vrouw de kinderen niet meer bij hem in de buurt laat en waarom zijn ex-collega's zo slecht over hem te spreken zijn. En ik maar denken dat hij mijn vriend was. De leugenaar, de schoft, ik krijg hem nog wel... Je moet je grootvader dankbaar zijn, Nitsa!'

Aleko's ogen waren bloeddoorlopen, het speeksel spatte van zijn lippen, mijn pogingen om hem tot bedaren te brengen haalden niets uit.

Toen Elene terugkwam, zei hij dat hij nog iets moest doen en stormde langs haar heen de deur uit. Toen voelde ik het volgende onheil al aankomen. Moest ik Elene inwijden? Het leek me te riskant. Ze was toch al kwaad op me en keek me de hele tijd met een beledigd, verwijtend gezicht aan, bovendien wist ik nog steeds niet wat een pederast was.

De week ging voorbij en het werd vrijdag zonder dat de kans om David terug te zien dichterbij gekomen was. Ik hield het niet meer uit, spijbelde de laatste twee uur en nam de trolleybus naar Davids huis.

Ik moest een paar keer aanbellen voordat hij opendeed. Hij had blauwe plekken onder zijn ogen en een verband om zijn hoofd. Hij deed geschrokken een stap achteruit, liet me, nadat hij zich ervan had overtuigd dat ik alleen was, in de gang, maar bleef daar staan en vroeg me niet binnen in zijn atelier. We bleven in het schemerdonker tegenover elkaar staan. Deze keer deed ik niet mijn best om mijn tranen te bedwingen. Maar hij deed ook geen poging om me te troosten.

'Ik wilde dit niet...' jammerde ik.

'Dat weet ik, Nitsa, dat weet ik.'

Zijn toon was kil en afstandelijk.

'Wie heeft dat...' stamelde ik, terwijl ik naar zijn verband wees.

'Dat doet er even niet toe. Helaas kunnen we elkaar niet meer zien.'

'Maar ik wil bij je blijven.'

Er gleed een voorzichtige glimlach over zijn gezicht.

'Dat weet ik, maar we kunnen niet altijd de dingen doen die we willen doen.'

'Maar je hebt... je hebt toch gezegd dat we altijd moeten vechten voor de dingen die belangrijk voor ons zijn. Jij bent belangrijk voor me.'

'Soms zijn er situaties waarin het beter is om te berusten dan te vechten.'

Dat was de eerste zin van David waar ik het niet mee eens was. Nu snikte ik weer ongeremd, ademloos.

'Nog een paar jaar, Nitsa, dan ben je oud genoeg om zelf te bepalen met wie je wel en niet bevriend wilt zijn.'

'Ik ben nu al oud genoeg. Ben je echt een pederast?'

Ik veegde mijn neus af aan de mouw van mijn jas.

'Nee, dat ben ik niet.'

'Wat betekent pederast, David?'

'Dat betekent dat oudere mannen zich aangetrokken voelen tot jongetjes of adolescenten.'

'En wat ben jij dan?'

'Ik ben homoseksueel.'

'Wat betekent dat?'

'Ik voel me aangetrokken tot volwassen mannen.'

'Voel je je ook aangetrokken tot mij?'

Weer glimlachte hij, nu iets ontspannener.

'Ja, Nitsa, ik voel me aangetrokken tot jou, maar niet op de manier die ik net bedoelde. Je aangetrokken voelen houdt in dat geval ook de seksuele component in. Die component bestaat tussen ons gelukkig niet.'

'Maar waarom zeggen de anderen dat je een pederast bent, als je het helemaal niet bent?'

'Omdat de meeste mensen hier dat begrip verkeerd gebruiken en iedere homoseksuele man een pederast noemen, omdat het een scheldwoord is en ze niet alleen pederasten, maar ook homoseksuelen als ziek beschouwen.'

'Maar dan kunnen we elkaar toch blijven zien, als jij helemaal geen pederast bent? Dan hoeven we hun alleen maar uit te leggen dat je van volwassen mannen houdt en niet van kinderen, bovendien ben ik helemaal geen man, dat zullen ze vast wel begrijpen.'

'Nee, dat zullen ze helaas niet en we kunnen elkaar niet blijven zien, ik hoop dat je op een dag zult begrijpen waarom ik dat verbod onder deze omstandigheden niet kan negeren en dat het niet aan mij ligt. Jij zult altijd een vriendin van me blijven. Maar nu moet je gaan, Nitsa. Het is niet anders.'

De volgende dag, het was een grijze novembermiddag, ging ik na school rechtstreeks naar de staatsfilmstudio en vroeg naar Kote Latsabidze. Hij was er niet, maar ze belden hem op, omdat ik aanhield en tegen de secretaresse zei dat het een zaak van levensbelang was.

Twee uur later kwam hij inderdaad, een kale man in een trainingsbroek en een legerjack. Hij deed me eerder aan een zware crimineel dan aan een kunstenaar denken, maar toen bedacht ik dat de vrienden van Aleko er net zo uitzagen en besloot ik er verder geen aandacht aan te schenken. Ik stelde me voor en deed de situatie uitvoerig uit de doeken. Hij vroeg twee keer of het echt om dé Kostja Jasji ging.

Ten slotte zette ik mijn plan gedetailleerd uiteen. Terwijl ik aan het woord was, deed hij telkens zijn mond open alsof hij iets wilde antwoorden, maar hij deed hem weer dicht en glimlachte alleen, hoewel ik niet zeker wist of hij dat deed omdat mijn plan hem amuseerde, of dat hij opgelucht was een stapje dichter bij zijn droomactrice gekomen te zijn.

'Het kleine zusje van Daria, niet gek, het kleine zusje van Daria...' mompelde hij, alsof hij mij op geen enkele manier met Daria in verband kon brengen.

'En jij denkt dat je grootvader hier geen lucht van krijgt en dat we ons niet in de nesten werken? Die grootvader van jou is een machtig man, meisje, hij kan het hele project in gevaar brengen. Bovendien mag ik niet met haar filmen zolang ik geen toestemming heb van een ouder of een voogd, je zus is minderjarig.'

'Hoezo? Jullie hebben toch de toestemming van mijn moeder? Het gaat er toch alleen om tijd te winnen. Het gaat er alleen om Kostja uit de buurt van de set te houden.'

Hij keek me ongelovig aan en barstte toen in lachen uit. Het ergerde me, het ergerde me mateloos dat het hem zoveel moeite kostte om me serieus te nemen.

Opeens kwam er een vreselijke gedachte bij me op.

'U hebt zeker allang iemand anders?'

Maar tegen mijn verwachting in schudde hij van nee.

'Er zijn een paar gegadigden, maar ik heb nog geen beslissing kunnen nemen. Je zus is en blijft mijn eerste keus.'

'Alstublieft!' smeekte ik hem. 'Daria zal u niet teleurstellen, ze wil het immers ook heel graag. Toe, alstublieft. We fiksen het wel. Het is een goed plan. Geloof me.'

'Hoe oud ben je eigenlijk?' vroeg hij, terwijl hij opstond.

'Twaalf,' zei ik in de hoop dat dat getal hem serieus en volwassen in de oren zou klinken, maar ik wist niet zeker of dat zo was.

Hij ging een paar minuten de kamer uit. Toen hij terugkwam, had hij een sigaret tussen zijn lippen en begon hij te ijsberen. Opeens bleef hij als door de bliksem getroffen midden in het vertrek staan en gaf me een knipoog.

'Goed, kleintje, goed, we doen het zo. Het is zo gek nog niet wat je hebt bedacht, echt. Ik laat mijn secretaresse uitzoeken hoe het zit met het contract en wacht op je telefoontje. Hebben we een deal?'

Hij straalde ondeugend. Ik sprong enthousiast op, gaf hem een hand, rende de kamer uit, liet de grote studiohallen achter me en stormde opgelucht en blij de straat op.

'Wakker worden, ik moet met je praten.'

Ik zat op haar bed en schudde haar wakker. Ze gromde iets, draaide zich naar de muur en trok de deken over haar hoofd.

'Het is belangrijk. Kom op, Daria, je moet naar me luisteren. Je kunt toch meedoen met de film. Ik heb Latsabidze vandaag gesproken.'

Er kwam beweging in de deken, ze stak haar neus naar buiten, trok de deken tot onder haar kin en ging op haar rug liggen.

'En hoe dan, ze hebben toch allang iemand anders gevonden.'

'Nee, er is niemand anders. Hij wil jou.'

Die zin had effect. Ze ging meteen rechtop zitten.

'Kun je alsjeblieft als een normaal mens praten en zeggen waar je het de hele tijd over hebt?' snauwde ze.

'Nou goed, maar onder één voorwaarde, het moet onder ons blijven. Alleen jij en ik. Mama en Kostja mogen er niets van weten, zelfs Stasia niet, laat staan je vriendinnen.'

'Ja, vertel op nou!'

'Bij ons op school hangt een briefje op het prikbord. De Komsomoljeugd biedt leerlingen een skicursus van drie weken in Bakoerjani aan. Allemaal onder begeleiding van studenten van het Pedagogisch Instituut. Drie weken geen ouders en alleen studenten als oppasser, moet je nagaan. Latsabidze zegt dat het hem zeker lukt om in die drie weken al jouw scènes te filmen.'

'Je bedoelt...'

'Ja, ik heb ons gisteren voor die cursus opgegeven.'

'Maar dat is toch krankjorum? Als ik daar niet kom opdagen, bellen ze meteen naar huis!'

'Ja, daarom heb ik ook een plan. Wij gaan wekenlang bij Kostja zeuren dat we zo graag samen met de andere kinderen willen leren skiën. Dan stappen we in de bus die ons allemaal voor school oppikt. We vertrekken en zwaaien door het raam braaf naar hem en als we de stad uit zijn, begin jij te kermen. Au, au, nou ja, kennelijk kun je toneelspelen, dus je doet of je een blindedarmontsteking hebt, ik heb me laten vertellen dat dat echt erg is en dat je dan snel geopereerd moet worden. Dus zullen ze de bus laten stoppen en proberen contact op te nemen met onze ouders. Dan kom ik in beeld. Ik zeg, ach, weet u, voordat onze grootvader of moeder er is – laat Daria's papa haar maar komen halen, hij werkt hier in de buurt, en dan geef ik ze het nummer van Latsabidze.

Het zijn studenten, die hebben niets met onze school te maken, ze kennen ons niet, ze weten niet wie onze vader of moeder is, laat staan onze grootvader. Hij zal doen of hij je papa is en onze bus met zijn auto inhalen. Zodra je hem ziet, val je hem om de hals en is de zaak geregeld. Jij gaat met hem mee naar de set. Tussendoor bel je af en toe naar huis en vertel je Kostja hoe geweldig je het hebt in Bakoerjani. Voor het geval hij op het idee komt zelf naar het kamp te bellen, verzin ik wel iets. Je bent net aan het skiën of je ligt te slapen of zo. En als we terugkomen, geven we Kostja gewoon een verkeerde aankomsttijd op. En dan kunnen Latsabidze en jij mij weer komen halen, en later bellen we Kostja of mama en zeggen we: Oeps, we zijn toch wat eerder aangekomen dan verwacht.'

Daria had heel aandachtig geluisterd. Haar hele lichaam

leek te trillen van spanning. We hadden geen licht aangedaan, alleen het maanlicht viel door de open gordijnen in de kamer en zette ons gezicht in een blauwige gloed. Langzaam drongen mijn woorden tot haar door. Het leek of ze mijn plan al concreet voor zich zag. Opeens klaarde haar gezicht op, haar wenkbrauwen zakten weer in hun gewone stand, haar lippen gingen van elkaar en ze begon te giechelen.

'Je bent echt knettergek, weet je dat? Waarom wil je me nu ineens helpen, terwijl je me toch eerst hebt verlinkt?'

'Ik wil gewoon dat je me gelooft. Ik heb dat hele gedoe niet zien aankomen. Dat wilde ik niet.'

'Denk je echt dat we het voor elkaar krijgen?'

'Als jij je aan het plan houdt en vooral tegen niemand iets zegt, dan wel.'

'Goed, goed, dat moet me lukken. O god, heeft hij echt niemand anders? Heeft hij de rol nog niet bezet?'

'Nee, dat zeg ik toch.'

'Ik kan het gewoon niet geloven. Maar jij hebt toch een hekel aan sport? Hoe wil je het dan drie weken in de bergen uithouden?'

'Nou ja, ik heb mijn billen gebrand, dus moet ik op de blaren zitten. Hopelijk heb ik dan iets bij je tegoed, als ik die drie weken Bakoerjani en het gedril tenminste overleef.'

'Dit is het krankzinnigste plan dat ik ooit heb gehoord, maar wie weet werkt het.'

En het plan werkte. Kostja gaf toestemming: frisse lucht, sport, Komsomoljeugd – dat klonk hem goed in de oren. Vlak na het nieuwjaarsfeest gingen we met de bus naar Bakoerjani. Onze begeleiders waren zoals verwacht een stel fuifnummers, die geen enkele argwaan koesterden toen Daria door een slecht acterende regisseur, die voor onze vader speelde, uit de bus werd geplukt.

Maar voor mij begon er een moeilijke tijd: het was haast ondraaglijk om in het spartaanse, van sanitaire voorzieningen verstoken jeugd- en sportgebouw met vier kwebbelende meisjes een kamer te delen, bij het ontbijt smakeloze pap en bij het avondeten aangebrande gehaktballen te krijgen en onder de knoet van ambitieuze sportstudenten de hele tijd de kou in te worden gejaagd, vooral omdat ik er helemaal niets aan vond om op veel te oude en veel te lange ski's door de sneeuw te stuiven en mijn tijd liever had doorgebracht met *Woeste hoogten*, dat ik net aan het lezen was. Maar ik offerde me geduldig en bewust op. Twee keer moest ik de situatie redden toen Kostja spontaan Daria aan de lijn wilde hebben en mij vanuit de smerige lobby van het gebouw naar haar kamer wilde sturen om haar te halen. Beide keren wist ik hem met overtuigende smoezen af te schepen. Beide keren wist ik Daria te bereiken op het doorkiesnummer van Latsabidze, dat hij me voor zulke noodgevallen had gegeven, en zij belde Kostja – een beetje later – terug. Hij koesterde geen argwaan.

Aan het eind van de tweede week werd ik verlost van het gezelschap van krijsende, latent hysterische, puistige, grove en voortdurend schunnige moppen tappende jongens. Want op de piste kwam ik onverwachts Miro tegen, die met een sportclub ook in Bakoerjani zat. Hij was van jongs af aan een enthousiast skiër en trainde voor een ophanden zijnd jeugdtoernooi. Hij herkende me eerst niet, hij was in gezelschap van andere puistige, grove en schunnige moppen tappende jongens. Toen hij zich eindelijk herinnerde wie ik was, verscheen er op zijn donkere gezicht een glimlach, zo licht als de sneeuw om ons heen.

'Wat doe jij hier?'

'Hetzelfde als jij, neem ik aan,' antwoordde ik en de jongens om hem heen begonnen te grinniken.

Miro wierp hun een vermanende blik toe en ze waren meteen stil. Kennelijk had hij overwicht. Hij zat in het andere gebouw, waar geen meisjes mochten komen, maar hij en een paar van zijn maten wisten elke avond ons gebouw binnen te sluipen. Er heerste een echte vakantiekampsfeer. Ook al vond ik zijn maten absoluut niet grappig, toch sloot ik me bij de groep aan, deed mee met de nachtelijke feestjes en pyjamaparty's en gedroeg me ook zo nonchalant, vrij en onverschrokken mogelijk.

Eén keer wisten we tijdens de training aan de groep te ontsnappen en stampten we samen op onze ski's door het verblindende wit. Bij hem – hij trok de hele tijd gekke bekken en vertelde maffe verhalen – voelde ik me licht en geborgen. Kort daarna was er voor onze beide groepen een gezamenlijk middagmaal in een berghut, waarbij hij me betrapte op het lezen van Emily Brontë. Hij pikte een schaaltje overgebleven perzikcompote voor ons, kwam naast me zitten en vroeg wat ik las.

'Ik hou het nooit lang vol om te lezen, ik lees altijd eerst het eind,' zei hij verlegen, terwijl ik mijn boek weglegde. 'Het liefst heb ik dat iemand me voorleest. Dan kan ik goed luisteren. Christine leest me vaak voor, maar zij kiest altijd van die saaie dingen uit.'

'Van wat voor boeken hou jij dan?'

'Nou, *De drie musketiers* vond ik wel goed.'

Ik knikte.

'Zal ik je iets voorlezen?'

'Ja, o ja.'

Ik had geen enthousiasme verwacht, ik had gedacht dat hij eerder uit beleefdheid ja zou zeggen. We spraken af voor diezelfde avond. Ik moest het raam op de begane grond openlaten en dan zou hij naar binnen klimmen.

Hij kwam inderdaad op de afgesproken tijd en we slopen naar de televisiekamer, die leeg was omdat de televisie allang de geest had gegeven. We gingen in het kille, ongezellige licht op de doorgezakte bank zitten en ik begon uit de roman voor te lezen. Hij luisterde aandachtig, zijn lichaam spande zich bij bijzonder emotionele scènes, hij balde zijn vuisten en kneep me zelfs een keer in mijn arm, omdat de spanning hem te veel werd. Toen hij in de ochtendschemering door het raam weer naar buiten klom, bedankte ik inwendig mijn zus dat ze per se die film wilde maken.

Drie dagen voor mijn vertrek zag ik haar. Ze stond in een rood skipak bij een skilift, tussen twee jonge vrouwen, ook in een mooie overall en met ski's en stokken onder hun arm. Ik bleef staan en concentreerde me op het rood van haar pak. Ik voelde mijn hart steeds harder bonzen. Ik had het gevoel dat er tien paarden door mijn aderen galoppeerden. Ik had me zo vaak voorgesteld hoe het zou zijn om haar tegen te komen. Ik had haar zoveel te vertellen, ik had in het geheim zinnen bedacht die ik tegen haar wilde zeggen. Maar ik was niet in staat me te verroeren. Ik bekeek haar uit de verte, deed toen een paar stappen in haar richting. Ze zag me.

'Roesa!' wilde ik roepen, maar mijn stem liet me in de steek. Ze deed een stap naar me toe, bleef toen weer staan. We waren allebei angstig. Toen ik het toch voor elkaar kreeg om op haar af te lopen, zag ik haar ineenkrimpen, alsof ze bang was dat ik haar zou omhelzen. Haar ogen stonden dof. Ze wilde iets zeggen, maar wist kennelijk niet hoe en wat. Ik wilde zo graag weten wat ze deed en hoe het met haar ging. En nu stond ik voor haar, zwijgend, beschaamd, alsof ik een reden had om me tegenover haar te schamen. Haar gezicht was veranderd. Haar glimlach was niet meer zo zorgeloos en stoïcijns, minder uitdagend tegenover de wereld en de daarmee verbonden obstakels, het was alsof ze überhaupt moeite had om een glimlach op te brengen.

'Ben je hier met je grootvader?' was het eerste wat ze wilde weten.

'Nee, met de Komsomoljeugd. Gaat het goed met je?' vroeg ik onzeker. Ze haalde haar schouders op.

'Het moet wel, hè? Ik moet alleen mijn leven weer op de rails zien te krijgen, Nitsa. Maar ik ben je niet vergeten.'

Toen ze dat zei, voelde ik niets. Ik wilde alleen vlug weg. Ik knikte beleefd en draaide me om. Toen ik al een paar passen had gedaan, hoorde ik haar mijn naam roepen, maar ik keek niet meer om en liep naar de blozende en stralende Miro, die op me af kwam stuiven.

Ook het laatste deel van het plan slaagde. Latsabidze haalde me van de bus, hij zwaaide en sloot me in zijn armen alsof hij mijn vader was. Ik liet hem in zijn rol opgaan. Later belden we onze moeder om te zeggen dat we ons in de aankomsttijd hadden vergist en al in de stad waren.

Thuis fluisterde mijn zus tegen me dat ze nu niets anders meer wilde dan films maken. De acrobatiek was verleden tijd, maar het acteren was nog maar net begonnen. Ze vertelde over het grote talent dat ze volgens Latsabidze en zijn hele team bezat, over de complimentjes van de ervaren collega's, de fantastische sfeer op de set, de interessante mensen, haar fotogenieke gezicht waar iedereen het de hele tijd over had en dat ze over twee jaar, zodra ze klaar was met school, naar de toneelacademie wilde. Tot slot voegde ze er nog een kort 'Dank je' aan toe. Ik leunde achterover en glimlachte tevreden.

Onze tijdschriften maken er gewoon een wedstrijd van wie het best op de Sovjetmacht kan spugen.
Tsjebrikov

Ze werkte mee aan liefdadigheidsgala's, gaf samen met andere rock- en popsterren verschillende benefietconcerten. Ze had talloze televisieoptredens en radio-interviews. Ze nam aanbiedingen aan voor verschillende gastoptredens met beroemde collega's. De *Herald Tribune* noemde haar de Britse Patti Smith.

Kitty veranderde, ze lapte haar leeftijd aan haar laars. Ze gaf interviews, praatte over haar verleden, bekritiseerde de Sovjet-Unie, bekritiseerde haar vaderland, Amerika, de politiek, ze stak haar nek uit. Haar albums vlogen de deur uit, Amy was laaiend. De jeugd herontdekte haar oude platen. Maar hoe ze haar leeftijd ook probeerde te negeren, haar lichaam vertoonde er steeds meer sporen van, vermoeidheid, uitputting en onverschilligheid deden zich gelden. Het was makkelijk te verdoezelen zodra ze zich omringde met feestgedruis, harde muziek, veel mensen en alcohol. Alles wat haar vroeger tegenstond, accepteerde ze dankbaar en tevreden. Alles wat haar al die jaren wezensvreemd was geweest, liet ze met gemak op zich afkomen. Ze kon vrolijk zijn, uitbundig, vrijmoedig, ze kon zich laten gaan, zichzelf vergeten, zichzelf voor de gek houden. Zich steeds een beetje meer, steeds een beetje verder van zichzelf verwijderen.

Als een feniks kon ze elke avond onder de warme schijnwerpers uit de as herrijzen en een metamorfose ondergaan. Ze kon zijn wat ze niet was. Ze kon een, twee, drie, soms wel zeven uur of een hele nacht doen alsof de wereld aan haar voeten lag en alsof ze zich er thuis voelde. Maar schrijven deed ze niet meer. Ze had niet één lied meer geschreven. Ze had niets meer te zeggen en wilde dat ook niet.

En als ze 's nachts weer alleen was en in bed lag, probeerde ze er niet bij stil te staan wat de man deed die een overlevingskaart voor haar had getekend, en ook niet te denken aan de vrouw die die kaart uit alle macht probeerde uit te wissen. Ze hoopte dat het goed ging met de man, ook al leefde hij in een wereld die hem vreemd was geworden. Ze hoopte dat de vrouw overleefde en bij galerieën in en uit liep.

Maar Andro kwam nu steeds vaker, ze herkende hem in haar publiek. Als ze vanaf het podium neerkeek op de donkere menigte, zag ze hem met zijn glanzende krullen vooraan staan. Als ze 's morgens naar buiten keek, zag ze hem onder haar raam naar haar opkijken. Ze zag hem als ze vlug de straat overstak, op weg naar Amy, met wie ze naar de studio of een interview moest. Of in de rokerige, lawaaierige clubs waar ze met vrienden en kennissen zat en weer eens moest aanhoren hoe *great*, *cool* of *epochmaking* ze wel niet was. Ze zag hem in de spiegel naar haar glimlachen als ze zich in zo'n club op het toilet terugtrok en haar gezicht onder de kraan hield. Hij bleef. Hij was er. Hij zou niet meer weggaan. Hij wachtte op haar. Dat wist ze zeker. Hij drong niet aan, hij had alle tijd van de wereld.

Toen ze een keer tijdens een feest in het luxueuze huis van een mecenas aan Waterloo Park met een glas champagne in haar hand de tuin in liep om een luchtje te scheppen en een moment voor zichzelf te hebben, zag ze hem onder een esdoorn staan. Ze verstarde, dacht dat hij zo wel zou verdwijnen, maar toen hij geen aanstalten maakte, liep ze doelbewust naar hem toe en ging vlak naast hem staan zonder een poging te doen hem aan te raken.

'Ik wilde gewoon leven, overleven, is dat nu zo erg? Ben je daarom hier? Waarom begint alles altijd weer van voren af aan, als een draaimolen, steeds weer opnieuw, Andro? Misschien is het gewoon de loop der dingen. Maar zoals je daar staat te zwijgen, denk ik dat je me iets wilt zeggen, misschien dat ik dingen anders had moeten doen. Hij zou nu al een volwassen man zijn. Ik denk elke dag aan hem. Ik heb hem beloofd dat ik hem bij me hou, hier, hier, overal in mij.

Maar ik kraam onzin uit. Ik weet het, ik kan niet geloven dat ik dit allemaal echt aan je vraag. Ik wil gewoon alleen maar zingen, mijn hortensia's water geven en af en toe een goed glas whisky drinken. Is dat te veel gevraagd? Alsjeblieft, doe iets, help me, Andro!'

Opeens zakte ze in elkaar, haar glas viel op de natte grond, ze leunde tegen de harde schors van de boom, haalde haar hand open, maakte haar zwarte broek vuil, knielde op de modderige grond van de tuin en ging met opgetrokken knieën met haar rug tegen de boom zitten. Andro was verdwenen. Er was niemand meer. Alleen de verre lichten in het huis en het gegons van de stemmen drongen tot haar door, maar ze hadden haar niets meer te zeggen, net zomin als zij hun.

Ze stond op, klopte de aarde van haar broek en leunde tegen de boom. Het leven bladderde van haar af en wat overbleef was zijzelf. Het was haar nog nooit gelukt daarmee te leven, nog nooit sinds ze op de vlucht was. Precies vijfendertig jaar dus.

Op 25 februari 1986 werden op de zevenentwintigste partijdag van de Communistische Partij van de Sovjet-Unie onder voorzitterschap van de nieuwe secretaris-generaal radicale hervormingen aangekondigd om de economie aan te zwengelen, men besloot tot een verregaande vrijheid van meningsuiting en drukpers, de glasnost werd ingeluid.

Daarvóór had Gorbatsjov de atoomgeleerde Sacharov uit ballingschap laten terugkeren, wat voor velen een eerste stap betekende naar een ophanden zijnde revolutie. Hij eiste een 'versnelling van de sociaal-economische ontwikkeling', ook al dreigden de plannen stuk te lopen op de realiteit. Na zijn ambtsaanvaarding was binnen een halfjaar 70 procent van alle leden van het politbureau vervangen.

Maar de economie stagneerde al geruime tijd, nepotisme en corruptie waren tot ongekende hoogte gestegen. De privatiseringsgolf van bedrijven, die zich daarmee aan staatscontrole onttrokken, stuitte op veel tegenstand. Ook mijn grootvader Konstantin Jasji behoorde tot de tegenstanders; hij was van mening dat het land geen nieuwe revolutie, maar strakkere teugels nodig had, want alles was al prijsgegeven aan verval en dreigde uiteen te vallen.

In het zonnige Georgië werd men heen en weer geslingerd tussen euforie over de aanstaande hervormingen en ergernis over de besluiteloosheid van de hervormer. Door de persvrijheid zagen veel vroeger verboden manuscripten, vertalingen, essays en artikelen het licht. In universiteits- en schoolgebouwen kwamen steeds vaker groepen bijeen, die nog aarzelend over de toekomst discussieerden. In gedichten en liederen schemerde steeds meer kritiek door.

'Iemand die veranderingen wil, moet het er niet van laten afhangen of iedereen wel achter die veranderingen staat,' merkte Kostja op als hij 's avonds naar het nieuws keek. 'Anders zijn ze al bij voorbaat gedoemd te mislukken. Maar die would-be hervormer wil zich bij iedereen geliefd maken. Bij de communisten en de kapitalisten. Dat zal hem nog de kop kosten.'

Ik schonk in die tijd geen aandacht aan zijn woorden en zorgen. Ook de uitzendingen van *Vremja* interesseerden me niet. Na onze grote botsing had ik elke belangstelling voor mijn grootvader verloren, dat hoopte ik tenminste. Ik wilde niets meer met zijn problemen te maken hebben. In plaats daarvan genoot ik van de zoete vrucht van mijn kleine wraakactie: de onbeperkte aandacht en het blinde vertrouwen van Daria. Op het schoolplein liet ze me niet meer links liggen, integendeel, ze vroeg me bij haar groepje, stelde me aan al haar vrienden voor, wat me met grote trots vervulde. Ik was met mijn plan niet alleen Kostja te slim af geweest, ik had ook mijn zus kunnen bewijzen dat mijn liefde voor haar onvoorwaardelijker was dan die van haar bewonderde grootvader. Ik had bewezen dat het de moeite waard was om op mij te vertrouwen. Het was één grote genoegdoening.

Toen ik op Daria's laatste werkdag met haar meeging naar de studio, waar ze nog een opname moesten overdoen, gaf zelfs Latsabidze me een hand en bedankte hij me voor mijn hulp. De film heette overigens *De weg* en zou het jaar daarop in roulatie gaan. Om die triomf met iemand te delen nam ik op een middag de trolleybus naar Vake en belde bij Christine aan. Ik volgde haar naar de schemerige kamer, waar het rook naar eigengemaakte jam. Ze vroeg niet wat ik kwam doen, in plaats daarvan gaf ze me een bord lekkere noedelsoep. Toen ik mijn bord leeg had, vroeg ze of ik voor Miro kwam.

'Ja, eigenlijk wel,' zei ik.

'Hij heeft me verteld hoe leuk jullie het in Bakoerjani hebben gehad.' Ze nam me welwillend op. 'Stasia zegt dat jij een heel slim meisje bent.'

Ze schonk een beetje likeur uit een karaf in haar glas. Ik zat inmiddels aan de taart en probeerde te eten zonder te kruimelen.

'Vroeger woonde jij bij ons, hè?'

Mijn nieuwsgierigheid was weer eens moeilijk te beteugelen.

'Nee, dat klopt niet. Vroeger woonden ze allemaal bij mij. Toen had ik een groot huis, een mooi huis. Je grootvader en oudtante zijn daar opgegroeid. We hadden een mooie tuin met een fontein en... Nou ja, de tijden zijn veranderd.'

Toen vertelde ze dat Miro met een paar vrienden bij het kartracen in het Mtsjoeripark was. Maar ze zou tegen hem zeggen dat ik langs was geweest.

'Je bent hier altijd welkom,' zei ze toen ze me naar de

deur bracht. Daar was ik blij om. Bij Elene heerste de laatste tijd een grafstemming. Mijn moeder klaagde constant over hoofdpijn en Aleko hield zijn drinkgelagen daarom buiten de deur, wat nog meer ruzie veroorzaakte, omdat hij pas diep in de nacht aangeschoten thuiskwam. Ik besloot dus naar het Mtsjoeripark te gaan, dat niet ver van Christines huis lag, en Miro te zoeken.

Beneden, aan de andere kant van het park, waar het grensde aan de dierentuin van Tbilisi, vond ik inderdaad een kleine kartbaan en een stel puberjongens in leren jasjes en houthakkershemden, die stonden te roken en de coureurs aanmoedigden. Ik voelde hun onderzoekende blikken toen ik tussen hen door liep en naar Miro vroeg. Ten slotte ontdekte ik hem, hij zat op een klapstoeltje en was met een andere jongen briefjes aan het sorteren. Hij sprong geschrokken en verrast op toen ik ineens voor hem stond.

'Wat doe jij hier?' riep hij.

'Ik was bij Christine en die zei dat ik je hier kon vinden. Dus ik dacht, ik ga even langs.'

'Ja, leuk, goed idee. Maar je mag het tegen niemand vertellen, begrijp je? Je moet zestien zijn om hier mee te mogen doen, voor mij maken ze een uitzondering,' zei hij met een grijns van oor tot oor.

'Kun jij dan karten?'

'Tuurlijk. Maar nu regel ik de weddenschappen.'

'Weddenschappen?'

Hij nam me apart, sloeg samenzweerderig een arm om mijn schouder en fluisterde me in het oor dat het in principe illegaal was wat ze deden, de jongens hier verdienden zo een extra zakcentje, het ging niet om grote bedragen. Voor de zekerheid voegde hij eraan toe dat ik ook dat tegen niemand mocht zeggen.

'Maar als ik jou hier al met van die briefjes betrap, hoe makkelijk denk je dat de politie jullie dan op het spoor kan komen, jullie en je weddenschappen?' vroeg ik door.

Hij krabde peinzend achter zijn oor. Kennelijk had hij daar niet bij stilgestaan.

'Jullie moeten het beter regelen, handiger, bedoel ik,' lichtte ik toe.

'Zo, vind je? En hoe dan?'

Hij boog zijn hoofd naar me toe, er hing een lok over zijn voorhoofd, die mijn wang kietelde.

'Nou ja, ik zou het voor jullie kunnen doen.'

Ik had weliswaar geen benul van kartraces en al die jongens maakten me bang, maar het idee kwam spontaan op toen ik bedacht hoe leuk het zou zijn om Miro vaker te zien.

'Jij? Jij hebt daar toch geen verstand van?'

'Ik heb veel tijd over na school. Mijn moeder is niet zo van het controleren, en ik leer snel.'

Hij dacht even na en liep toen naar de anderen om te overleggen. Even later kwam hij met een enthousiast gezicht naar me toe: 'Ze vinden het een slim idee. We leggen je uit hoe het gaat, als meisje zal niemand je verdenken. Morgen om twee uur moet je hier zijn, dan is Haai er ook, en hij is de baas.'

'Haai?'

'Ja, Haai, onze baas, die is negentien,' zei hij vol waardering, alsof het een grote verdienste was om negentien te zijn.

Ik zou het laatste uur aardrijkskunde moeten spijbelen om de volgende dag op tijd in het park te zijn, maar daar was wel een mouw aan te passen.

Het was simpel: kort na zonsondergang, als het park leeg was, ging de kleine kartbaan open voor de puberjongens en hun meerderjarige leider. De toezichthouders waren omgekocht en knepen een oogje toe. Officieel waren het oefenrondjes, inofficieel was het tijdverdrijf voor coole jongens en een mogelijkheid om snel aan zakgeld te komen. De races vonden in het donker plaats. Van tevoren kon je net als bij een tombola een briefje in een emmertje gooien waarop je je favoriet had geschreven. Daarvoor moest je je geld – de inzet verschilde per race – bij Haai afgeven, na afloop werd het geld onder de winnaars verdeeld. Van nu af zou ik over de financiën gaan.

Ondanks de aanvankelijke scepsis van Haai – een magere, kettingrokende figuur met een slechte huid en vettig haar in een echte Levi's die met zijn lichaam vergroeid leek – overtuigde ik hem. Ik rekende snel, hield me buiten de discussies en bewaarde het geld in mijn maillot – een heel veilige plek. Mijn enige uitdaging was mijn moeder wijsmaken dat ik deelnam aan een cursus 'Mooi voorlezen' in het Jeugdpaleis en daarom drie avonden per week later thuis zou komen. Maar algauw liet ze me de vrije hand en soms wist ik het zelfs zo te regelen dat ik na school niet eerst naar huis hoefde, maar meteen naar Christine ging, daar at en later samen met Miro naar de races liep. Christine had het met Elene besproken, voor haar maakte het niet uit of ze voor een of twee monden kookte en Lana was er meestal toch niet – die was altijd aan het werk of moest naar bouwcongressen in verschillende steden van de Sovjet-Unie.

Ondanks mijn aanvankelijke schroom kostte het me algauw geen moeite meer om me in het gezelschap van de kartjongens te handhaven, ik voelde me bij hen zelfs beter op mijn gemak dan bij mijn klasgenootjes. Ik hoefde niet mooi te zijn, ik hoefde geen aandacht aan mijn kleren te besteden, ik hoefde alleen af en toe aan een bierflesje te nippen en vervolgens te boeren of een trek van een sigaret te nemen – dat was al genoeg om in hun groep te worden opgenomen.

Tijdens de races, die me niet zo interesseerden, las ik mijn boeken, ook al maakten ze soms stomme grappen over mijn ‘liefdesromans’. Ik pareerde dat met de opmerking dat het maar goed was dat er tenminste één iemand in hun groep kon lezen en schrijven. Met zulke uitspraken dwong ik gaandeweg respect af. Haais aanvankelijke bezwaar dat ik te meisjesachtig was voor dit werk, werd niet bevestigd. Ik leerde snel om schuine moppen te lachen en schunnige opmerkingen niet meteen als een teken van geestelijke onderontwikkeling te beschouwen, ik leerde ver spugen en hard rennen als er weer eens werd gezegd dat de ‘smerissen’ in de buurt waren.

Miro bewoog zich in die tijd precies op de grens tussen *Woeste hoogten* en ‘neuk je moeder’, en het was nog niet duidelijk voor welke kant hij uiteindelijk zou kiezen. Zijn behoefte om bij iedereen in de smaak te vallen en iedereen te amuseren werkte soms op mijn zenuwen, maar hij speelde het telkens weer klaar om mijn ergernis uit de wereld te helpen door er nog een schepje bovenop te doen, nog iets verder te gaan, tot ik wel moest lachen. Maar op de momenten dat hij niet meer de clown hoefde uit te hangen, rustig bij me kwam zitten en me iets liet voorlezen, voelde ik dat iemand me nodig had en dat ik hier met die altijd grijnzende jongen naast me op mijn plaats was.

Ik wist dat het laat zou worden. Ik was al smoesjes aan het verzinnen voor Elene. Haai en de andere jongens hadden ruzie gekregen over de afloop van een race en waren er niet uit gekomen, daarom had ik het geld bij me moeten houden. Ik was moe en het was al na tienen en ik had waarschijnlijk een eeuwigheid op een trolleybus moeten wachten, dus liep ik met Miro mee naar Christine en Christine belde mijn moeder. Toen riep ze mij aan de telefoon.

‘Het spijt me, deda. Ik heb mijn tijd verkletst met Miro.’

‘Ik kan je nu niet komen halen, Aleko is met de auto weg. Dus vannacht blijf je bij Christine slapen. En morgen kom je na school meteen naar huis. Kostja komt jullie na Daria's gymnastiekles ophalen, begrepen?'

We kaartten en lachten nog wat om de afgelopen dag. Miro imiteerde de jongens bij de baan. Lana was een week naar een congres in Rostov en we hadden Miro's kamer voor ons alleen. Ik sliep op een stretcher naast zijn bed. Nadat het licht was uitgedaan, knipte hij een zaklantaarn aan, sprong bij mij op de stretcher en drukte me een boek in de hand.

'Wat is dat?' fluisterde ik.

'*De amfibie-mens* van Beljajev, ik ben al op bladzijde 119. Lees maar door als je wilt.'

Ik onthield me van commentaar en las voor uit de sciencefictionroman.

'Ruik jij dat ook?' vroeg ik na een poosje. De digitale wekker waar Miro zo trots op was en die zijn moeder voor hem uit Dresden had meegebracht, stond op 02.45 uur. De geur was zo sterk dat ik even een wee gevoel kreeg. Miro ging rechtop zitten en snuffelde ook, als een hongerig dier dat de lucht van iets krijgt.

'Wat is dat?' wilde ik weten. Ik had nog nooit van mijn leven zoiets lekkers geroken.

'Het ruikt naar chocola. Christine is vast een chocoladetaart aan het bakken. Denk je niet?'

'Ja, laten we even gaan kijken...'

We sprongen tegelijk op, ik stak mijn voeten in zijn pantoffels, die me minstens vier maten te groot waren, en we renden de woonkamer binnen.

Christine zat voor de televisie, waarop geen beeld te zien was, alleen de gekleurde strepen van het testbeeld. Ze lepelde een zwarte vloeistof uit een theekopje. Eerst zag ze ons niet en ging ze als in slow motion door met eten.

We staarden verward van de televisie naar haar en weer terug. Miro sloop naar haar toe en omhelsde haar van achteren. Ze schrok op alsof ze uit een droom was gerukt, toen drukte ze een kus op zijn voorhoofd.

'Wat doen jullie hier? Waarom slapen jullie niet?'

'Wat eet je daar voor zaligs?'

Hij staarde naar haar kopje. Ze dekte het met haar hand af.

'Niets. In elk geval niets voor kinderen.'

'Maar wij zijn geen kinderen meer,' antwoordde Miro brutaal.

'En of jullie dat zijn. Maak dat je wegkomt. Morgen moeten jullie naar school, zijn jullie dat soms vergeten?'

'Maar Christy' – Christy was zijn koosnaam voor haar – 'wij willen dat ook proeven. Het ruikt zo lekker, wat is het?'

'Nee!'

Ze schreeuwde bijna en sprong op. Even stonden we tegenover elkaar, als roofdieren die hun territorium afbakenen. Toen rende Miro naar de keuken en kwam terug met een metalen kannetje dat eruitzag als een mokkapot. Hij stak zijn wijsvinger er al in en likte hem af. Hij sloot vol genot zijn ogen en maakte een vreemde beweging met zijn hoofd.

'Nee!' hoorde ik Christine opnieuw roepen en ik zag dat ze zich weer in de stoel voor de televisie liet vallen.

Miro stak nu zijn wijsvinger vol dikke, stroperige chocola in mijn mond. Ik kreeg kippenvel op mijn armen, iets in mij kromp samen. Het was een stukje hemel op aarde. Het was de heerlijkste smaak die ik ooit had geproefd. We schraapten het kleine beetje dat er nog in zat uit het kannetje. We staken onze vinger erin, daarna in onze mond en dan weer in de kan. Christine zat verstijfd in haar stoel, ze keek ons niet aan en deed ook geen enkele poging meer om ons tegen te houden.

'O god, Christy!' Miro ging op de leuning van haar stoel zitten en sloeg een arm om haar schouder. 'Waarom heb je dit niet eerder voor ons gemaakt? Dit is gewoon zalig.'

'Mijn zus had gelijk. Ze heeft op dit punt altijd gelijk gehad,' fluisterde ze.

Met die hemelse smaak nog op mijn tong voelde ik dat de chocola iets treurigs achterliet. Iets aan die smaak had me bang gemaakt. Die smaak had opeens een heleboel vragen achtergelaten op mijn tong.

De volgende morgen hoorden we op school dat er in de Oekraïense kerncentrale Tsjernobyl een explosie was geweest en dat we nu waarschijnlijk allemaal zouden muteren en vervolgens een ellendige dood zouden sterven.

'Maar Oekraïne is toch ver weg,' opperde een jongen uit de hogere klassen op het schoolplein.

'Maar niet ver genoeg. Bovendien maakt het niet uit hoe ver je ervanaf zit. We kunnen niets meer eten en drinken, alles is besmet en we krijgen een waterhoofd,' antwoordde een bijzonder slimme jongen uit de eindexamenklas.

'En worden de bomen nu roze en de grond blauw? Ik heb gelezen dat dat toen in Hiroshima zo was.'

'Dit is veel erger dan Hiroshima. De hele wereld raakt nu besmet. Zelfs Amerika,' hield de jongen uit de eindexamenklas vol, die kennelijk een aanhanger van complottheorieën was.

'Misschien hebben de yankees het wel uitgelokt. Met opzet, zodat...'

'Vast. Bij ons zouden ze zoiets niet toelaten, die passen wel op,' zei een geschrokken meisje met een John Lennonbrilletje.

'We worden allemaal zombies,' gilde een ander meisje, en ik maakte dat ik wegkwam van het schoolplein.

's Avonds met Daria in Kostja's auto op weg naar huis vroeg ik hem wat het allemaal te betekenen had. Kostja vroeg de chauffeur even te stoppen, kwam bij ons achterin zitten en sloeg zijn armen om mij en Daria heen. Ik kromp in elkaar, ik had hem sinds onze middag op zijn bed niet meer aangeraakt.

'Alles komt goed. Jullie zal niets overkomen. Jullie niet.'

Kostja kwam amper nog zijn slaapkamer uit. Als hij in badjas en ongeschoren naar de televisie keek, zat hij alleen maar te schelden op die 'slappelingen', 'dieven' en 'staatsvijanden' en benadrukte hij dat dit land een ijzeren hand nodig had om er weer bovenop te komen. Op sommige dagen begon hij al na het ontbijt aan de wijn.

Af en toe kwamen er somber kijkende heren van het ministerie in hun Wolga voorrijden bij het Groene Huis, dan trok Kostja zich met hen terug in zijn werkkamer en hoorden we zijn verontwaardigde kreten door de muur heen. Niet zelden kwamen de mannen geschrokken naar buiten en verlieten ze snel het huis. Eind mei ging hij eindelijk weer naar zijn werk. Toen hij 's avonds terugkwam, smeet hij eerst Nana's complete Tsjechische theeservies tegen de muur. Hij schreeuwde en tierde, hij zou die schoften weleens wat laten zien, tenslotte hadden ze het aan hem te danken dat ze op die post zaten, dat ze überhaupt werk hadden, hij zou ze weleens laten zien met wie ze te maken hadden.

'Ben je gek geworden?!' schreeuwde Nana. Kostja had een van haar zeldzame serviezen aan diggelen gegooid.

Daria en ik zaten als versteend op de schommelstoel, die bijna uit elkaar dreigde te vallen. Daria had een paar dagen geleden Latsabidze ontmoet, de montage van de film was klaar, maar vanwege Tsjernobyl was de première voorlopig uitgesteld. Er zou eerst een besloten voorstelling in het filmhuis komen, waarvoor hij haar had uitgenodigd. Opgewonden en blozend had Daria gevraagd of ik meeging. Sindsdien was ze alleen nog maar bezig met de vraag wat ze aan zou trekken. Het ergerde me een beetje dat ze de laatste tijd constant een naam noemde en dan zo'n stomme dromerige blik kreeg.

'Wie is die Lasja over wie je het de hele tijd hebt?' vroeg ik.

'Onze cameraman.'

'En wat is er met hem?'

'Wat zou er met hem zijn?'

'Je praat voortdurend over hem.'

'Hij heeft me al twee keer van school opgehaald.'

Uit het huis klonk nog steeds Kostja's harde, van woede verwrongen stem.

'Hoezo opgehaald? Heb je soms afspraakjes met hem?'

'Hij heeft me meegevraagd naar de film, vrijdag.'

'Maar wat is het voor figuur?' wilde ik weten.

'Hij is gewoon tof. En zo knap. En hij heeft altijd van die toffe kleren aan en hij is in Amerika geweest, hij heeft New York gezien en zelfs een paar sterren ontmoet.'

'En hoe oud is hij?'

'Drieëndertig.'

'Stokoud dus.'

'Onzin. Ik val sowieso meer op rijpere mannen.'

Ik was stomverbaasd, want tot nu toe was Daria nog op geen enkele man gevallen, of ze had gewoon geen tijd om over mannen na te denken, ze was veel te veel met zichzelf bezig. Maar nu scheen ze uit haar doornroosjesslaap te zijn ontwaakt.

'Loop naar de hel met je oude theeservies, ze willen me uit het ministerie gooien, ze willen dat ik een of ander snertbaantje bij het MVD aanneem. Ze hadden zelfs de brutaliteit om me in mijn gezicht te zeggen dat er sprake was van onregelmatigheden in de boekhouding – en dat onder mijn leiding! Stelletje idioten!'

Als achtergrondmuziek bij Kostja's gebrul kwamen er flarden van Mozarts *Zauberflöte* uit de schuur overwaaien, Stasia had zichzelf de hele dag al in haar schuur opgesloten.

'Willen ze grootvader eruit gooien?' Daria was plotseling een en al aandacht. Ook ik spitste mijn oren.

'Die moederskindjes. Ik krijg ze nog wel. Ik zet ze allemaal op de keien, ik stuur ze allemaal de laan uit. Niemand is nog te vertrouwen, niemand, hoor je? Tegenwoordig heeft niemand ook maar een sprankje menselijkheid in zijn donder, laat staan fatsoen en moraal. Ze moeten zelf hun boeken maar eens openleggen, dan zullen we eens zien wie er zuiver op de graat is!'

'Maar Kostja... Dat is toch zeker niet waar? Zijn er echt onregelmatigheden in je boeken?' vroeg Nana angstig.

'Onregelmatigheden? Onregelmatigheden? Het hele land is één onregelmatigheid. Waar denk je dat je van leeft? Die zomerkuren en je theekransjes met je vriendinnen. Waar denk je dat ik de operatie van je beste vriendin van heb betaald, bij de beste chirurg van het land? Aan wie of wat denk je dat we dit allemaal te danken hebben? Aan jouw en mijn salaris? Denk je dat?!'

Daria's onderlip begon te trillen. Ze pakte mijn hand.

'Iedereen steelt en jat, iedereen wil omgekocht worden, zonder smeergeld komt geen mens van zijn luie gat. Zo is dat in dit verrotte land. Maar jij wilde dat ik hiernaartoe kwam. Dat ik terugkwam naar dit rattenhol. Bij de marine was zoiets niet mogelijk geweest. Daar betekent het nog iets om een man te zijn. Met wat voor gespuis denk je dat ik me al die jaren heb moeten afgeven? Denk je dat ik dat leuk vond? Ik heb het systeem niet bedacht. Ik ben alleen in dit rattenhol verzeild geraakt. Door jou en die o zo snuggere dochter van je. Die nu genoegen neemt met een alcoholist. De boekhouding, laat me niet lachen. De boekhouding! Laat willekeurig wie in willekeurig wat voor staatsinstituut zijn boekhouding maar eens aan me voorleggen!'

'Kostja...!' Nana klonk geschrokken, onzeker. 'Ik vraag of er onregelmatigheden in je boekhouding zijn?'

'Er is helemaal geen boekhouding, jij begrijpt het nog steeds niet, hè? Er is niets wat de mensen hier nog heilig is, en weet je waarom? Omdat ze die slappeling aan de macht hebben laten komen, die would-be revolutionair, die bang is om voor zijn volk te verschijnen. En hoelang gaat dat al zo? En bij jou? Hoe gaat het op die heilige universiteit van jou? Hoeveel zou ik moeten betalen om rechten te mogen studeren? Hoeveel zou ik moeten neertellen om arts te worden? Hoe gaat dat bij jullie? Of is de syntaxis zo spannend dat je geen tijd meer hebt voor de wereld om je heen? Jullie wilden toch zo leven? Jullie wilden toch allemaal zo leven?'

'Kostja, waar heb je het over, verdomme?'

'Jij wilde toch die kuurreizen en die chauffeur en crêpe de Chine uit Italië en Opium uit Frankrijk, jij wilde je vriendinnen de ogen uitsteken, laten zien hoe goed je het hebt getroffen, midden in de roos, zeg maar. Ik moest het spel wel meespelen, Nana, anders was ik er allang uit gevlogen,' schreeuwde hij, waarna hij plotseling verstomde.

Daria was opgestaan en keek me met grote ogen aan. Ik wist niet wat ik moest zeggen en durfde me niet te verroeren. Mozart verstomde abrupt.

Wat heeft deze staat ons bespot!
Rybakov

In Moskou regende het. Op de luchthaven Sjeremetjevo hield Kostja een taxi aan. Hij had zijn vriend graag op de hoogte gebracht, zodat die hem was komen halen, maar hij had hem niet te pakken gekregen. Meer dan een week had hij Alania proberen te bereiken, maar hij bleef onvindbaar. Hij had zich echter niet laten ontmoedigen. Hij had nog genoeg vrienden in de Loebjanka, hij zou hem wel vinden.

Hij had een kamer genomen in hotel Mir en op weg daarheen voelde hij de druk van de afgelopen weken, de ergernis en de woede afnemen. Altijd als hij in deze stad aankwam, voelde hij zich veilig. De stad leek hem welkom te heten. En in tegenstelling tot Leningrad waren er met Moskou voor hem geen nachtmerries verbonden. Hier had hij het hoogtepunt van zijn carrière beleefd. Hier had hij roem en aanzien verworven. Het waren andere, betere tijden geweest, waaraan hij met genoegen terugdacht.

Nadat hij zijn bagage naar zijn kamer had gebracht, nam hij meteen een taxi naar het legendarische restaurant Sovjetski, waar niet iedereen zomaar binnenkwam.

Hij bestelde krimsekt, kaviaarblini's en vis met rode bietjes. Hij liet al zijn zorgen even van zich afglijden. Hier was hij helemaal de oude, machtige, royale Kostja, die alles onder controle had. Tot slot trakteerde hij zichzelf op een berkenwodka en daarna vervolgde hij zijn weg naar de Koetoezov Prospekt, het meest recente adres dat hij van Alania had.

Hij zou met hem praten. Alania, zijn goede oude vriend, zou hem bijstaan, hij zou alles weer rechtbreien. Hij zou die hielenlikkers weleens laten zien met wie ze te maken hadden. Desnoods zou hij een verzoek tot overplaatsing voor hem opstellen, hij zou met de juiste mensen praten. En als het echt niet anders ging, zou Kostja teruggaan naar Moskou. Hij zou Daria meenemen. Ze had binnenkort haar einddiploma op zak en kon hier een fatsoenlijke studieplaats krijgen. Hij zou een mooie woning in de buurt van station Sadovaja betrekken, dat had hij altijd een prettige wijk gevonden.

Hij voelde zich sterk en vol ondernemingslust. Dat kwam door de stad. Hij zou van voren af aan beginnen. Hij zou al dat Georgische gespuis achter zich laten en eindelijk met professionele en eerzame mannen te maken krijgen.

En hij had altijd nog een paar telefoonnummers in zijn adresboekje. Natuurlijk konden sommigen van zijn vroegere vriendinnen intussen moeder en echtgenote zijn, maar een paar van hen zouden er nog wel plezier in hebben om de goede oude tijden te laten herleven.

Als zijn landgenoot Sjevardnadze het tot eerste secretaris van de Georgische Socialistische Republiek en vervolgens tot minister van Buitenlandse Zaken van de Sovjet-Unie had geschopt, dan kon hij, Kostja Jasji, dat ook. Hij moest alleen met de juiste mensen in contact komen.

Vanaf de achterbank van de taxi keek hij naar de vertrouwde straten en pleinen, de boulevards en gebouwen. Ja, hier was hij gelukkig geweest, hier was alles nog in orde. Hier had hij Elene nog bij zich en al haar liefde was op hem gericht geweest. Hij leunde achterover. De regen was minder geworden. De lucht klaarde op. Langzamerhand ging de straatverlichting aan.

Hij stapte uit voor een torenflat. Een nieuw gebouw, dat hij niet kende. Waarom was zijn vriend eigenlijk teruggekomen? Hij had het naambordje gauw gevonden. Er kwam net een oude vrouw naar buiten, hij glipte vlug door de toegangsdeur en nam de lift naar de negende verdieping. Hij belde aan. Er deed niemand open. Daarna begon hij te kloppen. Om de een of andere reden voelde hij dat Alania thuis was. Hij klopte en riep: 'Ik ben het, Kostja. Giorgi, ben je daar? Volgens mij ben je thuis. Kom, ik ben het. Ik ben naar Moskou gevlogen, ik moet je zien.'

Plotseling hoorde hij voetstappen achter de deur en langzaam ging de klink omlaag. Er verscheen een kaal hoofd in de deuropening. Alania was jaren ouder geworden. Zijn wangen waren ingevallen, hij was duidelijk vermagerd en zag er nog tengerder en brozer uit dan vroeger. Zijn lippen waren droog en gesprongen. Hij zag er onverzorgd uit, terwijl Alania altijd zoveel belang aan zijn uiterlijk hechtte.

Binnen was het een rommel. Hier is lang niet meer schoongemaakt, dacht Kostja. Er stonden stapels vuile vaat in de keuken. Het rook naar alcohol en bedorven lucht. Alania staarde Kostja met zijn kleine oogjes aan en probeerde te glimlachen. Toen spreidde hij zijn dunne armpjes uit en omhelsde zijn oude vriend.

'Ik probeer je al meer dan een week te bereiken. Bij het MVD konden ze me geen informatie geven. Ik wist niet hoe ik je anders te pakken moest krijgen. Ik ben hiernaartoe gevlogen om met je te praten. Ik wist zeker dat ik je zou vinden. Kom, laat me je nog een keer omhelzen, ouwe zak!'

Alania haalde een wodkafles tevoorschijn en zonder iets te vragen schonk hij hun allebei iets van de heldere vloeistof in.

'Jij en wodka?'

Kostja probeerde luchtig te doen en de wanorde te negeren.

'Nog drie dagen. Dan ben ik weg. Voorgoed,' zei Alania glimlachend en hij dronk Kostja toe.

'Hoe bedoel je? Hoezo weg? Waarheen?'

'Een schaaktoernooi in Nederland. En dan verdwijn ik. Londen.'

'Waar heb je het over? Wil je 'm smeren?'

'Het is voorbij, Kostja. Alles. Ik ga terug naar Londen, de rest speelt geen rol meer.'

Hij schonk zichzelf nog eens in.

'Hé, Alania, dat bevalt me allemaal niet, wat zit je te bazelen?'

'Als ze me snappen, dan snappen ze me maar, ook goed.'

'Hé, kijk me aan, wat bezielt je? Ja, ik weet natuurlijk dat het er op het moment niet zo goed uitziet voor ons, ik bedoel, geen wonder als je ziet wat voor gespuis er tegenwoordig in het Centraal Comité zit, maar dat is nog lang geen reden om er ...'

'Het is voorbij, merk je dat niet? Het is voorbij.'

'Ga dan hier met pensioen, ouwe zak, maar kraam niet van die onzin uit.'

'We hebben gefaald, Kostja. Wij allemaal. Het is allemaal voor niets geweest.'

'Hé, Gio, dat klinkt niet goed. En waarom zuip je opeens? Je dronk nooit!'

'Ik heb mensen teruggestuurd. Honderden heb ik gedwongen op een schip of een vliegtuig te stappen, ik heb ze voorgelogen en valse beloften gedaan. Sommigen gingen hun dood tegemoet, dat wist ik, en toch zette ik door. Dienst is dienst. Sommigen kwamen direct in een kamp terecht. De meesten kwamen in een kamp terecht. Ik heb het gedaan. Ik heb mensen de dood in gestuurd, begrijp je?'

'Luister! Dat waren deserteurs, staatsvijanden en verraders van de ergste soort, wat had je anders moeten doen dan je plicht? Je hebt je land gediend, Giorgi, je hebt niets verkeerds gedaan! Je hebt loyaal en uit trouw aan je vaderland gehandeld! En nu zit je in deze zwijnenstal te zwelgen in zelfmedelijden!'

'Weet je nog, de tijd in Leningrad, hoe mooi dat was? We geloofden in de dingen die we deden. We hadden zoveel plannen.' Opeens liet Alania het hoofd hangen, hij zette zijn glas neer en staarde door het smerige raam de nacht in. 'Allemaal drogredenen, illusies. En daar hebben wij ons leven voor gegeven, begrijp je dat dan niet, Kostja?'

De telefoon begon te rinkelen. Alania verroerde zich niet, alsof hij het niet hoorde.

'Gio, moet je niet opnemen?'

'Stik maar met je telefoon.' Zijn stem klonk opeens woedend. Hij schudde zijn hoofd en greep opnieuw de wodkafles. 'Die hele poppenkast, dat jij het niet zat bent en het eindelijk voor gezien houdt. Dat is me een raadsel.'

Hij schonk zichzelf weer in.

'Je moet niet zoveel drinken.'

'Drinken? Niet zoveel drinken? Ik zou me dood moeten zuipen. Ik dacht dat ik iets zinvols deed door mijn land te dienen, dat ik... Ik ben het niet eens waard om bespuugd te worden. En jij, moet je jezelf zien. Jij...'

'Rustig nou!'

'Ik wil niet rustig zijn. Ik ga weg. Ik ga naar haar.'

'Haar?'

'Je zus.'

'Dat zal toch niet waar zijn, vertel me niet dat je op jouw leeftijd... O, god, toch niet Kitty, alsjeblieft!'

'Zij is de enige die...'

'Jij gaat nergens heen. Je zegt die reis af. Je meldt je ziek. Ik sta niet toe dat je je belachelijk maakt. Ik bedoel jij, een van de beste medewerkers, en dan ergens in het Westen bij een vluchtpoging gesnapt worden. Dat laat ik niet gebeuren!'

'Kostja, begrijp het dan toch! Het is uit, voorbij. Er is hoe dan ook geen genade voor mensen als wij. En binnenkort bestaat dit allemaal niet meer! Kijk toch om je heen!'

'Alania, je bent sentimenteel. Je moet je vermannen en je leven weer op de rails zien te krijgen. We redden het samen wel, we hebben voor hetere vuren gestaan.'

'En waarom ben jij eigenlijk hier? Om mij op het rechte pad te brengen?' voer Alania opeens tegen hem uit. 'Wil je soms bij de Loebjanka solliciteren? Krijg je het thuis te benauwd. Wordt de grond je daar te heet onder de voeten? Je wedt op het verkeerde paard, mijn beste.'

'Is er al die jaren iets tussen jou en Kitty geweest?'

Kostja dronk zijn glas in één teug leeg. Er moest iets gebeuren, het was ongehoord wat hier speelde. Alania, Giorgi Alania met zijn modelcarrière, zijn persoonlijke held!

'Of er iets is geweest? Wat had er volgens jou moeten zijn? Dat stomme verstoppertje spelen, dat is er geweest. En ik was zo blind om niet te begrijpen dat ze mijn enige houvast was. Ik grijp mijn laatste kans, en jij, jij zou dat ook moeten doen.'

Natuurlijk waren ze een of andere relatie aangegaan, Kitty en Alania; na al die jaren dat hij haar had gedekt, moest dat gewoon gebeuren. Hij had het kunnen weten. Die westerse, liberale zus van hem had Alania vast op dit soort gedachten gebracht. Opeens kreeg hij een idee: Alania moest hier niet blijven, hij moest met hem mee naar Tbilisi. Anders dan voor hem was Moskou nooit een stad voor Alania geweest. Hij was te onopvallend, te stil voor deze stad, deze stad was niet aan hem besteed. Hij was meer op zijn plaats in het zuiden met zijn zangerige Georgische accent en zijn sentimentaliteit. Ja, hij zou hem meenemen en hem tegen zichzelf beschermen.

'Jij neemt een week of twee vrij en we vliegen naar Tbilisi. Ik zal het morgen meteen regelen. Deze omgeving doet je geen goed. Kun je je geen betere woning permitteren? Geen wonder dat je hier wegkwijnt.'

'Kostja, Kostja, je bent onverstoorbaar en onverbeterlijk, hè?'

Alania keek hem aan, maar zijn blik verried niets. Zijn ogen waren omfloerst. De jarenlange discipline en training bij de staatsveiligheidsdienst hadden hem geleerd niets prijs te geven.

'Heb je over Afghanistan gehoord: één grote catastrofe. Het aantal doden wil je niet eens weten, niet de officiële, de werkelijke doden, bedoel ik. De komende twee jaar gaan ze de troepen terugtrekken, omdat die helemaal niets kunnen uitrichten. De wapenindustrie wordt tot een minimum teruggebracht. Die geweldige atoomduikboten van jou komen op de schroothoop. Ze hebben niet begrepen dat ze met hun goedbedoelde "weldaden" alles alleen maar erger maken. Ze zien niet dat door de kritiek die ze opeens toelaten, het kaartenhuis volledig instort.' Alania praatte bedachtzaam, met zijn gezicht nog steeds naar het raam. 'Bij het volk proberen ze nog met hervormingen te scoren, maar ze overschatten zichzelf. Wie op een mesthoop zit, moet zorgen dat er niet in wordt gewroet. Een vreedzame weg is er niet. Zodra ze de teugels laten vieren, schreeuwt iedereen om zijn stuk van de taart en houdt zijn hand op, maar zoveel zal er dan helaas niet meer van de taart over zijn, Kostja. En als jij niet gauw je ogen opent, zit je in dat kaartenhuis gevangen als het instort. In het Westen zullen ze applaudisseren, omdat het "rijk van het kwaad" uiteindelijk toch niet zo kwaad is en zich van zijn coöperatieve kant laat zien. Ze zullen hoera roepen, omdat er geen tanks de straat op worden gestuurd. Maar ze zullen er zijn, die klotetanks, alleen zal het niet meer in naam van de Communistische Partij gebeuren, en dat is het enige wat voor het Westen telt. Het gevoel dat ze gelijk hebben gekregen, dat ze hardnekkig en geduldig genoeg zijn geweest om af te wachten tot ons roemrijke vaderland zichzelf eigenhandig naar de bliksem helpt. Dus, open je ogen en kijk om je heen, mijn beste! Neem deze goede raad van een vriend ter harte. En trouwens, mensen zoals jij, Kostja, kunnen met mislukkingen nog het minst overweg.'

Alania praatte weer rustig en beheerst. Kostja boog zijn hoofd en probeerde niet te veel betekenis aan Alania's woorden te hechten. Hij moest hem tegenhouden, hij moest hem redden, zoals Alania hem ooit had gered. Zijn vriend zou bij zijn eigen waarheid blijven en zichzelf te gronde richten. Dat mocht hij niet laten gebeuren.

Toen Alania tegen zeven uur 's morgens eindelijk dronken in slaap was gevallen, sloop Kostja de woning uit en ging naar de Loebjanka. Hij werd met zijn pasje binnengelaten, maar naar de wachtkamer gestuurd, waar hij plaats moest nemen tot de chef kwam. Kostja probeerde niet te laten merken hoe beledigd hij was. Vroeger zou niemand het in zijn hoofd hebben gehaald hem te laten wachten. Nou ja, in één opzicht had zijn vriend gelijk: het was niet meer zoals vroeger. Er waren andere tijden aangebroken.

Pas tegen negenen verscheen Alania's chef en nodigde hem uit op zijn kantoor. Kostja stelde zich voor en vertelde hem dat Alania ziek was en dringend moest herstellen, om die reden kon hij het schaakteam niet begeleiden. De jonge, weldoorvoede man met de blozende wangen noteerde iets in zijn blocnote en knikte instemmend. Kostja zei terloops dat hij Moskou had gemist, in de hoop dat de man zou vragen waar hij vandaan kwam. Dat deed hij ook, maar toen Kostja op dreef kwam en over zijn carrière wilde vertellen, onderbrak de jaren jongere man hem met het excuus dat hij het druk had.

Eenmaal terug in zijn hotel liet Kostja zich uitgeput op bed vallen. Ja, de tijden waren duidelijk veranderd. Nee, niet ten goede, niet ten goede, dacht hij voordat hij in een diepe slaap viel.

'Hoe kon je dat doen?' Alania's stem klonk wanhopig. 'Je bent altijd mijn beste, mijn enige vriend geweest.'

Kostja was door het gerinkel uit zijn slaap gerukt en op op handen en voeten naar de telefoon gekropen. Hij vroeg zich af hoe Alania hem had gevonden, hij had immers geen adres achtergelaten. Nou ja, hij was een goede 'medewerker'.

'Je stond op het punt je leven te ruïneren, je kunt me beter bedanken dat ik je van de ondergang heb gered.'

'Dat heb je niet, je hebt alles kapotgemaakt! Ik heb dit jaar verder geen buitenlanddienst. Ze zal... ze zal het me nooit vergeven.'

Het was donker in de kamer. Hoe laat was het? Hoelang had hij geslapen? Langzamerhand begon dat gedoe met Alania op zijn zenuwen te werken. Hij deed het bedlampje aan.

'Luister, Giorgi, hou je mond en luister naar me! Je gedraagt je als een jongen van zestien! Word wakker! Je stond op het punt alles te verliezen en ik heb daar een stokje voor gestoken. Later zul je me dankbaar zijn! Je hebt rust nodig en aardige mensen die voor je zorgen. Je hebt goed eten nodig en frisse lucht. We vliegen overmorgen samen naar Tbilisi en daar blijf je net zo lang tot je weer jezelf bent.'

Alania kwam niet opdagen op het vliegveld. Kostja miste zijn vlucht ook, doordat hij terugreed naar Alania's woning, maar de deur bleef dicht en ook zijn eindeloze gebel, geklop en geroep bleven onbeantwoord.

De volgende dag stapte Kostja alleen op het vliegtuig naar Tbilisi. Verbitterd, teleurgesteld, piekerend.

Ze was al twee weken de deur niet meer uit geweest. Ook het eten liet ze thuisbezorgen. Ze nam de telefoon niet op en zelfs als Amy onder haar raam een opstootje veroorzaakte en bijna op de vuist ging met de daar op de loer liggende paparazzi, deed Kitty niet open.

Die avond had ze een optreden in een privéclub in Notting Hill, waarbij giften zouden worden ingezameld voor aidspatiënten. Ze moest de deur uit. Ze moest zich ernaartoe slepen. Ze stond al een halfuur voor haar kleerkast, maar het lukte haar niet de benodigde kleren te pakken en zich aan te kleden. Een chauffeur zou haar zo met een zwarte limousine met spiegelramen ophalen en haar naar de club rijden. Dat was goed, in de auto kon ze vast wel een slokje whisky nemen.

Ze had de kranten gelezen en was tot de conclusie gekomen dat de wereld zich opmaakte voor een grote ommezwaai. Vanavond zou ze de backgroundzangers wegsturen en alleen met haar gitaar op het podium staan. Ze wilde alleen zijn.

De afgelopen twee weken had ze veel met Andro gepraat. Hij was er de hele tijd. Ook al zag ze hem niet, ze kon hem voelen. Maar sinds gisteren was hij niet meer opgedoken. Niet onder haar raam en ook niet in haar hoofd.

Ze vond een zwarte blazer en trok hem aan over haar blote vel. Ze probeerde een beetje lippenstift op te doen, maar haar hand trilde en het lukte haar niet een rechte lijn te trekken. Nog even en dan kon ze in de auto gaan zitten en een borrel nemen. Een, twee uur, dan had ze de avond doorstaan. Het waren maar drie songs die ze daar moest zingen. Drie songs, die ze alleen wilde doen.

Ze reden langs Ladbroke Gardens, ze stak haar hoofd uit het raam en hield haar gezicht in de wind, ze proefde de bittere en verwarmende smaak van de whisky op haar tong. Ze leunde achterover. Ze wist dat ze haar verstand aan het verliezen was. De afgelopen dagen hoorde ze zelfs Mariam in haar oor fluisteren. Ze hoorde haar moeder om haar roepen. En gisternacht was ze wakker geworden van een bedwelmende geur. De geur van de warme chocola van haar grootvader.

'Verdomme, ik heb doodsangsten uitgestaan. Ik wist niet eens of je hier vandaag zou komen opdagen. Wat is er toch met je? Was je ziek? Waarom doe je de deur niet open en neem je de telefoon niet op? Die rotfotografen ook, ze hangen vierentwintig uur per dag voor je huis. Ik ben bijna door het lint gegaan. God, wat een opluchting dat je er bent.'

Amy, in een glitteroverall en te zwaar opgemaakt, was haar tegemoet gelopen, had een arm om haar schouder geslagen en haar naar haar kleedkamer gebracht. Het liefst had Kitty een danklied voor Amy gezongen. Ze had haar handen willen kussen en van ontroering willen huilen toen ze het perfect voor haar in gereedheid gebrachte podium zag en de keelpastilles die ze in de coulissen in een schaaltje voor haar had klaargelegd. Maar ze miste de kracht. Ze mocht al blij zijn als ze drie songs haalde.

Er waren tenminste geen camera's vanavond. Het was een besloten voorstelling. Hoeveel zouden ze al hebben opgehaald? Voor het goede doel. Wie wist er eigenlijk wat een goed doel was?

Ze klampte zich vast aan haar gitaar. Het sterkste houvast in haar leven. Het licht in de zaal werd gedimd. Het veeleisende, rijke publiek bekeek haar nieuwsgierig toen ze in het licht van de schijnwerpers stapte. Ter begroeting zei ze een paar woorden, die Amy haar had voorgezegd. Ja, geef gul, geef gul alstublieft! Toen deed ze haar ogen dicht. Ze voelde dat ze er was. Fred Lieblich was gekomen. Ze stond daar ergens beneden met haar kattenogen naar haar te kijken. De vrouw die in het leven was teruggekeerd. Maar het leven was veel te rusteloos, het had niet op haar gewacht, op geen van hen beiden.

Ze zong en bij het laatste lied ging haar stem omhoog, steeds hoger en hoger, tot ze abrupt ophield en er een diepe, heerlijke stilte over haar heen kwam. Ze had het gevoel flauw te vallen. Het was zo makkelijk om te verdwijnen als er zoveel ogen op je waren gericht. Voor de duur van een lied was het mogelijk om te vergeten. Gedragen door het applaus zweefde ze van het podium, zakte in de kleedkamer in een draaistoel neer en legde haar hoofd op de schminktafel. Amy fladderde om haar heen. Ze lachte en was laaiend enthousiast. Kitty luisterde niet naar haar. Ze zag zichzelf in de spiegel. In het meedogenloze licht van de schminkspiegel. De rimpels, de vermoeidheid, de wedloop met de tijd. De verbijstering in haar blik. Amy verdween gelukkig weer om 'te netwerken', zoals ze het noemde, en liet haar alleen.

'Het gaat niet goed met je. Laten we hier weggaan.'

In de deuropening stond Fred. Wat een mooi mens, dacht Kitty terwijl ze haar in de spiegel aankeek, en wat zonde toch.

'Het gaat uitstekend met me.'

Kitty kwam overeind.

'Je liegt. Ik ben hier met de auto en ik ben nuchter. Laten we ervandoor gaan.'

'Waarheen?'

'Waarheen je maar wilt.'

'Er is geen plek waar ik heen wil.'

'Er is altijd nog de zee.'

'Dat is te ver.'

'Dat maakt niet uit. Kom, ik vreet je heus niet op. Je hebt frisse gedachten nodig. Kom!'

Door de achteruitgang slopen ze weg. Fred had niet ver van de artiesteningang een oud busje geparkeerd. Amy moest een backstagekaartje voor haar hebben geregeld, anders was ze de club waarschijnlijk niet binnengekomen. In de auto voelde Kitty zich opeens ongelofelijk moe en ze deed haar ogen dicht. Ze had alleen haar gitaar en haar handtas meegenomen. Zelfs haar jas had ze laten liggen.

'Je moet richting Eastbourne nemen. Dan zeg ik wel waar je moet afslaan,' zei ze tegen Fred voordat ze in slaap viel.

De bijna twee uur durende rit ging volstrekt aan haar voorbij. Ze had in geen tijden zo goed en zo vast geslapen, zonder door nachtmerries te worden opgeschrikt.

'In dit bekrompen gat heeft madam Jasji dus haar optrekje voor haar oude dag?'

Kitty deed langzaam haar ogen open en hoorde Fred lachen.

'Hier links aanhouden en dan de tweede inrit rechts.'

Hoelang was het geleden dat ze hier voor het laatst was? Toen haar trieste vriend als uit het niets was opgedoken en haar beloofd had terug te komen.

Het huis leek in een doornroosjesslaap verzonken. De nacht was helder en warm. Je hoorde de zee ruisen. Kitty voelde zich meteen beter. Fred stak een sigaret op en ging voor de deur staan.

'Laten we naar het strand gaan,' zei Kitty. 'Ik heb grote zaklampen en dekens. En zelfs nog gedroogde perziken en een goede scotch.'

Fred reageerde enthousiast.

Met behulp van de zaklampen zochten ze hun weg naar de zee. Het duurde even voor ze het smalle pad langs de steile klifkust naar het strand hadden afgelegd, daar spreidden ze de dekens uit op het vochtige zand en gingen liggen. Het was zo beangstigend vredig en stil om hen heen. De scherpe sikkel van de halvemaan dompelde het water in een gelig licht.

Fred raakte haar aan en ging met haar hand langs haar wervelkolom omhoog. Toen nam ze Kitty in haar armen. Ze kuste haar. Kuste haar hele gezicht. Streelde haar huid. Kitty liet het gebeuren. Het voelde goed. Het voelde als thuiskomen. De sterren prijkten aan de hemel als kleine moedervlekjes. Ze lagen daar samen. Ze streken het haar van elkaars voorhoofd. Kitty nam Freds gezicht in haar handen en bekeek het, prentte het zich in.

'Nu is het mijn beurt,' zei Fred Lieblich.

Bij de kliffen, een paar meter verderop, zag Kitty Andro staan, ze wreef haar ogen uit, ze probeerde zich weer te concentreren op Freds gezicht, maar hij bleef. Hij was teruggekomen. Ze voelde zijn aanwezigheid in elke vezel van haar lichaam.

'Wat is er?' vroeg Fred en ze pakte haar hand. 'Heb je het koud?'

'Nee, er is niets.'

'Ik wil weten wat er aan de hand is. Ik wil er zijn. Voor jou. Alsjeblieft, laat het toe.'

'Laten we gewoon hier zijn, jij en ik, dat is alles.'
'Ja.'
'Wat ja?'
'We kunnen naar Wenen gaan.'
'Wenen?'
'Ja, ik kan je een paar mooie plekjes laten zien, als ze er nog zijn, en we kunnen er de lekkerste warme chocola van de wereld drinken.'
'Dat betwijfel ik.'
Fred legde haar hoofd op Kitty's buik en droomde weg naar het Wenen van haar kinderjaren. Voordat ze leerde wat voor geluid het maakt als je een lichaam uit een strop haalt. Ze nam de ene slok na de andere van de goede scotch die Kitty had meegenomen. Later kon ze zich niet meer herinneren wanneer ze precies in slaap was gevallen.

Kitty kleedde zich uit. Ze wilde naakt zijn. Vrij. Ze vouwde haar ondergoed op. Netjes, zoals haar moeder het haar als klein meisje had geleerd. Andro stond achter haar en keek toe. Daarna liep ze voorzichtig het koude water in. De golven sloegen tegen haar huid en smoorden de kreten die ze wilde slaken, ze dook onder. Het water droeg haar de zee op. In de verte zag ze de zaklamp nog branden. De deken, de vrouw die erop lag, totdat alles tot een klein licht stipje versmolt.
Andro zwom achter haar. Kitty kreeg water binnen. De golven waren hoog, ze wiegden haar heen en weer, wierpen haar naar voren en weer terug. Ze voelde angst, maar niet lang, alleen tot Andro's gezicht weer voor haar opdook. De zwarte duisternis breidde zich over het water uit, voor zich zag ze niets meer, ze was haar oriëntatie kwijt. Ook het licht verdween in de verte. Opeens lichtte er onder haar voeten iets op. Kleine visjes, een school kleine visjes zwom om haar heen. Ze moest lachen.

Dit is geluk, dacht Kitty, geluk. Zoals het zweet op onze huid nadat we voor het eerst met elkaar hadden gevreeën. De laatste song vanavond en Amy's dankbare ogen. Giorgi Alania's eenzaamheid, die ik één seconde van zijn leven heb opgeheven toen ik hem vasthield. De reizen met de bus door Amerika. De visjes onder mijn voeten, de maan boven me, de kliffen, de golven en de angst die verdwijnt.

Ze roeide met haar armen in het niets. Er was geen kust meer. Geen aarde. Alleen het niets en zij en de kleine visjes die met haar meezwommen en het eindeloze water.

Kostja's lach, als ze hem eenmaal aan het lachen had gemaakt. Andro's zachte kussen op haar lippen. Kersen, waar ze altijd buikpijn van kregen. De zorgelijke rimpel in haar moeders voorhoofd, precies in het midden. Haar songs. Het concert in Amsterdam, het enorme enthousiasme dat op haar afkwam. Had ze het verdiend, dat geluk? Als al die mensen wisten wat ze had gedaan, zouden ze dan nog steeds haar platen kopen en haar liederen zingen?

Ze dook onder, ze voelde haar kracht verdwijnen.

'Mariam?' Ze stak haar hand uit. 'Deed het pijn? Hoe was het? Doet het pijn?'

'Ze hebben me tegen de muur gezet. Toen kwam het eerste schot. En toen nog een. Ik geloof dat het er drie waren, dat doen ze voor de zekerheid. Het ging vlug. Ik heb niet veel gevoeld. Maak je geen zorgen.'

Mariams stem klonk na in haar hoofd.

'Ik wil niet dat je me haat, Mariam.'

'Hoe zou ik je kunnen haten, Kitty? Weet je niet meer hoe goed we het samen hadden?'

'We hadden het niet goed. Het was de hel op aarde.'

'Vertel geen onzin. Denk na. We hebben geleefd, Kitty. We waren er.'

Maar Kitty kon geen antwoord geven. Haar longen vulden zich al met water. Maar de visjes zwommen om haar heen en glansden in een fantastisch groen.

Drie uur nadat Fred Lieblich de kustwacht had gewaarschuwd, werd haar lichaam uit het water gehaald. Ze was niet bijzonder ver afgedreven. Ze was nooit een goede zwemster geweest, het had niet lang geduurd voor ze geen kracht en geen lucht meer had.

Ik ruil de regering in voor een kilo macaroni!
Spandoek bij een demonstratie

De film ging de bioscopen in en bracht de verwachte opschudding teweeg. Om te beginnen moet ik zeggen, Brilka, dat ik echt enthousiast was over mijn zus en de manier waarop ze haar rol vertolkte. Ik was bij de voorpremière in het filmhuis en zag Daria een ander mens worden. Ik kon niet geloven dat ze in staat was haar rol zo geloofwaardig te spelen, dat ze zo goed in de huid van iemand anders kon kruipen en zoveel empathie opbracht voor haar personage. De film was goed en raakte me. De acteurs speelden niet gekunsteld en het draaiboek zat goed in elkaar.

Op het eind ging de hele zaal staan en onder langdurig applaus werden de acteurs, onder wie mijn beeldschone zus in een zilverkleurige jurk met spaghettibandjes, op het podium geroepen. De toffe cameraman Lasja stond naast haar en sloeg een arm om haar schouder.

Hij had iets narcistisch. Hij was chic gekleed en had fijne gelaatstrekken, maar zijn ogen waren kil, alsof ze de wereld alleen door de zoeker van de camera konden waarnemen – de wereld en de mensen. De mensen, met uitzondering van mijn zus. Want haar verslond hij zo ongeveer met zijn blik. Maar ik vond hem te oud voor haar, bovendien had hij al een vrouw, die op die avond van de voorvertoning was meegekomen en de hele tijd demonstratief aan zijn arm hing. Ook een tamelijk chic, maar nogal oppervlakkig overkomend type.

Wat ziet Daria in die man, dacht ik maar steeds tijdens het aansluitende feest in een restaurant aan de rivier.

Omdat Daria nu voor alle officiële ontvangsten zou worden uitgenodigd, moesten we ons geheim op een gegeven moment wel prijsgeven. Over vier weken zou de film al in de bioscopen worden vertoond, als de censuur tenminste niet ingreep. Maar omdat ze de film nogal symbolisch hadden gehouden, met eerder algemene dan directe verwijzingen, en ze zich gesterkt voelden door de nieuwe wind die uit Moskou woei, gingen ze ervan uit dat alles volgens plan zou verlopen.

Nog diezelfde avond haalde ik Daria over om Elene en Aleko alles op te biechten. Kostja kwam later wel, stelde ik haar gerust.

'Over een week of twee is Daria een soort rijzende ster aan de acteurshemel. Ik wil alleen dat jullie het op tijd weten en achter ons staan, achter haar, Daria, bedoel ik.'

We zaten in de keuken, mijn moeder was aan het afwassen en Aleko las de krant. Daria had zich in de badkamer opgesloten uit angst dat er meteen een onweer boven haar zou losbarsten.

'Waar heb je het over?' vroeg Elene afwezig, terwijl ze doorging met afwassen.

Stapje voor stapje, rustig en weloverwogen onthulde ik ons plan: de rit naar Bakoerjani zonder Daria, de steun van Latsabidze – tot en met de voorvertoning die avond. 'We waren niet naar een verjaardagsfeestje. We komen van de voorpremière van de film en Daria is echt hartstikke goed!'

Ze staarden me vol onbegrip aan. Aleko's mond bleef openstaan. Ik dacht dat hij me zou prijzen, dat hij me een schouderklopje zou geven, hij had me altijd geprezen om mijn soms – zoals mijn moeder het noemde – 'ergerlijke eigenwijsheid'. Maar deze keer leek ik hem van zijn stuk te hebben gebracht en bleef zijn steun uit.

'Hoe konden jullie zoiets doen? Weten jullie eigenlijk wel wat je daarmee hebt aangericht?! Na alles wat ik met jullie grootvader heb moeten uitstaan!' Elene schreeuwde tegen me. Haar gezicht was pijnlijk vertrokken. 'En weet je wel wat dit voor gevolgen heeft? Je hebt tegen me gelogen! Je hebt ons allemaal een loer gedraaid! Mijn eigen kind, mijn dochter!'

Ik was verrast, ik had niet gedacht dat haar woede zich tegen mij zou richten.

'Maar, deda, het is een geweldige film geworden en iedereen was enthousiast en...'

'Bravo, Nitsa! Hoe oud ben je nu helemaal? Weet je dat? Hoe volwassen denk je dat je bent?'

'Ik wilde het zelf. En Nitsa wilde het hiermee alleen maar goedmaken.'

Daria was eindelijk uit de badkamer gekomen en nam het voor me op.

Elene was even stil. Toen ging ze zitten en sloeg ze haar handen voor haar gezicht. We stonden er allemaal zwijgend bij en wachtten tot ze ons weer aankeek.

'Goedmaken? Goedmaken? Er valt niets goed te maken, het is een smerige leugen, knoop dat in je oren!' zei ze opeens zacht.

'Elene, alsjeblieft!' Aleko probeerde de zaak te sussen.

'Wat nou, Elene, alsjeblieft? Ze heeft ons allemaal in een verdomd lastig parket gebracht. Als ze zichzelf dan zo slim vindt, moet ze ook maar bedenken hoe we dit weer goedmaken, hoe ik kan verhinderen dat mijn vader me niet meer toelaat in het huis waar mijn twee dochters wonen. Want ik ben degene die alles weer zal moeten bezuren.'

'Nou, je kunt toch wel een beetje toegeven dat ze voor

haar leeftijd... nou ja. Als je zo doorgaat, kun je nog partijleider worden, meisje.'

Maar Elene keek hem verachtelijk aan en schudde aan één stuk door haar hoofd: 'Ze liegt. Ze liegt constant. Ik vraag me af wanneer dat is begonnen. Wat ons is ontgaan. Ze spijbelt, ze hangt ergens rond, ze laat zich in met die luie zoon van Lana, ze schijnt zelfs slechte cijfers te halen. Terwijl het voor haar een fluitje van een cent is om de beste van de klas te worden. Maar dat is madam zeker te veel moeite. Madam heeft wel iets beters te doen.'

'Hij is niet lui,' verdedigde ik Miro zwakjes.

De nieuwe secretaris-generaal publiceerde een artikel in de *Pravda*, waarin sprake was van 'klassenbelangen' en 'algemeen menselijke waarden' en dat door de conservatieven in het land werd beschouwd als een definitieve breuk met de erfenis van Lenin. De terugtrekking van de Sovjettroepen uit Afghanistan, de top met Reagan in Reykjavik, waar een nieuw kernwapenakkoord zou worden ondertekend, waren verdere tekenen van de toenadering van de Sovjet-Unie tot het Westen.

Ook in de Loebjanka heerste onrust. Misschien was het toeval dat Alania na zijn lange afwezigheid die dag weer aan het werk ging. En op de persafdeling kwam hij die ochtend ook alleen, omdat hij een collega zocht die moest helpen bij de totstandkoming van de volgende culturele reizen naar het Europese buitenland. Hij moest snel weer voet aan de grond zien te krijgen in het ministerie om zo spoedig mogelijk een nieuwe reis te kunnen aanvragen. Een man en een vrouw in een mohair truitje zaten over kranten gebogen om de buitenlandse pers te analyseren. Ze deden hun werk demonstratief verveeld; de vroegere ijver bij die ooit zo felbegeerde taak – je had zo alle belangrijke buitenlandse kranten tot je beschikking, een ongelofelijk voorrecht – leek vervlogen. Alania vermoedde zelfs dat het geselecteerde materiaal niet eens meer in de dikke mappen op de tafels van hun superieuren terechtkwam, omdat het niemand meer interesseerde wat het buitenland schreef. De bedreiging had zich verplaatst: die bestond niet meer buiten de grenzen van de Sovjet-Unie, maar kwam van binnenuit.

In het voorbijgaan viel Alania's blik op een exemplaar van *The Guardian* dat op een tafel lag. In zijn tijd in Londen had hij die krant geregeld gelezen en een zekere sentimentaliteit dwong hem nu het exemplaar te pakken.

'Kameraad Alania? Kunnen we u ergens mee helpen?' vroeg de vrouw, terwijl ze een in aluminiumfolie gewikkelde boterham uitpakte.

'Ik zoek kameraad...'

Alania verstomde, alsof hij op afstand werd bestuurd hield hij de krant voor zijn neus.

'Neemt u me niet kwalijk, maar...'

De vrouw stond op, maar Alania wimpelde haar met een zeer beslist gebaar af.

'Van wanneer is die krant?' vroeg hij op dwingende toon.

'Van de vorige maand. Een week of drie geleden. Kijkt u even op de... O nee, de voorpagina ontbreekt. Wat is er, kameraad Alania? Is er iets niet in orde?'

Zonder antwoord te geven liep Giorgi Alania met de krant in zijn hand de kamer uit, de straat op.

'De internationale muziekscene rouwt om de Britse zangeres Kitty Jasji. Miss Jasji, die in de jaren zestig door haar pakkende en emotionele songs en haar politiek engagement enorm populair werd...'

Alania ging op de stoep zitten. Zijn knieën knikten. Hij probeerde het schokkende bericht op de een of andere manier in verband te brengen met Kitty, de vrouw die hem in leven hield, die hij had beloofd terug te komen. Zijn hoofd begon koortsachtig te rekenen, hij ging de dagen, de data na, en de enige gedachte die zich in zijn hoofd vormde was de brandende vraag of hij op tijd bij haar geweest zou zijn als Kostja Jasji hem niet had tegengehouden. Of ze dan nu nog in leven zou zijn.

Het telefoontje kwam precies op het moment dat Elene eindelijk al haar moed bijeen had geraapt en met Daria en mij in haar kielzog naar het Groene Huis was gegaan.

Ze had haar vader de vorige dag gebeld dat ze iets met hem te bespreken had en nu zaten we met z'n vieren in de woonkamer. We hoorden Stasia in de tuin neuriën en Nana in de keuken het avondeten klaarmaken. Elene had Kostja zo rustig en beheerst mogelijk meegedeeld dat hij zijn geliefde kleindochter binnenkort op filmaffiches en vooral op het witte doek zou zien en dat dat nu helaas een feit was dat niet meer ongedaan gemaakt kon worden.

Kostja dronk zwijgend zijn sterke zwarte thee en uit zijn houding, zijn gezicht bleek op geen enkele manier dat hij had gehoord wat Elene hem net had verteld. Je hoorde de hangklok tikken, Daria schoof onrustig op haar stoel heen en weer en wierp steeds een schuine blik op haar grootvader. Ik beet op mijn nagels en wachtte op de bliksem die zo dadelijk met de bijbehorende donder zou inslaan. Het was een zaak tussen Kostja en mij, dat wist ik al voordat hij opstond en met dreigend opgeheven hand op me afkwam: 'Dus dat heb jij bedacht, klein loeder dat je bent!'

Elene stond op, puur uit moederinstinct. Toen stormde Daria op hem af: 'Ik wilde het zelf, ik wilde het zelf, opa!'

Maar midden in Daria's geschreeuw kwam Nana de kamer binnenvallen. Haar gezicht was als versteend. Haar volle wangen zagen rood. In haar hand hield ze een pannendeksel en haar mond stond open.

'Telefoon!' stamelde ze, maar Kostja draaide zich niet naar haar om en bleef mij aankijken.

'Niet nu!' schreeuwde hij.

'Jawel, nu!' Nana's stem trilde.

'Ik zei toch, niet nu!'

'Pak die telefoon, verdomme!' schreeuwde ze en ze viel krachteloos neer op de stoel waarop haar man daarnet had gezeten. Kostja liep langzaam, als het ware wantrouwig naar de deur.

'Wie is er aan de lijn?' vroeg hij voor de zekerheid.

'Alania, hij zal het je zelf wel vertellen,' fluisterde Nana en ze liet het deksel uit haar hand glijden.

'Mama? Gaat het wel?'

'Het is alleen...'

'Naar buiten, jullie!' zei Elene tegen Daria en mij.

Voordat we de kamer uit gingen, hoorde ik grootmoeder Kitty's naam zeggen.

Ze roepen dat ik de maan heb gejat,
die van hen was.
Vysotski

Besloten werd het nieuws voor Stasia te verzwijgen. Zelfs Daria en ik moesten beloven haar er niets over te vertellen.

Twee weken na het bericht, toen ik met Stasia de tuin aan het bemesten was, bleef ze plotseling staan, liet mij het krukje halen dat ze gebruikte als ze even op adem wilde komen, ging erop zitten en verstarde. Toen boog ze haar hoofd en ik zag dat er tranen langs haar wangen biggelden. Ik sloop naar haar toe en omhelsde haar van achteren, niet in staat haar aan te kijken. Want als ze me zou vragen of haar dochter dood was, kon ik niet liegen.

Op een gegeven moment stond ze op en ging weer aan het werk. We zeiden geen woord. Er tjilpten een paar vogels. In de verte reed een auto voorbij.

'Zijn de geesten er weer?' verbrak ik de stilte.

Ze keek me aan en schonk me een wijze glimlach: 'Ja, lieverd, de geesten zijn er weer.'

'Zitten ze bij de kersenboom, kun je ze zien?'

Het was een eng idee dat er nog geen vijftig meter verderop twee voor mij onzichtbare dode vrouwen aan het kaarten waren.

'Ja, ik zie ze.'

'En zijn ze weer met z'n tweeën aan het kaarten?'

'Met z'n drieën. Ze spelen met z'n drieën,' zei ze, en ik durfde niet te vragen wie de derde was.

Kitty Jasji werd in Londen begraven. De politie zag zich gedwongen dranghekken te plaatsen om de toeloop van begrafenisgangers en kijklustigen het hoofd te bieden. Amy en Fred liepen achter de kist. Fred had sinds de nacht dat ze de kustwacht had gebeld bijna geen woord meer gezegd.

Twee maanden na de begrafenis belde Alania Fred Lieblich. Ze ontmoetten elkaar in een pub op Leicester Square. Hij voelde zich beroerd. Hij was flink verkouden, zat te rillen en zijn gezicht zat onder de rode pukkeltjes. Haar blik had iets akeligs, iets heel hards, het was een blik waaruit elk medeleven was verdwenen.

Fred nam een trek van haar sigaret. Ze keek hem aan alsof hij een voorwerp was, iets levenloos. Als ik hier dood neerval, wordt ze er waarschijnlijk niet warm of koud van, dacht hij bij zichzelf. Maar hij vertelde haar het ongelofelijkste verhaal dat ze ooit van haar leven had gehoord. In zijn zachte, aristocratische Engels vertelde hij het verhaal van Kitty Jasji en Giorgi Alania. Vanaf de dag dat hij haar op het station van een klein Georgisch stadje voor het eerst had gezien, tot en met haar vlucht uit Tbilisi. Het ging over Mariam en over Kostja, over haar kind en over Andro. Ze kende niet alle feiten, Kitty had haar maar een paar van die mensen, een paar namen genoemd. Maar die ziek ogende man onthulde haar het hele panorama van Kitty's leven, waarmee ook dat van haar zo onlosmakelijk verbonden was.

Hij vertelde helder en rechttoe rechtaan en toch had ze het gevoel dat ze nog twee paar extra oren en een tweede of derde stel hersens nodig had om het allemaal te bevatten, het tot zich te laten doordringen en een plek te geven. Zijn verhaal had iets van een mantra, en ook al klonk het meeste wat hij vertelde zo fataal, zo definitief, toch voelde ze ook troost. Iets van genade, van zin in die totale zinloosheid van haar dood.

Hij vertelde over Kitty's vlucht uit Praag, over de jaren in Londen, over zijn dagelijkse zorg om haar veiligheid. Hij vertelde hoe ze steeds meer een deel van zijn leven was geworden, misschien wel het belangrijkste deel, hij vertelde over hun telefoongesprekken en ze herinnerde zich hoe Kitty zich in haar appartement achter gesloten deuren terugtrok om te bellen. En nu voerden zijn woorden haar mee, ze spreidden een wandtapijt voor haar uit, een tapijt waarop alles logisch leek, op een gruwelijke manier logisch.

En toen hij vertelde over zijn laatste ontmoeting met haar in haar cottage, over die nacht en hun wanhopige liefde op de koude vloer van de gang, ja, zelfs over de details, had ze bijna het gevoel dat het klopte, die nacht, dat einde van zijn en haar verhaal, en ondanks de kinderlijke jaloezie die even oplaaide, begreep ze vanuit welk uitgangspunt Kitty aan haar laatste reis was begonnen, en ze wist niet wat ze moest zeggen. Haar woorden leken onbeholpen tegenover de zijne. En hoewel hij het haar vroeg, kon ze ook niet vertellen over haar laatste uren met Kitty. Ze was er niet toe in staat. Hij zou de eerste zijn die het op een dag hoorde, zei ze, ze zou hem opzoeken.

Een poosje keek hij haar terneergeslagen aan. Toen knikte hij beleefd en begripvol en snoot zijn neus in een katoenen zakdoek, die op haar overkwam als een relict uit een andere tijd.

Ze vroeg hoe hij naar Londen was gekomen en wat hij van plan was.

'Ik ben gevlucht. Ik weet nog niet hoe het verder moet, ik ga in elk geval niet terug. Ik kan niet meer terug.'

'Maar ik neem aan dat u ook niet zomaar hier kunt blijven,' zei ze, terwijl ze opnieuw een sigaret opstak.

'Nee,' zei hij en hij probeerde de dreiging die van dat 'nee' uitging, met een glimlach weg te nemen.

'Wat wilt u dan doen?'

'Ik bedenk wel iets.'

'Waarom heeft ze me nooit iets over u verteld?'

Hij haalde zijn schouders op.

'Ik neem aan dat ze u niet in haar verleden wilde betrekken.'

'Ze was mijn hart. Mijn zwarte hart.'

Ze vroeg zich af waarom ze dat had gezegd, maar het voelde eerlijk.

'Amy zal haar nalatenschap regelen. Verbazingwekkend genoeg was er een testament, Kitty wilde een stichting voor jonge musici oprichten. En het huis bij de Seven Sisters is voor mij. Ik ga het waarschijnlijk verkopen. Ik hou het niet meer uit in deze stad, in dit land. Ik moet gewoon weg. Trouw met me,' zei ze opeens.

'Hoe bedoelt u?'

'Nou, precies zoals ik het zeg. Trouw met me, dan kunt u blijven. Ik ga toch weg. U kunt het huis krijgen of ergens anders gaan wonen, in elk geval krijgt u dan een verblijfsvergunning voor dit land. Dan bent u een vrij man.'

Hij boog zijn hoofd. Ze wist niet of haar aanbod hem in verlegenheid bracht of bang maakte.

'Maar verwacht niet dat ik uw beste vriendin word en samen met u haar graf bezoek. Ik zou het gewoon fijn vinden om u op de een of andere manier te helpen.'

Hij staarde naar zijn handen, kennelijk wist hij nog steeds niet hoe hij moest reageren.

'U kunt er even over nadenken. U hebt mijn nummer. Maar langer dan een week moet u er niet voor nemen. Ten eerste ben ik een oud wijf en ten tweede wil ik niet al te lang wachten met mijn verhuizing.'

Ze stond op en betaalde de rekening. Voor ze de pub verliet, vroeg hij waar ze heen dacht te gaan.

'Naar Wenen,' zei ze.

Toen zei hij dat hij haar aanbod in dank zou aanvaarden.

Kostja sloot zich op in het Groene Huis, urenlang zat hij in zijn werkkamer wijn te drinken, met vissenogen naar de televisie te staren en nog meer op het *Vremja*-journaal te schelden. Door zijn gedwongen pensionering was hij plotseling van de buitenwereld afgesneden. Alsof hij was gekortwiekt, had hij van de ene op de andere dag alle levenslust verloren.

In het begin kreeg hij nog geregeld bezoek. Van collega's en ondergeschikten die nog bij het MVD of de havendouane werkten, maar die bezoeken werden steeds schaarser en de tafels die Nana en Stasia ervoor dekten steeds kleiner.

Daria daarentegen werd alom bejubeld. Nu bestond haar bühne niet meer uit de school en het schoolplein, nu werd ze bewonderd in de hele stad en binnenkort misschien zelfs in het hele land. Het was onmogelijk, werd er gezegd, om niet van 'dat verdomd mooie meisje' uit de film te houden. Op straat werd ze herkend en moest ze handtekeningen uitdelen, regisseurs belden haar. Zelfs de leraren knepen – deze keer zonder Kostja's bemoeienis – een oogje dicht als het om haar cijfers ging, zodat ze het er op het eindexamen niet eens zo slecht afbracht, al kwam ze door alle afspraken die ze had amper nog aan leren toe.

Daria bleef deelnemen aan het leven in het Groene Huis, maar niets was er meer zoals vroeger en zowel zij als Kostja wist dat, voelde het en leed eronder. Kostja had haar niet kunnen vasthouden. Ze was hem ontglipt, ze had een succes behaald waar hij niet de hand in had gehad. Door dat besef begon de grond onder zijn voeten te wankelen. Door dat besef begon zijn toch al aangeslagen gemoed door de donkerste, zwartste regionen te dwalen en rusteloos rond te dolen.

Maar hoe meer haar verhouding met Kostja verhardde, hoe meer wij naar elkaar toe groeiden. We wisselden elke dag ervaringen uit. Ik werd in haar geheimen ingewijd, omhelsd en geknuffeld, ik werd meegetroond, ik werd bewonderd als haar zus, ik mocht delen in haar roem.

Voor mij werd het in het Groene Huis steeds ondraaglijker. Ik kon niet tegen Kostja's minachting. Elke dag moest ik er rekening mee houden dat hij zijn zelfbeheersing verloor en me vernederde en uitschold. Ik sliep slecht en sloop op mijn tenen door mijn eigen huis. En op Stasia, al die jaren mijn enige steun en toeverlaat, kon ik ook niet meer rekenen. Ze was te oud, te gebrekkig en sinds haar twee dode bezoeksters opeens met z'n drieën waren, wist ik dat het irreële, dat voor haar altijd naast de realiteit had bestaan, nu de overhand had. Na Kitty's dood, waar ze nooit iets van te weten kwam, klonk er geen Tsjaikovski en geen Mozart meer uit de schuur. Ook de leerlingen bleven weg. Alle kracht leek in korte tijd uit haar lichaam geweken. Ze klaagde voortdurend over haar kwalen en bleef niet zelden de hele dag in bed. Ook de tuin begon te verwilderen. Want hoe ik ook mijn best deed om de orde in haar plantenrijk te bewaren, dat stukje aarde leek opeens verweesd en weigerde zich plotseling te schikken.

Een paar dagen na haar achttiende verjaardag kreeg Daria door een Oekraïense regisseur een rol aangeboden in een film die in Kiev zou worden opgenomen. Eerst aarzelde ze nog, want ze niet wist of ze het zes weken alleen in den vreemde zou uithouden, maar toen ze hoorde dat de 'toffe Lasja' het camerawerk zou doen, zei ze onmiddellijk ja.

Ik had hem van het begin af aan niet gemogen. Met zijn cowboylaarzen, die hij alleen droeg om te laten zien dat hij elitair genoeg was om naar Amerika te kunnen reizen en zulke curiositeiten te kopen. Met zijn zelfingenomen lachje maakte hij iedereen duidelijk dat hij zich bewust was van zijn superioriteit en zijn mooie uiterlijk. Maar hoe vaak ik ook op Daria inpraatte, mijn argumenten overtuigden haar niet en ik kon niet verhinderen dat ze met hem wegliep. Haar bewondering was weliswaar nog kinderlijk, dromerig en naïef, ver van enige objectieve beoordeling, maar ik vermoedde dat ze spoedig meer zou willen.

En toen Daria me vertelde dat zij en Lasja zielsverwanten waren, dat hij er alles voor zou geven om ook maar één uur per dag naar haar te kunnen kijken, wist ik dat het een verloren zaak was. Ik was niet handig op het gebied van de liefde. Dat ben ik nooit geweest en ik ben het nog steeds niet, Brilka.

Ik wilde dezelfde fout niet nog eens maken en Elene of iemand anders een geheim van Daria onthullen, maar ik moest haar tegenhouden, haar behoeden voor iets waar ik een onbehaaglijk gevoel van kreeg, een verdomd onbehaaglijk gevoel.

Op een middag bij de kartbaan nam ik Miro apart en zei dat ik zijn raad nodig had. Ik had het over een 'vriendin' en beschreef Daria's situatie. Want ik had de indruk dat Miro in dat soort dingen veel verder was.

Inmiddels had de kartbaan in het Mtsjoeripark zijn eigen, vaste publiek. Het waren allang niet meer alleen de pubers en scholieren die mee wilden doen. Volwassen mannen, autogekken en would-be coureurs hingen er rond, namen deel aan de races of wedden op de winnaar.

Ze hadden me intussen een bijnaam gegeven, ik werd Einstein genoemd en die naam had zich zo snel verspreid dat ik soms zelf vergat dat ik elders naar een andere naam luisterde. Natuurlijk had ik liever een andere naam gehad, Bardot bijvoorbeeld, zoals een blonde vaste toeschouwster met een weelderige boezem werd genoemd, of Claudia, de bruinharige vriendin van Haai, die op Claudia Cardinale zou lijken, of Alla, die vanwege haar grappige poedelkapsel de naam van de populaire Russische zangeres Alla Poegatsjova droeg. Als Einstein was je vooral slim en ook al streelde me dat, het betekende toch in de eerste plaats dat niemand ooit zijn lippen op de mijne zou drukken tijdens het schuifelen op 'Take My Breath Away'.

'Volgens mij is die kerel een klootzak en moet hij scheiden van zijn vrouw of je vriendin moet hem niet meer zien. Zo simpel is dat,' verkondigde Miro op zijn besliste manier, nadat ik hem over mijn zorgen had verteld. Hij krabde zich achter zijn oor en keek intussen nauwlettend naar de baan of alles daar wel zijn gewone gang ging. Eigenlijk was het een simpele en toch onbetwistbare waarheid die hij net had verkondigd. Maar ik betwijfelde of die zin, die ik met evenveel nadruk aan mijn zus wilde doorgeven, op haar dezelfde verhelderende, alles in de juiste banen leidende uitwerking zou hebben als op mij.

'En jij?' vroeg hij opeens.

'Wat ik?'

'Heb jij ook iemand?'

'Ben je gek?'

Dat was het enige antwoord dat me te binnen schoot. Hij zei niets, maar ik dacht een glimlach om zijn mondhoeken te bespeuren. Toen kwam hij wat dichter naar me toe, sloeg zijn arm om me heen en drukte me stevig tegen zich aan. Dat deed hij wel vaker, maar deze keer was het ongewoon, onverwachts, en ik verkrampte. Ik had altijd moeite met lichamelijk contact. En Miro was heel lichamelijk. Hij viel je bijna voortdurend lastig met zijn kusjes, smakkerds, omhelzingen of porren, alsof hij dat fysieke contact steeds nodig had om zeker te zijn van zichzelf.

'En jij?' fluisterde ik zachtjes, in de hoop dat hij mijn vraag niet zou horen.

'Ja, er is iemand.'

Natuurlijk. Wat stom van me! Van het ene op het andere moment voelde ik me ellendig.

'Wie?'

'Jij.'

Hij verstomde en staarde weer naar de grond. Ik kon het niet geloven en vroeg het nog een keer. Hij herhaalde het zuinige 'jij'. Ik keek hem aan en zag de jongen die ik alleen te zien kreeg als we samen waren, die vochtige ogen had als ik hem voorlas uit de liefdesromans waar hij zo van hield, wat hij tegenover zijn vrienden nooit zou toegeven, en die het kennelijk geen punt vond dat ik een kop kleiner was dan hij, dat ik te mager was, te weinig boezem had en puntige knieën en een lange neus, dat de kringen onder mijn ogen blauw zagen, dat ik nooit een mooie knot of een symmetrische vlecht in mijn haar kon maken, dat mijn ogen zo zwart waren dat je de pupillen niet kon zien. Een jongen die mij liever had dan al die Bardots en Claudia's bij de kartbaan.

'Jij en ik passen toch goed bij elkaar, vind je niet?' Hij zei het heel snel, alsof hij een hete aardappel in zijn mond had of het allemaal vlug achter de rug wilde hebben. 'Ik zal altijd van je houden.'

Het klonk als een zin uit een van de vele boeken en films die ik had gelezen of gezien. Maar in goede boeken en films kwam zo'n zin meestal niet voor. In goede boeken en films werd eromheen gedraaid, daar leden ze, liepen ze elkaar mis en hadden ze spijt. Alleen in slechte boeken en films zeiden ze zoiets, en ik wilde in geen geval dat wij twee personages uit een slecht boek of een slechte film waren.

Ik stond daar als aan de grond genageld, verkrampt, niet in staat iets te zeggen of te antwoorden. Toen nam hij mijn gezicht in zijn trillende handen, keek me aan en zoende me op mijn mond. Ik wist niet hoe je moest zoenen, ik wist niet hoe je mooi moest zijn, ik wist niet hoe je moest begeren. Ik wist alleen hoe anderen dat deden, maar had nog geen eigen taal waarin ik mijn gevoelens kon uitdrukken. Maar kennelijk zat hij daar niet mee, want hij drukte zijn lippen nog een paar keer op de mijne, toen werden we gestoord door Haai, die ons riep, en Miro liep weg, aarzelend en tegelijk trots en tevreden.

Tijdens mijn laatste schooljaar verhuisde ik definitief naar Elene in de stad. Ik had niet verwacht dat ik het zo moeilijk zou vinden om het Groene Huis de rug toe te keren, Stasia alleen in de weekends te zien, het zonder de pannenkoeken van Nana en de uitzendingen van *Illusioni* en *De wereld der dieren* te moeten stellen, zonder de tuin, de vrijheid, de bossen en het eeuwige paardengefluister – de constante muziek van mijn kinderjaren –, maar ik wist dat ik door de grafstemming die er heerste anders in een diep zwart gat zou vallen.

In hetzelfde jaar waarin ik, amper zestien jaar oud, eindexamen deed, laaiden in Tsjecho-Slowakije, bij de eenentwintigste verjaardag van de inval van de Sovjettroepen, de protesten weer op. Ook in Georgië was een zekere onrust te bespeuren, er werden nieuwe nationale eisen gesteld en ettelijke discussiegroepen opgericht.

De Georgische studenten durfden opeens protestbrieven naar verschillende Georgische kranten te schrijven.

Er werden nieuwe informele verenigingen gevormd, waarin voormalige dissidenten als lid werden toegelaten. Het was het jaar dat er gesproken werd van een 'ontwaken', het jaar dat Latsabidzes film *De weg* een cultstatus bereikte – nadat hij in Cannes was vertoond en een speciale prijs had gewonnen en het team zelf geen uitreisvergunning had gekregen. Het was het jaar dat Madonna 'Like a Prayer' zong. Het jaar dat Fred Lieblich naar Wenen verhuisde. Het jaar dat voor het eerst begrippen als 'nationale belangen' en 'territoriale integriteit' de ronde deden. Het jaar dat verenigingen plotseling partijen werden. Het was het jaar dat Hongarije de grens naar Oostenrijk opende en er vanuit de DDR een oncontroleerbare vluchtelingengolf naar het Westen spoelde. Het jaar van de massademonstraties aan weerszijden van de Berlijnse Muur. Het jaar dat er in Oost-Europa zes communistische dictaturen ten onder gingen en Ceauşescu met zijn vrouw Elena terecht werd gesteld.

Het jaar dat men in mijn vaderland over de 'Sovjetbezetting' begon te discussiëren. Het jaar dat de Berlijnse Muur viel.

Het jaar van de eerste vrije verkiezingen in Georgië sinds 1921. Het was het jaar van 9 april.

Nog altijd staat de ongekende
Ontmoeting om de hoek en schreit.
Achmatova

Het kwam tot een hongerstaking voor het hoofdgebouw van het Centraal Comité. De belangrijkste eis van het volk leek een grondwetswijziging volgens welke de Sovjetrepublieken uittreding uit de Unie konden eisen. Midden op de Roestaveli Avenue werden tenten opgeslagen, een tot nog toe ongehoord, ongekend gebeuren.

Vanwege de verscherpte controverse tussen de Communistische en de Nationale Partij en de voortdurende onlusten in de stad werden de eindexamens vervroegd naar maart.

De school was nu eindelijk afgelopen. Bij het eindexamenfeest zat ik op de trap van de zaal een sigaret te roken en te wachten op Miro, die me zou komen halen. Ik had voor het eerst van mijn leven een chique jurk aan (voor het eerst überhaupt een jurk, denk ik), een jurk van Daria, die mijn moeder voor me had ingenomen en waarin ik me net een vogelverschrikker voelde.

Ik was van plan me in te schrijven op de historische faculteit. Maar eigenlijk had ik geen idee wat ik echt met mijn toekomst wilde. Ik interesseerde me voor zoveel dingen en vond het een bezoeking om voor één bepaalde richting te moeten kiezen. Het liefst was ik gewoon zo doorgegaan; met Miro en de andere jongens uit het Mtsjoeripark onze races houden, wat rondhangen, van de ene dag in de andere leven en genieten van het nu.

Ook Miro wist niet wat hij wilde. Zijn moeder spoorde hem aan bouwkunde te gaan studeren omdat hij goed kon tekenen, maar hij reageerde kil en onverschillig op haar voorstellen. Lana had alles gedaan om hem van zijn kartraces af te houden, maar zonder succes.

'En nu?' Miro was in een sjofel spijkerjasje en een slobberbroek aan komen zetten en ging naast me op de trap zitten. Uit de zaal klonk harde muziek, iedereen was aan het dansen. Ik kroop tegen hem aan. 'Wil je niet naar binnen?'

'Nee.'

'Is er echt niemand binnen die je wilt zien, Einstein?'

'Nee, ik wil hier weg.'

'Je ziet er anders heel interessant uit in die jurk.'

'Hou op, je hoeft niet tegen me te liegen, ik zie er bezopen uit. Maar goed, ik heb het achter de rug.'

'Waar wil je naartoe?'

'Laten we gewoon een eindje gaan wandelen.'

Ik gaf hem een arm en we liepen met drie treden tegelijk de trap af om zo snel mogelijk het oude leven achter ons te laten en het nieuwe binnen te glippen.

Aan de oever van de rivier zagen we hoe het licht van de lantaarns zich in het water weerspiegelde, we liepen langs kleurige huizen, langs de heuvels, langs de zwavelbaden en door de met kinderkopjes geplaveide straatjes in de Armeense en de Joodse wijk, die leeg schenen te lopen doordat zoveel mensen emigreerden. We wandelden naar het Leninplein, waar we allebei de eigenaardige stilte, de vreemde onrust, de ongewone duisternis voelden. Hoewel het weekend was en nog niet zo laat, was er bijna niemand op straat. De meeste restaurants aan de boulevard waren gesloten. De meeste ramen waren dicht. Ik drukte me dichter tegen Miro aan. We kwamen nauwelijks mensen tegen. Er reden nauwelijks auto's voorbij. Duisternis, zwakke straatverlichting en een dreigende stilte.

Natuurlijk waren we die nacht te jong voor de realiteit. Natuurlijk smaakten de dromen beter dan de geschiedenis en de toekomst. Natuurlijk was de hoop mooier dan het nu. Natuurlijk waren we gek op elkaar en op onze voorstelling van de liefde die we konden vieren. Natuurlijk waren we de eerste en laatste geliefden op deze planeet. Natuurlijk leek de dreiging die in de lucht hing een futiliteit vergeleken met de beroering die we in onszelf voelden. Natuurlijk waren we die nacht slimmer en wijzer dan het leven.

De Abchaziërs begonnen voor de Abchazische Socialistische Sovjetrepubliek ook constitutionele veranderingen te eisen. Onder andere het herstel van de grondwet van 1921, volgens welke Abchazië een volwaardige republiek van de Sovjet-Unie en niet langer een deelrepubliek diende te zijn. De Abchazische elite had zich geërgerd aan de nationalistische ondertoon die in die dagen in de Georgische media overheerste.

Als je door de stad reed, hoorde je geregeld iemand roepen: 'Weg met het Russische imperium!'

Ik bracht de dagen na mijn eindexamenfeest in een soort delirium door, ik ging niet meer naar de kartbaan en had Miro gevraagd mijn 'kas' over te nemen. Ik ging naar het Groene Huis en sloot mezelf op in de oude kamer van Daria en mij.

Aan de muur hing een poster van Queen, die Daria uit een buitenlands poptijdschrift had gescheurd. Onze bedden waren perfect opgemaakt, Nana zorgde nog steeds voor orde in huis. Uit de woonkamer kwamen televisiegeluiden, Kostja zat ongeschoren in een groezelige badjas voor het toestel en nam niet eens de moeite om me te groeten als ik langs hem heen liep. Stasia had problemen met haar bloeddruk en lag veel in bed.

Het was regenachtig, vochtig en kil. Het huilen stond me nader dan het lachen. Onze kamer leek zo verlaten zonder Daria, zonder ons gemeenschappelijke verleden. Ik ging op bed liggen en staarde naar het plafond. De kleren die Daria niet had meegenomen, had Nana keurig opgevouwen op een stoel gelegd. Alles was zo schoon en netjes en daardoor zo doods en daardoor des te triester. Alsof het leven uit de kamer, uit het hele huis geweken was.

Mijn brein leek gewond. Ik kwam niet verder. Ik wist niet wat ik met mezelf en mijn leven aan moest. Ik voelde overal scheuren en barsten om me heen en de grond waarop ik liep leek van glas, ik wilde iets doen, maar wist niet waar ik moest beginnen. Ik zocht een plek waar ik thuishoorde. Dit huis was niet langer zo'n plek. Bij Elene en Aleko voelde ik me onwennig. Miro en ik hadden geen plek waar we ons terug konden trekken zonder door Lana of Christine in de gaten gehouden te worden, en het Mtsjoeripark en de jongens die ik als mijn vrienden had beschouwd, begonnen me steeds meer te vervelen. Ik had het gevoel uit een toevallige verzameling decorstukken van het leven te bestaan. Mijn hoofd leek een mengelmoes van nutteloosheid en verstrooiing.

'Ze zullen bloed vergieten, die schoften. Die nazi's! Ze zullen het volk met voeten treden! En die stommeling en opportunist van een partijleider zal gewoon toelaten dat we worden afgeslacht!'

Kostja ging in de woonkamer weer eens tekeer, ik sloop voorzichtig naar hem toe, ging onzeker van het ene been op het andere staan en hoopte dat hij iets tegen me zou zeggen, maar hij deed het niet, alsof ik een van Stasia's geesten was waar je dwars doorheen kon kijken. Op het scherm zag ik woedende mensen die in de camera praatten, schreeuwden en spuugden.

'Wat is er gebeurd?' waagde ik eindelijk te vragen.

'Ons Centraal Comité heeft Moskou vast per telegram om hulp gevraagd, omdat ze de demonstranten hier niet de baas kunnen. Ze zijn als de dood voor de nationalisten en geven al te kennen dat ze machteloos zijn en de situatie niet in de hand hebben. Natuurlijk komt Moskou er nu onmiddellijk aan; nu hebben ze eindelijk een officiële vrijbrief om bij ons binnen te vallen en ons op de bek te slaan. En het Georgische Centraal Comité slaat uiteindelijk nog een goed figuur, want dat heeft de Russen dan niet op zijn eigen mensen losgelaten, dat kan zijn handen in onschuld wassen.'

'Wat betekent dat?'

'Denk na, waarvoor heb je nou dat wonderbrein van je? Dat zou je toch weleens kunnen gebruiken, niet?'

'Gaat het...'

'Ja, als de regering niet de juiste maatregelen treft, gaat er bloed vloeien. Ze zeggen: kijk toch naar de Polen of de

Tsjecho-Slowaken, kijk naar de Baltische staten, maar ze zijn te stom om te begrijpen dat wij geen Polen en geen Balten zijn. Die zitten half in het Westen, die hebben de Bondsrepubliek of Finland om de hoek, maar wij zitten hier aan de voet van de reus, overal ver vandaan, en we vonden het al die jaren maar wat fijn om het lievelingetje van de reus te zijn. Nu zeggen die idioten dat ze op eigen benen willen staan. Maar ze hebben nog nooit op eigen benen gestaan. Al in geen tweehonderd jaar. En de dissidenten, die buitengesloten en bespuugde bende, zien nu hun kans schoon. Van alles zit erbij: fanatieke nationalisten, rode intelligentsia, esoterische fanatici, fatalistische mystici, criminelen en afzetters. Wat je noemt een bont gezelschap. Ze willen allemaal hun slag slaan. Het was toch goed, het was goed dat de reus ze onder de duim heeft gehouden.'

'Maar ieder mens...'

'Ieder mens, ieder mens! De meeste mensen zijn bloedzuigers, net teken. Ze willen niets doen en zich toch volvreten. Ze willen niet werken en toch rijk worden. De meesten willen een dak boven hun hoofd, een worst in de koelkast, de warme kont van een vrouw in bed om tegenaan te kruipen, en kinderen die niet beter zijn dan zij.'

'En wat wil jij dan? Wat wilde jij voor Elene? Wat wil jij voor Daria?'

Nu keek hij me toch weer aan, met die enkel en alleen voor mij bestemde blik. Alsof hij me verachtte en tegelijk medelijden met me had.

'Je kunt het niet laten, hè? Heb je er soms je levenstaak van gemaakt om mij het leven te vergallen?'

'Ik wil je alleen maar begrijpen.'

'Aha, je wilt me begrijpen? Als je me had begrepen, had je je zus niet tot die schandalige stap aangezet, haar niet eigenhandig die verdorven wereld in gestuurd, dan had je op school je best gedaan en goede eindcijfers gehaald.'

(Hoe wist hij van mijn slechte gemiddelde?) 'Als je me had begrepen, had je je niet ingelaten met die schoft van een Eristavi en...' (Hoe wist hij van Miro en mij?) 'En... Ach, laat ook maar.'

'Voor jou zijn alle mensen schoften. Iedereen is zwak en iedereen is stom. Iedereen die niet leeft zoals jij.'

'Hou je mond, kijk televisie als je wilt en wees blij dat ik je hier nog duld.'

'Al die mensen daar buiten willen een ander, menswaardiger bestaan. Al die studenten die daar demonstreren en honger lijden, nemen er geen genoegen meer mee dat ze een worst in de koelkast en een warme kont in bed hebben en verder hun mond mogen houden. Ze willen zelf beslissen wat ze in hun koelkast hebben, welke kont er naast ze ligt en wat ze denken en zeggen.'

'Nou, ga er dan heen en voeg je bij de hongerlijders. Je bent straks toch zelf student, doe dan net als zij, en als iemand zijn kalasjnikov op je richt, zeg dan niet dat ik je niet heb gewaarschuwd.'

'Dat hebben veel Sovjetrepublieken allemaal net achter de rug en tot nu toe...'

'Geen van die belabberde Sovjetrepublieken is te vergelijken met Georgië!'

Het kwam er bijna wanhopig uit. Ik wist niet wat ik moest antwoorden en liep beledigd de kamer uit.

Rusland kwam inderdaad, eerst in de persoon van generaal Kosjtov, de toenmalige plaatsvervanger van de Russische minister van Defensie, die vroeger in de Kaukasus had gediend. Al op het vliegveld vroeg hij de vertegenwoordigers van de Georgische Communistische Partij wat de regering van plan was om de situatie te normaliseren. Maar die zogenaamde regering was al zo versplinterd, zo verscheurd, zo verdeeld over de vraag wat ze wilde, dat de leden er hulpeloos bij stonden en onduidelijke wartaal uitsloegen.

Op 5 april kwam Daria terug van de opnamen. Stralend, beeldschoon, met glanzende ogen. Ze had voor ons allemaal cadeautjes en souvenirs meegebracht. Ze droeg een bruine leren jas, waarin ze een echte filmster leek en die duidelijk niet uit een Moskouse winkel kwam. Elene, Aleko en ik haalden haar op van het vliegveld. Bij de uitgang werd ze aangesproken door verschillende mensen die een handtekening wilden. Ik was onder de indruk van het gemak waarmee ze de show stal.

Ook de vrouw van de toffe Lasja was op het vliegveld. Ze rende op hem af en overlaadde hem met kussen. Ik zag hoe Daria met opgetrokken wenkbrauwen de andere kant op keek en haar betoverende glimlach voor ons opzette.

Van het vliegveld wilden we met z'n allen naar het Groene Huis om Kostja, Nana en Stasia te verrassen. We kochten op de markt vers fruit en groente en vlees voor sjasliek en reden erheen.

Kostja's onderlip begon te trillen toen hij Daria zag en al probeerde hij zijn onverstoorbare stalen gezicht op te houden, hij sloot haar uit alle macht in zijn armen. Ik merkte dat er iets aan haar was veranderd, dat er iets in haar omging. Ze kletste aan één stuk door over de spannende opnamen, het fantastische draaiboek, de behulpzame collega's en kreeg het met geen mogelijkheid voor elkaar om die Lasja niet te noemen. Om de andere zin dook zijn naam op.

'Daria, zeg alsjeblieft dat het niet waar is. Zeg alsjeblieft dat je niets met die ijdele kwast bent begonnen!' fluisterde ik toen we naar de keuken gingen om tomaten voor de salade te snijden.

'Jaa!' flapte ze er bijna opgelucht uit. 'We hebben iets met elkaar. Hij houdt van me en gaat scheiden van zijn vrouw.'

Op 7 april ging ik weer naar de stad om Miro te zien. We wilden naar *The Evil Dead* kijken, Haai had een VHS-cassette van de film op de kop getikt en prees hem aan als echt heftig. Toen Miro me van de bus haalde, zag ik al van verre zijn bedrukte gezicht. De Russen waren op weg naar de stad, zei hij fluisterend, de orde moest worden hersteld en misschien zou het recht op vergadering en betoging de komende weken wel helemaal worden ingetrokken.

Haai was ziek en blies de videoavond af. We slenterden doelloos door de straten. Miro stelde voor om naar het park te gaan en een rondje te karten. Ik had geen zin in racen en dus zochten we een rustig plekje op. Hij spreidde zijn spijkerjasje voor me uit en we gingen in het koele gras liggen. Ik had *Moby Dick* bij me en las hem een tijdje voor, maar hij maakte een afwezige indruk en luisterde niet goed. Ook ik kon me moeilijk concentreren. Er ging van alles door mijn hoofd.

Ik streek met mijn hand door zijn haar. Hij streelde mijn buik. Ik wist dat hij in mijn lichaam iets zocht wat naar de toekomst wees, maar ik weigerde. Ik wist dat hij zich vergiste, althans nu. Misschien was het morgen anders. Het liefst had ik eeuwig met hem in het natte gras gelegen, in de schemering, in de stilte. Maar tegelijk kon ik mijn innerlijke onrust niet langer onderdrukken. Ik streek met mijn hand over de oude uitgave van Melville en sloot mijn ogen.

'Ik ga ook schrijven. Ik ga boeken schrijven,' zei ik en ik verwachtte dat hij door zou vragen of op z'n minst zijn verbazing zou uiten, maar dat deed hij niet, hij knikte alleen alsof hij al die tijd op die zinnen van me had gewacht en gaf me een zoen.

'Ja, dat moet je doen, jij moet dat doen, boeken schrijven, bedoel ik,' zei hij later toen hij me naar Elenes woning had gebracht. 'Ik kom je morgen halen,' beloofde hij, waarna hij afscheid nam.

Toen ik op 8 april 's morgens Christine belde, nam er niemand op. Christine was anders altijd thuis. Miro verscheen niet. Aleko was er niet. Mijn moeder zei dat ze naar haar bijles ging en pas tegen zevenen terug zou zijn. Ik moest thuisblijven, er werden ongeregeldheden verwacht.

Maar ik ging toch de deur uit en nam de bus naar de Roestaveli Avenue. Het was enorm druk op straat, ik zag politieauto's voorbijrijden. Ik wist op dat moment nog niet dat er al verscheidene divisies uit Moskou en de Noordelijke Kaukasus in Tbilisi waren gearriveerd. Ik wist niet dat er tanks op weg waren naar de stad, dat de 345ste divisie op weg was naar Georgië, dezelfde divisie die in de latere burgeroorlogen op de Kaukasus als 'vredesmissie' zou worden ingezet.

Ik wist ook niet dat de Nationalen, die inmiddels op de hoogte waren van de militaire opmars, de mensen toch niet opriepen om naar huis te gaan. Integendeel: van minuut tot minuut werden het er meer, ze krioelden als mieren door de straten, de hele stad leek op de been te zijn.

Ik wist met de afgeladen trolleybus Vake te bereiken, maar ik trof er niemand aan. Ik belde en klopte minutenlang. Terug moest ik lopen, want nu kwam er geen trolleybus meer. Ik belde vanuit een telefooncel naar het Groene Huis. Stasia nam op.

'Lieverd, waar ben je? Is alles in orde met je? Kostja zegt dat de boel waarschijnlijk zal escaleren als ze er niet in slagen de mensen naar huis te sturen. Daria is naar de stad gegaan, we hebben haar gesmeekt thuis te blijven, maar ze wilde per se met vrienden naar de demonstratie. Jij bent toch hopelijk bij mama?'

'Vrienden' stond in dit geval gelijk met de toffe Lasja. Ik had niet gedacht dat hij een patriot was.

'Als Daria om tien uur nog niet thuis is, rijdt Kostja naar de stad om haar te zoeken,' zei ze.

Ik hoorde hoe haar droge lippen het puntje van haar sigaret raakten.

'Ik vind haar wel en dan komen we vannacht thuis. We nemen een taxi. Zeg maar tegen Kostja dat hij contant geld bij de hand houdt, ik heb niet veel bij me. En zeg tegen mama dat Daria en ik vandaag naar jullie toe gaan, zodat ze zich geen zorgen maakt.'

'Nitsa, wacht, luister, waar ben je ...'

Ik hing op.

Als Daria al naar de demonstratie was, kon ik ervan uitgaan dat Miro er zeker was. Ik zette er de pas in. Ik liep naast mensen die met de Georgische vlag zwaaiden en leuzen riepen. Ik lette niet op hun woorden. Het was al donker, de straatlantaarns gingen aan. Zwetend liet ik het metrostation Roestaveli achter me, liep langs de Bond van Filmers in de richting van de Opera en het Instituut voor Theater en Film, kwam bij de Kasjvetikerk, ging de voetgangerstunnel in, zag de gevel van mijn school al en dook toen onder in de mensenmassa.

De secretaris-generaal van het Centraal Comité verscheen voor de menigte, geflankeerd door de patriarch van de Georgisch-orthodoxe kerk. Hij moest de mensen oproepen naar huis te gaan, want de secretaris-generaal wist dat naar hem niemand meer zou luisteren. De Nationalen vroegen de menigte de rust te bewaren, wat dat ook mocht betekenen. Ik zocht en zocht. Ik riep om Daria, ik riep om Miro. Ik kwam een paar klasgenoten tegen, het verbaasde me dat hier zoveel jongeren waren.

'Men heeft mij gewaarschuwd dat er gevaar dreigt. We hebben nog maar een paar minuten om dat gevaar af te wenden... Laten we naar de Kasjvetikerk gaan om te bidden,' zei de patriarch.

Waarom riep hij de menigte niet op om naar huis te gaan als de situatie echt zo ernstig was? Hoe kon een kerk zoveel mensen bescherming bieden?

De Russische bevelhebber was al met zijn mannen op weg naar het regeringspaleis en ik zocht nog steeds naar Daria en Miro. Ik werd in het nauw gedreven, mensen wurmden zich langs me heen, ik had een eeuwigheid nodig om me een weg door het gedrang te banen. Opeens hoorde ik gemompel door de menigte gaan. Ik probeerde omhoog te springen, ik was te klein, ik had geen overzicht, al die hoofden, ruggen en nekken benamen me het zicht, maar meteen daarna hoorde ik een vreemd, dof, zwaar geluid en vervolgens ettelijke motoren. Mijn oren waren goed getraind als het om motoren ging en ik hoefde geen moeite meer te doen om te weten dat er vanuit de beide parallelstraten bij het regeringspaleis een heel leger militaire voertuigen op ons af reed, gevolgd door moerasgroene tanks. Ik had nog nooit van mijn leven een tank gezien en bij die aanblik – de menigte begon uiteen te wijken – bleef ik als aan de grond genageld staan.

De paniek die toen uitbrak, leek wel een oncontroleerbaar virus, dat via de lucht werd overgedragen en iedereen aanstak, alleen met verschillende symptomen. Ik werd erdoor verlamd. Ik voelde alleen dat ik het koud kreeg, dat het koude zweet me uitbrak. Wat deed ik hier eigenlijk? Wat had ik hier te zoeken? Waarvoor of waartegen demonstreerde ik? In wat voor land wilde ik leven? Met al die vragen had ik me tot dan toe niet echt beziggehouden.

Een deel van de demonstranten rende de trappen op naar het regeringspaleis, anderen vluchtten in de richting van mijn oude school, maar de colonne was er al, niemand kon eraan ontsnappen. Ik klom op een podium dat ze hadden opgebouwd voor de toespraken, klom vandaar op de grote zuilen van de voorgevel en toen zag ik haar opeens. Ik zag haar op het schoolplein staan, alleen; alsof ze van het ene moment op het andere door iedereen op deze planeet was verlaten, stond ze verward en hulpeloos om zich heen te kijken.

'Christine!' riep ik zo hard ik kon. Maar hoe zou ze me kunnen horen? Duizenden omstanders schreeuwden en riepen iets naar elkaar. Sommigen gebruikten een megafoon. Gelukkig kon ik haar goed in het oog houden. Als verdwaasd stond ze daar naar iets of iemand uit te kijken. Eerst dacht ik dat ze hier vanwege Miro was, dat gaf me hoop, dan was hij in de buurt en zou ik hem vinden, maar toen ik beter keek, viel me op dat ze, zoals ze daar kaarsrecht stond, iets heel vastberadens had, alsof ze hier was gekomen met een eigen doel, dat ze onverstoorbaar volgde.

Ze droeg een strakke, knielange jurk die in het blauwige lantaarnlicht kleurloos leek, en schoenen met hoge hakken. Uit de verte had je kunnen denken dat ze dertig was, je zag haar sluier niet, alleen haar pikzwarte haar vormde een scherp contrast met het wit van haar gezicht. Haar houding was onberispelijk, ze hield haar schouders recht, haar mooie smalle enkels staken in doorzichtige zwarte kousen. Op haar hoofd droeg ze een hoedje waarop een veer prijkte. Ik klom vlug weer naar beneden, duwde anderen opzij, drong me door de panische menigte. Ik wurmde me langs honderden lichamen en tegelijk verstopte ik me erachter. Ik probeerde Christine in het oog te houden, ik mocht haar niet kwijtraken, ik moest naar haar toe. Ik kroop de trappen af en wrong me door een mensenzee om van het terrein af te komen. Toen kon ik rennen. In een mum van tijd was ik op het schoolplein, dat betrekkelijk leeg was. Omdat het uitgestrekte plein weinig bescherming bood, hadden maar weinigen er hun toevlucht gezocht. Christine stond midden op het plein naar iets te staren. Toen ik het schoolplein had bereikt, had het leger de hele avenue al aan alle kanten ingesloten. Er was geen ontkomen meer aan. Hier en daar mengden er zich Georgische politieagenten onder de demonstranten, maar die wisten geen raad met de situatie en in plaats van voor orde te zorgen dreven ze de mensen met angstaanjagende kreten alleen nog verder in het nauw.

Voor me viel iemand en ik bleef niet staan, ik rende naar die vrouw die uit een andere werkelijkheid leek te komen, ik vluchtte naar die werkelijkheid, omdat de werkelijkheid om me heen verschrikkelijk was en me angst aanjoeg.

Precies op het moment dat ze zich onverwachts omdraaide en in de richting van het regeringspaleis wilde lopen, raakte ik haar schouder aan. Ze schrok en deinsde een eindje achteruit, maar toen ze me herkende, slaakte ze een zucht van verlichting. Maar nu deinsde ik zelf achteruit, want ze droeg inderdaad geen sluier en ik keek recht in de afschuwelijk misvormde linkerhelft van haar gezicht. Ik wist niet hoe ik mijn ontzetting moest verbergen en richtte mijn blik op de grond. Daarop deed ze een stap naar voren en wilde weer doorlopen, maar ik riep: 'Ik ben het, Christine, Nitsa! Wat doe je hier? We moeten weg, we moeten hier gauw weg.'

Ik riep het hysterisch. Ik durfde niet meer naar de straat te kijken. Ik hoorde alleen een gedempt en tegelijk heel scherp geluid en wilde me niet omdraaien, ik wilde niet weten wat er zo meteen kon gebeuren of al was begonnen. En toen glimlachte ze. Die glimlach maakte me niet minder bang dan het meedogenloze optreden van de militairen. Om het niet uit te schreeuwen probeerde ik me op de rechterhelft van haar gezicht te concentreren. Toen keek Christine me aan en zei beslist: 'We moeten ze tegenhouden. De bolsjewieken mogen hier niet nog een keer binnenrukken. We moeten het Rode Leger tegenhouden. Anders begint alles weer van voren af aan en dan komt *hij* weer terug. Dan neemt hij de leiding weer over en Ramas...'

'Wie? Over wie heb je het? Dit is niet het Rode Leger, Christine.'

Ze keek me verward aan, maakte toen een beweging met haar hand voor mijn gezicht, alsof ze mijn twijfel wilde wegwuiven, en schudde haar hoofd.

'Je begrijpt het niet, meisje...'

'Het is 1989, Christine.'

'Maar we moeten ze tegenhouden. Anders komt híj weer. En dat zal Ramas niet nog een keer overleven. Je moet tegen je vrienden zeggen dat ze weer terugkomen en wat dat betekent, je moet ze uitleggen dat dan alles weer van voren af aan begint. Maar jij helpt me, hè? Jij bent een verstandig meisje! Ik moet ze tegenhouden. Ik heb het nooit geprobeerd. Nu moet ik het proberen. Begrijp je?'

'Christine, je bent in de war, we moeten je naar huis brengen. Waar is Miro?'

Het gebrul van de mensen achter me was nu oorverdovend. Ik voelde mijn knieën knikken. Ik hoorde iemand schreeuwen dat ze spaden bij zich hadden. Ik begreep niet wat hij bedoelde. Wat voor spaden? Ik moest deze verwarde vrouw hier weg zien te krijgen, om nog maar te zwijgen van mezelf. Ik greep haar bij haar elleboog en trok haar mee. Zonder me om te draaien, zonder naar de straat te kijken begon ik naar de school te lopen.

Natuurlijk, dat ik daar niet eerder op was gekomen. De school! Mijn oude school, dat ik zo blij kon zijn dat die er was, had ik vroeger niet eens kunnen dromen. Ik moest alleen op de een of andere manier in het gebouw zien te komen en daarna op de binnenplaats, vandaar kon je de 'Heilige Berg' Mtatsminda bereiken en ontsnappen. De deuren van de school zaten op slot. De enige mogelijkheid was een van de ramen op de begane grond in te slaan, naar binnen te klimmen en van binnenuit een deur voor Christine open te doen. In haar toestand zou ze niet door het raam kunnen kruipen. Ik zag een groepje mensen het schoolplein op stormen. Ik begon harder te lopen, maar Christine bleef telkens koppig staan, riep iets en probeerde me tegen te houden. Ik trok uit alle macht aan haar arm, maar ze zwikte steeds weer door haar enkels, haar schoenen waren niet bepaald geschikt om te vluchten voor wapengeweld.

Telkens ontglipte ze me weer, ik moest stilstaan, haar terughalen, haar aansporen. De menigte op het schoolplein groeide steeds verder aan, week steeds meer achteruit, drong op in de richting van de school, zocht naar vluchtwegen. Er waren ook soldaten op het terrein. Ze renden en schreeuwden iets, hielden hun geweer voor zich als een schild. Een paar meter voor me hoorde ik opeens een doffe klap en er spatte iets op mijn wang. Vol afschuw keek ik om me heen. Ik zag een lichaam op de grond zakken. Een soldaat sloeg met een spade in op een jongen, die in elkaar kromp van de pijn.

Ik moest bijna overgeven, maar de angst dreef me verder, ik raapte al mijn kracht bijeen, greep Christine weer vast en trok haar mee. We wisten te ontsnappen aan de menigte, die als een onstuitbare golf op ons af rolde. Voor de linkerzijvleugel van de school was niemand. In dat donkere steegje waren nog geen demonstranten of soldaten doorgedrongen. Ik bukte en dwong Christine haar schoen uit te trekken, met de hak van haar pump sloeg ik een raam in.

'Wacht hier, dan kom ik je halen, ja?'

Ik schreeuwde haar dat een paar keer in het oor en begon de glasscherven te verwijderen. Maar Christine wilde per se terug naar de demonstratie.

'Christine, dat is niet het Rode Leger,' herhaalde ik monotoon.

'Natuurlijk is het dat, meisje! Wat anders? Natuurlijk zijn het de bolsjewieken!'

Ik kon geen tijd meer verspillen aan zinloze verklaringen, trok een grote glasscherf uit de sponning en sneed me in mijn duim. Ik gaf een gil. Het bloed stroomde over mijn hand. Christine staarde gefascineerd naar mijn wond om meteen daarna weer van voren af aan te beginnen: 'We moeten er iets tegen doen. Ik heb al tegen Micha gezegd dat we barricaden moeten opwerpen. Hij is hier ergens, ik ken hem toch, hij zal niet stilzitten zolang ik hier ben.'

Ik trok me op aan het handvat van het raam en schoof mijn ene been naar binnen. Het moest en zou me lukken. De opening was misschien groot genoeg voor mij, maar die verwarde oude vrouw kreeg ik hier nooit doorheen. Maar hoe speelde ik het klaar om tegelijk een deur te zoeken en te zorgen dat ze op me bleef wachten?

Toen ik binnen was, stak ik mijn hand naar haar uit en opeens pakte ze hem uit zichzelf vast. We stonden daar hand in hand, ik binnen en zij buiten, en keken elkaar aan. Ik keek naar haar gezicht. Ik probeerde het me voor te stellen zonder die verschrikkelijke verminkingen. Hoe had ze er ooit uitgezien? Voordat de Roden kwamen? Ik drukte haar op het hart daar te blijven staan en geen stap in de richting van de hoofdingang te zetten, en opeens klaarde haar gezicht op alsof haar iets ongelofelijk grappigs te binnen was geschoten, en ze begon te lachen. De zorgeloze lach van een kind. Ik was eerder in de stemming om te huilen. Ik vroeg, ik smeekte haar bijna te kalmeren, te blijven staan, niet meer te lachen, maar hoe meer ik op haar inpraatte, hoe grappiger ze het vond en hoe harder en ongeremder ze lachte. Tot ze van het ene op het andere moment bedaarde en haar hoofd naar me toe boog.

En toen vertelde ze me de macaberste mop die ik ooit heb gehoord, macaber niet vanwege de inhoud, maar vooral vanwege de omstandigheden. Verlamd, machteloos en gefascineerd door haar waan bleef ik bij het raam staan luisteren. Die mop zal ik je in de loop van ons verhaal vertellen, Brilka, maar nu nog niet. Nu kan ik het nog niet. De nachtmerrie is nog niet voorbij. Ik sta daar nog in die donkere gang van de school en weet niet hoe ik in vredesnaam mijn leven en tegelijk het hare moet redden.

Want zij had de nachtmerrie al overwonnen, was de tijd te slim af geweest, had afscheid genomen van de wetmatigheden van de wereld, maar ik niet. Ik moet me nog aan de feiten houden. Aan mijn herinneringen, die me voortdurend een loer draaien. Aan de beelden die mijn hoofd bevolken. Ik kan die mop nog niet navertellen, maar binnenkort, ja, binnenkort zal ik het doen. Dat beloof ik. Als ik eenmaal bij jou ben aangekomen, als ik alles achter de rug heb wat me ervan heeft weerhouden bij jou aan te komen, zal ik het doen.

Toen ze haar mop had verteld en zich ervan had verzekerd dat ik de clou had begrepen, liet ze mijn hand los, draaide zich met een ruk om en voordat ik haar door het raam bij haar jurk of haar arm kon grijpen, ging ze ervandoor.

Ik probeerde weer door het raam te klimmen, riep aan één stuk door haar naam, maar toen ik weer half buiten was, zag ik haar niet meer en wist ik dat het zinloos was om haar verder te zoeken. Ze was weer opgelost in de nog steeds groeiende mensenmenigte, was er deel van geworden, was erin opgegaan, had in het epicentrum van het gebeuren haar toevlucht gezocht en gevonden.

Er ontsnapte een haast dierlijk, mij volkomen vreemd geluid uit mijn keel. Ik stond een paar tellen als versteend in de donkere gang en wist niet wat ik moest. Terwijl ik op de koude vloer van mijn school neerhurkte en over mijn hele lichaam beefde, hoorde ik buiten mensen roepen, lichamen tegen de grond slaan, ik hoorde hulpgeroep en steeds weer het doffe geluid van de spaden die een lichaam, een hoofd, een leven raakten.

Ik verwachtte elk moment schoten, maar die bleven uit. Dat maakte alles nog ondraaglijker, want het feit dat er geen schoten vielen, gaf immers nog hoop dat je het er levend af kon brengen, dat je aan dit inferno kon ontsnappen. Toen hoorde ik het eigenaardige woord 'gas'! Ik kon het niet thuisbrengen, tot ik begreep dat er nu traangas werd ingezet. Ik krabbelde overeind en sloop door de donkere gang, sloop door de spookachtig donkere en lege school, die ik jarenlang zo had gehaat en die me er nu voor behoedde ondraaglijke dingen te zien. Ik liep de trap op. Mijn schoenen maakten een vreemd, knerpend geluid op het hout. Vanaf de muren keken verschillende dichters en denkers me aan en tussen hen zwaaide nog altijd oom Lenin naar me.

Plotseling begon ik te hollen, natuurlijk, in de lerarenkamer was een telefoon, ik moest mijn moeder bellen of Kostja om hulp vragen, zodat ik hier weg werd gehaald. Maar tegelijk wist ik dat dat onmogelijk was. Iedereen zou onvermijdelijk deel worden van dit onmenselijke scenario en door de spaden en de kalasjnikovs, de tanks en het gas worden bedreigd. Nee, dat was uitgesloten. Die mogelijkheid bestond niet meer.

Ik liep de trap op naar mijn oude lokaal. De deur stond open en ik ging in de bank zitten die jarenlang mijn haat tegen de school en mijn klasgenoten had moeten verdragen. Waarin ik ettelijke kreten en tekeningen had gekrast. Hulpkreten, dreigementen. Ondanks het donker kon ik ze ontcijferen en om de een of andere reden was ik blij ze te zien. Ze leken een houvast, een teken dat de wereld zoals ik die kende ooit had bestaan en niet alleen inbeelding was. Ik klampte me vast aan 'Lenin + Marx = stront', aan 'De wiskundeleraar is een oen', maar ook aan 'nog 124 dagen, dan ben ik pleite'. Ik probeerde me de dagen en momenten voor de geest te halen dat ik die woorden in het harde hout van de bank had gekrast. Sommige kon ik me nog herinneren, de rest was uit mijn hoofd verdwenen. Ik ging op de bank liggen, hield hem met beide handen vast en luisterde of er schoten vielen, of iemand al het onherroepelijke woord 'dood' riep, maar ik hoorde niets. Er was nog hoop.

Ik was elk gevoel voor tijd kwijt. Ik concentreerde me op het kloppen van mijn hart. Ik kan me niet meer herinneren hoelang ik daar heb liggen wachten tot ik gered of gedood zou worden. Toen het lawaai van buiten op een gegeven moment niet meer zo oorverdovend was, stond ik op en liep de trap weer af. Het verbaasde me dat niemand op het idee was gekomen de school in te vluchten en tegelijk voelde ik me schuldig dat ik de deuren niet had opengegooid en de mensen had gewenkt.

Ik liep naar de achteruitgang en rammelde aan de deur. Die zat op slot. Ik ging naar de toiletten en vond op de jongens-wc een raampje dat ik open kon krijgen. Ik keek naar buiten – achter de school was niemand. Alleen uit een zijstraat klonk nog geschreeuw. Pas toen ik weer buiten op het asfalt stond, merkte ik dat ik de hele tijd iets in mijn hand hield en dat mijn vingers verkrampt waren geraakt. Ik keek en zag dat het de eenvoudige zwarte schoen van Christine was. Iets aan dat beeld doet me nu nog verstijven van angst. Ik drukte de schoen stijf tegen mijn borst, begon luidkeels te snikken en zette het tegelijk op een lopen. Ik klom over een schutting, wist langs twee militaire voertuigen te komen en ontsnapte ten slotte via de hoger gelegen kronkelstraatjes van de Heilige Berg.

Pas toen ik bij de verscholen achterplaatsen van Vera was aangekomen, bleef ik staan en haalde diep adem. Ik was er in één ruk naartoe gerend. Ik was gevallen, weer opgestaan, verder gerend. Het lawaai en de kreten waren verdwenen. In deze oude, slaperige buurt zag alles er heel vredig uit, alsof niet een paar kilometer verderop mensen andere mensen met een spade te lijf waren gegaan. De huizen lagen in diepe slaap. Hijgend zakte ik neer op de stoep. Nog nooit had mijn eigen stad zo groot en zo eenzaam geleken. En zo gespleten.

Totaal uitgeput bonkte ik op Christines deur. Ik herinner me niet meer hoe ik daar was gekomen, ik weet alleen dat ik de hoofdstraten meed en steeds verder liep, steeds langzamer, maar zonder stil te staan, tot ik bij Christines woning was. Daar had ik als eerste aan gedacht om een goed heenkomen te zoeken. Ik betwijfel of ik ook nog andere, meer altruïstische motieven kan hebben gehad en in mijn toestand in staat was me zorgen te maken om Christine of Miro. Ik had gewoon geen kracht meer om verder te gaan.

Miro deed open. Hij had me gezocht, iedereen was gek van bezorgdheid, ja, en Christine was spoorloos verdwenen. Elene en Aleko waren hier geweest. Iedereen had doodsangsten uitgestaan. Toen hij bloed op mijn kleren en mijn gezicht zag, schrok hij, maar ik gebaarde dat het niets ernstigs was, tot meer was ik niet in staat. Gelukkig hoefde ik hem niet te vragen of hij naar huis wilde bellen om het signaal veilig te geven en te zeggen dat ik in leven was. 'En Daria?' vroeg ik. Hij stelde me gerust, ze was vroeg in de avond met de toffe Lasja op de Roestaveli Avenue geweest, maar toen de sfeer hem te gespannen werd, had hij haar teruggebracht naar het Groene Huis en de escalatie zo nog net op tijd weten te ontlopen. Zonder me uit te kleden of te wassen liet ik me op Miro's bed vallen en viel binnen een seconde in slaap.

Het was al vroeg in de ochtend toen ik wakker werd, doordat Miro zijn hand op mijn wang legde. Hij had een paar boterhammen voor me gesmeerd en een kop thee gezet, die hij onder mijn neus hield. Ik ging rechtop zitten en stortte me op het eten, ik wist niet dat ik zo'n honger had.

Lana was op dat moment in Bakoe op een of ander bouwcongres en belde geregeld op. Elene zou me 's middags komen halen, vertelde Miro me voorzichtig. In de stad was de noodtoestand uitgeroepen en een avondklok ingesteld.

Christine was nog steeds spoorloos en ik vertelde hem over onze ontmoeting de vorige nacht. Maar ik verzweeg hoe ze er geestelijk aan toe was, omdat ik niet wist hoe hij daarop zou reageren. Ik moest me aan feiten houden, aan onwrikbare gegevens, aan normale dingen, aan vertrouwde dingen. De tijd van de dag. Miro's gezicht. De geur van zijn beddengoed. De vlekken op mijn kleren. De eucalyptus op Miro's vensterbank. De poster met de racewagen aan de muur. Dat waren dingen die ik kon begrijpen, die ik kende, die mijn bevattingsvermogen niet te boven gingen. Al het andere was te veel, te groot, vergde te veel van mijn krachten.

Miro keek me met open mond aan en vroeg verlegen mompelend wat ik aan het doen was. Maar ik liet me niet van de wijs brengen en legde behoedzaam mijn kleren op de grond. Ik vouwde mijn hemd en mijn broek op. Een beha droeg ik niet, dat was bij mijn bovenwijdte pure verspilling. Ten slotte trok ik ook mijn slipje uit en liep, zoals God me geschapen had, langs hem heen naar de kleine douchecel in de badkamer, die vlak naast de voordeur lag.

Een paar minuten later kwam hij de badkamer binnen en bleef voor het douchegordijn staan.

Ik schoof het open. Ik wilde dat hij naar me keek. Ik wilde dat hij alles zag. Alles wat zich de afgelopen nacht in mijn lichaam had gebrand en waarvoor ik geen woorden had.

Ik stak mijn hand naar hem uit, het warme, helende water ruiste op me neer. Hij pakte mijn hand en bleef een tijdje zwijgend voor me staan, met zijn ogen naar de grond, alsof hij zich afvroeg wat hij zou doen. Toen stak hij zijn hoofd in de douche en gaf me een zoen. Ik sloeg mijn armen om zijn nek en trok hem naar binnen.

Later droeg hij me, in een handdoek gewikkeld, als een opgerold tapijt over zijn schouder naar zijn kamer, gooide me op het onopgemaakte bed en ging naast me liggen. Zijn natte kleren hadden we in de douchecel al uitgetrokken.

Voor het eerst waren we naakt. Voor het eerst maakte het me niet uit of hij me begerenswaardig of mooi genoeg vond. Voor het eerst wilde ik dat hij mijn lichaam las als een verhaal. Ik trok hem naar me toe, sloeg mijn armen om hem heen, zijn vingers trilden, zijn lippen waren koud, zijn huid was ruw en zijn spieren waren gespannen, zijn ogen glansden. Ik voelde zijn onwil om uitgerekend nu, zo onvoorbereid, zo met me samen te zijn. Nu, terwijl zijn en mijn wereld op instorten stond.

Daar, in zijn kinderbed, in de eenzame woning van Christine.

Ik klampte me aan hem vast, mijn hart sloeg over. Terwijl mijn handen zijn buik betastten, zijn tepels aanraakten, zijn adamsappel streelden, zag ik de soldaat met zijn spade zwaaien en het lichaam van die jongen op de grond vallen. Ik zag Christines verminkingen, terwijl Miro aan mijn huid rook en mijn borsten kuste, terwijl hij me optilde en boven op zich legde, waarbij hij me de hele tijd aankeek en mijn weerbarstige, natte haar uit mijn gezicht streek. En intussen dacht ik in de donkere lege gang van mijn school te zijn en buiten het onophoudelijke geschreeuw van de mensen te horen, die elkaar onder de voet liepen en om hulp riepen. Ik klampte me aan hem vast, alsof zijn lichaam die beelden, die geluiden teniet kon doen. Als ik hem maar stevig genoeg omarmde, als ik genoeg van hem hield, als ik mijn knieën in de matras boorde en met mijn handen op zijn borst steunde, als ik hem in me opnam, zou ik hem dan een toevlucht kunnen bieden, ook al was het me niet gelukt Christine en zoveel andere mensen in mijn schuilplaats op te nemen?

Ik draaide mijn hoofd opzij, ik wilde niet dat hij door mijn beelden werd aangestoken, nu hij zo dicht bij me was, zo dichtbij als nooit tevoren.

Op de grond lag mijn vuile spijkerjasje dat ik de vorige dag had aangehad, en uit een van de zakken stak de punt van Christines zwarte schoen.

72 jaar – op weg naar het niets!
Spandoek bij een demonstratie

Het leger had intussen het hele centrum onder controle.

Het zoeken naar Christine duurde lang, pas aan het eind van de volgende dag kon haar dode lichaam in een van de stedelijke ziekenhuizen worden geïdentificeerd. De officiële doodsoorzaak was een hartstilstand. Door de menigte onder de voet gelopen en niet meer opgestaan. Maar officieus was het de terugkeer van het verleden en haar onvermogen om dat tegen te houden.

De aanval van het leger op de demonstranten, die voor mij een eeuwigheid had geleken, zou in werkelijkheid maar dertig minuten hebben geduurd. Dertig minuten die eenentwintig mensen het leven hadden gekost, onder wie mijn overoudtante Christine. Dertig minuten, eenentwintig doden en honderden gewonden. Mijn familieleden namen aan dat Christine haar sluier in het algemene gedrang was kwijtgeraakt en ik liet hen in die waan.

We zaten in de kille gang van de ziekenhuiskelder voor de afdeling Pathologie. De wachtkamer zat vol. Sommige mensen zaten te huilen, andere lachten opgelucht omdat de dode niet hun vermiste bleek te zijn. Stasia ging als eerste. Ze ging alleen naar binnen, ze wilde geen van ons erbij hebben. Kostja zat apart aan de andere kant van het vertrek. Toen Stasia terugkwam en naar ons knikte ten teken dat het echt Christine was, schudde hij alleen zijn hoofd. Op Stasia's gezicht stond niets te lezen, geen schrik, geen pijn, alleen een beklemmende leegte. Met haar ene hand hield ze haar taille vast, kennelijk had ze pijn.

Kostja had helaas gelijk gekregen: er veranderde weinig na 9 april. Er heerste een algemene radeloosheid en het besef van eigen onmacht hield de bevolking verdeeld. De ene helft werd door de brute interventie van het leger aangezet tot nog radicalere uitingen, de andere helft berustte. Ook de hoop dat het Westen misschien tegen Gorbatsjovs bloeddorstige politiek zou protesteren, bleek ijdel, want iedereen begreep algauw dat het Westen Gorbatsjov als hervormer en bevrijder wilde blijven zien. Zelfs *Le Monde* noemde de gebeurtenissen van 9 april 'een Georgische putsch en provocatie'.

De eerste Georgische partijleider werd in allerijl afgezet en vervangen door de Moskouse kandidaat Sjevardnadze, die op de vraag van een nieuwsteam uit Moskou of er op dat moment in Georgië een anti-Russische stemming heerste, antwoordde: 'Voor die conclusie hebben wij momenteel geen bewijzen.' Sjevardnadze, de Russische minister van Buitenlandse Zaken en op dat moment de machtigste Georgiër in het Kremlin, vloog naar Tbilisi en sprak van een wond die zo snel mogelijk moest worden geheeld. De rode intelligentsia probeerde het niet verder bij Moskou te verbruien en bekritiseerde de nationalisten nu openlijk als fanatici.

Nog een laatste keer zou Kostja zich met het leven van zijn geliefde kleindochter bemoeien. Hij wachtte de toffe Lasja op straat op en stelde hem een ultimatum: of hij ging zo snel mogelijk van zijn vrouw scheiden en trouwde met Daria, als hij haar dan niet met rust kon laten, of hij moest maken dat hij binnen 48 uur niet alleen uit haar leven, maar het liefst ook meteen uit de stad verdween. Pas toen ik hoorde dat de toffe Lasja uit een vooraanstaande artsenfamilie in Tbilisi kwam en dat zijn grootvader actief was geweest in de partij, begreep ik Kostja's optreden. Anders had hij nooit zo welwillend tegenover die verbintenis gestaan.

En het onverwachte gebeurde echt: de toffe Lasja vroeg de week daarop de scheiding aan. In allerijl werden de voorbereidingen getroffen voor het burgerlijk huwelijk tussen hem en Daria.

Nu niets het huwelijk met haar uitverkorene nog in de weg stond, leek haar geluk volmaakt. Daria had het al over de uitdaging om studie en huwelijksleven te combineren, terwijl Miro en ik doelloos door die maanden buitelden, houvast zochten, ons verdiepten in de boeken van Machiavelli, die in die tijd weer erg populair waren; terwijl we ons met kussen en seks verdoofden, goedkope brandewijn dronken en ons niet druk maakten over het voortdurende conflict met Lana en Elene, die elkaar intussen hadden gevonden in de overtuiging dat wij elkaar geen goed deden; terwijl we rondhingen op de verlaten kartbaan en de trieste realiteit uit de weg probeerden te gaan.

Miro droomde opeens van een carrière als filmmaker (hij wilde afmaken 'waaraan zijn vader was begonnen' – sinds ik hem kende, had hij het woord vader nooit gebruikt).

'Jij schrijft, ik film. Is dat geen geweldig idee?'

'Maar ik schrijf toch helemaal niet.'

'Dat ga je nog wel doen.'

'Ik weet het niet, Miro. Ik geloof niet dat ik goed genoeg ben.'

'Klets niet. Je moet het gewoon doen. Begin gewoon.'

Als ik naast hem zat of lag, als ik met hem lachte of praatte, was ik niet bang voor de agressieve stemmen op de radio of de televisie. Ik had het vertrouwen, de illusie dat we onkwetsbaar waren, als we maar bij elkaar bleven. Ja, we konden elkaar altijd troosten door van elkaar te houden. We perfectioneerden de kunst om de beelden uit ons hoofd te verjagen door ons als twee kleine wilde schepsels aan elkaar vast te klampen. We wilden ons door onszelf laten bedwelmen, de toekomst verdringen en het heden te slim af zijn. We vreeën 's nachts in donkere trappenhuizen of achter de kartbaan, op de achterbank of de motorkap van verschillende auto's, in zijn kinderbed als Lana er niet was, zelfs een keer op de zolder van het Groene Huis. Als ik met hem vree, dacht ik nergens aan, dan was ik vrij. Vrij van mezelf en van de eisen die ik aan mezelf stelde, die me verlamden, vrij van mijn eigen ontoereikendheid.

Maar toen mei ten einde liep en Miro nog steeds geen inschrijfformulieren bij het Filminstituut had ingeleverd, stond ik erop dat hij me de redenen noemde waarom hij het niet deed. Want ik van mijn kant was eindelijk begonnen een paar concepten en aantekeningen te maken, ik had me voorgenomen hem het goede voorbeeld te geven en aan mijn eerste roman te beginnen, wat er ook gebeurde. Hij antwoordde geprikkeld dat hij dit jaar de benodigde papieren niet bij elkaar kreeg en daarom voorlopig gevolg had gegeven aan de wens van zijn moeder door zich bij het Polytechnisch Instituut op te geven en daar toelatingsexamen voor ingenieur te doen.

Wat volgde was onze eerste ruzie, waarbij me duidelijk werd dat Miro een dromer was voor wie de dromen belangrijker waren dan de verwezenlijking ervan, en ik daarentegen iemand voor wie de dromen ophielden op het moment dat je ze als droom in stand hield en overliet aan een onzekere verre toekomst of een onberekenbaar lot. Volkomen onverwachts gaf dat inzicht me voldoende kracht om mijn eigen twijfels opzij te zetten en te gaan schrijven. Ik overwon mijn remmingen, trok me terug in het Groene Huis en schreef een week lang als een bezetene. Ik wilde mijn, ons verhaal vertellen. Maar ik had nog geen begin en geen einde. Ik liet me leiden door de ongeordende zinnen en de onaffe personages. Ik probeerde mijn herinnering te scherpen, taferelen en gezichten te laten herleven. Ik wilde mezelf, maar vooral Miro bewijzen dat het mogelijk was om te worden wie we wilden worden, langzaam, stap voor stap.

Ik zat op zolder en schreef tot mijn vingers niet meer wilden. Ik gebruikte een dik schrift met een leren kaft dat David me een keer had gegeven en dat ik voor bijzondere gelegenheden had bewaard.

Eindelijk kreeg Kostja de bruiloft die hij voor zijn dochter had gewenst. Eindelijk was alles zoals hij het wilde hebben, alleen zijn land speelde niet meer mee.

Talloze gasten waren uitgenodigd en kwamen in de feestzaal in Ortachala bijeen. Daria schitterde en fonkelde in haar witte jurk. De directeur van de wijnfabriek, de hoofdarts Cardiologie, de zangeres (en draagster van de Leninorde), de voormalige medewerkers van het ministerie, de voorzitter van de vakbond, de leiding van de Komsomol, maar ook regisseurs, acteurs en zangers zetten het feest luister bij. Alle mensen aan wie Kostja wilde laten zien welke rijzende ster aan de schoonheidshemel, welke parel hij had grootgebracht. En al had zijn parel een dubieuze branche voor haar werkzaamheden uitverkoren, al was de bruidegom een paar jaartjes ouder dan zij, ze moesten toch een droomkoppel zijn.

In die feestelijke stemming kon je ook snel en makkelijk vergeten wat er op straat aan de hand was, op wat voor wankele benen dit land stond, dat de meeste aanwezigen hun leven lang met onwrikbare trouw hadden gediend. Met een paar glazen van de beste Kachetische wijn konden ze de angst in hun lijf vergeten. De angst voor de dag dat het systeem hen zou vermalen en weer uitspugen. Op zo'n avond kon er veel worden vergeten.

Ik zie de beelden van Daria's bruiloft zo duidelijk voor me, ook nu nog, Brilka, alsof er in mijn hoofd een fotoalbum zit dat ik kan openslaan wanneer ik maar wil. Het gelukkige gezicht van mijn zus, haar stralende ogen, het kleine boeketje witte rozen in haar hand, de aarzelende kus van het echtpaar, hun euforie, dat besef van hun onaantastbaarheid, hun schoonheid en de met die schoonheid gepaard gaande arrogantie.

Als ik die beelden voor me zie, moet ik ook vaak denken aan het moment dat ik Daria tegenkwam op het toilet, waar ze haar lippen bijwerkte en ik haar in de spiegel aankeek. Hoe ze zich toen omdraaide en haar armen om me heen sloeg. Hoe ze me in het oor fluisterde dat ze van me hield ('ik hou zoveel van je, klein loeder dat je bent') en een rode kus op mijn van het dansen met Miro bezwete wang drukte. En hoe ze er vervolgens als de wind vandoor ging en mij gewoon liet staan, hulpeloos, in de war en uit mijn doen, hoe ik met mijn hand haar kus op mijn wang probeerde vast te houden in de hoop dat de afdruk ervan voor altijd bleef zitten.

De oude klok geeft de tijd goed aan.
Brodksy

Ik begon aan mijn studie aan de historische faculteit en lag voortdurend met mijn medestudenten en docenten in de clinch, de eindeloze debatten maakten me murw. Er waren constant discussies, er werden constant werkstukken teruggegeven met het argument dat er te veel 'Sovjetpropaganda' en te weinig 'nationalisme' in zat.

Buiten reden tanks, er gold een avondklok en om de haverklap was er een demonstratie. Jongemannen begonnen plotseling in het openbaar wapens te dragen. Het was angstaanjagend hoe snel je aan dat krijgshaftige beeld wende, alsof het de normaalste zaak van de wereld was om op klaarlichte dag met een geweer over je schouder door de stad te lopen.

De standbeelden van onze socialistische vaderen werden een voor een neergehaald. Waarbij het grootste, Lenin op het Leninplein, onder een bombardement van eieren en tomaten als laatste viel.

Voortdurend moest ik eindeloze voettochten voor lief nemen, omdat de straten geblokkeerd waren door massabijeenkomsten en betogingen en het openbaar vervoer onregelmatig reed.

De kartbaan werd gesloten, want Haai en een paar andere jongens uit zijn kliek waren toegetreden tot het pas opgerichte privéleger Mchedrioni, en ook zonder dat had niemand meer tijd om nutteloze rondjes te rijden, iedereen wilde meewerken aan de toekomst van het land! Nu, behangen met wapens, vonden ze zichzelf belangrijk, voelden ze zich onaantastbaar en kwamen ze samenzweerderig in het voormalige Schaakpaleis bijeen om over de 'nieuwe nationale waarden' te discussiëren en ongestoord te zuipen.

Daria ging met de toffe Lasja in de buurt van het Vakepark wonen, in een woning die zijn ouders speciaal voor het tweede huwelijk van hun zoon hadden gekocht. Daria viel op door haar bijzonder modieuze kleding en de bedrijvigheid die ze na haar huwelijk aan de dag legde. Sinds de bruiloft was ze een ander mens geworden. Ze kwam ongelofelijk flink over en wilde duidelijk volwassener en zelfbewuster lijken dan ze was. Ze nam een rol aan in een driedelige historische televisieserie, die deze keer in Leningrad werd opgenomen. Lasja was weliswaar niet bij de productie betrokken, maar ging wel met haar mee naar de opnamen; ze bleven de hele zomer weg.

In het Groene Huis gebeurde iets onvoorstelbaars: op een zaterdagochtend werd ik wakker van lawaai en ontdekte ik midden in de woonkamer arbeiders in overall, die onder leiding van Nana ons bankstel aan het inpakken waren. Op mijn vraag wat er met onze mooie meubels ging gebeuren, het was toch Kostja's lievelingsbank, antwoordde Nana dat we het ons helaas niet meer konden permitteren lievelingsmeubels te hebben. Diezelfde avond ging ik naar de keuken en legde ik 230 roebel voor Nana op tafel, al het geld dat ik met mijn werk bij de kartbaan had verdiend en waarvan ik eindelijk een echte Levi's en een aantal verboden boeken wilde kopen. Ze keek me verbijsterd aan en weigerde het geld aan te nemen. Het was nog niet zo erg met hen gesteld dat ze zich door hun kinderen moesten laten onderhouden, zei ze ('geef het liever aan je moeder').

Mijn moeder klaagde voortdurend dat de mensen de bijlessen van hun kinderen niet meer konden betalen, en ze schreeuwde tegen Aleko dat ze niet meer wist waar ze het geld vandaan moest halen. Aleko nam haar dan in zijn armen en beloofde dat alles goed zou komen. Ik gaf de droom van mijn echte Levi's op en stopte het geld dat ik bij elkaar had gespaard in mijn moeders zak. In plaats van dank kreeg ik een standje en moest ik er verantwoording over afleggen hoe ik aan het geld kwam, en vervolgens kreeg ik het verwijt te horen dat ik mijn tijd met verkeerde vrienden verdeed. Voor de zoveelste keer sloeg ik de deur achter me dicht en rende het huis uit.

Mijn verlangen naar David was in die tijd niet minder geworden, integendeel, het was veranderd in een brandende plek in mijn borst, die me elke dag weer aan hem herinnerde en me te verstaan gaf dat die plek net zo lang zou branden tot er vervanging voor David was, en voor David bestond er maar één vervanging: hijzelf. Een paar keer had ik de bus naar zijn atelier genomen en daar rondgehangen in de hoop dat hij op de hoek van de straat zou opduiken. Met de dag waagde ik me dichter bij zijn voordeur, maar aanbellen durfde ik nog lang niet.

Maar toen, op een middag na een verhitte, tot niets leidende discussie met een van mijn docenten, hield ik het niet meer uit en belde ik bij hem aan. Het duurde even voor ik zijn voetstappen hoorde. Toen hij opendeed, had hij een liniaal in zijn hand, zijn bril bungelde aan een kettinkje op zijn borst, hij leek kleiner dan ik me herinnerde, maar zijn diepliggende ogen waren nog even helder als in de tijd dat ik het geluk had een paar keer per week van zijn gezelschap te mogen genieten. Even nam hij me op, onzeker wie hij voor zich had, maar toen klaarde zijn gezicht op.

'Nitsa!' mompelde hij en ik zag zijn moerasgroene ogen vochtig worden. Ik deed een aarzelende stap in zijn richting, stak mijn armen uit en sloeg ze stevig om hem heen. Hij liet zich omhelzen, eerst stijf, maar toen ontspande hij zich in mijn armen en gaf hij toe. Op dat moment realiseerde ik me dat we elkaar nog nooit hadden aangeraakt. Ons contact had altijd uit gedachten en woorden bestaan, een contact dat geen aanraking als bewijs nodig had.

'Ik hoopte dat je op een dag terug zou komen,' zei hij en alsof er geen jaren tussen onze ontmoetingen lagen, begon hij zoals gewoonlijk zijn samowar aan te steken. Door de vertrouwdheid van de kamer viel alle angst en onzekerheid van me af.

Ik praatte verward en veel. Ik kon niet meer ophouden. Alsof ik alles eruit moest gooien. Zoals altijd onderbrak hij me niet, hij luisterde met een geconcentreerd gezicht en schonk telkens thee bij.

'Ik heb het gevoel dat ik stik, ik wil zoveel doen, maar iets houdt me tegen. De hele tijd stel ik mensen teleur. Ik probeer alles goed te doen, terwijl ik niet eens weet wat goed is. Ik weet niet waarom ik studeer en wat ik studeer.

Het enige wat ik weet, is dat ik wil schrijven en met Miro samen wil zijn. Maar dat is niet genoeg. Ik ben niet genoeg. Niets helpt Miro om eindelijk te doen wat hij wil doen.'

Als een stortvloed barstte alles wat ik zo lang had opgekropt in me los. David dacht lang na en keek me onderzoekend aan: 'Je kunt niet voor iemand anders leven, Nitsa, en niemand kan dat voor jou. Het zou verschrikkelijk zijn als het wel zo was. Word wat jij wilt zijn en laat anderen met rust.'

'Maar ik weet niet wat ik wil zijn, David, dat is het hem juist!'

'Doe wat je het beste kunt. Ik kan je geen antwoord geven. Ik heb ook nooit een vraag van je beantwoord. Ik heb altijd alleen naar je geluisterd en je de tijd gegeven tot je zelf het antwoord vond.'

'Mag ik... Mag ik je komen opzoeken?'

'Ik neem aan dat niemand meer zal dreigen me achter de tralies te zetten.'

'Ik schaam me zo. Ik haat mijn familie. Ik haat hem.'

'Laat maar. Het was niets nieuws voor me. Ik vond het alleen erg om jou te laten gaan. Aan het begin van mijn loopbaan was ik verliefd op een man, hij was mijn onderzoeksassistent en zes jaar jonger dan ik. Ik was toen getrouwd en mijn vrouw was zwanger van onze tweede zoon. Er deden geruchten de ronde, een collega gaf me aan bij het hoofd van het instituut. Maar nu speelt het toch geen rol meer.'

'Vanwege mij had zoiets je nooit mogen overkomen. Vanwege mij hadden ze je niet in zo'n situatie mogen brengen.'

'Je bent nu oud genoeg, kom me opzoeken wanneer je maar wilt. Bovendien kan ik je niet meer aansteken, je valt nu toch al op mannen!'

We schoten allebei in de lach. Misschien een getergde

lach, maar een waardoor alles wat er gebeurd was in het niet verdween.

'En als je niet weet wie je bent, dan kies je uit alle mogelijkheden van je ik de onmogelijkste en word je dat,' zei hij voordat hij me omhelsde en afscheid nam.

Ik liep langzaam naar huis, langs de steeds leger wordende etalages van de levensmiddelenwinkels, langs de nieuwe pandjeshuizen in de stad.

Daria was de tafel aan het dekken. Haar man zat gelukkig in de kamer ernaast naar een wedstrijd van Dinamo te kijken. Ik had mijn zus de afgelopen tijd zelden opgezocht, de toffe Lasja week niet van haar zijde en bewaakte haar als een waakhond. Ik kon me sinds haar bruiloft niet één gesprek tussen ons herinneren waar hij niet bij was geweest.

Daria repeteerde op dat moment Katherina uit *De getemde feeks* voor het Mardzjanisjvilitheater, tot groot verdriet van haar medestudenten, want het was schier onmogelijk om als student een hoofdrol bij zo'n gerenommeerd theater te krijgen.

De telefoon ging. Ze verdween even uit de keuken. Toen ze terugkwam, werd ze gevolgd door Lasja, die ik nu niet meer 'de toffe Lasja' mocht noemen, omdat Daria zich daaraan stoorde.

'Wie was dat?'

'De assistent. In verband met de repetitie morgen. Begin alsjeblieft niet weer van voren af aan,' fluisterde ze, terwijl ze hem de rug toekeerde. Maar tot mijn grote teleurstelling kwam hij bij ons aan tafel zitten.

'Ik wil weten wat hij van je wilde.'

'Wat zou hij van me willen? Ik zei toch al dat hij de repetitietijden wilde afspreken.'

'Wat valt daarover af te spreken?'

'Alsjeblieft, Lasja, Nitsa en ik wilden even voor onszelf...'

'Misschien wilde hij de diepte van je decolleté met je bespreken?'

'Je bent paranoïde, echt!'

'O, dus ik ben paranoïde?'

'Hé, Lasja, wat moet dat?' kwam ik tussenbeide.

'Wat dat moet? Dat is precies wat ik je zus vraag, maar ik krijg geen antwoord. Voor haar heb ik mijn vrouw verlaten, die me verafgoodde! Verafgoodde! En wat is haar dank? Ze flirt met al die mislukkelingen, draait maar met haar kont en denkt dat ik gek ben.'

Opeens hoorde ik iets breken. Daria had een bord in de gootsteen stukgeslagen. Ze draaide zich met een ruk om, haar gezicht was nat van de tranen.

'Waarom doe je me dit aan? Ze is mijn zusje. Waarom doe je me dit nu aan? Ik kan niet meer. Ik kan zo niet verder. Ik begrijp niet wat er met je is gebeurd. Waarom je me dit aandoet. Vroeger was je niet zo, je was niet zo, dat weet ik.'

'O, ik doe jou iets aan, ja? Ik jou? Ik doe jou niets aan, ik wil alleen een fatsoenlijke vrouw naast me. Jij bent alleen iemand, omdat ik je in de schijnwerpers heb gezet. En nu hang je de grote ster uit en ben ik niet goed genoeg meer voor je, hè? Je denkt dat je nu meer waard bent, omdat je aanbiedingen krijgt, terwijl ik hier werkeloos rondhang? Weet je wel wat ik allemaal al heb gedaan, met wie ik allemaal heb samengewerkt, ondankbare del die je bent.'

Dat was me te gortig. Ik sprong op en riep dat hij zijn vuile bek moest houden.

Daria probeerde tussenbeide te komen, het was duidelijk dat ze zich tegenover mij schaamde. Hij snoof verachtelijk, slingerde me iets beledigends in het gezicht en liep de keuken uit.

Drie dagen later wachtte ik Daria na de repetitie op en dwong haar met me te gaan wandelen.

'Wat is er bij jullie aan de hand?'

'Begin jij nu niet ook nog, Nitsa. Ik red het wel. Hij is gewoon een beetje jaloers,' mompelde ze terughoudend, terwijl ze in haar tas begon te rommelen.

'Een beetje jaloers? Hij noemde je een ondankbare del, neem me niet kwalijk, maar...'

'Hij is een man, voor hem is het moeilijk om met die hele situatie om te gaan. Bovendien krijgt hij bijna geen aanbiedingen. Bij de televisie gaat het alleen nog om politiek, de subsidies voor films zijn geschrapt. We denken erover naar Rusland te gaan. Daar heeft hij goede contacten. Ik hou van hem, ik hou van Lasja, ik wil niet dat hij zich door mij zo voelt.'

'Wat klets je nou? Is het nu ook nog jouw schuld dat hij zich als een klootzak gedraagt?'

'Nee, zo bedoel ik het niet, maar hij heeft het nu eenmaal moeilijk. Ik maak me zorgen om hem.'

'Misschien kun je je beter zorgen maken om jezelf.'

'Dat doe ik ook. Maar dit is een zaak tussen hem en mij, Nitsa, ik verwacht niet dat je het begrijpt, maar toon alsjeblieft een beetje consideratie, ja? En ik wil niet dat mama of Kostja hiervan hoort. Hij verloor gewoon zijn zelfbeheersing en...'

'Zijn zelfbeheersing? Kennelijk verliest hij wel vaker zijn zelfbeheersing.'

'Ik ben nu eenmaal geen maximalist zoals jij, Nitsa.'

'Maximalist? Waar heb je het over? Het is toch doodnormaal om je niet voor del te laten uitmaken, vooral niet als je gewoonweg dweept met de figuur die je zo noemt.'

'Alsof jij weet wat normaal is.'

'Ga niet op die toer. Niet zo. Dat hebben we gehad.'

'Kijk naar jezelf voor je mij hier de les gaat lezen. Wat voor leven leef jij? Wat doe je met al je talenten? Je hangt de hele tijd bij die losers rond, je hebt niet eens een vriendin, dat is toch niet normaal. Een meisje heeft vriendinnen nodig.'

'Ik dacht dat jij mijn vriendin was.'

Dat antwoord had ze kennelijk niet verwacht, haar gezicht veranderde op slag, ze deed een stap in mijn richting en in haar bruine oog flikkerde iets op als een slecht geweten.

'Maar ik ben je zus, Nitsa,' zei ze zachtjes.

'Ja, je bent blijkbaar alleen mijn zus,' antwoordde ik en ik draaide me om en rende weg. Van het ene op het andere moment was het gaan stortregenen.

Words like violence
Break the silence.
Depeche Mode

'Mijn god, het is toch een nationale psychose wat zich daar afspeelt!' Miro sloeg zijn hand tegen zijn voorhoofd. We zaten allebei aan de televisie gekluisterd. De Russische hypnotiseur en wonderdokter Kasjpirovski, die op de televisie al geruime tijd aan massahypnose deed en zijn massale publiek verblindde en afstompte, was in onze stad. Ook in Tbilisi waren duizenden mensen voor zijn show naar de Philharmonie gekomen om zich te laten genezen. Voor de Philharmonie hield een groepje oprechte gelovigen een kleine demonstratie, hun spandoeken waarschuwden voor de 'satanist', de mensen moesten hun ziel redden en deze 'ketterse show' zo snel mogelijk verlaten. Maar dat leek de 'duivelaanbidders' die in groten getale naar de voorstelling stroomden, niet te storen. Velen van hen vielen in zwijm of barstten, happend naar lucht en zoekend naar woorden, in tranen uit.

Lana was weer eens op reis en Miro en ik verschansten ons urenlang in zijn kamer.

'We staan dus vlak voor een economische crisis, over een maand of twee strijden hier wel honderd partijen om de macht, de Nationale Beweging ligt met bijna iedereen overhoop en begint elkaar onderling af te maken, de communisten proberen hun hachje te redden, het Mchedrionileger terroriseert de bevolking, de Abchaziërs en Osseten schreeuwen om autonomie, er wordt gewaarschuwd voor inflatie – en wat doen wij? We nodigen een hypnotiseur uit Rusland uit en laten ons volk "genezen".'

Ik lag dubbel van het lachen, sprong van het bed en rende hysterisch lachend en me uitkledend door de kamer, terwijl op de achtergrond Kasjpirovski bij het Georgische volk de demonen uitdreef, tot Miro me eindelijk te pakken kreeg en me op bed gooide, om vervolgens met zijn hele gewicht naast me neer te ploffen. De wereld met al zijn wonderdokters, hervormers, nationalisten en fanatici kon ons op zulke momenten gestolen worden.

In maart 1990 werd de wet op de 'staatssoevereiniteit' aangenomen. Andere Sovjetrepublieken volgden het voorbeeld van Georgië, al betekende het nog lang niet dat ze uit de Unie waren gestapt, alleen wist iedereen dat dat vroeg of laat zou gebeuren. Na de val van de Berlijnse Muur was de politieke situatie wereldwijd veranderd. Gorbatsjov – hoe vriendelijk hij zich ook tegenover het Westen toonde – reageerde met strenge maatregelen en kondigde economische sancties af tegen alle Sovjetrepublieken die staatssoevereiniteit hadden geëist, maar hij stond machteloos tegenover de republieken, ook die nog zouden volgen. Hij kon niet op alle fronten met dezelfde harde middelen optreden, dat zou ook voor Rusland te gevaarlijk worden, zodat deze ontwikkeling werd uitgelegd en geaccepteerd als een onaangenaam, maar onvermijdelijk gevolg van zijn grote hervormingen.

In Georgië werden de verkiezingen voor het eerst sinds 1921 gewonnen door een andere partij dan de communisten, namelijk door de nationalistische coalitiepartij Ronde Tafel-Vrij Georgië onder leiding van de voormalige dissident en schrijverszoon Gamsachoerdia.

Toen ik Aleko vroeg wat dat voor man was en waarom hij altijd praatte als een bezetene, alsof hij voortdurend achterna werd gezeten en bang was dat hij zijn verhaal niet kon afmaken, antwoordde hij alleen: 'Nou ja, misschien is hij echt bang dat ze hem het woord ontnemen. Hij is als scholier al gearresteerd wegens anticommunistische activiteiten. Later heeft hij als medeoprichter van de Initiatiefgroep voor de Verdediging van de Mensenrechten twee jaar in ballingschap doorgebracht. Maar echt gehoor heeft hij waarschijnlijk nu pas gevonden, dus moet hij wel brullen als een leeuw om alles kwijt te kunnen wat hij al die jaren niet heeft mogen zeggen. Maar eigenlijk schijnt hij meer een hang te hebben naar mystiek, naar, hoe heet die flauwekul ook weer, zo'n soort nieuwe religie, erg in de mode op het moment, iets met antro... Hoe dan ook, esoterie en politiek, een heel slechte combinatie. En ik verzeker je: degenen die zijn overgebleven, die niet in Gamsachoerdia's partij zijn opgenomen, de nationalisten en meelopers die hij niet als vrienden heeft gekozen, die hij achter zich heeft gelaten en geen hoge posities heeft aangeboden, zullen zich aaneensluiten en hem bestrijden, ook al haten ze elkaar onderling,' besloot Aleko gelaten, waarna hij de krant begon door te bladeren, die op de voorpagina zoals elke dag de afbeelding van een demonstratie had. Ik was te lui om te vragen waar ze deze keer tegen demonstreerden.

Miro had altijd al makkelijker afleiding kunnen vinden. Mij bekroop daarentegen steeds meer twijfel als ik alleen was: hoe moesten we ooit een uitweg uit deze chaos vinden? Waar moesten we heen? En waar moesten we überhaupt beginnen? En wat voor een leven zou dat dan zijn? Of moest ik er op de een of andere manier in slagen geen verwachtingen van hem te hebben en, zoals David me had aangeraden, eerst bij mezelf beginnen? Maar hoe? Hoe kon ik niets van hem verwachten? Als je van iemand hield – moest je toch iets verwachten?

Helaas was ik geen boek dat ik kon lezen en begrijpen. Ik kon mezelf alleen begrijpen door mezelf te ervaren, door te leven, en dat leven leek me steeds een stap voor te zijn, alsof ik het nooit zou kunnen inhalen. De tegenstelling tussen Miro en mij werd op een gegeven moment voelbaar in onze verhouding. Hij was steeds vaker geprikkeld, liet me wachten, ging met zijn maten ergens heen zonder het van tevoren te zeggen, was niet te genieten, moeilijk tevreden te stellen en verweet me dat ik hem controleerde. Ik voelde me ellendig, omdat ik zeker wist dat veel van die tegenstrijdige, mij wanhopig makende gevoelens helemaal niet zoveel met hem te maken hadden, maar voortkwamen uit mijn eigen ontoereikendheid. Ik was jaloers op de nieuwe vrienden die hij bij zijn studie vond. Aan alles wat ik vroeger zo leuk aan hem had gevonden, kreeg ik een grondige hekel. Ik kon het niet uitstaan als hij bij zijn nieuwe vrienden de clown uithing en op alle feestjes en partijen de gangmaker was.

Ook vond ik het vreemd dat hij zijn studie opeens helemaal niet zo vervelend vond; hij had tegen mij gezegd dat hij voor iets anders in de wieg was gelegd en nu nam hij genoegen met de armzalige mogelijkheden van zijn instituut. Ik was bang dat ik hem en vervolgens ook mezelf zou moeten verachten, omdat hij opeens zo conformistisch, gemakzuchtig en verzoenend leek. Omdat hij de kunst opeens afdeed als een luxe van onze tijd en mij verweet zwaarmoedig, deprimerend, onvriendelijk en zelfs twistziek te zijn.

Hoe meer onze woorden tekortschoten, hoe meer misverstanden ze veroorzaakten, hoe beter onze lichamen elkaar 's nachts begrepen, alsof ze blij waren dat onze gedachten, onze gevoelens ons dwarszaten. Maar overdag begonnen we ruzie te maken, eerst een beetje, daarna steeds hardnekkiger. Ik verweet hem dat het leven waar hij het altijd over had, niet zomaar uit de lucht zou komen vallen. Hij antwoordde dat hij niet bereid was te doen wat mijn 'gecompliceerde hoofdje' allemaal bedacht. Ik eiste een leven dat zin had. Hij bracht ertegen in dat wij tweeën, onze relatie voor hem zin genoeg was. Ik voerde dingen aan die buiten deze hemelse, alles helende liefde lagen.

Er waren dagen dat ik niets liever wilde dan normaal zijn, dan dingen wensen waar de meesten van mijn leeftijd van droomden. Dat ik wakker wilde worden met een onvoorwaardelijk ja, dat ik het uit wilde schreeuwen en naar Miro wilde rennen om te zeggen dat we naar de burgerlijke stand moesten om een officieel bewijs van onze liefde te krijgen en een officieel bed. Dat ik iedereen om me heen wilde bewijzen dat ik helemaal niet zo gecompliceerd was als ik steeds te horen kreeg, maar net zulke dingen wilde als iedereen. Een kleine huurwoning, een oud gasfornuis met een oven om appeltaart te bakken, een waslijn dwars door de kamer waaraan Miro's was kon drogen. Nee, ik zou hem onvermijdelijk gaan haten, ik zou hem ervoor straffen dat hij niets met me had gewaagd, dat we onze angsten en grenzen niet hadden overwonnen, dat we gevangenen van onszelf waren gebleven. Ik zou hem verwijten dat hij mij had belet te worden wie ik misschien had moeten worden.

Toen ze de deur voor me opendeed, wist ik al dat ik me op hem zou wreken. En vreemd genoeg deed dat besef me plezier.

Haar instituut had gebeld. Ze was al meer dan een week niet komen opdagen en ze konden haar telefonisch niet bereiken. Elene had me gevraagd bij Daria langs te gaan, ze vermoedde dat haar dochter met griep in bed lag. Ik vermoedde iets heel anders, maar wilde mijn moeder niet ongerust maken.

'Wat is er gebeurd?' vroeg ik zonder omwegen.

'Ik ben verkouden en...'

'Mag ik niet eens binnenkomen, moeten we hier zo blijven staan?'

'Weet je, ik wil je niet aansteken en bovendien slaapt hij net en...'

'Aha, de pasja slaapt. Dan mag zijn rust natuurlijk niet verstoord worden, pardon, dat was ik vergeten.'

'Nitsa, begin nou niet weer zo.'

Ik zette mijn voet tussen de deur en wurmde me langs haar heen naar binnen. Toen ze achteruitweek, zag ik haar blauwe oog, daarna ook haar gezwollen onderlip. Ik wist niet eens of ik walging of medelijden voelde.

'Daria! Ik geloof het gewoon niet...'

Ze wilde me tegenhouden, maar ik rende naar de slaapkamer, waar Lasja op zijn rug en met zijn kleren aan lag te snurken. Ik stortte me op hem, ging boven op hem zitten en voor hij wakker werd en zich kon verweren, stompte ik hem al met mijn vuist in zijn maag; hij jankte van de pijn, greep me vast en smeet me van het bed.

Daria schreeuwde, maar alles ging zo vlug en ik was zo woest dat ik de eerste de beste stoel pakte en ermee begon te zwaaien, terwijl mijn zwager overeind krabbelde en brullend op me afkwam. Ik haalde uit met de stoel en voor hij kon uitwijken sloeg ik tegen zijn knie. Het gebrul ging over in een erbarmelijk gejammer.

Voor ik iets kon zeggen, pakte Daria me van achteren vast en sleepte me met stoel en al, die ik onder geen beding wilde loslaten, de gang in.

'Ben je helemaal gek geworden?' snauwde ze me toe.

'Wou jij me nu nog steeds vertellen dat hij zoveel van je houdt en dat zijn hand uit jaloezie is uitgeschoten? Hoe wil je optreden met zo'n smoel?'

'Het gaat niet zo goed met hem.'
'En met jou? Gaat het met jou wel goed?'
'Bemoei je er niet mee, heb ik gezegd! Hou je erbuiten!'
Ik liet de stoel vallen en wankelde een eindje achteruit.
'Daria, Daro... Wat is er toch met je?'
Ze wees met haar hoofd naar de uitgang en toen ik langzaam en met tegenzin het trappenhuis in sloop, knalde ze de deur achter mijn rug dicht.

De volgende drie dagen liet ik minstens honderd keer de telefoon bij haar overgaan, maar niemand nam op. Toen besloot ik naar Haai te gaan. Ik liep regelrecht het Schaakpaleis in, waar ze nog steeds hun hoofdkwartier hadden, en vroeg naar hem. De geüniformeerde en gewapende Mchedrioni bij de ingang wierpen me een paar verachtelijke blikken toe, giechelden als een stel schoolmeisjes, maar stuurden me in elk geval niet weg. De een liep langzaam, zonder me uit het oog te verliezen, achteruit het gebouw in, terwijl de ander zijn kauwgombellen in mijn gezicht liet ploffen. Na een paar minuten kwam de eerste terug, nu met snelle passen en zonder die stomme grijns op zijn gezicht, en vroeg me hem te volgen.
In een rokerige achterkamer waar het stonk naar alcohol, zat Haai met twee andere soldaten in uniform zijn geweer schoon te maken. Ik had nog nooit een geweer van dichtbij gezien en bleef gefascineerd staan kijken. Haai sprong overeind, pakte me met zijn grote knuisten vast en tilde me lachend op: 'Daar hebben we onze Einstein! Hé, stelletje randdebielen, die meid heeft meer in haar mars dan jullie allemaal bij elkaar! Kom, jullie moeten haar leren kennen! Ze heeft pit, neem dat van me aan! En als ze hier komt, behandelen jullie haar als een echte dame, begrepen?' riep hij.
De aanwezigen wierpen me respectvolle en enigszins geïmponeerde blikken toe.

'En, wat is er, meisje, hoe gaat het met onze kleine vriend Miro?'

'Prima. Ik ben hier voor iets anders. Ik heb je hulp nodig.'

Ik keek onzeker naar de twee soldaten.

'Geen probleem, Einstein, je kunt vrijuit praten, dat zijn voor mij een soort broers. Nou, welke idioot heeft het gewaagd het bij jou te verknallen?' vroeg Haai lachend, terwijl hij me een stoel aanwees.

'Niet bij mij. Het gaat om mijn zus.'

'O man, wat een lekker ding. Wat een lekker ding, ik heb haar laatst op tv gezien en toen... Hé, jongens, weten jullie wie haar zus is? Dat geloof je niet! Daria Jasji, daar kijken jullie van op, hè? Nou, wat is er, Einstein?'

Ik legde het probleem in een paar zinnen uit.

'Wat een lul om het bij zo'n schoonheid te verkloten. Je moet wel goed achterlijk zijn om zo'n vrouw niet op handen te dragen.'

De twee anderen knikten instemmend.

'Help je me?'

'Natuurlijk, je bent toch een soort zusje voor me. We hebben samen heel wat meegemaakt, waar of niet?'

Twee dagen later wachtten Haai en zijn vrienden Lasja voor zijn huis op en maakten 'een praatje' met hem. Hij belandde met twee gebroken ribben en een hersenschudding in het ziekenhuis, waar zijn artsenouders hem mochten verplegen. Daria riep me op het matje. Een van de buren had Haai herkend en zodoende had ze hem met mij in verband gebracht. Ze had weinig begrip voor mijn zusterlijke hulp. Ze schreeuwde hysterisch tegen me en slingerde me vol haat en niet zonder leedvermaak in het gezicht dat ze meer dan van wat ook ter wereld van hem hield en dat ik daar niet het minste aan kon veranderen. Deze keer zou ze haar mond houden, want ze schaamde zich dat ik, haar kleine zusje, tot zoiets verschrikkelijks in staat was, maar als ik of een van mijn criminele vrienden het nog een keer in ons hoofd haalden om haar man iets aan te doen, dan zou dat fatale gevolgen voor me hebben, dreigde ze en ze voegde eraan toe dat ze blij was uit dit 'vervloekte land van criminelen en provincialen' te vertrekken, zodra Lasja uit het ziekenhuis kwam.

'En waarheen?' mompelde ik, terwijl ik haar blik ontweek.

'We gaan naar Moskou, over een maand zijn we weg uit dit gat. Lasja's beste vriend zet daar momenteel een eigen business en...'

'Wat zet hij op?'

'Leer liever Engels!' snauwde ze me toe. 'Ze gaan een eigen zaak opzetten en veel geld verdienen, dan kan Lasja namelijk zelf beslissen welke films hij wel en niet wil maken, en dan zijn we weg uit dit rotland. Daar wordt hij tenminste niet op klaarlichte dag voor zijn huis in elkaar geslagen!'

'En je opleiding dan?'

'Ik maak mijn studie in Moskou af en ga daar spelen! Hier is het toch allemaal achterlijk! Hier weten ze niet eens wat het woord "professioneel" betekent.'

'Hij heeft je geslagen en hij zal het weer doen!'

'Je bent God niet, Nitsa. Wanneer snap je dat eindelijk?'

'Wat heeft God hiermee te maken?'

'Jij wilt altijd alles beslissen, maar zo gaat dat niet. Het is mijn leven, en ik leef het zoals en met wie ik dat wil.'

In juni 1991 vonden de eerste vrije presidentsverkiezingen in de geschiedenis van Rusland plaats. Daria verhuisde met haar toffe Lasja naar Moskou en Kostja was het er vreemd genoeg mee eens, want hij geloofde nog steeds dat 'daarginds' nog niet alles verloren was, terwijl ons land allang op de afgrond afstevende.

Lasja's ouders hadden hem een startkapitaal voorgeschoten, zodat hij tot de business van zijn vriend kon toetreden (iets met banken en leningen of kredieten of zo, zoals Daria het vlak voor haar vertrek vaag omschreef; dat ze er ook sieraden uit haar eigen bruidsschat in had gestoken, verzweeg ze ons tijdens dat etentje).

Georgië riep de onafhankelijkheid uit en voerde de oude grondwet van 1918 weer in. Boven het regeringspaleis (dat sinds kort Parlementshuis heette) wapperde de Georgische vlag en er kwam een nieuw, eigen volkslied. Nu waren we dus vrij, maar niemand leek nog precies te weten wat 'vrij zijn' betekende. De rust duurde maar een halfjaar, ettelijke demonstraties, ongeregeldheden, politieke escalaties en verhitte parlementsdebatten leidden ten slotte tot de coup tegen Gamsachoerdia, die werd aangevoerd door de nationale garde en het Mchedrionileger. Overvallen op partijbureaus, schoten midden op straat, inbraken, knokpartijen, gewonden, arrestaties, geschreeuw in het parlement, ja, geschreeuw overal, woedende scheldpartijen, agressie en ten slotte faillissementen waren aan de orde van de dag.

In die tijd begon alles wat waarde had uit het Groene Huis te verdwijnen: de mooie meubels, de porseleinen vazen en parelmoeren juwelenkistjes, evenals het complete zilveren bestek, Nana's sieraden en zelfs haar collectie theeserviezen. Al die met zoveel liefde en moeite verzamelde Duitse, Tsjechische, Chinese serviezen verhuisden van de pronkkast in de woonkamer naar de zwarte markt op de Droge Brug.

Alle niet-Georgische volksgroepen
vermenigvuldigen zich
bij ons in een rampzalig tempo.
Gamsachoerdia

'Het geheel neemt een vorm aan die me sterk doet denken aan een dictatuur... Ik wil dat mijn aftreden wordt gezien als een protest tegen die dictatuur.' Dat zei de Sovjetminister van Buitenlandse Zaken, onze landgenoot Sjevardnadze, toen hij zijn functie neerlegde. Gorbatsjov steunde de Ossetische en Abchazische separatisten, die klaagden over de rigide nationalistische politiek van Gamsachoerdia en zichzelf als slachtoffer van die politiek afschilderden, en wakkerde daarmee de anti-Georgische stemming aan die in die maanden toch al in de Russische media heerste.

Toen Gorbatsjov tijdens de meiparade voor het Kremlin werd uitgefloten, zat Kostja in zijn onvermijdelijke badjas en zijn slobberige pyjama met glazige ogen naar de televisie te staren en schudde als een duikelaartje zijn hoofd.

'Die heeft zich met zijn hervormingen officieel tot de grootste pias van de Sovjetgeschiedenis gemaakt. Van harte gefeliciteerd!'

Toen hij in zijn thee roerde, viel me op dat zijn handen trilden.

'En dat noemt zich humanist? Hij? Een schertsfiguur is het! Die de slachtpartijen in Tbilisi en Bakoe heeft toegelaten. Maar wat klaag ik over hem, als wij hier onze eigen kleine fascist Gamsachoerdia hebben,' bromde hij in zichzelf.

Ik had weer voor een paar weken mijn intrek genomen in het Groene Huis, er vielen steeds meer colleges bij ons uit. Ik was van plan weer meer tijd aan het schrijven te besteden, met Stasia te praten, een paar feiten uit haar verhalen te controleren. Ik had een stapel boeken over de revolutie uit de universiteitsbibliotheek geleend en nam me voor die door te werken. Het was pijnlijk om te merken wat er inmiddels uit het huis was verdwenen, waar het ons allemaal aan ontbrak. Het waren niet alleen de meubels en de vazen, het was iets anders, iets groters, wat we allemaal kwijt waren geraakt en wat ik destijds niet onder woorden kon brengen.

Toen ik erachter kwam dat Kostja zelfs zijn grootste schat, de GAZ 13, had verkocht, drong de omvang van onze ontberingen pas goed tot me door. We konden niet langer doen alsof alles bij het oude was gebleven. Het feit dat Kostja en Nana het beetje geld aannamen dat Daria om de paar weken uit Moskou stuurde, stemde me triest. Tegelijk wist ik dat alles alleen maar erger zou worden als we toegaven dat we net als 90 procent van de Georgische bevolking aan de rand van een definitief bankroet stonden. We moesten dus de illusie ophouden dat alles was zoals altijd en onze dagelijkse dingen blijven doen, zodat de grond onder onze voeten niet helemaal wegzakte. Want dat die grond instabiel was, wisten we allang. Het pensioen kwam te laat of helemaal niet binnen en was op geen stukken na voldoende. Elene kreeg het geld voor lessen onregelmatig uitbetaald. Het fruit en de groente uit de tuin waren voor ons een zegen, op het platteland waren het voedseltekort en andere beperkingen van het dagelijks leven minder voelbaar dan in de stad.

Als Elene haar geld had gekregen, stopte ze om lange discussies met mij te vermijden en mijn trots niet te krenken een paar biljetten in mijn jaszak. Dan kon ik weer een tijdje met de trolleybus of de metro reizen.

Lana's ingenieursbureau viel ten prooi aan de bezuinigingen en werd opgeheven. Miro zag zich gedwongen een baantje te zoeken, wat in die tijd allesbehalve makkelijk was. Omdat hij verstand van auto's had, ging hij een handje helpen in de garage van de vader van een studiegenoot, waar ze motoren opvoerden. De meeste klanten van die garage waren Mchedrioni, de enigen die zich in die tijd nog zo'n luxe konden permitteren. In een kamer achter die garage zaten mannen in uniform en met een geweer te wachten tot hun auto het gewenste aantal pk's had, terwijl ze de tijd verdreven met een spelletje kaart.

Omdat ik Miro daar vaak ging opzoeken, had ik volop gelegenheid om hen gade te slaan. Het spel fascineerde me, gaandeweg begon ik beter te begrijpen hoe ze te werk gingen en wanneer het beter was om te passen. Ik was vooral gefascineerd door de geldbedragen die van eigenaar wisselden. Op een dag vroeg een van de mannen in uniform of ik kon pokeren, ze hadden nog een speler nodig. Ik kende de spelregels van Aleko en zijn vrienden, maar had zelf weinig ervaring. Toen ik de stapel bankbiljetten zag die op het houten kistje lag dat ze als speeltafel gebruikten, zei ik gewoon dat ik een goede pokerspeler was. Ik won meteen de eerste ronde (waarbij ik tot op de dag van vandaag geloof dat het alleen een kwestie van geluk was en niet van talent). In elk geval verliet ik de garage met een paar bankbiljetten op zak.

Eenmaal thuis dwong ik Aleko met mij aan tafel te gaan zitten en me een nacht lang de finesses en trucs van het pokerspel bij te brengen. Omdat het in de garage om *draw poker* ging, ook wel gesloten poker genoemd, en Aleko met zijn vrienden *easy poker* speelde, moest hij bij een vriend te rade gaan, die hem aan de telefoon de details uitlegde. Als een schooljongen zat hij aan het toestel met een pen en een oud schoolschrift, waarin hij van alles opschreef.

'Waarom wil je dat allemaal per se weten?' vroeg hij, een beetje achterdochtig geworden door mijn plotselinge enthousiasme voor het geluksspel. 'Ik hoop niet dat je van plan bent om verboden dingen te doen.'

'Ik speel met een paar jongens van de universiteit om een paar kopeken.'

'Ik ken die speelzucht van jou en raad je aan voorzichtig te zijn. Ik weet zelf maar al te goed hoe aanstekelijk zoiets kan werken, dus pas op dat het je niet boven het hoofd groeit. En geen woord tegen je moeder!'

'Geen woord, beloofd!'

En ik gaf hem een smakkerd op zijn stoppelige wang.

De volgende weken kon ik laten zien wat ik had geleerd. Ik ging naar de garage, trok me met de Mchedrioni terug in de achterkamer en speelde dat de stukken eraf vlogen. Mijn geldgebrek en mijn vaste wil om te winnen dreven me tot ongekende roekeloosheid, ik blufte en speelde of mijn leven ervan afhing. Ik had tegen hen gelogen en gezegd dat mijn vader profspeler was geweest (en om die reden al vaak achter de tralies had gezeten, wat nog waar was ook). En toen ze eenmaal van mijn loyaliteit overtuigd waren, nodigden ze me uit in hun hoofdkwartier, waar ze met hun zelfgebrouwen drankjes nog ongeremder en bezetener speelden.

Zo kwam ik op de meest uiteenlopende plekken, voormalige fabrieksgebouwen, leegstaande scholen en gesloten drukkerijen, waar overal verveelde, meestal aangeschoten Mchedrioni fanatiek zaten te pokeren (omdat ze zichzelf allemaal als nationalist beschouwden, werd er bij zulke gelagen tsjatsja in plaats van wodka gedronken om elke sympathie voor Rusland bij voorbaat uit te sluiten). Ik bleef beheerst en kalm, liet me letterlijk niet in de kaart kijken en genoot algauw een zekere reputatie. En omdat ik wist hoe wisselvallig het geluk in het spel is, probeerde ik alles eruit te halen zolang het lot me welgezind was. Aangezet door mijn eerzucht ging ik altijd mee met de inzet en niet zelden verliet ik de speeltafel met gevulde zakken. Onderweg stelde ik me dan voor wie ik thuis geld kon toestoppen, wat ik ervoor kon kopen en wie ik een plezier kon doen.

Miro, die algauw lucht kreeg van mijn officieel streng verboden bezigheid, maakte een scène en zei dat het gevaarlijk was om met zulke afzetters om te gaan. Maar ik bleef erbij dat er niets gevaarlijks aan was, dat ik op het moment gewoon ongelofelijk veel geluk had en daar zoveel mogelijk van wilde profiteren. Vanwege die ruzie hadden we een paar dagen geen contact, maar ik was ervan overtuigd dat ook hij weldra de voordelen van mijn nieuwe 'werk' zou inzien.

Ze duldden me omdat ik een gelijkwaardig speelster bleek en vooral omdat er van mij als vrouw volgens hen geen gevaar uitging. Maar op een middag, nadat ik al wat winst had opgestreken, verscheen er iemand in de oude drukkerij die ik nooit eerder had gezien. Hij haalde drie flessen tsjatsja uit een plastic tas en zette die op de speeltafel. Hij begroette iedereen met een vervaarlijke handslag en liet zich enthousiast verwelkomen. Pas op het laatst kwam hij op mij af, gaf me een hand en zei met een tamelijk sluw gezicht: 'Jij bent dus die legendarische Einstein, over wie ze het allemaal hebben. Laten we dan maar eens kijken wat je in je mars hebt.'

Ik was het liefst in een hoekje weggekropen, want één ding was duidelijk: mijn medespelers hadden me hem op mijn dak gestuurd. Hij was klein van stuk, niet veel groter dan ik, met een slungelachtig figuur waar zijn uniform omheen slobberde, maar hij had wel een grote tatoeage in zijn hals (een om zijn nek kronkelende tijger), een kaalgeschoren hoofd, wat hem iets bruuts gaf, en tamelijk gespierde armen onder zijn camouflagehemd. Het opvallendst aan hem was echter een litteken dat zijn rechterwenkbrauw in tweeën splitste. Ik vond hem meteen onsympathiek. In tegenstelling tot de meeste andere spelers, die zich waarschijnlijk uit een teveel aan ongebruikte energie en uit gebrek aan perspectief bij de Mchedrioni hadden aangesloten, had hij duidelijk iets fanatieks, alsof zijn hele leven één rotsvaste overtuiging was die hij was gevolgd.

Hij was nerveus, knakte met zijn vingers, krabde op zijn kale hoofd of kauwde op een lucifer. Zijn Makarov (ik herkende wapens inmiddels aan het model) hield hij de hele tijd bij zich, het pistool aan zijn riem gaf me een onbehaaglijk gevoel.

Tegen hem moest ik dus spelen: Cello. Hij was echt goed. Hij kon geweldig manipuleren, waardoor ik me steeds onbehaaglijker begon te voelen. Hij leek me iemand die niet goed tegen zijn verlies kon en dat kon een probleem voor me worden, maar het was te laat om terug te krabbelen. De eerste ronde won hij, bij de tweede had ik een schitterende hand en won ik met een straat, bij de derde besliste een *split pot* in mijn voordeel. Hij feliciteerde me met een overdreven handslag en zei tegen de rest: 'Oké jongens, jullie hebben niets te veel gezegd, een gelijkwaardige tegenspeelster, helemaal niet verkeerd.'

We kregen een enthousiast applaus.

Een tijdje vond ik weer een zekere standvastigheid. Ik had door het schrijven een duidelijke structuur, ook het akelige gevoel op de zak van mijn familie te teren kon ik door mijn speelwinst van me afzetten (hoewel ik sinds die middag iets terughoudender was met mijn bezoeken), ik voelde zelfs zoiets als zelfvoldaanheid. Omdat de inflatie in volle gang was, waren de Georgische coupons, de overgangsvaluta, niets waard. De Mchedrioni waren overgestapt op dollars, die ze god mag weten waarvandaan hadden. Stukje bij beetje wist ik de ongelofelijke som van 250 dollar bij elkaar te krijgen. Een flink bedrag, dat ik in een tweedehands auto wilde steken, zodat Kostja, die vastzat in zijn Groene Huis, weer mobiel werd. Miro hielp me bij de aanschaf en ik werd de trotse eigenares van een zwarte Zjigoeli, waarmee ik stralend van oor tot oor bij het Groene Huis voorreed, daar met luid getoeter Kostja uit zijn lethargie rukte en hem naar de oprit lokte.

'Wat moet dat?' snauwde hij me toe.

'Voilà, een cadeautje voor je!' zei ik, terwijl ik naar de auto wees.

'Jij hebt toch helemaal geen rijbewijs, jij kunt toch niet autorijden? Hoe ben je hier gekomen?' Hij leek het nog steeds niet te begrijpen.

'Autorijden kan ik heel goed, dat heb ik van Aleko geleerd. Maar daar gaat het toch helemaal niet om. Dit is een cadeau voor jou. Het is wel geen mooie "Meeuw", maar je kunt ermee naar de stad.'

'Jij bent altijd goed geweest in verrassingen, dat moet ik toegeven. En wat doe je als je wordt aangehouden door de politie?'

'Die stop ik een coupon van honderdduizend toe en klaar is Kees.'

'Hoeveel roebel is dat eigenlijk?'

'Gerekend naar de huidige stand van de inflatie ongeveer drie roebel.'

'Zoveel willen ze tegenwoordig voor een verkeersovertreding?'

'Dat is geen verkeersovertreding, Kostja.'

'Wat is het dan als je zonder rijbewijs achter het stuur zit en jezelf en anderen in gevaar brengt? In Moskou zou dat nooit...'

'Informeer maar eens bij Daria als je met haar belt, in Moskou schijnen de agenten bij veel ergere dingen een oogje dicht te knijpen als je met een paar bankbiljetten wappert. Maar wil je mijn cadeau niet eens bekijken?'

'Hoe kom je aan het geld?'

'Bij elkaar gespaard. Ik heb een beurs gekregen,' loog ik.

Hij bleef nog steeds terughoudend en bekeek mij en de auto met een mengeling van onzekerheid en nieuwsgierigheid, die hij onder de dekmantel van strengheid probeerde te verbergen.

'Laten we dan maar eens kijken of je echt met een auto kunt omgaan.'

'En hoe moet ik dat bewijzen?'

'Jij rijdt mij naar de stad.'

'Ik moet jou naar de stad rijden?'

'Ja.'

Ik wachtte tien minuten tot hij zich had omgekleed, toen reden we met de Zjigoeli naar de stad en hoorden onderweg op de radio dat ook Zuid-Ossetië autonomie had uitgeroepen. Kostja keek de hele tijd uit het raam, alsof hij de wegen voor het eerst zag.

'En waar gaan we heen?'

'Naar de begraafplaats in Vera.'

Ik stelde geen vragen. Daar aangekomen wist ik dat hij Christines graf wilde bezoeken. Bij het graf stroopte Kostja zijn mouwen op en begon het onkruid te verwijderen dat de steen al overwoekerde. Hij wiedde als in een waan. Ik probeerde hem te helpen, maar kon hem niet bijhouden. Toen, alsof hij uit een droom was ontwaakt, liet hij zich uitgeput naast het graf op de grond zakken. Onderweg had hij een bos witte rozen gekocht, die er nu op lag. Het was winderig en guur. Ik ging naast hem zitten.

'Hier ligt bijna een hele eeuw begraven, is dat niet vreemd?' zei hij en door de manier waarop hij het zei, kromp ik ineen.

'Ik kan het graf van mijn zus niet bezoeken. Een leven lang voor de staat geleefd, hem naar beste kunnen gediend, en dan dit! Ja, zo is het dus als je...'

Hij maakte zijn zin niet af en ik durfde niet door te vragen. Ik wilde zijn hand pakken, maar ook dat durfde ik niet.

Later zei hij dat hij me voor het idee van de auto bedankte, maar dat hij hem niet nodig had, niet meer. Hij had geen reden meer om de deur uit te gaan. Ik mocht met plezier voor chauffeur spelen als hij toch een keer naar de stad wilde, ik had mijn rijkunst bewezen. Maar ik moest toch mijn rijbewijs halen, zei hij, voor hij bij het Groene Huis weer uit de auto stapte.

In die tijd leerde ik Severin kennen. Ik slenterde over de Droge Brug op zoek naar oude boeken die me verder konden helpen bij het noteren van Stasia's verhalen (en die geen propagandaboeken waren, zoals de meeste in de bibliotheek). Severin zat op zijn knieën voor een oude deken waar stapels oude boeken op lagen en bladerde in gedachten verzonken een van die boeken door. Ik zag aan zijn haar en zijn kleren dat hij niet van hier was.

Hij was jong, ongeveer even oud als ik, lang en weldoorvoed, hij maakte een opvallend gezonde indruk en straalde iets uit wat je bij Georgische mannen zelden ziet: ontspannenheid. Ik besloot hem aan te spreken. Mijn nieuwsgierigheid naar buitenlanders was moeilijk te beteugelen. Hij vertelde in Russisch met een Duits accent dat hij uit West-Duitsland kwam, sinds een paar jaar in Berlijn woonde en voor de antiekzaak van zijn vader voormalige of nog-Sovjetlanden afreisde om curiosa op de kop te tikken en mee naar Duitsland te nemen. Je kon op het moment goede zaken doen in het Oosten, de mensen verkochten soms fabelachtige spullen voor een habbekrats, en ook al stuitte het hem tegen de borst, er zat voor hem niets anders op.

Glimlachend legde hij me verder uit dat zijn eigenlijke passie geschiedenis was (met als zwaartepunt Oost-Europa), dat hij veel van de Russische taal hield, die hij al van jongs af aan leerde, maar dat hij om zijn vader een plezier te doen een opleiding voor restaurateur had gevolgd en zich hier nu aan zijn passie wijdde. Om in zo'n tijd, onder deze omstandigheden hier te mogen zijn! In het epicentrum van de gebeurtenissen, zei hij. Daar had hij twee jaar geleden niet van durven dromen. Van de ene op de andere dag was alles anders: Muur weg, DDR weg en binnenkort waarschijnlijk de hele Sovjet-Unie weg. Hij had veel steden in Rusland bezocht en wilde altijd al naar het 'gouden Colchis'.

'En nu ben ik hier!'

'Nou ja, van het gouden Colchis is hier weinig overgebleven, zoals je ziet. Niet eens iets uit het bronzen tijdperk.'

Weer glimlachte hij schalks.

'En heb je succes? Heb je al curiosa ontdekt?'

'Tja, begrijp me niet verkeerd. Ik doe het voor de zaak van mijn vader. Zelf vind ik het geen pretje om te zien hoe mensen, vooral oude mensen, voor weinig geld hun waardevolste spullen van de hand moeten doen.'

'Dan heb je een slecht geweten?'

'Sorry.'

'Sorry. Dat klinkt zo makkelijk. Jij bent de eerste die ik dat woord hoor uitspreken. Films niet meegerekend.'

Hij glimlachte, deze keer wat triester. Hij was waarschijnlijk de enige die in deze omgeving nog glimlachte, dacht ik bij mezelf. Ik vond het een heel aangename afwisseling.

'En wat lees je zoal?'

'Ik interesseer me voor machtsstructuren in de politiek. Ik bestudeer de geschiedenis van de Sovjet-Unie.'

'In de Russische boeken zal niet veel over machtsstructuren staan. Daar gaat het meer over broederschap en gelijkheid.'

We hadden gemeenschappelijke interesses. Ik hoorde hem uit over zijn leven in het Westen, hij wilde van mij alles horen over mijn leven in het Oosten. We liepen door de verlaten kronkelstraatjes en merkten niet eens dat het avond werd. Ik stelde voor naar een van de weinige cafés te gaan die in de binnenstad nog open waren, en Severin volgde me naar de Leselidzestraat. We dronken goedkoop, lauw bier (de kroeg zat zonder stroom) en zaten bij kaarslicht nog uren te praten. Hij had een kamer bij een Georgische familie, die met onderverhuur het hoofd boven water hield. Hij was hier nu twee weken en wilde zo lang mogelijk blijven. Ik vertelde hem zelfs over mijn schrijfpogingen en klaagde over het gebrek aan goede secundaire literatuur. Hij bood aan me van de juiste boeken te voorzien, maar de meeste boeken die hij bij zich had, waren in het Duits. Toen hij mijn teleurstelling zag, stelde hij een deal voor: ik zou hem Georgisch leren en hij mij in ruil daarvoor Duits.

We raakten snel bevriend. Het klikte tussen ons. We hadden dezelfde literaire smaak, waarbij ik moest vaststellen dat mijn kennis van de moderne literatuur grote hiaten vertoonde, omdat die boeken voor ons niet te krijgen waren. Ook in de moderne kunst was hij veel beter thuis dan ik. We hielden allebei van film, we hielden van doelloze wandelingen langs de rivier. Hij was rusteloos, een zoekende, daardoor voelde ik me snel bij hem op mijn gemak. Het enige wat me in bijna pijnlijke verlegenheid bracht, was het feit dat hij met het socialisme flirtte en voortdurend Marx citeerde. Ik kon gewoon niet begrijpen dat iemand die uit het Westen kwam en het zich kon permitteren naar Parijs, Rome, New York of Tokio te gaan, hier door de ruïnes van de Sovjet-Unie reisde, zich in het exotische avontuur van het Oosten stortte, op zoek naar curiosa voor de kapitalistische markt, en tegelijk praatte over de voordelen van een systeem dat allang ten dode opgeschreven was.

We begonnen elkaar geregeld te zien. In zijn kamer zaten we bij thee of bier vreemde woordjes te stampen. Hij vertelde over West-Berlijn, over Europa, over een wereld die ik alleen vaag uit boeken en films kende. Ik vroeg hem de oren van het hoofd. Zijn lichtzinnigheid had iets hulpeloos. Alsof hij voortdurend verrast en meegesleept wilde worden, weg van zichzelf, van alles wat hem vertrouwd en veilig leek. Alsof het onbekende het enige was wat ertoe deed. Toen ik hem vroeg waarom hij niet gewoon geschiedenis en filosofie studeerde, als hij daar zo bezeten van was, glimlachte hij weer op zijn overmoedige, dubbelzinnige manier en vertelde dat de jarenlange strijd met zijn vader hem had uitgeput. Dat hij er meer dan eens vandoor was gegaan en dan toch weer in de schoot van de familie was teruggekeerd, omdat alles was misgelopen.

'Mijn vader is een echte zakenman, dat moet ik hem nageven. Hij verhuisde destijds met ons naar Berlijn, omdat hij al rook dat de geschiedenis spoedig herschreven zou worden, en hij heeft zich daar ook niet in vergist. Hij heeft een vermogen vergaard met oude DDR-lampen en -behang. West-Duitsers zijn bereid om gigantische bedragen neer te tellen voor simpel fabrieksservies en gordijnen uit de Sovjet-Unie.'

Het Engels smaakte naar zeelucht en de herfstachtige schemering aan een noordelijke kust, een beetje naar viskramen, een beetje naar regen. Het Frans, dat ik nooit had geleerd, moest als abrikozengelei op je tong smelten en naar droge witte wijn smaken. Het Russisch smaakte naar de eindeloze verte, naar graanvelden, naar eenzaamheid en illusies. Maar het Georgisch smaakte stoffig, vol, bijna overvol, en soms ook naar verstoppertje spelen in het bos. Het Duits dat Severin me leerde, smaakte daarentegen eerst ijskoud en bitter, daarna veranderde de smaak in die van algen, het smaakte naar donkergroen mos, toen werd de smaak weer streng, maar aangenamer, en later, veel later, smaakte het Duits voor mij naar rijpe kastanjes en naar hoogte, ja, naar een duizelingwekkende hoogte.

Hij leerde de drieëndertig letters van het Georgische alfabet. Ik leerde woorden als *Scheißland, Ausbeuter, Völkermord* en *Kalter Krieg*. Zinnetjes als *Wie geht's dir?* en *Kommst du aus dem Westen oder aus dem Osten?* Daarna leerde ik woorden als *das Haus, das Kind, das Mädchen.* En vervolgens dat onnozele eeuwige 'oké' van hem.

'Waarom is *das Mädchen* onzijdig en niet vrouwelijk? Dat begrijp ik niet,' zei ik geërgerd.

'Omdat de Duitsers ontzettend fijngevoelig zijn. Ze wilden niemand benadelen.'

'Wie zou zich dan benadeeld moeten voelen? Ik vind het stom dat ik onzijdig ben, terwijl jij duidelijk mannelijk bent.'

We lachten tot hij tranen in zijn ogen kreeg en rood aanliep, iets wat helemaal niet bij zo iemand als Severin leek te passen, want hij bewoog zich door de wereld alsof hij een sticker op zijn voorhoofd had met: IK BEN DOOR NIETS EN NIEMAND VAN MIJN STUK TE BRENGEN.

'Nou ja, mensen die het een noch het ander zijn, zouden zich misschien benadeeld kunnen voelen. Ik bijvoorbeeld.'

'Jij bent mannelijk. Waardoor zou jij benadeeld kunnen worden, als ik vragen mag?'

'Ik val op jongens, weet je.'

'O, ik begrijp het. Maar dan ben je toch dubbel mannelijk?'

En weer lag hij krom van het lachen.

'Dat is een logica die me misschien zou kunnen helpen mijn seksuele geaardheid voor mijn ouders acceptabel te maken.'

'In de Sovjet-Unie zou je er de bak voor in draaien,' voegde ik er peinzend aan toe, want het verhaal van David spookte door mijn hoofd.

'Goed dat ik dat weet. Dat is een hele troost voor me. In Duitsland word je ervoor gecastreerd. Een mooi leven, hè?'

'Echt?'

'Ja, en met een heet ijzer branden ze het woord NICHT op je borst.'

'O god, dan is het misschien echt beter dat je hier blijft.'

Hij begon weer te lachen en sloeg op zijn dijen van plezier.

'Nee, zo erg is het niet! Het is oké bij ons. Maar weet je, als mijn vader het voor het zeggen had, zou het vast zo gaan.'

'Hoe dan ook, ik wil alleen dat je me zo lang mogelijk Duits leert en dat ik je boeken nog een tijdje kan houden,' zei ik, terwijl ik een sigaret opstak.

'Tuurlijk, oké.'

Van nu af aan vergezelde ik hem op zijn lange tochten tussen tapijten, stoelen, tafelzilver, serviesgoed en allerlei lampenkappen. We werden binnengevraagd in verschillende huizen waar Severin iets moest bekijken. Ik trad op als tolk, maar toen ik een oorlogsveteraan zijn onderscheidingen zag verkopen, zei ik dat ik er zo verdrietig van werd dat hij het werk voor zijn vader maar alleen moest doen.

De Communistische Partij van de Sovjet-Unie had op 19 augustus, toen Gorbatsjov op vakantie was op de Krim, samen met andere reactionaire en conservatieve krachten een laatste poging ondernomen om de perestrojka een halt toe te roepen. Men riep de noodtoestand uit, liep te hoop tegen het Unieverdrag, verkondigde dat elke versoepeling van het communistische systeem het einde van dat systeem betekende en vroeg de KGB om steun (de voorzitter van de KGB was een van de centrale figuren van de coup). De coup mislukte, drie partijleden pleegden zelfmoord, maar ook de dagen van Gorbatsjov leken geteld. Het mocht niet meer baten dat hij instemde met de afschaffing ofwel – zoals later bleek – reorganisatie van de KGB, noch dat hij als laatste machtsdemonstratie van zijn kant de coupplegers liet arresteren. Jeltsin zag zijn kans schoon, kondigde een landelijk verbod van de Communistische Partij af en liet de bezittingen ervan confisqueren. Gorbatsjov bleef weliswaar op papier president van de Russische deelrepubliek, maar al op 24 augustus wapperde boven de regeringszetel in Moskou de driekleurige Russische vlag.

De Sovjet-Unie, het land waar ik geboren en getogen was, bestond niet meer.

Toen de Tweede Golfoorlog begon, lag ik naast Miro in bed en vroeg ik me af hoe ik deze winter moest doorkomen zonder mijn verstand te verliezen. Steeds vaker viel de stroom uit. We moesten ons behelpen met oude petroleumlampen. De centrale verwarming deed het ook niet meer. Dus was het zaak om ons op een andere manier op de winter voor te bereiden. We regelden brandhout en stinkende petroleumkacheltjes die een beetje warmte konden geven. We hadden heel andere zorgen dan het bijhouden van de geschiedenis.

Alleen de goden zijn niet bang voor gaven.
Probeer een god te ontmoeten.
Tsvetajeva

Volgens zeggen was er in Tbilisi een burgeroorlog uitgebroken. De stad lag in het donker. Iedereen was voor of tegen iets: de oppositie – hoewel niemand meer begreep wie daarbij hoorde – tegen Gamsachoerdia, de Communistische Partij voor zichzelf, het privéleger voor meer macht, de partizanen voor anarchie, de criminelen voor gerechtigheid, de intelligentsia voor Sjevardnadze en de rest – ergens daartussenin. Steeds vaker vielen er schoten, er werd een avondklok ingesteld. Op alle mogelijke plekken werden barricaden opgeworpen, stemmen uit de megafoon maakten deel uit van het dagelijkse achtergrondgeluid.

Toch wilde Severin niet weg. Ik ergerde me aan zijn opgewonden belangstelling voor die tragische ontwikkelingen. Ik verweet hem dat hij het verwoestende potentieel dat in de huidige activiteiten school, alleen kon waarderen omdat hij uit een intacte wereld kwam. De colleges vielen uit. De demonstraties niet. Er was voortdurend sprake van mensen die werden aangevallen of overvallen en beroofd.

Ik schreef en leed kou. Gepokerd werd er voorlopig niet. De jongens hadden belangrijker dingen te doen. Overal stonk het naar petroleum. Overal was het koud. Overal keken de mensen angstig om zich heen en schrokken op, zodra er iets op de grond viel.

De jaarwisseling van 1991 zouden we met z'n allen doorbrengen in het Groene Huis, omdat er in Tbilisi steeds schoten vielen en bij onze buren de ramen kapotgeschoten waren. Daria belde elke week bezorgd op, maar stuurde Kostja en Nana geen geld meer. Ik vermoedde dat er bij haar iets niet in orde was, maar ik verdrong die gedachte, ik had genoeg aan mijn eigen zorgen.

Met de burgeroorlog kwam er ook nog iets anders het land binnen: heroïne. Je vond steeds meer lege spuiten in de trappenhuizen. Je zag steeds meer glazige ogen in de metro, steeds meer afwezige gezichten.

We bleven maar verkopen. Mijn moeder bracht zelfs haar trouwring naar de lommerd. Toen er niets meer te verkopen viel en er ook niets meer over was van het pokergeld dat ik opzij had gelegd, zei Stasia dat er nog maar één mogelijkheid was om te overleven. Diezelfde nacht trok er een heerlijke geur door het huis. In nachthemd en pyjama liepen we slaapdronken naar de keuken, waar we onze eenennegentigjarige Stasia aan de keukentafel ontdekten – en voor haar stond een chocoladetaart.

'Wat is dat?' riep ik en ik wilde meteen mijn wijsvinger in die verrukkelijke taart steken, maar Nana hield me op tijd tegen en Stasia legde uit dat het een taart volgens het oude recept van haar vader was. We moesten ermee naar de stad om hem aan te bieden in een van die pas geopende zaakjes waar ze pannenkoeken en gebak verkochten.

Eerst vond iedereen het een krankzinnig idee, maar toen riep Elene enthousiast dat ze iemand kende die in zijn winkel zoetigheden verkocht en dat ze morgen meteen zou proberen de taart aan de man te brengen.

Ik reed de volgende dag met haar naar de stad en samen brachten we de taart naar het kelderwinkeltje waar Elene het over had gehad. De zwaarlijvige en overmatig behaarde man nam de taart met tegenzin aan, natuurlijk voor veel minder geld dan we oorspronkelijk hadden gevraagd, en zei dat hij zou kijken of hij te verkopen was. Losse punten zouden het beter doen, een hele taart kon op dat moment hooguit een van de Mchedrioni zich permitteren.

Maar de volgende dag was de taart verkocht en bestelde hij meteen drie nieuwe bij Elene. In twee weken tijd verkochten we in totaal tien taarten. Stasia weigerde hulp van andere familieleden te aanvaarden en hield vast aan geheimhouding van het familierecept. Ik was de enige die ze zich als assistente bij het zware werk kon voorstellen.

'Alleen Nitsa. Verder niemand. Zij is de enige hier in huis die de vloek kan weerstaan!'

Mijn moeder en Nana wisselden veelzeggende blikken. Eerst was ik helemaal niet blij met de eer haar te mogen assisteren. Ik had een hekel aan keukenwerk en vooral in bakken was ik tot dan toe bepaald geen ster. Maar Stasia was onvermurwbaar en liet zich niet ompraten. Ik troostte me met de gedachte dat het in elk geval een goede gelegenheid was om de meer en meer achteruitgaande Stasia langer in mijn buurt te hebben en mijn verzameling verhalen aan te vullen.

De eerste nacht dat ik bij het maken van de chocola toekeek, herinnerde ik me weer de verrukkelijke chocoladegeur in Christines woning die Miro en mij uit bed had gelokt. En terwijl Stasia in de donkere massa stond te roeren, hoorde ik voor het eerst het verhaal van de warme chocola van de chocoladefabrikant en de vloek die er volgens haar op rustte.

'Je had er nooit van mogen proeven, maar het is gebeurd; mijn zus, God hebbe haar ziel, heeft me nooit geloofd. Zelfs nadat ze de Kleine Grote Man ermee om zeep had geholpen, twijfelde ze er nog aan. Maar jij, jij moet me nu plechtig iets beloven: twee eetlepels van het mengsel zijn genoeg voor een taart, maar in pure vorm mag je het nooit klaarmaken voor iemand van wie je houdt, dat moet je me zweren.'

Ik smolt bij die geur net zo hard als de chocola, keek naar haar oude, maar rappe handen, hoe ze aarzelend en behoedzaam de ingrediënten mengde, alles meer dan eens proefde en afwoog, alsof het een geneesmiddel was, een gif in plaats van die goddelijke chocola. Natuurlijk geloofde ik geen woord van wat ze zei. Chocola was er tenslotte om te eten en ik was het liefst in die donkere massa gaan liggen om alles op te likken. Maar zij waakte over me, controleerde streng dat niet een van mijn vingers in de pan terechtkwam, alleen op smaak afmaken was toegestaan. Stasia's taarten hielpen ons de winter door en ook het voorjaar in, en toen Boris Jeltsin in juni 1991 tot de eerste president van Rusland werd gekozen, was onze taartenhandel booming business. Onze wereld ging ten onder, maar de mensen wilden taart eten tot ze erbij neervielen.

'Hoe slechter de tijden, hoe beter voor de bakkerij, zei mijn vader altijd.'

Die zin herhaalde Stasia als een mantra, terwijl ik naast haar in de keuken bij kaarslicht in de zwarte massa stond te roeren.

Ze was magerder geworden, haar wangen waren ingevallen en haar ogen gloeiden, haar jurk viel niet meer zo soepel om haar heupen, maar slobberde om haar lichaam. Haar haar zat in een warrige paardenstaart en haar make-up was slordig aangebracht. Niettemin werd ze op het vliegveld herkend en ook al vroegen de mensen haar niet om een handtekening – dat zou bij de totale stroomuitval op het halfdonkere vliegveld ook niet handig zijn geweest –, ze staarden haar wel na en smoesden met elkaar.

We omhelsden elkaar langdurig.

'Waar is je man?' vroeg ik aan mijn zus.

'Die is in Moskou gebleven.'

'Fijn, dan hebben we je meer voor onszelf. Het Groene Huis verwacht je. We hebben je lievelingseten klaargemaakt.'

'Ik ben zo blij dat ik weer thuis ben,' zei Daria en ze viel in de auto op de achterbank in slaap.

Kostja had zich speciaal voor Daria's bezoek weer eens fatsoenlijk aangekleed en droeg een wit overhemd en een geperste broek. We aten laat en Daria vertelde over Moskou, over de chaos daar, over de extreme levensmiddelenschaarste. Ze had wel een toneelrol weten te bemachtigen en had in elk geval werk. Toen Elene naar Lasja's zaken informeerde, ontweek ze de vraag en veranderde van onderwerp. Drie dagen later vertrok ze naar haar leegstaande woning, ze moest daar 'een paar dingen regelen' en was dagenlang verdwenen. De telefoon was uitgezet, daarom ging ik erheen en belde keihard aan. Al in het trappenhuis hoorde ik harde muziek en geroezemoes uit haar woning komen. Ik was verbaasd dat ze bezoek had, maar het niet nodig had gevonden mij daarvan op de hoogte te brengen. Het hele huis was vol vreemde mensen. Ik herkende maar een paar van haar vroegere studiegenoten. De gasten hingen rond, dronken wodka bij het licht van de beestachtig stinkende petroleumlampen, speelden gitaar en zongen. Het was een bende in huis, alsof ze sinds haar terugkeer niet één poging had gedaan om schoon te maken. Toen iemand me een glas wodka in de hand drukte, sloeg ik de bittere vloeistof in één keer achterover en luisterde geërgerd naar het gezwets van dat aangeschoten gezelschap, maar hield intussen constant mijn zus in de gaten. Ik had haar nog nooit zo meegemaakt: ze was over haar toeren, luidruchtig, opdringerig, bijna vulgair, haar rok was omhooggeschoven en haar make-up uitgelopen. Ze danste, vertelde Russische moppen, viel haar vrienden voortdurend om de hals en belandde uiteindelijk op schoot bij iemand die ik niet kende en die haar in zijn dronkenschap onmiddellijk begon te betasten, maar zelfs dat leek haar niet te storen.

Toen ze naar het toilet ging, liep ik achter haar aan en deed de deur op slot.

'Wat is er met je aan de hand?'

'Bespaar me je morele praatjes. Ik ben lang weg geweest, ik heb ze allemaal zo gemist, ik mag toch mijn vrienden...'

'Je vrienden? De meesten zie je beslist voor het eerst, neem me niet kwalijk. Hier klopt iets niet. Alsjeblieft, Daria, ik wil je niets verbieden, ik wil alleen dat het goed met je gaat en ik heb je zo lang niet gezien, ik heb je zo gemist en dacht...'

Toen viel ze me plotseling om de hals en begon te huilen.

'Alles gaat verkeerd. Ik weet niet hoe het verder moet. Hij, hij... Lasja heeft grote problemen.'

In sneltreinvaart vertelde ze dat zijn zaken van het begin af aan niet goed waren gegaan, dat hij aangewezen was op de steun van zijn ouders, maar toch zijn levensstandaard wilde handhaven en zichzelf in de Moskouse maalstroom steeds meer was kwijtgeraakt. Dat hij al geruime tijd heroïne spoot en soms dagenlang onder water was. Maar ze benadrukte steeds weer hoeveel ze van hem hield, alsof ze bang was dat ik haar zou aanraden bij hem weg te gaan. Voordat ik iets kon zeggen, veegde ze haar gezicht af, zette een glimlach op en haastte zich stralend weer naar de woonkamer, waar ze luidruchtig werd ontvangen.

Daria had altijd geweten welke plaats haar in de wereld toekwam en wat ze van het leven te verwachten had, ze had nergens aan getwijfeld, ze had over zichzelf en de wereld om haar heen nooit in onzekerheid verkeerd. Alleen had ze vervolgens de verkeerde man uitgekozen om van te houden en hem persoonlijk toestemming gegeven om haar wereld aan het wankelen te brengen. Ze had hem gewoon lachend aangekeken en gezegd: 'Je houdt van me en dat mag, neem alles wat je nodig hebt, neem alles, als het je maar gelukkig maakt.'

En dat had hij gedaan.

Daar stond ze, met ingevallen wangen en donkere kringen onder haar ogen. Haar blauwe oog was glazig, haar andere, bruine oog was dof. Ze was haar evenwicht kwijt.

En terwijl ik keek hoe ze innig omstrengeld met een of andere idioot danste, kwam ik tot een schrikbarend inzicht: het was Lasja gelukt haar te veranderen in zijn nachtmerrie van haar. Al zijn eigen angsten, complexen en manies had hij op haar geprojecteerd. En zij had het laten gebeuren. Het was hem gelukt haar liefde te veranderen in een troebele, smerige, zompige massa, zodat hij die liefde eindelijk kon aanvaarden. Ik zag haar dansen en kreeg braakneigingen.

Waar was mijn prachtige, ongebroken, evenwichtige Daria, de mooie koningin van Kostja's rijk, en waar was Kostja's rijk eigenlijk gebleven? Waar leefden we allemaal?

Drie dagen later trof ik een totaal ontredderde Aleko aan, die me vertelde dat David op straat was overvallen door een paar mannen die hem wilden beroven. Toen ze vaststelden dat zijn portemonnee leeg was, wilden ze zijn gouden ketting, maar hij had zich verzet. (Ik probeerde me te herinneren of hij een ketting droeg. Had ik daar ooit op gelet? Nee.)

'Is hij dood?' vroeg ik aan Aleko en ik verbaasde me over mijn eigen kalmte.

'Ja, negen messteken. Waarschijnlijk een of andere criminele bende of vrienden van de Mchedrioni.'

'Om een ketting?'

'Om een ketting.'

Ik sloot me op in de badkamer en kwam er urenlang niet uit. Ik hield de wereld met mijn vuist omkneld en toch gleed hij als zand door mijn vingers. Ik strekte me uit in het lege bad. Het water was weer eens afgesloten. De tijd leek bij mijn knieholten af te brokkelen. Ik was acht, ik was tien en ik was bij David. Ik zag de tekeningen en schilderijen bij hem aan de muur, ik proefde de kokendhete thee op mijn tong, ik hoorde zijn stem. Zou hij nu ook met andere geesten kaarten? Hij hield niet van kaarten. Als hij al iets speelde, dan was het backgammon.

Ik probeerde te huilen. Daar was ik nooit goed in geweest. Ik had geen tranen. Ik haatte dit land, ik haatte de mensen hier, ik haatte dit bad, ik haatte mezelf en mijn eigen machteloosheid. Waarom had hij dat gedaan? Een stomme ketting verdedigen! Waarom had hij me dat aangedaan? Ik dacht aan het bloed in de badkamer, destijds aan zee, ik dacht aan de mooie Roesa en aan haar gespeelde zorgeloosheid zoveel maanden later in de sneeuw.

Mijn leven zat in de achtbaan. En ontspoorde.

Ik legde mijn gezicht op de koude rand van het bad.

Ik dook onder. Zonder water.

Christines gehalveerde gezicht, de krijsende mensenmassa op 9 april, de kou van de afgelopen twee winters, de duisternis in de straten, Davids woorden, onze laatste ontmoeting, de sterke thee, de glazige ogen van mijn wanhopige zus, Miro's lach, de uitzichtloosheid van deze tijd, mijn volgeschreven blaadjes (waarmee eigenlijk?), het bedrukte gezicht van mijn moeder, de geur van de warme chocola... Alles versmolt op dat moment in mijn hoofd.

Hoelang zou ik hier kunnen liggen? En wat zou dat veranderen? Wat een zinloos verdriet.

Ik sloeg mezelf in mijn gezicht. Ik wilde iets voelen. Ik wilde dat het pijn deed. Ik wilde dichter bij David zijn. Ik wilde hem vasthouden, in de woorden die ik nog niet tegen hem had gezegd, in mijn voorstelling van de middagen en avonden die ik nog met hem had kunnen doorbrengen. In de kamer zette mijn moeder *Home* van Kitty Jasji op en misschien luisterde ik toen voor het eerst bewust naar haar muziek. Misschien was het ook Kitty's muziek die me na die eindeloze, lege uren in het bad weer naar buiten lokte, Brilka.

'Weten jullie waarom iedereen, waarom zelfs zijn vroegere medestrijders Gamsachoerdia nu weg willen hebben? Weten jullie waarom ze nu op hem schelden?' Kostja wond zich weer eens op toen we vanwege een stroomuitval bij kaarslicht aan de keukentafel zaten te eten en naar de op batterijen werkende radio luisterden. 'Omdat de mensen nu langzamerhand begrepen hebben dat ze voor die langverwachte "soevereiniteit" hun manier van leven zouden moeten veranderen. Geen snelle vluchten naar Moskou meer, geen bezoeken aan restaurants en de daar aanwezige Russische vrouwen meer, geen Kaukasische grootspraak en privileges meer, geen "zonnig Georgië" meer. Maar dat was helemaal niet wat ze wilden, merken ze nu.'

De opstanden gingen in het hele land door. Om aan brood te komen moest je 's nachts al in de rij gaan staan. De Nationale Garde en de Mchedrioni weigerden met het ministerie van Binnenlandse Zaken samen te werken. Ze hadden de wet – voor zover iemand zich daar nog aan hield – allang aan hun laars gelapt en maakten hun eigen wetten. De overheid had hun niet meer voor te schrijven wat ze wel en niet moesten doen. Toen Gamsachoerdia eind 1991 alle Russische televisiekanalen liet blokkeren om de negatieve Russische propaganda uit Georgië te weren, werd de algemene onvrede opnieuw gewekt. Dezelfde doorsneeburgers die nog maar een paar maanden geleden bij de demonstraties vurig 'vrijheid' en 'soevereiniteit' hadden geroepen, wonden zich er nu over op dat ze van de Russische 'cultuur' werden afgesneden.

'Ja, dat klopt, wij zijn een volk dat met andermans ogen naar zichzelf kijkt. Ik weet helaas niet meer van wie die uitspraak is,' viel Stasia haar zoon die avond bij wijze van uitzondering bij.

Wij bakten chocoladetaarten volgens het recept van een in Boedapest en Wenen opgeleide banketbakker, van meel en melkpoeder waarop USAID stond, en van cacao waarop een rode ster prijkte, terwijl de Nationale Garde samen met de Mchedrioni alle centrale gebouwen in de stad bezette en er eigen wachtposten voor opstelde. Weer stroomde de Roestaveli Avenue vol mensen. En weer vielen er schoten, weer waren er doden en gewonden. Wat mij het meest verbaasde was de algemene onverschilligheid waarmee in de stad op dit soort oorlogshandelingen werd gereageerd. Er brak geregeld brand uit als gevolg van vlammenwerpers, er werden aan één stuk door kalasjnikovs afgevuurd en toch bleven de meeste mensen gewoon hun dagelijkse dingen doen.

De metro reed, de bioscopen waren open; met kille, starre blik bleven voorbijgangers geregeld op straat staan kijken hoe de soldaten hun wapen doorlaadden.

Nadat ook Severin eraan had moeten geloven (hij werd overvallen en beroofd), gaf hij al zijn boeken aan mij en vertrok; hij beloofde terug te komen, zodra hij zijn zaakjes in Berlijn had geregeld. Op de dag voor zijn vertrek nodigde ik hem uit in het Groene Huis en aten we zwijgend wat maïspap en kaas. Ik was echt aan hem gewend geraakt en ons contact was me dierbaar geworden, evenals de Duitse woordjes, die ik beloofde te zullen blijven stampen. Ik merkte dat ook hij ertegen opzag uit de chaos hier naar de orde terug te keren.

'Je moet naar Europa komen, Nitsa,' zei hij, deze keer in het Duits.

'Europa, ja, Europa. Weet je nog dat je zei dat je in het epicentrum van de gebeurtenissen moest blijven?'

'Nou ja, misschien ben ik ook veranderd of gewoon moe geworden. Moe van de angst hier, ik ben nooit eerder bang geweest, ik was niet bang toen ik hiernaartoe kwam. Nu ligt het anders.'

Voordat ik hem terugbracht naar de stad, gingen we naar de zolder, we rookten op het onafgemaakte balkon bij kaarslicht een sigaret en keken naar de heldere sterrenhemel. In de hoek lagen stapels oude boeken en mijn aantekenschriften. Hier was mijn rijk, mijn jarenlange toevluchtsoord. Ondanks de dagelijkse chaos moest ik proberen genoeg plaats in mezelf over te houden om hem niet te vergeten; op dat moment geloofde ik niet dat ik hem ooit terug zou zien.

Neem binnen Rusland zoveel soevereiniteit als jullie aankunnen.
Jeltsin

Op 7 januari werden de gevechten als beëindigd beschouwd en ontkurkten de Mchedrioni de champagne voor het regeringspaleis. Gamsachoerdia moest vluchten en nadat Armenië hem een verblijfsvergunning had geweigerd, kwam hij in Tsjetsjenië terecht. De demonstraties gingen door, Gamsachoerdia's aanhangers probeerden nog steeds overal in Tbilisi hun tenten op te slaan, maar dan openden de Mchedrioni en de Nationale Garde het vuur. Zuid-Georgië en vooral Megrelië, de regio met de meeste aanhangers van de president, gingen de barricaden op.

Men riep om de terugkeer van Sjevardnadze in de Georgische politiek. Dat dissidenten en criminelen geen einde aan de heersende chaos konden maken, was iedereen langzamerhand wel duidelijk. Ook wezen steeds meer tekenen op een machtsstrijd tussen de Mchedrioni en de Nationale Garde.

Kort nadat Sjevardnadze in maart 1992 was teruggekeerd, kwam ook mijn zus een paar weken naar Tbilisi. Ze trok zich terug in onze kinderkamer, deelde mee dat de toffe Lasja en zij 'een meningsverschil' hadden gehad, dat hij in 'financiële moeilijkheden' verkeerde en dat het voorlopig niet duidelijk was hoelang ze bij ons zou blijven. Elke poging van Kostja om meer uit haar los te krijgen weerde ze fel af, maar ze had iets meer kleur in haar gezicht dan het jaar daarvoor, toen ze twee weken lang uitsluitend feest had gevierd. Alleen haar blik was afwezig, haar lichaam onrustig en schrikachtig en zelfs haar anders zo kalmerende glimlach had iets onnatuurlijks en gemaakts. Het geluk dat ze altijd zo majestueus had uitgestraald, de tevredenheid in het middelpunt van het leven te staan, het vertrouwen alles te kunnen krijgen wat ze wilde – al die dingen die ze vroeger zo ongebreideld tentoon had gespreid, leken verdwenen, alsof haar belangrijkste drijfkracht, de enige motor voor al die eigenschappen, was uitgeschakeld.

Het stemde me treurig haar leegte te voelen en ik nam me voor meer tijd met haar door te brengen en haar te helpen, haar haar geheimen te ontfutselen en haar eindelijk aan het verstand te brengen dat het tijd was om haar toffe Lasja aan de dijk te zetten. Maar glad als een aal ontweek ze alles wat haar te na kon komen, ze wist elk gesprek meesterlijk te manipuleren. Het kostte me moeite om haar te doorzien, terwijl dat me vroeger zo makkelijk afging. Tussen toen en nu lagen haar liefde, haar huwelijk, Moskou en de talloze momenten en gevoelens die ik niet met haar had gedeeld, ervaringen die ze zonder mij had opgedaan.

Nog geen twee weken later stond Lasja opeens voor de deur. Hij was mager geworden en had een ongezonde gelige teint. Zijn komst wekte Daria plotseling weer tot leven. Ze sloofde zich voor hem uit, aaide voortdurend over zijn wangen, maakte zijn lievelingseten klaar, klaagde niet meer over de kou in huis en de stroomuitval, kroop tegen hem aan, overstelpte hem met tedere gebaren en leek zijn afwijzende, ongeïnteresseerde manier van doen volkomen te negeren. Alsof het haar niet opviel dat hij haar kussen niet beantwoordde en haar tederheden uit de weg ging. Ik kon het niet aanzien en keek de andere kant op. Maar ik kreeg de beelden niet meer uit mijn hoofd. Die man had mijn zus iets vreselijks aangedaan, hij had haar iets waardevols afgepakt, iets belangrijks in haar veranderd en ik wilde en kon me daar niet bij neerleggen. Opnieuw besloot ik me met het leven van iemand anders te bemoeien. Maar deze keer zou ik de strijd niet alleen kunnen winnen, misschien kon Kostja mijn bondgenoot worden, hoezeer me dat ook tegenstond. Misschien kon hij zijn tanende kracht bijeenrapen, zijn opgekropte frustratie en woede over Lasja uitstorten en hem bij Daria weghouden. Daarom was ik Kostja heel dankbaar toen hij het tweetal overhaalde in het Groene Huis te blijven en niet naar hun eigen woning te gaan. In de stad was veel moeilijker aan eten te komen en het was er vooral gevaarlijker. Ik had onze slaapkamer aan het echtpaar afgestaan en sliep bij Stasia. We kropen trouwens toch steeds meer bij elkaar, want het was koud en we hadden niet genoeg petroleum en hout om alle kamers te verwarmen.

Naarmate Daria en Lasja langer bij elkaar waren, kregen ze steeds vaker ruzie. Alles had hij voor 'een ellendige kleine hoer' gedaan, hoorde ik hem achter de deur schreeuwen. Hij was 'een ondankbare schoft, een stomme klootzak, een nul', antwoordde Daria. En mijn vermoeden tijdens dat laatste feest werd steeds meer bevestigd: ze deed alles om zichzelf te bewijzen dat hij gelijk had, dat ze werkelijk beantwoordde aan het beeld dat hij van haar had, dat ze het verdiende om slecht te worden behandeld. En als Daria definitief zwichtte voor het beeld dat haar man zich van haar had gevormd, was haar leven geruïneerd, ook dat wist ik zeker. 'Alles of niets' was altijd haar devies geweest. Was haar eetlust eenmaal gewekt – dan bleef ze doorgaan met eten. Was ze mooi – dan moest ze de mooiste zijn. Was ze eenmaal actrice – dan nam ze alleen nog genoegen met hoofdrollen. Was haar belangstelling voor iets of iemand eenmaal gewekt – dan rustte ze niet voor ze het object van haar begeerte bezat. Was ze eenmaal verliefd – dan moest en zou ze trouwen. Hield ze eenmaal van iemand – dan moest het voor eens en altijd zijn. Was er eenmaal ruzie – dan liet ze zich slaan en uitmaken voor alles wat mooi en lelijk was. Ik wist het zeker: als ze zichzelf eenmaal haatte, dan zou ze zichzelf vernietigen.

Op een nacht lag ik wakker en hoorde ik Daria's voetstappen op de gang. Ze liep langs mijn deur en begon de trap naar de zolder op te lopen. Ik trok snel een trui aan en ging achter haar aan. Ze had een kaarsje aangestoken en zat met opgetrokken knieën naast mijn stapel bestofte boeken. Toen ze mijn voetstappen hoorde, keek ze geschrokken om.

'O, ben jij het...' Het kwam er een beetje teleurgesteld

uit, alsof ze had gehoopt dat iemand anders haar was gevolgd.

'Ja, ik ben het maar.'

'Wil je een sigaret met me roken?'

'Graag.'

'Gek dat het ons in al die jaren niet is gelukt hier een balustrade te plaatsen,' zei ze peinzend.

'Ik vind het mooi zoals het is.'

'Het is best hoog, hè, hierboven?'

'Ja, best wel. Weet je nog hoe graag we hier als kind altijd kwamen?'

'Ik heb altijd al hoogtevrees gehad en deed het alleen voor jou, zodat je me geen lafaard zou vinden.'

'Hoogtevrees en trapezewerk passen niet goed bij elkaar, toch?'

'Ik heb altijd dingen gedaan waar ik bang voor was.'

'O ja? En ben je ook bang voor je man, Daria?'

'Daar wil ik het niet over hebben. Hou daar alsjeblieft over op.'

'Het is een vuile smeerlap. Alles wat hij zegt, is zijn eigen verrotte fantasie, verder niets.'

Geschrokken keek ze me aan.

'Heb je ons afgeluisterd?'

'Je ziet zo aan hem, ook zonder zijn mooie woorden te horen, hoeveel hij van je houdt.'

'Ja, dat doet hij, ook al begrijp jij dat niet.'

'Wanneer? Als hij je slaat soms, of als hij hem niet overeind krijgt om met je te neuken?'

'Nu ga je te ver. Dat gaat jou geen ene moer aan!'

'Je bent mijn zus, verdomme, en ik laat niet toe dat die zak jou kapotmaakt.'

'Hij is ziek. Begrijp dat toch. Hij moet ontzien worden. Hij heeft zoveel problemen en ik kan zo weinig voor hem doen... Jij leeft in je eigen wereld. Je weet niet hoe het is om zo vreselijk veel van iemand te houden.'

De puntjes van onze sigaretten gloeiden in het donker als twee verliefde glimwormpjes.

'Jij weet niets beters te bedenken dan te voldoen aan zijn zieke voorstellingen, Daria.'

Bij die woorden keek ze me nadenkend aan. Alsof die ene zin haar werkelijk had bereikt.

'Ik kan het gewoon niet,' zei ze met zwakke stem, terwijl ze haar hoofd tussen haar knieën stopte.

Ik kon me niet langer inhouden en klampte me uit alle macht aan haar vast. Ze wilde me van zich afschudden en opstaan, maar ik bleef me aan haar vastklampen, ik wilde haar vasthouden, ik wilde haar redden.

Ik wilde dat ze weer gemeen tegen me was, zo mooi dat je haar alles vergaf, dat ze me weer witheet maakte, dat ze humeurig en grillig was, alles, alleen niet dit: niet die kromme rug, niet die traagheid en gelatenheid, niet dat schuldgevoel, niet die teleurstelling. Ik schoot in de lach.

'Je bent gek!' riep ze, ze maakte zich uit mijn armen los en liet zich uitgeput achterovervallen. Ik kroop naar haar toe en legde mijn hoofd op haar buik. Aarzelend streek ze een lok uit mijn gezicht.

'Jij hebt mijn man destijds door die criminele vrienden van je in elkaar laten slaan, Nitsa. Dat is geen hulp.'

'Maar hij had jou...'

'Dat is geen hulp!'

'Ik zal het nooit meer doen. Ik beloof het. Ik doe alles wat je wilt. Maar ga niet meer weg. Je moet weer spelen.'

'Wie interesseert zich tegenwoordig nog voor films of voor toneel?'

'Dat blijft niet eeuwig zo.'

'Ach, Nitsa.'

Ze drukte me tegen zich aan en krauwde op mijn rug. Toen stond ze op en veegde het stof van haar nachthemd.

'Ik moet naar beneden. Hij kan niet slapen zonder mij.'

Terwijl in Zuid-Georgië de gevechten tussen de aanhangers van Gamsachoerdia en de nieuwe regering voortduurden, leek er met de terugkeer van Sjevardnadze in het conflict met de Abchazen wat hoop te gloren. Zijn wens om 'alle meningsverschillen uit het verleden te vergeten' gaf de Abchazen de hoop dat hun roep om soevereiniteit met meer welwillendheid zou worden bejegend. Maar toen er op die woorden geen daden volgden en de Georgische Staatsraad bovendien een poging deed om de Abchazische havenstad Otsjamtsjira in een Georgische marinebasis te veranderen, vervloog die hoop snel. Ook in Tbilisi begon men zich af te vragen of Sjevardnadze verder bloedvergieten werkelijk zou kunnen voorkomen. Kern van de meningsverschillen bleef de toekomstige status van Abchazië: binnen of buiten de Georgische grenzen. En toen het Abchazische parlement in juli 1992 de grondwet van de Abchazische Autonome Socialistische Sovjetrepubliek uit 1978 afschafte en die uit 1925 weer in werking stelde, beval de Georgische minister van Defensie en bevelhebber van de Nationale Garde de inval van Georgische troepen in Abchazië. Hij motiveerde dat als een 'maatregel ter verdediging van de territoriale integriteit tegen de separatistische aspiraties van het Abchazische parlement'.

Daarmee begon de oorlog.

Daria ging met Lasja terug naar Moskou. Drie weken na haar vertrek belde ze huilend naar het Groene Huis en kon ze pas na ettelijke kalmeringspogingen van Nana een samenhangende zin uitbrengen: haar man was door een stel schuldeisers beschoten en was met spoed opgenomen. Het schot had zijn wervelkolom geraakt.

Pas aan het eind van het telefoongesprek vertelde ze bijna terloops, compleet over haar toeren, dat ze een kind verwachtte.

I guess I'll always be
A soldier of fortune
Deep Purple

Daria hield het beter en langer vol dan wij hadden gedacht. Je moeder was ontzaglijk dapper. Tot aan je geboorte, Brilka, toonde ze een ongelofelijke kracht en wist ze jou te beschermen en weg te houden van alle gevaren en verschrikkingen om haar heen. Ze hield het vol zo lang ze kon. Dat moet je begrijpen, Brilka.

Ik stond versteld van haar ijzeren discipline, haar ongebroken wil en vooral haar liefde voor de man die haar uitsluitend beloonde met verachting, verbale en psychische mishandeling en eindeloos geklaag. Ik vroeg me af waar ze de kracht vandaan haalde om dat allemaal te doen. Iedereen is op een gegeven moment toch leeg als hij alles geeft, dacht ik, als hij zichzelf met wijd uitgespreide armen opoffert. Na twee gecompliceerde operaties, waarvoor zijn ouders zelfs hun huis verkochten omdat de ingrepen in Israël werden verricht, werd Lasja voor een lange revalidatieperiode naar Tbilisi, naar het Groene Huis overgebracht. Vanwege zijn schulden was ook de woning verkocht die hij samen met Daria aan het Vakepark had. Hij was vanaf zijn heupen verlamd, had veel pijn en was aangewezen op dure medicijnen. De artsen sloten niet uit dat hij op een dag weer zou kunnen lopen, uitgaande van een sterke wil bij de patiënt, de nieuwste medische methoden en een bekwaam fysiotherapeut. Maar zelfs als beide families nog meer geld voor behandelingen in het buitenland en de beste fysiotherapeuten in eigen land hadden kunnen ophoesten, van een sterke wil kon bij deze patiënt geen sprake zijn.

Ik vluchtte voortdurend naar de stad, naar de bibliotheek of het smalle bed van Miro. Ik vluchtte voor mezelf, voor de dagelijkse onheilsberichten uit Abchazië, voor de beelden waarmee we ons moesten verzoenen, waaraan we zouden moeten wennen, voor de vluchtelingenstromen en het gestaag stijgende dodental. De betraande kinderogen en afgebrande huizen. De verkrachte vrouwen. De platgegooide gebouwen. De kalme zee, steeds weer de kalme zee. De slechte Abchaziërs, de goede Georgiërs. De slechte Georgiërs, de goede Abchaziërs en de Russen, steeds weer de Russen, de 'vredesmacht', de 'bemiddelaars' en tegelijkertijd de grootste wapenleverancier en instructeur van de Abchaziërs. De zestien- of zeventienjarige jongens die door de Mchedrioni en de Nationale Garde onder de wapens waren geroepen en met de mooiste beloften van een vaag heldendom, met hasj – en zo nodig met heroïne – waren gelokt. De slechte training en organisatie van het Georgische leger. Het oprukken en terugdringen. Het vuur, steeds weer het vuur: er waren brandende auto's, huizen, mensen. En de zee, steeds weer de zee, die bij al die gruwelen onaangedaan toekeek.

Wij, die ver van de slagvelden leefden en ons alleen druk maakten over de volgende dag, zonder werk, zonder enig vooruitzicht, zonder antwoorden, die elke dag opnieuw aan brandhout, petroleum, kaarsen, meel, suiker, boter en melkpoeder moesten zien te komen – wij leerden met die beelden van de oorlog te leven, ze te verdringen. We raakten gewend aan het gedempte gebrul, die merkwaardige mengeling van blijdschap en woede, als de stroom het weer deed, we wenden eraan dat hij weer uitviel en er een gedempt, maar niet mis te verstaan gekreun door het huis ging, dat er in de stad steeds duidelijker wordende scheldwoorden tegen de regering te horen waren. Maar we wenden er ook aan niet meer te hopen op de inzet van blauwhelmen en VN-troepen, van de NAVO en het Westen, die ons kwamen redden en zouden verdedigen tegen het boze Rusland. We wenden aan de noodlottige gedachte dat het ons Georgiërs niet zou lukken onszelf uit dit moeras te trekken.

In de miljoenenstad kende iedereen al snel iedereen, want wie weet, misschien had je die ander nodig om ergens aan te komen of iets te regelen. Op de balkons van de flatgebouwen liepen magere, aan een touwtje vastgebonden kippen. De straathonden vermenigvuldigden zich in een razend tempo en trokken 's nachts op zoek naar voedsel als een roedel wolven huilend door de stad.

We wenden aan alles.

We speelden domino, kaart, stad-land-rivier, vertelden moppen, luisterden naar elkaar in de donkere keukens, woonkamers, slaapkamers, waar we met een kruik en in dikke dekens gewikkeld bij elkaar zaten, in een stilte die met het vallen van de duisternis als een glazen stolp over de stad neerdaalde. We herinnerden ons oude verhalen, waren blij als nooit tevoren wanneer de winter eindelijk voorbij was en het voorjaar aanbrak met zijn warmte, zijn lichtere dagen en een paar zorgen minder. We konden eindeloos met een doosje lucifers doen, een taart bakken van maïsmeel en bonensoep koken in tien verschillende variaties. En we konden lachen om onszelf en ons geïmproviseer: om het Komsomol-lidmaatschapsboekje met de kop van Lenin, waarmee een gat in het raam werd gedicht, of om de theepot die we in een wollen deken wikkelden, zodat de thee langer warm bleef. We letten niet meer op de nieuwe berichten over roofovervallen, inbraken en moorden. We waren blij als we aan het eind van de dag nog leefden. Nee, we wilden niet denken aan die oorlog in een ander deel van ons land die onze vaders, broers, mannen, vrienden, buren, kennissen bij ons vandaan rukte en ze verminkt en getraumatiseerd of zelfs in een houten kist weer terugbracht.

Iedereen zat wel over iemand in. Iedereen miste wel een familielid of een vriend. Zo slopen we om de oorlog heen en sloten onze ogen. En als er stroom was, keken we op de televisie naar de beelden van de oorlog in Joegoslavië. Het was eigenaardig, we leefden met die vreemde oorlog mee, we waren er een moment lang zelfs dankbaar voor, want die stelde ons in staat onze eigen oorlog te vergeten.

We leefden in een tijdloze tijd.

Daria's buik begon zich al vroeg af te tekenen. Ze bloeide niet op door de zwangerschap, ze maakte een afgematte en uitgeteerde indruk, alsof ze haar laatste krachten spaarde voor de bevalling en zich daarna definitief zou overgeven aan een onstuitbaar verwelkingsproces. Elene maakte zich zorgen om haar. Kostja maakte zich zorgen om haar. Nana, Stasia, Aleko – ze hielden haar allemaal in het oog, fluisterden en beraadslaagden in het geheim. Niemand gunde haar dit lot, maar niemand durfde tegen haar te zeggen dat het misschien tijd was om een scheiding te overwegen, om Lasja toe te vertrouwen aan een kliniek of op z'n minst aan de zorg van zijn ouders.

Op een nacht was ik weer wakker geworden van de bedwelmende geur van warme chocola. Ik was naar de keuken gegaan, waar Stasia met behulp van een gasfles drie taartbodems had gebakken en aan tafel zat te roken, toen uit Daria's slaapkamer weer de harde stemmen van het ruziënde echtpaar klonken. Stasia staarde voor zich uit en deed alsof ze niet hoorde wat er in de andere kamer gebeurde. Ik piekerde erover of ik niet gewoon die kamer moest binnenlopen om mijn zwager met een kussen te smoren. Maar ik ging er nooit naar binnen. Niemand deed dat. We keken allemaal dwars door hem heen, alsof hij een geest was.

Op sommige dagen trok ik me met mijn typemachine op zolder terug en schreef ik tot de letters voor mijn ogen begonnen te dansen. Het maakte niet meer uit wat en hoe goed ik schreef, het belangrijkste was dat ik het deed, om mijn verstand niet te verliezen, om te vergeten, om me in verre tijden en vreemde levens te verplaatsen, om mijn eigen leven te ontvluchten.

Mijn belangrijkste werkstuk, dat ik bij zwak kaarslicht had geschreven, werd afgekeurd. Ik had in mijn stuk *De generalissimus – een Georgiër* waarschijnlijk te weinig aandacht aan nationalistische propaganda besteed. Mijn docent vond zelfs dat het 'landverraderlijke tendensen' bevatte.

'U hebt kennelijk geen last van gewetensnood, Jasji!' verweet hij me. 'Om in tijden als deze zo te schrijven, alsof het ons al niet aan druk uit Rusland ontbreekt. U studeert geschiedenis, mijn hemel, kijk om u heen. Kijk in wat voor toestand uw land verkeert. En wat de Russen met ons doen en hoeveel kracht en geloof die druk van ons eist, hoeveel saamhorigheid hij van ons vergt – en wat doet u? U gooit met modder, u laat geen spaan heel van uw land. Terwijl het land in oorlog is, terwijl die verraders van een Abchaziërs en Osseten voor de Russen kruipen, weet u niets beters te bedenken dan dit soort vuilspuiterij over uw land uit te storten. Hiermee beledigt u niet alleen mij, die u wil opvoeden tot een objectief en analytisch denkend mens, maar ook al die jongemannen die hun leven riskeren voor uw vrijheid...'

'Deze oorlog had er nooit mogen komen. Juist de weigering om ons grondig bezig te houden met onszelf als natie, met wat we zijn, heeft tot deze oorlog geleid. De absolute willekeur, de principeloosheid, het gebrek aan diplomatie, een manier van denken die enkel op instincten berust en ons blinde patriottisme hebben ons volgens mij in deze situatie gebracht. En ik heb in mijn werkstuk alleen proberen te begrijpen waarom we nu zo in de ellende zitten en waarom het bij niemand opkomt om naar de oorzaak van bepaalde dingen te vragen!'

'U hebt het gewaagd in twijfel te trekken dat Rusland...'

'Rusland, Rusland. Constant hoor ik dat woord. Of

Amerika of Europa of wat dan ook. Wanneer houden we eens op onszelf voortdurend door de ogen van een beschermer te zien? Wanneer beginnen we eindelijk eens in de spiegel te kijken, zonder valse sentimentaliteit of medelijden, zonder dat walgelijke, op niets dan mythen gebaseerde patriottisme?!'

'Jasji, u gaat te ver!'

'Ik probeer alleen bepaalde verbanden te leggen. Hebt u dan niet genoeg van die eindeloze idealiseringen en voortdurende complottheorieën?'

'Brutaliteit is niet bepaald een eigenschap om trots op te zijn, Jasji! Stelt u zich eens voor wat er zou gebeuren als zo'n werkstuk in handen kwam van iemand in Moskou, daar zouden ze dolblij zijn om te lezen: ja, wij Georgiërs zijn verraders, principeloos, we zijn...'

'Misschien zijn we zelf niet helemaal onschuldig aan al die sores, hebt u daar weleens bij stilgestaan?'

'Dat hebt u kennelijk wel en u bent tot dit soort glorieuze inzichten gekomen. Bravo, Jasji! Bravo! U moet gaan solliciteren bij de Russische geheime dienst.'

'Weer Rusland, weer de KGB. Ziet u, dat bedoel ik nou.'

'U wilt de waarheid? De waarheid, ja? Waarom gaat u dan niet gewoon naar Soechoemi om met eigen ogen te zien wat daar gebeurt. Ga naar Abchazië en schrijf er dan over – objectief, kritisch, informatief! Zo niet, dan verwacht ik een complete herziening van dit werkstuk.'

Ik was zo woedend op mijn docent dat ik ter plekke besloot naar Abchazië te gaan. Ik wilde die nationalistische idioot bewijzen dat ik gelijk had. Ik wist dat ik mijn plan voor Miro geheim moest houden en besloot op eigen houtje een manier te zoeken om erheen te reizen. Ik vond mijn plan weliswaar even absurd als elitair, maar ik hield voet bij stuk. Ik zou erheen gaan en de hulpeloosheid van onze troepen zien, de Russische 'vredesmacht' die per schip tanks en munitie aanvoerde, de bruutheid van de

Abchaziërs, de bruutheid van de Georgiërs, de bruutheid van de Russen. Ik zou zien onder welke onbeschrijfelijke omstandigheden de Georgische vluchtelingen te voet door de bergen van Svanetië trokken, ik zou mijn ogen niet langer sluiten voor de apocalyps aan de Zwarte Zee. Ik zou erheen gaan. Ik zou erover schrijven. De oorlog was toch al overal. Het was alleen een kwestie van perspectief of je hem met open of met gesloten ogen tegemoet trad, dacht ik bij mezelf.

Wat was ik toch dom.

Ik ging naar het Schaakpaleis, het hoofdkwartier waar ik Haai destijds had opgezocht. Daar trof ik alleen nog een paar Mchedrioni aan. Ze hadden ook niets meer te drinken en hun blik was lang niet meer zo zelfverzekerd en doordringend als voorheen. Toen ik naar Haai informeerde, schraapte een van de wachtposten zijn keel, krabde op zijn hoofd en zei ten slotte dat Haai afgelopen maand in Gagra was gesneuveld.

'Hoe?'

Ik weet niet waarom ik dat wilde weten.

'Schot door zijn hoofd. Ze hadden geen loopgraaf.'

De man sloeg zijn ogen neer.

Ik probeerde me de dode Haai voor te stellen. Wat hij had gevoeld toen hij werd geraakt. Het lukte me niet. Het enige waaraan ik kon denken was het mooie huis in Gagra, Daria, de potjes backgammon met Roesa en Roesa's bloed in de badkamer. De zee, steeds weer de ruisende donkere zee, die het niet kon schelen of het oorlog of vrede was. De helft van het Abchazische grondgebied was al in Abchazische en daarmee in Russische handen. De grens met Rusland was open. Alleen Soechoemi was nog over. In december, één dag voor het begin van 1994, meldden de media de dood van Gamsachoerdia, die zich met zijn gevolg in de bergen van Megrelië verborgen had gehouden. Dat het zelfmoord was, werd door zijn vrouw bevestigd, maar de helft van de bevolking hield nog jaren vast aan de versie van een heldendood in de strijd tegen de Mchedrioni. En toen kwam de oorlog naar mij. Voordat ik naar de oorlog kon reizen.

Ik besloot Cello op te zoeken, want van Miro wist ik dat hij de laatste tijd geregeld in de garage was opgedoken, dus hij zat in Tbilisi en niet aan het front. Hij kon me helpen in Abchazië te komen. In de drukkerij, waar de Mchedrioni nog steeds bijeenkwamen, werd me inderdaad bevestigd dat hij in de stad was en de volgende dag zou komen. De volgende avond reed ik op mijn laatste restje benzine naar de drukkerij, waar ik een paar bekende gezichten uit de pokergroep aantrof. Ze begroetten me allemaal uitbundig. Alleen Cello begroette me met een handslag en niet zoals de anderen met een omhelzing. Hij bood me een stoel aan en ging tegenover me zitten.

'De jongens zeiden dat je iets met me wilde bespreken.'

Net als toen vond ik zijn onderzoekende blik onaangenaam en ik probeerde zo neutraal mogelijk over te komen.

'Nou ja, ik dacht dat jij me misschien kon helpen om in Abchazië te komen.'

'In Abchazië, jij?' vroeg hij ongelovig. 'Uit Abchazië vlucht je, daar ga je niet vrijwillig heen, geloof me.'

'Dat weet ik, maar... Ik wil erover schrijven, over alles wat daar gebeurt, en ik dacht...'

'Dus je wilt schrijven. Wat voor talenten schuilen er nog meer in je, Einstein?'

'Nou ja, ik wil het proberen.'

'Nee, de jongens hebben gelijk, uit jou valt niet wijs te worden.'

'Kun je me helpen?' vroeg ik, terwijl ik hem deze keer recht aankeek. De pauze die hij inlaste, leek een eeuwigheid te duren, hij krabde op zijn kale hoofd en ging met zijn tong over zijn onnatuurlijk rode lippen.

'Hm, of ik je kan helpen... Dat weet ik niet, Einstein. Jij hebt nooit de indruk gewekt van iemand die hulp nodig heeft.'

'Iedereen heeft weleens hulp nodig.'

Ik ergerde me aan mijn onderdanige antwoord, maar ik kon op dat moment niets beters bedenken.

'Dat had ik wel eerder gewild, dat jij ook eens iets nodig had. In de tijd dat we hier met onze kaarten in de weer waren, weet je nog?'

'Natuurlijk weet ik dat nog. Het was toch ook leuk, of niet soms?'

'Leuk. Hm, leuk. Dat weet ik niet. Het hangt ervan af voor wie.'

Ik wist het, ik wist toen al dat hij een slechte verliezer was.

'Dus...?'

'Dus. Nou ja, nu ik er zo over nadenk, zou ik je wel kunnen helpen, absoluut, ik heb zo mijn contacten. Ik zou een perskaart voor je kunnen regelen. Vijftig dollar en klaar ben je. Maar ik moet er ook plezier aan beleven. Ik moet er ook iets aan hebben, vind je niet?'

'Zeg op, wat wil je?'

'Nou ja, we zouden een potje kunnen spelen. Ik heb een briefje van honderd dollar bij me. Dat is voor jou toch overtuigend genoeg, wat denk je? Ik heb al een hele tijd niet meer gespeeld en ook de jongens snakken ernaar. Tenminste degenen die nog over zijn. Hé, jongens, een potje poker!?' schreeuwde hij door het vertrek, zonder zijn blik van mij af te wenden. Als antwoord kwam er een enthousiast gegrom.

'Ik heb geen geld.'

'Dat mag de pret niet drukken. Zoals gezegd, ik heb een briefje van honderd.'

'En als ik verlies?'

'Jij verliest toch nooit. Dus daar hoef je je geen zorgen over te maken.'

'Dat doe ik wel. Dus, als ik verlies?'

'Dan krijg ik een kus en mag ik je linkerborst strelen, zonder stof ertussen, als je begrijpt wat ik bedoel.'

Ik weet niet wat me aan dat antwoord meer verblufte, de kille precisie van zijn idee of het feit dat hij ten aanzien van mij überhaupt zo'n fantasie had.

'Eén kus en één keer mijn borst aanraken?' vroeg ik voor de zekerheid.

'Precies.'

'En dan zorg jij voor een perskaart?'

'Precies.'

'En als ik win?'

'Dan krijg je honderd dollar en de perskaart erbij.'

'Afgesproken.'

'Ik wist dat mijn aanbod je niet af zou schrikken. Daarvoor ben je Einstein en niet de eerste de beste trut.'

'Pak de kaarten maar en trommel de jongens bij elkaar.'

Het was een zenuwslopend spel. Ze snorden ergens een volle fles tsjatsja op en van de zenuwen dronk ik bij wijze van uitzondering mee. Iedereen haalde zijn zakken leeg en legde bankbiljetten en munten op de provisorische speeltafel. Iedereen, behalve ik. Al tijdens het spel bekropen me twijfels over de ernst van zijn aanbod, en ook was me al snel duidelijk dat ik mijn dag niet had. Maar ik bleef onverstoorbaar en het idee op het slagveld te komen en ook nog honderd dollar in de wacht te slepen spoorde me aan.

We speelden als bezetenen. Uiterst geconcentreerd en letterlijk alles op het spel zettend. Maar met mijn kaarten was gewoon niets te beginnen. Ik probeerde er zonder kleerscheuren af te komen, maar hoe ik ook blufte, ik won geen enkele ronde.

Natuurlijk verloor ik. Natuurlijk won hij.

Ik klampte me nog steeds vast aan het idee dat hij gewoon naar mijn nauwelijks aanwezige borsten zou grijpen en zijn tong tussen mijn tanden zou steken. Wat dat betreft had ik al voor hetere vuren gestaan. Gelukkig etaleerde hij zijn geluk in het spel niet zo opdringerig als vroeger wanneer hij me een keer had afgetroefd. Hij maakte niet veel drukte, stond aan het eind op en vroeg de jongens ons alleen te laten, we hadden nog iets te regelen. Dat beviel me niet, want we hadden ook gewoon naar een van de zijkamers kunnen gaan.

Algauw had iedereen afscheid van me genomen, me op mijn schouder geklopt en me omhelsd, en zo bleven Cello en ik alleen achter. Hij ging door met drinken. Opeens moest ik aan Miro denken. Wat zou hij vinden van dit absurde en vernederende plan? ik schaamde me. Maar een speler betaalt altijd zijn schulden. Hoe dan ook. Ik probeerde me rustig en beheerst voor te doen.

Toen de fles leeg was, keek hij me met zijn onderzoekende ogen aan en vroeg of we nu de belofte konden nakomen. Ik stond op, ging voor hem staan, knoopte mijn blouse los, allemaal met bedachtzame, werktuiglijke bewegingen, en bleef met blote borsten voor hem staan. Hij boog zich naar me toe en drukte zijn volle, bloedrode lippen op mijn mond. Hij smaakte bitter, naar alcohol en nog iets anders wat ik toen nog niet onder woorden kon brengen en wat ik nu 'bruutheid' zou noemen. Al vond ik het allemaal onbegrijpelijk en weerzinwekkend en zag ik maar steeds Miro's gezicht voor me, al vond ik het ontzettend dom en naïef om naar het centrum van een nachtmerrie te willen reizen in de veronderstelling daar een vorm van 'waarheid' te kunnen vinden, al vervloekte ik inmiddels mijn docent en werd het me duidelijk dat ik nooit vrijwillig naar het front zou gaan en tot mijn geluk niet een van de honderdduizenden Georgiërs was die met gevaar voor eigen leven in de ijzige kou over Kaukasische bergpassen moesten vluchten – bang was ik op dat moment nog steeds niet. Niet voor die kille, werktuiglijk kussende man die dacht me hierdoor te vernederen en revanche te nemen voor het feit dat hij vroeger zo vaak van me had verloren. Op dat moment dacht ik nog dat ik dit vertrek snel kon verlaten en naar Miro kon rennen om hem mijn absurde plan op te biechten en me te verontschuldigen voor mijn arrogantie en zelfoverschatting. Maar toen greep hij ook mijn andere borst vast en kneep er zo hard in dat ik ineenkromp van de pijn. Stel dat hij zich niet aan zijn belofte hield? We waren alleen. Het was laat. De drukkerij bevond zich in de kelder van een oud, leeg redactiegebouw. Ik spande mijn lichaam, deed mijn best om mijn opkomende angst voor hem te verbergen.

'Zo, ik heb mijn woord gehouden...' zei ik en ik keek de andere kant op. Maar hij greep me bij mijn middel en trok me naar zich toe.

'Ik heb toch gezegd dat je veel talenten hebt...'

Nu klonk zijn stem opgewonden. De arrogantie was uit zijn gezicht verdwenen. Ik rukte me los, deed een stap achteruit en knoopte mijn blouse weer dicht. Maar op hetzelfde moment stond hij weer voor me en greep met zijn hand in mijn verwarde haar. Met een ruk trok hij mijn hoofd naar zich toe en keek me recht aan. Toen, ja, zelfs toen was ik er nog van overtuigd dat het me zou lukken naar buiten te komen, dat vreselijk domme, onvergeeflijk onnozele idee van me te vergeten en deze man nooit meer te zien.

'Je speelt goed, Einstein,' fluisterde hij me in het oor en hij begon mijn hals te likken.

Ik probeerde zo min mogelijk verzet te bieden en mijn krachten te sparen voor het beslissende gevecht. Want dat dat zou komen, daar was ik inmiddels van overtuigd.

'Zo is het welletjes, Cello, je hebt je plezier gehad, en zo'n kerel als jij heeft toch zeker grotere borsten nodig om vast te pakken dan die van mij.'

Ik weet niet waarom ik dat zei. Maar als ik er iets mee wilde bereiken, dan bereikte ik precies het tegendeel. Want hij trok nu harder aan mijn haar, zodat ik het uitschreeuwde van schrik en pijn.

'Jij denkt dat je beter bent dan de rest, hè?!' schreeuwde hij. 'Jij vindt dat ik jou niet waard ben, hè? Maar dat zullen we nog weleens zien. Dat zullen we nog wel zien...'

Hij greep tussen mijn benen. Ik bukte en duwde hem met beide handen van me af. Hij liet mijn haar niet los en sleepte me mee. Ik probeerde mijn nagels in zijn hand te zetten om me te bevrijden, maar hij gaf geen krimp.

'Jij denkt dat je mijlenver boven me staat, hè? Kleine del die je bent!' schreeuwde hij en het speeksel spatte van zijn lippen op het puntje van mijn neus. Wat haatte ik dat woord. Del! Het deed me denken aan Lasja. Het deed me denken aan de machteloosheid van mijn zus. Aan de offers die ze aan haar beul bracht. Ik verzamelde al mijn kracht en ondanks de pijn aan mijn hoofd wist ik me los te rukken en hem een stomp in zijn maag te geven. Ik wilde hem lager raken, hem knock-out slaan, maar hij ontweek me, bukte, liep rood aan en probeerde me opnieuw vast te pakken.

Ja, ik had duidelijk mijn dag niet. Het was gedaan met mijn geluk.

Ik begon te rennen, stootte lege glazen en twee stoelen om. Ik probeerde bij de deur te komen, maar hij versperde me de weg en greep naar me. Hij kreeg mijn mouw te pakken en trok me naar zich toe, ik glipte weg, probeerde iets in handen te krijgen om me aan vast te houden, maar dat lukte niet. Hij greep me weer bij mijn middel, tilde me op, omklemde met één hand mijn hals, kneep mijn keel dicht en smeet me op de grond. Ik kroop weg, hoestend en naar lucht happend. Ik trok me op aan een oude drukpers, maar hij stond alweer achter me, ik rook zijn adem, hij drukte zich tegen mijn billen en probeerde mijn broek los te knopen. Er ramde iets in mijn buik, wat een verlammende pijn veroorzaakte. Het was een metalen handvat, waar ik me vandaan probeerde te wringen, terwijl ik me tegelijk tegen hem verzette door mijn billen heen en weer te bewegen, zodat hij niet bij de knopen van mijn broek kon komen.

Maar toen hij de eerste knoop eenmaal te pakken had, rukte hij de rest er gewoon af (waarom lieten zelfs mijn knopen me in de steek, waarom boden ze geen weerstand, waarom gaven ze het zo snel op?!) en mijn broek zakte vanzelf naar beneden, alsof ook hij tegen me samenspande.

Ik herinner me nog dat hij allebei mijn handen met één hand op mijn rug vasthield. Ik herinner me nog dat ik op het moment dat hij bij me binnendrong, het gevoel had dat ik moest overgeven. Ik herinner me nog dat hij me onafgebroken iets in het oor fluisterde. Hijgend, zwaar ademend. Maar ik herinner me niet meer wat hij zei. Alleen dat 'heerlijk… heerlijk…' weet ik nog, waarvan hij elke letter afzonderlijk uitsprak, alsof hij dat woord voor het eerst zei en aan de klank moest wennen. Ik herinner me dat ik, terwijl hij zijn hele gewicht naar mijn bekken verplaatste, om de een of andere reden steeds verder voorover boog en bedacht dat ik hoe dan ook in mijn hoofd een gedicht of verhaal moest reconstrueren en me daarop moest concentreren, iets wat ik mooi vond, iets vertrouwds wat me kon afleiden van zijn werktuiglijke bewegingen, zijn gemompel en gehijg. Maar ik kwam niet op een verhaal dat sterk genoeg was om die erbarmelijke, treurige realiteit uit te wissen. In plaats daarvan schoot me plotseling een lied te binnen. Ik probeerde de tonen te herkennen, tot ze zich helder en duidelijk genoeg in mijn hoofd hadden uitgekristalliseerd. Het was Edith Piaf. 'La Foule'. Ik heb altijd van dat lied gehouden en plotseling hoorde ik een heel orkest in me, daarna klonk de rokerige, alles doordringende stem van Piaf; en ook al herkende en verstond ik de afzonderlijke woorden niet, ik klampte me vast aan haar krassende r en haar harde l, ik luisterde naar de accordeon op de achtergrond en probeerde me een donker podium voor te stellen – vast heel, heel ver hiervandaan, vast ergens waar ik nog nooit was geweest en hij al helemaal niet – waarop dat tengere vrouwtje stond, in het licht van één enkele schijnwerper, en voor mij, alleen voor mij haar lied zong. Het was een mooie fantasie, die me een paar seconden van deze plek wist weg te rukken, zijn onbeholpen, brute bewegingen naar de achtergrond wist te dringen.

Ik herinner me dat hij er moeite mee had, steeds stopte en een makkelijker houding zocht, terwijl hij mijn handen de hele tijd op mijn rug gedraaid hield, ik herinner me dat hij zelfs een of twee keer een klaaglijk geluid liet horen, alsof hij ontevreden was over zijn eigen kwaliteiten als minnaar, maar natuurlijk reageerde hij zijn frustratie op mij af en maltraiteerde hij mijn lichaam des te ongeremder.

Ik herinner me dat ik – toen Edith klaar was met zingen, hoewel ze toch al een uitgebreidere, veel langzamere versie had gezongen van het lied dat haar handelsmerk was – me afvroeg waarom hij niet ophield, waarom hij niet genoeg kreeg van mij, van zichzelf, van zijn drift. Waarom het steeds weer van voren af aan begon. Hoeveel uren, dagen, weken moest dit nog duren? Wanneer en vooral door wie was de tijd stilgezet?

Ik herinner me dat ik niet schreeuwde. Dat ik er zwijgend bij stond en wachtte tot de tijd weer verderging, tot de wijzers van de klok zich weer in beweging zetten.

En toen draaide hij me om, volkomen buiten zichzelf, omdat het hem niet lukte triomferend en bevredigend klaar te komen, hij gooide me op de grond en stortte zich op me, terwijl hij mijn benen met zijn knie uit elkaar duwde. Nu voerde hij het tempo op, zijn ademhaling werd opeens rustiger, gelijkmatiger, alsof hij zich echt goed voelde en niet meer hoefde te jachten en zich in te spannen. Ik draaide mijn gezicht weg. Ik wilde hem niet aankijken. En toen zag ik de tsjatsjafles die we samen hadden leeggedronken. Hij lag daar – een eenzaam, nutteloos geworden voorwerp, dat ik of hij bij de pogingen om te ontsnappen of om me te pakken te krijgen omver had gegooid – en rolde zachtjes heen en weer, alsof hij zijn ritme wilde ondersteunen. Ik herinner me nog dat ik zelden zo blij met iets ben geweest als met die lege fles.

Ik moest mijn hand vrij zien te maken om hem te pakken. Ik moest vlug zijn. Een tweede kans zou ik niet krijgen, al helemaal niet op zo'n pechdag als vandaag.

Langzaam wist ik mijn arm onder zijn borst vandaan te wringen. Om zijn aandacht van mijn beweging af te leiden sloeg ik mijn arm om zijn nek. Alsof ik me er eindelijk bij had neergelegd hem een plezier te moeten doen. Hij registreerde het met een kort gekreun. Toen tilde ik voorzichtig mijn arm op, legde hem op de grond, strekte mijn vingers en inderdaad – het eerste geluksmoment die avond – kon ik zo bij het koude oppervlak van de fles. Nu was het zaak om de fles in één klap te verbrijzelen en hem met de flessenhals te raken. Hij begon harder te hijgen op het moment dat ik uithaalde en de fles uit alle macht tegen de grond sloeg. Hij schrok van het geluid, maar was te dicht bij het ultieme genot om het te kunnen onderbreken of zelfs tegen te houden. Maar het maakte niet meer uit, want de fles – de enige vriend die ik in dit vertrek had, nadat zelfs mijn knopen me in de steek hadden gelaten – was kapot en de hals liep uit in scherpe punten. En dat was genoeg. Die zouden hun werk doen. Toen hij eindelijk opkeek, overmand door eruptieve samentrekkingen, raakte de fles in mijn hand hem in zijn middel en sneed zijn huid open.

Hij schreeuwde het uit en rolde op zijn zij, ondanks de pijn niet meer in staat zijn genot te stoppen. Mijn volgende klap kwam harder aan. Het glas raakte nu zijn arm en het bloed stroomde op mijn buik. Deze keer kromp hij ineen van de pijn en liet me los. Maar hij leek nog steeds beneveld en besefte niet de volle omvang van mijn haat.

Ik stond vliegensvlug op, boog me over hem heen en hield met mijn trillende hand de scherpe flessenhals voor zijn gezicht. Voor het eerst keek ik naar hem. Naar het litteken dat zijn wenkbrauw in tweeën splitste. Om de een of andere reden stelde ik me voor dat een andere vrouw, die ooit in mijn plaats was geweest, ook met een halve fles dat litteken had achtergelaten. Dat onwaarschijnlijke idee had iets heel bevredigends. Ik zwaaide met de flessenhals voor zijn gezicht. Maar plotseling kromp hij ineen, zijn ogen werden groter, hij staarde me onafgebroken aan, stak zijn bloedende arm uit, vertrok zijn mond tot een tevreden glimlach en kwam met een harde, bijna vrolijke lach klaar.

Ik herinner me alles, maar ik herinner me niet wat ik al die tijd heb gevoeld.

Waar we in Rusland ook kwamen... overal hoorden we het magische woord: Georgië. Mensen die er nooit waren geweest en er misschien ook nooit naartoe kunnen, spraken over Georgië... men sprak over Georgië als over een tweede paradijs.

Steinbeck

Het erge was niet dat ik niet in staat was erom te huilen en te treuren, ook niet het feit dat ik het verzweeg, het was ook niet het feit dat ik Miro niet meer kon aanraken, hem niets kon uitleggen en hem plaatsvervangend strafte voor iets waar hij geen flauw idee van had. Ook niet het feit dat mijn woede en mijn haat zich niet zozeer richtten tegen degene die het me had aangedaan, als wel tegen mezelf. Het ergste was die gevoelloosheid vanbinnen. De oneindige leegte. De zelfbeheersing bij de invulling van het dagelijks leven. Het gevoelloze voortzetten van de normale gang van zaken. Het stilzwijgend doorgaan alsof er niets was gebeurd. Het niets laten merken, alleen maar discipline en flinkheid na het onuitsprekelijke.

Het waren dagen als dagdromen, die volgden op de nacht. Stasia's stem bij mijn bed. De beelden in mijn hoofd en de poging om ze steeds weer te vervangen door Edith Piaf.

's Nachts kwam zoals altijd de geur van de chocola, sterk, onweerstaanbaar. Lasja's woede-uitbarstingen, Daria's gekreun, Elenes gefluister, Nana's voorzichtige voetstappen en Kostja's onheilspellende zwijgen. Dagdromen waarin Stasia het verleden telkens een stukje dichter bij me bracht. Dagdromen waaruit je niet kon ontwaken. Mijn onvermogen. Mijn machteloosheid, die ik met een gebroken fles dacht te hebben overwonnen, maar wat had ik me vergist.

Eind juli 1993 had iedereen eindelijk begrepen dat Georgië in Abchazië zo goed als kansloos was. Behalve Soechoemi waren alle centra in Abchazië bezet door Abchazische, Russische en 'ingehuurde' soldaten uit Kaukasische republieken. Op 27 juli werd door bemiddeling van Rusland een overeenkomst getekend, volgens welke het Georgische leger het Abchazische grondgebied onverwijld diende te verlaten. Het verdrag regelde ook dat alle Abchazische troepen voortaan onder toezicht van Russische 'vredeslegers' zouden staan. Een deel van de vluchtelingen keerde die zomer terug naar hun verwoeste Abchazische dorpen en steden. Op 1 september, zo werd er gezegd, zouden alle scholen en universiteiten in Abchazië weer opengaan.

Daria's buik was bol en haar weerstand broos. Ze maakte een verzwakte indruk. Het leek een kwestie van tijd voor de dammen braken. En ze braken. Ze braken tegelijk met de Georgisch-Abchazisch-Russische overeenkomst. Ze braken op dezelfde dag dat het bloedbad van Soechoemi begon.

Op 16 juli bestormden Abchazische troepen de stad. Het aanvalsplan was van tevoren in het hoofdkwartier van de Russische 'vredeslegers' uitgewerkt. Die legers mochten bij de operatie zelf niet ingrijpen. Maar ze bezetten wel de belangrijkste grensposten, zodat de in Soechoemi achtergebleven Georgische troepen niet meer op extra steun van buitenaf konden rekenen.

Het aantal burgerslachtoffers die uit hun huis waren gedreven en op straat waren doodgeschoten, bedroeg vijfduizend. Later zouden er meer dan duizend gevallen van verkrachting worden geregistreerd. Slachtoffers van martelingen werden nooit geteld.

Al degenen die de aanval hadden overleefd, moesten opnieuw de bergen in vluchten en voor de tweede keer hopen levend de dalen te bereiken.

Daria's wanhopige, haast hysterische stem rukte me uit mijn slaap.

'Ja, het is niet jouw kind, dat wilde je toch horen? Het is niet van jou. Ik heb de hoer uitgehangen, zoals jij me hebt opgedragen om aan die klotestuff voor jou te komen, ik heb alles gedaan, ja, alles wat jij je in je zieke fantasie voorstelt en nog veel meer. Tevreden? Ja? Wil je de details weten, lammeling die je bent?'

Dat woord veranderde iets. Het was een verschrikkelijke vloek, die je beter niet kon uitspreken. Een gevaarlijke toverspreuk. Maar meer nog dan het woord zelf was het de manier waarop ze het uitsprak die me bang maakte.

Achter de duidelijke en provocerende minachting school in haar zachte stem een diepe wond. Alsof ze het tegen zichzelf had. Alsof ze zichzelf ermee wilde beschadigen.

Ik hoorde haar iets zeggen wat ik niet verstond, maar het klonk rustig, bijna deemoedig, toen hoorde ik de deur opengaan en weer hard dichtslaan. Ik keek uit het raam en zag Daria op blote voeten door de tuin lopen. Ik zag haar de moestuin oversteken en op de heuvel afstevenen. Ze zeulde haar buik voor zich uit als een schild, bol en licht achterovergebogen worstelde ze zich omhoog. Ik stak mijn voeten al in mijn gympen om haar achterna te gaan, maar in de deuropening bleef ik staan. Ik voelde dat ik geen kracht had. Niet één troostend woord, niet één gevoel dat haar in haar bodemloze verdriet tot steun had kunnen zijn.

Na die nachtelijke uitbraak liet Daria haar familie aan de ontbijttafel weten dat het haar van nu af aan koud liet wat er met Lasja gebeurde. Ze wilde niets meer met hem te maken hebben en zou straks zijn ouders bellen dat ze hem, of wat er van hem over was, moesten komen halen. Niemand vroeg naar de oorzaak van haar plotselinge ommekeer, niemand vroeg iets, niemand koos partij. Vervolgens verdween Daria, niemand wist waar ze zat, ik moest haar zelfs in het bos gaan zoeken. Ook toen Lasja door zijn ouders, die alles voor hun enige zoon hadden opgeofferd, in zijn rolstoel in een minibusje werd geduwd, liet ze zich niet zien. Kennelijk was er van haar liefde op dat moment niet eens genoeg over om afscheid te nemen.

In november, slechts drie dagen voor mijn verjaardag, braken bij Daria de vliezen en blind voor alle snelheidsbeperkingen reed ik haar dwars door de onverwacht vroege sneeuw van dat jaar naar Tbilisi. Toen we de parkeerplaats van het ziekenhuis op reden, lag het hele terrein in het donker. De stroom was weer eens uitgevallen en ik moest de kreunende Daria met een zaklamp de trappen naar de kraamafdeling op loodsen en jou, Brilka, in de buik van je moeder overreden ons nog een paar minuten de tijd te geven om de weg naar de receptie te vinden.

Ik heb er lang over nagedacht hoe ik jou in dit verhaal zou introduceren als je eindelijk was geboren. In dit verhaal, dat alleen moest worden verteld om bij jou uit te komen. Bij jou en dus bij het begin. In dit verhaal, dat alleen moest worden geschreven, zodat jij nog een keer ter wereld kon komen en de kans kreeg om opnieuw en heel anders te beginnen.

En ik ben tot de conclusie gekomen dat ik niet verder kan schrijven zolang het 'jij' twee keer bestaat. Ik moet van jou eerst 'mijn' Brilka maken om mijn verhaal te kunnen vervolgen, om dan eindelijk bij jou uit te komen, bij jou, de ware, de echte, die ik met alle woorden van de wereld toch niet zal kunnen beschrijven, bij jou, die mij het enige 'jij' hebt kunnen geven dat ik niet in een 'zij' heb kunnen veranderen.

Maar zolang ik nog onderweg ben naar jou, moet ik je wezen, je beeld lenen en je opnieuw uitvinden. Op een andere, op mijn eigen manier. Zoals ik je heb gezien, zoals ik je heb gevonden en weer kwijt ben geraakt. Ik moet jou verzinnen, Brilka, tot je op een dag weer echt wordt. Jij, Brilka, die ter wereld kwam en als Anastasia Jasji in het geboorteregister werd ingeschreven en ons voor het eerst sinds lang zoiets als geluk schonk, iets waarvan we ons het bestaan amper konden herinneren.

'Jasji. Punt uit. Anastasia moet een Jasji blijven.' Daria, getrouwd of niet, hield voet bij stuk. 'Voor ons tweeën was die naam tenslotte ook goed genoeg.'

Jasji dus. Anastasia Jasji. Maar Daria wilde niet dat het tot Stasia werd afgekort. 'Dat is zo Russisch. Ani misschien?'

Maar ze zou niet Ani heten. Brilka zou zichzelf een naam geven. Een even recalcitrante en unieke naam als ze zelf recalcitrant en uniek was. Maar voorlopig was ze piepklein en had ze veel zwart haar op haar hoofd. Ook haar ogen waren gitzwart en haar huid was verschrompeld en rimpelig, alsof ze met honderd jaar levenswijsheid ter wereld was gekomen. Ze huilde niet, was opvallend rustig en nam de wereld en de mensen die ze er aantrof, met haar doordringende gitzwarte ogen aandachtig op, alsof ze ons allemaal allang had doorzien.

Ik wilde de hele tijd naar haar kijken en me door haar laten doorzien, ik wilde haar op mijn buik leggen en haar warmte voelen. Ik was tante. Ik was haar tante. Dit nietige wezentje gaf me een functie. Gaf mijn leven zin. Het bed en de kamer waar ik me weken had verschanst, kon ik nu verlaten.

In september viel Soechoemi. De oorlog werd voor beëindigd verklaard, maar in ons lichaam en ons hoofd ging hij door. De in de afgelopen jaren met grote scheppen in ons gegraven leegte bleef. Alleen de zee was ongedeerd en kabbelde in het vertrouwde ritme tegen de kiezelstenen en het donkere zand.

'Ik hou dit niet langer uit. Je zegt geen stom woord tegen me. Ik weet niet meer wat er in je omgaat. Soms vraag ik me zelfs af of ik je eigenlijk nog wel ken. Je neemt de telefoon niet op als ik bel, je bent afwezig, je zit maar voor je uit te staren als je je een keer verwaardigt ergens met me heen te gaan. Je wilt niet eens meer voorlezen. Ik weet echt niet wat er met je is. En ik wil ook niet dat het enige wat ons verbindt dit bed is. Die bliksembezoekjes van jou. Je komt, kruipt bij me in bed, we vrijen met elkaar, dan drinken we een kop thee, roken een sigaret en daarna breng ik je naar je auto. En weg ben je. Alsof we een geheime affaire hebben. Wat zit je dwars? Is het nog steeds vanwege David? Is het vanwege jullie familieproblemen? Maar die vent is toch weg? Je zus is toch gescheiden? Het kan nu toch alleen maar beter worden? Kom, praat met me. En die blikken, hoe je me aankijkt. Ik word er gek van. Echt. Je legt me constant op een soort weegschaal. Je onderwerpt me aan een of andere geheime test die me totaal ontgaat. Waar ik niet eens bewust aan mee kan doen.'

Miro was uitgenodigd voor een verjaardagsfeestje waar hij al dagen over praatte. Ik moest mee. Lana was die hele dag weg, ik was 's morgens vroeg al gekomen en we hadden de halve dag in bed doorgebracht. Toen het tijd werd om ons klaar te maken, toen hij was opgestaan om zich aan te kleden, had ik me op mijn andere zij gedraaid en opgerold als een oude, vermoeide kat. Ik wilde niet opstaan. Ik wilde dit bed niet uit. Ik wilde dat hij bij me bleef. Dat hij zweeg en me alleen maar vasthield. Meer wilde ik niet. Het idee om me onder de mensen te begeven, vrolijk te kletsen en te drinken, om grappen te lachen en samen te moeten zingen en zelfs te dansen, stond me tegen. Het gaf me een fysiek gevoel van onbehagen.

Hij had geprobeerd me over te halen, had mijn kleren op de deken gegooid. Toen had hij zijn geduld verloren en was hij gaan praten, steeds harder, steeds onzekerder en hulpelozer, tot zijn wanhoop was omgeslagen in pure woede en hij de deken van me af trok, me bij mijn polsen pakte, me omhoogtrok, mijn hand verdraaide en ik begon te krijsen.

Hij liet mijn hand weer los. Maar ik hield niet op met krijsen. Ik gilde als een mager speenvarken en begon wild om me heen te slaan om hem af te weren, hem ervan te weerhouden bij me in de buurt te komen. Ik begon te huilen, hield op met gillen. De tranen stroomden geruisloos over mijn wangen. Ik zakte langs de muur omlaag en plofte neer op het bed. Halfnaakt als ik was, sloeg ik mijn armen om mijn lichaam en wiegde heen en weer. Hij kwam naast me zitten, maar deed geen poging om me aan te raken.

'Ik wil erheen en als jij niet mee wilt, is dat jouw zaak.'

Kennelijk was zijn voorraad medeleven net zo uitgeput als mijn wil om iets uit te leggen. Hij stond op en begon voor de spiegel zijn haar te kammen. Ik wilde dat hij me met rust liet en tegelijk kon ik er niet tegen dat hij straks weg zou gaan en mij aan mijn lot zou overlaten.

Ik liep naar hem toe. Ik klampte me aan hem vast. Ik probeerde hem vast te houden. Hij maakte zich uit mijn armen los en ging door met zijn voorbereidingen. Ik wilde hem zo graag alles vertellen, alles uitleggen, alles beschrijven. Maar ik wist niet hoe. Ik wilde hem zo graag vasthouden, het leek me een kwestie van leven en dood dat hij bij me bleef, dat hij er deze nacht voor me was. Ja, ik wilde dat hij me voor mezelf behoedde. Was dat te veel gevraagd? Was dat onmogelijk?

'Jij wilt altijd alles tegelijk. En als iemand je dat een keer niet kan geven, keer je je van hem af. Denk je dat ik gelukkig ben? Denk je dat ik het leuk vind zoals het is? Denk je dat dit rotland niet op mijn zenuwen werkt? Retso, je weet wel, van mijn studie, heeft me aangeboden om bij zijn vader in het bouwbedrijf te komen werken,' voegde hij er zachtjes aan toe, terwijl hij een zwart pak aantrok over een wit, door Lana perfect gestreken overhemd. Zo perfect als ik het nooit zou kunnen.

'Een jong bedrijf, het heeft pas dit jaar een vergunning gekregen. Zijn vader heeft investeerders aangetrokken en als het eenmaal loopt, wil hij het aan Retso en mij overlaten. De investeerders zijn Turken, maar over een paar jaar hopen we ook de Europese markt op te gaan. Als de situatie zich hier heeft gestabiliseerd, gaat de onroerendgoedbranche boomen. Zoals in veel post-Sovjetstaten. Ik begin met bouwvergunningen en later kan ik iets creatiever...'

'Bouwvergunningen?'

Dat woord rukte me uit mijn gedachtespiraal. Ik bleef voor hem staan en keek hem verbouwereerd aan.

'Ja, bouwvergunningen. Wat is daar zo raar aan?'

'Ik weet niet. Jij en bouwvergunningen. Dat is gewoon raar.'

'Ik dacht dat je blij zou zijn als ik in die smerige garage geen kutauto's meer hoef op te voeren voor een stelletje bonzen. Dit is echt werk, iets wat ik leuk vind, iets wat met mezelf te maken heeft, met mijn beroep en...'

'Die bouwvergunningen? Die hebben iets met jou gemeen?'

'Ga alsjeblieft niet op de sarcastische toer. Ik laat mijn avond en ook mijn toekomst niet door jou verpesten, de dag is al zwaar genoeg geweest.'

'Ik wist niet dat het contact met mij zo zwaar voor je was.'

'Dit is geen contact, Nitsa. Dit is geen contact meer. Maak jezelf niets wijs.'

In de kamer ernaast stond Christines oude televisie aan, je hoorde een slechte Mexicaanse actrice in een slechte Mexicaanse soap bij slechte Mexicaanse kitschmuziek tegen een slechte Mexicaanse acteur zeggen dat ze altijd van hem zou houden en op haar favoriete haciënda altijd op hem zou wachten, maar dat ze met José Gilberto moest trouwen, omdat ze geen andere keus had.

'En de film dan?'

Ik wist dat die vraag op dit moment hem nog woedender zou maken, maar ik moest hem stellen.

'Ja, de film, de film? Wie is er nu nog geïnteresseerd in film? Kijk toch om je heen, Nitsa, word wakker!'

'Maar we zouden toch...'

'Vooruit, trek je schoenen aan. Ik moet ervandoor. Iedereen wacht al.'

Ik was woedend op hem. Op het compromis dat hij op

het punt stond te sluiten, op de manier waarop hij zich overal in schikte, maar ik was vooral woedend op hem, omdat het hem niet was gelukt mij te veranderen. Mij normaal te maken. Mij te temmen. Ik vervloekte mijn vroegere trouw aan mezelf, met al mijn irrationaliteit, mijn domheid, mijn tegenstrijdigheid, mijn hoop en het idee dat ik dingen kon veranderen. Een idee dat een sadist me met mijn broek naar beneden tegen een oude drukpers gedrukt, met op mijn rug gedraaide handen, binnen een paar minuten had ontnomen.

Hoe bestond het dat de man van wie ik zo obsessief hield, die het grootste deel van mijn gedachten, verwachtingen en ideeën beheerste, niet had gekund wat een wrede vreemdeling zo moeiteloos voor elkaar kreeg? Mij breken. Elke hoop uit mijn lichaam verdrijven. Elke zin voor verzet. Elke zin voor compromisloosheid. Elke zin voor welke zin dan ook. En hoe bestond het dat ik, ook al dacht ik zonder die hoop beter af te zijn, nu als op glad ijs door het leven glibberde, vastgebonden aan een slee die ik onmogelijk kon besturen, en dat Miro er nu ook niet in slaagde die verdomde slee tot staan te brengen? Hoe bestond het dat ik in mijn bodemloosheid verdronk zonder dat hij een hand naar me uit kon steken om me weer omhoog te trekken?

En in mijn woede begreep ik tegelijk hoe dom die woede was. Hoe onterecht. Miro kreeg alleen met de onzichtbare gevolgen van die nacht te maken. De blauwe plekken en kneuzingen waren allang verdwenen. Maar al het andere wat mij die nacht in de drukkerij als eeuwig aandenken was meegegeven, was niet alleen onzichtbaar, maar ook onuitspreekbaar. Hoe kon ik dan van hem verlangen dat hij het onzichtbare zag en het onuitspreekbare voor me uitsprak? Dat was onmogelijk. Natuurlijk liep hij stuk op mij. Net zoals ik stukliep op mezelf, op mijn dagelijks leven, op mijn verhalen, op mijn ontbrekende toekomst, op mijn eisen, op de mensen om me heen, op mijn land, op mijn tijd en nu ook op hem.

Waarom doorzag hij me niet net als de kleine baby van mijn zus? Waarom kostte hem dat zoveel moeite? Hij, die me op zijn vrolijke, behoedzame, speelse wijze jaar na jaar had geleerd hoe het is om dromend door het leven te gaan en die me op zijn zorgeloze manier wegwijs had gemaakt in de liefde. Die me in zijn leven had opgenomen en me een thuis had gegeven. Maar nu hij binnenkort zijn diploma op zak had en zich met saaie bouwvergunningen bezig zou houden en dromen droomde waarvan hij zeker kon zijn dat ze in vervulling gingen, nu hij wilde feestvieren en de luchtigheid wilde bezingen, was ik hem te zwaar geworden, te taai, te zwart en te bitter.

Waarom had hij me niet meteen in het begin van onze relatie verteld dat onze liefde niet was gemaakt om oorlogen, gebrek, kou, stroomuitval, teleurstellingen en vooral één bepaalde nacht te doorstaan, een nacht in een lege drukkerij die voor heel andere doeleinden dan nieuwsvoorzieningen, ja, voor totaal andere doeleinden werd gebruikt? Waarom had hij me niet tegen die liefde beschermd? Hoe moest ik hem ervan overtuigen dat hij zich vergiste als hij me constant verweet dat ik niet voor hem had gekozen? Ik had wel voor hem gekozen, al meteen in de televisiekamer van het jeugdcentrum toen ik hem uit *Woeste hoogten* had voorgelezen en met hem door de tijd en de wereld was gereisd en alles voor mogelijk had gehouden wat denkbaar en beschrijfbaar was. Ja, ik had voor hem gekozen. Degene voor wie ik nooit had gekozen, was ik zelf. Het was mijn eigen leven dat ik op een afstand hield, onmachtig om uit de miljoenen mogelijkheden van mijn ik er een te kiezen en die vorm te geven, die te volgen. 'Kies uit alle mogelijkheden van je ik de onmogelijkste,' had David me aangeraden en misschien had ik juist dat gedaan. Misschien was ik juist die onmogelijkheid.

Ik kon hem niet uit deze kamer weg laten gaan, en meegaan kon ik evenmin. Ik klampte me vast aan zijn nek, smeekte hem gewoon te blijven, trok aan zijn colbertje. Hij was geïrriteerd, vond mijn gedrag onnozel, wilde niet geloven dat het voor mij op dat moment van levensbelang was dat hij bij me bleef. Eerst probeerde hij me er omzichtig van te overtuigen dat ik me moest vermannen. Toen dat niet lukte, schudde hij me van zich af, duwde me opzij, en toen ook dat niet hielp, pakte hij me beet, tilde me op en slingerde me weg. Ik klapte met mijn hoofd tegen de muur, zakte omlaag en bleef op de grond zitten. Mijn hoofd deed pijn en ik hield de zere plek vast. Hij keek een poosje geërgerd en hijgend op me neer, schudde toen verwijtend zijn hoofd en stormde de kamer uit.

Een maand na Anastasia's geboorte bleef de melk bij Daria weg. Daria begon te slaapwandelen, ze stond 's nachts op en dwaalde door het huis, soms zelfs door de tuin. Op blote voeten liep ze door de sneeuw in niet meer dan een dun, lang nachthemd, met indrukwekkende zwevende elegantie gleed haar schaduw door het winterse landschap, als een morbide versie van Ophelia op weg naar haar beekje. Door de moederrol kreeg ze haar onder de last van het huwelijk bedolven schoonheid terug, het kind gaf haar iets schrikbarend verhevens. Haar vlasblonde haar kwam weer tot haar middel en bedekte haar rug. Haar huid had weer de kleur van ivoor. Heel zorgvuldig en behoedzaam moesten we haar weer het huis in lokken. De volgende ochtend had ze geen enkele herinnering aan de nacht. Elene en ik begonnen om beurten de wacht te houden. Want Daria was weer een koorddanseres geworden.

Twee keer was Daria met haar dochtertje naar de stad gegaan om haar aan haar vader te laten zien. Ze zei dat hij beide keren had gehuild toen hij de kleine Anastasia in zijn armen hield. Dat vertelde ze met een zekere genoegdoening in haar stem. Maar nadat hij had gehoord dat Daria zijn dochter haar eigen achternaam had gegeven, wilde hij haar niet meer zien. Lasja's naam kwam niet meer over Daria's lippen. Ze praatte niet meer over hem. Van de ene op de andere dag was het alsof die man nooit in haar leven had bestaan. Wij speelden het spel met haar mee en verbanden de herinnering aan Lasja uit het huis.

Een paar dagen voor oud en nieuw kwam Daria 's morgens de keuken binnen – Elene en ik pakten net Stasia's taarten in – en zei dat ze met ons mee wilde naar de stad. Ze hield het geen seconde langer uit in deze 'burcht', ze wilde mensen om zich heen. Elene ging verheugd akkoord. Daria's wangen bloosden toen ze vanaf de achterbank van de auto naar het sneeuwlandschap keek. Ook ik was blij dat ze weer emoties toonde. Ik hoopte dat de storm voorbij was. We zetten Daria ergens bij het Leninplein af, dat nu Plein van de Vrijheid heette. Op een roestige reclamezuil hing een oude circusaffiche met een onnozel grijnzend clownsgezicht. De clown had een paar kogelgaten aan de dagen van de burgeroorlog overgehouden. Ik had medelijden met de arme clown. Ze hadden hun frustratie afgereageerd op zijn rode neus. Daarna leverden we de taarten af in het kelderwinkeltje en ging ik door naar de universiteit.

Toen ik de universiteit weer verliet, zag ik Lasja's exvrouw bij de bushalte staan. Ze was druk in gesprek met twee vrouwen. Gelukkig herkende ze me niet en ik schoof nieuwsgierig naar het groepje toe. Ze hadden het inderdaad over Lasja. Ze vertelde haar vriendinnen over de fysiotherapie die hij deed, over de vooruitgang die hij boekte en over de hoop dat hij op een dag weer zou kunnen lopen. Ze zei met zichtbare trots dat ze op het punt stond hem bij zich in huis nemen, dan hoefde ze niet telkens naar zijn ouders om voor hem te zorgen.

'En hoe is het met zijn vrouw?' vroeg een van de vriendinnen.

'Die snol? Gelukkig heeft hij op tijd ingezien wat hij zich daarmee op de hals heeft gehaald. Al die schulden kwamen alleen door haar, hij moest haar levensstandaard handhaven, want madam Jasji was het beste van het beste gewend, daar mocht hij niet voor onderdoen. Hij heeft me verteld hoe ze hem in Moskou voor schut zette. Dat ze dagenlang niet met hem praatte als hij geen geld mee naar huis bracht, kun je je dat voorstellen? De stakker had tranen in zijn ogen toen hij me dat vertelde. Ik wist van het begin af aan dat ze hem niets dan ongeluk zou brengen. Ik bedoel, ze snapt echt niet wat liefde betekent, ze wilde zichzelf alleen bewijzen dat ze hem kon krijgen, dat ze hem kon overhalen om van mij te scheiden. Maar ik wist dat hij op een dag weer tot bezinning zou komen. En zo beschouwd heeft de tragedie die hem is overkomen ook iets goeds...'

Ik was graag naar haar toe gerend om haar bij haar haar te grijpen, haar tegen de grond te smijten en haar uit alle macht om de oren te slaan, maar ik was als verlamd, ik had niet eens de kracht om me kenbaar te maken of haar tegen te spreken. In plaats daarvan bleef ik beschaamd en wezenloos staan kijken hoe de vrouwen in de trolleybus stapten en wegreden.

Vier dagen lang moesten we op zoek naar Daria. Vier dagen lang belden we alle mensen die ze kende. Mijn moeder beefde over haar hele lichaam en Kostja's handen konden de telefoonhoorn amper nog vasthouden. Op de vierde dag gaf een van haar vroegere studiegenoten me ten slotte een adres waar ze 'misschien kon zijn'. Het was een atelier in de nieuwbouwwijk. Een figuur die zo te zien net uit de boksring was gestapt, deed de deur voor me open. Zonder te zeggen wie ik was en wat ik hier te zoeken had, rende ik langs hem heen en kwam via het voortuintje in een rokerige ruimte met hoge steunbalken. De bokser volgde me op de voet. Hier en daar stonden een paar onafgemaakte beelden, Janis Joplin dreunde uit de grote boxen en het stonk er naar marihuana.

Op een versleten bank hingen een paar meisjes in korte rok, aan wie een lolbroek met lang haar een of andere grap vertelde. Daria zat op de leuning met haar rug tegen de muur en lachte mee. Ze was dronken. Ik trok haar mee naar buiten en sleepte haar de auto in. Eerder had ik de bokser zover weten te krijgen dat hij me wat geld leende, want door de zoektocht naar Daria was mijn benzinetank helemaal leeg en zelf had ik geen cent meer.

Can you picture what will be
So limitless and free
Desperately in need of some stranger's hand
In a desperate land.
The Doors

'Wie denk je wel dat je bent? Wil je weer voor mijn oppas spelen? Laat me met rust! Als ik zin heb om me te bedrinken, dan bedrink ik me. Ik kan doen wat ik wil. En met jouw vriendenkring hoef je echt je neus niet op te trekken voor dat stel van mij.'

'En wat heb je eraan om je te laten vollopen en te verloederen in zo'n kunstenaarshol? Wat zijn dat eigenlijk voor mensen? Hoe kom je aan die lui? Jij bent niet zoals zij.'

'O nee? Wat ben ik dan? Een geweldige actrice?'

'Ja, dat ben je, maar daar moet je weer iets voor doen. Het land gaat naar de bliksem, jij bent niet de enige die het slecht heeft, Daro.'

'Jij denkt dat je alles beter weet. Jij denkt dat je een geweldige vent aan de haak hebt geslagen, die altijd van je zal houden en intellectuele gesprekken met je zal voeren, die je steunt en op handen draagt. Dat denk je toch? Miro zal je bij de eerste de beste gelegenheid bedriegen, je op de grond laten liggen, over je heen stappen en verdergaan. Zo zijn ze allemaal. Ja, ja, ons arme hoogbegaafde meisje denkt nog altijd dat ze de wereld moet veranderen.'

'Ik heb geen reden om aan te nemen dat Miro me bij de eerste de beste gelegenheid zal verlaten. Nee, ze zijn niet allemaal zo, Daria.'

Ze lachte me in mijn gezicht uit.

'O, het arme, kleine hoogbegaafde meisje gelooft het niet. Ze gelooft alleen in het goede in de mens, nietwaar? Nee, jij hebt allemaal nobele vrienden, allemaal kleine helden, net als jijzelf.'

'Hou op, Daria. Hou op met die venijnige praatjes. Zo ben je niet.'

'O ja, ik was even vergeten dat jij boven alles en iedereen verheven bent. Maar nog even een paar teleurstellingen, een paar heldendaden die mislukken, een paar steken erbij en een echt, diep inzicht in de gedachtewereld van je goedmoedige vriend, en dat was het dan met de goede mens, Nitsa.'

'Denk je dat ik in mijn leven nog nooit een teleurstelling heb gehad? Zou het je troosten als ik je vertelde wat ik allemaal...'

'Hou je verdriet maar voor je, dat heb ik zelf al genoeg.'

'Jouw verdriet! Alsof al het andere in het niet valt bij jouw ongelukkige huwelijk! Het spijt me dat ik je moet teleurstellen, maar niet iedereen is zo'n schoft als die innig geliefde man van jou.'

'O jawel, die heilige Miro van jou is geen haar beter. Wedden?'

Iets in de manier waarop ze dat zei, haar sluwe gezicht, dat leedvermaak boezemde me angst in, bezorgde me kippenvel. Ik zei niets meer en liep de kamer uit.

Op de veranda hoorde ik de grote Stasia voor de kleine Anastasia een wiegeliedje zingen.

Al was ik zo kwaad op haar dat ik me voornam haar nooit meer te gaan zoeken, haar nooit meer dronken en wankelend in de auto te zetten en naar huis te rijden, ik hield het niet langer dan vierentwintig uur vol. Ik reed naar het atelier of waarheen dan ook om haar op te halen. Zelfs Stasia waarschuwde me dat ik haar met rust moest laten, Aleko raadde me aan haar eerst eens te laten 'uitrazen' om over haar verdriet heen te komen, maar ik kon het gewoon niet. Ik werd ziek bij het idee dat ze zich bedronk om te vergeten, om haar verantwoordelijkheid te ontlopen. Maar nu weet ik dat het ook uit egoïsme was dat ik al mijn aandacht op Daria's zorgen richtte, want zo kon ik beter wegduiken voor mijn eigen zorgen. De vreemde plaatsen waar ik haar zocht, beletten me terug te keren naar die ene plaats waar ik echt niet meer naartoe wilde. Zo lukte het me een paar uur achter elkaar niet aan de drukkerij te denken en aan de beelden waar mijn hoofd vol mee zat. Als ik aan Daria dacht, hoefde ik ook niet te denken aan de problemen tussen mij en Miro, die me sinds onze laatste ruzie compleet leek te mijden. Die deed alsof hij het druk had en steeds een smoes verzon waarom hij geen tijd voor me had.

Op een ochtend – nadat ze op verzoek van Kostja drie dagen achtereen in het Groene Huis was gebleven – vond ik haar in een deken gewikkeld op de veranda, terwijl ze met een glazige blik voor zich uit staarde en de tranen over haar wangen stroomden.

Het duurde een eeuwigheid voor ze vertelde dat ze van Lasja's ouders had gehoord dat Lasja's ex-vrouw een eigen woning had gehuurd, Lasja daarheen had gehaald en een verpleger voor hem in dienst had genomen. Haar vader, die bij het ministerie voor Energie en Infrastructuur werkte, kon het zich permitteren zijn dochter financieel te ondersteunen. Nog steeds voor zich uit starend voegde ze er vervolgens aan toe dat Lasja om scheiding had gevraagd. De ex-vrouw wilde niet al te lang zijn ex-vrouw blijven.

Diezelfde avond glipte Daria het huis uit, terwijl wij allemaal sliepen, en de volgende ochtend had ik een verontwaardigde ex-vrouw aan de telefoon. Of ik zo goed wilde zijn die bezopen snol van een zus te komen halen. Ze was midden in de nacht opgedoken voor de nieuwe woning van Lasja en haar (ze vergat niet dat nieuwtje te benadrukken) en had alle buren wakker gemaakt door over de hele binnenplaats om hem te staan roepen. En toen ze het goede trappenhuis had gevonden, had ze aan één stuk door op hun deur gebonkt en zijn naam geschreeuwd. Ze had gejammerd dat ze van hem hield en een fout had gemaakt. Ze had haar trui omhooggetrokken en geroepen dat Lasja eens moest kijken wat hij miste. Bij die woorden moest ik mijn hand voor mijn mond houden om een braakneiging te onderdrukken. Ze verscheurden me. Er ontplofte iets in me. Ik wist niet of het de vernedering was waaraan Daria me door haar onzinnige, onbeheerste gedrag blootstelde, of mijn eigen machteloosheid dat ik met lege handen stond, dat ik haar niet kon genezen.

Ook de weken daarna moest ik mijn zus uit de meest uiteenlopende huizen weghalen. Ik leerde de verste uithoeken van de stad, de buitenwijken en de omgeving kennen. Maar het vaakst vond ik haar in het beeldhouwatelier in de nieuwbouwwijk. Dat was het vaste en belangrijkste hol van haar rebellie. Intussen kende ik de meeste mensen daar, would-be kunstenaars, voormalige Mchedrioni, heroïnejunks, vreedzame studenten die alles verkocht en verpand hadden en niets meer bezaten, niets meer konden en wilden, behalve met een stel lotgenoten de tijd doden. Feestvieren leek het enige bewijs dat ze nog in leven waren.

Elene, die leek te krimpen van verdriet, die vermagerde en als een schim van zichzelf tussen de taartenlogistiek en de bijlessen die ze gaf het vuur voor Daria uit haar sloffen liep, sleepte haar steeds weer naar artsen en kruidenvrouwtjes en regelde zelfs een helderziende aan huis. Daria liet zich gewillig onderzoeken, nam deel aan gesprekstherapie – en glipte vervolgens 's nachts het huis uit.

Haar stemming klaarde alleen iets op als ze haar dochtertje in haar armen hield en haar iets toefluisterde, als ze haar zag lachen of haar met een klein rood plastic lepeltje voerde. Dat gaf me hoop en vertrouwen dat haar toestand niet definitief was, dat er binnenkort een einde aan zou komen. Op zulke momenten geloofde ik dat Daria weer zichzelf kon worden. Vol speelse luchtigheid, vol elan, vol vertrouwen.

Maar even snel en onverwachts als ze opkwamen, verdwenen die momenten weer. Elene en ik moesten allebei toegeven dat we haar onmogelijk vast konden houden en besloten van tactiek te veranderen. Ik nam me voor Daria's vertrouwen terug te winnen door ook aan feestjes deel te nemen en de roes te zoeken. Als ik overal mee naartoe ging, zou het me beter lukken een oogje in het zeil te houden en haar voor verdere catastrofes te behoeden.

In die tijd vlamde bij onze moeder het verlangen naar God weer op. Want toen ze haar falen en machteloosheid ten aanzien van Daria eenmaal moest toegeven, werd ze zo wanhopig dat geen dokter of kruidenvrouwtje er meer iets aan kon doen. Het moest iets groters zijn wat haar houvast kon bieden. Ja, hier moest God weer aan te pas komen. Eerst kwamen er vastenkuren, die ik gezien het voedseltekort in die tijd een onbegrijpelijke provocatie vond. Daarna zag ik haar verdiept in de Bijbel. Daarna kreeg ik steeds vaker te horen dat ze naar de kerk was. Gaandeweg veranderde de muur in de woonkamer in een iconenschrijn. Als dan geen mens in staat was haar en haar dochter te helpen, zou God het misschien doen.

Ook de tijd leek er rijp voor: de orthodoxe kerk en haar patriarchen kregen in die jaren een enorme toeloop te verwerken. De zeventig jaar durende onderdrukking en vervolging van alles wat religieus was, werd tienvoudig gecompenseerd: de massa's togen naar de kerken – de oude en nieuwe – en steeds meer mensen hingen thuis iconen op, steeds meer werkloze ex-militairen en Mchedrioni vonden een nieuwe roeping, trokken een zwarte pij aan en begonnen te preken. Aleko, die ontzet was over de nieuwe vroomheid van zijn vrouw, noch Kostja, de overtuigde atheïst en communist, kon er iets tegen beginnen.

Het was maart of april, ik weet het niet meer precies, toen Miro voor het eerst in het atelier kwam. Hij had net een oude Honda gekocht en was trots op zijn nieuwe aanwinst. Het werk leek zijn verminderde zelfbewustzijn op te krikken. Hij verdiende geld, werd gerespecteerd, maakte plannen en kwam al over als een kleine patriarch. Zelfs zijn kledingstijl was veranderd. Hij ging steeds minder om met zijn oude vrienden van de kartbaan en steeds meer met vreemde, goedgeklede jongemannen, die zonder uitzondering het idee van business uitstraalden.

Hij had me gebeld met de mededeling dat hij zijn salaris had gekregen en me mee uit wilde nemen naar het chique restaurant in het Metechihotel. Ik zei dat hij zijn zuurverdiende geld beter niet over de balk kon smijten, maar inwendig was ik blij, want hij klonk luchtig en opgewekt. Ik voelde een enorm verlangen naar hem opkomen. We spraken dus voor die avond af. Maar later belde Elene met het verzoek om mijn zus thuis te brengen. Ze was die ochtend compleet door het lint gegaan, had voor de ogen van haar en Aleko serviesgoed aan diggelen gesmeten en was vervolgens verdwenen. Ik vloekte en tierde. Ik wilde die mooie, vredige avond met Miro niet door Daria's grillen laten verpesten. Maar Elene smeekte me en ik gaf toe.

In de auto legde ik Miro de situatie uit en vroeg of hij me wilde helpen eerst Daria naar Elene te brengen en daarna te doen wat we van plan waren. Hoewel ik hem niet graag meenam naar dat vervloekte oord. Tot mijn verrassing ging hij meteen akkoord, voegde er nog aan toe dat hij allang benieuwd was waar ik allemaal uithing en reed met me naar het atelier. De feestvierders zaten aan een lange houten tafel soep te eten die Daria had gemaakt. Ze droeg een schort, haar ogen schitterden, haar haar was met een potlood opgestoken. Ze speelde die avond de perfecte gastvrouw en ik merkte meteen hoeveel plezier ze daarin had. Ze drukte me stevig tegen zich aan, sloeg een arm om Miro heen en stelde hem aan al haar vrienden voor.

Even vervloekte ik Elene en haar paniek. Daria maakte helemaal geen onbeheerste indruk en leek ook niet agressief. Integendeel: zo ontspannen als die avond had ik haar al lang niet meer meegemaakt. Ze droeg een knielange blauwe jurk die haar lichte oog deed stralen, en had zelfs lippenstift op. Ze had zichzelf onder controle, het ging goed met haar. Ik kon mezelf een mooie avond met Miro gunnen. Ik gaf hem een arm, trok hem mee naar de deur en wenste iedereen een fijne avond. Maar hij bleef staan en fluisterde me in het oor dat het hier toch gezellig was, die mensen waren allemaal zo aardig en interessant. Daria zou vast teleurgesteld zijn als we haar soep niet proefden. Ik begreep er niets van. Eindelijk had ik de kans om dit oord te verlaten en nu wilde degene naar wie ik het meest verlangde opeens blijven.

'Dat is een heel slecht idee, Miro. Laten we maken dat we wegkomen!'

'Maar waarom? Ik vind het hier leuk. Kom, we kunnen wel een andere keer naar dat restaurant, kom, Nitsa. Ik vind het onbeleefd om er meteen weer vandoor te gaan.'

Op dat moment stond Daria al naast hem en trok hem mee naar de tafel. Er zat niets anders op dan me bij de situatie neer te leggen. Ik kon me van alles voorstellen, maar dat Miro zich hier op zijn gemak zou voelen, had ik niet voor mogelijk gehouden.

Maar toen hij aan tafel ging zitten, begon te eten, snel met de anderen in contact kwam, ontspannen lachte, grappen maakte en de charmeur uithing, begreep ik waarom hij onmiddellijk sympathie voor dat gezelschap voelde. Hij miste zijn oude vrienden. Hij miste de luchtige sfeer van de dagen in het Mtsjoeripark. Hij miste het vrijblijvende, het lichtzinnige van die tijd, zijn onbehouwen, hartelijke vrienden, die vast niet over bouwplannen konden praten, maar des te uitgebreider over mooie vrouwen en snelle auto's. Hij miste die zorgeloosheid, die roes, en ik besloot snel over mijn teleurstelling heen te stappen en samen met hem de dagen van weleer te doen herleven.

Hij dronk stevig mee, tapte moppen, amuseerde het gezelschap en genoot van alle aandacht. Ook Daria was duidelijk gecharmeerd van zijn luchtige manier van doen en zocht zijn nabijheid. Vroeger had ze nooit veel belangstelling voor hem getoond. Hij was te onopvallend voor haar glamourwereld. Er werd gezongen. Er werden dwaze toosten uitgebracht. Het maakte me gelukkig de oude Miro te zien. Ik lachte om zijn grappen, hing om zijn nek, dronk broederschap, giechelde en maakte gekheid met hem en de andere gasten. Het deed me zo goed om alles te vergeten, geen toezicht meer te hoeven houden en gewoon te genieten. Ik danste met Daria, met de bokser, met Miro. En toen we in de vroege ochtend met z'n drieën op de achterbank van een taxi door de nog schemerige stad reden, had ik voor het eerst sinds tijden het gevoel weer te leven. Ik legde mijn hoofd op Miro's schouder en hield Daria's hand vast.

De volgende dagen zeurde Miro de hele tijd aan mijn hoofd dat hij weer naar het atelier wilde. Ik probeerde hem duidelijk te maken dat hij daar toevallig een van de betere avonden had meegemaakt, dat het er niet altijd zo ontspannen aan toeging, dat de gasten geregeld uit de band sprongen en ook Daria lang niet zo lief en aardig was als die avond. Maar hij wilde er niets van horen. Ik verzon telkens smoesjes waarom we er niet heen konden en bleef daarom zelf een tijdlang weg uit het atelier. Maar hij ging terug. Steeds maar weer. Ik hoefde hem helemaal niet meer te vragen wat hij 's avonds van plan was, het antwoord was al duidelijk. Sommige dagen liet ik hem alleen naar het atelier gaan. Ik bleef in het Groene Huis en deed aarzelende pogingen om het schrijven weer op te pakken. Ik ging op het balkon zitten. Ik liet mijn benen daarboven bungelen. Ik keek naar de slapende Anastasia. Ik las of staarde naar de sterren. Ik probeerde de gapende leegte in mij te vullen – met letters en woorden, met zinnen en verhalen. Maar dat lukte slechts tijdelijk, slechts tot het eerste ochtendgloren.

Ik miste David. Ik voerde in gedachten gesprekken met hem. Ik volgde de geur van de chocola naar de keuken en assisteerde Stasia met haar jichtige vingers bij het bakken. Ik hielp mijn moeder de taarten naar de stad te brengen. Ik zweeg en moest moeite doen om haar tijdens die ritten naar de stad niet in het gezicht te schreeuwen dat ze eindelijk haar waffel moest houden, als ze weer eens begon over het belang van het geloof en de kerk en de louterende kracht van het vasten.

Ik sleepte me naar de universiteit. Het laatste jaar dat ik moest zien door te komen. Nog maar een paar maanden. Ik boycotte de colleges van de docent die me op het idee had gebracht om naar Abchazië te gaan, zonder te weten dat ik mijn Abchazië zou vinden in een drukkerij in de nieuwbouwwijk. In het atelier speelde ik het onbezorgde meisje, liet me door Miro zoenen en mijn schouders masseren en dronk goedkope wodka. Ik liet me door de bokser en zijn vrienden overhalen tot een dronken sirtaki.

Of de wereld draaide twee keer zo snel of hij was helemaal opgehouden met draaien. Ik wist het niet meer en het kon me ook niets schelen. Het lukte me niet om iets tegen te houden, het lukte me niet om iets vast te houden, het lukte me niet eens om iets te sturen, behalve mijn auto.

Miro veranderde. Hij liet zich gaan. Hij verwaarloosde zijn werk. Hij ramde met zijn nieuwe auto een telefoonpaal doordat hij constant dronken naar huis reed. Hij pakte mijn hand en trok me mee naar de wc, waar hij aan mijn kleren begon te sjorren en mijn hals likte. Ik had geen kracht om me te verzetten, ik liet het gewoon gebeuren. Dat waar ik ooit zoveel van had gehouden, begon me koud te laten.

In april was er een hittegolf in de stad. De lucht was om te stikken. De uitlaatgassen – overwegend van westerse auto's die in de landen van herkomst waren afgekeurd en naar het Oosten waren verkocht – maakten het er niet beter op. Maar de hittegolf weerhield de feestvierders er niet van nog ongeremder feest te vieren. De muziek werd harder gezet. De deuren en ramen werden opengegooid. De rokken en jurken werden korter. Het alcohol- en drugsgebruik werd ongebreidelder. En ik, ik voelde mijn krachten tanen. In juni waren mijn eindexamens, waarvoor ik nog geen vinger had uitgestoken. Werkstukken die nog gemaakt moesten worden, werden steeds langer uitgesteld. En degene bij wie ik had kunnen uithuilen, was nu zelf een bron van zorg geworden. Ik greep niet meer in als een paar van de gasten in het atelier elkaar in de haren vlogen, ik liet het maar zo als er weer eens iemand op de wc in elkaar zakte, ik trok me er niets meer van aan als de bokser de jurk van mijn zus omhoogschoof. Ik zat stil in een hoekje te lezen of trok me terug in de badkamer als de herrie en de hitte ondraaglijk werden en hield mijn oren dicht tot het ergste voorbij was.

Als ik nu aan die hete voorjaarsdagen terugdenk, als ik probeer – telkens opnieuw – die ene nacht te reconstrueren, dan denk ik dat ik het erop heb laten aankomen. Dat ik het op de een of andere vervloekte, vaag intuïtieve manier heb voorzien en niet heb willen verhinderen. Misschien hoopte ik er inwendig op, verlangde ik ernaar. Misschien zocht ik een zwaarwegende reden om mijn rol van oppas eindelijk op te geven. Ik kon niet weg en niet blijven, ik zat gevangen tussen haar lach en haar kwellingen, die altijd met de ochtendschemering begonnen. Tussen mijn nee en haar ja. Tussen mijn verlangen naar iets intacts en haar vernietigingsdrang. Gevangen tussen haar neiging om tot het uiterste te gaan en mijn wens om haar tegen te houden. Als ik terugdenk aan die nacht, kom ik tot de conclusie dat ik het allemaal wilde loslaten, dat ik daar doelgericht op af ben gegaan. Ja, zo is het, Brilka.

De hele avond was ik geprikkeld. Ik wilde naar huis. Ik wilde slapen. In plaats daarvan hing ik rond in dat hol en hield ik me overal mee bezig, behalve met mezelf en mijn eigen problemen. Gelukkig was Miro er die avond niet bij, een zorg minder, dacht ik, en ik besloot het op een zuipen te zetten als ik dan toch niet weg kon. Daria en de anderen speelden Super Mario, de opwindendste uitvinding sinds de videorecorder. Ik voelde de bittere vloeistof in mijn keel branden.

Op een gegeven moment trok ik Daria aan haar mouw

en vroeg of ze mee naar huis ging. Ze wimpelde me af, was verdiept in haar spel. Toen ze me bleef negeren, zocht ik in de keuken een lege fles, vulde hem met koud water en goot het over haar hoofd. Ze sprong geschrokken op en riep wat me bezielde, of ik niet goed snik was en dat ik moest opkrassen. Ik zag geen andere uitweg dan Daria bij haar polsen te pakken en op de grond te duwen. Daarna sprong ik boven op haar, zoals in onze kinderjaren, drukte haar armen tegen de vloer en schreeuwde haar in het gezicht dat ze onmiddellijk mee moest.

Nu greep de bokser me bij mijn schouders en trok me bij mijn zus vandaan. Ik vloekte, sloeg om me heen, voer tegen hem uit, ik was compleet over mijn toeren. Ten slotte wist hij me het atelier uit te werken en sloeg de deur achter me dicht. Ik stapte in de auto, startte de motor, zette hem weer af. Ik voelde me niet in staat om te rijden. Ik stapte uit en begon te rennen. Ik wist niet waarnaartoe, ik wist alleen dat ik niet wilde blijven staan. Ik dwaalde rond. Nadat ik badend in het zweet de hele straat uit was gerend, ging ik ergens op een bankje zitten. Het was al laat, de metro reed niet meer. Het was onheilspellend. Ik besloot weer terug te gaan en de auto te nemen, ik kon onmogelijk de hele weg naar Elene lopen. Ik was te moe.

Het duurde misschien wel een uur voor ik weer bij de auto was. Intussen was ik nuchter en had ik spijt van mijn gedrag. Ik moest verstandig zijn. Ik moest opnieuw proberen Daria mee naar huis te krijgen.

Bij de auto aangekomen zag ik tot mijn verbazing ook Miro's auto voor het huis staan. De deur stond open en ik kon zo naar binnen. Met opgeheven hoofd liep ik langs de bokser, negeerde het verwonderde commentaar van een paar vrouwelijke gasten en ging op zoek naar Daria. Maar ze was nergens te bekennen. Geen spoor van haar. Ook niet van Miro. Een dronken meisje dat in de keuken afwezig zonnebloempitten zat te eten, kon me ook niet vertellen waar mijn zus was. Toen ik alweer naar buiten wilde gaan, ontdekte ik in de gang een smalle deur. Ik rukte hem open en daar was een trap naar de kelder. Omdat ik geen lichtschakelaar kon vinden, liep ik op de tast langs de muur de donkere treden af. Ik hoorde geritsel en daarna gegiechel. Ik herkende Daria's stem en speurde nieuwsgierig de kleine kelder rond.

Ik zag hen in een hoek staan. Ik kneep mijn ogen dicht in de hoop dat ik het me had verbeeld, maar toen ik ze weer opendeed, zag ik dat Daria haar arm om zijn nek had geslagen en met haar hand in zijn haar greep. Zijn handen zwierven over haar hele lichaam. Zij maakte een beheerste indruk, alsof elke hartstocht haar vreemd was, terwijl hij zich duidelijk liet gaan. Ik kende hem zo goed. Ik wist precies wat hij daarbij voelde. Hij kuste haar zoals hij mij lang niet meer had gekust.

Ik voelde mijn knieën knikken en proefde opeens de bitterste smaak die ik ooit in mijn mond had gehad, zonder te weten dat het het verraad was dat zo smaakte. Er ontsnapte een zacht gejammer uit mijn keel. Miro liet haar op slag los en keek om zich heen. Het had geen zin meer om me te verstoppen, ik deed een stap de donkere ruimte in. Daria bleef roerloos staan en keek me kil aan, terwijl Miro iets mompelde en met zijn vlakke hand tegen zijn voorhoofd sloeg.

Na wat wel een eeuwigheid leek, zei ze met trillende, gebroken stem: 'En, laat je me nu eindelijk met rust?' Miro keek me onzeker aan, hij begreep er niets van, leek een en al schaamte. Hij keek naar de grond, toen raapte hij al zijn moed bijeen en deed een stap in mijn richting, maar ik gebaarde dat hij moest blijven staan. Vreemd genoeg had ik op dat moment met hem te doen. Al mijn woede richtte zich tegen haar. Ik wou dat ze nooit had bestaan, ik wou dat ik met mijn liefde nooit een belofte had gedaan. Ik wou dat ik haar nooit hierheen was gevolgd. Ik wou dat ik nooit die filmopnamen voor haar had geregeld... Ik draaide me om en rende de trap op.

Pas de volgende ochtend, toen ik in de keuken kwam en daar een huilende Elene aantrof, die door Nana als een baby heen en weer werd gewiegd, hoorde ik dat Lasja de vorige avond aan een overdosis was gestorven. Daria had het al die tijd geweten. Daria had het geweten toen ze Super Mario speelde, toen ik haar op de grond gooide en toen ze met Miro de keldertrap afliep.

De daaropvolgende weken zette ik geen stap buiten het Groene Huis. Als Miro belde, liet ik doorgeven dat ik hem niet wilde zien en toen hij een keer op de oprit verscheen, vroeg ik Kostja naar buiten te gaan en hem te vertellen dat zijn bezoek niet gewenst was. Nadat Daria twee weken aan één stuk door had gedronken, haalden Elene en Aleko haar ten slotte naar huis en sloten haar op. Elene bleef bij ons in het Groene Huis om over haar dochter te waken. Ze voerde haar, zorgde dat er geen druppel alcohol in huis was en liet een dokter komen, die haar een of ander kalmeringsmiddel voorschreef.

Lasja's dood was het begin van haar einde. En hoe de anderen haar ook probeerden vast te houden, ze ging er doelgericht op af. Ik wist het, ik zag het, maar ik kon en wilde er niets meer tegen ondernemen. Als het haar lukte het een paar dagen zonder alcohol te doen, als ze weer trek kreeg en zich met haar dochtertje bezighield, volgde er een diepe terugval, alsof het was voorgeprogrammeerd. Ze pikte geld uit Elenes tas, sloop naar de enige kiosk in het dorp en sloeg wodka in. Toen wij de eigenaar van de kiosk bezwoeren haar geen alcohol meer te verkopen, vond ze een boer die haar zelfgestookte tsjatsja gaf.

Toen ik op een nacht weer eens slapeloos op het balkon zat, zag ik haar naar de oprit sluipen. Daar kon ik een gedaante onderscheiden. Een man die ik niet kende. Hij gaf haar iets wat in papier was gewikkeld en aangenaam ritselde in haar hand. Ik hoefde niet lang te raden wat er in dat papier zat.

Augustus was broeierig. Ik legde voortdurend natte kompressen op mijn gezicht, want we hadden geen goed werkende ventilatoren meer in huis en op zolder was het snikheet. Ik dwaalde door het huis alsof ik werd opgejaagd. Ik kon niet slapen. In de keuken trof ik onafgewassen schotels en pannen aan. Stasia was aan het bakken geweest. De ouderdom maakte haar steeds onvoorzichtiger: ze had de resten van de warme chocola in een schaaltje op het gasfornuis laten staan. Ik kon er geen weerstand aan bieden. Ik pakte het schaaltje en ging naar het balkon.

Toen ik bovenkwam, zag ik een kaars branden. Daria zat op mijn vertrouwde plekje met bungelende benen een stuk watermeloen te eten. Ik wilde rechtsomkeert maken, maar ze vroeg me te blijven. Ik liep naar haar toe en ging een eindje bij haar vandaan op de rand zitten.

Ik zette het schaaltje naast me neer. De geur was onweerstaanbaar en wist zelfs haar uit haar doornroosjesslaap te wekken. Niet in staat de verleiding nog langer te weerstaan stak ik mijn vinger in het schaaltje.

'Is dat Stasia's chocola die niemand mag proeven?' vroeg ze glimlachend.

Ik vroeg me af wanneer ik haar voor het laatst had zien glimlachen.

'Ja.'

'Mag ik eens proberen?'

Ik haalde mijn schouders op en zette het schaaltje tussen ons in. Ze boog voorover en stak haar wijsvinger in de zwarte massa.

'Stasia denkt dat er een vloek op rust,' zei ik hoofdschuddend.

'Verrukkelijk!' kreunde ze.

Gretig likten we het schaaltje leeg.

'En jij?' vroeg ze. 'Denk jij dat ook?'

'Dat er een vloek op rust? Nou ja, eerlijk gezegd denk ik dat er al genoeg vloeken op ons rusten, dan kan deze er nog wel bij. In tegenstelling tot al die andere smaakt hij in elk geval goddelijk!'

Ze moest lachen.

'Ik hoop dat Anastasia anders is. Ik hoop dat ze zo weinig mogelijk van mij heeft.'

'Het gaat wel over. Die vloeken en al die andere ellende.'

'Daar werd ik nou altijd al dol van, daar had ik altijd al de pest aan, wat had ik daar de pest aan, Nitsa...'

'Waar heb je het over?'

'Dat jij... Dat jij altijd probeert alles goed te doen. Dat je hier überhaupt met me zit te praten. Waarom heb je niet de pest aan me?'

'Wie zegt dat dat niet zo is?'

'Kom nou. Ik heb nooit begrepen hoe dat bij jou werkt. Je kreeg een trap en als een duikelaartje kwam je weer overeind en ging door. Ooit moet jij toch ook je kracht verliezen. Dat is toch niet vol te houden. Altijd maar doorgaan, altijd maar door, nooit stoppen, altijd voorbereid zijn. Op het ergste.'

'Je hebt een verkeerd beeld van me.'

'Nee, dat heb ik niet. Ik hoop dat je precies weet waarom ik het heb gedaan. Dat het niet om hem ging.'

Ik voelde het zweet op mijn voorhoofd komen. Ik wilde er niet over praten. Ik was er niet op bedacht. Maar ik knikte.

Zo zaten we tot de ochtendschemering op onze favoriete plek, de enige gemeenschappelijke plek die we nog overhadden. We hadden het even over het voorval, maar niet lang. We kenden allebei ons onvermogen, ons falen, onze wreedheid. We kenden elkaar zo verschrikkelijk goed.

De lucht had een onbeschrijfelijke kleur, zoals hij die alleen hier kreeg. Als ik die kleur had kunnen bedenken, er een naam aan had kunnen geven, dan had ik hem de kleur van een kapotte wereld genoemd. Kapot en mooi.

'Nee, jou overkomt dat niet. Nooit,' zei ze opeens.

'Wat overkomt mij nooit?'

'Jij verliest nooit je kracht.'

Negen zonsopgangen later was mijn zus dood. In de nacht voor haar dood had haar geheime bezoeker haar weer een fles gebracht en bedronk ze zich op het balkon. Er was een briesje opgestoken dat de afmattende hitte had weggeblazen. Ik lag in bed, juist die nacht was ik er niet voor haar.

Ze dronk de wodkafles leeg en viel van de zolderverdieping, sloeg met haar slaap tegen de harde, droge augustusgrond. Ze viel van ons balkon, dat nooit was afgemaakt, dat nooit een balustrade had gekregen. Van de zolder waar onze moeder, Daria en ik zoveel geheime plekjes hadden gehad, waar we onze dromen najoegen, onze wonden likten, onze woede van ons afschudden en altijd genoten van de unieke hemel, die zo dicht bij die betoverde plek leek dat je je hand maar hoefde uit te steken om hem aan te raken.

Stasia vond haar vroeg in de ochtend, liggend op de grond, met haar gezicht op de aarde. Haar armen waren gespreid, alsof ze al vallend had willen leren vliegen. Alsof ze op een onzichtbaar koord had gebalanceerd.

Stasia klopte van buiten op mijn raam, waardoor ik wakker schrok. Ik had in geen maanden zo diep en vast geslapen. Geeuwend rekte ik me uit naar de zon en liep nietsvermoedend de tuin in, en voordat ik haar lichaam daar zag liggen, had ik alles al op Stasia's gezicht gelezen.

Ze lag op haar knieën voor haar roerloze lichaam, hield haar hoofd in haar schoot, omklemde haar schouders en wiegde heen en weer. Haar lippen vormden geluidloze woorden, haar gezicht ging schuil achter een waas van immens verdriet. Telkens drukte ze haar lippen op Daria's voorhoofd, telkens kuste ze haar handen, telkens streek ze over haar haar.

Ik weet nog dat ik, voordat het enigszins tot me doordrong wat er was gebeurd, als eerste dacht dat ik Kostja bij deze zonovergoten plek moest zien weg te houden. Dat ik dit beeld moest vernietigen. Verhinderen dat Kostja of Elene dit beeld ooit te zien kreeg. Stasia bij Daria's lichaam wegtrekken. Daria toedekken, Daria naar haar kamer brengen, Daria dwingen op te staan. Ja, ze was vast bewusteloos, haar onbeweeglijkheid was vast het gevolg van te veel alcohol, Stasia begreep vast niet dat ze haar roes uitsliep.

Ik knielde bij mijn zus neer en begon haar te stompen. 'Sta op,' spoorde ik haar aan. 'Vooruit, stomme trut, sta op, je maakt ons nog bang,' jammerde ik, maar Stasia drukte mijn hoofd tegen haar borst.

'Nee, Nitsa, nee, ze staat niet op, ze kan niet opstaan, laat haar los, Nitsa, laat haar los, lieve kind.'

Haar woorden klonken als een litanie, monotoon, rustig, alles op één toon. Maar ik liet Daria niet los, ik draaide eindelijk haar gezicht naar me toe en zag het bloed op haar slaap, zag de definitieve tekenen in haar gelaatstrekken, de blauwige lippen, de door de zon meedogenloos beschenen oogleden. Zelfs op dat moment weigerde ik nog haar dood te aanvaarden. Ik schudde haar door elkaar. Ik probeerde haar overeind te trekken. Tot Stasia me een draai om mijn oren gaf en me dwong haar aan te kijken.

'Ze is dood, lieve kind, ze is dood. We kunnen niets meer doen.'

'Hoe weet je dat? Ben je soms dokter? We moeten haar naar het ziekenhuis brengen, we moeten...'

'Ik heb ervaring met doden, Nitsa. Ik heb er ervaring mee,' zei ze en ik verstarde. Toen draaide ik me om en moest overgeven. Stasia zei me te blijven zitten en niets te doen, zelf ging ze naar binnen om Aleko te bellen. Ik weet niet hoelang het duurde voor hij er was. Gelukkig was er nog niemand wakker, gelukkig was het nog te vroeg om een dode te betreuren. Stasia en ik zaten minuten of uren over Daria's lichaam gebogen en schermden haar lichaam met het onze af tegen de brandende zon.

En ik weet nog dat ik de tegenwoordigheid van geest had om naar Aleko toe te lopen toen hij uit de auto stapte en mijn hand op zijn mond te leggen, zodat hij niet begon te schreeuwen.

'Je moet me helpen haar naar haar kamer te brengen. Zolang mama en Kostja nog slapen, nu meteen. Je moet me helpen!'

Ik zal zijn blik nooit vergeten. Nooit. Hij keek me aan en ik wist dat hij zich op dat moment afvroeg hoe ik, na wat er was gebeurd, in staat was dat te zeggen en niet compleet in te storten, hoe ik in staat was aan Elene of Kostja te denken, ja, hij vroeg zich af wat voor mens ik was.

> ***Sterven – ach, het is niet nieuw,***
> ***Maar ook het leven is dat niet.***
> **Jesenin**

De dood bedekte onze oogleden, onze huid als een laag stof. We waren allemaal zijn gevangene. Ik rook en voelde hem overal. Ik vroeg me af of er in ons huis nog wel een grens tussen leven en dood bestond, of wij allemaal, de bewoners van het huis, niet allang dood waren en het alleen niet wisten.

Ik voelde dat Daria's dood zich verspreidde als een ongeneeslijke ziekte, dat hij ons allemaal had getroffen. Alleen had ieder van ons andere symptomen, was iedereen op een andere manier ziek.

Terwijl de aanblik van Daria's gebarsten slaap Stasia van haar laatste restje levenskracht beroofde, terwijl Nana bijna dreigde te bezwijken onder haar eigen gewicht en dat van Daria's dood, terwijl Aleko alleen nog op zijn tenen door de kamers sloop en de kleine Anastasia, die anders altijd de rust zelve was, nu bijna onafgebroken huilde, veranderde mijn moeder in een zoutpilaar.

Ze leek op een onheilsorakel uit een antiek drama. Haar bewegingen waren onmerkbaar en geruisloos en haar aanrakingen werktuiglijk. Haar gezicht was opeens oud en hard. Haar blik beangstigend. Ze gaf het kleine meisje niet meer uit handen. Zodra we bij haar in de buurt kwamen en haar aanboden het waken over te nemen, blafte ze ons af. Ze praatte in zichzelf. Ze bad urenlang. Ze liet de kaarsen branden en hield haar zwarte rouwkleding aan. Ze waarschuwde ons voor de toorn van God en riep ons op drie keer per dag het onzevader te bidden voor Daria's ziel.

Maar terwijl wij naarmate de dagen verstreken de deuren naar de dood uit alle macht weer probeerden te sluiten en ons er met ons verzwakte lichaam schrap tegen zetten, riep mijn grootvader Konstantin Jasji met alle kracht die hem nog restte de dood weer op. Hij bracht hele dagen door bij Daria's grafsteen, die naast Christines graf was geplaatst. Hij keek dwars door ons heen naar Daria. Op zulke momenten van zelfvergetelheid begon hij te glimlachen en dan wist ik dat hij Daria zag, hoe ze haar eerste stapjes zette, hoe hij haar vlecht fatsoeneerde, haar warme handen om zijn nek voelde, haar hoorde lachen.

Het was bijna onmogelijk om hem uit die herinneringen los te rukken, hij schold ons de huid vol, hij wilde niet meer terug naar het heden, dat voor hem smaakte naar dodelijk gif, terwijl het verleden nog steeds de smaak en de geur van Daria's blozende wangen had.

Zijn grijze baard hing verward om zijn kin, zijn jukbeenderen staken uit als de ribben van een goelaggevangene. Zijn handen trilden aan één stuk door en hij kon geen glas meer leegdrinken zonder op zijn knieën te morsen. Hij kon niet meer slapen, niet meer eten zonder daarna over te geven. Hij dronk zoveel dat hij soms gewoon neerviel en op de grond bleef liggen of zelfs in zijn broek plaste. Alles wat Ida hem had nagelaten om te leven en lief te hebben, had Daria meegenomen. Ik vermoedde dat hij de eerste de beste gelegenheid zou aangrijpen om Daria te volgen. En die liet niet lang op zich wachten.

In oktober 1994, twee maanden na Daria's dood, werd er bij hem acute myeloïde leukemie geconstateerd. Het inferno tijdens de proefvaart op een duikboot en dat wat hij in een Oostenrijkse kliniek te boven gekomen meende te zijn, keerde terug in zijn lichaam. Hij weigerde chemotherapie, hij weigerde medicijnen.

Tijdens het middageten legde hij ons een keer rustig en beheerst uit hoe hij aan die ziekte was gekomen, hoe hij zich destijds had laten behandelen. Hij herinnerde Elene aan de tijd dat hij haar alleen had moeten laten. De tranen stroomden over Nana's gezicht en Stasia stond trillend op en liet op weg naar het aanrecht haar bord vallen. Kostja vertelde over de catastrofe die toen had plaatsgevonden, over de dode mariniers en het geheimhoudingsdocument.

Nog geen vijf weken later werd hij al bedlegerig. Alle pogingen van zijn moeder, vrouw, dochter en kleindochter om hem ertoe te bewegen naar het ziekenhuis te gaan waren vergeefs.

Eind november stapte ik op een middag zijn slaapkamer

binnen en ging naast hem liggen. Ik pakte zijn hand en herinnerde me de vierentwintig uur die ik met hem in dit bed had doorgebracht, terwijl ik zijn tranen opving, de fles wijn bij zijn mond hield, geheimen met hem deelde. Dat was een ander leven. Een leven waarin Daria nog leefde.

We zeiden niets en ik luisterde naar het tikken van de oude wandklok. Ik legde mijn hoofd op zijn ingevallen borst, ik sloot mijn ogen voor zijn ziekelijke bleekheid en zijn huidvlekken.

'Weet je wat ik me de hele tijd afvraag?' hoorde ik zijn vermoeide, als uit een oneindige verte komende stem.

'Wat dan?'

'Al die jaren, al die tientallen jaren had je bij ons miljoenen, miljarden bustes, beelden en schilderijen. Waar zijn die allemaal gebleven?'

'Wat voor beelden en schilderijen?' wilde ik weten.

'Nou, van Lenin, van Marx en Engels, van de generalissimus, van al die mannen!'

Het leek hem serieus bezig te houden.

'Die zijn weg.'

'Maar ze kunnen toch niet allemaal zomaar verdwijnen?'

'Blijkbaar wel. Alles verdwijnt een keer.'

'Niets verdwijnt, Nitsa, niets!'

Hij legde zijn hand op de mijne.

'Bedoel je dat het allemaal ergens is en wacht om teruggevonden te worden?'

Ik probeerde mezelf tot een glimlach te bewegen.

'Alles wacht om weer terug te komen.'

In zichzelf gekeerd pakte hij mijn hand steviger vast.

Ik luisterde naar zijn ademhaling. Ik luisterde naar zijn hartslag. Ik bedacht hoeveel ik van hem hield en wat ik, sinds ik op de wereld was, niet allemaal had gedaan en zou hebben gegeven om te zorgen dat hij mijn liefde beantwoordde. Maar opeens vond ik het helemaal niet zo erg meer dat hij dat nooit had gedaan.

Ik vergaf het hem met het oog op de liefde die hij iemand anders had gegeven: mijn zus. Ik vergaf het hem, omdat ik op dat moment begreep dat dat de band was waar ik al die tijd naar had gezocht, misschien wel onze innigste band: de liefde voor dezelfde vrouw, die nu niet meer bij ons was. Ik vergaf hem zijn kilte en zijn heerszucht, ik vergaf hem de tirannie, ik vergaf het hem dat hij mij zo vaak had genegeerd. Ik vergaf het hem dat hij mij zo vaak de hele nacht in bed had laten huilen, ik vergaf het hem dat hij zoveel mensen had bedrogen en ongelukkig had gemaakt, dat hij zoveel mensen had verraden.

Het object van onze liefde was weg. Al het andere deed er nu niet meer toe. Degene om wier liefde we hadden gevochten, hadden we verloren. Nu was er niets meer wat de moeite waard was om voor te strijden.

Ik boog naar hem toe, legde mijn hoofd tegen zijn hals en bleef zo liggen tot hij in slaap viel. Toen verweefde ik mijn gedachten en de woorden die ik nooit tegen hem had gezegd en nooit zou zeggen, al mijn gevoelens voor hem, met zijn dromen.

In december stierf Kostja. Het was absurd of misschien ook niet dat de officiële doodsoorzaak een hartstilstand was. Zijn hart was zijn ziekte voor geweest.

In de nacht na zijn begrafenis zag ik Stasia voor het eerst sinds jaren weer haar schuur binnengaan en ik volgde haar. Ze zette *Tosca* op. Ze stond met haar ogen dicht bij het raam naar Puccini te luisteren. Met een opgezwollen gezicht liep ik voorzichtig naar haar toe.

'Wat doe je hier?' vroeg ik.

'Christine wilde het. Ik heb dit voor Christine opgezet,' antwoordde ze.

'Hoezo voor Christine?'

'Nou, ze kwam hem ophalen. Ze was vandaag hier. Ze

kwam voor Kostja,' zei ze, alsof het de gewoonste zaak van de wereld was: een dode had een andere dode opgehaald.

'Christine heeft mijn grootvader dus opgehaald?'

'Ja, Christine en een vreemde vrouw.'

'Een vreemde vrouw? Wat voor vreemde vrouw?'

'Ik heb haar nooit eerder gezien.'

'Hoe zag ze eruit, Stasia?'

'Groot, mager, te mager naar mijn smaak, en met heel veel ringen aan haar vingers. Mooie ringen.'

Ik wist allang niet meer wie van ons tweeën nu gek was.

'En waar heb je ze gezien?'

'Waar ik ze altijd zie. In de tuin. Ze stonden er een hele tijd, iets verder naar boven, waar vroeger de vijgenboom stond die we hebben laten kappen, weet je nog?'

'Je hebt dus gezien hoe Christine en die vrouw Kostja kwamen ophalen?'

'Nee, Kostja heb ik niet gezien. Ze waren er om hem op te halen, dat wel, maar dat heeft tijd nodig.'

'En Daria?'

Ik schaamde me al terwijl ik die vraag stelde, maar tegelijk benijdde ik haar om die waanzin, om die gave of die paranoia. Ik had graag dezelfde zekerheid gehad dat Daria door iemand was opgehaald en niet zomaar was verdwenen.

'Kitty...' zei ze en ze vertrok haar mond. Tosca zette *Vissi d'arte* in.

'Wat is er met Kitty?'

Ik voelde iets in mijn buik samentrekken.

'De dagen voor dat met Daria gebeurde, was ze zo vaak bij de kersenboom. Zij en Thekla zaten daar constant...'

'Maar Kitty...?'

'Natuurlijk weet ik dat. Denken jullie dat ik te oud ben om te merken dat mijn enige dochter sterft?'

Haar stem klonk opeens verachtelijk.

'Bedoel je dat Kitty er ook af en toe is?'

'Ja, mijn meisje, mijn mooie Kitty.'

'En denk je dat Kitty Daria... dus, eh, heeft opgehaald?'

'Nu heb ik allebei mijn kinderen en mijn achterkleindochter overleefd. Ik hoop dat het nu niet lang meer duurt voor ze mij met z'n allen komen ophalen.'

Ik boog mijn hoofd.

'Als Kitty haar heeft opgehaald, zal ze misschien ook goed op Daria passen.'

Ik klampte me aan die woorden vast, ik was beslist niet overtuigd van wat ik net had gezegd, maar het was zo'n troostrijke gedachte, het was zo'n mooi idee.

'Soms is iemand veel sterker wanneer hij zwakker is, Nitsa.'

Ze dook plotseling op uit Tosca's klaaglied en keek me aan, om meteen daarna weer in gedachten te verzinken. En toen Tosca op het toppunt van haar wanhoop aan haar God vroeg waarom hij haar zo strafte, begon ik te dansen.

Stasia keek eerst onzeker toe, toen verscheen er zoiets als een glimlach op haar gezicht. Ik voerde alle bewegingen uit die ze mij als kind had geleerd en die mijn lichaam zich nog kon herinneren. Ik wervelde rond, sprong in de lucht, trok mijn benen op, spreidde ze uit, vloog door de lege ruimte. Ik danste mijn beste dans. Een dodendans voor Stasia en haar geesten.

Toen ik badend in het zweet de schuur uit liep, zag ik Miro op me afkomen. Zonder iets te zeggen liep ik naar hem toe, gaf hem een arm en sloeg met hem het pad naar het bos in. Het was donker en koud, maar ik had het warm. Hij leek dankbaar dat ik hem weer aanraakte. Hij vroeg niet wat er met me aan de hand was, en daar was ik blij om. We stapten door de dorre bladeren en bleven staan onder een grote den.

De nacht was helder, de sterren fonkelden uitzonderlijk fel. Hij begon te huilen. Ik liet hem huilen, zonder te doen alsof ik hem troost kon bieden.

'Ik moet weg,' zei ik.

'Weg? Waarheen?'

'Dat weet ik nog niet. Maar ver genoeg hiervandaan. Hier kan ik niet meer leven. Ik moet elke dag vechten om niet ter plekke in te storten. Ga je mee?'

'Maar waarheen? Hoe moet dat?' vroeg hij, terwijl hij zijn tranen afveegde aan de mouw van zijn jas.

'Het zal wel lukken. Ga gewoon mee. Ik krijg het wel voor elkaar. Naar Europa. Ergens heen, als het maar ver weg is.'

'Dat gaat niet zomaar, Nitsa. Zoiets gaat niet vanzelf. Je moet...'

'Ik ga gewoon, Miro. Hoe dan ook.'

'En hoe moet het dan met ons?'

'Ik weet niet zeker of er nog een ons is, Miro, en als er nog een ons is, dan wil ik dat ons niet meer. Ik wil een nieuw ons.'

'Ik red dat niet, ik... Hoe moet dat?'

'Ik had ook niet gedacht dat ik dít zou redden.'

'Je mag niet weggaan, Nitsa. Nee, dat kun je me niet aandoen.'

'Miro. Alsjeblieft.'

Hij drukte me tegen de den en overlaadde me met kussen, hij hield me vast, droogde zijn zilte gezicht aan het mijne, kuste mijn handen en fluisterde me liefdesverklaringen in het oor. Hij verzekerde me dat alles goed zou komen, dat hij bij me was, dat het nu voorbij was, dat we opnieuw konden beginnen. Hij herhaalde steeds weer dat we bij elkaar hoorden, dat er niets meer was wat daar verandering in kon brengen, hij smeekte me te blijven en verdeelde zijn kussen over mijn gezicht en mijn lichaam, als kleine trofeeën die hij me leek toe te kennen omdat ik het had overleefd. Maar ik kon ze niet meer aannemen. Er was geen terug meer en elke vezel van mijn lichaam leek dat te weten. Ik wist dat een deel van mijn ik voor altijd op deze plek zou achterblijven, maar dat deel was niet meer levensvatbaar.

Een week na Kostja's begrafenis belde ik Severin in Berlijn en vroeg of hij met me wilde trouwen.

'Wat zeg je?' vroeg hij ongelovig.

'Je hebt me goed verstaan. Zou je met me willen trouwen?'

'En waar is dat goed voor?'

'Dan kan ik eindelijk weg uit dit vervloekte land.'

'Je weet dat ik mijn echtelijke plichten niet zal kunnen vervullen.'

'Gelukkig maar! Ik ben ook niet van plan om je daaraan te houden.'

'Goed. Ik trouw met je.'

'Perfect. Zorg dan dat ik een uitnodiging krijg, waarmee ik hier een visum kan aanvragen. En schiet op alsjeblieft!'

Voor mijn vertrek schreef ik een open brief aan de universiteit, waarin ik de redenen uiteenzette waarom ik daar geen examen wilde doen en geen eindscriptie wilde inleveren. Ik gaf de dialoog weer die ik toen met mijn docent had gehad en beschreef op de volgende bladzijden de bekrompen, corrupte, nationalistische en – deels – pro-Russische sfeer op de universiteit. Tot op de dag van vandaag weet ik niet of die brief ooit door iemand is gelezen of zelfs is gepubliceerd.

Daarna reed ik naar het Groene Huis, zocht al mijn schriften, aantekeningen en vooral de op de schrijfmachine getypte verhalen bij elkaar – stapels bladzijden hadden zich daar de afgelopen jaren opgehoopt – en bracht alles in een grote blikken emmer naar de tuin. Daar stak ik een vuur aan en keek hoe met die bladzijden al mijn verwachtingen, plannen, ideeën in vlammen opgingen. Maar ik had nergens spijt van. Ik voelde niets.

Het vliegticket naar Berlijn kocht ik van het geld dat ik had gekregen voor het gouden horloge van Thekla dat Stasia me ooit had gegeven als amulet om me te beschermen tegen het gelach van mijn medeleerlingen, de vijandigheid en liefdeloosheid van de normale mensen in deze wereld, de eenzaamheid, de kilte van Kostja, de onverschilligheid van Daria, het boze oog en god mag weten tegen wat nog meer. Toen had ik nog geen idee dat me veel erger dingen te wachten stonden, waartegen het horloge noch Stasia zelf me zou kunnen beschermen.

In de nacht voor mijn vertrek kwam Stasia mijn kamer binnen en drukte me zonder iets te zeggen een oud, in leer gebonden notitieboekje in de hand. In kriebelige, met inkt geschreven letters stonden daarin de recepten van mijn betovergrootvader. En op de laatste bladzijde stond het precieze recept van de warme chocola.

Toen ik vroeg wat ik daarmee moest, haalde ze alleen haar schouders op, gaf me een voorzichtige kus op mijn slaap en verliet mijn kamer. En op 24 januari 1995 verliet ik het geteisterde, in duisternis en kou verzonken, ooit zo zonnige Georgië en nam het vliegtuig naar Istanboel om vandaar voor het eerst de inmiddels onzichtbare grens met het Westen over te steken.

Twee jaar na Kostja's dood stierf Nana aan een beroerte. Ik ging niet terug. Om te overleven verkochten Aleko en Elene hun kleine woning. Ze verhuisden naar het Groene Huis. Elene hield zich uitsluitend bezig met haar kleindochter, die ze met strenge hand opvoedde. Aleko bleef bier of wodka drinken, backgammon spelen en over het leven filosoferen met zijn vrienden, van wie er niet veel meer in leven waren. En hij maakte ruzie met zijn vrouw, omdat ze naar zijn smaak te veel bad en hij steeds meer moeite had om te concurreren met haar liefde voor God.

Op negenennegentigjarige leeftijd stierf Stasia. Ze viel gewoon in slaap en werd niet meer wakker. In haar laatste levensjaren was ze bijna blind en voerde ze vrijwel alleen nog gesprekken met zichzelf. Op een jaar na werd ze even oud als de eeuw.

Ik ging niet terug. En ik weet ook niet wie haar is komen ophalen. Maar ik stelde me voor hoe ze die ochtend allemaal kwamen, precies zoals zij had gewenst: Thekla in haar peignoir, haar wit-rode luitenant, de mooie Christine met haar man, Sopio met haar scherpe tong, Kitty, Mariam, de engeltjes snijdende Andro en zijn zoon Micha met zijn krullenkop. (Of misschien waren het zelfs twee zonen?) Kostja en Nana en misschien ook Ida, die zich ergens op de achtergrond bevond. En vooral mijn zus Daria met haar verschillend gekleurde ogen.

Een jaar na mijn vertrek begon Anastasia zichzelf Bri te noemen en weigerde ze te reageren als ze werd aangesproken met haar doopnaam. Na drie jaar was Anastasia compleet achter Brilka verdwenen.

Ik ging niet terug.

ZEVENDE BOEK

NITSA

Wat je weggeeft, heb je gewonnen,
wat je wegstopt, heb je verloren.
Roestaveli

Severin woonde in een oud huis in Wedding, met tegelkachel en hoge stucplafonds. Hij werkte nog steeds voor de zaak van zijn vader, die bijna alleen nog steenrijke klanten had die niet meer zo verzot waren op de door Severin in het Oostblok op de kop getikte curiosa. Nu was Azië de trend, vertelde Severin me kort na mijn aankomst.

Hij droeg zomer en winter witte gympen. Hij maakte om de andere dag spaghetti met papperige tomatensaus en was sinds kort verliefd op een jongen die Gerrit heette, maar niets van een vaste relatie wilde weten. Hij had een indrukwekkende verzameling videobanden, die een grote steun bleek bij mijn integratie. Hij keek altijd reikhalzend uit naar het weekend, want dan kon hij uitgaan, drinken en dansen zonder een slecht geweten te hebben. (Dat het per se vrijdag of zaterdag moest zijn om je te kunnen laten gaan, die logica ontging mij.)

Zijn vrienden beschouwden mij als een van de rariteiten die hij van zijn vele reizen had meegebracht. Ze waren zonder uitzondering links-liberaal en allemaal actief in een of andere organisatie: van dierenbescherming tot vluchtelingenwerk en alles daartussenin. Severin zei dat ik het moest zeggen als ze met hun nieuwsgierigheid en gevraag op mijn zenuwen werkten, maar ik durfde dat niet en voelde me telkens gedwongen zo dramatisch en emotioneel mogelijk over mijn land en mijn leven te vertellen. Daarna voelde ik me meestal beroerd en sloot ik me op in de badkamer. Severin toonde begrip voor mijn nukken, wat me om een onnavolgbare reden alleen nog maar bozer maakte. Hij noemde mijn toestand de 'Oostblues', die hij naar zijn zeggen maar al te goed kende.

Van apart wonen wilde hij niets weten, wij tweeën vormden een geweldige woongroep, beweerde hij de hele tijd. Ik mocht de eerste maanden van hem niet eens een baantje zoeken, want dat kon een te grote belasting voor me worden en zou niet bevorderlijk zijn voor mijn psychische toestand. Ik deed wat me werd gezegd: hij gaf me op voor een taalcursus, waar ik in de schoolbanken zat met verschillende mensen van alle mogelijke nationaliteiten, die ik alleen kende uit mijn oude kinderboek *Sprookjes uit de hele wereld*. Ik glimlachte vriendelijk en zei: 'Hallo, ik heet Nitsa en kom uit Georgië. Georgië is een klein land dat in de Kaukasus ligt en...' Vervolgens vroeg een van mijn medecursisten of Georgië niet bij Rusland hoorde. Waarop ik me genoodzaakt zag een geforceerd vriendelijk exposé van de beknopte geschiedenis van de Sovjet-Unie te geven, wat me dan weer zo vermoeide dat ik de rest van de les zat te knikkebollen, terwijl ik me afvroeg wat ik hier in godsnaam deed en wat er nu eigenlijk van mijn leven terecht moest komen.

Severin liet me de stad zien. Hij genoot van de rol van gastheer. Eindelijk kon hij nuttig gebruikmaken van zijn historische kennis, hij vertelde uitvoerig over dit of dat gebouw, die of die straat, die of die vroegere of huidige bewoner.

In maart, vlak voordat mijn toeristenvisum verliep, togen we naar de burgerlijke stand om in ondertrouw te gaan. Ettelijke bezoeken aan instanties en een hele papierwinkel later konden we trouwen.

Ik had in een tweedehandswinkel een jurk gekocht – tot dan toe had ik nooit jurken gehad – en hij had een pak geleend. En toen de vrouwelijke ambtenaar zei dat we elkaar mochten kussen, deden we dat voor onze verhoudingen heel hartstochtelijk en we moesten er de hele avond om lachen. Zijn ouders had hij niet uitgenodigd voor onze bruiloft.

'Die zouden de hele boel maar torpederen. Ik acht mijn vader er zelfs toe in staat de ambtenaar te vertellen dat het een schijnhuwelijk is. Ik wil je niet in gevaar brengen,' legde hij me uit.

Later gingen we naar een worsttent en aten daar onder zijn wit-rode paraplu met dansende pandaberen erop curryworst tot we er misselijk van werden.

De eerste maanden had ik last van slapeloosheid en paniekaanvallen en werd ik geregeld opgeschrikt door nachtmerrieachtige beelden. Nachtenlang zat ik dan in de vensterbank te roken en in het donker te staren, me afvragend wat ik moest met al die tijd die voor me lag. Ik voelde geen drang. Geen wil. Geen vreugde. Maar die toestand had ook iets bevrijdends. Voor het eerst sinds wat wel een eeuwigheid leek, had ik een haast masochistisch plezier in die innerlijke leegte. Ik verdrong alle gedachten aan thuis, beperkte me tot korte telefoontjes, waarin ik de zaken mooier voorstelde dan ze waren en over niet-bestaande plannen vertelde.

Aan Miro schreef ik eerlijkere brieven, die ik nooit verstuurde. En altijd als hij belde – in het begin nog heel geregeld, later steeds minder vaak –, kreeg ik een dikke brok in mijn keel, die een roestige smaak op mijn tong achterliet.

Langzaam vond ik weer mijn weg in de taal en ik begon aarzelend Severins boekenrekken te bestuderen en het ene na het andere boek te lezen, dat ik met behulp van een woordenboek doorwerkte. Uitgehongerd en leeg als ik was, merkte ik hoe elke regel, zelfs de meest afgezaagde zin, me in een ware vreugderoes kon brengen.

Van de zomerse bezoeken aan de kleine filmhuizen genoot ik met volle teugen. Net als van de wandelingen langs de Spree, de verrukkelijke ijssoorten in de Italiaanse ijssalons en het Turkse fastfood. Als ik echt niet wist wat ik met mijn dag aan moest, ging ik met Severins vrienden mee naar de universiteit en probeerde ik me in de collegezalen zo onzichtbaar mogelijk te maken.

Het idee om te gaan studeren, ergens naartoe te werken, schrikte me in het begin af. Maar ik was nog veel banger voor het nietsdoen. Ik zocht baantjes, werkte als keukenhulp in een Russisch restaurant, liet honden uit, draaide nachtdiensten in een vierentwintiguursslijterij, werkte zelfs in een chique schoenenzaak, hoewel ik geen flauw benul van schoenen had. Ik hield het nergens langer dan vier weken uit. Toen mijn verveling steeds ondraaglijker werd, maar de paniekaanvallen afnamen, vermande ik me en schreef ik me op de Humboldtuniversiteit in voor moderne geschiedenis en politicologie. Severin steunde me daarin en zei dat ik er altijd weer de brui aan kon geven als het me te veel werd.

Ik raakte vrij snel gewend aan het nieuwe en nogal monotone universitaire leven. En ik bleef werken. In Neukölln had ik een door een lesbisch stel gerunde garage ontdekt, die De Loods heette en waar uitsluitend vrouwen werkten. Ze zochten iemand voor achter de kassa. Na een dag op proef werd ik aangenomen en ik voelde dat ik het daar langer zou uithouden dan de gebruikelijke vier weken.

Caro en Maggie, zo heetten de eigenaressen van de garage, waren kennelijk ook op mij gesteld. Gaandeweg mocht ik zelfs in de garage komen om een handje te helpen.

Voor het eerst sinds ik in Berlijn was, voelde ik zoiets als vreugde. Ik vond het heerlijk om door fysieke inspanning mijn zinnen te kunnen verzetten. Ook al schudde Severin steevast zijn hoofd als hij me met vuil haar en onder de olievlekken thuis zag komen.

Aan de eerste twee jaar in Berlijn heb ik nu amper nog herinneringen. Ik herinner me alleen bepaalde beelden, een vreemde schemertoestand waarin ik gevangenzat. Als ik aan die tijd terugdenk, is het altijd aan die toestand van niet-zijn. Ik herinner me alleen dat niet-willen, niet-kunnen, niet-voelen. Alsof ik was aangesloten op een onzichtbaar apparaat, mijn enige levensbron, die zorgde dat ik elke morgen opstond, mijn plicht deed en mijn tijd een beetje zinvol besteedde.

Maar ik herinner me ook dat gevoel van eeuwige tijdnood. Uit angst voor de vrije tijd die ik in m'n eentje zou moeten doorbrengen, waarin ik zou moeten nadenken, iets voelen, me iets herinneren, stelde ik een nauwelijks af te werken schema op, ik propte de dag zo vol dat ik 's avonds alleen nog uitgeput in bed kon vallen en binnen een paar seconden in slaap viel.

Ik vluchtte. Ik rende. Ik fietste. Ik liep. Ik had geen tijd om iets of iemand te missen, ik had geen tijd om te treuren, geen tijd om te lachen, geen tijd voor spijt, wroeging, reflectie. Geen tijd voor liefdesverdriet, geen tijd om te leven. Ik functioneerde en dat deed ik uitstekend.

En als in de schaarse momenten dat het me niet lukt me voor mezelf te verstoppen, de beelden en herinneringen me overvielen, drukte ik een kussen, een boek of zelfs een schoen of een bord tegen mijn gezicht, zo stijf dat mijn ogen niets anders zagen dan bonte kleurpatronen, en vluchtte ik weer terug naar mijn taken.

Ik had twee zwijgende, in mezelf gekeerde jaren nodig om mijn eigen woorden door vreemde te vervangen. Ik had nieuwe gezichten nodig om de oude te vergeten. Ik had nieuwe schoenen en jassen, nieuwe schrijvers en filosofen nodig, ik had tijd nodig om de tijd in te halen, om weer jong te worden, om de muren om me heen te verstevigen.

Severin, die in het begin veel moeite deed om mij in zijn vriendenkring op te nemen, liet me tot mijn grote opluchting met rust. Hij vroeg steeds minder vaak hoe het met me ging en slaagde erin me dagenlang uit de weg te gaan. Ons gezamenlijk leven regelde hij met briefjes op de koelkast, waar nooit meer op stond dan dat er melk moest worden gehaald of dat het wc-papier op was. Als hij jarig was of oud en nieuw vierde, als ik er niet onderuit kon om mee te gaan en te dansen en in de algemene vreugde te delen, vervulde ik mijn plicht zonder morren, naast de talloze andere plichten die ik te vervullen had.

Tijdens een van onze weinige ruzies – want zelfs voor ruzie had ik in die tijd niet genoeg fut – noemde hij me een robot en verweet hij me dat ik al mijn beminnelijkheid had verloren. Maar toen ik voorstelde een eigen onderkomen te zoeken, wees hij dat van de hand, zo vlug wilde hij ons 'huwelijk' niet opgeven. En inderdaad, soms wou ik dat het mogelijk was geweest om zijn kamer binnen te lopen, op zijn bed te gaan zitten en alles wat ik had opgekropt eruit te gooien: hoe vreselijk ik op mezelf en de wereld was stukgelopen, hoe overhaast ik mijn familie, het land waar ik vandaan kwam, de wereld die ik als de mijne beschouwde, had opgegeven. Graag had ik iemand verantwoordelijk gesteld voor mijn verstarring, iemand aangeklaagd voor mijn niet-zijn. Maar ik wist dat het zinloos was, dat mijn toestand na zo'n vertwijfelde biecht alleen nog maar ondraaglijker zou zijn. Ik wilde geen medeleven. Ik wilde niet horen: 'Maar je had er toch niets aan kunnen veranderen...' Ik wilde niet van het tegendeel worden overtuigd. Als ik mijn zelfhaat niet meer had gehad, wat was er dan nog overgebleven? Hoe had ik het verleden dan moeten vasthouden? Met welke gevoelens had ik de wereld dan tegemoet moeten treden en vooral: welke drijfveer had ik nog gehad om te bestaan?

Toen Severin op een dag met een poes aan kwam zetten en zei dat dat onze nieuwe huisgenoot was, kreeg ik een woedeaanval. Ik begreep zelf niet waarom ik zo overtrokken reageerde, ik schreeuwde dat hij dat niet kon maken, dat ik me niet verantwoordelijk wilde voelen. Voor niemand. Ook niet voor een dier. Hij keek me verdrietig aan, uit pure radeloosheid. Het was geen ergernis over mijn verloren spontaniteit, mijn verdwenen luchtigheid, mijn niet meer aanwezige humor – alles wat hem en mij in die donkere, kille dagen aaneen had gesmeed. Er lag een diepe droefheid in zijn blik, ook – en dat was misschien nieuw – een zeker begrip. Begrip voor het feit dat het me zoveel moeite kostte om niet na te denken over de verhalen, die van mezelf en anderen, die ik jarenlang had geleend en me eigen had gemaakt in de hoop er op een dag verder aan te kunnen schrijven.

De poes werd teruggebracht.

Na een van de schaarse telefoongesprekken met Miro, dat, doorspekt met sarcastische opmerkingen van zijn kant, uitdraaide op ruzie, liep ik woedend de deur uit en ging ik naar een kroeg, waar ik net zo lang glimlachte naar een of andere slungelachtige figuur tot hij me wel moest opmerken en naast me aan de bar kwam zitten. Na nog geen drie zinnen had ik mijn tong al in zijn mond. Ik ging met hem mee naar zijn huis in Kreuzberg, waar hij woonde met zijn vriendin, die net op reis was, en ging in hun gemeenschappelijke bed liggen. Voor het eerst probeerde mijn lichaam te vrijen met iemand die niet Miro was. Voor het eerst veinsde ik tegenover een wildvreemde begeerte.

Toen hij in slaap was gevallen, sloop ik het huis uit, nam een taxi en bedronk me. Severin vond me de volgende ochtend op de grond in de woonkamer, slapend. Hij ging bij me zitten, legde mijn hoofd in zijn schoot, streek met zijn hand over mijn haar en praatte op me in, alsof hij aan het bidden was: 'Je moet praten, Nitsa. Je moet met iemand praten. Anders ga je eronderdoor. Ik zie het toch. Als je niet met mij wilt praten, ga dan voor mijn part naar een therapeut, zoek hulp.'

Maar ik wilde er niets van weten en kneep in plaats daarvan constant in mijn armen en benen, in mijn wangen en mijn buik, tot hij zich gedwongen zag mijn handen vast te houden en me als een baby in slaap te wiegen.

Ik had gewoon weer iets willen voelen.

Mijn geschiedenisdocente riep me na een werkcollege bij zich, ze wilde over een scriptie praten die ik net bij haar had ingeleverd. Door haar grote bril keek ze me strak aan: 'Ik ben geen expert op dat gebied, maar ik durf te beweren dat u veel talent hebt, mevrouw Jasji.'

Ik hield mijn adem in. Dat woord hoorde thuis in mijn oude leven, dat woord mocht hier niet opduiken, niet hier, niet nu en ook verder nooit meer.

'Niet dat ik weet.'

Ik probeerde een ontwijkend antwoord te geven.

'U weet misschien dat bijzondere talenten financieel ondersteund kunnen worden?'

'Luister, ik ben niet hoogbegaafd!'

'Nou, u schrijft inmiddels beter Duits dan uw Duitse studiegenoten. U neemt ongelofelijk snel informatie op, maar u bent er opvallend slecht in die informatie gericht te gebruiken. U hebt er moeite mee de dingen te plaatsen. Tegelijk beschikt u over een kennis die, hoe zal ik het zeggen, opmerkelijk is. U bent uiterst geconcentreerd als iets u interesseert, maar tegelijkertijd ongelofelijk nonchalant als u iets al weet. Dat u uitdagingen ontloopt, blijkt verder uit het feit dat u zelden met leeftijdgenoten omgaat. U bent weinig communicatief, tegendraads en stug. En u neemt het niet zo nauw met de waarheid...'

'Nou en? Zijn dat soms allemaal tekenen van hoogbegaafdheid? Vindt u het niet, nou ja, een beetje clichématig?'

'Het zou clichématig zijn om aan te nemen dat u een tekortkoming hebt in plaats van een gave. Om te denken dat u zich achter uw capaciteiten verbergt. Het cliché is uw angst om uw eigen capaciteiten te erkennen en adequaat te gebruiken. Ik weet niet wie u heeft ingeprent die capaciteiten níét te gebruiken. Dat was duidelijk een vergissing.'

'Ik voel me hier goed, ik wil niets veranderen, alstublieft.'

'Ik ben uw docente, niet uw moeder. Als docente adviseer ik u een onderzoeksbeurs aan te vragen. Verder raad ik u aan bij een van onze researchcentra naar een assistentschap te solliciteren. Als u een beetje moeite doet, kunt u voor de voorgeschreven studietijd klaar zijn. U kunt zoveel meer, mevrouw Jasji. En als ik uw moeder was, zou ik u aanraden onmiddellijk aan de slag te gaan met uw capaciteiten en met uw absurde weerzin om die capaciteiten te benutten.'

Het was voor het eerst sinds ik in Berlijn was dat ik in bijzijn van iemand anders moest huilen.

Caro was een gediplomeerd automonteur met indrukwekkend lange benen, tatoeages op haar armen en een hagedis om haar oor. Ze verafgoodde haar vriendin, een dj die in verschillende clubs in de stad optrad en deel uitmaakte van een feministische performancegroep. Ze hield van snelle auto's, maar ze hield vooral van kaarten.

Toen ze me voor het eerst vroeg of ik speelde, zei ik nee. Toen ze doorvroeg en zei dat ze me niet geloofde, omdat ik altijd zo nieuwsgierig was als ze over haar pokersessies vertelde, antwoordde ik dat ik ermee was gestopt. Toen ze me eindelijk wist over te halen een keer mee te gaan, moest ik na de eerste ronde naar de wc om over te geven. Caro schreef me professionele kwaliteiten toe en nam me mee naar een binnenplaats in Pankow, waar we in een merkwaardige ruimte, die nog het meest op een pakhuis leek, met een heel serieus overkomend gezelschap om geld speelden. Het geld dat ik die avond won, liet ik met opzet op een bank in de metro liggen. De volgende winst gaf ik aan Caro. Pas vanaf de derde keer was ik in staat bij het geld dat ik opstreek, niet meteen te denken aan het vervloekte honderddollarbiljet waarvoor ik in de drukkerij was gebleven, om uiteindelijk met mijn broek naar beneden en pijnlijke ledematen een afgebroken flessenhals in de huid van een man te steken.

Tegen de winter had ik zoveel geld bij elkaar dat ik met kerst een flink bedrag naar huis kon sturen, een oude Volvo 760 kon aanschaffen en voor Severin een speciaal soort gympen kon kopen, waar hij het al maanden over had.

'Hoe kom je aan die poen?' vroeg Severin wantrouwig.

'Ik poker.'

Ik gaf het doodkalm toe.

'Je doet wat? Je pokert? Waar?'

'In besloten kring.'

'Je weet dat je daardoor in moeilijkheden kunt komen?'

'Ga nou niet op die toer. Ik hou van het kapitalisme, laat me toch! Ik heb lang genoeg onder het socialisme geleefd! Kom op, Severin!'

We moesten allebei lachen.

In de kerstvakantie stapte ik met het geld dat ik nog overhad in mijn donkerblauwe Volvo en vertrok. Ik wist niet waarheen, ik reed gewoon door het besneeuwde landschap en over beijzelde wegen. Onderweg, zomaar ergens heen, het waterige zonnetje achterna, voelde ik iets eigens, iets vertrouwds, iets wat me deed herademen. Ik stopte bij wegrestaurants, sliep in goedkope motels, at slecht voedsel en voelde me uitstekend. Ik doorkruiste heel Duitsland. Ik reed naar Parijs. De grenzen waren verdwenen en ik vroeg me af waar ze gebleven waren. In Parijs ging ik in een café zitten en at een stuk amandeltaart. Ik observeerde de voorbijgangers, ik keek naar de sneeuwvlokken die in de Seine dwarrelden. Ik liet me meevoeren. Ik probeerde de geur van de stad op te snuiven. Ik was blij dat niemand me hier kende en dat ik hier niemand kende. Ik dacht na over mijn jeugd en probeerde de beelden op te roepen die ik in mijn hoofd had gehad bij het lezen van Hugo, Balzac, Flaubert, Proust, Colette en Miller, Voltaire en Diderot, Genet en Duras.

Ik dacht aan de Franse films waar ik zo graag naar had gekeken met Aleko, met Daria en later met Miro. Onze gesprekken daarna.

Ik zat op een bankje naar de voorbijvarende toeristenboten te kijken en vroeg me af of deze stad Stasia teleurgesteld zou hebben, of hij aan haar voorstelling beantwoord en haar verwelkomd zou hebben en vooral of hij haar zou hebben laten dansen. Ik zag Stasia voor me, met mijn ogen dicht zag ik hoe ze voor me danste.

Ik reed verder van Parijs naar Lyon, van Genève naar Turijn. Ik doorkruiste Zwitserland, ik doorkruiste Italië, zong in de auto een oud chanson mee en dacht aan de verschillend gekleurde ogen van mijn zus. Ik verruilde mijn taal voor de liedjes op de autoradio. Ik verruilde mijn moedertaal voor alle talen die ik een paar dagen leende, zoals de mooie haarstrikken die ik vroeger van Daria had geleend.

Ik doorkruiste Europa, dat ooit zo ver weg was en nu onder mijn banden smolt. Ik bezocht Rome en onderdrukte mijn tranen bij de gedachte dat mijn zus haar verschillend gekleurde ogen nooit op al dat moois zou kunnen richten.

Stelt u zich mij voor; ik besta niet
als u zich mij niet voorstelt.
Nabokov

In april 1998 belde Miro me op. Hij zou een dezer dagen naar Amsterdam gaan en wilde me zien. Hij leek gedronken te hebben en klonk erg huilerig. Hij mompelde iets van een mateloos verlangen naar mij. Ik ging akkoord.

Nadat ik had opgehangen, bekeek ik mezelf een poosje zwijgend in het raam. Ik zag een heel kleine vrouw, van wie leeftijd en geslacht op de een of andere manier van ondergeschikt belang leken. Ik zag het korte, warrige haar dat nooit in het gareel bleef, het platte bovenlichaam, de hangende schouders, de scherpe jukbeenderen en de kromme, lange neus. Ik zag de kringen onder de ogen, de eendenlippen, de donkere ogen die zo in zichzelf gekeerd leken, zo nietszeggend, en ik vroeg me af wat hij ervan zou vinden, of hij me zou herkennen, wat we elkaar na al die tijd te zeggen hadden. Ik vroeg me af of we alles wat er intussen was gebeurd, of we al die andere mensen van de afgelopen jaren aan elkaar zouden kunnen ruiken, proeven, voelen. En of dat ertoe deed.

In Amsterdam stapte ik uit de trein en ging rechtstreeks naar het hotel waar hij zijn intrek had genomen. Ik had hem verboden me van het station te halen. Ik kon in mijn labiele toestand geen sentimentele scène gebruiken.

Ik klopte. Hij rukte meteen de deur open. We keken elkaar aan, ik zette mijn kleine reistas op de grond. Hij was volwassener geworden. Forser, zelfverzekerder. Het speelse was uit zijn gezicht verdwenen. Hij droeg een nette broek, die me op de een of andere manier totaal van mijn stuk bracht.

Hij pakte mijn hand en trok me de kamer in. Hij gooide me op het bed en voor ik er erg in had, waren we allebei uitgekleed en probeerden we elkaar herinneringen te ontworstelen, herinneringen aan onszelf, aan wie we ooit waren en wie we altijd dachten te blijven.

We zeiden geen woord. We worstelden zwijgend, we probeerden onze borstkas te verruimen om de ander binnen te laten, probeerden de tijdlagen die als een korst op onze huid zaten, weg te krabben. Het leek zo eenvoudig om weer 'wij' te zijn. Onze intimiteit was zo moeiteloos hersteld. Ik kon zo moeiteloos van hem houden, als van niemand anders op de wereld.

Het was donker in de kamer, we hadden geen licht aangedaan. We luisterden naar elkaars ademhaling.

'Laten we het nog een keer proberen,' zei ik. 'Laten we dat doen. We redden het, als jij het ook wilt. Er is zo weinig wat me hier houdt en tegelijk zo weinig wat me terugroept. Maar als jij er weer zou zijn, als ik jou weer in mijn leven zou hebben, dan...'

Hij aarzelde met een antwoord, legde zijn hoofd op mijn borst, rekte zich uit, haalde diep adem, zei dat ik gelijk had, dat hij me niet wilde vergeten, dat hij zeker wist dat we het zouden redden. Dat hij erover na moest denken of hij naar Europa zou komen. Dat we een toekomst hadden samen. Dat we naar Berlijn moesten gaan, meteen morgen.

En ik geloofde hem onvoorwaardelijk.

Hand in hand liepen we de volgende ochtend naar het station. Hand in hand kochten we onze kaartjes. Hand in hand stapten we in de trein. Omdat onze coupé nogal vol was, vroeg ik hem te wachten, terwijl ik een minder drukke zocht. Hij bleef zitten. Toen ik terugkwam, was hij er niet meer. De trein stond nog stil. Ik dacht dat hij naar de wc was, maar toen zag ik dat zijn koffertje ook ontbrak. Ik wilde niet meteen het ergste denken. Misschien was hij bang voor dieven of wilde hij zich op de wc nog even scheren, zei ik bij mezelf. Hij was daar 's ochtends niet aan toegekomen en had erover geklaagd. Ik dwong mezelf te gaan zitten. De trein zou zo vertrekken. Ik staarde op mijn horloge, ik staarde naar de lege stoel tegenover me. Ik durfde de andere reizigers niet naar hem te vragen, want ik kende het antwoord al en wilde het niet weten.

Toen de trein zich langzaam in beweging zette, sprong ik op en rende naar de deur. Ik wilde eruit, maar het was te laat, ik kon niet meer uitstappen, er zat niets anders op dan door het raam al rijdend afscheid van hem te nemen, terwijl hij met opgezette kraag, zijn blik naar de grond, haastig over het perron liep, alsof hij ergens voor vluchtte. Sprakeloos, diep ontzet en doordrongen van een verpletterende onherroepelijkheid, die zwaar op mijn ledematen drukte, zag ik hem in de mensenmassa verdwijnen.

In tegenstelling tot de verwachtingen van mijn docente studeerde ik in de voorgeschreven studietijd af. Ik was niet van plan me te haasten, want er was niets om naartoe te werken. En hoewel ze in de loop van de maanden steeds weer over dat assistentschap begon, sloeg ik ook dat aanbod af en ging ik het onderwerp uit de weg. In plaats daarvan pokerde ik nu geregeld en stuurde geld naar Georgië. Op de vraag van mijn moeder hoe ik als student aan zoveel geld kwam, zei ik iets over een riante studiebeurs. Ik weet niet of ze me geloofde. En of het haar iets uitmaakte. Want als we belden, had ze het meestal over God, Jezus en de kerk, en als ze het niet over die Drie-eenheid had, ging het enkel over Anastasia, die intussen alleen nog Brilka heette en zich schijnbaar niet zo makkelijk tot een godvrezend, vroom kind liet opvoeden als mijn moeder wilde.

Ik werkte in de garage en als het me allemaal te veel werd en ik de stad en de dagelijkse sleur beu was, stapte ik in mijn auto en reed door heel Europa. Soms met Severin, soms zonder hem. Alleen om Wenen reed ik met een grote boog heen. Ik verbond die stad met andermans dromen.

Mijn docente, die met me wegliep, drong erop aan dat ik na mijn afstuderen zou promoveren en stelde me aan een van haar collega's voor, een Oost-Europaspecialist, die net de financiering van een onderzoeksproject over de Koude Oorlog rond had gekregen en een 'bekwame' assistent zocht, zoals ze me met een tevreden grijns meedeelde. Die Oost-Europaspecialist bleek een zeer charmante, welbespraakte en snel denkende man, die me met tal van vragen overviel en mijn eindscriptie al had gelezen. De afgelopen jaren had ik geprobeerd zoveel mogelijk afstand tot Oost-Europa te bewaren. Dat ik nu gedwongen werd me er opnieuw in te verdiepen, stond me principieel tegen. Maar omdat ik geen werkelijke alternatieven had en niet wist wat ik met mijn toekomst aan moest, ging ik akkoord. Ik was vanaf nu dus persoonlijk assistent en kon mijn proefschrift schrijven als onderdeel van het onderzoeksproject, dat met een omvangrijke publicatie in boekvorm zou worden afgesloten.

Ik rende maar door. Ik stond niet stil. Ik nam geen adempauze.

Vier jaar na mijn aankomst in Berlijn belde Elene om te vertellen dat Stasia was overleden. Ik haalde mijn oude, stoffige koffer onder het bed vandaan en vond daarin het receptenboekje dat Stasia me had meegegeven, las het door, maar probeerde me vooral de ingrediënten in te prenten voor de warme chocola. De volgende ochtend kocht ik alle benodigdheden en maakte ik de warme chocola van mijn betovergrootvader.

Terwijl ik de donkere vloeistof werktuiglijk oplepelde, treurde ik om mijn grote verhalenvertelster, mijn in mijn dromen wonende, geesten ziende overgrootmoeder. Tegelijk treurde ik om het feit dat ik de afloop van zoveel verhalen nog niet had gehoord, de samenhang van zoveel gebeurtenissen nog niet had begrepen en dat zij me daar nooit meer bij zou kunnen helpen.

Ik herinner me die droom zo goed dat het lijkt of alecht is gebeurd. Ik herinner me zijn gezicht, dat nauwelijks verschilde van de foto die ik als kind tussen de oude foto's in de kast in de woonkamer had gevonden. Ik droomde van de man die Kitty Jasji de grens over had geholpen en die Kostja's vriend was geweest. Ik herinnerde me in mijn droom niet zijn naam, maar ik dat ik in het Groene Huis een oude foto van hem had gezien waarop hij in een marine-uniform naast mijn grootvader stond en in de camera lachte. In mijn droom kwam hij me in Berlijn opzoeken en bracht hij een bosje viooltjes voor me mee, mooie, donkerblauwe viooltjes, zoals die in de tuin uit mijn kinderjaren. En hij glimlachte tegen me. In mijn droom was hij net zo jong als op de foto uit Leningrad. Ik vroeg hem binnen, we dronken thee en toen liet hij me een koffer zien, maar ik kwam niet meer te weten wat erin zat, want ik werd wakker.

Drie dagen later hield ik het niet meer uit en belde ik naar huis. Het viel niet mee om mijn moeder uit te leggen wie ik bedoelde, omdat ik zijn naam niet wist. Ik wist alleen dat hij Kitty destijds naar Tbilisi had vergezeld, en ik wist ook nog dat hij degene was die mijn grootvader had verteld dat zijn zus was overleden.

'Je bedoelt Giorgi Alania. Hoe kom je nou op hem?'

'Dat weet ik ook niet. Op de een of andere manier moest ik aan hem denken. Weten jullie waar hij is, of hij nog leeft? En zo ja, waar ik hem zou kunnen vinden?'

'Wat wil je van hem?'

'Het is vanwege mijn proefschrift. Ik doe onderzoek naar gevangenen in de Sovjet-Unie en dacht...'

Voor het eerst was het niet eens een leugen die ik mijn moeder opdiste.

'Geen flauw idee wat er van hem is geworden. Maar hij was inderdaad Kostja's beste vriend.'

'Weet je misschien iemand bij wie ik naar hem kan informeren?'

'Er zijn nog oude collega's van Kostja, die zouden zich hem moeten herinneren.'

Een paar dagen later gaf mijn moeder me inderdaad het telefoonnummer van een voormalige collega van Kostja. En toen ik zijn naam hoorde en daarna zijn stem, wist ik ook meteen wie het was. Het was de vader van Roesa, die ons toen in Batoemi zo gastvrij had ontvangen, niet vermoedend dat zijn vriend een verhouding met zijn dochter had.

'Ach, zulke deprimerende dingen onderzoeken jullie tegenwoordig, je grootvader zou vast trots op je zijn geweest,' zei hij, nadat hij me had aangehoord. 'Weet je wie ik aan de lijn heb?' riep hij opeens naar iemand. 'De kleindochter van Kostja Jasji, die in Duitsland woont. Dat wonderkind van toen, weet je nog?'

Daarna hoorde ik voetstappen op de achtergrond en opeens had ik een vrouwenstem aan de telefoon.

'Nitsa?'

Ik herkende haar meteen. Die zachte, omfloerste stem was niet veranderd.

'Roesa?'

Ik probeerde me haar gezicht voor te stellen. Dat fijne gezicht uit de tijd voordat ik haar in de badkamer vond. Het gezicht voordat ik haar in de sneeuw tegenkwam. Het gezicht van een zorgeloze, verliefde vrouw, die gewoon te veel wilde en zo goed backgammon speelde. Ze was heel aardig, wilde van alles over me weten, vertelde dat ze inmiddels als advocate werkte, getrouwd was en twee zonen had. Ik was een beetje overrompeld door zoveel openheid en hartelijkheid. Ze leek in niets op die vrouw in het rode skipak in Bakoerjani. Voor ze de telefoon aan haar vader teruggaf, fluisterde ze zachtjes in de hoorn: 'Het spijt me zo van Kostja. Ik zag er zo tegen op om naar zijn begrafenis te gaan, ik kon het gewoon niet. Ik wilde hem levend in herinnering houden.'

'Dat snap ik.'

'Nitsa?'

'Ja?'

'Dank je.'

Ik zei niets meer.

Natuurlijk kon je iemand redden. Het was me alleen bij mijn zus niet gelukt. Bij mensen van wie ik hield, was het me niet gelukt. Bij mezelf ook niet. Bij haar tenminste wel, dacht ik op dat moment. Bij haar is het me tenminste gelukt.

Roesa's vader vertelde dat Alania al meer dan tien jaar in Londen woonde. Toen de perestrojka begon, was hij hem gesmeerd, sindsdien had hij niets meer van hem gehoord, hij had dus ook geen contactgegevens. Ik bedankte hem, hing op en besloot mijn naïeve idee meteen te laten varen en terug te keren naar mijn boeken. Maar de volgende dag belde Roesa, ze wilde me dolgraag een plezier doen en had haar vader net zo lang aan zijn hoofd gezeurd tot hij iemand in Moskou belde, die weer iemand kende die... enzovoorts, enzovoorts, tot ze ten slotte een Engels postadres te pakken kreeg. Ik noteerde het adres en bedankte haar. Een plek met de zeer poëtische naam Seven Sisters.

Ik vloog naar Londen en nam de trein naar Eastbourne. Met een taxi liet ik me naar het opgegeven adres brengen. Het was een mooie, enigszins afgelegen cottage met een fraaie, met vlierstruiken omzoomde rozentuin. Er werd niet opengedaan. Tot op dat moment had ik niet aan mijn plan getwijfeld. Hulpeloos ging ik op een houten bankje zitten, stak een sigaret op en liet me meevoeren door het verre ruisen van de zee. Ik overwoog ergens in de buurt een kamer te nemen en de volgende ochtend meteen weer in de trein naar Londen te stappen. Ik ergerde me aan mijn naïviteit: hoe had ik kunnen hopen dat die vreemde man me hier pijprokend in een schommelstoel met een plaid over zijn knieën zou ontvangen om verhalen over zijn verleden te vertellen? Waarom was ik hier eigenlijk naartoe gegaan? Had dit bezoek echt iets met het onderzoek te maken, zocht ik hier niet eerder antwoorden voor mezelf, terwijl ik deed alsof ik ze niet nodig had? Nadat ik de derde sigaret had opgerookt en mezelf vervloekte, omdat ik met die wind in het donker door dit niemandsland terug moest lopen, hoorde ik voetstappen.

Op het smalle, onverharde pad naar de cottage ontwaarde ik de contouren van een man met een stok en een zaklamp. Ik sprong op en liep aarzelend naar hem toe. Ik riep dat ik werkte aan een onderzoeksproject over de geschiedenis van de Sovjet-Unie en informatie nodig had. Pas toen ik die zinnen had uitgesproken, besefte ik dat ik ze in het Georgisch had gezegd.

Hij scheen met de zaklamp in mijn richting. Hij bleef staan, maar kwam toen toch dichterbij. Toen hij in mijn gezicht scheen, moest ik mijn ogen samenknijpen, maar ondanks het felle licht wist ik dat ik hem had gevonden. Ik werd overweldigd door een ongekende euforie.

Hij liep krom, had kennelijk moeite met lopen en leunde zwaar op zijn stok. Hij schoof zonder iets te zeggen langs me heen, ging naar binnen en sloeg de deur voor mijn neus dicht. Ik bleef geschrokken achter, begon voorzichtig te kloppen en zo vriendelijk mogelijk opnieuw uit te leggen waarvoor ik kwam. Maar hij reageerde niet op mijn geklop. Ik was woedend, wilde al rechtsomkeert maken, maar bleef toch staan en riep door de deur heen: 'Ik ben de kleindochter van Kostja. Ik kom hier voor hem. Voor hem en voor Kitty. En ik kom hier voor u. Ik kom hier voor mijn overgrootmoeder en mijn grootmoeder en mijn zus, en ik...'

Ik hoorde mijn hart bonken. Ik was bang. Ik was net zo

bang voor zijn weigering als voor wat hij me te zeggen had. Ik merkte pas dat ik over mijn hele lichaam beefde toen hij voorzichtig de deur opendeed en het licht aanstak. Toen ik voor hem stond, bracht hij zijn met ouderdomsvlekken bezaaide handen naar mijn wangen, pakte mijn gezicht vast en staarde me een hele tijd met grote ogen aan. 'Jij bent Kostja's meisje?' vroeg hij in het Georgisch.

'Ik denk dat u mij met mijn zus verwart. Ik ben de jongste. Mijn zus... die is dood.'

Hij liet mijn gezicht los en deed een stap achteruit.

'Dat mooie meisje?'

'Ja, dat mooie meisje.'

'O god. Hoezo, wat is er gebeurd?'

Hij vroeg me binnen.

Ik bleef vier volle dagen bij hem. Die gebrekkige oude man was de eerste met wie ik sinds mijn vertrek uit Tbilisi kon praten over wat er achter mij lag. Hij haalde me over om bij hem te logeren en ik nam zijn aanbod aan toen ik hoorde dat dit huis ooit van mijn oudtante was geweest. En hij gaf bereidwillig antwoord op mijn vragen. Voor elk verhaal van mij kreeg ik er een van hem terug. Verhalen bij de vele foto's die overal aan de muur hingen. Bij de foto van een mij onbekende vrouw die mijn oudtante was geweest.

Elke dag kwam er een rossige verpleger, die hem hielp bij de dagelijkse dingen en zijn medicijnen voor hem klaarlegde.

'Wat mankeert u?' vroeg ik.

'U kunt beter vragen wat ik niet mankeer,' antwoordde hij.

We aten aardappelsoep, hij liet me de baai zien waar Kitty Jasji een eind aan haar leven had gemaakt. Hij bleef boven op het klif staan, omdat hij last van zijn benen had.

Ik liep in m'n eentje het steile pad af naar het strand, op zoek naar haar laatste sporen, maar ik vond alleen de zee.

Hij vertelde me dingen over mensen van wie ik had aangenomen dat ik ze kende, maar van wie ik na die verhalen niet meer kon aannemen dat ik ze kende. Hij opende zich voor mij als een boek en ik mocht in hem lezen. Hij maakte met trillende handen en omfloerste ogen pudding voor me klaar.

'U zei dat u was gekomen voor uw grootvader en voor Kitty. Voor uw overgrootmoeder en uw grootmoeder. En om mij vragen te stellen. Maar u zei niet: ik kom hier voor mezelf. Waarom niet?'

Zijn vraag verbaasde me. Ik wist niet wat ik moest zeggen, maar hij schonk me een glimlach die voelde als een omhelzing. Misschien kreeg hier eindelijk alles zin, kwam ik hier dicht bij een samenhang. Maar mijn angst verdween niet, die werd met elk verhaal groter. In mijn hoofd verzamelden zich alle geesten en hij weefde voor mijn ogen verder aan het wandtapijt. Ik keek toe, nog steeds niet in staat in die verwarrende patronen mijn eigen draad te herkennen.

Ik liep weer naar beneden, naar het ruige, rotsachtige strand. Ik ging in het natte zand zitten. Ik liet mijn gezicht geselen door de wind. Ik strekte me uit naar de zee. Ik liet me vallen.

Natuurlijk had Stasia gelijk gehad: natuurlijk waren ze er nog. En ze bleven. Ik schreeuwde het uit. Ik wilde niet langer door de tijden heen naar ze moeten luisteren. Ik wilde niet meer achter ze aan zitten. Ik wilde geen kaartende geesten in mijn tuin en toch zat ik daar met Alania, overvoerd met al die woorden en al die gebeurtenissen, met al die verhalen, die in zijn woorden duidelijker dan in die van Stasia met een ongelofelijke kracht op me neerkletterden en me onder hun gewicht bedolven.

Stasia's verhalen hadden voor mij altijd iets magisch gehad, het waren fabels en sprookjes uit een andere wereld, wat Alania vertelde waren feiten, keiharde feiten, heel realistisch en wreed.

Ik had een leven willen leiden. Mijn leven. Ik had een verleden willen hebben dat bruikbaar was en bijvoorbeeld had kunnen dienen voor een paar sentimentele anekdotes op een avondje met mijn Berlijnse vrienden, of op z'n minst voor een paar oplossingsgerichte therapiesessies. Ja, zo'n leven had ik moeten leiden. Was ik daarom niet de grens overgestoken, van Oost naar West, de grens van toen naar nu?

Ik groef me in in het natte zand. Ik was toch niet naar de zee gekomen om eraan herinnerd te worden wat er allemaal níét in mijn leven was gebeurd? Nee, ik wilde weten wat er nog mogelijk was. En hier, uitkijkend over de uitgestrekte grijze zee, begreep ik dat er al te veel verhalen in mij waren opgeslagen die mijn blik naar voren belemmerden, en dat de verleiding te groot was om, net als Orpheus, alleen te kijken naar wat er achter me lag.

Ik klom het steile pad op naar het klif. Ik vroeg hem verder te vertellen. Ik vroeg hem alleen de vragen te beantwoorden die van belang waren voor mijn onderzoek. Geen persoonlijke dingen meer. Geen naam die ik kende, niets meer over familieleden – alstublieft.

Hij keek me vragend aan en schonk vlierbessenlimonade in. Hij legde een plaat op een oude pick-up. Hij deed zijn ogen dicht.

'Die stem, haar stem. Die blijft. Voor altijd,' zei hij. 'Ja, vraag maar. Vraag gerust alles wat u wilt weten. Maar ga naar Londen. Doe het gauw. Zoek Amy op. Zij heeft jarenlang geprobeerd iemand van haar familie op te sporen. Toen ze er de kracht nog voor had, was het IJzeren Gordijn er nog en daar kwam niemand doorheen. Ik heb me er niet mee bemoeid, ik wilde na mijn verhuizing geen stap terug... Zoek haar op.'

'Ik weet niet in hoeverre dat relevant is.'

'Weet u, het is echt fascinerend...' ging hij verder, alsof hij mijn opmerking niet had gehoord. 'Ik wist dat er op een dag iemand zou komen, dat er iemand naar al die dingen op zoek zou gaan.'

'Ik wil echt alleen mijn werk doen. Meer niet.'

'U moet uw eigen verhaal niet scheiden van de geschiedenis, u moet niet proberen u van uzelf te amputeren. Wat u ook met al die dingen doet, u moet het niet op die manier doen.'

'Het is voor een wetenschappelijk onderzoek, niet voor een liefdesroman.'

'Ga naar Londen. Of ga naar Wenen. Fred Lieblich, praat met Fred Lieblich, ik kan u haar adres geven. Wie weet hoelang die sporen nog zichtbaar blijven.'

Ik gaf geen antwoord meer.

Ik ging niet naar Londen en ook niet naar Wenen.

En ik ging ook niet terug.

Ik schreef niet.

Niet één regel.

Ik verbood mezelf over woorden na te denken die een betekenis konden hebben, een betekenis die verder ging dan de banaliteiten van het dagelijks leven, woorden die meer beschreven dan ik me wilde herinneren. Ik verbood mezelf meer woorden te gebruiken dan strikt noodzakelijk was om het dagelijks leven aan te kunnen. Ik verbood mezelf mijn eigen zinnen te bedenken, mijn gedachten een eigen vorm te geven. Ja, eigenlijk verbood ik mezelf welke gedachte dan ook.

Ik maakte mijn proefschrift niet af. Ik weigerde. Ik wilde geen capaciteiten hebben die verder gingen dan wat nodig was voor de dagelijkse bezigheden. Voor het eentonige onderzoekswerk, het leven van anderen, de uren in de garage en het pokeren. Ik deed pro forma onderzoek en droeg bij aan het werk van de onderzoeksleider, die me steeds aanspoorde eindelijk iets met mijn materiaal te doen. In onze samenwerking was ik stug en koppig, maar hij zette me niet buiten de deur.

De aangekondigde publicatie verscheen in 2002 en werd verdeeld ontvangen. Hoewel ik aan het project had meegewerkt, hield ik me erbuiten en weigerde ik botweg de Oost-Europaspecialist als assistent naar zijn lezingen te vergezellen. Het project was afgerond en ik hoopte van die plicht te zijn ontheven, maar ik werd aanbevolen als docent aan het Otto-Suhr-Institut voor politicologie, waar ze me een gasthoogleraarschap aanboden, dat ik in een opwelling aannam, want we waren bij het pokeren in de achterkamer van een restaurant betrapt en aangifte kon alleen door een gigantische afkoopsom aan de verhuurder worden voorkomen.

Ik wilde geld naar Georgië blijven sturen, bovendien moest de scheiding van Severin worden betaald en omdat Severin op het punt stond met Gerrit te gaan samenwonen, moest ik eigen woonruimte zoeken. Ik zegde toe college te geven over de Koude Oorlog. Ik leerde zinnen, stellingen en bevindingen van anderen uit mijn hoofd en dreunde die dag na dag in de collegezaal op. Ik hield er dagelijks rekening mee dat mijn studenten zich bij de decaan zouden beklagen over mijn onvermogen, of ten minste mijn geringe animo om hun iets bij te brengen. Maar ze klaagden niet, ze namen mij voor lief, zoals ik alles voor lief nam, zoals mijn hele leven stompzinnig door leek te gaan. Op weg naar nergens.

Ik vond een gerenoveerde etage in de Motzstraße en na een uitbundig, drankovergoten afscheidsfeest in ons oude huis ruimde ik het veld voor Severins langverwachte geluk. Af en toe had ik een afspraakje met mannen, die meestal een vrouw of vriendin hadden en dat ook zo wilden houden. Ik bleef Europa doorkruisen in de hoop ergens aan te komen. Ik las geen kranten, ik keek geen televisie, internet gebruikte ik alleen om e-mails te versturen en in contact te blijven met de universiteit. Ik interesseerde me niet meer voor de wereld, niet voor het oostelijk en niet voor het westelijk deel.

Ik belde met mijn moeder en Aleko en hoorde op de achtergrond Brilka opgroeien. Brilka was te eigengereid en te weinig spraakzaam om aan de telefoon met haar te kunnen praten. Ze wimpelde me af en gaf de hoorn vlug door aan de volwassenen.

Ik kreeg ansichtkaarten met een moeilijk leesbaar handschrift uit Engeland. Als ik al antwoordde, was het beleefd en afstandelijk, ik ging niet in op zijn vragen en verzoeken, die ik opdringerig vond.

Ik had rust gevonden, de gulden middenweg in mijn leven, die weliswaar eerder roestbruin dan goudkleurig was, maar dat maakte me niets uit, en ik hield mijn blik naar voren gericht, want dat kostte me steeds minder moeite.

Twee keer kwamen Elene en Aleko op bezoek in Berlijn en speelde ik de ongecompliceerde dochter. Beide keren hadden ze Brilka niet bij zich, die was bij Lasja's ouders gebleven. Ze vertelden dat ze zich ontwikkelde tot een hartstochtelijk danseres, en ik dacht aan Stasia, ik bedacht dat Stasia – van waar dan ook – tevreden en tegelijk streng toezag op elke pas die ze maakte.

Toen Severin, Gerrit en ik een keer samen in een kroeg naar de televisie boven de bar zaten te kijken, zagen we hoe Sjevardnadze door veiligheidsagenten van het spreekgestoelte werd weggevoerd, terwijl een grote man met een roos in zijn hand, gevolgd door een joelende menigte, naar voren stormde en een omwenteling, een nieuwe revolutie en een nieuw tijdperk in Georgië inluidde. Ik herkende het parlementsgebouw, zag mijn oude school, de Roestaveli Avenue. Maar het leek allemaal zo ver weg, zo ver van me vandaan, dat het me moeite kostte het met mezelf in verband te brengen, terwijl Severin de nieuwe, jonge revolutionair en waarschijnlijk aankomende president bijna hartstochtelijk bejubelde. Net als het hele Westen leek hij zich te verheugen met het Georgische volk, dat hoopte op een beter leven, op het einde van de corruptie, op de toenadering tot het Westen en op de vermeende democratie.

Severin keek me nieuwsgierig aan, hij wilde ook bij mij blijdschap zien, maar ik had mijn blik al afgewend en mompelde alleen dat dit sinds 1989 de derde Georgische messias was en dat geen van de vorige zijn missie had kunnen volbrengen. Ik had in elk geval geen belangstelling voor een nieuwe verlosser.

'Bestel liever nog een biertje. Uiterlijk over vier jaar weten we wie van ons tweeën gelijk had,' zei ik alleen maar.

Ook Gerrit was enthousiast over de beelden van de vreedzame revolutie en de symbolische rozen en noemde mij fatalistisch. 'Hier bij ons gaat niemand de straat op om zijn beklag te doen. Hier komt niemand van zijn luie reet. Iedereen heeft het hier toch goed? Bij jullie is er nog iets mogelijk, wees blij dat de mensen zich iets aan hun land en hun toekomst gelegen laten liggen! Dat is tenminste iets!'

Hij keek opmerkelijk verlangend naar de televisiebeelden. En eens te meer verbaasde ik me over het westerse verlangen naar chaos.

Gewikkeld in een warme sjaal,
Het licht afschermend met mijn hand,
Roep ik door 't raam: Hé, jongens daar,
In wat voor eeuw zijn we beland?
Pasternak

2006

Op het moment dat Aman Baron, die meestal 'de baron' of ook alleen 'baron' werd genoemd, me bekende dat hij hartverscheurend veel, ondraaglijk licht, schreeuwend luid en sprakeloos stil van me hield – en dat met een enigszins ziekelijke, verzwakte, illusieloze en bewust harde liefde –, verliet mijn twaalfjarige nichtje Brilka haar hotel in Amsterdam en liep naar het station. Ze had alleen een rugzak bij zich, bezat nauwelijks contant geld en hield een broodje tonijn in haar hand. Ze wilde naar Wenen en kocht een voordelig weekendkaartje, dat alleen geldig was voor regionale treinen. Bij de receptie had ze een met de hand geschreven briefje achtergelaten, waarop stond dat ze niet van plan was om met de dansgroep naar haar vaderland terug te keren en dat het geen zin had om haar te zoeken.

Precies op dat moment stak ik een sigaret op en kreeg ik een hoestbui – deels omdat het me te veel werd wat ik te horen kreeg, deels omdat ik me had verslikt in de rook. Aman, die ik zelf nooit 'de baron' noemde, kwam meteen naar me toe, klopte me zo hard op mijn rug dat ik geen lucht meer kreeg en keek me sprakeloos aan. Aan zijn gezicht zag ik hoe teleurgesteld hij was – zo'n reactie had hij na zijn bekentenis niet van me verwacht. Vooral niet nadat hij me had voorgesteld hem te vergezellen op de tournee waar hij over twee weken aan zou beginnen. Aman was jazzmuzikant. Hij bespeelde alle instrumenten die ik wel en niet kende, maar vooral de saxofoon. Hij had zwarte krullen, een kromme neus en ongelofelijk treurige, waterige ogen. Hij was lang, houterig en hulpeloos. En hij was zevenentwintig.

Buiten begon het zachtjes te regenen, het was juni, een warme avond met gewichtloze wolken, die de hemel sierden als kleine dotjes watten. Toen ik mijn hoestbui te boven was en Brilka in de eerste trein van haar odyssee was gestapt, gooide ik de balkondeur open en plofte ik neer op de bank. Ik had het gevoel dat ik stikte.

Ik hield mijn handen voor mijn gezicht, wreef mijn ogen uit en probeerde Amans blik zo lang mogelijk te ontwijken. Ik wist dat ik weer zou moeten huilen, maar niet nu, niet op het moment dat Brilka door het raam van de trein het oude, nieuwe Europa voorbij zag glijden en voor het eerst sinds haar aankomst op het continent van de onverschilligheid glimlachte. Ik weet niet waar ze bij het verlaten van de stad met die kleine bruggetjes om moest glimlachen, maar dat doet er niet meer toe. Het belangrijkste is dat ze glimlachte.

Ik zou moeten huilen, dacht ik precies op dat moment. Om het niet te doen draaide ik me om, liep naar de slaapkamer en ging op bed liggen. Lang hoefde ik niet op Aman te wachten; een verdriet als het zijne is heel snel te genezen als je ter genezing je lichaam aanbiedt – vooral als de zieke zevenentwintig is.

Ik kuste mezelf wakker uit mijn doornroosjesslaap.

En toen Aman zijn hoofd op mijn buik legde, verliet mijn twaalfjarige nichtje Nederland en passeerde ze in haar naar blikbier en eenzaamheid stinkende coupé de Duitse grens, terwijl haar nietsvermoedende tante honderden kilometers verderop liefde veinsde voor een zevenentwintigjarige schim. Ze doorkruiste Duitsland in de hoop verder te komen.

Aman had ik leren kennen in een kleine kroeg vlak bij mijn huis. Hij trad er op met zijn band, een trio met de naam The Barons. Hij speelde een eigen versie van 'Cry Me a River', met beschonken, eindeloze herhalingen, en ik merkte dat ik voor het eerst sinds tijden weer iets voelde, dat iets in zijn muziek me raakte en niet meer losliet. Zo sterk dat ik na afloop gewoon naar hem toe ging en hem aansprak om te weten te komen waar zijn volgende optreden was. Hij was sympathiek, een beetje aangeschoten en spraakzaam. De kroeg was halfleeg, de meeste bezoekers waren na het optreden vrij snel verdwenen, wij leken nog de enigen te zijn. Het werd een lang gesprek. Omdat zijn bandleden ook vertrokken waren en hij aan het eind van het gesprek zo dronken was dat hij niet wist waar hij naartoe moest, besloot ik hem mee naar huis te nemen. Zo belandde hij bij mij op de bank. De volgende ochtend was hij weggegaan zonder iets te zeggen, om vier dagen later, 's nachts om twee uur, weer bij me aan te bellen. Ik liet hem binnen, stelde geen vragen en gaf hem weer een deken en een kussen. Zo ging het een paar weken door. Hij kwam, sliep en verdween 's ochtends vroeg.

Op een avond in februari – ik was zijn bezoeken al bijna als normaal gaan beschouwen en liet de bank gewoon uitgeklapt staan – kwam hij voor de verandering een keer nuchter, ging op de bank zitten en vroeg om een kop thee. Ik zette thee voor hem. Daarna ging ik slapen, maar het duurde niet lang of ik werd wakker van zijn saxofoonspel en liep in mijn oude nachthemd naar de woonkamer. Hij zat daar als in trance te spelen. Ik keek naar hem en wilde huilen, maar ik was het huilen verleerd en stond daar maar te staan. Op een gegeven moment keek hij op, we keken elkaar lang aan en gaven de leegte in onszelf toe. Het was een heel eerlijk moment. Een moment waar we geen van beiden raad mee wisten.

Daarna ging ik weer naar bed en hij speelde door. Na

een tijdje bleef het stil en ik wachtte tot hij weer zou beginnen. Ik hoorde hem douchen, ik hoorde hem in de keuken iets uit de koelkast pakken en opeens stond hij naakt voor me. Ik keek hem onafgebroken aan. Hij kwam naast me liggen en zei dat ik hem aan iemand deed denken en dat hem dat vreselijk verdrietig maakte, hij was zo ontzettend verdrietig, o god, wat was hij verdrietig, en terwijl hij maar doorging over zijn verdriet, omhelsde hij me en ik, nog steeds een beetje beduusd, met zijn muziek nog in mijn hoofd, gaf ten slotte toe en spreidde mijn armen uit.

In bed vertelde hij me zijn verhaal. Hij vertelde dat zijn moeder tegenwoordig in Israël woonde, dat zijn vader haar had verlaten toen hij drie was en het contact had verbroken, hij vertelde dat hij van school was getrapt, op z'n zeventiende het toelatingsexamen voor het conservatorium had gehaald en ook daar de brui aan had gegeven, dat hij momenteel geen huis had, dat hij al jaren niet meer verliefd had kunnen worden. Enzovoorts, enzovoorts.

De volgende dag was hij weer verdwenen. Ik werd wakker en hij was gewoon weg. Maar dat vond ik oké. Het beste aan hem was dat hij niets verwachtte. Dat hij kwam en ging. Dat hij niets verlangde. Dat hij genoegen nam met een kop thee, een glas whisky, een kom kippensoep. Dat hij vrij was. Vrij van wensen.

Bijna een jaar ging het zo. We gingen nooit uit, nooit naar de film, deden niets wat mensen doen die elkaar mogen. We spraken niets af, maakten geen plannen. Soms zat hij al in het trappenhuis als ik thuiskwam. Ik wist nooit wat hij buiten de nachten in mijn huis deed en hij wist dat ook niet van mij.

Nadat Aman in slaap was gevallen stond ik op, liep naar de badkamer, ging op de rand van het bad zitten en begon te huilen. Met de tranen van een hele eeuw huilde ik om die geveinsde liefde, om het verlangen naar geloof in de woorden die mijn leven ooit zo sterk hadden gevormd. Ik ging naar de keuken, rookte een sigaret en staarde uit het raam. Het was opgehouden met regenen en om de een of andere reden wist ik dat er iets gebeurde, dat er iets in gang was gezet, iets buiten dit huis met de hoge plafonds en de eenzame boeken. Met de vele lampen die ik naarstig had verzameld als vervanging voor de hemel, als een illusie van het ware licht. De verlichting van mijn eigen tunnel. Maar de tunnel was gebleven, de lichten hadden me maar even, maar kortstondig kunnen troosten.

De volgende avond werd ik gebeld door mijn moeder, die telkens dreigde dat ze zou sterven als ik niet gauw terugkwam. Ze deelde me met trillende stem mee dat 'het kind' was verdwenen. Het duurde even voor ik begreep welk kind ze bedoelde en wat dat allemaal met mij te maken had.

'Nog een keer, waar zat ze precies?'

'In Amsterdam, wat heb je toch, verdorie? Luister je eigenlijk wel? Ze is er gisteren vandoor gegaan en heeft een berichtje achtergelaten. Ik ben gebeld door de groepsleidster. Ze hebben alles overhoopgehaald en ...'

'Wacht even, wacht even. Hoe kan een meisje van elf uit een hotel verdwijnen, vooral als ze ...'

'Ze is twaalf. Ze is in november twaalf geworden. Dat ben jij natuurlijk vergeten. Hoe kan het ook anders?'

Ik nam een flinke trek van mijn sigaret en zette me schrap voor het naderende onheil. Want afgaand op de stem van mijn moeder zou ik me er niet zomaar van af kunnen maken door te verdwijnen – mijn favoriete bezigheid de afgelopen jaren. Ik wapende me tegen de onvermijdelijke verwijten, die me allemaal duidelijk moesten maken wat een slechte dochter en mislukkeling ik was. Dingen die ik ook zonder mijn moeder maar al te goed wist.

'Je gaat haar ophalen. En dan zet je haar op het vliegtuig,' zei ze.

Diezelfde nacht werd ze gevonden in een Oostenrijks stadje vlak voor Wenen. Waar ze op haar aansluiting zat te wachten en door de Oostenrijkse politie werd opgepakt en meegenomen naar het bureau.

Toen ik me haastig aankleedde, keek Aman me met grote ogen aan, hij begreep de wereld om zich heen niet meer. Misschien had hij die nog nooit begrepen.

'Wat voor nichtje en waar ligt Mödling eigenlijk?'

'Ik neem het vliegtuig van zes uur. Dan haal ik haar op. Om vier uur neem ik een vlucht terug uit Wenen en dan ben ik 's avonds weer thuis. Overmorgen zet ik haar op het vliegtuig naar Tbilisi en dan kunnen we rustig verder praten, oké?'

'Ik kan meegaan, ik kan toch...'

'Nee, ik moet dit alleen doen, wees alsjeblieft niet boos, het is echt niet zo belangrijk. Gewoon een pubermeisje dat hem even is gesmeerd. Ik moet haar weer tot rede zien te brengen.'

Rond de middag was ik al in de kleine stationshal van het Oostenrijkse provinciestadje. Ze zat daar met een agent en een spoorwegbeambte in een lege hal. Ik ondertekende een of ander papier, verontschuldigde me uitgebreid voor de overlast en nam mijn nichtje onder mijn hoede.

Ik kende geen recente foto van haar en verbaasde me over haar lengte. Ze leek op niemand van ons. Ze had stekeltjeshaar en droeg een John Lennon-brilletje, bovendien een veel te groot houthakkershemd en een afgeknipte spijkerbroek. Het enige wat ik direct herkende waren de gitzwarte ogen, die sinds haar geboorte niet waren veranderd. Ze had lange, volle wimpers, een heel lichte teint die me aan Daria deed denken, en blozende wangen. Haar gezicht stond uiterst geconcentreerd en ernstig, alsof ze nog nooit van haar leven had geglimlacht. Alleen haar afhangende schouders, de onbeholpen lichaamstaal en de onrust in haar ledematen verrieden haar leeftijd.

'Wat doen we nu?' vroeg ze, toen we de stationshal uit liepen en ik een sigaret opstak.

'Tja, goede vraag. Als ik je niet vlug in een vliegtuig zet en naar huis stuur, vermoordt je grootmoeder me.'

'Maar ik stap niet in een vliegtuig. Ik heb vliegangst.'

'Hoe ben je dan in Amsterdam gekomen? Op een paard soms?' Dit kon nog leuk worden!

'Ik kan alleen vliegen als er minstens drie mensen bij zijn die ik ken.'

'Wat is dat voor onzin?'

'Het is zo. Als ik me niet aan die regel hou, storten we neer,' zei ze, alsof het een uitgemaakte zaak was.

'Probeer je me voor de gek te houden? Dan ben je bij mij aan het verkeerde adres. Want ik laat me niet graag voor de gek houden.'

'Ik zeg het zoals het is. Ik hou me altijd aan de regels.'

'Goed, maar jouw regels zijn de mijne niet en omdat ik nu even je toeziend voogd ben, bepaal ik de regels.'

'Ik wil niet naar huis,' zei ze opeens zachtjes, terwijl ze haar blik van me afwendde.

Ik keek haar verbluft aan. Ze had een heel stellige manier van praten, die me wat van mijn stuk bracht. Ik voelde me nu al overbelast en vroeg me af hoe ik de volgende uren met haar door moest komen.

'We vliegen gewoon eerst naar Berlijn en dan...'

'Ik heb toch gezegd dat ik niet vlieg. Niet als er niet minstens drie mensen bij zijn die me kennen.'

'En ik heb gezegd dat er niet over te praten valt.'

'Je bent nog erger dan ik dacht,' beet ze me met een priemende blik toe. Met de punt van haar vuile gymschoen tekende ze onzichtbare rondjes op de tegels.

'En jij bent een brutaal, vermoeiend wicht dat ontzettend op mijn zenuwen werkt.'

Ze haalde haar schouders op en keerde me de rug toe.

'Ik heb honger,' zei ze en ze begon in haar rugzak te rommelen.

'Je krijgt alles wat je wilt, als je met mij in het vliegtuig...'

'Nee.'

'Maar ik kan je onmogelijk met de trein meenemen naar Berlijn, dat duurt een eeuwigheid en ik moet... Ik heb het druk.'

'Vlieg jij maar vooruit, ik kom wel met de trein. Ik ben hier ook alleen gekomen, dus ik kan ook terug. In m'n eentje!'

Ik besloot van tactiek te veranderen en me wat meelevender op te stellen. Ik praatte op haar in, probeerde haar van de voordelen van vliegen te overtuigen, beloofde haar twee, drie dagen in Berlijn te houden en de stad met haar te verkennen. Maar ze hield voet bij stuk, keerde me de rug toe en wilde niets meer over een vliegtuig horen. Zou ik Elene bellen om te vragen hoe je met haar moest omgaan? Ik kon haar moeilijk het vliegtuig in sleuren, ze was bijna een kop groter dan ik.

Ik liet haar even alleen, liep een eindje bij haar vandaan en diepte mijn mobiel op, die ik haast nooit gebruikte en waarvan het batterijlampje permanent knipperde, omdat ik altijd vergat hem op te laden. Ik belde mijn moeder.

'Wat is dit voor kind?' vroeg ik verwijtend. 'Ze is gek. Ze weigert in een vliegtuig te stappen. Ik heb geen tijd voor zulke fratsen. Ik geef haar zo de telefoon en dan zorg jij dat ze in het vliegtuig stapt en met mij naar Berlijn...'

'O, godzijdank heb je haar gevonden,' hoorde ik Elene verzuchten. 'Ja, Brilka kan heel eigengereid zijn. Ze heeft zo haar manieren...'

'Manieren? Hoezo manieren? Ik heb geen tijd voor manieren. Ik moet werken. Ik moet terug naar Berlijn en als ze niet onmiddellijk gehoorzaamt, bind ik haar vast en...'

'Ach, Nitsa, denk eens aan jezelf, hoe denk je dat jij op die leeftijd was? Je hebt me razend gemaakt. In een bepaald opzicht lijkt ze heel veel op jou.'

'Ze lijkt niet op mij. Ze is verwend!' snauwde ik tegen Elene, maar voor ze iets terug kon zeggen, hoorde ik een piepje en gaf mijn telefoon de geest. Ik vloekte en ging naar haar terug.

Ik besloot haar te slim af te zijn. In elk geval weigerde ze niet in een trein te stappen.

We gingen naar Wenen.

In de trein beet ze de hele tijd op haar nagels, schoof op de bank heen en weer, ijsbeerde door het gangpad, ging weer zitten, haalde toen een groot schrift en een oude walkman uit haar rugzak, zette de koptelefoon op en begon iets in het schrift te schrijven. Ik nam niet eens de moeite om een gesprek te beginnen. In plaats daarvan vroeg ik me koortsachtig af met welke trucs ik haar het vliegtuig in kon krijgen. In Wenen zocht ik het eerste het beste restaurantje in de buurt van het station en ging met haar eten. Hier wachtte me de volgende verrassing. Ze was kieskeurig en legde me uit dat ze haar eten op kleur uitzocht en dat bepaalde kleuren niet voorkwamen in haar dieet. Ik beet op mijn onderlip om haar niet in haar gezicht te schreeuwen dat ze eindelijk haar mond moest houden en moest eten wat er op tafel kwam.

Toen ik haar vervolgens onder het voorwendsel iets van de stad te gaan bekijken in een taxi lokte, had ze snel door dat ik van plan was om naar het vliegveld te rijden en gilde ze als een mager speenvarken, ze schreeuwde zo hard tegen mij en de chauffeur dat die de auto aan de kant zette. Ze sprong eruit en ging er met grote, woedende stappen vandoor, gebukt onder de last van haar grote rugzak. Nadat ik de taxi had betaald, moest ik haar op een draf zien in te halen, haar kalmeren en met de hand op het hart beloven dat we met de trein zouden gaan.

De nachttrein naar Berlijn vertrok pas om tien uur 's avonds, zodat ik nog een paar uur met haar zoek moest brengen. We gingen in de stationsrestauratie zitten. Ze dronk drie flesjes Fanta achter elkaar.

'Dat is zulk smerig spul, wil je niet een fatsoenlijk glas sap?'

Ze bestrafte mijn voorstel met een sombere blik. Daarna besloot ik mijn zenuwen te sparen en haar met rust te laten. Als ik haar eenmaal naar Tbilisi had gestuurd, zou ik mijn moeder op het matje roepen om te vragen wat ze zich bij de opvoeding van dit wicht had voorgesteld.

Ik kocht een paar kranten en verdiepte me erin. Toen ik opkeek, zat ze niet meer aan tafel. Ik raakte in paniek. Over een halfuur zou de nachttrein vertrekken. In de mensenmenigte zocht ik haar slungelige gestalte, haar ronde brilletje, haar afhangende schouders. Ik riep haar naam en vloekte alles bij elkaar.

Uiteindelijk vond ik haar op het damestoilet. Ik was in alle staten, riep wat haar bezielde, wat ze wel niet dacht, wat ze daar deed en dat ze die spelletjes met mij wel kon vergeten. Ze keek me onverschillig aan en liep naar de wastafel om haar handen te wassen zonder zich ook maar iets van mijn geschreeuw aan te trekken. Ik ging naast haar staan en staarde haar in de spiegel aan.

'Wat heb jij toch, verdomme? Je gedraagt je onmogelijk. Wat wilde je hier eigenlijk? Wat heb je in Wenen te zoeken? Waar slaat dit allemaal op en waarom stel je mijn zenuwen op de proef?'

Ze keek me een poosje in de spiegel aan, waste doodkalm haar handen en zei toen terloops: 'Jij hebt echt een probleem, weet je dat?!'

In de nachttrein kroop ze met haar walkman op het bovenste bed. Ik moest in stilte lachen, want voor mijn gevoel had ik al een eeuwigheid niemand meer met een walkman gezien. Om de paar uur werd ik wakker en keek ik of ze er nog lag.

In Berlijn namen we een taxi en reden we naar mijn huis. Op de trap sloeg ze telkens een tree over, ook daarbij hield ze zich kennelijk aan een of andere irrationele regel. Ik onderdrukte de vraag waarom ze dat deed. Ik was te moe van de reis en te opgefokt voor nog meer verrassingen.

Ik was blij dat Aman er niet was. Dat bespaarde me nadere uitleg. Ik haalde de hele koelkast leeg en maakte een ontbijt voor haar klaar. Weer begon ze het eten te sorteren. Nu keek ik wat beter: ze hield blijkbaar van alles wat geel was. Fanta. Eierdooier. Sinaasappels. Donkergroen leek ze streng van de hand te wijzen. Wit leek ermee door te kunnen. Rood werd niet aangeraakt, dus werd het pakje salami naar de rand van de tafel geschoven.

Terwijl ik zat te kijken hoe ze at, probeerde ik me uit alle macht te herinneren wat mijn moeder over haar had verteld. Ze danste ontzettend graag. Ze had er een hekel aan als ze Anastasia werd genoemd. Ze was niet bijster goed op school. Ze las wel graag. Ze hield van dieren. Ze had een of andere allergie, maar ik wist niet meer welke. Ze hield van tekenfilms. Ze was dol op paarden. 'Net als haar moeder!' Ze kon niet overweg met meisjes van haar leeftijd. Ze was bang voor onweer. Meer wist ik niet van haar, ik moest toegeven dat ik haar niet kende. Dat ik die feiten niet met elkaar in verband kon brengen. Dat ik geen inzicht had in haar gedachte- en gevoelswereld. We waren vreemden voor elkaar, en dat leek ze met elk woord dat ze tegen me zei, met elke blik en elk gebaar te willen benadrukken.

Maar waarom had Elene niets verteld over alle neurosen en fobieën die ze kennelijk had? Het was gewoon om wanhopig van te worden!

'Wat doen we nu?' vroeg ik, nadat ze kans had gezien

een halfuur voor me te zitten kauwen en sorteren zonder me voor nog meer onaangename verrassingen te plaatsen. Weer haalde ze op haar onbeholpen manier haar schouders op en weer kreeg ik de neiging om haar door elkaar te rammelen. Denkend aan de woorden van mijn moeder probeerde ik me te herinneren hoe Daria en ik op die leeftijd waren, maar er schoot me niets vergelijkbaars te binnen. Dit ging mijn ervaring duidelijk te boven!

'Dat schouderophalen van jou helpt ons niet verder. We moeten het samen eens zien te worden en bovendien wachten je grootouders op je en maken ze zich zorgen.'

'Hoezo? Je bent toch hun dochter? Ze weten dat ik in goede handen ben.'

Ze sneed een komkommer in stukjes en schilde hem zorgvuldig.

'Waarom doe je dat?'

'Wat?'

'Dat met dat eten.'

'Als ik groen met rood vermeng, ga ik dood,' zei ze gelaten.

'Hoe kom je daar nu bij?'

'En hoe kom jij erbij ons niet één keer op te zoeken?'

Op die vraag had ik geen verweer. Ik wist niet wat ik daarop moest zeggen.

Ik ging naar de woonkamer en klapte de slaapbank uit. Ik legde een schone handdoek voor haar in de badkamer en een nieuwe tandenborstel op de rand van de wastafel. Ik deed de balkondeur open en ging met een sigaret aan het kleine tafeltje zitten. Ik moest hoognodig een oplossing bedenken. Met list en valse beloften zou het niet lukken. Ze zou gewoon weigeren mee naar het vliegveld te gaan. Met haar meevliegen naar Georgië, als ik haar al zover kreeg om samen met mij in een vliegtuig te stappen, was uitgesloten. Het semester in Berlijn liep nog en dan moest ik nog het een en ander voor de Oost-Europaspecialist afmaken en ten derde en ten vierde enzovoorts, enzovoorts. Het liefst had ik mijn deken over mijn hoofd getrokken en gewacht tot de dingen vanzelf waren opgelost.

Opeens stond ze op blote voeten voor me op het balkon en klaagde dat er niet eens een televisie in huis was.

'Er zijn betere dingen te doen dan de hele tijd voor de buis te hangen,' antwoordde ik geïrriteerd.

'Zoals?'

'Wandelen. Lezen. Nadenken – of bedenken hoe madam thuis moet komen.'

'Ik heb toch gezegd dat ik niet naar huis wil. Tenminste niet nu.'

'Goed, wat wil je dan?'

'Ik moet naar Wenen.'

'Naar Wenen. Ik snap het. En wat wil madam in Wenen?'

'Ik moet daar iemand ontmoeten.'

'Wie wil jij in godsnaam in Wenen ontmoeten?'

'Een vrouw. Je kent haar niet.'

'Zeg, Brilka... Trouwens, wat is dat voor rare naam, Brilka? Waarom noem je jezelf zo? Je doopnaam is veel mooier.'

'Ik kan me noemen zoals ik wil. Jij bent wel de laatste die dat iets aangaat.'

Daar had ze helaas gelijk in. Ik had me twaalf jaar niet met haar bemoeid en om dan nu rechten op te eisen, dat zou te ver gaan.

'Luister, Brilka. Ik heb hier mijn leven, ik heb verplichtingen. Ik heb van je grootmoeder opdracht gekregen om je zo snel mogelijk naar Georgië te brengen. Zoals je wel gemerkt zult hebben, heeft dit hele gedoe me een beetje verrast en het komt me trouwens ook niet erg gelegen. Ik kan hier niet gewoon de boel de boel laten en met je meegaan in het vliegtuig. Jij gaat niet naar Wenen. Tenminste niet nu, en ik kan ook niet voor je zorgen. Dus zeg het maar: wat wordt het?'

'Het zou ook niet genoeg zijn als jij meeging in het vliegtuig. Er moeten minstens drie mensen bij zijn die ik ken. Dat heb ik je toch uitgelegd.'

'Hou op met die flauwekul.'

'Het is geen flauwekul!'

Ze verhief opeens haar stem, toen keerde ze me de rug toe en liep de woonkamer in.

Toen ik van het balkon kwam, was ze nergens meer te bekennen. Haar spullen lagen er nog, maar zelf was ze verdwenen. Ik ging naar beneden, zocht haar op straat, zocht de zijstraten af, ging naar de Nollendorfplatz, zocht haar op het station. Ik was op van de zenuwen. Ik ging terug en belde opnieuw mijn moeder. Ik gaf haar de schuld, ik verweet haar dat ze Brilka niet goed had opgevoed en eiste dat ze met haar praatte en zorgde dat ze met mij naar het vliegveld ging.

'Ze gedraagt zich als een idioot. Ik weet niet wat ik met haar aan moet.'

'Dan moet je maar een beetje moeite doen, Nitsa. Ik kan je helaas geen gebruiksaanwijzing geven.'

'Maar deda, dat kun je me toch niet aandoen. Praat met haar. Doe iets! Jij hebt haar toch grootgebracht, jij moet toch weten hoe je met haar om moet gaan.'

'Misschien kun je haar overhalen om terug te gaan naar Amsterdam. Misschien valt daarover te praten, dan kan ze samen met de groep terug.'

'Ik snap niet dat jij dat allemaal door de vingers ziet. Voor ons was je veel strenger!'

'Jullie hadden dan ook een moeder.'

Bij die zin kromp ik ineen. Ik besloot geen antwoord meer te geven. Ik klampte me krampachtig vast aan dat voorstel van Amsterdam, dat was misschien een oplossing. Maar het begon al donker te worden en ik wist nog steeds niet waar ze uithing. Ik wilde weer naar buiten gaan, maar toen ik mijn schoenen aantrok, ging de bel en alsof er niets was gebeurd, kwam ze de trap op en liep ze langs me heen naar binnen. Vanuit de keuken hoorde ik haar al roepen dat ze honger had.

Ik wilde protesteren, haar tot rede brengen, maar ik voelde dat ik daar geen fut meer voor had en liep naar de keuken. Omdat de koelkast leeg was, stelde ik voor boodschappen te gaan doen. Opeens leek ze enthousiast over dat – nogal banale – plan en kreeg ik zelfs een glimlach.

'Mag ik dan uitkiezen wat we kopen?' vroeg ze verrukt, alsof het niet om levensmiddelen ging, maar om haar verlanglijstje voor kerst.

Ik gaf me gewonnen.

Een jaar eerder had ik een turquoise Citroën Ami 8 uit 1969 gekocht, met een prachtige leren bekleding en een dubbele carburateur, mijn grote trots, waarvoor ik het het afgelopen jaar zelfs had gewaagd weer aan een anonieme pokersessie in Schöneberg mee te doen om de bepaald niet goedkope revisiebeurt te kunnen betalen. Ik liep met haar naar de auto. Als we een beetje rondreden, ging de tijd vlugger en bovendien kon ze me in de auto moeilijk ontglippen.

De auto leek bij haar in de smaak te vallen. Ze raakte alle knopjes aan en wilde aan het stuur voelen. Maar het meest leek ze zich te verheugen over de oude cassettespeler. Zonder te vragen of ik zin had in haar muziek haalde ze de cassette uit haar walkman en schoof hem erin. Het waren slechte opnamen van radioliedjes, die halverwege ophielden of op bepaalde plekken dof en jengelig klonken. Maar ik moest toegeven dat ze voor haar leeftijd een heel uitgesproken en tamelijk goede muzieksmaak had. Toen ik wilde afslaan naar de parkeerplaats van de supermarkt, mompelde ze teleurgesteld dat het zo jammer was dat we er al waren.

'Je vindt autorijden leuk, hè?'

'Ja.'

Dat hadden we dan tenminste gemeen.

'Wil je dat we doorrijden?'

'Ja.'

Ik trapte het gaspedaal weer in. Ze draaide het raampje naar beneden en hield haar hand in de warme wind. Voorzichtig keek ik naar haar. Opeens had haar gezicht iets jongs, naïefs en meisjesachtigs. Iets in haar aanblik ontroerde me en ik schaamde me dat ik niet met haar wist om te gaan.

'Staat de oude kersenboom eigenlijk nog in de tuin?'

Ik weet niet waarom ik uitgerekend aan de kersenboom dacht, maar opeens zag ik voor me hoe ze in onze tuin aan het dartelen was rond de kersenboom waar Stasia's geesten zaten te kaarten, en dat beeld beviel me wel.

'Ja, die is er nog. Maar er zijn amper nog bloemen. Elene en Aleko zijn niet zo goed met planten. Vroeger deed Stasia dat allemaal.'

'Kun je je haar nog herinneren?'

'Tuurlijk.'

'Maar je was toen nog heel klein.'

'Ze rookte sigaretten zonder filter en praatte met geesten. Ze had groene rubberlaarzen en een tuinbroek. Haar handen trilden en vroeger wilde ze een beroemde balletdanseres worden.'

Ze keek naar de straten, de voorbijgangers, de auto's en steeds weer neuriede ze met een van haar liedjes mee, en als ze er een heel mooi vond, spoelde ze de cassette terug en beluisterde ze het nog een keer.

'Wat herinner je je nog meer?'

'Alles,' zei ze zelfverzekerd en weer wist ik niet wat ik moest antwoorden. Iets in de manier waarop ze het zei, gaf me het gevoel dat ze gelijk had, al wist ik niet precies wat dat 'alles' inhield. De beslistheid in haar stem maakte dat ik mijn oren spitste.

'Bedoel je echt alles?'

'Ja, maar jou kan ik me niet herinneren,' zei ze al iets vinniger.

'Nou ja, dat is ook niet zo verwonderlijk. Zullen we teruggaan? Ik bedoel, de supermarkten gaan zo dicht.'

'Nee, liever rijden.'

We reden doelloos rond. Door de zachte zomernacht. Gaandeweg zakte mijn spanning. Ik voelde me niet meer zo gestrest en gejaagd.

'En jij? Wat kun jij je nog herinneren?' vroeg Brilka en ze stak haar hoofd uit het raam en deed haar ogen dicht.

'Ik denk niet graag terug.'

'Waarom niet?'

'Misschien omdat ik het niet leuk vind.'

'Ik vind ook veel dingen niet leuk, maar ik doe ze toch.'

Weer verbaasde me haar vroegwijze manier van doen. Heel even wou ik dat ze een braaf klein meisje was dat van poppen hield, jurkjes met ruches droeg en posters van pony's aan de muur hing.

'Wat vind jij dan bijvoorbeeld niet leuk?' wilde ik weten.

'Nou, dat je me hebt teruggehaald bijvoorbeeld. Ik wist dat Elene jou zou bellen en dat je me dan zou ophalen. Ik hoopte alleen dat het me nog zou lukken voor je me vond, dat het me zou lukken in Wenen te komen. Ik vind het niet leuk om naar school te gaan, ik vind het niet leuk om met Elene naar de kerk te gaan, ik vind het niet leuk om elk jaar klasgenootjes op mijn verjaardag te moeten vragen, zodat Elene zich geen zorgen maakt. Ik vind het niet leuk om naar stomme muziek te luisteren. Ik vind het niet leuk om in onze dansgroep vrouwenrollen te dansen. Ik vind het niet leuk als ik op mijn vragen het antwoord krijg: Dat is al zo lang geleden, daar hoef jij je niet meer mee bezig te houden.'

'Aha. En op welke vragen krijg je dat antwoord?'

'Op de meeste.'

'Bijvoorbeeld?'

'Bijvoorbeeld of mijn moeder zelfmoord heeft gepleegd of dat ze per ongeluk van het balkon is gevallen.'

Gelukkig stonden we net voor een rood stoplicht, anders had ik in paniek op de rem moeten trappen.

'Hoe kom je daarbij?' vroeg ik, met mijn blik naar voren gericht. 'Ik bedoel, dat ze zelfmoord wilde plegen?'

'Nou ja, je valt toch niet zomaar van het balkon?'

'Heeft Elene je dat verteld? Dat ze van het balkon is gevallen?'

'Nee, dat heb ik op school gehoord. Elene heeft alleen verteld dat het een ongeluk was. Maar mijn moeder was de mooiste actrice van heel Georgië, wist je dat?'

Haar gezicht klaarde op en ook haar toon werd zachter toen ze dat zei.

'Het was een ongeluk. Ze wilde geen zelfmoord plegen.'

Achter ons werd getoeterd. Het stoplicht stond allang weer op groen.

Later gingen we naar een kebabtent, waar ik haast een halfuur zat te wachten voor ze begon te eten, want eerst moest alles keurig netjes op het bord worden gescheiden, gesorteerd en ingedeeld op kleur. Rodekool en vlees werden meteen op een apart bord gelegd en aan de kant geschoven.

Toen ze eindelijk op de bank in slaap was gevallen, sloop ik naar de woonkamer en keek ik naar haar zachte gezicht. Zo vredig en gelukzalig had alleen mijn zus geslapen.

De zon versmacht
De lente blinkt
We worden nooit meer wakker uit de slaap.
Poplavski

In Amsterdam kreeg ik niemand meer te pakken, de groep was al verder gereisd. Toen Brilka de volgende morgen onder de douche ging, keek ik stiekem in haar paspoort; haar toeristenvisum was nog twee weken geldig.

Na het ontbijt, waar ze zoals verwacht een eeuwigheid over deed, ging ze met haar schrift en haar walkman op het balkon zitten schrijven.

Ik vertrouwde haar, liet haar alleen en ging weer naar mijn college. Aman had zich niet meer laten zien en ik wist nog niet of dat een goed of een slecht teken was. Hij moest zich voorbereiden op zijn tournee, hij zou het wel druk hebben.

Vroeg in de avond haalde ik haar over om met me te gaan wandelen. Ze hield haar koptelefoon op en sjokte nogal verveeld achter me aan. De volgende avond nam ik haar mee naar de film. Ze leek heel behoorlijk Engels te verstaan, we keken naar een of andere niet nagesynchroniseerde hollywooddraak. Op internet had ik naar andere mogelijkheden gezocht om haar veilig thuis te krijgen. Maar op die lange afstand was er voor het vliegtuig eigenlijk geen haalbaar alternatief. Toen ik zei dat haar visum binnenkort verliep en dat ze niet langer in Duitsland kon blijven, haalde ze weer haar schouders op en zei ze op dat typische arrogante toontje van haar dat ik toch slim genoeg was om iets te bedenken.

Ze belde geregeld met Elene en vertelde dan uitgelaten en steeds weer lachend over mij en Berlijn, alsof ze hier gezellig een weekje op vakantie was. Ze praatte over haar ontdekkingen en de dingen die ik met haar ondernam met een enthousiasme waar ze tegenover mij nooit iets van liet blijken. Op alles wat ik voorstelde, liet zien of vertelde, reageerde ze met een nonchalance en een onverschilligheid, alsof niets ter wereld nog indruk op haar kon maken.

'Je kunt hier niet eeuwig rondhangen. Je moet terug, weer naar school of naar je danslessen, weet ik veel,' probeerde ik het een week nadat ze was aangekomen bij het ontbijt opnieuw.

Ze schilde een radijsje tot het rood helemaal was verdwenen en stopte het toen doodkalm in haar mond. Ze liet mijn opmerking volkomen langs zich heen gaan. Ik rukte het bord uit haar hand en boog me dreigend naar haar toe, dwong haar me aan te kijken.

'Luister als ik tegen je praat.'

'Ik wil niet naar huis. Ik moet naar Wenen. En jij brengt me erheen of je laat me alleen gaan. Ik kom heus wel terug, maak je geen zorgen.'

'Hoe stel je je dat voor? Ik kan je niet alleen naar Wenen laten gaan. En ik kan ook niet met je mee. Ik wil ook niet de hele tijd voor je moeten zorgen. Zoals je wel hebt gemerkt, heb ik niet zoveel met kinderen.'

'Ik ben geen kind.'

'Natuurlijk, je denkt dat je volwassen bent. Bovendien heb ik je grootmoeder beloofd je heelhuids terug te brengen.'

'Je zegt altijd: je grootmoeder, je zegt nooit: mijn moeder.'

'Wat doet dat er nu toe? Luister je eigenlijk wel naar me?'

'Ik heb geen school. Het is bij ons vakantie en mijn dansgroep is nog op tournee. Ik heb vrij.'

'Maar ik niet, verdomme!'

Ik kwakte het bord weer op tafel en liep de keuken uit.

Toen ik 's avonds thuiskwam, zat Aman naast zijn saxofoonkoffer in het trappenhuis te lezen in een of andere reclamefolder die op de trap had gelegen. Hij maakte een oververmoeide indruk: de afgelopen, kennelijk doorwaakte nachten hadden zich in zijn gezicht gegrift. Ik had met hem te doen en voelde me schuldig.

'Wat doe jij hier?'

'Daarbinnen zit een kind.'

'Ja, dat kan kloppen. Daarbinnen zit mijn doorgedraaide nichtje dat niet meer naar huis wil.'

'Ik had gehoopt dat je wel iets van je zou laten horen.'

'Waar heb je al die tijd geslapen? Je hebt echt een huis nodig, Aman.'

'Ik dacht dat ik er een had.'

Ik was geïrriteerd, haalde mijn sleutel tevoorschijn en deed de deur open. Hij zette zijn saxofoonkoffer voorzichtig op de grond. Brilka zat op het balkon met een bord vol stukjes geschilde appel, met gesloten ogen luisterde ze naar haar muziek. Ze had ons niet binnen horen komen en dacht dat ze alleen was. Ze wiegde ritmisch met haar bovenlichaam heen en weer, haar blote voeten tikten mee op de maat. Haar lange, in een afgeknipte broek gestoken benen leken die van een sprinkhaan, zo lang en dun waren ze. Haar wilde haar stond recht overeind. In haar geforceerde gelatenheid had ze haast iets ontroerends.

Ik ging met Aman naar de keuken, zette thee voor hem en ging tegenover hem zitten. Het was een zwoele avond, de kleren plakten aan ons lijf. Het liefst wilde ik hem in mijn armen nemen, hem vragen iets voor me te spelen, me door zijn aanblik of zijn muziek laten meeslepen en innig omstrengeld met hem in slaap vallen, zonder beloften, zonder plannen, zonder bekentenissen van mijn kant.

'Ik weet niet goed wat ik ermee aan moet,' zei ik, nadat ik hem alles uit de doeken had gedaan. 'Ik moet haar op de een of andere manier weer naar huis brengen, maar ik weet niet hoe. Ik kan in elk geval niet met je mee op tournee.'

'Neem haar toch mee.'

Wat had ik een hekel aan die naïviteit van hem. Alles was zo simpel, overal had hij een oplossing voor.

'Ze is pas twaalf, Aman. Ik kan haar toch niet zomaar

meenemen op tournee, schei nou uit!'

'Het ligt niet aan haar, het ligt aan jou,' zei hij, terwijl hij van zijn thee nipte.

'Aman, het gaat me allemaal te vlug.'

'Te vlug? Te vlug? Hoelang kennen we elkaar al? Hoelang hebben we al iets, Nitsa?'

'Dat zegt niets. Hoelang je elkaar kent. Dat is iets anders.'

'Je bent laf. Je bent gewoon laf.'

Teleurgesteld sloeg hij zijn ogen neer. Dat hij zich zo snel gewonnen gaf, kon ik ook niet uitstaan. Die levenswijsheid niet op de wereld te zijn gekomen om iets te veranderen, maar om zich erbij neer te leggen.

'Het ging toch goed met ons. We hadden het toch goed samen.'

'Nee, met mij ging het niet goed.'

'Jezus, Aman. Ik heb het altijd zo in je gewaardeerd dat je me niet lastigviel met dat sentimentele gedoe, nu doe je precies wat iedereen altijd doet.'

Hij keek me met zijn dof glanzende ogen aan. Ik haatte die blik. Die treurige, alles accepterende blik.

Opeens stond Brilka voor ons. Onzeker keek ze Aman aan, stapte toen resoluut op hem af en stak op een heel volwassen manier haar hand naar hem uit. Ze stelde zich in het Engels voor. Aman leek geamuseerd, schudde haar de hand en zei ook zijn naam. Ze liep naar de koelkast en pakte een van de flesjes Fanta die ik in grote hoeveelheden had ingeslagen. Ze dronk uit het flesje, terwijl ze met haar linkervoet aan haar knie krabde. Ze zag eruit als een yogi bij een meditatieoefening met de naam Fanta. Ik moest in stilte lachen.

'Is dat jouw saxofoon in de gang?' wilde ze weten.

'Hoe weet je dat het een saxofoon is, heb je soms in de koffer gekeken?' beet ik haar in het Georgisch toe. Maar Aman was de keuken al uit en kwam terug met zijn saxofoon. Hij nam haar bij zich en deed een paar grepen voor. Toen mocht ze erop blazen. Ik maakte van de gelegenheid gebruik om naar de badkamer te ontsnappen, ik had de behoefte om alleen te zijn, om onder de douche te gaan. Ik was haar dankbaar dat ze op dat moment de keuken was binnengekomen en zo een eind aan ons onaangename gesprek had gemaakt.

Toen ik nog half nat weer naar buiten kwam, stonden ze allebei al bij de deur, klaar om weg te gaan.

'Wat moet dat? Waar gaan jullie naartoe?'

'Naar de Nollendorfplatz, geld verdienen,' zei Brilka trots.

'Wat? Wat gaan jullie doen?'

Ik wierp Aman een bestraffende blik toe.

'Ze danst als een tweede Mata Hari, zegt ze, en dat gaan we meteen uitproberen. Ik speel, zij danst, en als we goed zijn, worden we bedolven onder het geld. En dan kan je nichtje muziekcassettes en ijs kopen. Dat is de deal.'

Voor ik er iets tegen in kon brengen, waren ze de deur al uit.

Heel even voelde ik iets van jaloezie op Aman. Die al binnen een paar minuten contact met haar had, terwijl ze mij elke dag opnieuw op de proef stelde en het uiterste vergde van mijn geduld en kracht. Ik kleedde me aan en besloot eerst de beledigde te spelen, maar hield dat niet lang vol en ging naar de Nollendorfplatz. Ik bleef op de hoek staan, zodat ze me niet konden zien, en sloeg hen uit de verte gade. Ze hadden zich voor de ingang van de metro opgesteld. Hij was op een van de treden gaan zitten en speelde zo vol overgave dat hij me automatisch voor zich innam, me zoals altijd meesleepte, of ik nu in een grote concertzaal naar hem luisterde of in een naar pis stinkende kroeg. Brilka stond eerst een beetje apart en keek gespannen naar de voorbijgangers. Langzaam waagde ze zich dichter bij Aman. Toen hij iets ritmisch inzette, ging ze ten slotte voor hem staan en begon ze te dansen. In het begin nog aarzelend en onzeker, een beetje geremd en beschaamd, maar algauw verdween de spanning en kwam ze net als Aman in haar element.

Natuurlijk was het geen ingestudeerde choreografie die ze uitvoerde. Ze reageerde met haar lichaam op zijn muziek, werd steeds lichter, alsof ze begon te zweven, steeds vrijer en losser, tot er zich op haar gezicht iets van geluk aftekende. In de ban van die ongewone aanblik stond ik roerloos, als aan de grond genageld naar die zelfvergeten roes te kijken, en ik wilde dat ik over dezelfde middelen beschikte om de wereld om me heen te vergeten.

De mensen bleven staan, klapten en gooiden geld in Amans koffer. Ze vormden een innig paar, alsof ze al tientallen jaren op elkaar waren ingespeeld, in hun lichtvoetige dans op het slappe koord zwevend tussen twee werelden.

Wat wilde ze, wat moest ik zien, beseffen, zelfs raden? Wat wilde ze in Wenen ontdekken? Wat zou het antwoord op die vraag voor mij betekenen?

Als ik er nu over nadenk, begrijp ik zelf niet waarom ik het wezenlijke, het meest voor de hand liggende toen niet zag en haar alleen maar verkeerde vragen stelde. De vraag die ik had moeten stellen, was niet wat ze in Wenen wilde ontdekken. De vraag die ik had moeten stellen, was waarom ze hier was. Bij mij.

Terwijl ik naar haar stond te kijken, probeerde ik de stroom beelden met mijn hele lichaam tegen te houden. Ik wilde geen vergelijkingen, geen parallellen, geen overlappingen. Hoe langer ik naar haar keek, hoe dichter ook de anderen weer naar me toe kwamen. De doden en de levenden. En ik stond er ergens tussenin, nog steeds niet wetend bij wie van hen ik hoorde.

Later slenterden we met z'n drieën door de straten, zij likte aan een ijsje, in haar zak rinkelden de munten, waar ze steeds weer naar voelde, zichtbaar trots op haar buit. Ze liep een eindje achter ons, sprong over gaten in de weg, ontbrekende kinderkopjes of een stoep. In de Genthiner Straβe haalde ze ons in, ging naast Aman lopen en gaf hem een arm. Hij nam een hap van haar ijsje. Ze gilde van plezier en trok het ijsje weg. De hele avond probeerde ze hem over te halen met hun 'show', zoals ze hun gezamenlijke optreden noemde, naar andere plekken in de stad te gaan, waar meer mensen waren. Ik wilde de vredige sfeer niet in gevaar brengen en rekende op een volwassen reactie van de kant van Aman. Maar die stelde al andere metrostations voor die geschikt waren om te spelen en te dansen. Ze konden ook een klein optreden in zijn stamkroeg doen, het publiek daar stond overal voor open en zijn band vond het vast ook een superidee, en omdat het vandaag toch vrijdag was, konden ze er meteen naartoe. Natuurlijk was ze onmiddellijk laaiend enthousiast.

Mijn poging om tussenbeide te komen was al mislukt, voordat ik eraan begonnen was. Ik maakte geen enkele kans, ik protesteerde halfhartig, zei dat er zoiets als een kinderwet bestond en dat het te laat was om een meisje van twaalf naar zo'n rookhol mee te slepen. Maar ze hing al aan zijn schouder en liep als een trouwe hond achter hem aan. Er zat niets anders op dan me erbij neer te leggen en achter hen aan te sjokken. Het was de kroeg waar ik Aman had leren kennen en waar hij geregeld optrad met zijn band. En inderdaad waren de andere bandleden meteen weg van het brutale meisje dat het podium op stapte om te kijken hoe groot het was en de lichttechnicus wilde spreken. Kortom: The Barons gingen akkoord en begonnen te spelen. Ze openden met 'Everytime We Say Goodbye'. Ik dacht iets van angst op Brilka's gezicht te bespeuren, maar ze vond algauw haar eigen ritme, paste haar lichaam aan de maat van de band aan en zette de melodie om in pure vreugde. Ze kon goed improviseren. De toeschouwers klapten en riepen bravo. Ze maakte een kokette buiging en gaf Aman een zoen op zijn wang voor ze van het podium stapte. We gingen naar buiten om een luchtje te scheppen. Zij aan zij stonden we voor de ingang nog een paar minuten te luisteren naar de jongens, die nu goed op dreef waren en aangevuurd werden door het publiek.

'Je bent echt goed,' zei ik.

'Weet ik.'

'Maar bescheidenheid is niet een van je sterkste kanten.'

'Aman is cool. Veel cooler dan jij.'

'Bedankt.'

'Je moet hem niet wegsturen.'

'Je bent dus ook een expert in intermenselijke betrekkingen?'

Ze keek me met samengeknepen ogen aan en ademde hoorbaar uit.

'En wat valt er te grijnzen?' wilde ze weten.

'Je doet me aan iemand denken.'

'Aan wie?'

'Aan je moeder.'

'Echt?'

Haar pupillen werden groter. Haar heftige reactie verraste me.

'Ja, echt,' bevestigde ik iets milder.

'Deze korte broek heb ik van mama's oude spijkerbroek gemaakt. Maar oma zegt altijd dat ik op jou lijk.'

Ze keek me onderzoekend aan.

'O ja?'

'Ja, dat zegt ze.'

Aman vroeg of hij Brilka voor een paar optredens mocht 'lenen'. Ze had echt succes en kon ook wel mee op zijn tournee, 'als een soort voorprogramma,' zei hij lachend.

Brilka sliep al en ik vond het helemaal niet om te lachen, ik had het gevoel dat mijn leven van de ene op de andere dag op zijn kop was gezet, en ik had geen idee hoe ik het allemaal terug kon draaien, ik kwam amper nog aan werken toe. Ik begon aan de afwas. Ik wilde niet dat hij me weer met zijn smekende hondenblik aankeek. Ik wilde me niet weer zo ellendig voelen.

'Vind je het dan zo moeilijk om te zeggen wat je wilt?'

Hij gaf het niet op.

'Je ziet toch dat dat kind een blok aan mijn been is. Ik kan toch niet zomaar de boel de boel laten en...'

'Een blok aan je been? Wees blij dat ze bij je wil zijn.'

'Ze wil niet bij mij zijn. Ze wil naar Wenen, verdomme, en wat ze daar wil, dat weet zij alleen.'

'Het gaat om bepaalde liedjes, zegt ze. En om de rechten die ze op die liedjes wil krijgen. Het klonk allemaal heel plausibel, als een vrij goed doordacht plan.'

Ik leunde tegen het aanrecht en wist niet op wie ik kwader moest zijn, op hem, op haar of op mezelf.

'Je zou er met haar over kunnen praten. Jullie spreken tenslotte dezelfde taal. Ze zal het je wel uitleggen,' vervolgde hij. 'Natuurlijk wilde ze naar jou, Nitsa. Ze hoopte dat jij haar zou helpen.'

'Zeg, ben jij nu ook al gek geworden? Waar moet ik haar bij helpen?'

'Tja, dat moet je haar misschien zelf vragen!'

Op hetzelfde moment hoorde ik de deur in het slot vallen en ik rende geschrokken naar de kamer. De bank was leeg en de rugzak weg, evenals de gympen in de gang. Ik stapte in mijn sandalen en rende in mijn wijde slaap-T-shirt de straat op. Gelukkig was ze nog niet ver gekomen, in de buurt van het metrostation haalde ik haar in en hield haar vast.

'Waar wil je naartoe?'

Toen ze zich omdraaide, liet ik haar onmiddellijk los. De

tranen stroomden over haar gezicht en haar kin trilde. Ik vroeg me af hoe ze, terwijl ze geen Duits verstond, toch begrepen kon hebben waar Aman en ik over hadden gepraat.

'Brilka, wat is er met je?'

Mijn stem begaf het.

'Ik ga naar het station, ik ga met de trein naar huis. Ik heb geen zin meer,' mompelde ze.

'Je kunt niet met de trein naar huis. Dat is onmogelijk, je moet het vliegtuig nemen, Brilka.'

'Ik dacht...'

Ze wilde doorlopen, maar ik versperde haar de weg.

'Wat dacht je?'

'Ik had gehoopt dat jij... Dat jij me bij je zou houden.'

'Bij me houden, hoe dat zo?'

'Vergeet het maar.'

'Nee, wacht, alsjeblieft. Niet weggaan. Wacht. Ik ben gewoon ... Ik ben het niet gewend. Het is me allemaal te veel. Mijn baan en Aman en ...'

'Misschien moet je ander werk zoeken als je zo ongelukkig bent,' zei ze, nu weer op de bekende hautaine toon. Ze veegde met de punt van haar blouse haar neus af en boog haar hoofd, ze leek niet goed te weten wat ze moest doen.

'Waarom wil je per se naar Wenen?'

'Omdat ik de rechten op Kitty's liedjes wil voor mijn choreografie.'

'Kitty? Kitty Jasji?'

'Ja, wie anders?'

'Oké. Kitty's songs dus. Hoe kom je op Kitty?'

'Omdat ik haar grootste fan op aarde ben!'

Ze schudde ongelovig haar hoofd alsof ze niet begreep dat het me nog niet was opgevallen. En inderdaad, het was me niet opgevallen.

'Oké. Oké. Dat wist ik niet. Haar songs dus. En jij wilt

de rechten op haar songs?'

'Ja, ik wil de enige zijn die een choreografie op haar muziek mag maken. Ik heb alle afzonderlijke delen al opgeschreven.'

Ik deed een stap naar haar toe. Ze deinsde achteruit. Nog onzeker of ze me al dan niet kon vertrouwen.

'Opgeschreven?'

'Ja, in mijn hoofd is alles klaar en ik heb het ook in mijn schrift geschreven, zodat ik niets vergeet.'

'Maar waarom Wenen?'

'Daar woont Fred Lieblich.'

'Fred Lieblich?'

Ik dacht aan Alania, hij had Fred Lieblich genoemd.

'Ja, die. Zij heeft Kitty heel goed gekend en ze kent ook de voorzitter van de stichting in Londen, Amy zo en zo, die de rechten op de songs heeft en...'

'Hoe weet je dat allemaal?'

Alania had Amy en Londen ook genoemd.

'Hallo? Luister je eigenlijk wel?'

Ze rolde met haar ogen.

'Oké. Oké.'

'Ja, hoezo oké? Breng je me erheen?'

'Je zei dat je wist dat ik je zou komen ophalen, toen in Mödling. Je zei dat je wist dat Elene me zou bellen. Hoe bedoelde je dat?'

'Hoe zou ik dat nou bedoelen? Gewoon, dat ik wist dat jij me zou komen ophalen en dat ik dan hier zou zijn...'

'Hier?'

'Ja.'

'Dus je wilde naar Berlijn?'

'Jij bent toch zo slim? Jij had het wel voor elkaar gekregen, dat met die rechten op de songs, bedoel ik. Jij had me kunnen helpen, als je had gewild.'

Drie dagen en ettelijke bezoeken aan de instanties later was haar visum verlengd.

Ik probeerde vriendelijk te glimlachen als Aman en Brilka 's avonds de deur uit gingen om 'geld te verdienen,' ik probeerde hun niet voor de voeten te werpen dat een kind niet op straat en in rokerige kroegen thuishoort. Ik had geen gezag over haar en dat gaf ze me heel duidelijk te verstaan, zoals Aman me te verstaan gaf dat ik niet het recht had hem iets voor te schrijven, zolang ik niet voor of tegen hem had gekozen. Maar ik wilde niet kiezen. Ik wilde me door de banale stroom van het dagelijks leven laten meevoeren, met gelijkmatige, kalme passen meelopen. Mijn gelijkmatige ritme aanhouden en me niet uit mijn evenwicht laten brengen.

Ik liet ze gaan. Ik bestelde eten voor ze. Ik kocht nog meer Fanta. Ik deed langer over de weg naar huis, maakte omwegen, ging onderweg in een café de krant zitten lezen om hun zo lang mogelijk uit de weg te gaan. Hun en hun verwachtingen van mij.

Brilka was twee weken bij me toen Aman zijn boeltje pakte. Brilka viel hem om de hals en wilde hem niet meer loslaten. Toen ik hem een kus wilde geven, deinsde hij achteruit.

'Ik ben drie maanden onderweg. Het schema van onze tournee ligt op je keukentafel. Als je me niet achternareist, beschouw ik dat als je antwoord.'

Hij drukte Brilka stevig tegen zich aan, ging toen naar buiten en sloeg de deur hard achter zich dicht.

Weer voelde ik hoe nijdig ik op hem was. Wat was dat voor onromantisch ultimatum, wat was dat voor sentimenteel gedoe? Waarom verwachtte hij zoiets van me, hij wist toch dat onze relatie gebaseerd was op vrijblijvendheid en dat dat de enige zekerheid was die we mochten verlangen?

'Hou je net zoveel van hem als je van Miro Eristavi hield?' vroeg Brilka opeens, terwijl ze zich langs de muur van de gang op de grond liet zakken en naar de deur bleef kijken, alsof ze hoopte dat Aman elk moment terug zou komen.

Miro? Wat betekende dat nu weer? Hoe wist ze dat? Zonder antwoord te geven wankelde ik terug naar de keuken. Ze volgde me.

'Miro is een keer bij ons op bezoek geweest. Hij had snoep voor me meegebracht, ik was toen nog klein. Elene vertelde dat je van hem hebt gehouden. Maar Aman is beter.'

Ze pakte een flesje Fanta uit de koelkast en liep terug naar haar bank.

Al tweeduizend jaar heerst hier oorlog.
Een oorlog zonder reden en zin.
Oorlog is iets voor jonge mensen.
Een middel tegen rimpels.
Tsoi

Mijn stress nam ongekende vormen aan. Ik deed geen oog meer dicht. Het leek of mijn hoofd gloeiende lava bevatte in plaats van hersenen. Op college raakte ik steeds de draad kwijt en stond ik te hakkelen. De grond onder mijn voeten begon te schudden als bij een aardbeving. Ik kon me niet meer staande houden. Het ergst waren de avonden met haar, nu alleen. De hulpeloze aanblik van haar rug als ik binnenkwam en zij op het krukje op het balkon zat, haar verlatenheid, haar blote benen op de balustrade, het op kleur gesorteerde eten op haar bord, het uitpuilende schrift op haar schoot, de gedempte muziek uit haar koptelefoon, haar meewippende bovenlichaam en de afwerende, in zichzelf gekeerde, afwachtende, dwingende, provocerende blik in haar gitzwarte ogen. Ik kon het niet verdragen dat ik haar gebaren en haar mimiek gaandeweg leerde ontcijferen, dat ik aan haar toon kon horen wat ze wilde, dat ik de tranen al zag aankomen, voordat ze in haar ogen opwelden.

Ik probeerde me tegen het toenemende gevoel van vertrouwdheid te verzetten. Ik trok me terug als ze te dicht bij me kwam. Ik liet haar alleen met haar vertwijfelde dromen en dwingende gedachten. Met haar steeds directer en botter wordende vragen. Ik negeerde de hoop in haar ogen dat ik er antwoord op kon geven. Meestal gingen ze over de tijd dat zij nog niet geboren was. Meestal betrof haar belangstelling een verleden waar zij altijd buiten was gehouden. Ik vreesde vooral de vragen over haar moeder; hoe Daria was, waar ze van hield, welke dromen ze had, wat er precies was gebeurd in de dagen voor haar dood. En dan de vragen over haar vader, de vragen over mij. Vragen over het geluk in het algemeen en in het bijzonder, waarom niemand in onze familie dat geluk had weten vast te houden. Waarom ik niet één keer naar huis was teruggekeerd. En mijn korte, zakelijke antwoorden, die alleen pretendeerden een antwoord te zijn, maar dat in werkelijkheid helemaal niet waren. En dan, vreemd genoeg, haar vragen over de dood. Een onderwerp waardoor ze ronduit geobsedeerd leek te zijn.

En 's nachts, als ze rustiger was geworden, begonnen de vragen over het heden. Waarom ik was weggegaan, waarom ik niets over haar moeder wilde vertellen, waarom ik niet met Aman samenwoonde, of erger nog: waarom ik haar nooit had willen leren kennen. In alle vragen voelde ik haar verlangens en dromen doorschemeren, die allemaal smaakten naar gesuikerde amandelen en tegelijk naar trieste regendagen. Een blik die steeds naar voren gericht wilde zijn en toch niets anders deed dan rondzwerven, uit angst dat ze het niet zou redden, dat ze haar doel niet zou bereiken.

Het viel niet mee om haar elke dag weer duidelijk te maken wie ik was, welke bruggen er tussen ons bestonden en welke niet. Waarom ze voor bepaalde dingen geen wegwijzers en routebeschrijvingen had meegekregen. Waarom ze geen moeder had en geen vader, waarom haar enige tante niets met haar te maken wilde hebben.

Haar hele leven leek uit één enkel waarom te bestaan. Alsof ze zonder navelstreng ter wereld was gekomen en het nu haar belangrijkste doel was om die navelstreng te vinden, een wanhopige zoektocht, waarbij ik haar onmogelijk kon helpen. Waarbij ik haar vooral niet wilde helpen.

Ik verschanste me in bad, liet de kraan lopen om niets te horen. Ik probeerde een boek te lezen. Ik sloot me net zo lang op tot ze ging slapen en me met rust liet. Ik zette de muziek in mijn slaapkamer hard als ik het gevoel had dat ze me tot in mijn slaap zou achtervolgen. Drie keer vluchtte ik midden in de nacht het huis uit. Zonder een briefje of berichtje voor haar achter te laten. Ik liet haar slapend achter en ging me samen met Severin of Caro bedrinken. Ik was niet meer tegen de confrontatie met haar angsten en verlangens bestand. Ik schaamde me voor mijn gedrag en bleef me toch zorgen maken, zelfs als ik wodka of wijn naar binnen sloeg om verdoving te zoeken, om iets tot zwijgen te brengen wat niet wilde verstommen, wat niet kon verstommen.

Toen zelfs zo'n nachtelijke vlucht geen uitweg meer bood omdat ik steeds aan haar moest denken, toen ik haar niet meer te slim af kon zijn en zelfs door weg te gaan niet aan haar vragen ontkwam, besloot ik op een avond, toen ze zich vroeger dan anders in de kamer terugtrok om te gaan slapen, het oude recept voor de warme chocola op te diepen en een beker voor mezelf klaar te maken. Ik hoopte dat ik door de smaak tenminste een paar uur alles zou vergeten. Ik had een dag eerder de ingrediënten gekocht en ging aan de slag.

Ik moest denken aan de met kaarsen verlichte keuken van het Groene Huis in de jaren negentig, toen Stasia zich met haar jichtige vingers over de donkere, borrelende massa boog en alle huisgenoten bij haar magische drank uit de buurt hield uit angst dat de vloek hen kon treffen, hun schade kon berokkenen, hopend dat ik sterk genoeg zou zijn om alle vloeken van de wereld te weerstaan.

Natuurlijk werd ze wakker van de geur van de chocola. Zoals Miro en ik jaren geleden door de onweerstaanbare geur naar Christines woonkamer waren gelokt, zo kwam zij nu de keuken binnenrennen en keek met grote ogen hoe ik het zwartbruine spul gulzig verslond. Ze wilde onmiddellijk weten wat ik aan het eten was. De smaak had me inderdaad bedwelmd, half extatisch, half apathisch lepelde ik de laatste restjes van de chocola op. Maar om de een of andere reden wilde ik op dat moment in Stasia's sombere voorspellingen geloven. Voor het eerst bedacht ik dat mijn overgrootmoeder misschien wel gelijk had gehad. Hoe irrationeel het ook leek, ik was er op dat moment rotsvast van overtuigd dat ik Brilka voor de chocola moest behoeden, alsof Stasia achter me stond en me waarschuwde. Ik was ervan overtuigd dat het mijn taak was om Brilka te vrijwaren van de vloek.

Als door een wesp gestoken sprong ik op en hield het kopje met de laatste restjes chocola omhoog, uit angst dat ze het uit mijn hand zou rukken. Brilka keek verbijsterd.

'Wat is dat?' vroeg ze verward.

'Dit is Stasia's chocola. Of liever gezegd die van haar vader. Maar er rust een vloek op.'

Ik kon zelf niet geloven dat ik die zin in alle ernst had gezegd. Even keek ze me wantrouwig aan, alsof ze wilde nagaan of ik haar voor de gek hield. Mijn gezicht en de schrik die er door de herinnering aan die avond op de zolder van het Groene Huis op te lezen stond, moeten haar hebben overtuigd, want ze kwam naar me toe en zei op die geforceerd onverschillige toon van haar: 'Ik eet toch geen bruine dingen.'

Daar had ik geen weerwoord op. Ik liet mijn hand zakken en begon opgelucht te lachen. Natuurlijk, ze at geen bruine etenswaren. Haar overtuiging maakte haar immuun voor de vervloekte zelfvergetelheid die door de chocola werd opgeroepen. Opeens vond ik mezelf ongelofelijk onnozel. Ik zette het kopje weer op tafel.

'En al was het wel zo, tegen elke vloek bestaat een toverspreuk om hem onschadelijk te maken,' voegde ze er volkomen zelfverzekerd aan toe en ze pakte het kopje, liep ermee naar het aanrecht en gooide het laatste restje van de donkere vloeistof in de gootsteen.

Ik voelde een enorme opluchting. Zo redelijk, bijna logisch als haar redenering klonk. Ja, ze had gelijk, ze moest gelijk hebben. Tegen elke vloek – althans volgens de legenden – bestond een toverspreuk die zijn werking ophief, zijn macht tenietdeed. Waarom was dat nooit bij Stasia opgekomen?

Brilka draaide de kraan open en keek hoe het heldere water de taaie donkere vloeistof oploste, tot er alleen nog een dun, licht streepje naar de afvoer kringelde. Toen keek ze me aan, haar gezicht ontspande, haar lippen vormden zich tot een begripvolle glimlach, alsof ze wilde zeggen dat ik niet bang hoefde te zijn, alsof ze bij me was om alle vloeken van de wereld te trotseren.

Ze hield vol. Ik voelde het. Ze wachtte tot mijn verzet op een gegeven moment zou breken, tot mijn geduld op zou zijn en ik meegesleurd zou worden, meegesleurd in de maalstroom van gebeurtenissen waarover ik geen controle had. Ze wachtte tot ik een standpunt innam, tot ik met bekentenissen en beloften kwam. Op haar manier hoopte ze het handiger en slimmer aan te pakken dan Aman, die er niet in was geslaagd mij een bekentenis af te dwingen.

Misschien wilde ze me bewijzen dat mijn oude leven leeg was, ze leek te wachten tot ik haar nodig had, tot ik op haar aanwezigheid, haar overgave, haar vertrouwen was aangewezen. Ze wachtte tot mijn weigering zwakker bleek mijn dan verlangen. Ze geloofde waarschijnlijk dat ze me door haar volharding, haar onvoorwaardelijkheid, haar kracht van mijn verlamming kon genezen.

Ze kwam gevaarlijk dicht bij mij en mijn nachtmerries. Ze maakte me witheet. Het ging zover dat ik Aman haatte omdat hij me zo'n belachelijk ultimatum had gesteld en me met haar alleen had gelaten. Dat hij meer van me verlangde dan ik op dat moment bereid was te geven. Ik haatte mijn ontroering als ik 's ochtends voor ik de deur uit ging haar haarband met de sterretjes op de rand van het bad zag liggen, ik haatte de treurig stemmende aanblik van haar eenzame gympen in de gang. Ik haatte het als ze 's morgens koffiewater voor me opzette en dan deed alsof het een vergissing was, ik haatte het als ze de post uit de brievenbus haalde en de reclame er vast tussenuit viste.

Ik leerde haar vele tics kennen: om tegels met een patroon moest een boog worden gemaakt, in plassen moest per se worden getrapt. Zodra een stoplicht van rood op oranje sprong, telde ze tot drie en als het precies, echt precies bij drie groen werd, was het goed. Als het begon te regenen, neuriede ze een liedje. Als er iemand aanbelde, hield ze haar oren dicht. Als ze ergens bang voor was en het niet wilde toegeven, moest ze drie keer opdrukken.

Maar het rationele patroon achter haar schijnbaar irrationele handelingen had ik al eerder begrepen: de kleine trucs waar ze in het dagelijks leven steun in vond, beschermden haar tegen een reële of ingebeelde dreiging – en die dreiging was niets anders dan de dood. Ze geloofde dat ze zich door die kleine handelingen voor de dood kon behoeden, hem te slim af kon zijn. Als er iemand aanbelde, kon dat slecht nieuws betekenen. Als het stoplicht te vlug of te traag versprong, kon er een ongeluk gebeuren. Als je iets roods at, kon je onheil aantrekken. Als het regende, kon er onweer komen en dan kon de bliksem je treffen enzovoorts, enzovoorts. Ik wilde me er het hoofd niet over breken waarom een meisje van twaalf permanent bang was voor de dood. Maar dat deed ik al.

Hoe ze met die neurose haar schooldagen met leeftijdgenootjes doorkwam, was me een raadsel. Ze had het nooit over vrienden, klasgenoten, buurkinderen met wie ze een band had of die ze hier miste. Ik verbaasde me over haar ontwapenende eerlijkheid en tegelijk wist ik geen raad met haar scherpe oordelen, de uitgesproken structuren in haar hoofd. De volwassen manier om dingen los van elkaar te zien. Ze in te delen in een helder ja of nee. Nooit was er bij haar sprake van misschien. Nooit aarzelde of twijfelde ze. Het leek voor haar altijd glashelder te zijn wat ze wel en niet wilde. Alsof ze een onwrikbaar, voor anderen onzichtbaar plan had dat ze blind moest volgen. Een visioen, een levenstaak. Alleen bij het dansen, alleen als ze bewoog, leken al die dwangmatigheden, al die slechte voortekenen, rituelen en voorzorgsmaatregelen vergeten. Dan zou het haar een zorg zijn of het ging regenen, of ze kon vallen en zich bezeren, dan interesseerde het haar niet of er onheil op komst was, of dat de dood op de loer lag. Ze was vrij, ontspannen. Ze was zichzelf, zonder angsten en dwang. Als ze danste, was ze alleenheerser in een rijk vol vrijheid en vol mogelijkheden.

Het onweerde. Ik kon niet slapen. Ik lag te woelen. Ik miste Aman en het kostte me niet minder moeite om dat toe te geven dan de slaap te vatten. Ik stond op, rukte de ramen open, liet de van regen doordrenkte lucht binnen en ging weer liggen. Ik dacht aan zijn handen, aan de manier waarop hij me aan kon kijken, alsof er geen morgen bestond, alsof wij de laatste overlevenden van de hele mensheid waren. Ik dacht aan de stille, tedere maanden toen hij kwam en bleef. Hoe goed en vredig het was geweest, voordat hij besloot mij voor een idiote keuze te plaatsen, terwijl hij heel goed wist dat ik daar niet toe in staat was, dat het een hopeloos einde betekende.

Ik schrok toen ik haar in een oud, met twee kangoeroes bedrukt T-shirt van mij in de deuropening zag staan. Ik had haar niet binnen horen komen, normaal gesproken klopte ze altijd als ze iets wilde. Ze leek bang en drukte zich tegen de deur. Haar ogen waren opengesperd, ze hield haar oren dicht en haar kin trilde – zoals altijd als ze op het punt stond in huilen uit te barsten. Ik sprong op, knipte het bedlampje aan en liep naar haar toe.

'Wat is er, Brilka?'

'Het onweer...' fluisterde ze.

Voor het eerst stond ze toe dat ik haar in mijn armen nam. Ik bracht haar naar mijn bed en ging naast haar liggen. Ze drukte zich tegen me aan. Tegen onweer leek geen van haar geheime rituelen te helpen.

'Waar ben je bang voor? Er kan je niets gebeuren. We zijn hier veilig.'

'Jij bent toch ook bang?'

'Ik bang? Voor de bliksem?'

'Nee, niet voor de bliksem. Voor andere dingen.'

'Natuurlijk ben ik soms ook bang.'

'Waarvoor dan?'

'Dat de dingen niet gaan zoals ik had gepland. Dat de mensen die ik belangrijk vind, ongelukkig zijn. Dat iemand me kwetst. Dat ik iets niet onder controle heb.'

'Heb ik jou gekwetst?'

'Nee, jij hebt me niet gekwetst.'

Ze klampte zich uit alle macht aan me vast.

'Heeft mijn moeder je gekwetst?'

'We hebben elkaar gekwetst. Als je samenleeft, is het

helaas niet te vermijden dat het pijn doet.'

'En doet het nu pijn?'

'Nee.'

'Waarom niet? Je leeft toch?'

'Blijkbaar niet echt.'

Met haar hoofd onder de deken en haar arm om mijn buik viel ze in slaap. Ik waakte de hele nacht over haar.

Bij het vallen van de avond gingen we weer naar huis. Ik had Brilka meegenomen naar een zomerfeest van Caro en haar nieuwe vlam in Brandenburg, maar wilde daar niet blijven slapen. Brilka had het duidelijk naar haar zin gehad, ze had de hele middag Engels gesproken en zat nu naast me te soezen. Ik nam de secundaire wegen, want op de snelweg was een file aangekondigd – en plotseling stond hij voor me. Een ree, midden op de weg. Ik remde, toeterde, maar verblind door mijn koplampen bleef hij als aan de grond genageld staan. Hij staarde ons onafgebroken aan, alsof hij ons ergens voor wilde waarschuwen. We kwamen steeds dichterbij, ik onderdrukte de neiging om het stuur om te gooien en trapte in plaats daarvan nog harder op de rem. Brilka gaf geen kik, net als ik staarde ze gefascineerd naar de ree. Ik had het gevoel dat alles in slow motion bewoog. Het was een prachtig dier. Lenig en vlasblond. Het moest nog heel jong zijn, zijn oren waren fraai gevormd en buitensporig groot. Zijn bruine ogen met de lange wimpers maakten me deemoedig.

Ik vroeg me af wat er in hem omging, hield het stuur stijf vast en hoopte op tijd tot stilstand te komen zonder hem te raken. Op dat moment leek het me van existentieel belang dat het dier er heelhuids afkwam. Alsof van zijn overleven ook mijn overleven afhing. Op hetzelfde moment dat we met een laatste grote schok, waardoor we naar voren schoten, eindelijk tot stilstand kwamen, sprong het dier weg en verdween het in het donkere veld.

Mijn knieën knikten, ik stapte wankelend uit. Brilka bleef roerloos zitten en gaf geen kik. Ik keek in de richting waarin de ree was verdwenen, maar in het donker was er niets meer te zien. Ik leunde tegen de motorkap en stak een sigaret op. En plotseling barstte ik in huilen uit, er was geen houden meer aan. Ik stikte er haast in, ik kon er niets tegen doen. Ik hoorde alleen het portier opengaan en Brilka's haastige voetstappen, ik voelde hoe ze haar armen om me heen sloeg. Ik voelde dat ik niet langer in staat was me tegen haar te verzetten. Ik gaf toe, zonk in haar tengere armen, drukte me met al mijn wanhoop tegen haar aan en verborg mijn hoofd in haar hals. Ik staarde in het donker, mijn ogen waren verblind door de tranen en konden niets zien, ik deed geen poging om mijn gezicht af te drogen. We gingen aan de kant van de weg zitten, ze pakte mijn hand en wachtte tot ik weer in staat was te denken, te rijden, te leven.

'Goed, ik breng je. Ik breng je met de auto naar Tbilisi. Zo kan ik niet doorgaan! Jij, jij... Jij maakt me... We gaan eerst naar Wenen en dan door naar Georgië. Dat hele vervloekte eind met de auto! Voor mijn part! Het moet afgelopen zijn. Ik wil dit niet. Ik kan niet meer!'

Dat beloofde ik haar toen ik mezelf weer enigszins in de hand had en achter het stuur was gaan zitten. Als ik gedacht had een vreugdekreet van haar te horen of op z'n minst een klein bedankje, dan had ik het mis. De rest van de rit zweeg ze, ze leek bijna teleurgesteld te zijn.

Op een zwoele, benauwde dag in juli laadden we mijn auto vol en vertrokken we.

Ik had twee dagen lang de kaart met haar bestudeerd en nu wilde ze per se bewijzen dat ze een goede wegwijzer voor me kon zijn. De dag voor ons vertrek vocht ik tegen mijn verlangen om Aman te bellen. Ik keek op het tourneeschema, ze moesten net in Bern zijn aangekomen. Maar wat moest ik tegen hem zeggen? Dat ik hem miste, dat ik in zijn versleten hemd sliep, dat ik uit zijn theekopje dronk, dat ik op het punt stond de krankzinnigste reis van mijn leven te maken, dat ik nergens een grotere hekel aan had dan iets te moeten beloven, dat ik hoopte voor Brilka een andere, betere afloop te vinden?

Ik belde niet.

De eerste halte zou Wenen zijn. Ik voelde me wonderlijk helder en tegelijk opgewonden. Ik verheugde me op de reis erheen, maar niet op de aankomst. Onderweg praatte Brilka aan één stuk door over Kitty Jasji, ze beschreef haar muziek, vertelde over haar leven. Ze analyseerde haar albums, liet me haar songs horen, wees me op bepaalde nuances en details in de composities. Op weg naar Wenen waren er enorme plensbuien en lange uren op de snelweg. Kitty Jasji's albums waren er en Brilka's euforische stem. Plannen waren er en gissingen omtrent de komende dagen. We stopten bij naar frituurvet stinkende wegrestaurants, kibbelden over de duur van de tussenstops en de sigaret die ik nog wilde roken. We speelden onbenullige spelletjes, een soort verbaal stad-land-rivier. Tussendoor zwegen we of viel zij in een onrustige slaap, terwijl ik steeds vanuit mijn ooghoek moest kijken of het haar ook in haar slaap aan niets ontbrak. Wij waren er en het verleden waar ik naar terugreed, hoewel Brilka er een toekomst in zag.

Wij tweeën waren er en met elke kilometer die ik aflegde, vervaagde al het andere, het raakte steeds verder weg, alsof het nooit had bestaan. Alsof het mijn bestemming was om haar chauffeur te worden naar een leven waar zij met haar lange wijsvinger naar wees.

We kwamen aan in Wenen. Een stad die, zo was mijn indruk, getuige was geweest van iets afschuwelijks, toen van schrik de adem had ingehouden en sindsdien geen frisse lucht meer binnen had gekregen.

Brilka's euforie werd steeds groter. We lieten de auto staan voor het hotelletje dat we hadden uitgezocht en gingen met de tram naar het centrum. Ze danste en huppelde voor me uit, wreef in haar handen, bereidde zich voor op haar grote doel, kon zelf waarschijnlijk amper geloven dat het haar echt was gelukt, dat haar plan echt zou slagen. Toen we op de plattegrond samen het adres van Fred Lieblich opzochten, vroeg ik terloops hoe ze daar eigenlijk aan kwam. Ze had gewoon de stichting gebeld, antwoordde ze. In Londen. Ze had meer dan eens uitgelegd wie ze was en wat ze wilde. Ze had ook geschreven, brieven en e-mails. En op een gegeven moment hadden ze een van haar brieven of e-mails naar Wenen doorgestuurd en had Fred Lieblich haar geantwoord. Een envelop waarin alleen een briefje zat met haar adres. 'Dat was alles. Er stond niets bij. Kun je je dat voorstellen? Ze wilde dat ik kwam!' Vanaf dat moment wist ze dat ze naar Wenen moest.

Ik liet niet merken dat ik behoorlijk onder de indruk was van de hardnekkigheid, het doorzettingsvermogen en de vastberadenheid waarmee ze te werk was gegaan, dat die eigenschappen me imponeerden.

Ze sprong over elke tweede stoeptegel, haar rugzak slingerde op haar rug heen en weer, een schildpad met een te ruim schild. Haar haar was gegroeid en stond niet meer in stekels op haar hoofd. Haar voeten staken in mijn slippers, haar lange sprietbenen bewogen zich doelgericht, in tegenstelling tot haar onrustige bovenlijf leken ze een vast anker te hebben, alsof ze steeds wisten waar ze hun eigenaar naartoe moesten brengen. Ik raakte niet op haar uitgekeken. Ik liep een eindje achter haar om haar goed in het oog te kunnen houden.

We waren aangekomen op de Naschmarkt. Ze vergeleek elk straatnaambord met haar plattegrond, wilde er zeker van zijn dat ze het goede huis vond, dat ze weldra haar bestemming had bereikt. Hoe dichter we bij haar doel kwamen, hoe zwijgzamer, nadenkender, gespannener ze werd. Ik volgde haar, vertrouwde erop dat ze zou vinden wat ze zocht. We bleven staan voor een huis met balkons die door gespierde reuzenarmen werden gedragen. Ze las geconcentreerd de naambordjes, haar gezicht klaarde op. Ze drukte op de bel.

Alsof we werden verwacht, sprong meteen de deur open, we kwamen in een trappenhuis met marmeren treden. Op de bovenste verdieping stond een brede houten deur open. We liepen voorzichtig naar binnen, waarbij Brilka mij liet voorgaan.

Toen ik het appartement binnenging, sloeg de lucht van verse verf me tegemoet.

'Hallo?' riep ik in de volkomen lege kamers en ik hoorde mijn stem van verschillende kanten weergalmen. De parketvloer was pas geschuurd, de muren waren geverfd, het appartement moest net een opknapbeurt hebben gehad. Er verscheen een elegante dame van middelbare leeftijd in een donkerblauw mantelpakje en met een parelsnoer in de deuropening, maar haar geforceerde glimlach maakte snel plaats voor verwarring.

'O, ik dacht dat meneer en mevrouw Lamberts op dit tijdstip zouden komen. Ik heb waarschijnlijk een paar afspraken door elkaar gehaald. Ik neem aan dat u het appartement wilt bezichtigen?'

Ook al sprak Brilka geen Duits en kon ze de makelaar niet verstaan, ze had meteen door hoe het zat en ik kon de teleurstelling letterlijk over haar gezicht zien trekken. Ze leek kleiner te worden en begon met steeds hoger opgetrokken schouders naast me op het glimmende parket heen en weer te schuiven.

'O, neemt u ons niet kwalijk, we komen eigenlijk voor mevrouw Lieblich. We dachten...?' Ik onderbrak mezelf en liet mijn blik vragend door de lichte, ruime kamers dwalen.

'Mevrouw Lieblich is een kleine maand geleden overleden. Het spijt me. Het is mijn taak om het appartement aan geïnteresseerden te laten zien, ik ben de makelaar.' En ze gaf me een visitekaartje, alsof ze me wilde aansporen het appartement wat beter te bekijken. 'Het staat te koop,' voegde ze er met een gemaakte verkopersglimlach aan toe.

Brilka had het nieuws over Freds dood begrepen, ze draaide zich op hetzelfde moment om en liep de kamer uit. Ik wist niet wat ik moest zeggen, maar de makelaar was me voor: 'Bent u familie van mevrouw Lieblich?'

'Nee, tenminste niet direct.'

'Een zeer eigenzinnige dame. Over de tachtig, maar zo jong van geest en' – ze moest lang zoeken naar de juiste woorden – 'tot het laatst toe, laten we zeggen, scherp van tong, echt, ze was niet op haar mondje gevallen, dat kun je wel zeggen. Maar als klant mocht ik haar graag, ook al kon ze erg, nou ja, eigenzinnig zijn.'

'Heeft ze al die tijd hier gewoond?'

'Ja, sinds haar verhuizing uit Londen. Ik heb dit appartement toen trouwens ook voor haar gekocht. Ze wist precies wat ze wilde en was niet teleurgesteld toen ze kwam. Ze zag het appartement en bleef. En daarboven, hier, ziet u die trap, daar is een soort maisonnette, daar had ze haar atelier. Maar de laatste jaren gebruikte ze dat amper nog. Haar gewrichten wilden niet meer.'

'Had ze familie? Was er iemand die voor haar zorgde?'

'Nee, dat niet. Maar ze hield toch al graag afstand van anderen. Ook met de buren had ze weinig contact. Maar eenzaam was ze niet, dat niet. Nee, mensen als zij weten hun tijd uitstekend te besteden.'

'En de opbrengst?'

Even keek ze me wantrouwig aan, maar toen ik erop

wees dat er geen familie was, besloot ze toch antwoord te geven: 'Bij testament geregeld. De opbrengst van het appartement komt ten goede aan een of andere stichting, de Kitty Jasji-Stichting. Een bekende zangeres uit de jaren zestig en zeventig en vriendin van mevrouw Lieblich. Heeft zelfmoord gepleegd, maar dat is lang geleden,' zei ze met een samenzweerderige blik, alsof haar zelfmoord het belangrijkste feit in Kitty's leven en werk was.

'Een stichting, zegt u?'

'Voor muzikaal begaafde kinderen, de hoofdzetel bevindt zich in Londen. Bijzonder vriendelijke medewerkers. Maar mag ik vragen wie u bent en...'

Maar voor ik me gedwongen zag haar het verhaal van onze familie en de reis naar Wenen te vertellen, ging de bel en werd ik door de volgende klanten uit dit lastige parket gered.

Ik begon Brilka te zoeken, maar ze was niet meer in het appartement. Voor ik de deur uit ging, had ik de makelaar nog gevraagd wanneer Fred Lieblich precies was overleden en ik begon te rekenen. Het was drie dagen na mijn aankomst in Mödling en Brilka's noodgedwongen ontvoering naar Berlijn. Ik rende de trappen af, bijna in de armen van meneer en mevrouw Lamberts, en zag Brilka een paar meter voor de ingang midden op de stoep zitten, met haar gezicht in haar handen. Ik vond het vreselijk om haar te zien huilen, maar er zat niets anders op dan naast haar te gaan zitten. Ik deed geen poging om haar in mijn armen te nemen of haar zinloze woorden van troost toe te fluisteren. Ik wachtte tot ze vanzelf naar me zou opkijken en met vragen zou komen. Er kwam een vaag gevoel van falen in me op, ik was teleurgesteld in mezelf: waarom had ik haar niet meteen hiernaartoe gebracht, een maand geleden, toen we in Wenen waren?

'Ze is dood, hè?' Ze vroeg het zonder op te kijken. Eerst bestond mijn antwoord uit zwijgen, toen vermande ik me en zei: 'Ze is van de winter al gestorven. Ik heb het aan de makelaar gevraagd. We hoeven ons dus geen verwijten te maken. We hadden haar toch niet meer aangetroffen.'

Zelden heb ik mezelf zo veracht als op het moment dat ik haar die onbeschaamde leugen voor waarheid verkocht.

Wat een hartverheffend gevoel,
Vrij te zwemmen in de stroom.
Lermontov

Nadat we de Italiaanse grens achter ons hadden gelaten, veranderden niet alleen de kleur van de zon en de geur van de lucht, maar ook Brilka's gelaatsuitdrukking. Ze had sinds Wenen geen woord met me gewisseld en wilde ook haar muziek niet meer met me delen, ze schermde zich af met haar koptelefoon, alsof ze me wilde straffen voor de teleurstelling die ons uitgestelde bezoek aan Fred Lieblich haar had bezorgd. Tijdens de tussenstops sorteerde ze haar eten nog iets obsessiever dan anders en ze gaf alleen nog korte antwoorden. Als een bezetene schreef ze in haar schrift, waarbij ze haar gebogen knie als ondersteuning gebruikte. Een gesprek was niet mogelijk. Ze deed dingen die ze in Berlijn niet had gedaan, zoals drie keer een kruis slaan wanneer we de plaats van een ongeluk passeerden, of met haar balpen vijf sterretjes op haar hand tekenen bij een grensovergang.

Om haar op te vrolijken stopte ik in Florence, waar ik onderweg een mooi hotel had geboekt. Italië leek haar goed te doen. Misschien omdat ze in dit land geen doel had dat ze mis kon lopen, omdat ze hier niets anders verwachtte dan zon en schoonheid. We bekeken de stad, ik liet haar een paar geheime plekken zien die ik op mijn eerste reis door Italië had ontdekt. Maar ze maakte een uitgebluste indruk, antwoordde weliswaar als ik iets vroeg en leek ook weer trek te krijgen, maar initiatieven leek ze niet meer te willen nemen. Een Italiaans chocolade-ijsje noch het uitzicht vanaf de Piazzale Michelangelo op de nachtelijke, in kleurig licht badende stad kon haar enthousiasme wekken.

Maar één keer, toen we op de Piazza della Repubblica stonden te kijken naar een straatmuzikant die vioolspeelde, ontdooide ze even en begon ze langzaam op zijn melodie te bewegen. Ik sloeg haar gade: net als toen met Aman ging ze ook nu op in haar eigen, geheime wereld, die mij en de andere toeschouwers fascineerde en aantrok, een twaalfjarig, gelukkig meisje, dat beide handen uitstrekte naar het leven. Maar anders dan in Berlijn, waar die aanblik me nog met trots en bewondering had vervuld, kreeg ik nu een bittere smaak in mijn mond, de smaak van spijt dat ik haar niet had geholpen haar doel te bereiken, dat ik haar voorgelogen en teleurgesteld had.

Op de terugweg naar het hotel hield ik het niet meer uit, pakte haar bij haar elleboog en schreeuwde dat ik er niets aan kon doen, dat ze moest ophouden me te straffen. Ik herhaalde mijn leugen dat Fred Lieblich al maanden dood was, ik klampte me eraan vast, wilde er zelf in geloven. Maar zelfs mijn woede-uitbarsting leek haar koud te laten. Ze luisterde aandachtig, knipperde een paar keer met haar volle wimpers en vervolgde zwijgend haar weg naar het hotel.

Toen ik de volgende morgen wakker werd, was ze al naar de ontbijtzaal en had ze haar uitpuilende schrift op het bed laten liggen. Ik aarzelde, maar haar weigering om met me te praten spoorde me aan en vol nieuwsgierigheid pakte ik het schrift ten slotte op. Ik sloeg het in het midden open, bladerde verder en vond de bladzijden die ze in Berlijn had volgeschreven. De meeste aantekeningen gingen over mij. In bijna elke notitie die ze sinds haar aankomst had gemaakt, dook ik op. Het waren niet bepaald aangename dingen die ik over mezelf las. Af en toe was ze echt scherp, zelfs sarcastisch, ik kon moeilijk geloven dat het de aantekeningen van een twaalfjarig meisje waren. Maar in de notities, die nauwelijks langer waren dan een halve bladzijde, maar wel heel nauwkeurig haar gemoedstoestand beschreven, schemerde een verschrikkelijk diep verdriet door.

Ik las door, ik kon niet meer ophouden. Alsof het een geheim boek was dat ik jaren had gezocht en eindelijk had gevonden. Een boek met openbaringen. Als een bezetene bladerde ik terug naar het begin van het schrift. Daar leek de toon anders, zakelijker en minder emotioneel. Beschrijvingen van dagelijkse dingen, notities voor haar choreografieën, die door hun nauwkeurigheid niet minder indruk maakten.

En toen kwam ik bij een bladzijde van de afgelopen winter. Er stonden alleen afgebroken losse zinnen, die waarschijnlijk in de loop van één maand waren geschreven. 'Ik haat alles. Ik haat haar.' Twee dagen later: 'Ik bid niet meer, zolang oma niet kan bewijzen dat mama bij God is.' Daarna: 'Aleko heeft me vandaag weer naar school gestuurd. Ik wist niets meer te bedenken om nog langer thuis te kunnen blijven. Ik kan het hem niet vertellen, ik kan hem niet vertellen wat ze vorige week op de wc met me hebben gedaan, anders vertelt hij het aan Elene en dan gaat ze huilen of nog meer bidden.' De bladzijde eindigde met: 'Ik heb vandaag haar brief gekregen.' ('Haar' was drie keer onderstreept en er stonden een heleboel uitroeptekens achter.) 'Een brief van F.L. Ik weet het zeker. Nu komt alles goed. Alles wordt anders.' Een paar bladzijden verder vond ik de volgende aantekeningen: 'Als ik vanavond drie keer de trap op en af ren, gaat het vast niet onweren.' En: 'Als Elene vandaag gehaktballen voor me maakt, word ik morgen op school niet met propjes bekogeld.'

Vlak voor haar reis naar Wenen moest ze de volgende aantekening hebben gemaakt: 'En als ik dan de rechten heb, bel ik haar op en vraag ik of ze me komt halen, als oma haar niet al eerder waarschuwt. Dat hangt ervan af wanneer ze in het hotel ontdekken dat ik ben verdwenen. Ik heb vandaag al een goedkoop treinkaartje op internet gevonden. Dan gaan we naar haar en pas dan, als we een tijdje samen hebben doorgebracht, als ze me een beetje heeft leren kennen, pas dan vraag ik het haar. Ik weet nog niet precies hoe, maar ik zal het haar vragen. Misschien zo: Wil jij het verhaal bij mijn choreografie schrijven? Maar misschien schiet me nog iets beters te binnen.

Ik ben zo gelukkig. Gauw, gauw, ja, gauw.'

De laatste aantekening die ik nog kon lezen voordat mijn tranen me verblindden, was deze: 'Als ik W. weet te bereiken, als oma haar belt en ze me komt halen, als ze me meeneemt – dan ga ik niet dood.'

Hoe had ik zo blind kunnen zijn? Hoe had ik het voor de hand liggende zo stelselmatig over het hoofd kunnen zien? Hoe had ik Brilka's bestaan al die jaren zo volkomen kunnen negeren? Hoe had ik, verlamd en gevangen in mijn eigen onvermogen, jarenlang kunnen doen alsof ze niet bestond? Zij, die zo onverstoorbaar op weg was gegaan om een nieuw, beter verhaal te zoeken voor zichzelf en haar geesten?

In de auto op die donkere weg, toen we nog net op tijd konden voorkomen dat we dat mooie dier aanreden, had ik haar moeten vertellen dat mijn tranen, mijn huilbui, niet waren veroorzaakt door de schrik op een haar na een dier te hebben gedood, maar door het plotselinge besef dat ik nog in staat was van iemand te houden.

Van haar te houden.

Waarom had ik niet tegen haar gezegd dat je beter kon leven met een leegte tussen je ribben dan met de permanente, alles vernietigende angst die dat gevoel me aanjoeg? Waarom had ik niet het lef om haar uit te leggen dat de liefde die me door haar persoon bedreigde, voor mij levensgevaarlijk was? Dat ik maar al te goed wist hoeveel haat die liefde kon achterlaten als ze eenmaal was verdwenen en hoe makkelijk en onverhoeds ze kon omslaan in iets verwoestends wanneer degene voor wie ze bestemd was er niet meer was of niet meer in staat was dat gevoel te beantwoorden. Hoe die leegte je dan begon te vernietigen.

En tegelijk vroeg ik me af hoe ik weerstand aan haar moest bieden. Hoe moest ik me staande houden in de vloedgolf die ze meebracht? Hoe moest ik het leger tegenhouden dat met haar mijn leven binnen zou rukken? Hoe moest ik voorkomen dat samen met haar mijn zus met haar verschillend gekleurde ogen door mijn deur naar binnen stapte, en Stasia met haar kaartende geesten, Kostja met zijn vergiftigde verdriet, Kitty, zijn mij onbekende zus met haar nogal onheilspellende liederen, haar oude vriend aan de Engelse kust, Christine met haar naakte gezicht in de laatste uren dat ik haar levend zag. David met zijn ketting. Mijn moeder met haar dode ogen nadat ze haar lievelingsdochter had moeten betreuren. Cello met zijn naakte, tegen mijn billen gedrukte lendenen in de verlaten drukkerij. Ik zou onder de voet worden gelopen door een heel leger, waar ik machteloos tegen was.

Hoe moest ik haar duidelijk maken waar het leven naar smaakte, nadat ik Daria na haar val van de zolder roerloos op de grond had zien liggen? Hoe moest ik haar uitleggen dat ik bang was om terug te gaan en daar niets meer te vinden van wat ik ooit als een deel van mezelf had beschouwd? Niets meer te vinden wat me kon opnemen, me een thuisgevoel kon geven, me kon omarmen? Niets meer te hebben wat me herinnerde aan mezelf voordat de wereld, mijn wereld, onze wereld waarin we toen leefden, was ingestort en niets dan stof, graven en dode dromen had achtergelaten? Was het leven echt een wandtapijt waarvan je de patronen moest leren lezen? En waarom had ik dat dan nog niet geleerd?

We reden langs de Adriatische kust. We sneden de tijd in stukken. We geloofden er niet meer in, we hadden onze eigen tijd. We reden onze herinneringen achterna, alleen waren we nog niet bereid om ze met elkaar te delen. Onderweg gingen we bij kleine, afgelegen strandjes zwemmen. Ze was bang voor water, maar gaandeweg leerde ze me vertrouwen. We zwommen een eind de zee in. We keken naar de zon, die ons onder het wateroppervlak streelde.

Op een strand bij Bari zette ze haar koptelefoon op mijn hoofd en kreeg ze me aan het dansen. Ze moedigde me aan, corrigeerde mijn houding, zij de vakvrouw en ik de gehoorzame leerling. Ik begon Fanta te drinken en liet me door haar de weg wijzen. In Brindisi namen we de veerboot en keken we hoe de hoge golven zich schrap zetten tegen de regen.

In Griekenland stapten we weer in de auto, reden dwars door het land, overnachtten in kleine hotelletjes en pensions. Daar keerden eindelijk haar lichtheid en vreugde weer terug. We kwamen in Thessaloniki en bleven drie dagen in de stad. We aten ijs, wit of geel. Hier durfde ze zelfs een bolletje frambozenijs te proberen – rood was tot dan toe taboe. Ik voelde me trots terwijl ik toekeek hoe ze haar angst overwon.

In Turkije begon ze weer vragen te stellen. Deze keer gaf ik eerlijker antwoord, haar vragen maakten me niet meer bang.

Toen we bij de Zwarte Zeekust kwamen, barstte ze opeens in tranen uit en moest ik bij een tankstation stoppen. Ze rende weg, sloot zich op in de wc en liet me meer dan een uur wachten.

Ik gunde haar haar verdriet. Haar verdriet om de grenzen die opeens weer voelbaar waren, om de donkere kleur van de Zwarte Zee. Ik gunde haar haar verdriet om ons nu bijna bereikte doel, dat, zoals ik nu wist, niet haar doel was geweest toen ze haar hotel in Amsterdam verliet.

Het landschap veranderde voor onze raampjes. Het water veranderde. De baaien, de wegen, de mensen waren anders. De huizen en de geuren. Zonder het onder woorden te kunnen brengen veranderden we zelf. Na Hopa staken we de grens met Georgië over en reden over de kronkelige bergwegen, we verdwenen in de dalen, doken weer op, reden door bamboe- en pijnboomlanen en bereikten ten slotte Batoemi. Daar namen we een kamer en wandelden we in het licht van een ziekelijk gele maan naar het strand, dat tot onze verrassing uitgestorven was. We gingen zitten en begonnen kiezelstenen in het water te gooien. We waren bang om toe te geven dat het einde van onze reis ons angst inboezemde.

'En hoe is het?' vroeg ze na een tijdje.

'Hoe is wat?'

'Om weer hier te zijn. Voel je iets?'

'Ik heb nog even tijd nodig, ik heb nog geen gevoel voor deze plek.'

'Hoe ver moeten we morgen nog rijden?'

'Als we op tijd vertrekken, kunnen we er laat in de middag of vroeg in de avond zijn.'

'En hoelang blijf je?'

'Dat weet ik nog niet. Ik moet...'

Ik verstomde. Zij wist net zo goed als ik dat ik niets meer moest. Dat al het moeten van me af was gevallen sinds ik met haar in de auto was gestapt. Dat mijn leven zich afspeelde in het hier en nu, met haar naast me, in mijn auto, op deze wegen. Maar zoals altijd verstomde ik ook deze keer. Ik kon het niet. Mijn angst voor wat ze in me wakker riep, was nog te groot.

Vroeg in de avond kwamen we in Tbilisi aan.

> ***Ik zocht het graf van mijn geliefde,***
> ***Maar vergeefs, ik vond het niet.***
> ***Gebroken was mijn hart, ik weende:***
> ***Waar ben je toch, mijn Soeliko?***
> **Tsereteli**

Ik bleef twee weken in het Groene Huis. Ik liet me verwennen door mijn moeder en speelde backgammon met Aleko. Ik wandelde de heuvels op en af. Ik zocht de geesten bij de kersenboom. Maar ik ging niet naar de zolder, waarvan de trap inmiddels was afgesloten met een deur die altijd op slot zat. Ik reed naar de stad, zat in de nieuwe cafés en restaurants, slenterde doelloos door de straten. Alles wat de stad me te vertellen had, wilde ik niet meer horen en alles wat ik de stad wilde opbiechten, hield ik voor me. Ik informeerde naar de mensen die ik vroeger had gekend. Ik keek aarzelend om me heen. Ik liet me niet meer verstrikken in politieke gesprekken met Aleko, die van mening was dat het land de goede kant op ging, dat de nieuwe president westerse waarden voorstond, dat zijn jonge kabinet in staat was Georgië voor eens en voor altijd van Rusland los te maken en naar Europa te leiden.

Ik liep langs de plekken waar ik vroeger elke dag langskwam, zocht naar de straten en gebouwen die me vertrouwd waren geweest en nu niet meer.

Alleen in de uren met Brilka, als ze 's avonds iets voor me danste, als we samen aten, als ze me iets liet zien wat ze belangrijk vond, als ze me 's morgens wakker maakte en me meteen de oren van het hoofd kletste – voelde ik me thuis.

Op een avond draaide ik het nummer dat ik nog in mijn hoofd had en herkende onmiddellijk Lana's stem. Het duurde even voor ze begreep wie er aan de lijn was. Toen begon ze op me in te praten, hoe erg ze me had gemist en hoe goed het was om mijn stem weer te horen. Kennelijk vormde ik geen gevaar meer voor haar zoon. De kilometers en de jaren die tussen ons in lagen, gaven haar waarschijnlijk voldoende zekerheid. Toen ik ten slotte naar Miro vroeg, begon ze te vertellen hoe druk hij het had, gaf me toen toch zijn mobiele nummer en nodigde me uit om te komen eten, wat ik beleefd afsloeg. Natuurlijk was het makkelijk om uit de verte van me te houden. Ik belde hem en we spraken af voor de volgende dag in een café in de binnenstad.

Hij deed van het begin af aan terughoudend, speelde veelbetekenend met zijn autosleutel en rook naar een vreemd parfum. Vanaf de eerste seconde praatte hij alleen over zijn werk, hij stond aan het hoofd van een klein bouwbedrijf, dat fantastisch draaide, want de onroerendgoedmarkt was op het moment booming. Hij vertelde over zijn reizen en zijn leven, dat volledig aan zijn werk gewijd was en waarin alles leek voor te komen, behalve het leven zelf. Hij vroeg mij niets, alsof hij bang was dat ik iets zou antwoorden wat hem uit zijn evenwicht kon brengen. Iets wat het beeld van de gelukkige, onverstoorbare man op losse schroeven kon zetten. Maar op een gegeven moment, toen ik de hele vertoning niet meer kon verdragen, raakte ik voorzichtig zijn hand aan en vroeg hoe het met hem ging.

'Ik vertel je toch hoe het met me gaat,' antwoordde hij nerveus glimlachend.

'Al die onzin bedoel je? Ik vroeg hoe het met je ging, Miro. Je kunt nog zoveel moeite doen om je als een vreemde op te stellen, voor mij zal het nooit zo aanvoelen.'

'Ik doe geen moeite...'

'Ik dacht dat ik duizend vragen aan je had, maar nu heb ik het gevoel dat ik er niet één heb.'

'Nou, prima toch?'

'Ik wilde je gewoon zien, weten hoe het met je is. Ik ben hier niet om je verwijten te maken.'

'Waarom zou je me verwijten maken?'

'Misschien omdat je met mijn labiele zus hebt gezoend, misschien omdat je me in m'n eentje hebt laten vertrekken in een trein die we samen hadden willen nemen? Misschien omdat je me veel pijn hebt gedaan?'

'En alweer zijn we bij de verwijten... Maar laten we erover ophouden.'

'Waar ben je naartoe gegaan, Miro, nadat je uit de trein was gestapt?'

Even keek hij me met zijn grote ogen recht aan, even dacht ik daar iets vertrouwds te zien oplichten, maar toen kreeg zijn gezicht weer die neutrale, nietszeggende uitdrukking en sloeg ik mijn ogen neer.

'Hoe is het met de film?' vroeg ik, voordat ik van tafel opstond.

'Wat voor film?'

'Wat voor film?' herhaalde ik ongelovig.

'O, de film. Mijn god, Nitsa, in welke tijd leef jij eigenlijk?'

'Geef antwoord alsjeblieft!'

'Het materiaal blijkt in de opslag beschadigd te zijn geraakt. Het was daar waarschijnlijk te vochtig. Het grootste deel is onherstelbaar verwoest.'

Twee dagen voor mijn vertrek bezocht ik samen met Brilka de graven van Christine, Stasia, Kostja en Daria. We gingen in de schaduw van een eik zitten en keken naar de stenen. Ik dronk een koud biertje en Brilka nipte van een flesje Fanta. Het was heet, leeg en stil om ons heen.

'Ik wil hier niet blijven,' zei ze opeens, terwijl ze aan

een grassprietje zat te plukken.

'Maar je moet weer naar school en met je danslessen moet je ook verder en...'

'Neem me weer mee.'

Hoewel ik het antwoord dat op die vraag had moeten volgen, allang kende, zweeg ik.

'Ik vind wel een manier om aan Kitty's rechten te komen.'

Ze worstelde met zichzelf, met haar trots, met de angst voor een nieuwe teleurstelling, en toch overwon ze zichzelf, want anders dan ik was ze moedig.

'Wil je een verhaal voor me schrijven?'

'Wat voor verhaal?'

Ik hield me van den domme. Ik kon haar niet bekennen dat ik in haar schrift had gelezen. Ik kon niet het risico lopen dat ze me zou haten.

'Over Kitty en zo. Dan maak ik daar mijn dansstuk van.'

'Dat kan ik niet.'

'Soms haat ik je!' riep ze, terwijl ze opsprong. 'Ga dan maar weg. Verdwijn! Laat me met rust allemaal!'

Van het ene op het andere moment was ze hysterisch aan het krijsen.

'Brilka, je hebt mensen nodig die voor je zorgen, je hebt structuur nodig en een veilig leven, dat kan ik je niet geven. Ik heb zelf problemen genoeg. Je hebt toch gezien hoe ik leef. Brilka, alsjeblieft, kijk me aan!'

'Zeg het gewoon, zeg het! Geef het toe! Lieg niet langer tegen me, zoals je tegen iedereen liegt, tegen Aman en je moeder en Aleko en de hele wereld en tegen jezelf – en waarschijnlijk ook tegen mijn moeder!' slingerde ze me woedend in het gezicht.

'Wat moet ik dan zeggen? Wat moet ik toegeven, Brilka?'

'Dat je me niet wilt hebben. Je bent geen haar beter. Je bent zelfs nog erger dan de rest. Veel erger. Zeg tenminste dat je me niet wilt, dat je me nooit hebt gewild!'

'Maar Brilka, dat klopt toch niet... Ho, wacht!'

Ze begon tussen de graven door te rennen. Ik holde achter haar aan.

'Nu lieg je alweer! Laat me gewoon met rust. Rot op. Ga weg. Alles wat ik wilde, is toch al mislukt!'

'Brilka, blijf staan!'

Ze wilde haar tranen voor me verbergen. Ik kon haar huilen niet verdragen. Ook mijn leugens niet. Ik wou zo graag dat ik haar iets anders kon geven dan mijn verpletterende antwoorden. Maar ik was zo vreselijk bang om door haar tot leven te worden gewekt – zonder te weten dat ze dat allang had gedaan.

Op de dag dat ik naar het vliegveld ging – mijn auto liet ik bij Aleko achter, die zou dat hele eind terug niet meer overleven –, was Brilka nergens te vinden. Ik heb geen afscheid van haar genomen.

Ik ben een boek en kan mezelf niet lezen.
Barnard

Weer in Berlijn probeerde ik nog precies tien dagen mijn oude leven op te pakken. Toen de zinloosheid daarvan me pijnlijk helder voor ogen stond, liet ik verdere pogingen varen.

Ik zei mijn baan op. Ik zei de huur op. Ik nam afscheid in de garage. Ik huurde een kelder om al mijn spullen op te slaan. Ik vroeg Severin of ik een paar weken bij hem kon logeren. Ik schreef Aman een e-mail waarin ik me verontschuldigde en beloofde hem zo gauw mogelijk alles uit te leggen. Alles wat me belette een belofte te doen en te houden. Om aan geld te komen bezocht ik de kroegen, pakhuizen en particuliere woningen waar werd gepokerd.

Begin oktober had ik genoeg bij elkaar geschraapt om naar Engeland te vliegen.

'Ik wist dat u terug zou komen.'

Met die woorden deed Giorgi Alania de deur voor me open.

'Vertel me alles, alles wat u nog weet, alles wat met u en mijn familie te maken heeft. Als u er niets op tegen hebt, zou ik er graag de dictafoon bij aanzetten.'

Met die woorden begroette ik hem.

Hij deed het. Ik bleef meer dan een week bij hem.

Daarna vloog ik naar Londen en sprak in een seniorengemeenschap in Notting Hill af met Amy. Alania had me met haar in contact gebracht.

Ze ging met me mee naar de stichting. Ik deed haar en de medewerkers van de stichting mijn verzoek uit de doeken. Dankzij de steun van Alania en Amy en natuurlijk omdat Brilka een van de weinige levende nabestaanden van Kitty Jasji was, kreeg ik al snel een toezegging. De juridische kwesties werden geregeld, daarna kreeg ik de contracten overhandigd: van nu af mocht Brilka Jasji in al haar dansstukken en choreografieën de songs van Kitty Jasji gebruiken en had ze er bovendien de exclusieve rechten op.

Daarna ging ik naar Wenen, huurde een kleine kamer en begon te schrijven. Toen mijn geld opraakte, zocht en vond ik de plekken waar werd gepokerd. Een paar maanden bleef ik in Wenen, daarna pakte ik mijn spullen en vloog ik naar Sint-Petersburg. Waar ik ook een kamer huurde en schreef en pokerde.

Niemand wist waar ik was. Ik belde niemand op, gaf niemand mijn adres, knoopte geen nadere contacten aan en zocht alleen de plekken op die belangrijk waren voor het verhaal dat ik moest vertellen.

Ik nam ook geen contact op met Brilka.

In Sint-Petersburg nam ik de trein naar Moskou. Op de achtste verdieping van een verwaarloosde torenflat schreef ik verder aan mijn verhaal. Ook voor de research in Moskou bleek Giorgi Alania een grote steun. Hij bracht me in contact met voormalige collega's en vrienden, die mijn leemten opvulden, samen met mij naar antwoorden zochten en hun archieven voor me openden.

Van Moskou ging ik weer terug naar Berlijn, waar ik de Oost-Europaspecialist opzocht, hem over mijn project vertelde en hem vroeg me toegang te verlenen tot zijn persoonlijk archief. Hij stemde toe.

Daarna was ik in Praag. Van Praag ging ik weer naar Moskou. Van Moskou weer naar Londen.

Iets meer dan een jaar duurde mijn reis. Een jaar lang dacht ik elke dag aan Brilka. Een jaar lang praatte ik tegen haar, onophoudelijk, in gedachten. Een jaar lang schreef ik dag en nacht en leefde ik door de woorden en uit de koffer, ik verdeelde mijn dagen en nachten tussen speel- en schrijftafel, verhuisde van de ene vreemde kamer naar de andere. Gaandeweg vond ik een zekere rust. Tijdens het schrijven moest ik noodgedwongen opnieuw leren voelen. Zoals mensen na een ernstig ongeluk opnieuw moeten leren lopen of praten.

Iets meer dan een jaar nadat ik met Brilka de Georgische grens was gepasseerd, legde ik de laatste hand aan mijn boek. Aan Brilka's boek. Kort voor ik met het voltooide manuscript in de hand terugging naar Berlijn, schreef Amy me dat Alania was overleden. Het was zijn laatste wens om gecremeerd te worden. Zijn as moest worden toevertrouwd aan de wind in de baai waar Kitty Jasji was weggezwommen om niet meer terug te keren. Ik reisde naar de Seven Sisters. Daar, op het strand tussen de kliffen, voelde ik voor het eerst sinds jaren iets van vertrouwen.

Ik ging naar de jazzclub in Berlijn waar The Barons nog altijd optraden. Met mijn ogen dicht luisterde ik naar hun jamsessie. In het schemerige licht van de schijnwerpers zagen Amans wangen er niet meer zo ingevallen uit als vroeger en ook zijn ogen leken niet meer doelloos rond te dwalen. Na zijn optreden wachtte ik hem op bij de achterdeur, ik kende zijn gewoonten. Toen hij naar buiten kwam en een sigaret tussen zijn lippen stak, hield ik hem een aansteker voor.

'Ik ben gauw weer terug,' zei ik.

'Hoezo, gauw weer terug? Je staat voor mijn neus.'

'Over drie dagen ga ik weer op reis, maar daarna kom ik terug en blijf ik.'

'Je ziet er goed uit, Nitsa.'

'Het gaat ook goed met me. Jij ziet er ook goed uit. Zeg, is het serieus?'

'Hoe bedoel je?'

'Nou, dat overhemd van je en die eau de cologne... Daar zit toch iemand achter. Dus, is het serieus? Hé, kom op, ik had heus niet verwacht dat je me trouw bleef.'

'Maakt het voor jou iets uit of het serieus is?'

'Je hebt nooit op mijn e-mail geantwoord.'

'En jij hebt mij nooit geantwoord.'

'Klopt, je hebt gelijk. Ik heb je niet geantwoord. Maar ik heb niemand geantwoord.'

'Ik ben blij je te zien,' mompelde hij en hij sloeg zijn arm om me heen.

Ik drukte mijn hoofd tegen zijn kin en even bleven we zo staan.

'Dat antwoord ben ik je nog schuldig. Kom me alsjeblieft opzoeken als ik weer terug ben.'

Ik schreef mijn nieuwe adres in Friedrichshain op zijn sigarettenpakje en stak het hem toe. Hij pakte het aarzelend aan. Opeens schoot hij in de lach en schudde zijn hoofd.

'Ja, je bènt me nog heel wat schuldig.'
'Mijn schulden voldoe ik altijd.'
Ik glimlachte naar hem en begon achteruit te lopen.
'Hé, waar ga je naartoe?'
'Ik heb toch gezegd dat ik terugkom.'
'Wanneer?'
'Gauw.'
'Dat gauw van jou ken ik, de vorige keer heeft het meer dan een jaar geduurd. Of ik dan nog hier ben...'
'Tja, dat risico moet ik ook deze keer maar nemen.'

2007

Op 7 november kwam ik in de ochtendschemering in Tbilisi aan. Twee dagen daarvoor was Brilka veertien geworden. Ik nam een taxi en reed naar het Groene Huis. Niemand verwachtte me. Niemand wist dat ik zou komen. Ik liep de trap op naar het huis en ging op de veranda zitten. Het was nog koud, maar dat kon me niet schelen. Ik wachtte tot het huis en zijn bewoners wakker werden en keek hoe de sombere novemberdag aarzelend lichter werd.

Even na achten hoorde ik binnen Elenes voetstappen en klopte aan. Ze slaakte een kreet toen ze me zag, daarna viel ze me om de hals en riep Aleko. Ik durfde amper naar haar te vragen, maar Elene zei meteen dat Brilka bij Lasja's ouders was, omdat er sneeuw werd verwacht. Ze moest daar de hele week blijven vanwege de lange weg naar school. 'O jee, die gaat uit haar dak als ze hoort dat je hier bent. Ze heeft het zo vaak over je, Nitsa. Ze is zo groot geworden, je zult het niet geloven. Maar nog altijd even vroegwijs en brutaal!' Terwijl ze koffiezette en ik me tegen Aleko aan vlijde, vroeg Elene waar ik al die tijd had gezeten en waarom ik niets van me had laten horen. Of ik me soms weer in mijn werk had begraven?

'Ja, maar deze keer in een ander soort werk. Ik rij zo naar de stad om Brilka uit school te halen. Doet mijn auto het nog?'

'Ja, die houdt zich kranig. Ik heb hem eigenhandig opgeknapt,' zei Aleko, wiens baard inmiddels sneeuwwit was.

'In de stad moet je oppassen, Nitsa, we zitten vlak voor de verkiezingen en elke dag zijn er overal in de stad demonstraties,' viel Elene hem in de rede.

'Demonstraties? Waartegen?'

'Nou, tegen de regering, tegen de president, tegen wie anders?' Elene rolde met haar ogen vanwege mijn kennelijk domme vraag.

'O, ik dacht dat hij de hoop van Georgië was...'

'Ja, dat dachten wij ook allemaal. Alleen is er geen fatsoenlijke oppositie meer in dit land. De werkloosheid is niets gedaald. Ja, er zijn hervormingen en herstructureringen doorgevoerd, maar het geld verdwijnt nog steeds in de zakken van een paar enkelingen, je vraagt je af voor wie het allemaal was. Dit land vindt geen rust, Nitsiko!'

'Ik rij alleen naar de stad om haar op te halen en kom meteen weer terug. Ik ben niet van plan om naar de demonstraties te gaan.'

'De politie rukt uit met groot materieel. Ze zijn zelfs bang voor escalatie.'

'Op weg hiernaartoe was het nog heel rustig. Ik kon er goed doorheen komen,' wierp ik tegen.

'De mensen slapen nog. Je weet toch dat ze in dit land uitgeslapen moeten zijn voor ze een revolutie beginnen. Zonder voldoende slaap hier geen demonstraties of omwentelingen,' gaf Aleko als commentaar, terwijl hij zijn arm om mijn schouder sloeg.

We dronken Elenes sterke koffie. Ik luisterde naar Aleko's onvrede over de staat, de president, de autoritaire leiding en het trieste onvermogen van Georgië om de goede weg in te slaan, daarna stapte ik in de auto waarmee Brilka en ik het continent hadden doorkruist. Ik reed over de bochtige wegen terug naar de stad, naar Brilka's school. Daar ging ik meteen naar binnen en zocht Brilka's lokaal. De lerares zei dat ze vandaag niet op school was gekomen. En dat ze wel vaker afwezig was.

Ik ging weer naar buiten en reed naar Lasja's ouders in Didoebe.

Het oude artsenechtpaar bood me koffie met gebak aan. In hun huis was de tijd stil blijven staan. Je kon zien dat ze op geen stukken na rond konden komen van hun pensioen. In een kleine, langwerpige kamer ontdekte ik sporen van Brilka, geel beddengoed, een paar affiches van dansers aan de muur, oude platen van Kitty en drie koptelefoons. Mijn hart begon luid te bonzen. Maar zelf was ze er niet. Ze was net als anders met haar schooltas op haar rug naar school vertrokken. Ik belde naar het Groene Huis en vroeg naar haar vrienden, naar het adres van haar dansschool, naar de plekken waar ze rond zou kunnen hangen. Ik zocht haar overal en belde de nummers die Elene me had gegeven. Niemand wist iets, de meesten leken ook niet zo'n nauwe band met haar te hebben.

Aleko kwam naar de stad met de auto van de buren. Aan de telefoon had hij zachtjes gezegd – hij wilde niet dat Elene het hoorde – dat Brilka misschien naar de demonstratie was. Dat zou echt iets voor haar zijn, al had hij haar nog zo gewaarschuwd. Er waren vandaag twee grote protestmarsen, ik moest naar de ene gaan, hij zou bij de andere naar haar zoeken. Ik moest naar de Roestaveli Avenue, daar was voor het parlementsgebouw de eerste demonstratie aangekondigd. Hij zou naar het Heldenplein rijden, naar het hoofdgebouw van de staatszender. Weer stond de tijd voor mij stil. Weer moest ik terug in de tijd, maar deze keer deed ik het om verder te komen.

De straten begonnen steeds voller te worden. Je hoorde sirenes, zag om de haverklap politieauto's langsstuiven. Weer zag ik de mensenmassa's die met spandoeken en vlaggen liepen en leuzen scandeerden, ik hoorde ze brullen. En ik stond in de file. Ik vloekte. Ik werd overmand door mijn bezorgdheid om Brilka. Ik wist de auto ergens langs de straat kwijt te raken, stapte uit en ging te voet verder.

Ik liep in de richting van de Roestaveli Avenue, naar het parlementsgebouw en mijn oude school. Weer liep ik daar alleen. Er mengden zich steeds meer politieagenten en veiligheidsmensen onder de menigte. Ik zag de wapenstokken naast hun benen bungelen. Ik zag de gummiknuppels in hun handen, ik zag de traangasmaskers aan hun riemen. Het begon te regenen. Iemand schreeuwde dat de politie de zender van de oppositie had bestormd en de journalisten met wapenstokken naar buiten had gejaagd. De menigte begon in het wilde weg te rennen. Ik versnelde mijn pas, op zoek naar Brilka, haar naam roepend. Ik dook onder in de massa, dook weer op, rukte me los, liet me weer terugdringen. Ik moest haar vinden. De rest liet me koud.

Met al mijn zintuigen zocht ik jou, Brilka. Met al mijn zintuigen wilde ik je vinden. Want ik was teruggekomen en had je liederen bij me en ik had je boek geschreven.

Ik wist niet of jij op je jonge leeftijd tegen al die verhalen bestand zou zijn, dat vroeg ik me het afgelopen jaar steeds weer af, maar er zat niets anders op dan even meedogenloos eerlijk tegen jou te zijn als jij tegen mij bent geweest. Ik weet dat al het andere onvergeeflijk geweest zou zijn, Brilka. Ik denk dat je het aankunt. Je moet niet bang meer zijn, niet voor bliksem en donder, niet voor ongelukken en niet voor de dood. Ik heb tegen de vloek geschreven. Ik heb geprobeerd alle struikelblokken en valkuilen van je weg te verwijderen. Desondanks zul je struikelen en vallen, maar ik zal er zijn, ik zal je helpen zo goed ik kan, zodat je weer overeind komt. Ik zal er van nu af aan zijn, voor de rest van mijn leven. Dat is de enige belofte die ik aan iemand kan doen. En die doe ik aan jou.

Ik haastte me naar je toe, Brilka. Ik wist niet waar je was, maar ik voelde dat je in de buurt moest zijn en geen traangas, geen knuppels, geen geweren konden me ervan weerhouden mijn zoektocht naar jou voort te zetten.

Ik wist dat ik je zou vinden, Brilka. Want ik ben je de vraag verschuldigd of je meewilt, naar Wenen, naar Berlijn, het maakt me niet uit waarheen, als het maar met mij is. De vraag of je mijn hulp nog steeds nodig hebt. Of je nog steeds dansend door het leven wilt en het leven van iemand anders wilt navertellen. Ik ben hier om te vragen of je me kunt vergeven dat ik je niet eerder een thuis wilde en kon bieden, op het moment dat je dat het meest nodig had.

Ik kon je niet bij me houden, ik heb gefaald en je het bos in gestuurd. Ik kon je eenzaamheid niet verhelpen, ik kon je niet het vertrouwen geven dat je zou vinden wat je zocht. Ik heb verzwegen dat je voor mij het bijzonderste meisje van de wereld bent.

Ja, Brilka, ik zocht je om je dat allemaal te vertellen, je dat allemaal te vragen.

Want ik heb deze regels te danken aan een eeuw die iedereen heeft bedrogen en misleid, iedereen die hoop koesterde. Ik heb deze regels te danken aan een langdurig verraad, dat als een vloek op mijn familie rustte. Ik heb deze regels te danken aan mijn zus, die ik nooit heb kunnen vergeven dat ze die nacht zonder vleugels is weggevlogen, aan mijn grootvader, bij wie mijn zus zijn hart uit zijn lijf heeft gerukt, aan mijn overgrootmoeder, die op haar drieëntachtigste een pas de deux met me danste, aan mijn moeder, die God zocht … Ik heb deze regels te danken aan

Miro, die me met liefde besmette als met een gif, ik heb deze regels te danken aan mijn vader, die ik nooit echt heb mogen leren kennen, ik heb deze regels te danken aan een chocoladefabrikant en een wit-rode eerste luitenant, aan een gevangeniscel, maar ook aan een operatietafel midden in een klaslokaal, aan een boek dat ik nooit had geschreven als jij niet in mijn leven was gekomen. Ik heb deze regels te danken aan oneindig veel vergoten tranen, ik heb deze regels te danken aan mezelf, omdat ik mijn vaderland verliet om mezelf te vinden en mezelf toch meer en meer verloor, maar ik heb deze regels vooral te danken aan jou, Brilka.

Ik heb ze te danken aan jou, omdat jij het achtste leven verdient. Omdat ze zeggen dat het getal acht voor de eeuwigheid staat, voor de terugkerende rivier. Ik schenk je mijn acht.

Wat ons verbindt is een eeuw. Een rode eeuw. Voor altijd en acht. De beurt is aan jou, Brilka. Ik heb jouw hart geadopteerd. Ik heb het mijne weggeslingerd. Neem mijn acht aan.

Geschreeuw om me heen. Ik zag hoe agenten zich op een brullende demonstrant stortten. Ik rook het traangas al, weer stond ik voor mijn oude school. Weer zag ik bloed opspatten, een jongeman in elkaar zakken, gewapende mannen in het zwart zich op hem storten. Maar mijn ogen hielden het beeld niet vast, ze zochten alleen jou en niemand anders.

En plotseling bleef ik staan. De mop was me weer te binnen geschoten, de mop die eigenlijk geen mop was en die Christine me vertelde op de dag dat ik haar, precies achttien jaar geleden, voor het laatst zag. Ik heb beloofd hem je te vertellen als het zover zou zijn. Nu is het zover.

Dante loopt door het vagevuur. Misdadigers en brute geweldplegers branden ellendig in het helse vuur, sommigen van hen staan op het punt in een zee van bloed te verdrinken. In de verte ziet Dante een man die maar tot aan zijn knieën in het bloed staat. Hij komt dichterbij, herkent Lavrenti Beria en vraagt: 'Waarom is het bij u zo ondiep, Beria?' En Beria antwoordt met een valse grijns: 'Ik sta op de schouders van Jozef Stalin, meneer!' En ook al was die mop helemaal geen mop, Brilka, toch moest ik er op dat moment om lachen. Toen ik met één been in de school stond en Christine probeerde vast te houden, kon ik er niet om lachen. Maar nu wel.

Ik stond daar te lachen als een idioot, net zo hysterisch als Christine er toen om had gelachen, want ook ik voelde, net als zij toen, hoe de decennia door elkaar werden gehusseld. Ik zag Christine zonder sluier langs me heen lopen, ik zag Kostja uit de verte naar me zwaaien, ik zag zelfs Haai, die trots zijn wapen schoonmaakte om in een oorlog te gaan vechten, die niet werd gewonnen, nooit, nergens. Ik zag Kitty in Praag op het Wenceslasplein staan en hoorde haar zingen. Ik zag mijn overgrootmoeder dansen. Ik zag Miro's geschaafde knieën in korte broek op een lege speelplaats. Ik zag mezelf de helling naar het Groene Huis af rennen. Ik zag in die mensenmassa Thekla's peignoir oplichten en hoorde Sopio Eristavi's voetstappen achter me. Verder naar voren dacht ik Ramas te zien staan, midden in de brullende menigte, Giorgi Alania moest hier ook zijn, Ida misschien en Mariam zeker, en ik dacht de geur van de warme chocola te ruiken, maar deze keer wist ik dat de vermeende gevaarlijke uitwerking ervan zou uitblijven. Want ik had de tegenformule gevonden: jou, Brilka, en ik wist zeker dat jij je eigen tegenformule zou vinden die alle vloeken onschadelijk zou maken. Ik dacht een van Andro Eristavi's houten engeltjes in mijn jaszak te voelen. Ik hoorde Micha Eristavi achter de menigte aan rennen. Ja, ik wist zeker dat ook Daria hier was. Hier, ergens niet ver van me vandaan.

Ik had de Roestaveli Avenue achter me gelaten en was op het Vrijheidsplein blijven staan, daar waar vroeger het standbeeld van Lenin stond en nu de Heilige Joris op een zuil troonde. De mensenmenigte vulde het plein, drong als een onstuitbare stroom alle kanten op. Ik liet me niet ophouden. Ik zocht jou.

En toen ik bij het stadhuis kwam, daar in de hoek, zag ik eindelijk ook jou, Brilka. Je sloeg de menigte roerloos gade, alsof je een fantastische film bekeek. Eindelijk zag ik je, Brilka, en ik riep je dwars door de mensenmenigte, over de hoofden heen. Het kon me niet schelen of je me wel of niet kon horen, want ik had je gevonden en zou ook de laatste meters van mijn weg naar jou weten af te leggen.

Achttien jaar geleden had ik me trillend in een school verstopt, vervuld van angst en wanhoop, maar jij, Brilka, jij stond daar met je gitzwarte ogen alles rustig op te nemen. Je wist dat je je staande zou houden, dat je niet zou vallen, dat je je weg onverstoorbaar voort zou zetten, uit welke hoek de wind ook waaide. En ik wist op dat moment zekerder dan ooit dat jij het toverkind bent. Ja, jij bent het. Overwin dus de hemel en de chaos, overwin ons allemaal, overwin deze regels, overwin de wereld van de geesten en de werkelijke wereld, overwin de omkering van de liefde, van het geloof, verkort de centimeters die ons altijd hebben gescheiden van het geluk, overwin het noodlot, dat geen noodlot was. Overwin dit verhaal en laat het achter je.

Overwin mij en jou.

Doorleef alle oorlogen. Passeer alle grenzen. Ik draag alle goden en rozenkransen, alle verbrandingen, alle gesmoorde hoop, alle verhalen op aan jou. Overwin ze. Want jij hebt de mogelijkheden, Brilka. De acht, denk daaraan. In dat getal zullen wij allen voor altijd met elkaar verbonden zijn en naar elkaar kunnen luisteren, door de eeuwen heen.

Jij kunt het.

Wees alles wat wij wel en niet waren. Wees een luitenant, een koorddanseres, een marinier, een toneelspeelster, een filmmaker, een pianiste, een minnares, een moeder, een verpleegster, een schrijfster, wees rood en wit of blauw, wees chaos en hemel, wees hen en mij en wees dat alles ook niet, dans vooral ontelbare pas de deux.

Ik heb alle woorden voor je opgeschreven die ik bezat.

En opeens dwaalde je blik naar mij. Je herkende mijn gezicht in de menigte. Je kneep je ogen stijf dicht, alsof je een fata morgana zag, maar ik stond er nog steeds toen je ze weer opende. Je deed een stap naar voren, uit je toverwereld, een stap in de lelijke realiteit. Naar mij. Voor mij. Ik mocht dus nog hoop hebben. Ik kon niet goed zien wat er op je gezicht te lezen stond, maar je stap zei me voorlopig genoeg.

Er zaten nog maar een paar meter, een paar minuten tussen ons in, maar wat maakte dat uit, wat stelden die nog voor, als we samen een hele eeuw hadden doorkruist? Je lippen vormden mijn naam en ik knikte: Ja, ja, hier ben ik. Ik ben zo bij je. Toen zag ik je glimlachen, je hand optillen en uit de verte naar me grijpen.

Terwijl ik dat allemaal zag, dacht ik dat ik dit leven al eerder, ergens, ooit, had gedroomd.

Nog maar een paar tellen en we vinden elkaar.

ACHTSTE BOEK

BRILKA

Verantwoording van de vertalers

De vertaling van de versregels van Achmatova, Parnok en Poesjkin is van Hans Boland, die van de versregels van Brodsky van Arthur Langeveld en die van de versregels van Majakovski en Pasternak van Margriet Berg en Marja Wiebes. De overige citaten hebben wij zelf vertaald.

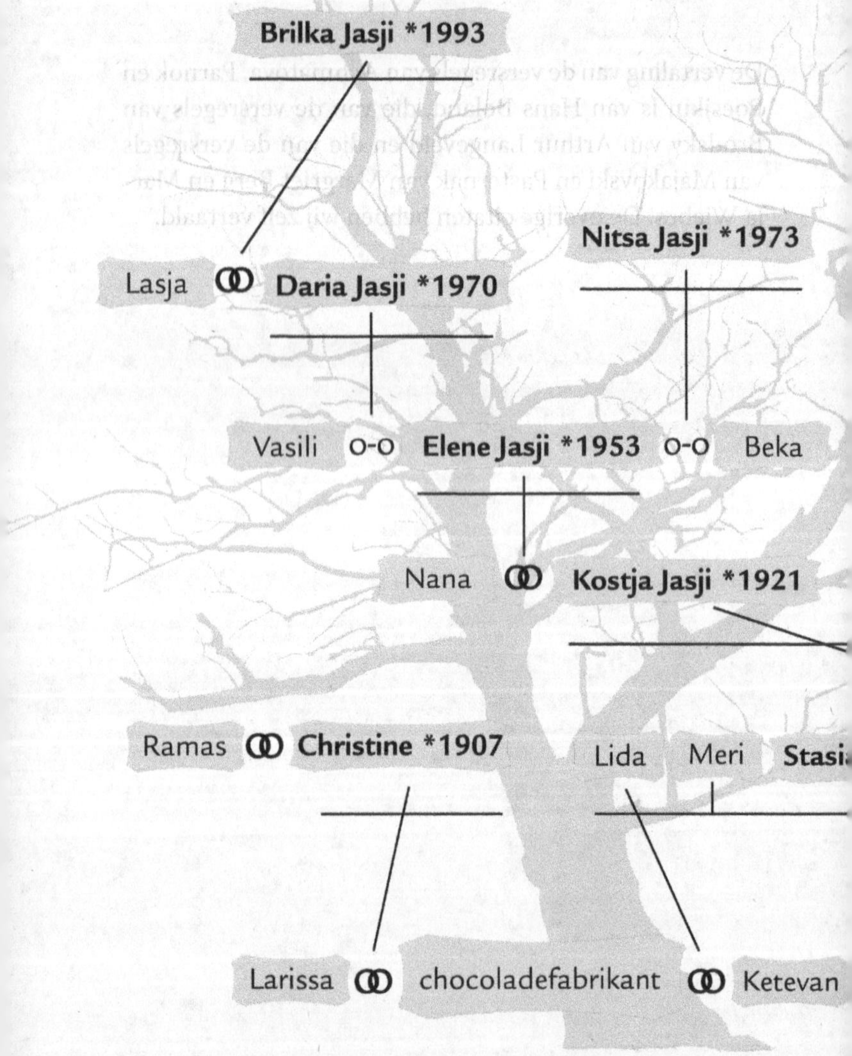
Brilka Jasji *1993
Lasja
Daria Jasji *1970
Nitsa Jasji *1973
Vasili
Elene Jasji *1953
Beka
Nana
Kostja Jasji *1921
Ramas
Christine *1907
Lida
Meri
Stasi
Larissa
chocoladefabrikant
Ketevan

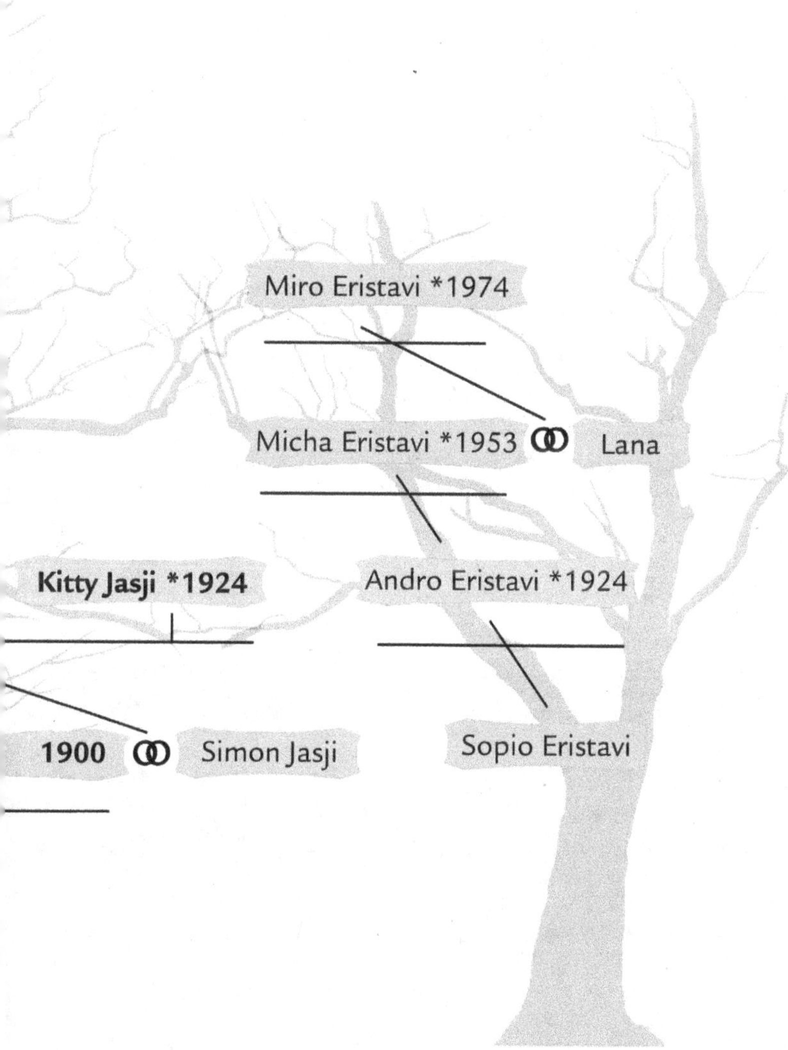
Miro Eristavi *1974
Micha Eristavi *1953
Lana
Kitty Jasji *1924
Andro Eristavi *1924
1900
Simon Jasji
Sopio Eristavi